中共济南市委党史研究院
（济南市地方史志研究院）编

济南明湖诗总汇

上

刘书龙　辑校

济南出版社

图书在版编目(CIP)数据

济南明湖诗总汇 / 中共济南市委党史研究院（济南市地方史志研究院）编 ; 刘书龙辑校. — 济南 : 济南出版社, 2024. 10. — ISBN 978-7-5488-6759-3

Ⅰ. I222.72

中国国家版本馆CIP数据核字第2024RS7606号

济南明湖诗总汇

JINAN MINGHUSHI ZONGHUI

中共济南市委党史研究院（济南市地方史志研究院） 编

出版人　谢金岭
责任编辑　范玉峰　李　敏　尹海洋
装帧设计　张可鑫

出版发行　济南出版社
地　　址　济南市市中区二环南路1号（250002）
总 编 室　0531—86131715
印　　刷　济南新先锋彩印有限公司
版　　次　2024年10月第1版
印　　次　2024年10月第1次印刷
开　　本　170mm × 240mm　1/16
印　　张　61.75
字　　数　1000千
书　　号　ISBN 978-7-5488-6759-3
定　　价　398.00元（全二册）

如有印装质量问题，请与出版社出版部联系调换
联系电话：0531-86131736

《济南明湖诗总汇》编纂委员会

主　　任：史宏捷

副 主 任：牛继兴　王　音　吴春国　毕泗国

纪福道

委　　员：李贞锋　张云雷　曹　智　丁爱军

李洪德　亓军华

主　　编：史宏捷

副 主 编：王　音　张云雷

编　　辑：庞新华　刘　静　吕昌盛

特邀辑校：刘书龙

特邀审校：孙家锋

前　言

大明湖，济南三大历史名胜之一，由市区众泉汇流而成。

大明湖，风光旖旎多姿，“冬泛冰天，夏挹荷浪，秋容芦雪，春色杨烟，鼓枻其中，如游香国”（清代乾隆《历城县志·山水考四》），不是画图，胜似画图。

大明湖，历史文化悠久，人文古迹和自然景观众多，诸如历下亭、铁公祠、小沧浪、北极阁、汇波楼、南丰祠等，遍布景区。

早在唐宋时期，这片湖泊就成为文人雅士的流连之地。尤其是自唐代大诗人杜甫的《陪李北海宴历下亭》一诗广泛流传开来，以及北宋曾巩在大明湖畔修筑百花堤、百花台及百花、芙蓉、水西等七桥之后，大明湖更是成为在济南居住、到济南游览或仅仅是从济南路过的文人诗客们的必游之地。无论是那碧波倒映的青山楼台、历下亭中的诗酒风流，还是那烟波上的荷香鸥鹭、明月芦雪、画船箫鼓，还有那湖畔的春风秋柳、七桥风月、名士游踪，自古及今，风光无限、摇曳多姿的大明湖总会带给文人诗客们太深的感触和太多的眷恋。

元代地理学家于钦在其《会波楼记》一文中曾云：“济南山水甲齐鲁。”北宋文学家苏辙在其《李诚之待制挽词》一诗中也曾盛赞：“济南风物在西湖。”清代诗人黄恩彤在其《明湖竹枝辞》一诗中更是写到：“淡抹浓妆画不成，自然宜雨又宜晴。明湖敢道西湖似，只是西湖欠入城。”

李白、杜甫、曾巩、苏辙、元好问、赵孟頫、张养浩、边贡、王士禛、蒲松龄、阮元、翁方纲等文人诗客，在尽情领略大明湖的秀美景色、人文胜迹的同时，也给济南留下了为数众多的题咏大明湖风物名胜的诗词作品，这些作品使得大明湖在具有秀美的自然风光的同时具有了深厚的文化底蕴和内涵。

按照《济南市党史史志工作规划（2021—2025）》，我们于 2021 年启动了“史志艺文系列工程”，前年和去年已先后组织编纂出版了《济南泉水诗全编》

（三卷）和《济南名山诗总汇》（上下卷）。在此基础上，我们今年又推出了《济南明湖诗总汇》（上下卷），将古往今来题咏大明湖风物名胜的诗词作品搜集、整理、编辑成书，既能让人们充分体味大明湖人文底蕴之深厚和丰盈，也能积极推进传承和弘扬济南的"诗词文化"，擦亮"诗城济南"这一文化品牌。

水生泉，泉生文，文育济南。济南作为国家级历史文化名城，不仅以"泉城"享誉世界，而且具有"诗城"的气质和底蕴，"诗城济南"是济南这座城市文化个性发展中一个重要标识。深入挖掘、整理济南诗词这一文化资源，宣扬展示其丰富的文化内涵，加大对济南诗词的研究、宣传力度，推进优秀传统文化文艺的创造性转化、创新性发展，对于繁荣与发展济南地域文化，推进文化自信自强，铸就城市文化新辉煌，提升城市文化软实力和影响力，都具有十分重大而现实的意义。

"消受明湖风雪月，此生幸作济南人。"

当我们打开这套《济南明湖诗总汇》时，诗人，诗城，诗湖，都从历史中向我们走来……

凡　例

一、本书分为上、下两编，辑录了历代千余位诗人题咏济南大明湖及大明湖畔亭、台、楼、阁、馆、轩、桥、祠、寺、庙、园居、茶肆、酒楼、洲、堤、码头、书院等建筑古迹及荷莲、芦苇、柳、燕等风物的诗作，共约4200首；词为诗余，故本书中将历代题咏济南大明湖的词作80多首一并收录。

二、上下编各目下的诗作按诗人生卒年先后排列：诗人生年在先者，其诗作则居前（生年相同者，则按卒年）。部分诗人生卒年无考，则根据其生平事迹，如考中举人或进士、居某官或任某职、题某碑或交某人的时间，推测其大致生年，并将该诗作排列于相应位置。

三、每一部分先对该部分的题咏描写景点做一简要介绍，然后辑引旧志中部分相关记载，之后再逐首排列历代题咏之诗作。

四、正文之后以附录形式收录本书所收诗作作者的小传，为方便读者查找，小传的排列以诗人姓名的汉语拼音字母顺序为序。

目　录

下卷

第一编

大明湖

大明湖（又名莲子湖、西湖）

大明湖，为济南三大名胜之一，也是国家5A级旅游景区——天下第一泉风景区的核心组成部分之一，位于济南市旧城西北部（属历下区）。其补给水源主要是泉水，这些泉水主要来自珍珠泉、孝感泉、芙蓉泉、王府池等20多处名泉。湖水于东北出水门，经泺水河，注入小清河。

大明湖历史悠久，北魏郦道元《水经注》中曾称其为“历水陂”，唐时又曾称其为“莲子湖”，北宋文学家曾巩则曾称其为“西湖”“北湖”，金代文学家元好问在《济南行记》中始称其为“大明湖”。

1940年代初，曾有“辟为大明湖公园”的记载，但当时除历下亭、铁公祠及其周围湖田约1.83公顷外，其余湖田、河道均由湖民占有，未形成公园格局。1950—1953年，济南市政府将湖田征购归国有，并疏浚湖底、河道，利用拆除城墙旧料砌垒湖岸，修建引水设施，扩大水源，拆迁临湖的北极街、北城根街、铁公祠街等300多户住宅，将城墙遗基、湖滨南丰祠、北极庙等名胜古迹与湖连为一体。1957年，正式将大明湖辟建成公园，5月实行售票游园。1959年又拆迁了湖南岸乾建门里街、李公祠街、半壁街、思敏街等289户居民的住宅1.19万平方米。1960年代前期，改建稼轩祠，修复遐园，增建亭廊，调整绿化和水生植物布局。1978—1988年，修复南丰祠、稼轩祠、北极阁等文物古迹，重建汇波楼，新建明湖楼，引五龙潭水入大明湖，改建船站码头，增置游艇、画舫、小划船等游览服务设施，丰富了园容景观，保持了“垂柳披拂，芙蕖盈湖”的基本特色。改建扩建后的大明湖公园，以大明湖为主体建园，湖水面积46公顷，滨湖游览面积35公顷，成为济南著名游览胜地。

2007—2010年，济南市政府又实施了大明湖扩建改造工程，新建了超然致远等八大景区，建造桥梁28座，仿古建筑8组，修缮老建筑10组，新建绿地15万平方米，总投资21.9亿元，恢复重建了超然楼、明湖居、闻韶驿等历史文化古迹，增辟了老舍纪念馆、秋柳人家等文化展馆。2010年9月21日，大明湖扩建改造工程竣工，新区免费对社会开放。扩建后的大明湖景区总面积由原来的74公顷扩大到103.4公顷（新增水面11.7公顷、陆地17.7公顷）。2021年11月，大明湖入选“2021中国十大休闲湖泊”。

大明湖物产丰富，景色优美秀丽，湖畔的自然景观及人文建筑有很多，诸如历下亭、铁公祠、小沧浪、北极阁、汇波楼、南丰祠、稼轩祠等，引得历代文人前来凭吊、吟咏。唐代以后的历代诗人，都在此留下了众多的题咏诗篇。

◇ 旧志中的相关记载

明《历乘》卷三《舆地考·水类·湖》：

大明湖，在城内。源出灰泉，汇为明湖，居城之什一。湖光涟漪，楼台错列。夏则荷花十里，香气袭人；冬则琼宫瑶宇，宛如图画；春而绿树红桃；秋而白蘋红蓼，四时皆可乐也。鼓一棹于中，若在天上。曾子固所谓折筒地也。骚人题咏甚多，见《文苑》。

明崇祯《历城县志》清康熙增刻本卷二《封域志·山川·湖》：

大明湖，城内西北隅。源出濯缨、珍珠诸泉，其地占三之一。一名西湖。繇北水门出，流注大、小清河，入海。大明湖水北注会波桥，远通华不注，湖光浩渺，山色遥连，冬泛冰天，夏挹荷浪，秋容芦雪，春色杨烟。鼓枻其中，如游香国。鸥鹭点乎晴波，箫鼓助其远韵，固江北之独胜也，景标为“明湖泛舟”。王季木曰：湖出城中，擅奇宇内，异在恒雨不涨、久旱不涸，蛇不见、蛙不鸣。虽夹芦为沼，有碍大观，然莲菱鱼蔬，利用多矣。按，《水经注》云：泺“北为大明湖”。《一统志》云：“源出舜泉。”今泺水绕城北流向东，不入城；舜泉亦止成一井，不流；惟北珍珠、濯缨诸泉北流入大明湖，而自北水门出，注泺水如旧。附此以证《水经注》《齐乘》之讹。

清乾隆《历城县志》卷第九《山水考四·水二》：

大明湖，在府城内西北隅，一名西湖。按，郦道元《水经注》：泺水“北为大明湖”“湖水引渎东入西郭”。《一统志》：“源出舜泉。”今按：泺水绕城北流向东，不入城。舜泉亦止成一井，不流。惟北珍珠、濯缨诸泉，今在德府内者，北流入大明湖，而自北水门出注泺水如旧。岂湖中自有泉源暗发，人不及见耶？今湖多为民居填塞，治圃夹芦为沼，小舟仅通曲港，而蔬果、莲藕、菱芡、鱼蟹之利，民颇资之。（陆《通志》）

……

按:《水经注》所谓“大明湖”自在城外，以今疑古，此旧《志》之误也。

民国《续修历城县志》卷十一《山水考七·水三》:

大明湖，见前《志》。

大明湖，源出舜泉，其大占府城三之一，由北水门出，与济水合，弥漫无际，遥望华不注峰，若在水中，盖历下绝胜处也。(《明一统志》)

……

历下明湖，其初白地光明锦耳，后来莲荡，各栽芦苇为界，舟入其中，曲折如围棋界画，殊不畅快。乾隆间，中丞某欲游湖，一夕令人伐去，取快一时，民皆腹非。第予尝冬月过之，芦苇净尽，一望无余，反不如多其纡折，突至一处，旷然改观，饶有别趣。(《乡园忆旧录》)

昔明湖周数十里，泺水、舜井皆流入湖，烟波弥漫，望华不注，如浸水中。后泺水不入湖，舜井不流，惟濯缨泉、珍珠泉、珠砂泉入湖，仅周五六里。珠砂泉今亦莫考。鹊山湖绕鹊山三面，刘豫引泺东流，遂成平陆。(同上)

……

今案:元好问《济南行记》:大明湖，“其大占府城三之一。秋荷方盛，红绿如绣，令人渺然有吴儿洲渚之想”。《齐乘》:“大明湖，今在府城内。”此金元人以城内之湖为大明湖也。特北宋人称为西湖，曾巩《南丰类稿》有《西湖》诗，又有《西湖纳凉》诗，苏辙《栾城集》有《和李诚之待制燕别西湖》诗，犹不称大明湖，疑其误自金人始也。(新《通志》)

西湖二月二十日 〔宋〕曾巩

平生拙人事，出走临东藩。纷此狱讼地，欣乘刀笔闲。漾舟明湖上，清镜照衰颜。春风随我来，扫尽冰雪顽。花开满北渚，水渌到南山。鱼鸟自翔泳，白云时往还。吾亦乐吾乐，放怀天地间。顾视彼夸者，锱铢何足言。(辑自《元丰类稿》卷五，亦见于《两宋名贤小集·齐州吟稿》、清乾隆《历城县志》卷第九《山水考四·水二》、道光《济南府志》卷六十九《艺文五·历城诗》等)

西湖二首 〔宋〕曾巩

左符千里走东方，喜有西湖六月凉。塞上马归终反复，泰山鸱饱正飞扬。懒宜鱼鸟心常静，老觉诗书味更长。行到平桥初见日，满川风露紫荷香。

湖面平随苇岸长，碧天垂影入清光。一川风露荷花晓，六月蓬瀛燕坐凉。沧海桴浮成旷荡，明河槎上更微茫。何须辛苦求人外，自有仙乡在水乡。（辑自《元丰类稿》卷七，亦见于清乾隆《历城县志》卷第九《山水考四·水二》、道光《济南府志》卷六十九《艺文五·历城诗》、明嘉靖《山东通志》卷五《山川上》、清雍正《山东通志》卷三十五之一下《艺文志一》）

西湖纳凉 〔宋〕曾巩

问吾何处避炎蒸，十顷西湖照眼明。鱼戏一篙新浪满，鸟啼千步绿阴成。虹腰隐隐松桥出，鹢首峨峨画舫行。最喜晚凉风月好，紫荷香里听泉声。（辑自《元丰类稿》卷七，亦见于清乾隆《历城县志》卷第九《山水考四·水二》、道光《济南府志》卷六十九《艺文五·历城诗》）

北湖 〔宋〕曾巩

常时泛西湖，已觉烟水永。北堤复谁开，长涵一川静。久幽由地偏，跬步人迹屏。我初得之喜，指顾辟榛梗。种花延妙香，插柳待清影。飞梁通两涯，结宇临四境。包罗尽高卑，开拓极壬丙。洒然尘滓消，恍尔心目醒。与物振滞淹，如人出奇颖。日携二三子，杖屦屡观省。念时方有为，众智各驰骋。独此得逍遥，固知拙者幸。（辑自《元丰类稿》卷五）

和李诚之待制燕别西湖并叙 〔宋〕苏辙

熙宁六年九月，天章阁待制李公自登州来守此邦，爱其山川泉石之胜，怡然有久留之意。此邦之人安公之惠，亦欲公之久于此也。然自其始至，而民知其方将复用，惧其不能久矣。明年二月，诏书移牧河间，邦之父兄皆惜其去。虽公亦将留焉而不可得也。于是数与其僚燕于湖上，曰：“北方幸安，余将复老于此。”酒酣，赋诗以别，从而作者三人。公平生喜为诗，所至成编，及来此邦而未尝有所为，故尤贵之。遂相与刻于石，以慰邦人之思焉。

东来亦何恃？夫子此分符。谈笑万事毕，樽罍众客俱。高情生远岫，清兴发平湖。坐使羁游士，能忘岁月徂。纵欢真乐易，恨别不须臾。庙幄新谋帅，河间最近胡。安边本余事，清赏信良图。应念兹园好，流泉海内无。（辑自《栾城集》卷五，亦见于清乾隆《历城县志》卷第九《山水考四·水二》）

西湖二咏　〔宋〕苏辙

观捕鱼

西湖不放长竿入，群鱼空作淘河食。渔人攘臂下前汀，荡漾清波浮两腋。藕梢菱蔓不容网，箔作长围徒手得。逡巡小舟十斛重，踊跃长鱼一夫力。柳条穿颊洗黄金，鲙缕堆盘雪花积。烧薤香橙巧相与，白饭青蔬甘莫逆。食罢相携堤上步，将散重煎叶家白。人生此事最便身，金印垂腰定何益?

食鸡头

芡叶初生绉如谷，南风吹开轮脱毂。紫苞青刺攒猬毛，水面放花波底熟。森然赤手初莫近，谁料明珠藏满腹。剖开膏液尚模糊，大盎磨声风雨速。清泉活火曾未久，满堂坐客分升掬。纷然咀噍惟恐迟，势若群雏方脱粟。东都每忆会灵沼，南国陂塘种尤足。东游尘土未应嫌，此物秋来日尝食。（辑自《栾城集》卷五，亦见于清乾隆《历城县志》卷第五《地域考三·物产》）

次韵李昭叙供备燕别湖亭　〔宋〕苏辙

池亭雨过一番凉，云髻罗裙客两旁。不觉行人离恨远，贪看积水照筵光。满堂樽俎欢方剧，极目江湖意自长。归去伊川潇洒地，不须遗念属清湘。（辑自《栾城集》卷五，亦见于清乾隆《历城县志》卷第九《山水考四·水二》）

曾子固令咏齐州景物，作二十一诗以献：西湖　〔宋〕孔平仲

芙蕖十顷阔，藻荇一篙深。晚日江乡景，秋风泽国心。（辑自《清江三孔集》卷二十一）

曾子固令咏齐州景物，作二十一诗以献：北湖　〔宋〕孔平仲

尘污远已留，渌净此不杂。僻招水鸟栖，清数游鱼鬣。（辑自《清江三孔集》卷二十一）

济南泛舟，水底见山，有感而作 〔金〕雷渊

南山已在风尘外，更恐飞埃涴碧巅。一棹晚凉波底看，浴沂面目本天然。（辑自《全金诗》卷九十八，亦见于《中州集》己集第六、《宋金元明四朝诗·金诗》卷二十一）

泛舟大明湖待杜子不至。 〔金〕元好问

长白山前绣江水，展放荷花三十里。看山水底山更佳，一堆苍烟收不起。山从阳丘西来青一湾，天公掷下半玉环。大明湖上一杯酒，昨日绣江眉睫间。晚凉一棹东城渡，水暗荷深若无路。江妃不惜水芝香，狼藉秋风与秋露。兰襟郁郁散芳泽，罗袜盈盈见微步。晚晴一赋画不成，枉着风标夸白鹭。我时骖鸾追散仙，但见金支翠蕤相后先。眼花耳热不称意，高唱吴歌叩两舷。唤取樊川摇醉笔，风流聊与付他年。（辑自《遗山集》卷五，亦见于清乾隆《历城县志》卷第九《山水考四·水二》、道光《济南府志》卷六十九《艺文五·历城诗》、《古诗选》卷十三）

济南杂诗十首（之九） 〔金〕元好问

荷叶荷花烂熳秋，鹭鸶飞近钓鱼舟。北城佳处经行遍，留着南山更一游。（辑自《遗山集》卷十二）

慢·同济南府学诸公泛大明湖 〔元〕张之翰

唤扁舟载酒，直转过、水门东。正十里平湖，烟光淡淡，雨气濛濛。回头二三名老，望衣冠、如在画图中。但得城头晚翠，何须席上春红？

清樽旋拆白泥封。呼作白头翁。要与汝忘情，高歌一曲，痛饮千钟。夕阳醉归扶路，尽从渠、拍手笑儿童。官事无穷未了，人生适意难逢。（辑自《西岩集》卷十一）

湖上暮归（二首） 〔元〕赵孟頫

春阴柳絮不能飞，雨足蒲芽绿更肥。政恐前呵惊白鹭，独骑款段绕湖归。

明时官府初无事，下走非才自觉忙。奔走尘埃竟何补，故园松菊久应荒。（辑自《松雪斋集》卷五，其中第一首亦见于明崇祯《历城县志》清康熙增刻

本卷十四《艺文志三》、清乾隆《历城县志》卷第九《山水考四·水二》、道光《济南府志》卷六十九《艺文五·历城诗》、明嘉靖《山东通志》卷五《山川上》、清雍正《山东通志》卷三十五之一下《艺文志一》、康熙《山东通志》卷之第五十五《艺文·诗》等）

大明湖泛舟（五古）〔元〕张养浩

肇余复乡土，树石皆华滋。沔彼明湖波，倍觉香可卮。携朋访莲叶，浩浩从何之？俯视乱山影，与树相参差。商飙一披拂，夹岸蛟龙嬉。举手欲揽玩，复恐阳侯悲。平生慕天游，不意今有兹。赤壁坡仙笛，渼陂少陵诗。二子孰可继？沙鸥弄晴熹。（辑自《归田类稿》卷十五，亦见于明崇祯《历城县志》清康熙增刻本卷十四《艺文志三》、清乾隆《历城县志》第九《山水考四·水二》、民国《续修历城县志》卷十一《山水考七·水三》，道光《济南府志》卷六十九《艺文五·历城诗》、明嘉靖《山东通志》卷五《山川上》等）

大明湖泛舟（七绝）〔元〕张养浩

浮空泛影溯流光，箕踞船头倒羽觞。唤出湘灵歌一曲，水云摇荡暮山苍。（辑自《归田类稿》卷二十二，亦见于明崇祯《历城县志》清康熙增刻本卷十四《艺文志三》、清乾隆《历城县志》卷第九《山水考四·水二》、道光《济南府志》卷六十九《艺文五·历城诗》，其中“泛”作“帆”）

普天乐·大明湖泛舟 〔元〕张养浩

画船开，红尘外。人从天上，载得春来。烟水闲，乾坤大。四面云山无遮碍，影摇动城郭楼台。杯斟的金波滟滟，诗吟的青霄惨惨，人惊的白鸟皑皑。（辑自《云庄乐府》）

次韵张郎《过大明湖》诗 〔元〕张昱

湖上荷花五月凉，水心亭馆昼收香。狂来借手传鹦鹉，俊发教人唱凤凰。零落翠盘风雨后，凄凉歌扇水云傍。凋残雁下休惆怅，看取咸阳与洛阳。（辑自《可闲老人集》卷四，亦见于《张光弼诗集》卷七）

济南四咏（之四）：大明湖 〔明〕李士实

柳阴谁棹小舟来，莲叶莲花两岸开。湖上小亭留客坐，打鱼沽酒未须回。（辑自《白洲诗集》卷三）

秋日同友饮大明湖，读少陵诗 〔明〕苏本

尊酒故人同，遨游泺水东。筵张荷芰上，亭隐薜萝中。山色晴含雨，湖光澹写空。少陵千载后，历下有遗风。（辑自《山左明诗钞》）

初春同诸宪长游大明湖三首（之一、三）〔明〕夏尚朴

城中有湖水，远映碧山幽。便觉登舟好，真疑出郭游。渚蒲萌水底，野雉立沙头。何限江南意，春杯共唱酬。

条风初到处，春意十分幽。不尽开樽兴，还同出郭游。斜穿香涧曲，小立活源头。此意知谁会？莺声忽自酬。（辑自《东岩诗集》卷三）

何都司约两司诸公泛湖，以疾未赴，口占，呈顾宪长 〔明〕夏尚朴

元戎能爱客，载酒出湖头。夏木莺犹哢，烟波荷正稠。香风来别浦，嘉荫满行舟。似识南塘路，追随老杜游。（辑自《东岩诗集》卷三）

七月四日泛湖，次暮春佛寺韵 〔明〕边贡

湖上扁舟寺里登，水云如浪白层层。横桥积雨斜仍断，卧石临溪净可凭。却过竹林忘问主，欲寻莲社恨无僧。酒酣更向城南眺，落日满山烟翠凝。（辑自《华泉集》卷六）

湖上同张行人、章太守泛舟 〔明〕边贡

水际云霞蒸暮天，雨中舟楫试登仙。寻幽兴远徐徐棹，怀古诗成细细编。词客喜逢张说在，郡侯兼得李邕贤。奚囊胜有鹅池墨，闲就湖亭石上研。（辑自《华泉集》卷六）

湖上杂兴四首 〔明〕边贡

云水地临三宪节，江湖天放一渔舟。虚烦倚树看黄帽，耐可乘槎漾碧流。

漾漾莲舟系古槎，沉沉波影照乌纱。多情最喜台中客，乘兴能看水际花。

水岸风回晚更凉，菰蒲零乱拂衣裳。扁舟莫到花深处，恐碍波心片月光。

万竹阴阴暑气微，主人迎客敞山扉。翻愁使节传呼近，惊起舟前白鹭飞。（辑自《华泉集》卷六，亦见于明崇祯《历城县志》清康熙增刻本卷十四《艺文志三》、清乾隆《历城县志》卷第九《山水考四·水二》、明嘉靖《山东通志》卷五《山川上》、康熙《山东通志》卷之第五十五《艺文·诗》等）

湖上二首 〔明〕边贡

一溪流水秋碧，两岸垂杨昼阴。绝爱王家池馆，酒旗低拂波心。

田田莲叶洲北，寂寂孤亭水南。恐有人来摘取，淆他万顷清潭。（辑自《华泉集》卷七）

湖上忆亡儿羽 〔明〕边贡

往岁春湖曲，尝携稚子游。花迎玉肤笑，云傍彩衣流。隔水时穿竹，看鱼数探舟。伤心独来日，烟月暮含愁。（辑自《华泉集》卷四）

大明湖 〔明〕张鹏

十里芳湖地更嘉，白鸥野鹭浣平沙。浅航漫泛芙蓉沼，曲径斜穿杨柳家。袅袅竹竿垂碧玉，团团荷叶喷流霞。尹园尚有遗亭在，日暮轻风燕子斜。（辑自《历下十六景诗》卷六）

新正九日，经行湖上，命酒小酌 〔明〕刘天民

春风闲理棹，来泛雪余湖。乱指青螺出，长看白练铺。鱼游依密藻，雉雊下平芜。坐卧分渔石，云烟抱酒壶。（辑自《函山先生集》卷七，亦见于明《历乘》卷十七、崇祯《历城县志》清康熙增刻本卷十四《艺文志三》，其中首句中“风”字作“初”字）

湖上，次谢与槐韵二首 〔明〕刘天民

谢客乘骢地，刘郎载酒来。闲为尹亭集，醉拟习池回。山月依林上，溪云荡桨开。坐中传秀句，喜奉不凡才。

客岂天风下，筵当暮景留。萍簪聊尔盍，葭玉若为俦。目极云霞际，心伤松桂秋。幸联江左彦，羞出郢中讴。（辑自《函山先生集》卷七）

湖上候陈、赵、卢三按察不至，俄而惠酒，因速以诗 〔明〕刘天民

采舟久系湖边柳，绮席遥张草际亭。避暑欲谋河朔醉，感时岂效屈原醒？为怜菡萏媚苍水，不分凫鹥点绿萍。柏府芳醪携更至，渔歌来隔晚烟听。（辑自《函山先生集》卷八）

七月八日再酌嵎山李侍御于湖上，分韵得“南”字 〔明〕刘天民

使君夏日驻征骖，横槊当坛战欲酣。花气尚如前夕堕，水光直与素秋涵。鱼从密藻翻金尺，舟入垂杨荫翠龛。风物尽能供应接，何须回首忆江南？（辑自《函山先生集》卷八）

七月五日，巡按李寓山邀饮湖上，既联句二首，翼日次韵为谢 〔明〕刘天民

摇落村翁好自来，风流豸史解怜才。争将野鸟供诗料，更取池荷制酒杯。日暮寒云封草树，月高秋水卧楼台。还能子夜听吴曲，怀抱逢君亦快哉。

人逢良日乐无休，景会高楼豁两眸。侧席自矜随李杜，方舟谁许并曹刘？闲情暂对湖山发，老病尤怜岁月悠。云物才收星彩上，似于豪客献赓酬。（辑自《函山先生集》卷八）

八月八日，周石崖、王在庵、王南汀偶集湖上涟漪阁，晚复小泛，分韵各赋二首（之二） 〔明〕刘天民

湖上烟光向夕多，蒹葭霜老奈愁何？风云实感清时会，岁月虚怜逝水波。转爱林间生爨炎，生憎月底递渔歌。早依明主趋鸳鹭，莫羡诗翁衣薜萝。（辑自《函山先生集》卷八）

五月三日同少岱谷子邀杨、李二明府泛舟湖上，不至，戏柬一首 〔明〕刘天民

湖客来登五月船，邀宾小泛丽人天。李邕何处开飞盖，杨子于今怯问玄。不分红花开竹里，转怜白鸟立沙边。端阳况属明朝是，述作谁成《大雅》篇？

（辑自《函山先生集》卷八）

七夕云川舒柱史邀泛北湖 〔明〕刘天民

秋入明湖水咽流，夕阳倒浸碧波楼。四方簪组聊朋盍，百岁风烟几胜游。幡影摇知莲渚寺，笛声吹过柳阴舟。唯君自是乘槎客，此夜将因问女牛。（辑自《函山先生集》卷八，亦见于清乾隆《历城县志》卷第九《山水考四・水二》）

夏日拉万画士泛湖 〔明〕刘天民

得放闲身寄五湖，天风飘飒满吟须。晴云冉冉亭荒在，新水泠泠月上孤。有客远吹斑管曲，邻翁双送青丝壶。禽鱼自尔狎无赖，荷芰傍人娇欲扶。且觅沙头维锦缆，即于柳下治行厨。烦君试出写真手，摹我扁舟醉卧图。（辑自《函山先生集》卷八）

大明湖次郑世润侍御（二首） 〔明〕胡松

有美乘骢客，春湖偶并游。花光浮近渚，亭影漾中流。细竹开僧院，新蒲隐钓舟。不堪搔短鬓，翻动故乡愁。

郑公谪仙侣，湖上爱春游。杯吸青天影，诗追白雪讴。沙晴看鹭浴，水阔任鱼浮。何处林花落，随风到客舟。（辑自《承庵先生集》卷六）

滦江中丞、定斋侍御、华泉学宪邀游大明湖，病不能赴，聊寄此作 〔明〕胡松

遥忆湖亭抱石阑，湖中游客罄清欢。影摇林日诗情远，香送荷风酒兴宽。跃锦波纡双雁迥，护堤松老独龙盘。何时践此寻芳约，慢棹轻舟仔细看。（辑自《承庵先生集》卷七）

同漳源侍御游华不注峰，并泛大明湖 〔明〕蔡经

平居慕幽旷，雅怀避烦嚣。林园苟成趣，亦足供逍遥。况兹出东郭，云物如相招。群山秀袅娜，华峰特岧峣。开筵坐琳宇，浩歌凌紫霄。朋情藉轩豁，客思翻飘飖。眷言泛莲沼，复尔移兰桡。窈窕遵玄浦，逶迤渡危桥。菰蒲水清浅，石竹风萧条。擎荷玉茎润，采菱碧波摇。槐阴宿鸟下，藻动潜鳞跳。何缘

对淑景，且幸联高标。因探历城胜，并采康衢谣。念余拙纪述，愿君报琼瑶。（辑自《半洲稿·东巡稿》，亦见于《明诗综》卷三十六，字词稍有不同）

明湖秋泛（二首）〔明〕金城

百花桥畔结新亭，欲避尘凡乐此生。七十二泉停蓄地，一泓清碧远浮城。

自昔湖城爱水香，四围潋滟送清光。不须云鬓分行立，万簇芙蕖拥坐凉。（辑自《历下十六景诗》卷六）

同殷中秘、翟中舍游湖〔明〕苏潢

独持汉节来天上，横眺烟霞足胜游。万顷波光摇北极，满船箫鼓泛中流。尊前喜对君青眼，镜里羞看我白头。别后若怜歌舞处，也应飞梦到沧洲。（辑自《历下十六景诗》卷六）

咏大明湖十四韵〔明〕赵文华

明湖形胜郁迢遥，寰市中分远俗嚣。北极堂空临象纬，南山翠涌到江潮。荷香袅袅含波静，柳色阴阴夹岸饶。雾隐彤楼连蜃气，霞明锦障杂鲛绡。镜中积翠浮三岛，画里空清锁六桥。水径穿云曾效蒋，扁舟挂月若逢陶。双回白鹭光难滓，独语流莺韵欲娇。人杰词章传历下，地灵华鹊望层霄。好奇为放三周迹，怀古如闻百代韶。云外岱宗遥控鲁，日边溟海却吞辽。虞皇孝泽今犹在，汉代神仙不可招。梁甫孤吟悲壮士，竹溪真逸语渔樵。临风载酒情偏恰，对客挥毫兴欲飘。（辑自《赵氏家藏集》卷八）

仲秋日汪西潭、吴荪塘邀省僚泛大明湖，过饮周氏园亭，次裴右山韵（二首）〔明〕孙应奎

野情宜郭外，秋色上湖亭。柳径疏绿渚，花溪远背城。移舟寻窈窕，入户对孤清。秉烛还看水，沧浪似镜明。

簪组情偏似野人，但逢出郭便精神。亭临远浦风吹葛，帘卷澄湖雨浥尘。曲薄长林多结社，小桥流水自通津。顿令心地含虚寂，坐向源头夜气新。（辑自《燕诒录》卷十二）

携酒至大明湖亭子 〔明〕莫叔明

湖色入雕槛，鹭鸶飞复栖。天寒客杯少，日暮山楼低。萝径翠外辟，枫城锦中迷。仲宣乡国思，莫听夜乌啼。（辑自《历下集》，亦见于《盛明百家诗·莫公远集》）

刘函山招游大明湖 〔明〕王慎中

轻舟恣所往，适趣何必深？居然在城郭，而得混鱼禽。翠岫远衔席，绿波清照襟。明湖既得性，芳岁亦娱心。暮景媚涵水，春风吹满林。岸木稍变色，汀草微生阴。浩荡纷言笑，满盈递酌斟。不能日日至，勿云乐太湛。（辑自《遵岩集》卷一，亦见于清乾隆《历城县志》卷第九《山水考四·水二》）

夏日周寿庵、吴海亭招游大明湖 〔明〕赵时春

我生无依着，宇宙尽吾庐。因拜历下官，遂识大明湖。湖光明艳新晴后，群公载酒自公余。平波如镜涵群象，中牵百丈陵芙蕖。岱岳参差碧影动，古来坛殿落丘墟。闻有冥洞潜通济，神光往往跃龙鱼。霞绮旆号风为马，盛以冰纨白玉裾。驱除炎蒸化时雨，扫荡烟尘清太虚。遂使崦嵫呈残照，果然浮浪涌蟾蜍。日居月诸闲去来，茫然长啸使心哀。清歌已回南浦棹，凌空更上北极台。北极高高自今古，时有闲人为鼓舞。垒石隈城势反卑，我曹行乐兹何苦！且从莲蒂泻黄流，直欲清凉穿肺腑。兴逸神爽发孤吟，山灵水伯谁能补？假令酒阵再容闻，让君三绕华不注。君不见，昌国君建旆长驱济西军，至今遗恨报燕文。又不见，淮阴侯六国席卷三秦收，胡为不向赤松游？此时此乐真可惜，良景良缘难重留。映水共怜双鬓改，开尊同是十年流。早须功成拂衣去，山间湖上两优游。（辑自《浚谷集·诗集》卷五）

宪使蔡公期游大明湖，余牵簿牒，不得往，奉简一首 〔明〕朱衡

秋霁湖光胜，期君载酒过。舟牵一镜转，城带四山多。野吹喧歌管，林香杂芰荷。纷纷持署者，无奈逼人何。（辑自《朱镇山先生集》卷四，亦见于《盛明百家诗·朱镇山集》）

秋日湖上燕集即事 〔明〕许邦才

词客清秋兴勃然，城湖霁景晚澄鲜。归云让出摇波月，密柳邀来结暝烟。扑盏荷风香澹澹，薄空云吹夜绵绵。更遭歌舞催人醉，犹恨羁迟送酒船。（辑自明崇祯《历城县志》清康熙增刻本卷十四《艺文志三》）

春初邀殷少保、刘国戚湖泛 〔明〕许邦才

春风佳兴动亭台，况是浓芳水木偎。带雪山从城外见，负冰鱼逐网中来。湖平自信方舟入，家近何妨倒载回？公等不缘逢圣主，尊前得共济川才。（辑自明崇祯《历城县志》清康熙增刻本卷十四《艺文志三》，亦见于清乾隆《历城县志》卷第九《山水考四・水二》）

游大明湖 〔明〕苏濂

风物湖中好，家家白板扉。浮云去水近，返照入林微。潮落渔矶浅，江寒雁影稀。晚来砧韵起，是处捣征衣。（辑自《列朝诗集》丁集卷二）

冬日游大明湖，泛舟 〔明〕董世彦

岁杪何妨李郭舟，眼前霜镜足风流。即看剑舄翩翩过，却有烟波故故留。倚棹望中回绝嶂，开樽深处下轻鸥。请君莫更悲摇落，才得骊珠是胜游。（辑自《历下十六景诗》卷六）

春日重游大明湖 〔明〕董世彦

漭沆遥从鲁甸分，大明湖自古今闻。重临北极啼黄鸟，一片南山起白云。已办纶竿当避俗，那知萍梗又离群。华山春色年年在，此去休移六代文。（辑自《历下十六景诗》卷六）

同霁川年丈邀大明湖，出城泛舟 〔明〕董世彦

莫怪行厨在，还堪把臂同。扣舷邀落日，擫管动春风。钥起千山合，桥连二水通。濯缨犹夙昔，杨柳又匆匆。（辑自《历下十六景诗》卷六）

泛大明湖 〔明〕于慎思

夜雨供愁剧，齐城景色秋。凌晨登画舫，薄暮蘸清流。荷芰冲霜悴，烟霞向晚收。忘机谁是侣，相狎有凫鸥。（辑自《庞眉生集》卷五）

侨居大明湖畔，望华不注，有怀 〔明〕于慎思

鹊华秋光不可攀，小亭常日濯潺湲。池边画阁悬妆镜，城上高峰拥翠鬟。荷老霜前闻郭索，树藏云里度间关。何缘醉蓦湖南路，遍写烟岚未肯还。（辑自《庞眉生集》卷六）

秋泛大明湖 〔明〕王睹

选具睽知己，烟晴积雨收。秋风摇雉堞，清誉播龙楼。柳径斜通渚，荷丛暗度舟。放歌天地阔，欢覆掌中瓯。（辑自《王氏一家言》卷五《畅然园诗稿》）

春日同傅方伯元化、李督学于田大明湖泛舟六首 〔明〕张维新

萍踪十载与云浮，每忆闲情浴鹭鸥。今日湖山供一览，夕阳烟水共仙舟。

溶溶绿水涨湖天，湖上游人俨若仙。把酒相看捉山月，银河半挂使君船。

林烟春色落冰壶，二月来游兴不孤。一棹那知天上下，茫然身世到苏湖。

春日春湖芳草生，水云何自狎鸥盟。避名不必山南北，才上渔舠世便轻。

山光树色漾高低，欸乃歌中思欲迷。片片轻帆春雨后，声声短笛画桥西。

桃花春水武陵天，二妙相携上酒船，却笑渔人迷洞口，何如一醉趁风眠！（辑自《余清楼稿》卷之十一）

同陶心斋、潘鹤江泛湖（二首） 〔明〕张弓

午夜春城水不寒，渔船同放兴难阑。漫将绿蚁杯中泻，细把白鸥月下看。潘岳有心还掷果，李膺无地可投竿。高情惟有陶元亮，漉酒无巾卓鶡冠。

乘兴挐舟结伴来，藕花香处镜光开。青娥沽酒停歌舫，白鸟衔鱼上钓台。波静仙才欣得句，夜凉鲸吸数传杯。浮生过眼俱尘梦，得似闲情亦快哉。（辑自《历下十六景诗》卷六，第二首又见于明崇祯《历城县志》清康熙增刻本卷十四《艺文志三》，题为《明湖泛舟》）

晚同恤部陆淡源年丈游大明湖 〔明〕何出光

乱水蒹葭满目秋，荷香风度月明楼。寒烟故拥泛觞曲，落日偏宜垂钓舟。忠节堂前松最老，薛王祠畔景偏幽。晚来佳客兴无尽，邀我携壶从溯游。（辑自《中寰集》卷之二）

游大明湖，望华不注 〔明〕潘子震

雨霁湖光湛碧天，正堪沽酒上渔船。波间倚棹看山影，树底行厨接水烟。遥想少陵游历下，犹闻太白赋华巅。秋来偏爱林塘好，况对清风明月前！（辑自《历下十六景诗》卷六，亦见于《历乘》卷十七、崇祯《历城县志》清康熙增刻本卷十四《艺文志三》，题作《游湖，望华不注山》）

同陆钦所年伯游湖 〔明〕陈陛

漾楫花深处，微茫秋正苍。轻风引短笛，明月送轻航。冷碧涵星斗，琉璃涌夜光。情高人不醉，把酒听沧浪。（辑自《历下十六景诗》卷六）

月夜游大明湖 〔明〕郭正位

一鉴明湖一叶舟，遥看鸥鹭自沉浮。黄花独抱霜前节，绿蚁还添醉后愁。曲曲水门通石窦，荧荧灯火彻龙湫。帆樯影撼星辰动，好向仙槎入汉游。（辑自《历下十六景诗》卷六）

五云伯仲招游大明湖 〔明〕刘潜

载酒同游一棹轻，秋阴湖色漾层城。争看绿柳风前舞，犹见红莲水面倾。望入云山开眼界，交游海岱结初盟。二刘自是才名重，惭我骊龙句未成。（辑自《历下十六景诗》卷六）

泛舟 〔明〕刘芳名

宛转亭台处处幽，采莲声彻白蘋洲。不知谁有扁舟兴，能泻羁人万斛愁。（辑自《历下十六景诗》卷六）

答顾观察大明湖上之什 〔明〕魏允贞

故人多病滞江干。黄菊丹枫秋欲残。虚有壮心生览镜，羞将短发问弹冠。客中日月衔杯过，梦里风波伏枕看。羡尔东方骢马使，扁舟湖上兴仍宽。（辑自《开府魏见泉先生诗》卷之二《南铨稿》）

春夜偕同僚游大明湖一首 〔明〕黄克缵

河冰泮尽水初流，日落湖平风色收。明月飞来杨柳树，青天泛入木兰舟。绝胜访戴冲寒夜，不羡横汾发棹秋。欲借阳春听一曲，凭君携向醉乡游。（辑自《数马集》卷十四，亦见于《历下十六景诗》卷六，题作《春日偕诸寅丈游湖》，个别字词有差异，其中“平”作“干”，“听”作“歌”）

邢泽宇同年以艾年弃秦中观察归，遍游名山，兹将登岱，过历下，余邀游大明湖，辱赠诗，因和其韵，致向慕之意 〔明〕黄克缵

羡君壮岁慕鸿冥，五岳高纵此暂停。塞上风尘须蚤白，寰中意气眼偏青。舟从极浦宜回棹，诗到名山好乞灵。欲向尊前论出处，应惭珠玉秽吾形。（辑自《数马集》卷十五）

和徐钟岳观察明湖纳凉之作 〔明〕张鹤鸣

荷香十里放轻舟，穿叶穿花入壑幽。偶向园亭看竹过，望中华鹊带云浮。郊原秀色晴如洗，河汉平临澹不流。乘兴归来清梦切，虚惭一月两追游。（辑自《芦花湄集》卷二十六）

湖上秋风，有怀董见心、刘百世 〔明〕张鹤鸣

别去湖光忽变秋，凭将泺色寄阳丘。青藜客馆樽前赋，仙舄晴朝花下游。斗气遥瞻绣水合，德星偏傍玉函浮。悬知笑酌月明里，长白山云呼满楼。（辑自《芦花湄集》卷二十六）

汪幕君邀泛大明湖，舟中夜雨 〔明〕张鹤鸣

花满绿湖湖水平，故人邀我放舟行。云香欲近乖龙宅，雨响初疑投佩声。天镜乍开飞电落，薜衣湿透夜寒生。荻风淅沥前洲黑，荷叶笼头酒对倾。（辑自

《芦花湄集》卷二十六）

济南大明湖十首（之一、二、五、七、八、九、十）〔明〕张鹤鸣

荷叶包鱼绿竹港，磁瓶沽酒百花舟。棹歌不断菱风急，吹入白蘋湾尽头。

点点青螺华不注，团团飞镜大明湖。相传玉女梳妆处，济上于今有画图。

佛山影落镜湖秋，湖上看山翠欲流。花外小舟吹笛过，月明香动水云洲。

独抱瑶琴近水楼，登楼一奏广寒游。花里弦歌风细细，月明谁上采莲舟?

酒倾荷叶临花吸，网得鳊鱼带藻烹。偶从玉女祠东过，系着兰桡听玉笙。

我是湖山吏隐身，年来最与白鸥亲。会波泉上夕阳里，紫翠玲珑透鸭茵。

港口分舟夹岸迷，青青茭草拂衣低。水波云起湖光白，十里晴香绿稻畦。

（辑自《芦花湄集》卷二十八，亦见于《历下十六景诗》卷六，题为《同刘云五游湖十绝》；前两首还见于明崇祯《历城县志》清康熙增刻本卷十四《艺文志三》、清乾隆《历城县志》卷第九《山水考四·水二》）

夏夜同二三君子泛舟〔明〕张鹤鸣

荷花娇欲语，波香镜湖凉。绿岸追风笛，冰盘引月光。叩舷白雪调，落酒夜云香。忽动山中兴，山中有薜裳。（辑自《历下十六景诗》卷六）

独往大明湖〔明〕朱长春

城南山色满，潇洒落明湖。五月荷花净，空亭水气孤。吏闲时独往，鸟宿晚相呼。越女红莲曲，临流意不无。（辑自《朱长春文集》卷十三）

夏日邀郭梦菊、张梦夔明湖夜泛，郭有作，倚韵和之〔明〕李化龙

平湖入夏连朝爽，二妙当筵一代豪。烟阁留连初听鸟，酒船浮拍已持螯。风前花气千岩馥，雨后泉声万壑涛。新藕如银才上俎，游鱼如蚁不容篙。清歌缥缈云凝树，醉舞婆娑酒浸袍。星迸一池天乍小，山连四野月初高。笙篁隔岸偏依桨，鸂鶒亲人欲上舠。痛饮浑疑林似竹，忘机便欲水名濠。感时忽击中流楫，忧国还吟放客骚。却愧迂儒无寸补，漫将觞咏对贤劳。（辑自《李于田诗集·东省稿》）

湖 〔明〕李化龙

平湖十里开，明镜不生埃。清歌四面发，为是采莲回。（辑自《李于田诗集·东省稿》）

与平原赵、张诸客，东莱左氏昆仲游趵突泉，遂泛明湖 〔明〕公鼐

共爱齐都月，移舟向晚行。泉流出地奋，波影映山明。台榭花间色，笙歌竹下声。未须论聚散，樽酒足平生。（辑自《问次斋稿》卷十三）

历下湖上独眺（四首）〔明〕公鼐

烟里湖光涌漫波，独行绿树看新荷。南山如嶂青千里，亭畔无人客思多。

窄岸平桥万柳斜，半城春水半人家。东风吹雨霄来急，一片乡心到天涯。

华山泺水拥齐都，玉作高峰镜作湖。日日碧澜看不尽，东蒙双嶂暮云孤。碧澜，济南亭名。

十万齐城一水环，清流绕树树连山。客愁尽日横桥立，目送寒鸦自往还。（辑自《问次斋稿》卷三十）

同游 〔明〕刘敕

一棹船回入水乡，中流箫鼓动微茫。尊倾北海亭犹古，树指东流柳渐黄。烟月波涵清镜晓，云峰影接暮山苍。前州几曲迷津泪，疑向山阴泛野航。（辑自《历下十六景诗》卷六）

大明湖 〔明〕刘敕

一川清禁水，汇作百花洲。倒影摇青嶂，澄波映画楼。舟横竹港外，人坐钓矶头。高客尝来此，开樽对白鸥。（辑自《历乘》卷十七，亦见于明崇祯《历城县志》清康熙增刻本卷十四《艺文志三》、清乾隆《历城县志》卷第九《山水考四·水二》、康熙《山东通志》卷之第五十四《艺文·诗》等）

和张元平韵十首（之一至五、七至十）〔明〕刘敕

仙令翩翩湖上游，玉箫金管木兰舟。俸钱买得桥边酒，一棹轻浮水尽头。

十里华峰一嶂孤，风吹倒影浸平湖。万荷夹岸渔舟小，点缀仙郎入画图。

柳岸人家昼闭关，采莲少女整娇鬟。菱歌声歇晴云散，喜见城头出万山。

横塘港口泛烟低，一片孤城草树齐。沉醉尊前何不可，乱山明灭夕阳西。

爽气袭人夜欲秋，白云飞尽水长流。矶头月落渔蓑冷，横笛一声罢钓舟。

湖畔何人新结楼，楼边烟水足人游。闲来一醉凭阑望，千树垂杨覆小舟。

为忆渔园地主情，得鱼便向故人烹。于今驭鹤金流去，风韵松篁弄玉笙。

人生最苦宰官身，野鹭江鸥独可亲。此日闲吟兼对酒，醉眠更喜草成茵。

草色凄凄野树迷，倚楼遥望远天低。玉河一派潺湲水，分作香流散稻畦。

（辑自《历下十六景诗》卷六。钓，原作“钧”，据诗意改）

夏夜张元平邀同王孟肃、刘百世游大明湖，赋得“荷花娇欲语”〔明〕刘敕

荷花娇欲语，荷气袭人裳。仙郎列绮席，倚棹泛斜阳。散发共披襟，深入水云乡。何处一声笛，横吹林月光。渔火半明灭，山色遥苍茫。呼儿取碧筒，酒吸露华香。萧飒竹风来，隔岸响鸣珰。水鸟忽惊飞，鸣鸣过短樯。更登湖上台，主客两相忘。美人唱吴歌，为我佐瑶觞。回舟欲明发，停桡兴转长。归来不成寐，诗思苦牵肠。（辑自《历下十六景诗》卷六）

立秋日访金维和〔明〕刘敕

西风潇飒送秋来，为喜新秋过钓台。一叶忽从金井落，万荷独向镜湖开。舟中月冷初闻笛，楼上更残尚酌杯。客散醉深归不去，披襟高卧水云隈。（辑自《历下十六景诗》卷六）

春日同赵道亨、陈符卿偶集大明湖〔明〕刘敕

结伴行吟过钓矶，桃花夹岸柳依依。典衣莫负春将老，得酒兼逢鱼正肥。船泊中流天倒影，水涵远岫月生辉。欲酬佳景清狂发，倚棹长歌醉不归。（辑自《历下十六景诗》卷六）

夏日同王孟肃、刘百世重游大明湖，时张元平欲解绶，不至〔明〕刘敕

夕阳倚棹水悠悠，万顷荷花一钓舟。月色半涵天外树，山光倒落水边楼。交情未定凭诗社，时事堪怜付酒瓯。有客挂冠今欲去，薜衣同作五湖游。（辑自《历下十六景诗》卷六）

春尽日游明湖，同薛克明饮赵道亨园 〔明〕刘敕

湖畔呼舟日已斜，相携犹过野人家。满天好景随流水，一片春愁对落花。白发将侵怜岁月，黄金莫惜醉琵琶。兴来直欲终宵饮，酒尽孤村无处赊。（辑自《历下十六景诗》卷六）

中秋游大明湖，怀游蛰初明府 〔明〕刘敕

两岸芙蓉一棹轻，怀人此夕不胜情。谁家砧韵西风急，隔水笛声秋意清。夜色半迷千岫迥，寒光高散五湖晴。绣江江上神仙令，何处开樽醉月明。（辑自《历下十六景诗》卷六）

中秋前五日邀刘文征、刘人龙、家弟同泛大明湖，时值阴晦 〔明〕刘敕

萧瑟西风泛酒船，满湖秋色夕阳天。莲房露重荷将老，桂宇云高月未圆。孤鹜遥飞清渚外，千峰半落画帆前。当樽俱是知音客，一醉凭君倚棹眠。（辑自《历下十六景诗》卷六）

立秋后招李季宣游湖 〔明〕刘敕

湖光十里映流霞，日暮相邀过水涯。一棹惊风荷气远，片帆拂树月明斜。天垂碧镜遥涵岫，云落澄湖倒侵花。喜见秋波通汉曲，凭君直泛斗牛槎。（辑自《历下十六景诗》卷六）

邀陈晋卿游湖，有感 〔明〕刘敕

闲来邀客泛轻航，十里荷花碧玉香。月色半天侵薜荔，笛声几曲出沧浪。青岚倒影孤峰远，画鹢横飞两岸长。当日七桥何处是，倚桡空怅水茫茫。（辑自《历下十六景诗》卷六）

夏日陈晋卿招饮，值雨 〔明〕刘敕

湖光十里晚风轻，共挹幽香泛酒觥。隔岸电摇千树色，满天雨洒乱荷声。楼头漏尽云初霁，桥畔人归水未平。最是仙郎情不浅，殷勤醉倒鲁狂生。（辑自《历下十六景诗》卷六）

秋日同李际可游大明湖，醉联 〔明〕刘敕

载酒湖亭上，清秋更解衣。荷香袭四座，树影滉斜晖。有意为渔者，无钱买钓矶。月明人醉后，一任世情微。（辑自《历下十六景诗》卷六）

秋夜招袁伯常、田有年、家弟月下同游大明湖 〔明〕刘敕

湖水宜秋色，孤帆对月明。镜中涵远岫，树杪出层城。歌妓当尊艳，笛声入夜清。留连苦不醉，有负酒徒名。（辑自《历下十六景诗》卷六）

春尽李际可诸君邀游大明湖，值风 〔明〕刘敕

一望湖光阔，相扳倒玉觞。藤花盘古树，柳色挂斜阳。兴到行杯急，风来返棹忙。当尊皆老友，犹是少年狂。（辑自《历下十六景诗》卷六）

夏日王岱云招邀大明湖，即事 〔明〕刘敕

漾楫花深处，披襟醉落晖。狂随明月饮，醉载美人归。群岫当城出，流萤傍客飞。惊看风雨至，水气满荷衣。（辑自《历下十六景诗》卷六）

秋夜皆郡丞、陈司理邀同徐别驾泛湖 〔明〕刘敕

十里花深处，中流一棹过。远山云点缀，乱树影婆娑。宿鸟惊箫鼓，闲舟系芰荷。夜归人未醉，把酒听渔歌。（辑自《历下十六景诗》卷六）

夏夜泛舟值雨 〔明〕刘敕

欲鼓中流楫，衔杯怅暮天。云浓先近岸，雨细洒空船。断笛孤城外，飞萤古渡边。归来情不尽，沉醉百花前。（辑自《历下十六景诗》卷六）

刘于乔比部招同王参军游大明湖 〔明〕刘敕

湖光摇客鬓，潦倒一尊同。月落湖声里，风回烛影中。放歌凭野伎，拊醉任家僮。莫为怜归晚，荷花几度红。（辑自《历下十六景诗》卷六）

中秋陈文孺明府邀同钱仲常、吴正思两明府游大明湖 〔明〕刘敕

封夷吹云卷暮空，玉盘拥出海门东。一片寒光浸高阁，冰彩满衣扑不落。

幽人偏爱寒月光，向空吸之濯肝肠。碧湖涵月澄秋景，跨虬直拂山河影。山河倒影入平湖，水色天光同一冷。（辑自《历下十六景诗》卷六）

舟中赋，送钱钟常明府还蜀 〔明〕刘敕

瑶台镜挂青云端，树影乱筛白玉寒。满湖寒玉逐清波，一天凉露欺薄罗。病骨无能敌夜色，酒力颇堪润肝膈。锦江秋水促归舟，仗剑君为万里游。今宵不醉湖心月，明日啼猿处处愁。（辑自《历下十六景诗》卷六）

同刘五云感赋 〔明〕李应聘

握手钓矶上，谁知造化深。如斯非有意，逝者亦何心？晚岁催双鬓，孤舟载夕阴。相将流水调，弹入伯牙琴。（辑自《历乘》卷十七）

五云招游大明湖，感赋 〔明〕李应聘

何处涤尘俗？鹊山湖水清。亭新思故主，社散喜新盟。风静渔歌远，云闲棹影轻。黄昏人去后，回首笑浮名。（辑自《历下十六景诗》卷六）

秋日泛大明湖 〔明〕任登瀛

白云红树太湖秋，乘兴相邀载酒游。客子醉临牛女渚，渔人遥荡木兰舟。城依北极玄精合，波撼南山翠色浮。落日更登台上望，风吹健步送双眸。（辑自《历下十六景诗》卷六）

同刘五云泛舟 〔明〕释照肩

一径清凉荫绿多，水边茅屋狎鸥过。一生事业堪彭泽，五字禅余愧鸟窠。柳下维舟曾泛雪，风前传斝暂拈荷。肯教胜事虚林壑，为向矶头访钓蓑。（辑自明崇祯《历城县志》清康熙增刻本卷十四《艺文志三》）

明湖夜泛 〔明〕刘迁

良夜飞新爽，逍遥鼓画航。望迷莲叶碧，风动藕花香，举棹穿星影，开帘弄月光。笙歌何处起，灯火乱苍茫。（辑自《历下十六景诗》卷六）

游大明湖，踵边庭实韵 〔明〕江湛然

箫鼓画船动水西，水光山气蒸虹霓。绀殿雕甍影错绣，嘉鲂美蟹秋争肥。菊萸酒篘香扑扑，芙蓉衣集风凄凄。月明满天无秉烛，歌声盈耳更前溪。（辑自《历下十六景诗》卷六）

同游 〔明〕袁一骥

十里晴光漾碧流，春城风物坐来收。琼枝对倚仙为侣，锦缆徐萦桂作舟。汀渚楼烟催薄暮，沧浪片月拟清秋。回樯未许称陈迹，愿借高情续胜游。（辑自《历下十六景诗》卷六）

同游 〔明〕袁茂英

东风吹散大明冰，澹动新流接远撑。杨柳未舒春意怯，烟波欲暮月华升。人疑水渗频移棹，思入江南忆采菱。不是从游黄叔度，汪汪千顷为谁澄?（辑自《历下十六景诗》卷六）

过大明湖，读余师毕东郊先生诗先生故持斧东鲁，清望冠于一时。 〔明〕祁承㸁

水聚涤尘轨，碧荷环高台。危楼乘月敞，仄径傍松开。竹深暑不到，林疏山自来。朗诵新镌句，门墙惬素怀。（辑自《澹生堂诗集》卷之二）

王子寓鹊湖 〔明〕王象艮

寄居鹊桥下，大明湖水隈。独眠风雨夜，寒向客边来。（辑自《迂园诗》带集。据诗意，诗题中的“鹊湖”当指大明湖）

春日同济南诸君泛舟明湖，分得“狂”字 〔明〕谢肇淛

春色湖光澹夕阳，孤城倒映水云乡。新荷不碍兰舟渡，飞絮偏萦翠袖狂。山影四围浮睥睨，蛙声两部答笙簧。中流容与宁愁夜，纤月还应挂女墙。（辑自《小草斋集》卷二十一）

夜泛大明湖，次范司理质公韵 〔明〕岳和声

暝色亭延赏，寒波月引怜。管弦随棹发，睥睨与山连。煮鹤将消俗，骑鲸

欲问仙。何当乘秋水，共奏远游篇。（辑自《餐微子集》卷之十五）

大明湖小酌，同范质公、王惺东、吕豫石三司理分赋〔明〕岳和声

醒语尘途少，闲心客处多。名都齐斗瑟，清棹燕征歌。酒绿邀寒翠，珠明阔晚波。东山见月出，恍惚玉嵯峨。（辑自《餐微子集》卷之十五）

大明湖大明湖在济南城内北隅。〔朝鲜〕金尚宪

济南官府古名都，楼观苍茫压太湖。天借地形雄海岱，人添物色凝蓬壶。分栽细柳三千树，疏凿方塘一万区。安得荷花明月夜，兰舟直上泛虚无？（辑自《清阴集》）

大明湖同赵文学泛舟〔明〕朱童蒙

树里湖光出，群鸥立不惊。莲衣拂水乱，兰棹逐风轻。邂逅来相契，当樽缔文盟。渔人沧浪里，鼓枻弄歌声。（辑自《历下十六景诗》卷六）

历下十咏（之六）：**大明湖**〔明〕杨梦衮

澄澄一镜中，兰桡弄云水。鹭影沙边来，渔歌天外起。蒹葭围雨岸，菡萏开十里。时有浣纱人，香风散罗绮。（辑自《岱宗藏稿》卷二）

仲春晦日同吕豫石公祖、刘公严司徒泛大明湖〔明〕王象春

青帝剪春明氍毹，蕊乱枝盘衬重湖。社后来燕觑门衢，三分花事二分徂。今我不乐辕下驹，此地上有生云屯。雾隐梵之高山下，有绕郭环村泛洒之长渠。是日也仲春，既晦日已暮。云树迷离风，更呼水如墨瀋注盆盂。荡舟明火晃金麸，击榜阁阁醒鹈鹕。面赭耳热歌乌乌，乌乌之声尾毕逋。一字一叫铁唾壶。景中之人人中景，风幡不动盘走珠。恨无阿段似胡奴，水底古碑手可摹。不须油花卜，不羡樱笋厨。但逢佳友倾屠苏，休愁翻浪龙垂胡。游不诧奇句不峻，晴云晓日胡为乎？最喜尔诗写此景，熏烟古色辋川图。我诗深夜亦有用，可作郁垒与神荼。（辑自《问山亭诗·鹊居诗》）

和吕豫石明湖见忆之作（二首）〔明〕王象春

我去君仍至，湖春岂便虚。一亭频有梦，万里总无书。浪洒应浮艇，慵鸥可在渠。新荷开满未？夜雨忆苗鱼。

晚雨湿村烟，东归已隔年。过肥先望岱，近济便闻泉。囊涩固常事，诗来重我怜。棚藤兼架竹，觞社更开天。（辑自《问山亭诗》卷四）

大明湖〔明〕王象春

万派千流竞一门，岗峦回合紫云屯。莲花水底危城出，略似镂金翡翠盆。

湖出城中，宇内所无，异在恒雨不涨、久旱不涸，至于蛇不现、蛙不鸣，则又诞异矣。湖既出于居民之北，华峰又落齐城之东北，故凡宅门之北向者，得两收其妙，然于阴阳之向不无少舛，安得巨灵推转地轴、跨高山于负釜哉！余曰："幸此湖幽潜，故散人得而享之，不观之太微星帝王、少微星隐士耶！"（辑自《济南百咏》，亦见于《山左明诗钞》卷第三十一、明崇祯《历城县志》清康熙增刻本卷十四《艺文志三》）

大明湖同友人泛舟〔明〕王瑞永

君从何处问莼鲈，不是烟波旧钓徒。湖水潾潾愁置辐，风尘落落任吹竽。一尊独抱晴霞碧，万里相思晚兴孤。幸有狂夫能说剑，无妨深夜坐冰壶。（辑自《王氏一家言》卷十二）

大明湖有怀〔明〕刘应宾

明湖西北隅，历乱众泉聚。水气起白云，孤亭坐蝉树。群荷娇晚艳，烟雨有逸趣。一水泛北门，清秋华不注。佳山与佳水，人世喜相遇。如此清灵里，于鳞生亦足。千秋白雪楼，叹息在佳句。（辑自《平山堂诗集》卷一）

济南湖上〔明〕王琨

十年才一到，半世未闲身。自掬中流水，洗清满面尘。湖光看月素，山色换云新。鱼鸟亲人处，于焉谢弋纶。（辑自《林下吟》卷一，亦见于民国《重修商河县志》卷十五）

夜泛大明湖 〔明〕凌义渠

数曲城隅水，悠然别有源。岚光偕晚静，泽气与秋屯。小艓宽于掌，芳洲环似盆。苇干声乍起，菰烂韵无存。一任风掀烛，徐当月满樽。沿洄随所向，近远讵须论。（辑自《凌忠介公集》卷三，亦见于《凌忠清公诗集》卷三）

频过大明湖 〔明〕凌义渠

寺圮湖存溯始终，古今明晦不相同。四周山翠排阑入，咫尺溪湾觅舫通。香满静池饶雁鹭，荫分客馆列楸桐。非关乱后游踪寂，揽胜前朝久已空。（辑自《凌忠介公集》卷三，亦见于《凌忠清公诗集》卷三）

大明湖偶泛 〔明〕艾容

生割涟漪剪翠，水田初缝称衣铢。藕香十里停舟梦，采却莲花越女无。（选自《微尘闇集》卷八）

闽张蔚宇招泛明湖，大雨 〔明〕艾容

荷雨如潮今乍闻，绿天静洗拭清芬。曾将云梦吞来却，百盏何能不醉君。（选自《微尘闇集》卷八）

同友人泛大明湖 〔明〕徐振芳

湖烟新破见秋空，清浅寒流一镜通。画桨动摇菱叶水，银筝响度竹枝风。筵张舞藻眠花处，客醉寒香老碧中。酒旆鱼罾浣女外，别收爽韵与君同。（辑自《徐太拙先生遗集》，亦见于《渠风集略》卷三）

暮春泛大明湖 〔明〕王大儒

春暮明湖烟树赊，扁舟如叶荡轻沙。斜阳浸水分流影，远岫拂晴带晚霞。兴欲豪时闻楚调，路逢歧处问渔家。几星灯火催暝色，明月横桥映岸花。（辑自明崇祯《历城县志》清康熙增刻本卷十四《艺文志三》，亦见于清乾隆《历城县志》卷第九《山水考四·水二》）

明湖泛舟 〔明〕王倜

城里看山山愈幽，依微城畔雨初收。楼台影浸花十亩，烟水晴归鹭一洲。人在木兰俱是客，月来香国更宜秋。轻桡去去寒烟外，醉拍红桥又放舟。（辑自明崇祯《历城县志》清康熙增刻本卷十四）

泛大明湖 〔明〕王倜

城里见南山，湖如在山下。轻摇画舫穿青空，山与湖光淡相写。莲叶田田泛春雾，映以楼台带佳树。夕阳载酒东湖来，酒酣载月西湖去。（辑自《山左明诗钞》卷三十四，亦见于《山左明诗选》卷八）

月下同友人泛湖 〔明〕王倜

一片秋光似若邪，半城楼阁半城花。烟中画舫笙歌晚，树里青山翡翠斜。湖海相怜偏月夜，弟兄难聚是天涯。呼船几度寒香外，又过渔家向酒家。（辑自《山左明诗钞》卷三十四）

大明湖 〔明〕梅钺

结亭临海右，烟水似南中。画桨分荷绿，雕栏湿粉红。夕阳山外影，杨柳寺前风。北极楼堪望，登登不厌穷。（辑自《诗观三集》卷之六）

明湖 〔明〕王永积

寥落江湖客，重来此旧游。睢阳方殉难，范蠡自扁舟。柳惜三春暖，花余八月秋。祖鞭无可著，何以谢中流！（辑自《心远堂集》卷之十六）

夏日同都门张伊湄、南昌张公理、阳丘李放公明湖小泛庚辰。 〔明〕叶承宗

嘉辰群彦集，鼓棹明湖半。微波受清飔，芳洲点皓翰。水阔莲叶平，鱼跃蒲芽乱。葭菼界横塘，垂杨迷断岸。红妆水际明，靓服风前烂。骊唱怯轻喉，鹍弦宜素腕。吹箫送远音，吸水成新盥。澹烟杂夕炊，远山来几案。归鸦栖暮林，闲艇依浅滩。立马不忍行，目送沙鸥散。（辑自《泺函》卷一）

明湖秋望 〔明〕叶承宗

湖上秋容老，惊看景物非。葭飘闵子絮，荷剪屈平衣。露重寒蝉咽，霞明孤鹜蜚。烟波望不极，徒倚对澄晖。（辑自《泺函》卷一）

杪秋访友近北渚 〔明〕叶承宗

波间开一径，屋角绕横塘。柳暗犹怜色，荷残未褪香。平桥秋草白，曲岸晚霞苍。立马还长眺，寒烟乱夕阳。（辑自《泺函》卷一）

端午薄暮同诸友泛舟明湖 〔明〕叶承宗

良辰理桂楫，薄暮放舟时。芦隙回风细，舟行觉月随。长堤乱萤火，宿鹜隐涟漪。莫漫停浮白，碧筒未可持。（辑自《泺函》卷一）

夏日同张思皇父母、李放公盟丈泛湖 〔明〕叶承宗

小泛明湖里，停桡近水关。葭从迷断岸，树杪出遥山。波满红蕖润，风恬白鹭闲。茂先今政暇，樽酒幸相攀。（辑自《泺函》卷一）

韫生楼上雨中望明湖 〔明〕叶承宗

登楼和雨望明湖，一派空濛入画图。岸曲环萦千树合，波平直见片帆孤。雾藏鹳影迷沙阵，烟锁渔舟隐钓徒。好景不从真处得，何妨幻里认模糊！（辑自《泺函》卷二）

明湖竹枝八阕（之一至三、五至八） 〔明〕叶承宗

女伴乘春泛小艖，水平岸隐乱蒹葭。舟人略放中流许，莫傍堤边蹴浅芽。

短篷疏幕一扁舟，新制春衫映碧流。才近岸边频掩扇，恐妨夫婿在城头。

青青杨柳乍萦丝，茁茁蒹葭渐覆堤。只今莲叶未出水，待得藕成是几时。

为爱青青折柳枝，舟边小立怯轻肢。柳痕着手临流洗，湿却猩红衫袖儿

绿鬓鬒鬒衬杏花，小鬟二月试轻纱。登台南望微微笑，遥指函山是妾家。

春水萦纹嫩绿姿，青娥注视展双颐。久嫌衫子花痕拙，归向郎君学样儿。

日暮低徊懒下舟，小娥隐隐蹙眉头。拟将来月归郎去，生怕阿婆未许游。

（辑自《泺函》卷三）

端二日同王仲伸明湖偶泛 〔明〕叶承宗

莲叶田田皆出水，柳莺深护啄花嘴。乞得邻家酒正美，一艇直泛湖卤里。葭菼如帷障芳沚，菡萏仙仙初作蕊。荷叶为卮香沁齿，翠盘满泛珍珠髓。醉后歌惊双鹭起，笑将余沥觞舟子。（辑自《泺函》卷四）

游大明湖夜归 〔明〕阎尔梅

济南城内小西湖，映带烟楼作画图。杨柳岸边童子棹，芙蓉帘下美人沽。水中山色时明灭，花里琴声半有无。北极宫高邻舍远，松门深锁一灯孤。（辑自《白耷山人诗集》卷六）

中秋泛月 〔明〕孙养深

十里明湖泛小艭，叩舷倡和倒金缸。人间良夜秋三五，水底青天月一双。欸乃渔歌惊宿鹭，胡芦客谑吠村尨。露深不觉衣裳湿，姑射婵娟气未降。（辑自《掖诗采录》卷二）

济南湖上对雨 〔明〕黄宗庠

荒亭坐寥阔，独听雨来时。云物连高梦，乡山动所思。荷翻倾水盖，柳乱逐风丝。此际宜沽酒，呼童莫遣迟。（辑自《镜岩楼诗》）

明湖泛舟 〔清〕朱璋

一点清心映水心，喜来湖上敞衣襟。酒杯岂是陶情物，歌管宁为悦耳音。芦渚风和晴浴鹭，柳堤日暖昼鸣禽。浪游饶有临流兴，欲写高怀待月吟。（辑自明崇祯《历城县志》清康熙增刻本卷十四《艺文志三》）

大明湖 〔清〕朱永思

一带清溪几曲流，溪回棹转夕阳收。峰峦缺处露茅屋，杨柳阴中藏钓舟。薄霭不迷林外寺，好风偏到水边楼。人生乐事浑难得，乘兴还须秉烛游。（辑自明崇祯《历城县志》清康熙增刻本卷十四《艺文志三》，亦见于清乾隆《历城县志》卷第九《山水考四·水二》）

又同虞白公游大明湖，探韵得三江，率成四首 〔清〕黄图安

赏心欲教客心降，避暑寻幽问画艭。蕉鹿世情谈旧梦，樵渔天籁出新腔。云笼湖岸风尘净，雨促歌筵笑语哤。游罢顿忘归径晚，陶然策蹇渡徒杠。

一苇何殊泛大江，旅愁谢尽付罂缸。清芬荷气飘歌袖，潋滟湖光射宝幢。风泻松涛韵谡谡，雨添泉势响淙淙。闲敲棋子乘余兴，花里竹扉吠小尨。

湖景清幽见大邦，画舸面面敞篷窗。喜观鱼乐同吾乐，笑对人双近鸟双。歌信游情声自误，狂乘酒兴意犹扛。天真相率浑无忌，故作诙言语气撞。

梦里知交意自厖，携来桑落渡湖矼。葭天风送曲声细，花径雨催水势洚，舟子鸣榔飞白鹭，游人傍柳系骅骢。莫愁榆景人归尽，起向渔家问夜釭。（辑自《东园诗集》卷四）

秋晚游明湖 〔清〕傅宸

湖水漾晴空，舟行入镜中。晚烟飞白鹭，秋色饱丹枫。花底浮岚现，城阴小径通。淹留长竟日，残照隔林红。（辑自《辕辙吟》，亦见于《话雨山房诗草》，题为《秋晚再游明湖》）

湖上杂诗（五首之一、二、五） 〔清〕傅宸

杯榼经过画舫移，青骢遥系柳如丝。我来指点宸游地，独立空亭读断碑。

衣香扇影日空濛，引得游人醉似蜂。历下亭过汇泉寺，铁公祠里又相逢。

能向湖漘醉几回？一生襟抱此中开。风情自笑何曾减，红藕香中载酒来。（辑自《辕辙吟》）

游大明湖二首 〔清〕温树珖

雨余携手渡湖矼，垂柳浓阴系小艭。荷露风飘香细细，渔歌胜却姑苏腔。

坐筵湖上木兰艭，逐队寻幽到此庞。绿树碧苔人寂寂，清风吹动宝旛幢。（这两首诗原附于《东园诗集》卷四黄图安《又同虞白公游大明湖，探韵得三江，率成四首》之后，原书中云："附温公绝句二首"，题目为编者所拟）

人日放舟 〔清〕黄坦

胜节喜晴和，春风湖上多。凫飞遥度柳，冰泮未成波。雉堞参差影，儿童长

短歌。中流珠可泳，箫管意如何？（辑自《黄氏诗钞》卷中《紫雪轩诗集》）

湖上泛舟候月 〔清〕黄坦

树杪月初明，清光处处生。蒲荷香到客，烟雾夜连城。寒气吹虫响，微风渡柝声。船开人不见，莫问隔年情。（辑自《黄氏诗钞》卷中《紫雪轩诗集》）

望江南（双调）·历下西湖 〔清〕钟谔

湖上水，不见望仙楼。怀抱无端长寂寞，况逢宫苑废清秋。光暗夕阳愁。闲纵目，菰黍没汀洲。野鹭不知人事改，斜舒饥嗉立沙头。天碧水悠悠。

湖上柳，秋意渐潇潇。并坐小莺愁不语，晓风残月美人遥。虚度可怜宵。追往事，曾系锦兰桡。碧瓦沟边春载酒，赭栏桥上夜吹箫。憔悴楚宫腰。

湖上月，云露淡秋烟。料得高楼人饮散，空余宫影闭婵娟，乞巧是何年。国破后，新月几初弦。风定縠丝看渐灭，一泓星宿上珠泉。倒挂蔚蓝天。

湖上雨，尽日洒寒芜。相像玉阶环佩冷，晚风瑟瑟动菰蒲。云暗小亭孤。忘国恨，清露泣荷珠。废港渐壅新涨水。遥听呜咽向□□。□□□□□。（辑自《西乐山樵词集》）

早发济南湖上（二首） 〔清〕徐夜

想思逾山水，梦寐不及歇。湖光积面寒，之子届晨发。青衫敝数日，潦倒及鞋袜。归期杨柳间，游情半春月。

湖水方夜定，桶喧凌清晨。鸡鸣爽昧中，惊散城中人。门开尘影接，日出红仍新。去染尘中色，再来濯此身。（辑自《隐君诗集》卷三）

大明湖歌 〔清〕方文

济南城中大明湖，乃在贡院西北隅。其南即为藩司署，墙脚不许通樵苏。七十二泉汇于此，严冬大旱水不枯。湖中芰荷杂葭菼，夏月望之如蓬壶。往时官府好事者，小舠载酒遨且娱。民间采莲亦不禁，所以此地称名区。崇祯戊寅十二月，辽海万骑来燕都。前锋直抵济南郡，济南防备甚疏虞。是时山东大方伯，张公钟阳吾姊夫。公讳秉文，字含之，桐城人。万历庚戌进士，别号钟阳。率彼群吏婴城守，辛苦半月犹枝梧。己卯元旦城竟破，公中一矢身先殂。吾姊闻难且不哭，立召二妾来咨谟。爷为大臣我命妇，一死以外无他图。嗟汝二姬各有子，长儿虽归幼儿俱，于义犹可同捐躯。两人缝纫其衣带，欣然奋身投此湖。中妇年已过四十，本欲殉难还踟蹰。腹中正怀五月孕，膝下又有双凤雏。私念吾家大小悉赴水，安忍此辈为虾鳝？泣拜忠谨二老婢，一婢一孩负之趋。倘遇白刃斯已矣，侥幸不杀，还至此处来寻吾。大明湖边有深涧，上用柴草杂乱铺。蒙首潜身匿其下，六日不食气息无。兵来见是漭泱水，水面浮尸如众凫。匆匆亦不暇搜索，此妇性命遂免屠。六日以后番兵去，乡民次第来阛阓。城中杀戮十余万，家家骨肉哀号呼。中妇闻声匍匐出，自言我是张老姑。张公平日多惠政，百姓闻者争前驱。因导此妇寻公尸，尸在城楼色不渝。又倩一人入湖水，捞寻大妇小妇于寒芦。俄顷二尸得畀出，遂与张公之尸并陈于路衢。残黎助钱买薄板，草草殡殓何所需？异哉二婢亦未杀，被掳为兵锉马刍。各言此子是己子，仍以残饼为之餔。兵去婢留寻阿母，同日抱还其两孤。一孤乃是己所出，一孤乃是小妇所遗珠。未几复产遗腹子，与前二子同煦濡。扶棺挈儿返故里，亲戚见者咸嗟吁。此虽张公盛德之所致，亦由此妇才智与人殊。圣朝褒忠务核实，公膺赠典良非诬。二十年后我游济，大明湖边立斯须。追惟往事不胜痛，临风雪涕沾平芜。忠臣烈妇分自尽，岂必求人知之乎？第恐年久事湮没，因作此诗告吾徒。（辑自《龛山续集·鲁游草二》）

明湖行忆癸未夏寓济南赵孝廉书舍。〔清〕高珩

大明湖头久作客，苇叶蒲花风瑟瑟。远山虚霭入空楹，尽日读书消不得。漫将清霁倚湖山，清霁湖山对正难。不有红妆临罨画，纵依翠巘意阑珊。我欲当轩三里许，跨溪楼阁临洲渚。曲榭风开翡翠帘，晓妆拥髻迎人语。顾步鸳鸯七十双，解环鸣佩将翱翔。紫绮临波还自笑，青鸾帐底入迷香。幽人睡足桐阴罅，一叶鸣桡疾于马。飞飞白鹭掠吟瓢，送人直到朱阑下。龙香罢调又箜篌，舞入阳阿乐未休。纵不相怜许相对，迟迟延伫正娇羞。有时汉女临溪访，清濑采芝还荡桨。芙蕖城外水仙家，登堂六博留清赏。不然隔岸生遥态，闲睇紫钗消欲坠。菖蒲门畔画裙遮，碧银塘下双凫睡。斜日游人也自宜，哀丝声落彩云迟。回眸低扇偷成笑，掷果君前知不知。济南自昔称名胜，投鞭一度风流净。秋娘老去秦娘衰，十里平湖空似镜。文鸳尽日立茨菰，不见歌船到里湖。乃知佳丽关时运，弱翠飞琼今日无。书记闲游无一可，果然好梦输江左。神仙桃叶

渡头船，一曲秦淮留待我。（辑自《栖云阁诗》卷三，亦见于《乡园忆旧录》）

寓大明湖侧，夜闻风雨声 〔清〕高珩

天籁自泠泠，迢遥下远汀。地疑邻楚甸，人似对湘灵。顿觉秋声壮，偏宜醉客听。移情即此是，不用泛沧溟。（辑自《栖云阁诗拾遗》卷一）

大明湖 〔清〕高珩

删抹湖光应更妍，游人惊顾似游仙。绿添柳岸千重锦，白豁葑堤十里天。绣幕朱楼清濑上，新妆红袖小舟前。便将西子新图样，移向齐州亦可怜。（辑自《栖云阁诗拾遗》卷二）

十五夜月忽忆济南湖上有序。 〔清〕法若真

乙酉秋亭午出闱，买舟沽酒，招同学名士五十余人泛湖上，或舣船柳院，或登歌北极，一时东西诸昆友不谋而集者数百人。舟不相及，而姓名遥呼；杯不相接，而扬卮各醉，声喧蒹葭，影落荷花，鸡鸣三唱，霜气凝波。六十余年，宛梦中事也。明月依然，治乱死生，感慨系之。今则属儿辈矣，对月长吟。

依然明月塞晴川，遥忆云庄六十年。白雪名高沧海士，青莲酒送满湖船。轻摇丹阙千行树，踏破银河第几天。自是文章多快事，于今长夜老婵娟。（辑自《黄山诗留》卷十五）

张际亭招同唐济石泛湖上，即过叶世槭园中 〔清〕法若真

山作主人竹作邻，官贫下马揖此君。为来沽酒寻明月，何故焚船避断云。血尽先臣封楚塞，书投甲士哭秦军。却输台上千峰色，到夜秋空树影纷。世槭之伯父以骂贼死。（辑自《黄山诗留》卷十五）

秋日客济南，游华不注诸名胜，同贻上、王十一限用“清波收潦日，华林鸣籁初”韵，以志采览（十首之二、之七） 〔清〕许珌

招招小鹿子，拨刺弄回波。银塘采嘉藕，素鲔穿残荷。逍遥白氎巾，闲吟三纬歌。此时红杜若，映我微醺酡。

七桥如画里，澄镜入丹林。缯网无所施，花时应鸣禽。据图思往哲，把酒

谐宿心。萧晨来东游，遂忘久滞淫。（辑自《铁堂诗草》卷上）

同堵芬木、邵叔虎、堵乾三、赵浮山、牟侯甫泛舟鹊湖，分韵四首（之一、二、三）〔清〕宋琬

湖上秋光敛素烟，行厨泛酒泬寥天。红衣落尽芙蓉老，黛色遥看埤垷悬。云去定归沧海畔，月来疑在剡溪边。芦中有客同摇落，坐对群鸥话昔年。

曲港分流界水涯，芰荷如幄影交加。轻摇画桨冲鱼笱，乱点清波有荻花。生计且须营笠子，醉归随意宿渔家。五湖今日谁堪长，与尔同乘八月槎。

朝看宜雨晚宜风，西子明妆约略同。无尽泉源来地底，一行雁影落杯中。水含密藻添深碧，叶隐余花殿晚红。苦忆平原旧池馆，夕阳衰草满寒空。（辑自《安雅堂未刻稿》卷四。据诗意，此诗题中所说的"鹊湖"应为大明湖）

湖上忆同垣诸公 〔清〕孙光祀

山水亦夙好，历下事徜徉。步出城南隅，言寻泺源堂。荷风适披襟，夏木荫苍凉。浴鹭狎人群，高蝉叫我傍。峭然白雪楼，日暮倚沧浪。念我生平欢，思来正无方。畴昔青琐闼，良友共翱翔。近传朝宁间，献纳多名章。岂不怀报塞，鸣凤满朝阳。特寄金门客，会应笑鲁狂。（辑自《胆余轩集》）

湖上春怀 〔清〕赵作舟

客况愁看花鸟新，三春过尽不知春。满天柳絮飞如雪，独立荒亭湖水滨。（辑自《文喜堂诗集》卷二《原鸰集〔上〕》）

宋荔裳观察自都如浙，道由历下，招同堵夫子、邵叔虎、堵乾三、牟侯甫泛舟北渚，得"鸥"字（二首）

按：荔裳，名琬，字玉叔，莱阳人。顺治丁亥进士，官四川按察使。 〔清〕赵作舟

明湖晓色动悲秋，宋玉移樽选胜游。夹岸烟云过远树，开颜天地等轻鸥。清流底事偏多恨，白眼全抛且遣愁。南北行踪俱不定，濯缨相对忆沧州。

碧筒牵叶度方舟，淡日衔山落照收。泽国芙蓉方十里，鹊华烟月自千秋。投竿独羡芦中客，映树人窥湖上楼。不记池亭全盛日，萧条莲渚起飞鸥。每于笙歌杂沓中独寄感怆，三十年来颇不能遣诸怀，读先生诗时获我心矣。（辑自

《文喜堂诗集》卷二《原鸰集〔上〕》）

湖上吟（四首）〔清〕赵作舟

驱车行路难，朔风凋秋树。非无儿女仁，慷慨意不顾。沉痛切在原，海滨望宿墓。遭事难遽伸，斯恨同错铸。衰凤空枳栖，岂敢惜毛羽？徘徊历下亭，李杜如旦暮。文章为轻波，无衣谁能赋？

我来凌霜威，愁思生春草。方寸才几何，岂堪久尘恼？今逢白头子，昨日方美好。三年滞此闲，苦颜能不老。窗前看野马，意懒未常扫。哲人贵知几，一决怅不早。

湖水静无人，水鸟不惊飞。凭眺舒游情，亦以忘吾机。空亭未愁寂，日涉送春晖。不知今日是，恍见昨者非。天涯一羁客，随分典寒衣。行歌挟一编，悠然闭双扉。

屋瓦忽皆飞，万马驰深夜。烈风从何来，庭户鸣虚舍。彷徨不敢卧，仰首问元化。霾日当昼晦，天惊历气罅。大块浑黄土，水云岂能泻。春荒念时和，忧来难税驾。（辑自《文喜堂诗集》卷三《原鸰集〔下〕》）

下观察邀泛大明湖〔清〕杨炤

我客济南九月余，一游趵突再明湖。趵突瀵涌虽绝奇，未若明湖天下无。湖占齐城三分一，延袤浩淼西北隅。恒雨不涨旱不涸，蛙蛇不敢藏苽芦。周遭十丈放船过，栽藕中央官榷租。闻道荷花千万朵，我来幸未荷叶枯。东南列障也苍然，林水萦回似画图。是时天气秋将半，触热不减七月初。青帘白舫久不见，此中[illegible]入如冰壶。况乃丝竹飘远韵，水面参差起浴凫。顿忘拂面尘土恶，居然风景如三吴。主人掀髯笑谓余，请君赋诗一嘲渠。夏湖不泛泛秋湖，但看翠盖无红蕖。明年请作平原饮，载酒看花定不虚。（辑自《怀古堂诗选》卷九，原作“徼”，均题意改）

同严子餐给谏、李君渥枢部泛明湖〔清〕施闰章

落日扁舟野兴长，繁弦急管倚筵张。回波荷芰余零乱，曲浦亭台接淼茫。海内词人从二仲，客中佳节近重阳。东藩皂盖传高会，此地风流倘未央。湖上即杜工部陪李北海宴历下亭旧址。（辑自《学馀堂诗集》卷三十五，亦见于清乾隆《历城县志》

卷第九《山水考四·水二》)

李屺瞻解官客济南，有《泛明湖，见怀》诸作 〔清〕施闰章

东国羁栖久，多君不我忘。声情挥涕泪，文字果光芒。梦逐明湖远，愁连汶水长。飞书凭片月，好堕故人旁。(辑自《学馀堂诗集》卷二十七)

泛舟明湖六首 〔清〕申涵光

芙蓉桥下碧湖湾，落日渔舟自往还。倚杖独寻高处望，隔城烟寺佛头山。

北风萧瑟冷秋菰，水畔青帘问酒炉。醉里狂歌惊两岸，不知羁客是穷途。

女墙倒影下寒空，树杪飞桥渡远虹。历下人家十万户，秋来俱在雁声中。

四郭山围岚气昏，竹篱疏树一江村。醉中见月忘风露，夜半吹箫过水门。

茂苑荒台鹿自游，断垣衰草隐朱楼。宫中只有明湖水，依旧潺湲出御沟。

百年争诵李于鳞，济下山川若有神。一自文章风雨散，往来湖上复何人?(辑自《聪山诗选》卷八，其中第三、四首亦见于清乾隆《历城县志》卷第九《山水考四·水二》，第四、五首亦见于《百名家诗选》)

大明湖 〔清〕姚文然

水面亭边放小舠，还登北极望湖潮。闻是先朝钦赐地，旧赐德藩。荇根芦叶月萧萧。(辑自《姚端恪公诗集》卷七)

同李宫詹吉津、徐考功君实、卢别驾济如游湖上 〔清〕吴汝桢

漠漠层阴覆郡城，尊开沙际一轩清。芰荷低衬青蒲色，鸥鹭遥闻绿渚声。千古鹊华标远目，百年边李擅高名。诸君俱是弹冠客，到此能无赋濯缨?(辑自《国朝武定诗钞》)

立春日重过明湖 〔清〕姚夔

一匏悬百泂，廿载别湖光。水面还如旧，波心未改常。樽前曾对月，秋后尚闻香。此日重来过，春风满历阳。(辑自《饮和堂集》卷十四《曹南草》)

夜泛大明湖 〔清〕宿孔暐

登舟日尚西，数转烟霞闭。回首看飞鸿，蒹葭横秋势。（辑自《涛音集》卷六，亦见于《国朝山左诗钞》卷二十三、民国《续修历城县志》卷十一《山水考七・水三》）

明湖杂咏十六首（选二） 〔清〕李绍闻

孤亭依旧峙湖心，修竹文流供醉吟。可惜笔锋推北海，不镌片石到于今。

歌成雪后楼还白，书著林间叶亦黄。提唱宗风人不远，一堤秋柳见渔洋。（辑自《东泉诗话》卷七）

明湖 〔清〕朱雯

桃花春涨起湖边，十里风光剧可怜。系马偏多垂柳岸，摇船直上碧波天。青蒲芽短真堪炙，白鲫脂肥不论钱。潋滟空濛兼两绝，半湖明月半湖烟。（辑自清康熙《济南府志》卷八〔下〕）

大明湖 〔清〕谢嵩龄

参差人影落晴湖，棹入蒹葭路转纡。村笛山歌殊不恶，溪禽树鸟自相呼。（辑自明崇祯《历城县志》清康熙增刻本卷十四《艺文志三》）

同樊子德泛湖即事 〔清〕林九棘

为览芳华散客愁，镜湖迢递水天幽。垂杨披拂蓬莱晓，曲榭参差阆苑秋。千里云山飞锦轴，万家灯火乱丹丘。澄波荷叶如钱贴，极目青青贯酒筹。（辑自《十咏堂稿・东游纪草》）

同桑既白参戎饮明湖 〔清〕林九棘

避暑临湖上，烟光远墅封。飞觞留皓月，逸兴倚疏松。人醉波心笛，僧敲云外钟。爱滋清露浥，兀坐水溶溶。（辑自《十咏堂稿・东游纪草》）

同马允叶司马、何敬庵中翰游明湖 〔清〕林九棘

此地堪消暑，临亭玩芰荷。柳堤疑浥露，曲院湛清波。沁月香魂逸，披风

凉气多。相思湖畔水，阆苑意如何！（辑自《十咏堂稿·东游纪草》）

采菱女 〔清〕林九棘

清涟湖畔水，荡漾湖中荷。盈盈采菱女，折荷弄清波。情思既缥缈，风韵何婆娑。嗟哉浪游子，徘徊良已多。荷花有并蒂，菱叶犹丝萝。尔何渺然去，令予独如何！（辑自《十咏堂稿·东游纪草》）

明湖曲 〔清〕何天宠

南山风雨鲍城秋，北涨明湖宫水流。欲听采莲何处是，旗亭曲度小梁州。（辑自《国朝畿辅诗传》卷十八）

古明湖 〔清〕杜澳

莲子作花蒲作叶，万顷镜湖十里秋。鱼龙喷沫晴亦雨，凫鹥啄藻飞还留。锦瑟倚红喧水面，春缸泛绿压船头。狂呼浮白不知暝，角声孤起波悠悠。（辑自《湄湖吟》卷三《琴清堂》）

大明湖泛舟 〔清〕陈祚明

亭外湖边似绿村，轻舟出港浪花翻。云亭诸岭连东岳，华鹊双峰峙北门。镜影稍移罗幔色，縠纹徐破画桡痕。百壶鲁酒频须送，莫漫临流忆故园。（辑自《稽留山人集》卷二，诗题中的“明”字原书中误作“名”字）

月夜明湖独步 〔清〕宫梦仁

湖麦依城绕，人宜踏月行。斜头常独啸，启户正初更。甫自西隅转，俄看北极横。云容随步改，凉气逐衣生。浦隔光无定，林疏影故轻。严城余战血，废寺隐钟声。宿鸟栖安择，啼猿梦屡惊。万家从雾合，一色与波平。柳外槎浮小，芦边鹭立明。兔肥浑漱玉，轮满似悬晶。天以空能白，心缘淡更清。直疑攀象纬，端可濯尘缨。不减临流兴，依然叹逝情。半生筹显晦，兹夕悟亏盈。鉴洞因观水，衷虚若契衡。微吟诠物理，众虑肃檐楹。（辑自清康熙《济南府志》卷八〔下〕）

秋日泛大明湖 〔清〕毕际廉

一水如弦直，芦花两岸幽。楼台光缥缈，鸥鹭影沉浮。渔唱山将暝，蝉吟树欲秋。采莲人不见，隔浦棹扁舟。（辑自《国朝山左诗续钞》卷二，亦见于民国《续修历城县志》卷十一《山水考七·水三》）

濯缨湖泛舟 〔清〕程可则

十里凉风水面亭，野航如画泛鸥汀。侵衣翠芰田田绿，拂桨香蒲细细青。峰近晚霞觞底落，箫吹前浦鹤来听。几年不结烟波侣，欲采芙蓉下洞庭。（辑自《海日堂集》卷四）

大明湖 〔清〕丁弘诲

逐日笙歌集酒徒，客中游兴未全无。冲开潋滟知鸂鶒，听到钩辀有鹧鸪。草色黏天春在水，荷香夹岸月归湖。采莲人去斜阳下，片片山云入画图。（辑自《丁景吕诗集》）

仲秋经历下，同南华、仲美及揽朋、雪因、愫臣诸兄弟泛湖 〔清〕王樛

水香亭上晚云碧，荷露霏霏葛衣湿。画舫遥望女墙低，青螺如髻排云出。谁家修竹隐红楼，明眸皓齿如相即。客醉惊看溪月高，烟暗秋城清景失。（辑自《国朝山左诗钞》卷十一）

历下泛舟之次日，复小憩北水门，疏柳覆岸，茅屋数椽，渔罾空悬，清波见底。壁间有昔人石碑，上题“钓矶”，后附一绝句云：“一竿独抱水云隈，半载微官解绶来。岂是明时甘卧隐，高风不羡子陵台。”托兴高逸，未详谁氏。饮至乙夜始归（二首之二） 〔清〕王樛

猎猎荷风了晚秋，为看冷艳更夷犹。采莲歌断得侵座，捕蟹灯残影入舟。千古怜才思北海，十年去国问西州。湖山到处堪联句，皮陆何缘得共游？（辑自《息轩草》）

明湖 〔清〕袁藩

湖南湖北水朝天，何处扁舟唱《采莲》？香远路深人不见，鹊华桥上望晴

烟。（辑自《敦好堂诗集》卷二）

清明湖上对饮 〔清〕袁藩

夹岸清莎照水湄，惊心犹是禁烟时。湖光微动分青霭，山色遥临俯绿陂。客舍秋千春婉转，故园杨柳梦参差。（辑自《敦好堂诗集》卷五）

明湖秋泛 〔清〕王士禧

湖与天光接，舟行似晚霞。芙蓉飞短棹，杨柳暗人家。玉切秋鲈脍，香分顾渚茶。谁家亭子好，只隔白蘋花。（辑自《抱山集选》）

济南归途即事十六绝句（之二） 〔清〕唐梦赉

翠玉田田未有花，恰宜箫鼓泛仙槎。重来湖上增佳话，北极台前卖酒家。（辑自《志壑堂诗集》卷六）

泛舟明湖（二首之一） 〔清〕李念慈

湖在济南郡城内西北隅，大数百顷，居民分有之，种菜荷营利，各树芦以为畔域。可行者，止官河一道，才容小舟。由河至北城下，玄帝庙基最高，可望一城及城南诸山。

潋滟诸泉汇，轻桡一道行。雉墙围乱绿，芦畛碍空明。鱼藕千家利，风凉五月清。新篁谁院落，舣艇有余情。（辑自《谷口山房诗集》卷九《居东集》）

济南八景：明湖 〔清〕释元玉

历城明光射斗虚，只是明湖水常足。水足荷花五月开，美人晓唱采莲曲。曲里新声异贺郊，行人驻马绿杨桥。余音属和谁能和，解抱虞琴向夕调。（辑自《石堂集》卷七）

闱中以误犯被贴，泛舟明湖，偶成四律，志感 〔清〕安致远

又理麻鞋逐队行，任他冷眼笑人忙。知非忍耻来非所，铸错强颜入错场。晃屋灯光阿閦影，催更鼓响海潮扬。团花结束学年少，好赛云英脂粉香。

几载邯郸梦未成，劳劳又向梦中行。彩绳系履新孺子，毡帽笼头旧老兵。

狸伏短檐低屈曲，蝉吟比舍细嘤咛。质疑问字来帘外，宛尔开堂授一经。

鲍锦江花事渺茫，崛强秃笔尚飞扬。春光参错桃花雨，秋色模糊帝女章。堕甑宁烦孟敏顾，遗弓翻笑楚人忙。珠光蜃影须臾幻，漫衍鱼龙上戏场。

曲岸垂杨景事幽，闲从花外唤渔舟。芙蕖叶映单衫绿，芦荻风吹两鬓秋。北渚重来同社燕，南皮昔宴付轻鸥。丁酉之会，今如晨星。多情惟有明湖水，容我垂纶下钓钩。（辑自《纪城诗稿》卷二《柳村杂咏》）

明湖秋词，和钟子圣舆（六首之一至二、四至六）〔清〕安致远

明湖风物剧怜人，雨笠烟蓑饷比邻。鲙得霜鳞如切玉，风前醉岸白纶巾。

群鸭呼雏鼓翼飞，芦花深处映双扉。佳虾名蟹字见郦注寻常见，箸拨红霞獭髓肥。

八月新凉水阁秋，老渔贳酒晚相酬。手提笭箵催归去，四面风来雨打头。

细柳宫杨夹岸青，无名水鸟自梳翎。湖边一捺添新雨，晓起浮萍绿满汀。

北城羽客自清闲，钟磬松阴不掩关。万户寒烟秋色晚，青青饱看佛头山。

（辑自《纪城诗稿》卷六《倦游草》）

九日滕蜚之同年招游明湖，登北极台，乘月夜归（二首之二）〔清〕严我斯

历下多名胜，招游及好晨。不须风落帽，还喜月留人。水面荷衣冷，山头菊蕊新。那能携彩笔，长醉此湖滨。（辑自《尺五堂诗删》卷二）

湖上杂兴（四首之三、四）〔清〕严我斯

红泥亭了夕阳斜，个个莲舟傍水涯。浑似江南旧风景，白鹇飞处少人家。

城外青山城内湖，鹊山如掌华山孤。少陵李白曾游处，我亦扁舟入画图。

（辑自《尺五堂诗删》卷二）

丙午秋日与孙仲孺、张杞园、王六吉明湖夜泛〔清〕李澄中

湖光入夜清，良游溯霞影。坐觉远岸移，颇讶片舸猛。芦荻漾新秋，历乱不能整。隔城南山来，白云翳半岭。天水澹孤烟，雁鹜寒逾静。回舟沿月华，长啸心自省。（辑自《卧象山前集》卷一）

湖上逢张兰修、安静子、赵帝可 〔清〕李澄中

百花洲上坐秋阴，各系麻鞋影未深。四海弟兄齐老大，相逢莫唱白头吟。（辑自《卧象山前集》卷一）

好事近·饮莲子湖 〔清〕朱彝尊

春气满林香，王翰。水泮寒塘始绿。韦应物。目送回汀隐隐，陆龟蒙。十余竿野竹。方干。

卫娘清转遏云歌，罗隐。山月皎如烛。韦应物。若向阳台荐枕，王勃。得明珠十斛。李贺。（辑自《曝书亭集》卷三十）

与同年卢西宁太史泛舟明湖，有怀钱葆酚、朱锡鬯 〔清〕陆棻

结骑平原十日游，芰荷香气满兰舟。歌声缭绕明湖馆，词客凄凉白雪楼。莫厌渔翁争席至，何妨堤柳碍船留。芙蓉幕府人连璧，鼓掌珠泉自唱酬。（辑自《雅坪诗稿》卷二十六）

泛古明湖 〔清〕曹溆

秋水连天一镜开，芰荷深处见危台。轻舟放入湖心里，任尔随风自往来。（辑自《虫吟草》）

予九试棘围，济南名胜无不周览。癸卯之役，竟以贫病不克赴试。雨窗无聊，姑即平日所历，各赋一诗，以当重游，词之工拙不计暇也：明湖 〔清〕曹溆

竭来最忆古明湖，湖上风光画不如。欸乃一声心目爽，荷香冉冉透衣裾。（辑自《虫吟草古近体诗》）

游明湖 〔清〕任塾

明湖十顷落城偏，曲绕纤堤断复联。鱼网半悬朱户外，鹅群时漾绿尊前。舟穿柳尽山光出，棹拂屏开水色鲜。濯足笑捐官长体，酒旗歌板任喧阗。（辑自清康熙《济南府志》卷八〔下〕）

暮春刘六皆学使招泛明湖 〔清〕杜首昌

路指蓬莱城郭遥，使君觞咏惯相招。云开山色来千佛，湖散泉声响七桥。画舫波清游镜面，锦堂草绿染裙腰。当年李杜风流甚，不过诗筒与酒瓢。（辑自《绾秀园诗选》）

暮春泛大明湖 〔清〕孙蕙

满路榆钱散不收，杨花如雪放轻舟。笔床茶灶随疏懒，水榭林亭任去留。远树一湾摇酒旗，澄波千尺下渔钩。当年北渚题诗好，此地曾经杜老游。少陵游历下亭，有“北渚凌清河”之句。（辑自《笠山诗选》卷五）

明湖竹枝词（二首） 〔清〕张实居

绿草蓑衣舴艋舟，垂竿独钓一湖秋。得鱼换酒终朝醉，菱角鸡头烂不收。

潋滟湖光雨后妍，登楼四望碧垂天。谁将一幅西川锦，铺向明湖晚照前？（辑自《萧亭诗选》卷一）

明湖怀旧 〔清〕张实居

藕叶田田藕花吐，七十泉飞鹊华雨。湖上人家半是非，流水悠悠自今古。（辑自《萧亭诗选》卷一）

沁园春·泛舟明湖，访仲愚，留饮即事。李道恩、刘伯叙继至 〔清〕曹贞吉

所谓伊人，一水盈盈，欲往从焉。见雁影萧条，烟波上下；渔歌欸乃，箬筱便娟。雨笠烟蓑，瘿瓢竹杖，衰柳残荷望渺然。橹声断，恰门横短港，巷面青山。

一觞一咏流连，殊不似、扁舟雪夜还。况高议云生，尊同北海；胜流狎集，客比西园。鸿爪遭逢，萍踪聚散，绝胜他人交十年。拼沉醉，问中秋好月，可照湖干？（辑自《珂雪词》卷下）

己未初夏，济南游小西湖，次韵（二首） 〔清〕毛师柱

夕阳湖影澹，西望隔重林。到处何曾小，传来直至今。空明分镜面，宛转象人心。爱杀千杨柳，黄鹂尽好音。

坐对前山碧，还看湖水清。自应人共赏，能使眼俱明。艇小沿回渚，花疏媚晚晴。憎它采莲唱，入耳却关情。（辑自《端峰诗选·五言律》）

初夏游明湖，次莆田林闻伯孝廉韵 〔清〕毛师柱

绿杨如线蘸晴波，吹得杨花水面多。为爱湖光真浩渺，最难天气是清和。千回不厌花时看，一曲何妨醉后歌。游屐相邀俱在客，即令风雨亦应过。（辑自《端峰诗选·七言律》）

读桑邢若孝廉《明湖》绝句，赋此，以订后约 〔清〕毛师柱

城头山青晓簇簇，城角晴湖浸林麓。春波春柳共春风，摇漾山城半城绿。㶉鶒群飞蒲稗深，蟹舍渔庄带茅屋。城市居然烟水宽，好景云林画难足。湖堤杨柳横秋烟，我昔过此闻寒蝉。眼中不见春水碧，三年梦绕明湖边。今来济南正春暮，玻璃万顷荷田田。东西南北更鱼戏，空斋想像心悠然。珍珠泉畔飞柳绵，输君游瞩青连钱。湖光山影入诗句，归来满写桃花笺。读罢君诗对君语，后约佳期待小暑。短帽轻衫坐钓舟，荷叶风来听疏雨。菡萏花看锦绣丛，彩笔知君亦如许。不向明湖十日游，枉却人生离乡土。（辑自《端峰诗选·七言古》）

秋日游华不注、明湖、趵突泉诸名胜，闲暇有赋，仍用“清波收潦日，华林鸣籁初”为韵十首（之二、七） 〔清〕王士禛

素舸映西景，悠悠溯遥波。清吹靡凉荻，眠鸥点残荷。玉笛起四隅，遥应铜斗歌。凿落在君手，莫惜朱颜酡。

七桥夹明镜，花事接芳林。日日携渔罾，朝朝弄渚禽。焚香续曾巩，欹案语桑钦。十载沧洲梦，兹游岂滞淫？（辑自《渔洋山人诗集》卷三，亦见于清乾隆《历城县志》卷第九《山水考四·水二》）

湖上送愚山督学归宣城二首 〔清〕王士禛

一樽藉芳草，离思杳难任。东路风光遍，春江日暮深。烟条历阳树，草阁敬亭阴。四照楼前水，相思记楚吟。

汉儒明学日，鲁壁授经人。阙里诸生旧，关门祖帐新。水停梅冶夕，山及谢家春。婚宦何年毕，清溪共卜邻。（辑自《渔洋山人诗集》卷七，亦见于清乾

隆《历城县志》卷第九《山水考四·水二》）

忆明湖 〔清〕王士禛

一曲明湖照眼明，越罗吴縠翦裁轻。烟峦浓澹山千叠，荷芰扶疏水半城。历下亭中坐怀古，水西桥畔卧吹笙。鹊山寒食年年负，那得樵风引棹行？（辑自《渔洋山人诗集》卷十六，亦见于清乾隆《历城县志》卷第九《山水考四·水二》）

社集明湖，即席赋送圣企、圣美还济宁，兼寄圣宜（二首） 〔清〕王士禛

任城南望暮云边，二妙还归下濑船。海右亭中人似昨，水西桥畔晚多烟。明湖素色清流集，荷蒲寒波去意牵。且进莲塘今夕酒，数声渔笛起凄圆。

明湖秋社雅游频，何异兰亭禊暮春？杖策偶来招隐士，临流翻欲送归人。柳生对酒歌成雪，公隆。丘子谭诗笔有神。海石。归遇中郎相问讯，十年此会足沾巾。谓圣宜。（辑自《渔洋集外诗》卷一）

秋日都门忽忆客秋明湖与同人社集赋《秋柳》，感成 〔清〕王士禛

记折杨枝向浅汀，夕阳影里水西亭。今来摇落空相忆，旧曲清商未忍听。（辑自《渔洋集外诗》卷二）

明日泛大明湖，登水面、历下诸亭，以“水木湛清华”为韵，得“水”字 〔清〕王士禛

已访泺源堂，更泛明湖水。十年始一到，白发照清泚。凫鸥喜我来，拍拍沙际起。遥见芦之漪，已有扁舟舣。杨柳何萧萧，菼菼亦靡靡。太息汉南树，憔悴今如此。舟行明镜中，鸟啼屏风里。昔贤觞咏处，余韵留兰茝。济南名士多，青眼望吾子。日暮铜斗歌，断续忽盈耳。怀哉坡老言，烟波洗纨绮。（辑自《蚕尾续诗集》卷七，亦见于清乾隆《历城县志》卷第九《山水考四·水二》、道光《济南府志》卷六十九《艺文五·历城诗》）

济南杂诗九首（之四） 〔清〕宋荦

济南人说胜江南，菱叶荷花户牖参。无数山光收不起，月明染得水拖蓝。（辑自《西陂类稿》卷十、《绵津山人诗集》卷十九之《漫堂草》）

同孙西山、宋敬止、王朴公广文泛湖 〔清〕孔贞瑄

明湖五月水云和，十里荷花足棹歌。北极浮烟摇碧落，南山积翠隐青螺。历亭结构今增丽，名士标题古逊多。惟许郑虔同载酒，奚囊小艇带香过。（辑自《聊园诗略》卷四）

大明湖 〔清〕李良年

七桥珠沫汇潺湲，湖上人家静不喧。岁有莲菱红掩堤，春浮鹊药翠当门。川岩莫讶非吾土，鸥鹭相看似旧村。五百年无曾子固，数亭犹幸一亭存。（辑自《锦秋山房集》卷四）

湖上 〔清〕田雯

湖上沉吟立，春阴柳半遮。烟波经雨阔，衣带受风斜。闲拄红藤杖，看栽白藕花。欲寻北渚去，前浦路三叉。（辑自《古欢堂集》卷九）

湖舍 〔清〕田雯

空濛烟水湖边住，草屋三间竹树围。网集柳阴捕鱼去，棹移人影采莲归。登楼华鹊诸峰合，冲雨鸬鹚逐队飞。漠漠长天如画里，令人却忆米元晖。（辑自《古欢堂集》卷十）

泛湖 〔清〕田雯

苇路层层入，岩花面面飞。鹳翎梳木叶，蝶粉上莲衣。小港船如笠，垂杨雨一围。扬舲向前渚，欲觅旧渔矶。（辑自清乾隆《历城县志》卷九《山水考四・水四》引《古欢堂集》）

晚过大明湖 〔清〕庞垲

湖上波清潦水收，危梁百尺跨湖流。菰蒲影静千门晚，砧杵声催两岸秋。歌管随风来远肆，水禽带雨下寒洲。燕云直北关山隔，一望苍茫动客愁。（辑自《丛碧山房诗初集・翰苑稿》卷十三）

鹊湖秋词，和圣舆韵（四首）〔清〕庞垲

性癖耽幽类野人，欲从湖上卜新邻。青菰紫蓼闲相对，漉酒偏怜有葛巾。

山暝烟深一鸟飞，谁家稚子候柴扉？渔翁系缆门前树，提出船头银鲫肥。

霜打枯荷卷半叶，风吹堤柳乱长条。少年不解悲秋意，月下吹箫坐石桥。

僦居湖上爱清闲，竟日无人门自关。忽漫天边闻过雁，归心一夜满燕山。

（辑自《丛碧山房诗初集·翰苑稿》卷十三。据诗意，诗题中的鹊湖当指大明湖）

大明湖感兴，和安静子（一首）〔清〕庞垲

湖亭菊放酒新篘，兴起呼尊典敝裘。世路何心仍浪迹，人生得醉即良谋。荻芦向晚开残照，风雨横空送晚秋。归去吾乡原水国，白洋浩荡没轻鸥。

霜老澄湖散晚烟，黄茅白苇正苍然。感时气尽悲歌里，望远神伤落照前。篱菊乍怜佳节近，盘餐真愧主人贤。寒林飒飒西风急，愁听惊鸿叫渚田。（辑自《丛碧山房诗初集·翰苑稿》卷十三）

同安丘李文贻泛大明湖（二首）〔清〕蒲松龄

北极台临北斗悬，两人把手意怆然。片帆无恙湖山雨，一棹忽冲荷芰烟。常卧齐云弹白帢，欲吟楚些问青天。挥髯共洒陵阳泪，此日相看最可怜！

百年义气满蓬蒿，此日登临首重搔。秋恨欲随湖水涨，壮心常凭鹊山高。鬼狐事业属他辈，屈宋文章自我曹。知己相逢新最乐，芒鞋踪迹遍林皋。（辑自《聊斋诗集》）

门人毕子与沈惠庵昆仲泛舟大明湖，骤雨沾衣，践泞而归，戏成二绝〔清〕蒲松龄

斗酒初斟锦缆开，翻盆急雨北风催。归来情状知何似？燕子冲帘铩羽来。

登舟一望远模糊，绝似南宫泼墨图。仓卒尽随风雨散，于今遗恨满西湖。（辑自《聊斋诗集》）

风寒泛舟〔清〕蒲松龄

一苇荡破明湖翠，北风瑟瑟铎声碎。人如浮蚁纤芥轻，舟似残荷香瓣坠。船底汹汹生绿波，凭栏四顾仍放歌。春水一篙醅初泼，平光十里镜新磨。折过

历亭风逾猛，水气如刀彻骨冷。棹急拨散云涛堆，舟横摇动湖山影。吟肩孤耸片叶中，此况难与俗人同。（辑自《聊斋诗集》）

观珍珠泉，游湖 〔清〕蒲松龄

仙舟缥缈渡银河，倒泻芙蓉万顷波。亭在水心浮日近，柳摇堤畔受风多。中流鼓吹鱼龙跃，四面峰峦紫翠罗。疑向蓬莱游弱水，阳春白雪听高歌。（辑自《聊斋诗集》）

游明湖 〔清〕孙致弥

昨醉趵突泉，今日游明湖。不知行役迫，流览贪名区。委巷径逼仄，平堤杂泥涂。澄波渺千顷，拍拍飞鸥凫。枯柳表洲沚，断续相萦纡。如以水田衣，就此城堞铺。历下古亭在，轩窗若乘桴。宛在水中央，下上波光俱。苍烟郁栝柏，突兀高台孤。策马穷幽探，拾级登元都。俯瞰济南郡，潴水半其郛。积翠环城南，势向阛阓趋。更闻华不注，鹊山胜尤殊。惜哉限北望，安得丹梯扶。登临易感慨，兴发翻嗟吁。北海驻皂盖，名士今有无？贤王昔布金，灵光亦榛芜。烈烈铁与盛，毅魄应可呼。举似老黄冠，一一皆函糊。惊飙袭客袂，斜阳下城隅。何以遣茫茫，速就当垆沽。（辑自《杕左堂集》卷四）

独游古明湖上 〔清〕张笃庆

独游日亭午，言遵湖水浔。湖水自不远，湖光清我心。田田秋荷露，历历秋云阴。微黄变衰柳，万树同萧森。言寻古城畔，宫阙相凌临。天门起凉飔，旷望带遥岑。俨如芙蓉城，寂历清尘襟。方知浮云外，不为烦虑侵。游鳞泛寒藻，晴堤浴文禽。俯仰观物化，斜日天沉沉。续彼塘上篇，适兹湖中吟。不羡沙棠舟，征歌激烦音。明朝还独游，宁知此路深！（辑自《昆仑山房集》，亦见于清乾隆《历城县志》卷第九《山水考四·水二》）

明湖八首 〔清〕张笃庆

风尘又至古齐州，白雪登坛忆故丘。万里目穷千佛岭，众香国是百花洲。波间帘幕临明舫，竹里人家近水楼。谁识清游孤客意，淡云晴日两悠悠。

丹楼宫阙郁岧峣，俯瞰平湖十里遥。幕府征歌珠络鼓，词人载笔木兰桡。

茨菰叶烂秋光冷，菱角霜沉露气消。莫向鹊华桥上望，海天一色路迢迢。

东来积雨竟连宵，今日情霞霁绛霄。断港依回湖水面，女墙灭没鹊山腰。望穷曲槛耽幽丽，偶过寒塘爱寂寥。共道秋来秋士怨，九歌声里自萧条。

江夏当年迥出尘，襄阳杜老到今闻。侧身天地沧洲外，旷代风流济水喷。一曲闲亭留胜迹，千秋雄霸见遗文。陇西盛事应堪记，谁向龙门御李君？

玉斧当年走巨灵，百年谁复吊沧溟？齐州自昔多名士，历下于今复古亭。水面浮云秋寂寂，湖天凉雨夜冥冥。浪游切莫弹长铗，华峤相署剑气青。

边李风流世所称，不令殷许佐凭凌。百年南北分坛坫，一代文章问废兴。雅有珠槃讥晋楚，莫将牛耳议郲滕。同源异派今何似，河岳英灵续未曾。

盛代耆儒老卫宏，名藩征尹汉西京。玉门生入孤臣幸，铁马归来万里行。董傅帏中见繁露，马融帐下有康成。历山讲舍今寥落，回首风尘百感生。

端居遥忆十年前，诏下征贤海国边。六郡诸儒同射策，一时经术愧先鞭。名都走马骄珠勒，画舸留宾傍渚田。今日交游云散尽，不堪重赋五君篇。（辑自《昆仑山房集》）

明湖辛酉。〔清〕张笃庆

明湖旧日繁华地，几载豪游客里情。隔浦蒹葭秋鹭立，傍人祇树晚钟鸣。一天清露花为城，十里香云水满城。箫鼓画船行处是，月中犹有按歌声。（辑自《昆仑诗集》）

忆历下旧游（十五首之四、五）〔清〕张笃庆

明湖霜气入秋澄，岸上人家竞采菱。水槛氍毹看艳舞，金仙楼阁晃禅灯。当楼少妇飘长袖，隔浦渔舟弄断罾。旧日琵琶良宴会，至今犹忆郑中丞。

岱岳南来拥百灵，风流文物没寒汀。城隅水让明湖碧，河朔山惟华峤青。万顷平铺星宿海，一峰高敞芙蓉屏。稍闻好事诸公在，今日重新历下亭。（辑自《昆仑山房集》）

秋日游大明湖〔清〕黄谦

历城十日住，今始到荷乡。小棹分萍浪，高台俯柳塘。南山丹嶂合，北渚绿云凉。卜日还重过，开樽醉夕阳。（辑自《历下吟》，又见于《津门诗钞〔上〕》、

《国朝畿辅诗传》卷二十六）

大明湖，同詹父开和中丞张南溟先生韵（二首）〔清〕黄谦

毕竟还输水面亭，湖光滟滟接天青。半城山影全移翠，十里荷香不税丁。檀板漫敲歌水调，钓竿欲下谱鱼经。一时豪饮成河朔，新月迟人渡曲棂。

乍试金风昨易棉，阴阴七月坐湖天。秋光度水波纹曲，荷盖盛珠的烁圆。庾亮不来空对月，周郎如至嘱调弦。时湘佩未至。隔溪仿佛清箫发，且逐余音一溯沿。（辑自《历下吟》，又见于《津门诗钞〔上〕》）

大明湖〔清〕马惟敏

子固当年作胜游，七桥风动芰荷秋。长空爽气侵纨扇，短棹清漪漾酒瓯。自是芙蓉花解笑，非关酩酊客凝眸。南山千佛晴风起，倒入湖天螺髻浮。（辑自《半处士诗集》卷上）

明湖〔清〕李兴祖

与天相印不分蓝，日夜浮光净碧潭。月下对磨双古镜，华尖孤起一晴岚。云拖雨脚来龙洞，风递经声自佛龛。夜泛最宜呼画艇，源寻趵突近城南。（辑自《课慎堂诗集》卷十五《历下草》，亦见于清康熙《济南府志》卷八〔下〕，字句多有不同，如“浮光净碧潭”作“呈奇妙可探”，“华尖”作“华梢”，“云拖雨脚”作“青云施雨”，“风递经声自佛龛”作“白鸟翻风自玉函”，“夜泛最宜呼画艇”作“泛艇垂纶都细事”，“源寻趵突近城南”作“寻源趵突煮茶甘”）

初冬晚眺明湖，即事二首〔清〕李兴祖

明湖秋去剩残芦，几叶轻舠向岸枯。民舍尚县渔子网，官亭已冷抚军垆。荷开时常陪抚军宴集于此。霜林晚度烟钟静，月树寒惊夜鹊呼。薄俸似难频醉客，欲将黄绶换青蚨。

高城落日半湖阴，断岸危梁立野禽。柳外网罾收隔浦，郭南樵牧下遥岑。黄花匝径犹寒色，绿醑当窗且喜吟。幸有余闲堪寄傲，岂因玩物失官箴？（辑自《课慎堂诗集》卷十五《历下草》）

湖上吟 〔清〕李兴祖

湖上立清秋，苇花连水白。潆洄藻荇牵，浮波荡孤石。香微闻杜若，沙坳鸥鹭宅。蜻蜓数点轻，翡翠伺檐隙。松阴维短棹，返照忽倒射。咿呀柔橹归，声响彻空碧。吹笛倚晚风，柳下且岸帻。有妇炊菱芡，有子安布席。有客远相呼，提壶兼换鲫。（辑自《课慎堂诗集》卷十六《锦湖草》）

秋仲正庵喻廉察邀饮明湖，泛舟即景四绝 〔清〕李兴祖

月皎天如水，水中亦有月。扁舟泛沧浪，吹笛清风发。

赤壁一时游，千载谈不歇。酌酒劝同人，鼓棹歌明月。

零露明如珠，蒹葭风历乱。白鹤影横秋，空青雪一片。

天清花有露，月净水无波。饮酒不成醉，如斯良夜何。（辑自《课慎堂诗集》卷十六《锦湖草》）

秋仲学使者朱禹三再邀泛湖 〔清〕李兴祖

再鼓湖中棹，波光接远陂。芰荷香习习，芦荻影离离。飞鸟随人渡，游鳞吹浪嬉。同人悬赏切，暇即聚于斯。（辑自《课慎堂诗集》卷十六《锦湖草》）

湖上春望，次朱子青韵 〔清〕李兴祖

一湖碧漾四城春，亭榭参差倚水滨。烟柳藏莺呼过客，风花舞蝶趁游人。横侵阁影云垂盖，倒射波光日坠轮。指与青帘飘动处，解貂堪共醉芳辰。（辑自《课慎堂诗集》卷十九《历亭草》）

平湖晚照 〔清〕李兴祖

蘋风不动水烟肥，倒射晴波透夕晖。鹭立银拳依岸宿，鸦翻金背望巢飞。泉凝雪海珠千斛，山列云屏翠一围。榆柳阴中菱芡路，数声欸乃钓船归。（辑自《课慎堂诗集》卷十九《历亭草》）

渔浦泛舟 〔清〕李兴祖

自爱渔村结伴来，一篷荡入水中隈。芰荷齐动飘香远，鸥鹭群惊拍浪回。绿暗芳塘湾几转，红殷花圃径方开。青帘摇扬招游屐，特地烹鲜佐劝杯。（辑自

《课慎堂诗集》卷十九《历亭草》)

中秋后一日邀同幕中诸子泛明湖玩月，分赋，得“真”字 〔清〕李兴祖

明湖萃佳胜，最胜秋与春。春游既屡惬，秋色当兹晨。降桂节乍届，景光恋湖漘。鼓鹢还命侣，曲岸苍葭循。高亭一暂憩，斜阳铺醉茵。商飙静不作，荷盖擎碧垠。携樽复放棹，团坐忘主宾。拨波雪藕摘，肴簌杂前陈。笙歌载别艇，缓缓行相因。日落月早升，出海腾朱轮。渐起光逾洁，烂烂磨高旻。宛转月随舫，轩豁秋撩人。幽香密穿荻，夜气清城闉。回船觉弥爽，月皎辉如银。旁若漾绡縠，小缀云鳞鳞。南山隐横雾，草树波光屯。歌声更清越，竹肉相和匀。耳目具真赏，陶然乐天真。交欢各尽醉，湖山容此身。凉蟾会我意，旷照澄诗神。(辑自《课慎堂诗集》卷十九《历亭草》)

四月六日，泛舟明湖，观打鱼，还饮历下亭分赋(二首之一) 〔清〕魏坤

一从别烟村，久不弄轻楫。者番明湖游，正与幽兴惬。解缆牵荇带，撑篙碍荻叶。逢汊艇乃进，迤逦经数折。笭箵具罟师，衔尾聚小艓。溅沫珠纹圆，拉网镜痕贴。陡看纤鳞跳，欢若军奏捷。鲰水畜之盎，濈濈振鬐鬣。悠然濠濮想，生意动眉睫。还随棹讴声，斜日水亭接。(辑自《倚晴阁诗钞》上册)

历下杂咏(二十首之七) 〔清〕魏坤

北海樽罍等逝波，济南名士已无多。《八哀》赋后湖亭废，酒溅残香冷芰荷。(辑自《倚晴阁诗钞》下册)

济南道中题壁三首(之一) 〔清〕王戬

大明湖畔百花多，名士谁同载酒过。笑把军持汲泉水，茶香犹似住山阿。(辑自《突星阁诗钞》卷三)

明湖舟泛，因别余左人 〔清〕王戬

七桥烟雨漾轻舟，有酒如渑恣拍浮。绿柳阴中才过夏，红莲花里又惊秋。家园何事从豺虎，渚涘今朝辨马牛。厅事前头一为别，哦松长忆此风流。(辑自《突星阁诗钞》卷五)

雪中留济南一日，不得探明湖、趵突诸胜，率成二绝句（之一）：明湖 〔清〕王戬

渺渺风沦历城水，飘飘雪遍使君林。今朝旅馆闭门坐，怅触当年延赏心。（辑自《突星阁诗钞》卷十二）

明湖道上 〔清〕刘侃

晓钟散前林，山人秋睡足。短筇破湖烟，一径入寒绿。行行到深湾，惊起两飞鹄。（辑自《晚晴簃诗汇》卷一二九）

明湖泛舟二首 〔清〕袁启旭

一片空濛色，天开历下城。人家鸥鹭浦，春雨白蘋生。放艇邀明月，听莺出晚晴。茅茨花影外，斜见酒帘横。

亦有江南意，悠然水面亭。菰蒲三月满，烟霭六时青。细柳迷横笛，轻云隔翠屏。何当乘巨舸，一夕问沧溟。（辑自《中江诗集》卷二）

济南馆朱山民竹斋，暇日同游大明湖，因题二绝句 〔清〕陈奕禧

自喜南迁到此邦，名泉处处听淙淙。尤宜竹屋萧疏甚，十日连宵近小窗。

放棹明湖眼倍青，寒泉共掬爱清泠。蕴真似尔真名士，皂盖还倾历下亭。（辑自《春蔼堂集》卷七）

历下杂咏戊午八月。（七首之二、四、六） 〔清〕孔尚任

香生荷叶散千家，堤上篱门向水斜。数遍画船无一事，女郎相对浣银纱。

湖上独行湖上眠，蒹葭满目乱寒烟。居民种藕同禾黍，妇馌夫耘在水田。

湖水湖烟湖上花，游人多半是天涯。板桥西去听箫鼓，忙杀平原旧酒家。（辑自《诗观三集》）

明湖泛舟 〔清〕宋广业

日斜停桡傍菰蒲，到此能令暑尽无。天送好风来水国，人披爽气坐冰壶。阜民正叶南薰曲，揽胜何殊西子湖。更有娱情耽赏处，红蕖翠柳白莎凫。（辑自《兰皋诗钞》卷十三《历下诗钞》，亦见于清康熙增刻明崇祯《历城县志》卷

十四《艺文志三》，字句略有不同，其中“日斜停桡”作“停桡把盏”，“红藻翠柳”作“红莲绿叶”。《聊斋诗集》中亦收此诗，题为《暮春泛舟大明湖》，诗正文字句同《历城县志》卷十三，疑为误收）

明湖同赵世五泛舟 〔清〕王士桢

绿树蝉声歇，湖边小径纡。偶然浮墅艇，何异入冰壶。白羽花堪折，碧筒酒可沽。静观鱼乐处，新月转城隅。（辑自《王氏一家言》卷二十四）

明湖风雨 〔清〕王士桢

开轩近碧浔，接岸树阴阴。荷影摇团扇，松声弄素琴。沾衣回燕舞，吸露罢蝉吟。蓑笠方垂钓，潇然世外心。（辑自《王氏一家言》卷二十四）

独游大明湖 〔清〕鲍廷华

遥怜草色向湖堤，为感年芳酒自携。游客不求船价减，春波无力板桥低。鸟辞幽谷声还涩，柳动新烟叶未齐。日暮言归愁蜡屐，薄冰泮尽路成泥。（辑自《东武诗存》卷三下）

明湖泛舟 〔清〕胡训

绿杨风起荡轻舟，曲渚回塘处处幽。万顷水云堆绮绣，几家茅屋覆汀洲。湖如知己逢青眼，人未忘机愧白鸥。名士有轩今在否？风流李杜已千古。（辑自《国朝山左诗补钞》卷四）

舟中宴集 〔清〕李秉中

画桨凌空去，绮筵临水开。鱼跳冲藻上，鸥泛近船回。诗向花笺写，歌教玉笛催。莫愁归路晚，还有月明来。（辑自《国朝历下诗钞》卷一）

古明湖 〔清〕蓝启蕊

芙蓉十里满城香，酒舍新开绕绿杨。醉后残碑休再看，夕阳烟水恨茫茫。（辑自《逸筠轩诗集》，亦见于《国朝山左诗钞》卷四十，诗题作《大明湖》）

客历下，泛舟古明湖，有感 〔清〕蓝启华

鹊湖逶迤涨新晴，客子临游感倍生。明月谁家闻折柳，彩云何处罢吹笙？思深芳草千重恨，坐对青风万古情。为忆故园今社燕，飞飞几向旧巢鸣。（辑自《学步吟》）

寒食登千佛山回，至大明湖小饮，遇雨 〔清〕范廷谔

春色深如许，羁人迥不知。山川真旧友，花柳是新诗。古冢黄钱少，空门白日迟。客颜容易醉，况在断肠时！（辑自《续耆旧》卷一百二十一）

即事 〔清〕张谦宜

今年来历下，不到北湖游。秋老芦花白，萧萧助客愁。（辑自《䌹斋诗选》卷二）

钟圣舆招诸同人泛舟大明湖八首（之一至五、七至八） 〔清〕朱昆田

芦笋齐抽碧玉篸，柳垂长线水拖蓝。郭中到处通游舫，除却江南便济南。

三分春色已过二，湖上风光倍可怜。纵使钟郎无酒榼，也须终日恣洄沿。

家家湖面筑平堤，界画分明似卦畦。雇得藕夫先放水，一年一换种花泥。

湖边亭榭总荒凉，惟有韩家竹绕廊。试问主人缘底事，不安窗子只安墙。

人生笑口剧难开，经岁良游仅此回。一事尚然余怅望，欹冠不见赵三来。谓丰原也。

自从边李登坛后，若个诗才迥绝伦。休说迩来名士少，诸君已是济南人。同游诸人皆先后流寓。

山水齐州信足夸，山多药草水鱼虾。稻田半顷如容买，便借临湖馆作家。（辑自《笛渔小稿》卷六，其中第一、四首亦见于清乾隆《历城县志》卷第九《山水考四·水二》）

秋夜游明湖 〔清〕秦济

买舟湖畔弄清辉，荡漾烟波路转违。两岸芦花随客老，一船明月逐人归。（辑自《止园集》卷二《东溪草》）

游古明湖 〔清〕蓝启肃

载酒片舟北渚游，鹊华山色望中收。凭虚有意乘黄鹄，逐水无心随白鸥。春去杜陵诗自圣，名高北海屐长留。此中应有神仙窟，何事张槎泛斗牛。（辑自《清贻居集》）

濯缨湖明湖，一名濯缨。 〔清〕周在建

百尺亭台水面铺，芰荷香满濯缨湖。山围郭外浑如玉，泉涌花前错认珠。绿野垂杨舟可系，红栏歌馆酒还酤。当年北海开樽处，李杜风流在画图。（辑自《近思堂诗·七律》。据诗意，此诗题中的"濯缨湖"当指大明湖）

再泛明湖，过历亭怀古 〔清〕高之騱

昨朝历亭云，今夕明湖水。日日水云乡，醉来唤不起。鹤鹳上下鸣，秋色蒹葭倚。玉露冷莲房，纶竿出素鲤。诗筒酒盏月明船，李杜风流忆往年。（辑自《强恕堂诗集》卷一）

秋夜明湖曲（四首） 〔清〕高之騱

吹彻琼箫月满塘，一天风落芰荷香。凌波仙子清无对，莫倚莲花话六郎。

谁家白苎泛湖堤，秋入蒹葭玉露低。似爱芙蓉深处好，兰桡撑过历亭西。

人面荷花一色鲜，水天秋迥月初圆。趁郎婉转分香去，不问红莲与白莲。

花间萤火照珠钿，水面蘋风引画船。低语唤郎归趁月，背人惊起鹭鸥眠。（辑自《强恕堂诗集》卷五）

即目 〔清〕高之騱

何人画舫荡蘋风，十字栏杆映水红。荷盖覆头杯在手，斜阳深锁绿阴中。（辑自《强恕堂诗集》卷五）

大明湖 〔清〕刘岩

桃花春涨起湖边，十里风光剧可怜。骑马都停垂柳岸，摇船直上碧波天。青蒲芽短真堪炙，白鲫脂肥不论钱。潋滟空濛兼两绝，半湖明月半湖烟。（辑自《大山诗集》卷四）

历下杂咏二十绝（之一）〔清〕刘岩

明湖烟雨昼霏微，夹岸人家水半扉。最是春来风味好，菰蒲芽短鲫鱼肥。（辑自《大山诗集》卷七）

济南杂诗（八首之二）〔清〕宋至

湖光淡淡水沉沉，坐向澄湖自在吟。十里枯荷连败苇，沙鸥一对点波心。（辑自《纬萧草堂诗》卷一，亦见于《宋氏绵津诗钞》卷六）

明湖泛舟 〔清〕胡介祉

明湖澄素波，朱夏棹兰桨。十里藕花发，幽香动欣赏。山光翠欲滴，面面开新爽。隔浦闻渔歌，悠哉起遐想。（辑自《国朝畿辅诗传》卷十七，亦见于《诗观三集》卷之七）

晚游明湖，时有泛舟载酒者 〔清〕吴宗

不耐居尘市，时来问水滨。满湖新柳浪，小艇夕阳人。北极驰高望，南山面比邻。何当能载酒，风味共相亲。（辑自《研北诗存》不分卷）

我思五首（之一）〔清〕吴宗

我思大明湖，湖水清如绮。荷花秋水香，蒹葭秋风起。（辑自《研北诗存》不分卷）

摸鱼儿・九日湖上感怀 〔清〕曹霖

卖饧箫、隔墙吹过，有人道是重九。紫萸黄菊年年事，且看河桥衰柳。还记取，曾折下、长条嫩绿刚如豆。故人别后。更几度飞花，几番落叶，清泪在双袖。

销凝际，懒向旗亭贳酒。登高见说依旧。题糕戏马知谁健，破帽仍然存否？延伫久，早点点、渔床灯火黄昏候，暮云闲绣，见败苇垂边，明湖阔处，凉月半珪又。（辑自《冰丝词》）

钟圣舆招游大明湖，次文盎韵（三首之一、二）〔清〕沈名荪

簇簇峰头矗短簪，弥弥水面染深蓝。此间大似西湖上，柳浪亭边花港南。

韩家屋后竹风凉，可惜临湖少一廊。若起玲珑朱阁子，也无妨筑粉青墙。

文盎有“不安窗子只安墙”之句，故云。（辑自《两浙輶轩录》卷六）

济南城北泛舟，因想摩诘“城上青山，东家流水”之句，漫成一绝〔清〕成永健

家家流水都连屋，面面烟峦即是屏。偶向城边呼艇子，萍芦三月满湖青。（辑自《毅庵诗稿》〔又名《偶存集》〕卷七）

济南杂咏十首（之一、九）〔清〕史夔

明湖如镜复如珪，一片湖光落照西。时见双双飞属玉，空中点破碧琉璃。

湖波滑笏縠纹平，二月人家水半城。不论清明兼上巳，三三五五踏莎行。（辑自《东祀草》）

湖上酒家见诗老周庄题名〔清〕王苹

荷叶当门水浸墙，题名尚带酒痕香。湖桥孤店风光好，只少诗人周子庄。（辑自《二十四泉草堂集》卷二）

辛未元夕踏月湖上，遇江南老僧茶话〔清〕王苹

今宵又试上元灯，谁识繁华暗里增。羯鼓凭陵看百戏，鳌山蹴踏醉三升。湖干燀爆喧渔舍，忙处酸咸问野僧。拄杖借来拖月色，天街寥阒兴飞腾。（辑自《二十四泉草堂集》卷二）

湖上即景〔清〕王苹

湖烟一抹帽裙斜，第七桥边见鹊华。几番秋声辞燕子，半城野水放芦花。短墙易识新渔舍，高柳难寻旧酒家。更是连朝风太急，吹残荷叶冷鱼虾。（辑自《二十四泉草堂集》卷十）

偶过湖上感咏 〔清〕王苹

七桥何处柳毵毵，一带东风比汉南。放鸭栏空满寒绿，叉鱼船小破揉蓝。湖边明月听箫冷，鬓底黄花记酒酣。辛未九日与蔡龙文湖上剧饮，乙亥冬夕听李文众鹊华桥上吹箫，今廿年矣。只有鹊华如旧识，高城点黛许相探。（辑自《二十四泉草堂集》卷十一）

中元夜，同人泛舟大明湖 〔清〕李宪暠

清夜湖上游，佳客相追随。愿言耽幽赏，各有好容仪。昔人留胜迹，宛在水中坻。浮云自吐月，安用弦管吹？输我藏钩戏，饮君碧叶杯。英英白露下，天水交光辉。允矣平生亲，乐此新相知。勿以新旧异，斯言庶无亏。（辑自《定性斋集》，亦见于民国《续修历城县志》卷十一《山水考七·水三》）

古明湖即志载大明湖也。 〔清〕范秉秀

云光荡漾似晴川，湖上游人画舫连。初柳迎风飘翠带，新荷出水贴青钱。百花洲落寒烟外，历下亭临芳草边。无事酒阑歌板歇，我来吊古意悠然。（辑自《苏溪诗集·雪泥草》）

癸巳明湖感旧 〔清〕李湄

疏柳衰荷送晚秋，十年前客又重游。归心迢递海边路，病骨支离湖上舟。诗酒狂名悲落魄，交游浪迹等浮沤。茶寮酒肆谁相识，一片笙歌起暮愁。（辑自《国朝山左诗续钞》卷三，亦见于民国《续修历城县志》卷十一《山水考七·水三》）

八月初六日，同王广文秋史泛舟大明湖 〔清〕顾嗣立

西湖秋水明，轻舟晚容与。菰浦绿沈沈，枯荷送残暑。径窄柳钩衣，港浅葑侵橹。历山罗翠屏，北城锁烟树。停桡高兴发，欲往渺何许？孤亭悬落日，结构已非古。纷纷说名士，何人继李杜？惟我两酒狂，竭来此延伫？放怀友千载，决眥尽平楚。坐惜万顷光，蒙丛蔽宿莽。谁为施畚锸，南垞连北渚。好赊秋月来，清辉扬极浦。（辑自《味蔗诗集·嵩岱集〔下〕》）

月下泛湖 〔清〕单务爽

水气天光一望通，轻舠容与月明中。高低鸥阵分波绿，隐约渔灯隔荻红。

杯影遥沈银汉露，箫声欲断藕花风。湖边秋夜真如画，佳致全输与钓翁。（辑自《浣俗斋诗草》）

月夜再游明湖 〔清〕单仝裕

湖光似镜明，水势半侵城。一夜舟中月，三秋历下情。芦从迷雁影，花岸起箫声。怀古亭前客，今宵感又生。（辑自《心湖随意草》）

明湖夕泛 〔清〕钟辕

偶尔来湖畔，停桡小港东。一亭思北海，半亩吊南丰。柳映天心月，莲摇水面风。夜凉倾白酒，带苦吸荷筒。（辑自清乾隆《历城县志》卷九《山水考四·水二》引《蒙木集》）

大明湖 〔清〕屈复

海内清香国，莲花水半城。扁舟当日午，六月自风清。岸隔仙源界，烟消市肆声。西湖无限好，望古结微情。（辑自《弱水集》卷七）

偶至明湖，喜遇刘蒲若 〔清〕屈复

同是半生泛江海，余暇安得过湖浔？悔多茅店闷支枕，误早历亭开旧襟。杨柳乍来香肃肃，荷花并坐色阴阴。孤踪岁久向何处，傲骨人曾遇赏音。只恐狂奴发故态，尝疑尘路艰装金。几旬近始归三径，胜地悬知此一临。耳厌乌鸦啼断续，眼明白鹭影浮沉。火云炎日作凉意，芳藻薰风清暑心。车马长怀虎豹虑，舟航每惧蛟鱼侵。易衣赠纻芝兰尽，下石藏机滟滪深。古调罢弹太冷淡，俗叫竞尚崇烦淫。昂昂桑卜荣如昔，漠漠巢由错至今。止水澄空方见鲤，虚弦伤重下惊禽。夕阳忽睹上新月，乾雀愁闻争暮林。北极宫烟暝未合，南山顶雾高先阴。藕船鼓枻边关曲，渔子收纶马客吟。霜雪横欺情渐老，乾坤留恨力难任。徐行重握西东手，远送相期里巷寻。再计出门事定否，却思投分声萧森。饥寒亦自英贤素，名士轩中诗酒琴。（辑自《弱水集》卷十二）

湖上 〔清〕田渥

远卧桥如画，人家夕照间。鸭头争水没，燕尾引风还。长短亭边柳，浅深

郭外山。堤云自来去，好伴一身闲。（辑自清乾隆《历城县志》卷第九《山水考四・水二》引《枕湖书屋诗》）

中秋同赵宣四、吴青立泛舟大明湖，分赋，得十三覃〔清〕朱缃

酒徒三五兴微酣，柔舻轻篙泊市南。萍叶和烟藏蟹舍，芦花似雪拥茅庵。霜红月满天全碧，雁白风高水乍蓝。击鼓迎寒好时节，狂歌醉后爱何戡！（辑自《枫香集》）

湖上春望〔清〕朱缃

漠漠花朝日渐长，提壶挈榼到湖庄。新泥种藕澄春水，嫩藓粘衣带雨香。芦笋乍抽三寸碧，柳丝才放二分黄。风光容易成辜负，合觅烟蓑住水乡。（辑自《枫香集》）

随八叔父游大明湖，同时往者：兄笃山、义峰、荆山，弟荣怀、玱闻、奉律、思斋，侄若㦷、若潭、若震、若峒，侄孙鸿楫，侄曾孙裕熙〔清〕张廷玉

大明湖水阔，近在历城隅。皎洁银花镜，空明碧玉壶。孤亭倚风柳，双桨入烟蒲。往事频回首，相看涕泪俱。（辑自《澄怀园诗选》卷八）

朱带存招偕王公舒成若眉及余门人朱佐臣、朱佑存月下明湖泛舟，同赋〔清〕张元

凉月浸湖水，空明绝纤埃。我友爱清夜，招邀携樽罍。买舟泛中流，荡此琉璃堆。星光碎波底，峰影倒堤隈。荷风来四际，笑谈杂谐诙。既息古历亭，旋登北极台。振衣拂空濛，天风莽荡推。雄城半烟水，列嶂环崔嵬。湖山错回互，郁秀表琦瑰。杜李昔宴游，顿使生面开。觞咏寄五言，风流凌九垓。斯人一以去，万顷空潆回。茫茫迄千载，我辈复追陪。怀古弄碧波，兴到转低回。碧筒倾醽醁，一饮抵百杯。酒酣发高吟，铿鍧激风雷。披襟纵挥豁，抵掌恣喧豗。坐使鱼龙惊，那恤鸥鹭猜。浩然理归棹，好风为之催。怀哉明月诗，三复归去来。（辑自《绿筠轩诗》卷一）

历下秋怀十首（之九、之十）〔清〕张元

两年历下缘为客，湖上才人每共游。载酒时同青雀舫，题诗多枉白蘋洲。碧波皓月临溪夜，红蓼丹枫入晚秋。弹指流光看又过，萧条风物不胜愁。

明湖秋老绿萍湾，三十年来数往还。献策刘蕡心力尽，穷途阮籍鬓毛斑。浮沉天地惟怀古，潦倒风尘思就闲。云水苍茫霜露冷，好将浊酒破愁颜。（辑自《绿筠轩诗》卷一）

赋得“风沦历城水”〔清〕张元

历城半烟水，万顷平如掌。楼阁湛空明，澄凝际深广。微风飒然来，掠波逞还往。縠皱旋青蘋，涟漪荡兰桨。天光忽破碎，峰影纷惝恍。云水净襟抱，意与神俱爽。高吟念昔贤，异代传清响。恍诵《秋水》篇，坐得濠濮想。（辑自《绿筠轩诗》卷一）

秋夜同友人明湖泛舟，遇雨六首（之一、三、五、六）〔清〕张元

凉风浸平湖，舟行趁宿凫。水风回浦溆，荷气带菰蒲。萧瑟重城晚，空明一棹孤。乘流随意泊，是处即冰壶。

披襟挹秋水，把酒对空天。星汉沉杯底，湖山落眼前。烟波自今古，风月几推迁。不尽临流意，高歌起鹭眠。

篷底觉凉生，浓云压济城。一湖落疏雨，万叶尽秋声。飞瀑溅衣湿，斜风曳棹横。萧萧过夜半，浑欲乱残更。

去去回轻棹，萧然雨气微。云开露斜月，湖曲散清辉。疏磬穿林响，流萤出树飞。秋光满怀袖，拂晓踏泥归。（辑自《绿筠轩集》卷一，其中第五首亦见于清乾隆《历城县志》卷第九《山水考四・水二》，题作《秋夜泛明湖遇雨》）

朱彝存招同诸子游大明湖二首〔清〕张元

几年不到鹊湖头，又共携樽上小舟。海右此亭新物色，济南名士旧风流。琅玕翠荫芙蓉沼，杨柳丝垂杜若洲。十里波光催进酒，果然人在镜中游。

移棹晚分菱荇香，波澄鸭绿月如霜。平湖倒影沉星汉，列嶂临城压女墙。断续渔歌回浦溆，苍凉云水落潇湘。清光是处留人住，拂晓迟归亦不妨。（辑自《绿筠轩集》卷三，亦见于清乾隆《历城县志》卷第九《山水考四・水二》，题

作《同朱彝尊游大明湖二首》）

明湖载酒行 〔清〕张元

济南三月春光好，明湖绿静明如扫。小舟一叶漾轻风，乘流选胜凭游眺。湖边歌馆按霓裳，湖中亭子枕沧浪。清波潋滟环苔砌，红栏窈窕开轩窗。云山玉树空烟水，异代词人今已矣。临风凭吊转彷徨，高踪遗韵知谁是？俯仰千秋总黯然，何如把酒共留连！桃花笑日临明镜，柳絮随风点画船。兴酣泼墨为长句，跌宕淋漓无缓步。纵横狂语不须删，咫尺湖山归指顾。诗成掷笔更徘徊，谁家游舫画帘开？美人如花闻笑语，时卷香风入座来。须臾人去汀洲冷，空濛水国鱼龙静。却看明月挂城头，芳堤远近垂清影。仰天归去仍高歌，良辰如此莫蹉跎。异时历下论知己，还来湖上弄烟波。（辑自清乾隆《历城县志》卷第九《山水考四·水二》引《绿筠轩集》，但此诗不见于《绿筠轩集》）

望江南·济南杂咏（二十首之六、十六）〔清〕田中仪

荒祠下，风物百花洲。李杜遗踪空赋笔，苏曾往事付沙鸥。怀古暂淹留。

北渚亭有曾南丰祠。历下亭，李北海、杜子美宴集处，苏子瞻、子由、曾子固题诗此地。

明湖岸，马上靓妆浓。蝉翼轻纱遮脸玉，砑缭绫子逗裙红。香影太匆匆。

（辑自《红雨斋词》）

明湖竹枝词（四首之一、二、四）〔清〕朱崇道

半城烟水昼冥冥，沽酒相逢历下亭。还棹小舟湖里去，荷花红白柳条青。

佛山倒影入湖来，湖上看山日几回？欲问汇波桥下路，北门锁钥不曾开。

七桥淼淼足烟波，千顷清流送棹歌。流向水门门外去，浴凫飞鹭稻田多。

（辑自《湖上草堂诗》）

大明湖 〔清〕傅仲辰

大明湖畔秋荷紫，风堕莲房香未已。闻道渔洋水面亭，秋柳高歌役小史。意气纵横笼罩人，江南江北谁能拟？我来湖畔赋秋荷，未必黄庭初写似。一樽清酤酹西风，直上亭心呼杜李。阮亭先生于水面亭赋《秋柳》四章，一时名士多和之者。陈伯玑曰："元唱如初写黄庭，恰到好处，诸和诗皆不能及。"李邕守北海，杜甫往依之，时与游宴明湖，赋诗为乐。（辑自《心孺诗

选》卷十二《茌山二集》）

雨后泛舟大明湖 〔清〕傅仲辰

雨过澄湖绿柳明，图书茶具一舸轻。兴来便向波心钓，消受荷香百顷清。（辑自《心孺诗选》卷十三《茌山三集》）

游明湖 〔清〕傅仲辰

斗酒扁舟兴不孤，清涟宛转逐飞凫。荷湾柳曲都停棹，我欲全收付画图。（辑自《心孺诗选》卷十四《茌山四集》）

晚望明湖 〔清〕傅仲辰

落照通深巷，新凉集小楼。赋余残墨瀋，茶罢冷冰瓯。荷浦歌犹绕，凫汀影欲休。当前最快意，碧嶂浴清流。（辑自《心孺诗选》卷十四《茌山四集》）

春杪过明湖 〔清〕傅仲辰

南湖迟日丽，游冶自堪夸。画舫笙歌接，晴原锦绣赊。衣冠增妩媚，怀抱带烟霞。最爱莺啼柳，声环卖酒家。（辑自《心孺诗选》卷十八《萦蒲二集》）

春日经明湖 〔清〕傅仲辰

湖明如镜平如掌，荷叶未生芦未长。水光山色连天青，点缀鸥凫时两两。劳人偶过驻花骢，领略春风恣清赏。遥望遗碑墨妙多，高呼李杜神先往。村翁招我饮湖亭，料理扁舟棹双桨。（辑自《心孺诗选》卷二十一《萦蒲四集》）

钟圣舆招集明湖八绝句，次文盎韵 〔清〕朱纲

春色将残湖上去，波光山色总成蓝。青帘遥见风前漾，卖酒人家在水南。

买得轻舟荡水边，依依柳色已堪怜。停桡且向桥阴泊，要待余酣旧溯沿。

柳条如线欲遮堤，芦叶成锥又绕畦。雅令闲拈判一醉，长瓶已见折红泥。

蓬底披衿待暮凉，谁家临水作回廊。关情曾记高楼下，豹子骢嘶过粉墙。

家家茅屋向湖开，一带城阴绕北回。苇子菖蒲低亚处，闲看鸭鸭近船来。

鸦飞杳杳望中无，城角轻烟一缕孤。映水残阳看更好，主人留客酒频呼。

喜得相逢已浃旬，阿咸才思向无伦。征车又作明朝别，珍重途间病后人。

腊酿新蒸亦可夸，畦丁晓送一笼虾。若能续醉同归去，西巷城南是我家。（辑自《棣华书屋近刻·济南草》，其中第一至三、五、六、八首亦见于《苍雪山房稿》，第一首首句作“草色茸茸一寸簪”）

夜游明湖〔清〕朱纲

篷底微醺后，狂吟我亦能。几行柳外月，一点岸边灯。蛙跳冲新薢，萤飞落暗罾。临湖旧寺好，清境尽输僧。（辑自《苍雪山房稿》）

夜游明湖，分韵〔清〕朱纲

最爱南山翠一屏，晚船摇曳度前汀。天空月魄斜还白，露冷荷裳破亦青。孤鹊惊栖移远树，湿萤流影入枯萍。好天良夜诚难负，吹彻琼箫醉草亭。（辑自《苍雪山房稿》）

月中明湖泛舟，分韵得“平”字〔清〕赵执端

历下月华满，明湖秋水平。夜凉花露重，风静叶舟轻。飞鹭柳中影，跳鱼莲底声。一尊慰摇落，何必濯尘缨。（辑自《宝菌堂遗诗》上卷）

大明湖〔清〕张廷璐

大明湖水汇清流，历下亭皋此最幽。香满芰荷晴裛露，风生芦荻晚疑秋。峨峨古堞带荒渚，渺渺夕阳飞野鸥。欲吊贞魂何处是，不堪重上木兰舟。（辑自《咏花轩诗集》卷一）

明湖夏泛〔清〕任弘远

载酒棹轻舟，荷香入座幽。水天同一色，人在镜中游。（辑自民国《续修历城县志》卷十一《山水考七·水三》引《鹊华山人诗集》）

明湖杂诗十首（之一、四至十）〔清〕任弘远

济南景色异他郡，城外青山城内湖。细雨蒙蒙烟漠漠，凭谁写出辋川图。

绿杨影里红裙女，芳草堤边白面郎。笑指茫茫春水岸，桃花深处是侬房。

六月乘凉争采莲，湖中来往女郎船。临行笑折新荷叶，障却斜阳细雨天。

卖酒旗亭傍水涯，当垆少妇著轻纱。春山淡扫凝秋水，赚得王孙不忆家。

七桥烟月已茫然，惟剩鹊华北渚边。风景至今犹画里，怪来梦绕木兰船。

晁补之《别济南诗》云："从此七桥烟与月，梦魂常到木兰舟。"

荷叶田田千点碧，藕花冉冉满城香。贪看明湖忘归路，敲碎钟声月色黄。

山色四围明月里，人家半住柳阴中。画船丝竹声歌沸，烟笼红纱一棹风。

年来喜遇太平春，赢得身闲踏翠茵。消受明湖风雪月，此生幸作济南人。

元遗山云："有心常作济南人。"（辑自民国《续修历城县志》卷十一《山水考七·水三》引《鹊华山人诗集》）

明湖有感 〔清〕任弘远

南丰旧迹久无存，剩有遗文记水门。杨子多情真好古，残碑磨洗碧苔痕。

曾子固《北水门记》久淤泥中，杨带存恿怂居人立于壁间。（辑自民国《续修历城县志》卷十一《山水考七·水三》引《鹊华山人诗集》）

明湖有感 〔清〕任弘远

房家池涸生春草，北渚亭荒长菜花。唯有群鸥浑不管，萧萧自浴湖边沙。（辑自民国《续修历城县志》卷十一《山水考七·水三》引《鹊华山人诗集》）

明湖有感（二首） 〔清〕任弘远

铁马嘶风横宝刀，曾将战血染征袍。谁将一缕瓣香地，笺奏明光祀若敖。

许忠节、朱大典皆有平寇功，祀于湖上，今二祠一圮一废。

生向济南真厚福，青山绿水满城堙。闲来一棹烟波里，便是羲皇以上人。（辑自民国《续修历城县志》卷十一《山水考七·水三》引《鹊华山人诗集》）

雨霁，湖上小饮 〔清〕任弘远

明湖雨后净无尘，对景何妨自主宾。千树垂杨烟漠漠，半城春水碧粼粼。愧无好句难医癖，赖有香醪且入唇。况复烟鬟新沐罢，浅深浓淡斗嶙峋。（辑自民国《续修历城县志》卷十一《山水考七·水三》引《鹊华山人诗集》）

湖上有怀 〔清〕田同之

风雨氤氲湖上宜，裹粮襆被住多时。蒹葭露冷人千里，菡萏秋空月一池。名士轩头看碧涨，泺源门外怅孤吹。满前踪迹牵怀抱，水事山情好自支。（辑自《砚思集》卷四）

重过大明湖 〔清〕田同之

湖上东风客又过，夕阳偏映绿杨多。低回廿载销魂地，万缕千条奈若何！（辑自《砚思集》卷六）

水龙吟·初秋明湖夜泛 〔清〕田同之

明湖烟水涟漪，层峦叠嶂南山映。女墙倒浸，露华弥漫，历亭夜静。人在兰舟，月来香国，浮沉秋影。望红湍翠锦，冥濛一片，迷柳港。蒲塘径。

昔日李邕宴集，杜陵陪、曾标吟兴。波光上下，襟期潇洒，余芳犹剩。文藻青荷，风流碧荇，无边清景。到而今、欲问湖亭故态，雨沉烟暝。（辑自《晚香词》）

历下杂诗（十首之九）〔清〕田同之

凉露池塘淡碧滋，依依唱咏忆当时。渔洋老去声华寂，蕉萃明湖旧柳枝。王渔洋先生尝于明湖赋《秋柳》四章。（辑自《砚思集》卷六，亦见于《国朝山左诗钞》卷五十一）

次日复邀同泛西湖《一统志》：大明湖，在济南府城内西北隅，其大占府城之一。又名西湖。 〔清〕胡浚

华不注礫青天雄，螺尖一点浮杯中。《一统志》：大明湖"弥漫无际，遥望华不注峰，若在水中"。《水经注》：华不注山"单椒秀发，不连丘陵以自高，虎牙杰立，孤峰特拔以刺天，青崖翠发，望同点黛"。《广舆记》：在济城南十五里，一名金舆山。刘禹锡诗："白银盘里看青螺。"济源现伏分渴虎，不抵船头萦线缕。《一统志》：济水源出王屋山下，"伏流至河南济源县涌出，过河，溢为荥。西北至黄山渴虎崖，伏流五十里至济南城西，出为趵突泉""入城，汇为大明湖"。《水经注》：泺水"北为大明湖"。明湖万顷烟苍茫，泉承舜庑流康浪。《水经注》：大明湖水上承东城舜祠下泉，流竟发。《一统志》：大明湖源出舜泉。又，舜泉在城内舜祠下，一名舜井。《广舆记》：康浪水在临淄县，甯戚所歌"康浪之水白石粲"是也。《诗·黍苗》："泉流既清。"罜罶历乱葭柳密，买舟恍即鲈鱼乡。（杨廷秀诗："鲈出鱸乡芦叶前。"）七桥宛转随风度，《齐乘记》：大明湖环湖有七桥，鹊华、百花、芙蓉、水西、西

湖、北池之类是也。宋曾巩诗："从此七桥风与月，梦魂长到木兰舟。"唐李峤诗："绿水斜通宛转桥。"便入百花最深处。《齐乘记》：百花桥南有百花洲，洲上有百花台。流杯池上见亭台，《水经注》：大明湖又北引水为流杯池，州僚宾宴，公私多萃其上。《山东通志》：北渚亭在大明湖西五龙潭上，水香亭、环碧亭在历下亭旁，百花台在百花桥南。互见下注。仿佛频迦响楸树。《水经注》：大明湖西即大明寺，东、北两面侧湖，此水便成净池也。上有客亭，左右楸桐，目对鱼鸟，极望水木明瑟。《弥陀疏钞》：频迦鸟，一名妙音。此鸟若人、若天、若紧那罗无，能及者惟除如来，故云妙音。济南从古名士多，杜《历下亭》诗："海内此亭古，济南名士多。"况兼绝胜当高歌。《一统志》：大明湖，历下城绝胜处也。杜《历下亭》诗："云山已发兴，玉佩仍当歌。"主人渔钓本旧侣，满酌敢辞金叵罗。《旧唐书》：方干遁迹会稽，鱼钓于镜湖。《北史》：齐神武宴僚属，失金叵罗，于祖珽髻中得之。李诗："蒲桃酒，金叵罗，吴姬十五细马驮。"湖寺题名谁大好，《欧阳修《金石录》：嵩山有韩退之题名二，其一在天封宫石柱。《韩昌黎集》：人以为好。小惭小好，大惭大好。历记南丰蜀野老。《山东通志》：曾巩，南丰人，知齐州，有惠政，题湖上百花台有诗，因呼为南丰台。杜诗集有《宴济南历下亭》诗，又有《哀江头》诗："少陵野老吞声哭。"又诗："野老篱边江岸回。"古今逝水更何凭，但取当前洗枯槁。《论语》："逝者如斯夫！"杜诗："观其作诗集，亦颇恨枯槁。"廿年漂泊慰相思，暮角催人未拟归。庾信《哀江南赋》："下亭漂泊，江南羁旅。"赵嘏诗："呜呜戍角上高峰楼。"沙镇客散留明月，且宿芦花对和诗。《史·淳于髡传》：主人留髡而送客。曾巩《水香亭》诗："清见寒沙水满桡。"船子和尚偈："佛祖位中留不得，夜深依旧宿芦花。"（辑自《绿萝山庄诗集》卷八）

重过大明湖 〔清〕纪迈宜

明湖载酒昔年游，乱苇荒汀惹暮愁。凭向烟波添浩皛，曲栏深入藕花秋。（辑自《俭重堂诗》卷四《岱麓山房续稿》，亦见于《清诗汇》卷五十九）

湖上 〔清〕刘伍宽

湖上人家傍水居，开门日日对芙蕖。鹊华桥畔垂杨下，欲买蓑衣学钓鱼。（辑自《海右堂遗诗》）

湖上 〔清〕刘伍宽

俗人久不过西湖，湖上荷花半已枯。惟有渔洋旧秋柳，临船拂水几千株。（辑自《海右堂遗诗》）

湖上口占 〔清〕刘伍宽

荷叶亭亭欲作花，楼台又换几人家？平生历尽湖干路，不改容颜剩鹊华。

（辑自《海右堂遗诗》，亦见于清乾隆《历城县志》卷第九《山水考四·水二》引《海右堂集》）

沈敬亭先生买船招饮大明湖 〔清〕李簧

七月之望风萧萧，明湖已放双兰篙。昨夜海若妒游客，万蜃气吐秋阴高。孤月隐如夜珠没，蚌蛤空走骊龙韬。今夕黄昏月一吐，俨若新浴精卫涛。须臾倒影湖面落，琉璃万顷光动摇。旧魄团圞何曾灭，殷勤遂与纤阿遭。先生临波有逸兴，举杯邀月青云霄。杯底收尽山海影，低首万里何迢迢。菰蒲潇洒夹道入，几处故迹纷停桡。是时月低水西桥，月明柳暗终魂销。羽觞又飞我亦醉，欲探七宝乘清飙。纵谈八万二千户，袖出斤凿皆高操。如丸势剥何太切，阴盈不缺愁天妖。坐客闻此颇心异，怪底清辉如退潮。（辑自《梅楼诗存》卷六《齐鲁存旧集》）

湖上 〔清〕李簧

柳色争新绿，菱花各已鲜。明湖无限水，独咽旧时泉。（辑自《梅楼诗存》卷十四《齐鲁存旧集》）

大明湖 〔清〕陈培脉

暮秋天敢泛轻舠，新涨初添水半篙。有约再来应记取，蓼花深处歇兰桡。（辑自明崇祯《历城县志》清康熙增刻本卷十四《艺文志三》）

明湖绝句二首 〔清〕叶正夏

云影岚光坠碧流，蓼红蘋白已深秋。今朝拨棹西风里，又驾明湖一叶舟。

一水潆洄旧路微，残荷衰柳送斜晖。此翁尚有机心在，惊起闲鸥作队飞。

（辑自《桐村诗集》，亦见于《国朝山左诗钞》卷五十）

重至济南寓舍无聊，杂题绝句十首，次紫庄韵（之六） 〔清〕陈士宁

十八年来觅旧游，芒鞋踏遍古齐州。盈盈最爱明湖水，可使归程便放舟。大明湖在城内。（辑自《前燕齐游草》）

大明湖泛舟三首 〔清〕李予望

竹树湾环众绿殊，波光如鉴映菰蒲。中流容与方舟上，鱼鸟相将入画图。

几缕轻云淡碧空，明湖画舫信微风。春归水媚山晖外，人在青螺白练中。

蟹椵鱼标作市廛，家家菱芡种湖田。隔塘更有青钱贴，乘兴还来看采莲。

（辑自《宫岩诗集》卷四）

夜月泛大明湖八首（之一、四、五、七、八）〔清〕高凤翰

将别济南，诸同人邀饯于湖上亭，载酒溯月，薄暮放舟，相约话别。酒次不得苦吟，废我谈事，有作摅怀者，明日削稿。其同集者为张榆村、朱仑仲、朱篠园、叙园、祐存昆季也。

雨洗清秋带月开，众香国里谢尘埃。蟾光红皱鱼鳞水，荷柄高衔象鼻杯。湖海几人容跌宕，烟波终古浸楼台。白蘋影外微风发，似有冥冥李杜来。

进港船头细浪生，浪花随港引船行。烟归碧落秋无滓，棹击空明月有声。窥座金波连酒艳，侵衣荷气并魂清。长年大是知人意，忽地停舟阔处横。

一曲湖光月一轮，兰桡相送好黄昏。他乡兄弟怜萍叶，异代文章付酒樽。渚水空濛迷旧迹，柳枝憔悴剩遗痕。藕花不断年年发，消尽千秋楚客魂。

五夜酣吟兴未终，明珠忽失堕烟空。千盘压顶垂云黑，一线穿波射电红。岂是催诗来海若？无妨邀客敞蛟宫。却嫌尺水坳堂小，未惬长乘万里风。夜半，雨电大作。

明月芦花何处寻？回船雨气载重阴。来招子晋吹笙鹤，却得成连入海琴。去住情怀总漫兴，晦明山水各清音。相将莫放尊前醉，白雨声中好共吟。（辑自《南阜山人诗集类稿》卷二《湖海集》，其中第六首亦见于清乾隆《历城县志》卷第十八《古迹考五·寺观》，第五、八首亦见于民国《续修历城县志》卷十一《山水考七·水三》）

春泛大明湖二首 〔清〕高凤翰

潇洒银塘水一湾，每来亭上不知还。几行新绿蒲芽短，尽日春风燕子闲。客向酒中消日月，人从画里坐湖山。蓬瀛西去无多路，只隔渔庄屋数间。

春风载酒藕花湾，李杜千秋去不还。胜地气随名士尽，酒航人共野鸥闲。夕阳倒射泥金水，断霭斜烘抹翠山。纤月石桥归路晚，上方灯火出云间。（辑自

《南阜山人诗集类稿》卷六）

湖上竹枝四首（之二、四）〔清〕高凤翰

芦笛一尺抹船齐，中有双眠花水鸡。荡桨打着飞上岸，掠过红桥不住啼。

水月寺前春水生，北极台上晚钟鸣。扁舟弄月不归去，闲听邻船唤鸭声。（辑自《南阜山人全集》卷六，其中最后一首亦见于《东武诗存》卷四上，列在王宸嗣名下，文字也稍有不同："水月寺"作"水月庵"）

新晴雅集湖上堂，戏成拗体〔清〕高凤翰

沙痕过雨尚可寻，湖堂四望生阴森。山骨远蒸金碧色，水弦乱落璁琤音。百年作客浮云迹，千里怀人落日心。此时对酒不痛饮，悠悠何以消烦襟?（辑自《南阜山人诗集类稿》卷二，亦见于民国《续修历城县志》卷十一《山水考七·水三》）

泛舟明湖，望城南诸山〔清〕张庚

旅斋侧湖启，朝夕浮余清。展书棐几净，对酒沙鸟鸣。今日颇闲寂，挐舟极幽情。蔌蔌出丛苇，莓莓开密萍。川气泛洲动，天光彻波明。仰见城南山，照眼纷峥嵘。看山又玩水，浩然神味盈。裴回亦已久，容与若方迎。吾怀得所适，尘劳宁我萦。（辑自清乾隆《历城县志》卷第九《山水考四·水二》引《强恕斋诗钞》）

抵济南，上元夜游大明湖〔清〕方正瑗

一湖碧水起寒烟，岸柳疏阴泊酒船。往事凋残花委地，新游萧瑟月当天。山中野烧吹风散，泰安一带盐寇初平。城上官灯带雪悬。东抚大放彩灯，与民同乐。终夜心情谁可语，我生恨不古人前。（辑自《连理山人诗钞·江淮集》卷三。南，原作"宁"，当误）

大明湖怀古〔清〕朱定元

济南城北隅，汪洋如巨壑。风景尚依然，亭台今犹昨。不见李北海，空睹少陵作。方知传世勋，非在诗酒乐。（辑自《静宁堂诗集·莅东草》）

大明湖 〔清〕顾我锜

昔年曾读遗山句，水暗荷深若无路。句见《遗山集》。孤舟今日泛明湖，犹想风流屡回顾。历山空翠滴晴峦，百脉琮琤鸣佩环。楼台隐隐波光动，葭苇萧萧水色寒。小舫轻桡独来往，鸥眠鹭浴供吟赏。城中得此尤绝奇，渼陂剡曲知难两。当时光景最空濛，尔日沮洳月半弓。划却葑田应更好，可怜郡守无苏公。（辑自《浣松轩诗集》卷三）

秋日泛大明湖 〔清〕李师中

西风瑟瑟景苍苍，烟雨楼台雁一行。独向赏心亭上望，满湖秋柳忆渔洋。（辑自《高密诗存》下卷）

游大明湖，和朱以静韵 〔清〕张希杰

残荷香不尽，秋水冷闲亭。日暮山凝紫，城高树色青。杯倾白堕酒，盘列五侯鲭。雁阵惊飞去，芦花落满汀。（辑自《铸雪斋诗集》卷一）

七夕同汪仙水、邢聿修泛湖（二首） 〔清〕张希杰

鹊桥高驾快同游，北渚湖田处处幽。曲港尽随荷径转，清泉长抱古亭流。催诗鸟语增诗韵，伴酒花香送酒筹。景物只今成四美，一声暖乃木兰舟。

不辞满引碧筒频，豪饮如鲸乐事新。百岁无多牛女夕，一生有几素心人。舟来菡萏歌红袖，槛满苍苔铺绣茵。笛上弦中声转急，应知秋已起青蘋。后三日立秋。（辑自《铸雪斋诗集》）

湖上 〔清〕张希杰

四面荷花五两舟，一篙荡漾入中流。有人戴笠芦花岸，一曲长歌酒一瓯。（辑自《铸雪斋诗集》）

历下杂咏，和王秋史韵：大明湖 〔清〕张希杰

雨过荷倾百斛珠，堤头渔父喜相呼。今朝天气疏凉甚，香满方塘绿满湖。（辑自《铸雪斋诗集》）

即事五首之四 〔清〕张希杰

荷钱贴水任鸥飞，鹊噪重檐曙色微。惊起一窗残客梦，闲看燕子哺雏归。（辑自《铸雪斋诗集》）

秋日（二首）〔清〕张希杰

芦荻萧萧湖上秋，何人清兴寄南楼？黄花未绽黄昏雨，红叶先飘红蓼洲。雁阵乍传塞外字，蛩声竞织砌边愁。挑灯欲作悲秋赋，无那疏砧夜未休。

阵阵寒鸦背晓霜，一篱冷侵菊团黄。授衣无计催刀尺，载酒谁为舁鹤觞？紫桂凌风迎戒节，白芦剪雪傲重阳。年来学得疏狂态，自署芳名号漫郎。（辑自《铸雪斋诗集》）

湖上秋兴（二首）〔清〕张希杰

明湖两岸西风起，击楫中流荡秋水。惊起滩头白鹭飞，双眸直射青云里。把臂常思汗漫游，童冠缤纷一钓舟。光阴迅速秋容淡，只有清泉自在流。

海右秋声号北渚，素心人共沙鸥语。芦花月老荷叶枯，眼中变态走寒暑。王阳在位庆弹冠，石崇锦幔翔飞鸾。插菊满头开口笑，一醉陶然天地宽。（辑自《铸雪斋诗集》）

湖上 〔清〕张希杰

北渚清闲地，悠然别有天。门迎千佛阁，屋拥一作“宅近”一湖莲。入室浑无暑，登楼即是仙。夕阳桥上望，处处柳含烟。（辑自《铸雪斋诗集》）

即事（六首之一、二、三）〔清〕张希杰

原挟萧然胜具，今作齐东野人。烂醉大明湖上，日与流水为邻。

莲子湖头渔父，百花洲上人家。城外两峰插翠，门前万顷荷花。

塘里鱼苗似粒，堤边柳色盈舟。欸乃一声荡去，荷花深处寻鸥。（辑自《铸雪斋诗集》）

湖上 〔清〕张希杰

湖上年年褦襶游，春花秋月满囊收。窗前山色长含黛，门外泉声任意流。

箫鼓忽移歌扇底，楼台时现柳梢头。闲来整顿闲蓑笠，好向青天下钓钩。（辑自《铸雪斋诗集》）

夏日湖上 〔清〕张希杰

藕裳拂水奏薰风，小步临流短棹通。拂面芬芳新钿扇，牵衣缭绕百花丛。梅霖初试调冰水，薤叶才烧金碧筒。不尽徘徊湖上景，芰荷香满小楼东。（辑自《铸雪斋诗集》）

初夏湖上（二首） 〔清〕张希杰

雨饯春归绿木森，莺歌燕语闹湖阴。鱼苗似粒浮波现，荷叶如钱贴藻深。箫鼓忽移闲画舫，鹭鸥惊起见机心。一从岭表东归后，醉里敲壶直至今。

诗酒风流万古夸，百花洲上老渔家。偷闲招友翻棋局，乘兴开轩吃苦茶。山径拨丛寻胜迹，湖边分水赏荷花。扁舟一叶频来往，可是人间贯月槎?（辑自《铸雪斋诗集》）

春日（四首之三） 〔清〕张希杰

春水如油湖上舟，两行翠叶漾中流。谁家红杏窥墙艳，是处青楼扑岸幽。一任揶揄凭鬼笑，且能糟粕纵天游。超然上下无今古，居士于今合四休。（辑自《练塘纪年诗·丁巳戊午诗》）

湖上 〔清〕张希杰

两湖景物尽堪题，树绕高台水绕堤。永夜渔灯随处照，三春黄鸟尽情啼。城头隐约华山出，花底纷纭鹨鹈栖。多少游人乘短棹，酒垆茶盏竞提携。（辑自《练塘纪年诗·壬申、癸酉诗》）

赋得“流水泠泠尽著名”得“泠”字，限七律。 〔清〕张希杰

济南湖水似西泠，七二名泉俨列星。喷薄涓涓同一体，波涛荡荡尽流馨。泻红澄绿神仙酒，金线珍珠双玉缸。若使东坡还过此，定当重建水云亭。（辑自《练塘纪年诗·壬申癸酉诗》）

大明湖 〔清〕鲍鉁

亦有荡舟趣，田田莲叶青。水风散高柳，鸥影净浮萍。名士今谁是，延缘见古亭。闲吟少陵句，随意泊齐舲。（辑自《道腴堂诗编》卷三《一族亭稿》）

济南绝句十首（之一、七、八）〔清〕鲍鉁

莲子湖波似锦秋，尚书高致最风流。诗亭粉本还留在，不数沧溟白雪楼。

渔洋先生有《诗亭图》，见《带经堂集》。

明湖水木真明瑟，郦注桑《经》语最工。欲访华泉征《左传》，单椒秀泽夕阳中。

当年秋柳咏渔洋，私奉南丰一瓣香。今日经过问陈迹，七桥风景但斜阳。（辑自《道腴堂诗编》卷三《一族亭稿》）

北上至济南，游大明湖 〔清〕张廷瑑

济南城北浮湖光，薄暮载酒登轻航。中流荡漾烟水阔，烦襟顿涤殊清凉。绿萍波际牵翠带，白鹭数点飞斜阳。迂回窄径入浦溆，芦荻萧萧若堵墙。分畦画亩逾茂密，碧城缺处见红妆。芙蕖烂熳安可摘，艳色娇姿许相望。更有历下古亭子，舣舟登眺足徜徉。我来凭吊意无极，当年伯祖作方伯。城亡不惜以身殉，血污战袍尸裹革。大母尽节此湖中，妾媵相从心如石。臣死君兮妇死夫，忠烈至今犹赫赫。朝廷褒赠锡祠祀，庙貌千秋常血食。叹息往事泪沾裳，临难不苟士之则。废兴有时水自闲，君看万古溪流碧。（辑自《张思斋示孙编》卷五）

夏日明湖泛舟 〔清〕方起英

白鹭青莎岸，红莲碧水湖。画船童子棹，酒肆美人沽。素月迟将上，苍藤醉可扶。不知河朔饮，得似此间无?（辑自民国《续修历城县志》卷十一《山水考七・水三》引《狮山诗钞》）

春日明湖泛舟，和卓园叔韵 〔清〕方起英

载酒邀朋坐小舟，豁眸更上渚边楼。却惊山色青于黛，始信春波绿似油。落日难因词客住，归人还被酒杯留。醉余一曲霓裳序，不绕梁飞绕水流。（辑自民国《续修历城县志》卷十一《山水考七・水三》引《狮山诗钞》）

明湖竹枝词（二首之一）〔清〕方起英

观荷载酒上轻航，摇动兰桡水亦香。醉后诗成齐击节，惊飞无数紫鸳鸯。（辑自民国《续修历城县志》卷十一《山水考七·水三》引《狮山诗钞》）

湖上草堂 〔清〕方起英

数椽茅屋鹊湖滨，岱岳沧溟作比邻。地僻应无车马过，沙寒时有鹭鸥驯。荷锄带雨分篱菊，放艇冲烟下钓纶。试问主人亡姓氏，翛然自号葛天民。（辑自民国《续修历城县志》卷十一《山水考七·水三》引《狮山诗钞》）

游大明湖，登北极庙、历下亭，同赵然乙侍御作 〔清〕沈廷芳

明湖流水泻城濠，绮旭光中放小舠。荷芰香疏分曲港，人家烟密绕青皋。祠新地得神仙迥，亭古名因李杜高。诗碣凋残风景异，雕阑倚遍首频搔。旧有“孔子弹琴处”碑、少陵、南丰诗碣，今不复存。（辑自《隐拙斋集》卷十五）

夏夜偕宗室果亭、马逊渚两给事，赵然乙侍御，季重孝廉暨儿世炜泛大明湖，遍历诸胜，得诗六首（之一至四）〔清〕沈廷芳

堤畔追凉傍水涯，单衣小扇踏棕鞋。更乘一柯过湖去，十里平波镜面揩。

西隐微阳东月生，水光云影欲争明。须臾月黑苇蒲动，风起惊飞红鹳鸣。

百泉灌注湖中央，楸桐鱼鸟齐濠梁。果然水木剧明瑟，客到今宵愿始偿。

最爱西湖连泺湖，清同濯魄在冰壶。源从沸渎如珠贯，直北名川有此无。明湖亦名西湖。（辑自《隐拙斋集》卷十五）

中秋夜过贤清园，复泛大明湖，次然乙韵 〔清〕沈廷芳

不饮奈兹明月何，名园载酒喜重过。空林有竹便成趣，秋水无风偏作波。长笛一声来画艇，残香几点矗枯荷。此间得似西湖胜，莫负良宵乡思多。（辑自《隐拙斋集》卷十五）

重阳前四日，偕崔君玉方伯、高昭德司臬、范绥斋、史颉甫、吴维亮三观察泛大明湖，登会波楼，晚饮历下亭，用乡先辈龚衡圃侍御《九日泛湖》旧韵二首（之一）〔清〕沈廷芳

明湖几曲记清游，重到芦花已白头。荷芰香消疏柳堡，鹊华秋拥会波楼。喜无风雨迎佳节，暂脱簪裾上小舟。野老来看争笑指，沆齐岳牧尽名流。（辑自《隐拙斋集》卷十七）

明湖秋泛限“秋”字。〔清〕沈廷芳

怀乡且莫赋登楼，群上湖边逐野鸥。竹叶细倾鹦鹉嘴，水云凉到木兰舟。风清华鹊双岑翠，雨浥芙蕖万枋秋。日暮抚时一长望，苍茫独立重念愁。时诸邑被蝗，及虸蚄，青、莱、武三郡又告风灾海溢。（辑自《隐拙斋集》卷二十五）

大明湖，次耕麓韵〔清〕沈廷芳

葭菼忽秋思，湖光半浸城。绿阴随棹转，白鸟过崖明。椒露华不注，诗寻饭颗生。崔南有前辈有手书少陵诗刻。嘉名并西子，乡梦逐鸥盟。亦名西湖。（辑自《隐拙斋集》卷二十五）

乾隆壬午，距太白之殁千祀矣。俞秉渊上舍集济南名士，设祭于明湖之湄，以诗纪事，遥和其韵〔清〕沈廷芳

仙去恰千载，神游天地间。骑鲸浑莫定，捉月迥难攀。海岱留清气，篇章见古颜。归徕下瑶席，怅望等匡山。（辑自《隐拙斋集》卷二十八）

同李三复堂游大明湖（二首）〔清〕顾于观

谁裁圆鉴成方罫，割截明湖亦可伤。舟楫屡回溪岸曲，芰荷收尽水田荒。岚光下覆人烟暝，月色高含海气凉。北极台边重回首，一声长啸寄沧浪。

回船向月水粼粼，四望寒烟不见人。海右亭孤前辈老，谓孙莪山、赵秋谷二先生。江东客至旅愁新。少陵诗好闻君咏，北海尊空笑我贫。却爱野人风雅甚，尚能一曲和阳春。（辑自《澥陆诗钞》卷六）

泛大明湖（二首）〔清〕张映初

柳色低垂万户烟，西风吹放满湖莲。杜康沽取芙蓉巷，里名。不上红楼上画船。

千叶莲花绝点尘，淡烟疏雨副城闉。鹊华桥上重回首，亲见凌波洛水神。（辑自《东武诗存》卷六〔下〕）

和法南野《明湖杂感》原韵（三首）〔清〕赵元睿

棨戟高门化碧烟，湖光清冷日潺湲。人家篱落青蒲外，歌哭声中又十年。

横歆略彴水西头，一道清溪直北流。剩有七桥风月在，何人重上木兰舟。

千佛山青望眼明，闻空可有木鱼声？秋娘墓下潇潇雨，夜半吹来风满城。（辑自《国朝山左诗钞》卷五十六，第一、三首亦见于清乾隆《历城县志》卷第九《山水考四·水二》）

大明湖〔清〕马元本

到此尘心静，依依不忍回。荷风半湖起，山色满城来。寺古苍松护，轩清名士开。水香亭外望，鱼鸟乐徘徊。（辑自《东泉诗话》卷四）

和淄川王参亭明湖夜泛之作〔清〕杨德昭

余杯犹见隔篱呼，稳泛轻航一棹孤。两岸风疏淡杨柳，三更月皎冷菰蒲。衰年壮志惭黄鹄，空谷知音赋白驹。争奈客心难摆布，瑶章欲和兴全无。（辑自《东皋书屋遗稿》）

三月三日与李子乔诸人夜泛大明湖，分得“南”字〔清〕王应奎

久客风尘倦，今宵酒意酣。相随贤有七，刚值日重三。新月如钩上，明湖似镜涵。濛濛烟水里，幽梦到江南。（辑自《随园诗话补遗》卷三，亦见于《乡园忆旧录》卷四和民国《续修历城县志》卷五十三《杂缀三·轶事三》）

游大明湖〔清〕王景祺

白榜芦帘一放舟，湖亭佳处足勾留。雨过晴色半城碧，风送花香双桨秋。曲槛周遭山淡远，半篙潋滟水清柔。亭边我拟开诗社，绿柳阴中日醉讴。（辑自《东武诗存》卷八〔下〕）

明湖闲咏 〔清〕王勘

微风湖面水粼粼，到处堪容物外身。不用兰桡歌白纻，萧然天地一闲人。（辑自《王氏一家言》卷二十三）

初二日再游明湖，坐悠然亭，看南山爽气，归而得句 〔清〕冯溁

颇爱北渚佳，裙屐驻海右。挈家餐湖烟，无肉不觉瘦。忆昨买荷杯，竟日明波留。归来香袭人，月影在衣袖。晓起不能忘，更逢新雨溜。客欲续旧游，僮仆亦请复。微风吹上船，掀破湘纹皱。美人耀朝沐，楚楚无纤垢。人稀高树闲，雨足湖声聚。一亭青未央，晨光射其漏。延赏惬素期，朝饥讵能贸？水木振鸣禽，倏忽啼清昼。坐久兴逾豪，榜人不能候。独上悠然亭，虚檐敞户牖。谁使城南山，飞来远相就。群峰插蔚蓝，峭壁悬灵秀。人家青冥冥，一揽可全收。神山邈何许，此境在宇宙。造物娱幽人，巨灵小结构。若不恣吟赏，能无为所诟？迨乎暮烟暝，鸟归人散后。船刺一湖香，披襟洒然受。倚槛发狂吟，取携良已富。当世谁善画，能与化工斗。写此湖山图，着我在岩岫。愿言当卧游，谁惜千金购？此意不可遂，杖履还能又。拟持枕簟来，十日湖亭宿。（《国朝山左诗汇钞后集》卷二十八，亦见于民国《续修历城县志》卷十一《山水考七·水三》）

大明湖 〔清〕沈心

顿觉闲心与世违，蓬莱方丈是耶非。参差树影平桥远，妙净波光古寺依。郭内人家入名画，镜中鱼鸟乐清晖。风流谁踵南丰后，秋柳吟残雅集稀。忆渔洋山人事。（辑自《孤石山房诗集》卷四，亦见于清乾隆《历城县志》卷第九《山水考四·水二》）

历下竹枝词（八首） 〔清〕岳梦渊

滟滟清波澹澹风，垂杨垂柳小桥东。扁舟送客过桥去，摇乱湘纹绉落红。

青玉亭亭湖上峰，恰如渡水美人容。明妆初罢偷临镜，无数桃花点鬓浓。

桃叶桃根渡绣江，横波清浅透纱窗。鹊华桥畔雕阑外，翡翠和鸣燕子双。

湖上游人唱竹枝，水天清旷正春时。金尊檀板兰桡里，谁是红儿谁雪儿？

宝钗金钏称宫衣，花影容光是耶非？几度湖心亭上望，扁舟载得玉人归。

荷叶田田出水初，就船沽酒买鲜鱼。酒酣月满波如镜，人在白银天上居。

荷花红映绿菰蒲，水鸟沙鸥逐队呼。一叶小舟何处去？任风吹过大明湖。

杨柳如烟一望齐，玉箫吹破碧琉璃。回看四照楼头月，已过阑干几曲西。（辑自《海桐书屋诗钞》卷四）

历下绝句（十二首之五）〔清〕王朝恩

明湖万顷碧于烟，四面人家尽种莲。便拟移依此间住，不须更问瀼西田。（辑自《传砚斋诗质》卷四）

正月九日同人泛舟大明湖，遇雨，登历下亭，痛饮 〔清〕石颐

幽寻肯放片时闲，十顷湖波曲几湾。小艇尊罍湿春雨，古亭歌啸启花关。城迷北极烟横阁，树暗华不平声雾拥山。剧饮莫嫌能赤面，韶光正欲媚苍颜。（辑自《东皋诗存》卷二十九）

雨中朱四穆迎招饮湖上，同邓七、耿大、焦十六泛舟至夜 〔清〕颜懋侨

舍北移樽就晚汀，放舟柳下醉还醒。秋云水际荷衣湿，夜雨湖边佛火青。边李吟魂常寂寞，田王声价近飘零。幸余对酒诸君在，秉烛同登历下亭。（辑自《十客楼稿》，亦见于民国《续修历城县志》卷十一《山水考七·水三》）

中秋明湖泛舟 〔清〕颜懋侨

桥外松醪贱可沽，榜人隔岸相招呼。天高风笛水围寺，月上秋城烟满湖。十里芙蓉双桨卧，谁家杨柳一灯孤？新凫雏雁休相避，我亦高阳旧酒徒。（辑自《十客楼稿》，亦见于民国《续修历城县志》卷十一《山水考七·水三》）

每薄暮泛大明湖，悠然往返，同心余拈绝句四首 〔清〕金德瑛

官衙逼近大明湖，竟似浮槎水一隅。日暮小船迎岸泊，问官乘兴出门无？

露下携壶历下亭，歌成《白纻》月中听。冰桃雪藕何人见？炉火分明望似萤。

一片荷花一片芦，芦根花鸭暗相呼。直待荷残芦刈后，镕银百顷月如珠。

西边湖阔东湖窄，众水归流向北门。共有几家渔父住，会城一半是山村。（辑自《桧门诗存》卷三，亦见于民国《续修历城县志》卷十一《山水考七·水三》）

明湖修禊 〔清〕刘藻

百五东风节，春浓历下城。乍怜花信急，微怯晓寒轻。鸟自烟中起，人从柳外行。小桥骑马路，无处不清明。（辑自清乾隆《历城县志》卷第九《山水考四·水二》引《笃庆堂集》）

重泛大明湖 〔清〕赵青藜

湖光看不厌，又是一番新。倒放亭台影，平铺雨树春。舟偏宜港曲，荷净抱珠匀。莫怪朦胧月，冲云剧有神。（辑自《漱芳居诗钞》卷十四《使山左草》）

奉陪同果亭、马逊渚两给事，沈椒园侍御夜泛大明湖 〔清〕赵青藜

仙侣追陪泛大明，扁舟似叶傍花行。熏风臭入兰芽冽，逊渚出佳茗共饮。皓月光摩锦浪生。视草马周源邃远，谐声沈约骨癯清。山川点染名贤事，长白峰高破晓晴。谓果亭。（辑自《漱芳居诗钞》卷十四《使山左草》）

前题，次椒园韵（二首） 〔清〕赵青藜

款款舟行逸兴生，蟾光故故破云明。惊飞不到双栖鸟，万籁无声一鹳鸣。

每爱陶诗心远存，人间处处有桃源。试看毂击肩摩地，何似花明柳暗村！

（辑自《漱芳居诗钞》卷十四《使山左草》）

前题，次沈吉甫韵吉甫，椒园子（二首） 〔清〕赵青藜

密蒙云气水天昏，舟子招招过海门。蓬境依稀游处在，丁宁细记落花痕。

龙钟莫怪老人谈，与尔诗成兴亦酣。摇岳笔锋横一砥，倒回清济障东南。

（辑自《漱芳居诗钞》卷十四《使山左草》）

大明湖词（四首） 〔清〕彭启丰

明流绿净绕孤蒲，凉荻苍苍荷半枯。依本沧浪垂钓客，问名恰是濯缨湖。

鹊华双峙映秋山，晓镜蛾眉拥髻鬟。历下古亭临北渚，鹭鸥千点浴溪湾。

碧波收潦杜蘅香，素舸凌风玉笛凉。潇洒古仙来往共，名流皂盖尚飞觞。

珍珠漱玉潺湲涌，白苎青藤觞咏稠。蘋末晚风清客思，满湖都载碧云秋。

（辑自《芝庭诗稿》卷四）

月夜泛大明湖 〔清〕张开东

夕景澹微波，荡舟入沦漪。苍苍芦中人，蔼蔼水中坻。径往历修涧，忽迷东与西。葭叶乱我目，菱花牵我衣。菡萏含欲吐，采者将为谁？暝色藏幽寂，晚风动参差。仰盼明月光，倒泻青天辉。星辰出船尾，凫鹭傍酒卮。潜鱼惊泼刺，鸣鼍生清悲。渐觉湖面阔，终被林阴翳。何处游冶子，纤歌舒委迤。声闻人不见，韵流意俱迟。缓酌不辞醉，久坐亦忘疲。襟带有余馨，怀抱无尘淄。人生日苦短，莫问夜何其。寄言同心侣，行乐当及时。（辑自《白莼诗集》卷十一）

立秋日湖上即事时渔户诉种荷亏课，当事准尽刈之，刈之不给，则以长竿掠折之。甲寅。〔清〕金甡

白雨横飞浪打头，采莲舟逐钓鱼舟。怪他风景今朝异，无限红妆泣素秋。

闲从渌水动轻舠，沈饮无何暑可逃。剩有碧筒千束在，更谁折取注香醪。

落尽红衣敛翠眉，绿珠应赴坠楼期。谁知莲子中心苦，不见清秋露冷时。

花雨吹残小劫终，漫依莲座叩生公。枯将了义为君说，空色空香泡影中。（辑自《静廉斋诗集》卷一）

明湖见阮亭《秋柳》诗 〔清〕颜懋企

断续蝉吟过别枝，风前呕哑棹声迟。游人亦次明湖上，又见渔阳《秋柳》诗。（辑自《西郛集》）

明湖泛舟二首 〔清〕李文驹

十里明湖一镜中，天机卷锦净澄空。多情惟有霜前柳，飞叶依然打断篷。

一棹湖光兴转浓，蛾眉青眼若为容。东坡句："云山民作蛾眉浅，山下碧流清似眼。"唤回十八年来梦，白发羞添旧阿侬。（辑自《自怡集》卷下）

济南杂咏（四首之一、二）〔清〕李文驹

鹊峰秀色远拖蓝，水外红楼绿树含。看到湖山佳绝处，风光直作小江南。

小队游人载画舸，望中箫鼓隔烟萝。白蘋风起湖光晚，几处鸣榔水调歌。（辑自《自怡集》卷上）

赋得“细雨鱼儿出”〔清〕王尔鉴

云幕轻飘雨，波纹暗引鱼。吞珠穿绿荇，吹玉战红蕖。点落千丝碎，鳞浮一队疏。披蓑濠上过，蒙叟自蘧篨。（辑自《二东诗草》卷一《历下集》）

重阳后五日潘葵臣司训招集湖上 〔清〕宋弼

鹊华桥之东北枕湖干有朱氏宅，予尝游焉。后归高方伯，今为圃矣。郡人朱某得其地，疏池开径，构小楼于北。尝考郡志，言孟观察濯锦亭“北向湖心，见华山如笔卓”，兼山与湖之胜。今登斯楼，仿佛遇之；而百花洲正直其南，沧溟白雪楼在焉。坐间颇述旧事云尔。楼未有定名，予乃曰“兼胜”云。

城市山林何处求，杖藜载酒问汀洲。菜畦麦垅缘荒径，山色湖光上小楼。画栋凌虚思渺渺，夕阳斜照下悠悠。名亭濯锦沧溟水，一片苍茫醉晚秋。（辑自《国朝山左诗续钞》卷九，亦见于民国《续修历城县志》卷十一《山水考七・水三》）

晚晴泛舟 〔清〕朱肇鲁

雨霁风和水接天，萍花浮影碧田田。扁舟爱傍青山色，一棹苍茫破晓烟。（辑自《望云集》）

大明湖 〔清〕单宗元

晓天秋水涨湖平，湖上兰舟一叶轻。云簇笙歌摇水阁，烟开画屏列山城。动牵杨柳因风转，醉倚芙蓉看月生。仙境不须求海外，人间亦自有蓬瀛。（辑自《愚溪集》不分卷）

夏日至济南，追和王若农《首春泛湖》元韵，并柬毛海客（六首）〔清〕胡德琳

酒醒衣香染未消，东风回首路迢迢。一场春梦分明在，绿暗红稀过板桥。

天连百雉敞云屏，绿涨风生水面亭。百度来过看不厌，鹊华相对眼中青。

雪鸿塞雁两何如，画里相思赋索居。添个小轩临北渚，便从磊落注虫鱼。

汇波千古梵王家，芦叶梢梢山月斜。禅榻鬓丝春不管，晚凉吟到白莲花。

谁唱杨柳与竹枝，沧浪渔蓑最相宜。琅琊子弟多才调，宫体新翻十样眉。

三生石上旧因缘，每遇花朝意炯然。桃叶桃根双打桨，几时重上木兰船。

（辑自《碧腴斋诗存》卷六）

大明湖 〔清〕爱新觉罗·弘历（乾隆）

历城周廓十二里，大明湖乃居其半。平吞济泺众泉流，远带齐鲁诸郡县。泛舟初入鹊华堤，烟水苍茫迷远岸。鸢鱼上下各逍遥，花木周遭相去声明绚。演漾绿蒲隐钓矶，缥缈白云临古观。应接无暇有余乐，水亭清雅陈笔砚。便教乘兴一挥毫，苕华记予初所见。（辑自《御制诗二集》卷三）

偕朱唯斋同年、秋原舍弟游大明湖（四首）〔清〕董元度

湖光山色尚依依，载酒重来趁夕晖。入耳乍怜莺未老，惊心浑似鹤初归。苔封曲径新亭改，草发陈根旧雨稀。惭负七桥好风月，也应闲煞钓鱼矶。

中年哀乐渐颓唐，侧帽看山未减狂。粉壁有尘埋宿墨，元都无树驻春光。横舟断港征歌少，晒网茅檐种藕忙。珍重丝丝金线柳，千秋常属老渔洋。

新浦茁茁碧如云，掩映青衫旧泪痕。醉梦迷离忘故国，倦眸仿佛认江村。银槎无恙仍仙侣，池草关情几弟昆？正是杏花春雨候，渌波南浦最消魂。

半生失脚堕修罗，朱老南邻愿若何？枉把韶华归白发，难拼身世付青蓑。瀛洲仙岛罡风急，赣石危矶噩梦多。输与湖干三尺艇，水明木瑟静无波。（辑自《旧雨草堂诗》卷五，亦见于民国《续修历城县志》卷十一《山水考七·水三》）

月夜偕诸同人泛舟大明湖，次李子乔韵 〔清〕董元度

梦影剩迷濛，仙舟旧侣空。何期今夜棹，重泛鹊湖风？澹月出林表，流光生镜中。雅游追赤壁，载酒胜新丰。代谢有今古，诗情无异同。诸公尽英妙，自笑一衰翁。（辑自《旧雨草堂诗》卷七，亦见于民国《续修历城县志》卷十一《山水考七·水三》）

济南杂诗（七首之七）〔清〕董元度

鹊湖春水玉汪汪，北渚亭空澹夕阳。悔向车中轻闭置，七桥风景未全荒。（辑自《旧雨草堂诗》卷六）

大明湖 〔清〕何明礼

皎皎澄湖接玉京，夜阑银汉落无声。最宜雨过秋光后，一片芦花带月明。（辑自《乡园忆旧录》卷四，亦见于民国《续修历城县志》卷十一《山水考

七·水三》、民国《崇庆县志·江原文征》)

学使徐令民前辈招同万南泉太史饮历下亭、泛舟大明湖，即事二首时典试山左。〔清〕周煌

一棹截平湖，亭今即古无。按：亭为古历亭，别有员外新亭，见杜诗。城规不夜境，不夜城在齐州。水绘晚秋图。便自濮濠近，亲人鱼鸟俱。三山如可问，不拟更褰儒。

古寺荒葭外，危台老树间。天光衔极浦，野气浸遥山。饭豆鸿留语，提壶鸟劝还。兹游殊不恶，尽日绛巾闲。(辑自《海山存稿》卷九)

游大明湖〔清〕孔继瑛

大明湖景似苏堤，也向熏风策杖藜。历下亭环流水曲，会波楼绕远山齐。香飘花浦莲初放，歌入芦洲舫又迷。一抹烟云催夕照，回看月挂柳梢西。(辑自《两浙𬨎轩录》卷四十，亦见于《晚晴簃诗汇》卷一百八十四)

明湖秋眺(二首)〔清〕毕宿庚

清晖终日映寒潭，水色天光共蔚蓝。夹岸芦花低亚柳，济南真个胜江南。

鹊华桥上晓风急，历下亭边夜雨微。秋色濛濛烟水里，人摇小艇罩鱼归。(辑自《蛙鸣集》)

明湖泛舟〔清〕德保

湖影茫茫漾晚秋，烟波无际碧云流。帆从水面亭边落，人在天心镜里游。湖中有亭曰"天心水面"。千里襟怀谁共沅？满城风景此全收。官闲更有登山约，遥指峰岚最上头。对面即千佛山。(辑自《乐贤堂诗钞》卷上)

大明湖秋泛〔清〕韦谦恒

谁将七十二泉流，汇作明湖十顷浮？天与诗人添逸兴，我来烟艇恰新秋。远山倒映成双髻，初月斜穿又一钩。无限济南好风景，画图都向镜中收。(辑自《传经堂诗钞》卷五)

雨后大明湖〔清〕韦谦恒

顿觉歊蒸退，湖光弄晚晴。七桥新溜急，一棹夕阳明。言采芰荷去，因随鸥鹭行。田歌闻隔岸，相对不胜情。（**辑自《传经堂诗钞》卷五**）

十一月四日泛舟明湖三十二韵〔清〕李中简

十日薄领间，当务亦粗了。遥襟集空虚，孤兴发澄淼。官衙面湖水，西北高城绕。胜迹索披寻，前因忆临眺。宾徒况合并，傔从戒纷扰。卅载驰驱人，落手扁舟小。冰纹轻未凝，渔唱静而窈。水木擅名都，楼台对闲鸟。北极连会波，相望郁云表。振衣百尺岭，长啸穷旷杳。清泺带四渠，明瑟何皎皎。微云藏单椒，孺子矜眂瞭。天光冒山泽，海气动昏晓。到来衣屦轻，久立心魂悄。御笔卓前荣，仓画龙文矫。淳风续夏游，丽日悬秋皛。回舟登历亭，亭古蒹葭少。虚廊拥涨少，废槛开寒沼。名士迹就芜，筵秩风斯渺。杜诗“筵秩宴北林”。北海少陵诗，古音谁与绍？石桥访断碣，惆怅嘉名肇。皋壤思茫茫，濠梁风袅袅。临流颜鬓改，岁月抛忽杪。堂堂过隙驹，落落寄松茑。十郡指轮轩，周流类乘蹻。故家守车器，旧俗存衣袑。且复恣沿洄，方当试騕褭。物色足流连，诗肠狎挠挑。朋簪癖佳句，习苦笑集蓼。风箫唱喁于，纤末皆震掉。夕阳下孱颜，暝色含灏溔。散带步前庭，新月写霜篠。北极，台名；会波，楼名。（**辑自《嘉树山房诗集》卷十三**）

湖上作（五首）〔清〕李中简

我心与湖水，日夕长悠悠。时兴逐劳人，焉能久淹留。盛夏税尘鞅，衿佩方相求。论文挥葛巾，荷香满帘钩。夜来暑未歇，坐见星汉流。稍稍苇蒲长，新雏引鸣鸥。俯仰历下亭，堂堂阅千秋。后来复几贤，即事成献酬。方当遵海滨，古意征莱牟。白露千里道，蒹葭渺沧洲。

流水无东西，飞鸟意南北。一气之所薄，相倚为动息。所以贵我生，岂不在卓识？歧途判趣舍，至道存语默。今日莲塘风，昨日藕花色。虚舟将落日，容与皆自得。万族乘化迁，橐籥真大力。长啸巢松鹤，青天矫云翼。

远游取怀抱，一室有千里。寒裳慕三山，神仙竟谁是？惟资闲岁月，饱谙山水理。谅非噉名客，摆脱斯可喜。采采蜉蝣羽，蜻蛚吟不已。寓形大地间，声色复有此。偶来湖海客，古调激沅芷。闻声不见人，蘋末晚风起。蒲圻张开东工诗、古文辞，遍游五岳，昨来湖上，余未之见。

衙斋一流水，增减与湖应。种莲不作花，田田叶空剩。童孺洋洋去，以此惬幽兴。淡浓岂异嗜，喧寂固殊径。渊明无弦琴，妙理满清听。何必筝琶响，入耳操其胜。寓物非外比，适道取内证。泊然不住心，相对忘日暝。

大《易》有明训，枢机判荣辱。真人垂道德，戒在知止足。招摇形色场，道丧基为目。恻恻叩名理，流谦玩溪谷。衰至骄可防，躁乘悔焉赎？鲜鲜湖上花，秋风振阶馥。愿结岁寒友，伴我松与竹。（辑自《嘉树山房诗集》卷十五）

同戴编修泛大明湖 〔清〕秦黉

七十二泉互吞吐，汇作一湖位元武。山若屏风城若釜，千顷明镜照楼橹。招邀携手到扁舟，风伯戢威秋日午。芙蓉老去纵鱼游，芦荻花多迷蟹户。一幅素景共澄鲜，万叠溪光相媚妩。鹊华桥下几留连，北极宫前一仰俯。就中亭子历下古，当门宸翰光艺圃。诗人李邕与杜甫，千年片碣此撑拄。呦呦不似食苹声，雄者彳亍雌伏庑。亭旁养雌雄二鹿。莫因鹿梦幻有无，但指鸿飞怜散聚。为问明湖我旧游，别后尘颜老几许。诗情怅触岂偶然，回首烟波空碧宇。（辑自《石研斋集》卷四）

偕严香府泛舟大明湖三首（之一、三） 〔清〕金兰

莫怅齐州道阻修，朋侪络绎共登舟。平湖春水遥新绿，仿佛雷塘纪昔游。

君家笔底擅倪黄，小住垂杨水一方。他日官斋思旧雨，墨花池畔写沧浪。（辑自《湖阴草堂遗稿》卷四）

湖上秋兴 〔清〕余丙

十顷空明无点瑕，霜清水冷见鱼虾。清娥昨夜磨新镜，丫髻双翘照鹊华。（辑自《国朝山左诗续钞》卷十，亦见于民国《续修历城县志》卷十一《山水考七·水三》，题作《明湖秋兴》，前三句诗有差异，作“疏柳残荷冷钓槎，霜清水落见鱼虾。平湖十里明如镜”）

朱敉人邀饮明湖 〔清〕刘端揆

僻性逢迎懒，经年无客来。谁如君好古，独为世怜才。轻棹柳边放，高筵

波上开。一尊天向暝，欲去重徘徊。（辑自《国朝历下诗钞》卷二，亦见于民国《续修历城县志》卷十一《山水考七·水三》）

同友人泛舟大明湖 〔清〕张景初

田田荷叶傍城隈，载酒兰桡一径开。天外孤峰临睥睨，湖中花气幻楼台。二东钟鼓怜才甚，六郡风云接踵来。惟有伯鸾词赋好，凌云应占早春回。（辑自《国朝正雅集》，亦见于《东武诗存》卷六下，其中“傍”作“郡”；还见于民国《续修历城县志》卷十一《山水考七·水三》）

明湖感旧（二首）〔清〕余章

湖干某氏园，予故居也，亭馆池沼，颇极一时之盛。后鬻诸他姓，败瓦颓垣，无复昔时壮观哉！赋短章，用抒感慨。

望中荒草认依稀，不见堂前燕子飞。欲向烟波问钓叟，当年风景是还非。

珠帘画栋枕平湖，楼影荒凉片月孤。惟有桥边杨柳色，青青犹带旧时乌。（辑自《国朝山左诗汇钞后集》卷三十六）

大明湖棹歌（十二首之一至三、五、七至九、十一、十二）〔清〕蒋士铨

冰壶署贴水云窝，皎月湖光与荡磨。官烛下船衙鼓歇，出门十步是烟波。

半折朱栊卧绿苔，残荷犹傍画阑开。回廊转侧看人影，时有青裙打桨来。

水神祠宇俯朱垣，摆列南山画幛悬。试上樵楼转身望，北门秋在鹊华边。

北门锁钥不教开，水闸潜通泺水隈。不若回舟向西去，鹊华桥畔看碑来。

中丞绣闼閟离宫，锦浪南流水殿通。谁识霜前一林叶，从风曾作御沟红？

历下城中半是湖，居人分水种菰蒲。从教两岸添台榭，得似秦淮子夜无？

败荷枯苇入樵薪，残腊新年兴可乘。湖面十分才露出，九分湖水一分冰。

北极阁前游女多，芙蓉泉外濯缨歌。不知名士轩何处，秋月春花奈此何？

名士由来说邹鲁，美人自昔数姬姜。如何一样垂垂柳，不似江南解断肠？（辑自《忠雅堂诗集》卷四）

苏幕遮·大明湖泛月 〔清〕蒋士铨

画船游，明月路。古历亭虚，面面朱栏护。百顷明湖三万户，如此良宵，

一点渔灯度。

棹开时，香过处。说道周遭、荷叶青无数。却被芦花全隔住，泛遍湖湾，不见些儿露。（辑自《铜弦词》上卷，亦见于《忠雅堂集》卷二十八）

同窦五桂、韩景忠两同学明湖夜泛（二首）〔清〕查昌业

十月菰蒲尽，明湖夜放船。澄波蟾养魄，寒渚鹭擎拳。宇宙同身泊，星河对影悬。旧游来不速，呼酒古亭边。（辑自《林于馆诗草》卷三）

小舟不荡桨，容与任沧波。西北两明镜，鹊华双碧螺。流光浮睥睨，倒影动嵯峨。素契怀箕颍，空天独放歌。

济南杂诗四首（之二）〔清〕查昌业

流泉争汇大明湖，半郭冲瀜浸太虚。菱叶荷花秋净后。天光云影客来初。高青倒见环城岫，深碧平跳纵鳖鱼。孤负鹊山寒食候，江南愁杀老尚书。阮亭司寇在江南，有《忆明湖》诗。（辑自《林于馆诗草》卷四）

大明湖泛舟（二首）〔清〕爱新觉罗·永恩

明湖一道若潇湘，叶叶轻舟曲水塘。乘兴更从溪畔望，济南城北柳垂黄。

春风微动杏花时，不似秋波烟水离。两岸无边金线柳，令人空忆阮亭诗。（辑自《诚正堂稿》卷六）

雪后湖上〔清〕黄立世

湖光漾月月光瘦，苴苇臬臬西风透。风寒月落雪初花，茫茫清汉空云湖。湖中亭子凉如水，绕亭忽闻渔歌起。一年三看鹊华山，山水依然人老矣。（辑自《黄氏诗钞》卷五）

忆明湖旧事，寄茅鹿野（四首之三、四）〔清〕黄立世

游仙恰得借东风，缥缈楼台似在空。槛外烟消凝淡碧，桥逢花发漾新红。禽鱼岂有孤尊约，裙屐何妨六代同。太息兰亭成往事，依然春燕与秋鸿。

纪伯台边客梦赊，谁教浪迹各天涯。分飞子晋吹笙鹤，独系张骞泛月槎。潦倒关河人不见，飘零席帽鬓成华。双槐书屋新阴满，遥接明湖一带斜。（辑自

《黄氏诗钞》卷五）

和敬亭《泛湖》二首，次韵（之二）〔清〕蓝用和

吾乡十里大明湖，强半芙蕖与荻芦。拟即东归垂钓去，鹊华桥畔有船无。（辑自《梅园遗诗》）

明湖夜泊 〔清〕潘呈雅

湖心纤月上，滉漭漾船碧。秋送孤光来，烟澄一湾夕。隔岸欸乃唱，遥知是渔客。怊怅望不极，满目芦花白。（辑自《秣陵诗草》）

泛历下湖，忆旧游 〔清〕潘呈雅

三年又作竹西游，远远湖天叶叶舟。落日犹衔渔舍静，昏鸦欲下庙门秋。山川别我长青眼，岁月怀人半白头。名士轩前芦荻老，那堪零碎钓鱼钩。（辑自《秣陵诗草》，亦见于民国《济宁直隶州续志》卷之二十二）

湖上雨 〔清〕潘呈雅

溪北溪南绿似烟，荷花荷叶闲田田。而今依旧潇潇雨，不见人家唱采莲。（辑自《秣陵诗草》）

明湖泛舟 〔清〕朱兰

微雨湖上来，新霁景物美。浓翠滴鹊华，空濛接云水。湖光霭半城，荷香浩十里。红衣间翠盖，掩映空明里。冉冉散清芬，薰风吹未已。一棹恣幽探，乘兴随所止。烟波渺四围，蒲稗杂菱芷。徙倚名士轩，风标两公子。凉飔蘋末生，初月柳阴起。呼酒酌碧筒，且住为佳耳。（辑自《国朝山左诗汇钞后集》卷一，亦见于民国《续修历城县志》卷十一《山水考七 · 水三》）

济南绝句，赠王雪洲 〔清〕颜崇谷

半城秋柳一湖烟，佯醉倩人扶下船。屈指鹊华桥下路，我迟君到十三年。（辑自《曲阜诗钞》卷七）

赋得"风沦历城水，月倚华山树"，同榆村、南村二首（之一）〔清〕朱崇勋

名泉七十二，珠跃随地起。汇为莲子湖，一城半烟水。蘋末微风生，清波皱縠绮。萍开藻或合，今古流如此。房氏传雅吟，李杜千年耳。休惭名士乡，啸咏从兹始。（辑自《桐阴书屋诗》卷上）

明湖修禊〔清〕朱崇勋

古亭传海右，名士几经过。今日成佳会，临流意若何。青来佛子髻，绿动鸭头波。觞咏幽情畅，风光似永和。（辑自《桐阴书屋诗》卷上）

湖村四咏〔清〕朱崇勋

紫茎软角到秋肥，蘋末风生淡夕晖。几处歌声随缓棹，芙蓉浦外采菱归。

菱浦

凉露为霜水气清，小桥芦荻乱纵横。西风雁唳潇湘远，十里寒塘烟月明。

芦桥

簇簇秋光动水涯，菰蒲相间遇晴沙。鱼汀蟹舍斜阳里，开遍晚风红蓼花。

蓼滩

断云擘絮野风凉，穲稏低垂水半塘。昨日田塍微雨过，村南村北稻粳香。

稻畦（辑自《桐阴书屋诗》卷下）

游明湖〔清〕李渠

天开云锦灿如霞，潋滟秋光入望赊。十载鸿泥留指爪，明湖三度对荷花。（辑自《东武诗存》卷十下）

游大明湖〔清〕封大受

弭棹湖心阔，虚亭面面开。古人不可作，我辈尚能来。画壁南丰句，随波杜甫杯。蒹葭风露晚，归去首重回。（辑自《国朝山左诗汇钞后集》卷六，亦见于民国《续修历城县志》卷十一《山水考七·水三》）

湖上〔清〕朱倬

自披莲叶采莲房，棹入花深不觉香。夜半归来香扑鼻，始知花气满衣裳。

（辑自《国朝历下诗钞》卷一，亦见于《国朝山左诗续钞》卷二十一、民国《续修历城县志》卷十一《山水考七·水三》）

雪晴湖上（二首）〔清〕朱倬

柳枯犹拂衣，芦尽不遮目。霁色冷空城，炊烟上渔屋。

华鹊双峰雪，明湖十里冰。湖干沽酒客，衣上有寒棱。（辑自民国《续修历城县志》卷十一《山水考七·水三》引《遁斋稿》）

明湖秋泛，次沈芑孙韵〔清〕李文藻

严城一半是汀州，红藕香边趁晚游。影落冰壶天共阔，凉生霜镜雨初收。遥峦四面围轻棹，曲港千家枕碧流。藉甚名矣行乐地，七桥风景属新秋。（辑自《李素伯诗》）

泛舟大明湖〔清〕毕沅

清济贯华泉，伏流忽迸出。激而为珍珠，喷而为趵突。北郭潴净池，濠梁境恍惚。鱼鸟往无违，淼淼云泉窟。信宿滞名邦，清游兴飞越。招招唤小舟，一叶似精室。荡桨放中流，水木澹明瑟。此时冬已尽，阳和透景物。波间春信回，绿意新萍活。两点鹊华山，烟雾半迷灭。揽胜历下亭，裙屐风流歇。名士久星散，继声鲜奇崛。诗人渔洋翁，句成矜击钵。恨我生后时，未获奉剪拂。长吟《秋柳》篇，飘飘带仙骨。大雅嗣音谁，俯仰增忉怛。宿鸟投深林，玉缸酒已竭。苍茫暝色赴，归思极天末。咿哑柔橹声，摇碎镜中月。（辑自《灵岩山人诗集》卷二十一。趵突，原作“豹突”）

大明湖〔清〕毕沅

千顷晴湖光倏潤，到来一望平于簟。霜重风寒宿霭消，盈盈淡绿疑新染。皎皛天容影倒涵，玻璃作底无纤玷。日轮卓午来当空，冷浸火珠红一点。惜交冬暮景萧疏，未见白莲兼翠芡。浪花无际忽闻声，腾起长鱼金闪闪。石亭游目久凭阑，归弄烟波兴未减。何日吴淞江上居，渔庄门带凉云掩。（辑自《灵岩山人诗集》卷四十）

济南竹枝词（一百首之二）〔清〕王初桐

二月西湖雪尽消，湾头新柳碧遥遥。乌篷小棹归来晚，回首烟波暗七桥。

《居易录》：明湖，俗称“北湖”，曾子固谓之“西湖”。于钦《齐乘》：“七桥：曰芙蓉，曰水西，曰湖西，曰北池，曰百花，曰泺源，曰鹊华。”（辑自《济南竹枝词》，亦见于民国《续修历城县志》卷十一《山水考七·水三》、《海右集》。“曰百花，曰泺源，曰鹊华”非《齐乘》中语）

济南竹枝词（一百首之三）〔清〕王初桐

百花桥外百花洲，乱濼南来尽北流。水面亭边月初上，清光先到白云楼。

《尔雅》：泉自济出为濼。朱彝尊有《濼泉记》。《道园学古录》：李泂居大明湖上，作天心水面亭。白云楼，都阃故宅。见《济南图经》。（辑自《济南竹枝词》）

济南竹枝词（一百首之十）〔清〕王初桐

东邻西舍并房居，阶下溅溅碧玉渠。一样平桥低贴水，侬家钓得锦鳞鱼。（辑自《济南竹枝词》）

济南竹枝词（一百首之九十六）〔清〕王初桐

三月桃花开又残，谁家呼婢卷帘看。明湖一夜潇潇雨，何处高楼怯晓寒？

朱天门夏夜与数友集明湖侧，召妓侑觞。妓素不识字，忽援笔书绝句云：“一夜潇潇雨，高楼怯晓寒。桃花零落否？呼婢卷帘看。”忽仆地，唤之，苏而问焉，则皆不知。见《滦阳销夏录》。（辑自《济南竹枝词》。“门”字原作“明”，据《阅微草堂笔记》卷五《滦阳销夏录五》改）

济南竹枝词（一百首之五）〔清〕王初桐

大明寺门连芰荷，濯缨湖上花婆娑。船到荷花深处泊，清香更比鑛村多。

大明寺在大明湖西，已废。濯缨湖即大明湖，一名莲子湖。卫既齐《怀高士传》：“历城怀晋居鑛村，环村种荷。”高念东《过水村，访怀高士诗》：“梅花不种种荷花。”（辑自《济南竹枝词》。“齐”字原作“济”，据清乾隆《历城县志》卷四十四《列传十》改）

大明湖 〔清〕王初桐

城市宽闲地，水云清浅汀。平涵千亩碧，倒见数峰青。雨过荷香起，风来鸥梦醒。有人夜吹笛，最爱月中听。（辑自《海右集》，亦见于民国《续修历城县志》卷十一《山水考七·水三》）

明湖曲（八首之一、二、四至七）〔清〕王初桐

湖水半篙清，无风滑笏平。与天同一色，人在镜中行。

井字界琼田，家家种白莲。朝来菰叶里，撑出采莲船。

有客修春禊，鸟声杂管弦。鹊山寒食近，犹似泰和年。

野艇小如瓜，恰容三四辈。垂下一面帘，夕阳在篷背。

不见芦中人，但闻芦中语。清风入丛叶，飒飒疑是雨。

境僻渚弥枉，柳浓烟未开。转头向宽阔，瞥见酒船来。（辑自《海右集》，亦见于民国《续修历城县志》卷十一《山水考七·水三》）

济南竹枝词（一百首之七）〔清〕王初桐

淡烟浓墨雨丝中，点水蜻蜓湿翅红。鸭嘴船移肥浪外，笠檐蓑袂入冥濛。（辑自《济南竹枝词》）

忆王孙·题江孝廉《历下杂感》诗后（二首之二）〔清〕张埙

扁舟易服入菰芦，鼓角辕门星斗粗。十载凄凉旧酒垆，客心孤，蛛网浮杯事有无？乾隆癸酉夏秋之交，每月上，陪桧门先生易服泛舟大明湖，或夜半乃还。（辑自《竹叶庵文集》卷三十词《林屋词〔四〕》）

大明湖夜 〔清〕姚鼐

南山已暝色，回见明湖光。秋尽济南郭，渺然江水长。中流上新月，轻舸复徜徉。烟昏鸥鹭宿，波沈芦荻苍。孤往仍中夜，回飙城曲凉。亭楸高拂雾，寺棘下零霜。佛幢犹立魏，名士正思唐。安知后游者，声迹永相望。（辑自《惜抱轩诗集》卷二）

明湖竹枝（三首之一、三）〔清〕郭维翰

明湖一片水平堤，碧柳毵毵紫燕啼。尽日画船鸣箫鼓，风清月朗转轮蹄。

金鞍玉勒五花骢，冠盖巍峨信大风。莲子湖边惊眼甚，有人指道是秦宫。（辑自《鸿爪集・今体诗》）

福山褚明府招饮，兼与同人泛舟大明湖，览历下亭、北极阁诸胜（四首之一）〔清〕王元文

新知历下许相过，兴发仍看北渚荷。开宴何如陪北海，湖边玉佩复当歌。（辑自《北溪诗集》卷十四《北溪旅稿・历下集》）

风雪游大明湖 〔清〕郭寅

我家住西泠，烟水久成癖。曾读渔洋诗，明湖擅胜迹。邈矣路三千，不得恣游历。昨岁来泺源，神州隔咫尺。冉冉又春来，江雨芳草碧。夙愿拟一酬，呼童理游屐。逦迤走平冈，峨峨见城阙。天风忽怒号，彤云隐白日。六出乱飞花，长空声裂帛。匆匆入馆舍，主人眉百结。对客前致辞，天公真不测。呼酒压春寒，明湖期后集。平生山水情，何能畏风伯。破浪愿乘舟，披氅先踏雪。古亭照眼明，盈盈一带隔。此时雪意阑，风水势殊逆。中流发大波，轻桡如贾舶。舟人与风战，一篙健于铁。纵目望远山，处处琼瑶积。杨柳待三春，芙蓉迟六月。感彼滕六神，点缀凭赏激。惜未载酒过，临风浮大白。归棹顺流东，直指鹊华石。回首水中央，烟光互明灭。（辑自《两浙輶轩录》卷三十一）

七夕夜泛舟 〔清〕孔昭薰

解缆明湖载酒还，数声柔橹荻芦湾。银河欲浣愁难洗，碧宇新凉梦亦闲。朔雁江鱼归思引，山城水驿客途艰。乘槎可觅支机石，席帽依然笑别颜。（辑自《国朝山左诗汇抄后集》卷三十九）

大明湖 〔清〕李调元

更无名士见，独有大明湖。人去亭虽古，吾来艇自孤。万鸦盘独柳，百鹭聚深芦。忽动沧浪兴，渔歌起日晡。（辑自《童山诗集》卷二十四）

大明湖 〔清〕曹文埴

济泺交汇名泉潴，浩渺一碧琉璃铺。天光水光两相射，气爽万景澄秋初。堤边柳枝绿未褪，洲上草花红自敷。楼台高下廊曲折，半隐半现疑蓬壶。波心夷犹棹不鼓，来去任狎鸥与凫。余香犹闻破莲叶，远响忽起丛荻芦。我本江南钓游客，喁于日对烟波徒。平生流连弗能去，泛泛莫若西子湖。北行每经赵北口，拍手辄谓得所无。大明湖虽耳熟久，今始意外偿清娱。评量景物较甲乙，西子胜之赵北输。溶溶波色洗尘眼，郁郁树影清尘裾。不得其上得其次，意纵未满乐有余。残阳忽闪暮鸦背，惆怅又归行馆居。（辑自《石鼓砚斋诗钞》卷十三）

首春游大明湖，和王若农韵（八首） 〔清〕毛大瀛

莲子湖边雪乍消，靴纹细浪绿迢迢。淡妆浓抹天然好，也比西湖第六桥。

舟行着色小围屏，系缆先登历下亭。湖上看山惟此地，满城飞送佛头青。

一片空濛画不如，半城烟水钓人居。莫嗟李杜风流尽，名士依然比鲫鱼。

茅屋沿堤八九家，鱼标摇扬酒帘斜。可怜红紫春无色，孤负洲名唤百花。

水光潋滟照疏枝，岂独晴宜雨亦宜。却怪东风寒料峭，不教杨柳展愁眉。

堤边那乞好花栽，湿雾浓云郁不开。除却颠狂二三子，春寒谁棹酒船来？

归梦无由夜入吴，偷携茶具上明湖。今朝偶寄烟波兴，消得年来客恨无。

华山遥望绝尘缘，骑鹿青莲去杳然。安得水门开锁钥，与君同泛外湖船。

（辑自《戏鸥居诗钞》卷五）

和陈延叟明湖泛月，因登北极阁即事二首有序。 〔清〕毛大瀛

从来客子最善登临，自古骚人不忘风月，况当佳节，言访明湖，此延叟泛月之诗所为作也。夫其兰桡轻荡，桂露初零，缥缈珠宫，冷浸素娥之魂；团圞玉镜，清涵白帝之秋。于此时也，能毋慨乎？爰乃吸荷筒之酒，搴菰菜之羹。解衣历下亭边，碑摹北海；纵艇水西桥畔，迹访南丰。舟中抒袁虎之材，楼上吐元龙之气。危栏放眼，平看郭外之山；古殿披襟，高挹天心之月。凡兹胜概，悉寄新诗。当倒载以将归，遂飞笺而索和。余也清游未获，研唱难赓，适于醉月之时，亦鼓临湖之兴。嗟乎！少陵一去，名士飘零；副使云亡，荒楼寂寞。余与延叟寄蜉蝣于天地，感蟪蛄之春秋，对此清佳，大宜疏旷。拓烟霞之襟抱，

勿令湖渚生愁；涤冰雪之肝肠，肯使月轮减色。此余继声之咏，敢效颦而忘丑，窃倚玉以怀惭。惟念湖曲巴词，体原无异；吴歈越唱，调亦相同。探好句于骊珠，公真健者；续新声于湘瑟，仆本恨人。因略记夫岁时，遂合谋乎剞劂。庶此夜月中萍聚，聊供蛮语之资；即他时湖上蓬飞，堪备齐音之採。

入夜明湖放艇游，空濛一片荡新愁。风回暗浪摇疏柳，月浸凉波涌画楼。海右孤亭仍北渚，天涯佳节又中秋。五年子舍清光隔，多恐双亲已白头。

鸥汀鹭渚棹迟回，蘋末微凉拂面来。千倾玻璃银色净，一湖星斗夜光开。红灯是处传芳宴，白雪何人擅异才？我爱月中歌水调，更从高阁倒深杯。（辑自《戏鸥居诗钞》卷五）

叠前韵，索延叟和诗（二首）〔清〕毛大瀛

好风引我碧溪游，别作他乡一段愁。万里湖山堪放眼，百年烟月几登楼。闲人最爱空明夜，倦客翻疑黯淡秋。忽听隔船吹玉笛，归心暗折大刀头。

层层苇路尚低回，不断凉云逐水来。画里峰峦银髻现，镜中台阁玉盘开。空怀子固游湖兴，谁续遗山作记才？吸月犹余豪气在，醉凭危槛独衔杯。（辑自《戏鸥居诗钞》卷五）

延叟又以叠韵诗见示，余恐其负气不相下也，再叠前韵解之（二首）〔清〕毛大瀛

第七桥头寄薄游，鱼波淼淼渚莲愁。孤吟自载袁宏舫，长啸谁登庾亮楼？山影沉湖千嶂夕，砧声绕郭万家秋。无端唤起江南梦，记在秦淮水阁头。

城北移桡未忍回，危台村策夜重来。水涵象纬虚坛动，云护旌幢古殿开。但合飞觞酬令节，何须击钵斗高才！杜陵李守风流杳，剩有湖山照举杯。（辑自《戏鸥居诗钞》卷五）

续齐音一百首（之二十五）〔清〕毛大瀛

北海樽罍怅寂寥，明湖无恙水迢迢。东藩皂盖今谁驻？秋月秋风冷七桥。

“东藩驻皂盖”，杜少陵《陪北海宴历下亭》诗中语。七桥在大明湖上，曰百花，曰泺源，曰芙蓉，曰水西，曰北地。南丰诗：“从此七桥风与月，梦魂长到木兰舟。”（辑自《戏鸥居诗钞》卷九）

续齐音一百首（之三十八）〔清〕毛大瀛

西湖十顷绿波涵，画里楼台好共探。倚棹闲吟山谷句，济南真个似江南。

大明湖一名西湖，山谷有“济南潇洒似江南”句。（辑自《戏鸥居诗钞》卷九）

大明湖寄怀故园诸子〔清〕崔振宗

孤亭坐悄然，疏柳下寒蝉。北渚新秋雨，南阳欲暮天。遥怀素心辈，独上木兰船。归路重回首，还如隔岁年。（辑自《午树堂诗集》卷一）

题方纫庵诸人《游明湖》诗后〔清〕桂馥

新诗读罢畏群贤，愧我曾无一字传。消受明湖好风景，荷香露湿半城烟。（辑自《未谷诗集》卷二《老落剩稿》）

早至湖上〔清〕桂馥

玉露娟娟柳带烟，一钩残月挂西偏。水禽齐向花间闹，不许芙蓉彻晓眠。（辑自《未谷诗集》卷二《老落剩稿》）

莲子湖舫歌一百首有序（之一、二十、二十九、四十五、四十八、五十二、五十八）〔清〕沈可培

湖在济南府城内，源出北珍珠、芙蓉等泉，水光浩淼，山色遥连，碧荷云涨，绿柳丝柔，山左之胜也。亦名西湖，一名大明湖。

曾从山水窟中行，一见明湖眼倍明。绣被鄂君青翰舫，水香亭北放歌声。

水香亭，在历下亭旁。

水气空濛暑气消，荷珠柳浪漾轻桡。有情千里难忘处，风月时时梦七桥。

于钦《齐乘》曰：环湖有七桥，芙蓉、水西、湖西、北池之类是也。曾子固有寄友诗云：“谁对七桥今夜月，有情千里不相忘。”

平波如镜洗尘函，云影天光共蔚蓝。千顷荷花千树柳，何人不道是江南？

虞集《天心水面亭记》云：“济南山水似江南，殆或过之。”

瀛洲北渚又环波，湖畔楼台杰构多。物换星移秋几度，夕阳烟柳影婆娑。

瀛洲亭，在环波亭西。环波亦名环碧，今府学后高阁是也。北渚亭在湖西。

十里明湖分外明，遥分雉堞到空青。夜深无月常如昼，疑是人来不夜城。

不夜城，在荣成县西十里。《齐地记》云：古有日夜出见于东莱，故名。

人来胜地竞诗名，金碧楼台画不成。谁向湖中留逸句，芰荷香处酒船横。

阎百诗句也。

湖边尽是钓鱼庄，竹树萧疏夕照黄。居士何人称八不，一竿长住白云乡。

乐安李姓，逸其名，尝题其室曰："不贵不贱，不饥不寒，不名不利，不忙不闲。"人因称"八不居士"。一竿亭在乐安。（辑自《依竹山房集·丙午》）

秋夜明湖宴集，赠单公子鋁〔清〕李怀民

爱此碧流水，值彼清秋晏。方舟载华觞，宾客辑名彦。星月挂城角，歌管起波面。杳霭烟树幽，耸动楼台现。兴极夜方永，道合情弥恋。贫蹇负才豪，贵盛惟德眷。作诗记良会，洵美非荒宴。（辑自《石桐先生诗钞·芸涧集》，亦见于民国《续修历城县志》卷十一《山水考七·水三》）

始晤永言，招同云圃、周文明湖泛舟〔清〕李怀民

同舟惬夙好，复此秋雨霁。临水始悠然，乘风忽无际。云树昼绵缈，湖山暮迢递。感时缅旧游，慕德属新契。浅酌情已欢，毕景欢仍滞。不辞一言拙，仰祈高章丽。（辑自《石桐先生诗钞·观海集中》，亦见于民国《续修历城县志》卷十一《山水考七·水三》）

泛明湖二首〔清〕薛宁廷

一城阛市与湖分，荡桨不惊鸥鹭群。浓淡漫将西子比，洞庭秋月望湘君。

曩昔历亭名十多，我来不见怅如何？鹊华桥畔呼渔艇，愁对青芦卷白波。

（辑自《洛间山人诗钞》卷三《初游集》）

游海心亭，有怀大明湖〔清〕赵德懋

触境生情昆海边，故都风景尚依然。济南终比滇南□，□水半城开白莲。

（辑自《妙香斋诗集》卷四）

满江红·忆大明湖〔清〕彭云鹤

回忆明湖，旧游地、泛舟即景。凝眸看、七桥迢递，山峦倒影。人立南丰祠外醉，酒来北极台边醒。及时听、笛唱复渔歌，真佳境。

钓矶畔，还小艇。禅林外，啜香茗。正蒲抽笋长，荷浮叶静。水绕古亭垂柳袅，鸥飞极浦带波迴。怅天涯、本地好风光，莫能领。（辑自《灯前即景》，亦见于《全清词〔雍乾卷〕》第十册）

瑞鹧鸪 · 忆明湖泛月 〔清〕彭云鹤

明湖旧地几经年，未泛凉秋月下船。曾过萧萧芦荻港，犹摇漠漠芰荷烟。

楼台倒影波如镜，星斗浮光水接天。棹荡榔鸣频记忆，七桥风景结良缘。（辑自《灯前即景》，亦见于《全清词 〔雍乾卷〕》第十册）

八月十五夜，泛舟大明湖，途次口占二律 〔清〕刘权之

曲曲明湖障锦屏，醉余乘兴采芳馨。空濛夜气无边白，绰约仙姿极浦青。轩以南丰争纪胜，诗因老杜借名亭。山痕一抹君山似，鼓瑟湘灵忆洞庭。

秋到平分本不同，湖光天影更无风。苇梢夹路轻舟入，犬吠迎人夜巷通。高阁梯云珠露冷，锁闱射斗烛花红。会波楼上三更月，静倚阑干响砌虫。东坡先生夜泛舟黄楼，李委吹笛甚工。（辑自《长沙刘文恪诗集 · 剩存诗续草》卷二）

大明湖泛舟 〔清〕章铨

暮春天气好，风浴大明湖。白雪楼何在，伊人阁亦无。水光浮荇藻，山色落菰蒲。即此扁舟去，烟波作钓徒。（辑自《染翰堂诗集》）

孙峄亭上舍文东招同泛舟大明湖（二首） 〔清〕章铨

日长无事得逍遥，何必琴尊与酒瓢。棹出湖心山四面，泊来渡口柳千条。波光收拾归亭馆，水面潆洄任野桡。仿佛金沙港外过，茶棚小憩鹊华桥。

芙蓉万点落空青，胜日同登海右亭。名士风流传历下，济泉支派载图经。一篙新涨缨宜濯，百顷平湖水可听。最是鹊华山两扇，飞来座右作围屏。（辑自《染翰堂诗集》）

和作（二首） 〔清〕孙翔凤

偶憩游踪逸兴遥，明湖清澈挂诗瓢。旷怀好比波千顷，琢句原从水一条。喜有朋来堪对酒，每于佳处辄停桡。何当聒耳传乡韵，乘醉烂翻话六桥。时有游人

操浙音，而铺张西湖佳丽。

新蒲细柳色青青，凝碧周遮历下亭。两度羡君恣探访，三旬愧我未曾经。旧闻胜迹心频慕，细述风光娓可听。倒影激波收万象，依稀照入水晶屏。（辑自《染翰堂诗集》）

和作（二首）〔清〕范君僕

君向鹏程万里遥，偶来湖上挂诗瓢。莲凝晚露翻新叶，柳惹春风舞软条。亭古独游名士屐，波平好放野人桡。凭栏不减蘋洲趣，一水湾环荡画桥。

未了山光齐鲁青，济南胜事占湖亭。东藩妙句谁能和，北渚清波几度经。落日两峰人不见，哀丝千古曲堪听。即今发兴倾词伯，点检烟峦作翠屏。（辑自《染翰堂诗集》）

同峄亭大明湖望月〔清〕章铨

欲望团圞镜，湖心湾复湾。荻芦浮水际，灯火出林间。不及拏舟去，惟闻喝道还。菱花开半匣，一照旅人颜。（辑自《染翰堂诗集》）

和作〔清〕孙翔凤

为爱宵光皎，重寻碧水湾。波溶明镜里，景罩瑞烟间。旅况徐谐畅，遐心独往还。伫期公退暇，共赏一开颜。（辑自《染翰堂诗集》）

重泛大明湖口占（二首）〔清〕章铨

一篙撑过百花洲，城北高宜蹑屐游。闻说鹊华山色近，老兵不启会波楼。

暮春天气柳毵毵，名士轩头客二三。忽报榜人催去也，又从城北到城南。（辑自《染翰堂诗集》）

行有日矣，孙巢阿明府招同范恕堂明府、潘慰先秀才、钮京三守戎元标、孙峄亭松岩上舍设饯明湖，畅叙竟日，即景成诗（四首）〔清〕章铨

青崖黛壁入高寒，郭外芙蓉万点看。今日老兵真解事，会波楼上得凭栏。

水色山光历下城，陂塘曲曲放船行。垂条不忍轻攀折，留作阳关撷笛声。

人在湖光水面中，百花洲畔赏心同。渔洋老去垂杨在，依旧平湖百顷风。

湖光水面亭在湖北岸，渔洋山人赋《秋柳》四章于此。面亭为百花洲，洲上为百花桥，一名鹊华桥洲。

故乡人作异乡游，十景芳塘似此不？昨日始来鳞六六，岘峰碧浪最关愁。

潘君来札有“历下风景颇似岘山碧浪湖”语。（辑自《染翰堂诗集》）

烧灯日明湖游眺 〔清〕王汝璧

爆竹翻波走湿雷，凫鹥散乱亦奇哉。半城新水绿初动，一片冷烟春乍来。兰泽褰裳饶远思，山光引袖入深杯。输他苇畔延缘客，笑看冰花辗转开。（辑自《铜梁山人诗集》卷二十二《华不注集》）

上巳日约游明湖，以雪不果，即和沈小渔茂才韵 〔清〕王汝璧

遥空水气蹙文鳞，飞舞云衣雪片匀。只有渔蓑传画本，那能禊饮集芳辰。问谁可引清游兴，与子同成嗒坐人。陌上颠风吹不歇，天教缓缓度青春。（辑自《铜梁山人诗集》卷二十二《华不注集》）

秋日明湖泛舟 〔清〕郝允秀

寻乐驾扁舟，悠悠荡碧流。芦花一帘雪，柳色七桥秋。纵酒无人对，狂歌且自由。斜阳有余兴，独上会波楼。（辑自《水村诗集》卷上）

泛舟湖上归 〔清〕郝允秀

此日泛轻舟，芳樽释旅愁。一篙新水涨，四望暮山秋。北雁来边塞，西风满郡楼。平生游卧处，客散独迟留。（辑自《水村诗集》卷上，亦见于《松露书屋诗稿》）

南郭外忆明湖 〔清〕郝允秀

日暮多离恨，况来南陌头。树声凉啸雨，草色淡含秋。身滞发干地，心怀莲子舟。今宵魂梦里，应作棹歌游。（辑自《水村诗集》卷上）

明湖秋怀（三首） 〔清〕郝允秀

满城秋色晚苍苍，俯仰重城半夕阳。十里湖山襟海岱，千年牛女阅兴亡。参差竹树连云迴，错落楼台抱日长。最是髫龄游卧处，西风翘首梦魂凉。

兴衰轮转似羲车，士议彰彰未是虚。青简羞传齐伪帝，白衣艳说铁尚书。胜朝周旦身何在，乱世曹瞒运已除。落日客窗谈故实，几回长笑复欷嘘。

碧湖秋水老蒹葭，金石文章有大家。永叔铭成霜铸剑，端明论定笔生花。千言策散陈编在，万里魂归蜀道赊。寂寂墓门谁更问，频年老泪落倸巴。清川夫子以古文名。（辑自《水村诗集》卷下）

湖上忆家 〔清〕郝允秀

木兰舟上动丝弦，万柳千荷入暮天。七十二泉留不住，故乡秋水正沦涟。（辑自《松露书屋诗稿》）

同游人湖中玩月 〔清〕郝允秀

薄暮招携上画船，西风衰柳仲秋天。湖光人立星辰上，日影山沈雉堞前。较酒群夸豪客量，题诗自逊古人贤。此自岁月知多少，聊把登临换夜眠。（辑自《松露书屋诗稿》）

同葛溪璜广文游明湖（二首） 〔清〕郝允秀

十年不上木兰舟，此日同君结旧游。湖水半城荷百顷，会波楼下晚风秋。

七桥秋色复如何，残照依然映碧波。我欲吟诗还搁笔，济南名士近来多。（辑自《水竹居诗集》）

明湖月 〔清〕郝允秀

明湖月，白于银，年年岁岁照游人。来者未来往者去，玉轮映水长粼粼。我昔髫年频买棹，水西桥畔泛舟早。旧雨纷然携榼来，夜深不觉银蟾晓。转瞬西风四十载，故人零落共几辈。蒲柳空摇翡翠光，金兰无复烟霞队。当时爱月同徘徊，如今月在人复回。伤心独对濯缨水，万顷琉璃为谁开？（辑自《水村诗集》卷下）

翟殿扬晚泛明湖，吟寄 〔清〕郝允秀

水涨古亭外，荷风向晚过。城中新雨霁，湖上白云多。月幻阴晴色，灯明远近波。悬知素心友，酌酒正高歌。（辑自《松露书屋诗稿》）

午后 〔清〕郝允秀

午后临湖岸，披襟兴不穷。人行流水曲，船系绿杨丛。翠鸟吟残日，锦蛙鸣晚风。还开白云唱，乍起碧莲中。（辑自《松露书屋诗稿》）

湖上曲 〔清〕郝允秀

碧湖淡荡水连空，北望渔人纳晚风。双棹遥遥舟一叶，月明撑入藕花丛。（辑自《松露书屋诗稿》）

晨往湖上 〔清〕郝允秀

一径入幽篁，薰风纳早凉。山光含日晓，水色接天长。万岫芙蓉绿，半城荷芰香。闲来终卜宅，此地足垂杨。（辑自《松露书屋诗稿》）

湖上泛舟 〔清〕郝允秀

乍别素心友，湖头适性情。薰风独荡桨，落日兴初生。鸟避孤舟去，鱼分小队行。更闻古亭上，隐隐语银笙。（辑自《松露书屋诗稿》）

湖上杂诗 〔清〕郝允秀

墙外垂杨可系舟，妾家门巷对泉流。郎行若憩双兰桨，直到湖南问莫愁。（辑自《松露书屋诗稿》）

七夕前湖边望云汉 〔清〕郝允秀

杨柳锁寒烟，秋风七十泉。鱼虾繁水汊，灯火散湖船。明月华山外，长河织女前。晚来无限意，北望意缠绵。（辑自《松露书屋诗稿》）

湖上 〔清〕郝允秀

淡云微雨舜皇城，湖上秋风日夜清。征雁常含关塞恨，候虫预作别离声。云横银汉心星耀，月照珍珠泉水明。（辑自《松露书屋诗稿》）

湖上晚归，寄诸同人 〔清〕郝允秀

樽残客散酒初醒，明月前头别古亭。一曲洞箫来远浦，几舟渔火乱疏星。

最怜霄汉连城白，难忘云山满郭青。试问济南名下士，新诗若个继沧溟？（辑自《松露书屋诗稿》）

湖上 〔清〕郝允秀

把酒醉新晴，孤舟泛濯缨。暮天秋色满，落日晚风生。谭子千年国，平陵六代城。谁怜碧湖上，击棹有深情。（辑自《松露书屋诗稿》）

月下同人泛舟 〔清〕郝允秀

皓月临湖满，轻船好友同。半篙秋后水，一笛晚来风。我自吟华月，人多拟桂丛。酒阑方欲别，夜静漏声中。（辑自《松露书屋诗稿》）

闻湖上梅开，喜赋 〔清〕郝允秀

驿使何年寄岭头，忽闻琼蕊发齐州。枝疏每向静中曳，味淡须从香外求。水月有情姿绰约，冰霜无伴态清幽。风流自许追何逊，会向明湖雪夜游。（辑自《松露书屋诗稿》）

湖上绝句 〔清〕郝允秀

闲步星台最上层，湖旁忽度夕阳僧。水边鸥鸟惊人起，飞上渔船啄碎冰。（辑自《松露书屋诗稿》）

平陵竹枝词（六首之二、六） 〔清〕郝允秀

酒旗高挂石桥边，桥下冰开春水连。日暮游人齐竞渡，桨声鸦轧动归船。

近水人家笑语和，灯前妆竟月前歌。殷勤不敢窥莲子，湖上如今波浪多。（辑自《松露书屋诗稿》）

四照楼眺明湖有作（二首） 〔清〕邹炳泰

使衙湖上住，曾未到明湖。明湖隔使院一垣，余经年未一至。几上楼头望，春深烟树孤。此亭名海右，吾意自林隅。鱼鸟应予诧，经年一句无。

七十二泉名，泉随踏处生。明流下春渚，寒苇到遥城。夜火渔梁隐，清歌月舫迎。何时寻旧约，相与水西行？（辑自《午风堂集》卷四）

泛大明湖 〔清〕王善宝

夹水菰芦作径环，秋荷香溢几层湾。撑来小艇惊沙鸟，飞入嫣红嫋绿间。（辑自《煨芋岩居诗集》卷一）

赋得“水木明瑟”，得“明”字，五言六韵 〔清〕朱照

丛林乔木茂，古水净池清。覆日浓阴结，凌晨景色生。枝条含润泽，荡漾发光明。鱼鸟堪成托，濠梁旧著名。客亭临道路，佛刹露檐楹。好雨新晴霁，游人乐早行。（辑自《锦秋老屋稿》）

秋日湖干即目 〔清〕朱照

湖水半城交涌波，山光四郭青峨峨。临湖万户饶烟火，不敌荷芦岁月多。（辑自《国朝山左诗汇钞后集》卷二，亦见于民国《续修历城县志》卷十二《山水考八·水四》引《锦秋老屋稿》）

大明湖，同沈椒园观察作 〔清〕李稻塍

载酒江湖惯，斯游不出城。七桥通宛转，一镜湛空明。鹊药当舷见，菰芦匝岸生。旧村风景在，鸥鹭负前盟。“鸥鹭相看似旧村”，秋锦老人句也。（辑自《梅会诗选·附刻》）

大明湖雨后 〔清〕纪在谱

雨余湖上望南山，棕笠蕉衫客自闲。酒罢欲归何处去，一舟凉雨泊前湾。（辑自《国朝山左诗续钞》卷十二，亦见于民国《续修历城县志》卷十一《山水考七·水三》）

冬日泛舟大明湖 〔清〕刘树

一镜北城下，碧波千亩澄。天寒空鸟渚，水冷断鱼罾。列岫浮光远，危楼倒影层。扁舟回棹处，湖月半轮升。（辑自《松月庐诗稿》）

冬晚泛舟大明湖 〔清〕刘树

剧兴临冬发，清波棹晚桴。冰心人踏藕，水岸女呼凫。落日千家寂，寒云

一寺孤。明朝携酒去，看月鹊山湖。（辑自《松月庐诗稿》）

冬日再泛大明湖 〔清〕刘树

晏温当腊日，别港放船行。波叠鱼鳞细，冰开玉镜明。两桥烟树冷，半壁雪峰清。水舍湾环处，时闻卖藕声。（辑自《松月庐诗稿》）

游大明湖 〔清〕刘树

曾此僦舟泛上元，风光变处识寒暄。千条水港鸥开径，十里荷塘荻作藩。小艇飞来李白酒，隔溪望去辟疆园。何须更觅天台路，即此烟波是旧源。（辑自《松月庐诗稿》）

重游大明湖 〔清〕刘树

湖光潭淹近如何，携酒重游乐事多。荻港风来船出入，虹桥月上柳婆娑。名亭不改南山色，别馆仍传历下歌。只有竹溪人尽邈，几回翘首白云阿。（辑自《松月庐诗稿》）

乾隆壬寅四月初十日泛大明湖 〔清〕刘树

楚氛消去后，载酒夜如何。湖月今宵大，游人此夕多。花奴千屿鼓，羌笛万船歌。北阙恩曷极，滔滔终古波。（辑自《松月庐诗稿》）

明湖竹枝词 〔清〕王所礼

疏树竹篱似水村，女墙月上近黄昏。烟横远浦渔舟远，吹彻笛声过水门。（辑自《国朝山左诗续钞》卷二十一，亦见于民国《续修历城县志》卷十一《山水考七·水三》）

济南竹枝词（钞五之四） 〔清〕王所礼

湖波滟滟柳毵毵，春到桥边水蔚蓝。亚字阑干鸭嘴艇，依稀风景似江南。（辑自《武定诗续钞》卷九）

大明湖 〔清〕尹廷兰

秋浦一篙水，夕阳千柄荷。野船受人少，高树得蝉多。花外晒渔网，烟中闻棹歌。鹊华东北望，流恨满清河。（辑自《华不注山房诗草》卷上，亦见于民国《续修历城县志》卷十一《山水考七·水三》）

湖西 〔清〕尹廷兰

遮道蒹葭拨不开，等闲谁到此城隈？人家半在花中住，沙鸟时从水上来。载藕轻舟穿港去，荷叉稚子得鱼回。向东一带垂杨路，彩翠分明北极台。（辑自《华不注山房诗草》卷上，亦见于《国朝山左诗汇钞后集》卷三、民国《续修历城县志》卷十一《山水考七·水三》）

忆大明湖（二十首之一、二、三、六、九、十、十三、十五、十七、二十）〔清〕尹廷兰

几年未见大明湖，每对秋风忆旧庐。绕郭烟峦频梦到，乡思原不为莼鲈。

狂风卷地起黄埃，客子襟怀郁不开。何日水西桥上立，四围花气扑人来。

绿柳阴中引棹行，留犁风动縠纹生。推篷试向城南望，万叠山光泼眼明。

四照楼西细雨时，看花小憩五贤祠。池塘定有鱼儿出，红藕香中立鹭鸶。

楚北惊传羽檄来，夷陵今复见秦灰。稼轩老子堂堂去，却听鼓鼙思将材。

柳陌菱塘涨水痕，溪流近接汇波门。云庄别业空萧瑟，不见文忠奕叶孙。

济南文献几人存，怀古惟应倒酒樽。太息阮亭诗社散，每逢秋柳一销魂。

覃溪学士老经师，楷法诗名并冠时。谁续《济南金石录》，鸿文先捐铁公碑。

千株杨柳万株花，处处青帘卖酒家。最是北城风味好，满湖春水长鱼虾。

故国风光剧可怜，鹊山寒食负年年。临流若买三间屋，便引樵风自刺船。

（辑自《华不注山房诗草》卷上，亦见于《国朝山左诗汇钞后集》卷三、民国《续修历城县志》卷十一《山水考七·水三》）

湖上遇雨 〔清〕尹廷兰

白日瞥然匿，湖山成晦冥。大风催雁阵，急雨带龙腥。簸荡依孤棹，喧豗集百灵。少焉云雾散，天地倏清宁。（辑自《华不注山房诗草》卷下）

大明湖〔清〕尹廷兰

翠袖离披上画栏，催人晓起露中看。长空渐没银河影，独对西风耐晓寒。（辑自《国朝山左诗汇钞后集》卷三）

明湖曲〔清〕王佳宾

杨柳垂垂杏子红，小舟来往疾如风。罗衫沽酒唱歌去，家在西湖烟雨中。（辑自《苍雪斋稿》）

游大明湖〔清〕王淑龙

偶借春风便，扁舟去不停。才摇湖面棹，已到水心亭。北极高寒碧，南山远送青。万波相汇处，欲注道元经。（辑自《费邑艺文存》）

游明湖，遍历湖上诸胜〔清〕龙岭

驾言山水邦，屡穷山水窟。山不失旧青，水自泻新縠。解缆荡两桨，快若出笼鹘。行厨荐笋肪，隔岸呼醽醁。港陌任迂回，延缘无欲速。湖中有古亭，榜人为指瞩。行省诸分曹，方伯暨州牧。冠盖旁午来，日寻名士躅。欧公平山堂，谢傅东山麓。况我旧散人，胡为自结束！轩窗洞以达，爽气浃心目。溆流汇一门，飞甍高矗矗。松柏罨霭间，绀殿亦相属。凭栏一一眺，飒然秋风肃。湖光接远天，宕漾摇空绿。（辑自《石菌山斋诗稿》卷上）

游大明湖（二首）〔清〕龙岭

门门湖头取次行，湾环小港荡舟轻。莲歌未歇菱歌起，风送花香水半城。

泉源浦溆湖水流，芦荻风来未缆舟。一抹斜阳华不注，送将清影压城头。（辑自《石菌山斋诗稿》卷下）

济南竹枝词（十首之六、七、八、十）〔清〕龙岭

芙蓉桥与鹊华连，雁齿栏杆鸦嘴船。历下亭边酤美酒，会波楼外起寒烟。

日斜风定泊船初，乱挂笭箵与籧篨。折来带露绿杨柳，穿得金鳞红鲤鱼。

照壁孤檠对绮寮，西风尽日雨潇潇。卖花声里江南梦，知在湖干第几桥。（辑自《石菌山斋诗稿》卷下）

泛明湖 〔清〕龙岭

正是蒹葭白露天，眼明秋水过湖边。洞箫长笛吟三叠，云影山光共一船。老酒醉人情洒落，晚风吹面水沦涟。泰和寒食重怀想，一种风流属后贤。（辑自《石菌山斋诗稿》卷下）

济南偕友人泛明湖 〔清〕王钟泰

倚棹晴波对夕阳，几人潇洒爱相将。水残桥齿荷千顷，秋老湖心苇数行。无酒可添高座兴，有情不遣小舟忙。济南名士风流参，好作洄游又一方。（辑自《壶海生草》卷一）

再泛明湖 〔清〕王钟泰

依旧良朋逸兴赊，一浤秋色映残霞。推篷更倚青蒲岸，载酒仍寻白藕花。玄武庙前云未散，鹊华桥畔日初斜。阿谁能续吟秋柳，泼墨词坛水一涯。（辑自《壶海生草》卷一）

辞友人湖上之约 〔清〕徐秉鉴

阳春烟景召人时，飞骑来招去肯迟。近水楼台开罨画，嫩寒花柳助新诗。桃根早起朝尝酒，莲炬高烧夜赌棋。鹤发鹑衣游兴阻，梦魂空绕铁公祠。（辑自《停云集》卷一）

夜泛明湖 〔清〕蓝中珪

皓月照明湖，烟空晚气孤。古寺浮水面，清露淡冰壶。箫鼓惊霄汉，银河看有无。万顷波浪静，槎泛在须臾。（辑自《紫云阁诗集》）

与同人雨中泛湖（二首） 〔清〕蓝中珪

千里湖光接蔚蓝，风吹烟柳雨漫漫。茅庐小舫低帆过，异样荷花景色斑。

促膝船中意味长，烟蓑雨笠总苍茫。荷香不减兰香座，点缀白鸥三两行。（辑自《紫云阁诗集》）

秋日游明湖 〔清〕赵德树

游踪画舫几回经，秋柳萧疏历下亭。远岸光浮霜路白，凉波影浸鹊华青。明湖潋滟平于簟，古堞玲珑列若屏。小立吟哦诗未就，一声鸿雁起芦汀。（辑自《武定诗续钞》卷二十）

明湖即事 〔清〕王芸封

兴来买棹不论钱，湖上烟波结夙缘。正是斜阳无限好，白蘋花下放歌船。（辑自《武定诗续钞》卷十七）

雨后眺大明湖 〔清〕王同苏

鹊华桥边树，蝉声送暮愁。蒹葭三日雨，烟水一湖秋。城际上霜月，天边来野鸥。萧然方独立，灯火送归舟。（辑自《国朝山左诗续钞》卷三十二，亦见于民国《续修历城县志》卷十一《山水考七·水三》）

明湖小桥露坐有怀 〔清〕王允榛

湖光射星影，倚槛对涟漪。夜静荷香远，城高月上迟。薄凉衣乍透，秋意客先知。惆怅新诗就，无由寄所思。（辑自《国朝山左诗续钞》卷二十八，亦见于民国《续修历城县志》卷十一《山水考七·水三》）

北湖泛舟（二首） 〔清〕王允榛

千条杨柳数声鸥，一片玻璃一叶舟。闲看鱼儿游镜里，不知人在镜中游。

一声欸乃破芦烟，直向湖心放钓船。水面风来香不断，才知撑到藕花边。（辑自《国朝山左诗续钞》卷二十八，亦见于清道光《济南府志》卷六十九《艺文五·历城诗》、民国《续修历城县志》卷十一《山水考七·水三》）

明湖泛舟 〔清〕焦式冲

谁把西湖万顷水，分来倒入半城里。芙蓉映日柳含烟，浓淡也堪比西子。北海少陵昔同游，每道济南多名士。我今结伴载酒过，白露蒹葭企彼美。美人不见空复情，天末临风怀边李。振衣直上北极台，兴酣击钵高歌起。何当琢就惊人句，真宰上诉天尺咫。波涵粉堞倒影衔，云涌青螺千寻峙。坐爱名花花压檐，醉漱白石石砺齿。披襟落落心超轶，万里澄空净尘滓。真隐何须定买山，心远不嫌近城市。君不见陶公五斗恨折腰，抽簪撒手归栗里！（辑自《余青园诗集》卷二）

大明湖（四首之一、二、三）〔清〕秦瀛

遗堞参差渚水昏，曾传皂盖驻东藩。哀丝急管今萧瑟，池上空怀北海尊。

佛头螺髻映沦涟，青入齐州九点烟。海右风光还似旧，鹊山寒食泰和年。元遗山句。

济南名士已飘零，落日苍凉水上亭。好趁棠梨寻断碣，一尊闲吊李沧溟。（辑自《小岘山人诗集》卷四）

同戴药坪处士泛舟明湖，以北齐房君豹"风沦历城水，月倚华山树"十字为韵，予得"月倚华山树"（五首）〔清〕吴俊

我昨梦扁舟，乘兴归吴越。名山如故人，抗手整袍笏。香雾青濛濛，湖水清更滑。觉来历城秋，疏雨散林樾。叩门安道来，新泥溅靴袜。偕我明湖游，孤棹芦中发。荷芰密间疏，林峦凹复凸。为置一樽酒，留待清夜月。

秋水平似掌，秋云薄于纸。云水相澄鲜，被岸风靡靡。借问垂纶叟，钓鲈还钓豸？北人呼鲈为豸。薄鲙银刀飞，未食先自喜。两年困鞭镫，肉已消两髀。忽落明镜中，坐卧敞屏几。打鼓历下亭，吹笙水西市。白鹭驯不飞，花鸭闯文绮。日暮不归来，临风一徙倚。

人生复何似，冉冉赴壑蛇。儿时与君游，丽句相矜夸。今虽未老大，世事纷牵挐。别却桑与梓，而来逐齐哗。名士不可见，炙毂空满家。惟有历下亭，晓暮霏烟霞。与君共沽酒，扁舟落日斜。乡国渺何处，双鬓阅岁华。君看衰柳树，已拂白苇花。

言登北极阁，南望千佛山。山气日夕来，山花照斒斓。濯缨即淼淼，珍珠复潺潺。汇为千顷波，明镜堆髻鬟。浅濑横短彴，沙嘴飞白鹇。水香时一遭，风动蘋花间。信美非吾土，浩歌相与还。

幽兴忽已惬，夕阳挂远树。港泊时两三，短棹屡迷误。君歌渔父词，我作《招隐赋》。两眼碧照水，惊起双白鹭。苦吟出肺腑，相怜莫相妒。掉头堕巾帻，弄月失芒屦。但恐别匆匆，美景倩谁付？逍遥憺将归，月倚华山树。（辑自《荣

性堂集》卷三）

辛卯七月，薄游济南，与戴处士延年赋诗大明湖上，以北齐房君豹“风沦历城水，月倚华山树”十字为韵，予得“月倚华山树”。此事忽忽十二年矣。今年四月，复来湖上，风景恍如畴昔，而处士渺在吴会，更无与泛眺者，为之怅然，辄用“风沦历城水”五字为韵，复赋五章，前后足成十首，以志雪鸿踪迹云尔（五首）〔清〕吴俊

济南城十里，一半铺青铜。可鉴复可濯，不泛亦不穷。掘地不盈尺，处处窾窍通。能令士女泽，亦使草木丰。一别十二年，相思魂梦中。行役再税驾，临流受长风。

城中数长官，张盖嬉清沦。送迎竹树里，驺唱菰芦滨。落日历下亭，肴核遗纷纶。斯人辱山水，山水笑此人。我来每独游，解带还脱巾。网鱼行作脍，伐苇将为薪。手持一壶酒，浩歌眄层旻。满城来捉我，搴荷以蔽身。

烟蒲自茸茸，雨竹何篧篧。拳足一公子，交飞两文鷁。落日城头风，何处一声笛？港泊如街衢，了了吾所历。步上会波楼，两点鹊华觌。酹以一樽酒，湿翠翕欲滴。

借问山与水，曷为在市城？得毋抱令姿，绰有近世情。济南七十二，触处皆澄泓。汇为一巨陂，鱼蟹蒲莲秔。川泽美利普，管氏之所营。齐人逐锥刀，志在金满籝。山川一辉映，名士声铮铮。斯意少人发，持以告邦氓。

飘飘木兰桨，落日荡空水。高咏沧浪吟，长天净无滓。平生戴安道，迢递隔乡里。欲往从之游，蹉跎惜年齿。怀人更抚景，缱绻无穷已。芙蓉水木城，笭箵鱼虾市。胜区待美政，名山伫燕喜。作诗告长官，吾言有微指。（辑自《荣性堂集》卷七）

答孔广栻寄和《游大明湖》诗（二首）〔清〕吴俊

鲁王宫畔弹琴坐，历下亭中吹笛游。一自宣南坊别后，寄来五字足清秋。

风沦月倚语清华，十字千秋洵足夸。复有清吟压前辈，看来此事属东家。（辑自《荣性堂集》卷三）

闻刘金门奉常与二三僚佐宴于大明湖上，赋诗奉柬（二首）〔清〕吴俊

那有笙哥沸画船，只赢冰雪照湖天。笏腰敢犯太常禁，曲瓮能邀吏部眠。归路市灯迎缓缓，丽谯更鼓报鼘鼘。白头隐几老方伯，一夕新诗万口传。

当年桂管共尊盘，赏遍蕉黄更荔丹。检点诗篇半亡在，思维鸿雪两迷漫。酒招新月供名士，山入严城伴贵官。醉后接䍦欹倒甚，闭门谁念老夫寒？（辑自《荣性堂集》卷十九）

己酉九秋，余客济南，陈六峰廷庆农部典试事峻，出示次韵吴寿庭师树萱明湖泛舟之作，并以原唱暨牧庵中丞和章见贻，次韵为答〔清〕沈琨

烟波如坐范蠡船，仓曹示我好诗句。鹊华秋色纷争妍，此邦名士都人手。羡君壮盛非华颠。山川有灵通梦寐，衡文冰鉴清如泉。吾师高咏擅奇丽，目送使者心悠然。我方倦游滞逆旅，自惭尘土奔频年。中丞大贤广厦被，单椒秀泽滋蘅荃。侧闻澄泉更清绝，连宵转辗魂飞牵。（辑自《嘉荫堂诗存》卷三）

湖上送别〔清〕李宪乔

雨自鹊山来，苍然漫城阙。稍繁树烟重，渐远波禽灭。值此平生欢，自然清兴发。斯须复开霁，澄波动淼阔。登高闻暮吹，回舟见新月。清秋易有怀，况是远离别。（辑自《少鹤内集》卷一，亦见于民国《续修历城县志》卷十一《山水考七·水三》）

湖上感怀〔清〕李宪乔

春阴与暮寒，并到客愁间。郁郁水边阁，依依城上山。长空来雁少，尽日一舟闲。为问旧时侣，几人今鬓斑？（辑自《少鹤内集》卷三）

湖上逢张尚徽，为友人傅伟度同学〔清〕李宪乔

昔游飘若尘，寥落独来身。久立待船处，相逢无故人。山色隔城远，荻声过雨频。因君传数语，不觉渐相亲。（辑自《少鹤诗钞·少鹤内集》卷五）

湖上漫兴〔清〕李宪乔

晓气石桥路，未分城外山。数家疏柳际，一艇败芦间。独步易成远，何人

相共闲？每来渔父问，游客几时还？（辑自《少鹤内集》卷十，亦见于民国《续修历城县志》卷十一《山水考七·水三》）

湖上逢岭外故人陈柳州，今左迁馆陶令 〔清〕李宪乔

荻收湖面阔，渔艇往来频。独泛携童子，相逢似故人。稍依烟寺晚，曾共瘴乡春。执手方惊感，几年憔悴身？（辑自《少鹤内集》卷十）

雪后晚望，寄姜生竹樵泽永 〔清〕李宪乔

独立望湖雪，濛濛复晚晴。岸根侵处失，篷顶去边明。风色摇孤树，寒光掩暮城。因思苦吟侣，应见此心情。（辑自《少鹤内集》卷十）

历下杂诗（八首之一） 〔清〕马履泰

那有池边旧客亭？只余明瑟眼犹青。我来精舍招凉坐，菡萏香中读《水经》。

《水经注》："北为大明湖，湖水成净池，池上有客亭，水木明瑟。"疑即今之五龙潭，桂未谷筑有潭西精舍。（辑自《小沧浪笔谈》卷一）

江右胡梦兰楚父丁酉春同在钱师幕中，好酒工诗。己亥秋再过明湖，怅然怀之 〔清〕于学谧

胡子矫矫云中鹤，千里因风落莲幕。醉倒四照楼头春，吟彻大明湖畔月。我今不见已三年，怀君独上夕阳船。渔笛萧条隔烟水，梦魂不到章江边。（辑自《焚余诗草》）

同年刘学使凤诰招泛大明湖，归饮四照楼，即事 〔清〕赵怀玉

明湖数十顷，占断城之西。使者建节楼，恰俯明湖堤。方春念旧雨，折柬相招携。酒盛赤琥珀，桨划青颇梨。游讶屏傔从，静不惊凫鹥。雨余杏舒萼，风过杨生梯。祠留荩臣迹，亭感诗人题。鹊华列如嶂，咫尺愁难跻。回船兴已适，开阁朋仍齐。品食集珍错，藏酿倾罂瓶。礼数容脱略，谈谐杂滑稽。公饮如吸川，公才若劓犀。幸在广厦芘，不觉卑枝栖。主称夜未央，客判醉如泥。起立视楼角，星澹明蟾低。披衣急告归，喔喔荒鸡啼。（辑自《亦有生斋诗集》卷二十）

上巳日同吴文徵、郑士芳、朱春林诸君泛大明湖，还登北极阁，憩汇泉寺 〔清〕赵怀玉

重三湖上泛舟行，茗碗携来当酒铛。映入水光山似梦，送残花事树无情。幽寻忽与尘中隔，散迹时从方外并。欲把兰亭合莲社，烦它二妙构图成。吴、郑皆善画。（辑自《亦有生斋诗集》卷二十一）

五日寓斋小饮后游大明湖，用北齐房君豹“风沦历城水，月倚华山树”句为韵，同丁明经履恒作（十首之一至八、十）〔清〕赵怀玉

排日苦炎暑，今晨得凉风。两年滞历下，独客孤天中。薄酌聊遣忧，颜共涂林红。

济南多名泉，所至清且沦。我爱泺水北，往复不厌频。伐檀愧素食，弹铗甘长贫。

龙洞与佛峪，卒卒苦未历。唯此明瑟境，暇或许相觅。濠梁在目前，烦襟庶几涤。

青山三面绕，望若百雉城。牵船入深苇，疑在狭巷行。最喜水穷处，忽闻来桨声。

借问白云溪，何似西湖水？异地岂无胜，故乡信尤美。南望阻奋飞，知亲念游子。

我来自青州，勾留已改月。束带日趋尘，焉能不华发？容易朋盍簪，一使高兴发。

吾家有小阁，临流足凭倚。每逢竞渡时，笙歌长沸耳。种柳今十围，人何以堪此！

田田青荷叶，菡萏色未华。新亭亦已古，游者请勿哗。贵贱为物役，今昔同咨嗟。

夕照衔远峰，新蟾出高树。余勇贾登陟，幽情托章句。游踪风过林，再索不知处。（辑自《亦有生斋诗集》卷二十一）

五月十七日张大令秉锐招泛大明湖，归饮寓斋作 〔清〕赵怀玉

旬日重为城北游，明湖一镜望中收。荷能却暑白无影，云解催诗黑上头。且喜笑谈容我放，肯将怀抱替人愁。多君好事频觞客，射覆分曹醉未休。（辑自

《亦有生斋诗集》卷二十一）

游大明湖（五首）〔清〕刘大绅

湖边尽说好楼台，湖上飞帆日几回。解识秋风今厌客，船头不载外人来。

不扰沙鸥与锦鳞，云容水态净无尘。后船题扇前船画，尽是湖中半醉人。

山色空青水色蓝，涪翁潇洒亦曾谙。平生未到江南地，只信娱人是济南。

落日城头已半衔，凉风飒飒动轻衫。系船仍是亭前树，昨日诗人少雨帆。时雨帆未至。

轻霞卷尽淡烟消，归去双双橹漫摇。熟径不烦新月照，灯前认是鹊华桥。（辑自《寄庵诗钞》卷一，亦见于民国《续修历城县志》卷十一《山水考七·水三》）

同诸同乡陪张碧泉主政游大明湖〔清〕刘大绅

选胜客初到，倦游人未稀。香风生古渡，凉气上秋衣。港口穿花入，船头载月归。心随轻桂楫，还向故园飞。（辑自《退庵诗钞》卷六）

中秋夜泛大明湖〔清〕刘大绅

湖光如月月如烟，痛饮狂歌且放船。只恐朝来惊俗客，喧传昨夜降群仙。（辑自民国《续修历城县志》卷十一《山水考七·水三》引《寄庵诗钞》）

朱牧人邀游大明湖，同历下诸君子〔清〕刘大绅

有水如醽春可游，有酒如湖市可贳。惜哉今无杜陵翁，历下高风亦已逝。名山顶上听雨声，濛濛烟中但细细。忽见练影横斜飞，短长绿杨密千荠。归来却得平陵生，为我早作买舟计。湖水初添苇初生，眼底空明少遮蔽。鸭雏鱼子趁微雨，不飞不跃清浅际。同舟宾客都少年，文彩风流尽绝世。下笔千言波浪翻，居然快帆得风势。衰翁泛若舟不系，百花七桥自拘泥。一诗不成雨已霁，船头船尾空湃湃。回看落日如凉蟾，树底分光上埤堄。尚欲重陪北海樽，榜人已促理归枻。凫鸥自向闲人盟，舟楫难从巨川济。只今何以酬明湖，扪句双扉学紧闭。输与济南名士真，对客风月任品第。（辑自民国《续修历城县志》卷十一《山水考七·水三》引《寄庵诗钞》）

与同学诸子陪寄庵先生游大明湖（三首之三）〔清〕王祖昌

银烛碧纱笼，腾辉照乌榜。洗盏浮大白，呼啸秋空响。沉醉任轻舟，乘风自来往。（辑自《秋水亭诗草》卷三，亦见于民国《续修历城县志》卷十一《山水考七·水三》）

次韵吴寿庭舍人《游大明湖作》〔清〕顾宗泰

剪刀剪取明湖水，鹊华缥缈挂眼前。羡君方从历下至，佳景收入书画船。水西桥畔吹笙卧，不教前辈专芳妍。烟飞云敛湛玉镜，登临兴到喜欲颠。好诗助吻瀹细荈，何当屡汲趵突泉？横绝锦波坐天上，凌风跌宕真飘然。名士底独济南盛，篇章新丽空当年。愧我梦游泺水曲，未得渚北搴香荃。北渚为明湖七桥之一。他时倘许樵风引，结庐一断尘缘牵。（辑自《月满楼诗文集·诗集》卷二十九《水部集》）

题戴寿恺、吴逸千《大明湖》诗后（二首）〔清〕张锦麟

水明木瑟著佳游，杯酒湖头共驻留。五字吟成清到骨，毫尖七十二泉秋。

乱荷如绣荡兰桡，元子骖鸾去寂寥。好是鹊华秋色里，寻诗人在水西桥。（辑自《岭南群雅》初集卷二）

与尹畹阶廷兰同年话旧，即和广荫与刘慕宗长风、牟芦坡诸广文明湖泛舟，分“烟”字韵〔清〕满秋石

孤鸿冉冉度凉天，影落明湖载酒船。名士谈经沧海右，历亭吊古夕阳边。蒲荒柳老逢今日，水远山高忆昔年。月上秋城归棹晚，箫声犹恋芰荷烟。（辑自《断蔗山房诗稿》卷四）

济南感旧（四首之一）〔清〕满秋石

半城烟水隐菰芦，风景依然旧画图。历下重来人已老，又听秋雁过明湖。（辑自《断蔗山房诗稿》卷四）

明湖遇李滢波〔清〕单可基

水榭闲游眺，闻声认故人。乍惊须鬓改，还觉语言真。世事浮云变，国恩

花萼新。濲波以教习得知县，其弟得拔萃。匆匆催解缆，执手共逡巡。（辑自《竹石居稿》卷四）

乙酉冬，李少鹤丈至济南，有湖亭赏雪之会，寄诗示余。今来湖上，即景感怀 〔清〕单可基

昔闻湖上会，踏雪水边亭。诗忆当年好，船应此地停。题名已无迹，寒色想空冥。惆怅漓江客，高歌谁与听？（辑自《竹石居稿》卷二）

二月既望，同式鲁弟乘月泛大明湖。不至湖上已十年矣，感赋 〔清〕朱曾敬

谁遣羲和鞭六驭，逝水难留浩东注。莫问千秋万岁名，堂堂过眼已无据。何堪坎壈事多违，一寸心中煎百虑。达者秉烛清夜游，心远神闲颜可驻。人生踪迹叶乘风，羊角回旋得小聚。月色昏黄街鼓沉，招邀且向湖边去。呕哑柔橹破春烟，溯洄曲港通幽处。波光天影相荡摩，流汞镕金浴寒兔。空明万顷碎琉璃，风生噌吰奏《韶》《濩》。清景不合人间有，好句多因山水助。北台松作老龙鳞，几经登眺成前度。画鹢犹横名士轩，垂杨总是销魂树。旧游寥落不归来，十年空被浮名误。贺监终当乞镜湖，轻笠短蓑狎鸥鹭。（辑自《国朝历下诗钞》卷二，亦见于《国朝山左诗续钞》卷十二、民国《续修历城县志》卷十一《山水考七·水三》）

明湖竹枝词 〔清〕朱曾敬

不学浮萍逐水流，惟将密语誓牵牛。同郎种得青莲子，长出荷花也并头。（辑自《国朝山左诗续钞》卷十二，亦见于民国《续修历城县志》卷十一《山水考七·水三》）

己巳春日，湖上数与家方亭、青雷小集分韵 〔清〕朱曾传

山深车马过来稀，有客骑驴下翠微。菱叶波晴蛙渐闹，麦花风暖燕初归。喜看小雨垂天幕，试折新荷破水衣。每到桥南一怅望，手栽杨柳又成围。（辑自《国朝历下诗钞》卷二，亦见于民国《续修历城县志》卷十一《山水考七·水三》）

绝句十九首（之一、二、十六）〔清〕朱曾传

水出离宫绿玉鸣，板桥飞跨两三层。狭邪杨柳东西口，历历红兰度夜秋。

新湖磨镜出银涛，尽决横堤芦荻苗。裙绿缘城留一剪，春来长束女儿腰。

白蘋风起蹴鱼鳞，名士轩寒莫问津。却怪池台寻不得，一堂舆隶已无人。（辑自《说饼庵诗集》卷二）

明湖泛舟 〔清〕张廷叙

秋日放船好，明湖一带花。鱼群惊晚棹，甲队浴晴沙。萍满疑苔径，芦深暗水涯。不知归去黑，新月淡云遮。（辑自《香雪园重订诗·讷斋近稿》）

济南竹枝词（二首之二）〔清〕张象鹏

方塘处处长青蒲，露冷荷残八月初。昨日棹头新涨过，渔罾高挂卖鳊鱼。（辑自《东武诗存》卷九〔下〕）

初夏泛舟明湖（二首）〔清〕张象鹏

风日晴和四月天，山色湖影斗婵娟。篙师稳放轻舟过，荷叶田田最可怜。

芦荻新齐绿一陂，平湖界破碧琉璃。轻桡乍转深深巷，惊起一双白鹭鸶。（辑自《东武诗存》卷九〔下〕）

和少鹤先生《湖亭宴集遇雪》之作 〔清〕单可墉

水亭寒更好，暇日此倾杯。佳客同舟泛，精襟对雪开。絮飞沿岸柳，玉满映湖台。新句还相寄，无缘得暂陪。（辑自《国朝山左诗续钞》卷二十八）

和少鹤先生《湖亭宴集遇雪》之作 〔清〕单鼎

湖云冻欲凝，游客抱凌凌。寒舸踏冰上，孤亭看雪登。树疑花更发，山向境中澄。谁举欧公令，还当白战能。（辑自《国朝山左诗续钞》卷二十八）

游明湖，至北极庙 〔清〕葛覃楚

水径风清处，轻舠鼓棹来。山光衔雉堞，柳色艳楼台。南浦渔堪狎，遥堤鹭不猜。道人偏傲我，大贾喜追陪。（辑自《亦农山人诗稿》）

月夜泛大明湖 〔清〕单华炬

秋水接天平，明湖半浸城。灯船花外转，画阁月中明。芦荻交风动，荷香入夜清。迟留无尽兴，金柝下寒更。（辑自《清厚堂诗钞》）

明湖夜泛，同兰舟叔作 〔清〕王宸

烟水乍宜秋，苍茫动客愁。怀人向天末，明月正当头。白露浩无际，长河高不流。芦花莽萧瑟，离思共悠悠。（辑自《东武诗存》卷十上）

湖上晚兴 〔清〕黄如淦

瑟瑟西风湖上秋，池边水长看鱼游。钩竿携向竹西去，多少芦花傍客舟。（辑自《黄诗续钞》）

夜泛大明湖 〔清〕宋绳先

十里碧湖寒，苍茫芦荻间。秋风万家静，明月一舟闲。烛影堤边阁，霜华城外山。渔人垂钓罢，遥唱采莲还。（辑自《国朝山左诗汇钞后集》卷七，亦见于民国《续修历城县志》卷十一《山水考七·水三》）

大明湖燕集分韵，得“汉”字，示步武 〔清〕王煐

鹊华桥头历亭畔，匆匆过眼游人换。就中数子尤足思，取次长眠不可唤。生年满百天所惜，何至靳使才强半。几堆春草马封高，一夜秋风雁行断。湖光山色顿萧索，疏柳残荷助凄婉。适值诗人又云集，买船载酒续前案。座上三客最少年，昨犹总角今皆冠。尔来万事不容瞬，那怪鬓须雪霜粲？平生自信有足恃，不逐抟沙随手散。心力宁知日渐衰，渺茫旧学如河汉，新交虽好岂知此？豪饮酣歌方烂漫。惟君真感与我深，屈指流年暗中算。（辑自《碻庴诗钞》卷上）

单平仲明湖分韵，得“分”字 〔清〕王煐

湖上待明月，月来无片云。舟移逢柳住，酒满借杯分。露滴吟边觉，荷香静里闻。不知曙钟动，惊起白鸥群。（辑自《碻庴诗钞》卷上，亦见于民国《续修历城县志》卷十一《山水考七·水三》）

题寄庵《明湖宴集》诗卷 〔清〕王烻

放棹烟深处，开筵月上时。醉翁不在酒，名士总能诗。语寂倚栏定，思深尽盏迟。无缘与高会，一卷独吟披。（辑自《碻庴诗钞》卷上）

雨中泛明湖，因访牟卢坡应震 〔清〕王烻

荻芦从断处，水浸北城隈。寒彴带烟立，孤篷听雨来。风斜侵笠急，沤起漾萍开。不为偶相忆，还应入夜回。（辑自《碻庴诗钞》卷上，亦见于民国《续修历城县志》卷十一《山水考七·水三》）

朱纶伯延相招宴明湖感旧 〔清〕王烻

当年高会集群英，今夜依然风露清。鱼唼草根星影动，鸥浮水面月光平。亭台到处皆陈迹，群屐相逢多后生。往事非君能省识，寻常杯酒为谁倾?（辑自《碻庴诗钞》卷下，亦见于民国《续修历城县志》卷十一《山水考七·水三》）

湖上作 〔清〕王建元

雪浪兼天急，烟岚一望深。山光涵大壑，水气结朝阴。朔叶飘寒浦，鸣榔警浴禽。湖边初日上，晻暧满清浔。（辑自《萝坪诗集》）

历下杂诗（十八首之一、六、八、十七）〔清〕王煦

几家篱落泺湖旁，占尽风光是此乡。千顷藕花秋水里，月明风细满城香。

芙蕖丛里暗通舟，晚放新花白影稠。眼底明湖横暮色，已先七十二泉秋。

南丰遗记冷斜阳，无复齐州觅二堂。星使如今每岁至，旋随长吏促民房。

七桥岸上竹篱斜，满浦红荷坐饮茶。薄暮浓烟随月断，官私两部可听蛙。

（辑自《爱日堂类稿》卷一）

雨后陪孙湘云泛舟 〔清〕徐子威

柳外酒旗斜，相将泛小艖。钟声隔烟浦，山翠扑人家。蓑笠带残雨，湖天飞晚霞。洒然诗思满，棹入白莲花。（辑自《国朝山左诗汇钞后集》卷五，亦见于《国朝历下诗钞》卷三）

夜泊湖上有怀 〔清〕徐子威

独泊水亭夕，飒然生远愁。怀才偏失路，仗策久依刘。凉月照孤影，西风横一舟。重来旧吟社，摇落不胜秋。（辑自《国朝山左诗汇钞后集》卷五）

湖上有怀，和醉琴道士原韵 〔清〕徐子威

渡口下黄叶，怆然怀古狂。鹊湖正寥落，雁信更微茫。一剑返何日，孤琴托此床。相思不相见，云水写苍凉。（辑自《国朝山左诗汇钞后集》卷五，亦见于《国朝历下诗钞》卷三）

湖上 〔清〕徐子威

湖上窥空碧，携笻频徙倚。谁从空碧中，窥我小亭里？（辑自民国《续修历城县志》卷十一《山水考七·水三》引《海右集》）

湖上雪夜（二首） 〔清〕徐子威

夜雪飞蓬阁，谁登第一层？来朝水云外，霁色数峰凝。密洒更宜酒，狂飘旋扑灯。诗思转清澈，况对一湖冰。

雪霁夕风起，吹开云几层。松关露明月，水阁讶晶凝。棹入广寒窟，微茫何处灯？今宵鹊湖上，人伫玉壶冰。（辑自民国《续修历城县志》卷十一《山水考七·水三》引《海右集》）

暮春湖上 〔清〕徐子威

杨柳风多水拍堤，送春人立板桥西。平湖飞絮浑如雪，尽日流莺不住啼。（辑自《国朝历下诗钞》卷三，亦见于民国《续修历城县志》卷十一《山水考七·水三》《海右集》）

湖上晓望十韵 〔清〕徐子威

沿堤生春草，青青没阮屐。晓风吹我衣，北渚去咫尺。携笻登飞阁，临眺境飘忽。初日照湖西，微茫水云赤。亭榭遮高柳，参差露金碧。晴山横郭外，一一争秀发。岚光扑眉宇，俨然烟岛客。斯时逸兴飞，朗吟殊清越。缅怀尹参军，余韵未消歇。落落倚古松，中天鹤影只。（辑自民国《续修历城县志》卷

十一《山水考七·水三》引《海右集》）

湖上晚眺（二首）〔清〕徐子威

句留此湖上，落落影无双。疏柳欹孤寺，夕阳横一艭。人家空翠仆，秋水晚风撞。独立松关下，何朝辨石幢？

暮云起秋渚，燕子去双双。南国书千里，西风酒一艭。历亭黄叶下，萧寺晚钟撞。徙倚红阑外，苍烟沉石幢。（辑自民国《续修历城县志》卷十一《山水考七·水三》引《海右集》）

暮春泊舟湖上 〔清〕徐子威

为遣离愁却惹愁，满湖飞絮忆同游。依然古渡客千里，无那夕阳钟一楼。绕郭青山拟白下，笼堤烟柳抵瓜州。重来吟社何萧索，尽日看云枕碧流。（辑自民国《续修历城县志》卷十一《山水考七·水三》引《海右集》）

春日湖上访牟芦坡 〔清〕徐子威

何处乳莺啭，柳丝轻扬中。湖干访词客，一路趁东风。新霁数峰翠，夕阳孤馆红，悠然水云外，不必话穷通。（辑自民国《续修历城县志》卷十一《山水考七·水三》引《海右集》）

同人泛舟明湖，登会波楼，避雨历下亭，晚集卞继皋舍饮（四首）〔清〕徐书受

栽莲艺苇各输租，分占陂塘似木奴。断港莫嫌烟水尽，葑田还拟涸西湖。湖长芦，无隙地，游人苦之。

千峰抱郭水湾澴，豪气登楼未可删。好付收藏两家集，董郎十岁解看山。时蕙畴子学敏从游。

山城七十二名泉，小雨跳珠尽可怜。转忆六桥秋柳胜，晚晴犹有未回船。

飞来三十六鸳鸯，镜里分明隔影藏。今日更从河朔饮，不堪呼取碧筒尝。（辑自《教经堂诗集》卷七）

西躔以予前诗似未厌志，贻诗挑之，因次韵以申其意 〔清〕徐书受

春晴促上沙棠舟，越姬如花招酒楼。游仙梦断惜遗迹，出树钟声晓烟白。

绝笑湖山缔缘浅，一洗平生好奇眼。吾侪通病患少游，不若麋猱本山产。闻君此言足心死，安得移山更移水？钱塘潮发动地来，南北峰高去天咫。到此游踪更莫闲，时时结侣去看山。不然已负江淹恨，才尽如今合见还。（辑自《教经堂诗集》卷七）

附：原诗 〔清〕杨梦符

十年梦别湖上舟，君来直上湖中楼。楼头飞鸟足无迹，风吹一云满湖白。平生游兴复不浅，壮观千年今在眼。碧槛朱垣过已非，惟有莲花是真产。杜甫一去北海死，此亭巍巍对湖水。君今放笔恣长川，决背西湖乃尺咫。徐生徐生莫苦闲，鹊华南面钱塘山。六桥花柳重栽此，只恐行人不肯还。（辑自《教经堂诗集》卷七）

夏日游大明湖 〔清〕孙韶

万斛珠泉水，汇此一湖渌。谁取碧玻璃，区画作棋局？畛畦转侧分，短芦自随属。轻航故溯洄，既往路仍复。新荷漾绿盘，隔岸散幽馥。时有鸬鹚鸟，踏上古亭宿。小泊水楹西，柳下清风续。阳乌正停午，咫尺判凉燠。此境在吴越，亦复称清淑。何况北地中，潇洒真绝俗。云深水化烟，坐久舟如屋。遥闻清磬声，飘渺隔湖隩。更寻兰若游，凭高一纵目。（辑自《小沧浪笔谈》卷一，亦见于民国《续修历城县志》卷十一《山水考七·水三》）

历下立秋后一日，与诸同人晚步湖上 〔清〕刘芳曙

昨宵初见历城秋，好与诸君作快游。买醉同寻沽酒肆，看花新借钓鱼舟。西风一夜他乡客，明月三分湖上楼。若到中秋重订约，不妨金尽典吴钩。（辑自《半山园诗草》卷二）

湖上曲（二首） 〔清〕刘芳曙

湖上女儿花满头，朝朝湖上弄轻舟。日晚见郎载酒过，戏抛莲子打沙鸥。

妾家门对清湖边，妾家门前新种莲。手折莲花背风立，看郎来上谁家船。（辑自《半山园诗草》）

晚步湖上 〔清〕刘芳曙

蒹葭霜老雁横秋，淼淼湖波起暮愁。山色故园千佛寺，月明仍照百花洲。几声铃响烟中塔，一夜灯光水上楼。记得去年游赏处，鹊华桥畔木兰舟。（辑自《半山园诗草》）

秋日济南湖上晚眺有怀 〔清〕李沧瀛

落日照孤城，湖光镜面平。峰峦凝暮霭，杨柳撼秋声。雁递书千里，萍分岁几更。七桥烟露晚，无那别离情。（辑自民国《续修历城县志》卷十一《山水考七·水三》引《春雨楼诗》）

山左大明湖次韵 〔清〕史培

小舟吞落日，矮屋罨平湖。坐看远山色，岚光淡欲无。（辑自《余事集》卷二）

大明湖泛舟二首 〔清〕史培

桥平城郭水平舟，载酒题诗我独游。芦荻风翻声作雨，乱鸦飞破一湖秋。

数声欸乃破烟汀，轻泊湖心古右亭。亭名。黄叶依稀残照外，隔城山划一痕青。（辑自《余事集》卷二）

历下夜泛大明湖 〔清〕史培

薄暮客心赊，明湖乐泛槎。秋声瞒夜雨，月色失霜华。乞火亲渔浦，寻诗到酒家。历城古风景，留恋远人车。（辑自《余事集》卷二）

中秋偕松哦先生携诸儿辈泛舟游大明湖限“城”字。 〔清〕史培

云半秋山水半城，买舟轻荡一湖清。四围楼隐波心寺，百道泉湍屋里声。鱼鸟天机皆孝友，人伦乐事共师生。等闲月色当头满，好促新诗待漏成。（辑自《余事集》卷三）

游大明湖 〔清〕孔广栻

我来鹊华桥，疏柳倚秋岸。芦畸直复纡，水鸟聚还散。一片明湖秋，落落芙蕖粲。小舸逐明澜，萧条葭菼乱。落日照沙溪，余霞成烂漫。中流峙历亭，

倒影如几案。古迹杳难寻，断碑行可玩。峨峨千佛山，咫尺夺城半。辍棹忘归来，怀古再三叹。（辑自《藤梧馆诗草》）

夏日游明湖（二首）〔清〕吴昇

陂湖半天下，独此在城市。清游畏触热，昧爽谢床笫。迤逦达湖漘，舟子犹未起。冲烟出画舫，游具粗整理。水禽背人飞，荷气清澈髓。湖光既潋滟，湖水亦甘美。虽无酒可酤，啜茗亦堪喜。羡彼垂钓徒，稳住烟波里。

回舟喜倒载，朝霭犹濛濛。弯环出港汊，一片光明通。群山千万叠，都落明镜中。宛如朝沐罢，高髻梳玲珑。对之心目爽，始信造化工。惜哉十顷湖，界作茭苇丛。蒲鱼逐利者，真可鸣鼓攻。济南多名士，持论将毋同。（辑自《小罗浮山馆诗钞》卷五）

游明湖，十叠韵〔清〕吴昇

结伴重经渚北游，放船更傍水西留。春波绿泻蒲桃酒，新柳黄扶茧栗牛。曲意模糊歌拍远，云情飘瞥雨香流。沉酣莫忘归途滑，著意收缰控紫骝。（辑自《小罗浮山馆诗钞》卷六）

闻歌感旧，十一叠前韵，寄怀沈茝生〔清〕吴昇

避喧不向古亭游，野岸弯埼倚棹留。角饮技穷羞擢马，解音人去感闻牛。昔盐旧谱红丝管，时歌茝生所制浇墓新曲。今雨新添碧玉流。无限曲终江上意，悔教中夜失骈骝。（辑自《小罗浮山馆诗钞》卷六）

三月十三日大明湖补禊四十韵〔清〕吴昇

春柳扬春晴，春波绿半城。山阴仍禊集，海右此亭名。桥势垂虹出，车尘拥盖行。停骖寻钓伴，散策问田更。远溆浮舟静，微风荡桨轻。庄窠开画帧，畦陇盼棋枰。鸭唼芦锥短，鱼翻荇带横。藕田交葑堡，蟹舍傍柴荆。浦尽重阛峙，楼高众木平。四山围夕照，千亩俯深耕。暖岫排空翠，飞英点树赪。始知韶景阔，快睹物华呈。游屐还临水，朋簪共濯缨。风流前辈在，谓山茨先生。墨妙二难并。雪鸿、未谷。投分无贫贱，忘年足友生。当时真好客，时幕僚皆在座。灵运愧称兄。秋农、秋樵同游。丝竹东山兴，琴尊北渚情。黑云随雨散，黄月射船明。凉气篷窗入，

新流镜面清。满湖灯影乱，列座酒杯倾。促馔行厨送，加馐写器盛。乌皮九子榼，锦缕五侯鲭。软忆红莲饭，香传碧涧羹。果床兼茗片，粉饵杂花饧。战拇偏师出，藏驱巧思迎。未甘觞政懦，能息醉乡争。步爵方行马，征歌又坐莺。童清皆白玉，乐奏半红笙。珠串员吭衮，星眸妙睐成。宝装摇瑟瑟，金柱响筝筝。曲度潜虬听，沙喧宿鹭惊。欢场谁独醒，高会亦寻盟。自分侪余子，欣然对老兵。主人今谢尚，酌我胜公荣。旅迹频年住，羁群得意鸣。推襟誓车笠，斗险出琼瑛。漏鼓隆隆响，官蛙阁阁声。波光迷橹堞，露气浥芜蘅。岸火燃官炬，津街促夜钲。迟留欲忘倦，催晓吼华鲸。（辑自《小罗浮山馆诗钞》卷六）

明湖雨泛（三首）〔清〕吴昇

风风雨雨古城隈，十户游船九不开。幽景那能瞒我辈，冲泥踏湿破愁来。

芦从瑟瑟疏还密，荷叶翻翻卷又开。独上船头看山色，满天浓翠欲飞来。

莫惊雨际衣痕湿，且趁风前笑口开。怪杀苦吟无一字，上船便觉有诗来。

（辑自《小罗浮山馆诗钞》卷七）

明湖棹歌（四首）〔清〕吴昇

管弦风细出前汀，官舫银镫历下亭。鸥鸟自鸣沙嘴月，打鱼人隔藕花听。

片云飞渡雨萧萧，染得烟痕蘸柳条。头白画师都缩手，水肥山活最难描。

山气空濛散远天，满湖如雾复如烟。径须烂醉入船去，撑向绿荷高处眠。

芦从瑟瑟疏还密，荷叶翻翻卷又开。独上船头看山色，满天浓翠欲飞来。

（辑自《乡园忆旧录》卷四）

明湖听歌〔清〕蒋大庆

游人争道避官船，箫鼓声中唱采莲。一回公宴一回乐，谁向斜阳吊铁铉？

（辑自《柳园吟草》卷上）

雨后泛舟大明湖（四首）〔清〕季俸常

烟波深处待筵开，风雨初晴载酒来。个里寻春春欲去，暗摧红碧锦成堆。

柳岸荷堤望望长，天机四面水中央。亭台侧畔看鱼鸟，一瓣飞共落酒觞。

寻山问水是吾俦，潭影闲云任去留。才话古今成败事，渔人唱晚拥归舟。

停杯不语倚亭前，俯对清流仰看天。鸢自高飞鱼自跃，端知不受利名牵。（辑自《崙麓草堂吟草》）

秋门先生召同二南、秋桥泛舟湖上 〔清〕李纬

粼粼细浪縠纹生，十里烟波画舫轻。往日楼台春草梦，余氏园在湖上，今废矣。多年风雨故人情。西湖柳色联吟好，北阙恩光入觐荣。时将引见入都。汾水功成须退早，林泉犹待结鸥盟。（辑自《国朝山左汇钞后集》卷二十六，亦见于《国朝历下诗钞》卷四、民国《续修历城县志》卷十一《山水考七·水三》）

湖上晚归 〔清〕金洙

最爱明湖晚，烟波冷入秋。光升一轮月，凉到百花洲。偶立桥边静，遥传柝韵周。诗人茅屋近，欲访恐琴收。（辑自《国朝历下诗钞》卷三）

岁暮湖上访友 〔清〕郑屿

残冬风栗烈，来访水云间。湖冻半成路，树枯全露山。孤舟依荻渚，小婢启柴关。谈笑时无尽，斜阳尚未还。（辑自《国朝山左诗汇钞后集》卷三十二，亦见于《国朝历下诗钞》卷四、民国《续修历城县志》卷十一《山水考七·水三》）

济南竹枝词效乐府小秦王体。（四首录二之一） 〔清〕郝懿行

明湖秋水碧于油，女伴相邀共冶游。芦荻丛中喧笑语，前亭放下采莲舟。（辑自《晒书堂集·诗钞》卷下）

山左秋闱事竣，分校诸君招游大明湖 〔清〕姚文田

轻风猎猎吹菰蒲，秋光一片涵平湖。旧称水木最明瑟，椅桐左右犹纷敷。扁舟荡桨入湖去，惊起沙鸟还相呼。澄波演漾空水接，郭外青山送千叠。游鱼泼剌细浪开，下见参差摇雉堞。历下孤亭半已攲，登临尚忆少陵诗。雄词巨笔皆千古，贤主嘉宾彼一时。兹游颇极平生乐，更与招邀登杰阁。苍然秀色满城中，画本分明辨华鹊。暝色徐生雁鹜乡，携尊重向小沧浪。娱情何必丝与竹，湖山啸傲容清狂。诸君远接北海席，愧我安能称佳客。新诗欲索嗟肠枯，卮酒不辞憎腹窄。却愁门外白袍人，一盏难忘是今夕。（辑自《邃雅堂集》卷九）

台城路·游大明湖 〔清〕杨揆

湖光千顷摇空绿，新秋恰收残暑。历下亭荒，鹊华山近，七十二泉争注。微茫洲渚。看打桨波心，捞虾人去。图画天然，临流茅屋几家住。

乡心不禁怅触，记芙蓉湖畔，风景如许。碧柳丝丝，青枫叶叶，仿佛江南烟树。销魂凝伫。又吹遍芦花，糁空凉雨。小艇归来，水荒闻鸭语。（辑自《全清词〔雍乾卷〕》第14册，亦见于《国朝词综二集》卷三）

与沈申培游大明湖，登历下亭，泛舟至鹊华桥 〔清〕邵葆祺

旧日堤边柳，而今大几围。小亭终古在，名士昔年非。山影清人面，湖光淡客衣。闲闲桥畔鹭，却傍渡船飞。（辑自《桥东诗草》卷二）

四月一日重过泺南，将游大明湖，以醉不果，怅然赋此 〔清〕邵葆祺

嗜酒原非福，看山亦有缘。懒游偏此日，惜别是何年？塔影凌空小，湖声入梦圆。闲鸥应怅望，相忆画桥边。（辑自《桥东诗草》卷十一）

雪夜同人招集湖上，和昙绣方伯韵（二首） 〔清〕刘凤诰

满湖冰雪不容船，瘦马凌兢踏冻天。宦况与僧同此寂，天阴如梦转难眠。忽逢风定夜轮皛，已报春生腊鼓鼘。相约文僚敦好会，那防辖省有人传。

清才此老独槃槃，我欲从之乞大丹。知味休欺鲁酒薄，许身才脱瘴烟漫。海邦思想公归我，天下慈悲宰现官。绕户吟声谁省识，万家都托一衾寒。（辑自《存悔斋集》卷十八）

雪后蒋伯生诸君子邀往湖上看月 〔清〕刘凤诰

一湖冻玻璃，月夺雪色白。照天八百里，岳气混溟泽。蛟龙蛰冬穷，那敢吞素壁。众阴呀然开，冰骨几欲坼。森森古东州，万物谢雕画。木叶风以尽，荒岸送萧槭。我来始秋零，荷苇删所积。颠倒南山影，屈注济水脉。谓是矜乍见，莫便穷姽婳。兹焉卜三年，临湖住官宅。半奁青铜镜，早晚鉴几席。红情伫花溪，绿意及柳陌。美景宜可常，岁寒倍相惜。近旬雪弥天，呼月来咫尺。空明互激射，清濯肝与膈。翻笑湖主人，拉为看湖客。君子有酒浆，并坐乐今夕。齐菘嫩甲翦，汶鱼细鳞擘。杯行勿逡巡，一举轰累百。三更殷钟鼓，衣袂

冷侵迫。策我羸马归，回首湖不隔。佳境托邂逅，古怀话畴昔。明晨约登楼，看此雪中迹。（辑自《存悔斋集》卷十八）

冬初望湖上 〔清〕刘凤诰

半面林湖瞰我扉，荷枯柳秃送秋归。年成大好螺蚶富，月色微明雁鹜稀。十丈楼高钟不打，一条城近带如围。商量破却清斋可，粗喜新寒壮酒威。（辑自《存悔斋集》卷十八，亦见于《清诗汇》卷一百六）

泛舟大明湖 〔清〕刘凤诰

湖风吹门前，春浅冰力怯。轻澌破冻下，溜影通短闸。挐舟过红亭，促坐三两恰。水细不容篙，生生起鳞甲。照碧牵乱藻，嬉寒闯群鸭。隔岸新柳芽，黄意嫩可掐。曷不植桃李，左右相与夹。芟刈枯苇根，毋使渔子狎。全身露湖面，皎然镜启匣。南山亦靓好，画屏供倒插。清旷怡我心，俯仰无逼狭。（辑自《存悔斋集》卷十八）

秋日明湖晚眺 〔清〕王赓言

露冷寒塘堕白莲，空亭夕霁景澄鲜。云山四面青环郭，烟火千家碧涨天。画意诗情秋水外，衣香人影鹊桥边。渔洋老去风流歇，冷落明湖近百年。（辑自《赓山堂诗钞》卷一《课余集》）

大明湖登北极阁，坐历下亭，憩小沧浪而返 〔清〕王家相

朔风卷高木，落叶飞长堤。翔阳媚前荣，潜鳞戢回溪。文府灿东壁，旌节临青齐。古欢结松竹，美质罗琳珪。轻寒避麾盖，俊赏屏鼓鼙。既恋濠上水，复玩风中荑。轻舟五六人，撰杖及佩觿。芦荻渐偃渚，菘芥初分畦。林闾一扉掩，竹坞孤禽啼。船来见收罾，波响闻罱泥。金碧好楼观，倒影摇颇黎。中流度僧钟，弭棹循云梯。杰阁耸城头，兹晨快登跻。不知地位高，但觉云物显。招要接天阊，顾步失云巘。飞雁声一低，归鸦翅双展。丹楼照孤光，绀宇启深键。累石崇基阶，布金焕楣扁。窣堵语秀支，蒲牢吼于铣。十笏新扫除，三层恣陵缅。慈心下饥乌，善气及眠犬。松阴倒庭除，日华忽深浅。机锋本无机，辨河亦忘辨。苾刍水田衣，留客瀹灵荈。登舟复南溯，遂造历下亭。沿缘出丛

苇，鸦轧牵浮萍。人衣动空水，日景方中庭。仰观天藻丽，周览地势灵。当年鹊山湖，有客倾醁醽。称仙本非谪，对酒方为星。时吟凤鸾曲，不怕蛟龙听。相逢杜子美，相期饭青精。斯人去千载，湖水余芳馨。青莲既寂寞，瑶草应凋零。情深对北海，兴极窥南溟。出门理双桨，守者仍严扃。鸥波泛澄鲜，螺峰叠回抱。罘罳动游鱼，飞桥跨浮藻。情移江南春，目想海中岛。是曰小沧浪，芝楣间兰橑。虹梁云逄逄，粉壁月皎皎。中央冰在壶，四角玉垂缫。海右推胜区，高会盛旌葆。骈筵充圆方，飞盖杂舆皂。清游快今日，憩榭面芳沼。夕阳明远枫，清吹响丛篠。尘境无喧卑，幽寻得深窈。言瞻铁公祠，正气满苍昊。（辑自《茗香堂集》卷四）

游大明湖 〔清〕李廷芳

昔贤游宴几曾经，千载争传海右亭。湖中有历下亭，即杜工部"海右此亭古"旧迹。杰阁凌虚明夕照，群山倒影落空青。绿杨阴里开吟社，红藕香中荡画舲。一曲采菱歌最好，满湖幽韵隔烟听。（辑自《碧梧红豆草堂诗》，亦见于《湘浦诗钞》卷上）

重五日陪杨兰谷偕秦子显、徐孝廉次李游大明湖（四首之二、四） 〔清〕潘遵鼎

菱田前浦各分畦，蒲苇层层望眼迷。安得明湖明似镜，莲花万顷鹊桥仙。

青帘白舫兴偏幽，见妒渔洋是此游。蒲酒碧筒拼一醉，居然休夏在吾州。阮亭诗："休夏吾州好。"（辑自《铁庵诗草》）

忆大明湖（四首） 〔清〕潘遵鼎

济南七十二名泉，汇作明湖碧涨天。最好时光新雨后，雅宜人意晚风前。青垂万缕笼堤柳，红绽一枝出水莲。咫尺平陵劳想像，日来何处不情牵！

湖山潇潇古齐州，湖色山光入望幽。烟雨万家泺水晚，笙歌一片鹊华秋。清泉白石怀佳致，细柳园荷忆旧游。此日昊南频矫首，吟魂已绕竹西头。

今年百废喜云兴，归去何时偕友朋。共倚新亭历下槛，闲寻古寺汇泉僧。樽前玉镂同心藕，叶底红翻软角菱。料得全湖功渐就，高台携杖更重登。

溽暑才收物候和，年时此日几经过。江上回首归陈迹，景物到头总逝波。阁老亭荒名士尽，使君林杳野风多。纵教一棹冲烟去，吊古怀今可奈何！（辑自《铁庵诗草》）

大明湖口占（二首）〔清〕汪为霖

江南风景认依稀，蟹舍渔庄带夕晖。可惜明湖不如镜，被人裁作水田衣。

社燕倥偬背雁飞，鹊华山色尚依依。此来饱饮明湖水，不要胸留渣滓归。

（辑自《小山泉阁诗存》卷六）

闰三月下旬，留济南忽将匝月矣，月夜独泛明湖，慨然有作〔清〕张问陶

朝三暮四已经旬，咫尺湖光负好春。明月何曾私照我，夜风且莫暗吹人。黄杨易厄今年闰，黑海难迷隔世因。别有烟波心淡远，船窗呼酒沃冰轮。（辑自《船山诗草》卷十八）

渊如前辈观察兖沂曹，以足疾未行。阮伯元学使在明湖宴集，作诗催之，有“万朵荷花五学士，一时齐望使君来”之句，渊如属朱野云补图，合装成轴。八月一日与吴谷人、刘澄斋两前辈，叶云柯兆樦编修饯渊如于樱桃传舍，题句赠行，仍用阮宫詹原韵〔清〕张问陶

花底长筵次第开，匆匆骊唱莫相催。樽前读画先搔首，何日明湖载酒来？（辑自《船山诗草补遗》卷四，亦见于《济上停云集》、民国《续修历城县志》卷五十二《杂缀二·轶事二》）

泛大明湖〔清〕杜堮

当头明月几如此，倒尽金壶不忍归。我欲乘风向东海，星辰吹落满征衣。（辑自《遂初草庐诗集》卷一，亦见于民国《续修历城县志》卷十一《山水考七·水三》）

次韵家兄次屏忆明湖之作〔清〕杜堮

历下亭边辍短桡，南丰祠外踏平桥。周围蒲柳多萦映，镇日楼台欲动摇。浦里歌声还夜夜，城头山色自朝朝。吹笙怀古何年事，坐想樵风一叶飘。（辑自《遂初草庐诗集》卷一，亦见于民国《续修历城县志》卷十一《山水考七·水三》）

湖上杂诗（三首）〔清〕钟廷瑛

回塘曲渚闭门居，三尺筠竿坐绿蒲。钓得锦鳞犹泼刺，从伊买取聘狸奴。

汇波萧寺暮烟中，只隔芙蕖路不通。坐待北台无碍月，更赊南浦不赀风。

近檐低压千章柳，远目全收万柄荷。谁步春锄烟外路？一声惊断采菱歌。（辑自民国《续修历城县志》卷十一《山水考七·水三》引《退轩诗录》）

明湖秋望 〔清〕钟廷瑛

七桥湖水水无声，记得春湖鸭绿平。今日垂杨俱老大，断烟横笛暮愁生。（辑自民国《续修历城县志》卷十一《山水考七·水三》引《退轩诗录》）

济南风景好，戏答客问得四首（之二） 〔清〕钟廷瑛

济南风景好，台榭为君夸。听雨新园曲，明湖旧馆茶。香林佛岩胜，水阁铁祠佳。海右名亭在，芙蓉面面遮。（辑自《退轩诗录》卷十）

济南杂咏（五首之五）：大明湖 〔清〕柏葰

不数苏堤与白堤，分畦画罫縠纹齐。江城桃柳菱荷水，合称西湖旧品题。（辑自《薜箖吟馆钞存》卷五）

雨后周明府招游明湖，即席口占 〔清〕邵葆醇

雨余小艇镜中行，夹岸吟蝉听倍清。万柄芙蕖涵夕影，半湖芦荻动秋声。亭前碧树垂垂老，樽底青山历历横。便欲忘机犹未得，还将冷眼付楸枰。徐柳塘、蒋问樵对弈。（辑自民国《续修历城县志》卷十一《山水考七·水三》引《韡华吟舫诗钞》）

明湖春望（二首） 〔清〕鹿林松

湖心亭子曲栏边，摇橹去来沽酒船。渔唱一声春水绿，满城杨柳七桥烟。

昨夜东风吹绿蘋，铁公祠外晓来匀。去年烟雨伤心句，啼杀莺声又暮春。（辑自《雪樵诗集》，亦见于民国《续修历城县志》卷十一《山水考七·水三》）

湖上晚凉有待 〔清〕鹿林松

渚晚烟痕静，小凉生古亭。莲香深贮月，湖影倒涵星。携酒姑先酌，移舟还暂停。故人期未至，渔火隔桥青。（辑自《雪樵诗集》，亦见于民国《续修历

城县志》卷十一《山水考七・水三》）

同蔡方伯嵩霞泛舟大明湖 〔清〕何琪

闲鸥片片落遥汀，华注城头一朵青。有客看山骑款段，何人隔水唱珑玲？红阑渐出芦中舫，碧瓦微遮柳外亭。绝似段家桥上望，频来能遣旅愁醒。（辑自《小沧浪笔谈》卷二，亦见于民国《续修历城县志》卷十一《山水考七・水三》）

大明湖放歌 〔清〕冯云鹏

济南城北云锦天，泉源竞发归长川。大明古寺何日建？剩有大明湖水波沦涟。《水经注》：泺"水北为大明湖，西有大明寺，水成净池"。芰荷分作界，菰蒲围青烟。历下亭敧古意在，杜诗今刻碑流传。北极阁顶天风冷，恰对历山空中悬。玉函山倚在其右，疑有青鸟飞且旋。会波楼上淼无极，汇泉亭映菱花鲜。铁公祠接佛公祠，雕墙曲槛相钩连。俯今思昔不尽意，游人至此总迁延。黄鸟未辞树，更听新鸣蝉。可以啜清茗、铺歌筵，绿杨低拂池中莲。茭芦影动笙箫起，隔墙不知又到何人船。鱼鸟有真乐，我亦难舍旃，濠梁之想心陶然。（辑自《扫红亭吟稿》卷五）

九月二十五日自胶入省，重游大明湖二首 〔清〕冯云鹏

犹是水心亭，波摇两桨青。树多烟络绎，桥断石零星。拨路寻残菊，扶碑读旧铭。刘蒲人去后，一片湛空冥。

汇泉烟际寺，旧径款松关。茶熟禅机活，花明客梦闲。书奇怀未谷，诗好话船山。壁间有桂未谷书屏六幅，已被游人窃去，惟张船山太守一联尚在。借此清泠水，风尘一洗颜。（辑自《扫红亭吟稿》卷七）

明湖竹枝八首（之一、三、四） 〔清〕冯云鹏

红板条条白板斜，声声流水漱银沙。风流令宰如潘岳，栽遍河阳一县花。

鬖髿轻松怯晓寒，眉山斜挂汉貂冠。琵琶一曲娇相问，可似王嫱马上弹？

高台面面挂晴霞，裙屐纷然坐吃茶。小语嘱郎看子细，红楼一角是侬家。

（辑自《扫红亭吟稿》卷十一。子细，原文如此。子，古通"仔"。）

历下杂诗十六首（之二、十三）〔清〕乐钧

明湖春水似春田，界断渔人舴艋船。芦荻未芽莲未叶，最佳应是早秋天。

历下亭边云满湖，鹊华桥上柳藏乌。月明倚树风沦水，好句今人道得无。（辑自《青芝山馆诗集》卷五）

秋日游大明湖，呈云台阁学 〔清〕何元锡

寻秋思北渚，一棹出澄鲜。霜醉数林叶，水寒千顷烟。题襟追往哲，问字得新笺。翻恨公移节，家山入梦牵。（辑自《小沧浪笔谈》卷一，亦见于民国《续修历城县志》卷十一《山水考七·水三》）

明湖杂咏 〔清〕杨潾

日日桥边画舫停，游踪李杜昔曾经。修篁掩映东流水，秋柳萧疏北渚亭。依堞湖光连市碧，到檐山色满城青。荷香稻美醪新熟，风笛时邀月下听。（《却扫斋学诗草》，亦见于民国《续修历城县志》卷十一《山水考七·水三》）

游大明湖（四首之一）〔清〕崔旭

苇丛荷叶覆青蘋，秋影秋声露满身。五尺小船半篙水，更无余地让游人。（辑自《念堂诗草》卷一，亦见于铁公祠西廊壁石刻）

湖上燕集，饯别刘寄庵先生 〔清〕朱畹

秋风萧飒满寒汀，名士轩头小棹停。交为相知新似故，酒因久坐醉还醒。湖边去鹭分深碧，城外遥山送晚青。明日归舟湖水远，何心独对此间亭！（辑自《红蕉馆诗钞》）

泛湖（二首之二）〔清〕朱畹

洒然人醉倚阑干，旧友新知各尽欢。游遍七桥归棹晚，水荭花外夕阳残。（辑自《红蕉馆诗钞》，亦见于民国《续修历城县志》卷十一《山水考七·水三》）

诸城王昆圃招饮湖上 〔清〕朱畹

十里烟波渺，轻舟共往还。城头临北极，水底见南山。芦叶秋风早，莲花

晚照闲。凭谁濡妙笔，写向画图间。（辑自《红蕉馆诗钞》，亦见于民国《续修历城县志》卷十一《山水考七·水三》）

湖上春晓 〔清〕朱畹

何处莺啼趁晓晴，池塘初涨苇初生。七桥柳色风烟外，不怯春寒睡到明。（辑自《红蕉馆诗钞》）

夏日即事 〔清〕朱畹

湖干结屋两三间，深掩柴门少往还。垂钓有时临绿水，开窗终日对青山。拙妻病起停医药，弱子文成细改删。昼永自录消遣去，只缘僻性爱幽闲。（辑自《红蕉馆诗钞》）

月夜 〔清〕朱畹

听罢采莲歌，归来坐短蓑。凫眠依覆苇，虫语激深莎。风定云无影，池平水不波。始知秋到后，今夜月明多。（辑自《红蕉馆诗钞》）

同诸城李雨樵、新城王秋水、寿光李瀊坡游大明湖，因寻汇泉寺，归红蕉馆燕集，即席限“天”字 〔清〕朱畹

罨画图间稳放船，舻声泛入水中天。新荷点点洗轻雨，垂柳丝丝摇嫩烟。小憩听泉来古寺，却归扫径敞高筵。浊醪赊取休辞醉，满院红蕉花正鲜。（辑自《红蕉馆诗钞》）

再同雨樵泛舟湖上 〔清〕朱畹

别来十载又重游，古历亭边频买舟。稚子昨朝随步履，前一日雨樵携余子来游。故人今日续吟筹。轩前老树风兼雨，楼外轻寒夏似秋。为爱青莲才笔健，寻诗更上石桥头。（辑自《红蕉馆诗钞》）

和叔弟纪云夕经湖上 〔清〕朱畹

微雨经湖上，孤舟泊柳阴。芦中人语静，楼外夕云沈。隔岸野荷气，临风栖鸟音。知君足幽兴，倚棹自高吟。（辑自《红蕉馆诗钞》）

夜步湖上 〔清〕朱畹

湖干风露清，况复夜新晴。蒲下蛙声静，柳边舟影横。波平闻鲤跃，港曲见灯明。莫悔归来晚，疏林朋渐生。（辑自《红蕉馆诗钞》，亦见于民国《续修历城县志》卷十一《山水考七·水三》）

和福山王来远、寿光李曲江湖上闻笛 〔清〕朱畹

七桥月色晚来清，隔岸谁家玉笛声？吹到更深风露冷，倚楼人起故园情。（辑自《红蕉馆诗钞》）

大明湖棹歌 〔清〕朱畹

迤逦湖上山，曲折湖边路。不见山上楼，但见湖边树。渔火隔溪烟，酒帘出堤雾。水木明瑟中，景色更朝暮。谁昔填此湖，刘豫等朝露。僭乱迹已扫，此湖澹如故。与客买轻舟，沿洄阅浦溆。一觞复一咏，消我烟霞痼。君不见湖外青山水上楼，棹歌声里自千秋。楼头烟景浓如许，水上浮沉任白鸥。（辑自《红蕉馆诗钞续》）

湖边 〔清〕朱畹

湖边杨柳风，短艇任西东。笛唱夕阳外，荷香微雨中。铺蓑便坐卧，买芡慰儿童。钓罢归来晚，幽怀谁与同？（辑自《红蕉馆诗钞续》）

湖上送别栖霞李樵仙 〔清〕朱畹

载酒湖心去，荷花处处同。一亭秋水外，十里晚烟中。移棹近莎岸，停灯依柳丛。来朝惜分手，况复值西风。（辑自《红蕉馆诗钞续》）

秋日湖上同贾予九 〔清〕朱畹

一川风淡荡，十里雨霏微。况是秋将老，频来兴不违。蓼花明远浦，萤火隐渔矶。好向黄花醉，双螯蟹正肥。（辑自《红蕉馆诗钞续》）

申乐山、李恩廷偕栋儿游大明湖 〔清〕朱畹

老至心情懒应酬，疏慵习惯更何求！一湖秋色君同赏，十里烟波我独留。

只为课孙消永昼，应输倚棹放中流。归来共把新诗读，明日乘舟好再游。（辑自《红蕉馆诗钞续》）

湖上访郭攀楼、焦余珍 〔清〕朱畹

追逐名场已息机，闲来湖上每忘归。蓼红芦白雁初下，水碧沙清蟹正肥。云本无心还出岫，鸟缘择木自高飞。携筇相访寻常惯，认得前头是板扉。（辑自《红蕉馆诗钞续》）

秋夜湖上（二首） 〔清〕朱畹

涨平蛙乱鸣，湖上雨新晴。十里夕烟净，一舟秋夜横。倚楼长笛歇，缘岸远灯明。昏黑路来惯，况随新月行。

寒雾疏烟里，孤舟独往来。七星城上挂，一镜水中开。明瑟孤亭畔，清华曲岸隈。虽无佳客共，欲去重徘徊。（辑自《红蕉馆诗钞续》）

湖上晚眺 〔清〕朱畹

柳梢斜照晚来收，买得孤舟自在游。翠滴层岚佛山秀，凉生远渚历亭秋。横箫短笛谁欢饮，玉露金风莫漫愁。欲望岱峰开倦眼，城头更上最高楼。（辑自《红蕉馆诗钞续》）

湖上迟魏复亭不至 〔清〕朱畹

柱杖桥头有夙期，百花洲上立多时。濛濛细雨船来重，漠漠轻烟鹭去迟。满树桃开红带晕，沿堤柳袅绿盈枝。未知何处相留滞，暮色迷离暗远陂。（辑自《红蕉馆诗钞续》）

雨后湖上眺望 〔清〕朱畹

积翠晴如洗，湖光淡欲流。垂杨何旖旎，夕照更夷犹。鸥鹭眠莎岸，蜻蜓上钓钩。榜人皆散尽，渔艇系汀洲。（辑自《红蕉馆诗钞续》）

湖上放舟 〔清〕朱畹

招得竹林侣，□□载酒过。遗踪一亭古，秋水半城多。觞泛中□芷，花开

□渚荷。放舟今正好，倚棹更高歌。（辑自《红蕉馆诗钞续》）

过湖上友人书斋 〔清〕朱畹

见说书斋好，言寻湖水隈。短扉全翳竹，微径任生苔。壁尽题诗遍，人多问字来。谈深情未厌，不必酒盈杯。（辑自《红蕉馆诗钞续》）

湖上即目 〔清〕朱畹

湖干堪寓目，楼上夕阳移。树密莺声远，芦深笛响迟。山明倒斜影，雨霁漾清漪。渐看月初上，遥钟欲动时。（辑自《红蕉馆诗钞续》）

湖上独吟 〔清〕朱畹

家在湖边住，闲行春暮时。风移舟近岸，雨涨浪冲篱。汀暖鱼潜觉，芦深笛故迟。悠然动吟兴，归路已成诗。（辑自《红蕉馆诗钞续》）

月夜湖上 〔清〕朱畹

月色真如洗，雨余天更青。闲移湖上棹，独立水心亭。声飒芦风袅，气寒鸥梦醒。流云归未尽，时露雨三星。（辑自《红蕉馆诗钞续》）

与周二南、谢问山、王秋桥、何岱麓、马竹吾、李秋屏、家退旃湖上宴集 〔清〕朱畹

落日下高楼，烟波一望收。秋风何处笛，新月已如钩。天气凉于洗，湖光澹欲流。兴阑人未倦，徙倚在中洲。（辑自《红蕉馆诗续钞二》）

明湖晓霁 〔清〕朱畹

衫履从萧散，天光放晓晴。炊烟带云湿，虹影照湖明。浮翠山三面，空青水半城。一篙新涨绿，正好买舟行。（辑自《红蕉馆诗续钞二》，亦见于民国《续修历城县志》卷十一《山水考七·水三》）

湖上早起 〔清〕朱畹

老至难成寐，凌晨湖上行。疏风入襟袖，朝爽倍凄清。短艇冲烟杳，沙鸥

振翮轻。渔翁多未起，残月一痕明。（辑自《红蕉馆诗续钞二》）

月夜泛舟 〔清〕朱畹

买舟鹊桥去，湖上月初明。路不持灯照，心偏对水清。渔家方稳睡，官巷已严更。荷芰香来远，都从夜气生。（辑自《红蕉馆诗续钞二》）

湖上晚眺 〔清〕冯湘舲

湖光接天碧，归鸟一双双。叶落夕阳渡，烟低秋浦艭。僧投远山去，钟隔暮云撞。孤鹤似相识，飞飞栖石幢。（辑自民国《续修历城县志》卷十一《山水考七·水三》引《历下唱和》）

湖上雪夜 〔清〕冯湘舲

天风搅飞雪，石磴没层层。午夜月光彻，一湖云气凝。寒深水边阁，红瘦渡头灯。余亦子猷辈，特敲南浦冰。（辑自民国《续修历城县志》卷十一《山水考七·水三》引《历下唱和》）

明湖棹歌（十首之一至八） 〔清〕赵子辕

不向街头不出城，湖边落日独闲行。百钱买个渔舟去，撑入深荷听雨声。

荷花深处白鸥眠，水满平湖月满天。要向湖心亭上望，画船不赁凭渔船。

船过菰芦一片声，只应长向此中行。晚来更爱玲珑极，重叠湘帘透月明。

一床竹簟一瓯茶，携上湖船看藕花。却语长年移棹去，那边船上弄琵琶。

湖上女儿不采莲，采莲都是打鱼船。卖鱼回去刚逢若，一朵荷花要一钱。

千顷平湖却界开，那家菱藕那家栽。亏他尚许闲游客，鸭嘴船头垂钓来。

买藕兼泥更莫嫌，船头价比市头廉。凭渠夸说西施臂，只问船家要藕尖。

在家日少在船多，雨后还来看败荷。安得买舟湖上住，此间特地莫风波。

（辑自《牟平遗香集》卷十三）

寄怀淑子历下（四首之三） 〔清〕赵子辕

湖边杨柳晚鸣蜩，有客微吟驻画桡。十里藕花风细细，半塘菰叶雨萧萧。两三峰外烟藏寺，廿四泉头水塌桥。不用思乡兼惜别，几番怀古已魂销。（辑自

《牟平遗香集》卷十四）

陪寄庵先生湖上泛舟（二首）〔清〕董芸

明湖秋柳疏，西风下残照。舟徐两岸移，影入众山倒。划波明镜开，回棹芦汭拗。先生一掉头，七桥入吟啸。渔洋今不作，拂衣可同调。太白句。

舣舟小沧浪，坦步柳阴缓。中州有达人，良觌欣一展。时从谒偃师武虚谷先生。松古道貌癯，山远秋容浅。身随流水闲，心逐归云懒。济南诸名士，列坐壶觞满。渔火点桥头，携手归来晚。（辑自《半隐园诗集》，亦见于民国《续修历城县志》卷十一《山水考七·水三》）

大明湖〔清〕董芸

大明湖，一名西湖，渔洋、竹垞谓即莲子湖，非也。莲子湖在城北，见《酉阳杂俎》。湖汇城西北隅，其大占城内地三分之一，元遗山《济南行记》："每秋荷方盛，红绿如绣，令人渺然有吴儿洲渚之想。"又，《齐音》称其"恒雨不涨，久旱不涸""蛇不见，蛙不鸣"。今验之，良然。按，《水经注》：泺水"北为大明湖"。又，"湖水引渎，东入西郭"。《一统志》："源出舜泉。"今泺水绕城北流向东，不入城。舜泉亦止成一井，不流。惟北珍珠、濯缨诸泉北流入大明湖，而自北水门出，注泺水如旧。

微风吹皱碧层层，几处湖船唱采菱。红藕香中放花鸭，绿杨阴里挂鱼罾。（辑自《广齐音》，亦见于民国《续修历城县志》卷十二《山水考八·水四》）

三游明湖，叠次张蓉裳元韵（四首之一）：湖上航〔清〕彭闾

已惊霜鬓数茎华，未识头纲八饼茶。万里烟波长泛梗，一天风雨正飞花。画船箫管湖边客，秋月莼鲈梦里家。三尺短蓑半篙水，有人宵醉楚江槎。（辑自《沅湘耆旧集》卷一百四十二）

八月十五夜，学使阮芸台先生招游明湖舫，同冬卉作（二首）〔清〕颜崇椝

莲子湖边月，登舟爱晚晴。高台一以眺，良夜有余清。电影峰千叠，菰烟水半城。不缘陪使节，何处濯尘缨？

大雅久不作，孤亭留至今。苔花蚀旧雨，灯影乱栖禽。止水泠然善，清言

窈以深。迢迢北渚月，应鉴使君心。（辑自《曲阜诗钞》卷八，亦见于民国《续修曲阜县志》卷七《艺文志·选著》）

游大明湖（五首之一、二、四）〔清〕陈用光

一层芦苇一层荷，游舫弯环泛碧波。试比秦淮与虎阜，收来野趣此偏多。

界画全凭芦苇丛，荷花高卧水当中。荷花厌俗懒出水，芦苇摇烟都舞风。

葛衫葵扇两三人，避暑闲游特向晨。回首斜街兼厂肆，京朝官总任天真。（辑自《太乙舟诗集》卷七）

大明湖〔清〕封大本

渼陂千顷好烟波，历下明湖较若何。两度扁舟放清昼，不曾风雨一长歌。少陵有《渼陂行》长篇。（辑自《续广齐音》）

游大明湖〔清〕李元春

晴光翠影映横陂，争棹小舟趁水移。万里云天浸柳岸，满城风景入芦漪。汇泉寺外听新曲，历下亭边续旧诗。更有游人虔拜处，明朝去谒铁公祠。（辑自《时斋诗集初刻》卷二，亦见于民国《续修陕西通志稿》卷二百十八）

沈纪荣招陪徐观察春夜大明湖〔清〕苏启鉽

历下多名士，风流孰可当？宾留徐孺子，座有沈东阳。四面湖连屋，三春柳拂塘。酒酣明月上，箫鼓送归航。（辑自《两浙輶轩录》卷十五）

论诗绝句（二首之二）〔清〕萧与澄

秋社何人慰寂寥，天心亭子百花桥。渔洋老去声华歇，冷落明湖旧柳条。（辑自《国朝山左诗汇钞后集》卷十二）

大明湖棹歌（二首）〔清〕黄虎文

乍晴乍雨天清和，鹊华桥畔好烟波。瓜皮艇子浑如画，撑入湖心晒钓蓑。

残阳秋水女墙隈，一半湖烟一半苔。七十二泉喷未了，万荷叶上雨珠来。（辑自《石楼诗话》引《楚江萍合集》）

游大明湖 〔清〕刘曾璇

古历城中西北隅，众流回绕共奔趋。汇成巨浸数十顷，嘉名肇锡大明湖。左右三面环杨柳，中央十里灿芙蕖。游人每耽风景好，竞邀伴侣寻名区。我亦颇有烟霞兴，扁舟一叶穿菰蒲。载酒器，携茶炉，水光净绿映樽壶。片帆半挂斜遮日，云随波动影平铺。俯窥澄潭如明镜，鳞鳞照见水中鱼。扣舷微吟声咿哑，拍拍惊起沙边凫。拨开浮萍千万点，偶采荷花两三株。尘心浑不染，清景自堪娱。临流兴未尽，登岸且踟蹰。翘首仰瞻北极阁，欲上转怯登崎岖。晋谒铁公佛公祠，忠节仁政铭不诬。汇泉寺里梵宫净，香烟缭绕篆萦纡。历下亭中御碑在，天章炳焕镇名都。湖水所通游几遍，一一皆与心赏俱。回舟援笔纪其略，他日绘作卧游图。（辑自《莲窗书室诗钞》卷下）

秋过济南，与舍弟子校乙照同游大明湖，越五日而别（二首） 〔清〕吴衡照

秋柳题痕二百年，只今湖水碧于烟。诗人一代斜阳外，闲煞亭西弄笛船。

湖边竹木隐层峦，好是湖光向晚看。回首一行南去雁，月明天远不胜寒。（辑自《晚晴簃诗汇》卷一百二十五）

大明湖 〔清〕李黼平

齐桓手填八流日，拓地意欲荒大东。独留七十二泉水，漾此百顷玻璃风。半城水气蒸烟雾，明灭人家不知数。微闻籁起响菰蒲，旋见天清下鸥鹭。阴晴一瞬随目遇，不复遣画沧州趣。嵯峨迁祓连群山，下临日夕骧孱颜。舄华亭亭如静女，却远城阙嫿幽闲。看取湖平开镜面，并肩一照双烟鬟。湖山信美如杭颍，每值清游发深省。城北菱歌向月哀，水西渔笛穿云冷。坐思若逢艳阳月，绕堤桃柳真吾境。湖上儿童笑翁贪，如此秋光翁莫嫌。翁但能游即飞盖，尘埃不见清河外。（辑自《著花庵集》卷三）

湖上别石亭、恕堂 〔清〕李黼平

湖上草新绿，春人同一游。饥驱此为别，欢聚我当谋。北渚尊仍在，东城棹且留。只应风雪暮，联臂和齐讴。（辑自《著花庵集》卷五）

大明湖竹枝词（三首）〔清〕谭光祜

城抱平湖一镜澄，中分疆界似低塍。寒波不起游人少，闲看儿童拾断冰。

湖上人家结草庐，五尖叉子打寒鱼。小舟摇到林深处，贫女当窗自弄梳。

历下亭边行吊古，鹊华桥上坐寻诗。无数寒雅照湖水，北门前是铁公祠。（辑自《铁箫诗稿》卷二《行行草》。雅，原文如此，古通“鸦”）

刘寄庵先生招游明湖，病不果赴，奉诗代柬〔清〕阎学海

风格于今第一流，宦余清兴满沧洲。暂留历下因怀古，不咏莲花便负秋。自笑羁人常病酒，枉教仙侣待移舟。明朝定拟扶筇去，独上元龙百尺楼。（辑自《国朝山左诗汇钞后集》卷十七）

明湖〔清〕郭去咎

莲叶湖云历下秋，放歌且上木兰舟。烟中塔影桥边寺，梦里箫声郭外楼。五夜月明寒乍剧，十年心事水空流。沧浪一曲人千里，泪尽西风是此游。（辑自《国朝山左诗汇钞后集》卷三十四，亦见于民国《续修历城县志》卷十一《山水考七·水三》）

明湖棹歌（四首）〔清〕孔昭虔

十三小女髻双丫，笑倚篷窗折藕花。堤上白云堤下水，水云深处是儿家。

花红水绿共争妍，日暖清秋放鸭天。薄暮采莲人不见，轻风吹转渡头船。

会波楼下晚风凉，古历亭边野艇忙。小妇折枝儿荡桨，一声声是卖莲房。

迎头船近傍花开，知是小沧浪畔来。到鹊华桥凭寄语，侬船须待月明回。（辑自《镜虹书屋吟草》，亦见于《镜虹吟室诗集》卷一，其中第二首第一句作“水西桥下濯缨泉”，第一、二首还见于《阙里孔氏诗钞》卷十）

明湖女儿行〔清〕孔昭虔

明湖十里水悠悠，湖岸花香隐画楼。一片波光迷网户，半堤烟柳拂帘钩。开帘有女颜如玉，二十芳龄犹未足。宫样描成双黛眉，内家学得新妆束。朝来船上采莲花，暮向溪边浣碧纱。汉浦不遗交甫佩，秦楼枉驻使君车。使君五马何轻薄，妾意由来甘寂寞。乌啼西曲月孤圆，燕舞东风花自落。舞燕啼乌春复

春，枇杷花里闭重门。风吹乌桕谁家树，梦隔红窗几岫云？东邻小女才三五，撩乱芳心难自主。晨妆初日照高楼，夜抱春风归绣户。绣户高楼侍贵游，五陵公子尽轻裘。樽前银烛呼红友，门外垂杨醉粉侯。笑依静掩空闺坐，镜里韶光驹隙过。锦瑟华年付水流，玉箫明月无人和。区区独抱寸心坚，不解逢人便作缘。顾影自矜中妇艳，低头羞唱想夫怜。君不见苎萝山下越溪曲，美女如花看不足。桃李纷纷嫁晚风，幽兰独自芳空谷。一朝身入馆娃宫，粉黛三千莫与同。珠艳邀芳草月，罗衣香试藕花风。明珠不久埋沙砾，世间会有知音客。寄语深闺自爱人，慎莫轻身殉颜色。（辑自《镜虹书屋吟草》，亦见于《镜虹吟室诗集》卷一，字句有不同）

明湖夜泛 〔清〕孔昭虔

天光波影照双清，人坐冰壶自在行。一舸云山秋四面，半城烟水月三更。诗联旧社浑无主，柳曳残枝空复情。若有吟魂夜来往，萧萧远岸荻花声。（辑自《镜虹吟诗集》卷一，亦见于《镜虹书屋吟草》、民国《续修历城县志》卷十一《山水考七・水三》）

初冬大明湖泛舟 〔清〕孔昭虔

暮寒霜影封枯条，冻烟著水愁不消。长空过雁自相语，白日影瘦风萧萧。鹊华秋色剩几许，短篷且作湖山主。采莲不唱新棹歌，载酒难寻旧游侣。旧游回忆曾几时，过眼云烟换今古。狂吟更上北极台，苍茫暮色西南来。木叶脱尽两岸阔，冷云吹断千山开。北渚诗魂招不得，夕阳满地空蒿莱。石阑干外一回首，七桥烟水环城隈。隔岸人家隐寒树，归鸦入暝穿波去。一丛灯火明灭间，认是来时放船路。（辑自《镜虹吟室诗集》卷二，亦见于民国《续修历城县志》卷十一《山水考七・水三》）

高阳台・秋夜偕殷近蓬、钟印昭泛舟大明湖 〔清〕孔昭虔

莲界疏风，芦摇碎月，一篷低载凉烟。绿净冰壶，练痕晴到鸥天。银云堕镜流光湿，漾吟情、澹入秋边。傍孤亭，渔火微明，鹤梦初圆。

青山名士长千古，任水流不去，秋色依然。露槛苔床，诗襟谁凭当年？几番问讯西风柳，奈旧阴、都换新蝉。只飞来，一朵单椒，影落尊前。（辑自《镜

虹吟室词集》卷上）

一萼红 · 明湖秋感 〔清〕孔昭虔

傍湖滨。认鹊华桥下，曾踏旧苔痕。乌桕啼鸦，绿杨系马，前度帘影斜门。漫重问、花前人面，便桃花、不是旧时春。落叶无情，凉波不语，残日销魂。

一觉扬州梦短，怕梢头豆蔻，也怨司勋。意可香沈，欢闻曲变，都付芳草黄昏。望天际、愁凝暮碧，荡西风、知第几峰云。泪洒飞芦万点，为寄桃根。（辑自《镜虹吟室词集》卷上）

济南杂诗（七首之二）**：大明湖** 〔清〕梅成栋

冰痕劈破碧潆洄，水面罗纹一棹开。逐队红裙浮画舸，湖香如送藕花来。（辑自《欲起竹间楼存稿》卷六）

月夜湖上 〔清〕谢焜

木落湖干夜，萧然景物清。霜寒天宇阔，云敛月华明。树荫亭千古，水涵山半城。幽人多耐冷，分付与诗情。（辑自《绿云堂稿》卷一）

雨过湖上，迟伯野岱麓 〔清〕谢焜

东风飒飒送轻寒，冷翠犯人白袷单。佛顶半从天际稳，华峰独向雨中看。溪桥斜日沉云阁，杨柳轻阴拂钓竿。何事不来同领略，小沧浪外足盘桓。（辑自《绿云堂稿》卷一）

大明湖（二首）〔清〕张澍

历下亭犹在，大明湖可沿。泛舟莞苇逼，携妓芰荷妍。落日飞凫外，遥山倦目前。烹茶何处好，七十二名泉。

不见沧溟老，空余白雪楼。逸才真旷代，好景到清秋。水木何明瑟，池台若宿留。明朝须策马，趵注快三周。（辑自《养素堂诗集》卷十二《南征后集》）

泛大明湖五绝句湖在济南。（之一、四、五）〔清〕徐谦

此间大好白鸥家，缓缓湖风引棹斜。不定夕阳红蓼影，水窗淡写折枝花。

移棹回头境又殊，文章妙处不平铺。济南自古多名士，诗梦勾留在此湖。

可惜此游欠明月，湖光已足尽千杯。白云满水芦花乱，也似山阴雪后来。（辑自《悟雪楼诗存》卷三十）

明湖闲眺 〔清〕孙锡嘏

绝爱明湖水漾城，七桥风月晚来清。勾留多少烟波客，一半诗情半画情。（辑自《东泉诗钞》上卷）

历下杂咏（十六首之五、十三） 〔清〕孙锡嘏

七桥烟雨柳丝丝，名士轩头绿涨时。多少游人催画舫？湖边争上铁公祠。

满城山色绿杨遮，破网当门落日斜。一带茅檐皆傍水，芦花深处是侬家。（辑自《东泉诗钞》上卷）

大明湖棹歌（四首） 〔清〕孙锡嘏

明湖春水傍楼台，杨柳青青眼倦开。多少红妆花似锦，轻移莲步上船来。

芙蓉堤畔绿杨多，四面波光四面荷。欸乃一声摇浆去，大家齐唱采莲歌。

鹊华山色入高楼，冷露无声湿画舟。正是渔歌歌未了，湖心冲破一天秋。

朔风猎猎云漫漫，一曲明湖一钓竿。唱晚渔翁归去后，百花洲外暮云寒。（辑自《东泉诗钞》上卷）

十一月到省，泛明湖 〔清〕孙锡嘏

此地秋光好，如何冬又来？波光疑岸阔，水静觉天开。酒欲临风冻，船空载月回。采莲人不见，怅望独登台。（辑自《东泉诗钞》上卷）

春初又至湖上，步松雪韵 〔清〕孙锡嘏

春色来湖上，风寒海右亭。新蒲初带绿，弱柳渐含青。帆影悬朝日，波珠似小星。中流欲自在，击楫有谁听？（辑自《东泉诗钞》上卷）

明湖泛舟·双调渔歌子 〔清〕孙锡嘏

仗西风，催画舫，烟波万顷卷碧浪。七桥边，百花上，两地风光一样。

荷花开，芦花放，引得游人心益壮。酒初酣，月初亮，且听渔舟晚唱。（辑自《东泉诗余》）

将自济南赴都，冉金浦、周莲西两县令招同周鹤皋、陈星卿孝廉明湖清集，遂访历下诸胜，得诗四首 〔清〕汪仲洋

城外青山城里湖，春烟高下接平芜。题襟尽是南来客，莫遣都官唱鹧鸪。

海右亭台涌碧波，古来惟有少陵过。溪毛再拜船头荐，一瓣心香昨日多。

登临从古易生愁，恰又匆匆下水楼。一曲琵琶一杯酒，好花争上美人头。

翩翩帆影漾斜晖，总觉销魂不忍归。拨棹莺啼湖上树，柳绵如雨打人衣。（辑自《心知堂诗稿》卷三《下峡集〔下〕》）

明湖秋泛曲 〔清〕吴存楷

午梦无缘断黄妳，竟刺扁舟入花海。西风作意为催妆，红玉万枝齐破蕾。放翁好句昔争夸，花为四壁船为家。世间快意有如此，玉井移来傍桨牙。绿波抱影孤亭筑，云裳拥护金烟簇。尽拓红油四面窗，披襟消受神仙福。春缸买酒石冻浓，拗香新制碧荷筒。清凉沁齿香入骨，那许渴饮如长虹。夕阳半坠衔山紫，断霞一抹红鱼尾。何处渔舟倚棹歌，双双野鹜冲烟起。瞥眼冰轮碾太空，浮身疑住水晶宫。便倾竹叶酬狂兴，听拨铜槽唱懊侬。曲终更作鸲鹆舞，醉影婆娑入秋浦。如此痴狂解笑无，回头问花花不语。粉香浥露娇可怜，银塘倒浸玻璃天。不须解缆更归去，撑入万花深处眠。（辑自《砚寿堂诗钞》卷四）

湖上 〔清〕纪淦

凉风纷荻花，空濛半城水。何处房公池，远山淡苍紫。斜日深巷中，长笛迢迢起。（辑自《豆花斋诗集》，亦见于《国朝畿辅诗传》卷五十五）

丙子春过明湖有感 〔清〕纪淦

春晚杨花散暮烟，琵琶深院咽繁弦。弹棋格五名流尽，小别吾丘十九年。（辑自《豆花斋诗集》）

湖上 〔清〕王文骧

万顷飞云化作烟，空山过雨夕阳边。平湖薄暮渔歌发，明月随人上画船。（辑自《国朝山左诗汇钞后集》卷三十三，亦见于民国《续修历城县志》卷十一《山水考七·水三》）

赠湖上人 〔清〕王文骧

幽人如白鸥，爱向水边宿。小筑近烟波，乐此欢意足。披林带水见茅屋，荷叶菖蒲映窗绿。新月隔花送晚凉，森森人意清于竹。客来且尽杯中物，满眼云山梦相逐。玉笛一声白鹭飞，轻舟又入芦花曲。（辑自《国朝山左诗汇钞后集》卷三十三）

济南竹枝词 〔清〕王文骧

济南山水天下无，渔洋句。楼阁人家尽画图。烟雨半城秋半顷，垂杨多处是明湖。（辑自《国朝山左诗汇钞后集》卷三十三，亦见于民国《续修历城县志》卷十一《山水考七·水三》）

明湖泛舟，同友人作二首 〔清〕张家榘

湖上虹桥揽鹊华，湖边蟹眼试纲茶。女墙倒影交杨柳，羌笛吹香出藕花。万里清游愁作客，频年被放梦还家。绿蓑无恙樵青老，何日烟波理钓槎？

东国声诗此旧传，群公坛坫想神仙。湖山花柳春明会，群屐笙歌夜月船。名士几人追胜迹，空亭向夕起秋烟。斜阳历下谈遗老，怊怅风流百六年。（辑自《蓉裳诗钞》卷一）

明湖 〔清〕邓显鹤

短芦莪莪柳丝丝，鼓角喧阗出水陂。一个明湖几名士，荒亭来读少陵碑。（辑自《南村草堂诗钞》卷三）

同李喬云、蒋望峰饮湖上仙舫即赋 〔清〕周乐

芦尽湖天阔，残霞映水明。买鱼舟近槛，罢酒月衔城。远色林峦净，微香荇藻清。夜深犹啜茗，赖有寺僧烹。（辑自《二南诗钞》卷下）

春初看湖上山影 〔清〕周乐

东风吹皱波鳞鳞，芦芽界堤柳条新。风定水作玻璃明，万山插入青嶙峋。初疑水云幻奇峰，掩映春湖淡复浓。一片两片看不定，又疑天外落芙蓉。将无海上山能飞，飞来水底不复归。不则有人山能移，移入湖心等闲窥。峠嶝忽惊巨灵擘，零星石现指痕碧。几幅依稀五丁开，俯览争作屏风猜。其中分明是千佛，跨狮骑象过仿佛。亦有仙子低烟鬟，罗袜凌波缥缈间。仙耶佛耶莫究竟，一时俱入大明镜。色即是空空是色，令我悠然悟清净。欸乃别港来老渔，举罾似羡山上鱼。避船鸥鹭何匆遽，冲烟欲从鸟道去。缘岸茅屋多人家，家家倒映门前花。幽僻尽如傍山住，林麓无复虹郛遮。玲珑画图自天眖，云林粉本无此样。如欲临摹载酒来，绿萍破处正摇漾。（辑自《二南吟草》）

初春偕郑萍史云龙泛舟湖上 〔清〕周乐

酒灶茶铛湖上亭，晴春游侣此初经。半城烟出林梢白，隔郭山从水底青。画舫逆风行人住，素鳞登俎醉还醒。渔灯次第沿堤晃，回首桥西独久停。（辑自《二南吟草》，亦见于《二南诗钞》和民国《续修历城县志》卷十一《山水考七·水三》）

春初同翟鳞江泛舟明湖即事 〔清〕周乐

乍别春湖又数朝，忘形游侣喜相招。雨余芦带泥痕长，风过水连山影摇。铁笛隔舟声欲裂，玉骢系树势偏骄。日斜酒尽难成醉，更拟行沽过石桥。（辑自《二南吟草》，亦见于《二南诗钞》和民国《续修历城县志》卷十一《山水考七·水三》）

晚同友人泛舟即事 〔清〕周乐

满湖澄霁色，露气觉微微。花鸭没波出，水萤穿舫飞。烟中疏树合，风际白莲稀。夜静吹笙返，渔家未掩扉。（辑自《二南吟草》，亦见于《二南诗钞》，亦见于民国《续修历城县志》卷十一《山水考七·水三》，题作“明湖夜泛即事”）

王缊之约同泛湖 〔清〕周乐

山影堕湖满，舟行岚气通。苇花飞作雪，鸦阵掠如风。台碣论仙伯，北极台庙祀黑帝。仙伯之称，道家说也。从祠拜佛公。夕阳归棹缓，饱看半城红。余最爱崇雨舲中丞“夕阳红半城”句。（辑自《二南诗续钞》，亦见于民国《续修历城县志》卷十一《山水考七·水三》）

秋末刘庄年山长约同王秋桥泛舟 〔清〕周乐

重阳雨过此良辰，绿涨平湖霁色新。鼓棹溯洄遍渚港，把樽笑语只三人。芦花半白疑初雪，杨柳微黄似早春。日夕岚光看更好，层台屡陟未逡巡。（辑自《二南诗钞》，亦见于民国《续修历城县志》卷十一《山水考七·水三》）

吴春卿学博约同刘庄年、嵇春原两山长，王秋桥征君湖上饯别单廉泉布衣 〔清〕周乐

若园高士梦曾亲，把臂湖西似夙因。难得孝廉船上客，尽为真率会中人。池荷雨过亭香冷，岸苇风开山影新。领略湖光方欲醉，旋听骊曲懒沾唇。（辑自《二南诗钞》，亦见于民国《续修历城县志》卷十一《山水考七·水三》）

邀乌翼侯作湖上游 〔清〕周乐

咫尺茅庐林树间，未曾携手一盘桓。公如无事来何暮，人到有才闲本难。听雨樽应倾浊酒，咏泉笔可挽狂澜。翼侯有咏趵突泉诗，有“清汉无怪任奔波”之句，寄托遥远，足以触我怀抱。客旌闻欲京华去，湖上蒲荷且住看。（辑自《是真语者斋吟草》）

同乌飞卿泛湖 〔清〕周乐

泛湖期屡改，今喜共衔杯。船泊亭东北，时教风往来。酒兼荷气饮，云带雨声回。解事怜舟子，斜阳缆不开。（辑自《是真语者斋吟草》）

湖上客舍新成，蒋望峰参军邀饮竟日，时八月十六日也。赋此寄之，并索和章（四首） 〔清〕周乐

轩榭回环此乍经，芰荷疏树隔珑玲。半城水气含宵雨，一片秋心在客亭。隔岸芦花头共白，入湖山影眼俱青。也知衫薄凉侵易，爱倚朱栏户不扃。

偷闲便是两闲身，倜傥参军一笑亲。到此俨登湖上舫，（舍成，额号仙舫。）并余亦作画中人。鸿初印爪怜游宦，蟹欲持螯费俸缗。醉后拟将开口啸，颠狂

怕惹白鸥嗔。

微阳渐没水西城，晃漾湖光见乍惊。风定波澄千顷碧，雨余月作十分明。交多酒客浑无赖，忙到山僧太不情。坐看北来云又黑，曰归尚恋片时情。

夜来冷雨罢清游，辜负良宵不自由。今日幸逢三径客，空亭补赏一轮秋。风流想像青萝馆，词调销沉白雪楼。薜荔满墙苔上石，望君题壁姓名留。（辑自《是真语者斋吟草》，第一首亦见于《二南诗钞》卷上，题目作《湖上客舍新成，蒋望峰参军邀饮，即赋》）

明湖泛月（四首）〔清〕何邻泉

结伴畅幽情，好风湖上迎。月从云际吐，船似镜中行。聊藉壶觞聚，重伸鸥鹭盟。停桡一相对，照眼总空明。

天挂一轮孤，波分三路纡。泛舟人入画，照夜水怀珠。树影浓于染，渔灯淡欲无。徘徊芗世界，不必问冰壶。

居然瀛岛近，夜色快幽寻。荷芰浮香净，楼台倒影深。谁家飞玉笛，隔水咽瑶琴。游赏七桥畔，悠悠物外心。

宵深理归棹，欸乃近吾庐。如梦应逢鹤，临渊非羡鱼。前身浑不识，流水问何如？即事成新咏，狂吟乐有余。（前三首选自《无我相斋诗选》卷一，亦见于民国《续修历城县志》卷十一《山水考七・水三》，还见于《国朝历下诗钞》卷三，其中"似"作"在"，"聊藉"作"聊借"，"芗"作"清"，第四首据《国朝历下诗钞》卷三补）

雨后湖上泛舟 〔清〕何邻泉

湿雾初收云乍开，瓜皮艇子足徘徊。青围城上群峰出，红射楼头返照来。冒雨新荷轻拂棹，随风落絮细黏杯。水田行尽重回首，一带僧衣孰剪裁？（辑自《无我相斋诗选》卷一，亦见于民国《续修历城县志》卷十一《山水考七・水三》）

湖上闲吟 〔清〕何邻泉

溶溶荷露曲池南，城上青山倒影涵。绝妙衍波笺一幅，是谁蘸笔写烟岚？（辑自《无我相斋诗选》卷一，亦见于民国《续修历城县志》卷十一《山水考七・水三》）

张晓亭昆季从王致堂先生夜游明湖，铭一赋诗赠之，依韵奉和 〔清〕何邻泉

北渚湖光似莫愁，师生乘兴夜同游。一城风月寻仙侣，登北极台。十里烟波泛画舟。汉影倒沉星在水，荷香静度晚如秋。此间真个招凉好，雪藕调冰任逗留。（辑自《无我相斋诗选》卷一）

偕袁玉堂明府、刘鹤津山长集饮湖边酒肆，玉堂首唱一诗，次韵和之 〔清〕何邻泉

闲愁俗虑涤清泉，廛市依稀小洞天。绕径花开前夜雨，隔桥鸭泛半溪烟。耽吟袁阆应成癖，沉醉刘伶不了缘。却羡壁间题句客，一佳人与一神仙。壁上有小秋较书乩仙黄山道人诗。（辑自《无我相斋诗选》卷一）

问山生辰，同饮湖上，赋此为祝 〔清〕何邻泉

绿云堂里老诗仙，生日明湖泛画船。裙屐喜来鸥社侣，壶觞同醉杏花天。城头山色为屏幛，树上莺声代管弦。更有先生真乐事，佳儿补奏《白华》篇。（辑自《无我相斋诗选》卷三）

湖上饯别王秋槎书记 〔清〕何邻泉

湖上一杯酒，送君兼送春。落花萦别恨，折柳赠游人。夙有题桥志，无惭入幕宾。明朝分袂去，相忆泪沾巾。（辑自《无我相斋诗选》卷三，亦见于《国朝历下诗钞》卷三，题作《湖上饯别王秋槎馆临邑》）

问山暮春湖上以诗见招，依韵答之 〔清〕何邻泉

红稀绿暗惜春残，有客湖亭正倚阑。水带萍流浮梗易，风催花落恋枝难。一声紫玉谁家弄，三面青山隔郭看。乘兴买舟访君去，小沧浪外任盘桓。（辑自《无我相斋诗选》卷三）

和直斋大令《明湖春泛》原韵（二首） 〔清〕何邻泉

喜招吟侣赏花天，十里春波荡酒船。抱郭山光青染黛，入湖云影白如绵。汀蒲抽笋初沾雨，岸柳缫丝乍酿烟。知道先生是仙吏，及时行乐意悠然。

湖上微风皱细波，棹歌起处杂莺歌。亭台阴净垂杨绕，箫鼓声连画舫多。

问水此间心自远，盟鸥今日兴如何！重来有约须携我，放桨看凌北渚荷。（辑自《无我相斋诗选》卷三）

和马词溪刺史花朝招鸥社友泛湖 〔清〕何邻泉

烟波十里放轻桡，藉续鸥盟把酒瓢。浦溆泥融抽苇笋，池塘水暖长鱼苗。青围城郭山千叠，翠掩楼台柳万条。选胜湖亭成雅会，偏余孤负此花朝。因事未至。（辑自《无我相斋诗选》卷四，亦见于民国《续修历城县志》卷十一《山水考七·水三》）

历下旅情（二首之二） 〔清〕张岫

又到明湖上，心存未了情。山虽无老意，树半是新生。小阁长听雨，秋天不肯晴。蒹葭何处是，谁与问鸥盟？（辑自《带经舫诗钞》）

虹桥、伯生雪中邀游明湖，浩然作歌 〔清〕吴慈鹤

瑶天玉地银为城，马蹄蹋水青铜声。蓬莱左股已冰断，破碎楼台虹槛明。蒋陈二子邀我行，红亭画榭幽且清。喑松哑竹罢哀啸，寡鹊鳏凰无艳情。诸君未免惨不怿，我独狂呼面为赤。此时一骑南山边，赤豹元熊不留迹。青靴绣项花骨鹰，穿云入雪无留停。双鹅只用一翅打，归醉红楼衣尚腥。吁嗟！芦中穷士那晓此，侠骨终须奉天子。（辑自《岑华居士兰鲸录》卷四）

五月廿五日集湖上，兼送摄庵都转之东郡 〔清〕吴慈鹤

明湖雨足水涓涓，禾黍翻风翠泼天。人事丰能医歉转，诸公乐肯刬忧先。花娇出浦疑胜酒，鱼大离罾喜击鲜。闻道便宜须汲黯，定能沟壑起颠连。（辑自《凤巢山樵求是续录》）

六月二日再集湖上，兼送继莲龛方伯之西江 〔清〕吴慈鹤

漫因恭钓辄师涓，仙侣同舟话水天。鸥鸟入栏留客惯，芰荷经雨得秋先。东藩驻盖登临共，南浦飞云彩翠鲜。两地诗成喧政美，匡庐吟思鹊华连。（辑自《凤巢山樵求是续录》）

夏夜湖上作 〔清〕吴慈鹤

湖头片雨顷刻晴，黑云又傍凉蟾生。月光似水故在水，赤鲤立波吞有声。湖光浅绀荷花白，三十六陂烟脉脉。乌篷窄小似江南，隔岸柳阴维两三。唤船历下亭边去，十年久未船中住。只恐西施解笑人，鬓丝著得秋如许。（辑自《凤巢山樵求是续录》）

夜泛湖上（六首） 〔清〕吴慈鹤

碧苇如林水似溪，荷花荷叶剪刀齐。晚凉历下亭边去，大好烟波西复西。

会波楼似望湖楼，预借山光做好秋。夜半月边霜一点，鹭丝飞出白蘋洲。

不教微滓污空清，花与楼台共月明。红紫人间总粗俗，淡妆西子是天生。湖多白莲。

金稍羊公故自豪，能催静婉斗纤腰。江南侧艳浑无力，转爱温邢压北朝。

招提频过亦欣然，未许窗棂碍远天。七十二泉收一处，两眉华鹊写娟娟。（辑自《凤巢山樵求是续录》）

送伯平南归，而余亦将东旋矣，赋此赠别（四首之二） 〔清〕王玮庆

华鹊双峰印碧波，湖心亭畔唱骊歌。可怜无限离人恨，泪比荷珠颗颗多。时微雨初晴。（辑自《藕塘诗集》卷二《绣帨集》）

济南杂咏（二首之二） 〔清〕宋兆彤

城北湖光罨画长，水田漠漠似江乡。鲤鱼风起横桥晚，不辨荷香与稻香。（辑自《国朝山左诗续钞》卷二十九，亦见于民国《续修历城县志》卷十二《山水考八·水四》，其中“漠漠”作“澹漠”）

大明湖雨望 〔清〕李文桂

依稀画舫雾中过，袅袅垂杨著地拖。不辨历亭何处是，满湖风雨响秋荷。（辑自《武定诗续钞》卷二十二）

历城旅店题壁（二首之二） 〔清〕孙义钧

沙禽渚鸟戏烟苕，荷芰香残旧曲遥。曾有美人倚兰桨，冷红一路水西桥。

（辑自《好深湛思室诗存》卷四）

冬日陪雪渔观察泛舟，游沧浪（钞四）〔清〕冷烜

纡如岭路转周遭，容与湖心水半篙。折苇留槎鱼罩浅，枯杨落叶鸟巢高，渐饶诗意迎山面，欲荐忠魂有涧毛。指点只今风月地，灵旗肃肃想旌旄。祠祀明铁公铉。

远天垂尽见萧森，小艇无篷坐夕阴。湖气生凉侵石骨，山光倒影蘸波心。荒寒景入囊诗瘦，耐冷情于杯酒深。可有几人知此际，静阶倦眼事幽寻。

消得湖山半日情，孤篷短棹有余清。林梢落日含风色，船尾衔冰带涧声。隔岸孤灯明晚市，接天鸦阵乱归城。料知旅馆添幽梦，细共鸥波话旧盟。

历下苍茫感昔游，岁残曾记解征裘。亭荒海右凭孤访，雪满城南作小留。此日开尊寻北渚，几年破帽走东州。鹊华山色还无恙，依旧浮青照白头。（辑自《国朝山左诗汇钞后集》卷十六）

湖上曲（二首）〔清〕陈在谦

门前菡萏花，种在秋风后。见莲无几时，何因得成藕？

白萍生水面，无蒂亦同浮。平湖一夜雨，历乱水西头。（辑自《梦香居二集》卷二）

大明湖棹歌并序。（四十首之一、二、九、二十一）〔清〕陈在谦

萍水行踪，触处生感。偶乘春明，薄游历下。凭吊古今，怆怀陵谷。昔贤余韵流风，著诸篇什，欲至其地，以实之不？蔓草荒烟，即寻常百姓所占。春冰始泮，泛舟明湖，制小诗四十章，若飘风过耳，有触斯鸣，靡起靡结，靡计年代久近，曼其声，使可歌谣，故统曰“明湖棹歌”。

偶上轻舟采白蘋，半湖烟雾糁游尘。自来北渡黄河水，风月教他作主人。

绿杨枝外尽螺鬟，黛色斜飞手可攀。一掬岚光堕湖底，谁开明镜画春山？

回阑曲曲水中央，水底风摇荇带长。过眼绿迷红乱处，花间睡稳两鸳鸯。

沿湖池馆肇熙宁，静治仁风芍药厅。梦断七桥风景地，月明更觅水香亭。宋熙宁间，曾子固知齐州，有凝香亭、水香亭、采香亭、仁风厅、芍药厅、静治堂诸胜。（辑自《梦香居二集》卷二）

氐州第一·大明湖醉归 〔清〕周济

风定晨钟，月暗夜柝，依依渐增秋思。谢了芙蓉，扁舟过处，空剩一湖烟水。唱彻菱歌，正落日、余霞凝紫。浅醉归来，凭阑望久，乱蛩盈耳。

不似荆溪溪畔路，尚赢得、旧游联襼。远雁芦边，疏萤竹外，动是人千里。隔红墙、银汉杳，相思句、难凭锦字。玉笛谁家，谱凉州、高楼莫倚。（辑自《存审轩词》卷一，亦见于《味隽斋词》,《清名家词》卷七，字句略有不同）

早秋湖上，拟谢宣城集古句。 〔清〕王德容

芰荷迭映蔚，繁英落素秋。拂衣五湖里，辍棹子夷犹。远峰隐半规，翻浪扬白鸥。临池对回溯，天际识归舟。寒蝉鸣我侧，时见远烟浮。迅风拂裳袂，夕阳忽西流。皎皎明秋月，明月照高楼。达人贵自我，罄折欲何求？自乐非有假，高步近许由。（辑自《秋桥诗选》卷一）

湖上雪霁 〔清〕王德容

瑞雪欣方集，明湖暖意舒。棹惊浮水鸭，叉取负冰鱼。净扫官桥路，晴开处士庐。万家烟火外，城郭画图如。（辑自《秋桥诗选》卷二）

夜渡明湖 〔清〕王德容

夜黑云阴对面遮，暗香频送自谁家？电光一瞥明如昼，见放陂塘白藕花。水气袭人露气微，舟行一道认依稀。冰轮未上渔灯远，无数流萤傍苇飞。（辑自《秋桥诗选》卷二，亦见于民国《续修历城县志》卷十一《山水考七·水三》）

历下竹枝（十首之二、六） 〔清〕王德容

冻解半城波影摇，人声欸乃杂喧哓。连宵汲尽池塘水，收拾大鱼更下苗。

山色湖光消夏天，笙歌几度酒人船。闻声半是江南客，一曲霓裳飘欲仙。（辑自《秋桥诗选》卷三，亦见于民国《续修历城县志》卷五十三《杂缀三·轶事三》）

湖上遇雨（二首） 〔清〕王德容

六月芰荷花半开，薜萝馆外共徘徊。联吟正觉炎歊苦，天为游人送雨来。

好雨西来更向东，倾盆一注水云空。清凉辟出神仙界，消受萝窗面面风。（辑自《秋桥诗续钞》卷一）

五月十三日李秋屏招聚湖上，竹吾时已赴秦，赋以志感 〔清〕王德容

去年今日聚湖滨，二妙同生竹醉辰。竹吾与退旃均是日诞辰。风雨仍迟亭外路，琴尊竟减社中人。宦情两陕关山月，诗思七桥群屐身。曾否远怀旧鸥侣，故乡雪藕饮芳醇。（辑自《秋桥诗续选》卷一）

暮春新晴桥望 〔清〕王德容

山色湖光接，杖藜过水西。风多花放事，雨重柳垂低。舟子初张幔，渔人屡簄溪。霁烟城郭迈，南望一痕齐。（辑自《秋桥诗续选》卷一）

重阳后二日二南约同次云、秋屏泛湖 〔清〕王德容

秋色在芦花，半城风雨斜。新亭静鸥鹭，野舫入烟霞。老泪西河解，醇醪北渚赊。月明归棹缓，似泛广陵槎。（辑自《秋桥诗续选》卷一）

舟中吟（二首） 〔清〕王德容

山绿水亦绿，水摇山共摇。看山但低首，水面晚烟消。

云影落杯中，湖光收幔下。中流舟莫横，恐碍后来者。（辑自《秋桥诗续选》卷二）

秋屏移家湖上 〔清〕王德容

者番择处北城隅，门对青山地近湖。廿载海疆归薄宦，七桥风月属吾徒。轩庭净扫高朋满，花竹重栽隙地俱。我是鸥盟老吟侣，从今过访路非迂。（辑自《秋桥诗续选》卷二）

孟春廿四日偕成星岩孝廉泛湖 〔清〕王德容

冻解湖干绿水春，芦芽才茁柳初新。渔庄网可挂三面，娃艇篙惟撑二人。图画遥连亭榭古，烟波微动鹭鸥亲。此来漫道笙歌少，正是吾徒载酒辰。（辑自《秋桥诗续选》卷二，亦见于民国《续修历城县志》卷十一《山水考七・水三》）

余秋门司马见访，因集湖上 〔清〕王德容

平生旧雨半华颠，握手相逢湖水边。故国云山劳远梦，书生面目尚当年。盟深车笠千家酒，味永莼鲈二月船。入觐定应蒙异数，里门何更赋言还！（辑自《秋桥诗续选》卷二，亦见于《国朝山左诗汇钞后集》卷十七）

刘庄年山长邀同二南秋末泛湖，即事 〔清〕王德容

近水遥山净里收，萧闲时合泛深秋。特邀老友携柑酒，更见谁家上彩舟。飞雪荒芦摇浦岸，如花衰柳艳堤头。三人逸兴休相笑，风味还须问白鸥。（辑自《秋桥诗续选》卷四）

春日斋居杂咏（四首之一） 〔清〕王德容

水底鹊华影倒悬，银塘似镜静沦涟。佛山亦是吾家客，隔郭常来茅舍前。（辑自《秋桥诗续选》卷二）

自铁公祠乘舟游大明湖，至历下亭 〔清〕王笃

潋滟澄湖静不澜，小舟撑渡势盘桓。何当尽斩丛生苇，放出烟波万顷宽。（辑自《两竿竹室诗集》卷三，亦见于民国《续修陕西通志稿》卷二百十八）

微雨，望大明湖 〔清〕曹元询

天外烟鬟画不如，绿杨漠漠水平湖。凭谁携得荆关笔，写取明湖细雨图。（辑自《萝月山房诗》）

游大明湖二首 〔清〕孔昭恢

波光滟溯浸晴岚，缓荡轻舟酒半酣。未识江南好风景，此中听说似江南。

四面秋光水半篙，采莲人上鹊华桥。看他画舫停双楫，系在沧浪细柳腰。

（辑自《春及园虫鸣草》卷一）

明湖宴集分韵 〔清〕单映墀

名士轩头载酒过，湖光如镜碧如螺。片帆斜日明芦苇，一笛清讴出芰荷。醁酒遥沽杨柳岸，诗人群聚水云窝。阑干倚醉归来晚，还向溪头访苧萝。（辑自

《芳坪诗草》）

月夜泛莲子湖 〔清〕张善恒

高挂蒲帆东复东，荷花香里翠微中。波摇月影通湖白，树隔灯光小市红。安稳无如双鹭梦，繁华终属七桥风。谁家又送歌声起，檀板轻敲唱铁公。（辑自《历下记游诗》上卷）

舟中遇陈剑青 〔清〕张善恒

曾未识君面，今朝偶遇之。孤舟停苇岸，新月露杨枝。香送明湖酒，才高小谢诗。风流真可爱，况复少年时。（辑自《历下记游诗》上卷）

晚步 〔清〕张善恒

领略闲中趣，湖光晚更宜。波平烟漠漠，人静步迟迟。斜日明秋岸，微风上酒旗。遥闻渔唱歇，定有画船移。（辑自《历下记游诗》上卷）

明湖晚兴（六首） 〔清〕张善恒

晚来柳影更扶疏，一抹轻黄护水居。记得昨宵风乍定，鹊华桥畔泊船初。

斜阳隐约照湖滨，曲曲阑干霁色新。十里笙箫千处酒，缘阶多是卖瓜人。

济南名士旧风流，画舫银灯彻夜游。一曲新歌忽到耳，笛声飞过汇波楼。

红藕花连白藕花，藕花稀处露人家。小儿刺入花丛去，乱采荷衣上钓槎。

节近中元兴倍饶，都云佳会属良宵。是夕汇泉寺作盂兰会。月明何处清如雪？知在湖心第七桥。

繁华久说江南盛，历下风光颇似之。太息渔洋今不作，临流空赋感怀诗。（辑自《历下记游诗》上卷）

湖上早行 〔清〕张善恒

爱看秋湖色，侵晨傍水行。绿凄衰柳岸，红坠晚荷英。薄雾依依湿，清波淡淡平。渔家犹未起，遥见数舟横。（辑自《历下记游诗》上卷）

闻笛 〔清〕张善恒

笛韵带秋声，风吹满耳清。遥知湖上客，亦动故乡情。一榻残灯暗，孤舟碧霭横。今宵幽梦寂，不为月华明。（辑自《历下记游诗》上卷）

明湖曲（四首之一、二、三）〔清〕张善恒

湖水清且涟，泼剌跃双鲤。一片相思浓，秋风吹不起。

鸬鹚沙际来，似欲留客住。不见采莲人，飞来复飞去。

湖女娇如花，湖色浓于酒。只醉游人心，不醉长堤柳。（辑自《国朝山左诗汇钞后集》卷三十三，亦见于民国《续修历城县志》卷十一《山水考七·水三》）

湖上闻雁 〔清〕张善恒

疏雨潇潇傍晚晴，寒砧敲罢倍凄清。湖头犹带苍茫色，枕上初闻嘹唳声。几片芦花和雪卷，无边秋思一时生。遥知此夜凭栏处，多少愁人望月明。（辑自《历下记游诗》上卷）

题莲子湖 〔清〕张善恒

湖光连万顷，浩荡接晴秋。水映楼台入，波摇日月流。红莲经雨落，绿锦带霜收。极目真空阔，身如一叶舟。（辑自《历下记游诗》下卷）

湖上独酌，戏拈小诗，呈王子砚山（二首）〔清〕张善恒

买得扁舟一叶，闲乘明月半天。不待迎风荡桨，居然也是神仙。

得鱼还思供客，有酒不可无诗。想象荷香深处，依稀故友来时。（辑自《历下记游诗》下卷）

湖上美人行 〔清〕张善恒

水面亭前树树柳，晚来新试余杭酒。醉中拟向七桥游，花作四壁鸥作友。忽逢画舫破烟来，美人艳冶波潆回。笑折花枝娇无力，千朵万朵迎面开。花光人影两相对，清香微袭芝兰低。佩头悄语未分明，仿佛如闻呼小妹。莫采莲花叶，莫采莲花心。莲心清更苦，莲叶淡尤深。莲心莲叶总多愁，一片相思逐水流。（辑自《历下记游诗》下卷）

湖上口占　〔清〕张善恒

隐隐湖光淡夕晖，芦花深处钓船归。风来仿佛荷香起，一片歌声出翠微。（辑自《历下记游诗》下卷）

再泛莲子湖　〔清〕张善恒

弥漫湖光万顷明，几番结伴趁初晴。风催画桨舟飞渡，波涌秋宵月倒行。北渚亭荒鸥尽宿，百花洲冷雁无声。此游真觉精神爽，洗涤尘缘分外清。（辑自《历下记游诗》下卷）

明湖纪游，同沈台簪大令淮、吴梅岑孝廉玉森　〔清〕钱仪吉

鹊华桥畔扬轻舲，天水一碧绵林垧。深秋湖涨雨既零，霜葭净剪空畦町。霞曦出没云犹停，划然长啸山舒青。杜陵野处忧朝廷，仙风玉佩锵珑玲。苕苕海右一古亭，留连曩迹曾驻軨。有明皇孙大统丁，老奸吴濞嗟螟蛉。胆落铁板砰轰霆，长陵弱草无栖萤。铁公山水娱神灵，湖围天镜山纡屏。七十二泉源滭潑，苍岚粉堞浮倒形。有如澄江度空泠，大东清流济所经。泉胥为濋渊为荥，支流俗号徒管莛。晏祠曾祠连瓮瓴，瓣香正字谁遗馨？北极之阁攀极星，单椒点黛遥窥婬。道元语妙垂十龄，鹊峰左迤潜雾暝。似欲相避尹与邢，更叩佛刹开键扃。夕波风起烟冥冥，织帘后人仍典型。吴筠说诗亹可听，偕予此游观洲汀。摇云拂水寻镌铭，卅年尘梦一日醒。归来蘸笔书诸桯，执徐之阳月二蓂。（辑自《旅逸小稿》卷一）

明湖竹枝旧稿失去，补作。（十首之一、四至七、九至十）　〔清〕王培荀

女伴同来问水滨，荷花如笑柳含颦。画船摇入湖心去，缥缈歌声不见人。
闲来懒上酒家楼，倦即酣眠醒即讴。两岸芦花秋瑟瑟，数枝红蓼压船头。
花乡水国足清妍，万斛明珠洒玉泉。记得圣皇行幸后，亭台金碧夕阳边。
渔庄历历傍湖隈，隔断红尘几溯回。莫恨泉流城外去，还邀山色入城来。
瓜皮艇子载红妆，来去纷纷底事忙。侬自无心闲笑语，不知惊起睡鸳鸯。
朋来寻乐话喃喃，赊酒一瓶鱼一篮。名士美人都不记，湖山潇洒似江南。
官衙尽处见长堤，明镜虚涵万象低。不惜停桡回首望，楼台烟雨共凄迷。
（辑自《寓蜀草》卷三）

忆明湖 〔清〕王培荀

人生何必住蓬莱，清浅明湖照眼开。风送荷香闻笑语，烟迷柳絮隐楼台。仙舟孤影随鸥去，螺髻遥青入镜来。自到锦江谁共赏，齐州缥缈首重回。（辑自《寓蜀草》卷四）

济南明湖销夏最佳，余屡有诗忆之，复作一律 〔清〕王培荀

年年选胜爱湖光，销却炎蒸特地凉。箫管半酣花四面，亭台一簇水中央。淡红菱角堆渔艇，浓绿峰尖压女墙。多是分曹觞咏处，谁知旧侣几存亡。（辑自《寓蜀草》卷四）

同赋 〔清〕韩崇

十年客东山，湖上游已屡。岂无胜引招，莫由亲爱遇。嘉会幸天合，良辰惬闲步。脱略谢簪缨，咏歌挈童孺。扁舟随波流，佳处辄少住。历览竟怀新，传闻资掌故。清音纳山水，逸兴傲鸥鹭。台榭抱烟峦，村墟隔云树。荷田隆无花，水气凉巾屦。缓游贪昼长，留赏忘日暮。眷言趵突泉，复转城西路。（据铁公祠内碑刻）

题大明湖（二首） 〔清〕杨庆琛

莹明一碧鹭鸥乡，天际云光洗眼凉。杨柳楼栏风亦软，荷花世界水俱香。珠垣地近开文囿，湖右为学政署。银榜秋澄上野航。芦税鱼租随处是，固应生计匹耕桑。

古历亭前夕照红，瓣香堂外暗泉通。天开图画如西子，人重湖山为铁公。故垒休听归燕语，寒祠倒浸暮天空。沧桑转眼寻常事，长啸春花秋月中。（辑自《绛雪山房诗钞》卷十五）

六月望日晓过湖上作（五首） 〔清〕杨庆琛

花气不知暑，湖光催欲秋。偶来亭上坐，如向镜中游。苇长都成堰，莲多莫辨洲。须眉应识我，指点问闲鸥。

清露沾衣湛，微云堕地凉。廖天无去鸟，高树有初阳。三两野航渡，溯洄秋水乡。伊人如可作，蓑笠话渔洋。

历下亭原古，尚书祀亦宜。家山谁铸错，烽火此登陴。流水迎神曲，传灯

逊国疑。斋钟禅磬外，风雨战灵旗。

富岁民多赖，荒廛势所无。菰菱环北渚，风月占西湖。人有烟霞气，家输鱼蟹租。江南来往客，秋信忆莼鲈。

扑面黄尘里，湖山得大难。况逢风日霁，尤胜画图看。佛火烟鬟近，鸥波水国寒。勾留应一半，长啸为凭栏。（辑自《绛雪山房诗钞》卷十五）

刘詹岩学使绎寄和湖上诗，奉答（六首）〔清〕杨庆琛

蕉窗急雨正催诗，忽捧诗章喜展眉。小宋声名才子重，香山风格贾人知。浣来薇露缄先贵，删尽芜华句始奇。只愧微吟巴客苦，转劳镂雪贶新词。

唱彻蓬山第一声，日华五色瑞云明。沂公志不图温饱，孙仅名曾艳弟兄。紫苑晴光簪杏早，元都新句种桃成。此身久饮西江水，来读仙书响倍清。

南斋给札早需才，天遣文星照草莱。地有东山尊五岳，人从北斗识三台。春风煦我和神满，秋月知君朗抱开。药笼参苓花样锦，经帷几费校量来。

衙居揽胜傍湖西，三面荷香到槛齐。墙短雨余看蝶过，春深花外有莺啼。寒笳夕照山楼近，残苇疏灯水阁低。消得四时好风月，沧浪端合为君题。署斋额曰“小小沧浪”。

人生离合本浮萍，话到天伦最耐听。多少鸡豚增百感，大难馐膳奉双馨。如君真觉成三乐，教子由来重一经。换却宫袍着莱锦，彩舆迎上万花亭。

廿载为官拙并鸠，湘江移棹到齐州。分藩愧比东西陕，持楫欣依李郭舟。霄汉风声聆玉咳，蓬莱云气接仙洲。三千琼笈都奇字，我学侯芭载酒游。（辑自《绛雪山房诗钞》卷十五）

雨后过湖堤〔清〕杨庆琛

苇涨荷喧响乍停，湖光山色眼双青。借来天上风雷令，催出人间黍稷馨。溜急暗分城外港，花多争上水心亭。偷闲小憩松棚下，琴筑琤𪺷亦好听。（辑自《绛雪山房诗钞》卷十五）

湖上书所见〔清〕杨庆琛

石罅清流漾浅沙，斜阳破网老渔家。西风作意绘秋色，吹出一篱红豆花。（辑自《绛雪山房诗钞》卷十五）

明湖夜泛 〔清〕杨庆琛

泛泛轻鸥傍野航，微风四面月中央。夜窗荷芰初闻雨，水国蒹葭已有霜。露气清为诗酝酿，秋容淡与画平章。鹊华桥畔红灯影，绿树阴阴茗碗香。（辑自《绛雪山房诗钞》卷十五）

济南杂诗（十六首之十二） 〔清〕杨庆琛

风漪冰簟避骄阳，波面亭开画槛香。千朵荷花万垂柳，橹枝摇破水云凉。（辑自《绛雪山房诗钞》卷十五）

偕徐丈游大明湖 〔清〕刘开

浅碧波心暮霭横，隔亭人在画中行。一天云影长摇岸，半面湖光不出城。短苇界成烟水路，微风低应酒船声。七桥名胜今何在，望远难为旅客情。（辑自《孟涂后集》卷十）

大明湖 〔清〕谢堃

新水满陂泽，野草滋春荣。淼淼荡微波，中有凫鹥声。南山云气佳，高歌泻琼英。渔棹答遥响，咿哑撑月明。（辑自《春草堂集》卷二）

泛大明湖 〔清〕斌良

高岸初回辔，明湖好放船。蒲芽出春水，柳色澹新烟。螺黛涵波动，渔歌入浦圆。偶然闲笑语，沙际警鸥眠。（辑自《抱冲斋诗集》卷七《齐鲁按部集一》）

过大明湖，有怀钱质夫农部 〔清〕斌良

城闉缓控玉骢骄，风帽冲寒度七桥。山色堆蓝昏似睡，湖光泼雪冻难消。茶香鸫舍疏吟侣，荷尽鱼天冷画桡。遥忆觚棱钱版使，靴黏霜影正趋朝。（辑自《抱冲斋诗集》卷七《齐鲁按部集二》）

游大明湖 〔清〕斌良

小舫冲波听有声，披裘结侣占幽清。湖光北去都无地，山色南来半入城。柳带弯蜷诗意味，莲泾冷静佛心情。马头红谢旌旗影，凫雁双双为送迎。（辑自

《抱冲斋诗集》卷七《齐鲁按部集二》）

冬日偕诸象斋、冷云岳泛大明湖，至沧浪，杂咏（十四首之一至二、六至八、十至十四）

〔清〕斌良

簿书堆里掣身难，招集吟朋访钓竿。影入冰壶堪濯魄，吾侪性本耐清寒。

芦漪松坞路迂斜，指点僧家与钓家。萧瑟谁摹崔白画？褵褷寒鹭立枯楂。

水杨无叶亦婆娑，野客频来钓石磨。波漾忽迷台榭影，门前应是酒船过。

鬟髻参差压女墙，凌云绀宇点微茫。蓦看紫翠中峰涌，不辨岚光与佛光。

犹忆髫年侍宴游，刹那顷历廿春秋。墙阴苔碣偏增感，手泽摩挲半晌留。

雕梁界破碧潺湲，四照亭虚敞不关。诗意远随双目断，粉墙低处露青山。

菱芡菰蒲到处栽，田塍几棱傍湖开。辛勤最是鱼蛮子，身著皮裈踏藕来。

漫愁鱼钥锁深更，却喜烟波半在城。阛阓万家从树掩，直教岚翠接波明。

风廊宛转上虚亭，湖气山光一派青。好借大痴歌铁笛，夜阑吹与自家听。

归鞭摇曳暮烟中，绮散余霞映水红。眠柳攲斜多懒态，似舒倦眼盼东风。

（辑自《抱冲斋诗集》卷七《齐鲁按部集二》）

历下杂咏二首 〔清〕沈炳垣

荷风瑟瑟水云乡，历下亭孤蔓草荒。愁绝明湖数枝柳，销魂谁与问渔洋？

丛芦败苇绕汀洲，无际烟云眼底收。画者何人似松雪，鹊华依旧翠横秋。

（辑自《祥止室诗草·庚子年诗稿》）

重阳后三日舒自庵明府在大明湖饯送主试陆立夫建瀛、高南渠树勋两先生入都复命，并招宴同考诸君子，赋诗记之（三首）〔清〕阮烜辉

水明木瑟一天秋，夹道旌旗睹胜游。朋辈几人胥异客，神仙今日与同舟。登高兴逐重阳过，祖道情深北渚流。欢乐具陈容易散，我生踪迹本浮沤。

五丈奎堂对席分，苔岑曾此共衡文。骚坛有主盟高适，艺苑无人迈陆云。蕊榜已悬当日丽，轺车又待碾尘氛。赖君设宴称东道，同对明湖醉夕曛。

骊歌一唱满湖中，信指鹍弦写峄桐。杨柳不曾萦别绪，芙蓉那复怨春风。九重天近文昌耀，千叠山横岱气通。此去觚棱追梦熟，他年应许认行骢。（辑自《安愚集》卷六）

游大明湖 〔清〕沈兆沄

瑟瑟大明湖，澄鲜初过雨。漾舟信微风，容与轻一羽。延缘绿蒲丛，浪花散复聚。游鱼若空行，一一细可数。汲水煎新茶，瓷瓯泛碧乳。良游憺忘归，吟声答柔橹。（辑自《织帘书屋诗钞》卷二，亦见于民国《续修历城县志》卷十一《山水考七·水三》，其中“信”作“泛”）

济南杂咏（录四之二）〔清〕沈兆沄

湖光潋滟回含秋，不见诗人白雪楼。想像蛾眉倚天半，夕阳无限水空流。（辑自《织帘书屋诗钞》卷二）

五月朔大明湖宴集，喜雨，呈讷近堂中丞、刘眉生方伯、苏鳌石廉访、王霞九太守十二韵 〔清〕张祥河

十顷湖波阔，探源泺水东。古亭传历下，芳序届天中。客近招闲鹭，山长沈公。山遥纳短篷。菰蒲将作雨，台榭尽当风。雉堞参差见，鱼矶曲折通。开轩新屈戌，叠石小玲珑。入画江南胜，称诗海右雄。苔文侵碣黯，藻句凿楹工。人送随车喜，舟真利涉同。分曹来卜画，一宴亦从公。呼不烦黄帽，酣还迟碧筒。鸟声穿苇绿，蜺影逗林红。返棹城南路，双歧麦正丰。（辑自《诗舲诗外》卷三）

大明湖 〔清〕王偁

波澜地大汇齐都，落日西风莲子湖。如此天心多雨露，难收荷盖暗投珠。（辑自《鹊华馆济南杂咏一百首》）

大明湖独泛 〔清〕曹楙坚

一片萧寥意，闲鸥不可呼。晴空见城郭，秋响入菰蒲。海右客初到，水香亭已无。句留能几日，吾欲比西湖。（辑自《昙云阁集》卷五）

济南八咏（之五）：大明湖 〔清〕纪煐述

晚凉恰好趁秋初，一苇延缘纵所如。迤北舟行三里许，藕花深处看罾鱼。（辑自《三客亭诗草》卷一）

湖上杂感 〔清〕杜受元

三十年前历下游，狂吟意气凌沧洲。故人寥落知谁在？衰柳残荷满目秋。（辑自《武定诗补钞》）

明湖 〔清〕于云升

明湖初上月，夜色一城开。灯火桥头市，笙歌水面来。何人留胜迹，此地信多才。韵事传秋柳，渔洋安在哉？（辑自《绿墅诗草》）

历下竹枝词（八首之一至七）〔清〕于云升

城外烟岚堆佛头，城中烟雨一湖秋。船依杨柳洲边泊，水向人家屋底流。

人歌人语水声中，藕市鱼船处处通。门巷半开芦荻岸，乱流影里夜灯红。

湖光如昼月如潮，无数游船动晚桡。画鼓冬冬人拥路，河灯放过水西桥。

桥前桥后酒帘斜，才过芙蓉又鹊华。东巷水流西巷水，红莲花映白莲花。

南山抛翠入亭台，四面芙蓉簇水开。凭槛回廊窗尽敞，隔花时有画船来。

高揭幢幡出佛场，供花献果两廊香。淡蓝衫子茜裙女，叉手能参法象王。

晓日曈昽奠雁辰，鸾箫吹导七香轮。如云女从盈门烂，珠箔偷窥俟著人。

（辑自《绿墅诗草》）

同凌荫塘朝荐、陈岱友瀛俊游汇泉寺、望大明湖 〔清〕黄钊

湖面豁禅扉，湖心养翠微。芰荷中户产，薜荔古垣衣。楼堞穿林见，罾船隔浦归。宦情犹未熟，鱼鸟许忘机。（辑自《读白华草堂诗二集》卷二）

七月十七日泛舟大明湖即事 〔清〕黄钊

黑云乱涌千佛山，客心急系明湖间。鏖风荷叶百万柄，沉鱼走獭惊潺湲。鹊华桥畔乍招手，一艇刺入菰芦湾。湖边古寺暂延伫，城阴高阁才跻攀。居民置产种莲芡，泽国擅利归蒲菅。平铺地衣剪绿锦，不令明镜开湖颜。生平野鸥心浩荡，对此坐惜烟波悭。沉雷渐近雨脚疾，亟趁水鸭沿波还。天公好奇客好事，回头一笑斜阳殷。（辑自《读白华草堂诗二集》卷二）

明湖秋望 〔清〕黄钊

湖上秋来水半篙，苇风芦雪自萧骚。疏荷散似书声懒，瘦柳清于画品高。渔艇有人收郭索，钟楼无客息蒲牢。当时历下亭间酒，几辈能狂说钓鳌。（辑自《读白华草堂诗二集》卷二）

济南竹枝词（二十八首之十四）〔清〕孙兆溎

湖中同唱采莲歌，采得莲花侬最多。一语问郎郎应笑，仙郎风貌可如他。明湖亦有湖船，虽无秦淮、平山堂之华美，然翠幔红栏，尚属雅致。（辑自《〔片玉山房〕花笺录》卷十四）

明湖竹枝词 〔清〕张纶

柳阴茅屋两三间，门对清溪水一湾。家有瓮头春酿酒，问郎可得几时闲？（辑自《国朝山左诗汇钞后集》卷十一，亦见于《国朝历下诗钞》卷三、民国《续修历城县志》卷十一《山水考七·水三》）

湖上 〔清〕张纶

百花桥外百花洲，树影山光逐水流。小语夕阳人不见，芦阴半露钓鱼舟。（辑自《蠡庄诗话》，亦见于民国《续修历城县志》卷十一《山水考七·水三》）

明湖杂咏（二首）〔清〕李廷棨

瓜大渔船放别渠，短墙隐约钓人居。斜风细雨归来晚，丈二长竿尺半鱼。

妾家旧住明湖曲，栖凤桥边有画楼。流水无穷花不断，采莲时上木兰舟。（辑自《纫香草堂诗集》卷一）

明湖泛舟 〔清〕李廷棨

湖上二月满眼春，夹岩人家花柳新。芦芽透波碧粼粼，东风吹送荡舟人。兰桨桂棹来何处，曲折还循旧游路。芙蓉泉畔酒初篘，鹅黄春色杯中注。座中酒侣尽堂堂，高歌一曲和沧浪。海右亭边坐怀古，苔花绣涩萦回廊。人生得意须尽欢，况逢名胜邀盘桓。万顷碧流天上坐，几堆苍烟水底出。山光云影日悠悠，湖上年华春复秋。长堤系马谁家树，夜月吹箫何处楼？渺渺予怀芳杜若，

湖风吹水酒气薄。解缆送客归去来，夕照寒烟羃城郭。（辑自《纫香草堂诗集》卷一）

秋夜泛舟 〔清〕李廷棨

移舫芦声碎，沾衣露气浮。蔚蓝天在水，皎洁月当头。有句吟蘅杜，澄怀问斗牛。谁家画楼上，玉笛一枝秋。（辑自《纫香草堂诗集》卷一）

晚棹同马词溪赋（二首） 〔清〕李廷棨

一径出芦苇，四围环芰荷。秋城暮烟起，别港晚凉多。酒熟飞螺盏，诗成付棹歌。伊人不可见，风露澹微波。

移舫百花渚，萧然夜气增。樵楼起寒柝，渔屋闪秋灯。水外人千里，天西月半棱。归来期后约，还共问鱼菱。（辑自《纫香草堂诗集》卷一，第一首亦见于《国朝山左诗汇钞后集》卷二十二）

壬午三日泛舟明湖，集兰亭句 〔清〕李廷棨

夫招魂续魄，记郑国之遗风；修竹清流，忆晋人之高致。由来上巳，雅属灵辰，则有李杜名区，鹊华胜概；数鬟山色，一镜湖光。唤渡溪头，买春帘底。溪鲜四五，荷叶打包；别潆两三，瓜皮浮艇。船真天上，落云影之娟娟；人在画中，联衣香之冉冉。芦针并茁，绣出波纹；柳线横拖，牵成客思。忆古亭于海右，天宝四年；仿雅集于山阴，永和三日。莫不发抒襟抱，脱略形骸。人风重夫金兰，佳句艳于丝竹。感春光之如许，惜佳会之难逢。别有绣水棘人，历山过客，当太白愁春之日，正右军书序之年。望故里之春晖，白云何在？忆去年之游迹，绿水依然。落落孤情，萧萧两鬓。睹异乡之风景，触游子之归心。恐伤感集之情，敢作向隅之态。英英座客，各有佳章；茧茧清吟，聊陈旧句。托兔毫之并染，记鸿爪之暂留云尔。

欣此暮春，亦有临流。期山期水，仰怀虚舟。茫茫大造，神散宇宙。言映清澜，肆盼岩岫。翔禽抚翰，鳞戏清渠。希风永叹，咏彼舞雩。鲜葩映林，觞飞曲津。肃此良俦，浴陶清尘。笔落云藻，物齐一欢。竟异标旨，馥焉若兰。寥寥远迈，亹亹德音。尚想嘉客，若保冲真。人亦有言，殊莫不均。今我斯游，载浮载沈。人虽无怀，理感则一。寄畅须臾，契兹言执。（辑自《纫香草堂诗集》

卷一）

湖上即事 〔清〕李廷棨

霁日明雪姿，言赴湖上约。远山叠琼瑶，竹树鸣萧索。枯枝风落花，坚池冰吐萼。客至肴既陈，斗酒相斟酌。古调发阳春，新诗芬杜若。颜热既十觞，礼疏亦三爵。慷慨话平生，及时须为乐。天地自易简，小智恶其凿。惜兹萍水踪，岑苔应共托。岁晏孰华予，矫矫唳云鹤。（辑自《纫香草堂诗集》卷一，亦见于《国朝山左诗汇钞后集》卷二十二）

泛舟湖中对月 〔清〕李廷棨

湖水净如绮，春风杜若香。尊酒畅幽绪，轻舠凌沧浪。山黛隔林出，人烟正夕阳。历亭望古处，苔发绣短墙。暮景苍然暗，坐待春蟾光。渔灯明遥岸，夜气生微凉。天东渐开朗，濛濛铺淡黄。须臾见寒玉，一镜飞莹煌。婆娑山河影，霏霏在衣裳。今人对古月，起舞歌清商。三万六千日，此乐殊未央。余怀兮渺渺，美人天一方。（辑自《纫香草堂诗集》卷一）

湖上集兰亭记 〔清〕李廷棨

山林映带暮春天，托迹清流亦快然。欣有古亭为禊事，况于列坐是群贤，幽兰激水娱觞咏，修竹临风寄管弦。今昔晤言同录述，兴怀人在永和年。（辑自《纫香草堂诗集》卷二）

大明湖泛秋 〔清〕陈偕灿

凉风萧萧吹芦苇，一鉴明湖净如洗。山翠横飞历下亭，天光倒浸花阴里。昔闻泺北古山川，水木明瑟禽鱼间。出《水经注》。扁舟一笑落吾手，归梦已入南湖湾。是时秋气更清绝，万顷玻璃浸凉月。四围风叶雨声多，夜半中流闻鼓枻。千株杨柳万荷花，红衣落尽秋江涯。茶樯临水客吹笛，细雨打蓬鸥踏沙。碧筒杯试幽香馥，七十二泉寒漱玉。直到门前方下船，除却银蟾都映绿。叶叶枝枝纷相障，就中恰许容轻舫。若教贴水置楼台，子夜秦淮应不让。我从人海踏尘埃，到此忽觉尘怀开。济南名士今余几，洗眼云水清光来。明朝一棹江南去，苕雪秋风认归路。万钱何用买沧浪，浮家只在花深处。（辑自《鸥汀渔隐诗集》

卷三《漫游草》）

大明湖泛舟 〔清〕曹宗瀚

一叶轻帆欲暮天，碧波如镜柳如烟。重来风景依稀是，记别湖光十六年。（辑自《镫味宅诗存》卷五）

晚秋游大明湖 〔清〕方履篯

济南名士国，城北酒人湖。水气浮残芰，秋声上短芦。鱼梁斜照隔，雉堞远山孤。初至深相得，闲鸥识我无？（辑自《万善花室诗集》卷四，亦见于《国朝畿辅诗传》卷五十八）

北渚 〔清〕吴振棫

日暮行吟北渚前，宦情归思两茫然。扁舟凉雨萧萧发，又为荷花住一年。（辑自《花宜馆诗钞》卷五，亦见于民国《续修历城县志》卷十一《山水考七·水三》）

暇日出游杂成八首（之五、八） 〔清〕吴振棫

明珰翠羽感微吟，秋水芙蓉瘦不禁。凭仗碧筒能逭暑，风流真忆使君林。

湖上微波夕有烟，几行秋柳思缠绵。漫夸黄竹青荷句，惨绿当时尚少年。（辑自《花宜馆诗钞》卷五，亦见于民国《续修历城县志》卷十九《古迹考四·亭馆三》）

秋湖篇，同诗舲作 〔清〕吴振棫

明湖东，秋烟空；明湖西，秋草萋。木兰桨，沙棠舟；往复还，湖中流。湖中流，双鸳鸯。鸳鸯照影秋波长，西风吹梦天始凉。渚莲虽红花已少，岸柳虽绿丝已老。渚花岸柳愁奈何，美人进酒扬双蛾。浅酌翠羽深红螺，愿君百岁红颜酡。听我宛转江南歌，歌声长，歌声短。湖波日夜去莫挽，东方月出归且缓。（辑自《花宜馆诗钞》卷八，亦见于民国《续修历城县志》卷十一《山水考七·水三》）

忆旧游 〔清〕吴振棫

甲午八月二日，诗舲招游明湖，凉影万碧，参差弄晴，山光水光，渺在烟际间。回忆戊巳之闲游此矣，年矢迅激，梦痕不留，旧时酒人已似落叶，眺望低徊，不自知其词之不能已也。

趁晴收苇露，静约蘋风，共扣轻舷。一曲江南好，似江南画里，秋老鱼天。水窗记曾闲眺，凉雨鹭鸶肩。问断柳疏，渔洋去后，曾有谁怜？

尊前。试重认，认泼眼湖光，寒碧依然。奈是沧浪篠，把芙蓉残梦，吹作空烟。醉中乱云飞尽，山也瘦于前。解伴我闲愁，沙头月白鸥未眠。（辑自《无腔村笛》卷上）

游大明湖 〔清〕吴振域

闲从北渚濯尘缨，俗虑全抛骨亦轻。一带疏林红入画，半稿秋水绿依城。径穿天韭寻碑字，人隔芦花听笛声。不是提壶无逸兴，诗情端称饮茶清。（辑自《憨斋诗话》卷四）

明湖送牛孝子纶吉归东武海上 〔清〕单为鏓

孝子，诸城诸生，亲丧，庐墓三年。道光庚戌三月，徒行七百里来送其师周鹤侪司马之柩归江南，赋此赠之。

风木悲何切，令余感喟深。能将庐墓意，推作筑场心。至性追磨镜，真诚欲范金。在三知不愧，湖海一沾襟。（辑自《奉萱草堂诗钞》）

甲子再至明湖，感旧作 〔清〕单为鏓

春波又见绿参差，万缕垂杨似旧时。多少故人皆宿草，风光虽好总成悲。时朱钝甫丈、花南村丈、周鹤侪司马、李余堂刺史、沈台簪明府、嵇春原孝廉、王秋桥征君、朱冠臣茂才、韩介侯、黄树斋、余秋门、刘庄年、刘渔村五同年皆下世。（辑自《奉萱草堂诗钞》）

子皋兄招同廖豸峰炳奎载酒泛大明湖 〔清〕冯询

天予佳游放晚晴，镜中人物望分明。万家灯火东西岸，一色湖山内外城。亭院荒凉添古意，莺花明媚送春声。无端借酒都奔赴，诗老杜工部文宗曾南丰烈士铁尚书情。（辑自《子良诗存》卷二，亦见于民国《续修历城县志》卷十一《山水

考七·水三》）

忆大明湖 〔清〕冯询

水媚山明付阿谁，无人来拜易安祠。关心一事难忘却，杨柳阴中听画眉。（辑自《子良诗存》卷四，亦见于民国《续修历城县志》卷十一《山水考七·水三》）

秋日湖上 〔清〕房洪恩

云澹风高旅雁飞，垂杨枝外荻花肥。鹊华桥畔茶烟袅，画舫无人横落晖。（辑自《国朝山左诗汇钞后集》卷三十二，亦见于民国《续修历城县志》卷十一《山水考七·水三》）

泛舟大明湖，用元遗山韵 〔清〕马国翰

历城城内半城水，明湖占城四五里。郦元明瑟说湖亭，娱游应非自魏起。阳丘蛾眉山形似眉弯，远连佛山青回环。风定波澄见水底，山影都落水中间。湖船一棹湖亭渡，四面荷花阻湖路。红英苒苒妒鲜霞，翠盖田田擎宝露。岂独江南可采莲，此湖合号灵妃步。水底山光水面花，饱看直欲偕鸥鹭。湖中宛遇凌波仙，在舟左右忽后忽居先。老眼看花花炫眼，作为清歌手拍舷。歌成付与榜人唱，记取明湖泛舟年。（辑自《玉函山房诗钞》卷三）

仲秋八日泛舟明湖待月，与李三戟门扣舷联句（二首） 〔清〕马国翰

一径入芦苇，四围环芰荷。秋城暮烟起，别港晚凉多。酒热飞螺盏，诗成付棹歌。伊人不可见，风露澹微波。

移舫百花渚，萧然夜色增。谯楼起宵柝，渔屋闪秋灯。水外人千里，天西月半棱。归来期后约，还共问鱼菱。（辑自《玉函山房诗集》卷二，亦见于民国《续修历城县志》卷十一《山水考七·水三》）

春日泛舟明湖即事 〔清〕马国翰

万顷湖田阔，临流意邈然。喜将尘外眼，来赏镜中天。踏藕摇轻浪，叉鱼放小船。烟波有真境，阅世间沦涟。（辑自《玉函山房诗钞》卷四，亦见于《玉函山房诗集》卷三，题作《再赋五律一首》，还见于民国《续修历城县志》卷

十一《山水考七·水三》）

春日泛舟明湖（二首）〔清〕马国翰

芦芽短短荇丝长，浪软三篙送晚航。得月亭边成小憩，一天飞絮点春裳。

夕阳人影聚湖隈，滟滟波光一镜开。独倚阑干发长啸，不知近水几楼台。

（辑自《玉函山房诗钞》卷七，亦见于《玉函山房诗集》卷三，亦见于民国《续修历城县志》卷十一《山水考七·水三》）

大明湖绝句（六首之一、二、六）〔清〕杨泽闿

独倚虹腰暮雨收，鹊华山色上眉头。柳阴直接湖天碧，系马亭边问钓舟。

短短芦芽欲上堤，堤烟遥共绿云齐。鱼虾到晚争投岸，罾罟相将北渚西。

千佛山环梵宇牢，依稀塔影矗天高。济南七十二泉水，并作天风响绿涛。

（辑自民国《续修历城县志》卷十一《山水考七·水三》引《石汸诗钞》）

九日偕大兄游大明湖〔清〕易文浚

无风无雨度重阳，莫对黄花怨异乡。伯仲偕来饶唱和，湖山随在佐壶觞。万行芦苇千条柳，几处亭台数亩塘。漫道登临必千佛，晏公祠已是高冈。是日登高者多在千佛山，而晏公祠正与之对，其高亦相颉颃焉。（辑自《达观楼初稿》卷四）

暮秋游大明湖〔清〕杜受廉

孤亭寂寂水迢迢，云影天光互动摇。欲泊扁舟湖上宿，芦花风起暮生潮。

（辑自《武定诗续钞》卷十六）

明湖泛舟〔清〕杨致祺

轻鸥闲鹭不须猜，笑把荷筒当酒杯。乘兴那知归路晚，明霞飞上女墙来。

（辑自《国朝山左诗汇钞后集》卷三十，亦见于民国《续修历城县志》卷十一《山水考七·水三》）

秋日湖上〔清〕杨致祺

湖上五月时，飒爽如凉秋。况逢素节换，景物纷夷犹。莲衣红未褪，清露

浩已流。水阔暮烟远，影淡不可收。夜来湖上坐，明月映吾座。晓来湖上吟，清风吹我襟。秋水渺然碧，蒹葭深复深。不知水云外，谁殷洄溯心？（辑自《国朝山左诗汇钞后集》卷三十，亦见于民国《续修历城县志》卷十一《山水考七·水三》）

雨后过湖上 〔清〕杨恩祺

楼台罨画树高低，湖上人家静掩扉。满地芦芽春水长，风光清似若耶溪。（辑自《天畅轩诗稿》卷三）

新暖泛舟湖上，向晚遇风 〔清〕杨恩祺

湖雨初收湖水清，芰荷香里放船行。棹歌吹断斜阳晚，猎猎风蒲秋有声。（辑自《天畅轩诗稿》卷三，亦见于《国朝山左诗汇钞后集》卷三十《补遗》、民国《续修历城县志》卷十一《山水考七·水三》，题作《秋日泛舟湖上，向晚遇风》）

明湖渔歌八首（之一至二、五至八） 〔清〕杨恩祺

半城湖水碧沦涟，日向波心放钓船。八尺渔竿三尺橹，卖鱼沽酒过年年。

生涯几代托烟波，差比神仙张志和。占得七桥好风月，浮家苕霅待如何？

柳陌菱塘一带斜，双扉白板是吾家。扁舟日暮不归去，闲倚篷窗望鹊华。

罢钓归来系短篷，与鸥同梦水云中。枕舷随意成高卧，一任萧萧芦荻风。

北极台前见佛灯，铁公祠外冷鱼罾。一溪烟水茫茫绿，阅尽人间几废兴。

绕郭山光接水光，荷花世界柳丝乡。游人尽道湖山好，争似阿侬得趣长。

（辑自《天畅轩诗稿》卷二）

新秋与友人泛舟湖上（四首） 〔清〕杨恩祺

烟波渺渺接城隈，荻港菱塘是处开。船到中流忽有句，不须击钵漫相催。

芙蓉花好遍横塘，湖面风来水亦香。隔浦谁家楼上女，倚阑红袖试新妆。

楼台高下映垂杨，风袅池莲断续香。绕郭烟鬟齐倒影，竞来明镜照新妆。

剥将莲子当枚猜，花里停桡劝酒杯。游兴莫教今日尽，相期更载管弦来。

（辑自《天畅轩诗稿》卷二）

明湖四咏（之一、三）〔清〕杨恩祺

春归湖上柳条条，梦断扬州念四桥。画舸如云天上落，香风低度玉人箫。

清秋湖水更盈盈，兰桨轻摇载酒行。归路不知天色晚，隔花闻起暮钟声。（辑自《天畅轩诗稿》卷一，亦见于民国《续修历城县志》卷十一《山水考七·水三》）

月夜游大明湖（四首）〔清〕杨恩祺

雨余皓魄净无尘，渺渺烟波色似银。十里荷香满湖月，一时齐付夜游人。

莫共争夸消夏湾，七桥风月最萧闲。平看一棹空明意，疑在琉璃世界间。

诗酒情怀与俗违，笔床茶灶日相依。扣弦随意成高咏，惊起一双水鸟飞。

月自娟娟湖自平，湖光月色共澄清。画船归去歌声歇，闲煞湖心好月明。（辑自《天畅轩诗稿》卷二，亦见于民国《续修历城县志》卷十一《山水考七·水三》）

明湖泛舟〔清〕孔昭珩

观水惬素心，常思寻寥廓。明湖独亲人，一套近城郭。我来七桥边，买舟倾囊橐。芦洲万千顷，胜处辄停泊。空明鉴须眉，澄澈缨可濯。回头见南山，烟峦含隐约。数里菡萏香，花开光灼灼。背人白鸟飞，冲浪红鳞跃。扣舷渔歌来，蓬背夕阳落。暝色渐已催，且复理归棹。（辑自《杞园吟稿》卷二）

游大明湖〔清〕查冬荣

余自别故里，惭无山水娱。今日游历下，洗眼看明湖。波光岚色净如刷，绕郭四面玻璃铺。镜裀卷起螺鬟秀，风船来往沼春芜。烟岚窈窕露圭角，溪壑婉娈呈画图。水乐出林似韶濩，一声欸乃惊飞凫。欲向七桥访胜迹，匆匆未暇寻名区。暖翠柔蓝媚行旅，今吾不乐何其愚！使君林下偶啸咏，唤起花奴提玉壶。几时筑室柳庵畔，拟访仲淹去读书。（辑自《诗禅室诗集》卷二十一《飞书草檄集》）

大明湖上同丁又吾话旧〔清〕查冬荣

游莫近红尘道，居莫厌青溪岛。青溪泉石足栖迟，红尘车马本纷扰。挥戈驻景亦匆匆，得意失意转瞬中。花虽芬芳于春日，叶终摇落于秋风。案有琴，尊有酒，何计归耕田五亩？同心已阙故园芜，持竿且作烟波叟。（辑自《诗禅室诗集》卷二十九《鹊华秋色集》）

泛舟大明湖（二首）〔清〕黄富民

胜境在城郭，天教日日游。茶烟生舵尾，山色满船头。乘兴发高咏，无心惊白鸥。济南名士在，谁是少陵俦？

亦有歌喉洌，都将饮兴夸。酒杯碧荷叶，人面白莲花。竟欲行云遏，还思明月赊。伊人渺何处，所惜只蒹葭。湖中多种藕者，恒植苇为界，微碍湖光。（辑自《礼部遗集·过庭小稿》）

欲游大明湖，不果 〔清〕张铨

生平大有山水癖，登临不惮搜寻劳。明湖一别三十载，到来一意穷嬉遨。胜情可惜少胜具，坐令水国群灵嘲。前年火出北极庙，神焦鬼烂鱼龙逃。波心一轰天地裂，百家骸骨腾云霄。我来极目但灰烬，湖光惨淡无舟桡。名士轩头一怅望，数行秋柳空萧条。今年天灾历下盛，哭声遍绕湖周遭。中元法食饲鬼母，满湖灯火魂难招。浩劫已销乐事起，渔歌菱唱连昏朝。中秋月色一千里，人声高于鹊华桥。湘灵汉女接微步，挂旗左倚森采旄。三更画舫拟乘兴，客窗岑寂无朋僚。朝来故人折柬至，晚凉放棹相招邀。举杯赏月犹未晚，扣舷况可吹洞箫。一声风鹤忽传警，鼓鼙惊破黄河涛。七千士子文战罢，归装往往鸣弓刀。摇鞭我亦背花去，回头空负秋荷娇。（选自《爱山堂诗存》）

吴仲昀振棫太守招同孙接堂尧城分司，王香初校、刘颛夫庆凯、章亦江敦三明府，袁治庵传裘贰尹游明湖，即和太守原韵 〔清〕沈淮

胜游佳日喜相并，古客亭边弭棹轻。疏柳绿犹依远渚，夕阳红欲下秋城。幸随仙侣欣同泛，快读新诗愧继声。却对湖光澄一镜，酌泉雅称使君清。（辑自《三千藏印斋诗钞》卷三《登岱集》，亦见于民国《续修历城县志》卷十一《山水考七·水三》）

冒雨湖上晚归 〔清〕符兆纶

喧寂固殊致，妙机相契微。笙歌随棹散，风雨著蓑归。湖游遇大风雨，船人脱蓑衣予。远火乍明灭，闲鸥无是非。未妨今夜读，凉动水边扉。时予寓湖上。（辑自《卓峰草堂诗钞》卷六）

湖干晚步 〔清〕符兆纶

夕阳红欲尽，渔子晚来归。荻汉深藏艇，荷香暗上衣。湖宽新雨足，村远淡烟霏。无数闲鸥鹭，相招已息机。（辑自《卓峰草堂诗钞》卷六）

晚凉湖上闲步 〔清〕符兆纶

凉波围古寺，流过晚来钟。芦外得斜照，莎边啼暗蛩。白鸥忘世事，黄叶记行踪。辄便寻诗去，秋光淡处浓。（辑自《卓峰草堂诗钞》卷六）

湖上归舟漫兴 〔清〕符兆纶

身闲坐遍钓鱼矶，懒性从来与俗违。湖水漫凭鸥鹭占，山云只傍鹊华飞。乍凉砧杵千家动，随意烟波一棹归。浓淡文章看秋色，蘋花清瘦蓼花肥。（辑自《卓峰草堂诗钞》卷十二）

秋日湖上漫兴（二首） 〔清〕符兆纶

井阑入夜响秋风，叶叶惊看堕地桐。北渚栖迟伤旅燕，西江飘泊望归鸿。断非才大难为用，或是诗工易得穷。一醉何妨竟千日，壮怀消尽酒杯中。

三五频来只旧朋，萧条旅舍类孤僧。湿云依槛颓难起，凉雨敲窗冷欲应。芦叶绿围栖鹭幄，松枝红剪罩鱼灯。怀中割尽文通锦，题遍湖山恨未能。（辑自《卓峰草堂诗钞》卷十二）

湖上夜归闻雁 〔清〕符兆纶

晚风扶醉上扁舟，灯火凄迷指暮楼。岸阔星河全浸水，天空鸿雁远横秋。故园书札经年断，大地关山倦客愁。飘泊一身归未得，的应输尔稻粱谋。（辑自《卓峰草堂诗钞》卷十二）

秋晚东平幕中杂感，兼忆大明湖之游，即柬同年刘蕉坡、舍弟惺园（四首之二）

〔清〕符兆纶

曾乞明湖瀹性灵，鹊华飞送眼中青。秋烟澹处移轻棹，斜照红边上古亭。沙鹭分凉成主客，水花含泪怨飘零。旧游处处题诗在，应有骚人屐齿停。（辑自《卓峰草堂诗钞》卷十二）

重游大明湖 〔清〕符兆纶

常时风雨梦闲门，曾住明湖岸上村。双桨狎鸥来柳外，一灯捕蟹隐芦根。称心山水曾无恙，往事莺花且莫论。生怕秋波照容鬓，斜阳影里易销魂。（辑自《卓峰草堂诗钞》卷十二）

湖上别词 〔清〕符兆纶

秋水如明镜，盈盈照髻丫。扁舟人去后，寂寞一湖花。生憎有情划，不碍朗马蹄。湖波如有意，流过鹊桥西。（辑自《卓峰草堂诗钞》卷十九）

大明湖 〔清〕符兆纶

摇落难胜历下情，明湖秋柳尚青青。斜阳欲觅销魂句，不见诗人王阮亭。（辑自《卓峰草堂诗钞》卷二十）

大明湖晚归 〔清〕符兆纶

西风瑟瑟响菰芦，醉放归舟日已晡。零乱冷烟疏雨外，渔灯红浸鹊山湖。（辑自《卓峰草堂诗钞》卷二十）

湖上重有感（二首） 〔清〕符兆纶

无端飞絮送轻舟，难学湖心水不流。肠断离离红一片，斜阳偏恋旧妆楼。

新盘云鬟学堆鸦，碧玉生怜嫁小家。知否晓风残月岸，十分清瘦有梅花。（辑自《卓峰草堂诗钞》卷二十，亦见于《梦梨云馆诗外编》卷四《留梦草》）

湖上纪遇 〔清〕符兆纶

明明如月淡如云，乍见相怜已十分。消受朝朝湖上住，藕丝衫子藕花熏。（辑自《梦梨云馆诗外编》卷四）

明湖曲（四首） 〔清〕符兆纶

如镜平湖照髻鸦，竹篱茅舍是侬家。郎船撑过鹊桥去，为买同心栀子花。

白苎衫轻称体柔，晚风凉媚采莲舟。烟波合与郎同在，处处花开是并头。

湖波过雨绿沄沄，有约晴明出浣裙。底事鸳鸯忽双戏，红潮晕上颊三分。

修成絮果与兰因，千佛低眉本不嗔。但愿情丝抽更出，瓣香重祝藕花神。湖上藕神祠，不知所祀何神，予与同人以李易安居士代之。（辑自《梦梨云馆诗外编》卷四）

七月望日游大明湖（六首之一、四至六） 〔清〕徐宗干

荡漾轻桡送晚风，白芙蕖外夕阳红。烟波无际归来晚，忘却此身城市中。

城边隐隐见楼台，暝色炊烟密不开。蓼花深际昏如墨，回棹灯光万点来。

踏遍红尘去问津，暂停烟舻泊浮蘋。远山近水皆明月，长笛一声不见人。

急管繁弦自来去，明月一船载不住。清歌数曲花水间，芦中有人但闻语。

（辑自《斯未信斋诗录》卷三《岱南集〔上〕》）

中秋后一日大明湖赠龚玉亭明府璁 〔清〕徐宗干

葭露见伊人，招招问水滨。柳丝垂到槛，荷叶大于轮。鹊岭联新咏，龙门话旧因。并出廖仪卿钰夫师门下，辛卯曾同校乡闱。弦歌同听否，先后宰官身。玉亭时任武城。（辑自《斯未信斋诗录》卷五《岱南续集》）

六月初旬喜雨方霁，侍张诗舲观察湖上，即席口占（二首） 〔清〕徐宗干

汇波亭外射斜曛，极浦余霞散锦文。管钥重关元武宿，北水门祈雨则启。昙华千佛泰山云。千佛山为泰山之阴。柳阴路为开渠曲，苇界田犹画井分。七十二泉能遍达，不须忧旱苦如焚。

桑麻四野起欢声，渔唱都含乐岁情。菜比鱼肥蒲有笋，人同鸥浴雨初晴。从游客是云林逸，座有李白楼茂才，善绘事。略分心如湖水平。同忆江南风景似，二分明月一舟轻。（辑自《斯未信斋诗录》卷六《齐右集〔上〕》）

刘詹岩学使绎侯，侯理庭、方仲鸿用仪两太守，许珊林刺史梿，王英斋发越、姜玉溪宫绶、龚廉白廷煌、张寄琴积功、张海春元祥、范谦庵恕、沈台簪淮、陈栗堂宽诸明府同饮湖上，泛月夜归 〔清〕徐宗干

柳暗花明绕汇泉，寺名。轻风生浪纳凉天。楼台烟雨藏千佛，菱藕宾朋共一船。门对青山星使近，试院即在湖滨。心盟白水宰官贤。庐陵太守颓然醉，犹忆霓裳集众仙。仲鸿、珊林、栗堂皆同年。（辑自《斯未信斋诗录》卷八《清源集》。岩，原书误作“厓”——刘绎，字詹岩）

明湖消暑 〔清〕王者政

家住明湖干，放棹明湖里。山影入城来，参差落水底。竹树生晚凉，客心淡如洗。荷风醒残梦，鸥鹭随人起。几处归舟喧，扶藜更倚徙。欲去偶回头，明月满前沚。（辑自《国朝山左诗汇钞后集》卷三十，亦见于民国《续修历城县志》卷十一《山水考七·水三》）

明湖舟中 〔清〕陈宝四

随意惊鸥梦，芦风一棹轻。波摇孤寺远，岸带乱峰行。花气含朝雨，湖光纳晚晴。数家浮别浦，几缕断霞明。（辑自《国朝山左诗汇钞后集》卷二十七）

明湖曲 〔清〕余正酉

东风吹皱波粼粼，芦牙界破明湖春。风定湖光作明镜，群峰倒插青嶙峋。落日楼台渺烟树，隔岸渔舟知何处？翩翩白鹭下夕阳，铁笛一声掠去去。（辑自《秋门诗钞》卷一，亦见于民国《续修历城县志》卷十一《山水考七·水三》，其中“落日”作“参差”，“掠去”作“惊飞”）

游明湖 〔清〕陈超

真赏在惬心，得此清凉境。水岸翻白云，湖心失山影。花鸭两三群，芦芽数十顷。树行知舟急，波迅促鸥醒。惜无谢客流，相与发高咏。（辑自《国朝山左诗汇钞·后集》卷二十四，亦见于《国朝历下诗钞》卷四、民国《续修历城县志》卷十一《山水考七·水三》引《元圃诗钞》）

仲云太守邀同友人游大明湖 〔清〕孙尧城

判牍余闲乐事并，朋侪共泛一舟轻。遥临北渚疑无地，却见南山尽入城。烟柳依依迎短棹，风蒲猎猎送秋声。亭台此日遭盛，管领群贤太守清。（辑自《憨斋诗话》卷四）

湖上有感 〔清〕孟传璿

诗社风流久寂寥，客来无处不魂销。数株烟柳秋如此，忍向残阳问板桥。（辑自《赠云山馆遗诗》卷二，亦见于《国朝山左诗汇钞后集》卷二十四）

大明湖上作 〔清〕孟传璿

漫向西风说旧游，斜阳绘出满城秋。谁教杨柳回青眼，却恐芦花惹白头。归壑云消山点点，买船人去水悠悠。少年车笠今星散，不听阳关也自愁。（辑自《赠云山馆遗诗》卷二）

苏武慢·忆明湖旧游 〔清〕孟传璿

水镜函香，船窗纳翠，曾是藕花时节。弹丝弄竹，递斝传笺，忙杀七桥风月。嘉客并来，倚马才高，登龙意惬。忆谁工吟絮，鉴台丹粉，更称佳绝。

经几次、大笑掀髯，倾谈抵掌，一任唾壶敲缺。庄襟漫整，老带偏松，那顾鹤笼驹橛？回首十年，物变星霜，人分楚越。问重逢何日，争得禁生华发！（辑自《红藕花榭诗余》）

春暮重游大明湖，感赋 〔清〕王国均

汇波高出晏公台，小豁胸襟亦快哉。自信无关名利事，此行原为菜花来。（辑自《晚晴簃诗汇》卷一百四十八）

刘方伯诸公子招泛大明湖 〔清〕张际亮

方伯名斯嵋，为人宽厚而爱士。公子曰绩，去年别于南丰；曰綮，去年别于都下；曰绎，壬辰别于都下，皆高才而有长者风。附记于此。

济南名士昔时多，永忆饥驱李杜过。盐策久罢余废榭，湖田渐合界枯荷。一年风雪为谁早，万物沧桑奈汝何！向晚回船拼剧醉，话残今古有觞歌。（辑自

《思伯子堂诗集》卷八）

夜游明湖 〔清〕延彩

日昨游明湖，湖光倒影黄金铺。情怀淡荡湖天阔，岂知清景夜来殊。重过鹊华桥望望，明湖水拨棹苍然。暝色横落日，霞明一匹绮。须臾天风飒飒来，半轮吹向湖心开。清光一幅展薪簟，此身仿佛游蓬莱。蓬莱宫阙何时驻，飘渺但觉横烟雾。芦湾矶畔沙水明，殷勤还觅来时路。我生性情自有真，但适意时不嫌频。谁修天上清虚府，谁作瀛寰淡荡人？澄晖一掬寒于水，照见寸心清若此。待我高登第一峰，呼君涌出东溟里。（辑自《简斋小草》卷下）

与李菊泉、钱小能及子愚弟夜游大明湖 〔清〕何绍基

苍苍出林明月大，醉把危卮心自贺。晴里千山宿雪醒，闲中一棹孤烟破。同游数子皆同怀，更有稚弟能娱陪。半年鸥鹭不到处，老梅惊笑诗人来。月光波影浩无涘，光穷影极寒云起。近觉星痕湿一天，遥窥岱色青千里。我来泲南经两秋，可能百度明湖游。幽怀沉蓄如海水，随缘一泻安能收？亭中过客知无数，两公杜公、铁公谁与同千古？为携长吉好歌词，更约钱郎角樽俎。（辑自《东洲草堂诗钞》卷三）

独游明湖（二首） 〔清〕何绍基

芦花风里快扬舲，金碧新装古历亭。制就沧江渔父曲，晚凉唱与白鸥听。

无端激电挟奔霆，特沛狂霖万物醒。入夜雨声偏蕴藉，丝丝引入梦中听。（辑自《东洲草堂诗钞》卷二十二）

家书中得钱香士、郑小山济南惠书却寄 〔清〕何绍基

香士居大明湖上，余题为“因寄湖庄”。庚申春夏间，余与郑小山、杜芸巢、李竹朋时时宴集其间。四君皆先公乙未会榜门人，余方主讲泺源书院也。余归后，芸巢入都，竹朋返里，小山督学任满将去，与香士盘桓湖上。书来皆言风景之佳有过昔年，而良朋难于合并矣。

鹊华山望大清河，历下从来云水窝。莲子湖头秋信早，铁公祠畔古怀多。三年老学惭铅椠，五叟清游恋轴薖。今夜故人应入梦，芦花风里听渔歌。（辑自

《东洲草堂诗钞》卷二十四）

大明湖，在济南省垣内 〔清〕史策先

兼葭小港荡轻舟，近市烟波别有秋。百道流泉穿池出，一湖风景借城收。红尘不到烟中寺，绿柳全遮水上楼。落日历亭亭畔望，几人莼鲙起乡愁。（辑自《寄云馆诗钞》卷二）

秋日偕夏芷江寓济南，纪游杂兴（之一、之二）〔清〕毛永柏

宦拙情偏放，秋高兴不孤。呼朋尝趵突，邀月醒糊涂。华鹊二山名。迎人至，遨游藉杖扶。风光最好处，却在大明湖。荻港孤篷系，同登历下亭。照人秋水白，笼树暮烟青。静极知鱼乐，悠然数雁停。夕阳山翠里，放眼对南屏。

解维放归棹，冲破夕阳烟。忽见青山影，迎来碧浪天。扣舷鸥梦醒，傍栅蟹灯圆。矶上问渔父，颓然不记年。（辑自《小红薇馆吟草》卷四）

月夜同人游大明湖 〔清〕毛永柏

月色尽成水，荷香不染尘。偶游放短棹，相约几闲人。酒可随时醉，诗须历境真。要知名胜地，欢会亦前因。（辑自《小红薇馆吟草》卷四）

明湖竹枝辞（八首）〔清〕黄恩彤

映水楼台倒影斜，家家傍岸似浮家。蒲锋割得银盘破，十里风香白藕花。湖田均有主者，植蒲为界。

水面亭前碧浸衣，铁公祠畔午烟肥。一帆舴艋轻如叶，惊起眠鸥拍拍飞。

红菱碧芡满湖波，茭笋居然玉版师。掬取莲根一堆雪，不劳纤手折冰丝。

佛头青蘸半城陂，剪取秋云万幅罗。更把明湖作明镜，弯弯初月写纤蛾。

三五渔家自作朋，水荭花下阁鱼罾。西风吹得红莲熟，星点凉宵照蟹灯。

四面荷花柳线长，一城山色映沧浪。天然妙句留楹帖，输与风流老侍郎。刘金门少宰于铁公祠留一楹联云：“四面荷花三面柳，一城山色半城湖。”

淡抹浓妆画不成，自然宜雨又宜情。明湖敢道西湖似，只是西湖欠入城。

曾泛兰桡问莫愁，烟波占断秣陵秋。若教移入台城畔，谁向秦淮更买舟？（辑自《知止堂集》卷七，亦见于民国《续修历城县志》卷十一《山水考七·水三》）

月夜偕李少村、萧香谷明湖泛舟 〔清〕嵇文骏

落日乘好风，飘然湖上去。小艇入芦花，徐行不知处。斯时雨初霁，残霞犹在树。冉冉暮色催，一抹横烟雾。少焉月出云，光照前溪路。移帆荡凉波，无限沧洲趣。舟行月若随，舟亭月亦住。舟中两三人，月时来相顾。月也何多情，清辉惬吾素。更结后期游，眷眷生余慕。夜深独归来，有梦偕鸥鹭。（辑自民国《续修历城县志》卷十一《山水考七·水三》引《笔花书屋诗钞》）

新秋晚霁，偕符雪樵明湖泛舟 〔清〕嵇文骏

随著沙鸥去，飘然过远汀。水吞双岸碧，山载一船青。疏雨霁秋社，斜阳上古亭。苇边生暮色，闪闪见飞萤。（辑自民国《续修历城县志》卷十一《山水考七·水三》引《笔花书屋诗钞》）

湖上 〔清〕嵇文骏

渺然尘事不相关，竹杖芒鞋任我闲。最好日斜湖上去，坐临流水看秋山。湖阴几处有人家，多半门前系钓槎。羡杀白头老渔父，晚凉支枕睡芦花。绿杨枝外飞黄蝶，红蓼花边立白鸥。恰好凉云散疏雨，一齐添作水天秋。又见楼台起暮烟，古祠风景宛如前。旧时朋辈寻诗处，疏柳蝉声二十年。（辑自民国《续修历城县志》卷十一《山水考七·水三》引《笔花书屋诗钞》）

明湖漫兴 〔清〕嵇文骏

小艇何人荡夕曛，悠然湖上晚钟闻。纷纷秋影篷窗落，半是芦花半白云。绕湖秋树暮云生，云外斜阳半不明。刚趁遥山奇景出，一峰微雨一峰晴。（辑自民国《续修历城县志》卷十一《山水考七·水三》引《笔花书屋诗钞》）

月夜招同李仲衡、顾仲懿明湖泛舟分韵，得“性”字 〔清〕嵇文骏

夜静湖色凉，万顷波如镜。柳下风徐来，舟畔月初迎。喜招素心人，三五恣游泳。橹柔随所适，鸥狎不相竞。玩兹水月光，因识水月性。水得月益明，月漾水逾净。水月本无物，空空影交映。人只一片心，可使百欲并。此夕妙悟生，扣舷歌新咏。归来坐瑶窗，惕然发深儆。（辑自民国《续修历城县志》卷十一《山水考七·水三》引《笔花书屋诗钞》）

晚过湖上 〔清〕嵇文骏

林影漾微雪，寂然鸟不闻。澹摇半湖水，寒浸数峰云。草路冰痕冱，渔家烟缕分。过桥遇邻叟，倚杖话斜曛。（**辑自民国《续修历城县志》卷十一《山水考七·水三》引《笔花书屋诗钞》**）

初到济南游湖，同子梅侄作 〔清〕王大堉

征衫乍脱好清游，携酒同来访白鸥。柔橹数声春水绿，错疑梦落百花洲。（**辑自民国《续修历城县志》卷十一《山水考七·水三》引《苍茫独立轩诗集》**）

回济南，同子梅侄重游明湖 〔清〕王大堉

昔共醉成山，海影摇魂绿。星斗云中稀，扶桑天外瞩。飞梦续前游，湖波冷白鸥。斜阳红半树，曲港碧交流。抛却相思子，风回白萍水。恍惚山海光，苍莽随船尾。重来北渚矶，红雨扑渔扉。依旧沧浪月，照人眠荻溪。总逊鲈乡乐，何日枫桥泊？浪迹五年遥，怀人双泪落。林鸟声交交，云停忽又飘。倾海莫辞醉，同歌舞蔗梢。（**辑自民国《续修历城县志》卷十一《山水考七·水三》引《苍茫独立轩诗集》**）

廖豸峰招同陆憩园、汪云崖、李白楼、子梅侄三泛明湖，归饮蜗寄庐中 〔清〕王大堉

不是湖山善招客，如何一十四月三游历！不是人生易离别，如何一十九客分今昔！忆昔云崖与子梅，送春游暑邀诗杰。醉余情事付高歌，写向图画存旧迹。岂知还复有今年，豸峰吟叟兴蓬勃。相邀名士续前游，一觞一咏浮一叶。连畦麦浪绿云平，几点新荷波面贴。杨花落尽柳眉长，山色空濛翠欲滴。或吟或啸或论文，白鹭惊飞破天碧。汇泉寺里访诗僧，秋潭上人。海右亭中寻古碣。有客伤春忘却游，悄倚红栏情脉脉。子梅。回看斜日上东林，归饮蜗庐乐何极！狂倾春蚁品红丁，大嚼金鳗烹绿鳖。相思杨子邈云山，更惜袁丝限咫尺。杨子山、袁复生于役未归。留取北极之阁、会波楼，中秋同赏湖心月。是日，未游北极阁、会波楼。（**辑自民国《续修历城县志》卷十一《山水考七·水三》引《苍茫独立轩诗集》**）

和廖豸峰以少陵“名园依绿水，野竹上青霄”句为韵作《三泛明湖诗》十首（之一、三至五、七、九、十）〔清〕王大堉

已负游春约，重寻消暑盟。湖山真似画，鱼鸟复多情。狂客犹高卧，白楼。轻舟忽倒行。中流开眼界，长啸薄浮名。

古寺烟波里，钟声渡水微。舍舟入香界，结伴叩禅扉。春去莺初老，僧归花乱飞。茶寮清话永，欲去复依依。

水木殊明瑟，浓阴四围绿。幽禽聚忽散，菱唱断复续。翠柳万千丝，红栏十二曲。徘徊无限情，笑看鸳鸯浴。

斩却万茎蒲，添入几尺水。四面筑楼台，两岸种桃李。花船乐昼夜，弦管喧遐迩。湖山苟如此，岂逊江南美?

莲叶何田田，花娇翠盖覆。红摇笔一枝，绿卷纸几束。藕祠翳何神，骚客思芳躅。何当洗俗缘，垂钓闲持竹。

高树入苍冥，轻鸥落远汀。岩深留夕照，水曲绕孤亭。幽鸟催归急，清风吹酒醒。船疑坐天上，俯仰两空青。

诗酒情无限，萍蓬迹易飘。山川空拔地，修竹自凌霄。淡远观千佛，苍茫问七桥。青莲风雅甚，三泛画生绡。白楼作《三泛明湖图》。（辑自民国《续修历城县志》卷十一《山水考七·水三》引《苍茫独立轩诗集》）

秋深饮宋达夫宅，醉后散步湖桥〔清〕王大堉

醉余携手到沙汀，静对湖波感聚萍。背郭山留双髻绿，恋枝柳带半痕青。水寒野鹭下忽起，风动虚舟行复停。何处渔歌偏唱晚?一声声远隔烟听。（辑自民国《续修历城县志》卷十一《山水考七·水三》引《苍茫独立轩诗集》）

小住历亭，冯子良邀游明湖，雅集薜荔馆，即席口占〔清〕王大堉

凉云淡淡障炎威，一个轻舟破晓来。愁绪不烦芦叶扫，襟怀日共藕花开。浮沉怕看萍千点，离合深尝酒数杯。竟日清欢忘昼永，夕阳红上鹊山隈。（辑自民国《续修历城县志》卷十一《山水考七·水三》引《苍茫独立轩诗集》）

湖上〔清〕王大堉

红蜻蜓小受风斜，翦翦清波绉縠纱。欲折归来仍不忍，新开一朵白莲花。

（辑自民国《续修历城县志》卷十一《山水考七·水三》引《苍茫独立轩诗集》）

夏日湖上 〔清〕陆黻恩

一泓池水碧于莎，倚槛时闻鸟弄歌。蒲绿斩新疏雨过，藕香美满暑风和。不关槐柳清阴羃，自是楼台爽气多。怪底看山欠亲切，只缘相隔有帘波。（辑自《读秋水斋诗》卷十二《历亭集》）

明湖即事 〔清〕陆黻恩

水态山容入烟妍，亭轩倒景浸澄鲜。天垂旷野云生幕，沙净明湖月满船。竹树阴中斜度鸟，菰蒲声里黯鸣泉。萧然物我相忘际，胜读南华至乐篇。（辑自《读秋水斋诗》卷十二《历亭集》）

冬泛大明湖 〔清〕方俊

一棹入明镜，四围寒碧漪。诗人今不见，秋柳尚枯枝。古寺残阳里，遥天欲雪时。剧怜退为进，传法问篙师。湖艇俱是倒行。（辑自《暖春书屋诗删》卷三）

秋日偕同人游大明湖 〔清〕孟传铸

一棹穿萧苇，秋光碾绿漪。露荷敧重盖，风柳曳残枝。使酒容狂客，还丹叩导师。座有谈黄白术者。语阑天色暮，水阁上灯时。（辑自《秋根书室诗文集》卷一）

偕同学泛明湖，即登历下亭会饮二首（之一）〔清〕孟传铸

乘兴上兰桡，花深舻漫摇。朱帘明妓舫，碧瓦隐僧寮。挹爽荷千顷，吟秋柳万条。吹笙人不见，冷落水西桥。（辑自《秋根书室诗文集》卷一）

明湖夜泛 〔清〕孟传铸

惊鸥接翅掠烟空，一碗渔灯出短篷。横笛客邀湖舫月，打钟僧立寺楼风。秋声猎猎荒蒲外，夜气沉沉老柳中。愁向百花台下过，瓣香谁解祝南丰？（辑自《秋根书室诗文集》卷二）

魏竹桥昆仲招饮汇泉精舍，予偶负约，作此却寄，即征后会附小启。（八首）

〔清〕孟传铸

青衫皂帽，忙时正踏槐花；白舫红灯，暇日宜浮竹叶。选湖山之胜地，缔金石之新交，此竹桥、次崖昆仲有汇泉精舍之招也。团花作壁，素奈林开；雪藕当筵，青萝馆启。粼粼柳浪，滴浓翠于湘帘；冉冉荷香，袭青芬于罗袂。振遗响则铜琶铁板，不妨高唱江东；写逸怀于玉管银笺，定许移情北渚。思抽乙乙，锦质丽空；句琢丁丁，金声掷地。撚毫座上，骊探谁诮得鳞？把臂林间，貂足自惭续尾。乘兴则卿皆庾亮，败意则仆似王戎。固已愿效趋凫，欣容附骥已。惟是俗缘碌碌，脚插红尘；韵事匆匆，爪迷白雪。同年隔面，竟如紫陌寻春；卜日有心，忍使青樽负约？仆是防风之后至，君岂旧雨之不来？拟续前盟，爰征后会。此日为郎憔悴，已自羞郎；他时与我周旋，慎毋作我。

拟向蓬山顶上行，淮南鸡犬共飞鸣。如何却被天风引，未许区区到玉京。

群公高会辱相招，一曲同期按六幺。浪说风流邀笛步，卧吹人隔水西桥。

栴檀香重梵王家，门外寒芦老着花。十笏隃麋千叠纸，几人脱腕走龙蛇。

旷代雄才赵倚楼，诗成立马信难俦。当筵莫谱吴娘曲，暮雨潇潇动客愁。

赵伯彪。

五字天空一雁飞，青莲家法尚依稀。狂名明日人间满，墨瀋淋漓发钓矶。

李唱韩。

竹桥昆季媲金相，六笔三诗各擅场。耆旧为君重举似，西樵少鹤老山姜。

魏竹桥昆季。

家风枉自说郊寒，叉手穷吟字字酸。纵使骚坛厕邾莒，也应颜甲侍珠槃。

管领湖山作总持，琳琅佳什写乌丝。他年贳酒旗亭夜，听唱黄河远上词。

（辑自《秋根书室诗文集》卷二）

湖上秋晚 〔清〕孟传铸

沉沉水气泼衣腥，打桨人归唱未停。一碗渔灯蓼根出，半疑磷火半疑星。

（辑自《秋根书室诗文集》卷二）

晚行湖上 〔清〕葛忠弼

北阁多杨柳，一泓清泺开。鸭群浮水静，蝉响逐风回。路滑堤边草，桥侵雨后苔。湖干天色晚，坐待藕香来。（辑自《秋虫吟草》卷二）

明湖晚秋 〔清〕葛忠弼

画船泊久长苔衣，秋老明湖客到稀。落日风生波气冷，芦花争作柳绵飞。（辑自《秋虫吟草》卷三）

雨窗都转约游明湖，次韵奉谢 〔清〕吴经世

巾履追陪载酒游，渚亭烟景共迟留。麦畦暖雊雌雄雉，柳岸深眠子母牛。小雨过时邀素月，微风度处皱新流。扁舟稳借推移力，不向芳尘逐紫骝。（辑自《晚晴簃诗汇》卷一百二十二）

明湖纳凉遇雨 〔清〕李佐贤

骄阳灼烁腾金乌，万类郁郁归洪炉。流汗浃背剥及肤，招凉何处游明湖。湖边顿起云模糊，须臾水墨一纸铺。清风猎猎生菰蒲，狂飙掀折红芙蕖。芦荻尽亚谁能扶？长空砰訇奔雷车。雷声忽送雨声粗，银河倒卷泻无余。湖心万亿抛明珠，雉堞隐现画不如。千佛山光看有无，迎流吹沫波跳鱼。问鱼亦知人乐乎？快哉片刻炎歊祛。爽透罗袂凉侵裾，云停雨歇日已晡。小艇打桨寻归途，流泉瀌瀌鸣沟渠。蹇涉不顾衣履濡，挑灯疾作遇雨图。吟诗有句怀大苏，清景一失后难摹。用东坡句。（辑自《石泉书屋诗钞》卷五）

明湖即目 〔清〕李佐贤

蘋末凉飙动，莲房冷露稠。一声新雁起，顿觉满湖秋。（辑自《石泉书屋诗钞》卷五）

端午与邵汴生侍读亨豫重游明湖，纵谈书怀 〔清〕李佐贤

萱花柳火映阶除，对此情怀懒更疏。佳节每逢如嚼蜡，旧游重访似温书。良朋会合三生契，世运艰危百战余。共向青天搔首问，一回涕泪一欷歔。（辑自《石泉书屋诗钞》卷五）

明湖棹歌（十二首之一、四至十二） 〔清〕李佐贤

古历亭边载酒行，铁公祠畔踏歌声。寻常一样垂杨柳，栽向明湖便有情。

华峰天半绿嵯峨，烟縠轻笼雨乍过。仿佛玉环新浴罢，髻环高拥一堆螺。

浓绿阴中荡画桡，鹊华桥畔最魂销。渔洋去后骚坛冷，辜负明湖旧柳条。

湖光一片腻于罗，画鹢轻摇不漾波。菰蒋为墙芦作界，个中围住藕花多。

绿波杨柳浸楼台，滉漾玻璃镜面开。一阵香风闻笑语，藕花深处画船来。

兰桨双双胜画轮，美人名士往来频。惟嫌一道菰蒲影，遮住游船望不真。

烟波湖上木兰船，来往萍踪一道穿。送得游人寻胜去，停桡都在绿杨边。

湖上芙蕖万柄开，歌衫舞扇共徘徊。谁知竹杖芒鞋客，也为寻诗取次来。

兰桨轻摇日暮天，绿阴深处听鸣蝉。先生乘兴浑忘远，缓步逍遥不上船。

短笠轻衫泛野航，湖边一味送新凉。伊人洄溯知何处？白露苍葭共渺茫。

（辑自《石泉书屋诗钞》卷五）

苦雨新晴，湖边散步 〔清〕李佐贤

积霖苦不止，城郭湿炊烟。浓云垂大幕，包裹鹊华山。清风何处来，吹出蔚蓝天。余霞灿成绮，返照明且鲜。阶前新涨活，琴筑鸣清泉。幽花间修竹，新沐各争妍。先生乘幽兴，曳杖明湖边。水亭飞白鹭，高柳鸣新蝉。闻香初过雨，万柄开白莲。看花人小立，清景相流连。此中有佳句，付与何人传？游罢归来缓，暮霭已苍然。（辑自《石泉书屋诗钞》卷五）

醉后泛舟 〔清〕王青藜

分芦沿柳路弯环，此即江南消夏湾。醉眼翻疑天在水，举头忽觉岸如山。我才兰棹归渔父，谁更杨枝唱小蛮。听到伤心情咽处，也应有泪落潸潸。（辑自《见山书屋诗钞》）

中秋陪梦楼明经湖干望月，感赋 〔清〕王青藜

每忆论文二十年，他乡握手倍缠绵。客身衣薄惊秋早，闾里山高见月先。夹岸楼台灯上下，跨湖芦荻水澄鲜。兰桡几曲游清夜，水调歌头唱采莲。（辑自《见山书屋诗钞》）

久羁湖上，即景 〔清〕王青藜

湖上残荷作雨鸣，湖心亭子荡舟行。近秋诗带苍凉气，久客人多感慨声。花搅荻芦风有恨，波残杨柳水无情。羡他鸥鹭无机事，且愿停桡结酒盟。（辑自

《见山书屋诗钞》）

久客湖上，梢秋杂感（三首）〔清〕王青藜

忆别家乡感不禁，人情口历但长吟。才慵虚负藏书愿，囊尽难酬济友心。万叶呼风惊岁晚，一灯扰梦怨秋深。有时得涉园亭趣，三径花开酒共斟。

经秋作客怯衣单，孤馆萧条酒易阑。落魄何嫌知己少，苦吟求胜古人难。宦情灰去餐鸡肋，世味尝来笑鼠肝。赖有二分湖上月，陪人彻夜耐清寒。

亭过劳劳叹苦辛，十年旧恨逐风尘。游心未灭身仍壮，旅债能增遇不贫。曾识湖山还慰我，半凋杨柳尚亲人。等闲载酒沿堤去，拟泛汪汪博望津。（辑自《见山书屋诗钞》）

七月十四日与汪兰甫泛大明湖〔清〕鲍瑞骏

南山抱郭势蜿蜒，林蔼参差白屋连。数点蓼花凉向水，一湖荷叶碧成烟。秋声吹雨菰蒲乱，波影涵空殿阁悬。会设盂兰钟磬动，漆灯堤外月娟娟。（辑自《桐华舸诗钞》卷一）

明湖看雨〔清〕鲍瑞骏

雷雨半湖黑，远峰犹夕阳。风来忽吹散，春草碧茫茫。（辑自《桐华舸诗钞》卷二）

明湖晚眺〔清〕鲍瑞骏

不知山月高，但觉楼阴迴。漠漠夕烟开，菰蒲横钓艇。（辑自《桐华舸诗钞》卷二）

湖上暮春〔清〕鲍瑞骏

江海黄垆梦，今宵又浊醪。窗深灯影暖，树密雨声高。远道无归雁，春寒独缊袍。落花湖上路，忽听卖樱桃。（辑自《桐华舸诗钞》卷三）

明湖即事〔清〕鲍瑞骏

移居明湖滨，湖光净于拭。晚风吹行舟，宛转入深荻。鸥吻高参差，经声在林隙。落叶作雨飞，枯荷响残滴。言叩生公庐，斜阳引游屐。到门阒无人，一铃语秋碧。满径蹋松花，唯余鹤行迹。（辑自《桐华舸诗钞》卷四）

湖上待晓 〔清〕鲍瑞骏

参差凉影动，明月满空庭。风水自成籁，悄然门不扃。疏林引幽涧，高鸟避残星。晓色迷离外，遥山一发青。（辑自《桐华舸诗钞》卷四）

湖亭纳凉 〔清〕鲍瑞骏

湖水荡空碧，雨余新月生。露华烟上白，花气夜深清。市散分灯火，风回曳舻声。何人独归晚，孤犬响柴荆。（辑自《桐华舸诗钞》卷四）

明湖秋夜（二首）〔清〕鲍瑞骏

西北高楼夜，凄凄月气深。野凉澄远火，风寂迸空音。舻过雁移渚，堤回钟绕林。清歌听欲尽，遥碧正横参。

倚柱百端集，苍茫一寸心。柝声何处巷，人语几家砧。旧雨山阳笛，新霜镜里簪。天涯成落魄，谁与结苔岑？（辑自《桐华舸诗钞》卷四）

湖上夜闻琵琶 〔清〕鲍瑞骏

一曲伊凉怨，声凄芦荻洲。其人或商妇，使我独凭楼。风月邯郸梦，关山簟箓秋。咙胡为谁鼓，白尽少年头。（辑自《桐华舸诗钞》卷五）

家人市一鲤，养之盆盎中，月余，爱其活泼，放诸大明湖，诗以送之 〔清〕鲍瑞骏

纵尔扬鳍去，江湖在目前。机心如我少，俎上忍歼旃。大壑逍遥处，神龙变化年。人间有芳饵，为诵乐饥篇。（辑自《桐华舸诗钞》卷五）

湖上望月书怀 〔清〕鲍瑞骏

月迥湖生晓，天寒树养烟。小桥孤犬吠，隔浦一灯悬。忆昨江南路，深宵方响船。旧游肠欲断，何止白门前。（辑自《桐华舸诗钞》卷五）

明湖春望（三首）〔清〕鲍瑞骏

湖上春来水，盈盈欲化烟。寒生一雨后，绿向百花前。新柳画桥路，夕阳黄篾船。风光剧骀宕，我转忆归年。

只说归田好，何人勇退能。功名幻苍狗，梦寐误青蝇。欲祷波千尺，如醇饮一升。陶然卧泉石，尘事付瞢腾。

何须古阳羡，归去有林丘。灯火青荧夜，吟诗缥缈楼。敝庐竺溪上，日晚柴门幽。竹笋花猪味，三春醉共谋。（辑自《桐华舸诗钞》卷六）

大明湖夜泛〔清〕鲍瑞骏

月色皓无极，天空凉更青。频年闻画角，此夜一扬舲。钟出城边树，灯飘水上亭。酒阑人乍散，独立看庚星。（辑自《桐华舸诗钞》卷六）

湖上纳凉〔清〕鲍瑞骏

月落全湖白，风微荷叶香。飞星迷远火，孤响戛渔榔。小溆覆丛苇，平矼通草堂。前时沽酒路，照夜有萤光。（辑自《桐华舸诗钞》卷六）

湖干漫兴〔清〕鲍瑞骏

荷叶当门绿，幽居人到稀。乱流何处渡，卧柳自成埼。沙响涨移棹，月沉灯出扉。水鸥闻拍拍，隔浦晚渔归。（辑自《桐华舸诗钞》卷六）

十一月十四夜湖上雪月交辉，徘徊久之，凛乎其不可留也，作歌寄笈甫〔清〕鲍瑞骏

风吹积雪玲珑然，湖上皎月三更悬。松篁四青明一烟，安得云屏银烛寒？羽衣小鬟舞翩翩，湘妃一曲敲冰弦。如此艳绝琼楼巅，党家羔酒何足言！岂知流水断桥边，有人僵卧梅花偏。清波欲晓孤鹤还，梦痕白入遥山圆，衙斋故人眠未眠。（辑自《桐华舸诗钞》卷六）

十五夜雪月皎洁，寒于昨宵，又吟长律以写之〔清〕鲍瑞骏

湖山雪莹月生寒，万瓦栖烟皓渺漫。碧引重霄晴欲滴，黑分半浦炯难干。高楼灯闪疏星动，远戍更沉断雁酸。我亦冰壶心一片，卧来梅影晓珊珊。（辑自

《桐华舸诗钞》卷六）

十六夜雪月尤洁，独坐小楼，不觉忘晓 〔清〕鲍瑞骏

湖山皓皑皑，不知月是雪。天地迥沉沉，不知雪是月。一座琉璃屏，无此澄以澈。林垌滃炊烟，微风吹忽裂。中有泉半泓，潋滟乍明灭。我思万山中，苍松围古刹。夜久钟鱼沉，一白静兀兀。其或柴门关，卧听窗竹折。剖匏以为瓢，瀹茗甘在舌。不觉寒气寒，诗骨瘦于铁。忽然望天涯，十载从征卒。天恩挟纩同，胜我衣百结。独有万家裘，惘惘向谁说？雁叫参欲横，梅花梦清绝。（辑自《桐华舸诗钞》卷六）

湖堤独步 〔清〕鲍瑞骏

残衾欺晓气，落月逼鸡声。半树梅花外，萧然踏雪行。邻家语初动，夜绩火犹明。独立湖山静，清钟乍出城。（辑自《桐华舸诗钞》卷七）

湖上怀笈甫 〔清〕鲍瑞骏

归鸟迎风退，春烟著树多。一花红晚渡，残雪白关河。此地莽怀古，何人相踏歌？文章感知己，亟为筑行窝。（辑自《桐华舸诗钞》卷七）

明湖雨夜怀笈甫 〔清〕鲍瑞骏

十字街前僦屋居，红楼隔雨杏花初。明朝踏屐冲深巷，相约沽春借蹇驴。觌面恍惺千里驾，快谭翻赖数行书。人生到处萍蓬感，门外天涯最怅予。（辑自《桐华舸诗钞》卷七）

湖上晚眺 〔清〕鲍瑞骏

湖上东风暖，波光绿到门。寺钟催月迥，山烧背城昏。昨梦归三径，寻花又一村。故园犹在眼，相对忆琴尊。（辑自《桐华舸诗钞》卷七）

湖上望烧 〔清〕鲍瑞骏

乘堙一山兀，春烧动空青。影倒搀明月，光摇浴乱星。遥知冻崖爆，应带烛龙腥。洲渚猕相照，何如陆浑经。（辑自《桐华舸诗钞》卷七）

湖上杂诗二首 〔清〕鲍瑞骏

绿遍菰蒲岸，中流荡画舠。烟笼纤月淡，树逼夜楼高。曩者青杨巷，诗人白袷袍。秋修湖上禊，韵事续题糕。

万木清霜后，波光冷入楼。穷鱼十年病，断雁五更秋。岁月抛棋局，勋名付钓舟。归溪问何日，检点旧貂裘。（辑自《桐华舸诗钞》卷七）

湖上 〔清〕鲍瑞骏

万绿涵波野霭低，愁人暮色板桥西。青青一片平原草，官字毛凋病马嘶。（辑自《桐华舸诗钞》卷八）

闰五月十六夜湖上待月，怀王笈甫济阳 〔清〕鲍瑞骏

地似瑶台露气清，湖光倒浸夜星明。晚钟初歇市声静，明月欲来秋影横。料得凉生槐下枕，也应梦绕济南城。白莲香里舟同泛，早备山茶煮铁枪。（辑自《桐华舸诗钞》卷八）

明湖步月 〔清〕鲍瑞骏

高楼人未寝，风送剪刀声。垂柳桥边路，归鸿月下城。料应挑锦字，莫或问银筝。予亦天涯久，离愁一水盈。（辑自《桐华舸舸诗续钞》卷二）

湖上早秋 〔清〕鲍瑞骏

射鸭归来系钓舟，蓼花数点晚凉柔。夕阳红到雁边尽，疏雨白连湖上秋。世有关山方失路，人无骨相亦封侯。何当黄海云深处，贝叶香时一倚楼。（辑自《桐华舸舸诗续钞》卷四）

湖上看雨 〔清〕鲍瑞骏

独登湖上楼，苍茫日将暮。不知山雨来，遮却前汀树。欻然空气开，一角危亭露。绿柳拂朱阑，夕阳明灭处。牧笛时一声，独鸟云边去。迢迢郭外钟，归人方待渡。不闻人语喧，但闻舻声住。阴晴变态中，浩然身世悟。（辑自《桐华舸舸诗续钞》卷四）

湖中即景〔清〕鲍瑞骏

远舟如叶响渔榔，疏树人家半夕阳。晴极湖光浓欲断，一痕堤影菜花黄。（辑自《桐华舸舸诗续钞》卷八）

历下杂咏（录三选一）〔清〕陈永修

濯缨莲叶小于钱，卧柳虽多不碍船。两岸新苗才过雨，夕阳影里看田田。（辑自民国《续修历城县志》卷十二《山水考八·水四》引《鲍西楼诗草》）

暮春与友人泛舟明湖口占〔清〕陈永修

逝者如斯意自闲，半城潇洒翠回环。舟行绿涨烟波里，人在丹青图画间。今夕只宜谈水月，寻常无此好湖山。永和修禊兰亭会，畅叙风流共仰攀。（辑自民国《续修历城县志》卷十一《山水考七·水三》引《鲍西楼诗草》）

冶春诗（二首之一）〔清〕陈永修

一曲明湖久眷恋，况逢晴日柳含烟。百花台上坐怀古，洒地看春春可怜。（辑自民国《续修历城县志》卷十一《山水考七·水三》引《鲍西楼诗草》）

莲子湖（二首）〔清〕陈永修

湖光潋滟水连天，十里银塘万柄莲。历下风沦青未了，济南潇洒碧无边。软红尘脱三千界，寒绿光侵七十泉。一曲清歌何限意，夕阳影里数田田。

濯缨一脉接明湖，绿影红香入画图。六月风光归水木，双渠歌怨寄鸥凫。望中华鹊云烟合，镜里楼台锦绣铺。不用桃源寻隐逸，泺川胜概即蓬壶。（辑自民国《续修历城县志》卷十一《山水考七·水三》引《鲍西楼诗草》）

初秋与佩韦夜泛明湖（四首）〔清〕徐河清

酒户夜分曹，秋风放小舠。月明侵烛冷，荷大逼人高。借箸抽芦笋，藏阄擘蟹螯。坐中佳士在，不敢斗诗豪。

桨打花间路，星摇水底天。忽听挝鼓调，知是彩莲船。斗酒人如战，闻歌我亦颠。更饶登眺兴，且泊玉台边。

杰阁傍城楼，登临最上头。钟声千佛寺，月色百花洲。几处吹箫客，谁家捣练秋？乡心何所寄，且去理归舟。

蟹火吹灯夜，渔叉暗响时。拼将千日醉，寻得一船诗。留客花皆睡，催更鹤尚迟。归来同唱和，笑杀路傍儿。（辑自《纶音堂诗集》卷三）

夏日游大明湖（三首）〔清〕许宗衡

泺北汇众流，名区甲齐鲁。非秋挺孤秀，照水鹊华古。风荷静生籁，烟芦飒疑雨。苍然泰岱云，变灭孰为主？散作万柳阴，霏微日方午。初观豁耳目，静想沁肝腑。怀哉广漠游，浩荡念区宇。

灵旗振风魄，崇祠肃瞻仰。铁公铉祠。回眄烟翠交，隔苇听孤桨。隐几山动眉，俯槛水平掌。俨作濠濮观，忽有洲渚想。元遗山《济南行记》："令人渺然有吴儿洲渚之想。"何区弗灵奥，我心正苍莽。颇思纵所如，乘舟遂孤往。万叶莲无花，空明远波漾。

西日堕峰背，苍烟黯城东。飞鸟疾于电，落影残霞中。照见海右亭，四围菰蒲红。悠然坐池馆。默尔披肝胸。乡关好山水，戎马方横纵。何从觅鸥鹭，遥与悲沙虫。兹境偶然值，翻使忧心忡。归舟仰天宇，排荡青濛濛。（辑自《玉井山馆诗》卷八）

和林心培明湖夜泛七律（四首）〔清〕李庆翱

仙槎轻漾水云中，夜静湖心四望通。秉烛应携桑落酒，披襟恰趁藕花风。前溪栖鹭浮寒白，远浦流萤曳小红。最好兰桡频棹处，琉璃波碎月玲珑。

湖村已隐夕阳殷，买得轻舠此夜闲。斜月半堤杨柳树，疏烟两点鹊华山。汇波楼暗停云里，仙舫亭迷宿霭间。几处丛祠摹古篆，丰碑剥落藓斓斑。

七桥夜景认苍茫，击棹中流极目望。倒影菰蒲难辨色，迎风荷芰只闻香。画屏垂露莲峰静，棋局铺星水界凉。何处落梅调玉笛，眠鸥惊起傍渔梁。

归桡如在镜中行，绿影红香夜气清。渔艇隔溪灯数点，画船穿藕月三更。吟残海右诗无匹，酒醒江南梦有情。十斛软尘飞不到，良宵人恰步蓬瀛。（辑自《来青馆诗钞》，亦见于民国《续修历城县志》卷十一《山水考七·水三》）

莲子湖棹歌（十首）〔清〕李庆翱

鹊华桥外水如环，偶泛轻舠镇日间。卖却鱼苗残照里，四围杨柳一痕山。

小岸垂杨缀暮烟，软红不上钓鱼船。一篙春水桃花涨，人倚东风镜里天。

苍茫云树澹烟浮，消夏何人唤渡头？明月莫嫌孤寂甚，采莲舟外又渔舟。
田田荷叶界蒲芦，画槛雕甍映玉壶。更到汇波楼上望，分明谱出小西湖。
秋波如练柳条齐，海右亭前月上西。白雪楼空名士少，扣舷惊起夜乌啼。
琉璃十顷碧于苔，料峭西风雁阵回。横笛数声蓑笠冷，且沽村酒荡舟来。
玉宇琼楼眼界宽，只怜高处不胜寒。斜阳霁色环城郭，十里银屏一抹看。
北风吹雪压烟岚，古渡梅香春已含。潇洒品题原最好，如何只说似江南？
（辑自《来青馆诗钞》，亦见于民国《续修历城县志》卷十一《山水考七·水三》）

八月十五明湖泛月 〔清〕单尉然

联踪游客太纷纭，顾我真同婺尾樽。万点红灯归画舫，一泓秋水浣冰魂。白铺波面霜无迹，冷界疏杨玉有痕。犹忆琐闱曾照见，槐阴一线影昏昏。号舍中嵇古槐一株。（辑自《蔚村吟草》）

大明湖 〔清〕童颜舒

大河日徙南，济渎失其泽。东郡多泛澜，云即其伏脉。七十有二源，珍珠尤创获。汇为大明湖，半城生虚白。我来正严冬，结伴问裂帛。唤楫鹊华桥，篙影翠寒碧。孤屿巨螺蹲，长堤一带窄。鉴面忽飞来，空明洗月额。雉堞倒插天，骇波为阖辟。惜哉水心亭，不见洲花百。菰干梢折头，凫冷项藏腋。雪意酿萧萧，画稿森格格。耐寒久流连，毋乃烟霞癖。他年长夏来，珍重湖目摘。（辑自《续修陕西通志稿》卷二百十九）

大明湖棹歌（十二首之一至三、七至十一） 〔清〕史梦兰

铁公祠下水潺潺，古历亭前碧水环。水自无心与山约，常从水底见南山。
纵横水路各西东，郎自扬舲妾转篷。却怪蒲芦围似栅，船虽相近不相逢。
溪荷岸柳一重重，画艇追随走似龙。持向湖中相比较，郎如杨柳妾芙蓉。
水面人家映水明，水边人影步盈盈。城头月上回船晚，多少鸳鸯梦未成？
舍南舍北抱回溪，处处菰芦望欲迷。湖上游船歌未歇，残阳已坠小城西。
出山泉比在山清，流入明湖澈底明。试向小沧浪问讯，几人到此濯尘缨？
湖上春归人未归，谁家双燕掠船飞？美人荡桨穿花去，多恐花间露湿衣。
西湖人惯比西施，妾住湖中亦在西。坐石红颜照春水，儿家自有浣纱溪。

明湖在城内西北隅，旁多浣女。（辑自《尔尔书屋诗草》卷六）

七夕游大明湖 〔清〕李之雍

白藕花稀湖水平，鹊华桥下放舟行。满城风露月无主，隔岸蒹葭秋有声。别恨于今天上少，乡思昨夜梦中生。谁家笑语喧通夕，乞巧楼边灯火明。（辑自《国朝山左诗汇钞后集》卷二十二，亦见于民国《续修历城县志》卷十一《山水考七·水三》）

济南雨霁泛明湖 〔清〕王夺标

绿红掩映淡烟萝，箫鼓喧喧起舞傞。山以初晴光皎洁，花经宿雨影婆娑。啄泥燕子飞飞逐，穿藻鱼儿队队过。搔首东隅成往事，临流几度赋长歌。（辑自《南疑诗集》卷六）

登千佛山，望大明湖 〔清〕姚宪之

佛山高矗势巍然，十里明湖在眼前。无限荷花无限柳，参差楼阁夕阳边。（辑自《叠删吟草初集》）

大明湖夏日竹枝词（八首） 〔清〕姚宪之

济南名胜大明湖，水色山光似画图。堤下荷花堤上柳，游船穿过碧菰蒲。

湖边楼阁昼垂帘，隔院谁吟昔昔盐？临水人家都解曲，听歌点破绣鞋尖。

过鹊华桥近历亭，歌声遥送水云汀。何人挟艳来消夏，杨柳阴中系短舲。

闺中女伴结同游，瞥见生人似带羞。忽听邻舟吹玉笛，几番偷看又回头。

香风逐队绮罗新，处处筵开杂笑颦。更向晏公台上望，荡舟无数采莲人。

人似名花水似烟，出游好趁夕阳天。双双姊妹船头坐，不采红莲采白莲。

一群才去一群过，粉面芙蓉逗酒涡。怪煞少年轻薄态，教侬不敢转秋波。

游兴将阑夕照微，美人临去尚依依。回头笑谢林梢月，一路多情伴我归。

（辑自《叠删吟草初集》）

夏暮游大明湖 〔清〕姚宪之

朝来宿雾放晴还，湖上逍遥镇日闲。芦苇丛深穿曲港，荷花香送到禅关。

楼台远近多临水，城郭高低半绕山。棹入烟波清绝处，此身几忘在尘寰。（辑自《叠删吟草初集》）

雨泛大明湖（二首）〔清〕严鈖

画舫蕉衫倚薄寒，满湖烟雨碧漫漫。荷花半落杨枝瘦，还向离人带泪看。

拟借僧寮半日闲，手拈画笔学荆关。生绡但著无多墨，一角秋城数点山。（选自《香雪斋诗钞》卷）

明湖竹枝词（四首）〔清〕吴岷源

湖上人家住画楼，湖中渔子荡轻舟。四时风景江南似，合把湖名换莫愁。

朝烟暮雨淡前汀，落尽杨花长绿萍。蒲笋芦芽荷盖小，春城并作一痕青。

绿水青山尚俨然，济南名士散寒烟。惟余湖上三秋柳，曾见渔洋最少年。

歌声四面水中央，花里风来人语香。欲采红莲须款款，恐惊叶底睡鸳鸯。（辑自《武定诗续钞》卷十九）

冬至日，朱熙芝、耿雨苍招游大明湖，登会波楼，望鹊、华二山，归至昆陵轩小酌，迟汤东笙不至〔清〕侯桢

天寒地冻浮云张，明湖佛岭遥相望。孤鹤南飞鹈在梁，水天一色烟苍苍。乘舟直过北极旁，巍然高开凌中央。会波楼上相翱翔，鹊华山色何苍茫。归途日莫夜气凉，当炉沽酒兰陵香。迟美人兮天一方，高歌一曲余沧浪。（辑自《古杼秋馆遗稿·诗》）

秋夜湖上独坐〔清〕朱丕煦

闲向湖边坐，长空月正明。一舟卧荒渡，万籁寂深更。烟际灯皆息，芦边水尽清。幽怀谁与共，归去已鸡鸣。（辑自《红蕉馆诗钞续二·附不煦、丕勋二孙诗》）

游大明湖〔清〕李培

箫鼓声中荡画船，往来北渚晚晴天。携将翠袖陪游屐，幸得红裙唱采莲。啸傲湖山闲岁月，流连风月小神仙。归来犹自吾庐爱，荻港芦洲在眼前。（辑自

《睡余轩诗稿》上卷《雪堂诗钞》）

忆游湖 〔清〕李培

昔年曾作鉴湖游，好景初逢八月秋。一片荷花三十顷，烟波深处起渔讴。（辑自《睡余轩诗稿》上卷《雪堂诗钞》）

济南竹枝词（十五首之二至三、六至七、十三至十五）〔清〕李培

湖田奇处水亭开，万顷烟波入画来。欲棹扁舟怕风引，此中恐是小蓬莱。

何人桥畔卧吹笙，水色山光照眼明。柳间荷花花间柳，不知船在镜中行。

湖边谁盖镇湖楼？红袖凭栏笑不休。东往西来人似织，匆匆行过也抬头。

门迎一水绿差差，泮壁街头杨柳垂。何处纳凉何处立，晚来齐上望天池。

盂兰胜会簇笙歌，红粉联肩笑语和。大妇喧言呼小妇，今年人比去年多。

画舫遥连水幔亭，声声箫鼓似西泠。新歌不是阳关曲，也许游人带酒听。

城头才看月高升，满市钲铙响沸腾。红粉两行星万点，芦烟深处放河灯。（辑自《睡余轩诗稿》上卷《雪堂诗钞》）

泛舟大明湖，登历下亭，遥望华不注 〔清〕江湜

连山蜿蜒如游龙，背城不见寻亦慵。忽看涌出万瓦上，势若回首窥城墉。泺源潜发未出郭，湖光如镜初磨镕。斜阳欲下山影落，倒浸十丈青芙蓉。是时正月气已变，鹅黄水柳摇春容。乱流直溯历下亭，坐看对面岚光浓。举头更见华不注，忆昔李白登其峰。自云曾遇赤松子，托兴愿得长相从。我来独游少俦侣，济南名士多未逢。单椒秀泽久寂寞，况求尘外仙人踪。惟余山水自清绝，胜情犹入羁人胸。船偎曲埼受行客，风度绝壑闻疏钟。寓斋不远晚始去，早挝衙鼓声鼕鼕。（辑自《伏敔堂诗录》卷三）

闱后将旋里，再泛大明湖，并望鹊、华诸山（二首）〔清〕王象瑜

秋水茫茫生野烟，重来呼取旧渔船。前宵得句分明记，吟向湖亭落照边。

萧条水国正清秋，红藕香中续旧游。为别青山归缓缓，鹊华桥畔几回头。

（辑自《二琴居士小集》）

湖上晚眺 〔清〕王象瑜

秋水绕平台，登临倦眼开。树声挟雨至，山色抱城来。雁入寥天没，风催画角哀。绕栏闲觅句，踏遍绿莓苔。（辑自《二琴居士小集》）

偕诸同人夜泛大明湖 〔清〕王象瑜

晚来共放采菱舟，携酒寻诗喜唱酬。永夜笙歌喧曲港，四围灯火集中流。月移山影凭栏见，烟隐芦花隔岸浮。乘兴不知归去晚，数声严柝击更楼。（辑自《二琴居士小集》）

明湖竹枝词（八首之一、二、七、八） 〔清〕王象瑜

秋来佳景数明湖，烟柳风荷入画图。乘兴人来浑不断，渔舟隔水共招呼。

移舟不唱采莲歌，自谱新腔载酒过。惊起花间鸥鹭梦，双双飞入夕阳多。

曲港条条水北流，城楼野望更清幽。千竿竹里渔家住，风景江南得似不？

水亭处处豁襟期，返棹长歌画舫移。如此湖山吟不尽，鹊华桥上立多时。（辑自《二琴居士小集》）

午日与李竹朋前辈泛舟明湖，即和原韵 〔清〕邵亨豫

烦恼聊因令节除，绿阴路绕树扶疏。莫谈烽火惟浇酒，相对湖山当读书。淡泊心盟孤岫外，战争棋指一枰余。与公同似闲云样，却为沧桑几叹歔。（辑自《愿学堂诗存》卷十《海东栖隐草〔上〕》）

携儿女泛舟明湖，仍用原韵（二首） 〔清〕邵亨豫

三年剧寇影相亲，鸿爪重寻未了因。诗酒有情联旧雨，湖山含笑迓归人。满天烽火回头远，大野烟云到眼新。稚子欢颜僮仆喜，浮家从此换轻轮。

偷得浮生恨白含，万方多难我何堪。青山愁重如人老，绿水缘深尽客探。笳鼓苍凉喧楚北，蓬瀛清浅望燕南。而今寥落闲身在，剑气休寻百尺潭。（辑自《愿学堂诗存》卷十《海东栖隐草〔上〕》）

大明湖晚眺 〔清〕王镜澜

图画天然辟，胜游此最幽。湖明清似镜，屋小矮于舟。花柳城边合，亭台

水面浮。夕阳烟雨后，风景望中收。（辑自《留馀斋诗集》卷三）

蝶恋花·大明湖夜泛 〔清〕严锡康

月到天心凉若许。缥渺波光，仿佛西湖路。堤下轻烟堤上露。销魂多少垂杨树？

六柱红船摇橹去。短笛声声，惊起闲鸥鹭。万柄荷花围隔浦。一篙刺入花深处。（辑自《国朝词综补》卷五十一，亦见于《餐花室诗余》，词牌作“清平乐”）

明湖杂诗十一首（之一、五至十一） 〔清〕边浴礼

六幅青篷一叶舟，年年荡桨碧湖头。儿家绾就新妆束，最爱湖波滑似油。

青裙稚女桃花腮，拾翠湖漘自往来。汇泉寺畔听泉去，会波楼下踏波回。

南丰之文北海诗，高名湖上斗恢奇。东京嘉祐唐天宝，都是人才极盛时。

齐姬风韵胜吴娃，凤子单衫袒绛纱。买得湖船伴郎宿，不须无匹怨匏瓜。

湖堧横界水田衣，菰蒋丛生雁鹜肥。只少渔洋吟好句，柳丝依旧拂苔矶。

吴门王郎雅好事，补竹诗题亭壁间。此日饥驱游宛洛，可无归梦恋湖山。怀王子梅，时客中州。

芦根瑟瑟如人语，多少阴虫絮晚凉。夹岸红衣半狼藉，西风昨夜已飞霜。

浮家泛宅平生愿，拟买扁舟访志和。争似小冯君最好，衙斋镇日对烟波。谓冯展云学使。（辑自《健修堂诗集》卷十三）

再过湖上作 〔清〕边浴礼

风蒲露芰翠濛濛，十顷湖光一镜中。螺髻淡描烟几朵，鸥沙凉占地三弓。秋生平楚寒芜碧，人倚高楼夕照红。对酒不禁思北海，摛文可惜少南丰。（辑自《健修堂诗集》卷十三）

同沈芳洲先生、张稼门、李恩廷两姻丈游大明湖、登北极台 〔清〕朱丕勋

靴纹十里画船轻，载酒人来镜里行。垂柳阴中鱼影聚，好风过处芰香生。湖山不尽登临兴，丝竹偏饶感慨情。如此烟波应尽醉，翛然同订野鸥盟。（辑自《红蕉馆诗钞续二·附丕煦、丕勋二孙诗》，亦见于《国朝历下诗钞》卷四、《国

朝山左诗汇钞后集》卷二十六、民国《续修历城县志》卷十一《山水考七·水三》和卷二十一《古迹考六·寺观》）

济南大明湖 〔清〕蒋超伯

夙慕明湖恨未闲，浪游今日获开颜。菰芦深处谁家屋，杨柳阴中万叠山。楼阁巧填高树缺，鸥凫知逐小船还。试从真武祠前立，如启晶屏揽翠鬟。（辑自《通斋集》卷二）

晚行湖上（二首）〔清〕陈锦

苔痕一径逗墙东，杏子黄衫倚短筇。林薄暗筛花底月，酒帘斜帆树头风。脱绵杨柳腰轻折，拥絮青山髻半松。晴过清明浑不碍，隔年冰雪已全融。

鸭头新涨茁鱼苗，禊事重修雅集招。芦汉一篙凌汛活，柳塘千缕雨丝娇。巍台有寺窥长堞，野渡无人横短桡。多少风光在流水，泉声喧过百花桥。（辑自《补勤诗存》卷十九《可读山房吟草〔下〕》，亦见于民国《续修历城县志》卷十一《山水考七·水三》）

再集湖上，和王春亭同年韵（二首）〔清〕陈锦

半塘新水雨停后，一角遥山云上初。大有诗人来放鹤，不容名将此骑驴。月窥帘影流青琐，风惜花香卷碧蕖。莫怪寒芦偏绕屋，窗前绿满本难除。

排日成吟刚得句，经旬修禊恰重逢。猜诗暗射春灯覆，看剑惊飞古匣锋。杯底天光人影在，镜中山色雨痕浓。归途鼓枻歌三叠，不道南屏已晚钟。（辑自《补勤诗存》卷十九《可读山房吟草〔下〕》，亦见于民国《续修历城县志》卷十一《山水考七·水三》）

湖上偶行，柬赵菁衫（四首）〔清〕陈锦

瓦屋檐头雨，铜街屐齿泉。瓜壶矜蚕实，菱藕惯丰年。只影墓田鹭，一声孤树蝉。忽疑城市远，天上鉴湖船。

五月莲初薏，三年柳可材。饥鸥轻似雪，病鹤瘦于梅。向日葵偏智，无言石不才。翼然亭木杪，山意隔城来。

老坐其谁语，无聊乃痛游。败荷风里岸，深竹水西楼。雨既云犹滴，潭空

月不流。咏归收晚景，鹅鸭野塘秋。

诗到穷愁日，身犹老健初。戎机闻海电，海邦以电气线代蜡丸奏事，速于置邮。近闻俄夷在日本国滋事，海防戒严。乡思近家书。薄宦今孤注，流光我四余。毋为病衰白，开卷但唏嘘。（辑自《补勤诗存续编》卷二《海岳后游集〔下〕》）

再至明湖 〔清〕陈锦

无声清济穴城流，信马曾将华不周。照壁喜蛩南人爱蟀宁喜蝎，韩诗："照壁喜见蝎。"注：江南本无蝎，开元初，一主簿以竹筒盛蝎过江，乃有之。韩，北人，故云。载涂闻圜不闻牛。牛鸣牟。渔洋诗派三唐接，拓跋碑题六代收。空忆吾家投辖井，一泓秋水草堂幽。（辑自《补勤诗存续编》卷二《海岳后游集〔下〕》，亦见于民国《续修历城县志》卷十一《山水考七·水三》）

端午前一日，和菁衫与周渭伯金子陶、姚松云同游湖上之作 〔清〕陈锦

坐老湖乡水一隈，吟诗镇日九肠回。风前痛折平头笋，雨后酸闻堕地梅。旧梦江山愁蜡屐，中年丝竹悄衔杯。只今壮志难消歇，肯负樱厨片席陪。（辑自《补勤诗存续编》卷二《海岳后游集〔下〕》）

湖边 〔清〕陈锦

万柄新蒲一画船，短亭长淀泊鸥天。湖边乡思牵犁牯，桥畔南风送杜鹃。水牯牛，牛之黑而大者，南人用之耕，北地所希，济南容或见之。句用苏内翰泗州岸上闻骡驮声兼邵子天津桥畔闻杜鹃事。倒食有孤甘节蔗，悄歌无解苦心莲。城乌头白独何往，衰柳千丝叫暮蝉。（辑自《补勤诗存续编》卷二《海岳后游集〔下〕》）

秋末湖上闲居 〔清〕柯蘅

自与尘事违，湖边常掩扉。秋深叶如积，地僻客来稀。野水流复断，冻云低不飞。惟余白鸥至，相对共忘机。（辑自《春雨堂诗选》）

大明湖秋夜送张卓堂廷彦之江南 〔清〕柯蘅

芙蓉花下楼，木兰湖上舟。故人从此别，明月迥然秋。风中自清夜，烟波空复愁。愿为南去雁，相送相南洲。（辑自《春雨堂诗选》）

明湖看雨 〔清〕陈嗣良

绿树护窗纱，清流漱落花。楼台千佛影，烟雨万人家。渚静来鸥鹭，云深锁鹊华。湖亭一游览，便觉物情赊。（辑自《学稼草堂诗草》卷三《前明湖吟》）

明湖秋 〔清〕陈嗣良

秋风湖上不胜愁，玉容金管解吾忧。谁家少年轻薄子？笑立茶亭数归舟。月明湖畔游人去，独有捣衣声不住。征人何处秋未归，砧杵凄凄如泣诉。（辑自《学稼草堂诗草》卷三《前明湖吟》）

明湖秋兴 〔清〕陈嗣良

载酒试豪游，新诗向醉谋。湖山千古画，风雨万家秋。远水横孤艇，轻烟起暮鸥。兴阑归路晚，明月上芦洲。（辑自《学稼草堂诗草》卷三《前明湖吟》）

明湖秋兴二首 〔清〕陈嗣良

九月明湖约伴游，湖光山色座中收。半睁醉眼频看剑，一往深情独放舟。夕照返含千佛影，丹枫寒落七桥秋。芦花不解离人恨，偏向离人乱点头。

独上湖亭怅晚风，分明秋思落长空。芦花如雪一汀白，渔火隔溪数点红。沽酒客来枫径外，读书声在菊篱中。十年生受湖山福，醉把瑶卮酬铁公。（辑自《学稼草堂诗草》卷三《前明湖吟》）

夏夜明湖泛舟 〔清〕陈嗣良

月白静笼烟，湖平倒漾天。篙拖萍叶碎，桨荡水花圆。蒲苇横云碧，荷蕖浥露鲜。歌声出远浦，有客唱《游仙》。（辑自《学稼草堂诗草》卷三《前明湖吟》）

明湖春 〔清〕陈嗣良

蒲笋味尝新，芦芽绿渐匀。鹊华桥外水，流入明湖春。明湖春色知多少，隔渚关关闻啼鸟。昨夜湖中春雨深，今朝春事寻难了。白舫青帘约伴游，春风湖上莽勾留。萋萋青草铺芳径，袅袅游丝拂画楼。啼鸟声中桃花飞，落红万点斗芳菲。谁家燕子掠春水，几处渔人钓夕晖。垂杨深处隐楼台，小阁风和面面开。有客临流漫自猜，问春为底满湖来。（辑自《学稼草堂诗草》卷五《后明湖

吟〔上〕》)

明湖夏 〔清〕陈嗣良

明湖方夏佳事多，曲岸纡回放棹过。乘兴迎凉随近远，隔溪谁唱解愠歌？清晨约伴临烟渚，小坐浑然忘溽暑。欲雨不雨片云黑，薰风南来淡无语。(辑自《学稼草堂诗草》卷五《后明湖吟〔上〕》)

明湖秋 〔清〕陈嗣良

八月明湖秋，明湖水北流。秋声入湖树，秋色满湖洲。钓影孤山楼，粉堞坐苍芜。数行新雁夕阳里，一幅明湖秋晚图。(辑自《学稼草堂诗草》卷五《后明湖吟〔上〕》)

明湖小集 〔清〕陈嗣良

湖上试徘徊，清泉一鉴开。湿云含暮雨，远岫送春雷。倦蝶随花堕，飞鸢带雾来。酒阑游客散，归舫尚迟回。(辑自《学稼草堂诗草》卷五《后明湖吟〔上〕》，亦见于《晚晴簃诗汇》卷一五八)

中秋夜偕家人明湖玩月 〔清〕陈嗣良

放棹明湖边，逍遥拟酒仙。口吞杯底月，身渡水中天。笙管邻舟曲，妻孥此夕筵。遥思千里外，桂影可团圆？(辑自《学稼草堂诗草》卷六《后明湖吟〔下〕》)

湖上 〔清〕陈嗣良

富为人所欲，财多劳我神。贵亦人所欲，名高防杀身。惟是富与贵，人生莫强求。何如载斗酒，且作湖上游。(辑自《学稼草堂诗草》卷六《后明湖吟〔下〕》)

夏夜明湖泛舟得“湖”字，诗社拟题。 〔清〕陈嗣良

放棹下苍芜，轻烟笼画图。岸回蒲作障，波点月如珠。解愠琴三弄，开怀酒一壶。渔灯明灭处，错认泛鸳湖。(辑自《学稼草堂诗草》卷九《退食吟》)

明湖泛舟 〔清〕单颐寿

水色接天光，茫茫秋气凉。轻舟芦苇动，明月芰荷香。倒影中流见，筝声隔岸忙。仙凡都雅趣，谋醉且飞觞。（辑自《友仁诗钞》）

游大明湖 〔清〕王轩

小艇横清漪，一碧渺无际。浅港芦苇重，绿阴隔蒙翳。中流忽一开，豁见天宇霁。千佛依槛出，羃烟拥青髻。微风荡弱纶，淼霭縠纹细。鲂鲤时窥客，菡萏欲破蒂。棹歌发深丛，采莲声相继。孤峙暂停桡，依依去复滞。良朋嗟匆匆，归梦天涯系。何必泛五湖，浮家吾欲逝。（辑自《耨经庐诗集》卷二）

偕李文叔雨澍、郭润之霖、李南渠勖再泛明湖，次南渠韵 〔清〕蒋庆第

芒鞋不复走风尘，天与吾曹事外身。荷渚万花频认我，野航一棹远招人。座中岁月头俱白，笔底烟霞句有神。相约年年湖上会，醉看华树水风沦。（辑自《友竹草堂诗集》卷二）

大明湖泛舟 〔清〕夏献云

济南半城多是湖，山横眉黛列城隅。鹊华远映明湖里，天为东邦开画图。（辑自《近代诗钞》）

明湖偶咏 〔清〕孔宪奎

淡拂蕉衫绿，轻霏柳线青。扁舟曾有约，闲上水心亭。（辑自《阙里孔氏诗钞》卷十一）

偕李心芳朋桓、许星楼渐逵、张绥堂明湖泛舟（二首） 〔清〕戴恩溥

鹊华霁景快凝眸，海右名亭纪胜游。廿载重寻前度梦，甲午秋，余从先君幅汶回里，曾过省垣，时方八龄，今已三赴乡闱矣。一身遥忆故园秋。白莲香飐烟中寺，红叶声多水上楼。子固文章松雪笔，济南名士想风流。

女墙高敞揽清晖，绕郭湖山翠四围。渡口船依疏柳下，水田鸟带夕阳飞。七桥波影频侵桨，千佛岚光远扑衣。绝似江南风景好，扁舟载酒竟忘归。（辑自《见山楼诗稿》卷一）

湖上感秋 〔清〕戴恩溥

西风瑟瑟起微波，三载重来荡桨过。历下名泉留客住，明湖秋柳阅人多。将军故宅饶菱芡，参政忠祠对芰荷。灯火半城逢七夕，画船又听《采莲歌》。先曾大父《忆明湖》诗："遥知七夕穿针夜，灯火莲船照半城。"（辑自《见山楼诗稿》卷一）

游大明湖 〔清〕赵铭

居然豁眼见西泠，回望烟波入杳冥。一水苇间青作界，群山郭外紫为屏。芰荷亭馆分鸥席，杨柳池台荡鹤舲。放棹夕阳红湿处，天光云影落前汀。（辑自《琴鹤山房遗稿》卷四）

大明湖词（四首之二、三、四）〔清〕赵铭

满郭钿车游览，绿流画舫安排。载入芰荷深处，笛床酒榼诗牌。

一丛芦荻一烟波，隔著莲花听唱歌。掉转乌蓬搴翠幔，水边看取丽人多。

碧澜羞映脸霞红，裙皱留仙向晚风。四面荷花三面柳，一双人影水当中。（辑自《琴鹤山房遗稿》卷四）

大明湖望鹊、华二山 〔清〕周铭旗

秋色凭谁一笔摹，蛾眉半影落平湖。此回风景须牢记，留待他年写画图。（辑自《出山草》卷一）

晚过大明湖 〔清〕高望曾

金碧楼台入画图，水光山色晚模糊。客行竹外不相见，人在芦中如可呼。鸥约重寻秋意老，雁声遥递旅愁孤。铁公祠畔斜阳冷，烟际归舟认有无。（辑自《茶梦盦劫后诗稿》卷五）

大明湖竹枝词（五首之三、四、五）〔清〕于昌遂

莫上华山与鹊山，菰芦丛里路回环。伊人名士在何处？凉月纷纷娘子湾。伊人馆、名士轩，相传在娘子湾，今无其址矣。

不种黄桑不种麻，橛头船子是侬家。卖莲卖藕依生活，郎若来时莫折花。湖之左右皆聚船作庐，不事耕织，种荷花数亩，旁植菰芦为界，且防游人。

鹊华桥头秋月圆，北极台上人喧阗。吹箫打鼓声不断，铁公祠外过灯船。桥在湖上，台在湖之北。明尚书铁公讳铉庙，每至中元节，土人放河灯皆在祠外，城中好事者结彩为船，携乐器随之，观者齐集北极台，台最高可俯视全湖。（辑自《羼提精舍诗稿》卷二）

和友人游湖之作　〔清〕张昭潜

买棹明湖去，知心好友同。一帆书画舫，两岸芰荷风。客有吹箫者，人疑在镜中。临流无限意，天际望飞鸿。（辑自《无为斋诗集》卷二）

菩萨蛮·咏济南八景：明湖泛舟　〔清〕张昭潜

明湖十里好烟水，山光倒影湖光里。夕照正搴船，美人唱采莲。

采莲何处所？漠漠横塘雨。雨气又成秋，明朝盟白鸥。（辑自《无为斋诗集》卷二）

应转曲·泛舟大明湖　〔清〕张昭潜

莲舫，莲舫，最爱波平似掌。明湖旧梦如尘，无限风烟醉人。人醉，人醉，今夜花间熟睡。（辑自《无为斋诗集》卷二）

偕耿愚庵骏、周燮堂调元游大明湖　〔清〕郑鸿

欲作波心汗漫游，水西桥畔上渔舟。烟迷远树藏深坞，浪卷群山入郡楼。带雨荷花邀客眼，摇风芦叶打人头。归来更去听新曲，小掷金钱学买愁。（辑自《怀雅堂诗存》卷一）

明湖感旧　〔清〕郑鸿

感旧情伤日暮时，杜鹃声里雨丝丝。镜湖花老香无影，巫峡云归梦不知。对月独怜人去后，寻春反悔我来迟。而今为问章台柳，露冷烟寒剩几枝？（辑自《怀雅堂诗存》卷一）

清明日与茅仲若恩绶、方冕卿锐修禊明湖，敬读纯皇帝御制诗碑，有“到此适清明”之句，喜赋　〔清〕郑鸿

佳节欣逢上巳天，时三月初三。开樽修禊白鸥前。山如泼墨南宫画，人似乘莲

太乙仙。帘影低飘红杏外，箫声远起绿杨边。宸章巧合心何幸，纪胜宜赓雅颂篇。（辑自《怀雅堂诗存》卷二）

偕孔声甫表兄庆钎游明湖 〔清〕郑鸿

斜阳偕好友，闲买小舟来。长笛因风到，荒芦似雪开。祠倾碑尚屹，先曾祖学之公与阮芸台相国诸名流宴小沧浪亭，作记立石，鸿每一扪读。亭古竹新栽，庚戌，同王子梅补竹于古历亭。转瞬十年，旧干无存，今陈弼夫运使景亮复补种焉。寻胜浑忘返，黄昏月已催。（辑自《怀雅堂诗存》卷二）

历下竹枝（四首之三） 〔清〕郑鸿

入座山光对客青，鹊华桥畔有茅亭。绿杨阴里红牙板，一曲新歌万耳听。（辑自《怀雅堂诗存》卷二）

明湖感旧 〔清〕郑鸿

湖水清寒荷芰枯，汀洲落日见荒芦。鹊华山色青如旧，惜少当年旧酒徒。茅兰旌、王秋垞、曹敬亭、王秋桥、花南村先生俱下世。记得红楼唱采莲，当筵一曲掷金钱。湖桥画舫依然好，不听歌喉十五年。（辑自《怀雅堂诗存》卷三）

明湖即景 〔清〕郑鸿

前踪回首廿三年，楼阁重登喜焕然。夹岸新蒲青过雨，沿溪垂柳绿含烟。晓风鸟语堤边树，春水人游镜里天。为爱故乡亲友集，一樽相对话缠绵。（辑自《怀雅堂诗存》卷二）

游大明湖 〔清〕倪鸿

诗情到此忽飞腾，占我游先杜少陵。船舫四时词客放，楼台几处丽人凭。界开烟水多芦苇，种入陂塘半藕菱。日对湖光饮湖渌，清闲妒煞汇泉僧。湖上有汇泉寺。（辑自《退遂斋诗续集》卷一）

七夕前一日，钱笠湖大令招同许子曼刺史颂鼎，吴康之、袁瀛仙两大令，陆惕身孝廉，葛介卿贰尹子澧，陶郢声茂才，彭介石上舍游大明湖，饮于古薜荔馆〔清〕倪鸿

湖山无恙客无聊，杯酒权将傀儡浇。风雅一时夸盛会，星期七夕近良宵。幢幡绣佛城根寺，箫鼓游人水面桡。欲与词仙醉明月，藕花深处渺难招。湖上藕神祠，相传其神为李易安。（辑自《退遂斋诗续集》卷二）

游大明湖得句〔清〕倪鸿

芦漪新水长多时，稳坐船唇尺八吹。他日湖天分一席，可容配食藕神祠。湖上藕神祠，其神传为李易安。（辑自《退遂斋诗续集》卷四）

四月十七日，招同王岚谷锡龄、廖容卿两大令，沈昂之二尹骥倬泛舟大明湖，遍游诸名胜，时余将束装矣〔清〕倪鸿

重探湖上景，如理旧诗文。柳老船常系，芦多路不分。性情宜水石，谈笑起风云。历下明朝别，难忘鸥鹭群。（辑自《退遂斋诗续集》卷四）

泛大明湖四首时禁妓舫。〔清〕濮文暹

越看荷花兴越孤，楼台风月两模糊。短光阴在斜阳里，留与莺莺燕燕无？
箫鼓凋零酒不温，几家灯舫破黄昏。荒芦守定鸳鸯界，便许飞来也断魂。
宝马雕轮任所之，偏于湖水洗燕支。商量罗袜迟迟绣，知到凌波是几时？
燕支未浣江南水，鼓板难催马上妆。不打大明湖畔桨，桃根桃叶好家乡。
（辑自《见在龛集》卷十二，后三首亦见于《明湖载酒二集》、1922年3月16日天津《大公报》第10版和1923年5月26日天津《大公报》第7版其中最后一首“燕支”作“绮罗”）

湖船月下作（二首）〔清〕濮文暹

清溪一轮月，分与大明湖。胜地不相假，故乡无此孤。余情到歌舞，生计剩蒲菰。湖民业此。水鸟栖何晚，来将醉梦呼。

三四五更月，一千余里潮。若通清济水，便驾小吴舠。波外客怀远，酒边秋气高。遥怜桃叶渡，添得几枝箫。（辑自《见在龛集补遗》，亦见于民国《续

修历城县志》卷十一《山水考七 · 水三》）

偕冰公月下泛舟明湖 〔清〕濮文暹

万叠蓝云染素秋，依依蒲柳点芳洲。风轻白纻生双腋，露重红衣结并头。花月船迎桃叶渡，粉香人在镜屏游。须眉萧洒乾坤丽，无我卿当第一流。（辑自《明湖载酒二集 · 补遗》）

雪后偕李石瑚泛舟大明湖 〔清〕杨绍和

云黮黮，风飕飕，布衾一夜冷于铁。客梦蘧蘧不可关，开门忽见满天雪。雪中扫径呼袁安，李膺访我来至前。暖寒嘉会莫闲度，乘兴相邀放船去。一枝柔橹摇明湖，湖烟湖水春模糊。鹊桥疑向银河驾，蝶粉描成白泽图。天女飞琼散花手，瀛洲玉尘十万斗。更似神仙藐姑射，凌波独立娇无偶。瑶台琁室蕊珠宫，四望峥嵘银海空。匹练遥遥极天外，一痕尽破青山界。著我鹔鹴裘，荡我芙蓉舟。飘然如跨缑山鹤，阆风吹送逍遥游。君不见浅酌低斟党太尉，帐里销金粗可愧。又不见会稽山樵朱百年，夜半负薪贫可怜。惟有旗亭共贳酒，羌笛春风唱杨柳。更骑驴背灞桥东，破帽冷压梅花红。此境此情差不俗，今人聊为古人续。吁嗟乎！铁甲寒沉十万兵，阵云高拥蔡州城。将军制胜出奇计，打起一池鹅鸭声。崇雨舲抚部方督师曹济。我辈诗坛作屏翰，长城岂有偏师患？三申号令聚星堂，健笔亦能矜白战。（辑自《仪晋观堂诗钞》）

大明湖二首 〔清〕赵烈文

大明湖上芰如麻，历下亭边柳似槎。却忆钱塘千顷绿，白苏毕竟是方家。

美人揽髻起徘徊，锦帕晨奁揭未开。鹊华不须怜翠影，此中明镜本无台。

（辑自《能静居日记》第三册）

湖上 〔清〕郝植恭

十顷皓无烟，一片白如雪。朗照明湖波，犹是鲍丘月。人语惊鹭飞，瑟瑟寒芦折。西北丛祠幽，东南远山凸。谁家吹笛声，到耳忽然歇。不禁怀乡意，忧心郁如结。（辑自《漱六山房诗集》卷一）

同人集湖上，饯锡席卿珍、黄泽臣毓恩两星使 〔清〕郝植恭

明湖西北古祠幽，坐敞疏棂豁远眸。近水楼台三面绕，乱山城郭四围秋。排依绿柳藏官舫，摘取黄花当酒筹。不是龙门夸胜会，地偏原足称清游。（辑自《漱六山房诗集》卷十）

雨后湖上晚眺 〔清〕孟广琛

蒲风轻飐雨初收，山簇青螺水泼油。几点秋光垂蓼岸，一声柔橹采莲舟。客来高阁观棋局，人立平桥下钓钩。料得明湖偏笑我，强颜还作少年游。（辑自《双松书屋诗稿》）

八月十五夜游大明湖 〔清〕邹钟

一轮端正恰当头，放棹明湖处处游。料得年丰人意乐，画船箫鼓闹齐州。（辑自《四大观楼诗集》卷二）

泛大明湖，登历下亭，至铁祠作一首 〔清〕王闿运

野心爱萧条，闲游易凄荡。放舟荒芦际，独抱清秋赏。兹亭有兴废，遗迹余想象。谁论古基在，但见今人往。裴回雕槛侧，逶迤绿波上。寒风拂林树，落叶委菰蒋。离离动远色，瑟瑟无停响。人情慕留景，感逝增一怆。谁谓显晦齐，无名道安奖。古贤共论此，寂寞濠梁想。来者如可期，孤咏聊自广。（辑自《湘绮楼诗集》卷五，亦见于民国《续修历城县志》卷十一《山水考七・水三》，其中“铁祠”作“铁公祠”）

北湖夜集，道俗十九人看月遇雨，晓步还城，作呈同学 〔清〕王闿运

湖皋霭轻阴，欣然城北游。新亭草木香，堤外帆湘舟。凉期月中行，倚笛吐翏幽。飞雨散洒气，惊雷动池虬。湘浏合玄光，眺听坐冥收。佳人期不来，来者去不留。兴殊各有适，夜半明灯秋。游舟宿寺外，钟梦同云楼。晨兴引凉步，背客聊行讴。东陂拂芳蕖，西麓翠悠悠。取意不凝物，因诗寄因由。（辑自《湘绮楼诗集》卷十二）

大明湖望学院内台，徐寿衡聘姝之地 〔清〕王闿运

鹊华山翠拥齐都，最好澄莹十顷湖。卅载诗情催老病，半城寒水塞菰蒲。客亭负日收渔网，邻笛凄霜闭酒垆。犹有玉堂墙外月，似临眉镜照施朱。（辑自《湘绮楼诗集》卷十六）

明湖秋思 〔清〕韩仲荆

凉天榆叶落，客思满湖隈。鸿雁独看尽，家书犹未来。鹭翘垂钓石，雀啄夕阳苔。月下还来此，无人思几回。（辑自《铁怀诗集》）

明湖客寓，赠王吉三 〔清〕韩仲荆

不到明湖近十年，湖边树色尚依然。地喧自僦临溪屋，秋近犹多闰月蝉。唐代名流空皂盖，王郎故物止青毡。此间四见中秋月，转眼中秋月又圆。是岁癸酉闰六月。（辑自《铁怀诗集》）

癸酉湖上绝句明湖竹枝，呈钮学宪。（七首） 〔清〕魏自励

一片夕阳红半城，垂杨如线系离情。殷勤寄向篙工语，多拣荷花深处行。

天光云影共徘徊，朱子句。四面纱窗取次开。万朵芙蓉香似海，蜻蜓飞过画船来。

历亭佳气郁苍苍，四字，钮学台改。晨霭含青夕照黄。隔浦柳丝无限好，秋来何处问渔洋。

远山含翠水拖蓝，绿柳红蕖映碧潭。偶上城头看晚稻，济南潇洒似江南。

并立孤鹜与鸳鸯，只有荷花褪晚妆。闲倚画栏成小憩，砧声一片送斜阳。

山衔落日影迟迟，倚棹佳人雪藕丝。邻舫笙歌听未歇，大家都是系蓬时。

翠壁高撑大佛顶，在千佛山东南开元寺南，一名大佛头。绿波环绕小沧浪。海棠青绝秋海棠在寺内洞中石缝倒生，下有泉，鲜茂异常。荷花秀，两地由来各擅长。（辑自《贡树生香诗稿》）

明湖竹枝，呈钮学宪（四首） 〔清〕魏自励

明湖风景拟西湖，只少双堤号白苏。七十二泉渟汇处，烟波画舫卧游图。

盂兰时节晚凉天，斜日香风荡画船。雪藕调冰清趣永，小沧浪畔尽留连。亭在铁公祠前。

秋风瑟瑟荡蒹葭，唤渡呼舟笑语哗。怪底满船芳气袭，胆瓶新贮素馨花。

花船中盆花、茶几、诗联、画幔位置闲雅。

鹊山平远华山尖，十里湖光展镜奁。欲涤诗肠沽美酒，柳阴深处挂青帘。（辑自《贡树生香诗稿》）

与子相晓泛大明湖 〔清〕施补华

烟水澹无极，方舟乘晓凉。荷花似娇女，初日倚新妆。鸥鹭旧相识，亭池今已荒。廿年觞咏侣，好在鬓如霜。前游如丁筱农、刘子彝，今已物故。（辑自《泽雅堂诗二集》卷十八，亦见于民国《续修历城县志》卷十一《山水考七·水三》）

宋伟度祖骏招饮明湖，赋柬 〔清〕龚易图

海棠一株如屋大，繁花乱插红无罅。狼藉春光不肯游，东风寂寂空台榭。宋子约我明湖行，携樽挈榼走相迎。我到明湖日未午，坐我历下水亭古。济南名士今不生，二三寓客来纵横。更笑奔驰堕戎马，何缘诗酒酬坛社？去年此日洞庭舟，今年此日明湖头。我身如鸟不择树，爪迹惯作天涯留。浮生聚散皆逆旅，湖山寂寞谁为主？百顷琉璃到眼来，湖光且向杯中取。水鸟试波嘎嘎飞，小鱼出水芦芽肥。动静活泼皆天机，吾身形役无乃非。不如对酒且当歌，梦想徒使神蹉跎。乾坤整顿逢甲子，妖氛澒洞驱鼋鼍。簪缨桎梏不自逸，逐客乃以诗相哦。吾徒生世期不朽，惟有文字争追磨。况逢好日值好友，同病更有黔中何梦瀛。王郎王桥新在山中住，为道幽景山中多。云间云孙意气亦清远，纵饮不觉赪颜酡。胜游可一不可再，如花映水水旋涡。斜阳明灭影在树，促我返棹归蓬窠。归来闭关三日坐，明湖犹与心胸摩。昨宵月落海棠上，飞英簌簌辞枝柯。（辑自《乌石山房诗稿》卷八）

湖边 〔清〕龚易图

湖边独步小沧浪，人语沉沉隔夕阳。雨后沙明泉眼出，云中日薄树阴凉。芦丛簌簌将飞絮，荷叶亭亭尚有香。归梦不随秋水远，西风鸿雁已成行。（辑自《乌石山房诗稿》卷八）

山左古迹诗：大明湖历城。 〔清〕龚易图

未拟东藩盖，常凌北渚荷。自怜热中客，避暑此间多。（辑自《乌石山房诗

稿》卷十）

明湖杂咏（三首之一）〔清〕吴重周

一湖秋色半湖烟，橹唱渔歌落照边。最好鹊华桥畔路，柳阴一带客呼船。（辑自《海丰吴氏诗存》卷四，亦见于《武定诗续钞》卷十七）

游明湖〔清〕吴重周

菰云絮雪一痕交，飞破斜阳鹭羽捎。柔橹一枝过湖去，分明秋在蓼花梢。（辑自《海丰吴氏诗存》卷四，亦见于《武定诗补钞》和民国《续修历城县志》卷十一《山水考七·水三》）

泛湖（二首）〔清〕郭绥之

波浸红霞镜里天，经霜蒲柳转苍然。闲吟无限沧浪意，水面亭阴唤渡船。

寒波倒影浸楼台，傍水轩窗四面开。安得除将芦荻尽，放他山色过湖来。（辑自《畹香村会稿》，亦见于民国《续修历城县志》卷十一《山水考七·水三》）

大明湖二首并序。（之一）〔清〕颜嗣徽

甲戌秋杪，余同莘民赴东抚丁稚璜宫保之召，适稚帅假满回任，因与莘民游泛明湖。次年仲夏，王春庭观察复招至湖上水亭宴集，得诗二首。

人世西湖多胜境，此间澄碧有明湖。偶同穆父一鸣棹，只为严公现剖符。蟹稻风光宜九月，鹊华烟景似三吴。多情吟遍王贻上，摇落秋深柳数株。（辑自《望眉草堂诗集》卷三）

七月十五夜，荫田至泲，遂同泛大明湖，沿铁公祠至历下亭，叩汇泉寺，望北极阁而返（三首之一、三）〔清〕张荫桓

绳河露初泻，月浪生微飔。明湖净如拭，兹游惬幽期。深芦夹柔橹，曲折沧浪陂。万籁此俱寂，芙蕖浴清漪。开轩席危槛，佛螺光鉴衣。清言感今昔，宵深鱼听稀。荒祠掩虚幌，燕子东南飞。寒泉掬盈手，欲荐惭委蛇。

城柝响渐微，凉月犹在水。繁星丽高阁，舟入松风里。捩柁叩竹房，水宿鸟惊起。佛火透青光，曙色晃楼雉。缅昔郎官湖，风日共晴美。琴台荐清波，

赏音迈正始。齐楚风马殊，余怀冲一是。行乐幸及时，薄悟濠上旨。（辑自《铁画楼诗钞》卷二《风马集》）

大明湖观水雷歌 〔清〕张荫桓

汉家肄武昆明池，誓剪胡羯宣皇威。开边自昔赖飞将，秋风鲸甲增遐思。欧洲火器入中土，尽变古法矜新奇。制为水雷备狙击，艨艟铁锁皆离披。明湖秋水方涟漪，垂柳初赭寒芦肥。隔堤树的悬红旗，霹雳到耳苍烟飞。传闻湖水澈海眼，先声或已惊龙螭。从兹测量达溟渤，千里决胜嗟何疑。更瘗陆地接前响，幻境直与心推移。二金发电拓西学，呼吸一线千钧垂。材官争济快先睹，小船重载翻倾危。鹊华桥头马阗隘，北极阁外人喧驰。忽忆当年药局火，祝融余焰留湖碑。至今凉夜赛神鬼，犹有河灯张水嬉。无端海徼急传箭，霜飙未得休王师。沿边设险有先备，闪铄时见深丛罴。岂能为国务相忍，勤求利器维其时。半智斗力漫复论，长技至此人难几。他日银河洗兵甲，铭庸宝尔如钟彝。（辑自《铁画楼诗钞》卷二《风马集》）

明湖柳枝词，赠纪子星海一粲（四首） 〔清〕王锡麟

济南风月是湖滨，绿柳扶疏一带新。若比御沟春柳早，果然宫女画难真。

人形眠起最堪思，忆得灵和殿里时。有似荒园永丰角，风摧雨打日离披。

原隰春和柳乍荑，纤纤女手映难齐。腰肢十五当风弱，遮莫红人唱大堤。

暮春飞絮去谁留？好落人家自罢休。记昔小蛮方富艳，何曾终事白江州？

（辑自《晚翠园诗稿》）

湖上散步 〔清〕张之洞

砑帽轻纱入早春，寻芳何用出城闉。丰茸烟草明余雪，清浅湖流动绿蘋。漱浣重怀元好问，歌诗谁继李于鳞？环波胜地无人识，只有鱼郎下钓纶。（辑自《张之洞诗文集》增订本卷九）

济南杂诗（八首之七） 〔清〕张之洞

伏生亲授济南经，杜甫留题历下亭。十里明湖成苇荡，百年名士等晨星。（辑自《张文襄公诗集》卷一，亦见于《广雅碎金》）

张楚珏观察士珩《济上鸿泥》册子十二咏（之三）：明湖泛月 〔清〕陈作霖

北地多风沙，济上水独别。一湖占半城，夜帆常挂月。天水无纤尘，此境真清绝。（辑自《可园诗存》卷二十五《蟠园草》）

明湖竹枝词（十二首） 〔清〕赵国华

千佛山前山亭子，城中湖水窗中看。双双画桨比鸳鸟，女墙比是石阑干。
鹊山如鹊飞向东，华山如华开向西。明湖绛纱不干事，朝朝蛾眉相对齐。
游鱼在水莺入林，百花堤畔春草深。西湖六桥有时到，明湖七桥那得寻？
铁公祠东佛公祠，佛公祠西铁公祠。妾拾祠后梧桐叶，郎折祠前杨柳枝。
芙蓉桥畔是儿家，到门一路芙蓉花。水边芙蓉红在水，窗前芙蓉红在纱。
水心亭中荷叶杯，隔岸画船犹未开。笋舆小过缚蚕茧，遥见两乘三乘来。
莲泾芦渚分作田，鲤鱼风起江南天。湾湾垂柳翠成幄，袅袅夕阳红上船。
欲雨不雨空无尘，红莲白莲丹间银。劝郎莫上北极阁，松风如水凉煞人。
湖中艇子如剖瓜，湖上人家独轮车。东街西街辘轳响，并肩少女颜如花。
白云白雪湖上楼，荒荒废废谁来愁？有愁只在湖心处，不遣玉莲花并头。
金线泉西柳絮飞，玉带河边蒲笋肥。金线赠郎无用处，玉带赠郎郎莫辞。
水西桥畔横笛吹，满船明月人未归。荷花有香是人意，荷叶有香谁得知？
（辑自《青草堂集》卷十一）

明湖竹枝词（四首） 〔清〕怀新轩

半垂杨柳半菰蒲，山色湖光入画图。浓抹淡妆比西子，大明湖即小西湖。
绿水青山泛客舟，落花飞絮共悠悠。碧霞宫外春何限，到处笙歌不解愁。
湖边新月细如钩，湖上新烟碧似油。惆怅采莲人欲去，载将烟月上莲舟。
鹊华桥畔鹊华山，古历亭前水碧湾。菡萏花红杨柳绿，浅斟低唱小鸦鬟。
（辑自清光绪元年十一月二十五日《申报》第四版）

游大明湖，晚归即事 〔清〕养云山馆主人

秋色满天地，湖光一望平。雁飞都倒影，鱼唼欲闻声。落日山衔少，归舟桨打轻。朝朝来领取，心迹自双清。（辑自 1875 年 11 月 27 日《申报》第 3 版）

历下竹枝词（十二首之一、二、十）〔清〕南玉香子

明湖水面起笙歌，外假衣冠内绮罗。演出汾阳真富贵，一场幻梦付春婆。

笙歌欲罢夕阳斜，渺渺晴天灿晚霞。阿姊城南归路远，鹊华桥畔是侬家。

指尖斜整玉搔头，古历亭前快夜游。呖呖娇声呼老妪，湖边好买木兰舟。

（辑自清光绪八年三月二十日《申报》第三版）

薄暮湖上 〔清〕高宅旸

落日不知烈，行行湖上游。烟云千嶂夕，风月七桥秋。画景营丘擅，诗怀老杜遒。归途望灯火，林隙几星幽。（辑自民国《续修历城县志》卷十一《山水考七·水三》引《味蓼轩诗钞》）

湖边即目 〔清〕郭恩辉

雪点回波浪欲皴，浮萍贴水绿还匀。羡他生作无根物，犹自经冬复历春。（辑自《退庐诗钞》）

明湖晚眺 〔清〕刘羲龄

波光如镜浪如花，小立湖边夕照斜。惨绿枯荷留宿鹭，深黄老柳带栖鸦。闲情几处寻渔钓，秋色双尖认鹊华。兴到不嫌风露冷，更浮明月泛仙槎。（辑自《武定诗续钞》卷二十）

秋兴八首（之 ）〔清〕孙国桢

秋入平湖水满堤，秋风秋雨倍凄凄。烟波蒲溆迷征雁，天地樊笼感伏鸡。才到宦场知见绌，诗无佳兴不轻题。每当云起望亲舍，翘首常依寺阁西。所寓会波寺阁之西。（辑自《愚轩诗钞》卷上）

游大明湖 〔清〕孙国桢

我从大罗天上堕，未偕群仙登蓬瀛。元圃瑶池梦曾见，目想神境心营营。名侪稷垣俗吏末，涸鲋但求斗水活。蓦地天开大明湖，山水奇观半城括。原泉混混地脉通，七十二泉此统宗。粉堞红楼映玲珑，满城人在冰壶中。湖水晶莹罗万象，放乎中流纷荡桨。游鱼知乐鸟狎人，濠濮山梁物同春。古历之亭汇泉

寺，金焦山小临无地。钟声塔影浮中流，菱花在镜柏交翠。千佛山色一望收，北极阁连汇波楼。下视平湖小沧洲，九天奎藻横清秋。万柄荷花立四壁，铁公祠前波荡激。森森蒲苇界湖田，青旗绿剑相磨击。我闻西湖名胜属钱塘，宋人曾建有美堂。五湖洞庭为第一，波撼岳阳惊荡潏。此湖包纳城一隅，独标异境真名区。想是沧海龙君旧窟宅，经禹平水向东驱。或疑冯夷水居嫌寂寞，特于齐城之内潜卜居。吾谓东岳灵妃支镜匣，半边拂拭光天衢。湖南岸有泰山行宫，故云。夜来水仙合嘉会，金翠照耀光彩殊。长桥短桥螮蝀峙，十顷百顷玻璃铺。沐浴日月足百宝，韬藏不使惊群愚。自古观海难为水，河伯望洋乃失已。若其有本来源源，潢污河海一例耳。有宇宙即有此湖，世阅隆污水不滓。我于湖畔再卜居，照我肝胆向谁似？惟当日日随波鼓枻开心颜，一切神异虚无之境可全删。（辑自《愚轩诗钞》卷上）

梁州令·明湖春眺 〔清〕孙国桢

历下春来早。十里镜奁开晓。几多游屐印苔钱，裙腰皱绿，色映绿堤草。画船谁泛凌波棹。载得娇娃小。惊飞点点鸥鹭，清歌一曲红云绕。

丝柳垂垂袅。青蒲抽芽似稻。孤亭兀兀峙中流，千秋胜迹，名士知多少。杜陵去矣沧溟杳。怀古伤幽抱。一樽取酹明月，年年岁岁团圞好。（辑自《愚轩诗余》）

明湖词 〔清〕白永修

盂兰胜会集缁流，游女家家买小舟。灯火如山月如海，玉箫吹上汇波楼。（辑自《旷庐诗集》卷四）

明湖词 〔清〕白永修

门对明湖水，朝朝去浣纱。游郎如借问，珠箔是侬家。（辑自《旷庐诗补遗［上］》）

明湖竹枝词（三首） 〔清〕白永修

花下新尝碧藕鲜，歌声迸出采莲船。一双白鸟惊飞起，点破琉璃水底天。

游人胜似白鸥闲，终日漾舟莲子湾。寺枕高台台枕水，凭君四面看青山。

花满烟汀水满渠，铁公祠畔雨疏疏。舟人不管蓑衣湿，网取前溪尺半鱼。（辑自《旷庐诗集》卷六，亦见于民国《续修历城县志》卷十一《山水考七·水三》）

明湖曲（二首）〔清〕白永修

湖上采菱女，红桃白雪肌。不矜颜色好，更肯画蛾眉。

小妓十四五，垂鬟羞向人。弄花娇不语，清露湿红巾。（辑自《旷庐诗集》卷八）

雨后与蔚堂、月樵湖上闲步〔清〕白永修

骤雨洗炎蒸，好山明于画。断云如奔马，天表尚龙挂。吾侪自疏阔，尘务从不絓。因为湖上行，遂成终日话。（辑自《旷庐诗集》卷八）

与少隅明湖泛舟〔清〕白永修

一篷烟水客扬舲，翠柳红蕖拂远汀。落日渐低游幔卷，座间飞入鹊山青。（《旷庐诗集》卷九，亦见于民国《续修历城县志》卷十一《山水考七·水三》）

湖上闲居〔清〕白永修

潭洞流出碧玉痕，湖山倒入苍烟根。何来画舫乱花溆，且有游郎携酒樽。静爱白鸥眠对岸，闲看花鸭浴当门。避喧此地多幽寂，拟结茅亭枕水村。（辑自《旷庐诗集》卷九）

雨后看明湖诸山〔清〕朱庭珍

朝看明湖山，暮看明湖山。朝朝暮暮看易厌，游情不异花阑珊。昨宵一雨忽变态，山容水色清可餐。尘颜洗尽露冰骨，秀气飞落眉宇间。远峰缥缈悄独立，近峰窈窕翘双鬟。高者亭亭偃华盖，低者袅袅垂青莲。清若新荷破水出，皎若嫩柳当风偏。或钟或乳或缨络，如笑如滴如妆眠。神骨幽娴静者静，丰姿绰约仙乎仙。四时变化不一态，顷刻迸现虚窗前。城市居然富林壑，一日消受千婵娟。山灵献媚岂无故，今朝特为诗人妍。神工结构妙无迹，各有至理非雕镌。我知画笔不到此，人巧终觉输天然。终日相对意忘倦，坐卧呼吸皆岚烟。人间暑气不敢逼，方寸自辟清凉天。烟霞素愿已足慰，惜无好句酬山川。平生

矢志游五岳，会当结宅湖山边。（辑自《穆清堂诗钞》卷上）

游大明湖 〔清〕宋书升

明湖春后色，不减若耶溪。万绿摇烟起，孤篷载酒迷。舻枝凭鹭引，荷叶与人齐。游赏浑忘倦，西城日已低。（辑自《晚晴簃诗汇》卷一百七十八）

明湖竹枝词（十首之二、六、八至十） 〔清〕魏乃勷

东南两岸有人家，细柳丝丝映户斜。买得湖田二三亩，沿堤多半种荷花。

采菱娇女十三时，手把轻篙入锦陂。打起鹭鸶刚系缆，又抛莲子戏鱼儿。

鹊华山色腻如脂，一样螺鬟带雾披。分取明湖作明镜，对人长是照娥眉。

曲栏回抱小廊斜，近水楼台是妾家。笑道今朝泛湖去，银丝插遍素馨花。

小小丫鬟解意才，管弦排定一筵开。竹枝歌罢樽前顾，笑指南山入注来。

余以辛酉膺拔萃之选，旋官京师，不及济南者四载于兹矣。乙丑读礼家居，检箧得旧作《明湖竹枝词》十章，湖中情事，一一曩时亲历，十年之游遽成往迹，存之以志鸿雪之感。（辑自《延寿客斋遗稿》卷一）

雨后湖上 〔清〕李西堂

湖上东风雨乍晴，湖中画舫乱歌声。七桥柳色青摇水，千佛山光绿上城。名士今犹传历下，尚书终是怨燕京。不堪往事重怀古，步向沧浪听濯缨。（辑自《晚晴簃诗汇》卷一百六十九，亦见于民国《续修历城县志》卷十一《山水考七·水三》，题作《雨后大明湖上偶咏》）

湖上晚望城南诸山 〔清〕李西堂

大明湖上晚勾留，回首城南积翠浮。烟树重重遮不断，夕阳红过佛山头。（辑自民国《续修历城县志》卷七《山水考三·山三》引《晚悔堂诗集》）

明湖 〔清〕李西堂

山光如黛柳如丝，多少词人过咏诗。知否明湖增色处，千秋赖有铁公祠。（辑自民国《续修历城县志》卷十四《建置考二·坛庙》引《晚晦堂诗集》）

明湖 〔清〕李西堂

兴废千秋湖尚在，沿堤古柳乱啼鸦。就中多少英雄泪，寄语人家莫浣纱。（辑自民国《续修历城县志》卷十一《山水考七·水三》引《晚悔堂诗集》）

暮秋湖上和荩臣韵 〔清〕李西堂

闲从湖上咏苍凉，衰柳无情自夕阳。往事兴衰棋一局，名流聚散酒千觞。蒹葭露冷闲鸥远，亭榭风高蔓草荒。极目不堪重吊古，从来人世易沧桑。（辑自民国《续修历城县志》卷十一《山水考七·水三》引《晚悔堂诗集》）

月夜湖上 〔清〕何家琪

孤月水无夜，乱山天入秋。十年湖海梦，一棹酒人舟。诗味瘦新蟹，客缘深老鸥。平生寥落意，容易感前游。（辑自《天根诗钞》卷下，亦见于民国《续修历城县志》卷十一《山水考七·水三》）

重游大明湖 〔清〕何家琪

不死终来此，其如别恨长。已稀朋旧辈，况失弟兄行。时节仍飞絮，湖山正夕阳。老鸥如识我，应笑鬓毛苍。（辑自《天根诗钞》卷下，亦见于民国《续修历城县志》卷十一《山水考七·水三》）

济南怀古诗（三首之三） 〔清〕何家琪

布政祠堂尘障遮，相将环佩水为家。夜深月到湖心处，照见连枝双藕花。明左布政张秉文死难，妻方妾陈同投大明湖中。（辑自《天根诗钞》卷下，亦见于民国《续修历城县志》卷五十三《杂缀三·轶事三》）

明湖闲眺，用渔洋山人《秋柳》诗韵（四首） 〔清〕孔昭珩

历下烟云净客魂，明湖几曲傍柴门。一帘翠黛山无数，万顷玻璃水有痕。荻絮芦花都入画，渔灯蟹火自成村。曾经耆旧吟诗地，滥续齐竽莫更论。

凉秋露白未成霜，金粉楼台映玉塘。极目湖山人倚槛，拈毫烟月句盈箱。轩亭近水传名士，殿阁凌空祀梵王。城郭浑如图画里，何须碎锦更名坊！

两袖风携荷芰衣，蓬壶缥缈是耶非？曾苏宦迹前朝认，李杜游踪近代稀。

短笛声从遥浦起，轻帆影逐野云飞。几回泛月归来晚，爱此风光未忍违。

淡妆浓抹最堪怜，远水迢迢荡晚烟。冷露晶莹莲叶净，微风摇曳柳丝绵。鹊华雨霁看今日，济漯源澄忆昔年。试问吟情在何许，苍葭深处白云边。（辑自《杞园吟稿》卷一）

湖上书所见〔清〕觉罗廷奭

小半夕阳烟雨外，两三人语水云深。秋声隐约芦丛出，不是笳音是笛音。（辑自《未弱冠集》卷二《懒余吟草》）

岁暮独游铁公祠、汇泉寺、北极阁、历下亭诸胜（四首）〔清〕李嘉乐

扁舟独泛大明湖，风紧波平薄冻铺。冰雪无情惟凛冽，乾坤到此亦荒芜。远离尘市人声寂，俯照澄潭客影孤。真境全教归眼底，残荷折苇不模糊。

兴来觅句水边祠，聊寄闲情岁晚时。座上有灵仙佛鬼，壁间无用画书诗。一寒至此休相惜，万顷茫然纵所之。贪看城隈千秃柳，夕阳红上最高枝。

济南绾绶两经春，公宴来游此地频。敢道杯盘非雅集，终嫌舆伞是官身。题襟旧雨时时恋，画舫清辉岁岁新。笑问湖山相识久，素衣曾否点缁尘。

捧檄刚逢祠灶日，今朝回忆转凄然。戊寅腊月廿三日牌示赴青州府任。浮沉官职迁三地，代谢光阴足五年。不学每惭为世用，此湖亦算出山泉。荒寒景色差堪赏，独向鸿泥一证缘。（辑自《仿潜斋诗钞》卷十五《备究集》）

泛舟大明湖，用田纶霞先生《历下亭》七古韵，同袁诗农司马学潜作〔清〕李嘉绩

历山苍苍湖水碧，时见岚翠浮城根。与君买棹泛清曙，眼收万象归齐门。菰蒲一道破烟出，芰荷十顷迎风翻。历下亭子水中峙，四围晓气凉侵轩。梦回时闻野鸟语，心清不碍鸣蜩喧。欻忽置身入空际，碧落下垂天可扪。开襟一笑意自适，水面猎猎南风温。古人已往久寂寞，追忆旧事千年论。李公杜公两去后，谁曾北渚开金尊？后来燕赏不具数，扁舟转促迎朝暾。今来古往付一瞬，坐见鸿翮高飞骞。沿洄浏览竟终昼，红日渐下云水村。天生灵秀乃毕露，为有万古诗人魂。不作画图掌上视，要学云梦胸中吞。兴来得句畅挥写，何须定采先民言？君读此篇慎勿笑，自诩前辈遗山元。（辑自《代耕堂中稿·东游草》）

重游大明湖，留别同人二首 〔清〕李嘉绩

廿年心注大明湖，今日重游兴不孤。舟小尽穿千碧苇，亭空全占万红芙。人间肯负佳时节，海右生成好画图。此地谁知有城市，青山横列水平铺。

坐对今人忆古人，好诗冲口化成云。再来益信非虚语，临别应教更乐群。山色尽冯纱幔落，花香都傍酒杯醺。可堪此际句留意，半为斯湖半为君。（辑自《代耕堂中稿·东游草》）

题楚宝《济上鸿泥十二咏》（之三）：明湖泛月 〔清〕邓嘉缉

城阴压重湖，夜舟泛空明。辉辉月弄色，湛湛水含清。乐兹物外游，鱼鸟亦同情。似闻菰芦招，此中宜濯缨。（辑自《扁善斋诗存》卷下）

舟中买鱼佐酒，大有乡味，占此（二首） 〔清〕刘曾騄

三十六鳞红鲤鱼，金盘风味忆家居。呼童烹取聊沽酒，只恨中无尺素书。

辛苦鲇鱼上竹竿，鲂鱼赪尾敢求安？西风忽动思归引，万柄芦花点雪寒。（辑自《梦园诗集》）

大明湖酬胡钟元 〔清〕周家禄

七十二泉流，芙蓉古渡头。乱山连鹊华，秋色在渔舟。风月分塍管，楼台隔座浮。尘缨吾欲濯，惭愧对闲鸥。（辑自《寿恺堂集》卷九《勃海集》）

明湖竹枝词（十首） 〔清〕王维言

条条杨柳醉春风，时样衣裳是淡红。高挽盘头低掠鬓，青丝绸子罩当中。

梳头最爱学吴侬，金线盘衣压几重。少买胭脂多买粉，苏州髻子两边松。

钏影丁当玉一双，妆成最爱倚兰窗。避人不用香纨扇，雅淡天然俏面庞。

斟酌新妆出镜迟，画眉深浅自家知。纤腰一搦天然瘦，三尺香罗贴地垂。

湖色宁绸花样稀，商量裁剪称时衣。珍珠相趁玻璃钻，不学当年下打围。

茉莉花开雪不如，兰汤新浴月明初。闻韶园里归来晚，翠袖双扶上小车。

春风十里到莲湖，湖上花枝本姓苏。昨夜有人定花榜，状头但取酒家胡。

绿藤小轿绕花溪，时样衣裳爱整齐。唤到兰舟扶婢上，弓鞋留得印香泥。

湖上春晴天气佳，花明柳暗照幽怀。缓移莲步丁冬响，不戴金钗戴玉钗。

荷花影里画船开，鬓押珠花雪一堆。但向鹊华桥上过，香罗巾子裹莲台。（辑自《玉映楼缬芳集》）

湖上曲 〔清〕王维言

画里波光转绿蘋，阿侬生小住湖滨，劝郎莫擘莲蓬子，一点心儿苦杀人。（辑自《玉映楼缬芳集》）

湖上女儿曲 〔清〕王维言

菱歌一曲趁花香，爱把双眉画得长。生小偏知双宿好，敢将莲子打鸳鸯。（辑自《玉映楼缬芳集》）

历下杂吟（三首之一）〔清〕王廷赞

百花洲上茶寮憩，水面亭中卦肆游。正是端阳榴似火，明湖弦管斗龙舟。（辑自《排云诗集》卷一）

中元泛月明湖，历古历亭、汇泉寺、北极台而返，同游者为李海屿瀛瑞、张松嵋守栋（四首之一）〔清〕王廷赞

踏月相邀泛月游，明湖轻荡木兰舟。天涵倒影凌银汉，冲破烟波犯斗牛。（辑自《排云诗集》卷一）

念奴娇·大明湖 〔清〕张云骧

明湖十里，有藕花芦叶，得秋偏早。八尺兰桡三尺水，又是一番鸿爪。雾阁栖螺，云阑泻碧，图画天然好。隔花人影，凉箫吹出烟杪。

忽念故里秋深，萧寒柳色，也把西风恼。不是雁声听不得，刚是离乡怀抱。且自留连，湖山佳处，羁思消多少。悠然来去，淋漓双袖吟稿。（辑自《冰壶词》卷二）

成子蕃员外昌约同谨性畲孝廉善游明湖 〔清〕毓俊

放棹明湖汗漫游，波光万顷碧于油。小桥路曲客沽酒，古渡日斜人唤舟。水洗嫩芦初过雨，风摇垂柳半临流。一觞一咏闲无事，同坐渔矶数白鸥。（辑自

《友松吟馆诗钞》卷七）

游明湖（四首）〔清〕毓俊

一别明湖十二年，古亭高阁尚依然。故人不见成秋草，独向晴波放画船。甲申夏，成子蕃部郎邀游明湖。

游人随处小盘桓，打桨平湖夕照间。我向铁公祠畔立，浓青遥看隔城山。

西风野水漾轻鸥，一角斜阳映小楼。好是天公传画本，残荷疏柳满湖秋。

山光满郭水平铺，不比余杭风景殊。十里烟波如画里，直应题作小西湖。（辑自《友松吟馆诗钞》卷十四）

三月三日明湖修禊〔清〕毓俊

百舌呼春春已归，杂花生树芦芽肥。一棹扁舟泛溪水，柳汀苇港摇春晖。随波逐流入烟浦，云影天光互吞吐。古历亭下修禊来，不许兰亭独千古。春雨初霁春风颠，玻璃万顷波吞天。临水树笼烟漠漠，隔城云拥山娟娟。小桥流水孤云起，凫鹥在沙戏春水。叹我飘蓬无定踪，人生未若行乐耳。古人陈迹埋蒿莱，我寻胜境犹重来。预订他时再来约，湖中万朵芙蓉开。（辑自《友松吟馆诗钞》卷十五）

五月八日邀法小山、宋晋之两同年游明湖〔清〕毓俊

湖上雨初霁，舟行芦苇间。淡烟临水寺，斜日隔城山。静对孤云起，闲看野鸟还。历亭好风景，随意叩柴关。（辑自《友松吟馆诗钞》卷十五）

不见明湖近六十年，过济南，同张振卿前辈雨泛，饮于湖榭〔清〕陈宝琛

岱云随车度清济，一雨濯遍明湖荷。夥颐湖舫始何岁，楼观突兀周四阿。小沧浪馆最眼熟，丱角逃学频频过。湖心古亭旧驻跸，诗刻长与光林萝。先臣壁记亦好在，五十五载来摩挲。先大父咸丰乙未《重修历下亭碑记》，为何道州所书。中间世事凡几变，岂但容鬓悲观河！张翁执手讯宫掖，三岁梦断风中珂。蒲鱼芳鲜足一醉，不饮如此风光何！酒阑月坠忍便去，坐对照槛鳞鳞波。（辑自《沧趣楼诗集》卷七，亦见于1915年第12卷第10期《东方杂志》）

大明湖 〔清〕蒋通

月明桥畔动秋思，湖上有鹊华桥。“明湖秋月”系济南胜景之一。且载笙歌任我之。几个亭台临水近，万行杨柳傍堤垂。凫因路曲随篷转，船为花多荡桨迟。湖中有方舟数尾，夏秋白莲花最盛，有“四面荷花三面柳”句。绰约情人无限好，归来同拜铁公祠。（辑自《两浙輶轩续录》卷四十一）

大明湖泛舟，观水灯二首 〔清〕伦攸叙

万点红灯散钓矶，穿荷过苇共流辉。船行不必秉银烛，如许星精四面围。

风定无波水面平，金莲万朵满湖明。良宵灿烂如星斗，照我诗人画舫行。（辑自《搜剩集》）

明湖泛舟 〔清〕伦攸叙

四顾湖光比镜平，飘飘画舫一毛轻。短篙荡入烟波里，骤听渔歌欸乃声。（辑自《搜剩集》）

与山东抚署同人游大明湖 〔清〕邹弢

赤日炎炎火盖张，扇不停挥汗如雨。客中暑溽苦蒸淫，欲觅清凉竟无地。佳宾贤主剧有情，招我同为踏水戏。买得小艇如瓜皮，刺入湖心破寒翠。从芦萧瑟青扑舟，荇带丝长抽细细。烟波深处起渔讴，万柄红莲香无际。有亭翼然峙水中，四面峰峦弄新霁。济南之山皆在城外，如屏环列。捉篙复至铁公祠，胜景徘徊更幽异。相将访古吊名贤，大节昭昭重清閟。回廊随意憩游踪，颇得红尘味外味。西山爽气飒然来，风度荷花凉袭袂。冰弦哀怨玉生寒，画舫妖姬竟工媚。柔肌胜雪绛绡轻，手制碧筒杯劝醉。茶烟正绿茶铛鸣，渴吻消除暑亦避。马牛逐逐何所求，人生至此期适意。为探名胜挈名姝，斯游历历皆堪记。夕照西沈载月归，何时重结闲鸥契？（辑自《三借庐集》卷三）

明湖感旧 〔清〕杨保彝

鹊桥西去有高楼，记否荷塘载酒游？一曲琵琶人醉也，半船花影月如钩。（辑自《归瓻斋诗词钞》）

摊破临江仙·湖上偶成 〔清〕杨保彝

旧日湖山今日酒，又逢细雨纷纷。四面荷花香里驻游人。临波曾写影，是妾少年身。

大好夕阳将暮矣，归途灯火如春。何处楼台似梦忆前尘。含情痴不语，卿意为谁嗔？（选自《归瓻斋诗词钞》，原书未标词牌，词牌为编者所加）

明湖杂咏（十二首之一、八、九、十一、十二）〔清〕石德芬

问柳湖壖景尚幽，新城堤唱足风流。丝丝柳眼浑如昔，又见星移物换秋。

攫金急走匿萑苻，水泊纵横六里铺。流弹注将丛薄里，拍堤惊起水葫芦。指济南兵变事。

图书新馆傍湖开，汉碣秦碑剔绿苔。千古人文属邹鲁，蜀车绕过济南来。

涓涓漱玉只堂坳，流出墙阴百道交。都是珍珠泉一派，万家甘饮涤烦敲。

到处名湖与有缘，湖烟湖水饱餐眠。露窗风簟消清昼，芦苇深深一画船。粤之丰湖，桂之衫湖，杭之西湖，蜀之桂湖，北京之昆明湖，皆有游迹；洞庭、鄱阳，不在此数。（《惺庵遗诗》卷七）

明湖 〔清〕蒋楷

香满四城荷满湖，花光万顷红云铺。酒灯人影日来往，丝竹肉声时有无。家到三秋足菱芡，地分万字长蒲芦。何当写上鹅溪绢，一度游踪一画图。（辑自《那处诗钞》卷二）

明湖三首，用太白《泛鹊山湖》韵 〔清〕蒋楷

爱听采莲曲，不知行路遥。一声玉条脱，纤手荡兰桡。

七十二泉水，一泉涵一山。山山无定态，下视白云还。

历下亭边过，铁公祠里回。酒家一星火，招我过桥来。（辑自《那处诗钞》卷二）

游大明湖，李华廷军门招饮 〔清〕吴庆焘

暂驻东藩盖，言开北海尊。大风畴昔仰，名士几人存。修竹原无暑，群荷偶一喧。湖山吟兴发，聊与客儿论。时新与谢□山文□订交。（辑自《簳珠仙馆诗存》卷一）

忆明湖 〔清〕王以慜

明霞倒影秋波长，酒船棹入荷花香。花深路转不知处，白鸥双飞背船去。西风铁笛武陵人，落日残钟历山树。五载橐笔事远游，今夕忽梦明湖秋。秋云在天月在竹，安得抱汝湖滨宿？（辑自《檗坞诗存》卷二《浴沂集一》）

明湖竹枝词（十二首之二、四至六、八、十一至十二） 〔清〕王以慜

中元灯胜上元灯，箫鼓楼船得未曾。船里衣香船外月，几人钗堕发鬅鬙。
禁院墙西湖水肥，朝朝湖女浣纱归。生平不梦苏台雨，甘为东邻作嫁衣。
妾家生小种湖田，郎学捞虾妾采莲。输罢湖租刺船去，不知人世有凌烟。
小小车如舴艋舟，七桥烟月足清游。车轮尽日中央转，不分郎心系两头。
新酿湖波作酒清，雨余芦笋贴湖生。为郎洗手烹湖鲤，可似杭州宋嫂羹？
清霜初下汇波门，远绿依微落涨痕。却笑尚书感衰柳，秋来何处不销魂？
白雪琴尊事已非，古来漱玉赏音稀。伤心剩有韩娥曲，解荡湖云作絮飞。
（辑自《檗坞诗存》卷六《济上集一》）

筱鲁迁居湖上 〔清〕王以慜

爱君湖上宅，何减辋川居！野艇春鸥外，遥山秋雨余。茶烟朝饮渌，萝月夜观渔。珍重罗浮侣，餐霞赋遂初。（辑自《檗坞诗存》卷七《济上集二》）

湖上 〔清〕王以慜

春波如镜雨初收，爱此湖桥载酒游。三月莺花桃叶渡，双声弦管木兰舟。山光照客还青鬓，鸥鸟笑人今白头。欲话元都种桃事，澹烟斜日满汀洲。（辑自《檗坞诗存》卷七《济上集二》）

连日醉湖上，送尹子威、朱养田赴京兆试 〔清〕王以慜

载酒征歌处处同，澄潭三宿月明中。扁舟无恙莺花侣，万事何心牛马风？北郭酒香犹迟客，南天秋早漫归鸿。白头垂老江湖梦，愧尔凌云献赋工。（辑自《檗坞诗存》卷七《济上集二》）

明湖杂诗（十二首之二、五、八）〔清〕王以慜

独立湖天酒半醒，芦花菰叶满前汀。一声渔笛千行雁，何处青山是洞庭？

红藕香深放棹迟，柳阴吹出月如眉。谁家水面调弦索，心醉青溪七字诗。“画船深泊不知处，水面时闻弦索声”，绍由题明湖句也。

泰娘门巷夜吹箫，画舫年时系柳条。丁字帘前丁字水，板桥斜日倍魂销。（辑自《檗坞诗存》卷三《浴沂集二》）

水龙吟·忆明湖旧游，用石帚《泛鉴湖》韵〔清〕王以慜

隔溪数点夫容雨，一杵南楼钟起。苍山不动，青蘋微漾，诗情酒思。劝我舟停，嫩蟾窥柳，冷鸥拍水。渐吹箫声近，乘槎路迥，身疑在、银河里。

昔日词仙健，未话同舟，素心应喜。几回啜茗，风香扇外，泉清屐底。见说荒祠，鹤归松老，树犹如此。笑六年海曲，飘蓬有梦，绕沧溟里。（辑自《檗坞词存》卷一《海岳云声〔上〕》）

浪淘沙·子蕃招游明湖，率成此解，时出都十二日〔清〕王以慜

风日媚烟鬟。一碧萦弯。桥头丝柳正堪攀。桥下沙鸥齐拍掌，知我生还。

瀹茗叩松关。小破尘颜。共谁偷得片时闲。指点夕阳鸦散处，应是西山。（辑自《檗坞词存》卷一《海岳云声〔上〕》）

柳梢青·望夕泛舟明湖，偕受之（二首）〔清〕王以慜

一棹湖天。山浮远翠，水荡晴烟。藕叶云香，蘋花露细，秋到鸥边。

哀歌击碎铜弦。悄惊起、鱼龙夜眠。倒吸东溟，高斟北斗，白月飞仙。

宝刹琼都。风梳柳线，露网苔须。邕甫才名，鹊华秋色，好个莲湖。

扁舟泛宅归与。看三两、凫翁引雏。月镜圆冰，水田方罫，天地菰芦。（辑自《檗坞词存》卷二《海岳云声〔下〕》）

鹧鸪天·筱鲁将迁居湖上，约同相新宅，适予先期至，占此遣兴〔清〕王以慜

窈窕文窗见翠微。湖光一角拥双扉。凉云碧似麻姑酒，淡日黄于衲子衣。

芦瑟瑟，柳依依。鹊华烟雨是耶非。空廊觅句无人会，心逐红晴水上飞。

（辑自《檗坞词存》卷二《海岳云声〔下〕》）

忆王孙·泛明湖 〔清〕王以慜

池塘经雨更苍苍。水鸟带波飞夕阳。影落明湖青黛光。指罗裳。一片野风莲萼香。（辑自《檗坞词存别集》卷三《湘烟阁幻茶谱〔上〕》）

春光好·春尽日独游湖上 〔清〕王以慜

烟羃羃，雨离离，落花飞春水。引将客梦送春归。

骏马金鞍无数，槐阴柳色通逵。犹有渔人几家住，绿蓑衣。（辑自《檗坞词存别集》卷三《湘烟阁幻茶谱〔上〕》）

忆江南·明湖感旧 〔清〕王以慜

纤纤月，半魄落银钩。嫩柳池边初拂水，露桃花下不知秋。天乐下珠楼。

胡雁起，书札寄无由。曾傍一樽临小槛，愿为双鸟泛中洲。寂莫使人愁。（辑自《檗坞词存别集》卷四《湘烟阁幻茶谱〔中〕》）

玉胡蝶·泛明湖，游历下亭、汇泉寺、北极阁、铁公祠诸胜 〔清〕王以慜

孤舟日暮行迟。寒藻舞沦漪。系马绿杨枝。好风襟袖知。

花明栖凤阁，春满曲江池。酒罢辄题诗，淹留又几时。（辑自《檗坞词存别集》卷四《湘烟阁幻茶谱〔中〕》）

清平乐·湖上 〔清〕王以慜

宛其深矣。一片凫鹥水。菰叶正肥鱼正美。黑蛱蝶、黏莲蕊。

桃花源里人家。朝朝几度云遮。心事数茎白发，惟愁虚弃光华。（辑自《檗坞词存别集》卷四《湘烟阁幻茶谱〔中〕》）

蝶恋花·明湖夜泛 〔清〕王以慜

近郭乱山横古渡。洒雾飘烟，凉月生秋浦。万里苍苍烟水暮。一帆暝色鸥边雨。

碣石潇湘无限路。自北徂南，诗忆伤心处。石笋街中却归去。阑干北斗天

将曙。（辑自《檗坞词存别集》卷四《湘烟阁幻茶谱〔中〕》）

宴清都·明湖秋泛，有怀兄子闲 〔清〕王以慜

大漠孤烟，直风似箭，萋萋春草秋碧。阴槐翳柳，苍波荡日，狂流碍石。至深至浅清溪，留不住、东林宾客。望龙山、矗与云齐，三年不得消息。

山中今夜何人，江淹杂体，绮丽争发。伊川别酒，依稀如在，纷纷已隔。青枫欲暮烟饶，树枝袅、忧心如织。急回船，明月流光，蛩鸣唧唧。（辑自《檗坞词存别集》卷四《湘烟阁幻茶谱〔中〕》）

少年游宛陵体·湖上 〔清〕王以慜

清歌一曲月如霜。兰棹醉横塘。千里万里，十片五片，露重觉荷香。

山城欲暮人烟敛，岚翠扑衣裳。几程归思水风凉。叹衰草、惜流光。（辑自《檗坞词存别集》卷五《湘烟阁幻茶谱〔下〕》）

明湖秋眺 〔清〕徐世昌

湖上秋阴积，言寻铁铉祠。渚荷犹捧日，风荻不成枝。京阙传烽火，车旌减汉仪。河山犹在目，谁与同疮痍？（辑自《退耕堂集》卷三）

大明湖棹歌二十四首 〔清〕徐世昌

放眼湖山一棹歌，无端枨触对烟波。侬家七二沽边住，检点罗衫别泪多。
开遍红莲又白莲，秋光齐上鬓螺颠。盈盈十五骄憨甚，贪向湖边问钓船。
月满湖平画舫停，夜凉水气上孤亭。凭栏翠袖双双敛，话到开元不忍听。
闻道烽烟隔上京，武陵渔子逐春行。溪山记得承平事，争说银河又洗兵。
万斛明珠散不收，燕姬犹自善歌喉。一声惊起双眠鹭，飞入前滩不转头。
衣香花气两濛洄，步入虚廊湿翠苔。向晚御碑亭子上，人家齐唱紫云回。
分明羌笛与秦筝，转过池楼水又平。今夜百花洲畔宿，谁家灯火数星明。
曲水亭西旧有家，洞房小径隔溪斜。旁人不解相思苦，开遍门前红蓼花。
歌管声中水气浓，靓妆端底似吴侬。鹊华桥畔停桡问，隔著垂杨一笑逢。
打桨谁家白面郎，金尊檀板送斜阳。人间多少兴亡感，一曲琵琶泪数行。
风月飘零付逝波，济南名士近如何？新城去后饴山死，二百年来感喟多。

榴火分明照眼红，笙箫楼阁总成空。黄金散尽寻常事，辜负儿家一钓翁。

截玉为篙锦作帆，蓬莱宫阙隔仙凡。渔阳不信惊鼙鼓，苦雨愁云卸舞衫。

湖上谁家窈窕娘，浣纱何必苎萝乡。回头错认人相唤，水鸟一双飞过旁。

起凤桥头净绝尘，桃花人面岂无因。神仙眷属由来惯，愧煞天台作赋人。

改却渔家旧样妆，城中高髻自轻狂。漫言潮信经时断，双桨潜过十里塘。

一色湖光罨画开，鬟云作阵锦成堆。才从历下亭边过，又到铁公祠上来。

典尽罗裳怯嫩凉，姓名犹记郁金香。晚妆病起当风立，十万芙蓉褪野塘。

浅水粼粼系画桡，低头犹带二分娇。挑灯细学簪花格，不管吹箫廿四桥。

菰蒲城郭带斜晖，衔尾轻舠出翠围。月上露浓花气重，画船箫鼓未曾归。

侧身天地尽蒿莱，画角城头起暮哀。收拾钓竿云外云，满船烟雨卖鱼回。

击楫谁怜磊落才，严陵终有钓鱼台。东船西舫停箫管，莫遣舟师问渡来。

万柄荷花万柳丝，扁舟端合载西施。晓风残月无人赏，枉说当年绝妙词。

铁板铜琶恨未休，悲歌按剑夜横秋。西风卷水碧天远，枫叶芦花一客舟。

（辑自《退耕堂集》卷三）

明湖棹歌 〔清〕侯士瓒

新芦初茁宿群鸥，一抹斜阳淡欲收。遥听橹声传欸乃，隔溪摇过采莲舟。（辑自《续梁溪诗钞》卷十七）

和友人《明湖晚眺》原韵 〔清〕侯士瓒

同人联袂步湖边，莲叶田田远接天。隔岸鹭鸶新出浴，一行飞破夕阳天。月明初上水边亭，千佛山高入望青。箫鼓一声惊宿鸟，画船撑出绿芦汀。（辑自《续梁溪诗钞》卷十七）

明湖泛舟，成四绝句以示同人 〔清〕于允立

胜地曾经昔日来，满桥风月首重回。此间烟景无穷好，莲叶接天花正开。临波栏槛水亭古，多少峰岚指顾中。谁向平湖传画本，一行鸥鸟下遥亭。旨酒佳肴爱此行，溪毛石发漾流清。疏林挂网渔歌起，十里烟波薄晚晴。菰菱霜后依然绿，菱茨风来倍觉香。太息时光容易老，也应秋柳赋渔洋。（辑自民国《陵县续志》卷四第二十九编《补遗》）

明湖竹枝 〔清〕刘仲爵

湖上人家水作田，桑麻不种有丰年。满城半是莲花界，香遍薰风六月天。

水亭西畔是儿家，一曲清歌一盏茶。牵惹游人归不得，绿杨阴里听琵琶。

一枝柔橹荡清波，芦荻深深画舫过。最是鹊华桥畔路，想花人比见花多。（辑自《东武刘氏诗萃》卷八）

济南杂咏十首（之六、七）〔清〕韦绣孟

小艇瓜皮破镜过，铁池雨后赏新荷。榴红照眼谁开社？香泛碧筒发浩歌。

几曲芳洲灿百花，延秋亭上兴无涯。渔洋题罢明湖柳，终古夕阳噪暮鸦。（辑自《茹芝山房吟草·宦游吟草》）

历下杂诗（七首之五）〔清〕陈衍

赁就画船穿藕花，隔成花港是蒹葭。雨云崩坏月华吐，丝竹何如聒耳蛙？月出，游船集，丝竹嘈然。（辑自《石遗室诗集》卷五）

上巳后偕友游大明湖四首 〔清〕黄经藻

偶来湖畔共寻春，修禊已过上巳辰。落尽藤萝花满地，踏青不见水边人。

无赖东风指面来，沧浪亭外一徘徊。却怜柳絮多情甚，惹上春衣扑不开。

几度寻诗芳草地，又同放棹夕阳天。满湖最爱菰蒲短，荡漾春波绿到船。

百花堤上饱看花，宾主无分入酒家。不负良辰拼一醉，浑忘游子在天涯。（辑自《明湖载酒二集》）

秋日明湖杂诗八首（选五之一、四、五）〔清〕黄经藻

卜居喜近鹊华桥，天末怀人听玉箫。鸿雁不来秋又老，满汀芦荻暮萧萧。

贵游公子夜来多，檀板金尊放棹歌。若把明湖比明月，湖心亭上尽嫦娥。

扇影衣香隐画屏，船灯红近水边亭。游人不及游鱼乐，夜夜笙歌逐队听。（辑自《明湖载酒二集》）

明湖有见 〔清〕赵应泰

雏鬟三两坐蓬舟，鬓影钗光映碧流。羡煞荻芦多艳福，隔窗偷上玉搔头。

（辑自《梦园诗草》）

月夜泛湖（二首）〔清〕赵应泰

月光水影一船孤，隔岸楼台隐荻芦。画舫尽随人散去，更深闲煞大明湖。

汇泉寺北历亭东，柳岸无人系短篷。凉月一湖秋瑟瑟，芦花未白蓼花红。

（辑自《梦园诗草》）

济南杂咏十二首（之一、二、五、十一）〔清〕徐继孺

春暖菰蒲露短芽，大明湖畔有人家。雏凫乳燕随轻浪，雌蝶雄蜂趁落花。

越娥珠翠拂春风，柳妒新眉花妒红。日暮鹊华桥上过，归来采得玉莲蓬。

铁公佛公祠正连，千朵万朵湖心莲。好风吹到田田曲，赤脚儿童学刺船。

子美曾陪北海宴，当年皂盖偶经过。东藩不尽云山兴，北渚当怀玉佩歌。

（辑自《徐悔斋集》卷十一）

和西川《游明湖》韵 〔清〕王埗

闻君日泛明湖舟，绿柳红莲足胜游。李杜亭荒须纵酒，鹊华山好只宜秋。平陵城逼朱云墓，趵突泉潆白雪楼。醉后咏怀寻古迹，新诗应向稷门留。（辑自《王埗诗选》）

重游大明湖，赋别 〔清〕梁鼎芬

及见荷花尾，所知松柏心。铁祠吾有梦，杨井尔同吟。节物频番换，精诚直自深。再逢必相傲，先上鹊山岑。（辑自《节庵先生遗诗》卷五）

湖堤晚兴丁酉。〔清〕张梅亭

天气互阴晴，堤边向晚行。雨来天正黑，月上水初明。更静荷香远，楼高笛韵清。营营朝市客，营羡葛衣轻。（辑自《一松山房存稿》）

夕阳丁酉。〔清〕张梅亭

夕阳半成红，春水一篙绿。我归自明湖，湖光犹在目。（辑自《一松山房存稿》）

明湖雨丁酉。〔清〕张梅亭

明湖三日雨，新晴开林薄。山色与湖光，荡漾满城郭。（辑自《一松山房存稿》）

鹊桥仙·戊申夏日明湖萧瑟，追念旧游，怅触赋此 〔清〕李庶

清歌水上，美人花里，十载湖风湖雨。绿波无恙画船稀，算闲煞而今箫鼓。

放舟落日，举杯明月，惟对旧时鸥鹭。相思不见采菱人，空想像凌波微步。（辑自《明湖载酒集》）

中元后一日，明湖舟中大醉作（二首）〔清〕潘矩健

老庄何遽亡人国，山水方兹畸士怀。无泪可挥天下事，得闲且覆掌中杯。冶游敢谓生非乐，沈醉何妨死便埋。一领渔蓑两枝桨，夜深风露未归来。

菰蒲策策战轻飔，容易秋风入鬓丝。歌绕韩娥三日慢，亭寻海右廿年迟。无遮会启人天喜，不系舟移泡影知。闻说荆杨尚戎马，白头南望甘低垂。（辑自《亢父诗草》）

癸丑端阳后十日，洁泉侄招陪邹申甫、曹牧斯、蒋心泉、傅又竹、许佩丞、孙絜卿诸先生月下泛舟大明湖（三首）〔清〕潘矩健

一棹飘然去，回风激浪圆。已拚头似雪，不厌酒如泉。精魄三生石，沧桑九点烟。沈灾殊未澹，整顿仗时贤。

自分成新鬼，辛亥川中难作时，予正馆眉州。何期集故亲。蚕丛犹昨日，龙战既前尘。海岱浑无色，菰芦大有人。王郎擅秋柳，未倡也沾巾。邀王芝生君，不至。

梁园旧宾客，申甫诸公皆豫省政侣。都向故乡来。未拟乘槎使，群推作楫才。寄怀千载上，拨闷一尊开。饶有山阴兴，扁舟定几回。（辑自《亢父诗草》，亦见于民国《济宁县志》卷之三）

孙牖民先生见和明湖夜泛之作，再叠前韵以报之（三首）〔清〕潘矩健

泛棹明湖夜，中天月正圆。时端阳后十日。题襟闲叠韵，瀹茗共听泉。山影含空翠，笛声冲暮烟。苏门劳怅望，长啸忆名贤。君未与会。

抛砖翻引玉，翰墨结缘亲。身迈七贤队，诗清五斗尘。文章无定值，家世

有传人。记否同舟日，相看雨垫巾。端阳前一日，雨中承招，同云生弟偕游。

杜甫苦穷饿，陶潜归去来。未须忧世变，且与斗诗才。千古兴亡感，百年怀抱开。新亭今异昔，鱼鸟共低回。（辑自《亢父诗草》，亦见于民国《济宁县志》卷之三）

明湖杂诗（二十四首之一至四、六、九至十七、十九至二十）〔清〕孙卿裕

天开胜境慰蹉跎，大好湖山我旧过。十里荷花万条柳，鹊华桥畔夕阳多。

湖云作雨柳含烟，蒲苇萧萧水接连。一阵熏风吹忽定，两声催系采莲船。

画船泊处绮筵开，富贵神仙两不猜。人影衣香如画里，胜游都向雅园来。

东风吹雨忽滂沱，四面云垂拂碧波。南北船过不得语，芰荷深处雨声多。

漫游无处不魂销，山色湖光画里招。更忆渔洋传韵事，吹笙夜夜水西桥。

日斜风定水无波，荇藻平分画舫过。逸韵遥情谁管领？采菱声续采莲歌。

云鬟螺髻望中收，湖上看山借解愁。风自南来吹不定，岚光飞过百花洲。

大明湖畔是侬家，荡桨湖心日未斜。郎似莲花妾莲子，为郎高唱浣溪纱。

游湖何事尽扬舲？小作盘桓湖上亭。斜倚阑干看山色，众山都让佛头青

酒阑茶罢太匆匆，裙屐翩翩兴未穷。更上画船竞箫鼓，湖光微漾月明中。

花到初春月上弦，小娃生小剧堪怜。秋来湖上多风雨，莫任娇痴去采莲。

藕花多处泛轻舟，士女如云快此游。大好湖山添景色，美人名士各风流。

笑检鱼篮立钓矶，斜风吹雨忽沾衣。折来荷叶圆如盖，高唱渔歌冒雨归。

移舟恰趁夕阳红，一阵清凉送晚风。花事渐稀秋信早，湖边高唤卖莲蓬。

秋令方新暑气微，湖滨流览憺忘归。唤船更向波心去，冲起沙鸥映日飞。

会设盂兰亦夙因，秋宵风景艳于春。游人尽看河灯去，是否河灯解看人？

（辑自《退园续集》）

明湖秋感（九首之一、三、五至九）〔清〕朱是

桂楫兰桡唱采莲，碧空如洗月初圆。南朝人物桃花扇，故国风流燕子笺。历历华年愁逝水，茫茫情海有桑田。前生福慧双修到，莫向西风听晓鹃。

山添眉黛水平堤，步入花丛路不迷。度曲声飞银汉表，吹箫人傍月轮低。离离红豆王孙苦，草草华年燕子啼。

月影沈沈夜未央，年来杜牧太郎当。春华过眼都成梦，人海伤心不是狂。

旧愿已输秦弄玉，新愁又傍是莲香。于今旧雨飘零甚，门巷谁家尚姓王？

秣陵回首是天涯，犹向人间感岁华。敲断玉钗迟玉漏，高烧红烛谱红牙。秋千院落沈沈冷，卍字阑干故故遮。无限兴亡归眼底，南朝岁月浪淘沙。

寒蝉一路咽章台，肠断昆明劫后灰。公子金骢偏过早，美人妆阁未曾开。连番花读催诗卷，无限光阴入酒杯。记得昨宵清绝处，夜深歌舞一般回。

生涯何事苦离群？雁叫中宵不忍闻。沧海月圆萦别梦，玉楼天半有轻云。酒销绣幄生寒气，雁过窗帘作浪纹。烛影摇红人不寐，满身摇露近秋分。

忽闻春尽怕登楼，尘海飘零易感秋。香草最宜君子佩，西风吹白少年头。敢将涕泪酬知己，从古英雄爱远游。报到桑乾边信恶，男儿何地不封侯？（辑自《明湖载酒二集》）

九月微雪，湖上望城南诸山，次枢卿韵 〔清〕徐金铭

败苇枯荷野水滨，溪桥路滑不逢人。云阴忽酿今朝雪，山意仍含万古春。戎马倦游双短鬓，沧桑历劫几微尘。难忘作客金台日，柳拂空墙草似茵。（辑自《六慎斋诗存》）

附原唱：〔清〕周襄

踏雪同寻寂寞滨，观澜亭畔悄无人。空濛山幻云边态，觱沸泉生水底春。蒲柳毵毵稠绿意，湖天漠漠断红尘。销愁别有醇醪在，莫厌疏狂醉吐茵。（辑自《六慎斋诗存》）

与张君百之游大明湖 〔清〕徐金铭

潋滟冰轮转画廊，两三星火隔横塘。良宵共会黄楼句，妙器曾惊绿发郎。愧我衰残似蒲柳，多君感慨话沧桑。栖鸦未稳潜鳞动，鱼鸟应憎笑语狂。（辑自《六慎斋诗存》）

明湖冶春词十二首（之一至四） 〔清〕单朋锡

上元灯火艳良宵，歌吹声中破寂寥。更喜鹊华最高处，春风徐度玉人箫。

花朝赏景总相宜，浓淡兼饶绝世姿。吹皱一奁春水绿，桃枝歌罢又杨枝。

踏青消息近如何？逐队游人取次过。若把明湖比洛浦，错疑仙子欲凌波。

杏子衫轻上曲尘，重三佳节正芳春。钗光鬓影纷无数，不独长安多丽人。（辑自《季鹤遗诗》）

明湖秋泛（录一首）〔清〕单朋锡

水西亭上绿参差，恰是明湖晚照时。那顾渔洋吟兴好，秋风杨柳画中诗。（辑自《季鹤遗诗》）

游大明湖乙卯六月。〔清〕严修

厚生利用义堂堂，位置其如地弗良。一样恼人杀风景，明湖萑苇圣湖桑。（辑自《严范孙先生遗著》）

大明湖杂咏乙巳九月。（三首）〔清〕宋恕

柳岸荷塘画不如，我来欣识大明湖。济南何减江南好？但恨遗山不可呼。

山色城南满，城中半是湖。风光如此美，苦忆管夷吾。

吸尽诸峰秀，双亭敌胜场。湖心登历下，更坐小沧浪。（辑自《宋恕集》卷九）

呈连提刑三月十八日清写。（二首之一）〔清〕宋恕

清明日游千佛山，暮归，则闻提刑使者连公于日中临处率属泛舟大明湖，新择历下亭为阅报公所之一，恨失随侍。伏念我公自下车以来为，爱民如子，力以去其疾苦、进其智德为己任，于监狱则改良，于冤案则平反，于学校、警察则精益求精，而提倡阅报尤不遗余力焉。古所称“一佛出世”者，如我公乃足当之矣。感赋拙诗二首，录乞钧诲。

春城柳色望中深，历下吟魂不可寻。空向山头礼千佛，不知一佛降湖心。（辑自《宋恕集》卷九）

散步明湖畔，见堤柳绿遍二月二十六日始散步明湖畔，见柳条新绿已遍作。〔清〕宋恕

朝朝日暖复风和，随意轻舟泛绿波。游兴江南频雨阻，春光不及济南多。（辑自《宋恕集》卷九）

大明湖纳凉 〔清〕宋恕

疏篱活水对开轩，几处茶亭笑语喧。夜半纳凉人始散，明湖居与近湖园。湖上茶亭有曰“明湖居”及“近湖园”者，皆当游客来往之冲，夏秋间恒至夜深，人始散尽。（辑自《宋恕集》卷九）

明湖竹枝词（二首之一） 〔清〕朱跃龙

雾鬓云鬟坐彩航，红绡衫子紫罗裳。荷花折得时珍玩，只是无人似六郎。（辑自《清籍吟诗钞》）

敬和琳师《游大明湖》元韵 〔清〕查景绥

老爱湖山乐，从游得味真。云开一幅画，酒罢满怀春。摆脱同尘事，逍遥自在人。消闲情未尽，打桨向前津。（辑自民国《济宁县志》卷之三）

济南杂咏（八首之二、四） 〔近现代〕洪弃生

历亭槛外历山岚，山色波光一镜涵。湖北城西摇画舫，蘸城秋水似江南。

曾公去后我重来，济下西湖画里开。船向百花桥畔过，回头不见百花台。（辑自《八州诗草》）

大明湖 〔近现代〕仲坚

至竟湖山有夙因，篇舟乘兴泊前津。秋来芦苇多萧瑟，只有盟鸥尚趁人。（辑自1919年10月24日《多闻日报》第6版）

大明湖偶见 〔近现代〕仲坚

荻花深处驻兰桡，湖上风柔玉佩摇。侥幸三生狂杜牧，醉眠花底听吹箫。（辑自1919年10月24日《多闻日报》第6版）

浣溪沙·明湖杂咏 〔近现代〕仲坚

潘鬓丝丝惜岁华，廿年真悔寄尘沙。好抛身外狎烟艭。

玉碗荐凉惟藕雪，篷舱和露斸蒲芽。明湖秋近最宜家。

一院浓阴掩绿苔，静园幽邃绝纤埃。小车频为访奇来。

柳泊好酬濠濮兴，湖壖空老马邹才。壁间题字费低徊。湖畔图书馆访献唐不遇，惘然

成咏。（辑自 1932 年第 9 卷第 35 期《国闻周报》）

祝英台近 · 同柳公游大明湖 〔近现代〕张鸿

晚烟平，斜日暮。画舫趁波去。怕上南山，回首问何处。姮娥纵是无情，垂垂秋柳，更禁得、伤心几度。

长安路。只见西北浮云，高楼倚风雨。如此河山，忍付冷萤舞。可怜十里荷花，苇田分据，便零落、红香无主。（辑自 1909 年第 5 卷第 11 期《国粹学报》）

明湖竹枝词（七首之一、三、四、五、七）〔近现代〕黄兆枚

湖上晴风吹柳花，湖中波路绕芦芽。船无十锦却平底，不似西湖如缺瓜。

合肥相公曾读书，杀贼制夷才有余。觥觥我爱张勤果，识字大官公不如。

曾巩文章杜甫诗，精灵长在此间无？眼前一寺钟鱼寂，七十二泉来入湖。

边头岁岁壅泥沙，段段都归百姓家。旧日湖心古亭子，门栏今在水南涯。

大明湖头清趣长，济南名士多壶觞。开轩面水夏逾好，一片藕花吹酒香。（辑自《芥沧馆诗集》卷五）

大明湖竹枝词（三首）〔近现代〕丁毓瑛

明湖风景任徘徊，闲倚篷窗面面开。听得喧哗人语近，张公祠畔画船来。

招凉齐向绿阴中，夹岸荷花映水红。为看邻舟灯暂息，一钩斜月半帆风。

忘归休问夜如何，彻耳笙簧缓缓歌。茉莉花成香雪海，人人插鬓影凌波。（辑自《喁于馆诗草》下卷）

过济南大明湖 〔近现代〕丁毓瑛

花船歇绝酒肠枯，胜地销魂雅俗殊。残月晓风杨柳岸，春秋佳日让明湖。（辑自《喁于馆诗续草》）

明湖 〔近现代〕丁毓瑛

日月如流过廿年，重寻往迹尚依然。湖山点缀生春色，亭馆荒凉霭暮烟。迎养偏亲先净土，感恩府主亦重泉。只余贱子垂垂老，漫说莼鲈足自贤。（辑自

《喁于馆诗续草》）

宣统己酉与西林少保同游济南明湖，登北极阁，感题 〔近现代〕沈同芳

朝簪容易野冠难，多少英雄因此闲。一笑扁舟春向晚，明湖应似五湖宽。明诏屡从天上降，谤书未息禁中闻。顾瞻北极无穷意，应有湖龙起暮云。（辑自《晚晴簃诗汇》卷一百八十二）

湖上 〔近现代〕梁文灿

湖上寻春缓缓行，兴来又荡画桡轻。两堤柳色碧于水，十里山光青入城。白雪楼空营燕垒，沧浪社寂问鸥盟。棹歌一曲烟波渺，不尽临风怀古情。（辑自《梁文灿诗词稿》引《蒙拾堂诗草录存》。《蒙拾堂诗草偶存》中此诗题作《明湖泛舟》，末二句作“烟波浩渺斜阳晚，一曲棹歌空复情”）

明湖泛舟遇雨 〔近现代〕梁文灿

岚光如滴新开屏，潮痕昼泛鱼龙腥。欲向扁舟涤烦溽，看花却上湖心亭。亭上先至尽豪贵，笙歌嘈杂难为听。扑面俗尘十万斛，安得一洗心忪惺？疾雷倏忽送雨至，檐溜暴泻翻银瓶。清光大来渣滓去，忽若昨梦今朝醒。凉飙飒飒有秋意，池莲时复闻清馨。慨自此亭建海右，蔚然秀气浮中泠。一从杜陵驻皂盖，济南名士多钟灵。四杰七子接踵起，华泉而后仍沧溟。新城昆玉尽风雅，偶开吟诗社来中泠。《秋柳》倡和满海内，初写只让《黄庭经》。《渔洋诗话》云：“《秋柳》诗如初写《黄庭》，恰到好处，和者皆不及。”迩来二百有余载，当年胜会都飘零。济南名士剩几辈，诗人落落如晨星。感慨未终雨已止，游人倏散如浮萍。雨余霁景亦不恶，水光倒入云天青。湖山笑余不解事，竟无一斗倾仙灵。兴尽返棹已薄暮，一声欸乃烟冥冥。（辑自《梁文灿诗词稿》引《蒙拾堂诗草录存》。《蒙拾堂诗草偶存》中此诗题作《明湖泛舟遇雨歌》，字句略有异）

明湖吊荷娘，用渔洋《秋柳》韵（四首存二） 〔近现代〕梁文灿

荷娘降乩自叙云：“余临清人，十四岁时，年饥，为母所卖，遂隶倡籍。后为鸨母所逼，陪贵公子游大明湖，投水而死，迄今已五百有五年矣，哀哉！”有《自述》诗一章暨与同人倡和诗若干首。

情肠一断冷于霜，点点胭脂落玉塘。其《自述》诗云："胭脂犹自逝黄沙。"新曲声沈青雀舫，旧啼痕渍翠云箱。竹斑江上怨湘女，珠坠楼头怨赵王。杨柳是旗荷是盖，湖心终古矗贞坊。

风摇环佩雾含衣，一点香魂是也非。祠主芙蕖灵隐约，其署款云"主荷神"。妾家芦苇指依稀。其《自述》诗云："遥指芦苇是妾家。"桥边夜色银蟾落，湖口秋光白燕飞。其《自述》诗云："鹊华夜色凉无涯。"又云："空剩秋光满湖口。"幸降骚坛再提唱，从兹相教莫相违。前在戊子曾降坛，后因诸同人烦渎，弗降者数年。后癸巳，余请招复降云。（辑自《梁文灿诗词稿》引《红豆馆诗存》）

明湖吊烈女荷娘二首 〔近现代〕梁文灿

荷娘，元末临清人。年十四岁，年饥，为母所卖，遂隶倡籍。后为鸨母所逼，陪贵公子游大明湖，投水而死。癸巳，在金泉精舍降乩，有《自述》七古一章、《杂感》诗若干首。

一妥贞魂五百年，明湖秋水碧于烟。句留唯有波心月，夜夜清光照画船。荷娘诗云："句留因在明湖上，月照波心到画船。"

家居芦苇室依稀，荷娘诗云："遥指芦中是妾家。"又云："好借多士寻遗室。"灵降骚坛是也非。欲采蘋花荐清洁，平沙如镜白鸥飞。（辑自《梁文灿诗词稿》引《蒙拾堂诗草录存》。《蒙拾堂诗草偶存》中小序略详："癸巳秋，余侨居历下金泉精舍，闱后同人设箕请乩，荷娘降坛。自叙云：'余临清人，十四岁时，年饥，为母所卖，遂隶倡籍。后为鸨母所逼，陪贵公子游大明湖，投水而死，迄今五百有五年矣，哀哉！'有《自述》七古一章、《杂感》诗若干首"）

秋日游明湖，再吊荷娘，仍用《秋柳》韵（四首） 〔近现代〕梁文灿

湖水青青烈女魂，千秋断肠汇波门。历下北门临湖，名汇波。晓烟柳蹙蛾眉样，秋露荷擎珠泪痕。历下平康空有里，沙丘生长已无村。临清古名沙丘。美人名士同悲感，往迹重寻慨叹论。

坠落名花不耐霜，轻身一跃赴银塘。为嬴贡士酒浇地，不羡青楼衣满箱。山色近参石佛像，湖光平揖水仙王。忠臣有女心如铁，一样清风在教坊。明湖有铁公祠。永乐既诛铁弦，登其二女于教坊，不屈，皆自尽。

休问当年旧舞衣，欲寻旧迹已全非。古亭风冷芰荷淡，遗室秋深芦苇稀。

荷娘诗云："好偕多士寻遗室。"鸥鹭从游终自洁，鸳鸯誓死不双飞。降坛犹在明湖上，此地句留愿莫违。又诗云："句留因在明湖上。"

浮沉苦海有同怜，湖上维舟立暮烟。烈士心肠坚似石，美人身命薄于绵。危崖绝壁重阳节，其《重阳》诗云："危崖秋已深。"又云："绝壁事幽讨。"白草黄沙五百年。其《自述》诗云："秋风飒飒秋草黄。"又云："胭脂犹自染黄沙。""五百年"，见叙。一盏寒泉一凭吊，伤民恨寄水云边。（辑自《梁文灿诗词稿》引《红豆馆诗存》）

念奴骄·明湖怀古，用坡仙韵〔近现代〕梁文灿

采莲何许，似江南，潇洒六朝风物。一舸闹红，行入荡，四面簇花如壁。云水空明，石泉香冽，肝胆霏冰雪。古亭诗史，骚坛大有人杰。

还忆入梦芝芙，吹箫伴侣，万斛词源发。漱玉浣花，谁嗣响，名士晨星明灭。我欲留题，藕神应笑，（明湖有藕神祠，祀李易安。）搔尽丝丝发。棹歌声里，归船满载明月。（辑自《梁文灿诗词稿》引《蒙拾堂词稿》）

人月圆·月夜明湖泛舟〔近现代〕梁文灿

小娃不解船行速，笑指绿萍开。风吹芦苇，横枝箫槭，拂过窗来。

中流容与，邻舟相傍，箫鼓如雷。钗光鬓影，花明月暗，旧梦秦淮。（辑自《梁文灿诗词稿》引《积翠词》）

满庭芳·明湖泛舟遇雨〔近现代〕梁文灿

塘外轻雷，艇边疏雨，珠光碎溅圆荷。浮萍一道，分绿入回波。掩映鹭洲鸥屿，横斜亘、曲径偏多。凉风过，萧萧芦苇，蓦地起渔歌。

湖天凭眺处，丹青祠宇，依旧巍峨。奈惊心，桑海怵目荆驼。谁识王孙哀怨，趁芳草、未歇清和。愁云锁，伫看晴色，返景射林阿。（辑自《梁文灿诗词稿》引《劫余词》）

清平乐·雨后泛舟明湖〔近现代〕梁文灿

轻篙醮影，点得浮萍碎。山色扑人眉样翠，新霁湖天如绘。

怪他儿女喧哗，停船暂倚蒹葭。笑指小娃小艇，声声唤卖莲花。（辑自《梁文灿诗词稿》引《劫余词》）

庚子五月明湖泛舟 〔近现代〕姚鹏图

五月陂塘好泛舟，荻花萧瑟已生秋。悲吟岂有鱼龙听，齐物聊为鷃雀游。尚喜江湖余落魄，又惊烽火起神州。大明湖上年年柳，落照能经几度愁。（辑自《明湖载酒二集》，亦见于天津《大公报》1922 年 9 月 25 日第 11 版）

大明湖上赠廉南湖四首 〔近现代〕姚鹏图

己酉长夏，南湖先生过历下。别后意有所感，夜坐，作此四律。其后君不果来，诗亦未寄。甲寅长至，旧地重逢，追忆旧稿，录奉一笑。忽忽六年，俯仰今昔，感慨系之矣。是日南郊陪祀，礼成并记。

一别春风十载余，相逢华发各萧疏。宾筵白堕销长昼，小隐青山闻著书。秘阁藏珍今宛在，仙坛写韵近何如？嗟予乞食娱亲者，人海浮沈感索居。

卫家标格擅青箱，管领人间翰墨场。江阁征花传小启，湖楼种柳系斜阳。草堂晓梦星晨近，经卷晨书药里香。中岁皈依谁省识，不须泛诵白毫光。

大雅扶轮世共推，同心心事未能灰。黴言久已违时论，图蔓犹应问党魁。十字琳琅千遍读，孤山香影万花哀。多君拓本殷勤赠，倦眼帏灯卷复开。

相见无端又别离，再来重约菊花时。北方学者知畴是，南国伊人有所思。名画压装趋大力，奇峰怀袖合征诗。愿君惠我簪花格，乞与闺中好护持。（辑自 1915 年 1 月 4 日《申报》第 13 版）

明湖竹枝四章 〔近现代〕张荣培

平湖放棹小徘徊，十里芰荷次第开。山色重重遮不住，乱青遥送入亭来。

参差柳色古亭隈，合是渔洋去后栽。望里鹊华皆倒影，也应移近画船来。

朝烟暮雨尽添新，一色明波长绿蘋。千顷荷花两岸柳，移来城外几分春。

袅袅烟波带月流，夜来游子荡轻舟。江南潇洒浑相似，合把明湖唤莫愁。

（辑自1914年7月31日《禹域新闻》第8版）

月下与同人泛舟 〔近现代〕李炳耀

两三人坐小航中，天影波光上下同。秋色摇来双桨月，暮烟冲破一帆风。星河南转辰仍北，涛浪西驰水自东。游罢诗情何处觅？数声远雁入寥空。（辑自《且住为佳轩诗》）

明湖竹枝词（十二首）〔近现代〕李炳耀

绝好风光俨画图，天开胜境壮名区。春宜烟雨秋宜月，勾惹游人是此湖。

前番指点赖篙师，胜境重来半识之。一带画墙环绿柳，张公祠接晏公祠。

人家三两近湖隈，窗向荷花多处开。门系渔船篱晒网，此家知是打鱼回。

李公祠似铁公祠，垂柳当门荷满池。一佐中兴一死节，两人都是好男儿。

碧波澄澈见游鳞，画舫轻移碎绿蘋。隔岸频闻砧杵响，前头知有浣纱人。

几多打辫与垂髫，闺秀青楼半混淆。买个莲台消内热，金钱掏出绿荷包。

西家刚去又东家，欲唤芳名怕记差。好是知心人恰到，替卿买棹采莲花。

新妆慰贴下红楼，姊妹相邀湖上游。背后忽闻人笑语，偷从扇底看邻舟。

小憩湖亭欲倦身，画船亭外往来频。悄呼女伴开花格，好教人看也看人。

经营虽小胜闲游，热闹场中利易求。隙地三弓新辟就，湖边盖起卖茶楼。

凭栏满挹芰荷香，倏见寒芦雪满塘。夏日繁华冬冷淡，一年两度换风光。

古今风景递推移，未必今时胜古时。湖水不干名不没，南丰遗迹少陵诗。

（辑自《且住为佳轩诗》）

春日忆大明湖〔近现代〕李炳耀

自从负笈到东邻，济上风光想望频。十载湖滨曾作客，三年海外未归人。七桥烟月南丰梦，五里莺花北渚春。何日西行还故国，汇波楼下浣征尘？（辑自《且住为佳轩诗》）

大明湖和吴辟疆（二首）〔近现代〕荡罕

昨宵烟雨在湖亭，有酒如渑不用醒。春草忽成平地绿，名山犹是古来青。偶闻冀北徕天马，为卜河阳驻客星。此日登临动乡思，边云遥接海风腥。

湖光山色伴生涯，芳草萋萋尽日华。春暖无痕莺自语，诗魂长住酒为家。但将弱翰酬知己，未有闲情傲落花。万事销磨只如此，鸣泉百道好烹茶。（辑自《近代诗钞》，亦见于1917年第8卷第5期《小说月报》和1924年第1卷第11期《华国》）

明湖春暖〔近现代〕王谢家

弱柳垂风拂钓舟，芦芽烟暖翠初抽。新莺试吭鸣高树，乳鸭将雏泛碧流。

几辈题襟争启馆，有人垂袖爱登楼。红栏咫尺春难问，莫遣飞花入酒瓯。（辑自《桥庵遗集》）

明湖夜景 〔近现代〕王谢家

丛苇战秋泷，山翠沈波冷。不见湖上船，但见水底影。（辑自《桥庵遗集》）

大明湖 〔近现代〕金天羽

十载明湖梦里经，竭来人海着浮萍？南风波浪生鳞甲，北地山川见性灵。隔舫酒襟花底碧，满城佛髻眼中青。临流一洗红尘脚，愿向沧浪鼓钓舲。铁公祠，一名小沧浪。（辑自《天放楼诗集》卷四，亦见于《鹤望近诗》，诗题前有一“游”字。）

大明湖杂诗（七首之二至四、六至七）〔近现代〕陈衡恪

出没无端见鹏鹈，瓜棚鱼簖压船齐。此间绝少风波恶，乱种荷花画作溪。

水面离人数寸余，白蘋花底看游鱼。青蛙跳掷靴纹皱，掀动芦根四五须。

南北游踪了不关，芰荷香里觅清闲。济南城郭家家雨，裹着拖泥带水山。

行入烟中不见烟，水摇灯月倒晴天。风来直到笙歌散，一点凉萤飞上船。

初程少驻未匆匆，十日湖山在眼中，湖上祠堂皆谒遍，瓣香毕竟为南丰。湖上有曾子固祠。（辑自《陈衡恪诗文集》。该组诗作于1921年8月，曾发表于《大公报·余载》1923年6月17日。陈师曾曾将其书写为扇面，次序文字略异。题记云：“孝方道兄招游济南，留连十日，湖上为多，得杂诗七章，写呈吟教。辛酉秋八月衡恪。”见《陈师曾书画精品集》下册）

大明湖 〔近现代〕庄俞

湖在济南城北隅，占全城之半，相传广九百十八亩，今则土人分割湖面，种芰荷茭芦之属，画舫行处，如在沟河间，十年十月七日重游到此。

海右多山水，明湖买棹观。四围芦苇绕，十里芰荷残。名士难为继，诗人去不还。李北海、杜少陵曾觞咏于历下亭。秋波清可鉴，野鸭未知寒。（辑自《我一游记》）

大明湖 〔近现代〕陈祥翰

泛泛轻舠出碧芜，依然山色满城隅。荷花已尽垂杨老，芦苇萧萧占一湖。

（辑自《东游杂诗》）

秋日同张怡白游大明湖放歌 〔近现代〕吴秋辉

（新水令）秋来风雨太飘萧，倚苏门，一声长啸。风尘余我辈，湖海笑吾曹。梗泛萍飘莽流光，不管斯人老。

（驻马听）一领青袍，万里他乡途路遥。半生皂帽，十年人海音信劳。穷途吹断子胥箫，当筵挝遍渔阳操。空自悼，出门漫向长安笑。

（沉醉东风）卧荆棘，铜驼雾倒，锁莓苔，金甲烟抛。吊辽东，城郭非；哀直北，朝廷小。弄潢池，群盗如毛。待哺哀鸿遍四郊，更何处可安耕钓。

（折桂令）再休说仕路清高，羊质蒙皮，麟楦当朝。焦也么焦，黄金夜进，紫绶当朝。刀笔吏七弃蝉貂，入赀郎终身廊庙。户集苴苞，室集阳鳍。行新法校尉摸金，假天威节使征牢。

（沽美酒）一任你凤麟姿，虎豹韬，总寥落，等悬匏。臣朔长饥侏儒饱。看茫茫天道，且分付酒千瓢。

（太平令）况对着这莲子湖，绿水滔滔，更南山晴翠苕荛，又何须玉管檀槽。好安排舭船酒棹，搜罗些野蔬山肴，随意儿充庖，只安得醉中山千年一觉。

（离亭宴带歇拍煞）俺曾向诗书堆里恣寻讨，灯鸡坛畔蜚声藻，又谁知岁月空消。眼看着髀肉生，眼看着鬓眉变，眼看着容颜槁。齐门鼓瑟羞，郢市知音少，谁省识伤心怀抱。这秋娘墓锁寒烟，槛泉亭堆瓦砾，白雪楼埋荒草。功名岭上云，富贵波间泡，更说甚迷邦怀宝。有多少莽男儿，向西风哭不了。

此余二十年前作也。时方在日俄战后，故有“吊辽东”云云。拙作向不留稿，此事久忽忽忘之，故后来诸友多不及见。年前理旧书，忽于无意中检得，则怡白下世已数年矣。余与怡白同里，年相若，少日皆好南北词，每相逢，辄以背诵曲词为乐。举凡《西厢》《琵琶》《临川四梦》《粲花五种》以及清代之《桃花扇》《长生殿》等，凡其辞藻馨逸、篇章整饬者类能上口……此唱彼和，致足乐也。后怡白既沦为政客，余亦以老境颓唐，无复少年意绪，相见之时常甚少，见不复及此。洎余游京师还，怡白墓已宿草矣。欲复昔日之乐，乌可得哉？乌可得哉！每披此稿，犹神往于当日湖中唱和时也。丙寅七巧后三日侘傺生漫志。（辑自《侘傺诗》，亦见于民国《临清县志·艺文志·诗词》）

菩萨蛮 · 济南春咏（六阕之四）〔近现代〕吴秋辉

明湖滟滟春波绿，芦芽荻笋森寒玉。三两钓鱼娃，临流戏落花。白鸥时出浴，宛转偎堤曲。归路晚烟昏，渔歌出远村。（辑自《侘傺集》，亦见于民国《临清县志 · 艺文志 · 诗词》）

癸丑中秋日同荆门、方平泛舟湖上，步荆门韵〔近现代〕吴秋辉

归计蹉跎又暮秋，聊凭杯酒破牢愁。菱梢碍路低浮桨，山色穿城乱入楼。老去江湖淹日月，劫余台榭感山丘。醉来卧听邻船笛，箫管何须坐两头。（辑自《侘傺轩诗剩》）

附荆门原作

毵毵弱柳不胜秋，残照西风湖上愁。夹岸笙歌名士舫，隔桥灯火酒家楼。王孙寂寞怜芳草，燕子飘零感废丘。待月久忘衣露冷，且陈瓜果伫船头。（辑自《侘傺轩诗剩》）

附方平原作

相逢无俚度中秋，载酒湖船荡客愁。岚影暮涵千佛寺，烟痕凉锁汇波楼。菰蒲萧飒回渔桨，亭榭荒芜感废丘。赏月欲归偏月蚀，厌闻笳鼓起城头。（辑自《侘傺轩诗剩》）

明湖修禊（四首）〔近现代〕吴秋辉

挈伴明湖载酒行，天涯弹指又清明。一春细雨常妨屐，几日飞花忽满城。北海琴樽怀旧梦，西陵车马动新晴。永和陈迹今千载，对此重教感慨生。

芦芽短短柳丝丝，菱刺藤梢绿满陂。向日花明汇泉寺，临风莺语铁公祠。近湖池馆迷歌扇，背郭人家多酒旗。最是一般惆怅处，小桃红上去年枝。

兰桡宛转镜中天，玉管金箫满泛船。出水荷明初著叶，沿堤柳老渐飞绵。光阴畹晚临挑菜，径路依稀认采莲。赠芍煎裙儿女事，有壶且放酒如泉。

十载明湖泛梗身，七桥风月总前尘。他乡聚首多新雨，远道关心又暮春。去日年华随逝水，当前物态苦撩人。卫河西畔花如锦，背立东风一怆神。（辑自《侘傺轩诗剩》，其中第一首亦见于 1940 年第 4 期《文教月刊》，后三首亦见于

1940年第5期《文教月刊》）

李和卿县长招饮湖上 〔近现代〕吴秋辉

一春不到湖边路，才到湖边春已赊。碧玉一奁山倒影，琼枝千顷荻抽芽。高楼客至闻呼酒，曲径人来见浣纱。赖有清廉贤地主，敢辞百盏醉流霞。（辑自《侘傺轩诗剩》）

甲寅仲秋既望，邀张公制游明湖，感赋四律之三 〔近现代〕吴秋辉

大好湖山结净因，可怜澒洞溷风尘。枌榆浩劫千饥社，缗酤奇勋一计臣。适遇某财政要人。东道烽烟忧逼处，南塘兵略羼何人？浑同杜老栖夔日，独对秋江洒泪频。（辑自《侘傺诗》）

偕冰公月下泛舟明湖 〔近现代〕周学渊

万叠蓝云染素秋，依依蒲柳点芳洲。风轻白纻生双腋，露重红衣结并头。花月船迎桃叶渡，粉香人在镜屏游。须眉萧洒乾坤丽，无我卿当第一流。（辑自《明湖载酒集·补遗》）

游大明湖偕方子和、萧笛坞、徐笠云清游一日 〔近现代〕周学渊

三月春风苦萧索，桃花成缬柳成幕。今朝洗眼大明湖，蒲苇青青压城郭。画船无桨东复西，鸥鹭飞来鱼正跃。人生欢乐本不羁，谁使倥偬成束缚？方萧二子战罢归，厄失无心等六博。公卿皮相天下士，得马失马生哀乐。不知浑沌未凿时，屈指谁分龙与蠖？当今大噱赌乾坤，肯向屠门争杯勺。郑公曾作金门客，科头又复游河洛。谓季庄孝廉。盐车自古困骐骥，尺羽端能铩鹏鹗。峨冠博带诵诗书，何似黄金作媒妁？朽木强支二千年，谬种流传空糟粕。虚名已误见痴聋，余情未死犹咀嚼。拂衣去为澹荡游，历下亭中足磅礴。玉颜翠袖远笙歌，腐儒粗粝甘清酌。意气酣腴风雨来，千佛山头平如削。粗肴小酌历下亭，而风雨大至片刻即晴。推窗雨返酒未阑，水容山态恣绰约。空明烟水净楼台，古槐软柳风袅袅。济南名士逝如波，漱玉新词荡心魄。李易安，历城人。西风残照渔洋翁，一代诗名转矍铄。文章福命不并论，男儿才富女儿薄。悬知瓦釜幻雷鸣，悔说莼羹胜羊酪。昔年曾传东山游，春冰未泮竹解箨。万钱下箸相公羞，薏苡明珠谤可托。须眉

裙屐镇风流，忽见新祠错丹雘。电光石火不易收，人貌荣名终寂寞。儿婚女嫁迫中年，怀抱何能常沸灼？有力莫射南山蛟，有口莫怨北山鹤。闭户休为十上书，誓墓便成万金药。铁轴金轮遍九州，吾辈正宜束高阁。（选自《晚红轩诗存》，亦见于《安徽东至周氏近代诗选》第三分册）

纵酒感事 〔近现代〕周学渊

醉揽明湖一片秋，庙堂那识杞人忧？一城砧杵寒偏早，十载衾裯命不犹。寂寞山光投远寺，苍茫落日冷孤舟。元霜玉杵终何用，难禁嫦娥八海愁。（选自《晚红轩诗存》，亦见于《安徽东至周氏近代诗选》第三分册）

月夜偕二水游湖 〔近现代〕周学渊

手中团扇不禁秋，眼底湖山足壮游。差喜清扬容觌面，试思陈迹漫回头。乌栖杨柳波中月，人倚芦花浅处舟。信我闲官少拘检，吴妆越榜得夷犹。（选自《晚红轩诗存》，亦见于《安徽东至周氏近代诗选》第三分册）

游明湖杂咏（十首之一、五、九、十） 〔近现代〕崔子湘

闲来洗眼水云中，怕说游踪记爪鸿。杜牧风流无觅处，红蕖花少客船空。

雉墉环抱水潆洄，到处停桡笑口开。小李将军金碧画，相公新起好楼台。

荻花风里足清游，啜茗谐谈半日留。同少石年丈及涧樵侄。孤负鹊华山一览，回船犹望北城楼。拟登北城楼看二山，未果。

不到济南二十霜，重逢清景兴徜徉。星星鬓忘秋风冷，为欠此湖诗数章。（辑自1921年9月3日《益世报（天津版）》第14版）

忆大明湖 〔近现代〕弢盦

十年小别结相思，红豆歌成绝妙词。烟月七桥寻旧梦，云山四壁助新诗。分明眼底人千里，消受花间酒一卮。记取钱公祠畔路，荷香如雾柳如丝。（辑自1911年第2卷第9期《小说月报》，亦见于1912年[第2卷第11期《小说月报》）

同贻丈蒋山淮生泛舟大明湖 〔近现代〕愚公

岚影四围忽放晴，凭君打桨记归程。陆沈二百年来事，不信湖名尚大明。

（辑自 1912 年 1 月 12 日《申报》第 26 版）

大明湖上作 〔近现代〕谭佩鸾

荷花深处荡轻桡，漠漠烟痕护玉腰。权把明湖作银汉，鹊华桥当是蓝桥。（辑自 1915 年第 2 期上海《女子世界》）

泛舟大明湖 〔近现代〕织云

湖光摇漾夺天青，四面春山列画屏。小鸟亦如人意乐，双双飞上水心亭。（辑自 1918 年第 66 期《铁路协会会报》）

咏大明湖（二首） 〔近现代〕伯为

漫说江南风景存，齐门毕竟胜吴门。临流祠宇三边峙，沸鼎笙香四处喧。过雨花歌刚六月，名山佛喜对千尊。此间佳趣人知否，晴雪朝烟与暮暾。

双峰夹峙半城环，中涌涟漪水一湾。好景不殊狮子岭，清光高挹鹊华山。芰荷香里管弦脆，杨柳台边画舫还。恰值客来天六月，万花齐放足怡颜。（辑自 1918 年第 1–2 期《嘤鸣丛刊》）

明湖泛舟歌 〔近现代〕沈恩裕

余客历城时曾为程子洁身于子笠轩邀游明湖胜景，不禁神驰，惜作客无多日即赴胶滨。回忆前景，历历在目，爰作斯歌以志鸿爪。

昨客殿城下，风景遍搜求。明湖水色秀，相约泛扁舟。皓月当头挂，芦边濯水鸥。荷香袭襟袖，翠盖覆鹭浮。画舫相栉比，柳线绿如油。才听梨园曲，又闻歌悠悠。尘俗挥金客，拥姬乐温柔。随波逡巡去，芦苇曲径幽。巍亭名古历，往迹至今留。政德感闾闾，铁铉、张曜有政绩，民感其德。建祠享千秋。湖中建铁公、张公、李公等祠。垂杨系孤棹，撩衣步层楼。有阁名北极，甚高大。凭栏观夜色，隐约见牵牛。我为吹洞箫，客各放歌喉。虽无置酒乐，已忘离别愁。时余初离桑梓。倏忽冰轮斜，呼伴赋归休。（辑自 1919 年第 8 期《同南》）

晚游大明湖即景 〔近现代〕李士瀛

浣纱石上立飞凫，薄雾轻云好画图。一艇笙歌霞彩艳，半湖烟水月华铺。

星河大地握明灭，灯火高楼望有无。世味炎凉原是梦，铁公祠畔结茅芦。（1920年第1卷第1期《山东公立农业专门学校校友会杂志》）

大明湖 〔现当代〕杨承荣

扁舟一叶任西东，人在明湖罨画中。莲叶弄珠朝露润，荷花烂锦夕阳烘。南临孤障佛头绿，北卧双桥雁齿红。到岸回头遥望处，铁公祠外暮烟笼。（辑自1927年第1卷第4期《中大季刊》，亦见于1933年第1卷第5–6期《齐中月刊》）

济南明湖竹枝词二十首 〔现当代〕要偕

约订良辰小聚谈，频翻新历细评参。星期毕竟游人夥，恰好今朝礼拜三。

画眉新样墨痕稠，燕尾低拖如意头。羡煞河东狮子态，双披鬓发擅风流。

时式梳妆淡不华，鹊桥西畔惯停车。剧怜三寸坤鞋上，遍绣鸳鸯并蒂花。

衣衫窄窄步轻轻，故逐人丛取次行。男女平权新世界，儿家生小爱文明。

铁线纱衫漾水云，卫生衣袴映罗纹。趋时不管天炎热，方领兜腮寸八分。

径穿苇港去如梭，碧藕花中度绮罗。画桨轻摇行住且，停船听唱采莲歌。

纸卷兰烟玉嘴装，如脂素口细评量。邻舟巧逼迎风过，半袅烟香半气香。

潘公祠北小园西，结伴巡行玉手携。自顾双翘莲步弱，累人扶掖上楼梯。

媚眼横波倚画楼，一回含笑一回眸。色晶眼镜金丝绾，不为遮风为避羞。

图书新馆足留连，故相祠旁驻画船。预嘱雏鬟集人数，票房先付券资钱。

日午风薰倦倚栏，渴烦无计解喉干。为防昼永茶须忌，衿袋前期贮宝丹。

谁家少妇忒娉婷，苏口咿唔最可听。仿佛良宵观艳曲，牡丹花演《牡丹亭》。

名优宋志谱，一名牡丹花。

斗大怀花特别工，密穿茉莉绕干红。胸襟一朵香流远，侥幸何人占下风。

用成句。

荷花如面柳如腰，拂柳穿花过板桥。偷背同人拭怀镜，依颜差胜几分娇。

绕遍长廊步力殚，浸淫香汗湿罗纨。侍儿善揣人心意，汽水频催启荷兰。

花阴絮语立移时，游兴方酣日影迟。记取湖心亭外路，回廊西对铁公祠。

随喜香茶盏半温，朱唇微吮剩犹存。却将残瀋倾于地，恐被旁人拾唾痕。

香风习习水涓涓，一路看花到汇泉。私忆昨宵占好梦，含情羞说并头莲。

几处丛祠竟日游，歌楼舞榭晚凉幽。维新妙剧开风气，婚配从今得自由。

归途次第渴消停，预约重游古历亭。方语自饶风雅趣，可来两字费叮咛。赠有正书券八角。（辑自1919年11月4日《时报》）

济南道中（二首之二）〔现当代〕陈小蝶

明湖衰草浸天寒，城上人来侧帽看。一亩红蕖取秋意，鹊华还在有无间。（辑自《历下纪游》）

七月九日偕吴桐渊游大明湖 〔近现代〕冒广生

少时梦想明湖柳，垂老真为历下游。半日得闲携俊侣，百端遥集入孤舟。不辞酒薄心先醉，稍觉悲来气又秋。相对且收名士泪，吹寒清角话城头。（1930年《壬申年刊》）

大明湖舟中（二首）〔近现代〕袁炼人

久慕明湖胜，停车便访斯。未描摩诘画，先读杜陵诗。名士多于昔，杜句："海右此亭古，济南名士多。"吟豪遇觉迟。因约弢公同游，未果。他时重到此，定报故人知。

历下一亭古，四时花木殊。地今传北海，湖畔历下亭有李北海像。景正似西湖。画舫游偏好，清樽兴不孤。婀娜三面柳，相对更清娱。历下亭云"四面荷花三面柳。"（辑自1923年第94/95期《交通丛报》）

大明湖泛舟，至历下亭 〔现当代〕王猩酋

水木明瑟处，都称历下亭。我来一泛棹，身世九秋萍。茭嫩方抽白，湖中产茭白，可烹作餐。其根白嫩，故曰茭白。荷枯尚带青。此间随意乞，七十二泉灵。济南七十泉，皆汇大明湖。（辑自1932年广字162《广智馆星期报》）

过济南，冒风重游大明湖、趵突泉 1961年。〔现当代〕吴玉章

甘冒狂风到历亭，千年不再见诗人。明湖似海常兴浪，热血如泉耐久温。漱玉衷词伤肺腑，板桥诗画养心神。嗟余重顾廿余载，又向江南觅早春。（辑自《吴玉章诗选》）

大明湖绝句（三首）〔现当代〕罗惇融

千佛山色压城低，北极庙前荷绕堤。稍憎万叠青芦叶，占尽百顷碧玻璃。

凫鹥拍拍随鱼队，楼阁疏疏亚苇丛。垂柳两三船系处，捣衣十五女当风。

浣花诗翁留题后，历下亭子占湖多。且烹玉鲤新蒲酪，坐看西风翻绿荷。

（辑自1913年第20期《宪法新闻》，又见于1914年7月10日《神州日报》第9版）

大明湖雨游〔现当代〕孙松龄

天公爱惜兹湖至，怕日儿晒老，风儿吹去，特放轻阴，朦胧风日，更教微雨偷偷洗。

天公爱惜兹湖至，看雨丝着处，水纹圆起，点点圈圈，来来去去，想见衡文颠倒意。

雨湖谁记，远山睡无语。有几个画学生，铁公祠张纸，一人一段写取。我无画笔，画外题诗，嵌入平民报里去。（辑自《花知屋诗》）

蝶恋花·秋日忆大明湖〔现当代〕孙松龄

思起明湖如中酒。咫尺天涯，不许人归就。住老愁乡浑忘久。秋风秋雨今时候。

禁得萧疏湖上柳。湖上人家，只有秋依旧。一样京华非故有。夕阳下扑江南瘦。（辑自《花知屋词》）

菩萨蛮〔现当代〕孙松龄

夜床展转反覆，韦端己词冲口涌出："春水碧于天""夕阳红上船"二句连诵不置。已乃悟次句非韦作，乃天续也，为足成之，以贻我历下明湖。

暮春天气人初倦，湖楼渐起看山眼。春水碧于天，夕阳红上船。

船行城北曲，看到城南绿。三面绿遮□，山容活画屏。（辑自《花知屋词》）

大明湖〔现当代〕方树梅

西湖如美人，明湖似名士。杜老褒其实，苏髯扬其美。此是贤人乡，渊源良有以。湖汇七二泉，四时深而泚。柳阴绿半城，荷花香十里。历亭海右古，宛在水晶里。千佛列如屏，伯驹画难比。鸥鹭狎烟波，物我两忘矣。古来名士多，兹焉首屈指。湖畔宏文馆，系缆稽诸史。金碧文献征，携归耀桑梓。山东省立图书馆在湖北岸。（辑自《北游搜访滇南文献日记》）

游大明湖，示哲子（一九二七年一月二十二日）〔现当代〕章士钊

由来名胜尽虚传，毕竟杨侯此语贤。昨日大明湖上去，一湾沟水绕蒲田。（辑自《章士钊全集》，初刊于载《甲寅周刊》第 1 卷第 41 号“诗录”栏，署名孤桐。）

俊民约游大明湖 〔现当代〕顾公毅

柳已先零浪亦枯，更无人迹到兹湖。不妨我辈来飘泊，共寄沧浪伴钓徒。山影横空滋幻象，橹声摇梦怯飞凫。如何一水今成卦，倘为官私几贯租。（辑自 1933 年第 2 卷第 5 期《国风（南京）》）

晚泛 〔现当代〕夏继泉

烟树苍苍绕郡城，碧荷十里晚风轻。呼船载茗历亭去，湖上无人月更明。（辑自《渠园外篇十种 · 明湖片影》）

读艾学川《初秋明湖》十五首 〔现当代〕苏之銮

济南风景似江南，最喜明湖一镜涵。待向此间开倦眼，归来好作解颐谈。（辑自《星桥诗存三百首续编》卷下）

鲁游杂诗一百首（之十三、十五、十九）〔现当代〕柳亚子

城头驰道莽纵横，城下明湖万顷萦。输与胡酋夸眼福，会波楼上闭门羹。城墙有马路可通汽车，其上有楼曰“会波”，门扃不得入，见觉罗 · 弘历所建诗碑而已。

济南风物似江南，烟水迷离景绝酣。买得明湖青雀舫，中流容与恣清谈。乘游舫泛大明湖。

羊裘惜未钓渔矶，浣女如花望欲迷。凄绝辽阳成异国，为谁辛苦捣征衣！湖畔捣衣女郎甚夥。（辑自《磨剑室诗词集 · 鲁游集》）

月夜泛明湖 〔现当代〕李炳南

扁舟泛明月，深入荷花里。不必摇双桨，随风任所止。携来玉洞箫，斗酒新莲子。微醉一曲歌，余音满流水。拨剌响清波，旋花跃金鲤。化机在我心，无可宣其旨。（辑自《燹余稿［上］》）

忆明湖联语 〔现当代〕李炳南

历亭楹联："四面荷花三面柳，一城山色半城湖。"亦有碧筒杯之事。

轻舟美酒碧筒杯，十里荷花四面开。如此湖山谁作主？骚人多为赋诗来。（辑自《雪窗习余》）

天涯感 〔现当代〕李炳南

明湖中有藕神庙，祀词人清照。

历下亭南我旧家，烽烟六代走天涯。愁吟应有诗人志，不独明湖吊藕花。（《雪庐老人全集》）

春日雨后游湖 〔现当代〕洴澼庐主人

明湖宜雨亦宜晴，雨后湖光接太清。几尺篙添春水绿，一舟人倚夕阳明。逐萍浮鸭应知暖，出水游蛙不屑鸣。归棹历城风景好，卖花声里客心惊。（辑自《中华名胜古迹》第二编《山东》，亦见于民国《山东省志》第三卷第二章）

大明湖 〔现当代〕郭沫若

湖船题遍诗人句，诗句虽多不及湖。闻有芙蕖待蟾魄，已看杨柳化鹅雏。济南民众超名士，历下楼台胜古都。（湖中历下亭，传唐天宝四年〔公元745年〕李白、杜甫、李北海等曾聚会于此，有"海右此亭古，济南名士多"句，今扩大其意。）我欲举杯邀杜李，问今佳兴复何如？（辑自《长春集》）

大明湖夜泛 〔近现代〕杨铨

花外笙歌水上楼，轻舟载梦过汀洲。萧萧何处催归雨，却是风蒲入夜秋。（辑自1923年第23期《学衡》）

雪后同祥农弟泛大明湖，约献唐不至（二首）〔现当代〕尹莘农

琼英明屋瓦，时雪散烦心。蜡屐推袁卧，停桡试戴寻。萍枯湖水阔，冻合岱云深。莫傍丛祠泊，鸱枭在近林。

衰柳倍萧瑟，饥鹰啄晚风。芳菲兴独往，摇落感应同。波隐楼台影，舟横芦荻丛。衔杯劝羊仲，驹隙亦匆匆。（辑自1933年第1卷第2期《新医学（济南）》）

大雪后邀宴剑三、仲舒、瀞庵、献玖、鹏飞、秩疆、香孙、祀门、次箫、献唐、味辛于明湖舟中，时图书馆古董被窃，乃为此游纵谈资料，感而有作〔现当代〕尹莘农

辕驹信局促，茧暨自缠萦。愿借澄湖水，一证空旷情。酒舫夙已戒，侧席接嘤鸣。兔园枚叔重，鹤氅王恭情。昨游盛莲荇，曳树听蝉声。弹指黄芦岸，飞雪满山城。感兹凋年意，肯辞百杯倾。浮生本若梦，出处谁能名？幸如飘茵絮，敬脱饥寒婴。不见窃钩辈，捉胫方敲搒。人事漫无尽，老死欲何成。浊醪有妙理，但醉莫复醒。（辑自1933年第1卷第2期《新医学（济南）》）

明湖杂诗（二首）〔现当代〕王小隐

飘零身世轻于叶，浩荡情怀澹似秋。不似当春心绪恶，此来宁为稻粱谋。

烟峦弱柳斗青颦，无限澄波照眼新。暗祝流光莫轻去，天留秋色待伊人。（辑自1932年9月4日《民国日报（山东版）》第八版）

明湖棹歌（十首并序）〔现当代〕刘鹏年

历下胜迹，首推明湖，美备四时，夏景尤绝。清游既数，吟兴忽浓，因仿竹枝体，赋诗十首，藉资点缀，命曰《明湖棹歌》。未尽之意，容暇续为之也。

千佛山顶月一弯，大明湖里水回环。郎如好月侬如水，夜夜清辉照玉颜。

稳放兰舟一叶轻，分明人在镜中行。软风斜日垂杨岸，时有幽禽三两声。

云影天光共蔚蓝，荷花十里似江南。挐舟莫向花深处，恐有鸳鸯睡正酣。

古历亭边暑气消，闲将兴废说前朝。问郎忆否西泠景，一样湖心系画桡。

散花妙手有群姝，贴水荷灯画不如。若把侬心比红烛，贮郎怀里尽啼珠。

抹过长堤复短堤，萧萧芦荻与人齐。却登百尺楼头望，依旧环湖到眼低。

梦断华山一发青，晓风吹面酒初醒。船头一曲《渔家傲》，引得潜鱼出水听。

鼎峙三贤铁李张，湖山终古荐馨香。功名自笑非吾分，画舫烟波引兴长。
宛转笙歌彻碧霄，衣香鬓影满兰桡。明湖遍是温柔水，为问郎魂销未销。
暮暮朝朝水上嬉，雨晴雪月一般宜。头衔便合称渔隐，历尽桑沧总不知。
（辑自《南社三刘遗集·鞭影楼诗存（一）》）

明湖棹歌（后十首）〔现当代〕刘鹏年
湿云低压佛山腰，澹澹湖光一望遥。最爱雨丝风片里，扁舟摇出鹊华桥。
捣衣莫近明湖水，月下声声倍断魂。各有天涯漂泊感，年年芳草怨王孙。
捣衣合近明湖水，唤起游人尽忆家。黄叶莫辞良夜酒，寒梅应着旧时花。
嵯峨北阁瞰平湖，携酒登临兴不孤。一自新亭歌哭后，河山犹是昔年无。
岂独西湖是美人，明湖亦是女儿身。淡妆浓抹娇如许，欲倩陈思赋洛神。
明湖信有天然美，或较西湖胜一筹。窃比当年白司马，山温水软恋杭州。
一湖深碧明湖水，钓罢归舟夕照红。鱼可作羹蒲菜美，莼鲈且莫忆秋风。
巨舟如屋行迟迟，小舟来去如瓜皮。郎意如舟有轻重，侬心似石无转移。
一湖明月夜凉多，鸥鹭无声卧碧波。忽地隔花闻打桨，香风吹出采莲歌。
听风听雨明湖住，惭愧飘零又一年。吟罢竹枝刘梦得，新声忙煞翠楼弦。
（辑自《南社三刘遗集·鞭影楼诗存（一）》）

减字木兰花·忆大明湖之游〔现当代〕刘鹏年
平湖如镜、倒浸一堤杨柳影。画舫轻移、千佛山头夕照低。
笙歌乍起、夏木黄鹂听仔细。胜会难常、对饮何妨累百觞。（辑自1924年第3期《湘君》）

西江月·中元大明湖泛月，和劼刚（二首）〔现当代〕刘鹏年
蘋末西风送暝，莲房玉露惊凉。雪花桥畔放轻艭，听汝扣舷高唱。
容与芷汀兰渚，缤纷鬓影衣香。珠灯万点射湖光，幻作鱼龙游漾。

诗忆微云河汉，情添隔雨红楼。莫教风月误清游，佳节人间难久。
毛骨敢矜天马，烟波愿伴沙鸥。湖心箫鼓夜深收，又是画船归候。（辑自1924年第1期《南社湘集》）

忆济南明湖春景〔近现代〕张惠贞

明湖潋滟漾清波，碧叶田田露嫩荷。试上佛山望村落，夕阳影里晒渔蓑。（辑自1919年第4期《北京女子高等师范文艺会刊》）

八声甘州·哀济南（二首）〔现当代〕顾随

记明湖最好是黄昏，斜阳射湖东。正春三二月，芦芽出水，燕子迎风。城外南山似幛，倒影入湖中。醉里曾高唱，声颤星空。此际伤心南望，有连天烽火，特地愁侬。便梦魂飞去，难觅旧游踪。绕湖边、血痕点点，更血花比着暮霞红。凭谁问、者无穷恨，到几时穷。

便将来重复到明湖，胜游总成空。任三更渔唱，数声柔橹，半夜荷风。只怕双擎泪眼，觅不到残红。点点青磷火，芦苇丛中。眼看春光又老，谩酿成春色，费尽春工。上九重天上，细问碧翁翁。甚年年、伤春不了，却一春、不与一春同。春归去、已匆匆了，莫再匆匆。（辑自《顾随全集》卷一）

过大明湖〔现当代〕曹熙宇

大明湖亦能潇洒，却逊西湖浩渺波。欲向古亭问名士，鹊华无语夕阳酡。（辑自1937年第14卷第4期《医药学》）

明湖竹枝词（四首）〔现当代〕曹景瑜

明湖渲染画图工，晴雨风烟各不同。楼外青山山外树，一时并入镜函中。
红莲六月花开好，二月湖边雪尚浓。试向鹊华桥顶望，山头齐放白芙蓉。
每到湖心便解颜，渔歌隐隐绿杨湾。小亭撑起南窗坐，隔着莲花看佛山。
雨后烟岚绕槛青，所思不远白苹汀。寺边相遇曾相识，携酒同登得月亭。
（辑自1927年第4卷第1期《学生文艺丛刊》）

明湖竹枝词（十二首）〔现当代〕刘西峰

湖水盈盈一碧流，垂杨堤畔荡轻舟。玉郎贪掬莲花水，湿我弓鞋小凤头。
鹊华桥边又夕阳，笙箫夹岸唱郎当。劝君且莫敲双桨，惊散花前野鸳鸯。
芦蒲一色绿如烟，门草湖边泊画船。嘱咐东邻诸女伴，采花莫采并头莲。
湖边小步蹴香尘，打鼓吹箫正赛神。玉貌轻将团扇掩，花间恐遇画眉人。

绣裙百叠试轻纱，采得芙蓉日未斜。沿路风香招蛱蝶，谁言妾貌不如花。

新织香罗可体裁，临风顾影自徘徊。蛾眉都羡邻家妹，试照湖光镜里来。

烟雨如丝画不真，绿波风起漾鳞鳞。渔郎相遇停篙语，不看荷花看美人。

名班戏演沧浪亭，年少听歌尽到场。俯首低声阿姊唤，纱衫罗扇是萧郎。

试将玉貌与花论，咳唾生香笑语温。莫怪西施称国色，隔船人坐也消魂。

新妆画得好蛾眉，淡淡春山扫黛宜。底事倾城花一朵，游湖也上铁公祠。

金井梧桐冷素秋，临湖游女顿生愁。昨宵梦得檀郎去，泪湿罗裙旧石榴。

偷描小照写桃花，醉里裙衫半欹斜。岂爱采莲留不去，停舟欲访玉人家。

（辑自1929年11月08日《民国日报（山东版）》第十版）

历下竹枝词（五首之一）〔现当代〕体察

济南名胜属明湖，杨柳楼台入画图。苇界荷塘穿小艇，篙声惊起水中凫。

（辑自 1941 年第 2 期《大风》）

大明湖 〔现当代〕吴寿彭

余乙丑夏道过济南，荡舟大明湖中。己丑后，又数经行。每至，辄觉湖更浅狭。念历代济南诗人之所咏赏者，山川今昔，甚相异也。爰以绝句，纪所妄想。

出海黄淤又改漕，重来济水润单椒。清朝涌放舜泉棹，柳岸荷香卅里遥。

单椒点黛，《水经·济水注》状华不注山语。卅里荷花，数见元遗山《济南杂诗》与《济南行纪》中。（辑自《大树山房诗集》下集）

明湖竹枝词 〔现当代〕王兰馨

鹊华桥下水流急，千佛山头枫叶稀。红藕香残人不见，竹枝唱彻鹧鸪啼。

历下亭畔柳阴浓，桃花开日记相逢。明湖也作桃源路，一路飞花泛水红。

（辑自《将离集）卷一）

济南竹枝词十六首（之二）〔现当代〕菊生

明湖依旧漾澄波，胜利风光快若何。历下亭边笛韵袅，是谁娓娓唱清歌?

（辑自 1946 年 3 月 14 日《民国日报》第四版）

济南杂咏二十首（之二）〔现当代〕胡端

芦荻萧萧雁影寒，七桥秋意逗流湍。木兰舟上空惆怅，不见词宗李易安。（辑自1941年《萸江吟社辛巳秋冬季合刊》）

济南大明湖次韵，和同游者（四首之一、三、四）〔现当代〕赵朴初

与君来证老残游，四面荷花迓客舟。鸟过幻留双妞唱，岸移真入半城幽。刘鹗《老残游记》写济南风景，有“四面荷花三面柳，一城山色半城湖”之句，又写黑妞、白妞唱鼓词，极生动。

冰壶水阁味清凉，千佛山光照满窗。可得十年种花木，千红万紫拥朝阳？

登临西北有高楼，齐鲁青分一角收。异代风流如可接，不嫌邕甫共吾俦。唐李邕、杜甫曾同游历下亭赋诗。（辑自《片石集》。诗作于1951年2月，手迹原题作《游大明湖，次韵和刘宠光部长》，第一首原作“平生最羡老残游，四面荷花香漫舟。始识前人非妄语，果然寻得半城幽”。第四首作“居然西北有高楼。近水遥山一望收。异代风流如可接，杜陵北海共吾俦”）

癸酉八月二十三日，偕以平、石永、以凡泛舟大明湖（二首）〔现当代〕芮麟

湖上秋来半是花，芰荷香里好生涯。阿侬不是江南住，合向此间老岁华。

荷风习习柳毵毵，千佛当前滴翠岚。今夜故乡休入梦，济南秋色似江南！（辑自《山左十日记》）

仲秋游大明湖〔现当代〕周至元

载酒下轻舟，波平似不流。水开三面镜，月送一般秋。疏柳助新咏，澄烟洗旧愁。历亭歌舞处，拟作广寒游。（辑自《周至元诗文选》）

同诸友游大明湖〔现当代〕周至元

泊船深际已三更，四面波光荡月明。橹打芦花根入座，鱼穿荷影水无声。半湖镜面中央坐，一叶秋风自在行。今夜同游画题咏，碧纱未识护谁名。（辑自《周至元诗文选》）

明湖竹枝（二首）〔现当代〕蓝桢之

看来真个屋如舟，篱落都疑水上浮。门外湖光明似镜，家家小女照梳头。

家家姊妹惯相于，处处人家近水居。为爱清凉避炎热，浣沙每待月来初。（辑自《东厓诗集》）

大明湖（二首）〔现当代〕蓝桢之

湖上楼台湖外城，城头山色看分明。游鱼多逐华船去，皓月直从龙窟生。十里荷花香馥馥，千条杨柳水盈盈。聒人两部鼓吹者，偏在此间却不鸣。

名泉处处涌平地，脉络源源尽可通。湖面镜清天上下，鱼歌唱彻浦西东。珠投荷叶偏宜雨，篙刺木兰不藉风。试向百花洲上望，此身如在水晶宫。（辑自《东厓诗集》）

明湖秋集（二首）〔现当代〕王著夫

海右名区忆旧璇，荻芦深处荡轻舟，湖光潋滟依城堞，山色青苍满县楼。柳岸波明双沼水，荷池花艳一亭秋。沧浪小咏浑遗世，独立斜阳数白鸥。

屋角松涛夜半惊，梦回孤枕听秋声。云飞大野鸿初下，月暗荒郊虎一鸣。冷入吴江枫有影，凉催灞岸柳无情。佳人犹是渺天末，汉帝悲歌漫自成。（辑自1922年第53期《青年进步》）

省女兄于济南，同舟游大明湖，尚想古人，吟赠冕士姊丈，次泉明斜川原韵〔现当代〕铜士

亲故喜见招，吾行乐未休。遄车过济南，幸与同怀游。泛舟历下亭，李杜居上游。诗名天地间，放浪闲白鸥。湖水鉴古心，清迥胜丹丘。崇祠明德馨，群贤为匹俦。大雅久衰歇，尊俎空唱酬。惜才不同时，并世相容不？方今鲁难殷，酒薄难销忧。康济岂无术，富贵非所求。（辑自1922年第118期《铁路协会会报》）

水龙吟·夜泛大明湖〔现当代〕王朝阳

济南一片砧声，声声捣出新秋意。溶溶夜色，霏霏露脚，晚凉天气。十顷平柔，一舟容与，两三知己。向菱荷香里，菰芦深处，惊醒也、鸳鸯睡。

历下亭边小憩。览晴空、月华如水。蒹葭采采，伊人安往，满湖诗思。难得今朝，画船载酒，雅人深致。慨年来、好景蹉跎，辜负了、平生志。（辑自

1923年第1卷第1期《江苏省立第一师范学校年刊》）

咏大明湖 〔现当代〕孙绮芬

王维诗里画，描写费摩挲。雨过凉生树，风来月涌波。鸟声花外好，吟兴酒边多。僮仆催归去，轻舟荡芰荷。（辑自1923年9月14日《小说日报》第7版）

游大明湖一带有感丙辰作。（六首） 〔现当代〕段瑞翔

漫步鹊华桥，湖光淡荡招。飘扬花舫近，惆怅玉人遥。净绿当前褪，红分外嘉。残冬无个事，胜迹屡停桡。

随缘任去留，孤立豁吟眸。歌对清荷渚，诗题白雪楼。古亭今不古，幽境尚还幽。啸傲烟波外，必轻万户侯。

舟系柳条边，禅林是汇泉。庄严看宝相，洒脱亦神仙。世事三更梦，冥心一点禅。几时参得透，出入白云天。

大儒曾子固，栋宇欲凌空。遗泽尊勤果，高风仰晏公。摅怀群动外，静眺太虚中。举目关河异，中原景不同。

荡舟临北极，一谒德庄王。拾级踪还缓，游观首自昂。会波（楼名）余倩影，水面（亭名）吐清光。大地多沈陆，湖边岁月长。

尘事繁如织，回头是岸不。月高风袅袅，人静水悠悠。独座无高会，扁舟空壮游。胸襟频被压，何日骋骅骝。（辑自1924年第1卷第23期《湘南》）

大明湖三首（之一、之三） 〔现当代〕淮海

飘然来揽渚烟秋，一片青帘卖酒楼。名士题诗遍楹壁，依稀风景忆杭州。

楼阁高低小洞天，沙禽戛戛破寒烟。秋风吹断平湖水，衰柳残荷绕画船。（辑自1925年第9期《辽东诗坛》）

游大明湖 〔现当代〕素声

大明湖上放游船，蒲耀清波柳带烟。课罢临流无限业，回头不觉廿余年。（辑自1925年5月30日《大公报（天津）》第6版）

明湖竹枝词(二首) 〔现当代〕远明

前朝萧寺树模糊，回首沧桑景已殊。燕子销沈孤月堕，大明依是尚名湖。

水木萧然六月寒，朱帘卷处爱凭栏。青山一角堆眉黛，也作女郎妩媚看。（辑自 1925 年 12 月 9 日《益世报（北京）》第 8 版）

大明湖 〔现当代〕周啸湖

气冥海右压湖阴，万顷蒲菰绿意深。出色画图开历下，回文锦字识波心。分明秋水欺萧鬓，消受荷风整素襟。且喜百忙闲半日，濠梁偕乐小鱼针。（辑自 1926 年 6 月 29 日《新无锡》第 0004 版）

大明湖 〔现当代〕张磊

稷下多年忆旧游，大明湖水日悠悠。镜开画舫回来路，泉汇清河最上流。千佛云山相隐映，三齐文物载沈浮。济南潇洒同西子，且学骑驴共泛舟。（辑自 1931 年第 1 卷第 1 期《焦作工学生》）

大明湖上作 〔现当代〕欧阳溥存

阅世厌吴歈，齐讴良足喜。迈往避嚣尘，相携狎烟水。泉清缨可濯，苇茂楫难理。飞花昵怀袖，馁鹭窥筵几。从祠历盛衰，碧浪淘青史。独吊曾南丰，灵风时暗起。南望念东湖，凶氛笼故里。曰归只自欺，据乱犹未已。我舞卿当歌，人生行乐耳。（辑自 1931 年第 8 卷第 26 期《国闻周报》）

月夜游大明湖 〔现当代〕枕秋

银蟾斜挂碧天深，欲采菱花露气侵。两岸风芦齐作响，萧萧应是对秋吟。（辑自 1933 年 1 月《铁中季刊》）

大明湖夜泛 〔现当代〕刘文瑛

青萍碧水连珠月，酒已开樽歌未歇。恍若壶天物外游，棹歌一曲神飞越。（辑自 1933 年第 2 卷第 1/2 期《女师学院季刊》）

游大明湖·寄捣练子调（四首）〔现当代〕许天麒

堤外柳，水中莲，傍柳依共划小船。山光水色都入画，历下亭前最陶然！

山色净，湖光明，山净湖明两有情。渔夫一竿认垂钓，得闲又唱踏莎行。

北极庙，铁公祠，驾我扁舟任所之。自古骚人来此处，题诗作赋留其词。

酌酒后，啜茗前，斜枕短槎听管弦。人世俗尘皆不染，佛山遥对愿争禅。（辑自1934年第3期《铃铛》）

秋夜泛舟大明湖（二首）〔现当代〕寿珊

历下亭前柳，张公祠里鸦。古人不可见，明月在芦花。

湖上碧菡萏，湖中白鹭鹚。平章秋色去，满载月明归。（辑自1934年第2卷第6期南京《大道》）

游大明湖〔现当代〕历下僧

庚五月望，靳君梦云约张君协如、李君象乾、孙君咸超游大明湖，余说得随步履。协如将长夏村邮局，起程有日矣，因赋此录尘志别。

波澄明似鉴，荡桨过苇池。涛影山光动，大明湖距千佛山十余里，夕阳西下，山影入湖，洵奇观也。荷香船去迟。水深新霁雨，语契旧相知。此游应有意，记取月圆时。（辑自1936年第2卷第8期《中华邮工》）

大明湖即景〔现当代〕黄晚芳

迷离烟树渐模糊，回首云山入画图。杨柳楼台杨柳岸，一痕绿雾覆明湖。（辑自《新苗（北平）》1936年第5期）

明湖〔现当代〕梁弢光

一舟东去泛明湖，九月芙蕖尚未枯。欲向渔庄寻酒伴，断桥疏柳路疑无。（辑自1937年第8期《南社湘集》）

游大明湖〔现当代〕吴益曾

夹镜清泉照眼流，重台凭壁思悠悠。烟鬟远接云千尺，夕阳遥侵霞一楼。明月约开花里径，惠风时动水心舟。绿芜红药年年好，喜得随时伴钓游。（辑自

1937 年第 2 卷第 11 期《进德月刊》）

晚步湖畔有感〔现当代〕吴益曾

稷门浪迹瞬经秋，岁岁垂杨系客愁。几处亭台留晚照，一城烟水锁孤舟。少逢世乱悲无补，病念乡关倦远游。多少心情空自问，鼓鼙三月又江州。（辑自 1937 年第 2 卷第 11 期《进德月刊》）

冬日同江问渔、朱经农游大明湖〔现当代〕郝昺蘅

齐水旧汤汤，名湖汇百泉。眷言良已久，托乘侣才贤。繁霜凋莫草，远岫起寒烟。初冰渐凝冱，衰葭亦眇绵。清冬一方舟，霰雪励贞坚。无为愁苦颜，鼓枻各悠然。（辑自 1937 年第 2 卷第 5 期《进德月刊》）

忆济南（竹枝词十二首之二）〔现当代〕蜗庐

大明湖畔系渔船，两岸垂杨笼暮烟。好景如斯堪入画，波心明月水中天。（选自《盛京时报》1937 年 8 月 22 日第 4 版）

游大明湖〔现当代〕知侬

历下亭边好放船，平湖十里半新阡。日笼垂柳飞红絮，风动浮萍破碧氈。岂为残春留过客，偶怀殊绩拜前贤。出泥蒲菜登盘鲤，不信莼鲈味独鲜。（辑自 1940 年第 2 卷第 1 期《新东方》）

木兰花慢·戊寅二月重游大明湖，舟中遇风〔现当代〕罨厂

指齐烟九点，佛山影、拥青螺。更四面高城，低环湖水，祠宇巍峨。雕戈。中兴似梦，又轮回、天地入修罗。谁念秦灰冷劫，迷离楼馆烟萝。湖滨图书馆毁于火。

船过亭畔聚鳞多。惊起见微涡。问东皇何意，狂飙乍起，乱飐寒波。吟哦。旧游隔世，却拼将、残泪湿枯荷。薄暮笳声凄紧，当年堤树婆娑。（辑自 1942 年第 3 期《雅言（北京）》）

大明湖夜饮〔现当代〕刘克明

处处清泉可濯尘，滞留历下值芳辰。便移樽俎邀明月，更喜湖山是故人。

广乐繁灯争媚夜，香车宝马漫嬉春。逢场欲起天涯感，却倚长歌祓苦辛。（辑自1943年6月25日《社会日报》第2版）

游济南大明湖二十一年六月。〔现当代〕谢次颜

轻车来历下，独访半城湖。名士荷中问，水香处处无。水香亭为湖中胜迹。（辑自1946年第2卷第6期《广西民政》）

大明湖晚眺〔现当代〕老杜

长天漠漠晚风凄，鸦背斜阳照眼迷。万顷清波浮历下，满腔孤愤付辽西。隔湖谁唱家山破，抚剑高吟燕石齐。最是铁公祠畔过，含愁怕听马声嘶。（辑自1948年《新风》创刊号）

济南竹枝词十六首（之一、五、六）〔现当代〕菊生

济南风景足清娱，水水山山尽画图。无那初冬风渐峭，画船冷落大明湖。

省垣八载叹分离，胜利来游怅不支。怨煞湖光偏作镜，将人鬓发照成丝。

风云变幻事多奇，惟有湖光似旧时。笑我游踪疏懒甚，此来未到铁公祠。（辑自1946年3月14日《民国日报》第4版）

第二编

亭

一、历下亭（又简称“历亭”，或称“历下古亭”“海右亭”“水心亭”）

历下亭，今位于济南市历下区天下第一泉风景区大明湖东南隅湖中岛的中央，八柱矗立，红柱青瓦，斗拱承托，八角重檐，檐角飞翘，攒尖宝顶，亭脊饰有吻兽，蔚为大观。亭身空透，亭下四周有木制坐栏，二层檐下悬挂清乾隆皇帝所书匾额“历下亭”红底金字。

历下亭历史悠久，文化底蕴丰厚。“历下亭”一词最早见于唐天宝四载（745）夏天杜甫在济南所作的《陪李北海宴历下亭》一诗，不过杜甫此诗题中所说的“历下亭”可能还不是专名，而仅仅是历下的亭子的意思，因杜甫此诗中有句曰“海右此亭古”之句，后人遂据之将“历下亭”的历史上溯到《水经注》所记载的历城“客亭”，比如清乾隆《历城县志》卷第十五《古迹考二·亭馆一》“唐·历下亭”条即云：“杜诗曰‘海右此亭古’，则不始于唐矣，疑即《水经注》所谓‘池上客亭’也。”而《水经注》中所说的池上客亭的位置则大概位于历下古城西北，即今五龙潭一带（《水经注》“济水”注中曰：泺水“北为大明湖，西即大明寺，寺东北两侧面湖，此水便为净池也。池上有客亭”）。

历下亭作为专名最早见于宋代著名文学家晁补之在绍圣元年（1094）任齐州知州时所作的《北渚亭赋并序》：“圃多大木，历下亭又其最高处也。”其后，历下亭时存时废，其位置大体在大明湖南岸（今大明湖路山东省政府北门一带）。到明崇祯时期，历下亭仍处于废圮不存的状态（明崇祯六年刘敕编纂印行的《历乘》卷五《建置考·宫室·亭》“历下亭”条即载：历下亭“今废”）。

一直到了清康熙三十二年（1693），时任山东盐运使的李兴祖才购买乡绅艾氏的地产，重建了历下亭。重建后的历下亭坐北朝南，颜额为“古历亭”，其规模比以前宏大。此后康熙五十五年（1716）山东盐运使罗正，雍正十年（1732）山东盐运使杨宏俊，乾隆年间曾任历城知县、济南知府、济东道道员的李燕，道光二十一年（1841）山东布政使杨庆琛，咸丰九年（1859）山东盐运使陈景亮都曾对历下亭进行重修。

古人曾云：“济南得岱麓山水之胜，而是亭又得济南山水之胜。”（明薛瑄

《历亭送别序》)"元遗山谓'济南楼观甲天下',历下亭尤称胜赏。"(陈景亮《重修历下亭记》)编者认为,若论历史文化底蕴之丰厚、历代题咏描写诗文之多,历下亭都足称得上是"山左第一名亭",在济南建筑史、园林史乃至地域文学史上,都应该占有极其重要的地位。

◇ 旧志中的相关记载

明《历乘》卷五《建置考·宫室·亭》:

历下亭,大明湖。题咏见《文苑》。今废。

明崇祯《历城县志》清康熙增刻本卷十一《古迹志·宅苑·亭馆》:

历下亭,《齐乘》曰:"府城驿邸内历山台上,面山背湖,实为胜绝。少陵有《陪李北海宴历下亭》诗。"昔人标景为"历下秋风"。　今按驿、台俱废,父老相传,亭址在今贡院后。

清乾隆《历城县志》卷第十五《古迹考二·亭馆一》:

唐

历下亭

杜甫《陪李北海宴历下亭》诗:【诗见后,此处略。】(《子美集》)

按:历下亭不知建于何时。杜诗曰"海右此亭古",则不始于唐矣,疑即《水经注》所谓"池上客亭"也。《水经注》:泺水"北为大明湖",湖水并未入城,则此亭非宋、元以来城内之历下亭,故诗曰"北渚凌清河",即《水经注》所谓"泺水又北流,注于济";曰"交流空涌波",即《水经注》所谓历水与泺水会也。唐去魏不远,以《水经注》所述水道考之杜诗,犹隐隐相合;若竟以宋以后城内之历下亭当之,失之远矣。辨详见"山水"。又按子美《八哀》诗有云:"伊昔临淄亭,酒酣托末契。重叙东都别,朝阴改轩砌。论文到崔苏,指尽流水逝。近伏盈川雄,未甘特进丽。"《唐诗纪事》注云:"甫有《陪李北海宴历下亭》诗,则历下亭又名临淄亭。"考《旧唐书》,齐州属河南道,贞观七年置齐州都督府,天宝元年改为临淄郡,五载改济南郡。又考《少陵年谱》,天宝四载在齐州,正值改郡之时。《唐诗纪事》注即以临淄亭为历下亭者以此。

……

宋

历下亭

晁补之《北渚亭赋序》:"圃多大木，历下亭又其最高处也。举首南望，不知其有山。"(吕祖谦《宋文鉴》)

按:《赋》中又有"跻历下之岧峣"云云，皆谓历下亭亦居高处，而终不如北渚亭之尤可望远。参以《济南行记》及《齐乘》所载，则宋历下亭自在湖上，既非唐之旧，亦与今不同。金、元、明以来大约相近，故今汇叙于此；而唐及今之历下亭则别见，以其非一地故也。但详考《济南行记》及《齐乘》所述，亦各有误，辨详后。

元好问《济南行记》:【略。】

历下亭，府城驿邸内历山台上，面山背湖，实为胜绝。少陵有《陪李北海宴历下亭》诗。(《齐乘》)

按：元历下亭，于钦谓在历山台上，与晁补之《北渚亭赋序》所述历下亭相合，故疑宋元之历下亭遗址如是。乃元好问谓即"周齐以来"之亭，于钦复实以少陵《陪李北海宴历下亭》诗，皆不可信。盖杜诗所谓"此亭"，即《水经注》之池上客亭，其时城尚小于元和十五年以后之城远甚，诸水皆在城外，亭亦在城外无疑。至今之历下亭，则与诸书所载又不合，盖已非宋元以来之旧，而相习以为即唐之历下亭，则更误矣。

……

国朝

历下亭

李兴祖《重葺古历亭碑记》略:【略。】

余尝疑宋元历下亭非唐之旧，今亭则并非宋、元之旧。迨读此碑，则并非明之旧，盖所谓"故在湖滨"者，乃宋元以来亭址也。杞园谓"有洲渚孤峙中央，乃历下亭旧址"，犹仍向来之讹。辨前见前。

民国《续修历城县志》卷十八《古迹考三·亭馆二》:

历下亭，见前《志》。

按：前《志》历下亭凡三见，各以时代分别，考辨甚详。今之历下亭既非唐宋之旧，后人形为咏歌，每兴怀于李、杜，从其朔也。兹所甄录，除张养浩为元人，余俱雍、乾以后人，读者各以世考之可也。

陪李北海宴历下亭〔唐〕杜甫

东藩驻皂盖，北渚凌青荷一作“清河”。海右一作“内”此亭古，济南名士多。时邑人蹇处士辈在坐。云山已发兴，玉佩仍当歌。修竹不受暑，交流空涌波。蕴真惬所遇，落日将如何！贵贱俱物役，从公难重过。（辑自《杜工部集》卷一，亦见于明崇祯《历城县志》清康熙增刻本卷十四《艺文志三》、清乾隆《历城县志》卷第十五《古迹考二·亭馆一》、道光《济南府志》卷六十五《艺文五·历城诗》、明嘉靖《山东通志》卷二十二《古迹》、雍正《山东通志》卷三十五之一下《艺文志一》、康熙《山东通志》卷之第五十三《艺文·诗》、《大明一统志》卷二十二《山东布政司》等）

登历下亭有感〔金〕马定国

男子当为四海游，又携书剑客东州。烟横北渚芰荷晚，木落南山鸿雁秋。富国桑麻连鲁甸，用兵形势接营丘。伤哉不见桓公业，千古绕城空水流。（辑自《宋元诗会》卷六十二，又见于《中州集》甲集、《全金诗》卷六、《御选金诗》卷十二，亦见于清乾隆《历城县志》卷第十五《古迹考二·亭馆一》等）

历下亭怀古，分韵得“南”〔金〕元好问

东秦富佳境，北渚擅名谈。兹游亦已久，才得了二三。南山压城头，十里奎与函。泺流出地底，城隅满泓潭。金丝弄晴光，玉玦响空嵌。清涟通画舫，秀水深云龛。华峰水中央，郁郁堆烟岚。荷华望不极，绿净纷红酣。毒热非山阳，卑湿无江南。承平十万户，他州隔仙凡。劫火土一丘，树老草不芟。巧尽露天质，到眼皆奇探。千年历下亭，规摹见覃覃。怀贤成独咏，胜赏何由参！（辑自《遗山集》卷二，亦见于清乾隆《历城县志》卷第十五《古迹考二·亭馆一》）

寓历亭 〔元〕耶律铸

人间无地避歊蒸，忽觉凉从四座生。好在医无闾上月，为临华不注边城。千年辽鹤三生梦，一曲南风万古情。今日濯缨知有处，大明湖净舜泉清。予本家辽上，后家医无闾。（辑自《双溪醉隐集》卷四）

九日登历下亭 〔元〕王恽

当年历下富材贤，李杜文章两谪仙。此日风流俱不见，秋烟空湿采菱船。（辑自《秋涧先生大全文集》卷二十九）

登历下亭 〔元〕张养浩

童年尝记此游遨，邂逅重来感二毛。翠绕轩窗山陆续，玉萦城郭水周遭。风烟谁道江南好，人物都传海右高。怪底登临诗兴浅，鹊华曾见谪仙豪。（辑自《归田类稿》卷二十，亦见于明嘉靖《山东通志》卷三十七《遗文上》、崇祯《历城县志》清康熙增刻本卷十四《艺文志三》、民国《续修历城县志》卷十八《古迹考三·亭馆二》）

和元亭之签事《登历下亭》韵 〔元〕张养浩

漾漾东冈陂，历历北山道。于河浣烦缨，胜处喜同到。有亭翼穹窿，揭以历下号。衰龄怜危攀，未免扶且导。于时方旱干，千里无寸潦。凭栏身世忘，群景信天造。云锦相萦回，水禽互翔噪。迩峰纯浸屏，遐树乱排纛。天舆几今古，依旧泺湖隩。不见捉月仙，岚秀想应耗。悠悠割据人，谁驯复谁骜？缅思牛后嬴，何若鸡口部？玄德仰帝虞，凶威鄙臣奡。方来当自图，已往讵庸悼？须臾客踵至，先历却怀懊。雄谈激懦柔，虎尾欲甘蹈。盘飧留众宾，孰谓少陵傲？兹游起余多，外静内还躁。云天为增高，烟水亦加奥。蛟龙时啸吟，樵牧任冲冒。何当分宪回，盍簪续今好？（辑自《归田类稿》卷十六，亦见于民国《续修历城县志》卷十八《古迹考三·亭馆二》）

历下亭临眺 〔明〕汪广洋

海子西头历下亭，旧时台榭倚空青。济南山水多佳丽，工部文章最典型。绕径落花风瑟瑟，隔窗啼鸟树冥冥。素琴拟待横秋月，看取游鱼夜出听。（辑自

《凤池吟稿》卷八）

亭上　〔明〕陈汝言

汲清漱晨齿，沐发冠新帻。闲来历亭上，对此南山色。天高云鸟空，秋净水花白。悠然淡忘归，孤怀聊自适。（辑自《列朝诗集》甲集前编卷十，亦见于《江西诗征》卷四十二、《明诗纪事》等）

赋得历下亭，送参政陈士启同年之山东　〔明〕余学夔

历下苍翠开溟濛，气连海岳何其雄！鹊湖隐见台观重，高亭岧峣插中峰。碧房绮户光玲珑，北海太守邛且颙。朱幡皂盖来趋风，云林筵秩招群公。少陵意气凌苍穹，哀丝千古声沨沨。使君轶宕驰青骢，屹为藩翰泰山东。停骖酌酒高亭中，唐尧四岳今其逢。兴来奇气蟠心胸，金钟铿訇夹大镛。才裨庙廊天纪功，致君尧舜古所崇，安能碌碌怀千钟！（辑自《北轩集》卷十四）

送王秀才省兄归京师　〔明〕薛瑄

海右传闻此亭古，亭中送客豪英聚。清风入座华筵开，流霞满眼金杯举。是时霜落天宇高，岱宗南望干云霄。况复齐川走沧海，三山恍惚连六鳌。山奇海壮环名邑，落落高怀感今昔。琬琰难酬北海词，风雨宁如少陵笔。想当促膝兹亭中，飘飘逸气凌长空。至今草木生光彩，名将山水传无穷。皇明文运超唐李，鸣凤高冈鸣不已。王君之府玉堂仙，清秩仍兼典三礼。难兄早擢贤良科，内台执法平不颇。揭来海岱振风纪，王君奈此相思何？鸿雁联翩暂相接，又是离亭动行色。萧疏荷芰占秋波，凌乱桑榆下霜叶。王君王君我所奇，不须怀古伤分离。但愿埙篪迭相应，一门清誉流无期。（辑自《敬轩文集》卷三，亦见于《河汾诗集》卷之二）

送王秀才　〔明〕薛瑄

历下山川秀，高亭古制存。朱栏环碧沼，绮席拥金樽。李杜来宾客，机云列弟昆。清言鸣佩玉，雅奏杂篪埙。自昔称名胜，于今数大藩。云烟通海岛，峰岭接天门。正是霜空肃，那堪叶落繁！高城连粉堞，周道驻华轩。良会今如此，高情可更论。芝兰争奕烨，鸿雁各飞翻。天上归宁后，还来叙昨欢。（辑自

《敬轩文集》卷六，亦见于《河汾诗集》卷之四）

历亭送王三秀才省兄归京师 〔明〕薛瑄

华不注高秋气多，大明湖水落霜波。山川风景今如此，兄弟分携意若何。宪府已应持玉节，亲闱常是近銮坡。明年二月春光好，更忆金台有雁过。（辑自《薛文清集》卷九，亦见于《河汾诗集》卷六。首句中的“注”原误作“住”）

寓山侍御邀泛历下湖亭 〔明〕胡缵宗

暇日挐舟历下亭，当湖卷幔草花馨。晴翻夙藕云犹湿，晓褭疏荷露未零。泉涌楼台新水白，树浮城堞远山青。更催鼍鼓还呼酒，急管繁弦客半醒。（辑自《鸟鼠山人小集》卷之九）

游大明湖，登历下亭二首 〔明〕王同祖

镜湖浮日迴，画舫出云迟。碧树风前劲，青山雨后奇。过桥牵锦缆，促席脍银丝。霜节凌空下，登临好赋诗。

藩封叨奉使，冠盖此追游。亭榭空遗迹，蒹葭生暮愁。幽燕红日近，华鹊紫云浮。感慨登临地，风烟已素秋。（辑自《五龙山人集》卷之三）

历下秋风 〔明〕张弓

谁结空亭当历下？大明湖上独生幽。西风泼地菰蒲老，鸿雁连天络纬秋。四壁萧条闻落叶，满城波净见虚舟。疏杈淅沥游人少，恐忆莼鲈动客愁。（辑自明崇祯《历城县志》清康熙增刻本卷十四《艺文志三》）

首夏校书历下亭 〔明〕袭勖

独抱遗经两鬓星，半生踪迹等浮萍。晴川皛皛青莲渚，夜雨萧萧历下亭。（辑自清乾隆《历城县志》卷十五《古迹考二》引《懋卿诗集》）

邀冯元成观察宴历下亭，日暮泛舟同用“寒”字。 〔明〕黄克缵

湖上东风退旧寒，故交携手有新欢。笙歌半为深谨废，灯烛偏宜远岸看。敢向中流论击楫，还从大雅识登坛。因思北海当年宴，历下高亭此说舟。（辑自

《数马集》卷十五，亦见于明崇祯《历城县志》清康熙增刻本卷十四，题作《水面亭》）

夏夜宴历下亭，同萧念野、毕东郊二侍御泛舟游大明湖　〔明〕黄克缵

云意沉沉水气寒，移樽倚棹再邀欢。衣沾香雾穿荷叶，手染浓烟傍竹竿。执法明时章表健，谈诗良夜酒杯宽。独惭江海思归客，犹自追随豸法冠。（辑自《数马集》卷十六）

李务滋侍御按部济南，宴历下亭　〔明〕黄克缵

玉鞭轻拂五花骢，为赋《皇华》入大东。历历山川征盖外，鞙鞙佩璲采诗中。开尊疑映青藜火，论事偏生白简风。回首峨眉清夜月，今宵湖上与君同。（辑自《数马集》卷十六）

邀顾宫谕宴历下亭、泛湖　〔明〕黄克缵

历下高亭结彩霞，开樽有客赋《皇华》。湖光欲被荷花涨，山色难教竹树遮。城里垂杨维钓艇，宫中流水过田家。词臣笔似王摩诘，写作诗图入绛纱。（辑自《数马集》卷十六）

冯元成客临邑，黄中丞邀游济上，余病，未能偕往，遥同历下亭、千佛山作（二首）〔明〕邢侗

同人春首赴佳期，地主娱宾小队随。溪似浣花堪取醉，曲翻杨柳却伤离。鞍回列炬千灯合，月带疏更五夜移。此日招邀原忝窃，东风吹梦未须疑。

城头王母玉函宫，并辔来游二马骢。卜夜未遑先白昼，题诗端合领群公。乍看华注青莲出，却忆明湖画艢通。共道中丞深作事，可能无意醉春风。（辑自《来禽馆集》卷三）

济南大明湖十首（之六）〔明〕张鹤鸣

白云寂寞下空陂，绿藻芳舟系槿篱。历下名亭独不见，令人却忆少陵诗。（辑自《芦花湄集》卷二十八，亦见于《历下十六景诗》卷六）

重出历山门，因访历下亭 〔明〕朱长春

历门朝度马，寒色莽孤城。高木雾中暖，诸山雪后清。桥怜再渡兴，亭访古游情。豪达空陈迹，悲凉白草平。（辑自《朱太复文集》卷十二）

再送顾道行八首（之六） 〔明〕李化龙

北海曾传历下亭，千年重见李沧溟。君为二李修遗庙，词客于今尚有灵。（辑自《李少保诗集·南都稿〔下〕》）

历下亭忆弟 〔明〕公鼐

客里乡思付雁声，帛书寥落不胜情。斋中对酒晚凉减，湖上行吟秋水生。每向惠连辄忆汝，近来法护果难兄。逢人但问君家季，小陆何时到洛城？（辑自《青州明诗钞》卷三）

历下亭 〔明〕刘敕

满目芦花一径幽，风光不让洞庭秋。今来名士知谁是，山自青青水自流。（辑自《历乘》卷十七）

历下亭忆李北海、杜少陵 〔朝鲜〕李民宬

自古济南韵士多，何年历下散鸣珂？泰山或陊长淮竭，李杜雄名定不磨。（辑自《敬亭集》）

明湖四首（之四）：古历亭 〔清〕傅扆

鼓棹清波任去留，亭台小小绿阴稠。鸟声细听娇还脆，山翠遥看润欲流。四座觞飞名士酒，千荷香簇美人舟。可怜多少题诗者，曾继当年杜老不？（辑自《辕辙吟》，亦见于《话雨山房诗草》卷一，题为《明湖首览铁公祠诸胜，因题四律》）

过济南，施抚军邀饮水面亭，感旧有作（二首） 〔清〕冯溥

一片烟波忆旧游，笙歌环绕鹊湖秋。当年沽酒渔舟唱，犹记题诗在上头。

水边亭子少陵诗，亭有旧对云：“海右此亭古，济南名士多，”少陵句也。名士风流攘臂时。

四十年来人散尽，华筵重对鬓如比。（辑自《佳山堂诗二集》卷七。据第二首诗中小注“亭有旧对云：‘海右此亭古，济南名士多’，少陵句也”，此亭当为历下亭）

历下亭下有李北海、杜工部唱和诗。（三首）〔清〕王岱

五月闲吟客，栖迟历下亭。敝裘经岁雪，衰鬓带晨星。沙暗天难白，春深草不青。主人无北海，何物足居停？

悬榻知何处？荒祠杂狗屠。傭鸿依热釜，饥朔笑侏儒。鱼忆寒冰箸，小鱼冰冻最美。泉怜白玉壶。趵突泉，松雪诗谓“平地涌出白玉壶”。遭逢无可念，玄赏藉天区。

无处堪消郁，春晴雪望殊。三周华不注，华不注，即杜甫望岳处。日涉大明湖。衰柳风萧瑟，寒鸿唳嗫嚅。杜陵吟啸在，招□□黄垆。（辑自《了庵诗集》卷八）

乙巳春游历下亭子〔清〕徐夜

济南春好杏花时，湖上条风扬酒旗。胜迹尚余前辈赏，佳辰争遣后人知。门开北渚通荷叶，地似西湖唱竹枝。谁分李公亭子好，堂中重刻杜陵诗？（辑自《隐君诗集》卷二）

鹊山寻历下亭故址〔清〕方文

昔有李太和，李邕字。分符守此州。其书故雄杰，其人亦风流。子美方弱冠，初为河济游。布衣谒皂盖，意气欣相投。开宴历下亭，赋诗成献酬。“济南名士多”，此语光千秋。今我来历下，吊古无弗搜。骑马出东门，逶迤至华不。因而上鹊山，古亭不可求。鹊湖水亦涸，漫衍为平畴。山川今昔异，何况东诸侯？回鞭百感集，世事良悠悠。鹊，音鹊，鹊湖亦名鹊湖，李、杜诗皆作“鹊”。（辑自《嵞山续集·鲁游草一》）

重修历下亭有引。　法若真

大舜钟于历下，以故生其地、治其地者名贤辈出。历下亭肇自天宝，以李、杜著。后数百年，以沧溟著。甫百年余，而大中丞桑公至，得鹾使李公、廉访喻公、学使朱公，墟亭再建，大雅复兴，齐风鲁颂，东海洋洋，其在斯乎！

圣主贤臣五百期，孤亭重构鹊桥湄。藕船根襞青莲蕊，玉殿花飞白雪诗。又吐千峰横月夜，谁摩双阙汤云时？薰风楼接龙沙舌，共拥皋夔上寿卮。（辑自

《黄山诗留》卷十五）

历下亭 〔清〕杨炤

亭在济南府城驿邸内历山台上，面山背湖，实为胜绝。杜甫有《陪李北海宴历下亭》诗。今按：驿、台俱废，父老相传，亭址在今贡院后。

李杜文章伯，登临历下亭。大明湖水白，华不注山青。异代留形胜，同时重典型。徘徊寻故址，矫首莫云停。（辑自《怀古堂诗选》卷九）

寻历下亭旧址 〔清〕施闰章

荒亭更百战，往迹皆逝波。古人不可见，来者自为歌。尘缨聊盥濯，杖策重经过。一城半湖渚，清风生芰荷。藉草酌我酒，数杯颜已酡。人生日苦短，流水一何多！（辑自《学馀堂诗集》卷五，亦见于《国雅初集》）

历下集严颢亭、马宛斯、陈允倩 〔清〕施闰章

小饮论文细，开轩见月明。荒台延夜色，古木动秋声。潦倒人间事，虚无身后名。莫将白雪调，苦问济南生。（辑自《学馀堂诗集》卷二十六）

重建历下亭 〔清〕谭弘宪

使君为政多优暇，怀古情深历下亭。异代登临传北海，百年兴废接沧溟。窗涵二水开明镜，坐对群山拥翠屏。安得少陵诗思健，重陪芳宴勒新铭。（辑自清康熙《济南府志》卷七）

历下新亭 〔清〕方亨咸

大明湖北凌陂陀，粉雉丹轩映绿波。风落半亭吹露柳，水香十里想圆荷。分畦绕屋泉声细，急管回舟夕照多。皂盖昔曾歌玉佩，古今名士复如何！（辑自《龙眠风雅续集》卷二）

历下亭 〔清〕杨廷耀

庭外闲云欲此依，旧时台榭已全非。雕虫刻柱成仓画，碧藓翻阶上妓衣。过客尚闻酬郢雪，主人谁为老渔矶？空余一片明湖影，开遍芙蕖傍水飞。（辑自

清康熙《济南府志》卷七）

重建古历亭　〔清〕杨廷耀

名亭传历下，石径欹榱栋。竹树尚阴森，日夕山气控。桥崩卧槎通，湖光何澒洞。每逢长夏天，荷边白鹭犸。四围波层翻，恍如行艓送。当年李北海，爱才真殊众。宴集盟大雅，盛事千古空。我来领东藩，流览忘倥偬。胜地喜重辟，百饮犹未痛。悠然杜陵诗，摇膝高吟讽。相期及时游，烟水赏云梦。宗风续后人，可以共折衷。（辑自清康熙《济南府志》卷七）

饮项犀水宪副历亭寓斋，同何澄九观察、时际公参军项曾分守淮阳。　〔清〕丁澎

仙客华阳天下闻，班荆同对鹊山云。碑亭旧识平淮颂，父老犹传谕蜀文。曲按灯前金缕换，樽开雪夜玉瓷分。已知交尽英雄辈，不敢逢人说使君。（辑自《扶荔堂诗集》卷九）

水心亭立春，赠时参军　〔清〕丁澎

历亭春酒暂邀欢，岳色中宵倚剑看。豪客自矜鸲鹆舞，参军不恋鵕鸃冠。交倾北海樽常满，书报平原烛未残。何日乡园梅共折，漫将华发对辛盘。（辑自《扶荔堂诗集》卷九。据诗首句中"历亭"一词，此亭当为历下亭）

摸鱼儿·历亭寄程周量舍人　〔清〕丁澎

暂栖迟、鹊华桥畔，幽亭斜抱衰柳。青裘如结冰须折，惟有一瓢依旧。君信否。沧海外、仲连少伯皆吾友。眼前何有。任濯足沧浪，披襟明月，谁识灌园叟。

宁傲诞怀刺。羞称下走，共笑丈人痀瘘。蛾眉犊鼻双瓷引，聊可当垆消受。拂长袖。烟雾里、凤池仙客应搔首。具樞在手。向赵尉城边，陆装垂橐，归去贮春酒。（辑自《扶荔词》卷三，鹊华桥，原作"鹊花桥"）

同颢亭游历下亭，读杜工部古诗，追和二首　〔清〕陈祚明

城阛启芳甸，绿水涵澄湖。飞甍瞩楼观，广陌延修涂。繁阴接榆柳，曲港分茭蒲。人语渔艇出，波声雁鹜呼。红亭新结构，名迹存遗墟。文采代已谢，

风流云与徂。命驾偶时彦，开尊揖吾徒。古诗读碑版，大雅悲榛芜。斯人不可作，怀古空嗟吁。

歇马入林薮，步檐揽通川。郁郁此亭古，陈迹垂千年。云端青岳耸，木末丹楼悬。水影荡倒景，林光乱炊烟。抚今感末俗，吊古追前贤。丘墟稷下馆，典则濠梁篇。湖山似畴昔，城郭随时迁。述作有荣名，富贵何足传。安得扬子庐，闲门终草元。（辑自《稽留山人集》卷二）

重建古历亭 〔清〕陈俞侯

李邕有三绝，杜甫文不贵。昔贤自风流，只今名不坠。我来宦齐州，十年叹淹滞。每望历下亭，神想当年会。胜迹已久湮，畴与理荒秽。按籍觅旧踪，披榛谋藻绘。卜筑愿成欢，有感独余最。荷衣映沼绿，荡漾明窗外。生面谁复开，李君能举废。北渚水潆洄，东藩昔驻盖。太息渚中人，今日更谁在？流俗变古今，物理屡隆替。旷观诸恒情，默悟此一切。不患无可传，惟求有可继。穷则必能通，困亦有何害！所以贤豪流，达生常自耐。不见此新亭，兀突立湖际。榱桷羡辉煌，淹没乃千载。望古濯尘襟，兴发歌玉佩。耿耿此二公，遗风曷可再！（辑自清康熙《济南府志》卷七）

游历下亭有感 〔清〕王钺

城边隐隐暗闻雷，一片明湖扫电开。水激扁舟溯流上，山衔残日待人来。洞庭春老杜康宅，鸿雁秋生北极台。惭愧征尘徒鹿鹿，无妨浊酒醉苍苔。（辑自《东武诗存》卷二（下）

历下亭子同张藩司敬之、高大参镜庭、李鹾司慎斋用壁上韵三首 〔清〕刘谦吉

篮舆舍此更何之，况是重阳落帽时。当下莫吟谁健在，东墙犹有去年诗。

绛盖晴翻惜胜游，却无泥拍满城愁。公余剩有湖亭约，又惹诗肠一寸钩。

两放兰舟水不波，联翩清省比阴何。惟怜蓬鬓空前度，脉脉心知是芰荷。

（辑自《雪作须眉诗钞》卷七）

晓过历下亭（二首）〔清〕袁藩

香满荷开处，岿然见此亭。泉声漱寒玉，山色冷秋屏。雨后芦光白，霜前柳向青。晓风着袂发，桥畔望晨星。

鹊华伏雉堞，空翠落平湖。云水多殊态，登临兴不孤。荷香山雨细，人静水禽呼。尽日烟波里，闲吟对浴凫。（辑自《敦好堂诗集》卷三）

历下亭眺望〔清〕袁藩

春入明湖淑气新，女墙高下接湖滨。孤峰槛外青如旧，官柳亭前绿未匀。又是一番新物候，独怜千里老征尘。东君有意留青眼，净洗波光照远人。时予北上。（辑自《敦好堂诗集》卷三）

重建历下亭〔清〕李尧臣

杜李本天人，挥斥游八极。偶憩历下亭，鸿爪杳难迹。惟有鹊与华，当年本相识。朅来两使君，千载独神契。自唐迄元明，治乱凡几历。幸际太平时，农桑有余隙。谁继沧溟公，倒箧从兹役。维时陇西君，喟然三叹息。谓予莅兹土，是岂异姓责？爰命葺新亭，旧观顿改色。譬彼丰城剑，沉沦埋古狱。一朝发石函，精光耀秋日。壮观夸遗老，雅集招仙客。就中观察公，藻思独雄逸。征诗飞长笺，掷地出金石。缁黄与达官，道眼宁有择。但期得妙语，琢石龛素壁。盛事不可常，岁月回首隔。遥知百世后，视今犹视昔。上配唐两公，喻李思无斁。（辑自《般阳诗钞·百四斋诗集》）

古历亭〔清〕吴绍甲

亭开历下古风光，郑重留题墨数行。海岳气高人寂寂，清湖阴好树苍苍。东藩北渚虚当日，修竹圆荷自乐方。五字至今传不朽，碧纱笼处句生香。（辑自《海丰吴氏诗存》卷三）

历下亭〔清〕严我斯

湖上俯层轩，清风来水面。芰荷秋已衰，余香生滟潋。竹径延步屧，潇洒性所便。宿鹭起圆沙，两两飞不见。白云自卷舒，素波摇匹练。眷此城市中，而无耳目眩。濠梁本予怀，觞咏了忘倦。昔闻杜陵子，曾陪北海宴。至今留清

词，俯仰有余羡。（辑自《尺五堂诗删》卷二）

刘六皆学宪招同杜湘草招饮古历亭 〔清〕李澄中

幽人抱古欢，轻舟泛湖浔。孤亭生朔风，吹此万古心。刘公负高义，十年契阔深。何意来杜老，是我夙所钦。岱宗隔群山，飞云结重阴。维时属孟冬，芦苇还萧森。人生贵行乐，况乃年鬓侵。俯仰见昔贤，浊酒时复斟。（辑自《卧象山房诗》正集卷之一）

饮历下亭，泛舟莲子湖作二首 〔清〕朱彝尊

济水来王屋，源泉处处清。自从湖口入，不复地中行。柳岸鸣蝉急，荷风浴鸟轻。江南归思缓，仿佛棹歌声。

海右亭仍在，城隅路不赊。竹深池馆静，山转柁楼斜。小队千行柳，行厨五色瓜。未愁沾席雨，归棹豁晴霞。（辑自《曝书亭集》卷七，亦见于清乾隆《历城县志》卷第九《山水考四・水二》、道光《济南府志》卷六十九《艺文五・历城诗》）

历下亭泛舟，同孔东塘 〔清〕杜首昌

渚策溪头把钓筒，苍波浩渺碧天空。鸡鶄鸂鶒时时集，葭菼茭蒲曲曲通。几点淡烟泉韵里，一湖明月笛声中。但看山水皆图画，城市仙源更不同。（辑自《绾秀园诗选》）

时香岩明府历亭宴集，晚泛明湖 〔清〕杜首昌

结驷来湖上，驯鸥狎席边。环亭秋水净，隔岸晚花鲜。蝉抱将疏柳，鱼惊欲坠莲。小舟疑入画，别有一山川。（辑自《绾秀园诗选》）

历下亭 〔清〕李绳远

明湖朝雨水初添，夏日虚亭胜事兼。早泛琴尊催画舸，迟闻筝管隔青帘。蝉吟远树移晴昼，鱼动新荷散晚炎。历下旧寻花草路，七桥归兴转相淹。（辑自《寻壑外言》卷二）

历下亭诗 〔清〕田雯

历下亭子历山根，七十二泉流到门。垂杨四围缶百本，藻红菱碧波沿翻。笭箵缚窗似圆笠，石子铺地三重轩。夏木绿阴不可唾，鸟语格磔争恧喧。黄鹂颜色绝可爱，哑姹百啭舌莫扪。如与佳客坐风榭，留连夕话清且温。此亭撑楮几千载，饱经劫火难具论。杜甫李邕不复作，何人北渚倾罍樽？架壑嵌岩靓今日，苍木怪石凌朝暾。济南名士自不少，上追骚雅才飞骞。华不注峰立东郭，十里直接韩仓村。更有边许号词杰，搧挡剪纸招吟魂。我思醉眠亭子上，溪光岚影相吐吞。忽忽岁月熟羊胛，移家鹊湖多食言。泝头泉尾寻水派，抽函穷搜郦道元。（辑自《古欢堂集》卷七）

济南分题十六首之十四：历下亭，李北海、杜子美宴集题诗处 〔清〕田雯

修竹不受暑，清风几席前。鸥鹭既容与，草树复芊眠。栗留两三声，何人恣流连？（辑自《古欢堂集》卷四）

历下亭 〔清〕王士禛

我闻杜老诗，海右此亭古。十顷玻璃风，鹊华乱烟雨。（辑自《蚕尾续诗集》卷九，亦见于清乾隆《历城县志》卷第十六《古迹考三·亭馆二》、道光《济南府志》卷六十九《艺文五·历城诗》）

济南杂诗九首（之五） 〔清〕宋荦

历亭风物妙清秋，湖水湖烟极望浮。多少新诗容疥壁，杜陵碑版不曾留。（辑自《西陂类稿》卷十、《绵津山人诗集》卷十九之《漫堂草》）

高、王、叶、李四生招游明湖古历亭 〔清〕孔贞瑄

夙有明湖约，重寻历下亭。标题新易篆，邂逅旧横经。对酒头争白，论文眼复青。犹余望古意，白雪问沧溟。（辑自《聊园诗略》卷十二）

历下亭 〔清〕李良年

历下初探胜，迟晖在客西。坐移苔可藉，壶尽鸟催提。一镜双帘卷，孤亭万绿低。纪游墙半墨，苦忆杜陵题。（辑自《锦秋山房集》卷四）

水心亭即历下亭。〔清〕庞垲

爱此湖亭古，犹存历下名。菰芦分夕照，络纬共秋声。逝水悲人代，浮云悟此生。游谈当日客，抵掌苦争鸣。（辑自《丛碧山房诗初集·翰苑稿》卷十三）

立秋后三日，济南郡守张笠函、丞王公宜、胶莱分司张松山、历城令刘佩珍招游历下亭，即席二首 〔清〕劳之辨

海右多名士，由来调不孤。风流未消歇，星聚复吾徒。林壑夏云色，蒹葭秋水图。暑清雨霁后，喜泛大明湖。

陂塘得气早，六月已秋风。山色环湖外，人家在镜中。昔游还历历，此别又匆匆。把袂休辞醉，临歧倒碧筒。（辑自《静观堂诗集》卷三十）

重建古历下亭歌为李慎斋使君赋。〔清〕方中发

历山之下古历城，历城城北湖水清。湖水平分城一半，湖中洲渚复纵横。新亭特向湖心起，面面峰峦抱烟水。谁言湖在历城中，晴波浩渺连长空。谁言山在历城外，拥座屏风延翠黛。九衢车马断喧嚣，红尘不度芙蓉桥。十万人家杳何处，唯余芦荻影萧萧。琉璃千顷浮孤屿，危亭已极沧洲趣。月榭风轩别一天，更遣回廊藏好处。有时鼓枻泛沧浪，曲港垂杨拂面长。有时摊卷晴窗底，荷叶荷花香扑几。是船是屋都茫然，飘飘直似凌波仙。就中快绝在三伏，清簟疏帘失炎燠。砌下呕哑钓艇过，槛前历乱沙鸥熟。城南烟火晓氤氲，鸡犬依稀隔岸闻。半天日暖散浮霭，片片飞作空中云。南山雨过青欲滴，岚气阴森染衣湿。一榻翛然抱膝吟，凉月团团照东壁。凭阑忽忆浣花翁，壮年失意游山东。历下曾陪北海宴，至今酬唱生清风。莫问新亭古何地，今日仍题古亭字。古亭新亭只等闲，谁会当年古人意？古人有诗亭不朽，千载长留一尊酒。但使新诗压古人，盛名已落今人手。吁嗟乎！盛名已落今人手，东藩皂盖复何有！（辑自《白鹿山房诗集》卷四）

游古历亭亭在东鲁，下临大明湖。〔清〕颜建勋

历下多名胜，斯亭快独游。地因北海重，诗为少陵留。曲槛环花柳，明湖杂鹭鸥。登临不觉暮，明月满孤舟。（辑自《岭南五朝诗选》卷九）

古历亭〔清〕朱雯

齐州名胜数历下，浣花溪老曾徜徉。纪当天宝岁作噩，北海太守同飞觞。客亭俯瞰鹊湖渚，水木明瑟生微凉。觥船棹处岚翠滴，酒面拍浮菡萏香。凫鹥影逐葭菼乱，天风谡谡吹衣裳。清讴哀丝相间发，疑倩好手弹红桑。千余年来劫灰积，万丈光焰沈缣缃。藓碑已随蔓草没，《水经注》久谁能详？空留陈迹感兴废，屐齿每过曾旁皇。海邦近喜叶昌运，羽盖所集皆鸾凰。政修人和百度举，如鼓法曲弦更张。转运李君尤好事，日手一编明湖傍。间寻废址拨沙砾，榛莽既治烦规量。志存复古尚雅素，那用采斫兼□翔？缚茅不日俨卓立，面山背郭当中央。因思子美身到处，吴越秦蜀荆衡湘。瀼西草堂东屯屋，南楼北池蓝田庄。流连风物兴有托，摇笔往往成篇章。兹亭何幸得重拓，韵事犹克追三唐。前有北海后转运，荟萃一姓遥相望。我来把酒动吟眺，凭栏日落神苍茫。（辑自清康熙《济南府志》卷七）

七夕历下亭作〔清〕宋祖昱

河汉秋前约，山川历下亭。城阴交二水，天上渡双星。月漾湖光白，云含石气青。南飞有乌鹊，此夜恨飘零。（辑自《两浙輶轩录》卷八）

重游古历亭〔清〕曹溆

不到名亭近五年，重来秋色尚依然。垂垂柳线迎风舞，袅袅莼丝带露牵。几曲渔歌闻断浦，数声鸟语唤晴川。斜阳欲堕催人去，携得荷香两袖还。（辑自《虫吟草》）

予九试棘闱，济南名胜无不周览。癸卯之役，竟以贫病不克赴试。雨窗无聊，姑即平日所历，各赋一诗，以当重游。词之工拙不计暇也：古历亭〔清〕曹溆

亭上风光似画图，荷花荷叶乱茨菰。登盘更有珍奇物，卷角红菱巨口鲈。（辑自《虫吟草古近体诗》）

重建古历亭（三首）〔清〕蒋焜

历亭自昔推奇胜，游屐频多名士探。山水郁葱夸岱右，园林仿佛似江南。

遐踪奕世心相感，陈迹千秋力独担。北海沧溟兴起后，于今风雅可称三。

落成恰喜水平湖，一幅天然雨后图。芳树春晖繁锦幔，圆荷晓露泻冰壶。清音岂必丝兼竹，真味何妨笋及蒲。为幸官闲同宴赏，每看初月映修梧。

环湖处处足遨游，景物无如此地幽。翠色常含千佛峪，碧流平漾百花洲。鸢鱼自得天渊乐，草木均沾雨露稠。漫说余怀浑似水，浮沉孰觉几经秋。（辑自清康熙《济南府志》卷七）

历下亭 〔清〕王梁

仿佛桃源路可依，问津敢讶到来非。数声鸟语迎游屐，一片花香沁客衣。树拂雨丝云卧舫，荇牵风力水回矶。采莲歌起人归晚，恐有渔郎逐鹭飞。（辑自清康熙《济南府志》卷七）

重葺古历亭（二首）〔清〕朱文蔚

历亭古迹已全荒，湖畔基存只绿杨。重见翚飞光泽国，再逢轮奂构沧浪。窗涵爽气云霞入，户对晴漪草树香。不是李纲新筑后，那劳车马系斜阳。

着意经营继昔贤，巍巍直插碧云天。遥分山色当窗秀，近拂荷香绕槛妍。断岸野航能渡客，隔溪高栋可迎仙。同人争向题名胜，貂续惭余附锦篇。（辑自清康熙《济南府志》卷七）

鹾使李公重建历下亭，征诗，因赋 〔清〕蓝启延

历山山下连云起，中有孤亭照湖水。乍疑蜃气涌楼台，昨日荒烟何处指？北海少陵天纵才，何来海右相追陪！日暮微风动修竹，须臾落笔尽深杯。此地自有昔人宴，此事应令千载见。兰亭犹记永和年，金谷漫随浮云变。争传高歌动鬼神，前有沧溟后有君。试上高楼一骋望，崱华山色正嶙峋。（辑自《延陵文集》）

历下亭，柬李慎庵鹾使 〔清〕田霈

雨过天如沐，华函一带山。峰峦生积翠，隐隐落亭间。我欲凌清渚，凭君共往还。高吟续边李，望古一追攀。（辑自《国朝山左诗钞》卷三十四）

重建古历亭 〔清〕蒲松龄

大明湖上一徘徊，两岸垂杨荫绿苔。大雅不随芳草没，新亭仍傍碧流开。雨余水涨双堤远，风起荷香四面来。遥羡当年贤太守，少陵嘉宴得追陪。（辑自《聊斋诗集》，亦见于清乾隆《历城县志》卷第十六《古迹考三·亭馆二》、道光《济南府志》卷六十九《艺文五·历城诗》）

古历亭 〔清〕蒲松龄

历亭湖水绕高城，胜地新开爽气生。晓岸烟消孤殿出，夕阳霞照远波明。谁知白雪清风渺，犹待青莲旧谱兴。万事盛衰俱前数，百年佳迹两迁更。（辑自《聊斋诗集》）

和高仲治古历亭晚眺（二首） 〔清〕张笃庆

谢却诗筒与酒筒，莲房坠粉觅残红。万家烟火连湖外，十里云霞落水中。渔舍人归黄叶渡，菱歌香送画船风。彩虹亦在双桥畔，千顷玻璃一望通。

黄垆重引碧油筒，红柏桥头万木红。画槛烟消秋色里，酒旗人在水声中。南山排闼千峰翠，北极回波十里风。自昔名都夸壮丽，烦君彩笔赋文通。（辑自《昆仑山房集》，其中第二首亦见于清乾隆《历城县志》卷第十六《古迹考三·亭馆二》、清道光《济南府志》卷六十九《艺文五·历城诗》）

古历亭与邢云客及家弟维南同泛舟 〔清〕张笃庆

天涯游子暮何之？历下亭前鼓枻迟。碑□名垂思北海，芙蓉池在续南皮。乾坤长啸才人尽，今古飘零楚客悲。此日轻舟来胜地，荒烟漠漠柳丝丝。（辑自《昆仑山房集》）

历下旧游（十五首之七） 李邕、杜甫常燕集于历下亭。 〔清〕张笃庆

齐郡山川去路遥，当年李杜久萧条。濼源堂上陪珠履，来鹤桥头弄玉箫。洛日荡舟移桂楫，春风扶醉解金貂。济南名士知谁在，百里鱼书竟寂寥。（辑自《昆仑山房集》）

山左鹾使李公重建古历亭诗 〔清〕李茂

历亭历下古名亭，复古还须藉使星。芳躅自能凌北海，宏规直欲驾沧溟。阶侵明水夕波冷，帘引鹊山晓岫青。武库词宗欣入座，诗成酬酢许谁醒？（辑自《梧月堂诗草》）

独棹小舟游大明湖，登历下古亭 〔清〕王式丹

大明湖上怀供奉，历下亭边忆少陵。绿树青山依旧在，饮徒歌侣到今称。苍葭叶绕圆荷叠，水鸟声喧细浪增。自古济南名士地，独来谁与赋层冰？李北海《历下亭》诗："层冰延乐方。"（辑自《楼村集》卷二十一《忍冬斋集》）

历下亭怀古 〔清〕沈受宏

唐贤高会旧风流，车马千年此重游。北海酒从湖上散，少陵诗尚壁间留。月明柳色孤城夜，露冷莲房一水秋。宾主总难当日美，草亭来往属群鸥。（辑自《白溇集》卷一）

历下亭 〔清〕邹山

历下亭子古，巡檐试一登。龙潭翻麦浪，鹊泽少鱼罾。濁注祠泉冽，坐询流杯征。于田莫须有，遗堞得未曾。矫矫李北海，轩轩杜少陵。举头望日观，缥缈暮云升。（辑自《乐余园百一偶存集》卷二十二）

建古历亭诗（二首） 〔清〕王楫

古历亭倾不记年，独留遗迹在湖边。欲追高躅须重葺，肯使名邦失旧传。念动一时孚众望，事兴千载藉群贤。依稀风景浑如昨，试颂登临李杜篇。

鹊湖泺水夹城隈，亭榭常临作赋才。望古人曾传丽藻，知公今更辟荒莱。云连结构观逾壮，鼎峙贞岷纪自来。始信精灵终不昧，沧溟北海认根荄。（辑自清康熙《济南府志》卷七）

重葺古历亭纪事三十韵 〔清〕李兴祖

名区奥衍开谁先，我宗卜地此城偏。上延幽蔚菁葱之高阜，下临清泠澄澈之深渊。历千余载称殊胜，北海沧溟创修定。丧乱虽经迹可寻，应知曩事堪重

订。荒榛宿莽蔓亭基，已属私家作产资。闻道举兴搜废堕，慨然艾氏遂捐施。群公听说神俱王，倾倒怜予能首倡。乃塈乃涂攻治勤，咸将廪俸征工匠。纵横面势列檐楹，序次更衣及放枰。安步展声成夙志，疏襟豁目畅闲情。左纡曲径护廊庑，右列别馆备铛釜。半筑缭垣嵌贞珉，登歌载咏传今古。窗涵四面若浮舟，百顷琉璃漾素秋。鱼鸟波间纷上下，烟霞槛外结绸缪。非云游衍妨官政，观省由今追往行。踵事增华敢自多，补偏救弊存吾性。君不见劳劳休休未尝亡，司空屋畔蒋山傍。流徽遗美长无恙，只今过者为停缰。又不见欧苏二子官其地，喜雨醉翁曾作记。轮奂常新风景淳，依稀想见当时事。况此亭称由盛唐，几经贤哲为传芳。少陵太白曾飞翰，嘉与维新示劝长。始信斯文有同契，异代精灵终不昧。若或使之魂梦间，须臾合志无烦计。还思树帜昔登坛，历下名呼齿未寒。此邦声气随灰冷，宁复知今获旧观。冠佩峨峨看济美，谬承众誉称“三李”。因循委置迄兴朝，始乐襄成留姓氏。沦亡大雅每咨嗟，陇右济南人已遐。鼓吹休明欣再遘，根源水木况吾家。合形分态翔庶类，日向春光呈妩媚。动植飞潜指顾间，水容山色添姿致。李桃蓉菊逐时华，雨笠烟蓑更雪槎。羡尔沧浪渔钓伴，宁知宝马与香车。邀欢随意携觞豆，并谢歌弦暨舞袖。谱将风景入诗囊，醉墨淋漓忘蹇陋。宜风宜雨更宜晴，花外啼鹃柳外莺。钩辀婉转晨光内，痛惜韶华不住声。嫩绿殷红欹两岸，蜂须蝶翅纷凌乱。轻扬飞絮舞还低，袅娜游丝吹复断。小艇咿哑归夕阳，冲开暖浪起鸳鸯。竹篱槿户生虚白，镜月团团上苑墙。泬漻天觉此中廓，目极苍茫胸愈扩。螺黛千峰淡又浓，俨如京兆眉丰约。源泉瀰瀰汇为湖，练影翻空泻玉壶。疑有鲛人乘夜出，水晶帘动月轮孤。且喜官闲省案牍，时来亭畔寄幽独。苍葭白露系予怀，知在何方频感触。堤分井字种蒲蕖，细引凉飔消夏余。偶憩北窗安枕簟，还邀午梦到华胥。退暇怡情在丘壑，凭将逸事同商酌。称先则古佥曰俞，庶以贞教启后学。亭榭虽云关兴衰，何妨自我展弘规。得预轩车修禊会，且因胜集一论诗。郡人倾动趾相接，争趋亭畔申欢悦。榜颜犹署昔时名，排闼高标双绰楔。城郭逶迤盘踞雄，朱甍彩棁势连空。争共此亭垂不朽，何如白老共邕公。遍征丽藻荣新构。廉使欣将梨枣寿。要使延长同鲁灵，猗欤休哉资启佑！（辑自清康熙《济南府志》卷七）

古历亭落成，宴集群公，喜赋长句五十韵　〔清〕李兴祖

会城胜迹踞湖坻，七十名泉汇净池。上有客亭郦纪注，因陪芳宴杜吟诗。

都忘创自谁人手，但忆新从天宝时。太守之孙员外建，东藩驻盖少陵随。一朝宾主相酬和，千载文章迥陆离。高瞩龙光知变幻，遐骞凤彩辨雄雌。地灵自古曾钟秀，时待于今复起衰。伊迩沧溟重肯构，无何名胜又荒基。遨游感慨曾无地，风雅销沉亦在兹。金轴青龙游不返，玉函白鸟去何之？苍茫故迹愁无觅，惆怅遗徽续敢辞？景运弘开功伟焕，盛朝覃播化雍熙。工僚俱擢连英秀，气味相投总蕙芝。大畅文津有学使，高悬藻鉴独廉司。无冤民合称为父，共济余将奉作师。几觅昔贤觞咏处，深为斯道赞襄思。分宜任是吾家事，愧未能充旧日规。官俸计捐千日费，佣钱比照百工施。台阶厚筑谋坚久，廊槛周通取委蛇。翰墨同时皆勒石，宗风前辈特刊碑。欲凭纵览教开牖，兼可乘凉戒设篱。翼翼鸥凫翻雉堞，垂垂蝃蝀焕霞楣。高攒方斗悬铃响，小结团瓢作镜窥。窗畔笼阴频徙竹，檐前向日早栽葵。当中鳌柱中流峙，息六鹏风六角披。藻绘檐楹花柳妒，雕砻梁柱燕莺私。榜人且得增舟价，酒户应多获酿资。情以类分情各适，景因候变景尤奇。芙蓉十里无分面，杨柳千堤不辨眉。岸转招提红隐见，洲回兰芷绿参差。菰芦井井疆分亩，荷芡田田盖接罹。拂水翩跹飞白鹭，呼晴睍睆坐黄鹂。风来缭绕香盈浦，月上婆娑影满陂。草树浮烟皆弄色，莓苔浥雨亦生姿。落霞烂熳争横绮，化羽缤纷乱拂丝。永日看云堪觅句，长宵对雪好传卮。推迁四序聊乘兴，消遣连朝且解颐。亭午峰峦延客眺，斜阳钟磬促渔炊。古人芳躅谁堪拟，旷代高踪孰可追？锦席座当山翠落，葛巾醉向水云欹。都忘尘俗狂无虑，各畅襟怀信所为。徙倚画栏清度曲，淋漓粉壁妙题词。或临净沼同垂钓，亦就浓阴对奕棋。每见笑谈忘检束，岂因戏谑损威仪！主宾欢洽猜嫌绝，气象中和化育滋。采藻采菱喧士女，佳辰佳节劝酴醾。老蓑迎送常摇橹，幽鸟軥辀屡换枝。高栋补泥来燕子，澄怀呴沫出鱼儿。敢云举废恣心赏，庶免从前叹愿亏。争似兰亭临鉴水，何如莲社峙匡崥！从公于迈来童叟，咸沐熏风乐寿祺。（辑自《课慎堂诗集》卷十九《历亭草》）

历亭雄峙 〔清〕李兴祖

为惜名亭没古丘，征工卜地继前修。因怜风月皆安槛，任眺河山不藉楼。稍就规模开六面，颇堪砥柱峙中流。遗风往迹依然在，日集群公作胜游。（辑自《课慎堂诗集》卷十九《历亭草》）

李杜遗韵　〔清〕李兴祖

当年选胜自宗公，载酒欢邀杜老同。千古湖山留雅望，一时歌咏播清风。曾知寿木传坊本，更为镌名付石工。观感应能型后起，巍然双璧照芳丛。（辑自《课慎堂诗集》卷十九《历亭草》）

缭垣纪胜　〔清〕李兴祖

重葺名亭敢自强，多烦大雅锡鸿章。欲防废坠须贞石，仍虑倾颓更护廊。定许千秋同李杜，肯教两构让明唐。图书自昔推东壁，愧未能窥数轫墙。（辑自《课慎堂诗集》卷十九《历亭草》）

历亭烟雨　〔清〕李兴祖

旋即离尘入水乡，绿蓑青笠遍湖庄。林皋四望溟濛合，芦苇千声点滴狂。烟翠遥飞分岫色，雨珠乱跳碎波光。无烦渲染寻摩诘，自在亭心领略长。（辑自《课慎堂诗集》卷十九《历亭草》）

仲夏历亭初成，正庵喻观察、遴公陈监司、仁侯陈都阃连日招饮，归赋长句，以志其事　〔清〕李兴祖

群山何巍巍，一水何漭漭。重新古历亭，诸公频邀赏。皂盖集如云，时复勤双桨。飞檐来梧阴，敞轩听竹爽。铃阁环佩声，敲诗金玉响。修禊事杳然，平原欢再仿。坐久尘氛消，悠然物外想。世务多变迁，王事苦鞅掌。暂假惬闲情，觥筹交错往。不醉漫言归，无量亦力强。日暮落斜晖，湖月送吾党。（辑自《课慎堂诗集》卷十九《历亭草》）

夏日邀藩、臬、监司诸公宴集古历亭，湘崖涂公以诗见示，赋答原韵　〔清〕李兴祖

为惜晴明仲夏天，邀君一泛木兰船。亭寻旧址开新径，宴集时英仿昔贤。近水遥通城郭外，远山直逼榻床边。不嫌野俗无幽致，时复重过问醉仙。（辑自《课慎堂诗集》卷十九《历亭草》）

久雨，斋中独坐，因选历亭新诗以抒积闷，偶成一律 〔清〕李兴祖

浓云溟漠暗山头，倦客无聊独倚楼。花为积霖疑带泪，人当宿雨几添愁。堪怜白发垂垂老，那得青春故故留。幸有新诗频寄目，襄成铅椠记芳游。（辑自《课慎堂诗集》卷十九《历亭草》）

和朱子青《历亭雨望》韵 〔清〕李兴祖

雨沐烟梳草带肥，钓船斜系柳边扉。芙渠茎短波旋没，芦苇丛深路转微。补网蛛丝沾易落，抱枝蝶翅湿难飞。天低华鹊溟濛里，几点霜翎识鹤归。（辑自《课慎堂诗集》卷十九《历亭草》）

和朱子垣《历亭即事》韵（二首） 〔清〕李兴祖

都人知揽胜，日日聚湖边。屡拭刊诗石，争邀载酒船。烟收开翠壁，晴染蔚蓝天。暮色苍然合，渔歌落照前。

六郡人文萃，声名此载登。才多倾八斗，言大藉三升。自有兴无废，何妨谷与陵。官余行乐处，只借一枯藤。（辑自《课慎堂诗集》卷十九《历亭草》）

古历亭纪事六首，和朱子骢韵 〔清〕李兴祖

遥集堪酬望古思，更凭镌石载遗诗。闲来命侣开芳宴，景物依然天宝时。

日移亭午柳阴斜，古堞疏林乱噪鸦。压叠层云低四角，湖心犹觉露些些。

舟回湖曲暂停篙，鹭立荷根刷羽毛。恰遇渔人欣举网，得来金鲫试霜刀。

消受亭中消夏天，山笼云气树笼烟。榻连水影鸥将狎，衣惹花香蝶欲前。

亭借南山作画图，游踪何必定西湖。当歌不乏红牙使，但少松江巨口鲈。

绿藻青萍簇水隈，莹莹钓石长新苔。一竿闲把垂杨下，引得游鳞唼喋来。

（辑自《课慎堂诗集》卷十九《历亭草》）

历亭四时好（四首） 〔清〕李兴祖

历亭四时好，最好在三春。山色千层叠，湖光一派匀。流莺啼故故，乱蝶舞频频。自是招邀地，相期著隐沦。

历亭四时好，最好夏长天。暑得修篁却，凉因近水偏。烟霞游客屐，觞咏故人筵。鼓瑟薰风夜，河明斗柄悬。

历亭四时好，最好在三秋。芦密征鸿迴，树深晚露稠。清风送钓舫，爽籁动琴楼。欲洗尘嚣思，酣情恋酒筹。

历亭四时好，最好在三冬。纪序梅同雪，耐寒竹与松。联床思阮籍，披氅学王恭。东阁怜诗兴，淋漓泼墨浓。（辑自《课慎堂诗集》卷十九《历亭草》）

王汾仲、牛元复、彭孝绪、陶文治诸子出署，游历亭避暑，余以他阻，不及偕，驰诗示之，索其共和（二首）〔清〕李兴祖

历下亭传海右无，于今复见聚名儒。赏心尘外标函岫，乘兴闲中棹鹊湖。曲径松风倾玉液，虚窗竹韵落冰壶。多君对此情何极，遥望仙妃弄碧珠。

纵羡名亭与水滨，那能日日却凡尘！荷花宕里输鸥浴，芦叶丛中让鹭驯。四合云峰徒缥缈，千层水树漫逡巡。浪言此日多佳胜，自有闲时发兴频。（辑自《课慎堂诗集》卷十九《历亭草》）

和汾仲《游古历亭》韵〔清〕李兴祖

争道古人秉烛行，今人思古发幽情。山峰挺出凌群阁，湖水平铺漾满城。花渚荷香常泛泛，兰皋渔榜故轻轻。主宾欲纪千秋胜，每对杨雄藉客卿。（辑自《课慎堂诗集》卷十九《历亭草》）

和牛元复《游古历亭》韵（二首）〔清〕李兴祖

平湖面面绕孤亭，艇泛渔人歌晚汀。霞彩染山红更紫，云烟锁树绿还青。纳凉复壁翻花谱，逃暑幽轩注《水经》。莫计酒阑归薄暮，荷香铎韵尚堪听。

南山处处醉残晖，北渚耽幽达者稀。随意烟笼巢鸟树，忘情竿插钓鱼矶。为承夜露荷擎盖，怜损花香荻作帏。对景漫言游兴懒，月明时载画船归。（辑自《课慎堂诗集》卷十九《历亭草》）

和陶文治《游古历亭》韵〔清〕李兴祖

历下名亭多胜游，面山背水纵双眸。敞轩间纳山光净，画阁时环水色幽。向晚鸦青攒岸树，耐晴鹭白立沙洲。闲来乘兴堪宜此，景物何妨带月收！（辑自《课慎堂诗集》卷十九《历亭草》）

初秋邀汾仲、元复、孝绪、文治诸子宴集历亭，观晚照，和汾仲韵（二首）〔清〕李兴祖

忽动归心返客旌，更邀大雅总酣情。果能酒市仙人饮，那计梅林落月横。指上琴音梁上绕，望中堞影溜中生。蝉声又报新秋至，薄暮残霞绣锦城。

景物云中点缀频，遥天横抹晚霞新。奇峰突插惊瑶岛，绛阙疑开见羽人。泼墨谁能图幻照，挥毫若个赋传神。彩阑新月迟迟上，举火渔船系故津。（辑自《课慎堂诗集》卷十九《历亭草》）

七月二日招同王汾仲、牛元复、彭孝绪、陶文治诸子小酌历亭，时夕阳西下，烟景烂然，即事分赋长句，得“子”字〔清〕李兴祖

剪得明湖半湖水，景光千变落亭子。呼朋挈榼招晚凉，正值夕阳弄姿美。南山一抹苍翠深，云气西来幻青紫。如轮日赤赤于火，荡出云根状难拟。纷如海市攒楼台，烂如天孙呈锦绮。叠如霜崖碧岸横，纵如幽壑潜虬起。明霞倏忽万态生，闪烁时时目光徙。掀髯一笑大白浮，我欲长吟坐卧此。诸君欢赏亦尽酌，团坐疑游赤城里。好景难逢醉莫辞，嚼来新藕凉生齿。须将藻彩敌烂霞，肯缺毫鸾辉茧纸？亟敲韵钵催诗成，绘此奇观入诗史。（辑自《课慎堂诗集》卷十九《历亭草》）

初秋历亭观莲晚归，和汾仲原韵〔清〕李兴祖

连朝思郁郁，披襟觅兰桨。遥睇湖边亭，拘情豁秋爽。弱柳参楸桐，森荻拟筱簜。祛暑凉雨冲，涤歊飙风敞。山添老绿浓，影水照清朗。游鱼浅复深，香国欣宽广。饮鹤翎自梳，孤立披风氅。急溜沿洄行，杰亭迤逦上。匝拱芰荷花，联延更傥莽。田田叶如盖，枝枝向亭长。宛似摩诘图，心静神俱往。恋此幽景妍，久留非矫枉。砌下送蛩音，檐角摇铎响。清香袭襟裾，引人动遐想。踏磴过幽轩，镜花互相赏。譬彼高隐人，对谈达者仿。难觅画家师，寸心徒想象。云现月三分，霞射风五两。晚凉凌水阁，氤氲接天壤。挥翰怯词坛，滥荷吟朋奖。赋归芦排衙，吏散荷擎仗。回首嘱金商，好留待瞻仰。（辑自《课慎堂诗集》卷十九《历亭草》）

秋日邀吴克庵、董裕庵历亭小酌，归赋长句 〔清〕李兴祖

历亭四面环波光，疏柳垂杨引兴长。湖光潋滟摇古堞，芳丛蓊郁隐遥隍。崚嶒怪石青萝绕，参差台榭杂花装。棋傍翠阴促座稳，烟腾紫雾茶铛香。人恋秋光屧曲径，雀知日暮掠斜阳。看竹客至偏寻主，题蕉兴到各呼觞。解貂沽酒诚吾愿，投辖留宾消俗肠。西泠湖景非不羡，此亭闲旷足徜徉。多君不厌无雅致，四季频来醉月廊。（辑自《课慎堂诗集》卷十九《历亭草》）

酬赠唐豹岩先生，时以《历亭》诗见示 〔清〕李兴祖

天半朱霞不可攀，盛时丰采领清班。鸣冈翙凤批鳞重，避弋冥鸿戢羽闲。淄水吟高澄藻笔，浮山卧稳簇烟鬟。新亭妙句涛笺掷，重挹风骚李杜间。（辑自《课慎堂诗集》卷十九《历亭草》）

重修历下亭落成赋 〔清〕魏坤

壬申秋之残，倦客济南住。为觅历下亭，晓踏鸥畔路。短艇坐两头，沿岸转洄溯。濛濛冷翠湿，乱苇披宿雾。疏柳攒渔庄，瓜堰各分据。旧址竟茫昧，不复辨其处。何意隔岁游，结构俨如故。矗立豁双眼，深檐得翔步。上有雕甍垂，外用曲栏护。诸峰似螺髻，一一镜边度。因思天宝初，东藩皂盖驻。音以哀丝宣，席向渚亭布。废兴讵无端，离合亦有数。遥遥千余年，吾辈此复聚。肯让杜陵老，当筵吐秀句。醉判碧筒饮，棹拨藕花去。（辑自《倚晴阁诗钞》上册）

四月六日，泛舟明湖，观打鱼，还饮历下亭分赋（二首之二） 〔清〕魏坤

亭迎旧来客，风物闲中参。上年种杨柳，丝影垂鬑鬖。依依赤栏畔，水镜遥相涵。拓窗转洞豁，几上移烟岚。女墙如髻排，乱插青玉簪。雅集席随布，两两兼三三。一切尘世事，缄口休轻谈。既欣酒同把，况有鱼可泔。羹香箸流滑，乡味昔所谙。恣意且轰饮，判醉眠花龛。（辑自《倚晴阁诗钞》上册）

重游历下亭（二首） 〔清〕魏坤

水经藕叶铺成路，半接菱溪半葑田。山似屏风迎面折，亭如笠子盖头圆。晚宜隔槛疏疏雨，晓爱连城漠漠烟。添种湖阴几株柳，乡心忽引钓丝边。

别去重来岁已更，湖山于我尚多情。蓝揉片影依桥转，红闪斜阳透渚明。

吸酒记弯荷柄曲，罥衣曾碍荻梢横。眼前风景都如昨，只少新蝉一两声。（辑自《倚晴阁诗钞》下册）

秋日同王江栖、褚西山、牛竹溪游历下亭（二首）〔清〕魏坤

乱蛩声里秋阴积，又送西风上水亭。雨歇晴开奁镜晓，烟疏淡泼髻鬟青。漫憎暗粉添诗句，时有恶诗题壁。且恋寒香倒酒瓶。红影满衣莲未卸，鸥边尚有钓船停。

交到中年爱老苍，对花须鬓各沾霜。湖山毕竟归诗主，风月还邀入醉乡。吟绪渐侵枫叶冷，旅情先引藕丝长。那堪转眼都星散，何日临流再举觞。（辑自《倚晴阁诗钞》下册）

重建古历亭诗，和杜韵（二首）〔清〕喻成龙

昔贤不可见，我心如江河，侧身在泰岱，日暮悲思多。历亭复今古，慷慨为高歌。金罍寄明月，逸兴当如何！知君数来往，莫遣吏人过。

依湖结亭子，湖光渺清阴。临觞接绿荷，映户苍翠深。玉佩声已歇，华峰青自今。我闻古达人，只此延赏心。朝晖散晴旭，夕丽空岩林。谁为遗世者，聊复恣长吟。（辑自清康熙《济南府志》卷七）

登历下亭，次王阮亭先生韵〔清〕徐浩

名胜在临淄，结构明湖上。新亭即古亭，檐楹更虚敞。昔传杜少陵，日日恣游赏。瞬息数百年，颓波掩苍莽。废兴会有时，今复开图象。鹾使青莲身，退食频来往。大雅忽振兴，斯文真逸响。我来坐此间，轩窗豁秋爽。清气淡湖光，远峰皆指掌。缅怀诸风流，搔首徒俯仰。（辑自《南州草堂诗文》卷四下《二东草》）

历下亭〔清〕高孝本

冰开轻舸入，朱槛倚斜阳。名士迹千古，孤亭水一方。寒沉楼阁影，秋忆芰荷香。俯仰思来者，高吟兴更长。（辑自《固哉叟诗钞》卷六《海岱集》）

重修历下亭诗小序。〔清〕张谦宜

历下亭，其来古矣，唐天宝中，杜少陵与李北海尝宴集于此；五代、宋、

元卓为名胜，然亦时有湮没。明李于鳞曾修葺之，邢子愿继起赋诗。未百年而又废，今鹾使李公捐俸倡始。既落成，观察喻公为征诗四方，郡学博士乃如诸生之能诗者，使咏其事。

千顷北湖深，澄泓照石发。梧柳夹芙蓉，空翠插林樾。仿佛古啸亭，渔艇白鸥没。冥冥李杜来，浩歌相对发。星斗镇波澜，冰瓯浸秋月。（辑自《絸斋诗选》卷一，亦见于《国朝山左诗钞》卷四十七）

历亭怀古 〔清〕李发甲

城环济水汇明湖，一派清光似画图。山气遥通泛烟水，风声微动御菰蒲。齐梁人物风期邈，李杜文章啸咏孤。（辑自《李中丞遗集》卷二）

古历亭眺望有怀 〔清〕李发甲

海右雄藩擅济东，明湖潋滟色空濛。天开图画烟云外，人在冰壶荡漾中。远近山光环曲槛，迷离树影入帘栊。历亭怀古芳踪邈，剩有唐人啸咏工。（辑自《李中丞遗集》卷二）

钟圣舆招诸同人泛舟大明湖八首（之六） 〔清〕朱昆田

李杜遗踪半有无，惟余历下一亭孤。怪他后辈轻前辈，又作天心水面呼。（辑自《笛渔小稿》卷六）

济南李公祖重建古历亭，征诗 〔清〕谢乃实

芳踪千载踵前修，雅兴今时纪胜游。水面亭疑浮画舫，路旁人羡坐仙舟。奥篇璀璨开华宴，佳句缤纷逐酒筹。谁道调高歌白雪，湖山再见此风流。（辑自《峆岪山人诗集》）

咏重建古历亭（二首） 〔清〕秦济

亭在济南城内清湖之北，唐北海太守李邕与杜子美宴集于此，明学使沧溟李公复之，今鹾使李公又重建焉。

胜地千秋著，华檐欣复开。云山仍海岱，风雅自群才。今古存栏槛，乾坤付酒杯。芳踪如可接，谢屐印亭台。

海右亭何在，轩楹逼水窝。至今吟绿竹，自昔忆圆荷。湖阔风光满，情深感慨多。谩言同调寡，千载共高歌。（辑自《止园集》卷二《东溪草》）

最高楼·游历下亭 〔清〕秦济

明湖畔，荡漾烟光深，渺霭翠峰沉。白鸥几点云边浴，绿荷千片镜中临。爱亭台，非俗境，是山林。

读几遍，少陵惊客句。弄几段，伯牙流水曲。思往古，叹当今。月来正好邀人赏，诗成只许向天吟。倚栏干，情浩浩，气森森。壁间有工部宴历亭诗。（辑自《止园集》卷六《诗余》）

鹾使李公重建古历亭，观察俞公征诗，因赋 〔清〕蓝启肃

汤汤明湖水，磊磊鹊山石。亭构自何年，流芳灿书册。况逢李与杜，夙号文章伯。落笔凌青霄，至今声藉藉。奄忽人事迁，悠悠岁月易。多情惟白云，来去还朝夕。惆怅历下生，俯仰嗟陈迹。经营一复之，水木含虚白。自非谢康乐，览此亦何益。所以百年间，芳草空余碧。使君特达姿，温其如圭壁。揽辔北渚行，旷望心格格。慷慨乃重构，烟云生几席。仿佛通精诚，恍揖杜陵客。一亭何有无，怀古情无极。超然达者心，流辈乌从识。我独观元化，四序迭相迫。逝者正如斯，后视今犹夕。（辑自《清贻居集》）

鹾使李公重修古历亭，征诗，因赋 〔清〕蓝启肃

历下古亭临北渚，水木森森不受暑。天宝诗人横古今，道是当年觞咏处。亭前修竹今何在，名士飘然不相待。佩响歌声散碧湖，鹊华山色空余黛。临流几度重徘徊，四顾茫茫长绿苔。惟有白云相止宿，千年佳赏为谁开？忽见湖边景物鲜，飞甍奕奕映清涟。能令山川生颜色，使君余暇宴群贤。群贤尽是燕许手，此亭名益高海右。乃知胜迹以人传，山阴曲水犹存否？君不见晋代繁华金谷园，绿珠一去鸟争喧。又不见江南风雅谢公墩，萋萋芳草自朝昏。泰山云，沧海波，浮沉聚散何其多！古来万事皆如此，令人长诵杜陵歌。（辑自《清贻居集》）

历下亭 〔清〕吕谦恒

历下传千古，扁舟客独过。湖中人意远，亭外夕阳多。物候来鸿雁，烟光

冷芰荷。济南佳胜地，名士近如何？（辑自《青要集》卷六）

历下亭（二首）〔清〕田雯

三重阁下树纷纷，十顷明湖占一分。却羡开元数君子，曾来此地策诗勋。

阶下芰荷香正浓，竹边小榭水云封。钩帘差怪岚光远，欲向华山借一峰。（辑自《高津草堂诗》卷三，第二首亦见于《清诗汇》卷四十八）

鹾使李公重修古历亭，征诗〔清〕高之骒

历下亭边时怀古，杜陵碑版迷烟浦。当年风物续兰亭，胜友如云小队舞。北海星移亭子倾，沧溟重构坐挥麈。电露桑田迁变频，平泉金谷同荒圃。竭来鹾使谪仙人，胜迹经营还自主。画图余事补乾坤，巍然水榭灵光伍。前临二李疑前身，三李一亭惊接武。荷径宽容渔父蓑，因风曲槛招飞橹。鹊华堆绿挂檐牙，明湖柳絮荡鸥羽。清阴月泛藕花中，十顷玻璃浮玉宇。济南山水天下尤，笑诵先贤句非诩。（辑自《强恕堂诗集》卷一）

古历亭晚眺〔清〕高之骒

日日金茎泛碧筒，分香人倚曲栏红。渔歌白鹭垂杨外，帆影青山落照中。有客横琴迟素月，谁家长笛送西风？萧然一枕湖光好，楚畹湘兰梦亦通。（辑自《强恕堂诗集》卷五）

雨中游历下亭，分赋〔清〕汤右曾

纷埃各有营，佳游偶然遂。漾舟清川上，飒沓风雨至。路穷屡屈曲，桡回引幽翠。泠泠葭苇丛，濛濛水云地。兹亭废已久，风雅心所识。经营方在今，照壁碑版字。潭烟沈暝色，浦树激寒吹。采采湖中花，芳洲欲谁遗？伊余同怀客，壶觞邀高致。碧筒还小饮，香尽人已醉。酒酣步前楹，跳波看鱼戏。湖声万荷叶，的皪乱珠坠。鹊华隐不见，钟动山南寺。缅彼千载人，窈然沧洲意。（辑自《怀清堂集》卷八）

济南杂诗（八首之三）〔清〕宋至

如笠孤亭一水湄，溪声纳纳晚风吹。济南自古多名士，徙倚空阶有所思。

（辑自《纬萧草堂诗》卷一）

九日泛舟大明湖，登北极台、历下亭（二首之二）〔清〕龚翔麟

名流胜地偶然经，巨壑云庄问杳冥。独客栖栖拂残碣，斜阳闪闪恋空亭。一奁净涤西风锦，十里横铺水墨屏。可有白衣能送酒，绿尊相对眼尤青。（辑自《田居诗稿》，亦见于《两浙輶轩录》卷十）

我思五首（之五）〔清〕吴宗

我思历下亭，蒹葭秋水阔。古亭缅古人，秋风响天末。（辑自《研北诗存》不分卷）

游大明湖，因登历下亭观星台 〔清〕吴宗

半篙清涨灌湖田，岸柳依依唤渡船。历下亭荒寻古迹，观星台迥问青天。渔庄霜信蒹葭老，雉堞风烟竹树偏。更羡新荷凉雨后，碧筒竞劝酒如川。（辑自《研北诗存》不分卷，亦见于《东皋诗存》卷十四）

经历下亭、水面亭、名士亭故址，有感，用杜少陵《陪李北海宴历下亭》韵 〔清〕吴宗

先贤传雅集，胜概绕清河。断岸蒹葭合，古亭风雨多。久虚名士屐，到处采菱歌。水面维孤艇，湖心怅逝波。登临聊复尔，沦落待如何！历下春光满，延缘载酒过。（辑自《研北诗存》不分卷）

游历下亭 〔清〕盛枫

我生本无涯，世路随泛梗。身如孤征鸿，空外逗寒影。却辞泰山麓，更淹三齐境。天霜摧落木，稍悟风日冷。暂客居无定，倦游迹自屏。陆子山阴彦，一骑辱枉省。相携向城阙，澄湖面西岭。孤亭水势宽，回顾失万井。昔贤既已远，吾道非夙秉。忧时安税驾，汲古乏修绠。残碑虽剥落，往事犹炳炳。情深迹可鉴，目寓心已领。人呼鸟声应，日晚林愈静。隔云觅归渡，新月已耿耿。终吟少陵句，繁辞何敢骋！（辑自清乾隆《历城县志》卷第十六《古迹考三·亭馆二》引《鞠业集》）

济南杂咏十首（之五）〔清〕史夔

东藩皂盖驻青荷，历下亭中名士多。北渚水香俱地名。今寂寞，断碑零落鹊山阿。（辑自《东祀草》）

甲戌春日独游历下亭　〔清〕王苹

春湖水暖鸭先知，又是东风杨柳时。树上残阳偏恋客，亭中独我不题诗。由来光景关怀少，近日篇章脱手迟。只对云山添寂寞，渚禽沙鸟莫相疑。（辑自《二十四泉草堂集》卷三）

重建历下亭　〔清〕赵执信

台观遗墟已尽荒，新亭重睹鹊湖旁。千年水木还明瑟，一半人家隔淼茫。棹转南山苍翠入，杯临北渚芰荷香。题诗空忆曾游处，竹里行厨未许尝。（辑自清乾隆《历城县志》卷第十六《古迹考三·亭馆二》引《历亭诗文会编》）

题张松山运判《大明湖图》四首（之三）〔清〕陈鹏年

海右争传历下亭，济南高会我曾经。不知斥卤菰芦里，露出齐州一点青。（辑自《沧洲近诗》卷十）

历下亭　〔清〕任坪

不识明湖胜，来登历下亭。波涵云窦白，山拥髻螺青。野鹜翔疏柳，浮鸥聚远汀。少陵诗好在，高唱入苍冥。（辑自《莱峰吟》，亦见于《国朝山左诗钞》卷四十一）

历下亭　〔清〕顾嗣立

古亭不是旧时亭，四面冰坚一角青。尽说济南名士窟，荒祠只拜李沧溟。（辑自《秀野草堂诗集》卷十八《梧语轩集》）

历下亭　〔清〕顾嗣立

古亭雄海右，清气海岳共。峰影波间浮，溪云入梁栋。景因芳宴传，地缘名士重。块然念酒徒，谁与致一瓮？（辑自《味蔗诗集·嵩岱集〔下〕》）

历下亭 〔清〕何世璂

历亭亭畔水粼粼，水底山容索笑新。载酒人酬杜工部，看花诗吊李于鳞。《水经注》就才犹健，谓观察喻公。《梁父吟》成思入神。杜甫："得兼《梁父吟》。"不有使君勤梦谢，阿谁酬唱到湖滨?（辑自《何端简公集》卷十一）

登历下亭，步南山樵韵 〔清〕韩镛

泛舟携伴欲何之，闻说湖亭胜昔时。曲径回廊荷港外，四围山色一城诗。（辑自《国朝武定诗钞》）

游古历亭 〔清〕屈复

漾舟契秋色，佳游仰昔贤。平湖带高城，孤亭方悄然。远香浮水际，李杜播瑶篇。日华丽清浅，云影媚沦涟。古人下真士，迹逐精爽传。余辉耿未歇，澄波淡重渊。一马竟罹厄，长虹忽亘天。至今飞鸟过，啼血如杜鹃。空中驻皂盖，回首郁苍烟。西风芦荻暮，夕露泣衰莲。文举即寂寞，元礼亦迍邅。斯人复逝矣，月明独扣舷。（辑自《弱水集》卷一）

重过历下亭 〔清〕颜肇维

日暗轻舠入杳冥，隔城如见惜华星。老思授业人何处，年少题诗记此亭。秋社湖头余柳浪，东藩海右剩山青。重来水际沽残酒，风雨萧骚醉不醒。（辑自《锺水堂诗》卷一）

癸酉春，鹾使李公复建古历下亭，走笔纪事二十六韵 〔清〕朱缃

今上御极敷圣治，三十二年癸酉春。李公司鹾莅兹土，一时经济称如神。悬鱼驯鹤通彤虎，疮痍顿觉苏商民。暇时游眺屏傔从，笔床茶灶随吟身。徘徊边李唱酬地，夕阳凭吊怀前人。济南山水号名胜，七十二泉清粼粼。风流自古易磨灭，旧迹往往悲沉沦。水香环碧共漱玉，皆亭名。今无百一存其真。历下古亭名最著，少陵佳句千秋闻。苔钱土花共剥蚀，年来久已埋荆榛。我公政暇跻上治，大雅当代无其伦。选竹砌石次第举，一亭重构莲湖滨。濯枝小雨近端午，红藕花底开香蘋。我公于此设诗垒，坐来长日无纤尘。尽拓八扇麂眼窗，空濛一望通湿银。芙蓉秀削城外立，虎牙杰出云边蹲。远近图画历历见，长天作绢

谁能皴？浮蛆斟酌倒新瓮，登网泼刺烹鲜鳞。铁笛或作凤凰调，卦畦时露鸳鸯纹。细乳嫩浮沸鱼眼，大蟹乱行弹龙唇。使君兴酣握翠管，锦囊十斛倾冰文。词坛旗鼓无与敌，珠玑咳吐挥千军。世之作者昧四始，雕镂排比空纷纷。笑我笔墨更孱陋，枯肠搜索忘才贫。聊作长歌写纸尾，词句未敢夸鲜新。七桥风景殊不恶，鸭船来往无嫌频。（辑自《枫香集》）

历下亭雨望（三首）〔清〕朱缃

千树香枫拥绿螺，满身红影唱吴歌。渔童樵婢如添写，竟是浮家张志和。

蚬黄鲈白酒堪赊，秋色模糊雁阵斜。十幅蒲帆一枝笛，蓼烟蘋雨是侬家。

荷衣笋笠趁凉飔，莼滑菱香藕脆时。安得黄尘摇首去，驾船真作钓鱼师。（辑自《枫香集》）

历下亭雨望　〔清〕朱缃

鸭嘴船轻绿浪肥，湖边亭子敞云扉。淡烟着地鱼衣湿，浓墨烘山玉笋微。白菡萏垂经雨重，红蜻蜓出带香飞。笠檐蓑袂柳阴外，醉入冥濛便不归。（辑自《枫香集》）

六月十三日雨中同沈涧芳孝廉、汤西崖编修小集历下亭，分赋　〔清〕朱缃

亭子最虚敞，四围足烟波。千株矗高柳，万柄森朱荷。赫赫炎官威，到此神清和。随意排壶觞，兴至行复歌。坐鲜拘忌客，放谈谁禁诃？湿翠扑衣来，凉雨湖边多。湖光与雨气，上下相荡摩。南山一带影，模糊隔兜萝。二妙汤与沈，交照珊瑚柯。酒酣写秀句，浓墨濡小螺。肯让杜陵老，千载空峨峨。（辑自《观稼楼诗》卷一）

再侍渔洋先生游大明湖，坐历下亭，以"水木湛清华"为韵，得"华"字〔清〕朱缃

昨日出西郭，看遍漪园花。兹作湖上游，清兴凌蒹葭。得陇复望蜀，所愿毋乃奢？先生饶济胜，小子余勇加。谁家橛头艇，正系老树丫。双桨破萍叶，一道冲天斜。湖波出净渌，鳞鳞蹙湘纱。南山好螺黛，浸作水底霞。孤亭觅户牖，渐欲田田遮。白头感旧境，俯仰生咨嗟。雅社赋秋柳，想见吟手叉。风流

五十载，转烛怜岁华。先生举秋柳社于此，今四十九年矣。人生困尘浊，不殊负壳蜗。好景眼前得，底用穷幽遐。水木明瑟地，昔闻《图经》夸。于此结茅屋，闲即浮钓艖。七桥日来往，鸥鹭盟溪沙。富贵影既幻，神仙求亦差。随境取适意，冷澹良足嘉。夫子莞尔笑，斟酌思移家。（辑自《吴船书屋诗》，亦见于清乾隆《历城县志》卷第九《山水考四・水二》、清光绪《高唐州志》卷八《著述》）

古历亭 〔清〕朱怀朴

荷香细细水泠泠，小艇穿花载醁醽。莲子波澄千顷碧，佛头山送一船青。只今后起多名士，在昔先称最古亭。海内风流谁管领，华泉既去又沧溟。（辑自《乡园忆旧录》，亦见于民国《续修历城县志》卷十八《古迹考三・亭馆二》）

宴集大明湖历亭 〔清〕胡宗绪

主人惟好客，幽意动郊坰。初日花边路，春风湖上亭。水高窗顶白，叶密涧心青。宴罢笙歌歇，看予钓北溟。（辑自《环隅集》卷四）

历下秋怀十首（之二） 〔清〕张元

济南自昔多名士，海右于今复古亭。白石红栏浸烟水，丹枫绿竹覆沙汀。湖山胜概余苍翠，李杜游踪付杳冥。欲拨荆榛寻断碣，碧波无际暮云停。（辑自《绿筠轩诗》卷一）

秋夜同友人明湖泛舟，遇雨六首（之二） 〔清〕张元

一叶冲风去，还过古历亭。碧波涵月榭，红蓼上沙汀。名士今零落，高轩尚典型。怆然怀李杜，烟水夜冥冥。（辑自《绿筠轩集》卷一）

游历下亭，即景分赋得“鸥”字。 〔清〕赵国麟

淡沲秋山波画浮，一篙暮霭镜中收。斜川偶适渊明兴，白社人来狎盟鸥。（辑自《历下秋声》）

冬暮，邀友人历下亭赋诗 〔清〕傅仲辰

故交落落眼空青，折柬招寻历下亭。冰结明湖闲画舫，雪飞南岫列银屏。

二毛人醉心还壮，一字师逢句便灵。料得明年思兆日，莫因岁晏叹飘零。（辑自《心孺诗选》卷十三《茌山三集》）

历下亭　〔清〕傅仲辰

危亭亭畔系轻舸，晴雨都宜每独过。半岫云浮遮雉堞，方塘棋布种蕖荷。前贤踪迹风流甚，游子登临感慨多。《秋柳》四诗高唱后，好凭鸥鹭问空波。（辑自《心孺诗选》卷十四《茌山四集》）

赋得"历下此亭古"〔清〕傅仲辰

历下此亭古，窈窕湖中悬。晴熏金碧错，矫翼鸥凫妍。渔网开蘋藻，浴影波连天。馥郁荷风御，飘若凭虚仙。缅维李北海，酬倡时张筵。中推少陵叟，好事纷雕镌。巨碑犹笏立，碧藓龟趺缠。摩挲拭老眼，断句还迎诠。古人不可见，景物当年然。裴回山月上，归路何澄鲜！（辑自《心孺诗选》卷十五《茌山五集》）

暮至历下亭　〔清〕傅仲辰

鸣蜩喧落照，独听一亭虚。水近风来好，山高月上徐。行歌惊宿鸟，顾影动潜鱼。面面清光入，徘徊兴自余。（辑自《心孺诗选》卷十五《茌山五集》）

过历下亭　〔清〕傅仲辰

胜游时结想，裙屐复从容。久堕荒凉境，方开浩荡胸。莺声千树合，花气一亭浓。僮仆催归骑，山南起暮钟。（辑自《心孺诗选》卷十七《观海二集》）

鹾使李广宁先生招集历下亭（六首）〔清〕朱纲

湖光相别最相思，新筑红亭合有诗。藕叶香浓柳阴薄，我来况值可怜时。
小桥回抱曲廊斜，朝数鸬鹚暮数鸦。最爱倚窗南首望，不遮山色一些些。
涨水蓝深已半篙，傍阶雏鸭理新毛。去来只在慈姑下，摇动翻翻绿剪刀。
泼墨云生欲雨天，城头白雾渡头烟。风才急处蜻蜓散，撒菽跳珠已满前。
展得风光入画图，江南端不数西湖。何当更有登盘物，卷角红菱巨口鲈。
衡门从此破苍苔，日日闲情付水隈。秃尾小驴高齿屐，都篮携着总频来。

（辑自《苍雪山房稿》）

汤西崖编修奉使黔中，归道过济上，奉邀同沈夫子雨中游历下亭，分赋
〔清〕朱纲

我爱汤君才，矫若九秋翮。两卷使黔诗，妙有唐人格。迂道过济南，得共数晨夕。王命难久稽，何以纾素积。邀之出游观，大明湖咫尺。早起风飕飕，雨光一片白。徘徊仰视天，痴云不肯拆。远听陌上人，泥声已壮屐。跋马冒雨来，良时忍虚掷。冥冥蒲苇间，孤亭出其隙。藕花万柄斜，艇子朱阑窄。石径自纡回，鸟鸣纷格磔。四面水濛濛，满庭树策策。南山杳霭中，时或露寸碧。披襟带亦解，宁复论主客。更折碧筒劝，一饮期一石。少陵北海辈，动已成往昔。人生能几何，不乐真可惜。而况别在迩，君将叹行役。（辑自《苍雪山房稿》）

历下亭感旧（二首）〔清〕赵执端

灯前简韵满浮觞，月下轻舟风露凉。回首同游半零落，独来跣足濯沧浪。

圆荷水面已田田，柳絮纷纷落满船。席帽青衫偃蹇态，酒酣还上古亭眠。

（辑自《宝菌堂遗诗》下卷）

泛明湖，饮历下亭 〔清〕陈祖范

世间万物贵得名，我来先问历下亭。今朝始放湖中艇，芦苇蒲稗相遮迎。风吹簌簌如雨至，数转乃见亭觚棱。池亭水木极明瑟，濠梁鱼鸟怡性情。敷坐杳在青莲界，衔杯已复白日倾。前浦闾井势浮动，绕城山岳空凭陵。白蘋洲连绿柳岸，夕烟初涨晓月明。尔时夷犹任孤棹，吴歌小海小洞庭。遥知此趣更幽绝，何似东藩皂盖停？（辑自《司业诗集》卷三）

春日泛舟鹊山湖，遂登历下亭 〔清〕许廷鑅

古亭展春目，惬我褰裳期。废兴亦已屡，风流良在兹。回回一水抱，宛宛诸洲披。鱼鸟识昏旦，荇藻浮涟漪。独标海右胜，几伫湖阴嬉。地忆旧台观，亭留北林诗。修竹渺难问，白云来何迟。含情流易盈，揽物境乍移。微波摇西日，绪风散芳蕤。奄忽人代易，来者知为谁？（辑自《晚晴簃诗汇》卷六十）

登古历亭〔清〕任弘远

此亭海内久茫然，赖有银城胜事传。李杜游踪想象里，绿杨时节杏花天。（辑自民国《续修历城县志》卷十一《山水考七·水三》引《鹊华山人诗集》）

登历下亭，忆亡友邢聿修〔清〕任弘远

依旧湖山青，依旧湖凫浴。独有昔游人，可怜长埋玉。画船歌声来，仿佛听旧曲。席上吴郎度曲。老泪洒空亭，滴破苍苔绿。（辑自民国《续修历城县志》卷十一《山水考七·水三》引《鹊华山人诗集》）

登历下亭，忆昔年遇新城先生得请诗教〔清〕任弘远

戊寅春二月，司寇里门归。为爱明湖好，时来看翠微。甄陶奖后进，格调指前徽。先生云：学诗当从《唐诗品汇》入手。此日荒亭畔，杨花历乱飞。（辑自民国《续修历城县志》卷十一《山水考七·水三》引《鹊华山人诗集》）

陪牛元甫先生、李公子友白游历下亭，感李北海遗事〔清〕任弘远

胜侣相邀历下亭，澄罍密坐白沙汀。湖光潋滟春城碧，岚气空濛晓郭青。北海不来闲野渡，南山依旧映疏棂。尊前且莫谈天宝，往事伤心不忍听。（辑自民国《续修历城县志》卷十一《山水考七·水三》引《鹊华山人诗集》）

石邑侯在古历亭覆童子试，风雅韵事，赋此志盛〔清〕任弘远

贤宰神明自不同，此亭三月试童蒙。济南名士分真伪，海右才华辨拙工。水色山光助翰墨，花红柳绿映诗筒。梅崖去后无人继，康熙己卯，李臬司梅崖在历下亭观风校士，传为盛事。化雨春风喜再融。（辑自民国《续修历城县志》卷十一《山水考七·水三》引《鹊华山人诗集》）

明湖杂诗（十首之三）〔清〕任弘远

此亭孤立水中央，天宝东藩诗酒场。名士济南今寥落，残鸦疏柳点斜阳。（辑自民国《续修历城县志》卷十一《山水考七·水三》引《鹊华山人诗集》）

历下杂诗（十首之四）〔清〕田同之

岩花漠漠水冷冷，落日荒烟历下亭。北海风流今不见，南山依旧向人青。（辑自《砚思集》卷六，亦见于《国朝山左诗钞》卷五十一）

历下亭 〔清〕纪迈宜

荷芰扶疏水半城，折枝犹带夜香清。便摇篷艇冲烟去，何异澄江载酒行！历下亭荒残句在，华不山好客愁空。无端捧檄匆匆别，惭愧濠梁世外情。（辑自《俭重堂诗》卷三《岱麓山房稿》）

历下亭次韵 〔清〕纪迈宜

风沦大明湖，荷芰漾清涟。扶疏水半城，造语一何妍！渔洋留诗卷，菁华耀千年。譬彼鬘陀花，天香发自然。水月像殊妙，澹极弥觉娟。缅彼尘外趣，棹入菰蒲烟。澄波绵以邈，峦青堕我前。杜陵诗中圣，实维人中贤。所以奕载后，仰止镌遗篇。北海虽人豪，附托始获传。披藓再三读，欲去仍流连。白鸥起亭傍，振羽何蹁跹。与结重来约，庶慰平生缘。（辑自《俭重堂诗》卷三《岱麓山房稿》）

游历下亭，即景分赋 〔清〕金溥

香剩田田扑满舟，攀花尚可作觥筹。闲情一片如秋水，惊起寒塘几白鸥。（辑自《历下秋声》）

历下亭 〔清〕赵维藩

历下芳名古，徘徊是此亭。芙蕖环月榭，萧苇接烟汀。政简官多暇，风清沼亦灵。云庄歌咏处，犹忆李沧溟。（辑自《槿园集》卷一）

历下亭为顾浮山饯别，和浮山别主人原韵 〔清〕赵维藩

荷亭萧苇半阑干，唱彻骊驹解绣鞍。玉笛红牙今尽醉，金樽白发后期难。陇头倘许通梅信，江左还须报竹安。我辈共为梁苑客，离情何用泪相看！（辑自《槿园集》卷三）

闻彭眉山游历下亭，诗以问之 〔清〕宋云钑

问子湖干景若何，荷开曾否遍清波？风生水面香应远，露下珠光叶想多。几处绿杨牵画舫，谁家红粉采莲歌？樽倾历下亭边路，石上新诗得记么？（清乾隆《历城县志》卷第十六《古迹考三·亭馆二》引《秋岩小咏》）

历城李明府鼎望邀诸同僚宴集历下亭 〔清〕王天庆

欢游逢胜地，潇洒对明湖。剧邑情偏暇，闲官性最迂。浓阴千嶂合，环碧一亭孤。数顷荷花候，无劳折简呼。（辑自清乾隆《历城县志》卷第十六《古迹考三·亭馆二》引《晚香堂集》）

游历下亭，即景分赋 〔清〕赵香梗

青山面面豁双眸，载酒风流上钓舟。到此机心浑退却，荷花深处不惊鸥。（辑自《历下秋声》）

历下亭 〔清〕李予望

买棹入明湖，清流澹容与。方舟缆湖滨，尚见此亭古。周玩缅前良，音徽俨可睹。物役感少陵，吾宗称贤主。芳宴揖遥林，台观借回溆。冠盖罗轩楹，舄履交廊庑。杯觞互献酬，玉佩杂樽俎。白云荫湖阴，修竹消溽暑。风流照海石，清兴留北渚。所嗟人代速，倏忽成黄土。孤亭几兴废，胜迹踵前武。名士今何存？残碑重摩抚。遐瞩寄永怀，苍烟点渔浦。落日水风凉，湖光浸环□。（辑自《宫岩诗集》卷四）

历下亭 〔清〕李重华

古亭不可接，重见新亭幽。荷盛露如雨，林深风带秋。沉吟历山翠，仿像明湖流。胜迹市朝变，诗人天地悠。绝樽尽炎日，广席淹良俦。扪碣怀杜老，旷然同此游。（辑自《贞一斋集》卷二）

雨中招傅玉笥前辈游历下亭，用少陵韵 〔清〕李重华

海风飞雨脚，流潦倾悬河。沿涉迟嘉客，空亭凉气多。穿林引芳躅，扪碣聆商歌。披对拨蒙雾，酣谈穷委波。斯文获宗主，俗派纷云何？日晏坐澄霁，

良朝薪数过。（辑自《贞一斋集》卷二）

纳凉历下亭 〔清〕李重华

胜地日相望，炎天喜共过。荷新含气洁，树老得凉多。深惬片时睡，正宜终日哦。携樽候良夕，满为酌金波。（辑自《贞一斋集》卷四）

夜月泛大明湖八首有序（之二）〔清〕高凤翰

将别济南，诸同人邀饯于湖上亭，载酒溯月，薄暮放舟，相约话别。酒次不得苦吟，废我谈事。有作摅怀者，明日削稿。其同集者为张榆村、朱仓仲、朱篠园、溆园、祐存昆季也。

古亭自昔吟诗地，寂寞风流几百年。姓字谁能争日月，精灵终不改山川。高名大作亦徒尔，鼓棹鸣舷俱偶然。唯有当时旧明月，清辉常在老婵娟。（辑自《南阜山人诗集类稿》卷二《湖海集》）

湖上竹枝四首（之一）〔清〕高凤翰

海右孤亭迹已陈，烟波冉冉春光新。遮莫题诗满亭子，眼中名士久无人。（辑自《南阜山人诗集类稿》卷六《湖海集》）

历下亭同人雅集 〔清〕于振翀

北海遗踪水上亭，少陵诗碣冷烟汀。画船棹破鸭头绿，远岫堆成佛髻青。月影浸湖人未散，荷风入梦酒初醒。济南名士多千古，犹剩水鸥对客星。（辑自《国朝山左诗钞》卷五十九，亦见于《国朝畿辅诗传》卷三十）

历下亭重修。〔清〕张铨

海右此亭古，风流千载传。回波空泺水，落日自华泉。大雅无终绝，规摹有后先。濠梁思郦子，玉佩感唐贤。鱼鸟欣相识，云山兴俨然。悬知名士在，高咏试新篇。（辑自《高密诗存》下卷）

登古历下亭 〔清〕沈虹

真个云山兴又生，杜诗："云山已发兴。"飘零心迹喜双清。五龙潭峙亭犹古，二水波潆渚自明。《水经注》：历水与泺水合流于大明湖，杜诗所谓“交流”也。北海风流空缅想，南池诗思复含情。时从济上来。何人重此开芳宴，惆怅苍茫落日横。（**辑自《蓬庄诗集》卷七**）

历下亭重题　〔清〕沈虹

海右孤亭此再经，大明湖畔雨冥冥。波光潋滟轻浮碧，山色湾环耀晚青。隔岸小桃遥出水，受风杨柳欲眠汀。济南名士今谁是，不觉临风忆阮亭。阮亭先生诗。名士轩头碧涨天。（**辑自《蓬庄诗集》卷七**）

忆历下亭，兼寄胶西高西园　〔清〕颜懋伦

黄花落尽鲁门边，香草秋风记泛船。五里人家莲子水，二分明月鹊桥烟。明时诗酒轻桑悦，东园文章忆韦贤。好向胶西访遗老，大珠山外海云连。（**辑自《颜清谷四编诗·癸乙编》**）

集历下亭　〔清〕张文瑞

高宴明湖五月秋，绿阴亭外驻鸣驺。相逢尽是弹冠客，老去重寻不系舟。水面薰风吹解带，檐前啼鸟学歌喉。归鞭竞绕桥南去，独自行吟纪胜游。（**辑自《六湖先生遗集》卷十二《胞与堂稿》**）

历下亭怀古　〔清〕张庚

名士重高会，赋诗传其真。逝水不复返，遗迹常若新。缅维宴乐意，恻恻怆我神。罍爵奠醇酎，簠簋荐嘉珍。清风过洲渚，泛座荷香均。摅情合肝膈，高谈转纷纶。箫管厌落日，惜别樽再巡。折芳阔虚意，持以谢嘉宾。（**辑自清乾隆《历城县志》卷第十六《古迹考三·亭馆二》引《强恕斋诗钞》**）

恭和御制《历下亭》元韵三首　〔清〕沈起元

历下亭何处？明湖烟水间。一时名士集，千载白云间。花远春如画，波开月半弯。临汾今日驾，新拂岱云还。

台榭具今古，楹轩镜渌波。居然海右胜，复此春风多。清泺涌寒碧，历山浮远螺。重华耕凿处，漫数少陵过。

云旗飞彩鹢，北渚正渊泓。海岳深春气，莺花流水声。藻间鱼自戏，洲畔

鹭孤明。游赏宸襟畅，还馀怀古情。（辑自《敬亭诗草》卷七）

历下亭有序。〔清〕李锴

亭临鹊湖，后齐所筑，唐李之芳重葺之。岁既久，故址汩没，从父方伯公监司齐州，再作此亭。

鹊湖风厉水拍堤，菰芦冻折渔梁危。天寒鲻鸬不复跃，日落鸡鹊时自飞。渚烟苍苍沙历历，中有虚亭俯空碧。长廊诗句光怪多，杜陵野老留遗迹。芜没千秋谁再新，直栏横槛压波纹。月明四面渔歌起，争唱齐州李使君。（辑自《睫巢集》卷二）

大明湖历下亭看荷花 〔清〕朱定元

湖内看花花更幽，半依北郭半依楼。天姿国色香千亩，雪氅霓裳鹭一洲。泼翠山从城外见，湖中远见华不注山。冲波鱼向网中投。更阑欲接灯光去，又被波心月影留。（辑自《静宁堂诗集·莅东草》）

恭和御制《历下亭》元韵（三首）〔清〕钱陈群

百泉交汇处，亭古着其间。远意芦芽得，机心鸥梦闲。水深鱼龠落，堤曲麦畦弯。坐久移清跸，白云自往还。

薄阴花得气，落日水增波。此际辰襟惬，由来古意多。云衣轻似縠，烟髻澹于螺。敢效风人致，卷阿幸一过。

亭似扁舟泊，湖如一镜泓。诗人存老辈，名士谢虚声。嫩柳摇帘碧，繁花照眼明。水云多所适，终自结遥情。（辑自《香树斋诗集》卷十四）

历下亭（二首）〔清〕张鹏翀

历下空亭李杜过，至今遗堞映圆荷。千秋胜迹无人管，狼藉寒云委漫波。

泺原处处水跳珠，荷芰扶疏古不殊。倚棹城阴临绝景，鹊山寒浸大明湖。（辑自《南华山房诗钞》卷五《纪游集》）

历下亭怀古 〔清〕戴亨

历下亭犹古，昔人曾此游。我来寻胜迹，霜冷荻芦秋。万卷藏书屋，边庭实。

干霄白雪楼。李沧溟。徘徊风雅地，山色远含愁。（辑自《庆芝堂诗集》卷九）

游历下亭，即景分赋　〔清〕张希杰

香残露冷渚莲秋，趁好湖光作胜游。樽酒莫辞亭下醉，寒塘何处泛轻鸥。（辑自《历下秋声》）

上巳历下亭祓禊王宗师观风试题。　〔清〕张希杰

稽山胜事邈，北渚复扬舲。波静天光碧，堤平树色青。觞飞湖上月，人聚井中星。杜老风仍古，终童地自灵。新型瞻历下，胜迹继兰亭。著就枢机录，应教执一经。（辑自《铸雪斋诗集》卷一）

历下杂咏，和王秋史韵：古历下亭　〔清〕张希杰

危亭高耸古城湾，百顷荷风杂佩环。应有渔郎来问渡，桃源只在有无间。（辑自《铸雪斋诗集》）

游古历下亭，步人韵　〔清〕张希杰

一叶飘然五两舟，亭边风物菊花秋。未残红蓼堪栖鹭，已老寒芦尚狎鸥。乘兴不辞弹逸调，逢人都与唱觥筹。济南自古多潇洒，北渚湖田处处幽。（辑自《铸雪斋诗集》）

泛舟大明湖，登历下亭二首　〔清〕杨士凝

昔从子美诗中见，今在天中节里游。有客二东寻胜迹，斯亭千古擅风流。此邦烟冷枌榆社，何处香生杜若洲。遥指沧溟望华鹊，往来魂断采莲舟。

亭影空明湖影微，千盘芦港四山围。当官好古留题碣，野老无名坐钓矶。褪粉断垣遮柳线，淡黄残照刷荷衣。闲情谱入江南弄，日日携壶荡桨归。（辑自《芙航诗襭》卷十七《宜萱阁集（上）》）

秋日古历亭题壁　〔清〕方起英

北海留题处，秋声树树高。莳花云满坞，掬水月盈篙。有志期千古，无成感二毛。欣逢游赏地，搦管继风骚。（辑自民国《续修历城县志》卷十一《山水

考七·水三》引《狮山诗钞》）

游大明湖，登北极庙、历下亭，同赵然乙侍御作 〔清〕沈廷芳

明湖流水泻城濠，绮旭光中放小舠。荷芰香疏分曲港，人家烟密绕青皋。祠新地得神仙迥，亭古名因李杜高。诗碣凋残风景异，雕阑倚遍首频搔。旧有“孔子弹琴处”碑，少陵、南丰诗碣，今不复存。（辑自《隐拙斋集》卷十五）

重阳前四日，偕崔君玉方伯，高昭德司臬，范绥斋、史颉甫、吴维亮三观察泛大明湖，登会波楼，晚饮历下亭，用乡先辈龚蘅圃侍御《九日泛湖》旧韵二首（之二） 〔清〕沈廷芳

题诗李杜此曾经，遗躅年来付杳冥。风翥龙蟠瞻睿藻，珠帘画栋焕新亭。白蘋风漾鱼鳞酒，红树光摇翡翠屏。归趁晚霞重回首，一钩凉月数峰青。（辑自《隐拙斋集》卷十七）

又次《历下亭》韵 〔清〕沈廷芳

名士联何李，登亭木叶闻。花开昨宵雨，香冷一湖云。浅渚轻鲦出，亭西有小沼。闲阶细草薰。柳围今合抱，举盏感红醺。（辑自《隐拙斋集》卷二十五）

历下亭晤石思姜，话旧（二首） 〔清〕张作哲

旅梦经时忆故人，湖天相对倍酸辛。休谈秋战常三北，剧叹流光近四旬。游子伤心聊共醉，佳儿绕膝未全贫。却思二十余年事，隔岁重逢泺水滨。

年来生计自应疏，日向芸窗老蠹鱼。白雪谁歌悲按剑，青霄有路漫焚书。狂歌深惭惟长铗，误中何妨是副车。搔首穷途期努力，凌云何处问相如?（辑自《听雨楼诗》）

历下亭 〔清〕严遂成

湖阴遗堞雨冥冥，玉佩歌残不可听。杜二来时已兴废，哀丝重问水香亭。（辑自《海珊诗钞》卷二）

历下亭　〔清〕李天秀

历下重来忆旧游，晴光潋滟荡轻舟。当年愧作明湖长，凫鸟依然识故侯。（辑自民国《华阴县续志》卷七）

九日登历下亭，叠韵　〔清〕桑调元

邻巷兹晨罢相舂，是日奠周君。湖亭散步且扶筇。气冥海岳方怀古，蹔眇云庄渐逼冬。枫叶晴烘曦景艳，苇花寒卷水波重。浮生只狎沙鸥好，不羡通侯万户封。（辑自《弢甫续集》卷十九）

恭和御制《历下亭》元韵　〔清〕梁诗正

最古亭犹在，烟波缥缈间。即今名士杳，只合野鸥闲。远艇星千点，回塘月一弯。乘春游历下，棹引浪花还。树暗遥浮黛，风轻细蹙波。绿矾苔发古，出水荻芽多。人入空明镜，山拖浅淡螺。中流迎御舫，鱼鸟几群过。虹影环双带，天光净一泓。洲前花雾色，浦外棹讴声。到此尘都远，相看眼倍明。留题为名迹，揽结不胜情。（辑自《矢音集》卷五）

历下亭，在历城县大明湖畔　〔清〕陈景元

泰山有白云，逢逢落斯亭。名区冠海右，习礼多儒生。鲁叟忆上天，禽父亦无灵。游子久低回，今人少古情。（辑自《陈石闾诗》卷二十六）

游历下亭，即景分赋　〔清〕黄廷栋

五柳先生琴鹤游，秋风亭上钓鱼舟。荷香已尽芦花老，剩有闲情寄野鸥。（辑自《历下秋声》）

历下亭　〔清〕刘友田

荷香细细水泠泠，小艇穿花载醁醽。莲子波澄千顷碧，佛头山送一船青。只今后起多名士，在昔先称最古亭。海内风流谁管领？华泉既去又沧溟。（辑自《国朝山左诗钞》卷四十九，《乡园忆旧录》中记为朱怀朴所作）

长亭怨浪游山左，拟至历下亭，雪阻不果，怅然赋此。〔清〕张奕枢

问侧帽、飘零何苦。直恁清狂，他乡迷路。不是悲秋，欲飞终自铩纤羽。翦灯心绪，早办了、纪游诗句。摒挡。唤提壶，好吟到、夕阳荒树。

街鼓。透纸窗深处，似诉声声倦旅。几阵尖风，又卷起、一庭凉絮。引寒梦、逗入空亭，算只有、波心愁鹭。笑踏遍穷途，直是不如归去。（辑自《国朝词综》卷二十三）

明湖夜泛，访友古历亭〔清〕孔传科

习习蘋风发，孤篷夜不收。疏钟烟隔寺，长笛月当楼。岛雁梦方永，蒹葭凄已秋。伊人在何处，渺渺水中洲。（《国朝山左诗续钞》卷八，亦见于《阙里孔氏诗钞》卷五）

正月十四日暮，偕同人泛舟历下亭，同限“下”字〔清〕金德瑛

官衙通湖滣，美景许凭藉。但移一叶舟，莫蹑双不借。春风绿始波，意惬冰俱化。湾环纵所如，延缘傍渔舍。每惜葭芦长，界画舟通罅。枯茎涩未抽，碧浪平可泻。中央古亭浮，四面朱阑亚。题咏前贤留，光焰后辈怕。唐宗渺东巡，上圣方驻驾。杜叟倘逢今，应倍集贤价。腰鼓街童顽，簪花游女吒。许尔共悠扬，相戒无驱吓。阳和动物情，适兴须宽暇。诸君多远志，秋期一战霸。难得《白纻歌》，同听风露下。久坐共邈然，冰轮方照夜。（辑自《桧门诗存》卷三，亦见于民国《续修历城县志》卷十八《古迹考三·亭馆二》）

历下亭〔清〕张开东

澹荡湖心里，苍然万古亭。烟波兼杳霭，天地一空青。人隐蒹葭渡，月明鸥鹭汀。从来多眺咏，吾意在沧溟。（辑自《白莼诗集》卷十一）

登历下亭〔清〕金甡

金舆天半翠云浮，萧瑟明湖水漫流。曾见济南名士否，枯荷折苇望中秋。华不注，一名金舆山。（辑自《积山先生遗集》卷七《全氏二友》，《静廉斋诗集》中不载）

济南杂咏（四首之四）〔清〕李文驹

海右犹传历下亭，萧萧芦荻四围青。济南名士今谁在，芳草西风冷画屏。（辑自《自怡集》卷上）

同大兄嵩峰载酒泛大明湖，至历下亭〔清〕王尔鉴

和风吹送棹歌声，十顷湖心潋滟明。出水新蒲疑跃剑，绕城嫩柳欲笼莺。翠浮高岭云初敛，春满空亭雨乍晴。酬唱不知归去晚，雁行明月浪中生。（辑自《二东诗草》卷一《历下集》）

同大兄嵩峰历下亭观荷〔清〕王尔鉴

亭南亭北荷花满，花映阑干水清浅。雨洒明珠翠盖翻，风牵绿荇晴波转。人生花事无百年，可能日对荷花前。对花酌酒聊复尔，醉来相与亭中眠。（辑自《二东诗草》卷一《历下集》）

游历下亭，即景分赋〔清〕唐启寿

蒲柳萧萧两岸秋，白蘋香满钓渔舟。个中应有神仙侣，一片闲情寄野鸥。（辑自《历下秋声》）

同刘太史应榆林助教有五、赵副车香祖游历下亭〔清〕单烺

古亭宛在水中央，荇叶菱丝一苇航。鸥鸟同邀名士酒，荷花新学内家妆。城临北斗通金阙，阁绕南山捧玉皇。一片清虚隔尘世，径须买屋住沧浪。（辑自《大昆嵛山人稿》卷三）

偕严香府泛舟大明湖三首（之二）〔清〕金兰

古历亭边往复还，昔贤游屐在人间。我来李杜登临处，依旧青溪郭外山。（辑自《湖阴草堂遗稿》卷四）

甲午仲夏，新葺历下亭成，泛舟燕集，赋诗纪胜（二首）〔清〕胡德琳

济南风物似江南，水色天光映蔚蓝。沿岸龟游共鱼戏，半城绿净与红酣。仙舟有侣人争羡，野钓忘机我旧谙。好继渔洋吟赏后，关情杨柳影鬖鬖。

千佛山青见草堂，百花洲外即沧浪。平台落日生遥想，银烛湘帘逗晚凉。水际管弦声更脆，城阴漏鼓夜偏长。待呼花渚三更月，静爇南丰一瓣香。（辑自《碧腴斋诗存》卷六）

历下亭（三首）〔清〕爱新觉罗·弘历（乾隆）

芳洲城郭里，亭榭画图间。杜句已称古，杜诗“海右此亭古”指此。春游偶趁闲。渔歌隔浦远，桥影卧波弯。一棹蓬瀛到，仙风那引还。

天光澄上下，诗意寄烟波。濯戟银鳞直，连拳玉鹭多。浮图森古甓，远岫滴新螺。万顷碧漪外，轻帆瞥眼过。

朱栏横绿渚，倒影漾澄泓。烟柳万千树，春禽三两声。从来称历下，到此适清明。流水落花意，维摩句有情。（辑自《御制诗二集》卷三）

历下亭（三首）〔清〕裘曰修

红尘飞不到，摇漾水光间。得意鱼知乐，忘机鸟爱闲。高亭千古在，远岸一痕弯。仗外都无禁，行人任往还。

叶叶垂杨柳，东风为作波。水光摇不定，春意占偏多。花气浓薰麝，云层细染螺。豫游当暇日，鼓枻一经过。

画意山千叠，文心水一泓。樵风如剡曲，渔唱俨吴声。泉引珠光碎，湖开镜面平。东人齐望幸，藉以奉皇情。（辑自《裘文达公诗集·古近体诗》卷八）

学使徐令民前辈招同万南泉太史饮历下亭、泛舟大明湖，即事二首时典试山左。〔清〕周煌

一棹截平湖，亭今即古无。按：亭为古历亭，别有员外新亭，见杜诗。城规不夜境，不夜城在齐州。水绘晚秋图。便自濮濠近，亲人鱼鸟俱。三山如可问，不拟更褰濡。

古寺荒葭外，危台老树间。天光衔极浦，野气浸遥山。饭豆鸿留语，提壶鸟劝还。兹游殊不恶，尽日绛巾闲。（辑自《海山存稿》卷九）

历下亭舜耕处。〔清〕朱云熼

历山旧址历城隈，历下亭虚水面开。九月林峦霜气垒，万家烟火夕阳堆。白萍剑迹湖光迴，红蓼含波霞彩恢。山指卧牛说往事，卧牛山在历城东门。自从耕后

化灵胎。（辑自《岱宗大观》）

历亭怀古　〔清〕张景初

三唐旧迹古城边，十二栏干水外天。北海尊倾如昨日，杜陵题句已千年。文章气古惊鱼藻，凫雁秋深下渚莲。斜日坐消清兴渺，阿谁重泛月明船？（辑自《东武诗存》卷六下）

历下亭　〔清〕潘呈雅

落落湖干一酒星，红栏碧树读碑铭。杜陵死去谁名士，海右存来此古亭。夕日半湾吟苇叶，人家几处住烟汀。可怜太守琴尊远，惆怅溪天傍晚晴。（辑自《秣陵诗草》，亦见于民国《济宁直隶州续志》卷之二十二）

历下亭亭有杜工部诗。　〔清〕蒋攘

一曲明湖水，千秋历下亭。诗人不可见，山向酒人青。（辑自《晴岚诗钞》，亦见于《滇诗丛录》）

雪中历下亭宴集　〔清〕李咏

寒来少游客，况是欲暝天。棹响冰生浦，篷低雪压船。能怀此亭古，谁并昔人传？寥落千秋感，鸦啼衰柳边。（辑自《国朝山左诗续钞》卷十四，亦见于民国《续修历城县志》卷十八《古迹考三·亭馆二》）

秋日历下亭怀海丰张治垣、阳信潘衡臣　〔清〕蓝中玮

惟到重游地，离忧触景生。气爽水亭静，天高尘虑清。芦散西风响，荷捧秋日明。驱烟出朱户，返照入丹楹。悠然思故人，同心皆弟兄。胜赏欲与俱，四望水盈盈。阳信雁阵断，海丰暮云平。传觞尽知己，两友何无情！（辑自《匣外集》）

历下亭　〔清〕卜祚光

宛在水中央，此亭亦云久。名士果伊谁，还问杜陵叟。（辑自《尔雅书屋诗集》）

历下亭 〔清〕德保

海右此亭古，杜句。依然傍水隈。满湖银浪涌，四面翠岚开。地访名州迹，诗怀老杜才。清幽真可挹，览胜一徘徊。（辑自《乐贤堂诗钞》卷上）

海右此亭古五言八韵，沈臬台观风拟作二首。 〔清〕毕宿庚

海右无双地，由来号古亭。蔚蓝天远近，积翠日沉溟。牖静闲生白，苔深旧送青。偏宜湖作带，却借岫为屏。烟柳眠春岸，沙鸥浴晚汀。筒堪名士饮，林接使君灵。地胜留遗迹，天题焕晓庭。须知千载后，流咏有余馨。

齐州看九点，海国爱孤亭。城郭烟轻重，湖天景晦暝。长舍波底绿，遥映佛头青。文字生苔石，轩窗列锦屏。荷擎新雨露，凫浴旧沙汀。好句传诗圣，嘉名表地灵。苍茫多岁月，云物望沧溟。古色知何似，桑田此共经。（辑自《蛙鸣集》）

暮春集古历亭二首 〔清〕朱崇勋

水上新萍绿罽成，山光云影乱纵横。晚来更向湖心去，十里烟波候月生。

凫葵嫩叶渐抽芽，湖面流香带落花。沙白桥红残照里，水南烟外有人家。（辑自《桐阴书屋诗》卷下）

历下亭，和栗堂韵 〔清〕盛百二

佳名传海右，历下有孤亭。秋水涵明镜，南山列翠屏。渚莲浮槛白，汀树入檐青。望古兼怀旧，天涯我再经。（辑自《皆山楼吟稿卷三》）

历下亭早秋 〔清〕韦谦恒

一叶点秋波，秋风历下多。空亭余古意，落日动高歌。渔艇依芦苇，人家枕薜萝。白莲开未已，幽思更如何！（辑自《传经堂诗钞》卷五）

拜星月慢·历下亭有怀 〔清〕汪棣

水漾侵阶，霞明入树，剩有空亭野态。眼底迷濛，听当歌难再。羡华宴，那更、琴樽海右重起，四映云山光彩。修竹交流，尚依稀阑外。

溯遗徽、未断澄明界。层楼上、点点飞红改。雨触不种芭蕉，欻亦西园废。

纵浮云、莫认从何霿。魂销甚、苦觉乡心在。徒付与、鹭浴鸥眠，共闲踪远濑。

“自闻秋雨声，不种芭蕉树”，边华泉句也；“浮云从何来，焉知非故乡”，李沧溟句也；而辛稼轩词又有“怕上层楼”“十日九风雨”“断肠点点飞红”之语。三公皆历城人，少陵诗“济南名士多”，后世犹能不愧。（辑自《全清词·雍乾卷》第七册）

感成　〔清〕张体乾

古历亭边搔首频，重来还是旧时人。镜中烟水无边阔，画里楼台别样新。极目湖山空此地，对床风雨似前因。先兄曾分巡此邦。碧天寥落哀鸿断，渺渺予怀一怆神。（辑自《东游纪略》卷上）

古历亭作　〔清〕张体乾

荡漾明湖里，危亭峙柳阴。四围清涨阔，十里暮烟深。箫鼓连朝夕，楼台阅古今。烟霞原物外，鸥鹭自波心。流水仍前浦，修篁非故林。登临怀北海，倚槛一长吟。（辑自《东游纪略》卷上）

历下亭　〔清〕李稻塍

海右孤亭在，招寻慰夙闻。砌留员外屐，帘卷鹊湖云。岚翠侵衣湿，荷香扑鼻薰。眷怀杜陵叟，吟坐及斜曛。（辑自《梅会诗选·附刻》，亦见于《两浙輶轩录》卷三十四）

晚游历下亭　〔清〕蒋士铨

春水渌波平不泻，门外上船亭外下。偶经御宿一揽结，佳气随风动檐瓦。层轩虚敞纳湖色，展拓空明入平野。谁添畦畛界棋局，区画湖冰未全打。北地由来重烟水，倒涵城郭真潇洒。林腰倘肯著村店，应有遨头弄杯斝。晚烟著树境俱远，水风吹面颜生赭。坐久翻疑屋是舟，林低忽露山如马。笑声隔岸乱清磬，且复回篙扣兰若。北极阁在北岸。（辑自《忠雅堂诗集》卷三，亦见于民国《续修历城县志》卷十八《古迹考三·亭馆二》）

游历下亭辞同吴玉纶、杨廷标作。 〔清〕王昶

扇微飔于衿袖兮，蒿梧下于中庭。羁人延伫而菀结兮，奚流眄以摅情。惟主人之爱客兮，云有潇洒之湖亭。际新秋而益爽兮，合天水以澄清。爰载之以方舟兮，复申之以饮馔。遂褰裳而啸侣兮，肆心期之萧散。乃延缘于枉渚兮，历雉堞之参差。初阳倏其晴霁兮，秀杰阁于溪湄。兰江衰而欲歇兮，荷芰悴而犹馛。动凉气于蘋末兮，吹鬓发之丝丝。跂鹊华于烟中兮，双尖澹而凝绿。隐横桥之宛转兮，亘村墟之往复。洵景物之如昔兮，何名士之难逢。吟李杜之篇什兮，想图画之为工。历下亭中唐宋诗版，庚午年当事悉理为柱础，惟李北海、杜少陵两诗别勒于石，赵子昂、仲穆均有《明湖图》，余昔曾见之。嗟乐往而哀来兮，望云树于江东。指亲舍而安在兮，忽涕泗之沾胸。（辑自《春融堂集》卷五十，亦见于民国《续修历城县志》卷十八《古迹考三·亭馆二》）

济南杂诗四首（之四） 〔清〕查昌业

仲冬云水荡虚屏，怀古人来历下亭。坐想菰芦吹猎猎，卧看鸿雁去冥冥。樽罍旧守多名士，笭箵湖前有客星。如此烟波不深住，更从江海逐流萍。（辑自《林于馆诗草》卷四）

题《济南八景图》并序。历下西风 〔清〕爱新觉罗·永恩

黄雅林为余作《济南八景图》，备四时之景，秀润堪餐，深得历下之况味，景物怡然，不啻旧游时也。忆昔戊辰曾游是境，到今数年，依然目睹之前情矣，因每图为律句一首，纪之。

苇岸潇潇野水流，枫林红叶堕轻舟。素霞明镜平铺练，碧宇晴波远映楼。爽籁欲生银海旷，微寒初透薄罗秋。一从纸上频凝盼，蜗角回廊到处幽。（辑自《诚正堂稿》卷四）

杨别驾环亭月夜招饮历下古亭 〔清〕朱孝纯

三载襟期孰与同，又摇小艇问西风。醉怀天地古亭上，冷卧烟虹片月中。秋水思长空渺渺，芦花头白太匆匆。平生踪迹波涛惯，老乞渔师付短篷。（辑自《海愚诗钞》卷八，亦见于民国《续修历城县志》卷十八《古迹考三·亭馆二》）

约家二亭游历下亭，不去，作诗二首　〔清〕朱孝纯

笑君破牖抱遗经，负我扁舟历下亭。一片明湖残碣外，杜陵期与问飘零。

暖翠浮岚欲画难，天教消受到忙官。双眸醉放一千里，的的青山马上看。（辑自《海愚诗钞》卷十二）

历下亭　〔清〕胡季堂

久闻历下亭名古，今识亭窗向水开。恬静湖光归几席，翠微山色入追陪。一城砧杵秋声远，几处蒹葭野岸隈。莫道终宵人迹少，涵虚应有夜珠来。（辑自《培荫轩诗集》卷二，亦见于《清诗汇》卷一百三）

历下亭　〔清〕胡季堂

四望湖山天地阔，一亭风月古今开。当年文士赓歌盛，此日知交笑语陪。落落已无前度主，前次追陪唱和有李文鸾观察，今已逝矣。悠悠仍在旧城隈。偷闲又得寻名迹，过眼烟光任去来。（辑自《培荫轩诗集》卷四）

书巢招同周广文季和泛舟大明湖，饮历下亭，即席用杜工部、李北海原韵（二首）〔清〕袁树

频年健行役，远涉关与河。朅来历亭下，及此春水多。贤侯放小艇，招客联高歌。萍香暖睡鸭，柳浅摇轻波。历山昔已古，斯亭今如何！我欲问时代，白云悠悠过。

风大酒易醒，系船石栏阴。夕阳下百雉，倒影楼台深。高址远非昔，孤篇传至今。不见古人面，相见古人心。萋萋南浦草，袅袅烟丝林。曾闻渔洋叟，秋柳此成吟。（辑自《红豆村人诗稿》卷六）

历下亭宴会诗，分得"醒"字　〔清〕毕沅

济南逢令序，海右有名亭。特挈壶觞去，还邀宾从停。湖寒波愈白，山霁霭犹青。浊酒判千石，新词演小伶。遥怀北海宴，姓字尚芳馨。复诵少陵句，风徽见典型。昔人俱已往，我辈岂宜醒？隶事拈丹橘，藏钩隐画屏。觥筹重叠数，蜡泪再三零。归路沈纤月，寒芒几个星？（辑自《灵岩山人诗集》卷四十）

游历下古亭，晚泛大明湖二首 〔清〕王文治

唐贤题句处，我辈此还经。落日感遗堞，秋风上古亭。荷香随酒远，山意入城青。莫唱阳关曲，江湖有客星。

晚凉被酒后，初月放舟时。人在芦中语，歌从水上迟。江山雄海右，谈笑慰天涯。百罚休辞醉，清辉满玉卮。（辑自《梦楼诗集》卷一《放下斋初存稿》）

再游 〔清〕王文治

一夜湖光载满舟，重携歌舞碧岩幽。云开直映华不晓，山断遥分泰岱秋。豪竹哀丝当落日，远天衰草送登楼。深杯倾盖劳频劝，无那相如早倦游。（辑自《梦楼诗集》卷一《放下斋初存稿》）

济南竹枝词（一百首之十一） 〔清〕王初桐

白白红红众踏青，卖饧天气骋娉婷。寻芳讨胜莺花海，画舫青帘历下亭。

《济南行记》：历下亭，自周秦以来有之。（辑自《济南竹枝词》）

历下亭 〔清〕王初桐

四面水如天，波心结数椽。傍檐千尺柳，隔岸一渠莲。渔火平临槛，溪云冷入筵。悠然尘不到，终日此盘旋。（辑自《海右集》，亦见于民国《续修历城县志》卷十八《古迹考三·亭馆二》）

菏泽令同年谢君肇炯置酒历下亭 〔清〕张埙

水抱城限亭抱沙，一湖秋色几人家。同年置酒招船渡，卅载题诗看鬓华。鸭踏芦根高似鹤，龟游莲叶小于虾。单椒秀泽墙头景，何处风光一笛斜！小龟如钱大，湖中所产。卅年前与桧门先生泛舟，每以童子吹笛相随。（辑自《竹叶庵文集》卷二十《乞假集（上）》）

福山褚明府招饮，兼与同人泛舟大明湖，览历下亭、北极阁诸胜（四首之二） 〔清〕王元文

古亭宛在水中央，两岸蒹葭色正苍。七十二泉秋更响，跳珠千点满湖凉。（辑自《北溪诗集》卷十四《北溪旅稿·历下集》）

历下亭和韵〔清〕刘堮

亭中浑胜坐孤篷，落日云山一望中。邂逅朋俦尽名士，连延秋色足花丛。近人鸥鸟原无滓，带雨山云久渐空。双屐几番湖畔路，那能鸿爪问西东。（辑自《晚晴簃诗汇》卷九十九）

明湖历下亭〔清〕翁方纲

到官三月愧来迟，日对楼台照绿漪。海右亭推名士目，杜陵诗后更谁师？扬州秋柳传司理，寒食东风忆裕之。神韵空濛争觅得，鹊山拈出上春时。（辑自《复初斋诗集》卷四十三《小石帆亭稿〔上〕》，亦见于民国《续修历城县志》卷十八《古迹考三·亭馆二》）

跋黄秋盦《岱麓访碑图册》（五首之一）〔清〕翁方纲

亭名古历下，桥接小沧浪。北渚空秋影，南村忆夜凉。劳君题薛研，绘我拜祠堂。凭几驰千里，苍烟水一方。戊午二月望日，以南村写明湖卷对看。

昔于此湖上得薛文清所藏浣花草堂古研，时正属秋盦为我作《湖祠拜研图》，此湖涯有薛文清祠也。予癸丑秋自济南归，拟画湖亭未果。甲寅冬，得高南村所画《明湖夜泛》卷，极烟水苍茫之趣。今日又复得读秋盦此幅，依依宿梦，著我几案，与南村卷相印证也。跋大明湖。

古历亭登台远望〔清〕刘树

千里雄封一望穿，济南气色郁芊芊。东来山势蛟蛇走，北去波光海岳连。近水人家多种竹，环城楼阁半含烟。何期尘市喧阗里，一曲明湖小洞天。（辑自《松月庐诗稿》）

历下亭怀周东木〔清〕尹廷兰

忽忆长安客，重登历下亭。水连官舍白，山压女墙青。旅雁几时到，秋蝉空自听。伊人在天际，烟树远冥冥。（辑自《华不注山房诗草》卷上，亦见于民国《续修历城县志》卷十八《古迹考三·亭馆二》）

重阳后一日，小集历下亭，为鳞江生日作（二首）〔清〕尹廷兰

不尽登高兴，湖亭复此过。云山秋色远，风雨雁声多。浊酒犹能尔，清歌唤奈何。寿筵今夕共，莫惜醉颜酡。

夙具权奇骨，况当壮盛年。酒肠居我后，赋手让君前。脱帽茱萸会，飞觞玳瑁筵。吾徒矜作达，何减竹林贤！（辑自《华不注山房诗草》卷下）

过历下亭 〔清〕李友骥

历下重过又六年，古亭依旧水如烟。蒹葭碧界通湖路，杨柳低迎载酒船。人在鹊华云影外，秋来霜雪鬓丝边。埙篪忽忆前携手，少小西风就试天。（辑自《梓荫山房诗草》）

历下亭早秋 〔清〕刘尔葵

一叶点寒波，秋风历下多。数舟烟际泊，几处月中歌。微露生芦苇，清香发芰荷。天边新雁过，乡思更如何。（《国朝山左诗续钞》卷二十六，亦见于民国《续修历城县志》卷十八《古迹考三·亭馆二》）

历下亭 〔清〕曹文埴

少陵已谓此亭古，“历下此亭古”，杜少陵诗句也。前少陵难定岁年。题壁名贤各怀抱，涵天流水渺风烟。南鸿印爪空余迹，北海开樽孰比肩。我自成吟惟腹稿，不留一纸望人传。（辑自《石鼓砚斋诗钞》卷十三）

济南怀古（十二首之四）〔清〕毛大瀛

海右孤亭迹未荒，寓公谁似杜陵狂？偶陪北海清歌发，直使东州大雅光。宴饮几人关气运，湖山终古托篇章。不知蹇姓诸名士，座上何缘接羽觞？（辑自《戏鸥居诗钞》卷五）

三月初十日，将离济南，孙硕亭、赵睦堂、臧厚圃暨吴、李两广文饯于历下亭，赋此留别（七首）〔清〕沈可培

暇即携朋载酒游，衣香人影狎轻鸥。一篙春水年年绿，水面东坡渐白头。余自丙午秋至泺源，客至，即放艇湖中。于今六载，篙师渔父，无不相识。

倚寺梨花堆白雪，沿堤柳絮湿寒烟。回帆顿觉东风软，载得春光满画船。

佛山螺髻照虚亭，雨后岚光分外青。任是荆关传好手，也难写得此围屏。

管领全湖蓄泄宜，英风飒飒晏公祠。此行不负神灵意，留得湖中百首诗。

瓣香有愿奉前贤，满院桃花红欲然。莫怪凭栏屡回首，再来未卜是何年。晏公祠东有曾南丰祠。

名士轩开水到窗，忘形尔汝倒春缸。黄莺紫燕曾相识，故蹴飞花落几双。

水亭山馆足幽探，酩酊归来路亦谙。他日梦回应眷眷，踏歌连臂七桥南。（辑自《依竹山房集·辛亥》）

上巳日古历亭公饯廉使玉公赴安徽新任，用傅咸《七经诗》体集韵七章，章八句　〔清〕沈可培

天子命我，式是南邦。于女信宿，式遄其行。建彼旐兮，出自东方。百尔君子，怀允不忘。

既载清酤，有飶其香。一苇杭之，宛在水中央。君子至止，衮衣绣裳。心乎爱矣，称彼兕觥。

翩彼飞鸮，以遨以游。自公令之，四国是遒。淑问如皋陶，不竞不絿。天子是毗，尔公尔侯。

以祈甘雨，生我百谷。乙巳、丙午，东省苦旱。公来，甘雨应祷。天鉴在下，益之以霢霂。杨柳依依，黍稷彧彧。君曰卜尔，卜尔百福。

瞻彼洛兮，用洛水禊饮事。在彼中河。君子维晏，羽觞随流波。逸诗句续，古之人作此好歌。饮此湑兮，受福不那。

觱沸槛泉，湖水发源珍珠，芙蓉等泉。泉流既清。有鸣仓庚，载好其音。酌言献之，鼓瑟吹笙。无小无大，各奏尔能。

徒御啴啴，惠此南国。滔滔江汉，有怀靡及。眷言顾之，赤芾金舄。左右绥之，以永今夕。（辑自《依竹山房集·丁未》）

历下亭，和少陵韵（二首）　〔清〕王汝璧

灵区蔽海岳，雄概凭山河。一泓萃城坳，奚足以自多？古贤遇恍惚，物色留啸歌。翠羽集兰茗，赤鲤游文波。所恶葭菼乱，束湿当如何！好待芙蓉开，双桨频来过。

挈音动蘋末，邃宇垂清阴。溯游水一方，采采为情深。名士不可见，独往聊自今。白云澹遐思，碧景空尘心。虽无岩壑幽，天风振乔林。欲借瓠巴瑟，弹作苍龙吟。（辑自《铜梁山人诗集》卷二十一）

历亭 〔清〕郝允秀

乱峰重叠北风加，把酒曙窗寒透纱。千里同云迷晓月，一城薄雪蘸梅花。敝裘忽觉残肱冷，老泪难禁病眼斜。寂寞何人肯相顾，历亭虽近亦天涯。（辑自《水竹居诗集》）

历亭歌 〔清〕郝允秀

昔年曾泛明湖舟，明湖秋水平不流。水中遥见一亭古，四壁荒落令人愁。今秋八月重来此，台榭如云映湖水。朱门昼锁无客过，满地落花结蒺子。花前倚楫低声询，兽环鱼钥诚何因？舟子停舟向余说，达官旦夕恒来临。胜地每思传不朽，名士轩头屡把酒。有时还载优伶来，坐对明月舞垂手。送行妆点殊嵚奇，吴女宫衣环碧池。挑灯共唱采莲曲，眼底荷花醉西施。我闻此语暗惆怅，长吏襟怀不可量。应是聚议苏吾徒，故假水亭作帷帐。不然东郡田夫半死生，画舸何为衔尾行？纵然万里燕台远，路旁岂少舆人情？（辑自《水竹居诗集》）

秋日寄历亭诸友 〔清〕郝允秀

欲攀玉粟月中花，湖上囊萤日易斜。一夜金风吟蟋蟀，半城秋水乱蒹葭。江郎笔去身还在，梅尉官微志独赊。（辑自《水竹居诗集》）

历亭纳凉 〔清〕郝允秀

孤亭荷气静，烟水淡斜阳。挥扇除残暑，披襟纳晚凉。深深雕栋古，曲曲画阑长。俯仰重城内，薰风乐未央。（辑自《松露书屋诗稿》）

禹登山上望历亭 〔清〕郝允秀

登峰望舜城，湖柳疏如织。不见水中亭，斜阳淡秋色。（辑自《水竹居诗集》）

历亭赠表弟马霖村〔清〕郝允秀

舜城相对意如何，客里生涯半欲过。若访禹登须急去，竹窗书幌正风和。（辑自《松露书屋诗稿》）

海右亭上作〔清〕郝允秀

日向名亭寄此身，水云深处少埃尘。岸旁杨柳吟秋士，烟外芙蓉立美人。双履有情时独望，孤舟无事每相亲。风流自愧少陵老，强对斜阳酌酒频。（辑自《松露书屋诗稿》）

古历亭〔清〕朱照

绿阴柳下系扁舟，诗酒游人时去留。荡漾荷芦半城水，动摇风月万重秋。蹇生久已知名去，北海还来作郡不？几曲亭廊南向好，云山环抱古齐州。（辑自民国《续修历城县志》卷十八《古迹考三·亭馆二》引《锦秋老屋稿》）

水木明瑟图用客亭馆舍作点景。〔清〕朱照

历下亭乃六朝时客亭也，自唐时已有“古亭”之称。旧址原在西郭外古净池边，今之五龙潭上。郦善长《水经注》所谓“水木明瑟”者，正是此地。闲步西郭外，过五龙潭，感沧桑更变，因识一诗云。

名泉称历下，胜地发清音。西郭东流水，丛林绿结阴。客亭传自昔，精舍著于今。游览随吾性，濠梁恰素心。潭侧建亭馆，客曰“精舍”。

原注：客亭所以在西郭外者，乃官家为迎宾接诏所建。元朝改建城池，乃迁亭于城内大明湖中。唐李北海与杜少陵宴会时亭犹在西郭外也。近今名流游客往往假馆于五龙潭庙内，添建画廊华屋，额曰“潭西精舍”。（辑自民国《续修历城县志》卷十八《古迹考三·亭馆二》引《锦秋老屋稿》）

历下亭〔清〕秦瀛

玻璃千顷涵清泠，女墙倒影浮空冥。一堆苍烟半天堕，佛头削出华不音跗青。海右从来此亭古，狼藉荷花香十里。江妃蹋浪舞云绡，合沓飞来绣江雨。三年作客百不堪，潦倒落魄风尘谙。雪色金台照行骑，酒痕燕市污征衫。天意欲我富丘壑，下第东行涉济泺。平生游屐缘非悭，鹊湖秋色尊前落。长虹宛转

鸣潺湲，芙蓉桥畔飞白鹇。狂歌烂醉不归去，城头月子看弯环。（辑自《小岘山人诗集》卷四）

历下亭（二首）〔清〕陈秉灼

杜老诗中见此亭，一篙新破碧浮萍。湖光十顷平如鉴，山色千层秀若屏。岸影纤廉新苇茁，水光泼刺小鱼腥。四围隔绝红尘远，且放渔歌细细听。

窗纱八面响轻飙，几外丹青似白描。雉堞平连千佛寺，人烟斜带鹊华桥。渔洋好句推时彦，子美遗踪识旧朝。更是湖边艇子上，东风杨柳使魂销。（辑自《清皇城陈氏诗人遗集》，亦见于《樊南诗钞》第一集）

与诸子集历下亭，遇雪 〔清〕李宪乔

阴冷湖亭晚，时还为雪留。初漫吟处迹，已压醉来舟。飒飒临堤树，昏昏隔水楼。晓晴看更好，应上石桥头。（辑自《少鹤内集》卷十，亦见于民国《续修历城县志》卷十一《山水考七·水三》，亦见于民国《续修历城县志》卷十八《古迹考三·亭馆二》）

游历下亭 〔清〕刘大绅

一舫曾经此地游，湖光月影共悠悠。轻帆短楫重呼渡，衰柳斜阳又倚楼。海右古亭余败瓦，济南名士几荒丘。诗家谁续渔洋社，怅望西风水北流。（辑自《寄庵诗钞》卷一，亦见于民国《续修历城县志》卷十八《古迹考三·亭馆二》）

历下亭 〔清〕董芸

历下亭，唐杜子美陪李北海宴游赋诗于此。自宋、元以来，遗址久不可考，晁无咎《北渚亭赋·序》："圃多大木，历下亭其最高处。"《齐乘》：历下亭在"历山台上，面山背湖"，盖已非唐人之旧。《齐音》乃以李溉之天心水面亭即历下亭，则更非也。今之古历亭据湖心，四面环水，为济阳艾氏故地，李兴祖重建。

当年杜老此经过，槛外扶疏长芰荷。莫问济南旧名士，尊前零落已无多。（辑自《广齐音》，亦见于民国《续修历城县志》卷十八《古迹考三·亭馆二》）

济南绝句七首（之五）〔清〕王祖昌

历下亭前月似钩，美人名士共仙舟。销魂曾赋湖边柳，回首攀条六十秋。

德州祁子征秋夜醉卧历下亭，忽见画船自苇中出，有伟丈夫携丽人登亭共坐，云："记丁酉与王阮亭赋秋柳，今岁又丁酉矣。"感慨题诗而去。祁视壁间墨迹未干。天明渐渐没灭，日出后杳无字迹。见《秋灯夜话》。（辑自《秋水亭诗草》卷四）

与同学诸子陪寄庵先生游大明湖（三首之二）〔清〕王祖昌

萧寂历下亭，垂柳生秋色。白社挂诗瓢，青山入画壁。长吟怀古人，湖烟冷秋夕。（辑自《秋水亭诗草》卷三，亦见于民国《续修历城县志》卷十一《山水考七·水三》）

偕石缘游历下亭〔清〕黄景仁

城外青山城里湖，七桥风月一亭孤。秋云拂镜荒蒲芡，水气销烟冷画图。邕甫名游谁可继？颍杭胜迹未全输。酒船只傍鸥边舣，携被重来兴有无？（辑自《两当轩集》卷十五，亦见于民国《续修历城县志》卷十八《古迹考三·亭馆二》）

望历下亭，冰阻未得到〔清〕史善长

风流谁继武，冠盖想逶迟。名士空尘迹，孤亭自水涯。云山留我辈，文笔妙当时。攀陟犹余憾，春波敛薄澌。（辑自《秋树读书楼遗集》卷十四）

偕董熏畴登海右古亭，追话畴昔，走笔以赠〔清〕徐书受

董生风骨今尚是，已觉崔陨非昔年。昔逢有司再三叹，一日健者谁能先？我虽短小出最早，意气实猛无当前。相从足下猎名誉，往往论交恒比肩。云霄便拟致身易，我辈岂是长青毡？吁嗟一饱竟何得，局促多为人所怜。如君头脑发种种，当时玉貌如神仙。文章纸贵不可煮，而况后生何述焉！同心二子万夫特，饥驱南北遥相捐。钱生鲁思遇人每不淑，益信分定心弥坚。杨子西河斋中匮升斗，仆仆无已宁非天？大充大摄总伤冱，减享逸乐其神全。从来贵贱尽物役，此讵可以区愚贤？即今谁似蹇处士，杜陵先生无一钱。依然太守旧游处，但见黄芦遮水莲。怀贤望古坐惆怅，贩负呼吸旁醉眠。挥之琐琐不快意，忽叹逝者

如斯川。誓将莫忘少年事，终与数子归耘田。勉哉董生必有合，不妨暂为时名牵。（辑自《教经堂诗集》卷七）

历下亭阻雨 〔清〕徐子威

西风飒然起，黄叶下寒汀。忽送满湖雨，因留千古亭。途穷双鬓白，吟苦一灯青。无那潇潇夜，还摇檐角铃。（辑自民国《续修历城县志》卷十八《古迹考三·亭馆二》引《海右集》）

历下杂诗（十八首之五） 〔清〕王煦

历下一亭湖面开，少陵诗碣满苍苔。年年此处花迎客，不见尊贤太守来。（辑自《爱日堂类稿》卷一）

忆旧游慢·泛舟历下亭 〔清〕凌廷堪

爱青涵雉堞，绿浸鱼桩，小雨初收。点破玻璃影，趁斜阳未晚，唤取兰舟。练光乍开尘镜，无限鹊华秋。笑半日停骖，征衫暂拂，聊与淹溜。

风流。但陈迹，想玉佩云山，北海曾游。寂寞空亭外，剩菰蒲一片，飞下轻鸥。漫寻旧时名士，烟冷白苹洲。渐老却芙蓉，花边仿佛人倚楼。（辑自《梅边吹笛谱》卷下）

历下亭 〔清〕祖之望

历山根下历亭出，轩槛临湖面面开。肯与鹊华为主客，那无鲍谢共趋陪。济南风雅足千古，渚北池台空一隈。历下有北渚亭。李杜当年游宴地，何人载酒踏歌来。亭为李北海、杜少陵饮宴吟赏处。（辑自《皆山堂诗钞》卷四《小华续草〔下〕》）

饮历下亭，叠前韵（四首） 〔清〕吴昇

名士轩头酒共倾，诗情撩乱眼花生。湖心雨到尊前小，醉面风来柳外情。

看他桃叶与杨枝，花底分携复共持。指说年年歌舞地，半湖香水似倾脂。

林塘烟重幂朱阑，水面风多作嫩寒。绕郭青山明月里，红灯扶上画船看。

湖光空翠扑诗肩，放胆春风柳外颠。便学神仙居福地，桃花为饭酒为年。（辑自《小罗浮山馆诗钞》卷七）

雪后坐历下新亭　〔清〕吴昇

雪后诸山尽入城，万千气象向人迎。萧萧白日忽来照，衮衮黄尘何处生？野艇阁冰无缆系，疏林露屋有烟横。不张偻逮双鸕迥，独上危亭畅远情。（辑自《小罗浮山馆诗钞》卷七）

历下亭怀古（四首）〔清〕季倖常

春

历下亭畔烟柳绕，宜雨宜晴宜春晓。绣疏窗棂残月小，晨光倒影瞻缥缈。应是此间尘嚣少，杨柳枝上犹眠鸟。仿佛如上蓬莱岛，水木明瑟看未了。

夏

乘兴泊舟曲院里，出水芙蓉开几许。风过花香解笑语，醉折碧筒共消暑。鱼吹细浪菱叶底，绕砌笑把金钩举。残碑斜处人同倚，指点少陵吟哦处。

秋

璧月凝辉秋容静，四面照彻山河影。笛韵缭绕波千顷，袅袅声唤清凉境。十里画舫归路永，渔舟晚唱湖中景。游人鹊华桥畔等，桂林露湿衣襟冷。

冬

朔风飒飒扫落叶，排闼霏霏杂新雪。举目寒色光皎洁，柳暗花港冰已结。日暮钟声犹未歇，孤松月照芙蓉阙。往古来今只一瞥，手招北海酒初热。（辑自《嵛麓草堂吟草》）

游历下亭，登北极台壬寅六月。〔清〕毕所铛

摇曳垂杨放艇斜，满湖开遍白莲花。水亭胜绝疑三岛，杰阁凌空俯万家。乘兴重来寻旧迹，烹泉更爱试新茶。济南名士风流在，几度凭栏望月华。（辑自《挹翠堂诗稿》）

古历亭　〔清〕蒋大庆

漫向杜陵问主陪，济南名士丰诗才。如今何至无边李，谁续渔洋《秋柳》来？（辑自《柳园吟草》卷上）

秋日游古历亭，步雨窗阿运使元韵 〔清〕李湘

雨余屟齿印苍苔，修竹森森绕砌栽。尘界已参空外想，画图还向望中开。千寻岚气凝霜重，万里秋声逐雁来。兴尽平湖烟色暝，船头满载月光回。（辑自民国《续修历城县志》卷十八《古迹考三·亭馆二》引《槐荫书屋诗钞》）

历下亭东 〔清〕石丹文

历下亭东草树秋，一天风露飒寒洲。轻船泊岸客迷径，萧寺鸣钟月上楼。旧日宅墟常寄恨，当垆人去杳难求。谁怜小杜重来后，惆怅芳时无限愁。（辑自《春雨园诗录》卷一，亦见于《国朝山左诗汇钞·后集》卷十一）

秋夕饮历下亭，用少陵韵 〔清〕吴文照

夕阳敛新霁，凉气逼秋河。维舟古柳阴，柳疏明月多。繁星乱灯火，乡梦堕菱歌。西风蘋末来，远水先生波。名流迹已杳，不饮当奈何？江湖客思长，眷焉矢弗过。（辑自《在山草堂诗稿》卷二《观海集》）

再游历下亭 〔清〕吴文照

尚有少陵句，空亭荒藓苔。古人今不作，独客此重来。波影摇秋碧，荷花冒雨开。前溪渔唱起，迟我刺船回。（辑自《在山草堂诗稿》卷二《观海集》）

历下亭 〔清〕焦循

浩浩明湖水，萧萧历下亭。更吟秋柳句，两岸柳丝青。（辑自《雕菰集》卷五）

重五日陪杨兰谷偕秦子显、徐孝廉次李游大明湖（四首之一） 〔清〕潘遵鼎

古历亭前夕照明，买舟共作看山行。画船日晚不归去，箫鼓柳阴处处声。（辑自《铁庵诗草》）

古历亭有怀王阮亭先生 〔清〕岳赓廷

薄寒生夕阴，四面兀沈沈。柳色何如昔，诗名直到今。几家临水远，一艇系烟深。樽酒无人共，凭栏且独斟。（辑自《国朝山左诗汇钞·后集》卷十一，亦见于民国《续修历城县志》卷十八《古迹考三·亭馆二》）

游济南历下亭（二首）〔清〕洪颐煊

西风勤学好问瑟正当秋，浅水芦花接地浮。一派烟光迷历下，何如八月在杭州！

北海当年宴此亭，杜陵曾作小诗听。碧波卷净真潇洒，放入青山数点青。（辑自《筠轩诗钞》卷二）

寄和少鹤《历下湖亭宴集遇雪》〔清〕单鋁

好是湖亭集，开樽遇雪时。初看醒醉客，忽讶落吟髭。渐觉寒光远，偏怜暮景迟。新诗却回寄，清映读书帷。（辑自《国朝山左诗续钞》卷二十八）

历下亭 〔清〕王建元

历历秋山入暮青，丝丝荷气近窗棂。笛声歇处人初去，斜日清波海右亭。（辑自《萝坪诗集》）

泛湖（二首之一）〔清〕朱畹

秋晚维舟历下亭，花香酒气散寒汀。偏怜向暝烟如织，失却南山一抹青。（辑自《红蕉馆诗钞》，亦见于民国《续修历城县志》卷十一《山水考七·水三》）

孝廉公宴，用杜《陪李北海宴历下亭》韵，应金门夫子教 〔清〕杨潾

高亭列广宴，弭节临长河。望远步周栏，欣兹来者多。秋光澹客兴，清赏开弦歌。明瑟动水木，湖阴生白波。前贤不可见，怀抱夫如何？许结论文契，龙门更频过。（辑自《却扫斋学诗草》）

游大明湖（四首之四）〔清〕崔旭

济南名士近何如，古历亭前泊岸初。到处游人同蚁聚，原来此地最萧疏。（辑自《念堂诗草》卷一，亦见于铁公祠西廊壁石刻，光绪戊申重九孙钟善重摹上石。）

新齐音风沦集：其二十八 〔清〕范垌

北海遗踪历下亭，一时诗酒会文星。几番改建名如旧，杨柳看人眼尚青。

少陵《陪李北海宴历下亭》所谓“海右此亭古”者，疑即元魏之客亭，宋元迄明，屡迁其地，而名不改。今亭乃李公兴祖更建，乾隆三十六年，济东道李公燕重修，地踞湖心，视前为胜。有司以时修葺，可无颓败之虞也。（辑自《如好色斋稿》戊上，亦见于民国《续修历城县志》卷十八《古迹考三·亭馆二》）

游大明湖五首（之三）〔清〕陈用光

亭荒北渚蔓苍苔，李杜曾晁去不回。一笑百年前轶事，诗翁犹记濼泉来。（辑自《太乙舟诗集》卷十二）

历下亭即杜子美赋诗处，东南隅有台。〔清〕封大本

大雅久不作，此亭独俨然。临流一长眺，风起波沦涟。碧空过微雨，芳洲生远烟。开襟百层台，修竹仍便娟。仰看云水秀，俯爱风景偏。良时忽畹晚，回首重流连。缅怀北渚客，日暮闻鸣蝉。（辑自《续广齐音》）

偕石亭、恕堂泛舟游历下亭，同用杜公“海右此亭古”为韵五首（之一、二、三、五）〔清〕李黼平

孤亭媚湖心，自蔽如有待。稍看阑槛出，已值蒹葭采。挐舟残腊迟，攀林故人在。玉貌兹亦佳，胡为蹈东海？

粼粼水侵阶，飒飒风入牖。绝境高且寒，清虚揽何有？舄华近在眼，娟好居左右。隔岸欲登临，仙人肯招手。

新亭始结构，高赏逢杜李。清吟在东藩，垂辉映千祀。风物良易凋，湖光淡如此。固知昔时人，不朽有妙理。

良游恐不惬，日脚逾亭午。残霞射葑田，方罫明可数。击汰啸中流，买鱼饭前浦。即事亦欣然，孤亭自今古。（辑自《著花庵集》卷三）

鹊华桥放舟，过历下亭〔清〕童槐

鹊华桥外早凉天，金色斜阳沸乱蝉。亭古未销丹粉尽，棹轻时向碧云穿。晚荷香气招名士，秋柳吟怀让昔贤。独羡明湖工自晦，琉璃万顷半芦田。（辑自《今白华堂诗录》卷七）

历亭晚望〔清〕孔昭虔

七十二泉上，孤亭开晚凉。万家秋入画，四面水为乡。苇密藏孤艇，林疏散夕阳。可怜湖上柳，憔悴吊渔洋。（辑自《镜虹吟室诗集》卷二，亦见于民国《续修历城县志》卷十八《古迹考三·亭馆二》）

历下亭〔清〕梁章钜

昔闻历下亭，胜概冠北渚。今泛明湖舟，何处舣柔橹？济南山水窟，台榭半榛莽。有唐杜少陵李北海时，已叹此亭古。茭芦日轮囷，湖光失其所。水利且渐湮，废迹孰为补？比来名士稀，画船竞箫鼓。不如薛荔馆，静对万花吐。薛荔馆在湖之南岸。（辑自《退庵诗钞》卷十二）

古历下亭〔清〕郭仪霄

烟帆转过小舟停，千佛山光到眼青。独向绿阴高处坐，清风四敞水心亭。（辑自《诵芬堂诗钞二集》卷三）

济南杂诗（七首之三）：古历亭〔清〕梅成栋

古历亭边柳数行，新枝尚未染鹅黄。高吟谁继渔洋老，赢得萧疏对夕阳。（辑自《欲起竹间楼存稿》卷六）

历下亭〔清〕张澍

北海开尊处，风流迹已陈。我来寻古寺，谁与续芳辰？名士今成饼，荒亭可作薪。龙潭云乍起，急雨洒冠巾。（辑自《养素堂诗集》卷十二《南征后集》）

济南历下亭〔清〕孙锡嘏

玉佩何年歇，亭留万古风。雕栏临海右，曲榭压湖中。名重南丰老，诗题北海公。游踪怀李杜，槛外雨濛濛。（辑自《东泉诗钞》上卷）

历下杂咏（十六首之十）〔清〕孙锡嘏

古历亭中曾设筵，杜陵佳句至今传。济南名士知多少，谁有诗篇续往年？（辑自《东泉诗钞》上卷）

历下亭 〔清〕周仪暐

十日足新涨，一城生夕岚。亭空当历下，山好似江南。水宅通云艇，荷衣卸佛龛。相看堤上柳，无语自毵毵。（辑自《夫椒山馆诗》卷第七）

历下亭 〔清〕宫卜万

老柳围三面，新荷映一湖。槛空巢翡翠，葑曲界菰蒲。轩古怀名士，祠多傍薄姑。少陵吟赏地，千载几荒芜。（辑自《酉园抱瓮集》卷一）

历下亭 〔清〕周乐

压郭山如列画屏，东风吹落满湖青。何年工部陪芳宴，千古诗人识此亭。娃艇几回穿苇出，渔歌四面隔窗听。能兴胜地惟名士，台榭重游似乍经。（辑自《二南诗钞》，亦见于民国《续修历城县志》卷十八《古迹考三・亭馆二》）

沈荫南约同王秋桥、汪澹庵宴历下亭 〔清〕周乐

鸥舍鲈乡地，筵开晓气清。掠风湖水活，抱雪野山明。亭古人稀到，春寒酒满倾。兴阑天已晚，斜日隐西城。（辑自《二南诗钞》，亦见于民国《续修历城县志》卷十八《古迹考三・亭馆二》）

季夏雨后王子梅上舍、汪时伯孝廉集吟侣于历下亭，为补竹之会，即席赋五律（二首） 〔清〕周乐

人物有兴废，古亭犹在兹。略添几竿竹，如见少陵诗。发我云山兴，助他花木姿。千秋存往迹，雅抱更谁知？

情识汪伦笃，子猷清兴存。傍湖柬鸥侣，就雨乞龙孙。亭榭遂无暑，风流同把樽。缅怀古名士，此地且开轩。（辑自《二南诗钞》，亦见于民国《续修历城县志》卷十八《古迹考三・亭馆二》）

马词溪约集饮历下亭 〔清〕何邻泉

诗史游踪在，今朝我辈来。盟联鸥鹭聚，香度芰荷开。吊古分拈韵，论文共把杯。雨余看山色，携杖上层台。（辑自《无我相斋诗选》卷四，亦见于民国《续修历城县志》卷十八《古迹考三・亭馆二》）

沈荫南春初招同二南、秋桥、汪澹庵宴集历下亭，次二南韵　〔清〕何邻泉

一亭立湖上，终古水天清。人似海鸥聚，窗含山雪明。压寒拼酒醉，话旧喜心倾。雅会添吟兴，春波绿半城。（辑自《无我相斋诗选》卷四）

历下亭　〔清〕张岫

四面明湖水，中央古历亭。烟波侵岸绿，鹊华入阑青。吏款麻鞋客，图开摩诘屏。诗人寥落后，搔首问苍冥。（辑自《带经舫诗钞》）

历下亭吊李北海　〔清〕吴慈鹤

系马历下亭，日入寒雁急。昔贤伤凋殂，衰老殃祸及。牝鸡变旒裳，公也抗长揖。胆使二张落，勋几五王集。天移地转年，四海望舟楫。一再罯骜骜，流血万古湿。九京雨冥冥，高栋风猎猎。翰墨自蛟龙，池台几蜂蝶。曩岁筮樽酒，宾从何款接。常携杜少陵，亦有苏司业。惊鸿舞常新，狞凤歌未怯。白日恋欢娱，青山送幽泣。峥嵘《八哀诗》，未读泪映睫。甘从采莲人，沿湖采秋叶。（辑自《岑华居士兰鲸录》卷四）

魏曾容大令襄招集历下亭　〔清〕宋翔凤

把酒重来历下亭，合维画舫证鸥盟。面山背水自空阔，细柳新蒲易长成。尘土欲埋名士气，高云能瞩故人情。更思痛饮悲歌伴，各滞关河第几程。（辑自《洞箫楼诗纪》卷二，亦见于民国《续修历城县志》卷十八《古迹考三·亭馆二》）

大明湖棹歌（四十首之四十）〔清〕陈在谦

古历亭边读旧碑，四围烟水憺忘归。济南名士多于鲫，独立苍茫自咏诗。古历亭，工部题诗处。（辑自《梦香居二集》卷二）

秋日共游历下亭　〔清〕王德容

饶有江南味，潇潇动客愁。鹭鸥三面静，荷芰半城秋。工部留清句，渔洋纪壮游。古人不可作，遗迹溯风流。（辑自《秋桥诗选》卷一，亦见于民国《续修历城县志》卷十八《古迹考三·亭馆二》）

宋芸圃约同诸友宴历下亭 〔清〕王德容

结伴明湖春暮游，历亭如集小瀛洲。一天风絮晴飞雪，两岸芦芽午系舟。酒对南山瞻佛髻，帘开北牖入城楼。座中添有老桑苎，落日迟归且狎鸥。（辑自《秋桥诗选》卷三，亦见于民国《续修历城县志》卷十八《古迹考三·亭馆二》）

花朝马词溪刺史招同社友集历下亭（二首）〔清〕王德容

连日风兼雨，花朝天恰晴。古亭成雅集，旧侣续诗盟。水气暖蒸树，山光遥入城。倚栏闲觅句，鸥鹭亦多情。

略迹欢尤洽，传筹饮最公。诸君谈往事，一笑醉东风。柳眼窥人碧，花须对我红。黄昏思泛月，归棹惜匆匆。（辑自《秋桥诗续钞》，亦见于民国《续修历城县志》卷十八《古迹考三·亭馆二》）

暮春邀同社游海右亭 〔清〕王德容

莫负此晴光，春生水一方。岸芦环屋碧，溪柳隔桥黄。舟已呼僮买，酒先赖妇藏。诸君须至早，花放古亭香。（辑自《秋桥诗续选》卷一）

正月下浣沈荫南邀同二南、岱麓、汪淡庵宴集海右亭 〔清〕王德容

芦芽未绿柳才黄，约集湖亭水一方。风冷微开窗半面，日迟款进酒千觞。新诗欲就花初发，旧雨相逢话更长。少长流连归去晚，呼舟同渡已斜阳。（辑自《秋桥诗续选》卷二）

游历下亭 〔清〕胡宗简

北征谁与荡轻舟，引棹今为历下游。胜地得名多近水，此亭当暑亦如秋。湖山晏罢骚人兴，杨柳吟成帝子愁。一代风流尽消歇，野荷新芰满汀洲。（辑自《十二笔舫杂录·梅影丛谈》卷三下）

济南杂咏八首（之二）：历下亭 〔清〕萧重

四面皆湖水，危亭立夕阳。橹声来舴艋，人影在沧浪。绕砌蒹葭老，穿云荇藻香。新城秋兴发，曾此赋垂杨。（辑自《剖瓠存稿》卷一）

济南杂诗（六首之六）〔清〕孙义钧

海右土风有去思，登临曾记杜陵诗。湖山依旧留高咏，不是济南多士时。（辑自《好深湛思室诗存》卷四）

济南竹枝词（二十八首之六）〔清〕孙兆溎

水心亭址卧中流，一片斜阳青草洲。赖有浣花诗笔在，此亭虽朽亦千秋。历下亭已坍圮，杜工部诗“海右此亭古”，指此。（辑自《〔片玉山房〕花笺录》卷十四）

古历亭 〔清〕张善恒

我昔曾读少陵诗，霜柯铁干无俗枝。悬知海右多名胜，此亭往往劳相思。今我来时秋尚早，莲子湖边风味好。荷花烂漫映波红，一片清香余缭绕。百钱买得小渔舟，随风吹去如浮鸥。短棹孤帆轻且便，晚烟瑟瑟天悠悠。遥指湖心结构古，画栏曲曲穿廊庑。四围萧飒作寒声，疑是菰蒲经夜雨。漫寻石磴践苔矶，丹青剥尽知音稀。荒草蒙茸迷远近，行看空翠沾人衣。残碑高卧斜阳冷，当年字画犹完整。笔法精严老益坚，几番摩挲发深省。人生胜会岂能常，繁华过眼皆苍凉。衣紫腰金须臾耳，长安道上何争忙！回头更眺沧浪水，美人隔岸撑鸭嘴。星眸一盼百媚生，羞杀浓桃与艳李。临流低唱采菱歌，惊起鸳鸯奈若何？鸳鸯欲去未忍去，满湖杨柳青婆娑。无聊且酌樽中酒，醉倚虚窗空搔首。归路微茫不复辨，仿佛新月照湖口。（辑自《历下记游诗》上卷）

晚登历下亭 〔清〕张善恒

几日秋生历下亭，晚来波绉水痕青。天光低印一轮月，夜色平分万点星。绕舍荷香红作阵，缘湖柳密翠为屏。飘摇便拟乘风去，遥指溪边画舫停。（辑自《历下记游诗》上卷）

济南杂诗（十六首之十三）〔清〕杨庆琛

佳日琴樽花外停，蒹葭采采袭芳馨。伊人何处湖波淼，白露苍烟历下亭。（辑自《绛雪山房诗钞》卷十五）

泛大明湖，游历下亭济南。〔清〕谢元淮

齐川门外暂停骖，买得扁舟一棹探。海右古亭称历下，湖中新景似江南。风来菡萏香生白，雨过菰蒲水映蓝。山势环空城四面，斜阳倒影镜光涵。（辑自《养默山房诗稿》卷二十《蓬心集》）

历下亭看雨〔清〕张祥河

前度冰开镜，今来雨打篷。天光笼雾缬，人语隔烟丛。浅水方排藕，遥山欲跨虹。崇朝膏泽遍，心折岱云东。（辑自《诗舲诗外》卷三）

历亭〔清〕张祥河

历亭六日五浮航，情性由来爱水乡。午后柳阴微觉澹，静中荷气自生凉。明湖如主频招客，中酒能仙不碍狂。小鸟苇间声札札，更无蛙鼓扰回塘。（辑自《诗舲诗录》卷六）

历下亭怀杜工部〔清〕王偁

槛外秋波唱采菱，当年樽酒聚吟朋。西风荷芰浑如旧，惭愧无诗祭少陵。（辑自《鹊华馆济南杂咏一百首》）

济南八咏（之七）：**古历亭**〔清〕纪煐述

髠爽争夸辩士雄，雕龙炙輠利谈锋。即今聚饮亭中客，时有数秀才饮酒纵谈亭上。独有当年稷下风。（辑自《三客亭诗草》卷一）

海右亭〔清〕李廷棨

中流亭势似星槎，危槛疏棂夕照斜。太息诗人游览处，年年春雨绣苔花。（辑自《国朝山左诗汇钞后集》卷二十二，亦见于民国《续修历城县志》卷十八《古迹考三·亭馆二》）

同李平轩参军，闵桐门、刘鉴堂两贰尹登历下亭〔清〕侯家璋

长天秋水落霞横，坐上湖亭气倍清。眼底青山低绕郭，楼头碧柳曲环城。空阶鱼戏莲花影，小艇风回荻叶声。我辈登临休感慨，沧浪好借濯尘缨。（辑自

《守默斋诗集·东州草》卷一，亦见于民国《续修历城县志》卷十八《古迹考三·亭馆二》）

历下亭　〔清〕吴振棫

何处轻舟泊，残杨绿不深。波光依枕上，云影没湖心。名士知多少，空亭自古今。清宵有乡梦，仿佛听挐音。（辑自《花宜馆诗钞》卷五，亦见于民国《续修历城县志》卷十八《古迹考三·亭馆二》）

与沈台簪淮饮历下亭，看荷花诗　〔清〕吴振棫

蓬莱宫殿吾不知，六月无暑无逾斯。高亭飒爽出水面，俯看艇子来逶迟。新荷艳艳朱粉施，汉皋洛浦纷仙姿。风裳水佩不自持，肯来从我相娱嬉。江南采莲不须唱，对酒但宜歌楚词。人生良会不可期，莫待袅袅西风吹。李邕杜甫颇解事，我辈正可相追随。劝君痛吸黄颇黎，看我倒著白接䍦。世上纷纷内热子，夏畦自病无乃痴。明月欲出凉满衣，谁能买此价不赀？何须弱水三万里，觅取雪散冰丸为？（辑自《花宜馆诗钞》卷五，亦见于民国《续修历城县志》卷十八《古迹考三·亭馆二》）

历下亭有怀子寿（二首）　〔清〕刘淳

大风萧飒古雄藩，云梦虚传八九吞。白雪诗名高海内，青齐霸业盛中原。晚来近郭湖光老，独立空亭野色昏。若得阿平唱予和，济南文物至今存。

风雪晨驱一剑寒，遥怜守岁忻长安。入关诗杂秦声易，过隘天连蜀道难。羁旅班生方著论，逍遥漆吏转求官。愁心欲寄凭瑶瑟，不见琅琊未可弹。（辑自《云中集·古近体》）

历下亭　〔清〕陆嵩

晨兴戒游侣，寻步城东隅。空亭坐寂静，凉意生衣裾。往昔浣花叟，于此写清娱。湖波尚淼淼，交映红芙蕖。芳宴想初罢，佩玉鸣纡徐。落日自生感，重过谁与俱？古今有同尽，千载名亦虚。相对此浩歌，来者知何如！（辑自《意苕山馆诗稿》卷一）

历下亭怀古 〔清〕宗稷辰

妫墟邈矣不可追，耕山奇迹千载垂。孤亭久立水天际，泛舟北渚多讴思。雁臣鹭客偶一到，离筵祖帐神殊凄。碧澜涓涓绝尘滓，曾鉴往昔之须眉。葭蒲菡萏种皆古，洁白手取供斋虀。东音歌咏少传述，旷代常听泉风吹。文明直待今圣启，龙章凤藻森光辉。六飞遐往周甲子，璆琳不泐如钟彝。顷来湖中冻初释，空阔但见青琉璃。独行凭眺心目展，清气涌出乾坤倪。楼头四照人咫尺，怅未相约同娱嬉。来朝便欲向阊阖，扬舲且唱清涟漪。（辑自《躬耻斋诗钞》卷十三〔上〕《三起草》，亦见于民国《续修历城县志》卷十八《古迹考三·亭馆二》）

重至历下亭 〔清〕宗稷辰

烟艇湖西去，林亭历下开。烹泉留一话，挹爽喜重来。落日还归咏，微风趣溯洄。猿公独先返，谁冠竹溪才？（辑自《躬耻斋诗钞》卷十四（上）《河槎草》，亦见于民国《续修历城县志》卷十八《古迹考三·亭馆二》）

山东竹枝词（十二首之八） 〔清〕谢宗素

入郡遥看历下亭，亭边有个李先生。于鳞才调本无敌，白雪楼高酒一觥。（辑自《却扫庵存稿》卷六）

历下亭留别二首 〔清〕王煿

抛得明湖衰涕零，他年入梦也还经。藕塘疏苇花还缺，渔舫轻桡柳外停。秋藓润滋亭砌绿，夕阳照彻水风腥。青春顾影今华发，一醉山中徒尔醒。

当年犹忆旧诗裁，游侣追陪晚兴催。碧水乍疑山翠滴，孤亭浑与蜃烟开。垂杨坐馆灯挑后，明月回船酒罢来。潦倒如今成底事，羞颜暂顾一徘徊。（辑自《春鹏集》）

成历下亭壁上句壁上有诗一律，余皆草草，最爱其“山色”一句，因足成之。 〔清〕王煿

醉墨淋漓兴到余，知君意与我同符。湖光动壁船初泊，山色当窗纸不糊。秋至菱塘莲谢早，烟迷岸柳鹜飞孤。相思天末无人识，白也倘来倾一壶。（辑自《春鹏集》）

历下亭子　〔清〕辛师云

历下亭荒剩敝庐，登临聊复胜闲居。一湾春水波初涨，四面荷花叶渐舒。芳草已迷名士屐，断碑难觅昔贤书。可怜觞咏风流地，独有寒烟入槛余。（辑自《思补过斋遗稿》卷三）

花朝日偕周二南、王秋桥、谢问山、朱退旃、李秋屏、彭蕉山泛舟明湖即事（四首之四）〔清〕马国翰

畅饮开樽历下亭，一时少长尽忘形。令循金谷三升罚，醉笑刘家百悔经。留客晚烟横近浦，迎舟明月满前汀。后游更作鱼菱约，彻夜菰蒲当雨听。（辑自《玉函山房诗钞》卷五，亦见于《玉函山房诗集》卷七、民国《续修历城县志》卷十一《山水考七·水三》）

晚步历下亭　〔清〕查冬荣

亭前来徙倚，远近画图开。卷雪鲸波起，排云雁字来。池塘荷芰乱，箫鼓宴游回。薄暝将何往，聊倾北海盅。（辑自《诗禅室诗集》卷二十九《鹊华秋色集》）

秋夜同浦又垞日楷、孙柬雅观两明府泛舟明湖，泊历下亭，用少陵韵〔清〕沈淮

水亭生夕凉，微云敛秋河。湖光净如镜，风送荷香多。同舟人两三，扣舷发狂歌。清樽荐芳俎，浮白卷酒波。及此秉烛游，不饮当如何！归棹夜已深，后约期重过。（辑自《三千藏印斋诗钞》卷四《鸿雪集》）

历下亭　〔清〕符兆纶

想见新诗把臂论，当年皂盖驻东藩。济南名士几人在，海内交情千古敦。岸柳泼青分小艇，湖波漫绿绕闲门。孤亭此日重携手，潦倒休辞酒一尊。（辑自民国《续修历城县志》卷十八《古迹考三·亭馆二》引《历下咏怀古迹诗钞》）

历下亭怀古　〔清〕符兆纶

杜陵有布衣，漂泊到东国。北海达官人，尊酒遽相得。乃知文字交，固不矜势力。孤亭矗湖心，高风此何极！慷慨怀古人，苍茫独来客。菰蒲送秋声，

棂槛延暝色。空掉孤舟回，扣舷三叹息。（辑自《卓峰草堂诗钞》卷一）

秋雨晚霁，偕嵇春源移舟至历下亭　〔清〕符兆纶

浅水浮轻棹，斜阳淡远汀。人来秋雨歇，山破晚烟青。今古几过客，苍凉余此亭。且须携铁笛，吹与老鱼听。（辑自《卓峰草堂诗钞》卷六）

陪典试黄树斋鸿胪游历下亭　〔清〕符兆纶

一代存知己，千秋尚此亭。苔侵断碑紫，山压短垣青。我亦诸侯客，公存大雅型。今朝谈笑处，且用慰飘零。（辑自《卓峰草堂诗钞》卷六）

明湖竹枝词（八首之二）〔清〕许瀚

古历亭开水四围，游船来去羡如飞。不知谁藉浣花笔，醉墨淋漓壁上挥。（辑自《攀古小庐文集》卷五）

历下亭　〔清〕柏葰

鼓枻过晴川，红曦散午烟。亭名压海右，山影落樽前。四面芰荷水，三春桃柳天。林峦空想像，人立夕阳边。（辑自《薜箖吟馆钞存》卷五）

历下亭送谢问山北游　〔清〕李纬

青山余落日，白发去孤城。相送故人酒，难堪远别情。平生多感慨，到处有逢迎。瞻望湖亭上，待君秋月明。（辑自《国朝山左汇钞后集》卷二十六，亦见于《国朝历下诗钞》卷四）

历下亭　〔清〕延彩

几日忆明湖，临流结暇想。朅来历下游，兴受逐舟往。波平径亦幽，颇惜苇芦莽。一转出深丛，望望亭轩厂。摩挲巨石旁，奎藻日星朗。于此少憩息，已觉离尘鞅。回望来时路，烟波但混瀁。（辑自《简斋小草》卷下）

陈弼夫都转重修古历下亭，以六月十六日落成招饮，属纪以诗，同座者嵇春源、方存之、朱时斋、牛仲远，宾主共六人〔清〕何绍基

当时北海宴工部，海右此亭已称古。员外虽营结构新，台观之旧何年所？堂堂更阅千余岁，代有废兴增仰俯。一城胜境此湖山，万古清风延李杜。福州陈君济时杰，家世诵芬传治谱。卅年扬历涉中外，满身才望资文武。怀贤诹古寓襟抱，振废修残得根矩。高情澹荡落湖水，薄俸翩然化亭宇。溯维纯庙屡巡方，步趋仁皇勤缵绪。济南胜处御题遍，湖上频烦宸翰咀。济南趵突泉、珍珠泉、千佛山、舜庙、白雪楼皆有纯庙御诗碑，而《大明湖题》一首、《春暮游历下亭》三首、《题鹊华桥绝句》二首、《登会波亭有作》一首，皆在湖上作。《春暮游历下》诗碑恭建亭中。今亭既重修，又从司家马头移《大明湖题》一碑，恭立于大门外。钦瞻两碣星斗联，势扭层霄龙凤舞。百年礼乐今犹昔，三代忧勤孙绍祖。游豫徒劳望翠华，艰虞更益廑当宁。十年宵旰无暇逸，四海疮痍但凄楚。今兹大旱异常岁，坐见千里成赤土。可怜菽麦尽枯倒，又见蝗螟生翅股。五月望后雨始来，直自京畿浃齐鲁。连宵彻旦恣酣渥，久郁一舒成莽卤。兼旬畏景复焦迫，万陇雏婴待甘乳。欣逢昨夜再沾洽，恰与前番相助补。计从仲夏得雨初，亭子经营事斤斧。今朝工罢芳宴开，天与滂沱润樽俎。快闻夷艘焚海上，又报捷书走江浦。即看天下洗兵马，何止山东多黍稌。穹苍有意苏疲民，福应从兹归哲主。小臣闲放坐迂阔，终年悲喜相错迕。不辞一夜恋琴盏，会见九州乐干羽。众宾跌宕负文采，相与脱略遗簪组。结屋或在菰芦乡，寻盟早入鸥凫侣。谓春源、仲远。半湖晴霭乍开合，四山夕阳争媚妩。是月十六月正望，水镜圆灵照初鼓。烟云敛尽夜光满，荷芰无声暗香吐。主人见谓宜有诗，匪曰落成仍喜雨。诗成纸上露珠生，字字光明何堪煮！（辑自《东洲草堂诗钞》卷二十一，亦见于民国《续修历城县志》卷三十二《金石考二》，落款为"咸丰九年岁在己未，旧史氏道州何绍基撰并书于泺源讲社。历城陈浩刻石"）

大明湖绝句（六首之三）〔清〕杨泽闿

历亭南畔绿阴多，碧水浸墙长薜萝。花影稀疏游客散，春风闲煞老头陀。（辑自民国《续修历城县志》卷十一《山水考七·水三》引《石汸诗钞》。薜，原作"薛"，据诗意改）

满江红·冬日过历下亭感赋 〔清〕傅桐

历下亭前，看萧飒、黄茅白苇。空想像，闻莺酒劝，就花船舣。听水坐温磐石上，爱山立尽斜阳里。剩吴霜、两鬓安愁新，重过此。

驻皂盖，偕名士。寻北渚，泛莲子。纵何戡，歌好折弦难理。城指芙蓉遗洛佩，衣披薜荔逢山鬼。把从前、闲绪与闲情，抛流水。（辑自《梧生诗钞》卷十）

古历亭 〔清〕廖炳奎

名士轩已堙，此亭足千古。北海书中龙，子美诗中虎。云烟播华夷，珠玑资吞吐。列宿动天文，德星聚斯土。题石走貂毫，持杯挥玉麈。凭栏无修竹，欹墙有老树。春寒柳絮风，夏爽芰荷雨。韵语癸笺编，故事岱史补。任城仰仙楼，兖州趋学府。拾遗与翰林，芳踪遍齐鲁。（辑自民国《续修历城县志》卷十八《古迹考三·亭馆二》引《历下咏怀古迹诗钞》）

庚子春游历下亭感怀诗 〔清〕杨恩祺

一湖新绿涨溪汀，买棹重过历下亭。北海当年留古迹，南山依旧向人青。天心月到诗空咏，水面风来酒易醒。昔日同游近谁在，眼前名士已凋零。（辑自《天畅轩诗稿》卷二，亦见于民国《续修历城县志》卷十八《古迹考三·亭馆二》）

历下亭 〔清〕孔昭珩

一湖烟水接苍冥，海右流风郁此亭。秀拥南山千叠翠，波融北渚四围青。垂杨阴里雕栏曲，菡萏香中画舫停。千载少陵传杰句，高吟怕有蛰龙听。（辑自《杞园吟稿》卷二）

历亭怀古 〔清〕余章

栏干曲折路回环，隔断红尘水一湾。荷芰秋风围北渚，楼台烟雨接南山。何人载酒冲波去，几处闻歌鼓棹还？名士轩头添怅望，临风怀古碧流间。（辑自《国朝山左诗汇钞后集》卷三十六，亦见于民国《续修历城县志》卷十八《古迹考三·亭馆二》）

同人招饮历下亭　〔清〕毛永柏

荻港清分处，湖流碧一湾。艇迷芳草岸，人醉夕阳山。风定荷香聚，暑消客思闲。莫嫌归去晚，明月送君还。（辑自《小红薇馆吟草》卷四）

历下亭　〔清〕王大堉

遐哉历下亭，始自周齐代。登临乐游眺，不知日几辈。斯亭名不扬，一如人愦愦。少陵题句后，其名独千载。我昔居江乡，相思欲成痗。前年来湖中，游赏日复再。高枕北渚阴，遥画南山黛。修竹绿已荒，老树珠相对。翳谁筑孤台，振衣浮云碍。风清暑可消，波涌月惊碎。时结诗酒欢，从事风雅队。胜地因人传，名已敌海岱。转惜杜老遥，寂寞发长慨。名士多乎哉，一笑赘老在。（辑自民国《续修历城县志》卷十八《古迹考三·亭馆二》引《历下咏怀古迹诗钞》）

陈弼夫都转新修古历亭，约同人宴集　〔清〕嵇文骏

入门畅幽观，湛若辟新境。寸积芳草茵，云交杂花影。亭台映高低，湖山复修整。始知大匠心，区画有要领。揽景殊未周，卜夜忽已永。客意乐萧散，天色生虚静。萤飞疏柳间，月上遥峰顶。荷香澄四围，烟水净万顷。凉飔醒残醉，飘然荡归艇。回望波中央，一气但清迥。（辑自民国《续修历城县志》卷十一《山水考七·水三》引《笔花书屋诗钞》）

初秋月夜游古历亭，寄怀王侣樵　〔清〕嵇文骏

万柄荷花影，澹摇风露香。孤亭烟外远，新月夜来凉。人隔秋千里，书裁字几行。渺然望沧水，何处是渔庄？（辑自民国《续修历城县志》卷十一《山水考七·水三》引《笔花书屋诗钞》）

古历亭，用杜工部韵　〔清〕陆戳恩

废舸沦寒藻，平池漾碧荷。亭榭阅人古，湖溪受水多。鳞游知至乐，禽语大成歌。雾敛山增髻，风皴漪不波。独行情罔适，怀古意如何！惟当理钓艇，烟雨期重过。（辑自《读秋水斋诗》卷十二《历亭集》）

偕同学泛明湖，即登历下亭会饮二首（之二）〔清〕孟传铸

遗址中央在，荒亭枕石矼。树阴摇断壁，帆影没回窗。得句催铜钵，飞筹倒玉缸。风流怀杜李，余韵寄兰茳。（辑自《秋根书室诗文集》卷一）

游历下亭〔清〕葛忠弼

名士今谁在，犹存历下亭。空波湖水绿，秋色佛山青。壁上新诗满，窗间画舫停。旧游朋辈少，落落似晨星。（辑自《秋虫吟草》卷二）

古历亭宴集，感怀〔清〕李佐贤

历亭离别几经年，鸿爪重来话旧缘。湖影轻摇纨扇底，山光遥落酒樽前。茫茫大地连烽火，隐隐官城沸管弦。愁绪万千姑放却，且拌沈醉水云边。（辑自《石泉书屋诗钞》卷五）

历下亭晚兴〔清〕鲍瑞骏

浩荡白鸥乡，蘋花秋水香。一亭凌木末，疏柳半斜阳。远郭雁边尽，晚山烟外长。扁舟兴不浅，谁与咏沧浪？（辑自《桐华舸诗钞》卷六）

历下亭纳凉小集〔清〕鲍瑞骏

人影衣香竹肉兼，荷花凉色上眉尖。酒阑忽讶冰轮上，水榭东偏乍卷帘。（辑自《桐华舸诗钞》卷七）

冶春诗（二首之二）〔清〕陈永修

两晋风流千载前，山阴盛会永和年。何如花鸟亲人地，古历亭边水接天。（辑自民国《续修历城县志》卷十一《山水考七·水三》引《鲍西楼诗草》）

历下亭〔清〕毛鸿宾

齐烟九点照城青，杰构巍峨是此亭。盖驻东藩声誉重，樽开北海姓名馨。山环水抱得天趣，月倚风沦见地灵。名士于今汇济济，摩娑苔藓读碑铭。（辑自《澹虑斋诗集》）

小住历亭，吴慕渠时守济南，招饮，赋谢，即用辛丑送慕渠还广陵韵（二首）〔清〕邵亨豫

历尽沧桑味愈亲，一樽沈醉话前因。回头宦迹成残梦，入耳循声颂故人。怜我湖山余感慨，听君词调倍清新。君善倚声，云近填两阕。关心赵嘏今何在，记得当时共画艑。庚戌游历下，君与寄庵饮于明湖。

难猜天意意犹含，欲画流民已不堪。四海鲸氛兵未洗，十年虎穴勇谁探？连营烽火思江左，浴血光阴说皖南。惭愧渔樵容托迹，一竿清影照寒潭。（辑自《愿学堂诗存》卷十《海东栖隐草（上）》）

再叠前韵（二首）〔清〕邵亨豫

归来四海忆交亲，重证三生石上因。千佛山前贤郡守，鲁连台畔旧词人。万家俎豆听民祝，千乘弦歌布化新。还恨青门相别早，只余魂梦绕湖艑。

榴花小院渐苞含，蓬鬓飘萧兴未堪。戡乱何人成错铸，救时无智愧囊探。天怜浩劫云垂下，世有迷途佛指南。敛尽尘心归隐去，吴钩清影冷澄潭。（辑自《愿学堂诗存》卷十《海东栖隐草上》）

明湖泛舟，至历下亭作歌〔清〕边浴礼

一篙划破空濛烟，湖光如镜空中悬。红蕖绿芰半凋谢，秋芦万顷青连天。岸花汀草相媚妩，沙鸥野鹭飞联翩。微风吹过縠纹细，夕阳返照丹霞鲜。过桥帆影出复没，隔林渔唱清而圆。蘋香泫露引寒蝶，柳丝缒雨号元蝉。此间景物剧幽绝，似待吟客闲洄沿。我来喧阗屏傔从，正恐尘俗无蕬湔。兰桡小驻得台榭，入门梧竹何苍然。修廊四围鸾凤翥，丰碑十丈蛟龙缠。当时北海广招客，座中跌宕多英贤。朱幡皂盖互酬酢，杜陵佳句成最先。诗人吟眺偶然事，自有雅誉垂千年。文章要与世运合，词赋讵借簪缨传！庸流苦效蝇附骥，俗眼可笑夔怜蚿。湖流不涸名不没，二公往矣真神仙。酒酣直视莽怀古，水禽惊起嗔吾颠。便从山僧借禅榻，夜深卧听秋声眠。（辑自《健修堂诗集》卷十三）

游大明湖登历下亭〔清〕黄锡彤

一碧渺无际，轻帆漾中流。行苇作界画，快此明湖游。微雨恰初霁，余晖上帘钩。霏霏暑气薄，冉冉波光浮。斜抄一桨过，积翠迷芳洲。隈曲见行鱼，

珠泉清且浏。古称历下亭，骋怀及良俦。披襟挹朝爽，鸣琴景前修。起哦壁间诗，我心倍绸缪。暮色不待人，垂杨送行舟。濯缨如可期，吾将从白鸥。（辑自《芝霞庄诗存》卷一）

游大明湖，泊舟历下亭，口占（二首） 〔清〕严锡康

鹊华山远绿波涵，画舫亭前泊两三。闲倚阑干吹玉笛，一湖烟水似江南。

流莺声里度花朝，宝勒香车满七桥。绿遍春风万杨柳，渔洋吟过更魂销。

（选自《餐花室诗稿》卷八《锦江利涉集》）

历下亭 〔清〕陈锦

湖光山色四围青，海右何年有此亭？荷榭秋心千叶碎，芦汉人语一舟停。危栏倚树标诗碣，短堞飞云上画屏。大半烟波似孤屿，句留清梦忆西泠。（辑自《补勤诗存》卷十八《可读山房吟草上》，亦见于民国《续修历城县志》卷十八《古迹考三·亭馆二》。汉，原作"叉"，据诗意及下诗改）

重九前一日，郑谱香都转葺湖上历下亭，邀同官会饮有作（四首） 〔清〕陈锦

水气浓薰响屧廊，轻舠一叶载壶觞。喜无风雨邻佳节，好有湖山似故乡。芦汉凉侵帘縠润，菊移秋入酒篘香。南丰去后轩亭寂，东道今推小孟尝。

图画园林映碧池，雁来红到蓼花枝。桑沧几度碑阴字，萍水千人壁上诗。草泽萑苻新刈后，时方获捻孽张凌沄等二名，伏诛。湖町菱芡有秋时。使君错认苏堤柳，萧寺雷峰夕照迟。"雷峰夕照"为吾乡"西湖十景"之一。

排闼参差数佛头，苕苕新翠又三秋。不来今雨中天鹤，同人惟李采臣廉访以疾不至。长作闲云逐浪鸥。落帽漫须凌绝顶，濯缨差许挹清流。登临却忆去年事，摩壁重题太白楼。

红树楼台隔岸村，琴尊冠盖日填门。酒杯还认家乡水，屐齿新留海岳痕。一席清谈风月贵，群峰罗列鹊华尊。名亭自古多名士，挥手休将聚散论。（辑自《补勤诗存》卷二十《柳雪闲情》）

历下亭 〔清〕王轩

杜老吟诗时，此亭已名古。我今千载后，犹得跻堂庑。绝岛中流回，风枝

隐晴浦。中庭灿天章，云烟齐屿䁖。风雨不敢侵，永作湖山主。轩窗耿虚明，疏光白入户。水荻战风凉，萧萧欲生雨。缅怀名士场，几辈挥玉麈？风流久销歇，胜会岂堪抚？佳境难重留，欸乃整柔舻。（辑自《耨经庐诗集》卷二）

历下亭 〔清〕夏献云

明湖风景佳，湖上一亭古。挹秀山在望，涵虚水可俯。凭槛呼小舟，相达不数武。于今无李邕，几人如杜甫？客中作遨游，畴是东道主？忽忆新城诗，柳条绾万缕。（辑自《近代诗钞》）

彤云工部招游历下亭，感怀有作，步何子贞太史原韵，奉呈朗帅中丞吟坛诲正，并柬工部 〔清〕王韬

天晴文章谁吏部，历下停骖几怀古。梁生挈我游明湖，有亭翼然出其所。水天一色画图开，游目骋怀仰而俯。爱才孰为牛节度，能识扬州小杜。我家开府曲江公，早建节旄修吏谱。三年报政成卧治，时平英雄无用武。网罗材俊济盘根，讲求治安合方矩。彩毫化作日月光，才子风流倾寰宇。李相国称公为大将中之才子。溯昔出塞十年间，时维吾皇纪光绪。希文曲体在人情，晏婴溥利息民沮。屏绝献遗布德威，中外额手齐鼓舞。深仁心已浃乌孙，奇功首屡枭黄祖。忽然海水沸群飞，万众疮痍待公抚。诏许将军入玉关，征西实属送孙楚。手挈深生兴水利，尹兹东郊皆乐土。九重防海倚长城，复命治军资肱股。论才经略宜江南，何况区区治齐鲁。一笑黄河徙之南，喜见海陬足盐卤。东登泰岱爇心香，至诚感神渥膏乳。讵独功德在中州，大臣本领天能补。欢然偃武尽修文，大手笔能削柯斧。时正行乡试大典，公为监临，作二诗为程式。昨日晋公宴香山，大梁文士开堂庑。座有施均甫观察、蒋子缃大令与彤云水部而三。今日工部觞北海，更荡扁舟入芦浦。苍然秋色近重阳，万宝告成歌多稌。固应东南两尽美，远臣何年得所主？伤哉鲰生道不行，忧谗畏讥与时迕。望云未遂乌鸟情，冲霄莫奋鹰鹯羽。猥承容接疑龙门，芝兰和气流珪组。饱读云溪分天章，经生岂数欧苏侣？公示以《秦将民人武七稿》《河渠策》《尊经阁》各序。即今觥筹相尽欢，千岩般然列眉妩。想见令行湖山外，四境清风息鼙鼓。酒酣起舞还浩歌，快把玑珠一倾吐。愿祝崇朝泽天下，何止东山敷霖雨。持谢梁生策清时，好佐盐梅和羹煮。（辑自《蘅华馆诗补遗》）

历下亭（二首）〔清〕高望曾

历下此亭古，登临纵大观。光阴风雪近，世界水云宽。檥棹延新赏，扪碑惬古欢。茫茫沙渚外，飞下雁声酸。

恍于尘市远，物外富烟云。山色重城隔，湖光两岸分。丛芦荡寒翠，疏柳绾斜曛。杜老清游处，高歌如可闻。（辑自《茶梦盦劫后诗稿》卷五）

济南杂诗（八首之二）〔清〕高望曾

烟际楼台望渺冥，数行沙雁下前汀。芦花满地秋萧瑟，人在西风历下亭。（辑自《茶梦盦劫后诗稿》卷五）

海右此亭古，得“南”字 〔清〕王兰昇

到此同怀古，名亭著美谈。独居鲸海右，卓立鹊华南。日影扶桑丽，涛声析木酣。云霞三岛拥，岁月五松谙。鲁殿曾偕峙，秦碑未足探。上余鸳瓦在，左顾蜃楼堪。北渚烟痕合，东溟水气涵。（辑自《泺源书院课艺（三编）》）

大明湖竹枝词（五首之一）〔清〕于昌遂

古历亭上柳婆娑，古历亭下水生波。长须舟子刺船去，解道济南名士多。

古历亭，即历下亭，土人呼曰“古历亭”。“海右此亭古，济南名士多”，棹者习诵之。（辑自《羼提精舍诗稿》卷二）

菩萨蛮·咏济南八景：历下秋风 〔清〕张昭潜

亭台十里烟光暮，七宝香车来还去。蓦地起秋风，莲花坠粉红。

莲花无一朵，桂子结千颗。纨扇莫轻捐，捐时最可怜。（辑自《无为斋诗集》卷二）

坐历下亭口号 〔清〕倪鸿

六曲栏干四面棂，好山遥对鹊华青。百年老柳仍无恙，曾见诗人王阮亭。（辑自《退遂斋诗钞》卷一）

五月二十一日，吴康之大令宝三招同唐右枚参军，郭笛楼、钱笠湖两大令，王韵生刺史恩培，陶郢声茂才镕集历下亭消夏　〔清〕倪鸿

如此亭台画本同，咏觞曾醉少陵翁。饮追河朔余风继，歌唱沧浪曲水通。龙笛发声诗境里，鹊华倒影酒杯中。一丸喝起明湖月，照遍荷花世界红。（辑自《退遂斋诗钞》卷二）

和王子梅先生鹄历下亭补竹之作　〔清〕郑鸿

历下名亭临北渚，少陵一去空千古。当时定有竹万竿，妙句曾吟不受暑。相思上下一千年，自少陵与太白共饮，已一千一百年。人世沧桑几变迁。桷宋已换栋梁改，寥落空庭剩晚烟。亭下年年列歌舞，鸣珂佩玉人接武。华筵不惜掷千金，未闻轶事此间补。江南王子吟词宗，英姿矫矫人中龙。更有汪伦多逸兴，汪时伯进士敏修是日往朗园取竹。同来湖上补遗踪。移来箘簬十余竿，渐觉潇潇生暮寒。诗豪酒侣一时集，醉吟写遍乌丝阑。忽忆当年王尚书，销魂佳句此中赋。湖里绿杨千万条，为问那是旧时树。他时此竹蔚成林，空阶十亩摇晴阴。我来亭下支瓦枕，清风助我北窗吟。（辑自《怀雅堂诗存》卷一）

都转陈大夫重新历亭，即赋赠别　〔清〕王闿运

泛棹临晚景，明湖澄碧流。霜清历城静，木落孤轩浮。胜地美今葺，高吟怀昔俦。登临默感会，萧瑟观芦萩。俗宦苦无暇，使君心转幽。俄闻结构罢，已见湖海秋。叹想盛名士，几人随钓舟？得闲徒自惜，知幻亦同游。骢马复将去，鸰凫空满洲。事移山寂寂，情在水悠悠。政贵新为理，人非古独愁。兴衰代有属，迹象道难留。楚客怨招隐，齐民贫未讴。寒飞慕南雁，乡梦如浮鸥。疲俗在一举，观成献尔谋。（辑自《湘绮楼诗集》卷五，亦见于民国《续修历城县志》卷十八《古迹考三·亭馆二》）

诸贵公子招饮历亭，始闻北警（二首）　〔清〕王闿运

久忆明湖月，今来及夏凉。从云万苇绿，出水一荷香。文宴知无暇，尘心得暂忘。婆娑古槐影，时事感东阳。

置酒开华簟，移舟动水纹。环山石横黛，邻舫笛穿云。地主今非昔，家声代有闻。持杯酹湖曲，渔钓请间分。（辑自《湘绮楼诗集》卷十四，亦见于民国

《续修历城县志》卷十八《古迹考三·亭馆二》）

己卯秋七月廿五日，蒙子衡父师招饮历下亭，并约饭后游湖，勉成俚句，并求诲政七律五首，时邑侯沈子衡需次省垣，时己卯乡试七月念五日也。〔清〕魏自励

追陪雅会拟登仙，古历亭边舣画船。北渚澄波通座右，南山清霭落樽前。柳丝绿蘸堤边水，花影红摇镜里天。食德饮和清趣永，催诗更有酒如泉。

百花深处绮筵开，共道使君选胜来。度曲应传青玉案，开樽恰有碧筒杯。常将侍酒怀前辈，愿祝循良近上台。云影天光供眺赏，汇泉宫畔独徘徊。

湖波青可沁诗魂，几树垂杨映画门。红藕香中青雀舫，绿藤阴下白螺樽。苔岑好结新诗社，竹石拟寻旧墨痕。父师工墨竹，曩在麟川书院中，蒙惠多矣。拟再求数幅以志雅爱。斜倚石栏闲话久，拚教归去到黄昏。

汇波楼济南北城楼名汇波，有阮中丞“鹊华秋色”四字。外有斜阳，雅爱萧疏柳数行。绿苇烟深凝暮霭，白蘋花老点秋光。客来湖上襟常润，人坐花间袖亦香。欲畅诗怀何处是，宜人最是小沧浪。

每逢佳处欲参禅，百八钟声傍晚烟。菱弱低牵书画舫，荷香暗袭孝廉船。鹊华秋霭宜今日，麟野春风忆昔年。回首斜阳无限好，铁公祠外画桥边。（辑自《贡树生香诗稿》）

历下亭 〔清〕严鈖

一水绕清涟，斯亭海右传。蝉声寒入暝，鱼气湿于烟。重倚西湖棹，谁开北海筵？七桥遗址没，急雨送游船。（选自《香雪斋诗钞》卷二）

历下亭饮酒，赠子彝 〔清〕施补华

海右今无李北海，朱幡玉佩谁当歌？历下古亭一尊酒，唯余我辈招邀过。六月衣裳不知暑，凉风千顷吹空波。须臾风定尘镜拭，照影自笑颜微酡。水鸟惊飞呼格磔，相携醉折回汀荷。坐中刘生旧相好，远性与俗殊臼科。十年奔走今老矣，归梦时绕南山阿。抚时已叹秋气至，吊古仍觉哀情多。题诗欲问杜陵叟，扁舟落日心如何？（辑自《泽雅堂诗集》卷四，亦见于民国《续修历城县志》卷十八《古迹考三·亭馆二》）

陈昼卿招饮历下亭，赋诗纪事，并邀王籽山、裘晓华、赵叔畋同作〔清〕施补华

齐州七二泉，遍饮十万户。汇流城北隅，千顷烟涛阻。雅游命船舷，胜构临洲渚。甫也天宝初，已叹此亭古。悠悠更千年，兴废谁能数？何况亭中人，须臾对樽俎。却从须臾间，变幻景全睹。初筵进菱藕，暖暖日亭午。青荷摇万柄，芳气袭酒脯。娉婷两三花，如著红衣舞。飞来双翠鸟，花下刷毛羽。浮浮近水廊，与客相媚妩。酒阑言论杂，庄谑均有取。飘摇万里风，轩窗扫残暑。罗衣耐凉薄，爱此茶泼乳。风止云冥冥，苍波挟余怒。移船铁公祠，佳兴同一鼓。微阴天更好，浅醉力尤努。回风吹倒人，咫尺飞雷雨。延缘芦苇中，港汊迷处所。昏烟聚复散，斜日翳还吐。雄虹挂天末，粲若五色组。水天顿披豁，过眼难追抚。百岁亦须臾，须臾幻如许。寸心有天游，万境一仰俯。谁为北海李，孰是少陵杜？流连赋新诗，各有宾与主。安知后视今，闲鸥闻此语。（辑自《泽雅堂诗二集》卷十八，亦见于民国《续修历城县志》卷十八《古迹考三・亭馆二》）

山左古迹诗历下亭历城。〔清〕龚易图

此地多名士，孤亭遂至今。当歌怀杜甫，落日有遐心。（辑自《乌石山房诗稿》卷十）

历下亭怀古〔清〕郭绥之

李杜高踪唤不回，空亭想象对衔杯。流离骨肉悲三峡，壮激词章入《八哀》。笠子瘦生还作客，干将缺折孰怜才？人生聚合真难必，岂作寻常相视来？（辑自《畹香村会稿》，亦见于民国《续修历城县志》卷十八《古迹考三・亭馆二》）

大明湖二首并序。（之二）〔清〕颜嗣徽

甲戌秋杪，余同莘民赴东抚丁稚璜宫保之召，适稚帅假满回任，因与莘民游泛明湖。次年仲夏，王春庭观察复招至湖上水亭宴集，得诗二首。

荷花如海柳丝青，载酒重游历下亭。名士古来成宿草，客踪偶聚是浮萍。

人登画舫凉先到，座入冰壶饮易醒。只恐江山轻别去，不辞处处桂桡停。（辑自《望眉草堂诗集》卷三）

七月十五夜，荫田至泲，遂同泛大明湖，沿铁公祠至历下亭，叩汇泉寺，望北极阁而返（三首之二）〔清〕张荫桓

历下一亭峙，水木独明瑟。蕴真惬所遇，往筮来复吉。艖艄泛夕扉，依然富风物。犹忆量沙年，西风急秋鹬。故人湖海来，云鸟互淹忽。泲上闻谷音，顿觉百忧失。秋禊补旧图，水嬉当二七。天宇赋澄鲜，不厌菰蒲密。愧乏北海怀，幸缀杜陵笔。言象镇相忘，留与渔子述。（辑自《铁画楼诗钞》卷二《风马集》）

历下亭〔清〕张之洞

湖心行殿敞，当日驻春旗。鸥影白当户，水光青染衣。荒波侵辇路，残雪断鱼矶。因忆王贻上，萧惨柳十围。（辑自《张之洞诗文集》增订本卷九）

癸卯四月华卿司寇以《明湖秋柳》诗见示，敬步元韵（三首之三）〔清〕张英麟

故乡曾记赏荷时，古历亭边客到迟。不断香风轻棹过。无多暑气画帘垂。绮筵轰饮杜康酒，名士辄吟工部诗。万丈红尘都隔绝，明心惟有白鸥知。（辑自《南扶山房诗钞》卷二）

济南杂诗十首（之五）：历下亭〔清〕王咏霓

未上汇泉寺，先过历下亭。城南千佛山，数峰相向青。（辑自《函雅堂集》卷九）

古历亭观妓〔清〕白永修

广袖回鸾舞，清弹渌水歌。湖亭看不足，无奈夕阳何。（辑自《旷庐诗集》卷八）

偶过历下亭，复次前韵〔清〕朱庭珍

一笠画图间，湖亭午半关。荷香三面水，花样十眉山。祇树园初辟，迦陵鸟自闲。徘徊名胜地，踏月醉歌还。（辑自《穆清堂诗钞》卷上）

望历下亭〔清〕王先谦

李杜登亭去，湖中尚岿然。椎冰愁远岸，立雪冷渔船。酒必当炎设，荷空

自昔圆。平生有古意，丘壑总难损。（辑自《虚受堂诗存》卷八）

古历亭（二首）〔清〕李西堂

此亭海右历千秋，阅尽兴亡水自流。名士烟云悲过眼，美人歌扇付闲鸥。镜中鱼鸟樽中酒，诗里湖山画里舟。玉辇不来风寂寂，沿堤花柳使人愁。

亭敞高临水，停舟我再过。题诗名士少，携妓酒人多。往事空怀古，闲心偶放歌。兴亡看逝水，枉自唱回波。（辑自民国《续修历城县志》卷十八《古迹考三·亭馆二》引《晚悔堂诗集》）

和杨达泉太守逢辰《游济南历下亭遇雨》元韵〔清〕刘鸿逵

风云忽约游踪驻，檐溜淙淙响未休。千里曲流河入济，一天凉雨夏如秋。诗催杜句兵应洗，喜记苏亭旱不忧。更愿崇朝天下遍，汴州遥望几凝眸。（辑自民国《庆云县志·艺文志》）

历下亭晚眺〔清〕郭恩煌

极目南城不可见，楼台尽处峰峦青。一株衰柳系孤棹，十亩晚荷开远汀。穿苇水禽浴夕照，入林山鸟飞苍冥。昔时李杜咏风月，无恙千秋犹此亭。（辑自《吟香书屋遗草》）

立冬日上古历亭〔清〕冯潑

秋风吹尽古亭空，秋叶斜风几点红。只有芦花飞不尽，不堪相对白头翁。（辑自《国朝山左诗汇钞后集》卷二十八，亦见于民国《续修历城县志》卷十八《古迹考三·亭馆二》）

古历亭分韵，得“琴”字〔清〕牟屺

一天秋色碧沉沉，苇港莲塘载酒寻。绕郭山横屏曲脚，倚舟人在镜中心。非关雨后衣生润，渐入烟边灯映深。那有红尘飞得到，吟成拟谱伯牙琴。（辑自《国朝山左诗续钞》卷十二，亦见于民国《续修历城县志》卷十八《古迹考三·亭馆二》）

历下亭（三首）〔清〕潘乃光

一苇杭来历下亭，十分幽僻四围青。红尘不到清流汇，等是游人我独醒。

明湖何必让西湖，一样亭台入画图。九点齐烟青未了，又分烟水占通都。

共道湖心好纳凉，征歌选胜纵清狂。倦游有客亭边过，濯足濯缨两未遑。

（辑自《榕阴草堂诗草》卷十二《东游草》）

回舟过历下亭，再得一章 〔清〕潘乃光

地小孤亭正，舟回四面行。才穿丛薄出，时有好风迎。静坐不知暑，高歌空复情。倘佯溯洄后，空怅水盈盈。（辑自《榕阴草堂诗草》卷十二《东游草》）

历下亭宴集 〔清〕李嘉绩

四面皆烟水，空濛拓一亭。湖分莲子绿，山对酒人青。弦索风争度，阑干雨乍经。会逢几名士，朝夕共扬舲。（辑自《代耕堂中稿·东游草》）

齐河距省四十里耳，湖山在望，乡思盈怀，赋截句十章（之一）〔清〕吴树梅

明湖倒映远山青，山色湖光历下亭。料得延秋亭上客，藕花红绕四围馨。

（辑自《浙使纪程诗录》）

历下亭偕张謇赋 〔清〕周家禄

名士几人在，水亭秋柳多。移船听落叶，绕槛弄残荷。近事增题碣，前贤逐逝波。无穷今昔感，不醉奈愁何。（辑自《寿恺堂集》卷九《勃海集》）

历下杂吟（三首之二）〔清〕王廷赞

烟笼老柳四围青，千古湖心历下亭。屈指济南几名士，少陵诗后一沧溟。

（辑自《排云诗集》卷一）

中元泛月明湖，历古历亭、汇泉寺、北极台而返，同游者为李海屿瀛瑞、张松嵋守栋（四首之二）〔清〕王廷赞

历下亭前一叶横，四围歌管按新声。喧阗纵有霓裳曲，也怕三郎记不清。

（辑自《排云诗集》卷一）

八月六日邀定镇平太守游明湖，饮于历下亭〔清〕毓俊

明湖绿酿葡萄醅，菰蒲十里香风来。画船打桨弄烟水，水光倒映山崔嵬。折柬邀我同门友，载酒湖上同徘徊。自我不见已三载，异乡相遇欣重陪。山肴野蔌杂前席，历下亭畔倾金罍。共向湖中展清眺，仰天大笑双眸开。山色湖光互吞吐，琉璃千顷无浮埃。天净云闲境空阔，日光射水摇楼台。登岸西望日已落，归去不畏钟声催。（辑自《友松吟馆诗钞》卷十五）

历亭春泛〔清〕宗彝

打桨闲行碧草汀，数竿修竹夹茅亭。乱峰绕阁迎人笑，啼鸟临风带醉听。三尺新芦鱼尾赤，一篙春水鸭头青。层楼镇日徘徊久，落照催人早下庭。（辑自《宜古堂诗集》）

明湖杂咏（十二首之二、三）〔清〕石德芬

酒船斜舣历亭旁，一酌醇醪累十觞。鸥鸟自驯蝉自噪，不知人世有沧桑。

李杜来游亦偶然，只今韵事渺如烟。唯余海右此亭古，木槿花开也自妍。（辑自《惺庵遗诗》卷七）

明湖竹枝词（十二首之一）〔清〕王以慜

李杜清游旧擅名，东藩皂盖日纵横。吹梅怨柳谁家笛，并入明湖打桨声。（辑自《檗坞诗存》卷六《济上集一》）

暮春游历下亭〔清〕翟化鹏

明湖柳色逗新鲜，亭榭初开聚酒人。傭贩六朝烟水气，壶觞三日永和春。浣纱石上逢红袖，垂钓船头举白鳞。曾是渔洋选胜地，唱酬何处觅前尘？（辑自《鹿樵诗存》）

济南杂咏十二首（之三）〔清〕徐继孺

历下亭边芰荷香，时和争进太平觞。词人墨客衣冠盛，越女燕姬弦管忙。（辑自《徐悔斋集》卷十一）

明湖杂诗（二十四首之八）〔清〕孙卿裕

海右名区此遍经，天光倒印水空青。少陵北海俱千古，多少游踪历下亭？（辑自《退园续集》）

拟杜少陵《陪李北海宴历下亭》诗用原韵。〔清〕单朋锡

齐州列雄镇，济水澄洪河。冠盖此方集，琴樽佳日多。湖光悦群屐，帆影隐笙歌。飞鸟忽振翼，游鳞正唼波。旷怀适所止，雅意当云何？泛棹中流去，沧浪重复过。（辑自《季鹤遗诗》）

明湖冶春词十二首（之六）〔清〕单朋锡

东风袅袅泛沙棠，古历亭边引领望。欸乃一声渔唱起，中流惊散野鸳鸯。（辑自《季鹤遗诗》）

和提刑连公三月三日登阎公祠后楼望湖即景（十章之二）：历下亭〔清〕宋恕

清流四面护危亭，柳梦经年几日醒？鸥鹭此间忘市近，鱼龙何处沸波腥？海云东起遥飞白，岱色南来未了青。遗响少陵今岂绝，诗人落落数晨星。（辑自《宋恕集》卷九）

陪连、孔二公游历下亭，用杜少陵《陪李北海》原韵（四首）〔清〕宋恕

四月十一日，伏承提刑使者连公招同李伯超太守等十余人泛舟历下亭，时学务处长、前荆襄督学曲阜孔公亦同游。敬赋拙诗四章，均步杜少陵《陪李北海宴历下亭》原韵，恭求两公钧诲。

使君文且武，闻王镕大令铸说："连公不但学兼中外，又善驰马，长剑术。"供奉岱与河。闻孔公自乙未归省后，至今一纪，未入都门，专以桑梓学务为己任，学者翕然宗之。长日高轩暇，古亭幽意多。舟中禁载妓，湖上不闻歌。今年两公主禁妓游湖之议甚力，湖上妓乐遂绝。柳岸对青嶂，荷塘分碧波。胜游追李杜，词客招阴何。幸承末光及，但惜艳阳过。

驱车至齐鲁，登高望济河。济河信壮阔，穷鱼一何多！名都盛裘马，绮楼纷笑歌。不识朔风烈，何论东海波？悲欢太相去，儒墨竟奈何？感彼百草原，等量时雨过。

仆本江表士，得气殊三河。文弱百不堪，清言常苦多。画龙误驰誉，饭牛

私放歌。偶辱镇东顾，得观泺水波。从容侍谈议，不乐将如何？忽念微禹叹，八载门三过。

永嘉昔瓦解，鲜卑割关河。慕容燕、元魏、宇文周皆鲜卑族，继有山东。勿云彼索虏，文治良足多。南朝士大夫丑诋北朝，然考其文治，魏、周实有胜于南朝之处。《书》曰：“抚我则后。”何问同族、异族乎？参政重乡职，移风崇雅歌。明堂拜三老，内典扬六波。当时兖青学，荆扬去几何？历山一样在，驹隙千龄过。（辑自《宋恕集》卷九）

历下杂事诗（二十五首之十）〔清〕宋恕

当时历下亭中宴，颇感相形贵贱悬。岂料严霜埋北海，少陵犹得保天年。

按：杜陪李宴之历下亭恐即《水经注》所谓“池上客亭”，非宋以后城内之历下亭，故杜诗有“北渚凌清河，交流空涌波”之句，其云“贵贱俱物役”，贵谓李，贱自谓也。（辑自《宋恕集》卷九）

泛舟，登历下亭楼茗坐（六月二十八日）〔清〕宋恕

湖山画卷望中开，不见千龄李杜怀。最爱芙蓉遥独秀，华峰东北入窗来。与孙遗之泛舟、登历下亭楼茗坐作。（辑自《宋恕集》卷九）

寄怀陈子言（二首之二）〔清〕宋恕

济南名士今多少，残照西风历下亭。信美湖山谁共赋，九原难起李沧溟。（辑自《宋恕集》卷九）

古历亭观钓〔清〕伦攸叙

科头柳下是伊谁，静坐垂纶卓午时。终日羡鱼鱼不得，轻风吹动钓鱼丝。（辑自《搜剩集》）

历下亭〔清〕张謇

工部传诗后，斯亭万古新。东方今作客，北海旧乡人。一谔才无敌，群欢德有邻。题楹崇老辈，但觉道州亲。（辑自《张謇全集》卷五）

秋日明湖杂诗八首（选五之二）〔清〕黄经藻

历下亭边日易斜，垂杨几树有啼鸦。剧怜箫鼓船归后，闲煞芙蓉处处花。（辑自《明湖载酒二集》）

游大明湖，登历下亭〔清〕康有为

城墙一角水拖蓝，画艇穿芦垂柳鬖。历下亭前湖水瑟，济南风景似江南。（辑自《康南海先生诗集·游存庐诗集》）

历下亭〔清〕王埰

华不注山对鹊山，两山拂槛送遥青。自从杜甫题诗后，名士争游历下亭。（辑自《王埰诗选》）

历下亭〔清〕陈祥翰

秋色湖亭占最多，寒波蘸碧荻花皤。阮亭老去东痴死，名士济南今几何？（辑自《东游杂诗》，又见《石遗室诗话续编》卷六）

济南杂咏（八首之六）〔近现代〕洪弃生

济南山水燕南冠，最古湖陂历下亭。湖上鹊华兼历阜，重重烟景压波青。（辑自《八州诗草》）

历下亭怀古〔近现代〕梁文灿

平湖极望暮云空，怀古无端向晚风。两汉经师开伏女，三齐志士数终童。环山城郭疑仙界，枕水楼台在镜中。海右名流半消歇一作“零落尽”，题诗怆忆浣花翁。（辑自《梁文灿诗词稿》引《蒙拾堂诗草录存》。《蒙拾堂诗草偶存》中此诗题作《明湖晚眺》，首句作“湖心极望暮天空”，“仙界”一作“天外”）

明湖杂咏（八首之一）：古历亭〔近现代〕梁文灿

沧浪诗社渺烟波，白雪楼空燕子窠。莫问少陵旧题句，济南名士已无多。（辑自《梁文灿诗词稿》引《蒙拾堂诗草录存》）

历下亭〔近现代〕仲坚

秋风湖上快扬舲，挈榼来登历下亭。李杜风流渺何许，拂堤烟柳可怜青。（辑自1919年10月24日《多闻日报》第6版）

游明湖杂咏（十首之八）〔近现代〕崔子湘

敢将诗句读前贤，即景成吟懒叩□。若个游人几名士，水心亭子总巍然。（辑自1921年9月3日《益世报（天津版）》第14版）

雨中历下亭晚眺〔近现代〕晏百葹

晚来香意放疏荷，小艇轻衫又此过。海右古亭元自好，济南名士已无多。层楼十日九风雨，独客三年百折磨。洒雾飘尘天半眼，较量愁绪定如何？（辑自1916年9月15日《神州日报》第12版）

永遇乐·历下亭题壁〔近现代〕董受祺

千古风流，少陵北海，风月酬酢。试问而今，几多名士，谁效题黄鹤。江湖落魄，扬州小杜，梦醒青楼萧索。纵流连，紫箫吹断，更谁赠我金错。

神州沈陆，笑王夷甫，犹道宦情冷落。潦倒新亭，楚囚对泣，未许怀丘壑。青山懒对，近来心事，怕被青山猜著。更谁料，青山也自怕人抛却。（辑自1922年6月22日《大公报（天津）》第11版）

历下亭〔近现代〕周天思

半城湖水里，乘兴上幽亭。满眼山光绿，遮门柳色青。新荷开四面，虚舫系前汀。李杜文章在，残碑扪典型。（辑自《齐中月刊》1933年第1卷第5-6期）

历下亭〔近现代〕潘敬

历下亭连鲁直祠，昔年名士此题诗。西风吹瘦湖边柳，又是渔洋觅句时。（辑自1936年第16期《改进专刊》）

丙子七月二十三日泛舟历下亭〔近现代〕纵才

泛泛随流水，悠然复此亭。波光磨古镜，渔火乱繁星。无月山藏影，微风殿

语铃。清游吾辈共，奚使憾飘萍!（辑自 1939 年 12 月《山东省会警察署半年刊》）

历下亭晚眺 〔近现代〕姚鹏图

此地昔名胜，于今复式微。扁舟流水在，好句白云飞。斜日转山翠，凉风生客衣。倚楼人不识，白袷憺忘归。（辑自《明湖载酒二集》，亦见于 1922 年 9 月 27 日《大公报（天津）》第 11 版、1923 年 10 月 4 日《大公报（天津）》第 7 版和 1923 年 10 月 7 日《时言报》第 1 版）

秋夜月下邀同人小饮于历下亭 〔近现代〕李炳耀

湖山峙，湖水流，湖柳萧萧绕湖楼。我来正值秋八月，秋烟秋月荡菱舟。舟行纡曲芦苇里，人语嘈杂湖鸥起。历下亭边舟小住，从此北折而西矣。予既多情客更狂，折取荷叶制霞觞。但觉清芬扑鼻观，不辨花香是酒香。湖水可弄不可捉，濯足何必论清浊。宿雾沈沈渔火明，雉堞模糊城一角。城下铁公旧有祠，下船摩挲读残碑。古字蜿蜒看不真，苔痕月色两迷离。露冷风凄留不得，归舟急催画桨移。分开残荷寻旧路，船行复到亭西陲。客曰行矣勿迟迟，予曰胡弗再眺为。予既登岸客亦随，洗盏更酌啜其醨。当年北海招饮时，诸公高宴赋新诗。古今同否未可知，斯文今日更属谁？游览已疲人默默，主客醉卧篷窗侧。归与归与当偃息，夜深月落满湖黑。（辑自《且住为佳轩诗》）

历下亭 〔近代〕金天羽

红亭白舫酒生香，海右琴樽此胜场。唐宋百年多过客，江山终古易斜阳。荷风十顷天如醉，菰雨三秋梦亦凉。恨我适来当暑令，万蝉吟庭绿阴张。（辑自《天放楼诗集》卷四，亦见于《鹤望近诗》，诗题前有一“题”字。）

大明湖杂诗（七首之一） 〔近现代〕陈衡恪

历下亭前坐晓风，烟开水际出芙蓉。一篙掠过菰蒲雨，著我柳阴莲叶东。（辑自《陈衡恪诗文集》）

萧笛坞孝廉招饮于历下亭，有同征诸君，并赠陈完夫兄。陈、萧均王壬秋弟子，湖南人（二首）〔近现代〕周学渊

一楼湘绮勒崇洪，南岳灵光托此翁。中论高名薄徐干，太玄都讲盛扬雄。芳襟不减六朝韵，史笔当存两汉风。我忝再传门下士，桐乡墓草已成蓬。

今日相逢济水滨，去年同蹋帝京尘。康乾鸿博多恩幸，楚汉山川出异人。大势几同秦失鹿，悲歌再现鲁无麟。童时游钓迹犹在，照水惊看两鬓新。陈完夫幼年曾侍尊公于抚署。（选自《晚红轩诗存》，亦见于《安徽东至周氏近代诗选》第三分册）

游历下亭〔近现代〕孟昭鸿

一亭兀坐水中流，隔断嚣尘地最幽。海右尚存名士迹，我今拟续古人游。绕廊湖色斜阳远，入户山光暮霭浮。北海少陵图像在，几回瞻拜为勾留。（辑自《放庐诗集》）

历下亭刻石有跋。〔近现代〕刘大同

历下亭高不染埃，刘郎再到醉千杯。一帆风静渔归晚，九点烟横月上迟。岱岳岩岩东北向，黄河滚滚西南来。故乡剩有湖山在，最好此间作钓台。（辑自《刘大同集》）

济南杂诗四首（之三）〔近现代〕刘善泽

北海芳踪叹杳冥，南山蛾黛压城青。诗人边李名空在，怀古愁过历下亭。（辑自《天隐庐诗集》卷二）

忆济南（竹枝词十二首之三）〔现当代〕蜗庐

十年往事忆心事，古历亭前夜泊舟。即湖心亭，四面皆水，陆路不通。亭为四面建楼，中有院落，遍植花木，并有一小跨院，乃住持之宿所。南面楼窗皆玻璃，可以遥望千佛诸山。亭门有木刻联语曰："海右此亭古，济南名士多。"檀板红牙吴女曲，教人那得不情留。湖船甚宽广，可以载酒招妓于月白风清之夜，将画舟泊于亭畔，开怀痛饮，弄管调弦，商女一曲，真不亚于秦淮也。（选自《盛京时报》1937年8月22日第4版）

大明湖三首（之二）〔现当代〕淮海

枕水朱栏映碧棂，忆曾凤辇几回经。乾隆天子诗碑在，依旧湖光历下亭。

（辑自1925年第9期《辽东诗坛》）

游大明湖口占四绝：历下亭 〔现当代〕张小竞

新晴天气正清和，放棹明湖士女多。最是古亭风物好，兰桡停处沸笙歌。（辑自1929年7月15日《新无锡》第4版）

古历亭 〔现当代〕张磊

此亭宛在水中央，古历风光趁水光。花柳纵横鱼左右，楼台上下有阴阳。几行名句清词洒，四面游船锦缆香。多少醉翁不爱酒，纳凉喜雨引杯长。（辑自1931年第1卷第1期《焦作工学生》）

鲁游杂诗一百首（之十六） 〔现当代〕柳亚子

吊古来登历下亭，呼俦啸侣兴飞腾。百年风雅谁为主？我亦苍茫杜少陵。历下亭题壁。（辑自《磨剑室诗词集·鲁游集》）

历下亭文会 〔现当代〕李炳南

杜陵千载题诗去，玉佩依然压酒来。烟水一亭杨柳暗，风骚四壁藕花开。金樽檀板珠喉细，云影天光画舫回。今日谁真名下士，须教挥翰出群才。（辑自《燹余稿（上）》）

春灯节忆历下亭（二首） 〔现当代〕李炳南

古诗有“济南潇洒似江南”之句。是日济俗踏桥泛舟，青衿多被邀入商店作乐助兴。

故国鹊桥会，放船看远山。洲横渤海右，松列岱云间。是日尝修禊，何人复往还？亭中非李杜，潇洒带愁颜。

芦花飞尽雪，堤柳半垂金。灯火尘中聚，春光象外寻。阛阓残夜酒，弦管古人心。七十年前事，天涯忆到今。（辑自《雪窗习余》）

历下亭酒次示同游诸子 〔现当代〕黄孝纾

目揽湖光启镜函，颠毛惭对柳髟髟。桂姜语次犹余辣，荆棘胸中岂尽芟？

城影长供鱼睥睨，春愁判与燕呢喃。重来黯觉风光异，非郁还当罢酒监。（辑自1941年第2期《雅言（北京）》）

济南大明湖杂诗（四首之一）：历下亭　〔现当代〕俞平伯

残照西风历下亭，蒲根苇叶隔前汀。画船清冷无箫鼓，一抹柔波双枕平。（辑自《俞平伯旧体诗钞》）

济南大明湖次韵，和同游者（四首之二）〔现当代〕赵朴初

摧枯割据四方清，湖中旧为人割据种蒲苇殆遍，近始清除。千古岿然独此亭。历下亭有木刻何绍基书杜句楹联云："海内此亭古，济南名士多。"亭中有乾隆题碑。名士名王都不见，眼中为谷几丘陵。（辑自《片石集》。此诗作于1951年2月，手迹原题作《游大明湖，次韵和刘宠光部长》，此首第三句原作"名士名王俱往矣"）

二、李员外新亭

员外新亭，是唐天宝三年（744）前后李之芳自尚书郎出为齐州守后在历下古城北城墙上所建的。

清乾隆《历城县志》卷第十五《古迹考二·亭馆一》：

李员外新亭

杜诗原注："时李之芳自尚书郎出齐州，制此亭。"(《子美集》)

李邕《登历下古城员外孙新亭》诗：【诗见下，此处略。】(《子美集》)

杜甫《同李太守登历下古城员外新亭》诗：【诗见下，此处略。】(同上)

按：新亭，以两公诗题考之，当在城上。"隐见清湖阴"原注云："亭对鹊山湖。"水以北为阳，南为阴，故曰"隐见清湖阴"也。注杜诗者乃曰"亭南有湖"，失诗意矣。

历下古城员外孙新亭亭对鹊湖，时李之芳自尚书郎出为齐州，制此亭。〔唐〕李邕

吾宗固神秀，体物写谋长。形制开古迹，曾冰延乐方。太山雄地理，巨壑眇云庄。高兴汨烦促，永怀清典常。含弘知四大，出入见三光。负郭喜粳稻，安时歌吉祥。(辑自《李北海集》，还见于明崇祯《历城县志》清康熙增刻本卷十四《艺文志三》、清乾隆《历城县志》卷第十五《古迹考二·亭馆一》，道光《济南府志》卷六十九《艺文五·历城诗》，明嘉靖《山东通志》卷二十一《宫室》、清雍正《山东通志》卷三十五之一下《艺文志一》、康熙《山东通志》卷之第五十五《艺文·诗》等，其中"汨"多作"泊")

同李太守登历下古城员外新亭时李之芳自尚书郎出齐州，制此亭。〔唐〕杜甫

新亭结构罢，隐见清湖阴。亭对鹊湖。迹籍台观旧，气溟海岳深。圆荷想自

昔，遗堞感至今。芳宴此时具，哀丝千古心。主称寿尊客，筵秩宴北林。不阻蓬荜兴，得兼梁甫吟。（辑自《杜工部集》卷一，还见于明崇祯《历城县志》清康熙增刻本卷十四《艺文志三》、清乾隆《历城县志》卷第十五《古迹考二·亭馆一》，道光《济南府志》卷六十九《艺文五·历城诗》，明嘉靖《山东通志》卷二十一《宫室》、清雍正《山东通志》卷三十五之一下《艺文志一》、康熙《山东通志》卷之第五十五《艺文·诗》等）

拟李员外之芳酬李邕、杜甫登历下古城鹊湖新亭之作（二首）〔清〕蒲松龄

高轩携国士，词赋尽清妍。舟分萍水绿，竹袅酒炉烟。车马云中簇，篇章历下传。草亭此千古，墨气绕林泉。

风流贤太守，系马近沙汀。屐踏岚光破，衣沾水气腥。卷帘来近碧，隔岩送遥青。胜地逢佳客，新诗遍野亭。（据手稿）

拟杜子美《同李太守登历下古城员外新亭》〔清〕杨峒

危构北城上，翼然临湖汀。雉垣倒空渌，鹊山落遥青。平挹稻塍错，下瞰烟波冥。朱皤竟宗秀，碧筒飞湘醽。暂陪江都老，应号使君亭。何时泺水畔，从公得重经。（辑自《师经堂存诗》）

三、北渚亭

北渚亭，为北宋著名文学家曾巩在宋神宗熙宁四年至熙宁六年（1071—1073）任齐州知州期间所建，始建于宋熙宁五年（1072），其名大概源于唐代大诗人《陪李北海宴历下亭》一诗中“北渚凌清河”一句。其后，宋元祐八年（1093），北宋另外一位文学家、“苏门四学士”之一的晁补之由秘阁校理出任齐州知州，到任后“尝登所谓北渚之址，则群峰屹然列于林上，城郭井闾皆在其下，陂湖迤逦，川原极望”“因太息语客，想见侯【指曾巩——编者注】经始之意，旷然可喜，非特登东山小鲁而已。乃撤池南苇间坏亭，徙而复之”，并作《北渚亭赋》。

那么，北渚亭故址究竟在何处呢？清初诗坛领袖王士禛在其《香祖笔记》中云：“据苏颍滨《北渚亭》诗，当在北城之上无疑。”而据晁补之的《北渚亭赋》，其重建的北渚亭是“撤池南苇间坏亭，徙而复之”所成，则其重建的北渚亭已不在北城之上了。

◇ 旧志中的相关记载

明《历乘》卷五《建置考·宫室·亭》：

北渚亭，大明湖内。曾巩诗，晁补之赋，见《文苑》。

明崇祯《历城县志》清康熙增刻本卷十一《古迹志·宅苑·亭馆》：

北渚亭，《水经注》：泺水“北为大明湖，西有大明寺”“水成净池，池上有亭”，即北渚也。

清乾隆《历城县志》卷第十六《古迹考三·亭馆二·国朝》：

北渚亭，在明湖西北。（同上【“上”指卢尽韶《明湖图说》——编者注】）

按：此亭非宋之旧，辨详见前。

民国《续修历城县志》卷十七《古迹考二·亭馆一》：

北渚亭，见前《志》。

北渚亭 〔宋〕曾巩

四楹虚彻地无邻，断送孤高与使君。午夜坐临沧海日，半天吟看泰山云。青徐气接川原秀，常碣风连草木薰。莫笑一樽留恋久，下阶尘土便纷纷。（辑自《元丰类稿》卷七，亦见于明崇祯《历城县志》清康熙增刻本卷十四《艺文志三》、清乾隆《历城县志》卷第十五《古迹考二·亭馆一》、道光《济南府志》卷六十九《艺文五·历城诗》、明嘉靖《山东通志》卷二十一《宫室》、清雍正《山东通志》卷三十五之一下《艺文志一》、康熙《山东通志》卷之第五十五《艺文·诗》、《大明一统志》卷二十二《山东布政司》等）

北渚亭雨中 〔宋〕曾巩

振衣已出尘土外，卷箔更当风雨间。泉声渐落石沟涧，云气迥压金舆山。寒沙漠漠鸟飞去，野路悠悠人自还。耕桑千里正无事，况有樽酒聊开颜。（辑自《元丰类稿》卷七，亦见于明崇祯《历城县志》清康熙增刻本卷十四《艺文志三》、清乾隆《历城县志》卷第十五《古迹考二·亭馆一》、道光《济南府志》卷六十九《艺文五·历城诗》、明嘉靖《山东通志》卷二十一《宫室》、清雍正《山东通志》卷三十五之一下《艺文志一》、康熙《山东通志》卷之第五十五《艺文·诗》等）

和孔教授武仲济南四咏·北渚亭 〔宋〕苏辙

西湖已过百花汀，未厌相携上古城。云放连山瞻岳麓，雪消平野看春耕。临风举酒千钟尽，步月吹箫十里声。犹恨雨中人不到，风云飘荡恐神惊。（辑自《栾城集》卷五，亦见于清乾隆《历城县志》卷第十五《古迹考二·亭馆一》、道光《济南府志》卷六十九《艺文五·历城诗》等）

曾子固令咏齐州景物，作二十一诗以献：北渚亭 〔北宋〕孔平仲

高深极前临，苍莽接回眺。齐州景物多，于此领其要。（辑自《清江三孔集》卷二十一）

使宋过济南，宴北渚亭 〔元〕郝经

往年薄游宴渚亭，高秋霜落波光清。今年持节又来宴，菱叶荷花香半城。城南倒插泰山脚，城北沈涵海气横。周围尽浸楼台影，鱼鸟惯闻箫鼓声。锦堂流出珍珠冷，花底漂摇碎光炯。名泉多在府第中，绣帘深掩胭脂井。推波委涛到北渚，汇蓄涵渟数十顷。虹桥桁柳平分破，巨鳌云庄入烟暝。济南名士多老成，行台突兀皆名卿。樽中正有李北海，坐上宁无杜少陵。堰头腊瓮满船求，歌舞要送行人行。江南风景已不殊，渚亭即是西湖亭。（辑自《陵川集》卷三，亦见于清乾隆《历城县志》卷第十五《古迹考二・亭馆一》、雍正《山东通志》卷三十五之一上《艺文志》等）

北渚亭 〔明〕李攀龙

窗中采莲舟，落日菱歌起。坐见浣纱人，红颜照秋水。（辑自清康熙《济南府志》卷七）

北渚亭 〔清〕光庐

去矣风尘恶，湖亭敞素秋。拂衣金马巷，卷幔水兰舟。崥崅同苍岫，沧浪下白鸥。自怜心皎洁，可以比寒流。（辑自明崇祯《历城县志》清康熙增刻本卷十四《艺文志三》）

和张元平韵十首（之六） 〔明〕刘敕

北渚亭幽傍水陂，垂垂绿柳槿花篱。济南名士知谁是，惆怅樽前独赋诗。（辑自《历下十六景诗》卷六）

北渚亭 〔明〕王象春

垂杨几代阅人多，石案天成手自摩。郑重晁公先作赋，时从春雨惜新柯。

客济寓邸在水面亭西，宅后一隙地，古柳十围，旧砌如铁。考之遗《志》，

则宋之北渚亭故地，建自齐梁者也。往读晁无咎《北渚亭赋》，辄为神往。今朝夕坐卧其间，而不知是亦阴福。（辑自《齐音》）

济南杂诗（八首之四）〔清〕宋至

雪后看山山倍青，云容水态亦娉婷。兴来不觉登临苦，又到城隅北渚亭。（辑自《纬萧草堂诗》卷一）

访北渚亭故址〔清〕田同之

荡漾春风里，来寻北渚亭。水光半篙绿，山色一船青。杨柳垂残照，鸬鹚没远汀。遗名空自好，极目翠沉溟。（辑自《砚思集》卷三）

济南竹枝词（一百首之六十九）〔清〕王初桐

齐州碑记二堂中，北渚亭传晁赋工。今日寂寥明水镇，更无文士草深丛。

《济南行记》有北渚亭，晁无咎守齐州，作《北渚亭赋》。王阮亭云："吾郡遗文，惟晁无咎《北渚亭赋》最为瑰丽。"《渑水燕谈录》：田诰，笃意好文，得水树于济南明水镇，决志高蹈。《说嵩》：田诰每构思，匿深草中，绝不闻人声。俄跃出，即一篇成矣。（辑自《济南竹枝词》）

续齐音一百首（之三十六）〔清〕毛大瀛

晁守东州偶寓形，睡乡日月付冥冥。惟留一赋千金值，谁考西湖北渚亭？

晁补之无咎守齐州，作《睡乡阁记》，又有《北渚亭赋》。按：明湖之北有小圃，传为北渚亭故址。其地濒湖背城，无爽垲之观，不知子固所创、无咎所赋果此否。（辑自《戏鸥居诗钞》卷九）

同杨同年荆石招朱同年野岩、王年兄小集北渚亭〔清〕程云

停舟登北渚，拂榻向南山。以此从城阙，居然绝市阛。芰荷翻虹彩，杨柳弄烟鬟。曲港群鸥动，平洲一鹭闲。差池兄弟少，邂逅鬓毛斑。岁月徒回首，乾坤且破颜。能文才竟窘，耽酒性仍顽。礼法胡为设，风流漫欲删。青衫闻世乱，白眼看时艰。作檄非尝试，随营岂易娴。旅情随去住，浮迹记追扳。讵必侈高会，舒徐月下还。（辑自《松壶集》卷十六）

北渚亭和曾南丰原韵，呈主人叶世光太学 〔清〕李念慈

渚上危亭可卜邻，水天光景半输君。城中箫鼓明湖舫，槛外楼台佛岫云。亭正对千佛山。芦荻乱迎清飕舞，芰荷香带夕阳薰。踟蹰怀古情何限，醉别柴门月色纷。（辑自《谷口山房诗集》卷十二《桓台集》）

北渚亭看秋海棠 〔清〕李念慈

春睡何曾足，盈盈艳色流。从卑知有恨，质弱不胜愁。烟月楼阴晚，陂塘槛影秋。向人如欲诉，绰约此亭幽。（辑自《谷口山房诗集》卷十二《桓台集》）

北渚亭雅集，用阮亭先生韵 〔清〕吴自冲

相逢脱帽聚湖边，花港呼来载酒船。新月窥帘低挂树，暮山隔水远沉烟。筵前笑语华灯照，槛外笙歌锦缆牵。烂醉都忘渔是火，漾波竞看夜珠圆。（辑自《海丰吴氏诗存》卷一）

再集北渚亭，复用阮翁韵 〔清〕吴自冲

湖上相招不厌频，亭开满看一湖春。云山万叠悬晴树，花柳千重拥酒人。宛转歌成声漱玉，琳琅赋就句能神。平原十日堪拼醉，漉酒何辞卸葛巾！（辑自《海丰吴氏诗存》卷一）

秋日游华不注、明湖、趵突泉诸名胜，闲暇有赋，仍用“清波收潦日，华林鸣籁初”为韵十首（之五） 〔清〕王士禛

广泽散荷风，疏峰半云日。卷幔千凫间，泠然泛瑶瑟。北渚但残亭，杜李空文笔。永啸一长吟，仰止私愿毕。（辑自《渔洋山人诗集》卷三，亦见于清乾隆《历城县志》卷第九《山水考四·水二》）

明湖北渚亭眺望，有怀海石、公暹、君房、圣企、圣美、仲孺诸君 〔清〕王士禛

木落气萧瑟，澄湖秋始波。临流悲帝子，眇眇奈愁何！吟忆湘累怨，行听渔父歌。深渊思结网，高翼愧张罗。丝柳经寒少，香蘋拂棹多。风期隔朋侣，雨散邈关河。洒洒龙山石，吾将买钓蓑。（辑自《渔洋山人诗集》卷四，亦见于

《带经堂集·渔洋诗》卷四）

济南分题十六首之十二：北渚亭拜曾南丰先生像 〔清〕田雯

云髻攒远岫，荒祠抱清湾。舴艋隔浦停，鸬鹚当我还。万顷藕花风，收之襟带间。（辑自《古欢堂集》卷四）

济南绝句十首（之五）〔清〕鲍鈖

北渚亭荒接水西，柳塘芦港划成畦。渺然不复吴儿想，惆怅遗山旧品题。（辑自《道腴堂诗编》卷三《一族亭稿》）

北渚亭 〔清〕李鲁

亭欹竹短草荒芜，谁忆南丰曾大夫？一夜西风寒北渚，断鸿飞过大明湖。（辑自《国朝武定诗钞》）

莲子湖舫歌一百首（之三）〔清〕沈可培

小白长红自在香，并头莲亚渚亭旁。人间那有崔罗什，再见温凉靓女妆。

古历亭，一名北渚亭。长白山西有刘夫人墓。夫人，吴质女也，与崔罗什冥会于温凉室中。见《稽神录》。（辑自《依竹山房集·丙午》）

北渚亭 〔清〕郝允秀

载槛尘埃外，荷风薄暮清。一亭涵水气，四面动波声。影接金舆静，云拖雉堞横。南丰今几代，凭吊独含情。（辑自《松露书屋诗稿》）

同人游北渚亭，日暮先返 〔清〕郝允秀

北渚今重到，夕阳云树红。泉喧知欲雨，荷静苦无风。削藕佳人少，称诗骚客同。独从芳草外，别觅叶珠宫。（辑自《松露书屋诗稿》）

北渚亭 〔清〕封大本

湖水波初阔，亭皋叶欲飞。怀人临北渚，日暮不能归。何处婵娟子，来同拂钓矶。良宵空怅望，冷露满秋衣。（辑自《续广齐音》）

忆大明湖（二十首之十二）〔清〕尹廷兰

曾寻北渚古亭基，蔓草萦烟但阙疑。名士风流终不泯，云山满眼少陵诗。（辑自《华不注山房诗草》卷上，亦见于《国朝山左诗汇钞后集》卷三、民国《续修历城县志》卷十一《山水考七·水三》）

历下杂诗（十八首之七）〔清〕王煦

浓烟笼树水泠泠，鸟语花香北渚亭。闲酌还宜微雨过，佛头晚送一楼青。（辑自《爱日堂类稿》卷一）

北渚亭 〔清〕董芸

北渚亭，曾子固建，取杜诗中“北渚凌清河”之意。亭已圮。元祐间，晁无咎补之继来为守，复修之。《齐音》谓“水面亭西，宅后隙地，古柳十围，旧砌如铁，即宋北渚亭故址”，非也。按，无咎《〈北渚亭赋〉序》：“登北渚之址，则群峰屹然列于林上，城郭井闾皆在其下。”《济南行记》：“泰山去城百里而近，特为函山所碍，天晴登北渚，则隐隐见之，盖湖上最高处也。”又，苏子由《北渚亭》诗：“西湖已过百花汀，未厌相携上古城。”据此，则亭当在城上，今之北极台疑是其地。

玉函山色望中来，北渚天晴夕照开。羡煞风流晁太守，登高作赋大夫才。（辑自《广齐音》）

大明湖棹歌（四十首之十八）〔清〕陈在谦

滋渚菱莲隔槛明，玉函山色送初晴。而今谁似苏从事，过了花汀又古城。

苏颍滨《北渚亭》诗：“西湖已过百花汀，未厌相携上古城。”（辑自《梦香居二集》卷二。原书小注中“颍”原误作“颖”，“西”误作“四”，皆据苏辙《栾城集》卷五改）

冬日偕诸象斋、冷云岳泛大明湖，至沧浪，杂咏（十四首之五）〔清〕斌良

北渚遗踪杳莫寻，草堂寂寞枕城阴。茶禅诗梦笙歌会，写出游人淡荡心。（辑自《抱冲斋诗集》卷七《齐鲁按部集二》）

北渚亭　〔清〕王偁

北渚亭空望怆然，晴天不碍泰峰巅。谁吟苏辙西湖句，城在函山秋柳边。（辑自《鹊华馆济南杂咏一百首》）

北渚亭怀曾南丰　〔清〕王大堉

亭名北渚始南丰，人去亭荒夕照红。未识补之为赋后，谁来握笔又怀公？（辑自民国《续修历城县志》卷十七《古迹考二·亭馆一》引《历下咏怀古迹诗钞》）

北渚亭怀苏子由　〔清〕廖炳奎

石亭何处去，北渚名空存。客况添诗卷，游情寄酒尊。水流云不住，花落鸟能言。企慕颍滨叟，曾留雪爪痕。（辑自民国《续修历城县志》卷十七《古迹考二·亭馆一》引《历下咏怀古迹诗钞》）

大明湖棹歌（十二首之五）〔清〕史梦兰

北渚亭高万堞环，踏青女伴约同攀。凭高忽忆英皇事，指点城南看历山。（辑自《尔尔书屋诗草》卷六）

大明湖竹枝词（五首之二）〔清〕于昌遂

北渚亭中唱好词，秋风独恨我来迟。不如亭外几株柳，亲见渔洋年少时。

北渚亭，渔洋唱《秋柳》诗处，尚有枯柳数本婆娑水畔。【此说有误，王士禛咏《秋柳》诗处在水面亭，与北渚亭非一亭——编者著。】（辑自《羼提精舍诗稿》卷二）

北渚亭旧址　〔清〕李西堂

北渚荒烟合，南丰旧有亭。千秋余旧址，何处荐芳馨？野草长年绿，湖山满眼青。斜阳凭奠酒，有客吊文星。（辑自民国《续修历城县志》卷十七《古迹考二·亭馆一》引《历下咏怀古迹诗钞》）

历下杂事诗（二十五首之十三）〔清〕宋恕

南丰去后有南阳，北渚亭经二十霜。文思有余挥一赋，岂教《赤壁》擅铿锵? 南阳晁补之无咎，后南丰二十一年知齐州，作《北渚亭赋》，极沉郁顿挫之妙。亭为南丰所作，盖在北城上，故元遗山《济南行记》谓："天晴登北渚，则隐隐见泰山也。"（辑自《宋恕集》卷九）

四、水香亭

水香亭，最早是曾巩在宋神宗熙宁四年至熙宁六年（1071—1073）任齐州知州期间所建。今位于大明湖景区曾堤中段以西、北池桥以东的水香亭建于2009年，匾额“水香亭”有两块，南边的是集的北宋著名书法家米芾的字，北边的是集的清代著名书法家翁方纲的字。亭南楹联“边柳涉新绿，田园散微和”为当代书法家任晓麓所书，亭北楹联“开池纳天影，种竹引秋声”为清代书法家陈鸿寿撰书。二联一写春光，一写秋景，相映成趣。

◆旧志中的相关记载

明《历乘》卷五《建置考·宫室·亭》：

水香亭，大明湖内。曾巩诗，见《文苑》。

明崇祯《历城县志》清康熙增刻本卷十一《古迹志·宅苑·亭馆》：

水香亭，大明湖内。曾巩有诗。

清乾隆《历城县志》卷第十五《古迹考二·亭馆一·宋》：

水香亭，在历下亭旁。今废。（陆《通志》）

曾巩《水香亭》诗：【略。】

按，王象春《齐音》云：水香亭乃唐杖杀李邕处，有诗云云。旧《志》因之。考《唐书·邕传》，天宝初，为汲郡、北海二太守。五载，奸赃事发，敕祁顺之、罗希奭驰往就郡决杀之，必北海郡也，不得在济南。杜子美《陪宴历下亭》诗，乃一时邂逅之作，故云“东藩驻皂盖”，又云“贵贱俱物役”也。旧《志》或因此而误。又《八哀》诗有云“坡陁青州血”，则邕之死不在济南明矣。且水香亭之名始见于南丰集，亦唐时所未有也。

民国《续修历城县志》卷十八《古迹考三·亭馆二》：

水香亭，见前《志》。

水香亭 〔宋〕曾巩

临池飞构郁岧峣，枨槛无风影自摇。群玉过林抽翠竹，双虹垂岸跨平桥。烦依美藻鱼争饵，清见寒沙水满桡。莫问荷花开几曲，但知行处异香飘。（辑自《元丰类稿》卷七，亦见于明崇祯《历城县志》清康熙增刻本卷十四《艺文志三》、清乾隆《历城县志》卷第十五《古迹考二·亭馆一》、道光《济南府志》卷六十九《艺文五·历城诗》、明嘉靖《山东通志》卷二十一《宫室》、清雍正《山东通志》卷三十五之一下《艺文志一》、康熙《山东通志》卷之第五十五《艺文·诗》等）

曾子固令咏齐州景物，作二十一诗以献：水香亭 〔北宋〕孔平仲

龙头落潺湲，雁齿驾清浅。夜阑气益佳，雨霁香尤远。（辑自《清江三孔集》卷二十一）

水香亭亭乃唐杖杀李邕处也。 〔明〕王象春

皓首才名尽此方，苌弘化碧水犹香。《八哀》诗奏风霾塞，猿哭空山鹤泪霜。

邕开元中为淄川刺史，上计京师，围观如堵，咸以为古人。竟被谗媢，不得留，出为北海太守。李林甫忌之，坐以罪，就郡杖杀之。杜甫为之赋《八哀》诗。济中山川之表章于世，自唐李邕始；唐人之名盛而身穷者，亦无如邕。忆其当杀邕时，趵突塞闲不流，华岫黯淡无色。直待二百余年晁、曾继至，始稍复明秀耳。（辑自《齐音》）

历下杂咏二十绝（之十六） 〔清〕刘岩

秘书笔力真潇洒，金石风流旧典型。诏狱已收碑版尽，伤心空恨水香亭。

亭为杖杀李北海处。（辑自《大山诗集》卷七）

重寄水香亭〔清〕刘之鋐

古历亭南问旧游，邯郸尘梦记三秋。骄阳暑雨人方倦，茅屋绳床客暂休。邻笛声翻杨柳月，池荷香绕荻花洲。碧梧可待栖鸣凤，信到无心对海鸥。（辑自《东武刘氏诗萃》卷六）

水香亭〔清〕毕沅

水解生香自足夸，凭栏疑是泛仙槎。白蘋红藕秋风里，吹彻清芬入浪花。（辑自《灵岩山人诗集》卷四十）

水香亭〔清〕封大本

清芬满怀袖，来从水香亭。庭前菡萏陂，亭后杜若汀。（辑自《续广齐音》）

水香亭〔清〕董芸

湖上亭馆之盛自宋始。熙宁间，曾子固巩知齐州事，一时歌咏见于《南丰集》中者：曰仁风厅，曰芍药厅，曰静治堂，曰竹斋，曰凝香斋，曰环波亭，曰采香亭，曰水香亭。《齐音》以水香亭为唐杖杀李邕处。杜《八哀诗》“坡陁青州血”一章，哀邕而作也。邕之死不在济南，明矣；且唐时亦不闻有水香之名。

池馆熙宁有旧踪，水香亭子水溶溶。坡陁碧血青州死，那得阶前杖李邕。（辑自《广齐音》，诗亦见于民国《续修历城县志》卷十七《古迹考二·亭馆一》）

水香亭怀曾南丰〔清〕王偁

明湖池馆记南丰，夜月凝香得句工。六百年来此过客，感怀日醉竹斋东。（辑自《鹊华馆济南杂咏一百首》）

水香亭怀曾南丰〔清〕廖炳奎

湖上游人倚绿杨，韶华景物似江乡。水流荇藻分明绿，亭绕荷花自在香。最好凉风来四面，偏宜皎月照中央。渊材可笑空遗恨，绝妙南丰翰墨章。（辑自民国《续修历城县志》卷十七《古迹考二·亭馆一》引《历下咏怀古迹诗钞》）

五、水西亭

水西亭，最早见于曾巩在宋神宗熙宁四年至熙宁六年（1071—1073）任齐州知州期间所作的《水西亭书事》一诗，其具体位置已不可考，仅据旧志记载，可知其在大明湖上。

◆旧志中的相关记载

明崇祯《历城县志》清康熙增刻本卷十一《古迹志·宅苑·亭馆》：
水西亭，在湖上。见曾巩诸贤诗。

清乾隆《历城县志》卷第十六《古迹考三·亭馆二·明》：
水西亭，在湖上。

水西亭书事 〔宋〕曾巩
一番雨熟林间杏，四面风开水上花。岸尽龙鳞盘翠筱，溪深鳌背露晴沙。陇头刈麦催行馌，桑下缫丝急转车。总是白头官长事，莫嫌粗俗向人夸。（辑自宋本《元丰类稿》卷七）

曾子固令咏齐州景物，作二十一诗以献：水西亭 〔北宋〕孔平仲
河流春已深，野色晚更静。生计慕园畦，归心付渔艇。（辑自《清江三孔集》卷二十一）

六、环波亭

环波亭，最早亦见于曾巩在宋神宗熙宁四年至熙宁六年（1071—1073）任齐州知州期间所作的《水西亭书事》一诗，其存在时间应该不长，具体位置已不可考，仅据旧志记载，可知其在大明湖上。

今环波亭为1990年所建，位于大明湖中的湖心岛上，是一座建在石砌台阶上的方亭，四面环波，红柱青瓦，重檐出厦，起脊飞檐，脊饰吻兽。

◆旧志中的相关记载

明崇祯《历城县志》清康熙增刻本卷十一《古迹志·宅苑·亭馆》：

环波亭，在湖上。见苏辙诗。

清乾隆《历城县志》卷第十六《古迹考三·亭馆二·宋》：

环波亭

曾巩《环波亭》诗：【诗见下，此处略。】

环波亭 〔宋〕曾巩

水心还有拂云堆，日日应须把酒杯。杨柳巧含烟景合，芙蓉争带露华开。城头山色相围出，檐底波声四面来。谁信瀛洲未归去，两州俱得小蓬莱。（辑自《元丰类稿》卷七）

雨后环波亭次韵四首 〔宋〕曾巩

次李秀才，得“鱼”字韵

候月已知星好雨，卜年方喜梦维鱼。从今拨置庭中事，最喜西轩睡枕书。

次绾，得“风”字韵

荷芰东西鱼映叶，樵舟朝暮客乘风。清泉雨后分毛发，何必南湖是镜中。

次维，得“禽”字韵

黄蜀葵开收宿雨，紫桑椹熟啭新禽。看花弄水非无事，犹胜纷纷别用心。

次综，得“花”字韵

丹杏一番收美实，绿荷无数放新花。西湖雨后清心目，坐到城头泊暝鸦。（辑自《元丰类稿》卷七，亦见于清乾隆《历城县志》卷第十五《古迹考二·亭馆一》）

和孔教授武仲济南四咏：环波亭　〔宋〕苏辙

南山迤逦入南塘，北渚岧峣枕北墙。过尽绿荷桥断处，忽逢朱槛水中央。凫鹥聚散湖光净，鱼鳖浮沉瓦影凉。清境不知三伏热，病身唯要一藤床。（辑自《栾城集》卷五，亦见于清乾隆《历城县志》卷第十五《古迹考二·亭馆一》、道光《济南府志》卷六十九《艺文五·历城诗》）

曾子固令咏齐州景物，作二十一诗以献：环波亭　〔北宋〕孔平仲

潇洒尘埃外，崔嵬清浅中。四轩春水阔，两岸画桥通。（辑自《清江三孔集》卷二十一）

济南竹枝词（一百首之十六）〔清〕王初桐

环波亭子水中央，面面朱栏影绿杨。山色湖光两摇漾，鸳鸯鸂鶒满渔梁。苏子由有济南《环波亭》诗。（辑自《济南竹枝词》，原诗无题，诗题为编者所加；亦见于民国《续修历城县志》卷十七《古迹考二·亭馆一》）

七、鹊山亭

鹊山亭，最早见于曾巩在宋神宗熙宁四年至熙宁六年（1071—1073）任齐州知州期间所作的《鹊山亭》一诗。据该诗及苏辙在宋神宗熙宁六年至熙宁九年（1073—1076）在济南任齐州掌书记期间所作的《和孔教授武仲济南四咏·鹊山亭》二诗（见下面）诗意，该亭位置应该亦在济南北城墙上。

清乾隆《历城县志》卷第十五《古迹考二·亭馆一·宋》

鹊山亭

按：宋鹊山亭，非唐之鹊山湖亭也，读曾、苏之诗可见。山谷乃遥寄之作，故诗意尚似以鹊山亭即为湖亭。

鹊山亭〔宋〕曾巩

大亭孤起压城巅，屋角峨峨插紫烟。泺水飞绡来野岸，鹊山浮黛入晴天。少陵骚雅今谁和，东海风流世谩传。太守自吟还自笑，归时乘月尚留连。（辑自《元丰类稿》卷七，亦见于明崇祯《历城县志》清康熙增刻本卷十四《艺文志三》、清乾隆《历城县志》卷第十五《古迹考二·亭馆一》、道光《济南府志》卷六十九《艺文五·历城诗》、明嘉靖《山东通志》卷二十一《宫室》、清雍正《山东通志》卷三十五之一下《艺文志一》、康熙《山东通志》卷之第五十五《艺文·诗》等）

和孔教授武仲济南四咏：鹊山亭〔宋〕苏辙

筑台临水巧安排，万象轩昂发瘗埋。南岭崩腾来不尽，北山断续意尤佳。平时战伐皆荒草，永日登临慰病怀。更欲留诗题素壁，坐中谁与少陵偕?（辑自《栾城集》卷五，亦见于清乾隆《历城县志》卷第十五《古迹考二·亭馆一》、道光《济南府志》卷六十九《艺文五·历城诗》）

曾子固令咏齐州景物，作二十一诗以献：鹊山亭 〔北宋〕孔平仲

老杜诗犹在，重华事已无。千秋陵谷变，尘起鹊山湖。（辑自《清江三孔集》卷二十一，亦见于清乾隆《历城县志》卷第十五《古迹考二·亭馆一》、道光《济南府志》卷六十九《艺文五·历城诗》）

用“明发不寐有怀二人”为韵，寄李秉彝德叟（八首之四）〔北宋〕黄庭坚

蚤知鹊山亭，李杜发佳思。弥年听传夸，登览通梦寐。遥怜坐清旷，落笔富新制。尚因宾客集，沥酒使我醉。（辑自《山谷外集》卷二，亦见于清乾隆《历城县志》卷第十五《古迹考二·亭馆一》）

八、尹亭（又称尹公亭、尹家亭）

尹亭，又称尹公亭、尹家亭，原位于大明湖北水门内，是明代曾任吏部尚书的济南人尹旻所建，至明末时已废圮不存。

尹旻（1422—1503），字同仁，山东济南府历城（今济南市）人。明正统十三年（1448）进士，后官至吏部尚书，加太子少保、太子太保、太子太傅。卒赠太保，谥恭简。

◆旧志中的相关记载

明《历乘》卷五《建置考·宫室·亭》：

尹公亭，北门内。尹旻建。今废。

明崇祯《历城县志》清康熙增刻本卷十一《古迹志·宅苑·亭馆》：

尹公亭，北门内。尹旻建。边华泉、刘函山皆有诗。

清乾隆《历城县志》卷第十六《古迹考三·亭馆二·明》：

尹公亭，在北门内。（旧《志》）

泛北湖，因登尹亭，次前韵　〔明〕王应鹏

云湖风舸惬初登，芳树青青隔几层。沙鸟傍人还自狎，戍楼闻角待长凭。天涯秋色偏怜我，坐里闲情只欠僧。惆怅相臣亭馆在，暮林修竹水烟凝。（辑自《定斋先生诗集》卷下）

尹亭，再叠前韵〔明〕王应鹏

公余霜节晚来登，亭上阴云结几层。竹院有诗还再刻，石栏何事每长凭。缘溪蕉叶遥藏寺，隔水莲花不见僧。属玉一双飞渐杳，满湖秋草夕光凝。（辑自《定斋先生诗集》卷下）

东藩饮湖上尹亭，次壁间韵〔明〕杭淮

飞云台榭惬初登，似隔红尘一万层。湖上枯荷不可把，栏间细菊已堪凭。暇时数好来题竹，避俗何烦更问僧。罢酒放船纡晚郭，寒沙碧石乱秋灯。（辑自《双溪集》卷八）

雪后过尹家亭，有怀张侍御〔明〕柴奇

残雪凝朝日，流澌度晚风。鸟飞琼岛外，人在玉壶中。城堞群鸦集，溪桥一径通。重来直胜赏，思与故人同。（辑自《黼庵遗稿》卷三）

尹亭与诸僚宴集〔明〕王廷相

戒艓泛澄湖，窈窕觏湖涘。古柳蔽回岸，雕楹耀丹水。尚书已邈逝，亭馆丽未已。我来夏候变，清览纷可纪。群木斗葱蒨，列岫献苍紫。篠风既洒冠，花露亦泫几。拳尔小蓬丘，宛在水中沚。沨沨大雅吟，朋僚况文史。伊人昔当路，衡准世所恃。勋伐兹烟烬，世华一何驶！朗鉴无留形，空羡山公启。世传尹居冢宰，选授多得人。形神竟乘化，今曩岂殊理？舞雩协圣符，濠梁称达士。幽哉湖上矶，吾欲钓清沚。（辑自《王氏家藏集》卷十，亦见于清乾隆《历城县志》卷第十六《古迹考三·亭馆二》、明嘉靖《山东通志》卷三十七、清康熙《山东通志》卷之第五十三《艺文·诗》等）

五月七日陪李、刘二侍御游宴尹亭〔明〕边贡

不到北湖久，重来莲叶青。水香还落照，山色自孤亭。竹隐尚书榻，窗悬柱史星。回舟忽已晚，波上月冥冥。（辑自《华泉集》卷三，亦见于见于《华泉先生集选》卷二、《盛明百家诗·边华泉集》卷五、清乾隆《历城县志》卷第十六《古迹考三·亭馆二》）

雪后尹亭小集，有怀张侍御仲齐 〔明〕边贡

樽酒故相约，燕游翻不同。亭深寒雪在，桥断夕烟通。白日行歌里，青山别恨中。夜阑车马寂，愁听竹林风。（辑自《华泉集》卷三，亦见于见于《盛明百家诗・边华泉集》卷五）

尹亭夜集（二首） 〔明〕边贡

忆共尚书饮，兰舟漾渚风。芙蓉开月下，箫管入云中。鹤唳烟沙远，萤流水合通。重来值摇落，无复往时同。

晃晃水上月，棱棱沙际风。寒星动木杪，远火露烟中。城郭千峰对，园林一水通。兴移还野酌，留赏夜深同。（辑自《华泉集》卷三，亦见于《盛明百家诗・边华泉集》卷五，题作“尹亭夜集，次柴给舍韵二首”。第一首还见于《华泉先生集选》卷二，清乾隆《历城县志》卷第十六《古迹考三・亭馆二》、明嘉靖《山东通志》卷三十七、清康熙《山东通志》卷之第五十四《艺文・诗》等）

湖亭夜别柴、吴二纪功（二首） 〔明〕边贡

十年青琐委蛇地，此日逢君感昔游。簪笔晓随龙虎仗，鸣琚春入凤凰楼。仓皇出牧临江郡，负病归来守故丘。溪水野烟俱寂寞，夜深相关这不胜愁。

客子别愁何处醒，尹家园里竹青青。水深不辨堰西路，月出更登湖上亭。乡土幸看收战戟，野夫何以报朝廷。华山亦与燕然并，欲洗巉岩勒旧铭。（辑自《华泉集》卷六，亦见于《历下十六景诗》卷六）

秋泛大明湖，燕尹太宰池亭（二首） 〔明〕蔡经

明湖十里荡秋光，暂涤烦襟上小航。细雨晓催红蓼色，轻风时拂绿荷香。波晴并泛沙鸥近，径转斜牵锦缆长。不用繁弦歌窈窕，濯缨吾欲听沧浪。

太宰名园旁水开，湖光潋滟映楼台。幽亭此日空惆怅，飞鸟何心自往来。结社只今还载酒，持衡谁复更怜才？即看翠竹干云上，尽是当年次第栽。（辑自《半洲稿・东巡稿》）

独泛大明湖，少憩尹家亭 〔明〕夏尚朴

独游真有味，短棹信行藏。湖水湾湾净，荷风阵阵香。前贤留别业，高柳

荫回塘。借榻孤亭上，聊便半日凉。（辑自《东岩诗集》卷三）

初春同诸宪长游大明湖三首（之二）〔明〕夏尚朴

尹家亭子好，从薄带湖幽。白首同仙侣，青春作胜游。枯槎横水际，野蔓拂人头。千载张公石，摩挲自劝酬。亭前有怪石，奇甚，世传为张文忠公所遗，公平生酷爱数石，此其一也，兴至辄引杯酬而饮之。尹公购而得之，辇置于此。（辑自《东岩诗集》卷三）

九日登历下尹公亭〔明〕蔡叆

亭馆西风尽日游，蒹葭红叶满汀洲。高贤去后名犹在，词客来登句亦留。黄菊何人同贳酒？碧山空自赋悲秋。平生奔走成何事？归兴飘然大泽头。（辑自《洨滨蔡先生文集》卷七）

九、刘天民湖亭

刘天民湖亭，是明代济南人刘天民在大明湖上所建。据许邦才诗，该亭后曾改名为会仙亭。其存在时间不长。

刘天民生平小传见书后所附的“诗人小传”部分，此处从略。

◆旧志中的相关记载

清乾隆《历城县志》卷第十六《古迹考三·亭馆二·明》：

刘天民湖亭

天民《新治湖亭成，携家小泛之作》：【诗见下，此处略。】

新治湖亭成，携家小泛　〔明〕刘天民

陶令归才得，明湖秋可禁。松篁藏屋小，荷芰曳舟深。家酝山妻进，园蔬稚子寻。乾坤真乐集，不止遂初心。（辑自《函山先生集》卷七，亦见于清乾隆《历城县志》卷第十六《古迹考三·亭馆二》）

刘使君湖上亭十有二韵　〔明〕许邦才

公干美才情，亭台不日成。柳阴涵竹翠，荷气袭帘清。凭槛看鱼集，从桥指月生。山光城外过，鸟影镜中明。沙溜萦琴曲，花源出弈声。流纹牵荇带，蝶拍接莺笙。醉坐能醒石，冥搜不夜城。兰舟无远近，桂楫更纵横。北郭谁关水？斜阳正覆觥。尚书邻旧墅，台阁缔新盟。今有诗夸古，还如孟得名。屡过殊不厌，爱此濯尘缨。（辑自明崇祯《历城县志》清康熙增刻本卷十四《艺文志三》，亦见于康熙《山东通志》卷之第五十四《艺文·诗》）

闻刘文亭改会仙 〔明〕许邦才

竹树层层隔世途，莲花灼灼映丹炉。何人轻授容成术，瞥见明湖即镜湖。

（辑自明崇祯《历城县志》清康熙增刻本卷十四《艺文志三》）

十、赵司徒湖亭

赵司徒湖亭，是明代曾任户部尚书的济南人赵世卿在大明湖上所建的私家园林小淇园中的一座亭子。

赵世卿（1540—1618），字象贤，别号兰渚，山东济南府历城小村庄（今济南市历城区祝甸村）人。明穆宗隆庆五年（1571）进士，授南京兵部主事，后官至户部尚书，并一度兼任吏部尚书，是明代后期重臣。

余侍御邀同严侍御游赵司徒湖亭　〔明〕黄克缵

绿阴满地水平桥，锦石贞心可久要。园竹翠经新雨染，池荷香逐晚风飘。城头山色看如画，座里湖光定亦摇。珍重尚书纡国计，不妨星使暂相邀。（辑自《数马集》卷十五）

王晴江中丞以诗邀同孟宾竹观察游赵司徒湖亭，即席赋谢，兼约再游王西曹，旧僚；孟凤阳，同官也。（二首）　〔明〕黄克缵

园林葱蒨水萦回，杨柳桥边载酒来。栖凤琅玕寒更绿，跃鱼荇藻冻初开。澄光照夜花燃树，香气迎风玉吐梅。王孟诗名君不忝，和歌谁是谪仙才？

千顷平湖水榭连，柳舒梅放早春天。相邀看竹淇园日，却忆含香汉署年。论旧总怜添鹤发，忧时空欲舞龙泉。从来此地堪投辖，乘兴何妨续绮筵。（辑自《数马集》卷十五，第一首亦见于《历乘》）

邀冯元成观察游赵司徒林亭同用“山”字。　〔明〕黄克缵

十亩园林一水环，草堂长闭苑中间。萧萧竹树工难画，郁郁松枝客共攀。帝有纳言犹北斗，人将别业比东山。相看无限千秋意，子夜春风坐不还。（辑自《数马集》卷十五）

十一、问山亭

问山亭，为明代山东新城（今桓台县）文人王象春到济南后，在位于大明湖南岸、鹊华桥东的已故济南诗人李攀龙的白雪楼旧址后所筑。

王象春（小传见本书后附录的“诗人小传”部分）于明万历三十八年（1610）庚戌科成进士后，在京候选观政两年，一直到万历四十年（1612）才被选任为顺天壬子科乡试分校官（阅卷官），没想到又因牵连进科场案而被降职。万历四十二年（1614）春，科场案结案以后，王象春告病返乡。万历四十三年（1615）至四十四年（1616）直隶、山东、河南、苏北连年大旱，尤以山东为甚。为了避灾，王象春由新城到临沂，再到徐州，经沛县折回兖州、泰安，最后到了济南。

到了济南后，他先是住在位于大明湖南岸、鹊华桥以西的孟醇家，后来才购得位于大明湖南岸、鹊华桥东的已故济南诗人李攀龙的白雪楼旧址，居住下来，并筑了问山亭。他这次在济南大约住了一年，其间经常与二三友人（如刘亮采）同游济南的山水胜景，寻访当地的城乡耆老、佣友伧朋，采访当地的佚闻传说，写成《齐音》(又名《济南百咏》)，并将其刻印成书。

◆旧志中的相关记载

明崇祯《历城县志》清康熙增刻本卷四《建置志（下）· 宫室 · 亭》:
问山亭，王季木购城中白雪楼故址建。

清乾隆《历城县志》卷第十六《古迹考三 · 亭馆二》:
王象春问山亭，在大明湖上。(以上俱旧《志》)

民国《续修历城县志》卷十七《古迹考二 · 亭馆一》:
王象春问山亭，见前《志》。

问山亭 〔明〕王象春

问山亭子拱如笠，屹立湖中阅古今。箕踞悲骚王季木，时敲石几激清音。

天地之有齐州，蜨螟氏之国也；齐州之有古今，蟪蛄之春秋也。齐州之有山川人物、往来得失，如梦幻泡影，如露亦如电也。古今之有问山亭，蠛蠓之醯瓿也；问山亭之移于鹊渚，鸟乌之三匝也；余之吟于亭中，草虫之喓喓也。（**辑自《齐音》，亦见于《山左明诗钞》卷第三十一**）

望问山亭子外祖季木公读书处。〔清〕徐夜

山亭初筑此山前，零落残基有断烟。亲自见来犹怅望，何当指点后千年？

“亭号问山凡几处？千年指点为余疑。”先生句也。（**辑自《隐君诗集》卷二**）

济南竹枝词（一百首之九十）〔清〕王初桐

风土清音有百章，问山亭上问王郎。琵琶法曲谁传得？只有寒鸿是旧娼。

王季木居济南，筑问山亭于百花洲上，著《齐音》百首。徐东痴诗：“《齐音》百首存风土。”季木尝欲法琵琶旧谱，作乐府数百曲，以存遗响。闻济南刘公岩为一代律吕宗匠，及访所传，惟旧娼寒鸿一人而已。（**辑自《济南竹枝词》，亦见于民国《续修历城县志》卷十七《古迹考二·亭馆一》**）

续齐音一百首（之八十一）〔清〕毛大瀛

百花洲上柳青青，季木诗魂付杳冥。二百年来词客尽，有谁重筑问山亭？

王季木卜居济南，筑问山亭于百花洲上。今故址芜没久矣。徐东痴夜《杂咏》诗云：“《齐音》百首存风土，和者山西文太青。异代诗人寻旧址，只应重筑问山亭。”（**辑自《戏鸥居诗钞》卷九**）

问山亭 〔清〕董芸

新城王季木象春由桓台徙历下，初得李于鳞废宅，葺而居之，复筑问山亭于湖上，日夕置酒，悲歌啸傲于其中，所谓“问山亭子拱如笠，屹立湖中阅古今”是也。尝自号鹊湖居士，著《齐音》百首，成一家言。

人道先生是岁星，悲歌新筑问山亭。《齐音》一卷谁能和？独有关西文太青。（**辑自《广齐音》**）

寻问山亭，怀王季木 〔清〕朱畹

闻说考功亭，荒园感乍径。《齐音》空有咏，渔唱不堪听。绕槛湖犹碧，侵阶草自青。孤吟谁见赏，徙倚对空庭。（辑自《红蕉馆诗钞续》，亦见于《国朝山左诗汇钞后集》卷五、民国《续修历城县志》卷十七《古迹考二·亭馆一》）

问山亭王季木著《齐音》于此。 〔清〕封大本

齐讴千古擅词场，戛戛齐音又一囊。郢曲吴歈纷掩耳，问山亭下忆王郎。（辑自《续广齐音》）

大明湖棹歌（四十首之三十九）〔清〕陈在谦

几家红烛照眉青，沸耳笙歌彻夜听。一卷《齐音》诗百首，无人解唱问山亭。王季木筑问山亭于湖上，著《齐音》一百首。（辑自《梦香居二集》卷二）

问山亭吊王季木 〔清〕王偁

桓台去后问山邻，苦忆新城王象春。亭子至今拱如笠，《齐音》一卷吊于鳞。（辑自《鹊华馆济南杂咏一百首》）

十二、濯锦亭

濯锦亭，在府学之北、鹊华桥之西，北面临湖，为济南人孟醇在明末时所建。

孟醇（生卒年不详），字竹宾，山东历城（今济南市）人。明嘉靖四十年（1561）辛酉科举人，万历二十九年（1601）前后曾任云南按察司佥事。侏儒，性滑稽，善养生，好亭榭。

◆旧志中的相关记载

明崇祯《历城县志》清康熙增刻本卷四《建置志（下）·宫室·亭》：

烟雨亭，在鹊华桥西，孟醇所构。其临水者，曰“濯锦亭”。

清乾隆《历城县志》卷第十六《古迹考三·亭馆二》：

烟雨亭，在鹊华桥西，孟醇所构。其临水者，曰“濯锦亭”。（同上——指旧《志》，编者注）

濯锦亭乃孟观察宾竹所构，明湖、华山得两兼者，城中无二地也。观察年九十余，步履如飞，豪饮欢话，盖地仙矣。（《齐音》）

民国《续修历城县志》卷十七《古迹考二·亭馆一》：

濯锦亭，见前《志》。

濯锦亭　〔明〕王象春

檐牙直饮水中间，风送书声淑气还。只有此亭高且敞，雨晴欹枕看华山。

亭乃孟观察宾竹所构，在府学之北，北向湖心，见华山如笔卓，苍翠逼来，直堪袖取。去此亭东西四五步，华岫便隐去，不得复见。明湖、华山得两兼者，城中无二地也。观察年九十余，步履如飞，豪饮欢话，盖地仙矣。余初至无泊，馆此月余，每早起栉沐既成，必向华岫再拜，爱而敬之，不能自禁。（辑自《齐音》）

濯锦亭 〔清〕董芸

烟雨亭，孟观察竹宾建，在鹊华桥西。其临水一亭曰“濯锦”。《齐音》：濯锦亭“北向湖心，见华山如笔卓……去东西四五步，即隐不可见。明湖、华山得两兼者，无二地也”。亭今废。

慈姑花傍卧床开，湖水侵阶甃碧苔。一抹林梢青似黛，华山城外忽飞来。（辑自《广齐音》，亦见于民国《续修历城县志》卷十七《古迹考二·亭馆一》）

濯锦亭 〔清〕封大本

烟树苍茫似画屏，大明寺外入空冥。越罗吴縠一千顷，占断风光濯锦亭。（辑自《续广齐音》）

十三、烟雨亭

烟雨亭，在鹊华桥之西，为济南人孟醇在明末时所建，明崇祯五年（1632）前后归孙纯孝。

孙纯孝（？—1639），山东历城（今济南市）人。万历二十八年（1600）庚子科第六十六名举人，与弟止孝（万历壬戌科举人，会魁，天启二年即1622年壬戌科进士，由卢龙县知县晋户部郎中，不久即迁官密云兵备道参议）、则孝（诸生）、永孝（诸生），侄惠宗、延宗同死于万历十二年（1639）己卯之难。

◆旧志中的相关记载

明《历乘》卷五《建置考·宫室·亭》：

烟雨亭，鹊华桥西。今属孙纯孝孝廉。

明崇祯《历城县志》清康熙增刻本卷四《建置志（下）·宫室·亭》：

烟雨亭，在鹊华桥西，孟醇所构。其临水者，曰“濯锦亭”。

清乾隆《历城县志》卷第十六《古迹考三·亭馆二》：

烟雨亭，在鹊华桥西，孟醇所构。其临水者，曰“濯锦亭”。（同上——指旧《志》，编者注）

烟雨亭　〔清〕王偁

藕花深敞阁三间，卧听涛声吟翠鬟。不是监司濯锦处，最难湖上看华山。（辑自《鹊华馆济南杂咏一百首》）

十四、一竿亭

一竿亭，明末时在大明湖内西偏。该亭为何人何时创建，未查见明确记载，或为济南当地文人刘敕于明崇祯五年（1632）前所建。

◆旧志中的相关记载

明《历乘》卷五《建置考·宫室·亭》：

一竿亭，大明湖内。

明崇祯《历城县志》清康熙增刻本卷四《建置志（下）·宫室·亭》：

一竿亭，大明湖内西。

清乾隆《历城县志》卷第十六《古迹考三·亭馆二·明》：

一竿亭，在大明湖内西偏。

刘敕《一竿亭》诗：【见下，此处略。】

一竿亭 〔明〕刘敕

一亭独立水中央，万荷风来满座香。每欲泊船人不见，一溪杨柳带斜阳。

（辑自《历乘》卷十七，亦见于明崇祯《历城县志》清康熙增刻本卷十四《艺文志三》、清乾隆《历城县志》卷第十六《古迹考三·亭馆二》）

十五、濯月亭

濯月亭，其具体位置及为何人何时创建，旧志中没有记载，仅据王琨《湖上濯月亭沽酒》一诗（见下）可知，该亭在赵世卿小淇园斜对面，大约创建并存在于明万历年间（1573—1620）。

湖上濯月亭沽酒　〔明〕王琨

旗亭斜对小淇园，竹雨松涛静启门。十载湖山寄梦寐，一轩风月共寒温。落花香浣新诗袋，环翠烟青旧酒樽。热耳凉生清啸发，碧天如水洗云痕。（辑自《林下吟》卷一）

十六、水镜亭

水镜亭，在历下亭西，为李兴祖于清康熙三十一至三十四年（1692—1695）在济南任山东盐运使期间所建。其《水镜亭记略》一文云：“历亭之西有隙地如盘，修可十武，广亦如之。四周皆清波环绕，可鉴须眉。为浮梁以渡，作小亭于上，曰‘水镜’。每当烟霞澄鲜、月波相荡，若身游镜中，纤悉皆见，虽鲛室晶宫不是过也。”（文见《课慎堂文集》卷二，亦见于清乾隆《历城县志》卷十六及道光《济南府志》卷六十六）

李兴祖的生平简介见书后所附的“诗人小传”部分，此处从略。

水镜亭 〔清〕李兴祖

回廊西折小桥通，到此能将万虑空。似驾冰轮腾玉海，如浮云棹出珠宫。锦鳞频唼菱花雨，翠羽时翻荷叶风。向晚更宜看霁色，波光倒射夕阳红。（辑自《课慎堂诗集》卷十九《历亭草》）

镜亭汇波 〔清〕李兴祖

如沐波光净拭容，菱花镜匣启新封。沿流荡漾青蒲绕，小立团圞碧浪重。复壁窦开桥忽接，回廊径尽屐还逢。水穷云起堪方此，似有仙源别认踪。（辑自《课慎堂诗集》卷十九《历亭草》）

和孝绪《水镜亭》韵 〔清〕李兴祖

湖心亭子桥左右，荷畦横纵东南亩。虬松纷披倒挂藤，波光潋滟龙蛇走。登临恍入神仙窟，那觅裴航玉杵臼！羡君年少通金闺，归去辞偏却五斗。同舟相济几二载，怜我疏狂常绳纠。苍生万舌道拥碑，五斗之中鼻如口。瓶口不言遭遇难，汶汶察察如不有。于今来作烂熳游，好将块磊洗清浏。孤亭日日饱烟霞，亭水两镜绝尘垢。水能鉴镜镜鉴人，人心可能自鉴否？我亦侧目鉴须眉，愈觉捧心效颦丑。风骚振古非寻常，七襄机轴堪谁扣？窃幸车马日辚辚，领略湖山坐谈久。旋汲湖水煮绿尘，摘来冰藕劝新酒。贪恋縠纹曲曲环，顿忘介叔柳生肘。当筵虽乏钟子期，何必不挥伯牙手？此日风光莫芥蒂，胸中曾未吞八九。（辑自《课慎堂诗集》卷十九《历亭草》）

予九试棘围，济南名胜无不周览。癸卯之役，竟以贫病不克赴试。雨窗无聊，姑即平日所历，各赋一诗，以当重游。词之工拙不计暇也：水镜亭〔清〕曹溆

千顷琉璃漾碧空，迂回小径暗相通。当年旧事犹堪忆，醉卧冰壶水镜中。（辑自《虫吟草古近体诗》）

十七、环碧亭

环碧亭，明《历乘》卷五《建置考·宫室·亭》和清乾隆《历城县志》卷第十六《古迹考三·亭馆二·明》“环碧亭”条均载其在历下亭旁，而明崇祯《历城县志》清康熙增刻本卷十一《古迹志·宅苑·亭馆》“环碧亭”条则载其在“府学明伦堂后。原名环波。洪武间，佥事赵纶重建，更名环碧。寻废。今改为敬一亭”，同书卷七《学校志·庙祀·府学庙制考》又载，成化十三年（丁酉，1477）巡按梁公曾重新建碧亭。

◆旧志中的相关记载

明《历乘》卷五《建置考·宫室·亭》：

环碧亭，历下亭傍。曾巩诗，见《文苑》。

明崇祯《历城县志》清康熙增刻本卷十一《古迹志·宅苑·亭馆》：

环碧亭，府学明伦堂后。原名环波。洪武间，佥事赵纶重建，更名环碧。寻废。今改为敬一亭。

清乾隆《历城县志》卷第十六《古迹考三·亭馆二·明》：

环碧亭，在历下亭旁。

民国《续修历城县志》卷十七《古迹考二·亭馆一》：

环碧亭，见前《志》。

历下竹枝词（八首之八）〔清〕于云升

环碧亭前旧水流，传来踪迹是还不？模糊睡犬无寻处，一镜清泉看铁牛。（辑自《绿墅诗草》）

环碧亭，用曾南丰韵〔清〕马国翰

杰构千年水作堆，临流不厌日衔杯。四围摇影苇初合，几曲飘香荷盛开。散绿方知渔艇转，点青拟召鹊山来。阑前静会澄清意，顿洗尘心却蔓莱。（辑自《玉函山房诗钞》卷五，亦见于《玉函山房诗集》卷一、民国《续修历城县志》卷十七）

十八、湖亭（大明湖水亭、湖上亭）

以下各诗中所言“湖亭”“大明湖水亭”“湖上亭”，当非大明湖上同一亭子，其各自确指为何亭，不好一一确考，故仅总汇于此。

大明湖亭联句后偶有言，可自为一诗者，因改之而系于此 〔明〕胡缵宗

白云系马君先到，黄鹤题诗我漫酬。啼鸟飞花春冉冉，横箫短笛思悠悠。医巫闾对海中市，华不注□□上楼。徙倚兰亭杯屈曲，逍遥琼岛路夷犹。（辑自《鸟鼠山人小集》卷九）

王滦江中丞同登湖亭，钓鱼沽酒，尽兴暮归 〔明〕胡松

胜日邀宾湖上亭，湖光掩映树层层。隔花浴鹭因谁起？傍水危栏好自凭。雪鲙可谋呼钓叟，霞浆欲办问林僧。共拚一醉归来晚，云尽天高月正凝。（辑自《承庵先生集》卷七）

五日和许傅湖亭宴集二首 〔明〕李攀龙

城头片雨悬，客醉鹊湖边。酒奈榴花妒，人堪桂树怜。五丝还令节，双鬓抵流年。莫蹋王孙草，淮南赋已传。

青樽临北渚，一为故人开。此事成今昔，浮云自往来。花间携枕簟，镜里出楼台。忽就投湘赋，深知贾谊才。（辑自《沧溟集》卷六）

大明湖水亭，和高莹塘韵二首 〔明〕李本纬

历下如何有鉴湖，莲塘竹坞胜偏殊。莺花春度笙歌媚，鱼藻风牵绣縠铺。万顷玻璃浸绮席，一天珠斗照冰壶。况来此地纷求仲，不是仙源亦藐姑。

百尺朱栏天镜开，玳筵倒影动楼台。灵槎若泛银河上，画桨疑从剡曲来。

飞盖翠承杨柳线，叵罗红点杏花杯。郢斤知有游鱼听，遮莫隤山酒共陪。（辑自《灌蔬园诗集》卷四）

济南湖上亭，同徐君实、卢济如、孙耳之次吴左石韵（二首）〔清〕李呈祥

百亩沧涟绕北城，亭开水面坐来清。池中拨刺鱼儿跃，树上呢喃燕子声。犬吠竟依花槛静，闲鸥欲共叶艖轻。仙家白石犹堪煮，人世沧浪笑濯缨。

问津今日也应知，萍梗京华彼一时。好友犹能同胜赏，余生乍得续前期。谁吹天籁和箫鼓，自涤尘襟对鉴池。莫谓逐臣能作赋，怀沙渔父未须悲。（辑自《东村集》卷五）

湖亭小集，次壁间韵〔清〕袁藩

暖风款款柳阴碧，山光远侵湖波湿。几个水禽当槛鸣，一丛细竹穿林出。古寺幽森压女墙，翠柏苍茫不可即。篷窗月上淡忘归，为忆昔游心若失。（辑自《敦好堂诗集》卷三）

三月客济，饮湖上亭，和壁间诗，时元倡已失。及读息轩刻新成诸诗，乃知王子下先生辛丑秋泛湖作也，恸悼之余，再和一章〔清〕袁藩

湖上春风垂柳碧，对酒题诗墨痕湿。彭泽每思陶令归，东山只望安石出。宦海十年幻影空，魂去魂来那可即？谁怜华屋共山丘，一恸斯人心若失。（辑自《敦好堂诗集》卷三）

水亭吟五首〔清〕李兴祖

春日湖亭好遣情，烟消波净喜船轻。绿抽细荇仍藏鸭，黄曳垂杨半露莺。如黛远山呈翠影，似琴浅濑奏清声。悠悠向晚渔歌发，四望晴光月满城。

夏日湖亭好纳凉，藕花一派映波光。都无尘到何非洁，但有风来尽是香。戏藻游鳞随浪没，辞巢野鹤入云翔。水天相映烦襟涤，静鼓南薰白昼长。

湖亭秋日好吟诗，历乱蒹葭动远思。一望中央人宛在，还闻几处笛横吹。舟维杨柳眠渔父，雨压芙蕖立鹭鹚。收入奚囊皆丽句，欲凭烟月寄相知。

冬日湖亭好放怀，瑶光一片接天街。霰凝细藻珠能贯，冰结遥峰玉不埋。落雁传来苏氏字，飞凫疑是叶公鞋。红炉绿酒将从此，笑问良朋肯与偕。

四时亭上好徜徉，来往消闲乐自长。迟日偏舒蘋藻绿，薰风不断芰荷香。净磨玉镜宜秋月，清映冰壶合水乡。幸值升平人未老，拚将百斗对湖光。（辑自《课慎堂诗集》卷十五《历下草》）

湖亭对酒，用壁间韵 〔清〕单务爽

湖边荷叶绿云铺，湖上高轩入画图。济水晴空窗外度，华山烟树望中芜。客怀历落逢秋起，醉影攲斜倩月扶，欲觅兰桡收霁色，长堤昨夜雨如酥。（辑自《浣俗斋诗草》）

雪后湖亭作十二月作七日。〔清〕翁方纲

新图雪后要评量，岂但枯林写郁苍？背郭忽开银色界，诸峰齐放白毫光。亭如鸟革收晴翠，人倚渔罾点夕阳。极浦略无云影罩，玉壶冰尽入诗囊。（辑自《复初斋诗集》卷四十四《小石帆亭稿》，亦见于民国《续修历城县志》卷十一《山水考七·水三》）

次韵二首，前章寄怀晴村，致补和之意，后章兼怀雨窗，盖晴村约以九月来济南，而雨窗于城北湖上新葺小亭也 〔清〕翁方纲

春前官阁影迷离，直把瑶华当折枝。水定栏回烟外意，月明窗倚画中诗。横斜忽记连宵梦，冰雪重烦一卷持。认取双清高格在，有神无迹是相思。

拈出声尘色相离，和章浑不著梅枝。那将五月江城笛，谱入扬州记室诗。照席似渠交影瘦，凌霜约共一樽持。珠泉四澈皆冰玉，揽取湖光报所思。（辑自《复初斋外集》诗卷二十二《小石帆亭稿》）

湖亭夜坐 〔清〕吴昇

露气冷残梦，草声归夜渔。坐惊山月堕，吟爱石潭虚。谈谳何纷若，心情此旷如。沙禽忽飞去，风瓣落秋蕖。（辑自《小罗浮山馆诗钞》卷七）

中秋湖亭玩月 〔清〕李廷芳

湖光皎洁月华流，三五清辉豁醉眸。浪影冷摇千顷碧，桂花香满一轮秋。临风时弄桓伊笛，乘兴还登庾亮楼。徙倚阑干舒远眺，朗吟惊起川龙愁。（辑自

《碧梧红豆草堂诗》）

湖亭期王大柱 〔清〕朱畹

凉月入新秋，相期寻旧游。故人携酒待，何寺被僧留？灯影柳边巷，笛声花外楼。夜深空怅望，桥下独停舟。（辑自《红蕉馆诗钞续》）

祝诒庭太守庆谷、徐树人刺史宗干、茅鹭湄别驾济之饯别湖上亭，遇雨 〔清〕杨庆琛

弱柳丝丝软如縠，圆荷叶叶凝芳馥。凉亭一角湖中央，消受荷红兼柳绿。主人冠盖清晨来，千朵万朵荷花开。位置罇罍罗鰋鲤，手斟潋滟瑠璃杯。进酒为言公至止，胸无城府平如砥。来暮人歌广厦过，去思民有甘棠比。知公爱民如爱湖，知民爱公如辘轳。公不忘民民爱公，何况群吏亲帡幪。今日离筵黯风色，愿公倾此珠槽红。我闻此语怃然立，三年难称旬宣职。片念慈祥事有基，寸衷诚信愚而直。为感群公爱我心，敢辞一饮长鲸吸。斜阳忽敛雷车驰，荷喧柳重纷参差。他年若画明湖别，莫忘凭栏听雨时。（辑自《绛雪山房诗钞》卷十六）

湖亭 〔清〕李廷棨

桃花春水满回汀，一曲春风湖上亭。别有客情难遣处，绿原寒食草青青。（《选自《纫香草堂诗集》卷一》）

湖亭晚坐 〔清〕余炯

寂寞空亭里，宵深户不扃。秋声催木叶，渔火乱池星。露气侵衣冷，荷香入梦醒。时闻沙上雁，一一渡寒汀。（辑自《国朝山左诗汇钞后集》卷三十六，亦见于《国朝历下诗钞》卷二）

九日彭雪嵋招同孙纪堂湖亭游憩，即事用渔洋《秋柳》韵，时在济南行馆（四首）〔清〕何绍基

收拾蜂情并蝶魂，寻秋闲指汇波门。天心南国犹无信，人事西风尽有痕。此处江山欣脱劫，偶然篱落便成村。孤怀淡入苍茫际，欲唤寒鸦与细论。

老友三人鬓尽霜，闲将春梦话池塘。廿年科目存词录，万态风云落画箱。三人皆丙申进士，现俱无官守。何必乡邻同邴郑，不嫌子弟似裴王。雪嵋携乃郎及孙、余携孙同往。盍簪一笑逢重九，买棹狂游问酒坊。

吾身恰称芰荷衣，家住城中绝是非。湖面有风波尚绉，秋心无绪柳先稀。近人汀鹭浑疑睡，殢我芦花不肯飞。游遍惠泉连铁寺，登高佳节与时违。游人都往千佛山登高，湖中无游者。

黄花不解乞人怜，万苇黏天欲化烟。旧事回头犹婉娈，斯湖于我太缠绵。酒杯掀舞无余子，尘鞅羁栖漫一年。两弟家书隔燕越，征鸿渺渺白云边。今年尚未见菊。道光初年，先公督学，余兄弟皆随侍，今三十余年矣。（辑自《东洲草堂诗钞》卷十七）

湖亭观雨 〔清〕白永修

炎歊倦登历，买棹逃日永。湖亭棂轩敞，适领雨中景。云压重归榜，波蹴迷乱影。入蒲色弥深，战荷声正猛。湿鸥泛且回，羽翮不暇整。未知兼葭外，烟涨几千顷。渐助林峦昏，忽觉帘幕冷。烦溽遽已消，薄游且自幸。（辑自《旷庐诗集》卷五）

十九、天心水面亭及李泂其他湖上亭子

天心水面亭，在大明湖上，为元代翰林待制李泂“雍土水中而为亭”（引自元虞集《道园学古录》卷二《天心水面亭记》，下同。）天历三年（1330）春，虞集、李泂、九思“得侍清闲之燕，论山川形势”“九思曰：济南山水似江南，殆或过之，臣泂之居，在大明湖上，雍土水中而为亭，可以周览其胜，名之曰‘天心水面’，可想见其处矣”。于是，皇帝就命虞集“书其榜而记之”。

后世有以大明湖南岸的水面亭甚至有以古历下亭为天心水面亭者（如明代的王象春、王琨），当非是。

另据虞集《题李溉之学士湖上诸亭》诗，李泂在大明湖上所建之亭还有烟萝境、金潭云日、漏舟、紫霞沧洲、秋水观、无倪舟、红云岛、萧闲堂、松关、大千豪发、观心等 11 处。

李泂（1280—1338），山东济南人（《元史・李溉之传》中言其为滕州人，误）。生有异质，一开始从学，即颖悟强记，作为文辞，如宿习者。少时随父居江南，翰林学士承旨姚燧一见其文，深叹异之，力荐于朝，授翰林国史院编修官。未几，以亲老，就养江南，游匡庐、王屋、少室诸山。过了很久之后，被辟为中书掾。后又考除集贤院都事，转太常博士，擢监修国史长史，历秘书监著作郎、太常礼仪院经历。泰定初，除翰林待制，以亲丧未克葬，辞而归。天历初，复以待制召。元文宗开奎章阁，延天下知名士充学士员，泂数进见，奏对称旨，超迁翰林直学士，不久特授奎章阁承制学士。泂既为帝所知遇，乃著书曰《辅治篇》以进，文宗嘉纳之。朝廷有大议，必使其参与。会诏修《经世大典》，泂方卧疾，即强起，力疾同修。书成，既进奏，旋谒告以归。复除翰林直学士，遣使召之，竟以疾不能起。

史载，李泂为文章，奋笔挥洒，迅飞疾动，汩汩滔滔，思态叠出，纵横奇变，若纷错而有条理，意之所至，臻极神妙。他自己每以李太白自似，当世亦以是许之。其尤善书，篆、隶、草、真皆精诣，为世所珍爱。著有文集四十卷。

◆旧志中的相关记载

明《历乘》卷十六《人物列传・隐逸・元》“李泂”条：

李泂，滕州人，侨居济南。有湖山花竹之胜，作亭曰“天心水面”，文帝命虞集作文记之。

明崇祯《历城县志》清康熙增刻本卷四《建置志（下）・宫室・亭》：

天心水面亭，钟楼北，大明湖上。元学士李泂读书其中。后同学士虞集燕侍元主，谈及济南为天下湖山之胜，李泂以亭对。帝令虞集记之，见《艺文志》。

清乾隆《历城县志》卷第十五《古迹考二・亭馆一・元》：

天心水面亭

虞集《天心水面亭记》：【记略】

天心水面亭，明建文时，铁铉尝犒军于此。（《大清一统志》）

虞集《题李溉子学士湖上诸亭》诗四首：【诗见后，此处略。】

张养浩《过李溉之天心亭》诗：【诗见后，此处略。】

宋褧《中秋与吕仲实清话忆李溉之内翰》诗：“大明湖上水涵天，月色偏宜李谪仙。应笑吾曹煞风景，碧梧窗下对灯眠。”（见《香祖笔记》）

按：虞集《记》曰“壅土水中为亭”，则今湖岸之水面亭非故基也。

民国《续修历城县志》卷十七《古迹考二・亭馆一》：

天心水面亭，见前《志》。

过李溉之天心亭（二首）〔元〕张养浩

久别天心水面亭，风生吟袖喜重登。谪仙将月游何处？揖遍云山问不应。

放眼乾坤独倚栏，古今如梦水云闲。南山也解留连客，直送岚光到座间。

（辑自《归田类稿》卷二十二，第二首亦见于清乾隆《历城县志》卷第十五《古迹考二・亭馆一》）

天心水面〔元〕王沂

渟泓常满杯，深静若无力。风起欲成文，月来同一色。飞檐倒影动，触砌轻波泐。疑有谪仙人，骑鲸在亭侧。（辑自《伊滨集》卷二）

天心水面亭（二首）〔明〕杨基

海天万里遥碧，秋水一池鉴空。莫问鸢飞鱼跃，看他明月清风。

动中消息春到，静里工夫夜深。三十六宫春意，不道水面天心。（辑自《眉庵集》卷之十）

过故翰林李慨之天心水面亭遗址〔明〕汪广洋

供奉归来已浪游，大明湖上贮清秋。十千美酒倾山雨，半百闲身对海鸥。水面风生杨柳岸，天心月过藕花洲。自从烂醉吹箫去，谁解临亭泛夕流？（辑自《凤池吟稿》卷八）

天心水面亭〔明〕王象春

海右此亭诚古矣，远思魏晋下隋唐。天心水面经题后，道学先生字满墙。

亭即古历下亭，李北海同杜老所游憩者也，为元人李泂所得，读书其中。后同学士虞集燕侍元帝，谈及济南为天下湖山之胜，李泂以亭对。帝令虞集命名，作赋记之。虞乃更以今名，本宋人诗也。自更名后，古来名篇，铲削始尽，所存皆腐滥恶诗，信此亭之一劫云。（辑自《齐音》）

丁丑夫子初度，天心水面亭宴客〔明〕方孟式

五月犹未半，蒲艾尚青青。薰风裹罗袖，佳客宴新亭。芙蕖多欲语，浮萍半似云。荷叶十里香，飒然涤烦襟。六逸堂西月，白云楼外暾。辉光来水面，景气逐烟痕。晶盘沉玉李，黄流湛金樽。歌喉娇宛转，舞袖恣翩翻。蒹葭弦月上，醉赏未回辕。（辑自《纫兰阁诗集》卷之四）

天心水面亭〔明〕王琨

老杜曾题此亭古，少陵去后又千年。阅来甲子无生克，数去沧桑几变迁。自伴湖山风月旧，长开图画水云鲜。人间此是神仙宅，海外三峰隔紫烟。（辑自

《林下吟》卷一）

天心水面亭（二首）〔清〕余缙

闲随鸥鹭绕湖游，衰柳残荷不禁愁。一带寒岚环碧屿，万家烟火映朱楼。风来月到渠堪乐，露白葭黄我独忧。只羡孤舫垂钓者，泺溪新雨正深秋。

暇日沧浪掉臂游，芙蓉洲畔夕阳愁。泉声暗入幽溪馆，山色寒侵木末楼。自侣菰蒲舒逸好，敢邀鱼鸟谢深忧。岩城处处闻砧杵，况复西风叫雁秋！（辑自《大观堂文集》卷八）

天心水面亭 〔清〕宫梦仁

二堂遗迹半濒湖，散步佳时兴不孤。鸥鹭窥人如旧识，芰荷贴舫未全枯。层层翠霭穿城郭，处处苍茫入画图。学士风流谁与嗣，登高作赋一狂徒。（辑自《诗观二集》卷之八）

重过天心水面亭 〔清〕宫梦仁

七桥远近枕明湖，胜概千年作者孤。葭菼尚疑人宛在，涟漪谁道水能枯？百花倒瞰尊前影，四照平临镜里图。几片轻舠依曲岸，招招似欲待吾徒。（辑自清康熙《济南府志》卷七）

周雪客、吴平子集饮天心水面亭，月出泛舟（二首）〔清〕杜首昌

接肩葭菼通荷荡，晒翅鸬鹚立柳椿。山色隔城迎画舫，湖光穿树落疏窗。鱼跳细絪和星漉，楼散清钟带月撞。犹有余情搛不尽，鸳鸯睡暖梦双双。

罨画沧浪好结茅，泉声百道绕庭坳。爱闲白鹭如同调，劝饮黄鹂似旧交。落拓真堪供自笑，痴狂何用待人嘲。醉来开口随歌放，懒得吟诗字字敲。（选自《绾秀园诗选》）

同黄基玉、郑天驷、叶燕龙饮天心水面亭 〔清〕林九棘

碧沼堪消暑，临渊逸兴赊。荷风湛晓露，柳月映流霞。芳草堤边笛，横塘径里花。方壶今日酒，醉尽海天涯。（辑自《十咏堂稿·东游纪草》）

天心水面亭〔清〕秦松龄

亭为元学士李泂别业。天历中，泂与虞集、柯九思同侍内廷，遍述域内山水之胜。九思奏曰：济南绝似江南，泂所居在明湖上，有亭曰“天心水面”，取邵尧夫语也。虞集奉敕为亭记。

李公亭子对明湖，直比江南语不诬。翠嶂晚遮光灭没，珠帘朝卷色虚无。高文风雨看残碣，清燕君臣说画图。水面天心谁解得？凭将幽意问尧夫。（辑自《苍岘山人集》卷二《寄阮集》）

天心水面亭宴集，限韵（二首）〔清〕魏坤

平桥接渚能通骑，短缆维舟不碍椿。已逗楸阴黏几席，还收水色到轩窗。跳珠急雨琤琤碎，吟铎风疏细细撞。正拟凭阑搜短句，闲中飞过白鸥双。

垂钓真堪此坐茅，亭经劫灰占城坳。溅阶碧水如襟合，排户青山似栔交。酒泻深杯容我醉，坐无热客更谁嘲。只嫌难系金鸦住，未及酣听拍板敲。（辑自《倚晴阁诗钞》下册《七言律》）

天心水面亭元学士李泂作。〔清〕顾嗣立

历下诗人李溉之，脱鞋一曲世争知。残山积雪孤亭立，不似风来月到时。（辑自《闾邱诗集》和《秀野堂诗集》卷十八《梧语轩集八》）

天心水面亭〔清〕顾嗣立

元天历间，学士李泂于大明湖上壅土水中而为亭，义取邵尧夫“月到天心处，风来水面时”句也。文宗敕虞集书其榜而记之。

溉之爱西湖，结亭湖中居。月华映天净，风光浮水虚。紫泥彤庭诏，铁画奎章书。逍遥步池馆，不见玉蟾蜍。虞集《至李溉之宅》诗：“偶为传宣到书阁，就床夺得玉虾蟆。”（辑自《味蔗诗集》卷三《嵩岱集〔下〕》）

天心水面亭，元学士李泂建，取邵子“月到天心处，风来水面时”句也。王阮亭先生曾赋《秋柳》四章于此，汪洋巨浸，今居人植藕，亭与岸接，游迹遂稀矣〔清〕傅仲辰

明湖植藕半方塘，风月佳怀迹已荒。只有亭边秋柳在，寒鸦终古吊斜阳。

（辑自《心孺诗选》卷十四《茌山四集》）

过天心水面亭明湖水从地涌，旱不竭，雨不溢。〔清〕傅仲辰

历下明湖绝片埃，怡情风月寄亭台。山多紫翠当檐落，水鲜盈虚出地来。残柳低垂犹旧本，新诗高唱想奇才。渔洋老去秋光在，小立城隅怀抱开。（辑自《心孺诗选》卷十五《茌山五集》）

天心水面亭元奎章阁承旨学士滕州李泂建。〔清〕顾我锜

潇洒济南郡，优游李溉之。波光侵阁迥，月色过山迟。树景临流见，龛灯隔岸窥。重吟击壤句，谁共此心期？（辑自《浣松轩诗集》卷三）

大明湖棹歌（十二首之九）〔清〕蒋士铨

南岸天心水面亭，御碑中立影嶙峋。若安户牖除榛蔓，便可风檐坐酒人。（辑自《忠雅堂诗集》卷四）

明湖曲（八首之三）〔清〕王初桐

尝读《道园录》，永怀李溉之。天心浮水面，想见作亭时。（辑自《海右集》，亦见于民国《续修历城县志》卷十一《山水考七·水三》）

新齐音风沦集：其四十六 〔清〕范坰

天心水面古亭荒，曲岸疏篱藕芰香。却向百花洲上望，满湖秋柳忆渔洋。

天心水面亭，李溉之学士泂于明湖壅土水中而作，虞伯生、张希孟俱有题咏，久废。今湖岸有水面亭，在百花洲北，新城司寇赋《秋柳》于此，舣舟之所，非故基也。（辑自《如好色斋稿》戊上，亦见于民国《续修历城县志》卷十七《古迹考二·亭馆一》）

天心水面亭即景 〔清〕王煵

湖心几度泛秋槎，绿树亭台倚水斜。明镜湾头浮野鹜，翠钿叶上跃青蛙。鱼罾静候疏蒲岸，蟹舍香余晚藕花。碧藻游鳞船过处，残阳澈底有红霞。（辑自《春鹇集》）

天心水面亭怀元学士李溉之，用虞伯生题公诸亭韵（五首）〔清〕王大堉

凉风漾萍藻，皓月挂藤萝。故亭泖河处，怀古发高歌。

月窟绝点尘，天根无片云。不逢李谪仙，公以太白自命，时人亦许之。但见鸥鹭群。

梦飞尘寰外，心游冰壶中。仿佛来故人，玉麈挥清风。

客心谈秋水，潭影涵青空。荷花开几许，试问晚来风。

妙书鸿戏海，健笔鹄摩天。我欲乞醉墨，魂兮何时还？公善书。（辑自民国《续修历城县志》卷十七《古迹考二·亭馆一》《历下咏怀古迹诗钞》）

济南杂咏十二首（之四）〔清〕徐继孺

何事天心水面亭，珠环游女惜伶俜。今朝又送王孙去，春草年年一度青。（辑自《徐悔斋集》卷十一）

题李溉之学士湖上诸亭（十一首）〔元〕虞集

烟萝境

玉女乘烟雾，松间采薜萝。飞行了无迹，明月送空歌。

金潭云日

金沙滩上日，潭底见云行。只有琴高鲤，时时或作群。

漏舟

春水如天上，秋潭见月中。如何列御寇，犹欲待泠风。

紫霞沧洲

洞里琴鸣涧，洲前棹入云。拟寻云谷叟，同访武夷君。

秋水观

湖深山影碧，天净月光空。幸自无波浪，蘋花谩晚风。

无倪舟

三周华不注，水影浸青天。不上银河去，空明击棹还。

红云岛

日出湖边曙，云生岛上红。彩舟移曲岸，白麈对微风。

萧闲堂

受业萧闲老，令人忆稼轩。高堂何处是，湖曲长兰孙。

松关

黛色浮空表，苍髯积雪边。鸡鸣从此度，驴背向秋天。

大千豪发

善听返无声，善视入无睹。还将一绪云，散作万山雨。

观心

炯炯灯留室，微微息若存。仰探当月窟，俯察识天根。（辑自《道园学古录》卷三，其中第一、二、三、六首亦见于清乾隆《历城县志》卷第十五《古迹考二·亭馆一》）

无倪舟 〔元〕王沂

太虚以为川，元气为我舟。傲睨八极表，恍如乘桴浮。问津建德国，弭棹逍遥丘。回首太行路，摧轮多悔尤。（选自《伊滨集》卷一）

题李溉之别业红云岛 〔元〕王沂

曲折藏一丘，蔫锦千树桃。东风落红雨，点缀宫锦袍。春涨绿未波，晴光漾轻舠。承明自厌直，不是秦人逃。（辑自《伊滨集》卷一）

紫霞沧洲 〔元〕王沂

晴波漾金沙，云锦若可卷。剥啄者谁子，惊鸥去人远。岂无芙蓉制，奈此秋日晚。借问垂竿翁，仙源路深浅。（辑自《伊滨集》卷二）

二十、水面亭

据明崇祯《历城县志》清康熙增刻本卷四《建置志〔下〕》：水面亭，在大明湖薛王二公祠北、许公祠西、超然楼前，明末时已存，其始建于何人何时，旧志文献中无明确记载。多有将其与元人李洞所建的天心水面亭混为一亭者，但清代的水面亭当非元李洞之天心水面亭，清乾隆《历城县志》卷第十六《古迹考三·亭馆二》中已辨之。

◆旧志中的相关记载

明《历乘》卷五《建置考·宫室·亭》：

水面亭，提学道傍。元学士李洞建，虞集记，题咏甚富。

明崇祯《历城县志》清康熙增刻本卷四《建置志（下）·宫室·亭》：

一竿亭　大明湖内西。

清乾隆《历城县志》卷第十六《古迹考三·亭馆二·国朝》：

水面亭，在湖上。

按：此亭亦非元李洞之天心水面亭，详见前。

王士禛《秋柳》诗序：【略。】

按：北渚亭圮已久。据先生《菜根堂诗序》，北渚亭即谓水面亭。详见《艺文考》。

施闰章《水面亭与陈公朗方伯对雪（时陈迁陕西左藩）》：【诗见下，此处略。】

民国《续修历城县志》卷十八《古迹考三·亭馆二》：

水面亭，见前《志》。

饮水面亭 〔明〕龚勉

城畔明湖景最奇，幽亭虚敞对涟漪。荷翻碧浪浮空远，榴吐红芳接径披。月映楼头光满坐，风生水面冷浸肌。况逢故旧情偏胜，取醉还同在习池。（辑自《尚友堂诗集》卷之十三《东鲁稿》）

酬梦菊水面亭宴集见忆之作 〔明〕李化龙

露下天高冷鹔鹴，孤吟无复酒盈觞。却缘病起情无赖，转忆尊前乐未央。长笛短箫游汗漫，柳风荷月夜徜徉。多情独有江南客，为想同舟寄八行。（辑自《李于田诗集·东省稿》）

水面亭 〔明〕刘敕

傍水结幽亭，亭堆万叠青。棹声花外转，渔笛座中听。鱼鸟排佳宴，云迟使客星。相逢当此地，莫放酒常醒。（辑自《历乘》卷十七）

水面亭 〔明〕刘敕

水面何年结此亭，凭栏一望乱山青。荷香十里湖光阔，日日开筵迟客星。（辑自《历乘》卷十七）

咏亭 〔明〕刘敕

水边楼阁郁崔峨，载酒频邀豪客过。不见此亭当日古，却逢名士一时多。芙蓉光落看山醉，菡萏香生倚棹歌。十里明湖秋更好，与君搔首弄清波。（辑自《历乘》卷十七，亦见于明崇祯《历城县志》清康熙增刻本卷十四《艺文志三》）

咏亭 〔明〕刘敕

谁来亭畔结高楼，无限湖光一望收。万顷玻璃涵远岫，几家箫鼓泛中流。矶头渔笠供闲兴，石上瑶琴弄素秋。川自如斯人代谢，满亭残照水悠悠。（辑自《历乘》卷十七）

仲冬七日，济上李郡丞辟南年丈招同范质公集水面亭，夜泛大明湖，有赋〔明〕岳和声

羁心一以浣，冲风走水面。簌簌劲寒枝，明星抑何烂。浥露分甘醴，命羞极膴胖。改席临瀁漭，月色当青翰。解舣怨初涩，发吹喜行涣。高寒落生翠，氤氲结亭幔。荫映四五峰，沧波断复断。烛影散余金，鸿声历清汉。琉璃堆万顷，牛马失两岸。不妨睥睨侵，所嫌畦塍乱。何当芰芜秽，溟涬恣遐观。桃花春引流，芙蓉秋弥灿。相与荡虚舟，一任采莲伴。（辑自《餐微子集》卷之七）

水面亭〔清〕陈应元

论心话旧一尊前，风送荷香媚远天。酒遇刘伶醒亦醉，月逢庾亮过还圆。雄谈欲醉珊瑚树，小酌堪凌玳瑁筵。闻说圣朝新右武，好投文笔去筹边。（辑自明崇祯《历城县志》清康熙增刻本卷十四《艺文志三》，亦见于蒲松龄《聊斋诗集》）

藩臬转运诸公水面亭招饮二首〔清〕张泰交

昔贤选胜大明湖，此日招寻绮席铺。舟在镜中疑岛屿，窗临烟际胜蓬壶。天心月出亭今古，水面风来景有无。自昔江山多阅历，莫教寂寂笑吾徒。

倚栏纵目若凭虚，缥渺闲云自卷舒。雉堞遥连烟树晚，寒山远映夕阳初。人逢胜事心逾爽，酒人诗肠兴有余。醉眼放怀天地阔，更从何处觅吾庐？（辑自《受祜堂集》卷十二）

水面亭〔清〕赵作舟

湖曲行歌处，荷香十里同。船移从柳外，鱼跃细流中。黛色清疑雨，林阴晚趁风。偶然乘兴坐，客思静何穷？（辑自《文喜堂诗集》卷二《原鸰集〔上〕》）

水面亭与陈公朗方伯对雪时陈迁陕西左藩。〔清〕施闰章

选胜迟佳客，湖亭倒酒卮。可堪风雪路，正是别离时。冰合鱼龙蛰，天高鹳鹤饥。岱云连华岳，千里一相思。（辑自《学馀堂诗集》卷二十六，亦见于清乾隆《历城县志》卷第十六《古迹考三·亭馆二》）

明湖水面亭 〔清〕姚夔

一曲明湖水，回堤断复连。构廛临水面，种柳接湖烟。香出芰荷里，凉生衣袂边。幽栖足佳致，久坐生余妍。（辑自《饮和堂集》卷三《历游草》）

和严琬蜚水面亭 〔清〕林九棘

三秋五过濯缨亭，屡浥繁花拂袖馨。细草远迷谭子国，疏钟遥出梵王庭。心随流水行还止，目送飞鸿去复停。展转不堪惊旅况，狂歌河畔草青青。（辑自《十咏堂稿·东游纪草》）

初春游水面亭 〔清〕黄垍

行行依水次，远远见亭台。门对诸峰近，春从万堞来。轻寒随雪尽，高阁拂云开。薄暮聊乘兴，扁舟去复回。（辑自《夕霏亭诗》）

游水面亭有感 〔清〕任弘远

曾记当年泛酒卮，芙蕖开放柳垂丝。重来泪洒荒亭畔，闲杀风来水面时。（辑自民国《续修历城县志》卷十一《山水考七·水三》引《鹊华山人诗集》）

水面亭 〔清〕张文瑞

小歇芙蓉店，频过水面亭。湖光深潋滟，秋色老娉婷。铁笔千年墨，华不半点青。飘飘旧游屐，天地一浮萍。（辑自《六湖先生遗集》卷九《西笑集》）

夏夜偕宗室果亭、马逊渚两给事，赵然乙侍御，季重孝廉暨儿世炜泛大明湖，遍历诸胜，得诗六首（之五） 〔清〕沈廷芳

远见楼台入夜多，谁家珠箔斗笙歌。何如茶话水亭下？风度香清千枋荷。水面亭为元翰林李泂读书处，故址犹存。（辑自《隐拙斋集》卷十五）

春日雨中步至明湖水面亭，晤田夫韦姓，遂与烹茗剧谈半晌 〔清〕郭维翰

濛濛烟雨湿春莎，逸兴偏宜寄笠蓑。芳径迂回金柳嫩，画桥高下惠风和。亭开水面临青镜，云拥山头隐翠螺。四望欣然浮绿茗，园翁邂逅亦情多。（辑自《鸿爪集·今体诗》）

忆仙姿·水面亭 〔清〕郭维翰

亭外濛濛烟雨。独坐黄昏无语。何处寄想思，杨柳依迷千缕。延伫，延伫，人在画楼深处。（辑自《鸿爪集·词》）

续齐音一百首（之九十八） 〔清〕毛大瀛

渔洋老去渺风流，水面亭前忆唱酬。冷落湖山谁管领，可怜杨柳不胜秋。

渔洋先生作客济南，与诸名士会饮水西亭，赋《秋柳》四章，一时和者数十人，为艺苑口实。（辑自《戏鸥居诗钞》卷九）

水面亭 〔清〕郝允秀

天下无双地，曾闻学士推。鱼窥人影避，水上砌痕来。两岫芙蓉落，满湖荷芰开。会邀名下士，暇日共徘徊。（辑自《松露书屋诗稿》）

水面亭茶舍题壁 〔清〕朱道衍

是藕香深处，亭开湖水心。留题多海客，入室半吴音。白鹭冲烟起，红桥落影沉。月明人寂后，船系绿杨阴。（辑自《铸亭诗续抄·济南草》）

雨后上水面亭 〔清〕朱畹

最爱菱塘好，雨过香满汀。疏萤飘败瓦，凉月贮空亭。浓露疑阶白，遥山扑面青。谁家吹玉笛，秋意不堪听。（辑自《红蕉馆诗钞续》）

水面亭 〔清〕董芸

天心水面亭，元学士李溉之洞所建也。虞伯生为洞作记，谓“壅土水中而筑亭，可周览其胜”，与今水面亭异。今亭在鹊华桥下，北临湖水，相传即渔洋山人赋《秋柳》处。

霜后残荷雨后萍，几株烟柳尚青青。渔洋一去无人赋，冷落湖南水面亭。（辑自《广齐音》，亦见于民国《续修历城县志》卷十八《古迹考三·亭馆二》）

历下杂诗（十八首之二） 〔清〕王煦

水面亭前旧柳枝，西风摇曳冷秋时。渔洋没后声华在，亭上犹传《秋柳》

诗。（辑自《爱日堂类稿》卷一）

三游明湖，叠次张蓉裳元韵（四首之三）：水面亭 〔清〕彭闾

执耳骚坛此盛传，中朝第一仰坡仙。秋风刻石乌尤道，夜雨题诗白下船。水面名亭犹昔日，鹊山寒食几新烟。如何令仆为公累，冷落乡关四十年。（辑自《沅湘耆旧集》卷一百四十二）

水面亭 〔清〕朱畹

芙蓉泉上柳毵毵，酒阁茶楼波影涵。四面青山半城水，济南真个似江南。（辑自《红蕉馆诗钞》，亦见于民国《续修历城县志》卷十八《古迹考三·亭馆二》）

济南杂诗（七首之七）：水面亭 〔清〕梅成栋

闻说红莲六月开，名花都为美人栽。几回水面亭边立，果否今生得再来。（辑自《欲起竹间楼存稿》卷六）

水面亭 〔清〕封大本

水面亭上三日坐，湖水粼粼少尘涴。重岩沓嶂走东海，黛色飞来水中堕。湖光山态绝瑰奇，菱叶荷花纷弄姿。能来此地共觞咏，罚满深杯亦不辞。（辑自《续广齐音》）

大明湖棹歌（四十首之三十五）〔清〕陈在谦

金风亭长旧吟魂，水面凉飔日又昏。绊袖游丝千百尺，教人无地写秋痕。水面亭在鹊华桥畔，传为渔洋赋《秋柳》处。（辑自《梦香居二集》卷二）

晚登水面亭 〔清〕张善恒

偶倚空亭眺远洲，晚来风味最清幽。千层芦苇和烟卷，万里星河倒影流。好句吟残长夜月，寒砧敲动故园秋。剧怜何处邻舟泊，满耳笙歌奏不休。（辑自《历下记游诗》上卷）

济南杂咏（录四之一）〔清〕沈兆沄

清风明月小沧浪，千顷莲花自在香。旧是忠臣誓师处，背城面水奉祠堂。水面亭，铁公誓师处。（辑自《织帘书屋诗钞》卷二，亦见于民国《续修历城县志》卷十四《建置考二·坛庙》）

明湖水亭吊王渔洋尚书（四首）〔清〕王偁

《秋柳》诗中感慨多，怀人落日锦秋河。文章千古原同调，水面亭凉泪雨波。

圣朝济遇唱黄华，到处题诗自一家。消得人间多少福，花残棠棣泪如麻。

丝竹东山谢傅俦，秦淮日下与扬州。妓家也算苍生数，先辈何尝讳冶游！

风雅官场易主持，精华何敢系微词！能诗尚要能传福，绝代销魂今属谁？

（辑自《鹊华馆济南杂咏一百首》）

水面亭怀元学士李溉之〔清〕王偁

水面天心异往时，伯生赋罢最相思。可怜学士称风雅，不及同吟《秋柳》诗。相传渔洋《秋柳》诗吟于此。（辑自《鹊华馆济南杂咏一百首》）

水面亭怀元学士李溉之〔清〕廖炳奎

明湖湖畔寓诗翁，风雅争传学士风。鼓棹仍游城以内，浮亭宛在水之中。轩留月影生虚白，槛受霞光落晚红。慨想芳徽何所寄，对华桥北鹊桥东。（辑自民国《续修历城县志》卷十七《古迹考二·亭馆一》引《历下咏怀古迹诗钞》）

水面亭纳凉〔清〕符兆纶

孤亭一角枕湖隈，尽放湖光入座来。刚是好风吹得到，晚凉无数藕花开。（辑自《卓峰草堂诗钞》卷二十）

水面亭即事〔清〕乔岳

荷花时节满城香，粉黛如云度画廊。戏簇小鬟登舴艋，醉投细果打鸳鸯。朱暾不到湘帘外，绿鬓同窥水镜旁。忽见峰头披絮帽，知他行雨定何方。（辑自《松石诗钞》，亦见于民国《续修历城县志》卷十八《古迹考三·亭馆二》）

明湖竹枝词（十首之五）〔清〕魏乃勷

西风残照雁来迟，水面亭高似昔时。《秋柳》四章成绝调，隔湖犹唱阮亭诗。（辑自《延寿客斋遗稿》卷一）

游明湖杂咏（十首之四）〔近现代〕崔子湘

橹声轻过水禽知，尽敞船窗面镜漪。秋柳几行浑似旧，大年画意阮亭诗。（辑自1921年9月3日《益世报（天津版）》第14版）

济南杂咏二十首（之十二）〔现当代〕胡端

杨柳依依抱水隈，水面亭上眼曾开。东痴老去渔洋死，江左何人续玉台？

《渔洋诗话》：余少在明湖水面亭赋《秋柳》诗四章，一时和者甚众。又：徐夜字东痴，诗学陶、韦。余目之为涧松露鹤，赠句云："湘东品第留金管，江左风流续《玉台》。"（辑自1941年《萸江吟社辛巳秋冬季合刊》。该诗及诗中的"面"原皆误作"圆"，皆据《渔洋诗话》卷上改。）

二十一、小沧浪亭（小沧浪馆）

小沧浪亭，位于大明湖西北岸边，坐北朝南，为清乾隆五十七年（1792）时任山东盐运使阿林保用建铁公祠、佛公祠剩下的工料所建，其规模比苏州沧浪亭小，故名“小沧浪亭”。

小沧浪亭周围三面荷塘，四面柳浪，小桥流水。亭南面湖，有东西向长廊，采用借景手法，将湖光山色引入院内，设计风格匠心独到。

小沧浪亭建成后便成为文人们游览宴饮胜地，其别致的景色吸引着众多文人骚客前来乘凉赏荷、饮酒赋诗，并留下了许多脍炙人口的诗篇。镶嵌在西廊壁圆形洞门两侧的石刻对联“四面荷花三面柳，一城山色半城湖”一联是由清嘉庆年间山东提督学政刘凤诰所撰，山东巡抚、大书法家铁保所书，是迄今为止形容济南古城风貌最恰切的名联。

◆旧志中的相关记载

民国《续修历城县志》卷十九《古迹考四·亭馆三》:

小沧浪

翁方纲《小沧浪记》:【略。】

小沧浪者，历下明湖西北隅别业，即杜子美所言“北渚”也。鱼鸟沉浮，水木明瑟，白莲弥望，青山向人，至此者渺然有江湖之思。别业为盐运使阿雨窗林保所筑。雨窗移任天津，方伯江滋伯兰领之。方伯移任云南，余乃领之。与学署相距一湖，少暇即放舟来读书于此，或避暑竟日，或坐月终夜，笔床茶灶，夷犹其间。鹊华在北，惜为城堞所掩。历山在南，苍翠万状，远望梵宇，小如箱箧。或黑云堆墨，骤雨翻盆，万荷竞响，跳珠溅玉，霅然而霁。残霞雌霓，起于几席。斜日向晚，湖风生凉，皓月转空，疏星落水，驾鸯鸂鶒，拍拍然不避人也。及其清露湿衣，仰见参昴，城头落月，大如车轮，是天将曙矣。此境罕有人领之者。(《小沧浪笔谈》)

为阿运使题小沧浪 〔清〕王初桐

人与沧浪一例清，不教严叟独知名。即从水面开三径，更向波心结数楹。柄柄荷香围几席，层层峦翠朴帘旌。却看澈底琉璃滑，重把明湖号濯缨。（辑自《海右集》，亦见于民国《续修历城县志》卷十九《古迹考四·亭馆三》）

吴分司邀集小沧浪，即席赋呈 〔清〕王初桐

漾舟芦叶湾头去，近岸叶声如撒雨。芦湾欲尽忽荷花，借问沧浪在何许。豁然一簇小亭台，画槛朱栏水次排。挽柳维舟试登眺，万山收拾此中来。玳瑁筵开暑初失，城悬将落未落日。劈笺分赋沧浪诗，刻烛诗成月东出。但得仙源许问津，羊刘罚酒何足嗔！酒阑不辨谁宾主，都是江湖旧散人。（辑自《海右集》，亦见于民国《续修历城县志》卷十九《古迹考四·亭馆三》）

六月九日与诸友人泛湖，憩小沧浪 〔清〕翁方纲

明湖西北小沧浪，绀碧云围菡萏香。竹月细穿银镜槛，水风徐皱雪罗裳。顿教芦叶生秋早，未觉槐花送客忙。收得诸峰随艓子，依然禅榻聚圆光。（辑自《复初斋诗集》卷四十三《小石帆亭稿〔上〕》，亦见于民国《续修历城县志》卷十九《古迹考四·亭馆三》）

铁、佛二公祠落成后，雨窗榷使邀同宴集新葺小沧浪，即席赋呈诸公二首 〔清〕翁方纲

一盏寒泉荐，清风动渚蘋。绿荷圆似梦，秋水澹于人。四照环澄镜，诸峰对写真。那能凭小记，传出画精神。方纲撰祠记。

小舫成诗屋，回栏绮席开。囊云堪借榻，得月更登台。渚面升微缕，祠阴点湿苔。已招湖外绿，飞雨送秋来。（辑自《复初斋诗集》卷四十三《小石帆亭稿〔上〕》，亦见于民国《续修历城县志》卷十九《古迹考四·亭馆三》）

小沧浪月夜作七月十一日。 〔清〕翁方纲

屡乘月夕寻诗话，今夕初凉最轻快。红云玉镜写空明，始是济南诗境界。初来云升月犹澹，峰尖四罩青菡萏。水底苍烟叠绮霞，水面圆珠荡金潋。虚亭俯出飞霞表，径转祠阴曲廊绕。古来北渚作湖心，今日七桥皆画稿。此亭本借

祠隅筑，抱郭人家带寒绿。西湖堤去问百花，历下亭来漱鸣玉。百花，台名；鸣玉，亭名。自有此湖无此亭，一揽全势交回汀。北海筵前佩珂响，少陵诗里遗堞青。曾公晁公迹何在，遗山来余六百载。近到新城柳社游，只此秋空同月彩。今我来盟鸥鹭静，隔浦渔蓑卧烟冷。莲叶深沿苇叶深，层栏影接层峰影。月穿莲叶峰穿月，菱荇中央更澄澈。笔床茶灶载书来，棹入苍湾渺空阔。我歌却逐渔歌起，鹊华秋光照千里。何须凭眺追昔贤，但有清心对湖水。沧浪一曲深复深，夜久松篁露满襟。还期雪夜亭边宿，对坐千峰响玉琴。（辑自《复初斋诗集》卷四十四《小石帆亭稿〔下〕》，亦见于民国《续修历城县志》卷十九《古迹考四·亭馆三》）

晚憩小沧浪，登汇波楼四首　〔清〕翁方纲

昨写祠碑放阙龛，褚河南果护伽蓝。一收岸岸疏疏影，雁字诗来点翠潭。

几日苍葭变绿蒲，晚风凉思展全湖。惠崇底处参三昧，野鸭飞来趁画图。

流水栖鸦句宛然，明湖诗社羼提禅。二千卷里攀条思，却被江南谢女传。

抱城十里两烟鬟，离合神光近远闲。水郭人家供写照，夕阳全为客看山。

（辑自《复初斋诗集》卷四十四《小石帆亭稿〔下〕》，亦见于民国《续修历城县志》卷十九《古迹考四·亭馆三》）

同诸友小沧浪作二首六月十日。　〔清〕翁方纲

种菱占半郭，与人阅三庚。去年亦兹日，惓言镜槛凭。微我二三子，孰偕鸥鹭盟？襟摇半峰影，桨划疏蒲声。北来风云思，秋浦、鹤亭二山。南话江湖并。可庐、乔梓及春畦也。中通莲气味，静喻山性情。岂必蹇处士，始题海右亭？尽得十桥势，以挈千崖青。

二年四序周，风雪月晨夕。各有领要处，独未雨景得。一角犹斜阳，千峰变水墨。圆荷不受濡，此响乃真碧。一洗明镜空，谁算秋影积？千珠前梦悟，仍是明月滴。渊乎文字禅，收之坐趺息。归向石帆叩，相与观定力。（辑自《复初斋诗集》卷四十四《小石帆亭稿〔下〕》，亦见于民国《续修历城县志》卷十九《古迹考四·亭馆三》）

《小沧浪图》，为雨窗运使题二首 〔清〕翁方纲

谁凭无咎赋，印出裕之诗？粉本寒云外，苍霞夕照时。水光全摄取，山影半迷离。空翠盈襟贮，宁烦著色为。

诗在无声处，湖壖气已吞。中间添尔我，趺坐试评论。掩映层林活，微茫淡月痕。不劳禅榻梦，咫尺即寻源。（辑自《复初斋外集》诗卷二十二《小石帆亭稿》）

《沧浪话别图》三首并序。 〔清〕翁方纲

《沧浪话别》图，熊蔚亭观察济南，为此画册，以赠雨窗运使之行，而今即以其副稿送蔚亭司臬于吴也。雨窗筑亭于历城北湖，题曰“小沧浪”，盖借吴门沧浪以名之，而蔚亭适司臬于吴，又不谋而合也。蔚亭自刑部郎出为郡，有政声人望。其秉臬久矣，而今甫于济南膺此擢者，岂非此湖之清辉相映发而益彰欤？维时政成人和，雨旸以时，在城诸当事皆以湖水共盟心迹，固宜别绪之深、诗思之旷与湖渚俱长也。予因感兹图之作，良非偶然，为之系诗于后。诸君子遂联咏盈册。昨雨窗之杭，以行迫，未及为序。故因序图所以作，而前后二图之缘乃合焉。请寄语雨窗赓而继之。

明湖话明湖，昨日别话长。谁知今话别，沧浪话沧浪。沧浪虽济水，名自苏台旁。于济送之苏，天然巧相望。槛泉石齿齿，沙渚蒹苍苍。明月来碧空，两处同一光。似为我与君，不忍催别觞。所以君拈题，旋赠君俶装。画稿君所营，还入君诗囊。

我铭浣花研，沧浪即花溪。亦写沧浪图，恰为薛祠题。文章与理学，本根达荣荑。君持经术来，化洽鲁与齐。即今春膏渥，一视江东西。何减五椒云，荫交百花堤。研田亦生香，水藻牵春犁。写此两心同，云净绿玻璃。五椒，君家堂名。

去腊雨窗约，今冬寿东坡。共来此湖上，主宾赓戛磨。岂知别袪执，对写寒梅柯。莲幕有沈君，挂帆同啸歌。回首海右亭，抵得名士多。相和共怀我，吴阊渺烟波。井栏甃石字，墨云香篆窠。寄我济南城，金石增编摩。惟与麻源客，铅江望红鹅。吴门沧浪亭井石有宋人刻字，见《研北杂志》。予门人吴江沈湘葵在君幕中，此章兼以送之。而君乡人王生实斋时在予幕也。（辑自《复初斋外集》诗卷二十二《小石帆亭稿》）

曹州试院题《小沧浪图》，即用雨窗题画二首韵，兼以寄怀四月十三日。〔清〕翁方纲

落月澹空林，君从何处寻？远烟疑类影，秋浦几重深。载酒招要夕，凭栏怅望心。祠隅来涤砚，石濑似鸣琴。

重缘结墨林，旧梦屡幽寻。知尔西湖曲，怀余北渚深。青来众峰合，绿重百花心。谁为理前诺？山房横玉琴。（辑自《复初斋外集》诗卷二十二《小石帆亭稿》）

和阮云台学使寄孙渊如观察韵　〔清〕朱文藻

明湖香拥瑞莲开，酒被花光面面催。共讶使君迎不到，庆云一朵却先来。（辑自《小沧浪笔谈》卷一，亦见于民国《续修历城县志》卷五十二《杂缀二·轶事二》）

和阮云台学使寄孙渊如观察韵　〔清〕桂馥

湖里莲花四照开，道傍驿骑递番催。人间天上中秋近，可要乘槎犯斗来。（辑自《未谷诗集》卷二）

雨窗榷使因铁忠定公靖难时捍御济南有功，而祠宇湫隘，卜筑另建于明湖之西，佛中丞祠附焉。中丞抚东有惠政，故并祀之。祠西隙地依湖小筑，宛似江乡，故颜之曰“小沧浪”，为游人临眺之所。依次原韵，以志颠末（四首之三、四）〔清〕刘权之

小沧浪有老坡翁，偶尔清游系短篷。芦叶声中青霭合，藕花影里白云通。斜欹曲榭凝香远，淡抹遥山滴翠濛。自是使君饶逸兴，吟诗不废簿书丛。

开函绝妙好题辞，应买生绡付顾痴。小艇微云疏雨际，一竿残暑晚凉时。江南久识烟波趣，历下曾邀风月知。倘得重游虔展谒，荷珠手引注军持。（辑自《长沙刘文恪诗集·剩存诗续草》卷二）

小沧浪望雪，柬阿运使　〔清〕方昂

跋马凌晨踏碎琼，到来心地顿分明。寒凋万木孤亭出，冻合全湖一镜平。穆若静闻折竹响，朗然人在玉山行。归鸿欲去留泥爪，倾耳希声不世情。（辑自

《国朝历下诗钞》卷一）

题小沧浪（四首）〔清〕阿林保

湖西小住宛江乡，面面轩窗绕曲廊。断岸直随芦叶尽，虚檐全受藕花香。浓青照眼山千髻，冷碧涵空水一方。蘋蓼萧疏烟渚外，闲鸥点点泛斜阳。

数竿修竹半弓苔，更乞名花绕砌栽。云影荡波山势动，鱼梭惊岸水纹开。放衙正好月初上，倚槛恰当风乍来。灯火渔庄催暝色，夜凉那忍棹船回。

何处投纶学钓翁？此间真可蟻孤篷。敢教案牍如尘积，难得烟波近市通。绿树村边烟漠漠，白蘋湾外雨濛濛。坐来大有沧浪意，隐约渔歌出苇丛。

如此清游百不辞，坡公留得使君痴。湖山许我开生面，风月怀人感旧时。兴到欲移茶灶住，诗来早被水禽知。摩挲碑版他年事，且折荷筒酒共持。（辑自民国《续修历城县志》卷十九《古迹考四·亭馆三》，据石刻，第一首《国朝山左诗汇钞后集》卷三十五列在马汝舟名下）

小沧浪亭〔清〕刘考

幽亭结构水云隈，杨柳芙蓉绿岸栽。壁为题诗春更墁，窗因垂钓昼常开。一樽收得荷香去，双橹摇将月影来。近日游踪惟在此，高眠往往夜深回。（辑自《国朝山左诗续钞》卷二十九，亦见于清道光《济南府志》卷六十九和民国《续修历城县志》卷十九《古迹考四·亭馆三》）

阮芸台夫子招陪观察孙渊如先生宴集小沧浪，与者仁和马秋药，偃师武虚谷，怀宁余伯扶，吴县周曼亭，吴江陆直之，钱唐朱朗斋、何梦华，歙县吴南芗、郑研斋，益都段赤亭，历城郭小华，凡十有四人。是日小华作图，分赋二绝句〔清〕颜崇椝

尚有名花四照开，官闲不觉简书催。湖边白鹭连拳立，城外青山倒影来。

浃旬且喜旅怀开，录别新诗击钵催。它日团茅湖上住，不知旧雨几人来。（辑自《摩墨亭稿》，亦见于《曲阜诗钞》卷八、民国《续修历城县志》卷五十二《杂缀二·轶事二》）

小沧浪，和阿雨窗运使七律四首 〔清〕郝允秀

出尘亭榭惬幽寻，未许苏园冠古今。碧玉连阶抽箭竹，虹桥贴水下灵禽。坐来地据湖山胜，行处风含草树深。莫问沼池宽几许，藕花开到曲郎阴。

一从杨柳带烟萝，棂槛无风几度过。十里湖光通窈窕，四围山色送嵯峨。南丰旧榭良堪继，北海新亭未足多。自是平陵富林壑，流连碑版意如何!

如此幽深见几区，清流奇石水城隅。人间胜地不常有，世外仙源良可娱。荷叶包鱼供晚膳，磁瓶携酒倩长须。风流漫恨渔洋远，好句争传未是谀。

竹轩木舫水云间，满目珍珠红蓼环。望里波平双鹭浴，坐中客散一亭闲。官慵尽日判花立，暑退连宵带月还。羡煞使君无案牍，频来此地踏苔斑。（辑自《水村诗集》卷下）

五月朔东郊观麦，泛大明湖，燕集小沧浪，用东坡迁鱼西湖诗韵 〔清〕和瑛

三春膏雨不破块，麦秀昂头粒绽背。黄云匝地抵黄金，况有湖山作襟带。行郊万户乐且都，主人作意飨鱻脍。水面笋厨竞遥指，芦湾曲曲琉璃碎。那须腰笏挽易于，划得闲船弄清籁。座上高吟六快活，半日偷闲愧典外。自古阴阳与政通，五竺三山同兹会。百年今到沧浪洲，始信铁船能渡海。（辑自《易简斋诗钞》卷三）

湖西新馆 〔清〕朱照

阿运使林保假商家之力，于城隅间湖面上起亭馆，为宴宾之所，额曰“小有沧浪”。

城隅亭馆地幽遐，画槛雕栏事踵华。长夜追欢邀月色，千金治宴为荷花。流迁北渚生丛草，木老云庄住暮鸦。新辟湖西名士路，久无蹇姓旧人家。（辑自民国《续修历城县志》卷十九《古迹考四·亭馆三》引《锦秋老屋稿》）

奉和阿雨窗转运《小沧浪》元韵，兼呈黄岳领明府（四首） 〔清〕尹廷兰

司马新祠筑水乡，游人隔水见回廊。朱门鸟语地偏静，极浦花开风亦香。正好放怀歌古调，漫劳驻景检神方。沧浪唱罢烟波晚，寂寞亭台半夕阳。

绿痕上砌长莓苔，槛外垂杨次第栽。北渚迎秋明镜晓，南山当户翠屏开。偶逢沙鸟衔鱼出，会有仙人入座来。云影天光看不厌，莫教画舫等闲回。

转运风流似酒翁，放衙修禊日推篷。水围亭榭尘难到，路隔芙蓉意已通。几处楼台喧竹肉，坐来烟树晚空濛。中央会有伊人在，望断蒹葭一两丛。

蛮笺争和使君词，画手先推黄大痴。千里结缘同洛社，七桥寻胜及花时。平台客散雁初下，曲港船回鱼暗知。愧我家山成远道，长吟不共酒杯持。（辑自《华不注山房诗草》卷上，亦见于民国《续修历城县志》卷十九《古迹考四·亭馆三》）

忆大明湖（二十首之十四）〔清〕尹廷兰

历下亭空北渚荒，城隅选胜小沧浪。百年野老幽栖地，新辟诗人翰墨场。（辑自《华不注山房诗草》卷上，亦见于《国朝山左诗汇钞后集》卷三、民国《续修历城县志》卷十一《山水考七·水三》）

友篪、慈鹤出游小沧浪在大明湖上。〔清〕吴俊

老人簪彩胜，照镜不自羞。顾谓子与侄，酒熟黄柑不。一樽为我寿，遽起连翩游。游亦甚不远，沧浪在城陬。我欲与偕往，深恐劳导驺。晏坐待其返，叩以所历幽。修陂亘蜒蜿，杰阁耸崪嶕。迷复径屈曲，应接风夷犹。南山忽倒插，残雪指钓钩。波闲碧瓦动，隐隐娥妃旒。赤鲤闯密藻，白凫点轻沤。阴深蛰龙起，惝恍冯夷讴。何曾出郛郭，乃已凌沧洲。欲绘所闻见，乞我诗笔遒。入耳心默领，构虚象莫瘦。少陵渼陂上，惨淡雷雨秋。那知千载下，奇景合不谋。诗成付胥腕，一纸传齐州。终当屏骑从，浩荡挐扁舟。（辑自《荣性堂集》卷十九）

五月朔日太庵中丞诣东郊观麦还，集小沧浪精舍，用坡翁《放鱼西湖》诗韵赋诗见示，辄和二首 〔清〕吴俊

荻芽抽渚蒌满块，麦熟城阳更城背。鹊山华山两点螺，泺水漯水一条带。中丞朱盖绕村行，人慕新诗如慕脍。员外亭子迹有无，济南名士编丛碎。扁舟摇入大明湖，对对鸡鹊晴戏濑。剡溪若耶谈笑中，方壶圆峤烟霞外。杜陵老去樽俎空，一千年来无此会。易于今已遇裴休，原诗有“那须腰笏挽易于”之句，故云。翰墨莫夸李北海。

红女柔桑野人块，临淄十万泰山背。桔槔卧陇碌碡忙，露冕麦风吹缓带。

绿陂萑苇碧如织，近市鱼虾鲜可脍。丽谯四角堆芙容，万顷中涵珠琐碎。不教呵导闯琉璃，只挈樽罍洗湍濑。世间杭颍两西湖，结构大都城郭外。何如阛阓有濠梁，会波楼上风月会。公今肯为放生来，赤鲤悠然逝沧海。（辑自《荣性堂集》卷二十）

小沧浪雅集，用前韵〔清〕段松苓

方塘菡萏记曾开，芦荻西风一色催。水上浮鸥可相忘，青衫依旧段生来。（辑自《济上停云集》，亦见于《小沧浪笔谈》卷四）

小沧浪雅集，用前韵〔清〕武亿

著意秋容罨翠开，隔旬诗债又相催。此间容我留三月，日日沧浪亭上来。（辑自《小沧浪笔谈》卷四，亦见于民国《续修历城县志》卷五十二《杂缀二·轶事二》）

次阮学使韵，送渊如〔清〕吴锡麒

济南名士宴频开，莲子湖头信屡催。此去更应清到骨，鹊华秋色马头来。（辑自《济上停云集》卷一，亦见于民国《续修历城县志》卷五十二《杂缀二·轶事二》，题作《次阮元柬孙渊如同年韵》）

小沧浪雅集，用前韵（二首）〔清〕马履泰

南皮高会绮筵开，北渚秋光著意催。说与沧浪亭子听，百年名辈几人来？

人生会合真难事，北马南船月夜催。此后鹊华秋色里，惟应凉梦拂空来。（辑自《小沧浪笔谈》卷四，亦见于民国《续修历城县志》卷五十二《杂缀二·轶事二》）

博尔济吉特抚部和宁观麦东郊，还泛大明湖，集小沧浪，用东坡迁鱼韵见示，奉和一首〔清〕赵怀玉

麦浪层层齐覆块，野农都无污沾背。平畴是处引碧幢，薰风自来吹缓带。行厨更载向明湖，蒲笋作羹鱼斫脍。回船不惊凫鸭散，荡桨徐看荇藻碎。几番雨过湿浮岚，百顷波平息鸣濑。大文意象超物表，静者襟怀寄尘外。少陵昔咏

历下亭，此日沧浪续高会。年丰人乐即蓬壶，法藏漫夸欢喜海。（辑自《亦有生斋诗集》卷二十）

中秋夜帆舟游大明湖，饮沧浪亭 〔清〕刘大绅

中秋不相负，一舫复来过。湖阔消烟净，亭空受月多。悲欢余白首，聚散付清歌。尚欲期明夜，钡光常荡磨。（辑自《寄庵诗钞》卷二）

明湖棹歌六首（之四） 〔清〕钟廷瑛

铁公佛公两祠堂，异境天开水一方。日日凭襟亭下过，打碑声出小沧浪。（辑自民国《续修历城县志》卷十一《山水考七・水三》引《退轩诗录》）

次韵答阮芸台学使同年元柬招即往历下之什 〔清〕孙星衍

芙蓉池馆报花开，驿骑传诗一夕催。不为时需访碑使，元时设此官。也应天与聚星来。（辑自《济上停云集》卷一）

次韵（二首） 〔清〕伊秉绶

车骑东都祖帐开，明湖箫管绕城催。一从杜老题诗后，名士皆趋历下来。

曾传胪唱五云开，暂别仙班使节催。相送好拈韩子韵，祝君成政更归来。昌黎《送郑尚书之岭南节度序》云：韵皆以来字者，祝君之成政而来归也。（辑自《济上停云集》卷一，亦见于民国《续修历城县志》卷五十二《杂缀二・轶事二》）

附：原作 〔清〕阮元

济南亭馆傍湖开，湖上西风且漫催。万朵荷花五名士，一时齐望使君来。（辑自《济上停云集》卷一）

雨窗都转筑小沧浪于明湖之西，诗述其事 〔清〕吴昇

济南山水甲齐鲁，称最胜者曰明湖。明湖十顷剧空阔，惜哉利薮争鱼蒲。家家划水作畦畛，界破碧色琉璃壶。芦苇人长夹船过，闻香不见红芙蕖。渚亭风日亦清妙，欲放眼界愁模糊。使君燕坐发遐想，生面要辟湖中无。审势探奇

日沿溯，循港不厌千盘纡。水穷岸尽得爽垲，远瞰万象如披图。烟汀历历豁明镜，岚翠面面浮清蘆。妙境原来眼前是，转恨迟到空追摹。吏人署帖大匠至，湖干畚挶罗千夫。堂成庑立台榭起，丹碧照耀湖西隅。邦之父老骇未见，纷纷传说盈环涂。杂沓游人夕未已，山色劝我留须臾。平阶坐鉴秋水净，攀磴独上危亭孤。檐头飞雨响青篛，槛外野风吹白凫。只疑身世隔尘俗，不信烟火犹阛阓。愚氓安识此间好，多年埋没愁输租。不逢幽人恣幽讨，粪壤老作瓜芋区。况复中间历千载，继李杜后为曾苏。当时揽胜遍湖上，忍教委弃随榛芜。乃知显晦亦有数，水西渚北皆前驱。造物留贻总无尽，搜罗敢议前贤疏。凭栏味此意超忽，夜凉人散从歌呼。诗成欲补沧浪集，便觅苏豪结酒徒。（辑自《小罗浮山馆诗钞》卷七）

始游小沧浪作（三首）〔清〕吴昇

不负重为漫刺投，别开生面向湖头。酒尊歌板勾留处，好纪先生第一游。

危亭一放看山眼，秀揽芙蓉万朵花。奇境欲将奇兴敌，衔杯高受众峰衙。

十里香生水面风，野莲能白更能红。评量欲借苏髯句，毕竟西湖六月中。（辑自《小罗浮山馆诗钞》卷七）

泛舟小沧浪，呈雨窗都转〔清〕吴昇

平波一片隔疏林，泛泛轻舠荡碧浔。好景西湖遽如许，风流北海到于今。坐令山水惊知己，能使禽鱼副会心。千载沧浪歌意在，濯缨泉畔许同寻。（辑自《小罗浮山馆诗钞》卷七）

次雨窗都转小沧浪原韵（四首）〔清〕吴昇

莲湖西畔柳丝乡，面面虚亭曲曲廊。近郭有山皆侍坐，穿花是水尽生香。千年玉佩当歌兴，三夏荷筒避暑方。并向烟波寻妙境，习池风景又高阳。

劚破城坳万点苔，引渠分竹下鱼栽。湖山到此全身现，文酒从今雅抱开。霁色晓连千雉迴，晴波遥泛一鸥来。冰壶濯魄清虚府，稳卧闲云莫放回。

团扇真堪画放翁，湖干日日系疏篷。长空露白秋初净，曲港烟青水暗通。花发蘋洲思柳恽，泉香茗灶识王濛。十三亭外西泠梦，早逐渔榔过苇丛。

书传海国得清辞，吟对烟皴忆大痴。时未谷自北海寄诗来，小艿尚留泲上。

风月忽新人去后，尊罍重整雁来时。高林待鹤尘中见，流水鸣弦座上知。狂态已深容坦率，鱼矶分我一竿持。（辑自《小罗浮山馆诗钞》卷七）

小沧浪杂诗（三首）〔清〕吴昇

山色空余近，荷花秋更繁。每来思买屋，一月几携尊。敲鼓上鱼榜，吹箫过水门。野情吾最熟，重向此间温。

小雨忽残阳，浮鹭遍野塘。人烟疑负郭，秋水欲周堂。倚槛收鱼网，平阶泊钓航。迟留不能去，今夜月初凉。

渔啸随烟起，菱风掠岸轻。水村鹅鸭乱，斜照芰荷明。画稿兼诗稿，羁情杂酒情。凭阑无限意，都逐暮云生。（辑自《小罗浮山馆诗钞》卷七）

湖亭度小沧浪新曲，次熊谦山观察元韵 〔清〕吴昇

一阕新歌湖面亭，穿花度竹响泠泠。人间风月归词客，座上神仙列酒星。近水管弦弥得韵，入秋旬日不曾醒。曲终略会沧浪意，静里澄心见八溟。（辑自《小罗浮山馆诗钞》卷七）

家念湖司马招饮小沧浪，奉次元韵 〔清〕吴昇

苕霅何年了宿缘，招要且向鹊湖边。野荷十里酒添味，铁笛一枝人上船。遥指昨宵沉顿地，掀髯微笑早秋天。烟波满眼江乡思，欲写琴工海上弦。念湖家吴兴，美髯，善铁笛。（辑自《小罗浮山馆诗钞》卷七）

雨中游小沧浪（二首）〔清〕吴昇

片云飞度雨潇潇，染得烟痕蘸柳条。头白画师都缩手，水肥山活最难描。

山气空濛散远天，满湖如雾复如烟。径须烂醉入船去，撑向绿荷深处眠。（辑自《小罗浮山馆诗钞》卷七）

霁后复游 〔清〕吴昇

林亭才断雨连绵，画舫来冲曲渚烟。山色此间真酒地，风光今日是诗天。痴顽逐队何须老，萧散如秋不羡仙。欲采芙蓉烟水阔，低阑愁倚月初弦。（辑自《小罗浮山馆诗钞》卷七）

秋晚雨窗都转、谦山观察、念湖司马、沈湘葵同年同集小沧浪 〔清〕吴昇

昔人买山今买水，水面亭台明镜里。放棹追凉月两三，蓼花风过芙蓉死。湖中景物换秋光，束蒲踏藕家家忙。晚烟隔浦野鸥白，斜日半山村柳黄。平波尽豁芦中汊，一片空明眼前乍。不是琴壶共泛秋，只言水竹堪销夏。果然官长如灵运，能为湖山助风韵。闲上红亭待月来，尽除翠箔教星近。星月迢迢夜色赊，马嘶岸草雁惊沙。画屏银烛三更笛，磁斗金铃九日花。花深曲好歌难住，小户偏寻逃酒处。不罚深杯愿罚诗，回船一路吟哦去。（辑自《小罗浮山馆诗钞》卷七，亦见于《乡园忆旧录》卷四、民国《续修历城县志》卷十九《古迹考四・亭馆三》，题作“小沧浪”，字词略有不同）

和阮云台学使寄孙渊如观察韵 〔清〕余鹏年

读画扪碑生面开，诗成不要钵频催。铁公祠里吟风叶，送到栏前作雨来。（辑自《济上停云集》）

小沧浪雅集，用前韵 〔清〕余鹏年

波澄如洒洒筵开，湖上西风鬓畔催。杨柳一围山一带，纷纷跨屋闯湖来。（辑自《小沧浪笔谈》卷四，亦见于民国《续修历城县志》卷五十二《杂缀二・轶事二》）

和阮云台学使寄孙渊如观察韵 〔清〕方体

千年伏郑面重开，时君校马郑注《古文尚书》。湖上名流宴集催。绛帐笙歌休散歇，使君今抱壁书来。（辑自《济上停云集》，亦见于民国《续修历城县志》卷五十二《杂缀二・轶事二》）

乙卯闰二月三日小沧浪修禊 〔清〕焦循

泺水出西郭，北流成明湖。空亭面清涨，山色盈四隅。春半草木长，未与江南殊。岩柳著微绿，池凫乳新雏。开棂揖苍翠，远风吹烟芜。良辰隔春闰，匝月遥相须。使君发清兴，少长邀与俱。余来诣山左，千里驰崎岖。胜会值丞孙谢，风咏追沂雩。聚散岂有常？及时宜嬉娱。落日满城堞，长啸沿归途。（辑自《雕菰集》卷三）

阮学使招同马秋药比部，徐惕庵太守，颜运生教授，孙莲水、江定甫两文学，小沧浪雅集，余赋二首 〔清〕焦循

渤海方归日，明湖复见招。荻肥船路狭，柳静马声遥。卷幔心愈阔，看山酒易消。渔洋佳会地，风味至今饶。

胜地至已熟，兹来实过常春藤。诗图堪效吕，序稿合镌王。自愧秋蝇附，真教梦鹿忘。还家话晨夕，励事耀江乡。（辑自《雕菰集》卷四）

小沧浪杂诗（八首） 〔清〕阮元

独泛沧浪平底船，荷花面面叶田田。风光谁许平分得，人与池心四照莲。池中碧莲一枝，四心分出，因以名之。

小艇穿池不碍花，种花人借艇为家。收来荷叶青盘露，刚足今朝七碗茶。

笔床书簏向池摊，池上荷花高过栏。支起乌篷遮午日，一双银蒜压青竿。

蜀葵开尽又生芽，便有千枝木槿花。阶草蒙茸平接水，破萍跳出小青蛙。

北渚红桥小笠亭，蕉衫竹扇此消停。夕阳若为人间立，留照湖山半角青。

蝉歇残声绿树间，霞痕山影共斓斑。微风吹动金波色，月在东南箕斗间。

槐叶宵炕柳夜眠，新凉如水下遥天。开襟陶写惟风月，丝竹情怀漫早年。

最好凉深独立时，五更露气到清池。城头落月轻黄色，多少鸳鸯睡不知？

（辑自《小沧浪笔谈》卷一，其中第一、二、三、五、六、八首亦见于《揅经室四集》卷二，题为《小沧浪》，字句略有不同）

小沧浪亭雅集，和马秋药前辈履泰（二首） 〔清〕阮元

北渚离尘鞅，明湖浸翠微。濠梁宜客性，山水愿人归。乐趣庄逢惠，吟情孟与韦。孤亭复虚榭，徙倚意无违。

每有论文暇，游怀相与偕。豪华非绛帐，踪迹共青鞋。软草平侵路，圆荷半帖阶。随时齐物理，生也亦无涯。（辑自《揅经室四集》卷二）

五月望日与同人泛舟铁公祠下，遂集小沧浪联句三十韵 〔清〕乐钧等

一水摇城碧钧，残阳射雨红。如龙官舫活吴县吴慈鹤巢松，立雁画桥工。萍海突无浪长洲陈杰虹桥，荷天阔有风。影斜华岭落常熟蒋因培伯生，光远鹊湖通。壶峤来闲客钧，亭台属寓公。野情渔钓喜慈鹤，粗服薜萝同。蜗篆缘雕槛杰，蛛丝罥翠栊。縠

疏云琐碎因培，晶箔水玲珑。燕舌娇藏柳钧，猩毛艳拆茙。地襟房子宅慈鹤，墙背德王宫。胜国归茫昧杰，荒祠吊古忠。灵鸦阴噪火因培，鬼马昼嘶空。白羽沉埋久钧，元犀指点雄。簪裾过几辈慈鹤，裙屐厕微躬。项缩罾来鲙杰，芽肥铲后菘。竹根烹顾渚因培，蕉叶破郫筒。赋或希神女钧，仙还伫玉童。此游非汗漫慈鹤，乘醉问鸿濛。用舍谋俱拙杰，成亏理同穷。幽篁迷雾豹因培，积壳寄珂虫。蹭蹬麒麟策钧，喑呜霹雳弓。应时能果决慈鹤，失路等愚蒙。岱色飘吴练杰，沧烟滞楚鸿。莺花春草草因培，书剑日匆匆。绿字淋斑竹钧，朱弦倚爨桐。遥岩啼鼠狖慈鹤，夹涧饮奔虹。枕簟宜槐下杰，棋枰自橘中。后期盟皲佩因培，前事揽芜藭。迂怪真齐士钧，升沉亦塞翁。君看湖月起慈鹤，波鸟不樊笼杰。（辑自《青芝山馆诗集》卷五）

小沧浪雅集，用前韵　〔清〕何元锡

一幅秋容眼底开，思归更著鸟频催。时偕阁学南下。正愁少个湖山主，又见文星天上来。谓渊如。（辑自《小沧浪笔谈》卷四，亦见于民国《续修历城县志》卷五十二《杂缀二·轶事二》）

游大明湖（四首之三）〔清〕崔旭

城中一碧集秋光，城上山光照阁凉。满水风荷声似雨，可人意处小沧浪。（辑自《念堂诗草》卷一，亦见于铁公祠西廊壁石刻，光绪戊申重九孙钟善重摹上石。）

新齐音风沦集：其九十六　〔清〕范坰

祠西新筑小沧浪，六月轻风藕芰香。日暮城隅人半醉，一篙清浪柳阴长。

总制即二祠傍作亭，名小沧浪，以备游赏。廊榭有纡回之趣，亭台极爽朗之观，一时觞咏称极盛焉。（辑自《如好色斋稿》戊上，亦见于民国《续修历城县志》卷十九《古迹考四·亭馆三》）

游小沧浪（二首）〔清〕董芸

遥指湖西路，烟波一望通。远山横槛外，流水入庭中。舟泛鸭头绿，桥排雁齿红。晚凉披白袷，人立藕花风。

金舆山色好，谷口住经旬。偶向城中至，偏于湖上亲。浓云昏似墨，怪石瘦如人。濯足澄浪水，狂歌逐隐沦。（辑自《半隐园诗集》，亦见于民国《续修历城县志》卷十九《古迹考四・亭馆三》）

小沧浪 〔清〕董芸

小沧浪，在铁公祠西偏，门东向。入门砌石子为路，杂花铺锦。路西北隅修竹十余竿，中有堂三楹，西为平台，容数人列坐，宜望月。下台，循长廊南行数十步，稍折而东，为水榭，开窗面南山，环列如屏障。榭半浸水中，导湖水自廊下入，北流，折而东，板桥跨之。水自桥下瀌瀌鸣，又折而北，迤西汇为方池，莲花盛开，儵鱼数百头，倏忽往来游泳。时槛外有白鹤方刷羽，见游人，避池中立，俯而啄，不顾。过桥，别一径东北出。径尽，得小山。山，筑土叠石为之，石骨瘦削，巉巉刻露。山顶建一亭，高于平台者数尺。坐亭中小憩，全湖烟景尽在一览中矣。

曲榭长廊湖水通，玻璃演漾藕花风。闲来待月平桥晚，倚遍阑干九曲红。（辑自《广齐音》）

小沧浪 〔清〕方世振

曲榭凌波构，湖开雨后天。青山如屋里，流水即门前。短艇影疏柳，半城香白莲。菰蒲凉飒飒，何处叩渔船？（辑自《国朝山左诗汇钞后集》卷十七，亦见于民国《续修历城县志》卷十九《古迹考四・亭馆三》）

小沧浪 〔清〕王煦

携朋酌酒小亭前，四壁湖光一望连。菡萏白开著雨朵，鹊华青插过云天。才名异代怀边李，景物新秋淡水烟。十里清波渔唱发，寒香明月满归船。（辑自《爱日堂类稿》卷一）

小沧浪在大明湖。 〔清〕王煦

秋色清华七月时，重依水面酌卢兹。风来□阁凉初到，香满芰荷蝶独知。列嶂压城荫湿翠，平湖过雨折花枝。每来向晚忘归去，面壁微哦删旧诗。（辑自《爱日堂类稿》卷五）

小沧浪〔清〕封大本

运使某公新建，导湖水入，汇为池。亭榭参差，竹树秀削，北有屋三楹，榜曰水木明瑟轩。按，《水经注》：泺水“北为大明湖”“上有客亭，左右楸桐，负日俯仰，目对鱼鸟，極水木明瑟，可谓濠梁之性，物我无违矣”。小沧浪殆足以当之。

孤亭对鱼鸟，把卷日流连。岂意沧浪上，开轩坐渺然。竹疏生夜月，池净出红莲。景物余明瑟，临风忆往年。（辑自《续广齐音》）

泛舟大明湖，至小沧浪宴集，二鼓乃返〔清〕朱琦

湖光倒映天光绿，更纳山光入空腹。山头明月时时来，清光照耀湖天开。平湖浩渺凌千顷，记得江南旧风景。江南江北歌采莲，画桨屡泛山阴船。年来此地簪缨满，揽袖登楼奏弦管。萧然野趣如沧浪，秋风尚胜芙蓉香。菱丝缠绵藕丝缬，滑笏清流散珠屑。可惜满眼芦花稠，濛濛舞雪飞打头。纵横界破银光镜，恰似穿花入萝径。招延暝色凭阑干，沾衣不畏新霜寒。我辈天涯作重九，共醉茱萸一杯酒。兰亭觞咏今如何，高谭未已湖生波。夜深归舟灯火乱，惊起鱼虾橹牙窜。（辑自《小万卷斋诗稿》卷九）

偕石亭、恕堂泛舟游历下亭，同用杜公“海右此亭古”为韵五首（之四）：小沧浪亭〔清〕李黼平

我昨初游湖，登小沧浪亭。风荷荡残碧，水荇含余青。兹焉遇清景，耳目如已经。凫翁本相识，来往共烟汀。（辑自《著花庵集》卷三）

泛大明湖五绝句湖在济南。（之三）〔清〕徐谦

鹊华镜里竞明妆，心愧尘缨发已霜。卅载沧浪亭子梦，亭在吴门。风漪不及小沧浪。湖上有小沧浪亭，最高，奄有诸胜。（辑自《悟雪楼诗存》卷三十）

大明湖棹歌（四十首之八）〔清〕陈在谦

半城脂水作湖光，湖上相逢解佩珰。一路香风催打桨，荷花开到小沧浪。小沧浪亭在湖北渚。（辑自《梦香居二集》卷二）

小沧浪雅集，用前韵 〔清〕阮亨

霜冷明湖一鉴开，那堪归思夕阳催。鹊华正好看秋色，黄叶西风策骑来。（辑自《小沧浪笔谈》卷四，亦见于民国《续修历城县志》卷五十二《杂缀二·轶事二》）

小沧浪雅集，用前韵 〔清〕徐嵩

北渚壶觞花底开，鹊华秋色简书催。二公共有云山兴，我亦思随李杜来。（辑自《小沧浪笔谈》卷四，亦见于民国《续修历城县志》卷五十二《杂缀二·轶事二》）

早春偕钱质夫、德兰谷、韩敬直、徐月岩游小沧浪（二首） 〔清〕斌良

雅有沧浪兴，虚亭潋滟中。山光半城碧，湖气七桥通。柳色回春雨，荷香认故丛。清游足心赏，况复五人同！

高宴随云散，丛台枕郭偏。尊罍仍极浦，裙屐忆当年。身世双蓬鬓，烟波一钓船。濠梁有真趣，鱼鸟亦悠然。（辑自《抱冲斋诗集》卷七《齐鲁按部集一》）

济南杂咏（五首之二）：小沧浪亭 〔清〕柏葰

江南风景旧知名，登小沧浪取次行。照槛山光绕廊水，亭中却少读书声。（辑自《薜箖吟馆钞存》卷五）

小沧浪 〔清〕王偁

歌罢沧浪湖水春，空留明月照花茵。不知当日平桥晚，醉卧诗场有几人。（辑自《鹊华馆济南杂咏一百首》）

游小沧浪即铁公祠。 〔清〕陈偕灿

湖亭载酒趁斜晖，岚气苍茫欲湿衣。入槛雨声荷叶送，隔城山翠柳梢飞。前湾月出轻讴起，小荡风来画舫归。七十二泉商榷定，花阴深处置渔矶。（辑自《鸥汀渔隐诗集》卷三《漫游草》）

自小沧浪亭泛舟至历下亭　〔清〕陈偕灿

亭榭参差瞰碧流，芦花小荡下轻舟。一城荷芰香生水，万叠烟峦翠入楼。历下山川从古胜，济南风雅至今留。明朝我又江湖去，诗梦苍凉问白鸥。（辑自《鸥汀渔隐诗集》卷三《漫游草》）

小沧浪馆　〔清〕符兆纶

谁续当年孺子歌，眼前清浊又如何！明湖一夜萧萧雨，绿上荒亭涌漫波。（辑自民国《续修历城县志》卷十九《古迹考四·亭馆三》引《历下咏怀古迹诗钞》）

小沧浪馆　〔清〕王大堉

小沧浪馆访西湖，山翠波光入画图。香绕琴樽红菡萏，诗吟烟月碧珊瑚。豸峰山樵馆名。唱酬三泛联今雨，风骨千秋与古徒。不使苏亭名独擅，引人乡梦忽归吴。吴中有苏子美沧浪亭。（辑自民国《续修历城县志》卷十九《古迹考四·亭馆三》引《历下咏怀古迹诗钞》）

初春偕马东泉广文游小沧浪亭　〔清〕嵇文骏

地爱小沧浪，绕门流水香。云光摇画槛，山影落虚廊。人静鸟声乐，庭闲草意芳。倚阑清话久，竹外见斜阳。（辑自民国《续修历城县志》卷十一《山水考七·水三》引《笔花书屋诗钞》）

沧浪仙馆　〔清〕廖炳奎

仙馆宏开绿水湄，佛公祠接铁公祠。登楼得月看原早，买棹游春去独迟。学使碑文名士记，冶亭楹贴适园诗。明湖唱和镌新集，却笑诊符只自痴。（辑自民国《续修历城县志》卷十九《古迹考四·亭馆三》引《历下咏怀古迹诗钞》）

使院监试，坐小沧浪，怀潘莲舫前辈斯濂有作　〔清〕萧培元

星轺去去过龟蒙，时试沂州。玉尺抡才秉至公。仙吏来从南海上，文宗仰遍泰山东。我觞莲子湖边月，小沧浪有额曰“莲子湖头”。君采兰陵郡下风。何日旋车旌节返，海棠洪上话离衷。（辑自《思过斋杂体诗存》卷十《孔怀集》，亦见于民国《续修历城县志》卷十三《建置考一》）

小沧浪 〔清〕陈锦

点石成丘壑，穿渠引芰荷。断碑人不在，名士客尤多。此地还流水，当年已浩歌。告君休濯足，门外是清河。湖水入大清河。（辑自《补勤诗存》卷十八《可读山房吟草〔上〕》，亦见于民国《续修历城县志》卷十九《古迹考四·亭馆三》）

小沧浪 〔清〕王轩

裹湖好烟水，清晕微碧玉。万柄摇绿波，新荷静如浴。推窗见千佛，秀夺尊中绿。晦明各异态，朝看暮难足。水天望浩淼，城郭隐遐瞩。瓜艇谁家女，长歌绿水曲。中流澹容与，美唱声断续。（辑自《耨经庐诗集》卷二）

历下竹枝（四首之二） 〔清〕郑鸿

雨余六月暑难当，一叶轻舠下夕阳。亭外荷香来四面，纳凉还是小沧浪。（辑自《怀雅堂诗存》卷二）

冬日同刘春塘、李仲恂、胡德亭游小沧浪 〔清〕郑云龙

行行一带女墙宽，物色萧疏到处残。且爱心闲忘路僻，好凭酒力破风寒。远开冻影连堤合，平截山尖隔郭看。无复芦花遮望眼，是谁垂钓立湖干。（辑自民国《续修历城县志》卷十九《古迹考四·亭馆三》引《焚余诗草》）

大雨集小沧浪，酒半忽霁，简同舍诸子 〔清〕张荫桓

泺南雨足朝气清，高柳矮荷俱有情。凫鹥散乱野航出，雨外微微丝管声。如此湖山度炎夏，绿云弥望屯秋稼。临流呼酒沧浪亭，何处振衣杜陵厦。佛螺泼翠涵湖扉，镜波淡沱澄须眉。满湖葭苇若新沐，北极星坛开夕霏。泛渌依蕖忌通侻，每扫巢痕揽华发。竹里持厨锦水遥，何况庾楼江上月。即今海岱富文章，铙歌万里腾河湟。胡星敛芒岁星朗，且释盾鼻寻谟觞。（辑自《铁画楼诗钞》卷二《风马集》）

济南杂诗十首（之六）：小沧浪亭 〔清〕王咏霓

舣舟泛北渚，水木何明瑟。凉雨战菰蒲，叶叶作秋色。（辑自《函雅堂集》卷九）

明湖竹枝词（十首之四）〔清〕魏乃勷

铁公祠外小沧浪，窄窄朱门短短墙。记取回廊最深处，一杯嫩茗吃槟榔。（辑自《延寿客斋遗稿》卷一）

同友人晚坐小沧浪〔清〕李西堂

积雨苦炎溽，晚霁色空明。凉风生爽籁，心目豁以清。好友访我来，步上沧浪亭。亭上景寥廓，幽旷易为悦。渔歌静中闻，画船隔岸泊。宛如坐冰壶，凉意沁楼阁。望远爱凭栏，夕阳红半山。青苍翠欲流，白云自往还。欣然狂湖酒，怡情倾一斗。知己两三人，醉舞笑拍手。临风噪暮蝉，听在七桥柳。嘒嘒助吟兴，高歌四五首。月下起徘徊，携归忘夜久。（辑自民国《续修历城县志》卷十九《古迹考四·亭馆三》引《晚悔堂诗集》）

小沧浪亭感赋〔清〕觉罗廷奭

半湖烟水绕轩楹，芦蒿遮窗翠影横。我亦有亭蕉竹里，会当归去听秋声。（辑自《未弱冠集》卷二《懒余吟草》）

沧浪亭、铁公祠〔清〕潘乃光

荷叶田田苇荻乡，铁公祠外小沧浪。三方拓地烟波活，一曲迎神姓字芳。云在水流参化境，雨奇云好借湖光。只今展秤瞻遗像，生气犹存郁莽苍。（辑自《榕阴草堂诗草》卷十二《东游草》）

庚秋日小沧浪亭雅集联句〔清〕梁廷栋　张曜　赵国华　孙葆田

明湖雅集欲寻诗彤云工部，烟水苍茫夕阳照时。万柄池荷香绕座寿田学使，千株堤柳色迎卮。名臣祠宇丹青古朗斋宫保，佳日宾筵刻漏迟。更待平泉花木好菁衫观察，喜陪嘉宴和新词佩南院长。

庚寅秋，学使裕公、宫保张公邀予同游小沧浪亭，修翁覃溪阁学明湖雅集故事，坐中宾主七人：梁彤云工部廷栋、赵菁衫观察国华、外为书农员外多培、子馀观察积庆。酒酣，即席联句，成七律一首。明年，学使将归朝，乃以前诗属予转属尹明经彭寿为隶书，刻置铁公祠壁，以志一时宴游之盛云。光绪辛卯年秋，荣成孙葆田佩南记。（据铁公祠内碑刻）

抛球乐 · 小沧浪亭秋望，有怀都门诸君子 〔清〕王以慜

松阁秋来客共登，行人一望旅情增。芙蓉叶上三更雨，芦荻花中一点灯。仍忆东林友，更在瑶台十二层。（辑自《檗坞词存别集》卷四《湘烟阁幻茶谱〔中〕》）

历下杂诗（七首之四、六） 〔清〕陈衍

沧浪亭子记姑苏，未必陂塘过此湖。清秀于鳞题句地，尚留衰柳至今无。

三更荷花风露香，煮茶犹坐小沧浪。一城山色半城水，尽上罗衫作许凉。

（辑自《石遗室诗集》卷五）

明湖杂咏（八首之五）：沧浪亭 〔近现代〕梁文灿

新城诗名满天下，人去亭空二百年。凄绝明湖秋柳色，声声犹自叫寒蝉。（辑自《梁文灿诗词稿》引《蒙拾堂诗草录存》。《蒙拾堂诗草偶存补》中此诗作“新城风雅继前贤，人去亭空二百年。剩有湖堤数株柳，旋人秋色夕阳边”。新城诗名，《蒙拾堂诗草偶存》中作“渔洋提倡”）

济南杂咏二十首（之二十） 〔现当代〕胡端

沧浪亭下水拖蓝，无数峰峦倒景涵。百亩芙蕖万条柳，教人端不忆江南！（辑自 1941 年《莺江吟社辛巳秋冬季合刊》）

二十二、水云亭

水云亭，在山东布政使司西北、大明湖西，明万历十八年（1610）建，清初仍存，乾隆年间已废。

◆旧志中的相关记载

明崇祯《历城县志》清康熙增刻本卷四《建置志（下）·宫室·亭》

水云亭，布政司西北。

清乾隆《历城县志》卷第十六《古迹考三·亭馆二·明》

水云亭，布政司西北。（旧《志》）

九日，堵芬木夫子留水云亭时范明府送菊。〔清〕赵作舟

坐愁又已逢重九，无意登高独闭门。谁遣白衣来送酒，相看黄菊一开樽。湖山偏切羁人泪，岁月犹虚国士马。谪宦萍踪同怅望，西风疏柳欲销魂。（辑自《文喜堂诗集》卷二《原鸰集〔上〕》）

移寓水云亭堵夫子旧馆，小雪有怀〔清〕赵作舟

所到成幽意，羁栖借一枝。倦飞方看鸟，散步复临池。亭上吟诗处，樽前问字时。飘然人不见，立雪独萦思。（辑自《文喜堂诗集》卷三《原鸰集〔下〕》）

春日喜君孚、兴焉两兄过我水云亭清谭〔清〕赵作舟

索居地僻逢迎绝，每步幽亭望水隈。为喜埙篪终日坐，相看晨夕素心来。平临睥睨过云雁，远借湖山作酒杯。时有歌声出金石，嗟予可是草元才。（辑自

《文喜堂诗集》卷三《原鸽集〔下〕》）

春日水云亭即事（五首）〔清〕赵作舟

怀乡信杳悬千里，行役身轻及五年。孤客自惊虚舞彩，片云何意问炊烟。池塘草色随春发，野马窗阴足昼眠。凫鹜乍飞还乍浴，忘愁却羡老渔贤。

欲哭欲歌皆不得，为行为坐亦随缘。城中水国春如此，梦里家山事偶然。谈笑任逢估客乐，风尘正觉酒民贤。椎埋断绝知何日，横笛清吹一问天。

暗度年华叹在斯，凭栏纵目此心知。抚弦安得歌流水，解结犹如理乱丝。喻予事之难了。东望扶桑红日远，南招泰岳白云移。春新莺语能相识，为报梅花探未迟。

湖边柳色绿微分，一闭柴关静见闻。薪卧备尝争介石，槁灰无用绝交文。蟠泥可有蛟龙睡，出柙能禁兕虎群。谁作羊求三径侣，闲来白日坐斜曛。

百花桥转片湖西，草意初青接乱畦。稚子窥鱼针作钓，居人挽水藕沾泥。尘霾忽过园亭黯，云树遥沉坐卧迷。似为在原怜急难，故教风伯扫鲸鲵。（辑自《文喜堂诗集》卷三《原鸽集〔下〕》）

春日陈仲昭邀同唐紫山小集水云亭水云亭在明湖西，久经拆废。额书“万历庚戌秋建”。〔清〕张希杰

孤亭高耸碧云隈，草色依依入座来。四面好山供曲槛，一湖春水上层台。高谈不减东西晋，新曲还如大小雷。仲昭善讴。胜地久湮谁过问，素心茶酒共徘徊。（辑自《练塘纪年诗·丁巳戊午诗》）

二十三、水湄亭

水湄亭，旧在鹊华桥东大明湖南岸，为清初顺治、康熙年间高冲虚（其生平事迹不详）所建。

清明后一日，冲虚水湄亭赏海棠 〔清〕赵作舟

新烟初过鹊桥东，花发幽轩独秀中。晴树有香分嫩绿，玉容半醉辨轻红。湖干掩映窥斜日，亭际扶疏立晚风。把酒明霞餐不厌，吾徒怀抱惜春同。（辑自《文喜堂诗集》卷三《原鸰集〔下〕》）

高冲虚园亭赏雨 〔清〕赵作舟

鹊华之山明湖水，小亭宛在荷花沚。翠岫遥来窗牖闲，红蕖一片波心里。须臾雨至客移觞，咫尺云疑山水长。云开雨歇鸟弄喜，座挹花枝清酒香。（辑自《文喜堂诗集》卷三《原鸰集〔下〕》）

二十四、漱雪亭

漱雪亭，在大明湖南岸，约建于清初顺治、康熙间。

周彝初中丞如饮漱雪亭，同孙怍庭、伊翕庵〔清〕曹申吉

澹荡荷香入素秋，平原十日为君留。玉堂旧约人偕集，金谷遗风客胜游。猿鹤闲时千嶂杳，鹭鸥深处一舟浮。尊前共听明湖雨，城郭烟光薄暮收。（辑自《澹余诗集》卷二）

漱雪亭小饮〔清〕曹申吉

春暮明湖侧，尊开晚照时。蒲深青接岸，荷小绿平池。韶序山川惜，词源李杜知。池即李北海、杜子美游处。遥遥灯火散，还动濯缨思。（辑自《澹余诗集》卷四）

二十五、三友亭

三友亭，在大明湖上，约建于清乾隆间。

三友亭并序。〔清〕李怀民

历下有三人友善，谋湖上结亭，方拟其名，一人者病卒。亭成，二人悲之，命其亭曰“三友”。三友皆能诗。

结构湖亭意，秋风生水滨。宁知此情古，翻使得名新。槛外过寒雁，风前忆故人。如何同画壁，不及昔时春。（辑自《石桐先生诗钞·东斋集》，亦见于民国《续修历城县志》卷五十二《杂缀二·轶事二》）

题三友亭，次马君光玉韵〔清〕杨峒

同心卜筑近湖滨，酒榼诗囊约共亲。笛奏柯椽悲宿草，琴摧流水忆天垠。槛前系艇余丝柳，额上题名有故人。红藕香中疏雨歇，还将折角效乌巾。（辑自《师经堂存诗》）

二十六、曲水亭

曲水亭，在大明湖南岸、山东巡抚大院西北隅，百花洲内。其始建于何年何人，旧志中无记载。民国时的《历城乡土调查录》中则载其“在后宰门街百花桥南”。

民国《续修历城县志》卷十九《古迹考四·亭馆三》：

曲水亭

王初桐诗：【诗见下，此处略。】

周乐《曲水亭题壁》诗：【诗见下，此处略。】

曲水亭四首 〔清〕傅扆

旧地号环波，一水流屈曲。午梦破初回，茶烟袅微绿。

一屋小于舟，一渠春水流。波光蘸山色，分翠上帘钩。

春色夺江南，帘前燕语欢。帘波低不卷，花雨散春寒。

羽觞欲随波，修禊踵曩昔。渺渺接平湖，凫鹥梦寒碧。（辑自《辕辙吟》）

济南竹枝词（一百首之六） 〔清〕王初桐

曲水亭南录事家，朱门紧靠短桥斜。有人桥上湔裙坐，手际漂过片片花。曲水亭在百花洲南，已圮。（辑自《济南竹枝词》，亦见于民国《续修历城县志》卷十九《古迹考四·亭馆三》）

曲水亭题壁 〔清〕周乐

绿杨门巷白蘋滩，小小蜗庐眼界宽。济泺水声到桥合，鹊华山色隔城看。尽堪莲坞通游舫，拟坐苔矶下钓竿。名士有轩何处是，烟波怅望独凭栏。（辑自

《二南诗钞》，亦见于民国《续修历城县志》卷十九《古迹考四·亭馆三》）

大明湖棹歌（十二首之十二）〔清〕史梦兰

乱泉十里此渊渟，港汊纷纷聚一汀。曲水亭前茶社散，流觞合唤小兰亭。

曲水亭在湖南岸、抚院西北隅，货古玩玉器者破晓集此，若京都所称“小市”者，然四面流泉，清可见底，茗饮极佳。（辑自《尔尔书屋诗草》卷六）

与友人曲水亭叙别〔清〕陈嗣良

古亭离别处，抚景不胜愁。春暖文星聚，旧俗新春时节亭有灯谜之戏，为人游聚之所。明湖曲水流。曲水亭名为济南胜地。戏波晴泛鸭，亭畔居民放鸭于溪内。唤雨晚鸣鸠。今昔能几许，不到斯亭已三年矣。临风感旧游。（辑自《学稼草堂诗草》卷五《后明湖吟〔上〕》）

曲水亭观水，有怀故人曲水亭即古环波亭也。水发源于抚院署中。〔清〕陈嗣良

患难交游富贵更，泰山忽等一毛轻。春花带露朝含韵，秋月无云夜倍明。敢说施恩求报德，惟从直道见人情。环波亭外潺潺水，为问源头何处清？（辑自《学稼草堂诗草》卷五《后明湖吟〔上〕》）

夏日曲水亭茶话得“亭”字，诗社拟题。〔清〕陈嗣良

无计消长夏，相将话小亭。门环波几曲，茶熟室余馨。久坐浑忘热，空谈漫不经。笛声何处起，落日上莲汀。（辑自《学稼草堂诗草》卷九《退食吟》）

大明湖词（四首之一）〔清〕赵铭

曲水亭边绿绕，儿家门巷堪寻。汲得珠泉万斛，敲残一片秋砧。（辑自《琴鹤山房遗稿》卷四）

历下竹枝（四首之四）〔清〕郑鸿

曲水亭前曲水流，品茶闲客满茶楼。可怜一掬清泠水，半洗相思半洗愁。（辑自《怀雅堂诗存》卷二）

济南杂诗（八首之五）〔清〕高望曾

列戟重门彻夜开，隔墙灯火照楼台。沉沉衙鼓三更静，曲水亭前踏月来。（辑自《茶梦盦劫后诗稿》卷五）

移居曲水亭西〔清〕邵承照

郭外风光已出奇，城中景物更相宜。桥平似砥才通屐，泉细如珠总到池。春半藤花堪入馔，秋来桐叶好题诗。莫嫌近市人声杂，闭户摊书可自怡。（辑自《卧云堂诗集》卷六）

济南杂诗十首（之三）：曲水亭〔清〕王咏霓

缓步亭皋晚，春风似若耶。流水年年曲，儿家自浣纱。（辑自《函雅堂集》卷九）

忆昔随侍家大人巡抚山左时，旧游齐州诸胜境有未及志诸笔楮者，因补咏之，聊以回溯陈迹云（六首之五）：曲水亭茶舍。〔清〕觉罗廷奭

黄茅亭子曲水曲，择来僻地避尘俗。几株杨柳绕栏杆，水影上摇窗户绿。主人泉石小生涯，不卖村醪卖野茶。烟吐炉心香泛盏，冰壶雪乳类山家。焉用泥墙画陆羽，竹篱断破疏花补。夜邀豪客两三人，煮茗灯窗话风雨。雨声萧瑟助泉声，鼎吟茶沸相杂鸣。一笑火前春十片，真教两腋清风生。莫把旗枪斗翠紫，品茶专以静为美。风流淡雅小茶坊，足抗兰亭傲曲水。（辑自《未弱冠集》卷六《战秋集》）

明湖杂诗（二十四首之十八）〔清〕孙卿裕

潇洒江南画里猜，鹊华桥畔水亭开。珠帘卷尽潇潇雨，满放湖光入座来。（辑自《退园续集》）

明湖杂咏（八首之八）：曲水亭亭左右均院妇所居。〔近现代〕梁文灿

曲水萦回亭翼然，标题偏借永和年。名流觞咏无消息，夜夜青楼奏管弦。（辑自《梁文灿诗词稿》引《蒙拾堂诗草录存》）

曲水亭歌 〔近现代〕吴秋辉

曲水亭水春始波，朱楼临水高峨峨。美人微醉朱颜酡，将留若引行复歌。先为防露后阳阿，八琅鉴鉴杂云和。头上三雀金盘陀，腰间玉佩鸣相摩。回头一笑双红涡，酒酣更劝金叵罗。三年雨雪阻关河，欲往从之愁鼋鼍。天地扰扰生雕戈，侧身东望烟尘多。荆棘蓟北埋铜驼，麦饭芜蒌寒滹沱。一身漂泊蓬随科，风霜中人双鬓皤。无复走马燕支坡，那更重观阿舞婆。时来铜狄感摩娑，旧事过眼如南柯。坐看秋绿换双蛾，男儿刺促奈何。（辑自《侘傺轩诗剩》）

济南曲水亭围棋 〔现当代〕老杜

碧柳垂阴水一湾，岁来赌墅愧东山。秋风落日收残局，失地凭谁取得还？（辑自 1948 年《新风》创刊号）

中共济南市委党史研究院（济南市地方史志研究院）编

济南明湖诗总汇

刘书龙　辑校

济南出版社

《济南明湖诗总汇》编纂委员会

主　　任：史宏捷

副 主 任：牛继兴　王　音　吴春国　毕泗国

　　　　　纪福道

委　　员：李贞锋　张云雷　曹　智　丁爱军

　　　　　李洪德　亓军华

主　　编：史宏捷

副 主 编：王　音　张云雷

编　　辑：庞新华　刘　静　吕昌盛

特邀辑校：刘书龙

特邀审校：孙家锋

第三编

台

一、百花台

百花台，是曾巩在宋神宗熙宁四年至熙宁六年（1071—1073）任齐州知州期间所建。其位置大概在大明湖南、百花洲上。

◇ 旧志中的相关记载

明《历乘》卷五《建置考·宫室·亭》
一竿亭，大明湖内。

明崇祯《历城县志》清康熙增刻本卷十一《古迹志·宅苑·亭馆》：
百花台，在城南。曾子固有诗，人因呼为南丰台。今废。或云在百花桥下。

清乾隆《历城县志》卷第十五《古迹考二·亭馆一·宋》
百花台，百花洲上。(《齐乘》)
曾巩《百花台》诗：【诗见下，此处略。】
按：百花台，名南丰台，本因堤而名，详公诗意，谓登舟可以望台畔之花也。旧《志》曰“在百花桥下”，是为近之；又曰“在城南”，则与诗意不协矣。

百花台 〔宋〕曾巩
烟波与客同尊酒，风月全家上采舟。莫问台前花远近，试看何似武陵游。
（辑自《元丰类稿》卷七，亦见于明崇祯《历城县志》清康熙增刻本卷十四《艺文志三》、清乾隆《历城县志》卷第十五《古迹考二·亭馆一》、道光《济南府志》卷六十九《艺文五·历城诗》、明嘉靖《山东通志》卷二十二《古迹》、清康熙《山东通志》卷之第五十五《艺文·诗》等）

曾子固令咏齐州景物，作二十一诗以献：百花台 〔北宋〕孔平仲

南瞻复北顾，春水绿漫漫。此地寻花柳，全胜别处看。（辑自《清江三孔集》卷二十一）

莲子湖舫歌一百首之三十一 〔清〕沈可培

天到浓春阴复晴，百花台畔鸟呼名。一犁膏雨秧初种，花下提壶好劝耕。

百花台，在历城县南。（辑自《依竹山房集·丙午》）

百花台 〔清〕王偁

回龙湾北水潺潺，极目花台玉带环。借问青帘垂柳外，何人解画百泉山？（辑自《鹊华馆济南杂咏一百首》）

二、芙蓉台

芙蓉台，是曾巩在宋神宗熙宁四年至熙宁六年（1071—1073）任齐州知州期间所建。其存在时间应该不长，北宋熙宁年间（1068—1077）以后未见有相关文献记载或诗人题咏。

灵芙蓉台 〔宋〕曾巩

芙蓉花开秋水冷，水面无风见花影。飘香上下两婵娟，云在巫山月在天。清澜素砾为庭户，羽盖霓裳不知数。台上游人下流水，柱脚亭亭插花里。阑边饮酒棹女歌，台北台南花正多。莫笑来时常著屐，绿柳墙连使君宅。（辑自《元丰类稿》卷五）

曾子固令咏齐州景物，作二十一诗以献：芙蓉台 〔北宋〕孔平仲

漾舟入芙蓉，花乱舟攲侧。安稳此凭栏，清香生履舄。（辑自《清江三孔集》卷二十一）

三、晏公台

晏公台，在大明湖北岸曾公祠（今南丰祠）东北。原为一土夯石砌的高台，台上原有晏公庙，是为纪念“水神”晏戌子而建的，后庙宇圮毁，高台仍存。1949年后乃改名为晏公台，台高4.2米。登台之后，可以南望千佛诸山峦峰层叠，近可观明湖碧波。1993年，在台上新建钟亭，方形，四角十六柱，双重飞檐，十字脊顶。亭内悬挂有金代明昌（1190—1196）年间铁铸古钟一口。

◇ 旧志中的相关记载

明崇祯《历城县志》清康熙增刻本卷四《建置志（下）・宫室・台》：

晏公台，北门内。

湖上杂诗（五首之四）〔清〕傅扆

胜地往时称结构，乘凉一上晏公台。只今颓废门虚掩，花径无人屐破苔。（辑自《辕辙吟》）

同田序东、王伯厚两广文登晏公台〔清〕朱畹

下见平湖尽，高台傍曲隈。好山尽环列，闲客适同来。北海亭何在，南丰轩自开。时缘凭眺惯，鸥鸟莫相猜。（辑自《红蕉馆诗钞续》）

晏公台题壁有序。〔清〕朱畹

俗传晏公为夏禹治水时缚龙草绳。

淮渎成金锁，无支祁已驯。济流皆顺轨，茅索亦通神。舟泛米盐集，市收菱藕新。登台陈薄奠，拟合配庚辰。（辑自《红蕉馆诗续钞二》）

大明湖绝句（六首之五）〔清〕杨泽闿

断桥苔绣碧斑斓，窣堵波横水石闲。独上晏公台上望，一城湖色四城山。（辑自民国《续修历城县志》卷十一《山水考七·水三》引《石汸诗钞》）

晏公台纪游 〔清〕鲍瑞骏

湖上风萧萧，左右界丛苇。仄径沿城根，卧柳秃如虺。有潭荟蔚中，深黑天作底。投石声磌然，激越久乃已。如寻钴锅潭，胜绝差可喜。会当崇其台，揽月华山嘴。雷雨倏晦冥，定有神龙起。（辑自《桐华舸诗钞》卷六）

晏公台古柏 〔清〕杨恩祺

古迹城隅何处寻，晏公祠外柏森森。台高倍益参天势，岁久浓添盖地阴。慢笑去离同野叟，须怜孤介有贞心。即看老干攫挐意，支雨撑霜直到今。（辑自《天畅轩诗稿》卷三）

大明湖夏日竹枝词（八首之五）〔清〕姚宪之

香风逐队绮罗新，处处筵开杂笑颦。更向晏公台上望，荡舟无数采莲人。（辑自《叠删吟草初集》）

自历下回豫，留别亲友（四首之一）〔清〕郑鸿

隔岁明湖两度来，看云又上晏公台。湖山影野寻前梦，依旧寒梅带雪开。（辑自《怀雅堂诗存》卷四）

晏公台 〔清〕李西堂

古人今不作，湖上剩荒台。槛俯南山近，窗临北渚开。枯荷间夕照，衰柳送秋来。怀古情何极，消沉一代才。（辑自民国《续修历城县志》卷二十一《古迹考六·寺观》引《晚悔堂诗集》）

霜天晓角·雨登晏公台 〔清〕王以慜

垂雨濛濛。万家云气中。绿倒红飘欲尽，观瀑布、上虚空。

清风生古松。深山何处钟。安得一招琴酒，沧海上、舞蛟龙。（辑自《檗坞

词存别集》卷三《湘烟阁幻茶谱〔上〕》）

巫山一段云·冬日登晏公台　〔清〕王以慜

霜树笼烟直，边声杂吹哀。百年多病独登台。旷望几悠哉。

闻唱梅花落，空悲蕙草摧。廊深阁迥此徘徊。何日复归来。（辑自《檗坞词存别集》卷三《湘烟阁幻茶谱〔上〕》）

雪后思济南山水，兼怀旧游，口占二绝（之一）〔清〕徐金铭

明湖北畔晏公台，台上看山罨画开。料得雪晴山更好，冲寒踏冻几人来。（辑自《六慎斋诗存》）

四、北极台

北极台，在大明湖北岸。高数仞，有台阶38级。台上建有北极庙（又称真武庙、玄武庙、北庙）。旧时登台南望，近则湖光潋滟，碧接阶前；远则山势峥嵘，青排闼外，城郭烟树，一览无际。每当夏季，名人骚士就此乘凉。清风飘飘而益人，湖莲亭亭以吐秀，静雅清爽，水甘花香，游人至此，乐而忘返。

◇ 旧志中的相关记载

明崇祯《历城县志》清康熙增刻本卷四《建置志（下）·宫室·台》

北极台，大明湖上。北倚城，南瞰山，伟然大观。

北极台 〔明〕陆釴

长忆西湖生远兴，聊从北极望城春。天边海岳云霞动，水面菰蒲鹳鹤驯。束带苦遭淹岁月，振衣长啸出风尘。丹台信美非吾土，瑶草珠泉意自亲。（辑自《少石集》卷五）

北极台 〔明〕刘敕

傍城一刹欲凌空，山色湖光一望中。闲把酒船泊此地，香烟遥接落霞红。（辑自《历乘》卷十七）

明湖竹枝八阕（之四） 〔清〕叶承宗

北极层台百尺长，中途汗沁粉襟香。小姑为嫂摇纨扇，嫂道春寒不耐凉。（辑自《泺函》卷四）

历下元日登北极台 〔清〕黄坦

风静岱云开，春从天际来。晴光分井甸，波影浸楼台。四望千林迥，平临万象回。可知冰雪尽，不用一阳催。（辑自《黄氏诗钞》卷中《紫雪轩诗集》）

壬子中秋过济南，同友人登北极台四首 〔清〕法若真

台上丛阴古殿曛，龙鳞着雨结松文。五弦自解南风合，六甲还高北斗分。秋老荷翻千叶月，天围水落一湖云。新传帝座扶钟鼓，直会乘槎夜半闻。

芰荷杨柳泛湖村，锁钥高悬北渚门。水近鱼龙侵月影，城依宫阙切霜痕。天河半涌秦淮落，王气全收海岳尊。东望飘摇华不注，自留车马带云屯。

三十余年草色薰，依然明月白纷纷。龙门苑锁千峰雨，鹊水桥平万亩云。酒放青莲歌逋客，楼空白雪哭奇文。谁家画舫怜公子，不许清秋载使君。时期叶世槭酒舟不至，是秋仅有钱伯衡、赞伯、李合玉省试，皆莱子人。

主人借酒送秋思，酒尽台空月上时。鸟乱荷擎偎绿妥，鱼寒菰蕊拒红丝。死生半去秦沙友，风雨虚传鲁殿碑。犹忆当年十五夜，平明露湿满船诗。秦沙在莱子。（辑自《黄山诗留》卷五）

简张际亭三首（之二） 〔清〕法若真

北极千峰合，南山万树悬。云轻缠御柳，秋老澹湖莲。邻舍兵戈没，晴沙鹭鹚眠。浪游三十载，又放鹊华船。时登北极台。（辑自《黄山诗留》卷十五）

惜莲十六首四月至六月不雨，顾彼亭亭，岂曰无知？慷今昔情，见乎词。（之十六） 〔清〕法若真

北极台临湖水肥，使君行部采莲归。曾扶王母西池辇，夜半神龙和雨飞。胶侯祈雨，忽有历下行。北极台在济南，下临玦湖，荷花盛开。（辑自《黄山诗留》卷九）

同堵芬木、邵叔虎、堵乾三、赵浮山、牟侯甫泛舟鹊湖，分韵四首（之四） 〔清〕宋琬

当年吾党羡邹枚，醉里狂登北极台。玉笛重闻人不见，芒鞋无恙客还来。欲从楚壁呵天问，谁向秦川辩劫灰？此日同君称六逸，杖藜携手入徂徕。（辑自《安雅堂未刻稿》卷四。据诗意，此诗题中所说的“鹊湖”应为大明湖）

登北极台感怀（四首）〔清〕王钺

久客伤时鬓欲华，高台独上旅怀赊。乱山雨后浮秋霭，一叶霜前送晚霞。风字砚荒犹有岁，椽形笔老讵无花？可怜司马仍多病，故国人悲天一涯。

多难年来髯尽枯，登高日暮径荒芜。几家捣练秋消歇，何处吹笳月有无？变海犹怜桑自在，移山欲就谷真愚。此生已拚调鸥鸟，垂老忘机是故吾。

湖头烟景为人开，又听角声薄暮催。鸥泛晚风随水去，山因残照入城来。天空木落孤云迥，秋老霜轻积翠回。愧我半生长鹿鹿，披襟独自立苍苔。

西风催叶到霜林，独客思家望远岑。篱豆已残知岁暮，野虫犹在怨秋深。蝶因梦错疑如昨，蛇为添多悔到今。且喜年来虽老大，笑看犹是少时心。（辑自《世德堂集》卷三）

同严琬蜚、徐去瑕登北极台望湖即事〔清〕林九棘

为览秋光动远游，台瞻北极绕波悠。杨枝缥缈隋堤晓，菱带离迷汉苑秋。十里云山开锦嶂，万家烟火聚丹丘。贴湖荷叶情如许，满目青青破客愁。（辑自《十咏堂稿·东游纪草》）

济南上元竹枝词（十四首之九）〔清〕唐梦赉

荡桨渔舟去复回，松阴殿角小衔杯。明湖何处挑青好，北极高台谒庙来。（辑自《志壑堂诗后集》卷五，亦见于《志壑堂诗》卷十四）

泛舟明湖（二首之二）〔清〕李念慈

高台祠北极，登览系游艖。废府残红壁，连山叠翠螺。荷花浮镜出，云影掠湖过。一曲如容乞，为塘豢白鹅。（辑自《谷口山房诗集》卷九《居东集》）

湖上杂兴（四首之二）〔清〕严我斯

北极台前荡桨回，秋风细细起城隈。莫教吹落青荷叶，工部曾将当酒杯。（辑自《尺五堂诗删》卷二）

九日滕蜚之同年招游明湖，登北极台，乘月夜归（二首之一）〔清〕严我斯

令节逢佳会，登临散客愁。霞明千佛岭，枫暗百花洲。檀板空亭月，钟声

古寺秋。晚来凭眺望，高兴寄南楼。（辑自《尺五堂诗删》卷二）

北极台晚眺，和牛元复原韵（四首）〔清〕李兴祖

碧荷偏盖白蘋洲，展洗游人一段愁。古堞牙排秋正爽，寄思向晚赋高楼。

无边水树傍斜阳，领略湖山意味长。从此登临休计日，闲时买醉卧江乡。

北台古树大如围，像设森严半掩扉。但许西陵霞影乱，不教燕雀傍檐飞。

远山近水可人思，今日方知景物奇。莫负良宵明月夜，返舟还忆倚栏时。（辑自《课慎堂诗集》卷十九《历亭草》）

予九试棘围，济南名胜无不周览。癸卯之役，竟以贫病不克赴试。雨窗无聊，姑即平日所历，各赋一诗，以当重游，词之工拙不计暇也：北极台〔清〕曹溆

明湖极北耸高台，曾记当年载酒来。泼墨云生风雨急，笠檐蓑袂踏泥回。（辑自《虫吟草古近体诗》）

登北极台〔清〕李尧臣

崇台独上意偏豪，南望天孙怀二桃。一剑行藏何寂寂，千秋事业自嚣嚣。难除习气犹扪虱，不已雄心欲钓鳌。矫首乾坤舒醉眼，碧空云卷朔风高。（辑自《般阳诗钞·百四斋诗集》）

九日泛舟大明湖，登北极台、历下亭（二首之一）〔清〕龚翔麟

参差百雉俯晴洲，舍筏来寻最上头。芦芰作围分占水，鹊华涌翠正当楼。黄花羞插双蓬鬓，白鸟能牵一钓舟。老去心情似垂柳，偏于摇落逞风流。（辑自《田居诗稿》，亦见于《两浙輶轩录》卷十）

历下登北极庙台端〔清〕高之騱

披襟一长啸，独上妙高台。山远拕蓝入，湖平澄碧开。鹭鸥随逝水，边李忆仙才。俯仰忘机久，无烦鱼鸟猜。（辑自《强恕堂诗集》卷五）

北极台 〔清〕顾嗣立

北城藏贝阙，飞桥自连属。驿骑满黄埃，川原稻粱熟。齐州九点青，莲湖一湾绿。高台秋气佳，穷尽千里目。（辑自《味蔗诗集·嵩岱集〔下〕》）

秋夜登北极台，同朱带存赋（二首）〔清〕张元

神宫倚霄汉，踏月上层台。浩露沾衣湿，天风拂面来。平湖连岸阔，列嶂抱城开。咫尺仙槎近，星河待溯洄。

四顾莽纵横，凉天片月明。玉绳低远岫，秋水半重城。矫首云霄迥，衔杯雉堞平。中宵起灵籁，仿佛听瑶笙。（辑自《绿筠轩诗》卷一）

又七言二首 〔清〕张元

层台盘礴俯沧洲，寥阔清光万顷浮。水国鱼龙眠静夜，霜天鸿雁唳高秋。心空浩劫三千界，袖拂天风十二楼。咫尺丹霄期汗漫，却看河汉傍人流。

石坛缥缈丽重霄，徒倚空濛入望遥。指顾东南连泰岱，凌临西北引魁杓。凭虚欲结游山队，问月频呼贮酒瓢。一掬天浆消垒块，依稀碧落下云璈。（辑自《绿筠轩诗》卷一）

秋夜同友人明湖泛舟，遇雨六首（之四）〔清〕张元

层台高不极，舒眺倚琳宫。月色浮来白，渔灯闪处红。襟怀凭浩荡，天地入空濛。拟结游仙队，凌虚驾彩虹。（辑自《绿筠轩集》卷一）

登北极台有感 〔清〕任弘远

满城春色画图开，抱病强登湖上台。眼底故人零落尽，南山依旧送青来。（辑自民国《续修历城县志》卷十一《山水考七·水三》引《鹊华山人诗集》）

夜月泛大明湖八首（之六）〔清〕高凤翰

孤台郁起水云间，上界仙宫迥闭关。袖手人依清汉立，凌空心共野鸥闲。花香高沁天心月，夜气平沉郭外山。呼吸真堪通帝座，沧浪歌罢不知还。（辑自《南阜山人诗集类稿》卷二《湖海集》，亦见于清乾隆《历城县志》卷第十八《古迹考五·寺观》）

登北极台　〔清〕李锴

含睇高城接渺茫，饥乌飞噪古台荒。沙连秋水寒皋迥，山拥晴云落日黄。边塞关心双宝剑，亲朋满目一空囊。廿年不偶伶俜影，宾戏真难答省郎。（辑自《睫巢集》卷二）

北极台晚眺　〔清〕方起英

泛罢兰舟向梵宫，登台长啸海天空。万家砧杵千山月，四面星辰一旐风。藕叶乱翻秋水白，松梢斜映佛灯红。兴阑归步蹒跚甚，夜色萧萧别远公。（辑自民国《续修历城县志》卷十一《山水考七·水三》引《狮山诗钞》）

夜饮北极台，归途酒醒　〔清〕颜懋企

北极湖之北，为台亦自豪。远山曳练白，孤月际天高。湖水几时阔，渔歌全似骚。同心招好客，入馔采溪毛。自笑嘲难解，谁知名可逃？忘形失冠履，得路满蓬蒿。缆解穿芦叶，风轻验柳梢。莫言鲁酒薄，绝胜此间醪。（辑自《西郛集》）

北极台　〔清〕李文驹

晚登北极台，湖水清如此。残照半城楼，十里暮山紫。（辑自《自怡集》卷下）

济南杂咏（四首之三）　〔清〕李文驹

北极台高倚翠微，千佛山色上人衣。晚烟散作空濛盼，一片斜阳鸥鹭飞。（辑自《自怡集》卷上）

登北极台　〔清〕宋弼

泊舟因眺远，逸兴古台多。翠壁千重嶂，清池几幅罗。游情嗟旅燕，秋意入残荷。更逐樵风便，中流发棹歌。（辑自《蒙泉学诗草》，亦见于民国《续修历城县志》卷二十一《古迹考六·寺观》）

北极台　〔清〕王所礼

振衣登高台，拂石坐前庑。岂知在尘界，而得此净土？北渚落霞明，南山

孤云吐。松风飘鹤毳，花雨粘僧屧。梵呗寂不闻，殿角一铃语。（辑自《国朝山左诗续钞》卷二十一，亦见于《武定诗续钞》卷九、民国《续修历城县志》卷二十一《古迹考六·寺观》）

忆大明湖（二十首之七）〔清〕尹廷兰

曲港浮萍一道开，闲撑小艇纳凉来。青天放眼蒹葭外，百感茫茫北极台。（辑自《华不注山房诗草》卷上，亦见于《国朝山左诗汇钞后集》卷三、民国《续修历城县志》卷十一《山水考七·水三》）

登北极台 〔清〕邓汝功

北极台高枕北门，披襟台上绝尘氛。晚风乍起泠然善，忽见南山生白云。（辑自《密娱斋诗稿·午崖初草》）

济南杂诗四首（之一）〔清〕查昌业

北门鱼钥不时开，临眺独登北极台。泺水秋澄浮日远，历山晚翠逼人来。重归谁识千年鹤，高咏曾无一代才。下见南山平北斗，许公诗句若为裁。台上书苏颋“宫中下见南山尽，城上平临北斗县”一联，询为不易之句。（辑自《林于馆诗草》卷四）

济南竹枝词（一百首之八）〔清〕王初桐

北极台高天际看，登登磴道出云端。万家草树苍烟暝，一郡湖山夕照寒。

北极台即真武庙，宋靖康中、元大德中皆有封典，明德庄王重为修建，台址极高。（辑自《济南竹枝词》，亦见于民国《续修历城县志》卷二十一《古迹考六·寺观》）

北极台 〔清〕彭云鹤

旛挂碧云隈，岧峣百尺台。僧窗临水敞，佛殿对山开。人影平桥散，钟声上界来。荷香留客驻，欲去几徘徊。（辑自《国朝历下诗钞》卷二，亦见于《国朝山左诗续钞》卷二十七、民国《续修历城县志》卷二十一《古迹考六·寺观》）

北极宫 〔清〕郝允秀

晨起招诸友，群游北极宫。半城蒲柳水，几曲芰荷风。潇洒山当面，清凉酒满筒。徘徊秋日里，诗兴复谁向？（辑自《松露书屋诗稿》）

北极台晚眺 〔清〕郝允秀

日暮临星台，松风吹衣带。遥觅鹊华峰，两点女墙外。（辑自《松露书屋诗稿》）

北极台暮望 〔清〕郝允秀

星台一望客心愁，物色萧条识旧游。城外青山倡女墓，水边白雪酒人楼。声歌已逐梁尘散，瓦砾空从醉眼收。（辑自《松露书屋诗稿》）

夏日北极台上 〔清〕朱照

荻芦最恶障烟波，台观闲登喜峻峨。曲径通幽沿渚到，游人于此见山多。琉璃烁烁仙宫瓦，洁白双双道士鹅。断碣前贤存姓字，扪求笔法数摩挲。有刘天民所书碑石。柏阴院宇罢烹茶，石磴山门坐转嘉。湖水尽头应近市，人烟遥见不闻哗。蓬头那管玄天事，丽色深怜绿沼花。胜地从来宜晚眺，一州风月旷无遮。（辑自民国《续修历城县志》卷二十一《古迹考六・寺观》引《锦秋老屋稿》）

登北极台，遂泛舟游历下亭、铁公祠（二首之一）〔清〕张象鹏

北极台连历下亭，芳塘新涨水泠泠。唤来鱼艇小如叶，冲破浮萍一道青。（辑自《东武诗存》卷九〔下〕）

十月末同王子文、朱敉人上北极台，时子文将赴衡山 〔清〕刘大绅

交游尽解唱刀环，日暮登临又此间。胜地不殊偏易倦，愁怀偶触便难删。并无落叶湖边树，只有寒云郭外山。明日诗人重远别，柴门独向病中关。（辑自民国《续修历城县志》卷二十一《古迹考六・寺观》引《寄庵诗钞》）

十月九日同朱敉人陪寄庵先生登北极台 〔清〕王祖昌

送行已折桥边柳，会面还登湖上楼。万里凉风来蓟野，一天黄叶下齐州。

闲临北渚消离恨，莫对南山发旅愁。计日三苗通道路，飞帆应唱大刀头。（辑自《秋水亭诗草》卷三，亦见于民国《续修历城县志》卷二十一《古迹考六·寺观》）

明湖竹枝词八首（之四）〔清〕冯湘舲

高台面面挂晴霞，裙屐纷然坐吃茶。小语嘱郎看仔细，红楼一角是侬家。（辑自《扫红亭吟稿》卷十一）

喜雪登北极台〔清〕谢仟

小园梅开过三九，纷纷雪片大于手。人言鳞甲扬回风，天上玉龙酣战久。腊雪培元苗不枯，四郊积素天模糊。不羡华筵恣欣赏，且询野父欢何如。七桥幽人兴不浅，北极台高足游衍。云薄寒轻景动摇，琼楼玉宇光摩闪。南山如练螺髻迷，北渚凝华蟹舍掩。沿堤枯木半微茫，击树寒鸦时一点。湖山雪后趣无穷，爱听人占兆岁丰。归来一尊夜未举，梅窗月上影朣朣。（辑自民国《续修历城县志》卷二十一《古迹考六·寺观》引《春草轩诗稿》，亦见于清道光《济南府志》卷六十九《艺文志五·历城诗》）

登北极台（六首）〔清〕徐子威

苍茫湖上台，石几侵衣碧。古壁走龙蛇，空对仙人迹。
烟消空翠溜，扑面秋山秀。高处不胜寒，人倚孤松瘦。
俯仰白云弛，悠悠历今古。古砌遍苍苔，飘洒多风雨。
古人不可见，落落知音绝。空作老龙吟，西风吹鬓雪。
苍烟生北渚，鹤唳知何处。天际忽飞来，徘徊不复去。
天风吹浪浪，古木晚苍苍。幽客自来去，湖山淡夕阳。（辑自民国《续修历城县志》卷二十一《古迹考六·寺观》引《海右集》）

庆孙招同步武夜泛明湖遇雨，因至北极台，寻醉琴道人，归后纪游〔清〕王煐

海翻卷月半天黑，惊光飘瞥金蛇赤。丰隆作势久摩空，始放瑽琤两三滴。暗中拨棹纵所适，风浪眩转失南北。突兀涌现晦明边，巨鳌昂首山来逼。忽闻一犬吠寥寂，乃是高台在咫尺。敲门唤起醉道士，横流吹裂龙吟笛。惊觉老蛟

伸困脊，绕身迸火鞭霹雳。水飞倒立插垂云，皂纛摩麾拟矛戟。精灵怪变不可测，催转归桡雨亦息。湖干灯火夜深灭，尚有疏星挂遥碧。此欢共为临别惜，登岸犹嫌情未极。明晨佳话满城传，谁为坡公图笠屐？（辑自《碻庴诗钞》卷上，亦见于民国《续修历城县志》卷十一《山水考七·水三》，还见于《国朝山左诗汇钞后集》卷三十五，其中“催转归桡雨亦息”一句作“舟子催归益促迫”）

重五日陪杨兰谷偕秦子显、徐孝廉次李游大明湖（四首之三）〔清〕潘遵鼎

湖边北极耸高台，一树榴花次第开。行到山门山色好，晴岚暖翠扑人来。（辑自《铁庵诗草》）

北极台岭南王健木公金母像〔清〕潘遵鼎

高台崔峨枕湖曲，殿阁翼翼松谡谡。湖光潋滟扑人来，遥映须眉生寒绿。前荣壁画谁所作，入眼顿教起震肃。右绘金母左木公，衣若出水带迎风。飘飘逸格道貌寂，珊珊仙骨宝髻松。仿佛颊上添长毫，依稀睛中闪方瞳。乘鸾驾牛相追逐，意态超忽气春容。疑是身游芬灵野，不然亲到紫霄宫。十二碧城云缥缈，三千珠阙雾冥濛。我闻在昔善画推道子，妙绝仙佛无与比。景云寺里变相图，能使屠湖业尽徙。后来李赵亦擅场，遗迹未睹空仰止。王君此画冠平生，笔墨真堪敌古史。只今落寞挂空殿，风零日炙将灭漫。吁嗟乎！古今埋没草莽几英雄，诗罢掷笔发浩叹。（辑自《铁庵诗草》）

北极台〔清〕董芸

刘公严善画，一日雨后与王季木登北极台，是时云水空濛，远山叠翠。王瞪目久之，不禁叫绝，谓刘曰：“尔画跨轶古人，然尝自珍秘，不肯以粉本示人。今吾凭高纵目，乃尽得翻阅正谱，独恨难袖取耳！”

雨后高台入杖藜，秋山点黛水平堤。刘郎画本凭君看，未许狂奴满袖携。（辑自《广齐音》）

北极台〔清〕张柏恒

高台百级枕寒流，叶叶风帆到此收。湖色明分回棹月，山光淡画隔城秋。三生破浪冲霄汉，双桨乘风泛斗牛。长笛一声天籁静，渔灯红处起盟鸥。（辑自

《式训集》卷十三）

游大明湖（四首之二）〔清〕崔旭

石磴临流步上难，回身眼界一时宽。我来不遇东莱守，壁上留题去后看。北极庙有船山夫子诗。（辑自《念堂诗草》卷一，亦见于铁公祠西廊壁石刻，光绪戊申重九孙钟善重摹上石。）

登北极台，同会稽陶琴思、惠民李子衣、邑人郑柳田、徐云樵〔清〕朱畹

台迥临烟渚，来当夕照微。占枝寒鸟宿，啸侣远渔归。山翠经霜净，湖流入涨肥。遥闻清梵响，林外款禅扉。（辑自《红蕉馆诗钞》，亦见于民国《续修历城县志》卷二十一《古迹考六·寺观》）

和鹿雪樵登北极台，感醉琴道人〔清〕朱畹

万里归来客，湖边停棹心。荒台依旧在，道士杳难寻。径曲鹤留迹，日高松有阴。一琴犹挂壁，千载少知音。（辑自《红蕉馆诗钞续》，亦见于《国朝山左诗汇钞后集》卷五）

同田序东、王伯厚两广文登北极台〔清〕朱畹

暑气此中尽，高台邀共登。知非触热客，来对坐禅僧。古柏吟时倚，危栏望时凭。自怜双脚健，拾级老还能。（辑自《红蕉馆诗钞续》）

登北极台，感怀醉琴道人，时醉琴已殁十余年矣，怅然赋此〔清〕朱畹

北极高台临水隈，松间荒径长莓苔。醉琴道士今何在，月白风清我独来。（辑自《红蕉馆诗钞续》）

同尹竹农中丞登北极台，得“山”字〔清〕朱畹

泉汇开明镜，峰围列翠鬟。曾经卅年别，暂得此身闲。寄迹烟波外，放怀诗酒间。微痾应渐愈，莫更恋东山。（辑自《红蕉馆诗钞续》）

新齐音风沦集：其五十八 〔清〕范垌

玄武台高踞水滨，风雷呼吸聚天神。闷宫净乐怀明发，想见藩王锡类仁。

北极台，在北城内迤西大明湖上，祀玄武，亦以名台。德王从道家言，谓神乃净乐王子，于殿后别构四楹，祀神父母，名净乐宫。刘函山有记。（辑自《如好色斋稿》戊上，亦见于民国《续修历城县志》卷二十一《古迹考六·寺观》，其中首句中的“玄”字，原书中为避清圣祖康熙帝爱新觉罗·玄烨的名讳而改作“元”。）

夏夜同友人登北极台小酌 〔清〕余钟莹

结伴同登北极台，湖光山色一阑开，绿杨风定渔歌远，红藕香深画舫来。载酒原知君有兴，吟诗每愧我无才。薰风拂面游人醉，倒载何妨带月回？（辑自《国朝山左诗汇钞后集》卷三十六）

北极台为城中最高处，上有元武殿与道院。 〔清〕封大本

玉殿峨峨天半开，登临却喜傍高台。风生满院泉声合，翠压千岩岱色来。倚槛几经怀古地，振衣空忆揽天才。夕阳树外催归棹，曾对仙坛首重回。（辑自《续广齐音》）

北极台会饮 〔清〕谢焜

树里楼台郭外山，无边苍翠扑松关。窗迥岚气青长在。地踞湖干境自闲。好藉诗篇传画本，不知身世属尘寰。同来惟我疏狂甚，一醉何妨荷锸还。（辑自《绿云堂稿》卷一）

北极台 〔清〕孙锡嘏

高临百尺抱城隈，阵阵秋风拂面来。独对南山千佛坐，恍疑身住集灵台。（辑自《东泉诗钞》上卷）

北极台 〔清〕周乐

城上平临北斗悬，成句。梵王宫殿灿诸天。试从松柏中间坐，恰可湖山一览全。水阁清凉无热客，琴师洒落忆游仙。道人醉琴。自从胜境重经理，箫鼓朝朝

集画船。（辑自《二南诗钞》，亦见于民国《续修历城县志》卷二十一《古迹考六·寺观》）

登北极台 〔清〕周乐

踽踽登台冻犬惊，严寒天气倍澄清。雪余山色明三面，木落湖光豁半城。晒日渔家临岸语，窥鱼稚子踏冰行。几壶蓄酒差堪醉，赖有黄冠不世情。（辑自《二南吟草》）

北极台访道士不遇 〔清〕周乐

扑面湖风急，登临兴独豪。水连渔舫冻，山带女墙高。采药知何处，听琴虚此劳。拟将待归鹤，返照没寒皋。（辑自《二南吟草》，亦见于《二南诗钞》卷上，亦见于民国《续修历城县志》卷二十一《古迹考六·寺观》）

舣舟北极台下，迟客不至 〔清〕周乐

瑟瑟西风拂面寒，登台且自久凭栏。树中烟起午炊熟，湖上雪飞秋苇残。画舫暂容今日隐，雁书难寄故人看。渔翁垂老多情甚，沽酒相邀过别滩。（辑自《二南吟草》，亦见于《二南诗钞》）

偕范伯野、何岱麓登北极台，即赋 〔清〕周乐

溪云湖树点栖鸦，有客登台夕照斜。一夜西风催木叶，半城秋色在芦花。桥通远市思沽酒，松扫枯枝待煮茶。画艇差堪留小住，那禁清吹起悲笳！（辑自《二南吟草》，亦见于《二南诗钞》和民国《续修历城县志》卷二十一《古迹考六·寺观》，题作《秋日偕李仲恂登北极台》）

腊初偕李裔云登北极台待雪 〔清〕周乐

阴晴天气暖微微，闲步平湖叩寺扉。冻解鸥穿春水戏，云开鸦带夕阳飞。谁家孤艇横荒榭，绕郭寒山映钓矶。风色昏黄知欲雪，共期披氅夜深归。（辑自《二南吟草》，亦见于《二南诗钞》卷上和民国《续修历城县志》卷十九《古迹考四·亭馆三》，题作“腊初偕李裔云肇庆登北极台待雪”）

中秋前贾华东兄弟约同宋仲九、王丹友北极台宴眺（二首）〔清〕周乐

绕郭山无数，台高眼不遮。晴烟明树杪，晚照艳芦花。隔岸渔舟小，过桥雁阵斜。黄冠知俟月，丹灶屡烹茶。

雨霁中秋近，湖西片月生。光犹一轮缺，水已半湖明。衣渍露痕重，酒兼荷气清。更怜归棹缓，蟾影似偕行。（辑自《二南诗钞》，亦见于民国《续修历城县志》卷二十一《古迹考六·寺观》）

同李秋屏北极台纵眺〔清〕周乐

一碧苇无际，四围莲半开。湖风起亭午，香气上高台。久坐忘炎暑，清谈尽茗杯。山云含雨意，尚懒唤船回。（辑自《二南诗钞》，亦见于民国《续修历城县志》卷二十一《古迹考六·寺观》）

雪后早登北极台，遇清秋圃刺史，得共眺，瞩即事〔清〕周乐

登台偶趁晓晴天，披氅逢君两粲然。满郭寒光山积雪，一湖春气水升烟。渔家吠犬门极闭，稚子叉鱼冻屡穿。不是黄冠瓶蓄酒，恐难久伫古松边。（辑自《二南诗钞》，亦见于民国《续修历城县志》卷二十一《古迹考六·寺观》）

同李翯云登北极台，盘桓竟日〔清〕周乐

寂寂高台昼掩关，冒寒同此慰愁颜。风疏偶落松间雪，芦尽全窥水底山。境忆繁华倍惆怅，人从贫病转清闲。晚霞没处湖烟起，尚共凭栏数鸟还。（辑自《二南吟草》，亦见于《二南诗钞》和民国《续修历城县志》卷二十一《古迹考六·寺观》，题作“同何岱麓邻泉登北极台”）

四月十九日为杜少陵生日，同谢问山、王秋桥、何岱麓、马词溪集北极台酹祭，诗纪其事〔清〕周乐

文宣庚子生，公生岁壬子。诗圣集大成，千秋仰揽揆。窃尝论公诗，独获言志旨。生虽慨不辰，悲歌笃伦理。流离念君国，弟妹思不已。救琯罹重谴。怀白痛远徙。至性发讴吟，神力扫浮靡。后生资沾溉，讵可忘本始？缅兹北渚地，冠盖曾莅止。欢陪北海宴，欣赏济南士。云山足发兴，吟魂或恋此。白酒贳佳酿，笋蒲掇盈几。鸥社余数人，瓣香肃拜跪。惚恍饭颗容，著笠来享祀。

区区私淑心，知弗门外视。安得公大笔，风雅重振起。（辑自《二南诗续钞》）

四月十九日为杜少陵生辰，谢问山约集北极台祭拜，分赋七律 〔清〕何邻泉

招邀诗侣共登台，杜老生辰酹酒杯。人忆西川祠尚在，鸥盟北渚社重开。七星剑影城头挂，千佛山岚眼底来。公倘有灵助吟兴，暗中仔细为删裁。（辑自《无我相斋诗选》卷四，亦见于民国《续修历城县志》卷二十一《古迹考六·寺观》）

北极台感怀 〔清〕张岫

故人凋谢后，独此对南山。白日琴床静，秋风药灶闲。残诗敲月尽，旧雨剩云还。久坐成何事，蒹葭亦改颜。（辑自《带经舫诗钞》）

济南竹枝词（二十八首之四） 〔清〕孙兆淮

北台高耸接青冥，羽士当年鹤暂停。侬有新词歌不得，吟魂恐怕隔花听。

北极阁在明湖之西北。前道士醉琴，本以诸生游幕，不得志，遂改道士装修行，善吟咏，能弹琴，颇有诗名，后即羽化其间。（辑自《〔片玉山房〕花笺录》卷十四）

晚登北极台，望城南诸山，即赠醉琴道士 〔清〕郝箬

杰阁平临夕照开，当轩峰壑入城隈。买山招隐知何地，怀古登高更此台。客子初无遗世法，仙人原是不凡才。相逢一笑成真契，鼓棹沧浪归去来。（辑自《爱吾庐初集》）

四月十九日少陵生辰同社友集北极台酹祭 〔清〕王德容

何敢称私淑，登台自有怀。荐蘋抒蚁慕，分韵笑蛙鸣。灵雨柏松地，香风荷芰城。浣花随处是，千载境湖清。（辑自《秋桥诗续钞》卷一，亦见于民国《续修历城县志》卷二十一《古迹考六·寺观》）

北极台祭少陵后与同人宴饮（二首） 〔清〕王德容

买舟载酒过溪桥，供奉香花吟侣招。亏得诗人能记忆，谓谢问山。少陵生日是今朝。老得清闲即是仙，愿将鸥社续年年。双柑何日重相聚，亭外南风放白莲。

（辑自《秋桥诗续钞》卷一，亦见于民国《续修历城县志》卷二十一《古迹考六·寺观》）

二南邀吟侣北极台小酌，值雨　〔清〕王德容

湖光收取入吟眸，高座平临最上头。膳饮频频青鸟便，笙歌空拟望湖楼。当事欲东西构望湖楼，不果。七桥烟树尊前影，五月陂塘雨后秋。惟有何郎遥不至，几回舟楫望中流。（辑自《秋桥诗续选》卷一，亦见于民国《续修历城县志》卷二十一《古迹考六·寺观》）

自北极台泛归　〔清〕王德容

日暮停歌鼓，纷纷各散时。岸高溪涨少，人众舫行迟。三尺芦抽笋，千堤柳挂丝。身游图画里，谁唱冶春词?（辑自《秋桥诗续选》卷二）

北极台　〔清〕朱诵泗

七星北斗挂层台，蜡屐凭临水殿开。万顷烟波浮月上，一行征雁带秋来。参差雉堞当轩出，欸乃渔歌傍岸回。独把一樽消磊块，玉绳低处晚钟催。（辑自《国朝山左诗汇钞后集》卷三十，亦见于《国朝历下诗钞》卷三、民国《续修历城县志》卷二十一《古迹考六·寺观》）

登北极台　〔清〕曹元询

明湖风急天微凉，明湖木落天雨霜。玉箫金管竞秋晚，七桥风味如横塘。玉露泠泠天宇湿，沧浪庭下秋声急。满城砧杵客怀同，还向高楼踏月色。月色晃朗天宇秋，绿荷香气空中浮。天上宫阙金银楼，白榆历落云林幽。鹊山华山两迎揖，明妆翠袖何夷犹。太白题诗处，丹嶂临清流。此地由来足名士，少陵品骘留山丘。草没华泉意气尽，楼开白□才名留。文章烟月徒为尔，绮语不洗诸公羞。坐客四顾叹奇绝，赏心乐事神飞越。拟向天边呼彩云，更俯清流捉明月。酒尽歌终思悄然，乌啼月淡水如烟。楚臣去境悲千里，汉妾辞宫叹十年。坐中有客同乡县，每听清歌泪如霰。泪如霰，每道秋风白袷寒，那识客游节回换？醉中起舞影婆娑，更看织女欲斜河。独上层楼望乡邑，东南一带青山多。吾辈得意须歌舞，一醉由来足千古。边李文名有几人，而今零落成黄土。他日

登临会有期，风光如故使人悲。寒山苍翠长如此，碧水东流无尽时。（辑自《萝月山房诗》）

雪后登北极台 〔清〕周宗照

一夜千山雪，朔风扑面来。何人正高卧，逸兴独登台。树影微茫辨，湖光罨画开。片云天外卷，倚槛且徘徊。（辑自《国朝历下诗钞》卷三，亦见于民国《续修历城县志》卷二十一《古迹考六·寺观》）

登北极台 〔清〕夏绍溥

城上高台迥，登临夕照微。烟深看鸟灭，船小载僧归。佛火出高阁，渔灯明远矶。更怜清梵响，久坐露沾衣。（辑自《国朝历下诗钞》卷二，亦见于《国朝山左诗续钞》卷三十一、民国《续修历城县志》卷二十一《古迹考六·寺观》）

济南杂诗（十六首之十四） 〔清〕杨庆琛

瓣香宜叩南丰座，樽酒思登北极台。一夜朔风高处望，银云万顷玉花开。（辑自《绛雪山房诗钞》卷十五）

同诸友人登北极台 〔清〕张善恒

联步遥登北极台，丛林高处喜追陪。桥边暗涌清波出，水面轻飞小艇来。十里残红犹照眼，四围幽翠欲凝杯。柳因系马枝枝坠，藕以生香处处栽。沽酒船多停渡口，打鱼人半住湖隈。才逢骤雨凌晨歇，恰值新秋昨夜回。绕舍苍茫烟景阔，隔城隐约画屏开。嶙嶙石怪奇峰簇，漠漠云深远岫堆。几欲飘摇凌玉宇，便须真果到蓬莱。慧心自结三生契，劫火难消一寸灰。佛法庄严归净域，禅机幽窅出尘埃。诸天尽有降龙手，斯世谁为吐凤才？莫恃聪明翻旧曲，休疑风月即良媒。听琴始识水仙乐，弹铗方知客舍哀。此日放怀同洒落，何时览胜共徘徊？晚钟底事频催促，且认荒碑剥绿苔。（辑自《历下记游诗》上卷）

北极台 〔清〕王偁

北极台高极暮天，烟波万顷泻珠泉。谁知出地三十六，尚有人来星月边。（辑自《鹊华馆济南杂咏一百首》）

北极台怀刘公严 〔清〕王偁

北城半溪云，南山一溪雨。欲翻公严画，凭高恨难取。（辑自《鹊华馆济南杂咏一百首》）

明湖四咏（之四）〔清〕杨恩祺

芟尽荻芦眼界宽，置身高处见清寒。湖中一段空明景，独上崇台冒冷看。（辑自《天畅轩诗稿》卷一，亦见于民国《续修历城县志》卷十一《山水考七·水三》）

雨后北极台望南山出云 〔清〕乔岳

谓是山出云，云不在山内。或疑云归山，山不在云外。出入两无痕，苍茫坐相对。截树使林平，披絮作帽戴。未识层峦上，俯瞰更何态。石中岂有物，此理渺难会。满引罄桂樽，相与谈荒怪。（辑自《松石诗钞》，亦见于民国《续修历城县志》卷二十一《古迹考六·寺观》）

秋夜北极台偕周志虚月下远眺 〔清〕乔岳

犬吠深林暗，月临秋水空。人家归想像，天地自溟濛。到耳皆秋信，畏寒笑喜虫。与君长此夕，槛外起松风。（辑自《松石诗钞》，亦见于民国《续修历城县志》卷二十一《古迹考六·寺观》）

北极台看山 〔清〕乔岳

山色围三面，林烟聚一湖。朝来寺门坐，看到月轮孤。不觉秋将老，犹怜荷未枯。平生喜萧飒，欲绘夜凉图。（辑自民国《续修历城县志》卷二十一《古迹考六·寺观》引《松石诗钞》）

北极台即目 〔清〕乔岳

登台不见城，都被山围住。飘然去孤艇，似通山下路。日暮苍烟合，此身在云雾。片月上山头，照我饮酒处。（辑自《松石诗钞》，亦见于民国《续修历城县志》卷二十一《古迹考六·寺观》）

花朝日偕周二南、王秋桥、谢问山、朱退旃、李秋屏、彭蕉山泛舟明湖，即事（四首之三）〔清〕马国翰

矗矗凌霄北极台，廿年前访醉琴来。索题句有绿杨赠，近砌花惟红杏开。世事鹤云同缥缈，人生鸿雪莫疑猜。及时行乐且须乐，浊酒那辞倾百杯。（辑自《玉函山房诗钞》卷五，亦见于《玉函山房诗集》卷七、民国《续修历城县志》卷十一《山水考七·水三》）

四月十九日为唐拾遗杜少陵生辰，诸同人循鸥社故事，集北极台酹祭，便就会饮，诗纪其事〔清〕马国翰

我闻东莞臧荣绪，庚子陈经拜尼父。又闻名刺投利乡，苍颉墓前书人聚。诗家岂合无师承？李唐以来重老杜。曩记客从蜀郡来，闻窗指掌话风土。年年四月浣花溪，纷集冠裳盛樽簋。才流亦或脱畦封，岂肯依门与傍户？惟钦度世悬金针，甘为弟子列堂庑。人心不谋有同然，遗俗骎骎传齐鲁。品泉侨寓济南城，曾执牛耳开坛宇。群贤甲乙订鸥盟，独推少陵奉法矩。当公揆揽初度辰，虔设豆笾及罍甒。即于神侧分神余，竟日欢洽忘宾主。席间拈韵征新歌，天矫酒龙阚诗虎。我时齿少僻村居，未及躬参踵步武。迄今缘督草堂空，寂寞莲塘剩烟橹。社人存者已寥落，但似晨星见三五。周何王谢皆耆英，湖上寻盟赓旧雨。初夏好开樱笋厨，新朋许续芝兰谱。酹酒北渚浮澄波，一瓣心香代脩脯。幸得追随杖履间，清风四座袭璜瑀。座中问山年最高，以身先倡俯且伛。几右寅严奠蕙肴，炉头馥郁焚檀炷。旁观不解怪相问，此事久瞟目罔睹。斜阳撤器偕登筵，慷慨兴怀奋谈麈。缅公生前负抱奇，非关饭颗吟常苦。自从麻衣觐至尊，郅治深期稷契辅。掖垣问夜上谏书，衮职有阙当臣辅。岂知苍狗变浮云，纳纳乾坤诮儒腐。白木作柄托农镵，冠盗相侵望削平。江湖满地劳撑拄，义胆忠肝发浩歌。爱君葵赤倾怀吐，吁嗟公去公诗留，如公乃足有千古。今日正值公生日，公之生气尚扬诩。对公要识公胸襟，不在词章事纂组。（辑自《玉函山房诗集》卷七）

北极台〔清〕延彩

人向湖中游，但见湖之澳。譬若游庐山，不见真面目。高台背层城，建瓴列高屋。远山涧四围，明湖成一幅。顿使胸怀开，下界等雌伏。黄冠珠落落，

烹茶来肃肃。殷勤前致辞，指日补真筑。君若再来时，亭轩纷簇簇。（辑自《简斋小草》卷下）

北极台　〔清〕孔昭珩

湖光尽处辟仙寰，到此红尘喜就删。百级临墟瞻北极，千岩竞秀见南山。鸥波浩荡烟同碧，雉堞嵯峨势半弯。为恐僧房难远眺，松阴露坐绿苔斑。（辑自《杞园吟稿》卷二）

北极台　〔清〕毛鸿宾

层城北望有高台，斗极悬空亦壮哉。呼吸差堪通帝座，扶摇直欲上云陔。山岚拥翠排窗入，湖水分青绕槛来。此日登临心目豁，好将诗酒共追陪。（辑自《澹虑斋诗集》）

北极台追伤醉琴道人　〔清〕李邺

已失广陵散，空伤白玉棺。古台沈鹤迹，秋月冷诗坛。柏翠为谁食？花明剩客餐。人琴无复见，萧索水云寒。（辑自《国朝山左诗汇钞后集》卷二十二，亦见于民国《续修历城县志》卷五十三《杂缀三·轶事三》引《春雨楼诗》）

明湖竹枝词（八首之六）〔清〕王象瑜

棘闱试罢约重来，月下乘舟倦眼开。北极高登回首望，两行灯火射楼台。（辑自《二琴居士小集》）

约汪滋厚兆侗、孙文阁怡禄登北极台　〔清〕柯蘅

台势郁嵯峨，登临兴若何？移樽吾辈共，入座晚峰多。北斗临窗近，秋云背雁过。苍茫间归路，谁唱采菱歌？（辑自《春雨堂诗选》，亦见于民国《续修历城县志》卷二十一《古迹考六·寺观》）

北极台　〔清〕王轩

苍苍烟水深，隐隐楼台迥。偶逐萍开处，柳阴见系艇。超然北极台，睥睨层云顶。坐我轩楹风，披襟豁清裴。回瞻万顷出，参差列畦町。人语响深苇，

牵衣没云胫。白鹭浴晴波，浩荡入烟溟。独鹤眠山门，客来睡初醒。（辑自《耨经庐诗集》卷二）

和佩韦夫子北极台晚眺 〔清〕李长霞

平湖偶放棹，幽意惬登临。一径入荷渚，四围多柳阴。波平星影定，天迥雁声沉。何处归舆急，荆焞引路深。（辑自民国《续修历城县志》卷二十一《古迹考六·寺观》引《锜斋诗选》）

晓登北极台 〔清〕戴恩溥

群山尾岱岳，直走东海东。回眸眺平楚，千里青濛濛。侵晨衣不船，泠然当微风。扶桑上朝旭，滉漾磨青铜。北瞩承旨泉，南望帝子宫。入烟聚早市，渔歌出钓篷。湖亭久寥落，谁拜曾南丰？耕桑乐有秋，今昔将毋同。返棹入菱港，怀古心忡忡。橹声惊宿鹭，飞起菰蒲丛。（辑自《见山楼诗稿》卷一）

明湖杂咏（三首之二）〔清〕吴重周

北极台高望眼宽，远山近水却凭栏。西轩昨夜听风雨，晓纳一窗新霁寒。（辑自《海丰吴氏诗存》卷四）

忆济南旧游诸处（五首之三）〔清〕曹桂韫

十年前自顺昌回，选胜重登北极台。不见醉琴见秋色，坐看千佛送青来。（辑自《香谷园诗》）

忆昔随侍家大人巡抚山左时，旧游齐州诸胜境，有未及志诸笔楮者，因补咏之，聊以回溯陈迹云（六首之六）：北极台在明湖上。〔清〕觉罗廷奭

北极灵台巍然起，三千尺插烟云里。上凌万古碧罗天，下瞰一片苍茫水。登临俯仰生豪情，纵眸览尽全湖美。笑看千佛拥青来，足共南山斗雄峙。凭栏长啸莫高声，恐惊天神与龙子。吁嗟乎！人生何必到蓬瀛，只此壮游快无比。（辑自《未弱冠集》卷六《战秋集》）

中元泛月明湖，历古历亭、汇泉寺、北极台而返，同游者为李海屿瀛瑞、张松嵋守栋（四首之四）〔清〕王廷赞

北极台高月色低，湖天夜景拟分题。无端阻兴寻归棹，三笑权当会虎溪。（辑自《排云诗集》卷一）

明湖杂诗（二十四首之五）〔清〕孙卿裕

揽胜同登北极台，清风微动湿云开。湖光一带明如镜，认取南山倒影来。（辑自《退园续集》）

秋日明湖杂诗八首（选五之三）〔清〕黄经藻

北极台高望渺茫，湖光山色隔重墙。何人携得营丘笔，不画清秋画夕阳。（辑自《明湖载酒二集》）

济南杂咏十二首（之六）〔清〕徐继孺

北极台连雉堞稠，高高迴出北城头。鹊华各有千重翠，河济同为一带流。（辑自《徐悔斋集》卷十一）

偕陈佩卿先生冒雪登北极台，访张百芝作〔清〕徐金铭

嵱崒高台城北路，满天风雪共凭栏。寒侵隘巷炊烟瘦，气压空肠酒盏干。险韵何人仿坡老，高情此夕忆袁安。醉归笑订晴时约，携手同来看早峦。（辑自《六慎斋诗存》）

戊午重阳登北极台口占〔清〕徐金铭

干戈满眼独登台，况复清秋鼓角哀。皂帽空愁无地落，黄花应悔向人开。懒随士女倾城出，聊逐烟波放艇来。回首南山最高顶，岚光不见只氛埃。（辑自《六慎斋诗存》）

与周述卿从萧翰缃师登北极台，越夕，师以五律寄示，依韵恭和〔清〕徐金铭

高台天尺五，倩夜得从游。画壁昏残墨，渔灯出远洲。孤萤随露下，皓月

为人留。坐对忘言说，从芦起棹讴。（辑自《六慎斋诗存》）

明湖冶春词十二首（之十一）〔清〕单朋锡

不羡芙蓉向脸开，桃花扇底踏歌来。韶华阅遍浑忘倦，乘兴还登北极台。（辑自《季鹤遗诗》）

游明湖杂咏（十首之三）〔近现代〕崔子湘

寻幽转棹路重经，树影光光共一舲。北极台高小回里，远山都见佛头青。（辑自 1921 年 9 月 3 日《益世报（天津版）》第 14 版）

登北极台 〔近现代〕李炳耀

登高闲眺望，听客唱沧浪。城郭山齐拥，楼台树半藏。渔村明晚照，湖水荡秋光。何处人吹笛，声声引兴长。（辑自《且住为佳轩诗》）

第四编

楼

一、汇波楼（又名会波楼。汇波阁、汇波门附）

汇波楼，亦称会波楼，位于大明湖东北隅北水门（又名会波门、汇波门）上。汇波楼始建于元初，中华人民共和国成立前夕被毁，1981 年重建，为混凝土结构，面阔 7 间，两层，翼角悬山，丹柱绿瓦，吻兽栩栩如生。2019 年，在曾巩诞辰 1000 周年之际，天下第一泉风景区将汇波楼改造成了“曾巩展览馆”，展览馆共分为上下两层，一层主要展示曾巩的人生经历，二层主要展示曾巩的文学成就。

汇波楼下、汇波门前原有会波街，上有会波桥。济南旧八景中的“会波晚照”，即是指在北水门南侧旧会波石桥上见到的秋晚景色。现今“会波晚照”之景已不复见。

汇波楼之佳妙处，在登楼观景：旧时登楼凭栏远眺，南可见群山叠翠，绵延如屏，郁郁葱葱，气势雄浑；北可见华山染烟，鹊山含黛，楼房栉比，平畴铺绿。俯瞰楼下，则见明湖如镜，画舫荡波，亭台楼阁，掩映于柳丝飘拂之间，诚为美不胜收。若值秋晚登楼，则见似锦晚霞，烘托着玫红的夕阳。夕阳里，远山如蒙了一层粉红的轻纱，朦朦胧胧中却更显苍郁；城中林立的高楼，折射出万道金光，整个城市被笼罩在无边辉煌之中。

游登会波楼 〔元〕张养浩

吾郡山水窟，奇胜闻未尝。于何得全观，兹楼水之阳。群峰闯城郭，飞栋相颉颃。影倒冯夷宫，锦乱天孙裳。明湖一神镜，照万无留良。华鹊乃后驱，使我背若芒。欲举酒相属，仿佛双龙翔。形势信绝美，求称惭德凉。虽云生长兹，会少离寻常。桑梓尚敬止，况乃十二强？何当弃官归，扁舟永徜徉！（辑自《归田类稿》卷十五，亦见于民国《续修历城县志》卷十一《山水考七·水三》，其中“良”作“藏”）

登会波楼 〔元〕张养浩

何处登临思不穷，城楼高倚半天风。鸟飞云锦千层外，人在丹青万幅中。景物相夸春亘野，古今皆梦水连空。浓妆淡抹坡仙句，独许西湖恐未公。（辑自明崇祯《历城县志》清康熙增刻本卷十四《艺文志三》，亦见于清乾隆《历城县志》卷第九《山水考四·水二》、道光《济南府志》卷六十九《艺文五·历城诗》、明嘉靖《山东通志》卷三十七等，但不见于《归田类稿》）

同乡友宴会波楼 〔元〕张养浩

久处红尘眼倦开，飘然今喜到蓬莱。春风碧水双鸥没，落日青山万马来。柳外行舟喧鼓吹，途中过客指楼台。一时人境俱相称，却恐新诗未易裁。（辑自《归田类稿》卷十九，亦见于民国《续修历城县志》卷十一《山水考七·水三》）

殿前欢·登会波楼 〔元〕张养浩

四围山，会波楼上倚阑干。大明湖铺翠描金间，华鹊中间。爱江心六月寒。荷花绽，十里香风散。被沙头啼鸟，唤醒这梦里微官。（辑自《云庄乐府》）

夏日北楼，陪刘函山作 〔明〕陆针

高阁溪风送午凉，炎天冰雪正微茫。烟中远见南山寺，天畔平开北海觞。太白酒楼同壮观，长卿词赋有辉光。潇湘只在朱阑外，慷慨悲歌云树苍。（辑自《少石集》卷五）

次函山韵 〔明〕陆针

湖边楼影静涵波，楼上新凉山雨过。当槛鹊峰烟点黛，迎风鸥渚翠翻荷。杖藜忽动沧洲兴，击筑遥闻白苎歌。最爱扁舟晚归去，柳阴沙畔夕阳多。（辑自《少石集》卷五）

中秋夜集诸寅于会波楼 〔明〕吴维岳

北郭门雄穿济派，东方政暇集儒绅。秋分海岱城头席，月满楼台镜里身。万树星辰湖笛夜，千家砧杵塞鸿新。明朝更尽中天兴，华鹊凭君问主人。（辑自《天目山斋岁编》卷二十二）

中秋日同吴霁环副宪，张瑞泉、周中槐二佥宪登会波楼 〔明〕王樵

独带斜阳来北郭，不知明月出东山。翠浮华顶烟初敛，绿满平畴水自环。正喜一登皆在目，未辞屡到即忘还。赋成却愧非王粲，诸老高名岂易攀！（辑自《方麓集》卷十四）

会汇晚照 〔明〕张弓

闲云漠漠淡晴空，柳堰渔舫晚色同。几处名泉归宿大，一湖清影夕阳通。残霞映水明天外，孤鹜冲入点镜中。何日持竿随落照，烟波影里钓长虹？（辑自明崇祯《历城县志》清康熙增刻本卷十四，亦见于《历乘》卷十七，题作“咏亭”，字句有不同，其中“舫”作“船”，“几处名泉归宿大”作“十里碧波秋色远”，“入点”作“人落”）

夜饮会波楼 〔明〕王象春

新雨沐鸟栖，墨云惨风堕。鱼龙酣春眠，脑鬣触行舸。饥鹳偎岸愁，千门柳烟锁。山气留残寒，惊犬吠鬼火。晦夜纵高目，我怀固磊砢。杜老渼陂游，阴雷亦掀簸。三子平台笑，何妨禅中裸？天或妒清嘉，花月恒相左。波心百尺楼，老狐放衙坐。俯而听鸣泉，仰视群峰逻。今夕难与争，愿以百壶傩。心话指明灯，于世无所可。（辑自《问山亭诗·鹊居诗》）

登汇波楼 〔清〕李兴祖

挈侣搴衣上，月明人影层。嵌空高阁出，长啸继孙登。（辑自《课慎堂诗集》卷十九《历亭草》）

会波晚照 〔清〕胡介祉

高天起暮寒，残阳下空谷。远坞暝烟浮，村村返樵牧。流水绕荆扉，深林啼布谷。老农乐年丰，一犁春雨足。（辑自《国朝畿辅诗传》卷十七，又见于《两浙輶轩録》卷十二、《诗观三集》卷之七）

登会波楼，望华不注山，作歌 〔清〕李簣

直上高楼接风露，莲花开入碧天去。齐州九点皆青青，倦眼只明华不注。

逢逢白云扫不开，太白披之天上来。呼我须踏最高顶，青螺半出云萦回。秋深岚重虎牙失，或有赤松耐萧瑟。堪笑汉代韩张良，杜门只学辟谷术。闻君近日骑鲸鱼，闲却白鹿当借予。九环之海遍一夕，何事山楼读道书？太白登此山诗有“潇洒古仙人，不知是赤松”之句。（辑自《梅楼诗存》卷六《齐鲁存旧集》）

携侄梦菊登汇波楼眺望　〔清〕任弘远

为爱明湖好，阿咸随我行。汇波楼上望，图画挂齐城。（辑自民国《续修历城县志》卷十一《山水考七 · 水三》引《鹊华山人诗集》）

恭和御制《登会波楼》元韵　〔清〕钱陈群

郡楼巀嵲女墙高，霸业当年想自豪。二水环回各千里，三齐辐辏入平皋。早通估客鱼盐利，好课农桑灌溉劳。疏浚即今良法在，百泉瀵起作轻涛。（辑自《香树斋诗集》卷十三）

恭和御制《登会波楼》元韵　〔清〕梁诗正

岧峣百尺插云高，兴惬登临溢素豪。清济波光环绮陌，大明帆影落晴皋。澹妆不让西湖胜，宸虑偏怜东作劳。何似前期临岱观，吴门匹练带江涛。（辑自《矢音集》卷五）

登会波楼　〔清〕颜懋伦

百尺凭城堞，高楼势自雄。云同山尽起，客与水皆空。岱岳迷残雪，沧溟眩晓虹。列仙如可学，缥缈御天风。（辑自《颜清谷四编诗》）

登会波楼济南北门城楼下为水门，楼正对华不注、鹊山之间。　〔清〕金德瑛

南山千叠屏，北山数点沤。两山滃翠色，齐入空中楼。北门慎管钥，雉堞青草稠。时待谪仙人，缥缈来遨游。一城如仰盂，半作葭菼秋。湖泉泻暗窦，丁字东西流。野辟方罫整，盈盈灌稻畴。田间驱鸟雀，日暮声相酬。睹兹妇孺乐，弥觉登临悠。莫问齐晋事，嘻笑生戈矛。愿逢秦越人，起衰筋力遒。鹊山，以扁鹊炼药得名。青冥借羽翼，高举凌浮丘。（辑自《桧门诗存》卷三，亦见于民国《续修历城县志》卷十一《山水考七 · 水三》）

李南珍、荻亭兄弟招同张惠夫游大明湖，登汇波楼，望长白诸山，即事感旧，作示三子 〔清〕宋弼

已与明湖约，遂作明湖游。故人具尊酒，向晚乘扁舟。微风涤烦暑，斜照明高楼。登楼恣览眺，倚槛穷阻修。环城皆山色，迤逦极东陬。长白起天际，簇簇峰峦稠。传闻古仙人，洞壑或可求。叔牙近在望，白雪起郢讴。回看青莲华，孤夐无匹俦。单椒发翠黛，倒影凌沧洲。返棹月初上，一碧湖光幽。举杯属明月，客心为夷犹。小别二十年，华发盈黑头。所遇无故物，往迹劳爬搜。诸君三世交，弓冶出箕裘。萍踪适然合，旷尔消百忧。顾念景物异，心知岁月遒。鸿鹄志四海，藩篱焉足谋?（辑自《国朝山左诗续钞》卷九，亦见于民国《续修历城县志》卷十一《山水考七·水三》）

登会波楼 〔清〕爱新觉罗·弘历（乾隆）

雉堞环楼倚势高，登临纵目兴添豪。一湖止水清无滓，四野来牟绿上皋。僻倪经营思国计，桔槔耕作念民劳。春云消息看来好，满拟苍龙驾海涛。（辑自《御制诗二集》卷三，亦见于清乾隆《历城县志》卷首《圣制》、道光《济南府志》卷首《御制恭纪》）

登会波楼 〔清〕裘曰修

北极星辰势立高，危楼提笔句争豪。登临目可穷千里，咳唾声还落九皋。独立苍茫凭地胜，不烦供亿恐人劳。銮舆到处春如海，麦浪胥翻万顷涛。（辑自《裘文达公诗集·古近体诗》卷八）

会波楼 〔清〕蒋士铨

人语散飞鸟，身在城北楼。表里气象殊，万态供冥搜。眉际两峰矗，势欲因风浮。其间战斗地，绣错交良畴。稻登土逾润，春气膏腴留。清滓澄远林，村舍含深幽。袅袅炊烟中，冉冉征途修。入我浩荡胸，酝酿何油油！倒身视城脚，燕尾开双游。始知百顷湖，出郭东西流。云净众山定，叶乱群鸦投。日斜倚虚籁，吐气成高秋。茫茫眺远目，一纵不可收。（辑自《忠雅堂诗集》卷三，亦见于民国《续修历城县志》卷十一《山水考七·水三》）

大明湖棹歌（十二首之四）〔清〕蒋士铨

会波楼下水关深，门内高墙似阈横。一角水村数茅屋，暗移汀屿入山城。（辑自《忠雅堂诗集》卷四）

题《济南八景图》并序：会波晚照〔清〕爱新觉罗·永恩

黄雅林为余作《济南八景图》，备四时之景，秀润堪餐，深得历下之况味，景物怡然，不啻旧游时也。忆昔戊辰曾游是境，到今数年，依然目睹之前情矣，因每图为律句一首，纪之。

高楼远眺赤霞多，返照西风映水波。浪迴远垂红锦幔，日斜横见紫云罗。天涯隔岸孤飞鹜，山色临流半掩螺。好是凭栏经四顾，夕辉影射镜新磨。（辑自《诚正堂稿》卷四）

汇波楼〔清〕胡季堂

有客重登百尺楼，汇波仍是旧悠悠。万千人户环城聚，七二名泉绕郭流。济南有七十二名泉。南向泰山瞻日观，东从沧海问瀛洲。依然纵目无穷极，星汉湖光上下浮。（辑自《培荫轩诗集》卷四）

登汇波楼济南无北门，楼在城上，即北城水门楼也。大明湖水由此出，故名。〔清〕胡季堂

城下汇波城上楼，一湖清漾日悠悠。望中春雨耕云转，座底秋涛带月流。水出楼下，城外居民分以溉田。士女群瞻千佛寺，游人谁问百花洲？《志》载：百花洲在湖南，最为奇胜，今湮没无可考者，且不知其名。茫茫泰岱连沧海，不尽烟光紫翠浮。（辑自《培荫轩诗集》卷二）

济南杂咏（六首之四）〔清〕单可惠

苦爱郡城北，如从画里游。真人天际想，独上会波楼。（辑自《白羊山房诗钞》卷三）

济南竹枝词（一百首之二十三）〔清〕王初桐

泺源北出小清河，楼底穿来会众波。津路一经疏凿后，至今横柳碍滩多。

王士俊《趵突泉系济水辨》：趵突泉之流即泺河，今小清河也，前由华不

注山下东行，与巨合水合，即入大清河。自伪齐刘豫凿下泺堰，大、小清河遂分为二，而小清河不通舟楫矣。曾巩《齐州北水门记》：济南多甘泉，汇而为渠，故北城之下疏为门以泄之。《北征日记》：会波楼在汇波门上，下踞明湖，俯临会波桥。（辑自《济南竹枝词》）

晚憩小沧浪，登汇波楼四首 〔清〕翁方纲

昨写祠碑放阙龛，褚河南果护伽蓝。一收岸岸疏疏影，雁字诗来点翠潭。

几日苍葭变绿蒲，晚风凉思展全湖。惠崇底处参三昧，野鸦飞来趁画图。

流水栖鸦句宛然，明湖诗社羼提禅。二千卷里攀条思，却被江南谢女传。

抱城十里两烟鬟，离合神光近远闲。水郭人家供写照，夕阳全为客看山。

（辑自《复初斋诗集》卷四十四《小石帆亭稿〔下〕》，亦见于民国《续修历城县志》卷十九《古迹考四·亭馆三》）

登会波楼 〔清〕毛大瀛

扁舟沿水门，丽谯枕碧沼。弭櫂策孤笻，登楼纵远眺。南山无数峰，都作翠屏绕。北望鹊与华，两点淡眉扫。风光四围合，青萦间白缭。微风湖上来，千顷涵浩渺。泛泛波上凫，点点烟际鸟。身在丹青中，心游云物表。尘堁此暂离，凭栏送襟抱。何当夕阳微，疏钟起林杪。解缆溯舟行，渔歌入空杳。（辑自《戏鸥居诗话》卷五）

续齐音一百首（之五十一） 〔清〕毛大瀛

会波楼映绿湖澄，四望遥山紫翠凝。最爱鹊华秋色好，画图须倩赵吴兴。

会波楼在北城上，俯临明湖。松雪有《鹊华秋色图》。（辑自《戏鸥居诗钞》卷九）

登会波楼 〔清〕郝允秀

买船游历下，日暮复登楼。几派济南水，遥从树杪流。（辑自《水竹居诗集》）

会波楼望故里 〔清〕郝允秀

一湖荷气晚风凉，独上高楼望故乡。恨杀鹊华云外树，不教茅屋露微茫。

（辑自《松露书屋诗稿》）

会波楼远望 〔清〕郝允秀

独立郡楼上，临风望九皋。天连远水白，山接暮云高。荷静荻为幄，玉堆泉漾涛。长吟聊得句，疏拙愧飞毫。（辑自《松露书屋诗稿》）

汇波楼怀古 〔清〕郝允秀

北雁南飞欲渡河，铁公神智竟如何！一行木主经宵立，世传燕王以炮攻城，垂危，公立明太祖木主于雉堞间，王乃去炮。百丈围墙向晓罗。世传燕王以炮攻城，北隅崩百余丈，公以布为假墙，守之，俾晓则雉城如故矣。异代于今悲往迹，危楼终古汇寒波。殷勤欲问当年事，湖上西风落叶多。（辑自《松露书屋诗稿》）

春日会饮北城汇波楼 〔清〕朱照

莲子濯缨水汇流，谪仙诗酒纪曾游。宣城橘柚历城柳，大抵风光在北楼。（辑自《国朝历下诗钞》卷二，亦见于民国《续修历城县志》卷十一《山水考七·水三》引《锦秋老屋稿》，其中“纪曾游”作“旧经由”）

历下杂诗（十首之二）〔清〕马履泰

城中春水多于地，客里心情澹似鸥。更欲凭虚凌浩渺，天风吹上会波楼。会波楼，据湖上最高处。（辑自《小沧浪笔谈》卷一，亦见于民国《续修历城县志》卷十一《山水考七·水三》）

登会波楼（二首）〔清〕刘大绅

郡城南望水悠悠，载酒湖边上此楼。万里长风吹落日，七桥疏柳点清秋。地当海岱真都会，客是曾晁岂俗流？且喜晴窗开面面，更无云物碍双眸。

烟水茫茫去不休，俯听箫鼓在前洲。天于齐鲁开生面，人与湖山结胜游。两点鹊华青到眼，一声鸿雁白盈头。名贤尽有清吟处，太息沧溟百尺楼。（辑自民国《续修历城县志》卷十一《山水考七·水三》引《寄庵诗钞》）

雪后登会波楼，同庞仁表、朱敉人、熙敬弟（二首）〔清〕刘大绅

不上高楼更倚栏，济南空向雪中看。群山尽作玉峰碧，平楚独留枫树丹。鸟坐城边分晚照，僧行桥畔逗轻寒。孤舟一系明湖柳，十顷琼瑶击未残。

此间何可少新诗，欲借仙人笛一吹。绝俗风尘无著处，最高台榭好凭时。鸟翻鹇鹤素相乱，山露鹊华青不移。落日平桥驴背稳，梅花却恨独开迟。（辑自民国《续修历城县志》卷十一《山水考七·水三》引《寄庵诗钞》）

忆大明湖（二十首之四）〔清〕尹廷兰

北城高耸汇波楼，楼下清波日夜流。十里空濛烟雨色，鹊华齐向坐中收。（辑自《华不注山房诗草》卷上，亦见于《国朝山左诗汇钞后集》卷三、民国《续修历城县志》卷十一《山水考七·水三》）

登会波楼〔清〕刘芳曙

雕栏百尺倚云边，十里湖光在眼前。城下波涛深撼地，檐端星斗倒垂天。笙歌画舫依莲浦，翡翠朱楼隔稻田。胜迹登临须纵饮，可能高咏继坡仙。（辑自《半山园诗草》）

东晋汇波楼秋雨〔清〕史培

暮雨冷西风，登楼一望中。水穿断桥碧，枫堕乱山红。孤雁流天远，寒烟散雨空。汇波承泽邈，淡荡自西东。（辑自《余事集》卷二，诗题中“东晋”二字，原书如此，不知何据，疑为“东鲁”之误）

汇波楼〔清〕祖之望

湖山胜处一高楼，窅映层霄碧汉悠。北渚云从南渚合，内河水接外河流。丁香湾尽稀游舫，柳絮泉荒失旧洲。来日百花桥上过，路人争指客槎行。（辑自《皆山堂诗钞》卷四《小华续草〔下〕》）

登会波楼，九叠韵〔清〕吴昇

楼橹凭高恣胜游，林郊都似掌纹留。地扃北户雄千雉会波为郡北水门，终岁扃钥，山拥东封卧万牛。晴霭荡空蒸气暖，长河吹浪抱城流。无边浩绿双眸阔，何事春

堤戏玉骝。（辑自《小罗浮山馆诗钞》卷六）

雪后汇波楼晚眺（二首）〔清〕季倖常

霁后寒烟结酒俦，登临一览俯齐州。斜阳抹处行人少，半月衔来逸兴幽。巧拟画图云外索，平添风景望中收。冰铺北海天常阔，玉种西湖镜欲浮。皎洁银镕千嶂合，玲珑树点万家稠。绣阁凝晖开四面，华峰积素忆三周。犹记寒空通雁塞，何堪冷艳压花洲！当年白雪今安在，依旧河山映玉楼。

禁体何人唱晚歌，登楼一望思如何？泉声乍被寒光敛，山色已无飞鸟过。刺水芦花拥雪被，浮云富贵付烟波。凭栏顿使尘心静，此日感怀离恨多。（辑自《畬麓草堂吟草》）

登汇波楼〔清〕杨致祺

危楼压雉堞，孤耸凌高空。摄衣拾级上，一览豁双瞳。俯瞰众流汇，南山排列墉。浦溆既窈窕，台榭亦玲珑。湖光净如镜，倒影千芙蓉。回首更北望，万顷铺青葱。小山三五点，点缀亦何工。鹊华竞耸秀，秋色青濛濛。长风万里来，入我怀袖中。不谓阛阓地，得此清旷踪。作图追昔贤，聊摹松雪翁。（辑自《国朝山左诗汇钞后集》卷三十，亦见于《国朝历下诗钞》卷三、民国《续修历城县志》卷十一《山水考七·水三》）

春日会波楼有怀〔清〕鹿林松

城上春多雨，雨销虹贯城。湖摇千树影，楼满众泉声。并岸渔舟系，分桥酒担行。长怀戴仲若，何处正闻莺？（辑自《雪樵诗集》，亦见于民国《续修历城县志》卷十一《山水考七·水三》）

登会波楼，呈刘寄庵先生〔清〕董芸

会波楼上一杯酒，海日天风入搔首。疑跨长鲸背上行，下视齐烟九培塿。楼台云水十万家，群山尾岱东南走。夫子原是人中龙，谪居杖屦何从容。暇日登楼集文宴，十郡之士来趋风。相见一长揖，忘形无主宾。座中若得王郎拔剑歌砍地，时王子文未至。恰符瀛洲十八人。吁嗟乎！佳会不可常，天高难具问。坎坷终日怀百忧，五岳填胸起方寸。白发新从绝塞归，黄金那管穷途困。北阙难酬

圣主恩，东山空抱苍生恨。不如有酒且共倾，天涯何必怨飘零。高楼返照暮山紫，翘首滇云空杳冥。（辑自《半隐园诗集》）

会波楼春望 〔清〕李廷芳

楼高舒远眺，霁色满林坰。春水一湖碧，齐烟九点青。花明红紫陌，柳暗短长亭。好载兰陵酒，阶前倒玉瓶。（辑自《碧梧红豆草堂诗》，亦见于《湘浦诗钞》卷上、《国朝历下诗钞》卷二，还见于民国《续修历城县志》卷十一《山水考七·水三》，其中“花明”作“花开”，“柳暗”作“人过”，“齐烟九点青”后有注：“济南城北诸山，郡人取李长吉‘遥望齐州九点烟’句，谓之‘九点烟’”）

九日登汇波楼二首 〔清〕李廷芳

令节逢高会，危楼畅远情。波光杯底合，山色槛前明。雨为催诗急，风因落帽轻。新亭寻旧迹，空见断碑横。

楼高寒飒飒，天远雁声声。九日黄花节，秋日历下城。湖山供啸傲，云树间阴晴。不尽登临意，苍茫万古情。（辑自《碧梧红豆草堂诗》，亦见于《湘浦诗钞》卷上，诗题作“九日汇波楼登高济南北城楼”，首联一作“九日传佳节，高楼畅远情”，“啸傲”一作“饮眺”）

雨后泛舟，登汇波楼（四首） 〔清〕阮元

急雨才过水上楼，门前齐解木兰舟。垂杨小屋菰蒲岸，不听凉蝉已觉秋。

湖里荷花百顷田，湿香如雾绿如天。会须尽剪青芦叶，顿放花光到客船。

就树营巢湖上家，罾鱼小彴水三叉。南丰祠下无人到，篱落闲开木槿花。

鹊华清翠近城多，十里泉田足稻荷。楼外斜阳秋色早，更从何处觅鸥波？

（辑自《揅经室四集》卷一，第一、二首也见于《湖海诗传》卷四十）

明湖棹歌六首（之二） 〔清〕钟廷瑛

花根新藕琢冰开，银鲙包荷绿玉裁。听雨园东沽酒去，汇波楼下斗茶来。

（辑自民国《续修历城县志》卷十一《山水考七·水三》引《退轩诗录》）

登汇波楼，怀李东溟　〔清〕孟传璿

十二年前忆共登，依然秋色满齐城。斜阳流水潇潇去，衰草寒烟细细生。空有诗篇藏袖底，恨无书札寄邮伻。濯缨湖上千条柳，犹系离筵旧日情。（辑自《赠云山馆遗诗》卷三）

会波楼北望　〔清〕朱畹

平畴漠漠水田衣，极目苍茫接翠微。一抹白云迷近远，半林黄叶认依稀。凉风动处蝉犹噪，细雨来时鹭正飞。更上层楼最高顶，鹊华两点峙崔巍。（辑自《红蕉馆诗钞》，亦见于民国《续修历城县志》卷十一《山水考七·水三》）

登汇波楼　〔清〕朱畹

老年脚犹健，乘兴一登楼。浴鹭闲无事，冥鸿去未休。双峰青到眼，两鬓白盈头。乍觉香风度，莲花采满舟。（辑自《红蕉馆诗钞续二》，亦见于民国《续修历城县志》卷十一《山水考七·水三》）

同门人商鼎元、胥上林登汇波楼　〔清〕朱畹

俯瞰鹊华山色澄，高楼此日好同登。两三白鹭空中落，十二栏干醉后凭。村树微茫露纤月，市桥明灭点疏灯。兴高把酒忘归去，更蹑云梯最上层。（辑自《红蕉馆诗钞续》）

汇波楼望华不注　〔清〕冯湘舲

楼头尽见三周地，一朵芙蓉十丈开。瘦骨撑青如削出，单椒点黛欲浮来。红墙寺自疏林露，黄笠僧寻别涧回。酾酒旷怀逢丑父，蘋蘩香送水云隈。（辑自民国《续修历城县志》卷八《山水考四·山四》引《历下唱和》）

新齐音风沦集：其四十二　〔清〕范埛

鹊华烟雨会波楼，楼额吴兴翰墨留。一自易名因画本，两山好景只宜秋。

郡城北门楼名“会波”。旧《志》称其额为“河山一览”。以予所见，乃“鹊华烟雨”四字，赵子昂书。乾隆癸丑，学使阮芸台中丞元易以“鹊华秋色”四八分字，虽取松雪图名，然四时景物，废其三矣。（辑自《如好色斋稿》戊上，

亦见于民国《续修历城县志》卷十一《山水考七·水三》）

汇波楼对雨 〔清〕吴景熙

长堤烟密草凄凄，独客登楼望转迷。日落沙痕临水阔，雨来云势压天低。马前春老思乡县，驿里时清息鼓鼙。见说浇愁宜纵酒，且拼今夕醉如泥。（辑自民国《续修历城县志》卷十一《山水考七·水三》引《国朝正雅集》）

登会波楼望鹊、华二山 〔清〕何邻泉

春云漠漠绕层楼，独倚危栏放醉眸。远水清光明树隙，两山黛色上城头。空留丹灶烟深护，孤起金舆翠欲流。忽忆吴兴传妙墨，此身如在画中游。（辑自《无我相斋诗选》卷一，亦见于民国《续修历城县志》卷八《山水考四·山四、《清诗汇》卷一百四十一》）

登汇波楼 〔清〕王德容

北门管无恙，凭眺何恢恢！千佛树杪云，隐现楼与台。东望极长白，匡药西崔嵬。对面华与鹊，雨余翠成堆。尹邢斗膏沐，屹列如相陪。山势多涣散，天若约之来。我登正伏天，已觉秋色催。薄暮相携下，依恋头频回。（辑自《秋桥诗选》卷一，亦见于民国《续修历城县志》卷十一《山水考七·水三》）

登汇波楼，拟颜延年集古句。〔清〕王德容

结构何迢递，竹树近蒙笼。登城临清池，直由意无穷。兰池清夏气，修渚旷清容。登城望洪河，复立望仙宫。山嶂远重叠，遵渚有来鸿。北望青山阿，插槿当列墉。芰荷迭映蔚，月出照园中。悠然见南山，亭亭山中松。高墉积崇雉，朗月何胧胧。登高临四野，长啸激清风。放情凌霄外，便欲息微躬。（辑自《秋桥诗选》卷一）

题会波楼 〔清〕曹元询

重倚危楼落照边，山浮远翠水沉烟。旧人如梦今千里，往事关情忆十年。昔去易消别后日，此来难遣醉中天。茫茫不尽登临感，风起平芜望渺然。（辑自《萝月山房诗》）

登会波楼　〔清〕杨庆琛

鹊华分色上秋衣，迢递乡心逐雁飞。万井烟销槐荫满，四郊雨足稻香肥。明湖潋滟开新镜，短堞参差受夕晖。楼上云光楼下水，荡胸何处着尘机？（辑自《绛雪山房诗钞》卷十五）

登汇波楼　〔清〕张善恒

湖色净沦涟，城头落照边。帆遥微辨影，波动欲浮天。鸥鹭藏烟径，人家界水田。登楼当此夕，秋意更萧然。（辑自《历下记游诗》下卷）

登会波楼　〔清〕谢元淮

济南城北会波楼，楼下盈盈带水流。袯襫有人方触热，鹊华山色早迎秋。（辑自《养默山房诗稿》卷二十《蓬心集》）

登会波楼　〔清〕李廷棨

春尽登临倚画檐，如帷众绿雨余添。鹊华不隔东西望，两点林梢露碧天。（《选自《纫香草堂诗集》卷一》）

登会波楼望鹊、华二山一首　〔清〕宗稷辰

步经鹊华桥，未见鹊华色。欲看湖外山，峻赏穷北极。会波仰层构，上与象纬逼。味喙向乾首，跗鄂挺艮脊。独收泰青气，相对各孤立。竞爽联胜情，纷争隐陈迹。先皇昔时巡，俯观纪贞石。百年峙崇阃，拱卫近京邑。何以扬大旗，防戍犹未息。齐右多雄风，曷为费兵力？上将久不归，至尊廑旰食。望天扫浮尘，洗涤元宇碧。水国愈清永，康衢更平直。悠然此高深，登临庶长适。（辑自《躬耻斋诗钞》卷十三〔上〕《三起草》，亦见于民国《续修历城县志》卷十一《山水考七·水三》）

会波楼夜饮　〔清〕马桐芳

澹烟黄叶满湖秋，对酒当歌发旅愁。五夜凄风常作客，百年凉月几登楼。荒城旧失营平国，古墓深悲定远侯。早是魂消霜露冷，可堪芦折更萤流？（辑自《国朝山左诗汇钞后集》卷二十，亦见于民国《续修历城县志》卷十一《山水考

七·水三》）

登会波楼，有怀张二竹孙　〔清〕傅桐

鹊华依旧媚清波，照影惟憎两鬓皤。老逼自知生趣减，夜来长苦醒时多。美人寂寞怜芳草，山鬼凄凉吊薜萝。往日风流问张绪，莫教壮志便蹉跎。（辑自《梧生诗钞》卷八）

登济南汇波楼　〔清〕邹培若

独上城楼望，西风摇落辰。野平云似海，山远石如人。拙性难谐世，浮名只累身。登高易生感，况复雁声频。（辑自民国《福山县志稿·艺文志第六》）

和廖豸峰以少陵“名园依绿水，野竹上青霄”句为韵作《三泛明湖诗》十首（之六）〔清〕王大堉

突兀会波楼，楼额书何雅。云浮护堞高，水合流桥下。蓬岛望游仙，凫舟如疾马。田歌声四起，麦浪盈东野。（辑自民国《续修历城县志》卷十一《山水考七·水三》引《苍茫独立轩诗集》）

汇波楼夜望　〔清〕鲍瑞骏

春寒野凝霭，风峭月疑秋。晴濑涵丛木，回光荡戍楼。林深村柝暗，山远寺灯幽。烟外夜龙吠，归人南渡头。（辑自《桐华舸诗钞》卷二）

汇波楼观张　〔清〕鲍瑞骏

水气压云愁，层阴傍北楼。青山万人骨，白鹭数声秋。二句梦中得。防曲村疑陷，禾漂鼠不偷。一家将八口，乞食在扁舟。（辑自《桐华舸诗钞》卷五）

新秋宴汇波楼　〔清〕鲍瑞骏

驰道停车策古藤，城楼四敞远天澄。烟痕到水凉成晕，山意知秋碧有棱。客里登临疑梦寐，酒边肝胆暂飞腾。干戈满目愁如积，耐尽江湖夜雨灯。（辑自《桐华舸诗钞》卷六）

汇波楼　〔清〕李庆翱

风柳疏疏数点鸦，半城新水长芦芽。湖云山翠空濛里，一角春烟露鹊华。（辑自《来青馆诗钞》，亦见于民国《续修历城县志》卷十一《山水考七·水三》）

大明湖棹歌（十二首之六）〔清〕史梦兰

汇波门上会波楼，内外波光一镜浮。两地相看情脉脉，门原通水不通舟。（辑自《尔尔书屋诗草》卷六）

登汇波楼，望匡山、药山、鹊山、华山暨卧牛山诸峰感赋，柬寄张菊如广文士保　〔清〕萧培元

龙伯出海朝岱宗，六鳌前驱催雨风。冠来巨石如山峙，峭然头戴青芙蓉。朝罢龙伯驻稷门，相会泺水济水神。诘朝返驾还东海，龙去鳌归山独存。独存诸峰在平陆，棋布星罗断复续。矗似玉笏林青空，横如锦屏列画幅。登高四望古平陵，图成八阵石嶒崚。泼天好雨初过处，小巫大巫青翠凝。妙笔曾图赵松雪，《鹊华秋色》传奇诀。遗却匡药诸峰胜，千古无人再补缺。均是鳌冠海中山，真面有传有不传。兴云降雨职同尽，自有功德存人间。我与山灵缘非浅，城头瞩目云不掩。汇波楼前旭照明，俯视齐州烟九点。（辑自《思过斋杂体诗存》卷十《孔怀集》，亦见于民国《续修历城县志》卷五十三《杂缀三·轶事三》）

登汇波楼　〔清〕朱丕勋

城上高楼矗碧苍，城边景物入微茫。平沙涨溢三秋雨，远岫枫酣九日霜。凭槛能教双目豁，骋怀思御远风长。登临不尽讴歌兴，指点闲鸥下夕阳。（辑自《红蕉馆诗钞续二·附丕煦、丕勋二孙诗》，亦见于民国《续修历城县志》卷十一《山水考七·水三》，个别字词有不同）

菩萨蛮·咏济南八景：汇波晚照　〔清〕张昭潜

城楼危耸倚天半，斜阳一抹光华烂。向晚倚帘栊，天边又挂虹。

飞鸿望不到，湖上生秋草。返照把人欺，归船忽雨丝。（辑自《无为斋诗集》卷二）

张楚珏观察士珩《济上鸿泥》册子十二咏（之八）：汇波观稼 〔清〕陈作霖

腴田百顷开，嘉禾实为瑞。侵晓凭高城，一望绿无际。风吹稻花香，大有江南意。（辑自《可园诗存》卷二十五《蟠园草》）

汇波楼 〔清〕吴重憙

重楼结构接沧溟，压倒湖心历下亭。西北水通千罫绿，东南山抱半环青。城随鹭溆鸥汀曲，秋带菰烟蒋雨听。文敏画图文达榜，鹊华终古共英灵。（辑自《石莲闇诗》卷二）

金明池·汇波楼 〔清〕孙国桢

俯瞰明湖，平吞佛岭，呼吸清虚入抱。云影淡、天光映水，有十顷、玻璃写照。望画船、三五游行，隔苇岸、声度管弦幽窈。壮管钥严关，湖泉总汇，放出清流一道。

十载登临聊纵目。忽俯唱遥吟，神游天表。惊梭掷、腾波玉鲤，著雪点、冲烟沙鸟。半城中、小有壶天，觉世路江湖，平分了了。看烟火千家，屏山四面，怅触乡愁渺渺。（辑自《愚轩诗余》，亦见于1924年6月20日《益世报（天津版）》第13版）

会波楼，次前韵 〔清〕朱庭珍

倒影水云间，敲门鹤守关。凉风先揽树，斜日半沉山。怖鸽齐同定，轻鸥梦亦闲。倚楼抒远眺，傍晚不知还。（辑自《穆清堂诗钞》卷上）

路出济南北原，经汇波楼下 〔清〕张树杰

葱蒨园林绿渐稀，高秋犹未受霜威。呼群阵鸭缘桥去，得饮溪禽背水飞。浅渚尚存芦叶老，败篱间剩豆花肥。依然杰阁临城阙，记取当年醉后归。（辑自《武定诗补钞》）

登汇波楼，时清明后二日 〔清〕高宅旸

层楼突兀俯尘埃，城上高楼轶荡开。太守千秋曾巩去，春游几辈仲宣来。古今人表空班史，天下澄清望吏才。晴好风光能几日，夕阳登眺独徘徊。（辑自

民国《续修历城县志》卷十一《山水考七·水三》引《味蓼轩诗钞》）

题汇波门楼〔清〕高宅旸

危楼一角倚晴空，日暮登临百感丛。亘古名亭雄海右，几人长句擅山东。抗怀宇宙悲前哲，小住湖干托寓公。老大飘零琴剑在，欲携杯酒酹西风。（辑自民国《续修历城县志》卷十一《山水考七·水三》引《味蓼轩诗钞》）

登汇波楼，望城北诸山〔清〕李西堂

客中寡所欢，散步随所出。行行明湖畔，撩人空翠逼。仰见城上楼，四角摩白日。栏杆绕烟云，铃语响瑟瑟。揽衣快登临，悠然意自得。碧落廓以清，满目鹊华色。瘦峰削芙蓉，天际排乙乙。仙人乘云出，驭风去何急。念我久风尘，劳劳拙谋食。壮怀郁莫伸，偪块填胸臆。虮虱处帏中，病鹤垂两翼。长日苦倦颓，忽忽若有失。狂歌且放怀，低吟复抱膝。富贵既无分，神仙愈难必。赤松不我招，青鸟断消息。蓬莱东海东，远隔弱水黑。念之空怅望，低徘转寂寂。不如安所遇，嬉笑以自适。日暮好归来，养静启我室。（辑自民国《续修历城县志》卷八《山水考四·山四》引《晚晦堂诗集》）

题楚宝《济上鸿泥十二咏》（之八）：汇波观稼〔清〕邓嘉缉

田舍日以远，汇波一纵目。风吹穲稏香，油油万顷绿。不有沾涂人，肉食且枵腹。何时归去来，荷蓑叱黄犊。（辑自《扁善斋诗存》卷下）

齐河距省四十里耳，湖山在望，乡思盈怀，赋截句十章（之一）〔清〕吴树梅

淡烟疏雨鹊华秋，一幅吴兴画稿留。最好斜阳红抹处，朗吟人在汇波楼。（辑自《浙使纪程诗录》）

济南杂咏十首（之八）〔清〕韦绣孟

汇波楼外雨萧疏，一幅吴兴画不如。四壁垂杨两岸苇，莺喉呖呖媚娘书。（辑自《茹芝山房吟草·宦游吟草》）

登汇波楼丁酉。〔清〕张梅亭

危楼高迥绝尘埃，此日凭栏亦壮哉。青帝千峰皆向北，黄河万里自西来。茫茫禹迹秋原合，点点齐烟夕照开。更上一层回望处，风云浩荡接蓬莱。（辑自《一松山房存稿》）

明湖冶春词十二首（之十二）〔清〕单朋锡

烟笼草色侵沙长，风扑杨花带日飞。箫管声沈环佩渺，会波楼下霭春辉。（辑自《季鹤遗诗》）

汇波楼 〔近现代〕梁文灿

汇波楼上望，极目接微茫。水气连城白，泉声出闸凉。万家杨柳绿，八月稻花香。为问南来客，吴淞忆故乡。（辑自《梁文灿诗词稿》引《蒙拾堂诗草录存》。第五、六句，《蒙拾堂诗草偶存》中作“三秋菰米熟，十里稻花香”）

登汇波楼，寄将陵诸友 〔近现代〕淡轩

不尽沧桑意，来登百尺楼。青峰天外落，红日水边浮。云树增离绪，湖山忆旧游。将陵蜂火急，北望泪横流。（辑自 1917 年第 5 期《豫言》）

汇波楼晚眺有作（二首）〔近现代〕华胥

坠梦迷离不可招，湖山凝绿总无聊。眼前秋色浓如许，天半明霞染未销。

处处泉鸣玄圃玉，家家柳漾楚宫腰。鹊华枉自双峰秀，惆怅眉痕入望遥。（辑自1932年第17卷第837期《北洋画报》）

附：汇波阁（会波阁）

汇波阁（会波阁）之称见于清晚期的诗作，据其诗意，当指汇波楼（会波楼）。

汇波阁对月　〔清〕朱丕煦

晚来上高阁，心境倍澄清。况复冰轮皎，更无尘虚生。压城银汉迥，入幔白云轻。报晓钟声动，归来天欲明。（辑自《红蕉馆诗钞续二·附丕煦、丕勋二孙诗》）

汇波阁新居，立秋日作　〔清〕陈嗣良

居近明湖尽北头，汇波阁外绿芦洲。昨宵一夜风和雨，未到天明已是秋。（辑自《学稼草堂诗草》卷五《后明湖吟〔上〕》）

生查子·登济南汇波寺阁　〔清〕张昭潜

高倚半楼风，遥望湖光暮。天际挂晴虹，返照重重户。

弄箫美人来，摇橹美人去。渐渐没斜阳，不识人何处。（辑自《无为斋诗集》卷二）

河渎神·早登汇波寺阁　〔清〕王以慜

未晓日先红。高阁鸡鸣半空。画船来往碧波中。采莲衣染香浓。

藤岸竹洲相掩映。天风乍起争韵。仙翁别后无信月。沈浦坐兮烟暝。（辑自《檗坞词存别集》卷四《湘烟阁幻茶谱〔中〕》）

明湖秋感（九首之四）　〔清〕朱是

会波阁子柳丝丝，秋天明湖正好时。碧露但拚今夕醉，红蕖不是旧年枝。

无端孽海添烦恼，寄语东风好护持。为谢多情桥畔月，照人归去独迟迟。（辑自《明湖载酒二集》）

附：汇波门（会波门）

汇波门，又称会波门，即北水门，始建于宋神宗熙宁五年（1072），为北宋著名文学家曾巩在济南任齐州知州时所建。曾巩为之作有《齐州北水门记》。

◇ 旧志中的相关记载

明崇祯《历城县志》清康熙增刻本卷四《建置志（下）·坛庙·庙》：

会波门，城北水门，曾子固有记。

汇波门感兴 〔清〕朱曾传

秋娘渡口小兰舟，载我鹅溪续昔游。水国梦迷神女夜，孤城人倚雁王秋。霜凋荷叶欹承雨，风急芦花远上楼。热泪乌衣弹不尽，可堪更管古今愁。（辑自《腐毫集》，亦见于民国《续修历城县志》卷十一《山水考七·水三》）

济南杂咏十二首（之七）〔清〕徐继孺

水调歌头醽醁酣，会波门外有茅庵。红杏一枝春带雨，果然潇洒似江南。（辑自《徐悔斋集》卷十一）

二、【湖上】白雪楼（湖上楼）

【湖上】白雪楼，亦称湖上楼，为明代济南著名诗人李攀龙晚年所建。其址在大明湖南，百花洲上，旧鹊华桥东、碧霞宫西侧，楼下可以舣舟。明万历四十四年（1616），此楼旧址为王象春所购得。王象春曾于此筑问山亭。

◇ 旧志中的相关记载

明崇祯《历城县志》清康熙增刻本卷四《建置志（下）·宫室·楼》：

白雪楼，李于鳞白雪楼，一在鲍山下，一在碧霞宫西，后皆圮废……

明崇祯《历城县志》清康熙增刻本卷十一《古迹志·宅苑·亭馆·楼》：

白雪楼，李于鳞在比部时，建别墅鲍山下，制白雪楼。诸名卿往来登觞，歌咏最盛。末年，又筑楼于城中湖上碧霞宫侧，许殿卿所谓“湖上楼”是也……

清乾隆《历城县志》卷第十六《古迹考三·亭馆二·明》：

湖上白雪楼

于鳞末年又筑楼于城中湖上碧霞宫之侧，许殿卿赋诗所谓“湖上楼”是也。(《齐音》)

于鳞先生城中书楼亦名“白雪”，蕞然一茅，颓敝不堪，五易主而不售矣。余以先贤故倍直市之，仍其匾额不忍易，恨无于鳞佳句酬之。(同上)

民国《续修历城县志》卷十七《古迹考二·亭馆一》：

白雪楼，见前《志》。

按：前《志》白雪楼有三，一在鲍山，一在湖上，一在泺源。今非惟在鲍山及湖上者不可得见，即在泺源者亦非其旧……

白雪楼有感　〔明〕王象艮

构成草阁鹊桥边，犹见先生字宛然。几易主人桑海变，诗名白雪自年年。（辑自《迁园诗》更集）

己未仲冬，同邢会泉住历下白雪楼（二首）〔明〕王象艮

满城风雨水溅溅，鹊华桥头系钓船。冥晦千峰云里见，苍莽万树镜中悬。芙蓉斜绕通松径，芦荻平铺接稻田。半月湖边为客至，野鸥相伴与俱眠。

湖上萧条景亦清，寒漪万顷入帘明。苍黄柳色连宫禁，迢递箫声动客情。历下有楼书岁月，华泉无裔遂躬耕。孤悬城外华山翠，缥缈遥天一片横。白雪楼建自华泉，有亲识“正德六年八月初十日上梁”，字迹宛然。（辑自《迁园诗》雨集）

白雪楼，和季木弟《题问山亭》韵　〔明〕王象艮

乡心归思梦营营，寒雨连绵似有情。华发微名真愧我，小楼高卧任呼伧。凭栏诧见群飞鸲，霸迹如同着屐猩。东事近闻深略地，辽阳一木倩谁撑？（辑自《迁园诗》雨集）

送季木十七弟之济南，卜居于鳞白雪楼　〔明〕王象艮

玉函山下藕花洲，卜筑应怜白雪幽。天外青悬华笔晓，城中香散鹊湖秋。时晴时雨皆成态，人去人来不禁游。自买小舟堪载酒，夕阳吟罢狎沙鸥。（辑自《迁园诗》宿集）

登白雪楼　〔明〕王象艮

十年三上于鳞楼，绿荫柴扉多景幽。千载名高阳雪句，孤坟草没昏烟愁。门迎鹊水白相向，槛倚鲍山青欲流。生前身后几知已，心交屈指惟弇州。（辑自《迁园诗》宿集）

得于鳞湖边旧舍居之　〔明〕王象春

草堂略似浣花居，况是先生手泽余。不比谢墩争姓字，但须更贮满楼书。

于鳞先生城中书楼亦名白雪，在碧霞宫西、百花洲上，蕞然一茅，颓敝不堪，晴则见星，雨则仰漏，五易主而不售矣。余以先贤故倍值市之，仍其匾额

不忍易。南山递翠，近渚飞香，恨无于鳞佳句酬之。恐屋宇羞余，又作北山移也。奈何！（辑自《齐音》）

济南竹枝词二首（之二）〔明〕艾容

边李文人久未曾，楼荒白雪向谁称？大明湖畔千章水，犹喜人知许乐陵。（辑自《微尘閣集》卷八）

辛亥冬日济南杂咏三首（之一）〔清〕徐夜

百花桥畔百花洲，东向南偏白雪楼。三易主人犹和客，千秋风雅会同游。邢子愿太仆得之，复售季木公。（辑自《隐君诗集》卷二）

历下杂咏（二十首之十三）〔清〕魏坤

白雪楼空对碧霞，湖光黯澹夕阳斜。蔡姬老去风流歇，冷落城西卖饼家。（辑自《倚晴阁诗钞》下册《七言绝》）

湖上楼 〔清〕董芸

按：白雪楼有三。王元美《李于鳞传》："于鳞归，构一楼田居，西眺华不注，东揖鲍山，曰：'他无所溷吾目也。'"楼在今王舍人庄。《齐音》：于鳞"末年又筑楼于城中湖上碧霞宫之侧，许殿卿赠诗所谓'湖上楼'也。"后于鳞殁，故居零落无存。岭南叶公宦济南，乃捐俸钱起楼于趵突泉上，皆号"白雪楼"。

七子当时互唱酬，故人殷许亦风流。鹊华桥上如钩月，曾照诗人湖上楼。（辑自《广齐音》，亦见于民国《续修历城县志》卷十七《古迹考二・亭馆一》）

忆大明湖（二十首之十二）〔清〕尹廷兰

百尺高寒白雪楼，峨眉天半倚清秋。蛙声紫色知多少，独有江河万古流。（辑自《华不注山房诗草》卷上，亦见于《国朝山左诗汇钞后集》卷三、民国《续修历城县志》卷十一《山水考七・水三》）

访白雪楼 〔清〕朱畹

明湖一望晚烟寒，天水苍茫独倚阑。太息沧溟人去后，空余秋月照吟坛。

（辑自《红蕉馆诗钞》，亦见于民国《续修历城县志》卷十七《古迹考二·亭馆一》）

湖上楼按：旧注，沧溟白雪楼有三，此其一也。〔清〕封大本

游人把臂吟秋柳，渔洋赋《秋柳》诗在湖上。谁问沧溟白雪楼。自古调高偏和寡，寥寥人世一弇州。（辑自《续广齐音》）

访白雪楼旧址，怀李沧溟（二首之二）〔清〕梁章钜

丁香湾畔鹊桥隈，露白苍葭几溯洄。集矢徒劳钟伯敬，携樽难得许邦才。霜螯会里无流辈，芥茗香中有吏材。旷代风尘俱泯灭，更何人访蔡姬来？（辑自《退庵诗钞》卷十二）

鹊华桥访白雪楼旧址〔清〕杨庆琛

公论黄门语不颇，陈大樽先生称沧溟七律为三百年绝调。风流才调敌王何。一枝笔可倾江海，千载人犹房涧阿。落照疏烟余古柳，小桥危石咽寒波。伤心卖饼青裙女，曾听高楼白雪歌。（辑自《绛雪山房诗钞》卷十五）

湖上楼〔清〕王偁

西吟华不注，东揖鲍公岭。七子跨鹤来，明月认花影。（辑自《鹊华馆济南杂咏一百首》）

白雪楼怀古〔近现代〕梁文灿

白雪楼空住白云，诗坛冷落燕泥新。名流去后青娥老，凄绝城西卖饼人。沧溟旧婢年八十余，卖饼西市。（辑自《梁文灿诗词稿》引《蒙拾堂诗草偶存补》）

白雪楼（二首）〔近现代〕梁文灿

当年小婢擅风流，曾侍诗人白雪楼。我亦翩翩如七子，李沧溟在"明七子"中。翠儿何事不相投。

谁将卖饼慨沈沦，旧迹沧溟梦作尘。沧溟有婢，老年混迹风尘，卖饼城市，人皆见之。要护翠儿铃十万，一生不作下场人。

三、超然楼

超然楼，位于大明湖畔，水面亭后。始建于元代，明万历十二年（1639），毁于己卯之乱。

◇ 旧志中的相关记载

明《历乘》卷五《建置考·宫室·楼》：
超然楼，水面亭。楼头一望，十里湖光，尽在目中，真一大观也。

明崇祯《历城县志》清康熙增刻本卷四《建置志（下）·宫室·楼》：
超然楼，水面亭后。楼头一望，十里湖光，尽在目中。己卯，火。

明崇祯《历城县志》清康熙增刻本卷十一《古迹志·宅苑·亭馆·楼》：
超然楼，水面亭后。元学士李泂建。　己卯，毁于虏。今谋修复。

清乾隆《历城县志》卷第十五《古迹考二·亭馆一·元》：
超然楼，水面亭后。元学士李泂建，己卯毁。（旧《志》）

民国《续修历城县志》卷十七《古迹考二·亭馆一》：
超然楼，见前《志》。

超然楼　〔明〕杨衍嗣

近水亭台草木欣，朱楼百尺会波濆。窗含东海蓬瀛雨，槛俯南山岱岳云。柳色荷香尊外度，菱歌渔唱座中闻。七桥烟月谁收却，散入明湖已十分。（辑自

明崇祯《历城县志》清康熙增刻本卷十四《艺文志三》，亦见于清乾隆《历城县志》卷第十五《古迹考二·亭馆一》）

超然楼元学士李洞别墅，在大明湖上。〔清〕任弘远

超然楼记在明湖，学士风流近有无。还是窗前红菡萏，依然槛外绿菰蒲。空闻鱼鸟归诗卷，不见龙蛇舞醉图。醉后著草书。此日重寻成瓦砾，岧峣北望一峰孤。（辑自民国《续修历城县志》卷十七《古迹考二·亭馆一》引《鹊华山人诗集》）

四、湖山一览楼

湖山一览楼，原在山东按察司署内，今大明湖北岸铁公祠院内的湖山一览楼为后来所建。以下二诗为李化龙于明万历十八年（1590）调任山东按察司提学副使后所作。

秋日范含虚、张岐东过饮署中湖山一览楼〔明〕李化龙

短发飘萧畏及秋，幽寻二仲喜相求。湖光澹荡偏宜酒，山色菁葱欲上楼。宫树栖鸦烟漠漠，池荷宿鹭水悠悠。沧州只在青门外，傥许相期汗漫游。（辑自《李于田诗集·东省稿》）

楼〔明〕李化龙

徙倚对青天，四望湖山明。渔歌静不起，悠然长笛声。（辑自《李于田诗集·东省稿》）

五、枕湖楼

枕湖楼，旧位于大明湖南岸。据周乐《枕湖楼记》(见《二南文集》)，该楼为清后期济南人翟翊凤及其弟翟渐逵“承父志，市邻宅为之都也”，因其北枕明湖，且居于其父翟修来及叔父翟鳞江（名凝）接待客人的枕湖草堂之侧，故名。

该楼始建于清道光六年（丙戌，1826）四月二十六日，落成于同年七月十六日，“楼不甚高，而特宏敞。下周以曲廊，达枕湖草堂，上则南北面皆植疏棂，便远眺：南望层峦叠障，若断若属，有黛翠者，有螺青者，有羃云而白、烘霞而赭者；北望则湖水湛若镜，澄若练，漩若縠，漭若雪，界以蒹葭，覆以菡萏，跳鯈拳鹭，眠凫惊鸥，相于掩映出没。自北而东而西，万树周连，甍瓦鳞次，渔庄蟹舍，错杂其间。炊烟出树上，纷若擘絮。雉堞缺处，露华不注一角，尤有远致。有时烟雨与鹊山相接，蒲荷竞响，云水溟濛，渔舟隐现，远与天际，斯又极湖上之大观矣”(引自周乐《枕湖楼记》)。此外，清咸丰、同治年间的文人郝植恭在其《枕湖楼记》一文中对楼景之胜也有生动的描写：“楼中俯瞰，古历亭、北极阁与楼对峙。顾左盼右，铁公祠、汇泉寺俱在望中。城头雉堞，若栏槛之在户外，远则鹊华拱揖。东南千佛诸峰，若翠屏环列，烟岚隐见，日在轩窗几席之间。风雨阴晴，变态万状。楼居庳厰，无不毕收。盖明湖踞济南之胜，而楼又揽全湖之胜焉。”

◇ 旧志中的相关记载

民国《续修历城县志》卷十九《古迹考四·亭馆三》

枕湖楼

周乐《枕湖楼记》:【文略。】

郝植恭在其《枕湖楼记》:【文略。】

题翟翊风枕湖楼 〔清〕朱畹

翠瓦朱栏映碧流，四围浩渺座中收。湖之好更无如月，游者宜惟于此楼。虚籁飘从天外下，高眠占尽世间秋。问谁羽服来吹笛，定是仙人在上头。（辑自《红蕉馆诗钞》，亦见于民国《续修历城县志》卷十九《古迹考四·亭馆三》）

枕湖楼同友人小饮 〔清〕朱畹

日日湖干选胜游，今朝始上枕湖楼。荷香微觉清风送，柳色全教远雾收。山爱排窗青到眼，人忘脱帽白盈头。临流把酒不知晚，况与同心相倡酬。（辑自《红蕉馆诗钞续》）

枕湖楼四时即景楼为翟修来子渐逵所创。（四首） 〔清〕周乐

粼粼湖面皱晴波，风入高楼觉乍和。刺水芦芽半城碧，簇烟柳色七桥多。冰开荇带鱼虾长，船放客冲鸥鹭过。隔郭遥看华不注，插空一点似春螺。

炎天何处好追凉？轩豁疏棂带草堂。薄午有时风雨到，满楼都作芰荷香。采莲娃小衣裙湿，放棹人多箫鼓忙。一片画眉声不断，苇芦深处水苍苍。

登楼落叶舞横斜，萧瑟秋光感物华。隔岸残霞垂蓼穗，满湖飞雪起芦花。古亭冲雨一行雁，老树偎烟数点鸦。片月上时波淼淼，鱼罾依约认渔家。

菱藕香消蒲柳残，北风料峭正凭栏。遥山几点林峦瘦，晓树千门雾淞寒。冻合溪烟鱼出少，雪迷湖径客来难。苍苍剩有梵宫柏，送与楼中早晚看。（辑自《二南诗钞》卷下，亦见于民国《续修历城县志》卷十九《古迹考四·亭馆三》）

题翟渐逵枕湖楼，次二南韵（四首） 〔清〕何邻泉

春

小楼三面对烟波，登眺欣逢物候和。风暖柳桥飞絮乱，泥融蒲溆茁芽多。倾听莺语重帘卷，惊散鸥群画舫过。到此望春春可赏，卖花声里倒红螺。

夏

此间雅集易招凉，轩敞何须绿野堂。湖水分来半城碧，荷风送入满楼香。采菱人至闻歌起，沽酒船过打桨忙。随意临流成小筑，不愁逭暑复无方。

秋

一上层楼客感加，望中景物冷霜华。澄波隔郭山沈影，明月满滩芦吐花。

浦里荷残寒柳宿鹭，桥边木落乱飞鸦。渔歌未歇砧声起，不动秋心是那家。

冬

明湖风景未全残，冒冷犹凭曲录栏。水冻鱼应依藻密，树凋雪自作花寒。老渔补网朝阳好，有客行桥唤渡难。最喜诸山城上列，楼上常当画屏看。

（辑自《无我相斋诗选》卷三，亦见于民国《续修历城县志》卷十九《古迹考四·亭馆三》）

枕湖楼题壁（四首）〔清〕乔岳

湖干风定净氛埃，好把楼窗四面开。杯对春山看影入，手招小艇唤雨来。鸳鸯照水红双映，翡翠穿芦绿一堆。五里沙棠通北极，夕阳歌舞乱高台。

烈烈曦轮势正骄，荷喧一阵雨飘萧。卷帘湿雾迷千堞，出树炊烟锁七桥。花落浮鱼争芡嘴，云回匹练束山腰。挥毫欲答催诗意，半角华峰未易描。

蓼花红老荻花飞，烟树苍苍送落晖。曲港微喧知水涨，一灯渐近知船归。古亭月到天如洗，远笛风过音欲希。此夜把樽成即事，出池藕脆鲫鱼肥。

谁把琉璃铺半城，平湖著雪更晶莹。堤余冻柳千条白，日射寒塘一片明。佛岫苍茫空翠合，女墙宛转暮云横。叉鱼稚子飞身至，送与主人随意烹。（辑自《松石诗钞》，亦见于民国《续修历城县志》卷十九《古迹考四·亭馆三》）

庚戌冬至前四日重登枕湖楼〔清〕乔岳

南北湖山句未忘，楼旧有“南面青山北面湖”之额。登临最是旧游伤。网封朱户尘埃积，响断青蛙池馆凉。宾客筵曾拟金谷，楼台影自贮斜阳。西征记此亲相饯，太息主人坟草荒。（辑自《松石诗钞》，亦见于民国《续修历城县志》卷十九《古迹考四·亭馆三》）

枕湖楼〔清〕王偁

香冷荷花秋一湾，临春高起鹊华间。平陵歌啸家声旧，稷下文名竹院闲。雨后诗情望北极，月明樽酒对南山。清萧喜得居亭最，画里披襟许往还。（辑自《鹊华馆济南杂咏一百首》）

枕湖楼闲眺 〔清〕孟传铸

蒹葭分港绿萋萋，荷叶当轩柳踠堤。画舫笙歌人不见，橹枝摇过藕花西。（辑自《秋根书室诗文集》卷二）

沈湖楼与陈筠山作 〔清〕郝植恭

俯瞰大明湖，湖水平如掌。十顷潋滟波，供我一俯仰。楼台倒影入，水势与荡漾。东风杨柳新，夜雨蒲菰长。泥融看鸭嬉，萍动知鱼上。渔人棹舟行。浣女杵衣响。旷观天地间，何者不可赏？高楼临碧漪，坐爱疏棂敞。相对两忘言，顿觉谢尘块。（辑自《漱六山房诗集》卷一，亦见于民国《续修历城县志》卷十九《古迹考四·亭馆三》）

第五编

阁

一、北极阁（见后“北极庙”部分）

二、汇波阁［见前“会波楼（汇波楼）”部分后附］

三、涟漪阁

涟漪阁，旧在大明湖上，明嘉靖（1522—1566）年间存。

◇ 旧志中的相关记载

明崇祯《历城县志》清康熙增刻本卷十一《古迹志·宅苑·亭馆·阁》：
涟漪阁，湖上。刘函山有诗。

清乾隆《历城县志》卷第十六《古迹考三·亭馆二·明》
涟漪阁，在湖上。刘函山有诗。

八月八日，周石崖、王在庵、王南江偶集湖上涟漪阁，晚复小泛，分韵各赋二首(之一) 〔明〕刘天民

绮席高张俯镜湖，玉盘争洗出行厨。多情自尔乘轩至，有客原非折简呼。永日禽鱼饶应接，清秋身世等虚无。伤心媚景寻轻舫，信步残阳入荻芦。（辑自《函山先生集》卷八）

四、白鸥阁

白鸥阁，原址在北门内，为明代济南人孟醇所建，后归刘敕，改此名，并被规入刘敕的水云居内。

孟醇，见前“濯锦亭”部分。刘敕，见本书后所附“诗人小传”部分。

◇ 旧志中的相关记载

明《历乘》卷五《建置考·宫室·阁》

白鸥阁，北门内。邑人刘敕水云居内，故有《白鸥阁集》。

明崇祯《历城县志》清康熙增刻本卷四《建置志（下）·宫室·楼》：

白鸥阁，北门内。孟观察醇建，刘富平敕易今名。己卯，易主。

清乾隆《历城县志》卷第十六《古迹考三·亭馆二·明》：

白鸥阁，在北门内。孟醇建，刘敕易今名。

水云居白鸥阁〔明〕刘敕

谁家结高阁，修然傍水畔？荷香风里度，渔笛月中闻。窗叠青山色，人随白鹭群。竹扉常自闭，不问世情纷。（辑自《历乘》卷十七）

第六编

馆

一、青萝馆

青萝馆，旧在大明湖北。其具体位置及始建于何人何时，未查见确切记载。

◇ 旧志中的相关记载

明崇祯《历城县志》清康熙增刻本卷十一《古迹志·宅苑·亭馆·馆》：
青萝馆，在北渚。李于鳞有诗。

清乾隆《历城县志》卷第十六《古迹考三·亭馆二·明》
青萝馆，在北渚。（旧《志》）

民国《续修历城县志》卷十七《古迹考二·亭馆一》
青萝馆，见前《志》。

青萝馆 〔明〕李攀龙

十亩青萝别馆开，使君延眺意悠哉。风摇北渚清阴合，烟杂南山黛色来。台敞高秋深染翰，庭虚斜日净衔杯。西邻荣叟常还往，带素应同薜荔栽。

湖上高斋此一时，垂萝四面绕茅茨。欲令何处红尘入，可道窥人片月疑。色借古松成远势，意含幽石有余姿。空传蒋诩开三径，不遇裘羊那得知？（辑自《沧溟集》卷九，亦见于《吴兴艺文补》卷五十九等，其中第一首还见于明崇祯《历城县志》清康熙增刻本卷十四《艺文志三》、清乾隆《历城县志》卷第十六《古迹考三·亭馆二》、道光《济南府志》卷六十九《艺文五·历城诗》、雍正《山东通志》卷三十五之一下《艺文志一》、康熙《山东通志》卷之第五十五《艺文·诗》等）

青萝馆雪集 〔清〕王德容

琼花争散絮交飞，亭榭窗开合四围。村郭无痕分近远，湖天一色望依稀。几层柳港群鸥隐，万顷荷田孤棹归。渡唤黄昏人迹少，飘飘又洒满寒衣。（辑自《秋桥诗续选》卷一，亦见于《国朝山左诗汇钞后集》卷十七，还见于民国《续修历城县志》卷十七《古迹考二·亭馆一》，其中“交”作“争”，“合”作“混”，“又洒满”作“余点洒”）

二、闻韶馆（又名闻韶驿）

闻韶馆，旧在大明湖南，钟楼左侧。始建年月不详，明崇祯十三年（1640）时已被占为民居。

◇ 旧志中的相关记载

明《历乘》卷五《建置考・宫室・馆》:
闻韶馆，钟楼下。

明崇祯《历城县志》清康熙增刻本卷四《建置志（下）・宫室・馆》:
闻韶馆，钟楼左。今人占为私居。

明崇祯《历城县志》清康熙增刻本卷十一《古迹志・宅苑・亭馆・驿》:
闻韶驿，在大明湖南。

清乾隆《历城县志》卷第十六《古迹考三・亭馆二・明》:
闻韶馆，在城中湖上。城北又有闻韶台。(《齐音》）
按：旧《志》，大明湖南又有闻韶驿。

民国《续修历城县志》卷十七《古迹考二・亭馆一》
闻韶馆，见前《志》。

闻韶馆 〔明〕蔡宗尧
齐馆尘埃闭寂寥，味忘三月此闻韶。不知异代更禾黍，如见成功应象箾。

击磬有心希凤兽，调琴何计忆箪瓢。后夔一去无消息，争得春秋似舜朝。（辑自《龟陵集》卷十一）

闻韶馆　〔明〕刘敕

当日虞庭奏九成，于今想见凤凰声。不知敬仲奔何处，千载空传尼父名。（辑自《历乘》卷十七）

闻韶馆　〔明〕王象春

太师抱器度关山，六代遗音竟不还。女乐入来天乐散，九歌零落到人间。

馆在城中湖上，而城北又有闻韶台。历下在春秋非齐君所居，抑太师至齐奏韶，亦野合耳。大舜发迹于历山，其子孙田氏终有其地，并其制乐亦归集于此，不谓冥冥无意也。（辑自《齐音》。“历下”原误作“历上”，据清抄本改）

莲子湖舫歌一百首（之七）〔清〕沈可培

钟楼东去路迢迢，地接明湖远市嚣。高阁家家箫鼓闹，犹疑三月饱闻韶。

闻韶驿，在大明湖南，有闻韶馆。临淄县有闻韶书舍。又，济阳县有闻韶台。（辑自《依竹山房集・丙午》）

闻韶馆　〔清〕董芸

闻韶馆，一名闻韶驿。《齐音》：“在城中湖上，而城北又有闻韶台。”今其遗址已不可考。

闻韶古驿近如何，草绿湖南水白波。莫道元音今已歇，春风满郡日弦歌。（辑自《广齐音》，亦见于民国《续修历城县志》卷十七《古迹考二・亭馆一》）

闻韶馆　〔清〕封大本

夫子闻韶地，悠悠万古心。春风起客馆，山水当清音。（辑自《续广齐音》）

闻韶馆　〔清〕王偁

闻韶传古地，湖上馆如何？感慨已三月，平成只此歌。竹松自箫管，天地本中和。德至心相印，无妨一再过。（辑自《鹊华馆济南杂咏一百首》）

三、明湖馆

明湖馆，旧在大明湖上。其具体位置及为何人、何时创建，旧志中没有记载。据徐夜及姚夔诗，其当存于清初顺治（1644—1661）、康熙（1662—1722）年间。

饮明湖馆，和孙孟滋仲孺 〔清〕徐夜

柳下人家湖上亭，花枝红映酒帘青。春光着眼皆能醉，好借东风为解醒。（辑自《隐君诗集》卷二）

饮明湖馆，和孙孟滋仲孺（三首） 〔清〕徐夜

济南春色落明湖，水绿波光始泛凫。为上旗亭还命酒，昔年风景未全无。

画舫朱栏覆绿杨，湖边亭子间疏篁。忘机自信鸥同野，白鹭飞来立客旁。

春色东来若水流，游人日日醉湖头。烟波无限沧洲兴，须向亭旁荡小舟。

（辑自《隐君诗集》卷四）

明湖馆题壁，和王太常子下韵 〔清〕唐梦赉

兰桡点破萍花碧，柳丝芜水渔蓑湿。湖气欲没夕阳红，绿阴乍断佛山出。波心亭馆荫芙蓉，波间鸥鹭相离即。拂尘醉读故人诗，华表鹤声如有失。（辑自《志壑堂诗集》卷之五，亦见于《阮亭选志壑堂诗》卷之二）

明湖馆赋别梁树百、石居子丛世兄 〔清〕姚夔

佳馆临湖曲，论心偶一过。环堤皆树柳，无水不檠荷。秋气晚来爽，交情别处多。送君洛阳去，不饮更如何！（辑自《饮和堂集》卷三《历游草》）

四、鲛人馆

鲛人馆，据明崇祯《历城县志》清康熙增刻本卷四《建置志（下）·宫室·馆》清乾隆《历城县志》卷第十六《古迹考三·亭馆二·国朝》载：“鲛人馆，在五龙潭东，下瞰深潭，阴雨鱼龙出没，时发光怪。崇祯庚辰，知县张鹤鸣重修。”而据下面王士禛和田中仪诗词中所写，清初顺治（1644—1661）、康熙（1662—1722）年间大明湖上另有鲛人馆。

鲛人馆在明湖上。〔清〕王士禛

湖上鲛人馆，鲛绡展素秋。窥帘双白鸟，照水几红鸥。北渚木叶下，南山空翠流。幽怀惜清夜，更舣采菱舟。（辑自《蚕尾续诗集》卷八，亦见于清乾隆《历城县志》卷第十六《古迹考三·亭馆二》、道光《济南府志》卷六十九《艺文五·历城诗》）

望江南·济南杂咏（二十首之七）〔清〕田中仪

牵舟去，人在镜中行。画舫波冲鲛雨黑，碧云影乱佛头青。一棹击空明。鲛人馆在明湖上。（辑自《红雨斋词》）

五、对花行馆

对花行馆，旧在大明湖水西亭之西。其建于何人何时，未查见相关记载。

对花桥行馆偶成 〔清〕张文瑞

水面亭西柳叶黄，书空雁字两三行。萧闲客馆饶秋兴，坐对流泉咏夕阳。（辑自《六湖先生遗集》卷十二《凤眼亭稿》）

六、沧浪别馆

沧浪别馆，旧在济南乾健门内观音院中，背临大明湖。

宴沧浪别馆，遇雨止宿　〔现当代〕李炳南

高僧筑馆沧浪间，檐挂涟漪窗嵌山。斜晖城头散绮锦，煮酒劝住多欢颜。画船时傍曲廊杳，箫鼓复逐鸥凫还。凉风卷地吹座客，霶霴翻空诸云黑。乾坤沆瀣蒸蛟腥，骤雨斜射青荷侧。龙吟虎咆万窍哀，大块混芒水一色。忽放鹊华印秋痕，顿教峭寒荡胸臆。梵钟天末开夕阴，罢席倚枕宵初深。蚓鸣续断月微上，蒲摇残霈零清音。朝来暖烘菡萏发，香气袭槛澄尘心。嗟我镇日困烦想，况逢国事正鞅掌。休笑河梁泣枯鱼，谁能入世逃情网？自惭未澈露电观，对境辄复贪幽爽。起别主人弄扁舟，回看烟波意惘惘。（辑自《燹余稿〔上〕》）

第七编

轩

一、名士轩

名士轩，始建于北宋时，为北宋著名文学家曾巩在宋神宗熙宁四年至熙宁六年（1071—1073）任齐州知州期间所建，旧址在齐州州治内。现在的名士轩位于历下亭北面，匾额由清代书法家朱庆元所书，楹联“杨柳春风万方极乐，芙蕖秋月一片大明”是1959年郭沫若所题。

◇ 旧志中的相关记载

明崇祯《历城县志》清康熙增刻本卷十一《古迹志·宅苑·亭馆·轩》:

名士轩，旧府治内。有宋元祐碑。

清乾隆《历城县志》卷第十五《古迹考二·亭馆一·宋》

仁风厅，旧府治，即今宪司前衙也。其后静化堂、禹功堂、芙蓉堂、名士轩、竹斋、凝香斋、水香亭、采香亭、芍药厅，并见苏曾诸公诗。今即后堂，有宋元祐名士轩碑。厅西古竹犹存，芍药尚余数本。(《齐乘》)

……

济南藩司署后临明湖西偏，即曾子固集中所谓“西湖”也。曾守郡日，尝作名士轩。轩今入署中，明时尚有古竹数竿、芍药一丛，传是宋故物。(《香祖笔记》)

夜月泛大明湖八首（之三）〔清〕高凤翰

名士轩头载酒过，一杯空酹旧烟萝。人同驹影销沉久，地为鸿泥感慨多。柳叶春归莺乍语，荻花秋老水微波。此中定有诗魂在，欲问真灵可若何？（**辑自《南阜山人诗集类稿》卷二《湖海集》，亦见于民国《续修历城县志》卷十一**

《山水考七·水三》）

夏日泛舟明湖，小饭名士轩 〔清〕吴象弼

历下暑气炎，客中屋如钵。局促坐面墙，如食而中噎。放棹向湖曲，寥廓双眼豁。遥挺树欉棽，入望水周折。日障芦帘阴，风度芦岸缺。古亭如翼张，曲槛如佩玦。空翠四面来，缥缈天香发。略彴通回廊，俯仰怀前哲。拄颊看南山，朗朗歌数阕。云黑摧归舟，摩挲恋残碣。（辑自《海丰吴氏诗存》卷二）

忆明湖旧事，寄茅鹿野（四首之二） 〔清〕黄立世

名士轩头旧酒痕，撩人春色正当门。一时嵇阮如云集，绝代文章对榻论。山霭茫茫连碧汉，渔灯点点报黄昏。故人寄我新诗句，销尽当时羁客魂。（辑自《黄氏诗钞》卷五）

济南竹枝词（一百首之四） 〔清〕王初桐

名士轩窗贴水涯，月高风定夜逾佳。湖天一色明如镜，时有白鱼跳上阶。《济南行记》有名士轩。《香祖笔记》：曾子固守郡日，作名士轩。（辑自《济南竹枝词》）

忆大明湖（二十首之十八） 〔清〕尹廷兰

青山别我七年强，怅望故园天一方。名士轩头莲叶大，秋来听雨最凄凉。（辑自《华不注山房诗草》卷上，亦见于《国朝山左诗汇钞后集》卷三、民国《续修历城县志》卷十一《山水考七·水三》）

济南绝句七首（之一） 〔清〕王祖昌

大雅犹存名士轩，游人怀古倚栏杆。少陵已去渔洋老，更有何人议筑坛？《香祖笔记》："曾子固守郡日，作名士轩。"（辑自《秋水亭诗草》卷四，亦见于民国《续修历城县志》卷十七《古迹考二·亭馆一》）

名士轩 〔清〕吴文照

秋风杨柳老，诗派济南存。名士犹遗几，临湖尚此轩。窗开凫鸭闹，舟去荻芦喧。相约沙头月，今宵共一尊。（辑自《在山草堂诗稿》卷二《观海集》）

济南名士轩（二首）〔清〕蒋因培

一轩遥峙鹊华东，湖水湾环有路通。几折画阑经雨淡，迷离犹借夕阳红。

如此高轩镇日空，我来一笑自临风。而今名士知多少，不在蒹葭秋水中。（辑自《乌目山房诗存》卷一）

名士轩〔清〕董芸

名士轩，南丰守郡时所建，地临明湖西偏，即集中所谓“西湖”也。今入藩司署中。《香祖笔记》：“明时尚有古竹数竿、芍药一丛，传是宋故物。”

湖北犹存子固祠，七桥风月供吟诗。一丛芍药数竿竹，名士轩头衙退时。（辑自《广齐音》）

名士轩宋齐州太守曾子固建。〔清〕封大本

使君真名士，清风散海右。退食敞高轩，何人共杯酒？（辑自《续广齐音》）

明湖棹歌六首（之一）〔清〕钟廷瑛

名士轩连历下亭，画阑平纳远山青。玉箫檀板谁家曲，分付渔庄蟹舍听。（辑自民国《续修历城县志》卷十一《山水考七·水三》引《退轩诗录》）

历下竹枝（十首之七）〔清〕王德容

名士轩头梧影疏，共来唱和坐窗虚。社称秋柳亭犹在，人忆当年王尚书。（辑自《秋桥诗选》卷三，亦见于民国《续修历城县志》卷五十三《杂缀三·轶事三》）

和廖豸峰以少陵“名园依绿水，野竹上青霄”句为韵作《三泛明湖诗》十首（之二）〔清〕王大堉

野水响潺湲，人来名士轩。残碑依古壁，新竹护芳园。云过波光翳，风生芦叶翻。欢言去何处，载酒忆前番。（辑自民国《续修历城县志》卷十一《山水考七·水三》引《苍茫独立轩诗集》）

历下杂诗（七首之二）〔清〕陈衍

名士轩高八百年，南丰余韵尚翛然。老鱼吹沫阴垂柳，可有轩头浪接天？（辑自《石遗室诗集》卷五）

二、蔚蓝轩

蔚蓝轩，位于历下亭西，为清康熙三十二年（1693）山东盐运使李兴祖重建完历下亭后所建，面阔三间，坐西面东，轩名“取湖光山色相染之义”。

蔚蓝轩 〔清〕李兴祖

曲槛周遭水接天，萦回藻荇自相牵。黄翻翠柳莺调曲，白点苍波鹭立拳。远岫列屏云锦粲，新荷擎盖露珠圆。始知别有人间世，拟坐春来杜甫船。（辑自《课慎堂诗集》卷十九《历亭草》）

敞轩纳月 〔清〕李兴祖

轩虚竟日好徜徉，尤喜晴宵兔魄凉。练素高悬千树影，镜轮满浸一湖光。排衙荷盖擎冰署，列仗蒲枪露雪铓。无事妨闲惟静夜，竭来佳侣劝飞觞？（辑自《课慎堂诗集》卷十九《历亭草》）

和南山樵蔚蓝轩壁间韵（四首） 〔清〕李兴祖

无定烟霞任意之，惊心又是赏莲时。欹亭纵目湖山外，谁复新题壁上诗？

公余遣兴作闲游，水鸟山花会解愁。为倒芳樽少逸客，独邀明月上帘钩。

荡漾湖波倒浸天，渔人停棹自炊烟。隔林遥听宵钟响，鸥鹭双双戏冷泉。

昔人倒峡泻长波，愧我蹄涔易涸何。好景知君收拾尽，只留修竹与圆荷。

（辑自《课慎堂诗集》卷十九《历亭草》）

仲夏同武公观察、裔三学使暨汾仲、元复、元倩、文治坐蔚蓝轩小酌，武公倡韵见示，次韵 〔清〕李兴祖

山借湖亭点翠面，亭缘山水屹芳甸。平湖荷芰款款香，远山峦岫隐隐见。

中称达识问为谁，喻公神采何练练！挥毫立成锦绣篇，主持湖山文酒宴。（辑自《课慎堂诗集》卷十九《历亭草》）

和彭孝绪《蔚蓝轩》韵　〔清〕李兴祖

阁借云屏水作扉，幽人屐齿振荷衣。湖光澹荡游鱼乱，树影迷离野鸟飞。绕砌杂花妍叠锦，傍檐修竹韵重围。隔林渔火休相促，倒尽青尊带醉归。（辑自《课慎堂诗集》卷十九《历亭草》）

和王汾仲《坐蔚蓝轩》韵　〔清〕李兴祖

寻闲问幽胜，买棹过螺亭。莲浦铺绣茵，南山入画屏。吊古悲还啸，抚今醉复醒。假此体物理，悠然合大冥。境与心相适，曦轮午不停。鸥鹭怜羽洁，沙汀草竞青。朝露晴渐薄，欸乃烟中听。愿言绝酒困，此际独惺惺。鸟知翔天沼，鱼自戏穷溟。（辑自《课慎堂诗集》卷十九《历亭草》）

予九试棘围，济南名胜无不周览。癸卯之役，竟以贫病不克赴试。雨窗无聊，姑即平日所历，各赋一诗，以当重游。词之工拙不计暇也：蔚蓝轩　〔清〕曹溆

云薄风轻雨后天，凌波初放鸭头船。空青一色云如水，坐对华峰石一拳。（辑自《虫吟草古近体诗》）

三、小留轩

小留轩，旧在大明湖南，百花洲畔。大约存在于清乾隆（1736—1796）年间。

◇旧志中的相关记载

民国《续修历城县志》卷十九《古迹考四·亭馆三》：
小留轩
申士秀《小留轩歌》：【诗见下，此处略。】

小留轩歌 〔清〕申士秀

小留轩，在何许？百花洲畔结茅宇。檐前朝飞鹊华云，窗外暮听明湖雨。轩中主人才且华，曾植河阳千树花。底事投闲坐冷署，釜中生鱼灶生蛙。主人笑谓颇不恶，泉香峰翠此间乐。有书万卷诗百篇，兴来且就轩中酌。（辑自《国朝山左诗续钞》卷十七，亦见于《国朝历下诗钞》卷一和民国《续修历城县志》卷十九）

第八编

桥

一、鹊华桥

鹊华桥，原位于大明湖南门东侧，百花洲北侧，为一座东西向单孔石拱桥，桥下通连大明湖与百花洲。据说该桥始建于宋代，初名百花桥（故孔平仲《百花桥》一诗收录于此处），元代才改称鹊华桥。该桥在明代曾重建，清嘉庆二年（1797）及道光五年（1825）又两次重建。原石拱桥于1946年被拆除，改建为木板平桥，后又分别在1948年和1953年被改建为石板平桥和钢筋混凝土平桥。1983年拓宽明湖路时再次被改建，改建后的桥面与路面持平，已看不出原桥的痕迹。

现在位于大明湖风景区东南门鹊华路南端的鹊华桥，为2007—2010年大明湖扩建改造时易地重建的。

◇ 旧志中的相关记载

明《历乘》卷五《建置考·桥梁·桥》：

鹊华桥，县治西北，大明湖上。桥之侧有元书"大明湖"石刻。今垒入民家。

明崇祯《历城县志》清康熙增刻本卷四《建置志（下）·津梁·桥》：

鹊华桥，古名百花桥，元易今名，遂以"百花"名其南桥。《齐乘》曰：桥在"大明湖南岸"。桥侧有元大书"大明湖"石碑。

民国《续修历城县志》卷十二《山水考八·水四》：

鹊华桥，见前《志》。

嘉庆二年，盐商捐资重修。（续修府志采访册）

曾子固令咏齐州景物，作二十一诗以献：百花桥　〔北宋〕孔平仲

花满红桥外，寻芳未渡桥。春风相调引，已有异香飘。（选自《清江三孔集》卷二十一）

济南四咏（之二）：鹊华桥　〔明〕李士实

鹊华桥下水溶溶，杨柳菰蒲十里风。忽见野凫分小队，将船引入浪花中。（辑自《白洲诗集》卷三）

济南大明湖十首（之四）　〔明〕张鹤鸣

鸳鸯沙暖蒲芽长，翡翠巢空兰叶齐。鹊华桥畔东风急，绿柳千丝尽向西。（辑自《芦花湄集》卷二十八，亦见于《历下十六景诗》卷六）

历下十咏（之九）：鹊华桥　〔明〕杨梦衮

飞梁跨绿水，藜杖聊容与。镜里出渔蓑，花间杂鸟语。阴连杨柳岸，香散芙蓉渚。斜倚玉栏干，垂虹长几许？（辑自《岱宗藏稿》卷二）

送别李帝侯南行，同步月鹊华桥，徘徊久之，独归后海子案：帝侯名世锡，号霞裳，长山人，原籍胶州。顺治甲午举人，辛丑进士。　〔清〕赵作舟

去住君无恨，崎岖念我情。湖天双月映，林屋一灯明。闲客逢偏适，微醺别不轻。来朝南度鸟，相送听莺声。（辑自《文喜堂诗集》卷三《原鸰集〔下〕》）

鹊华桥远望　〔清〕袁藩

明湖秋色画桥东，独客凭栏望远空。十里芙蓉开晓露，几株杨柳待西风。闲云有意窥珠阁，流水无心出故宫。日夕笙歌闻北渚，一时幽意许谁同？（辑自《敦好堂诗集》卷三）

济南杂诗九首（之二）　〔清〕宋荦

鹊华桥上每停车，尤爱新晴返照余。城里看山惟此地，真成手弄玉芙蕖。（辑自《西陂类稿》卷十、《绵津山人诗集》卷十九之《漫堂草》）

鹊华桥七夕 〔清〕李宪暠

为客怜佳节，新秋半月生。湖中分汉影，天上借桥名。楚楚当风柳，纷纷隔岸筝。微凉宵正好，杯酒莫辞倾。（辑自《定性斋集》，亦见于民国《续修历城县志》卷十一《山水考七·水三》、卷十二《山水考八·水四》）

历下杂咏戊午八月。（七首之五） 〔清〕孔尚任

鹊华桥上望历山，野树参差野草斑。无限楼台遮不断，夕阳影外牧牛还。（辑自《诗观三集》）

济南杂诗（八首之五） 〔清〕宋至

信是名山见欲狂，鹊华桥畔立斜阳。高峰插处浑明灭，图画真劳赵子昂。赵有《鹊华秋色图》。（辑自《纬萧草堂诗》卷一，亦见于《宋氏绵津诗钞》卷六）

鹊华桥晚眺 〔清〕刘之铉

豪兴当年事，风怀老大羞。偶因明月夜，同泛采莲舟。堤柳极相识，湖山是旧游。谁家新竹径，临水起层楼。白雪楼名在，夕阳蔓草烟。还思杜陵叟，曾醉芰荷边。旧雨殊新雨，前贤启后贤。云光无住著，来往镜中人。（辑自《东武刘氏诗萃》卷六）

历下归来，连宵作雪，梦入鹊华桥头，晚眺湖山景色，依稀客馆同人征歌问酒时也，为赋一律 〔清〕高之骙

晚眺桥头玉几层，归来翻梦鹊湖冰。寒烟鸿影千峰雪，隔水柴关一寸灯。沽酒欲回名士驾，征歌先束美人绫。若逢李杜梅花下，尺幅图应乞右丞。（辑自《强恕堂诗集》卷五）

鹊华桥吊李沧溟先生五首 〔清〕张元

莲子湖边芦荻秋，鹊华桥上月如钩。西风云水空萧瑟，何处诗人白雪楼？桥东北数武即白雪楼旧址。

一代珠盘付黍离，青山白纻夕阳迟。谁知宿草寒烟外，犹有词人问蔡姬。

先生侍儿也，新城王季木先生曾访见之，时年已七十余矣。

雅奏钧天曲甫终，阿谁撼树逞词雄？总然吹索无余地，未抵黄门论至公。陈大樽先生称先生七律为三百年绝调。

白雪声停日又斜，柘枝迓鼓竞喧哗。君看水火分争后，毕竟何人是大家！后来定论，皆以何、李、王、李为大家。

七子琴樽翰墨场，风流异代付沧桑。百花洲畔休回首，廖落湖山半夕阳。（辑自《绿筠轩集》卷三，亦见于清乾隆《历城县志》卷第十六《古迹考三・亭馆二》、道光《济南府志》卷六十九《艺文五・历城诗》）

明湖竹枝词（四首之三）〔清〕朱崇道

西湖南岸鹊华桥，半是菰蒲半柳条。亭子问山楼白雪，碧霞宫外雨潇潇。（辑自《湖上草堂诗》，亦见于清乾隆《历城县志》卷第九《山水考四・水二》、光绪《高唐州志》卷八《著述》、民国《续修历城县志》卷十二《山水考八・水四》；还见于《国朝历下诗钞》卷一，其中“岸”作是，第三句作“欲觅问山亭畔路”）

鹊华桥　〔清〕任弘远

舟系绿杨堤，鹊华桥上望。齐州九点烟，了了明湖上。（辑自民国《续修历城县志》卷十一《山水考七・水三》引《鹊华山人诗集》）

恭和御制《华鹊桥》元韵（三首）〔清〕沈起元

大明湖外鹊山湖，桥面平分华鹊图。太液玻璃浮玉树，人间天上可曾殊？

西湖名号同西浙，曾记凌波第六桥。那似济源清彻底，一湖泉水玉千条。

晴波夹镜湿濛濛，为锁烟光卧彩虹。春涨珍珠泉名流不住，大清如带入云中。鹊湖流出为大清河。（辑自《敬亭诗草》卷八）

恭和御制《鹊华桥》元韵（三首）〔清〕钱陈群

此日风光似尚湖，词臣奉敕谱新图。编修臣张若澄作《大明湖全图》进览。春明十里香山路，出水青龙桥名总不殊。

双峰俯瞰双流水，云满峰头水满桥。闲数明湖比明圣，西湖一名明圣湖。三条桥外又三条。

清明应节雨濛濛，望幸人来上玉虹。北指金庭回阙迥，鹊桥回看有无中。（辑自《香树斋诗集》卷十四）

恭和御制《鹊华桥》元韵（三首）〔清〕梁诗正

雁翅斜连界碧湖，远尖倒影浸浮图。一帆疑有天风引，见说仙源也不殊。

红墙梵刹疑三竺。翠柳烟堤想六桥。水涨鳜肥芦荻短，渔罾网得一条条。

山光叠叠水濛濛，恰好堆花桥名并偃虹。秋色何如春色胜，天题待补旧图中。内府旧藏赵孟頫《鹊华秋色图》，东巡携随行箧。（辑自《矢音集》卷五）

月夜游鹊华桥，望大明湖 〔清〕王元麃

浮云消尽月华升，千顷湖光夜气澄。天上才悬金镜影，波心已彻玉壶冰。凄凉历下亭前柳，熠耀水西桥畔灯。诗就欲题桥上柱，仙槎在望可能登？（辑自《东武诗存》卷八〔上〕）

鹊华桥（三首）〔清〕爱新觉罗·弘历（乾隆）

长堤数里亘双湖，夹镜波光入画图。望见鹊华山色好，石桥名亦与凡殊。

大明岂是银河畔，何事居然驾鹊桥？秋月春风相较量，白榆应让柳千条。

榆烟杏火接空濛，稳度芳堤饮练虹。李杜诗情天水画，都教神会片帆中。（辑自《御制诗二集》卷三，亦见于清乾隆《历城县志》卷首《圣制》、道光《济南府志》卷首《御制恭纪》）

鹊华桥闲望 〔清〕董元度

浮家夙愿付卢胡，一卷新诗酒共沽。断碣有情依废圃，女墙无语抱明湖。寒烟枯柳悲秋赋，荒草朱门感旧图。最是临风听不得，斜阳啼煞欲栖乌。（《旧雨草堂诗》卷一，亦见于民国《续修历城县志》卷十二《山水考八·水四》）

鹊华桥 〔清〕孙熊兆

虹桥跨绿水，桥上见华鹊。黛色入层霄，两峰何戌削。浮云互交通，往来无系著。疑有古仙人，相逐驾白鹤。（辑自《国朝山左诗续钞》卷十一，亦见于民国《续修历城县志》卷十二《山水考八·水四》）

鹊华桥（二首）〔清〕盛百二

北渚层城浮杳霭，王孙妙笔有无间。赵子昂有《鹊华秋色图》。夹堤宛转湖双璧，浸水婵娟月一弯。

人隔芙蓉闻笑语，我今木石共痴顽。地偏不厌寻幽数，日日盟鸥约伴还。（辑自《皆山楼吟稿》卷三，亦见于清乾隆《历城县志》卷第九《山水考四·水二》）

鹊华桥晚泛（二首）〔清〕韦谦恒

鹊华山色斗婵娟，影入桥头分外妍。若使明湖容我乞，只消一只橛头船。

芰荷香里晚风幽，洗尽人间万叠愁。算到清秋多暇日，直须排日去寻秋。（辑自《传经堂诗钞》卷五）

济南杂诗四首（之三）〔清〕查昌业

鹊华桥上望烟鬟，叠雪浮螺指顾间。林木尽凋峰陡峻，土花半剥石烂斑。曾经游历皆堪忆，欲遍登临未遂闲。谁识重华旧耕处，传疑更有铁牛山。城南有历山，南门内复有历山顶，传为舜耕处。铁牛山在府学墙下小池中，仅露石脊如铁，云是其颠阜。（辑自《林于馆诗草》卷四）

忆明湖旧事，寄茅鹿野（四首之一）〔清〕黄立世

鹊华桥上雨初晴，画舫珠帘自在行。但有微波皆贮月，更无垂柳不关莺。东山逸兴归丝竹，北海芳尊对弟兄。闻道齐门好风物，一天春色又清明。（辑自《黄氏诗钞》卷五）

忆王孙·题江孝廉《历下杂感》诗后二首（之一）〔清〕张埙

鹊华桥下水微波，桥上行人望翠螺。忍续江淹七字多，满烟萝，月面松纹细校摩。（辑自《竹叶庵文集》卷三十词《林屋词（四）》）

鹊华桥晚兴〔清〕郭维翰

漫云安吉诵无衣，鹊华桥边信息机。近水蒲芦知敏树，干云莺燕解争飞。谁家金鼓中流去，几处风帆晚际归。坐久都忘形色累，林间纤月正辉辉。（辑自《鸿爪集·今体诗》）

明湖竹枝（三首之二）〔清〕郭维翰

鹊华桥北水接天，鹊华桥南生暮烟。绿阴深处谁家院，灯火荧荧弄管弦。（辑自《鸿爪集·今体诗》）

鹊华桥晚眺 〔清〕王元文

秋雨久不出，晚晴登眺便。流泉争迸地，老树欲参天。击毂风元旧，从狼俗已迁。独游聊揽胜，随意憩湖边。（辑自《北溪诗集》卷十四《北溪旅稿·历下集》）

鹊华桥 〔清〕曹文埴

初秋气已澄，理策出西郭。堤尽亘长虹，水净天漠漠。两峰如芙蕖，左右吐跗萼。秀色真可餐，点氛何处著？恍惚化天花，缤纷散碧落。飘飘欲仙乎？疑是驾乌鹊。（辑自《石鼓砚斋诗钞》卷十三）

大明湖（二十首之十六）〔清〕尹廷兰

此生只合老渔樵，却向风尘学折腰。蜗角羊肠成底事，故乡冷落鹊华桥。（辑自《华不注山房诗草》卷上，亦见于《国朝山左诗汇钞后集》卷三、民国《续修历城县志》卷十一《山水考七·水三》）

鹊华桥题壁 〔清〕龙岭

半城秋色落渔汀，箫鼓声中客暂停。隔岸湖光环寺绿，过桥山色向人青。采莲船泊水西路，吊古人歌历下亭。名士风流今在否，多情不惜倒壶瓶。（辑自《石菌山斋诗稿》卷下，亦见于《国朝山左诗续钞》卷二十五、《续修历城县志》卷十二《山水考八·水四》）

鹊华桥晚眺 〔清〕王心清

凉意生残照，桥边坐碧苔。水能留客住，山欲入城来。岸柳秋将老，池莲晚尚开。廿年携酒地，风景几徘徊。（辑自《国朝山左诗续钞》卷二十五，亦见于民国《续修历城县志》卷十二《山水考八·水四》）

鹊华桥步月 〔清〕毛大瀛

日暮遵柳堤，缓步湖之曲。湖波淡于烟，照我须眉绿。欲渡舟不来，沿缘傍渔屋。须臾圆月生，清光手可掬。遂上鹊华桥，微茫纵远目。隐隐鹊华山，城头两峰矗。湖光近濛濛，纹漪漾纱縠。夜凉境绝幽，风淡心逾肃。不见曾南丰，长歌震林木。独扶人影归，虚斋倒醽醁。（辑自《戏鸥居诗话》卷五）

莲子湖舫歌一百首（之八） 〔清〕沈可培

鹊华桥外水平杯，小艇蜻蜓次第开。万顷波光千佛髻，直疑身向镜中来。

千佛山，在历城南五里。（辑自《依竹山房集·丙午》）

鹊华桥散步 〔清〕郝允秀

独立斜阳欲暮时，几回闲忆二王诗。东风不锁春湖影，活水沦涟漾酒旗。（辑自《松露书屋诗稿》）

鹊华桥上口占 〔清〕郝允秀

秋城无事独徘徊，竟日寻幽往复来。薄暮鹊华桥上望，半湖荷芰傍楼台。（辑自《松露书屋诗稿》）

春日鹊华桥上 〔清〕朱照

丝丝杨柳欲成花，春尽河桥风物嘉。四郭青山露云表，一湖暖水长芦芽。有时飞鸟间高下，底事游船起噱哗。遥喜北楼宜远眺，凌空窗牖敞明霞。（辑自民国《续修历城县志》卷十二《山水考八·水四》引《锦秋老屋稿》）

秋日过白雪桥俗名鹊华桥，桥上可以望鹊、华山也。 〔清〕朱照

湖水半城交涌波，山光四郭青峨峨。临湖万户饶烟火，不敌荷芦岁月多。（辑自民国《续修历城县志》卷十二《山水考八·水四》引《锦秋老屋稿》）

鹊华桥晚眺 〔清〕杨维询

好系扁舟莲叶东，雨余残暑晚来空。柳桥游屐从容集，苇岸渔灯次第通。

雁影依稀云汉际，蝉声断续月明中。凭栏惆怅情何限，画阁谁家玉笛风？（辑自《国朝山左诗续钞》卷二十九）

济南感旧（四首之四）〔清〕满秋石

鹊华桥畔最宽闲，小住桥南柳半湾。记得吟成残暑退，卷帘放入隔城山。（辑自《断蔗山房诗稿》卷四）

与同学诸子陪寄庵先生游大明湖（三首之一）〔清〕王祖昌

放舟鹊华桥，湖面芰荷净。秋水清若空，群鱼戏明镜。吾党亦逍遥，悠然适天性。（辑自《秋水亭诗草》卷三，亦见于民国《续修历城县志》卷十一《山水考七·水三》）

历下杂诗（十八首之十四）〔清〕王煦

稷下人家尽小窗，不经秋过不知凉。闲中闷绝浑无赖，漫到华桥看夕阳。（辑自《爱日堂类稿》卷一）

鹊华桥 〔清〕董芸

《齐乘》："百花桥，今曰'鹊华桥'，在大明湖南岸。"鹊华之名，盖自元起也。或曰：百花桥在百花洲南，与鹊华桥相对。俟考。

扰扰红尘市上来，半城烟水隐楼台。晓风残月垂杨岸，无数白莲花乱开。（辑自《广齐音》，亦见于民国《续修历城县志》卷十二《山水考八·水四》）

明湖竹枝词八首（之二）〔清〕冯湘舲

曾家桥接鹊华桥。绿柳红墙贮阿娇。秋水一双休便转，书生魂小不禁销。（辑自《扫红亭吟稿》卷十一）

鹊华桥望月，怀莫亦庐部郎 〔清〕徐子威

停桡望秋月，渺渺故人心。千里雁书绝，孤舟烟水深。相思不可见，卧病岂堪寻？愁听鹊桥外，西风急暮砧。（辑自《国朝山左诗汇钞后集》卷五）

济南竹枝词恭和杨夫子韵。（八首之一）〔清〕季倖常

湖中春色柳如烟，鹊华桥边细雨天。箫声吹暖寒食节，新妆齐泛画楼船。（辑自《嵛麓草堂吟草》）

鹊华桥小步〔清〕钟廷瑛

不到桥头立，讵知秋气清？夕阳开晚渚，山色上孤城。去去双桡径，依依十载情。衰荷与疏柳，应识叩舷声。（辑自《国朝山左诗汇钞后集》卷二，亦见于民国《续修历城县志》卷十二《山水考八·水四》）

己丑下第，过历下鹊华桥，雨中同陈在兹、赵开之、孟鸣岐暨校书雪兰酒酣狂赋〔清〕王夺标

忽坠巫山下筵前，缥缈云垂两鬓边。大明湖上光溜水，身飞霄汉脚踏天。此日不应人间有，误从渔舟泛桃源。座上人如玉，身前气胜兰。佳人歌皓齿，斜髻舞烟鬟。回风曲几度，笙管出云端。雨洗香肌恐汗体，烟笼轻袖欲成仙。曳裙只恐随风去，擎掌疑是走珠盘。为我娉婷来捧砚，乱发濡墨诗一篇。壁间砖石堪晤语，阶前草木尽盘旋。但登凤楼吹紫箫，漫狎鸥鹭看红颜。百壶千斗莫辞醉，吾欲为飞水之龙、奔月之兔、驾海之蛟，那知脱靴落帽之狂颠。劲眼直生火，厚颜可受拳。乾坤此日大，得失等齐观。回首长安客，惆怅欲谁迁？（辑自《南疑诗集》卷四）

七月望日鹊华桥夜坐，步弟黑汉韵（二首）〔清〕朱道衍

平桥飞上玉轮孤，半照青山半印湖。人坐藕花风露里，今宵清梦也应无。

邀月平桥影不孤，金篦刮眼看明湖。万人都作抡才梦，领取清光一个无？（辑自《铸亭诗续抄·济南草》）

十月既望夜偕秦子显、徐次李沿湖步月，因至鹊华桥〔清〕潘遵鼎

案檠焰欲灭，庭树风忽紧。开门看月明，天净星河隐。寒光鉴人物，毫发毕无蕴。时当万籁寂，微闻木叶陨。清兴悠然来，欲遏不可忽。随仿秉独游，顿忘曲肱寝。霜清玉宇澄，夜静寒威凛。曲曲小径长，行行明湖近。水天互荡

漾，金波翻贝锦。荻荒露洲渚，楼高见槛楯。人来鸟忽鸣，水落荷已尽。暝柳欲别秋，萧疏残可闵。几枝卧长堤，瘦影落荒畛。更上鹊华桥，对面山嶙嶙。远处数点黑，恍如泼墨渖。坐久不胜寒，身僵如结蚓。相伴却归来，烹茶润枯吻。妙境得未曾，欲赋愧才窘。谯鼓过三更，移灯始伏枕。此味解人难，僮仆已相哂。（辑自《铁庵诗草》）

明湖竹枝八首（之二）〔清〕冯云鹏

曾家桥接鹊华桥。绿柳红墙贮阿娇。秋水一双休便转，书生魂小不禁销。（辑自《扫红亭吟稿》卷十一）

上元雪后登鹊华桥，同新城张华林、蒙阴公箕亭〔清〕朱畹

鹊华高并两峰寒，霁色晶莹落照间。金碧涂成新粉本，一层雪压一层山。（辑自《红蕉馆诗钞》）

鹊华桥晚眺，同诸城祝阶平、侄廷琮〔清〕朱畹

鹊华桥畔夕阳斜，几树垂杨噪晚鸦。争似江南风景好，白莲花里住人家。（辑自《红蕉馆诗钞》）

鹊华桥对月〔清〕朱畹

照眼露溥溥，枝头栖乌安。扫空云影静，浸水月光寒。风柳阴中坐，烟岚远际看。居人方睡熟，深夜独凭栏。（辑自《红蕉馆诗钞续》）

鹊华桥晚眺（二首）〔清〕朱畹

数丛芦苇响西风，人在鹊华烟雨中。一片荷花连十顷，开时最爱夕阳红。

鲤鱼风起水澄清，岸上垂杨蝉欲鸣。兴尽归来天已晚，百花桥圉一灯明。（辑自《红蕉馆诗钞续》）

与王大柱鹊华桥上晚眺〔清〕朱畹

有客幽情共，闲来桥上游。蝉声送斜照，荷气入新秋。山远如无径，湖平似不流。还期乘月夜，载酒买扁舟。（辑自《红蕉馆诗钞续》）

鹊华桥同王大柱望月，即以赠别〔清〕朱畹

邀看湖上月，桥畔立多时。相顾同衰老，何堪更别离。风轻荷盖静，露重柳丝垂。明日城东路，殷勤订后期。（辑自《红蕉馆诗钞续》）

鹊华桥晚眺〔清〕朱畹

日落鹊桥望，余霞天际明。市头酒楼静，港口钓舟横。潜鲤偶然跃，闲鸥自在行。不知归去晚，隔岸笛声清。（辑自《红蕉馆诗钞续二》）

鹊华桥〔清〕封大本

鹊华传竞秀，旅馆隔秋尘。杖策思山麓，飞虹出水滨。送来青杳霭，望极碧嶙峋。烟雨空濛处，王孙画不真。赵子昂有《鹊华秋色图》。（辑自《续广齐音》）

济南杂咏八首（之一）：鹊华桥〔清〕萧重

鹊华秋色好，乘兴一登桥。远墅环晴岛，孤峰插碧霄。霞光明塔角，云气束山腰。诗思年来减，何当破寂寥！（辑自《剖瓠存稿》卷一）

鹊华桥放船（二首）〔清〕郭仪霄

太守风流旧有名，七桥烟水为公清。政余胜景须消受，不放湖光出外城。

蒲苇萧萧作雨声，野航恰泛竿风轻。平湖万绿清如洗，四面荷花管送迎。（辑自《诵芬堂诗钞二集》卷三）

鹊华桥〔清〕朱凤森

湖水日夜绿，月明愁自深。怅望鹊华桥，泉石清人心。（辑自《韫山诗稿》卷二，亦见于民国《续修历城县志》卷十二《山水考八·水四》引《国朝正雅集》）

鹊华桥有怀〔清〕孙锡嘏

湖边无处不魂销，偶到鹊华旧日桥。四面荷花看未厌，一城山色坐相邀。铁公祠外余忠愤，娘子湾头任寂寥。多少幽情多少恨，凭他杨柳自萧萧。（辑自《东泉诗钞》上卷）

鹊华桥晚眺 〔清〕方元泰

鹊华烟水望中浮，一碧琉璃万顷秋。日暮凭栏愁思远，夕阳红蓼满汀洲。（辑自《华阳山房诗钞》卷二）

增松崖刺史重修鹊华桥亭落成有诗，依韵奉和 〔清〕何邻泉

百花洲畔石横梁，遥对齐烟两点苍。载酒船来成白醉，采莲歌处逗红妆。峰堆螺髻青排闼，波泛鱼鳞碧到墙。补缀湖亭一招爽，居然布化憩甘棠。（辑自《无我相斋诗选》卷三，亦见于民国《续修历城县志》卷十二《山水考八·水四》）

大明湖棹歌（四十首之五）〔清〕陈在谦

鹊华桥下水如油，多少春魂浪不收。最是年年灯夕后，衣香扇影碍春流。济南风土，正月十六日，女子出游，必过此桥。（辑自《梦香居二集》卷二）

鹊华桥北望 〔清〕王德容

余非清闲人，颇得山水趣。不能常在山，却喜山中住。昔曾登岱巅，上下皆徒步。非惜异者劳，所图目可寓。近买茅舍缘湖湾，鹊华桥上时看山。千佛罗列堪指数，北望女墙露烟鬟。此山可望不可上，尝同好友驱车往。嵚奇石色黑更枯，兼无磴路难扶杖。迹遗丹灶与华泉，逸人词客亦流连。近狎不如远望好，神游如到山之表。行乐皆宜作是观，何须远游思三岛！（辑自《秋桥诗选》卷一，亦见于民国《续修历城县志》卷十二《山水考八·水四》）

济南杂诗（十六首之十）〔清〕杨庆琛

青帘白舫水迢迢，三月春阴覆柳条。梁燕无声茶社散，一汀烟雨鹊华桥。（辑自《绛雪山房诗钞》卷十五）

游鹊华桥 〔清〕张善恒

鹊华山色望迢遥，为爱新晴上小桥。两岸湖云浮冉冉，四围官柳露条条。秋回别浦凉犹嫩，月到中流影倍娇。自古竞传潇洒地，果然风景出尘嚣。（辑自《历下记游诗》上卷）

月夜同陈剑青、王砚山、弟如庵、甥文与集鹊华桥，分赋得“风”字〔清〕张善恒

天际月初上，湖边路乍通。画桥名士酒，凉夜故人风。浩渺秋波漾，澄明碧霭空。诗成谁第一，好入锦囊中。（辑自《历下记游诗》上卷）

明湖竹枝旧稿失去，补作。（十首之二）〔清〕王培荀

小阁临流夕照中，阿谁斜倚画栏红。鹊华桥畔分明记，只隔芙蓉路不通。（辑自《寓蜀草》卷三）

济南竹枝词（二十八首之七）〔清〕孙兆淮

长虹跨水望岧峣，仿佛扬州廿四桥。为爱鹊华风月好，石栏杆上坐吹箫。

鹊华桥在明湖南，甚高旷雄壮，最宜眺月。（辑自《〔片玉山房〕花笺录》卷十四）

鹊华桥〔清〕王偁

槛外好风开白莲，人家分占鹊华天。筝箫歌尽垂杨月，只有湖山秋可怜。（辑自《鹊华馆济南杂咏一百首》）

重馆鹊华桥畔，感赋（十首之一）〔清〕王偁

湖上重来卜旧居，鹊华峭对品何如？云烟襆被容高卧，荷芰香中日读书。（辑自《莲舫诗抄》卷十九《萍馆诗存上》）

济南八咏（之四）：鹊华桥〔清〕纪煐述

鹊华桥上看秋晖，无数青山郭四围。多少游人从此过，纷纷携得芰荷归。（辑自《三客亭诗草》卷一）

鹊华桥（三首）〔清〕吴振棫

湖水平桥绿似苔，临湖小店几家开？可怜瘦马识人意，只拣绿杨深处来。

小坐何妨藉石苔，闲游更促酒船开。西风容易催秋老，不为荷花也合来。

淙淙急雨破苍苔，滟滟晴光夕照开。水面群飞忽惊散，白鸥应怪长官来。（辑自《花宜馆诗钞》卷五，亦见于民国《续修历城县志》卷十一《山水考七·水三》）

明湖竹枝词（八首之一）〔清〕许瀚

鹊华桥畔柳青青，闲买轻舫水面亭。不须打桨不摇橹，压尾一篙驶不停。（辑自《攀古小庐文集》卷五）

鹊华桥雪后小眺 〔清〕陈超

残雪积成岸，明湖冻几层。烟轻露城影，冰断出鱼罾。枯树老逾耸，远山寒自凝。饥乌怜息羽，不复旧飞腾。（辑自《国朝山左诗汇钞后集》卷二十四，亦见于《晚晴簃诗汇》卷一百三十七、民国《续修历城县志》卷十二《山水考八·水四》引《元圃诗钞》）

自绣江归里，道中遇雨，夜宿历下西门外，灯前寂寞，感而有作：忆鹊华桥 〔清〕郑毓本

泥人天气雨潇潇，旅馆残灯伴寂寥。燕子楼中人老大，梦魂犹到鹊华桥。（辑自《醉月窗未定草》卷一）

月夜陪范笑山选贡鹊华桥游眺笑山榜名起春，长于诗，丁酉选拔。〔清〕王青藜

入夜风光倍湛然，环桥一色漾澄鲜。平铺凉月争添水，未了残荷只化烟。画舫闻歌人载酒，银潢有浪路通天。条条远近红灯影，两岸人家尚未眠。（辑自《见山书屋诗钞》）

鹊华桥感旧 〔清〕鲍瑞骏

晚烟淡淡柳条条，门掩春渠白板桥。鸟散空庭铃语寂，灯归别院佩声遥。玉珰欲寄云中雁，珠箔还思月下箫。可奈绿纱窗槅外，桃花一树泥人娇。（辑自《桐华舸诗钞》卷四）

鹊华桥晚眺 〔清〕鲍瑞骏

雁叫西风木叶黄，晚来愁思暮天长。无端吊古怀人意，满目关河是夕阳。（辑自《桐华舸诗钞》卷四）

鹊华桥雪后小眺　〔清〕陈超

残雪积成岸，明湖冻几层。烟轻露城影，冰断出鱼罾。枯树老逾耸，远山寒自凝。饥乌怜息羽，不复旧飞腾。（辑自《国朝山左诗汇钞后集》卷二十四，亦见于《晚晴簃诗汇》卷一三七、民国《续修历城县志》卷十二《山水考八·水四》引《元圃诗钞》）

晚步鹊华桥　〔清〕易文浚

大明湖畔水，照我万愁空。衰苇随波绿，残霞隔树红。儿童嬉笑里，鸦雀往来中。相顾无相识，回头月在东。（辑自《达观楼初稿》卷四。诗题中的“鹊”字原误作“雀”）

济南竹枝词（十五首之一）〔清〕李培

鹊华桥畔日升初，少女凭栏饲碧鱼。睡眼懵腾鬟未整，强将散发绾牙梳。（辑自《睡余轩诗稿》上卷《雪堂诗钞》）

雨后鹊华桥即目　〔清〕郑鸿

雨止桥头望，新蒲一剪齐。水浮遥岸失，云覆乱山低。石广闲人聚，林深暮鸦啼。卖花声不断，风送草亭西。（辑自《怀雅堂诗存》卷一）

鹊华桥晚眺　〔清〕吴纯彦

半城烟水半城花，莲子湖头日又斜。一曲菱歌拨棹去，碧芦洲里有人家。（辑自《武定诗续钞》卷十）

鹊华桥纳凉即事此甲子科应秋闱试作，追录于此。　〔清〕阎湘蕙

披襟散发鹊华桥，醉后高歌破寂寥。时吟太白《将进酒》一诗。夜静西风吹水面，满湖荷叶响潇潇。（辑自《香亭诗草》）

月夜同赵菁衫鹊华桥听泉，遂泛舟历下亭 〔清〕邵承照

洗尽筝琶耳，来听石上泉。荷香清暑夜，月色静遥天。歌咏容吾辈，风光感昔贤。良宵放船好，亭下几流连。（辑自《卧云堂诗集》卷三）

济南杂诗（五首之四） 〔清〕张之洞

为爱菱洲间藕田，鹊华桥畔顾渔船。等闲一放游春假，费却东坡两膳钱。（辑自《张之洞诗文集》增订本卷九）

张楚珏观察士珩《济上鸿泥》册子十二咏（之二）：鹊桥踏雪 〔清〕陈作霖

鹊山云气生，雪作天花坠。冒冷出门行，驴背生诗思。驿使期不来，折梅将谁寄？（辑自《可园诗存》卷二十五《蟠园草》）

济南杂诗十首（之八）：鹊华桥 〔清〕王咏霓

试登鹊华桥，还见鹊华无。鹊华山色好，一半落明湖。（辑自《函雅堂集》卷九）

忆济南旧游诸处（五首之一） 〔清〕曹桂韫

明湖东是鹊华桥，桥下笙歌出画桡。忆得那时好风月，有人低唱《念奴娇》。（辑自《香谷园诗》）

题楚宝《济上鸿泥十二咏》（之二）：鹊桥踏雪 〔清〕邓嘉缉

东岱气闭塞，鹊华静如睡。谅非热中客，联骑犯朔吹。春色闭遥岑，探索寓深意。红垆暖阁人，炰羔正谋醉。（辑自《扁善斋诗存》卷下）

鹊华桥晚眺（二首） 〔清〕李梅山

湖天傍晚正飞霞，独立平桥一望赊。多少画船归欲尽，城头犹见夕阳斜。

游人来往各纷拏，闲步桥边日已斜。堪羡寻芳诸女伴，满头都插素馨花。（辑自《馥岩诗钞》）

月夜游鹊华桥 〔清〕单仝裕

凉夜桥头望，云开翳障空。人家秋色里，台榭月明中。夜蒲轻侵露，天高远唳鸿。更深还徙倚，香送芰荷风。（辑自《心湖随意草》）

明湖杂咏（十二首之十）〔清〕石德芬

早凉唤度鹊华桥，菱吸晨光镜里娇。不采菱花采菱角，瓜皮艇子自逍遥。（辑自《惺庵遗诗》卷七）

鹊桥晚眺，偕绍由赞庭（二首）〔清〕王以慜

鹊华山头明月光，鹊华桥上春风香。千丝碧柳湖阴合，何处渔舟响暮榔？

蒲芽带露柳含烟，沙暖鸥群自在眠。瑟瑟云波人不渡，断桥同倚月明天。拟泛舟，不果。（辑自《檗坞诗存初集》卷一《始存集》）

明湖竹枝词（十二首之十）〔清〕王以慜

猎猎风荷漾紫澜，鹊华桥上石阑干。画船去后箫声寂，白月青山相对寒。（辑自《檗坞诗存》卷六《济上集一》）

减兰·鹊桥即事 〔清〕王以慜

冻烟横浦。愁里山眉无觅处。浅濑荒波。一种清游奈尔何。

云英再见。瘦到啼莺天不管。禁得魂销。二十年来旧板桥。（辑自《檗坞词存》卷二《海岳云声〔下〕》）

浪淘沙·鹊桥晚步 〔清〕王以慜

霜月照愁清。天净云平。萧芦野水一重城。叫叫西风吹不尽，总是秋声。

迢递雁归程。华发频惊。乱山如梦泪纵横。长忆春塘联秀句，应是前生。（辑自《檗坞词存别集》卷一《霜天雁唳〔上〕》）

沁园春·戊寅中秋，步鹊华桥追悼先兄先姊，泫然赋此 〔清〕王以慜

去岁中秋，记过此桥，悲风飒然。是中郎阿大，玉楼先赴，诸姑伯姊，锦

札犹传。纵慰双鱼，已伤孤雁，何况婴砧又化烟。悠悠恨，恨天涯佳节，多事今年。

几家歌酒喧阗。簇波面纱灯放画船。怅彩衣怀饼，当时儿戏，广寒窃药，何处神仙。逝水东流，月华依旧，分照枫根两地眠。南飞鹊，问吾生何乐，泪断江天。（辑自《檗坞词存别集》卷一《霜天雁唳〔上〕》）

鹊华桥 〔清〕翟化鹏

胜概探华鹊，桥头拥翠鬟。芙蓉三面水，烟雨一城山。轿辘香车过，笙歌画舫环。胸中有丘壑，不得日跻攀。（辑自《鹿樵诗存》）

明湖杂咏（八首之七）：鹊华桥 〔近现代〕梁文灿

屏开晓翠涨浮岚，镜里云天水蔚蓝。领略湖山潇洒处，六桥烟雨忆江南。（辑自《梁文灿诗词稿》引《蒙拾堂诗草录存》）

鹊华桥步月怀古 〔近现代〕陈惟清

夕阳忽西匿，群山倏已暮。明湖思夜游，昏黑疑无路。坐待月东升，乘兴且独步。满城风泉鸣，清景开烟树。徐上鹊华桥，芰荷纷无数。近接百花洲，水中看如雾。芙渠散幽香，莲房坠冷露。修竹引薰风，清光绉练素。东北见孤峰，知是华不注。单椒秀堪餐，上多晴云互。转战忆三周，挂骖车曾驻。晋人奏奇功，反为丑父误。对面望鹊山，浮黛雅足慕。秦人有卢医，结茅来此住。至今丹洞中，常疑鬼神护。我欲涤尘襟，斯人安可遇？怀古且徘徊，望月生幽趣。赏玩夜忘归，光流惊回兔。旋踵欲登舟，恐惊芦中鹭。归卧梦游仙，拟奏凌云赋。（辑自清宣统《重修恩县志》卷九）

大明湖杂诗（七首之五） 〔近现代〕陈衡恪

月光初照鹊华桥，拨转船头坐听箫。客味昨曾尝鲁酒，古风今又感齐韶。（辑自《陈衡恪诗文集》）

济南杂咏二十首（之十一） 〔现当代〕胡端

不从湖面看莲花，却向城头辨鹊华。行过断桥流水活，绿杨深护野人家。

余暮时步鹊华桥，望华山，问之野老，佥云不识径。遐园高柳数枝，流水半□，板桥欲断，绝好一幅粉本也。（辑自1941年《萸江吟社辛巳秋冬季合刊》）

济南竹枝词十六首（之四）〔现当代〕菊生

湖光荡漾柳萧条，不见游人上画楼。荷梗疏疏芦苇长，凉风吹透鹊华桥。（辑自1946年3月14日《民国日报》第4版）

二、百花桥

百花桥，在德王府后，鹊华桥南。清道光五年（1825），居民曾重修该桥，易木为石。

◇ 旧志中的相关记载

明《历乘》卷五《建置考·桥梁·桥》:

百花桥，德府后。环湖有七桥，曰“芙蓉”，曰“水西”，曰“湖西”，曰“北池”，其三失名。宋曾巩诗云:“从此七桥风与月，梦魂常到木兰舟。”各桥俱废，而此桥独存。

明崇祯《历城县志》清康熙增刻本卷四《建置志（下）·津梁·桥》:

百花桥，鹊华南。两桥相望，中为百花洲。

民国《续修历城县志》卷十二《山水考八·水四》:

百花桥，见前《志》。

道光五年，居民重修，易木为石。

九日登百花桥畔三层楼，过劬庵饮 〔清〕徐夜

一簇寒花上眼新，轻阴微吹作佳辰。登临且纵高楼目，摇落谁怜异代身？未尽百年同是客，哪能九日不逢人？陶公胜有衔杯兴，篱下犹存漉酒巾。（辑自《隐君诗集》卷二）

湖上杂兴（四首之一）〔清〕严我斯

百花桥下木兰舟，采采芙蓉尽日游。前路恐惊沙鸟去，垂杨一带罢鸣驺。（辑自《尺五堂诗删》卷二）

百花桥〔清〕屈复

桥外霏成雾，湖平水不流。莺啼千树柳，人过百花洲。此地多名士，高城出画楼。香云化为雨，点点落春愁。（辑自《弱水集》卷七）

晚登明湖百花桥〔清〕傅仲辰

烦襟迎暮爽，湖柳正飘萧。为爱蛾眉月，来登雁齿桥。虫声沾露冷，凫影逐波骄。徙倚忘归去，星河耿耿遥。（辑自《心孺诗选》卷十五《茌山五集》）

明湖棹歌六首（之三）〔清〕钟廷瑛

百花桥畔几番新？菱叶荷香不受尘。莫问渔洋秋柳社，晚烟疏影正愁人。（辑自民国《续修历城县志》卷十一《山水考七·水三》引《退轩诗录》）

百花桥上望明湖雪〔清〕郝允哲

立马板桥上，回头日欲昏。薄烟浮水面，积雪没芦根。鸟散渔庄静，人稀蟹簖存。会当泛舟去，新冻验篙痕。（辑自《深柳堂遗诗》）

百花桥上听莺二首〔清〕朱崇勋

三春佳气遍春城，春到桥头春水生。第一春光湖上好，烟含春柳啭春莺。

散丝小雨霁芳朝，骀荡轻风动柳条。斗酒双柑何处醉，闲来独上百花桥。（辑自《桐阴书屋诗》卷下）

明湖棹歌（十首之九）〔清〕赵子镛

百花桥上语声喧，闹得游人不耐烦。怪煞画船分外贵，今宵忘却是中元。（辑自《牟平遗香集》卷十三）

送伯平南归，而余亦将东旋矣，赋此赠别（四首之一）〔清〕王玮庆

几日明湖折简招，红莲香散百花桥。无端踪迹飘蓬似，手挽桥头旧柳条。（辑自《藕塘诗集》卷二《绣帨集》）

济南杂咏（录四之四）〔清〕沈兆沄

百花洲上百花桥，月下何人吹玉箫。山色鹊华来郭外，看山宜昼更宜宵。（辑自《织帘书屋诗钞》卷二，亦见于民国《续修历城县志》卷十二《山水考八·水四》）

三、水西桥

水西桥，始建于北宋，为著名文学家曾巩在宋神宗熙宁四年至熙宁六年（1071—1073）任齐州知州期间所建。该桥在明代时可能已不存，清诗中所咏之水西桥可能为后来重建的，其具体位置及建于何人何年，未查见相关记载。

◇ 旧志中的相关记载

明崇祯《历城县志》清康熙增刻本卷十一《古迹志·宅苑·桥》：

芙蓉桥、水西桥、湖西桥、北池桥，俱大明湖南。《齐乘》曰："大明湖南岸百花洲，洲上百花台""环湖有七桥，曰'芙蓉'、曰'水西'、曰'湖西'、曰'北池'之类是也。南丰诗云：'从此七桥风与月，梦魂长到木兰舟'""今皆废矣，惟百花桥与泺源石桥尚存"。

曾子固令咏齐州景物，作二十一诗以献：水西桥〔北宋〕孔平仲

景物此清淡，幽亭独细论。恐人容易过，常锁水西门。（辑自《清江三孔集》卷二十一）

水西桥绝句〔清〕韦谦恒

嫩凉天气好风吹，湖上风光晚更宜。一带藕花吟不尽，水西桥畔立多时。（辑自《传经堂诗钞》卷五）

济南感旧（四首之三）〔清〕满秋石

白露西风八月天，荻芦萧瑟晚含烟。水西桥畔消魂甚，谁续渔洋《秋柳》篇。（辑自《断蔗山房诗稿》卷四）

历下杂诗（十八首之十五）〔清〕王煦

水西桥畔足风流，未许俗人掉臂游。千顷芰荷红映阁，风光绝胜小瀛洲。在赵北口。（辑自《爱日堂类稿》卷一）

水西桥 〔清〕董芸

环湖有七桥，见于《齐乘》者：曰“芙蓉”，曰“水西”，曰“湖西”，曰“北池”。曾子固诗“从此七桥风与月，梦魂常到木兰舟”是也。今惟存鹊华一桥，而百花洲近为土人所壅，桥下水已不复流。直西一板桥甚小，濯缨、梯云诸泉水由此入湖口，意者殆水西之遗址欤。

门前流水去迢迢，孤馆秋深旅鬓凋。乌帽青衫人不识，月明闲过水西桥。（辑自《广齐音》）

水西桥 〔清〕封大本

一棹飘然湖水西，曲阑影动碧琉璃。萧疏细柳溟濛月，何处吹笙路欲迷？王渔洋诗：“水西桥畔卧吹笙。”（辑自《续广齐音》）

明湖棹歌六首（之六）〔清〕钟廷瑛

十里秋光玉鉴开，水西桥上重徘徊。轻桡更掠西湖去，日看千山倒影来。（辑自民国《续修历城县志》卷十一《山水考七·水三》引《退轩诗录》）

大明湖棹歌（四十首之三十七）〔清〕陈在谦

水西重问水西桥，小市青帘隔岸摇。日晚有人桥上过，青衫乌帽鬓丝飘。（辑自《梦香居二集》卷二）

水西桥 〔清〕张善恒

缘堤种垂杨，夹岸数十里。晚凉风骤生，簇簇鱼鳞起。遥望水西桥，斜浸湖光里。清影澈须眉，碎沫溅石齿。曲折架危栏，疑与长虹比。我来时小坐，鸟语清客耳。隔树露残阳，隐约天尺咫。低射秋波红，倒映暮山紫。渔舍三五家，一一随手指。旷怀慕昔贤，俯仰情无已。濯缨亦徒然，题诗聊复尔。何如从伊人，溯回水中沚！（辑自《历下记游诗》下卷）

四、芙蓉桥

芙蓉桥，始建于北宋，为著名文学家曾巩在宋神宗熙宁四年至熙宁六年（1071—1073）任齐州知州期间所建。清人诗中所说之芙蓉桥当非宋时之芙蓉桥，姑附于此。

◇ 旧志中的相关记载

明崇祯《历城县志》清康熙增刻本卷十一《古迹志·宅苑·桥》：
【见前“水西桥”部分，此处略。】

曾子固令咏齐州景物，作二十一诗以献：芙蓉桥〔北宋〕孔平仲
出城跨岧峣，惊目见花艳。飞盖每来游，佳境此其渐。（辑自《清江三孔集》卷二十一）

济南杂咏十首（之六）〔清〕史夔
芍药厅边红旖旎，芙蓉桥畔绿参差。南丰到处留题遍，想见风流太守时。（辑自《东祀草》）

五、会波桥（汇波桥）

会波桥，又名汇波桥，旧在会波门（汇波门）南、大明湖北，为大明湖北岸东西通道所必经。原桥是雕栏的石拱桥，长15米，宽4米，洞高3米。中华人民共和国成立后，原会波桥已坏，20世纪50年代初，桥被改建为水泥预制板平桥，长5米，宽4米。

◇ 旧志中的相关记载

明《历乘》卷五《建置考・桥梁・桥》：
会波桥，北门内。凭桥一望，万顷湖光，收入目中。

明崇祯《历城县志》清康熙增刻本卷四《建置志（下）・津梁・桥》：
会波桥，北门内。明湖之水，悉出其下。

民国《续修历城县志》卷十二《山水考八・水四》：
会波桥，在会波门内。（新增）
董芸《会波桥》诗：【诗见下，此处略。】

会波桥 〔明〕王象春

会波桥上起重楼，水里成城似泛瓯。浩荡云烟都入望，十分景是十分愁。

桥、楼皆宋曾子固守济时所建，就水筑基，上下几百尺，用石数十万。据曾《记》中云，三十二日而成功。即当时物力之盛，不应神速如此。余登楼南望，全济之胜在于指掌，俯而叹曰："逝波流日月，浩浩无朝昏。纵源泉不竭，来者非逝者矣。"（辑自《齐音》）

会波桥　〔清〕董芸

会波楼，其下为会波桥，宋熙宁间曾子固建。元于钦尝拟《会波楼记》，其略曰："济南山水甲齐鲁，泉甲天下。盖他郡有泉一二数，此独以百计，涛喷珠跃，金霏碧渟，韵琴筑而味肪醴，不殚品状。在邑者潴市之半，在郭者环城之三，棋布星流，走城北陬，汇于水门，东流为泺，并于汶，过于时，入于海。"钦言可谓尽之矣！

城根全浸碧波间，谁掷天公半玉环？湖上人家皆倒影，翻从水底看南山。元遗山湖上诗："天公掷下半玉环。"（辑自《广齐音》，亦见于民国《续修历城县志》卷十二《山水考八·水四》）

会波桥　〔清〕封大本

会波楼下会波桥，斜日桥边弄柳条。北渚南浔生眼底，游人偏买木兰桡。（辑自《续广齐音》）

会波桥　〔清〕王偁

谁造金波十二栏，百泉会处好观澜。于钦能记湖山影，掷向楼台水底看。（辑自《鹊华馆济南杂咏一百首》）

六、濯缨桥

濯缨桥，原在山东学政署内四照楼前，本为木桥，施闰章在顺治十三年（1656）秋至顺治十七年（1660）秋任山东提学道期间将其改建为石桥。桥下有渠，与湖水通。

濯缨桥 〔清〕施闰章

官舍有横渠，与湖水通，旧置木槛，经岁辄朽。予为易石梁，命曰“濯缨”。

官阁倚湖渚，横渠漾涟漪。还如故园水，清浅通荆扉。伐石代浮槛，濯缨欣在兹。春草纷沃若，秋荷余芳菲。空水相照耀，秀色忘朝饥。谁知济川客，回首垂竿时。柱下迹已混，鲁连心独悲。感彼沧浪趣，永与渔父期。（辑自《学馀堂诗集》卷五）

题濯缨桥 〔清〕魏坤

湖烟满墙头，湖水浸屋脚。不须接连筒，岂用事疏凿！独木跨水南，岁久经脱落。好事宣城施，伐石代略彴。桥平雁齿排，列坐舄可错。湖亭名濯缨，颜此亦不恶。短碣镌秀句，至今草根著。我来桥上望，脱帻纵盘薄。两岸芙蓉花，秋冷开寂莫。水蓼几簇红，舞风犹绰约。桥下数纤鳞，一一清可攫。生平濠濮想，悠然欣有托。何必向芳洲，临流采杜若。（辑自《倚晴阁诗钞》上册）

濯缨桥，用施愚山原韵济南试院。 〔清〕李重华

明湖引余脉，潋滟风生漪。临渠敞楼阁，傍树开窗扉。观文羡东国，胜概今萃兹。纤鳞戏瀺灂，绵羽吹芬菲。名流从合并，慰我长渴饥。俯仰畴昔人，持衡俱盛时。绝辉映沧浪，独有愚山施。濯足者谁子？溷溷良可悲。赓诗当箴铭，永与贤达期。（辑自《贞一斋集》卷二）

濯缨桥晓坐　〔清〕钱载

柳阴水东来，惆怅清渠一。人之一日生，讵非死一日？我之死也多，生则未能必。所以朝闻道，非徒时勿失。朝闻而夕死，于我事方毕。夕死不朝闻，哀哉谁与恤？南山翠云起，东海红轮出。独坐石桥身，悠悠自心憷。（辑自《萚石斋诗集》卷三十九）

濯缨桥坐月　〔清〕韦谦恒

一片秋烟入二更，濯缨桥畔短琴横。团团月影都笼到，碧水红莲相映明。（辑自《传经堂诗钞》卷五）

七、池北桥

池北桥，旧在大明湖畔，其具体位置待考。

池北桥 〔清〕张善恒

池北桥边想旧游，茫茫烟景不胜愁。酒痕墨渍风流地，山影湖光惨淡秋。小妓犹传名士曲，快帆空逐野人舟。纵谈司寇今何在？无限情怀寄水鸥。（辑自《历下记游诗》上卷）

八、对华桥

对华桥，旧在大明湖南岸。

对华桥得句　〔清〕王偁

曈昽日上对华桥，出水芙蓉似阿娇。错把今生思弄玉，碧天吹老一枝箫。（辑自《鹊华馆济南杂咏一百首》）

九、雪花桥

雪花桥，旧在大明湖南岸。

雪花桥为济南城中胜处 〔明〕艾容

芳湖滟滟柳千条，莲叶重重湿绛绡。晚翠平林山色动，酒帘风起雪花桥。（选自《微尘闇集》卷八）

大明湖之雪花桥，居有可卜，感而成诗 〔清〕董讷

桥下清波接远滣，桥边小径满松筠。将移万顷莲花水，尽洗十年宦海尘。阁对青山堪觅句，溪多明月可垂纶。何时一笑东归去，湖上生涯自在贫。（辑自《柳村诗集》卷五）

十、七桥总咏

七桥，为北宋著名文学家曾巩在宋神宗熙宁四年至熙宁六年（1071—1073）任齐州知州期间于西湖（即大明湖）上所建。“七桥”一语曾两见于曾巩之诗：“将家须向习池游，难放西湖十顷秋。从此七桥风与月，梦魂常到木兰舟。”（《离齐州后五首》之一）“西湖一曲舞霓裳，劝客花前白玉觞。谁对七桥今夜月，有情千里不相忘。”（《寄齐州同官》）。

于钦《齐乘》卷五中载：“环湖有七桥，曰‘芙蓉’、曰‘水西’、曰‘湖西’、曰‘北池’之类是也。南丰诗云：‘莫问台前花远近，试看何似武陵游。’又云：‘从此七桥风与月，梦魂常到木兰舟。’”

王士禛《香祖笔记》卷九中载：“环明湖有七桥，曰芙蓉、水西、湖西、北池、百花、泺源、石桥。曾子固诗：‘从此七桥风与月，梦魂长到木兰舟。’”

吊七桥　〔清〕任弘远

七桥圮败鹊华留，滚滚杨花起暮愁。独立斜阳无限恨，红栏碧槛付东流。（辑自民国《续修历城县志》卷十一《山水考七・水三》引《鹊华山人诗集》）

夏夜偕宗室果亭、马逊渚两给事、赵然乙侍御、季重孝廉暨儿世炜泛大明湖，遍历诸胜，得诗六首（之六）〔清〕沈廷芳

七桥风月几多存？惟见百花与泺源。日向湖南洲外泊，夜深吹笛似山村。环湖向有芙蓉、水西、湖西、北池诸桥，南丰诗云：“从此七桥风与月，梦魂长到木兰舟。”今惟百花、泺源二桥在耳。（辑自《隐拙斋集》卷十五）

七桥晚步　〔清〕王偁

有客湖边住，行吟槛外天。劲风凋古木，凉雨咽流泉。自取尘中静，时防

酒后颠。寻僧写琴操，月下理秋弦。（辑自《鹊华馆济南杂咏一百首》）

第九编

词

一、铁公祠（铁尚书祠）

铁公祠，又称铁尚书祠，是一处为纪念忠义不屈的明代兵部尚书铁铉而建的祠堂，坐落于济南大明湖西北岸。

铁公祠始建于何时何人，已不可考，据清人翁方纲所作的《铁公祠记》和吴人骥所作的《重修铁公祠记》，山东盐运使阿林保在清乾隆五十七年（1792）二月下旬至五月上旬曾经命时任济南府知府吴人骥重修铁公祠，在大明湖西北隅建堂庑水廊共屋七十余间。另据萧培元所撰的《重修铁公祠碑记》，清同治三年（1864）四月至七月，时任济南府知府萧元培又主持重修了铁公祠。

铁铉（1366—1402），邓州（今邓州市）人。明洪武中，以太学生授礼科给事中，后调任都督府断事，机智灵敏，善决疑狱，很受朱元璋器重。建文初，任山东参政，镇守济南。朱元璋第四子燕王朱棣为夺取帝位，以“靖难”为借口，举兵南下，并于建文二年（1400）六月八日兵临济南城下。铁铉督众，矢志固守。朱棣攻济南三个月不克，遂亲至城下劝降。铁铉率众诈降，并在城门上暗置千斤闸。朱棣进城时铁闸突然坠落，几乎将朱棣砸死。朱棣大怒，以重兵围城，并用大炮轰城。城将破，铁铉急将朱元璋画像悬挂城头，又将朱元璋神主灵牌分置各垛口，使得燕军不便再开炮轰城，城得以保全。此后，铁铉又募壮士，出奇兵，大破燕军。燕军遂于九月四日解围去，绕道南伐。铁铉又与大将军盛庸合兵，收复德州诸郡县。建文帝擢铁铉为山东布政使，不久，又提升其为兵部尚书，赞理军事。

朱棣即皇帝位后，设伏兵计擒铁铉，槛送南京。铁铉见到朱棣后骂不绝口，立而不跪。朱棣使其面北一顾，终不可得。最后，铁铉受磔刑而死，时年三十七岁。南明弘光帝谥之曰“忠襄”，清乾隆帝追谥其曰“忠定”。

◇ 旧志中的相关记载

民国《续修历城县志》卷十四《建置考二・坛庙》：

铁公祠，在大明湖西北隅。祀明兵部尚书、山东布政使司右布政铁铉。乾隆五十七年，运使阿林保建。（胡际元采访）

翁方纲《记》：【略】

明湖四首（之一）：铁公祠　〔清〕傅扆

第一湖山第一流，我瞻遗像每迟留。经过独揽沧浪趣，真赏偏怜台榭幽。港窄波光平似镜，雨余花气净于秋。灵旗肃肃香烟绕，知有忠魂在上头。（辑自《辕辙吟》，亦见于《话雨山房诗草》卷一，题为《明湖首览铁公祠诸胜，因题四律》）

游铁公祠　〔清〕李绍闻

地与人千古，何须更品题！波回知岸尽，山出讶城低。客至宜琴酒，时清罢鼓鼙。祗应敷政者，膏雨遍青齐。（辑自《东泉诗话》卷七）

铁尚书庙祀建文朝忠臣兵部尚书铁公，名铉。　〔清〕沙张白

皇帝临轩赐宝弓，上公血战蔽山东。王师仡仡难摧敌，天意明明忌立功。几杖不消吴濞恨，参夷翻报亚夫忠。平原亦有尚书庙，成败虽殊祀典同。（辑自《甲子年定峰山左杂咏》）

历下杂咏戊午八月。（十首之一）〔清〕孔尚任

文皇东破济南城，鼓角连天草木兵。悬板无灵千古恨，铁公祠下一吞声。（辑自《诗观三集》）

历下绝句（十二首之七）〔清〕王朝恩

杜老池南草色荒，铁公祠外水云凉。城头战血江头泪，付与游人吊夕阳。古历下亭在明湖北，其西为铁公祠，翁覃溪学士谓即杜甫南池处。（辑自《传砚斋诗质》卷四）

铁尚书祠 〔清〕董元度

百战徒劳两日功，南飞燕子是枭雄。天心难挽风云会，臣节常留鼎镬中。每笑书生偏误国，浪传老佛竟逃空。行人泪洒荒祠畔，武水斜阳一亩宫。（辑自《旧雨草堂诗》卷六）

游铁公祠（二首）〔清〕单可基

庙貌树重阴，高名贯古今。孤城存大节，百战表忠心。恩感先皇遇，魂随弱主沉。荒烟寻故垒，泪洒暮云深。

别院通香海，幽寻此地偏。清华森水木，明媚澹风烟。凭几环青嶂，开轩绕白莲。由来名胜处，端借古贤传。（辑自《竹石居稿》卷四）

雨窗榷使因铁忠定公靖难时捍御济南有功，而祠宇湫隘，卜筑另建于明湖之西，佛中丞祠附焉。中丞抚东有惠政，故并祀之。祠西隙地依湖小筑，宛似江乡，故颜之曰“小沧浪”，为游人临眺之所。依次原韵，以志颠末（四首之一）〔清〕刘权之

祠闻朱邑祀桐乡，况是功勋纪庙廊。百战艰难酬故主，千秋俎豆表幽香。孤城矢志能诛管，举室捐躯不愧方。更使长淮同保障，铁公捍御似睢阳。（辑自《长沙刘文恪诗集·剩存诗续草》卷二）

铁公祠祀明兵部尚书铉。〔清〕张太复

噫嚱乎！铁尚书，真铁汉，保济南，敌靖难。燕军薄，守且战，城坚如铁不可撼。燕军愤怒掘水灌，刀截鱼龙鳞甲断。巨炮轰城城欲摧，太祖高皇位当面。燕人内恧缩手回，出奇一击纷鼠窜。宁意苍苍局忽变，篡者居然膺帝眷。尚书一旦械系来，立骂不屈烹以炭。须臾铁身黑成铁，身黑成铁骨愈炼。铁杖挟持使对面，沸釜怒喷手靡烂。铁身转背旋若风，死犹为厉惊雷电。我谒公祠湖北堧，欲采湖蘋向公荐。凛凛英风四百载，铁心不逐沧桑换。吁嗟乎！铁尚书，真铁汉！（辑自《因树山房诗钞》卷上《历下游草》）

铁公祠 〔清〕焦式冲

议削亲藩谁执咎，弱枝强干徒伤手。遂令冀北起烽烟，为清君侧得藉口。

景隆纨绔先遁逃，屠戮义军等鸡狗。燕子飞飞渡长江，周公未入成王走。铁公开府当济阴，披肝沥胆谋战守。绠骨甘受鼎镬烹，贞心肯回南向首。天潢尚无骨肉亲，区区身家更何有？况复高盛同干城，满腔热血为死友。凛然大义著金石，杀身成仁传不朽。我诣祠庙仰英灵，万荷香里荐椒酒。湖边竹树风萧萧，生气磅礴充户牖。（辑自《余青园诗集》卷二）

济南杂咏（六首之一）〔清〕单可惠

谈经方博士，血战铁尚书。湖水秋风起，声如痛革除。（辑自《白羊山房诗钞》卷三）

泛大明湖五绝句湖在济南。（之二）〔清〕徐谦

楼台金碧晃空虚，水木清妍劫火余。曾下前朝青史泪，荒祠犹拜铁尚书。铁公讳铉。（辑自《悟雪楼诗存》卷三十，“曾”一作“忽”）

铁尚书祠〔清〕秦瀛

盛庸兵败竟何如，南国江山痛革除。此地燕师曾转战，水声犹哭铁尚书。（辑自《小岘山人诗集》卷四）

铁公祠〔清〕赵怀玉

燕师破竹势纷纷，赖有尚书策战勋。铁板真同副车击，金陵终使故宫焚。全家骨肉悲投窜，千载湖山荐苾芬。我欲更添新俎豆，庙堂配食宋参军。（辑自《亦有生斋诗集》卷二十）

五日寓斋小饮后游大明湖，用北齐房君豹“风沦历城水，月倚华山树”句为韵，同丁明经履恒作（十首之九）〔清〕赵怀玉

尚书如共姓，大节屹泰山。我欲继吊屈，招使忠魂还。君看祠前木，奇已擅两间。铁公祠旁有树，一桩三榆，连理而生。（辑自《亦有生斋诗集》卷二十一）

谒铁公祠〔清〕刘大绅

铁公祠畔筑高台，夜夜游人载酒来。横笛短箫空有恨，秋风落日独生哀。

艰难已是前朝事，险阻终怜济世才。千古英雄同洒泪，湖山好句不须裁。（辑自《寄庵诗钞》卷一，亦见于民国《续修历城县志》卷十四《建置考二·坛庙》）

谒铁尚书祠（二首）〔清〕王煦

屏嶂金陵是济南，孤城死守报恩覃。高悬高帝神牌日，应挫燕兵虎视耽。

城西战处古原荒，一副刚肠答圣皇。忠节祠前呜咽水，犹和秋草恨燕王。（辑自《爱日堂类稿》卷一）

铁公祠有感〔清〕鹿林松

一日忠魂万古祠，明湖烟雨柳丝丝。伤心争作闲游地，谁忆孤城泣血时？（辑自《雪樵诗集》，亦见于民国《续修历城县志》卷十四《建置考二·坛庙》）

登北极台，遂泛舟游历下亭、铁公祠（二首之二）〔清〕张象鹏

静院无人日欲西，幽篁万个笋初齐。莲歌惊破双鸳梦，飞上石栏相对啼。（辑自《东武诗存》卷九〔下〕）

铁公祠〔清〕董芸

七忠祠，在西门内，祀建文死难臣铁铉、陈迪、胡子昭、平安、高巍、王省、郑华。万历间，黜平安而跻丁志芳。周应治赞，陈瑛作记。考新、旧《志》所载，并无铁公专祠。乾隆壬子，盐运使阿公始建祠于湖西北隅，又于祠之西偏筑别馆，曰“小沧浪”。

高飞燕子竟南翔，铁板无声冷战场。一棹沧浪亭畔去，游人指点说兴亡。（辑自《广齐音》，亦见于民国《续修历城县志》卷十四《建置考二·坛庙》）

三游明湖，叠次张蓉裳元韵（四首之二）：铁公祠〔清〕彭阊

四百余年此古亭，临风搔首望天廷。门悬倘获人谋济，燕入空传鬼语灵。十郡江山依旧碧，半湖芦荻为谁青？伤心忍读前朝史，徒倚阑干月满汀。（辑自《沅湘耆旧集》卷一百四十二）

铁公祠〔清〕史善长

君不见成周封建如弁髦，元公负扆冲人逃。毕召荣散尽拱伺，吐握毋乃居东劳。缺斨破斧意未厌，衮衣赤舄心常忉。手提九鼎向燕代，下睨丰镐轻鸿毛。当时骄蹇乖臣节，至竟称兵兆三蘖。马前方镇半迎降，惟公不愧铮铮铁。济南四月婴重围，环城炮火横空飞。悬门一发敌胆破，衔枚间道驰王畿。衰翁已罢东海钓，义士徒采西山薇。槛车缚送不稍挫，鼎镬坐待还如归。高皇画地宣云北，要以中原委公力。惜乎不用参军谋，孝陵秋早生荆棘。即今一桷明湖滨，正气历劫垂犹新。生前皮骨付焦烂，乃与天壤留完人，海风琅琅山月照，木杪时闻暮鸦叫。我亦先朝琐尾孙，薄彩蘋蘩拟亲芼。（辑自《秋树读书楼遗集》卷十四）

济南铁公祠〔清〕刘芳曙

当年国事误齐黄，特简孤忠赐上方。只道汤孙惟太甲，肯教公旦相成王。军威已变风云色，臣节还争日月光。不断王头断马首，千秋遗恨泪沾裳。（辑自《国朝山左诗汇钞后集》卷二十九，亦见于民国《续修历城县志》卷十四《建置考二・坛庙》引《半山园诗草》）

历下杂咏（四首之三）〔清〕刘芳曙

雨榭风亭夹月廊，铁公祠畔藕花香。可怜后代传歌谱，不塑银瓶侍岳王。（辑自《国朝山左诗汇钞后集》卷二十九，亦见于民国《续修历城县志》卷十四《建置考二・坛庙》）

铁公祠〔清〕钟廷瑛

异境蓬壶辟，新祠日月光。舟来湖右面，亭插镜中央。剩暑消官柳，从螺压女墙。不因怀古烈，秋思转忙忙。（辑自民国《续修历城县志》卷十一《山水考七・水三》引《退轩诗录》）

铁公祠〔清〕蒋大庆

游人争道避官船，箫鼓声中倡采莲。一回公宴一回乐，谁向斜阳吊铁铉？（辑自《柳园吟草》卷上）

铁公祠 〔清〕王赓言

铁尚书硬于铁，铁经百炼绕指柔，钢经百炼不能折。盛庸兵败济南危，万民日夜眼流血。输墨攻守已月余，表里山河将破裂。高皇木主悬城头，燕王睹之气先茶。齐国幸完赖此计，全城功德难消灭。燕燕南飞啄皇孙，先生慷慨历虎穴。刀锯汤镬两不知，睢阳牙齿常山舌。当时同死方与景，铮铮铁汉堪相埒。至今湖上有遗祠，千秋俎豆标忠烈。谒公像，奇公节，骨殖已冷心终热。铁笛吹罢山月残，狂歌中夜唾壶缺。（辑自《篑山堂诗钞》卷一《课余集》）

铁公祠与牟药洲、李晋阶、夏渠舫、毕研溪、朱香吏小酌分赋 〔清〕王赓言

名士轩头好放船，旧时楼阁尚依然。隔湖杨柳添秋色，入坐宾朋有夙缘。诸同年多不期而会。济水源流通槛外，华山秀丽逼筵前。池中菱藕称双绝，异味重尝隔廿年。时馆人进此二品，绝佳。（辑自《篑山堂诗钞》卷十五《雁听二集》）

铁公祠怀古，和方玉年 〔清〕潘遵鼎

水环北渚碧粼粼，胜国遗祠尚水滨。徒以江山铸骨肉，敢因篡窃废君臣。天雷当吐精忠气，油镬难回强项身。地下如逢管仲父，是非至竟属何人？（辑自《铁庵诗草》，亦见于民国《济宁直隶州志志》卷之二十三）

题铁公祠 〔清〕朱道衍

忠臣杀不尽，天遣铁公生。一砫擎东国，千秋恨北平。悬牌征智略，辨姓识坚贞。欲觅招魂处，藕花香满城。（辑自《铸亭诗续抄·济南草》，亦见于《国朝山左诗汇钞后集》卷十六、民国《续修历城县志》卷十四《建置考二·坛庙》）

铁公祠 〔清〕郝植恭

雪释冰消漾碧漪，明湖西北谒崇祠。国原无难何须靖，臣尽如公尚可为。庙算擒羊尚纵虎，天心弱干竟强枝。七桥芜没增悲感，日落苍茫独立时。（辑自《湫六山房诗集》卷十，亦见于民国《续修历城县志》卷十四《建置考二·坛庙》）

铁公祠 〔清〕郝植恭

凉风飒飒暮云低，柳影荷香路欲迷。不识精魂在何处，百花堤畔七桥西。

（辑自《漱六山房诗集》卷十二）

历下杂诗十六首（之九）〔清〕乐钧

金碧新祠祀铁公，当年城上舞梯冲。燕王自合榆川死，铁板难收第一功。（辑自《青芝山馆诗集》卷五）

新齐音风沦集：其九十五 〔清〕范坰

秋风秋雨铁公祠，载酒湖干访庙基。更有佛公陪享祀，忠贞慈惠系人思。

铁公祠，祀明建文殉难臣铁忠定公铉。佛公祠，祀巡抚佛公伦，在明湖西北涘，乾隆五十七年，阿雨窗总制为盐运使时建。二公旧有专祠，俱废。佛公康熙时抚东，多惠政。总制其裔也。（辑自《如好色斋稿》戊上）

游大明湖五首（之五）〔清〕陈用光

铁公祠内好招携，疥壁全无幼妇辞。忠义精神谁写出？凉蟾照到白莲时。（辑自《太乙舟诗集》卷七）

铁公祠予旧有长歌一篇。〔清〕封大本

两月湖头懒赋诗，醉墨忽洒铁公祠。狂歌半日无人和，飒飒灵风吹满旗。（辑自《续广齐音》）

谒铁公祠 〔清〕夏镇奎

鏖战东昌郡，燕藩计亦穷。公能下悬板，天不助精忠。铁骨甘油鼎，丹心贯日虹。祠堂留济水，千载泪沾胸。（辑自《未了居士诗剩》，亦见于民国《续修历城县志》卷十四《建置考二·坛庙》）

济南杂咏八首（之四）：铁公祠 〔清〕萧重

万古称忠烈，先生铁不如。心原澄白水，志可告丹书。太祖灵犹在，成王业已虚。巍峨剩空庙，苔藓上阶除。（辑自《剖瓠存稿》卷一）

湖上游铁公祠 〔清〕郭书俊

访古申前约，清游爱此间。环阶三面水，排闼一桁山。雪积残芦折，云深老鹤闲。偶来消短劫，尽日不开关。（辑自《蓼莽诗存》卷二《还云集》）

铁公祠 〔清〕童槐

三月北平烽，长围屹四墉。睢阳同抗敌，历下独全锋。靖难纷功狗，歼忠咨毒龙。湖莼荐祠宇，士女涕沾胸。（辑自《今白华堂诗录》卷七）

谒铁公祠 〔清〕郭去咎

太祖官释氏，道衍用奇兵。太祖侈封建，祸起右北平。平遥训导身已死，济南参政胡为尔？当时不肯徙南昌，至今愁看滹沱水。（辑自《国朝山左诗汇钞后集》卷三十四，亦见于民国《续修历城县志》卷十四《建置考二・坛庙》）

铁公祠 〔清〕朱凤森

枫林月落箫声咽，尚书姓铁心如铁。玉箫天上两三声，雺雺一夜秋云裂。（辑自《韫山诗稿》卷二，亦见于民国《续修历城县志》卷十二《山水考八・水四》引《国朝正雅集》。原诗无题，紧接在《鹊华桥》一诗后，题目为编者所拟）

谒铁忠定公祠祠在湖之北渚。公守济南，伏板城门，即北关城也。 〔清〕郭仪霄

忠定祠前水光洁，耿耿晴湖照精烈。燕师压境势仓黄，一柱擎天不可折。城门伏板绐王入，王头不裂马头裂。汤镬不热赤心热，背面忠肝死不屈。天心冥冥那可说，铁公不死燕不入。呜呼！铁公之忠信如铁。君不见北渚馨香荐芳蕨，云车风马来恍惚。夕阳红遍大明湖，万古荷花染忠血。（辑自《诵芬堂诗钞二集》卷三）

济南杂诗（七首之四）：铁公祠 〔清〕梅成栋

词人吊古太情痴，绕遍丰碑觅好诗。粉黛何知忠义贵，瓣香同拜铁公祠。（辑自《欲起竹间楼存稿》卷六）

济南铁公祠 〔清〕孙锡嘏

铁尚书，心如铁，独标精忠著大节。当时北平战鼓来，杀人如麻地满血。铁公曰：嘻！有为哉！吾不报国心有缺。慷慨誓师明湖上，为国杀贼真豪杰。可恨金川门不守，大事去矣臣力竭。槛车征到老尚书，向南而死死何烈！呜呼！铁公之死真堂堂，保障遗烈留东方。鹊华山高济水深，庙门屹立北渚旁。我来此地肃瞻拜，满湖烟雨水茫茫。（辑自《东泉诗钞》上卷）

铁公祠 〔清〕孙锡嘏

铁板仓皇下，臣心作保障。精忠追武穆，大节比睢阳。血洒西风冷，名留北渚香。当年誓师处，百代肃烝尝。（辑自《东泉诗钞》上卷）

济南吊铁忠襄公铉 〔清〕汪仲洋

铁板伤马桥不拔，燕王死地得生脱。大书特书高皇帝，孤城突兀变成铁。东昌之战偕盛庸，燕王陷入围数重。帝诏不许杀叔父，跳荡走免攒锋中。参军奇计险而诡，宋参军尝说铉乘袭取北平。铁公老谋在守死。牵率北兵不敢南，屏蔽江淮无逾此。天心水面亭子上，宴犒诸军奋臂起。节概仿佛张睢阳，可惜当世无郭李。背立廷中头不回，寸磔余尸煎作煤。铁棓夹持使北向，油镬沸蹙声如雷。左右内侍皆糜烂，恨未飞溅周公旦。生前忠义无贰心，死后仇雠终不面。君不见皮囊脱械犯辇尘，犹有绯衣行刺人。（辑自《心知堂诗稿》卷三《下峡集〔下〕》）

谒铁尚书祠 〔清〕吴存楷

高皇灵爽此间存，炮火无光贼退屯。直似老罴当孔道，肯容飞燕入齐门？余甘竟啖忠臣肉，历劫难招帝子魂。庙食只今留铁汉，阶墀尘积断碑昏。（辑自《砚寿堂诗钞》卷四）

济南谒铁公祠堂 〔清〕张家榘

燕子将悄入石城，计成铁板竟无灵。长围不下济南路，壮气犹留湖上亭。相传公誓师处。七二泉流浑血碧，十三陵树几冬青。荒祠野水羞蘋藻，斜日神鸦集渚汀。（辑自《蓉裳诗钞》卷一）

铁公祠 〔清〕周仪暐

峻宇傍明湖，炉香炷得无？坚城维大义，劲节挫雄图。教孝诚通帝，诛忠罪竟孥。至今泉上出，呜咽泣留都。（辑自《夫椒山馆诗》卷第七）

谒铁公祠（二首）〔清〕周乐

苍松谡谡起寒声，想见尚书恨未平。百计不教飞燕入，只身甘就逆鳞烹。湖山终古英魂托，箫鼓经年酒客行。往迹那堪重指点，女墙遥映晚霞明。

晴波淼淼七桥环，迢递群峰相对闲。渤海大观在城市，尚书正气壮湖山。鸥凫迹认池亭内，风雨声来荷芰间。营构岂为游赏计，儒臣有意济时艰。（辑自《二南吟草》，亦见于《二南诗钞》和民国《续修历城县志》卷十四《建置考二·坛庙》）

张虎文约宴铁公祠，即景 〔清〕周乐

对湖亭峻喜传觞，古木阴森乍觉凉。云幂佛头含雨气，风吹人面带荷香。芦花万顷江涛涌，竹叶千杯夜漏忘。舟子莫愁归路黑，遥堤渔火逗波光。（辑自《二南诗钞》，亦见于民国《续修历城县志》卷十四《建置考二·坛庙》）

铁公祠访海峰道人 〔清〕周乐

耀空金碧水云乡，只合高人住此方。隔郭烟峦一池影，半城荷芰满祠香。闲开酒瓮延秋爽，静对棋枰觉日长。泉上丹炉犹在否？不妨移置石坛旁。（辑自《二南诗钞》，亦见于民国《续修历城县志》卷十四《建置考二·坛庙》）

铁公祠 〔清〕张岫

智作垣墉义作兵，谁能堕我铁公城？天心未遂忠臣志，史册犹留国士名。泺水渊渟千古恨，华山石表万夫旌。由来成败皆前定，莫为英雄叫不平。（辑自《带经舫诗钞》）

铁公祠歌 〔清〕李曰霖

大明湖畔古石碣，斑斑上有孤臣血。胜朝旧事等烟销，肝胆尚留一片铁。当年失计削藩封，齐黄谋国太匆匆。紫髯殿下具异相，才略不与诸王同。白沟河上亲掠阵，炳文败绩况景隆。五十万众一朝溃，燕师南下引而东。此时尚书奋臂起，中原长城屹万里。招集创卒散仍聚，指挥奇兵角复犄。铁板何异黄钺下，咫尺马首逃垂死。博浪沙椎碎副车，祖龙余生天幸耳。不用道济用吴子，盛庸平安岂足倚！迂道尽教费两日，决围孰敢加一矢？燕子飞来啄皇孙，顷刻金川门启矣。成王遗骸无处寻，南面践阼周公喜。白日黯黯云凭凭，高皇在天呼不膺。义旂断折鼓声绝，清淮流恨咽寒冰。臣躯可糜吻可截，浩然之气不可凌。身死能较泰山重，鼎镬当之亦摧崩。茫茫人世谁百年，丈夫当期节行全。刀锯斧锧须臾事，定知长笑向黄泉。我来理榜祠前过，终古颜色照白波。放歌慷慨吊遗烈，日落空城鸣鶗鴂。（辑自清光绪《海阳县续志》卷十）

铁忠定公祠歌〔清〕单可惠

泺源北涌为明湖，水木明瑟天下无。中有菡萏一万顷，云山四面开画图。秋风一叶吊子美，历下亭古荒蒲菰。铁忠定祠倚北渚，殿廊巍昂幽旷俱。忆昔公为封疆守，饴甘鼎镬真丈夫。西城悬门马首碎，王者不死神鬼扶。当年开国大封建，平遥训导空上书。宿将元功录奸党，此事乃为燕驱除。谋国谁者颇大错，九江竖子安足诛？公时力欲斡造化，到今浩气森眉须。易名终蒙圣代典，纪年革除徒区区。独于三杨蹇夏外，感激忠义兴顽愚。我来喜逢新霁色，秋赋客集多酒徒。青衫席帽一再拜，夕阳欲下乌毕逋。独立苍茫忘回棹，疑风为马云为车。分无北海求识面，为公作诗公归乎？（辑自《白羊山房诗钞》卷三，亦见于《国朝山左诗汇钞后集》卷七）

大明湖棹歌（四十首之三十八）〔清〕陈在谦

舍舟北上铁公祠，烟境空濛对夕晖。犹记城门装铁板，敢教燕子不南飞。（辑自《梦香居二集》卷二）

铁公祠〔清〕孔昭恢

洪武非无子，建文真有臣。城随身共碎，祠与姓长新。久定南朝鼎，偏多北面人。明湖风雨夜，如听话酸辛。（辑自《春及园虫鸣草》卷一，亦见于《国朝山左诗汇钞后集》卷三十一、《阙里孔氏诗钞》卷十一、民国《续修历城县志》卷十四《建置考二·坛庙》，字句多有不同）

铁公祠（四首）〔清〕张善恒

览尽明湖胜，轻舟荡晚风。片帆悬落日，杯酒吊遗忠。蟠曲碑形古，威严庙貌雄。谁云生死隔，真气尚如虹。

想象当年事，临风感慨生。一身擐铁甲，百战保金城。大野寒云合，青山浩气横。于今终不泯，史册仰鸿声。

如听孤军哭，萧然野色苍。尽偿油鼎债，留得姓名香。四面围荷叶，千秋傍水乡。阑干斜倚处，空翠扑衣裳。

成败非人力，惟余百炼心。荒祠残苇护，古殿早凉侵。水影寒愈碧，波光晚更沈。忠魂何处觅？凭吊客情深。（辑自《历下记游诗》下卷）

舟中和文与甥吊铁公祠〔清〕张善恒

风卷寒波水面生，孤臣此地记油烹。四围蒲柳三秋老，半壁河山一柱撑。莫道人心甘伏鼠，无如天意困长鲸。西南月上舟初泊，满耳愁闻呜咽声。（辑自《历下记游诗》下卷）

铁公祠〔清〕钱仪吉

清气来天地，苍凉拜大忠。湖山重奠斝，沙漠久遗弓。高庙如神在，侯城泣道穷。中朝谁遣将，柏直是元戎。（辑自《旅逸小稿》卷一）

明湖竹枝旧稿失去，补作。（十首之八）〔清〕王培荀

新凉最爱铁公祠，船系亭阴半醉时。日落平湖秋水阔，红霞浸入碧琉璃。（辑自《寓蜀草》卷三）

重修湖上铁公祠工成，偶题八首〔清〕杨庆琛

丹雘重开太祝堂，湖云湖月费平章。人来访胜花能语，地为旌忠土亦香。十顷陂塘今乐利，一奁烟雨几沧桑。星霜已往精灵在，鱼鸟犹疑壁垒张。

组练当年此誓师，雄关一旅固藩篱。开城诸葛曾邀敌，画策陈平屡出奇。家国艰难惊燕语，储胥辛苦有鸥知。千秋栗主仍南顾，画壁灵风响桂旗。

时平渔唱起汀洲，隔断红尘景更幽。湖水暗消抽麦陇，林花重引采菱舟。鱼虾市近鲜常饱，蒲苇湾深暑亦秋。地产充盈民气裕，愿偕童叟乐清游。

黄鹂恰恰绿痕平，翠缕依依画意轻。浅草爱寻湖上径，垂杨多傍水边城。樽前佳日留人住，镜里春云倒影行。二十四番风有信，吹烟吹絮上帘旌。

南山当户翠微茫，林下科头倚夕阳。逃暑漫拼河朔饮，纵谭敢学次公狂。寒生草阁思江渚，梦入芦汊有钓乡。禅磬那堪回首问，滇云万叠影苍苍。

霜风猎猎起苍葭，雨过泉喧石铫茶。红豆瘦如秋士骨，白莲香是美人花。斜川照落烟俱暝，高树凉归鸟不哗。好水好山看不厌，一瓢圆月醉鸥家。

残宵榾柮拥炉红，几处鸡豚话岁丰。雪酿先看云作态，山寒才信柏凌空。偶从磬静钟疏外，来坐香温石暖中。我欲补栽梅万树，不将清趣计逋翁。

四时风月载诗肩，难忘湖波洗眼年。瓶钵有缘应拜佛，蓬瀛无分敢求仙。心能免俗方除累，景为翻新觉特妍。却忆家园馋口地，荔枝红透镜中天。闽中小西湖荔子甚佳。（辑自《绛雪山房诗抄》卷十五，亦见于铁公祠内碑刻）

铁尚书祠 〔清〕杨庆琛

寒铁如何拨得回，咆哮病虎枉相催。舍身景练同英气，误国齐黄种祸胎。云日精灵随地见，湖山生面为公开。罘罳珠网重重护，莫放三春燕子来。（辑自《绛雪山房诗钞》卷十五）

济南杂诗（十六首之四） 〔清〕杨庆琛

保障东南兵气扬，燕师独遏固金汤。当年授甲登陴地，赢得春秋俎豆香。铁公祠面湖，春秋官祭。（辑自《绛雪山房诗钞》卷十五）

冬日偕诸象斋、冷云岳泛大明湖，至沧浪，杂咏（十四首之九） 〔清〕斌良

兵传靖难剩空谈，砌藓浑疑碧血含。忠定魂栖应有恨，飞来燕子傍灯龛。（辑自《抱冲斋诗集》卷七《齐鲁按部集二》）

铁公祠四面厅落成，周八同序招同赞善赵伯厚振祚、郡丞章直斋宾暨李蓉峰延樟、邱采臣文藻、王香树廷棻、吴洛生企宽、华卓卿翊亨、李九标舒翘、汪秋潭澄之、杨介堂福五、崇汉臣亮、李伯勰云和、胡筱咸积恺、洪舵乡起焘诸明府，董育斋煦主簿，徐子信顺昌少尉宴集后，顺谒曾南丰祠 〔清〕阮烜辉

万顷云水凭栏看，铁公祠前占湖宽。昔年楼台叹芜没，欲议修葺难其难。

今日规模称颇颇，涸流筑基坚且妥。周郎醪醇饮及吾，折简况有同人夥。同人竞向明湖游，蓬瀛清寒五月秋。云阴背日当头黑，荷气随风入鼻浮。凉亭四面水围屋，柳边闲系沙棠木。踞坐吾当北窗前，卓午浑忘日转毂。主人不来客不齐，得闲且与古贤栖。感念尚书真似铁，祠旁洗手磨狻猊。尚书之忠不可二，尚书之灵或可致。欲留欲往中徘徊，仆又告谓主人至。主至为设酏与浆，杯盘狼藉口流香。鱼腥脍白蒸蜀豉，蟹脐剥黄调吴姜。客饮不醉亦不归，归时人影趁斜晖。良朋三五分舸去，双橹急摇燕剪飞。漠漠暮烟晏台起，中有南丰祠未毁。瓣香夙敬为先生，年年瞻仰来趾止。湖光山色各自佳，相率而行众与偕。张昞宦情毋嫌薄，寻游如此亦骋怀。（辑自《朝天集》卷上）

谒铁公祠 〔清〕阮烜辉

先生得姓铁，竟以铁作肝。燕王图南阙，将士悉萧韩。潞河亘德水，长驱孰敢干？独此济南郡，婴围不解鞍。谓恃先生在，能令叔父寒。元黄熄未烬，豪雄除颇难。转盼东昌警，得志如流湍。无人蹑王足，一举振鸷翰。金陵开门谒，国事言为酸。天命无能续，臣心永矢丹。俯焉就逮去，鼎镬忘形残。盈盈明湖侧，是公灵所安。青史照日月，感念涕汍澜。（辑自《安愚集》卷四）

铁公祠宴集 〔清〕阮烜辉

明湖从景胜，尚书祠尤尊。忠节照陵谷，祀典洁蘋蘩。今昔隔世远，人往迹犹存。宦此吾已久，岁亦荐罍樽。昨日宾宴举，星使将言旋。旧礼莫敢废，古谊亮宜敦。宴饮来祠畔，夹道列红幡。荡舟湖水阔，倚栏林鸟喧。尽此宽闲兴，藉可涤嚣烦。秋风飒飒起，木末叶落繁。湖上人归夜，月满波微掀。（辑自《安愚集》卷六）

济南谒铁公祠（二首） 〔清〕孔传铖

当年铁骑压城闉，朝命犹矜叔父亲。咫尺黄河谁锁钥，商量白帽各君臣。贻谋欲哭高皇帝，报国终惭建庶人。莫与英雄论成败，太平俎豆在斯民。

列镇堂堂半弃关，书生慷慨此登坛。休夸炮火南来骤，到底骷髅北面难。丰镐有时归管蔡，江淮何事失张韩？只今凭吊西风里，仿佛灵旗隔水看。（辑自《国朝山左诗汇钞后集》卷三十一，亦见于《阙里孔氏诗钞》卷六、民国《续修

历城县志》卷十四《建置考二·坛庙》)

济南八咏（之六）：铁公祠 〔清〕纪煐述

祠宇经今几度修，尚书义烈炳千秋。知公有恨销难尽，不妨稍待钓鱼船。(辑自《三客亭诗草》卷一)

铁公祠 〔清〕曹宗瀚

柳外桃花花外村，芦芽满地夕阳温。铁公祠畔春无际，水影山光绿到门。(辑自《镫味宅诗存》卷五)

吊铁尚书 〔清〕侯家璋

难起强藩衅，戎兵北渡河。江南群解甲，山左独横戈。气烈忠魂壮，才雄战策多。遗民思旧德，湖上送春波。(辑自《守默斋诗集·东州草》卷一，亦见于民国《续修历城县志》卷十四《建置考二·坛庙》)

吊铁公祠 〔清〕吴振棫

城头牌，拒贼攻，贼去不攻扼山东。城下板，击贼死，贼幸不死作天子。发难谁？嗟竖儒。命将谁？嗟庸奴。当时公傥握兵柄，椅之角之平与盛。高皇威灵在八极，伐叛何忧北兵劲！燕来燕来啄皇孙，大事去矣金川门。中朝名士太草草，偷生忍耻承新恩。噫吁嘻！鼎中油沸气何厉，死臣乃不畏生帝。(辑自《花宜馆诗钞》卷五)

明湖竹枝词（八首之三）〔清〕许瀚

铁公祠外唤提壶，小憩沧浪酒可沽。多少游人夸好句，一城山色半城湖。(辑自《攀古小庐文集》卷五)

铁公祠留一绝 〔清〕宗稷辰

明湖千载激清风，神溯苍葭白水中。莫为公家叹萧飒，天昌两姓报孤忠。公后有马、李二姓，多以科目登仕籍。(辑自《躬耻斋诗钞》卷十三〔上〕《三起草》，亦见于民国《续修历城县志》卷十四《建置考二·坛庙》，亦见于铁公祠内碑刻)

山东竹枝词（十二首之九）〔清〕谢宗素

铁公祠傍大明湖，风景依稀似画图。四面荷花三面柳，历城端不愧姑苏。（辑自《却扫庵存稿》卷六）

和杨雪椒方伯《重修铁公祠工成》八首元韵（八首）〔清〕马国翰

湖上旌忠旧有堂，重新榱桷灿云章。力扶大义千钧鼎，心奉孤贞一瓣香。不为游观兴卜筑，特思捍御庇耕桑。风荷飐舞银塘水，想见当年羽葆张。

坚拒幽燕靖难师，英豪焉肯寄人篱！论时黄练谋多误，同志胡高节更奇。土地但缘先帝守，声名岂料后贤知？天心水面亭谁建？却属军中铁字旗。

英灵千古古花洲，画栋雕甍胜地幽。拂柳客寻前后碣，穿芦人泛去来舟。矩亭满受三分月，簃阁高迎五月秋。时际政成民俗阜，好将乐趣寄天游。

波面匀铺鸭毯平，放船落日趁风轻。比邻北渚闲寻迹，召引南山远入城。蟹簖鱼庄新画稿，莲讴菱唱古歌行。使君延伫回廊外，采俗重窥在浚旌。

临风把酒意茫茫，范老登楼感岳阳。东国士民安保障，南疆夷寇恨猖狂。神威倘破鱼风浪，氛恶应清蜑雨乡。指日红旗军奏凯，凭栏取次望穹苍。

四时律管递飞葭，一曲瓶笙此品茶。春雨细霏红缬蕊，秋烟轻漾白绡花。凌寒独赏松峦峻，逭暑无嫌藕市哗。每到湖干成小憩，琉璃界指水仙家。

卍字阑干茜染红，彩舟风月话南丰。鱼缘藻静游芳沚，雁喜菰肥下远空。社火香灯丛树外，棚车鼓笛夕阳中。合循旧典民功祀，乐府清歌唱黍翁。

诗成许并少陵肩，皂盖沧波拟昔年。范欲以金称岛佛，局真是玉仰坡仙。话将荔子怀偏远，赋到梅花梦亦妍。镌壁千春留妙墨，光垂琼宝蔚蓝天。（辑自《玉函山房诗钞》卷五，亦见于《玉函山房诗集》卷七、民国《续修历城县志》卷十四《建置考二·坛庙》）

花朝日偕周二南、王秋桥、谢问山、朱退旃、李秋屏、彭蕉山泛舟明湖即事（四首之二）〔清〕马国翰

铁公犹是旧丛祠，黝垩丹青异昔时。缨濯沧浪怀往迹，纱笼粉壁读新诗。亭心得月曾流憩，水面临风重有思。回首年光何冉冉，春来惆怅鬓成丝。（辑自《玉函山房诗钞》卷五，亦见于《玉函山房诗集》卷七、民国《续修历城县志》卷十一《山水考七·水三》）

七月望日游大明湖（六首之三）〔清〕徐宗干

铁公祠近水边楼，碧血未干湖水流。莫辨齐音兼鲁语，采莲调杂采菱讴。（辑自《斯未信斋诗录》卷三《岱南集〔上〕》）

明湖竹枝词（八首之四）〔清〕许瀚

北极台高铸北城，全湖一览雨初经。隔湖更向城南望，千佛山横叠翠屏。（辑自《攀古小庐文集》卷五）

铁公祠　〔清〕延彩

探奇不厌深，引人以入胜。笛声何处来，悠扬满清听。伊昔明祚微，几辈识忠佞。独有孤耿臣，数穷神弥定。千载立遗祠，乃与落湖称。屏山罗眼前，红阑时一凭。满目灿珠玑，翻觉我言剩。（辑自《简斋小草》卷下）

铁尚书庙歌　〔清〕孟继垚

尚书此地曾开府，满目风沙阵云苦。燕子南飞竟渡江，落日兴亡莽今古。忆昔靖难传边烽，济北战鼓声逢逢。成王未忍杀叔父，不然早已除元凶。庙算无由铸此错，老佛逃空竟焉托。遗恨当年铁板声，伤心往事金门钥。空余祠庙至今留，可怜天道终悠悠。无情最是武溪水，门外年年自北流。（辑自《国朝山左诗续钞》卷二十八，亦见于民国《续修历城县志》卷十四《建置考二·坛庙》）

游铁公祠　〔清〕孟传铸

风蒲猎猎苇萧萧，路转城隅去未遥。一抹红栏低亚水，何人倚醉试吹箫？（辑自《秋根书室诗文集》卷二）

大明湖绝句（六首之四）〔清〕杨泽闿

楼台花木夕阳时，小艇风微欲去迟。不为湖山增眷恋，心香一瓣铁公祠。（辑自民国《续修历城县志》卷十一《山水考七·水三》引《石汸诗钞》）

铁公祠秋柳　〔清〕杨恩祺

湖柳萧疏叶乍黄，铁公祠宇未荒凉。已看来雁飞秋影，犹为残荷护晚香。

有客攀条惊节序，何人吊古立斜阳？低徊慢忆前朝事，心与柔丝共短长。（辑自《天畅轩诗稿》卷三）

谒铁公祠 〔清〕杨恩祺

仰瞻祠宇缅遗徽，臣节坚贞若此稀。斯日蒸尝慰忠魄，当年捍御费神机。阶前时下游人拜，殿外曾无燕子飞。至竟英灵终不没，湖山千载有光辉。（辑自《天畅轩诗稿》卷二，亦见于民国《续修历城县志》卷十四《建置考二·坛庙》）

铁公祠二首 〔清〕孔昭珩

栋宇巍然俎豆崇，湖山胜处祀遗忠。徘徊此日烟云色，想象当年保障功。碧血湖光同浩渺，丹心庙貌共巃嵸。钢经百炼无回折，不愧祠名是铁公。

传烽一夕接幽燕，砥柱中流独屹然。济水军声惊铁版，钟山王气失金川。椒聊衅启天难问，瓜蔓抄成世共怜。胜日我来寻故迹，清溪几曲碧如烟。（辑自《杞园吟稿》卷二）

谒铁公祠 〔清〕姚宪之

俎豆馨香四百春，当年忠烈独超伦。铁公真觉坚如铁，始信精钢百炼身。（辑自《叠删吟草初集》）

李叔名贵文茂才宴集铁公祠 〔清〕姚宪之

水阁招凉六月天，铁公祠里宴群贤。当轩山色如披画，到处湖光好放船。层叠荷花香四面，芊绵杨柳日三眠。题笺正拟酬佳景，却有提壶唤槛前。（辑自《叠删吟草初集》）

济南杂咏（五首之三）：铁公祠 〔清〕柏葰

当年慷慨誓师时，碧血成湖天地悲。不见孝陵松桧老，千秋人说铁公祠。（辑自《薜箖吟馆钞存》卷五）

铁公祠 〔清〕葛忠弼

此公真铁汉，惨烈姓名传。明代山河改，丹心日月悬。停舟问祠宇，落叶

淡湖烟。慷慨誓师处，神风来飒然。（辑自《秋虫吟草》卷二）

铁公祠　〔清〕李佐贤

靖难兵临日，孤城系一身。湖山真有主，鼎镬自成仁。公笃忠臣节，人惭叔父亲。宸濠无异辙，往事总灰尘。（辑自《石泉书屋诗钞》卷五）

四月廿四日同人宴朱伯韩侍御琦于铁公祠，用侍御《饮湖上》七律韵奉呈　〔清〕鲍瑞骏

当年抗疏声名在，骢马今从济上经。萍水偶然天末聚，湖山都向酒边青。宦游初订王筠集，侍御刊有《怡志堂诗集》。旧雨应成庾信铭。谓方印生给谏。慷慨时艰犹似昔，岂嗟两鬓渐星星？（辑自《桐华舸诗钞》卷一）

铁公祠　〔清〕毛鸿宾

闻道铁公志节奇，至今湖上尚留祠。那期热血辉青史，只有忠心照紫墀。芦苇花残霜气肃，芰荷香冷雨声悲。燕京毕竟难逃纂，千古同深堕泪碑。（辑自《澹虑斋诗集》）

铁公祠怀古考古作。　〔清〕朱丕煦

谁将白帽戴王头？燕子高飞过德州。烈士空能悬铁版，迂儒难与固金瓯。妻孥纤弱全家尽，俎豆馨香异代留。遗恨至今未消释，祠前呜咽水常流。（辑自《红蕉馆诗钞续二·附丕煦、丕勋二孙诗》）

谒明铁尚书祠　〔清〕边浴礼

王气东南渐欲收，孤臣守险出奇谋。金滕有誓惭狼跋，铁板无功断马头。榆木川空云黯黯，雪庵僧老梦悠悠。尚书祠宇千秋在，燕子飞来影尚愁。（辑自《健修堂诗集》卷十三）

铁公祠怀古考古作。　〔清〕朱丕勋

战鼓喧填过德州，山河半壁已全休。孤臣心赤天应鉴，铁版城高功未收。鼎镬早经拚九族，馨香自足永千秋。祠前春水年年绿，犹为忠魂呜咽流。（辑

自《红蕉馆诗钞续二·附丕煦、丕勋二孙诗》，亦见于民国《续修历城县志》卷十四《建置考二·坛庙》）

铁公祠名铉。〔清〕陈锦

俎豆青齐五百年，凛然高义鹊华巅。拚将顶踵争千古，宜道湖山有二天。铁面难回甘鼎镬，金戈遗恨咽风泉。有明一代存南董，正学祠堂合共传。方正学祠堂在济宁北门内。（辑自《补勤诗存》卷十八《可读山房吟草〔上〕》，亦见于民国《续修历城县志》卷十四《建置考二·坛庙》）

五桥招饮铁公祠，遇雨有作（三首）〔清〕陈锦

满城烟树近斜阳，水气浓蒸响屧廊。云里山光天作画，芦中人语竹同凉。苍然暮色归林幌，欸乃乡音动野航。一样西湖比西子，佛头千髻正凝妆。

劳劳凭眺昔贤同，到此何曾息转蓬。近水一亭空得月，祠内有亭，名得月。名山千笏自褒忠。可堪杨柳依人绿，赖有荷花称意红。莫向楼台寻往事，闲愁消尽钓丝筒。

雨宜晴好费沉吟，月上香初古堞阴。绝顶风云多聚散，百年诗酒要登临。有怀盛地双鸿爪，无限青天片鹤心。何必沙堤三十里，本来城市即山林。（辑自《补勤诗存》卷十九《可读山房吟草〔下〕》，亦见于民国《续修历城县志》卷十四《建置考二·坛庙》）

铁公祠在大明湖心。和姚鹤巢观察光鼐作（四首）〔清〕陈锦

返日挥戈计不成，当头棒喝六龙惊。受降城下悬门废，想见青天霹雳声。

耿耿孤忠贯白虹，可怜匕首见图穷。贤豪倘有回天力，博浪一锥无祖龙。

寄命婴城大节临，肯因天意易臣心。读书种子关名义，正学祠堂共古今。

济宁有方正学祠堂，在渔山书院前。十年，宗涤楼先生重刻《逊志堂全集》，板存祠中。

砥柱中流事不常，文成何幸竟擒王。莫将成败论前哲，万古明湖爇瓣香。

（辑自《补勤诗存续编》卷一《海岳后游集〔上〕》，亦见于民国《续修历城县志》卷十四《建置考二·坛庙》和铁公祠内碑刻）

铁祠赏荷 〔清〕俞樾

铁祠多荷花，红衣拥翠盖。请濯花下泉，敬为七忠酹。（辑自《济上鸿泥图题册》）

铁公祠小饮 〔清〕陈嗣良

无边红绿到樽前，正是明湖六月天。试向铁公祠外望，半湖蒲苇半湖莲。（辑自《学稼草堂诗草》卷三《前明湖吟》）

泛舟大明湖，谒铁公祠 〔清〕韩凤举

铁姓尚书真似铁，不将铁面向燕京。千秋臣节华山古，一片忠心湖月明。平北虽存窥窃志，济南岂是受降城？至今风雨摇祠树，尚想悬门匹马惊。（辑自《蕉园诗集》）

铁公祠 〔清〕蒋庆第

荷花十顷迎香风，湖湄遗庙祠铁公。小舟一叶柳阴下，正衣展步趋灵宫。靖难兴师檄君侧，燕南列郡如拨爨。德州奔溃济南迫，底柱思挽横流东。参政奇谋媲即墨，降书一夕惊盲聋。千钧之版碎马首，副车博浪将毋同。持粮三月尽则去，墨守岂畏公输攻。惜哉鲁阳不返日，乃使曲沃居成功。反背九死耻相向，矧肯屈节为卑躬。铁性百炼不绕指，寸寸折入红垆红。方公麻衣景公刃，亘天一气连长虹。翦除幸不入瓜蔓，金陀遗裔延精忠。墙阴镵石字磊磊，北平学士苏斋翁。贤守深宵得奇貌，岂非旷世能感通？胡不肖形伏阶阤，少师广孝臣景隆。至今祠树欲南指，如闻蜀魄啼江枫。檐端一缕篆烟袅，莫令燕子飞帘栊。（《友竹草堂诗集》卷一，亦见于民国《续修历城县志》卷十四《建置考二·坛庙》，字句略有不同）

谒铁公词（四首） 〔清〕张昭潜

金陵王气尽，燕蓟视耽耽。一举无河朔，要冲有济南。天光寒侠骨，地道走瞿昙。当代君臣了，英英七尺男。

湖畔祠堂在，秋风落叶残。皂旗鸭背闪，长剑马头寒。树色余霜气，泉声咽暮滩。雷南功不细，抵掌说平安。

城上风云护，高皇自守陴。忠良能抒策，枭獍尔何知！齐鲁藩犹固，江淮力不支。天心如可问，应在断桥时。

蘋藻聊为荐，流连日欲昏。孤松留铁色，断碣卧云根。碧海长鲸入，黄河万马奔。英灵今在眼，沥酒赋招魂。（辑自《无为斋诗集》卷二）

重游铁公祠 〔清〕郑鸿

旧迹重来载酒寻，荒祠落日照疏林。风吹不动湖中水，犹似忠臣一片心。（辑自《怀雅堂诗存》卷一）

谒铁忠定公祠 〔清〕倪鸿

铁公真铁汉，慷慨拒燕师。心有建文帝，目无洪武儿。一时惊下板，三月苦登陴。正学当同传，孤忠死不移。（辑自《退遂斋诗钞》卷一）

同晓华、耔山、子相游铁公祠即席作 〔清〕施补华

秋气中人病非病，水光写我仙乎仙。闲邀仆射幕中客，偶系尚书祠下船。蒹葭初絮雪未乱，菡萏晚花风更妍。沧浪别榭一樽酒，心与白鸥同浩然。（辑自《泽雅堂诗二集》卷十八，亦见于民国《续修历城县志》卷十四《建置考二·坛庙》）

拜铁公祠 〔清〕郭绥之

高飞燕子太纵横，释氏来将靖难兵。自把金戈邀百战，还凭木主扼孤城。千秋能共山河寿，九族何辞鼎镬烹！拜罢斜阳不归去，绕祠流水起悲声。（辑自《畹香村会稿》，亦见于民国《续修历城县志》卷十四《建置考二·坛庙》）

张楚珩观察士珩《济上鸿泥》册子十二咏（之五）：铁祠赏荷 〔清〕陈作霖

崇祠俯澄湖，炎夏午不热。风从荷际来，清芬以时发。挺立自亭亭，藉表孤臣节。（辑自《可园诗存》卷二十五《蟠园草》）

谒铁公祠 〔清〕孙国桢

削藩议起强藩怒，齐黄谋国真大误。燕子拚飞化为鹗，欲啄皇孙踞皇路。中朝遣将太冬烘，阃寄专归李景隆。忌很如狼怯如鼠，五十万众沦沙虫。北兵

冲处如席卷，济城垂危剧累卵。参政奇谋鬼胆惊，登坛叱咤风云生。敌恣鲸吞怒且吼，孤城作饵啗其口。铁板潜悬机系纽，壮士阴伏待撒手。燕飞入彀将授首，人谋未疏天掣肘。一击不中难再掊，断桥未断枭雄走。此举直等博浪椎，头骨未碎魄先褫。悬高皇像示天讨，大义炳于日星垂。燕兵引避气为慑，出师继以东昌捷。不有盛庸持两端，燕子惊魂早化蝶。吁嗟乎！中原要会在济城，犄角南兵牵北兵。辽东兵溃公孤撑，江淮不守大厦倾。义甘就死铁铮铮，百拨不转鼎沸庭。死威犹赫况其生，明湖崇祀祠峥嵘。兴起顽懦感威灵，涵虚湖水混太清。芰荷蘋藻千秋馨，杨夏功名嫌秽腥。我公义烈流芳型，风吹蒲苇刀枪鸣，犹忆当年战伐声。（辑自《愚轩诗钞》卷上）

丹凤吟・铁公祠　〔清〕孙国桢

燕子拚飞无赖，化作鸱鸮，为滔天恶。九江竖子，五十万军摧却。济垣岌岌，尚书岳岳，贯日忠忱，通神将略。铁板当门一击，蓦地惊飞，足使凶魄褫落。

天命废兴有定，逆藩得志甘鼎镬。不用参军计，拟孤军牵制，旁免侵削。英雄成败，自昔人难猜度。取义成仁炳日月，直云天可薄。张朱道衍，凶焰先索寞。（辑自《愚轩诗余》，亦见于1924年6月21日《益世报（天津版）》第13版）

铁公祠　〔清〕朱庭珍

燕子高飞北风厉，铁公誓师登埤堄。开门闸落人马惊，王头不断真天意。炮火环击城欲崩，悬牌大书高皇帝。燕兵不敢窥山东，惜哉庙算等儿戏。朕不负杀叔父名，请难师乃摧京城。大义灭亲古有训，三年破斧传东征。当时诏许戮逆濞，奇功岂让王文成？神器下移盗窃国，吾戴吾头甘就烹。呜呼！尚书之死何其烈，满腔碧化苌弘血。荒祠老木湖风哀，天半云旗卷不折。同时平平都督安盛盛都督庸非男儿，一败蹉跎负晚节。二人后皆降燕。呜呼，尚书真似铁！（辑自《穆清堂诗钞》卷上）

忆济南旧游诸处（五首之四）　〔清〕曹桂韫

画船争放夕阳时，冲起只只白鹭鸶。渔子也知忠义好，逢人艳说铁公祠。（辑自《香谷园诗》）

济南怀古诗（三首之一、二）〔清〕何家琪

莲子湖头吊铁公，谁知俎豆有双忠？更怜参政无祠庙，寂寞楼台烟雨中。

接迹三公众共知，文章节义况人师。荒祠秋水斜阳外，零落门前二石狮。（辑自《天根诗钞》卷下，亦见于民国《续修历城县志》卷五十三《杂缀三·轶事三》）

济南大明湖铁尚书祠堂歌 〔清〕何家琪

华山秀削芙蓉孤，下有七十二泉，潴为济南之内湖。盛世士女恣游眺，一掬犹荐铁尚书。明祢皇孙燕北飞，功臣衅尽开藩国。周公直欲摄成王，圣贤自古假乱贼。伯巨先见如贾生，齐黄乃被家令名。正学朝端讲周礼，口实犹资靖难兵。白沟一战德州陷，湖水暴涌城将崩。尚书有策曰勿恐，但见王头几落地，上有高帝之神灵。是时设宴水心亭，杯酒已足吞北平。犒慰士卒激忠义，湖波俱作蛟龙鸣。自非中官漏密机，安得大江飞渡趋？金陵烈火膏煎身，独掉此心不二何死生！汉晋已事莫须说，王尚有子踵覆辙，置藩宸濠旋见灭。生虽未成王杨功，死犹堪并方景烈。所恨负恩曹国李，盛庸平安力战不能死，削爵自杀嗟晚矣。君不见异日桐城妻妾流，环佩双双投此水。明崇祯十二年，山东左布政使、桐城张忠节公妻方、妾陈，并投大明湖中。（辑自《天根诗钞》卷上，亦见于民国《续修历城县志》卷十四《建置考二·坛庙》）

铁忠定公祠 〔清〕李嘉绩

生忠大明帝，死祀大明湖。燕北本臣子，济南真丈夫。诈降三月守，背坐一身孤。鉴此波千亩，莲花也不污。（辑自《代耕堂中稿·东游草》）

读忠定祠泐石记，有感靖难事，再成一首 〔清〕李嘉绩

疏言有先见，枉杀叶居升。国势已无及，书生安足冯？削藩机太促，靖难隙相乘。王棣亏忠孝，都缘误一僧。《御批通鉴辑览》书云："燕王棣自立为皇帝。"一语昭垂千秋，定案矣。（辑自《代耕堂中稿·东游草》）

题楚宝《济上鸿泥十二咏》（之五）：铁祠赏荷 〔清〕邓嘉缉

铁祠好池荷，怀忠此逃暑。幽香益清远，贞姿饶媚妩。但保周身洁，讵惜

中心苦。所思托芬芳，亭亭隔烟渚。（辑自《扁善斋诗存》卷下）

铁公祠堂歌　〔清〕高宅旸

燕王起兵号靖难，长驱直入山之东。势如破竹刃不顿，一时披靡如决痈。议降议战策未已，伟哉铁公挺剑起。发指冲冠须戟张，慷慨登陴报天子。王呼铁公汝何人，汝敢抗拒王南征。公曰守土乃吾分，效死勿去无二心。嗟嗟困守甚矣惫，燕王终是天潢派。明诏倘闻叔父传，神牌何用高皇挂？高皇当日立太孙，强枝弱干生祸根。岂知建文才四载，燕师突入金川门！膏粱竖子九江李，辱国丧师古无比。纵有孤臣似铁公，掀天揭地亦徒尔。勃然忠义发性天，当时赤族多名贤。老臣景练方正学，同公大节昭千年。公投鼎镬气不灭，十棒夹持面犹北。人人都说铁尚书，果然尚书真似铁。铁公赫赫留祠堂，我今吊古来沧浪。明湖寂静青山老，一曲招魂继《九章》。（辑自民国《续修历城县志》卷十四《建置考二·坛庙》引《味蓼轩诗钞》）

泛湖，过铁公祠小憩十绝句并序　〔清〕缪润绂

余以辛丑夏解日照印，旋济南。明湖胜概，系梦魂久矣。下装后，奎竹泉光、白鸿阁云逵、骆惠吉道浚、蔡晋甫锡蕃四君子约为湖上游。时国难未抒，朝事日非，风物流连，益复增我怅感。庚子山小园枯树，今昔殆有同符欤？抒为俚句，写此郁陶，自非无病而呻，识者定当见谅。

簿书冠盖谢尘忙，湖上看山趁夕阳。凫鸟往还将二载，扁舟重问小沧浪。
趁闲人作镜中游，风送荷香入茗瓯。短发频搔天莫问，刀兵劫外小句留。
泼眼山排佛髻青，湖光四照水空灵。游人都解凭高好，入院先寻得月亭。
分畦争作水田开，蒲苇如云接地栽。浓翠莫嫌遮望眼，几人生计此中来？
虚廊曲栏接危槁，次第秋心到柳条。裙屐风流歌舞地，那堪回首太平朝！
须眉兀坐殿堂深，想见孤城捍贼心。健羡铮铮公是铁，精忠转恐不宜今。
万金穿井惠难量，惆怅尘封水镜堂。不朽碑镌翁学士，能传勋业要文章。
画船来去管弦清，红粉青衫结队行。刷耳菰芦风乍起，增人忉怛是军声。
腥风吹雾海东昏，闲话沧桑酒一尊。七十二泉泉水洁，可能洗出旧乾坤？
荷花万柄柳千条，渐入流民郑侠图。安得杜陵摩诘笔，放开诗画写全湖？
（据大明湖铁公祠北廊壁石刻）

清平乐 · 和王以慜《铁公祠之游，拟倩项蔚如以小帧写之，再拈此解》之作 〔清〕徐寿兹

乱鸦归去。点破云中树。风外酒旗斜飐处。引入寒塘细路。

昨宵银海填平。钓船野渡纵横。一幅辋川画景，亭台不借烟明。（辑自《檗坞词存》卷二《海岳云声〔下〕》，原附在王以慜《清平乐 · 铁公祠之游，拟倩项蔚如以小帧写之，再拈此解》一词后，题作《和作》，现题目为编者所拟）

明湖杂咏（十二首之四）：铁公铉祠 〔清〕石德芬

最清冷处小沧浪，山色湖光聚此堂。九死忠魂磨不灭，心肝一片铁生香。（辑自《惺庵遗诗》卷七）

铁公祠 〔清〕蒋楷

春风皱绿一湖水，流霞影掣暮山紫。芦芽茁茁野凫肥，柔橹一声惊欲起。螭首龟趺扶城背，铁公铁公铁汉子。辽东化鹤云表归，城郭犹是人民非。（辑自《那处诗钞》卷二）

宴明湖铁公祠（六首） 〔清〕王以慜

万山叠叠拥湖云，松吹萧寥隔浦闻。买得渔舠高枕卧，不知尘世有南熏。

诗梦如云贴水流，藕花随意满汀洲。沧浪亭上三生石，知阅游人几白头。

晓风栏外越罗衫，红藕千房镜一函。不分游蜂遮去路，柳丝玉手笑相搀。

帘卷青山楼俯波，美人箫管笑声和。四弦弹出阳关调，不抵萧郎别思多。

日落南山暮霭生，湖天何处不关情。一株人柳垂垂绿，无数官蛙阁阁鸣。

云水翛然一叶舟，梦回残月上西楼。酒人老去龟年死，重向尊前赋杜秋。（辑自《檗坞诗存》卷七《济上集二》）

施均甫观察招夜游湖上铁公祠，归饮北极阁（二首） 〔清〕王以慜

瑟瑟云波宿雨收，万家灯火七桥秋。南楼风月归诗兴，北海琴尊话夜游。旧种垂杨堪系马，新篘斗酒合招鸥。行人莫问忠襄事，燕去巢空水自流。

四弦谁谱郁轮袍，乌鹊南飞月正高。载酒有船参李郭，登坛无命敌袁曹。时话《乾嘉诗坛点将录》。相逢青眼惭珠履，倚醉雄心看宝刀。他日从君隐西塞，桃花春

水一渔篙。（辑自《檗坞诗存》卷八《济上集三》）

明湖竹枝词（十二首之三）〔清〕王以慜

夜静风停客钓鲈，铁公祠畔月如珠。佛山倒影参差出，一幅天开水绘图。（辑自《檗坞诗存》卷六《济上集一》）

明湖杂诗（十二首之三）〔清〕王以慜

尚书祠畔柳依依，铁板悬城事已非。千载明湖东逝水，惊涛犹恨燕高飞。（辑自《檗坞诗存》卷三《浴沂集二》）

渡江云·雪后孙蕴苓中翰、徐受之明府游铁公祠有作　〔清〕王以慜

空烟迷远渚，千林玉立，人坐小沧浪。钓舟何处觅，波底流澌，鸦点破云光。蒲龛老衲，应未解、煨芋炊粱。私自笑、江湖倦侣，诗梦冷潇湘。

相将。吹梅谱笛，倚竹笼鞭，有鹊山眉样。还为客、冲寒眠翠，净洗尘妆。官桥一杵钟催暝，沁冰泥、屐齿犹香。归路好，酒帘春色红墙。（辑自《檗坞词存》卷二《海岳云声〔下〕》）

清平乐·铁公祠之游，拟倩项蔚如以小帧写之，再拈此解　〔清〕王以慜

断桥西去。乱雪黏天树。一角亭台无觅，与野鸦争路。

山荒水瘦云平。倪迂画本纵横。欲写虎溪三笑，不知若个渊明。（辑自《檗坞词存》卷二《海岳云声〔下〕》）

满江红·济南铁公祠，明湖第一胜境也。客济时一再游眺，拟陈诗未果，至今歉焉。兹下第自都旋沂，道出齐河，遥望历城，烟树四合，恍焉有会，惄焉伤怀，率成二阕，即题店壁。时癸未四月下浣五日也（二首）〔清〕王以慜

燕子高飞，莽东北、岩城摧折。投袂起、公真不愧，肝肠如铁。痛哭王师金鼓变，笑谈虏骑旌旗裂。看悬牌、四面写高皇，思奇绝。

边境固，江防撤。平盛怯，齐黄拙。甚金川一启，金瓯竟缺。生有一身甘鼎镬，死犹二女完冰雪。到而今、济水抱城流，声呜咽。

佳日明湖，曾烂醉、尚书祠下。拜鸾殿、阴风惨淡，英姿如乍。企古敢忘

忠孝性，嬉春偶逐鸡豚社。郁满腔、热血倘公知，何由洒？

柳阴密，渔蓑挂。兰桨荡，荷花亚。瀹寒泉荐菊，新联谁写？“一盏寒泉荐秋菊，三更画船穿藕花”，旧悬此联，不知谁氏集句，予深爱之。青史几人标伟节，芒鞋何处搜陈话。筑三间、茅屋傍祠居，归来也。（辑自《檗坞词存别集》卷一《霜天雁唳〔上〕》）

淡黄柳·冲烟一笠 〔清〕王以慜

冲烟一笠，路转沙堤北。细雨垂杨侵晓色。不是樊川载酒，休话筝船旧相识。

乱山积，高鬟媚无极。拥吟袖、绕苔石。问红香褪尽何人惜。后日江南，相思湖水，肠断王孙草碧。

宣统元年六月十四日晨诣铁公祠徙倚半日，赋《淡黄柳》一阕，即题祠壁，以志鸿爪。（据铁公祠内碑刻）

铁公祠怀古 〔清〕翟化鹏

扁舟遍访明湖路，亭台隐隐隔云树。尚书祠宇俨如新，游人瞻拜纷无数。忆昔燕兵南下时，旌旗百万拥虹蜺。元戎屡报三军溃，大厦难将一木支。公乃奋威思巢荡，论守论战如指掌。铁板能寒强敌心，神牌犹识先皇像。从此燕人谋欲穷，定计不敢窥山东。忠勇如公能有二，可以转败为大功。孰知当时顽钝士，非奔即降而已矣。遂令九庙烟尘生，忠良殉节纷纷是。惟公大节尤琤琤，一片丹心日月明。祠堂万古余英气，流水千年有恨声。我来祠中寻遗迹，摩挲残碑如拱璧。读罢恍然见古人，对之可以数晨夕。汇波楼头日欲斜，归舟如叶出蒹葭。欲觅招魂何处所？一湖秋水千莲花。（辑自《鹿樵诗存》）

铁公祠 〔清〕潘矩健

小沧浪傍大明湖，莲花万顷柳万株。荒祠古木夕阳冷，就中供养铁尚书。尚书当年死王事，至今凛凛有生气。高堂白昼生悲风，碧血青磷照天地。忆昔江南朝事坠，景黄秉政群藩怼。惊起北来燕子飞，称兵直下熊罴队。景隆已败德州兵，指日旌旗到帝京。管奸无意清君恶，孺子何惜杀叔名。山城铁板千斤下，事纵不成贼胆破。洒泪登陴非丈夫，长桥未断空悲诧。吁嗟乎！睢阳之齿常山舌，千古芳名犹壮烈。即今一曲湖水青，都是孤臣忠义血。（辑自《亢父诗草》）

明湖杂诗（二十四首之七）〔清〕孙卿裕

旌忠祠宇近城隅，前对青山后枕湖。南下燕兵何处是，湖山仍属铁尚书。（辑自《退园续集》）

泛舟至铁公祠，遇雨，呈同游诸君〔清〕徐金铭

柳溆菱塘小榜开，中流击汰喜追陪。舟人似解游人乐，今雨还同旧雨来。同游张君幼坪、周君枢卿，昔年曾共赏雨于此。曲槛声喧动莲叶，闲庭气爽净莓苔。晚凉几处笙歌发，可要天阴又送雷。（辑自《六慎斋诗存》）

叠前韵，酬李芙岑先生〔清〕徐金铭

荷芰轩窗四面开，名流雅集此叨陪。座中暑被风驱去，天外雨随云涌来。渐觉遥峰迷翠黛，旋看急溜没苍苔。谁家画舫丛芦侧，向晚重弹小忽雷。（辑自《六慎斋诗存》）

再叠前韵〔清〕徐金铭

靓妆惟对藕花开，不用红裙笑语陪。柳外蝉鸣清更远，苇间鸥浴去还来。好山入画半烟雨，坏壁题诗杂藓苔。庭院晚凉宜美睡，鼾声达晓尚如雷。（辑自《六慎斋诗存》）

三叠前韵〔清〕徐金铭

云破忽惊碧嶂开，梦间惟遗白鸥陪。小亭恰受风三面，胜地应须日一来。有客凭阑吟水竹，几人著屐踏岩苔。悬知锦绣川头路，雨后泉声响怒雷。（辑自《六慎斋诗存》）

四叠前韵〔清〕徐金铭

水榭风廊面面开，湖波正要岭云陪。对山楼阁阴晴变，别浦笙箫断续来。醉后酒肠宜雪藕，雨余篙眼尽生苔。陂池潜演峰连接，胜概依稀似大雷。（辑自《六慎斋诗存》）

明湖秋感（九首之二）〔清〕朱是

露下天空秋气凉，月明人倚铁公坊。忧时意气陈同甫，绝代风流冒辟疆。翠陌凉分班马啸，红楼夜半杜鹃忙。翩翩年少豪华甚，燕子飞来傍画舫。（辑自《明湖载酒二集》）

明湖冶春词十二首（之十）〔清〕单朋锡

小沧浪畔水涟如，太息忠魂恨未除。行客入祠争下拜，英雄艳说铁尚书。（辑自《季鹤遗诗》）

拟秋祭铁公祠迎神典（二首）〔清〕单朋锡

岁在上章，摄提格孟秋之秋，同人买棹明湖，为小沧浪之游，谒铁公遗像，时则波澄似练，新翠如滴，芰影荷香，豁人心目，洵可乐也。届兹秋祭之期，宜为乐章之备，谨拟“迎神”“送神”二曲，以备临时之采择焉。

神之来兮水云乡，驾虬龙兮秉珪璋。驱丰隆兮莅下方，天风浩浩吹衣裳。玉为节兮铁为肠，凛凛烈日与秋霜。爰来荐祀罗酒浆，蘋花为豆莲为觞。函宫激徵申以商，英灵格兮慰彷徨。

神之去兮过咸池，御飙轮兮结云旗。纷纷雅乐奏阶墀，藉茅灌地醉瑶卮。萧焫热兮隐迷离，精灵恍惚不可期。流水涓涓日迟迟，惟余荇藻与茳蓠。有功于民祀亦宜，年年社鼓祝洪釐。（辑自《季鹤遗诗》）

和提刑连公三月三日登阎公祠后楼望湖即景（十章之四）：铁公祠 〔清〕宋恕

空矜一水限盈盈，燕子南飞竟入城。强干弱枝非远计，有君无叔叹前明。建文永乐俱蕉鹿，历下渔洋两谷莺。孤客铁公祠外过，遥峰怅望暮烟生。（辑自《宋恕集》卷九）

明湖竹枝词（二首之二）〔清〕朱跃龙

金碧崇祠水一渠，鼎焚香火俎登蔬。来游妇女阶前拜，忠义知钦铁尚书。（辑自《清籍吟诗钞》）

游明湖杂咏（十首之二）〔近现代〕崔子湘

菰蒲深处觉行迟，顷刻舣舟近水涯。万柄残荷留听雨，秋光先到铁公祠。（辑自1921年9月3日《益世报（天津版）》第14版）

铁公祠吊古祠在济南大明湖北。（二首）〔近现代〕黄元善

河山资保障，气数限英雄。铁板功如就，燕王势早穷。明湖鹅鹳阵，番骑虎狼丛。蝶影斜阳外，神牌几度红。

鼎镬心何惨，难回百练身。存亡归社稷，向背判君臣。纪信焚遭楚，鲁连耻帝秦。湖边祠庙在，千古共悲辛。（辑自民国《浮山县志》卷四十二。诗题小注“济南”后原衍一“省”字，径删）

济南杂咏（八首之七）〔近现代〕洪弃生

亭院萧疏带柳蒲，沧浪水作大明呼。铁公祠下孤忠气，应有胥潮到鹊湖。（辑自《八州诗草》）

留题大明湖铁祠九月十四午。〔近现代〕洪弃生

铁公何贞忠，成祖何昏暴！桀纣所不为，梼杌所不蹈。菹醢忠臣家，淫威无不到。流毒及妻女，于何有人道？楚灵号不君，芋尹能加劳。尽忠况全家，名教乃齐扫。朱棣盗贼心，有宠讳言盗。流寇毒子孙，天道何迟报！铁公自千秋，朱明今莫悼。（辑自《八州诗草》）

明湖竹枝词（七首之二）〔近现代〕黄兆枚

铁公心如金石坚，铁公祠庙今巍然。登庭来拜铁公像，遮客儿童先索钱。（辑自《芥沧馆诗集》卷五）

铁忠定公祠　〔近现代〕黄兆枚

汉家七国诛晁错，削藩又见齐黄误。燕邸不如吴楚矣，韬略深雄在平素。区区三府军门开，鼓鼙直迫江东来。将军征虏如赵括，坚壁亚夫真将才。征虏师徒白沟烬，岳岳山东铁参政。济南城外筑长围，死守连旬并高盛。下板断桥虽失期，燕王胆落鞭马驰。东昌一鼓擒玉燕，不向山东轻出师。倾兵西指睢阳

塞，济南今比汉梁国。翻然取道徐沛间，来逼江南自江北。伴读启戎东角门，尚书墨马欲何奔？高皇不省谣飞燕，可惜仁贤皇太孙。太孙多有铁公辈，未信条侯独功最。冰澌忽合风忽旋，疑是天心有兴废。兴废何尝不在天，铁公肝胆到头坚。金川门启火光作，淮上一军孤可怜。朝廷徐方本忠荩，复有人才推卓敬。大夫恨贷景隆诛，犯座绯衣尚怀刃。帝旁文武岂无人，太孙为君才不英。止留碧血照千古，无讲生前摧北平。北平一旦作天子，诸子纷纷磔烹死。攀染株连瓜蔓抄，冤魂寒磷满墟里。岂愤称兵夺玺难，杀人成祖太凶残。长陵何处一坯土？我到铁公祠庙看。（辑自《芥沧馆诗集》卷五）

题湖上铁忠定祠 〔近现代〕朱士焕

靖难军北起，日月暗无色。拥笏衣绯者，竞掷名与节。守齐有伟人，挥戈誓抵遏。出奇障危城，强藩几胆烈。天不祚忠荩，胜兵气忽墨。臣力吁已尽，忠志讵可夺？激昂就鼎亨，烈焰照豪发。糜顶答故君，南顾义不北。至今湖上祠，英爽犹郁结。白虹烈士心，碧水忠忠血。旷世同欷歔，凛然公是铁。（辑自《朱士焕集》）

铁铉祠（二首）〔近现代〕丁毓瑛

太祖身经百战中，太孙淹有汉文风。微嫌十庙功臣尽，李耿庸奴愧赤忠。

千秋不祧豹留皮，剩得遗祠枕水湄。自古关张须有命，结邻曾李让肩随。

（辑自《喁于馆诗续草》）

明湖杂咏（八首之二）：铁公祠 〔近现代〕梁文灿

燕飞一曲空遗恨，祠外湖天入镜涵。日暮棹歌翻水调，至今肠断望江南。（辑自《梁文灿诗词稿》引《蒙拾堂诗草录存》。入，《蒙拾堂诗草偶存》中作“如”）

铁公祠 〔近现代〕吴秋辉

燕子高飞唤奈何，壮怀空试鲁阳戈。风生古垒烽烟急，力尽孤城战血多。铁面肯朝新帝主，英魂常恋旧山河。湖云欲起蒹葭远，想见灵旗飒飒过。（辑自《侘傺轩诗剩》，亦见于《文教月刊》1940年第4期，还见于（辑自《寄傲轩吟稿》)，其中题目作《谒铁公祠》，首句作“靖难兵来势若何”，“风生”作“秋生”，“蒹葭”作“碧天”。)

谒铁公祠　〔近现代〕吴秋辉

靖难兵来势若何，壮怀空试鲁阳戈。秋生古垒烽烟急，力尽孤城战血多。铁面肯朝新帝主，英魂常恋旧山河。湖云欲起碧山远，想见灵旗飒飒过。(辑自《寄傲轩吟稿》)

铁公祠水亭　〔近现代〕吴秋辉

几处亭台几多杨，蒹葭露冷正苍苍。秋先上柳摇诗笔，山色穿城入画廊。坐久渐嫌秋意重，风来时带藕花香。清游不觉碧天暮，隔蒲寒烟隐夕阳。(辑自《寄傲轩吟稿》)

铁公祠　〔现当代〕张磊

靖难铁骑不畏天，铁公正气逼幽燕。西门一日惊龙马，南面千秋俨豆笾。孝儒头颅流碧血，景隆骸骨愧黄泉。湖山常护馨香远，遗像峥嵘想浩然。(辑自1931年第1卷第1期《焦作工学生》)

鲁游杂诗一百首(之十七)　〔现当代〕柳亚子

铁公祠畔又停舟，尚有庄严貌像留。一死自关南北运，金陵王气黯然收。铁公祠吊铁铉作。(辑自《磨剑室诗词集・鲁游集》)

济南大明湖杂诗(四首之四)：铁公祠有怀安巢舅氏　〔现当代〕俞平伯

霞明虹见雨如丝，此日登临有所思。历历青山应未改，十年须恨我来迟。(辑自《俞平伯旧体诗钞》，亦见《俞平伯诗全编》、《俞平伯全集》卷一)

济南杂咏：铁公祠怀古　〔现当代〕陈静娴

铁公祠畔更停舟，绝代英名万古留。无力回天终抱恨，乾坤正气总难收。(选自《诗经》1935年第1卷第3—4期)

二、南丰祠（曾南丰祠、曾公祠）

南丰祠，又称曾公祠、曾文定公祠，原在千佛山半山腰，后被改建至今南丰祠东部藕神祠所在的位置。清道光六年（1826)(一说道光九年，即 1829 年），时任历城知县（后升武定府）知府汤世培（为江西南丰人）见湖畔曾公祠倾废已久，于是就慨然捐资，于湖东北岸汇波楼前、明代所筑晏公台之东重建祠宇三楹，时任山东布政使南丰人刘斯嵋为之撰碑文以记其事。该祠在清宣统（1909—1911）年间曾经重修。

南丰祠（曾公祠）是为纪念北宋文学家曾巩而建的。曾巩在北宋熙宁四年至六年（1071-1073）任齐州知州期间，推行新法，惩治恶霸，减轻徭役，改革教育，主持修筑堤坝、疏浚水道、开挖新渠、修建北水门，从根本上解决了城北的水患灾害，使齐州出现了百姓安居乐业的升平景象，极受齐州人民爱戴。曾巩走后，百姓仍不忘其惠政，故择址建祠以示纪念。

◇ 旧志中的相关记载

民国《续修历城县志》卷十四《建置考二・坛庙》:

曾公祠，在晏公台东。道光六年，历城县知县汤世培重建，有山东布政使司刘斯湄碑记。宣统年间重修。（胡际元采访）

刘斯湄《碑记》曰:【略】

漫兴三首，简郭绎兹、卫仲怡（之二）〔清〕王戬

历山泺水题诗处，子固风流感至今。欲向荒祠拜遗像，也同金铸阆仙心。《水经注》云：泺北为大明湖。（辑自《突星阁诗钞》卷五）

谒曾公祠，憩湖亭二首　〔清〕翁方纲

八九氿泉合，四三壬子来。层冰胶浦溆，老柳卧莓苔。石泐水门记，云深北极台。平生瓣香意，湾溯屡沿洄。祠下重刻熙宁壬子《齐州北水门记》，至今一十二壬子矣。

雪夜期来宿，霜辰伫几旬？昏阴谁写意，冻浦最传神。趁酿梅花信，须添箬笠人。苍茫无一笔，枯淡是天真。（辑自《复初斋诗集》卷四十四《小石帆亭稿〔下〕》，亦见于民国《续修历城县志》卷十四《建置考二·坛庙》）

曾南丰祠　〔清〕郝植恭

昔贤曾此守严城，百代犹歆俎豆荣。才博何尝疏吏事，文高亦或掩诗名。湖山自古夸明秀，风月当年入品评。惆怅晏公台畔路，瓣香常愿奉先生。（辑自《漱六山房诗集》卷十）

谒曾南丰先生祠祠在湖之北渚，三面皆湖。南丰汤大令捐资修造，房栊屈曲，甚幽雅。　〔清〕郭仪霄

从祠开胜地，三面接湖光。荒政垂仓法，钱规罢酒场。文章尊俎豆，功德足馨香。一瓣心头供，他乡景慕长。（辑自《诵芬堂诗钞二集》卷三）

春日同谢问山、汪星浦、毛春北、李鄂生、陈元圃、家近山宴集南丰祠　〔清〕何邻泉

雅集南丰庙，风光满眼前。柳花三月暮，湖水半城烟。坐对山如黛，欢斟酒似泉。当筵劝吟侣，莫负此诗天。（辑自《无我相斋诗选》卷三，亦见于民国《续修历城县志》卷十四《建置考二·坛庙》）

谒曾南丰祠　〔清〕韩崇

祠宇倚孤城，门前秋水清。瓣香千古在，远岫一湖明。政绩留齐甸，文章媲汉京。殷勤贤宰意，洒扫缅遗型。公乡人汤世培为历城令，新葺祠宇。（辑自《宝铁斋诗录》，亦见于民国《续修历城县志》卷十四《建置考二·坛庙》）

过南丰祠　〔清〕杜受元

七桥烟柳碧朦胧，桂棹往来图画中。诗社今成歌舞地，不闻人更话南丰。（辑自《武定诗补钞》）

曾南丰祠（二首）〔清〕李廷棨

北渚亭边起画廊，南丰余泽挹芬芳。瓣香有客分山谷，遗恨何人訾海棠？一代欧苏同品第，七桥风月记徜徉。碧波万顷山千叠，魂魄犹应恋此乡。

百花台望百花洲，遗迹犹堪话旧游。粳稌千家思宦绩，烟波十里豁吟眸。画船载酒双扉老敞，老衲分香一瓣留。定有梦魂重到此，月明时节木兰舟。（《选自《纫香草堂诗集》卷一》）

拜曾南丰先生祠〔清〕侯家璋

城连碧水水连台，太守祠堂傍郭开。政教人传千古泽，文章世重八家才。檐牙翠叠峰横槛，湖面风轻柳护苔。怅望先生云汉远，清秋落日独徘徊。（辑自《守默斋诗集·东州草》卷一，亦见于民国《续修历城县志》卷十四《建置考二·坛庙》）

暇日出游杂成八首（之六）〔清〕吴振棫

名士轩头迹已荒，遗祠犹傍水云乡。南丰文字匡刘亚，寂寞人间一瓣香。湖上有曾子固祠。（辑自《花宜馆诗钞》卷五，亦见于民国《续修历城县志》卷十四《建置考二·坛庙》）

明湖谒南丰先生祠，待月，返棹有作〔清〕黄爵滋

日斜秋在山，月出秋在水。我棹任往还，清兴良未已。祠空渚叶飘，人远寺钟起。明发思无端，梦堕鹊华里。（辑自《仙屏书屋初集·诗录》卷十一）

谒南丰祠〔清〕马国翰

百花台址蔓荒莎，卜筑新祠感兴多。山谷曾分香瓣去，渊材未伴采舟过。天开图画犹环碧，地近城楼此会波。拜到元灯结遥慕，半阶风影写池荷。（辑自《玉函山房诗集》卷三，亦见于民国《续修历城县志》卷十四《建置考二·坛庙》）

汤植斋世培明府招饮曾南丰祠〔清〕沈淮

放棹烟波里，远山含夕阳。湖光全吸绿，柳色半垂黄。风雨三间屋，文章一瓣香。清歌兼玉笛，醉倒菊花觞。（辑自《三千藏印斋诗抄》卷四《鸿雪集》，

亦见于民国《续修历城县志》卷十四《建置考二·坛庙》）

济南杂咏〔清〕高宅旸

水门城北澹洪灾，泽普黎元冠世才。何意湖滨空俎豆，无人亲爇瓣香来！（辑自民国《续修历城县志》卷十四《建置考二·坛庙》引《味蓼轩诗钞》）

晏公庙新建曾南丰先生祠〔清〕延彩

欲瓣南丰香，毕竟瓣者谁？风流来贤令，为建南丰祠。谓是古先哲，宦游曾于斯。文章并功业，食报礼所宜。瞻拜肃仪型，遵道以重师。想见古先哲，于此舒块辞。荷香沁心脾。湖明鉴须眉。从此晏公庙，又着一段奇。（辑自《简斋小草》卷下）

曾南丰祠〔清〕孔昭珩

古木空庭近水湄，瓣香拜祝意迟迟。南丰姓字传吾郡，北渚烟波拥此祠。品并三苏名卓荦，文追两汉笔淋漓。百花洲上吟情活，莫恨先生不解诗。（辑自《杞园吟稿》卷二）

谒南丰祠〔清〕陈永修

访古百花台，新祠小径开。心香留一瓣，千古仰崔嵬。（辑自民国《续修历城县志》卷十四《建置考二·坛庙》引《鲍西楼诗草》）

百花洲曾公祠〔清〕王轩

湖上花明水满洲，晴波倒影矗危楼。香凝燕寝名流尽，雾凇园林遗泽留。拄笏泉声生砌下，放衙山色在城豆。七桥风月清如昨，老惜心香一瓣收。（辑自《耨经庐诗集》卷六）

谒曾南丰祠〔清〕徐继孺

昌黎文笔摩苍穹，驱策鳄鱼惊蛟龙。儒者立言功亦卓，继武乃有曾南丰。南丰昔知齐州事，名泉大施疏凿功。北水门外石作楗，堤防淋潦据要冲。石楗修广三十尺，卧波隐隐天边虹。吁嗟黄流今夺济，会城俯瞰波涛舂。大清淤填小清塞，连年溃决村墟空。伯鲧殛死无神禹，山陵怀襄民困穷。流连往事搜遗迹，北望鹊华成心忡。二堂岿然闻謦咳，拯溺方待电生嵩。我欲荐蘋祝灵爽，迅障浊流归之东。（辑自《徐悔斋集》卷十一）

明湖冶春词十二首（之九）〔清〕单朋锡

心香一瓣祝南丰，一笑相逢祠宇中。却恨青衫太潦倒，隔船箫鼓闹春风。（辑自《季鹤遗诗》）

和提刑连公三月三日登阎公祠后楼望湖即景（十章之八）：南丰祠〔清〕宋恕

子固文章日月光，骑龙久返白云乡。岂真论行非高等，不信储诗有别肠。荇菜陈诚聊取洁，梨花自爱未传香。遗山一老相辉映，欲补幽祠对夕阳。（辑自《宋恕集》卷九）

访晏祠、曾祠（八）月四日，与遗之访晏祠、曾祠作。〔清〕宋恕

平仲祠连子固祠，纸窗蛛网晚风吹。湖山犹在荒台外，赵宋姜齐彼一时。（辑自《宋恕集》卷九）

曾南丰祠〔近现代〕梁文灿

蘋花欲荐水泉凉，拜祝心倾一瓣香。祠近忠臣同臭味，祠右邻铁公祠。家传宗圣有文章。南丰名昔齐韩柳，东国诗今赋召棠。犹有伟人昭代起，中兴将帅出衡湘。谓曾文正诸昆仲。（辑自《梁文灿诗词稿》引《蒙拾堂诗草录存》。将帅，《蒙拾堂诗草偶存补》中作“伟绩”）

游明湖杂咏（十首之六）〔近现代〕崔子湘

为拜名儒又系艖，垂杨阴转矮墙遮。南丰一瓣香谁爇，终古荒祠噪暮鸦。（辑自 1921 年 9 月 3 日《益世报（天津版）》第 14 版）

谒曾子固祠〔现当代〕关赓麟

江右文章在，南丰一瓣香。山从千佛徙，台向百花荒。流水通城堞，遗诗勒壁廊。中原诸将外，此老有祠堂。（辑自 1918 年第 66 期《铁路协会会报》）

鲁游杂诗一百首（之十八）〔现当代〕柳亚子

黄流能奠侈神功，张曜祠堂气郁葱。咫尺独怜成寂寞，瓣香谁与奉南丰？

曾子固祠堂在张祠旁，颇有盛衰之感。（辑自《磨剑室诗词集·鲁游集》）

三、薛、王二公祠

薛、王二公祠，旧在大明湖水面亭前，祠内原祀明代曾担任山东学政的薛瑄和曾担任山东乡试主考官的王守仁。

薛瑄（生平事迹简介见本书后面所附“诗人小传部分”）于明英宗正统元年（1436）夏四月至六年（1441）九月曾担任山东学政，在任期间每临诸生，亲为讲解，于齐鲁文教大有提振，人称“道学薛夫子”。王守仁（生平事迹简介见本书后面所附“诗人小传部分”）在明弘治十七年（1504）曾担任山东乡试主考官，一时称为得人。故后人立祠并祀之。

◇ 旧志中的相关记载

明《历乘》卷五《建置考・祠宇》：

薛王二公祠，水面亭前。祀提学薛瑄，每临诸生，亲为讲解，不事夏楚，人呼为“薛夫子”，为道学之倡。后升礼部侍郎，谥文清。一祀王守仁，弘治甲子科主考山东，一时称为得人。后平宸濠有功，封新建伯，谥文成。有司致祭。

明崇祯《历城县志》清康熙增刻本卷四《建置志（下）・坛庙・祠》：

薛王二公祠，水面亭前。祀提学薛瑄、甲子主考王守仁。内堂四楹，前有坊。

清乾隆《历城县志》卷第十一《建置考二・坛庙・明》：

薛王二公祠，水面亭南，祀提学薛瑄、弘治甲子考官王守仁。（旧《志》）

按：二公祠后合祀许公于内，名三公祠。乾隆三十四年，巡抚富、督学韦又增提学施公闰章、布政使黄公叔琳二主于内，名五贤祠。

民国《续修历城县志》卷十四《建置考二・坛庙》：

薛王二公祠，见前《志》。

济南分题十六首之十三：水面亭南谒薛文清、王文成二先生祠〔清〕田雯

小溪架略彴，亭榭如村坞。篨篨数百竿，绿箨战风雨。徘徊未逢人，停策望远浦。（辑自《古欢堂集》卷四）

吊薛、王二公祠〔清〕任弘远

前朝讲学薛夫子，一代文章王守仁。俎豆湖边无觅处，愁生春水碧粼粼。（辑自民国《续修历城县志》卷十一《山水考七·水三》引《鹊华山人诗集》）

大明湖棹歌（十二首之十）〔清〕蒋士铨

王公薛公同荒祠，草满香炉藓满碑。剩有清风被湖水，可怜游者未能知。（辑自《忠雅堂诗集》卷四）

谒薛公祠三十二韵〔清〕翁方纲

虔将薛公研，恰拜薛公祠。勉副中丞贶，惭膺视学时。昔公襄馈饷，于蜀效驱驰。地缅前贤迹，天留片石奇。草堂仍好在，梠木寄遐思。几借平公啸，来镌峡内词。局应凭画纸，几定拭乌皮。锦里谁知者，仙桥一遇之。狂夫如手讯，野老本心期。笔点红蕖径，栏凭翠篆池。装囊辞玉垒，旌节出临淄。想寓西川梦，时游北渚湄。自垂河岳气，岂止鲁齐师？矩矱森如昨，堂阶俨在斯。沧浪今地胜，历下古亭基。亦越成都客，尝同北海卮。湖堤百花号，薛文清以“万里桥西一草堂”七字篆研背，今予以“百花潭水即沧浪”七字镌其侧。鹊华两峰规。苇阔云千顷，荷湾月半陂。似将学海意，范我研池为。捐滴皆深汲，津梁孰仰窥？譬诸泉觱沸，肯假石盈亏。经术源逢处，儒林派衍兹。文章虽博综，正学岂分歧？迩者多闻士，纷如异藻摛。高谈笺疏秘，渐甚洛闽嗤。此实关心性，怜予惄渴饥。恭惟读书录，拟勒讲堂碑。奉研为之质，知公不我欺。万千言可括，四百载来贻。一掬清池水，兼金重鼎彝。谁言杜陵句，即是敬轩诗。小石帆图卷，同装更勿疑。（辑自《复初斋诗集》卷四十四《小石帆亭稿〔下〕》，亦见于民国《续修历城县志》卷十四《建置考二·坛庙》）

济南杂诗〔清〕高宅旸

风教纲维孰主持？山川海甸大宗师。薛王道脉愚山接，几辈名公竟祝尸。

（辑自民国《续修历城县志》卷十四《建置考二·坛庙》引《味蓼轩诗钞》）

四、许公祠（许忠节公祠）

许公祠，旧在山东提学道西、大明湖水面亭东，内祀死于宸濠之叛的许逵。始建于明嘉靖四十年（1561），由时任山东巡抚朱衡、巡按刘存义从士民之请，立祠于湖南书院西。此后继任的山东巡抚谢东山（号高泉）、张监（号石洲），巡按御史吴过（号容堂）、高应芳（号谷南）及山东按察司、布政司，济南府、历城县各官员皆助其成。许公祠建成之后，时任济南府知府魏裳又请殷士儋作碑记以记其事。

许逵（1484—1519），字汝登，河南固始县人。身材魁梧，有勇有谋。明正德三年（1508）中进士，授乐陵知县。抗击流寇，有功，迁山东都指挥佥事，政绩卓著。十二年（1517）升任江西按察副使。十四年（1519），因与同江西巡抚孙燧议论宁王朱宸濠的专横暴戾，被宁王朱宸濠所杀。嘉靖帝即位后，追赠其为左副都御史、礼部尚书，谥号忠节。乐陵、武定及辽阳为其建遗爱祠，济南则将其入祀崇正祠。

◇ 旧志中的相关记载

明《历乘》卷五《建置考·祠宇》：

许公祠，学道西。祀尚书许逵。先为乐陵令时，刘六兵起，公御之有功，擢武定兵备，寻转江西宪副。宸濠叛，公不屈，死之。赠礼部尚书，谥忠节。其后裔为齐河尹，重修。

明崇祯《历城县志》清康熙增刻本卷四《建置志（下）·坛庙·祠》：

许公祠，水面亭东。祀尚书许逵。先令乐陵，御刘六有功，擢武定兵备。寻转江西宪副，死宸濠之难，赠礼部尚书，谥忠节。因有功东土，祀之。后裔齐河令重修。

清乾隆《历城县志》卷第十一《建置考二·坛庙·明》:

许公祠，水面亭东。(旧《志》)

殷士儋《记》:【略】

谒许忠节公祠讳逵。〔清〕毛大瀛

明湖之水清且泠，放舟直过水面亭。亭东三间破祠庙，阴廊一片莓苔青。我来肃衣拜其下，神像岩岩足惊讶。拂拭残碑读未终，乃知祀者忠节公。公之大节照千载，公之灵兮今安在？忆昔有明正德中，牵丝曾作乐陵宰。是时蓟盗齐产明，啸聚所至俱破城。山东郡县七十二，但闻官长开门迎。惟公奋勇力御贼，出奇用险靖锋镝。声色不动寇尽歼，得保危城奏奇绩。天子闻之嘉乃勋，济南分臬颁元纁。辽阳出巡复江右，只身独往忘劳勤。岂料妖星蚀太白，飞入钩陈斗光赤。宸濠作祟厄运屯，内竖外凶皆助逆。我公矫矫真丈夫，宝刀恨不枭逆颅。宗祏纲常大节系，殿上骂贼声高呼。头可断兮舌可割，此志凛然不可夺。霾雾盲风白日昏，斑斑颈溅洪州血。呜呼！君不见，睢阳许远双节称，我公继起尤崚嶒。齐州哀思豫章哭，至今两地俱尝蒸。(辑自《戏鸥居诗钞》卷四)

五、朱公祠

朱公祠，旧在大明湖上（一在趵突泉东），明末清初建，祀在山东巡抚任内平叛有功的朱大典。

朱大典（1581—1646），字延之，号未孩，浙江金华人。明万历四十四年（1616）进士，初授章丘知县。天启二年（1622），任兵科给事中。五年（1625），出为福建按察副使，晋福建布政司右参政。后因父丧，归隐北山鹿田寺读书。崇祯三年（1630），以原官起用。五年（1632），升右佥都御史、山东巡抚，先驻青州，调度兵食，继督兵与叛军作战，因功升右副都御史。因平定登镇参将孔有德兵变有功，于次年升兵部右侍郎，仍为山东巡抚。八年（1635二月，总督漕运兼巡抚庐、凤、淮、扬四府。十四年（1641），总督江北及河南湖广军务，仍坐镇凤阳。十六年（1643），因事被逮捕治罪，抄家充饷，且令督赋。明安宗在南京登基后，朱大典被召为兵部左侍郎，进尚书，总督上江军务。明绍宗在福建登基后，授朱大典为东阁大学士，督师如旧。隆武二年（1646）三月，清军攻克浙东，兵临浙西，阮大铖驰书招降，朱大典裂书并杀招抚使，与部将固守金华，城陷殉国。

◇旧志中的相关记载

明崇祯《历城县志》清康熙增刻本卷四《建置志（下）·坛庙·祠》：

朱公祠，大明湖上。祀朱中丞大典。平东有功，迁督凤阳，立祠祀之。壮丽宏敞，大为湖上生色。一在趵突泉东。各有董宗伯其昌记。

清乾隆《历城县志》卷第十一《建置考二·坛庙·明》：

朱公祠，大明湖上。祀朱中丞大典。平东有功。一在趵突泉东，皆有董其昌记。

朱公祠 〔明〕刘敕

司马祠堂何处寻？楼台错列水云深。湖光一派浑如镜，常照当年为国心。（辑自《历乘》卷十七）

六、佛公祠

佛公祠，原址在今大明湖北岸明湖斋处，是为纪念曾任山东巡抚的佛伦而建的。

佛伦（？　1701），姓舒穆禄氏，满洲正白旗人。初由笔帖式迁兵部主事，清康熙二十八年（1689），接替因结党营私、朋比为奸而被朝廷革职的钱钰，任山东巡抚，直至三十一年（1692）离开山东，擢升为川陕总督。后官至礼部尚书、内阁大学士。

佛伦在山东巡抚任上勤政爱民，多政绩。济南民众为表达其的感激之情，曾在西关神堂巷（后改称“盛唐巷”，今已被拆除）为他建了生祠，并请著名诗人田雯撰写了碑记。清乾隆五十七年（1792），佛伦的族孙、时任山东盐运使阿林保有鉴于佛伦的生祠“其地湫隘，久弗葺”“乃度地于北湖之上，建祠屋三楹，与铁公祠并峙焉”（清翁方纲《佛公祠记》），并请当时的山东学政、著名文学家翁方纲撰写了碑文，镌刻于碑，立于祠前。

◇ 旧志中的相关记载

民国《续修历城县志》卷十四《建置考二·坛庙》：

佛公祠，在铁公祠东，亦运使阿林保建，祀前山东巡抚佛伦。（胡际元采访）

翁方纲《佛公祠记》：（略）

雨窗榷使因铁忠定公靖难时捍御济南有功，而祠宇湫隘，卜筑另建于明湖之西，佛中丞祠附焉。中丞抚东有惠政，故并祀之。祠西隙地依湖小筑，宛似江乡，故颜之曰“小沧浪”，为游人临眺之所。依次原韵，以志颠末（四首之二）〔清〕刘权之

庙貌年深没藓苔，谁将松柏倚云栽？公于政暇殷勤卜，地在湖隈次第开。

嘉树讴歌人已去，谓佛中丞。灵旗风雨鹤同来。从今制就迎神曲，岁岁春秋往复回。（辑自《长沙刘文恪诗集·剩存诗续草》卷二）

济南竹枝词（十五首之五）〔清〕李培

佛公祠傍铁公祠，往事重寻每系思。凭吊余情倍珍重，危栏斜倚读残碑。（辑自《睡余轩诗稿》上卷《雪堂诗钞》）

七、张公祠

张公祠，旧在大明湖东北岸，汇波门南，曾公祠西。清光绪二十年（1894）建，内祀曾任山东巡抚的张曜。

张曜（1832—1891），字朗斋，号亮臣，祖籍浙江绍兴府上虞县（今绍兴市上虞区），出生于浙江钱塘（今杭州）。晚清名臣、将领。早年在河南固始兴办团练，参与镇压捻军和太平天国，创建“嵩武军”，又随左宗棠赴西北镇压回民起义军，历任知县、知府、道员、布政使、提督等职。清光绪十二年（1886），调山东巡抚，督办河工。次年，襄办海军。他军政才略突出，为收复新疆、阻遏英俄侵略做出了贡献，故有“爱国将领”之称。卒后，追赠太子太保，谥勤果，入祀贤良祠，并准在立功省份建立专祠。著有《河声岳色楼集》存世，《山东军兴纪略》亦由其纂订。

清光绪年间，山东境内黄河连年决堤，百姓苦不堪言，山东巡抚陈士杰虽竭尽全力治黄，却收效甚微，几次受到光绪皇帝的诘责。最终，治黄乏术的陈士杰只好托病辞职。

清光绪十二年（1886），张曜由河南布政使接任山东巡抚。其刚上任时，正逢山东各地遭受严重的水旱灾害，黄河也经常泛滥。张曜上任后把治理黄河当作首要任务，用大部分精力对山东黄河情况进行了调查研究，并广罗人才，因地制宜，因势利导，治黄成绩卓著，故其去世后，山东人在大明湖边建张公祠祀之。

◇ 旧志中的相关记载

民国《续修历城县志》卷十四《建置考二·坛庙》：

张公祠，在汇波门内。祀山东巡抚张曜。光绪二十年建。

明湖杂咏（十二首之六）：张勤果祠 〔清〕石德芬

草木知名万福张，须眉遗照貌堂堂。侯恂部曲宁南死，健者推袁失赞襄。勤果旧隶袁公甲三麾下。（辑自《惺庵遗诗》卷七）

和提刑连公三月三日登阎公祠后楼望湖即景（十章之七）：张公祠 〔清〕宋恕

马上威名葱岭东，至今父老说仁风。一朝解甲修儒素，十郡兴农更女红。叔子碑文观恻恻，平原门客散匆匆。魂兮莫忆阳关外，万里天山落照中。（辑自《宋恕集》卷九）

张公祠二首 〔近现代〕梁文灿

人言目不识丁字，公自镂印章，文曰“目不识丁”。公亦谦居绛灌名。何事文章知遇感，至今泪洒鲁诸生。

一生写照诗成谶，刻石犹存湖上亭。今日名臣共千古，果然祠宇峙丹青。戊子，公在明湖沧浪亭与裕寿田学使、赵菁衫观察诸人联句。公云“名臣祠宇丹青古”，谓曾、铁二公也。次年公竟骑箕，诏于明湖立祠，与曾、铁二公左右相望。回忆公“名臣祠宇”之句，不啻自为写照。吟诗成谶，良非偶然耶！（辑自《梁文灿诗词稿》引《蒙拾堂诗草偶存》。峙，《蒙拾堂诗草偶存补》中作“祀”，一作“写”）

张勤果公祠公起家军务，荐至中丞或讥以目不识丁，公乃以四字自刻小印。 〔近现代〕梁文灿

人言不识丁，置与绛灌伍。公乃篆印章，此意相窃取。如何主文坛，佳士辄心许。诸生知遇恩，龂龂满齐鲁。学问本天成，呫哔安足数？心血以斗量，簿书任旁午。暇日集群贤，觞咏迭宾主。刻石湖上亭，新诗成谶语。天遣作明臣，祠宇丹青古。戊子夏，公在明湖沧浪亭与裕寿田学使、赵菁衫观察诸人联句，公云“名臣祠宇丹青古”，谓曾、铁二公也。逾年公竟骑箕，诏于明湖立祠，与曾、铁二公左右相望。回忆公“名臣祠宇”之句，不啻自为写照。吟诗成谶，良非偶然耶！（辑自《梁文灿诗词稿》引《蒙拾堂诗草录存》。《蒙拾堂诗草偶存》中题作《张公祠》）

游大明湖口占四绝：张公祠 〔近现代〕张小竞

名士与英雄，湖山占好风。荒祠兵乱后，画舫柳阴中。（辑自 1929 年 7 月 15 日《新无锡》第 4 版）

济南大明湖杂诗（四首之三）：张公祠　〔现当代〕俞平伯

鹊华桥外白莲多，雅淡妆梳合唤那。更有红蕖也凄绝，张公祠下偶经过。（辑自《俞平伯旧体诗钞》）

八、李公祠

李公祠，原址位于今济南大明湖南岸遐园西侧稼轩祠处，是光绪三十年（1904）为纪念大臣、洋务派首领李鸿章，由山东、直隶（河北）两省官员共同捐款，由时任山东巡抚周馥领衔捐建的。1961 年，李公祠被改建为辛稼轩纪念祠。

李鸿章（1823—1901），字子黻、渐甫，号少荃、仪叟，安徽合肥人。中国清朝末期重臣，洋务运动的主要倡导者之一，淮军创始人和统帅，官至直隶总督兼北洋通商大臣，授文华殿大学士。光绪二十七年（1901），身兼直隶总督与北洋大臣的李鸿章，在内外交困中病逝。对这位“权倾一时，谤满天下”的重臣，清政府给了极高规格的哀荣：谥文忠，赠太傅，晋一等肃毅侯，赐白银五千两治丧，入祀贤良祠；在京师建专祠，光绪皇帝赐匾，亲书“功昭翌赞”四字；春秋两季，朝廷派员专门祭祀；原籍和立功省津、沪、宁、苏、浙、皖、冀、鲁等地修建祠堂十座，其中，就包括济南李公祠。

◇ 旧志中的相关记载

民国《续修历城县志》卷十四《建置考二·坛庙》:

李公祠，在贡院后。祀文华殿大学士、直隶总督李鸿章。光绪三十年建。

明湖杂咏（十二首之七）：**李文忠祠** 〔清〕石德芬

神州沈陆是耶非，庙貌峨峨祀合肥。今日英灵如有觉，新亭涕泪可无挥。

（辑自《惺庵遗诗》卷七）

乙卯八月廿五日李公祠联句〔清〕徐金铭等

云澹风疏夕照开庚，明湖秋老且登台枢。芦蒲深处孤篷转庚，亭馆虚时二客来枢。上相勋名犹昨日，中兴事业已寒灰庚。弈棋时局谁能料，画角城头奏正哀枢。（辑自《六慎斋诗存》）

九月十七日公饯闽藩连公于李公祠，感赋（二首）〔清〕宋恕

衰柳神鸦不可听，暮秋斜日觉沤亭。淮军至竟成何事，恨不浮槎读道经。合肥有名山曰“浮槎”。

不知清夜意奚如，名谤浮云过太虚。我亦西平门下客，黯然回忆侍谈初。（辑自《宋恕集》卷九）

和提刑连公三月三日登阎公祠后楼望湖即景（十章之五）：李公祠〔清〕宋恕

忆昔燕南拜下风，当时四顾九州空。高谈政法重洋外，大笑公卿广坐中。军府但称文尔雅，平章独惜气如虹。即今壮志都销尽，魂梦何因得复通？（辑自《宋恕集》卷九）

留题大明湖李祠九月十三夜。〔近现代〕洪弃生

断送神州半壁空，海天悲痛诅文忠。西湖有例镌秦桧，争欲乌金铸李公。（辑自《八州诗草》）

重至济南，谒李公祠〔近现代〕周学渊

齐鲁青青扫暮烟，千金一宴想华筵。勘河时谏垣劾文忠，有“历下一宴千金”语。擎天已失灵光殿，感逝重吟趵突泉。庙貌山光同屹若，寒渠衰稆两萋然。骚骚六载成枯朽，莫泛明湖旧酒船。（选自《晚红轩诗存》，亦见于《安徽东至周氏近代诗选》第三分册）

九、阎公祠

阎公祠，旧址在今稼轩祠东不远处的大明湖南岸，是为祭祀清同治年间的山东巡抚阎敬铭所修建的，修建于光绪十八年（1892），清末民初即沦为废祠。其后，济南教育家鞠思敏在废祠遗址上创办了正谊中学，阎公祠的大殿和东西厢房被改为教室。正谊中学后来被更名为济南第十七中学，改革开放以后，随着学校的搬迁和大明湖的扩建，昔日的阎公祠便踪影全无。

阎敬铭（1817—1892），字丹初，陕西朝邑（今陕西省大荔县）人。清道光二十五年（1845）进士，选翰林院庶吉士。散馆，分户部，以主事用。同治元年（1862），署湖北布政使、山东盐运使、山东巡抚。同治三年（1864），实授山东巡抚。六年（1867），因疾归乡。后以工部右侍郎召，不起。光绪三年（1877），山西大饥，奉命视察赈务。八年（1882），任户部尚书，弹劾广东布政使姚觐元、荆宜施道道台董俊汉行贿。九年（1883），赐紫禁城骑马，兼任署兵部尚书，充军机大臣，总理各国事务衙门大臣，晋协办大学士。十一年（1885），授东阁大学士，仍然管理户部，赐黄马褂。卒后追赠太子少保，谥“文介”。

◇ 旧志中的相关记载

民国《续修历城县志》卷十四《建置考二·坛庙》：

阎公祠，在鹊华桥东。祀大学士、前山东巡抚阎敬铭。光绪十八年建。（以上胡际元采访）

和提刑连公三月三日登阎公祠后楼望湖即景（十章之一、三、九、十）：〔清〕宋恕

我来欣识大明湖，名士济南今有无？幸睹使尹振儒雅，重教尘境现蓬壶。

春风苏草连千里，大匠收材岂一途？政暇登高更能赋，南超王谢北崔卢。第一章：颂使君

乡邦印月有三潭，建业秦淮昔亦探。骚客闲情千载一，旧都胜水九州三。垂竿曲渚谁求鲤？结伴芳堤或采蓝。一事真堪傲明圣，春波日日映晴岚。第二章：品三湖。

鸿爪偶留天一涯，绿杨城郭信清华。上书敢杂焚坑语，开府欣逢教育家。故里荡阴思访墓，名泉趵突试烹茶。鹊华桥北三更月，更待画船穿藕花。第九章：感萍水。

佳期杳杳奈何天，想见桓公九合年。王气姜姚皆早尽，诗人范陆竟无缘。川原且可恣游览，陵谷谁能阻变迁？自有神灵护皇室，何劳献策拒柔然？第十章：祝皇家。（辑自《宋恕集》卷九）

十、藕神祠

藕神祠，清后期即已有，原来的具体位置无确切记载，仅知其位于大明湖畔，只有屋一楹，神像久毁。大约清道光十五年（1835）前后，寓居济南的文人廖炳奎、王大堉、符兆伦、王鸿等以“湖山佳丽，主持宜得其人”，于是以李清照代之，祀于祠内。

现在的藕神祠位于大明湖东北岸、汇波楼下路南，晏公台东侧，是1998年建成的。它面阔3间，前出厦，花隔扇。祠内供奉有宋代妇女装束的藕神彩塑，像高2.8米；东、北、西墙上绘有壁画，画的主要内容是李清照的生平故事。

藕神祠 〔清〕符兆纶

雨余湖水碧涵空，酒晕轻衫浣茜红。合约佳人湖上住，朝朝消受藕花风。祠神已毁，同人拟以李易安易其祀。（**辑自民国《续修历城县志》卷五十一《杂缀一·轶事一》引《历下咏怀古迹诗钞》**）

藕神祠并序。〔清〕王大堉

湖上有荒祠焉，不知何许神。同人议奉宋才女李易安为主，名曰“藕神”，作诗祀之。

芙蓉为裳水为佩，藕为船兮久相待。柳絮泉寒菊影瘦，魂兮归来结光彩。湘妃拜，洛神贺，荷叶作酒杯，薄醉娇无那。（**辑自民国《续修历城县志》卷五十一《杂缀一·轶事一》引《苍茫独立轩诗集》**）

济南杂咏二十首（之三）〔现当代〕胡端

远山葱翠似眉痕，帘卷西风月满轩。红藕香残鸥梦冷，凌波合托美人魂。

明湖旧有藕神祠，神貌久毁，符兆纶率同人以易安易其祀。（辑自 1941 年《荑江吟社辛巳秋冬季合刊》）

十一、公输祠

公输祠，原址位于大明湖东南隅汇泉寺院内，始建于何人何时，暂未查见文献记载。

大明湖棹歌（十二首之四）〔清〕史梦兰

公输祠下荡船过，为问公输巧几多。若比天孙巧更巧，莫教牛女隔天河。

（辑自《尔尔书屋诗草》卷六）

第十编

寺庙

一、汇泉寺（会泉寺）

汇泉寺，又名会泉寺（也有写作“慧泉寺”的），原址位于今大明湖东南隅水中清凉岛上。该寺的始建于何人何年不详，仅据清朝钱塘人吴华所撰的《重修汇泉寺碑》可知，清嘉庆五年（1800），济南本地的盐商总领茅、张二人曾经主持重修该寺，并于当年四月落成。随后茅、张二人又召集同仁，每月捐资，聘请信一上人为本寺主持，伺奉佛主。信一上人后来又募金修文昌阁于寺之东偏，登阁可以眺远。至20世纪50年代初期，该寺建筑大都倾圮，仅剩大殿3楹、耳房3间。1958年辟建大明湖公园时，有关部门对其进行了改建，并将其命名为“汇泉堂”，改为棋社。

◇ 旧志中的相关记载

民国《续修历城县志》卷二十六《古迹考六·亭馆三》：

汇泉寺，嘉庆五年重修。（《续修府志采访册》）

吴华《重修汇泉寺碑》：【略】

明湖四首（之三）：汇泉寺 〔清〕傅扆

伊谁结构好林泉，更为禅宗辟数椽。轻雨轻烟堤上柳，湖花湖草镜中天。芰荷著意围香国，鸥鹭忘机结净缘。长忆小西湖畔路，故园梵刹别经年。（辑自《辕辙吟》，亦见于《话雨山房诗草》卷一，题为《明湖首览铁公祠诸胜，因题四律》）

汇泉偶成 〔清〕赵作舟

晓河日射气如烟，投钓纷看饮马泉。旧是宫花深绝处，白鸥春水自年年。

（辑自《文喜堂诗集》卷二《原鸽集〔上〕》）

夏夜汇泉邸中　〔清〕赵作舟

日入暑气爽，露坐依林樾。清泉流其旁，振衣思超忽。仰视银汉斜，忽见天边月。人生皆有情，暮钟相与发。悠悠久客心，草虫吟不歇。（辑自《文喜堂诗集》卷二《原鸽集〔上〕》）

避暑汇泉寺，遇雨　〔清〕李宪暠

舟入慧泉寺，荷深游到稀。湖云城里起，山雨殿前飞。僧数残棋著，思跳上水矶。未谙慈氏教，耽静亦忘归。（辑自《定性斋集》，亦见于民国《续修历城县志》卷二十一《古迹考六·寺观》，诗题中的“汇”原写作“慧”）

将夕游会波寺　〔清〕方起英

郭内湖边寺，斜连历下亭。会波涵晚照，飞彩散寒汀。暧暧山头月，辉辉水面萤。梵余疏磬响，佛火一龛青。（辑自民国《续修历城县志》卷十一《山水考七·水三》引《狮山诗钞》。据诗意，此诗题中所说的“会波寺”当为“汇泉寺”之误）

秋夕泊舟汇泉寺有怀　〔清〕徐子威

云水夕漫漫，苍烟沈石坛。僧归孤棹晚，月下一钟寒。旧雨隔千里，秋琴成独弹。重来泊萧寺，落叶满湖干。（辑自《晚晴簃诗汇》卷一百十一）

题吴君文征为予画《历下旬宣图》四帧（之一）：明湖饯别　〔清〕孙星衍

嘉庆丁卯岁夏六月，权藩至历下，与石廉使韫玉交替偕周通守世锦、周大令隽、蒋少府因培饯别于汇泉寺。寺临大明湖，在历下亭之东，山光水色，殊为胜境。各为诗纪事云。

历城满地伏沸泉，大明湖在城中间。鹊华照影秀欲绝，芦蒲拂浪鸣翛然。行厨草草非难致，半日开筵坐萧寺。地胜看山忆故山，心清省事如无事。曼卿天人谪世间，判笔不抵民情奸。藩条一揽等失马，蓬岛再入同登仙。周郎清兴蒋生笔，且共尊前会真率。陈君且莫问三空，京兆只宜留五日。（辑自《冶城絜养集》卷下。小序中的"汇"原作"惠")

丁卯六月缘事受替，将入都门，孙渊如观察饯我于汇泉僧舍，即席赋别，并订南归之约 〔清〕石韫玉

十年鞅掌苦劳薪，暂得今朝自在身。无恙云林应住佛，有情鱼鸟尚依人。霜前落叶先辞树，风里飞花不恋茵。话到故山松菊好，归田相约五湖滨。(辑自《独学庐三稿》卷一)

忆大明湖(二十首之五) 〔清〕尹廷兰

曲径通幽地自偏，汇泉寺里好安禅。竹林月上钟声歇，大士龛前开白莲。(辑自《华不注山房诗草》卷上，亦见于《国朝山左诗汇钞后集》卷三、民国《续修历城县志》卷十一《山水考七·水三》)

汇泉小步 〔清〕刘芳曙

汇泉古寺接方塘，一色湖莲面面香。日暮有人吟好句，绿杨茅屋是周庄。(辑自《半山园诗草》)

渊如夫子招同张石农司马、蒋伯生贰尹、吴南芗上舍集汇泉寺 〔清〕洪颐煊

湖阴何处涤烦襟，满坐风生众壑深。苍翠横空皆入画，云烟过眼总关心。簿书抛却偷清暇，名士依来动醉吟。更约明朝访秋色，百壶怀抱拟重寻。(辑自《筠轩诗钞》卷二)

和庆孙汇泉寺寄五星 〔清〕王煐

百派汇渟澄，伏天无郁蒸。源知寒滴滴，涧想落层层。湖寺共凭槛，溪村应挂罾。此中有真得，解识几人能。(辑自《碻庴诗钞》卷上，亦见于民国《续修历城县志》卷二十一《古迹考六·寺观》)

游汇泉寺 〔清〕张问陶

皂盖红旗苦送迎，独来湖寺听秋声。如何四面莲花水，支枕禅窗梦不清。(辑自《蠡庄诗话》卷八)

游汇泉寺 〔清〕朱畹

落日湖边寺，到来生静心。钟鱼闻远浦，乌鹊下高林。入殿礼金像，开轩对碧岑。幽怀何所契，流水是知音。（辑自《红蕉馆诗钞》）

秋夜步至汇泉寺 〔清〕朱畹

更定人初静，湖光清更幽。荷香秋绕寺，柳暗夜横舟。铃语动檐角，钓灯明渡头。禅关知久闭，孤兴自勾留。（辑自《红蕉馆诗钞续》）

汇泉寺雅集（二首） 〔清〕朱畹

邀客放轻舟，招提偶共留。筠笼出瓜果，琴几荫梧楸。烟隐桥边路，凉生水上楼。兴酣岂关酒，好句互相酬。

忽听钟声起，西阳已匿山。心同流水远，人似白鸥闲。笛唱出遥岸，渔灯闪曲湾。归来情未厌，乐意总相关。（辑自《红蕉馆诗钞续二》，亦见于民国《续修历城县志》卷二十一《古迹考六·寺观》）

宋松涧学博招同栖霞牟卢坡午桥、诸城李雨樵、文登李蔼溪、福山鹿雪樵汇泉寺小饮，诸君登舟去，余独憩。移时，散步岩上归（二首） 〔清〕朱畹

到门清且幽，斜照在高楼。筵向松边敞，杯从水际浮。露荷香静夜，风荻飒新秋。不觉忘归去，徜徉还自留。

昏渡杳无际，仙人共一船。路生萤暗照，浦静鹭深眠。醒酒泊亭下，闻钟忆寺边。归余烟水兴，快写晚风前。（辑自《红蕉馆诗钞》）

汇泉精舍题壁 〔清〕朱畹

数椽禅室前。四面芰荷开。有客乘凉至，伊谁送酒来？壁间蟠薜荔，石上长莓苔。日夕闻钟磬，旋归首重回。（辑自《红蕉馆诗钞续》）

陪孙渊如、崇峻宁、张鄂楼三观察游汇泉寺，用少陵《宴历下亭》韵 〔清〕蒋因培

众水出古寺，双桨当圆荷。真会肴核简，贵游兵衙多。高情忘簪笏，雅意亲琴歌。生衣罥凉树，熟酒吹微波。自非宽礼数，末座当如何！后期屏驺唱，

泛月还来过。（辑自《乌目山房诗存》卷三）

会泉寺 〔清〕朱琦

云水半萧瑟，澹然清客魂。地怜荒寺静，天羃远山昏。倦鸟时依树，残荷欲掩门。诗情随落叶，细共野僧论。（辑自《小万卷斋诗稿》卷九）

汇泉寺 〔清〕张柏恒

会面教垂千古，西天教亦存。观游时得趣，邪正且无论。山色青三面，湖光绿一痕。此中开佛国，物外有仙源。鹤睡依层槛，松高荫曲轩。清钟传远梵，破衲晒朝暾。肃客禅堂雅，谈经宝鸭温。茶烟斜上竹，花影巧摊门。阁架图书富，龛妆佛像尊。题诗倩贝叶，品字到珠幡。廊转迷前径，舟回过短垣。回头真有岸，是处种灵根。（辑自《式训集》卷十四）

汇泉寺 〔清〕郭仪霄

曲径忽通幽，何年众香国。钟度水风凉，烟界芰荷碧。红栏接钓矶，青丝上银鲫。我心如许闲，意钓同一适。对此茫茫清，无失亦无得。（辑自《诵芬堂诗钞二集》卷三）

过汇泉寺 〔清〕纪淦

蓑笠乡关懒旧谙，红尘十丈负烟岚。蝇头甲乙裁新簿，鱼贯东西散早参。城角岳云浓似黛，湖中水涨净于蓝。偷闲北海亭边路，惭愧山僧午睡酣。（辑自《豆花斋诗集》）

汇泉寺 〔清〕周乐

汇波阁映晚霞明，无数垂杨夹岸迎。到寺两三多里路，入门七十二泉声。襟披仙舫蘋风满，酒酌客亭荷气清。僧老喜添趺坐地，谈禅茶废为余烹。（辑自《二南诗钞》，亦见于民国《续修历城县志》卷二十一《古迹考六·寺观》）

入伏日李少白大令召饮汇泉寺 〔清〕周乐

渚莲半放绮筵开，雅集深叨末座陪。密树不容炎暑入，香荷忽送雨声来。

水云澹沱米家画，主客风流河朔杯。我本酒徒偏断饮，旧驯鸥鹭定相猜。（辑自《二南诗钞》，亦见于民国《续修历城县志》卷二十一《古迹考六·寺观》）

周二南招集饮汇泉寺，遇雨，分赋五律（二首）〔清〕何邻泉

招寻湖上寺，绿水抱门流。屋似浮仙舫，人如聚海鸥。开窗邀树入，倚槛看鱼游。到此添吟兴，风来夏亦秋。

序年方宴坐，风带雨飞来。云气湿垂地，荷花香入杯。当筵无热客，联句有奇才。薄暮开新霁，归途笑语陪。（辑自《无我相斋诗选》卷一，亦见于民国《续修历城县志》卷二十一《古迹考六·寺观》）

清秋圃刺史雪后招集湖上汇泉寺，同周二南作〔清〕何邻泉

风流刺史喜盟鸥，雪后招邀古寺游。湖径未将冰作地，郡城浑似玉为楼。座中主客同青眼，门外峰峦共白头。预约重来何日好，烟波春泛木兰舟。（辑自《无我相斋诗选》卷四）

和仙根《早凉泛湖，至汇泉寺观荷》韵〔清〕吴慈鹤

排闼湖山晓色亲，看花起不厌频频。野塘露未鸡头湿，水槛风先鱼尾皴。皂盖正思邀北海，绿蓑欣已办元真。怜余独背纤腰面，周昉今知是可人。（辑自《凤巢山樵求是续录》）

夏晚登汇泉寺内文昌阁〔清〕王德容

逭暑登高阁，新晴分外凉。岚光经雨活，莲气扑人香。笛唱来前渚，船撑到曲廊。依栏同话久，明月上东方。（辑自《秋桥诗选》卷二，亦见于民国《续修历城县志》卷五十三《杂缀三·轶事三》）

清秋圃刺史招饮汇泉寺，复移舟登北极台〔清〕王德容

光风座上冷谁知，冬日称觞似夏时。偶为高车临北渚，群招小集当南池。雪晴树杪烟痕渍，冰晕波心山影移。欲览万家城郭遍，舣舟北极共裁诗。（辑自《秋桥诗续选》卷一，亦见于民国《续修历城县志》卷二十一《古迹考六·寺观》）

济南杂诗（十六首之十一）〔清〕杨庆琛

野寺临流署汇泉，晨昏钟鼓礼诸天。定中花片常如雨，空外湖光欲化烟。（辑自《绛雪山房诗钞》卷十五）

中元夜同如庵弟、文与甥泛舟汇泉寺，看盂兰会，还过水面亭，小饮分赋〔清〕张善恒

客里逢佳节，相邀兴洒然。最宜新霁后，恰是早凉天。薄雾消残雨，平桥淡晚烟。余青犹杳霭，空翠乍澄鲜。暗觉尘襟涤，频教俗虑蠲。瓮香官渡口，诗压小奚肩。隔浦呼渔父，临风放钓船。微惊鸥梦起，细蹙浪花圆。短棹从容荡，孤帆隐约悬。绿垂千树柳，红碎万枝莲。倒影群峰秀，窥舱皓月穿。漏沈宵寂寂，响送溜涓涓。何处争箫鼓，遥闻奏管弦。邻舟停港曲，古寺指城边。胜会陈良夜，嘉名记汇泉。湖灯方照耀，士女更喧阗。佛向盆中供，经从座下传。慧轮起法界，道果结慈缘。持钵通三昧，含生遍大千。袈裟辉灿灿，幡盖舞翩翩。狮吼依稀在，鸾音远近宣。莫寻狂象醉，休问野狐禅。已喜参灵谛，真能悟妙诠。庄严钦宝相，清净效金仙。渐次寒钟歇，行看画舫旋。幽情随浩渺，乡思倍缠绵。点点渔矶露，星星蟹火妍。草亭宜暂住，酒市待招延。共话西来意，长歌北渚篇。才输无咎敏，孝忆目连全。空幻悟流水，英豪嗟逝川。荒祠欹岸侧，乱苇护窗前。素练舒还卷，轻波断复连。鱼羹罗美味，杯斝列芳筵。纵饮欢今夕，搔头问往年。满怀秋意足，分写碧云笺。（辑自《历下记游诗》上卷）

陈剑青招游汇泉寺〔清〕张善恒

昨宵游未惬，独行何踽踽。况复天阴沈，顿教清兴阻。今夕爱初晴，皓月印前浦。良朋忽见招，色飞更眉舞。共买小渔船，迭坐无宾主。解缆入湖中，咿呀摇轻橹。浮萍左右分，残荷远近吐。新秋波乍平，一发快如弩。遥指古城头，有地不数武。胜迹说汇泉，结构历年所。小泊柳阴下，拾级穿廊庑。禅境最清凉，万缘消净土。刚逢歇晚钟，不闻喧暮鼓。双鹤悄无声，肃肃振白羽。隔壁露佛灯，老僧耽静处。道法悟空明，仿佛落花雨。对之涤尘襟，倚栏听铃语。（辑自《历下记游诗》上卷）

汇泉寺 〔清〕斌良

垂杨环水寺，断岸小舟停。客到闲参茗，渔归偶听经。门留片云白，窗纳一湖青。欲问菩提意，泉声善也泠。（辑自《抱冲斋诗集》卷七《齐鲁按部集一》）

冬日偕诸象斋、冷云岳泛大明湖，至沧浪，杂咏（十四首之三） 〔清〕斌良

汇泉小寺隐垂杨，画舸填门热道场。趁得残僧闲洗钵，斋粮分供老鱼王。（辑自《抱冲斋诗集》卷七《齐鲁按部集二》）

汇泉禅林 〔清〕王偁

莲荻四围青，涛声浴佛灵。秋波空兜率，镜月泛雕舲。钟听皇华馆，灯传白马经。食天真觉路，竺字问碑亭。寺东有“靠天吃饭”碑。（辑自《鹊华馆济南杂咏一百首》）

济南八咏（之八）：汇泉寺 〔清〕纪煐述

日斜返棹兴悠然，古刹沿流到汇泉。载得月明归更好，不妨稍待钓鱼船。（辑自《三客亭诗草》卷一）

赠汇泉寺性安上人 〔清〕朱廷相

禅林清寂处，来值上灯初。松影连芦荻，泉声间磬鱼。试茶文武火，摊几老庄书。相对浑忘倦，悠然万感除。（辑自《仍可轩诗钞》）

晓泛明湖，至汇泉寺 〔清〕吴振棫

星落鸡始号，携舟明湖曲。水禽懒于人，犹抱冷云宿。风细蒲乱鸣，露重花新沐。沿缘得精蓝，放梵隔丛竹。野僧庞须眉，疏敝具冠服。过头杖影长，泛乳茶味熟。导客坐虚寮，晨光散林木。照烂东方霞，湖水不能绿。（辑自《花宜馆诗钞》卷五，亦见于民国《续修历城县志》卷二十一《古迹考六·寺观》）

明湖竹枝词（八首之五） 〔清〕许瀚

汇泉寺后水如烟，钓艇纷来拂白莲。我不知鱼鱼自乐，好从香国悟忘筌。（辑自《攀古小庐文集》卷五）

济南竹枝词（二十八首之五）〔清〕孙兆淮

汇泉佛寺傍长堤，卍字栏杆曲曲齐。冠盖如云开夜宴，分明避俗到招堤。寺中曲廊水榭，颇可游憩，当道每借以宴客。（辑自《〔片玉山房〕花笺录》卷十四）

周二南招饮会泉寺，遇雨 〔清〕马国翰

不教僧占尽，胜地共盘桓。来访鸽王舍，言寻鸥侣欢。鸣雷绕城角，飞雨到湖干。绘出烟波境，矶头问钓竿。（辑自《玉函山房诗钞》卷四，亦见于《玉函山房诗集》卷七、民国《续修历城县志》卷二十一《古迹考六·寺观》）

龚廉白廷煌明府招游明湖，即集汇泉寺，和《曝书亭集·泛舟莲子湖》原韵丙申。（二首）〔清〕沈淮

急雨洗炎暑，万荷花气清。六时浮白暇，一舸闹红行。浪卷鸥边活，风来柳下轻。多君携酒榼，古寺听泉声。

汇波楼百尺，极目古怀赊。山色双峰秀，河流一道斜。城河新浚。红亭人压笛，绿苇界分瓜。彦会联群屐，归舟荡夕霞。（辑自《三千藏印斋诗抄》卷六《锁闱唱和集》）

七月望日游大明湖（六首之二）〔清〕徐宗干

古寺深深钟磬音，山僧归去水边林。荷花万顷鸥千点，一叶扁舟无处寻。（辑自《斯未信斋诗录》卷三《岱南集〔上〕》）

汇泉寺 〔清〕孔昭珩

荷田荻港绿溪头，梵宇禅庐景更幽。千佛云烟当户立，七桥景物倚栏收。墙阴薜荔无残暑，水际垂杨入早秋。最喜此间堪僦屋，时见应试者僦寓于此。何须僻地觅林丘？（辑自《杞园吟稿》卷二）

汇泉寺 〔清〕延彩

古人汗漫游，大都随以意。意行无远近，但听多人使。寺颜曰汇泉，不见源泉自。兴来时一往，吾自适吾志。回领同游者，仪卫纷相侍。褦襶纵能堪，何足光芟芟！可怜清净门，日作宾筵地。人生各有真，非可强而致。轻衫落暮

归，酒楼拼一醉。（辑自《简斋小草》卷下）

秋晚同人游汇泉寺　〔清〕王大堉

木落鹊山瘦，人稀萧寺寒。钟声澹烟水，云气幻峰峦。有客拜奇石，和僧倚曲栏。咏归凝望处，斜日照芦滩。（辑自民国《续修历城县志》卷二十一《古迹考六·寺观》引《苍茫独立轩诗集》）

晚望汇泉寺　〔清〕葛忠弼

欲造湖边寺，苍茫路不通。波光明佛火，幡影动秋风。月出闲鸥聚，人归柳岸空。高僧不可遇，惆怅鹊桥东。（辑自《秋虫吟草》卷二）

明湖棹歌（十二首之二）〔清〕李佐贤

湖上重来感不禁，当年小住托禅林。依稀旧梦浑难记，一片烟波何处寻？昔年应试，曾寓汇泉寺。（辑自《石泉书屋诗钞》卷五）

汇泉寺夜眺　〔清〕鲍瑞骏

东风卷湖影，忽作半城阴。烟火人声聚，楼台夜色深。去年曾待月，此地一鸣琴。寂历松杉径，泠然清磬音。（辑自《桐华舸诗钞》卷四）

汇波寺即景　〔清〕鲍瑞骏

古寺松杉碧，沿流一棹孤。僧归桥吠犬，月出树惊乌。他日评琴处，何人看菊俱？回舟倚前港，问讯旧黄垆。（辑自《桐华舸舸诗续钞》卷五，据此诗及上诗，此诗题中所说的“汇波寺”当为“汇泉寺”之误。）

汇泉寺　〔清〕毛鸿宾

十万芙蓉落寺前，支分派别汇原泉。湖山萦绕澄秋霁，殿宇辉煌笼晚烟。萝带绿牵游客径，荷衣红拂酒人船。晨钟一觉发深省，昼夜如斯悟逝川。（辑自《澹虑斋诗集》）

访汇泉寺僧觉泰 〔清〕朱丕煦

一径曲通幽，周遭花木稠。弄琴对流水，镇日坐高楼。衰柳明斜照，残荷开晚秋。六时自禅诵，未见出门游。（辑自《红蕉馆诗钞续二·附丕煦、丕勋二孙诗》）

汇泉寺 〔清〕陈锦

伏地流清济，临湖一滃然。已通观海路，犹是在山泉。佛火千头芋，秋风十指莲。老僧食鞭笋，为道种芦田。（辑自《补勤诗存》卷十八《可读山房吟草〔上〕》，亦见于民国《续修历城县志》卷二十一《古迹考六·寺观》）

汇泉寺 〔清〕王轩

断港不逢人，芙渠忽通路。数转入深丛，招堤出烟树。深水横阶平，空庭眠白鹭。院静槐阴清，炎曦不能度。蝉声时一鸣，萧萧阤凉露。山僧睡正浓，佛香烬余炷。小坐苍苔根，颇得烟霞趣。一声闻轧哑，前溪方唤渡。（辑自《耨经庐诗集》卷二）

同小庄过汇泉寺 〔清〕高望曾

幽寻惬旅怀，夙约结良伴。历下富形胜，山水并清婉。汇泉古精蓝，灵境喜不远。意行去尘市，径随流水转。地僻罕逢人，山门无吠犬。俄闻夕梵音，禅扃松下款。衰僧解世情，导客坐池馆。开轩面芦漪，秋尽烧痕短。人影方罫间，曲折迷町疃。泠泠响流泉，入耳奏弦管。孤舟出烟渚，风急橹声软。鱼鸟静忘机，俯仰云物善。爱此久徜徉，羲驭苦难挽。何以纪鸿泥，诗成供一莞。（辑自《茶梦盦诗稿》卷五。）

正月十七日招同吴康之、钱笠湖、郭笛楼三大令，陆惕身孝廉、唐右枚参军、彭介石上舍、陶郢声茂才集汇泉寺，祝家云林高士生日，集《兰亭帖》字 〔清〕倪鸿

盛陈觞咏此相期，兰若同临老少随。室宇九间无事坐，水天一会有人知。浪游山左清幽地，风信春阴畅乐时。暂作昔贤今未死，犹将生日每年为。（辑自《退遂斋诗钞》卷二）

次韵耿雨苍汇泉寺留题之作 〔清〕郑鸿

绿杨城郭白蘋洒，我亦年来几度经。湖影静涵人影碧，佛山遥对佛头青。千佛山正与寺对。红莲带雨秋前放，画舫乘烟月下停。十里波光澄晚照，渔歌最好夕阳听。（辑自《怀雅堂诗存》卷一）

题汇泉寺 〔清〕高宅旸

幽绝湖心寺，翼然枕古亭。泉声滴石绿，山色压门青。丈室凉云绕，疏钟隔水听。蛛尘词客象，今日并飘零。寺中旧悬李易安小像，今不可得矣。（辑自民国《续修历城县志》卷二十一《古迹考六·寺观》引《味蓼轩诗钞》）

明湖杂咏（三首之三） 〔清〕吴重周

汇泉寺绕水为乡，菰叶风摇薜荔香。一磬清声飞不度，芙蓉三面界红墙。（辑自《海丰吴氏诗存》卷四，亦见于《武定诗续钞》卷十七、《武定诗补钞》第三册）

初夏宴汇泉寺 〔清〕张荫桓

跨湖开梵宇，清境到来难。卧柳蟠堤固，从芦翳夏寒。堞楼晴翠湿，山阁晚风湍。城市车尘外，相逢且尽欢。（辑自《铁画楼诗钞》卷二《风马集》）

汇泉寺后禅院 〔清〕单仝裕

寺院临湖畔，到来心益清。窗摇荷芰影，风动荻芦声。闲话僧连榻，题诗客倚楹。禅家无俗韵，端是利名轻。（辑自《心湖随意草》）

明湖竹枝词（十首之三） 〔清〕魏乃勷

曲水东头汇泉寺，女儿一岁一焚香。秋来又是盂兰会，打点灯船上道场。（辑自《延寿客斋遗稿》卷一）

游汇泉寺（二首） 〔清〕觉罗廷奭

昔闻汇泉寺，今上鹊湖船。流水断霞外，白蘋红蓼边。澹飞千树雨，凉纳半溪烟。到此黄尘远，飘然意已仙。

绕竹乱泉流，轩窗冷逼秋。湖光初拂槛，山色正当楼。傍柳移尊酒，攀荷荡小舟。遥闻钟鼓动，夕阳更淹留。（辑自《未弱冠集》卷二《懒余吟草》）

临江仙 · 晚过汇泉寺，感旧 〔清〕王以慜

醉里欲寻骑马路，出门渐觉疏慵。暮天深巷起悲风。露从今夜白，花是去年红。

月到上方诸品静，抱琴好倚长松。江湖狂客酒船空。望君烟水阔，想忆采夫容。（辑自《檗坞词存别集》卷三《湘烟阁幻茶谱〔上〕》）

点绛唇 · 雪后小集汇泉寺 〔清〕王以慜

冬日严凝，杖藜雪后临丹壑。翠尊绿杓。石上开仙酌。

山色沈沈，城郭传金柝。梅花落。金铺烂若。衣惹湘云薄。（辑自《檗坞词存别集》卷四《湘烟阁幻茶谱〔中〕》）

点绛唇 · 再集汇泉寺 〔清〕王以慜

藻井璇题，丹梯暗上三层阁。兰肴重错。雪映烟光薄。

有竹千竿，砌下翘饥鹤。云萧索。客无所托。感叹登楼作。（辑自《檗坞词存别集》卷四《湘烟阁幻茶谱〔中〕》）

游汇泉寺七月朔日，与遗之游汇泉寺，茗坐鹾垣别墅半日作。（二首） 〔清〕宋恕

花香虽少荷叶多，未恨今年旱损荷。东侧若堤无一线，应呼此寺作环波。寺在湖中，惟东面一线堤通岸。

听蝉对柳忘炎暑，况有风芦动远音。历下亭边船益集，会波楼外日将沈。历下亭在寺西，会波楼在寺东北，皆隔水相对。别墅在寺西侧，西、北两面临湖，为赏湖胜处之一。（辑自《宋恕集》卷九）

明湖冶春词十二首（之七） 〔清〕单朋锡

时新妆束斗婵娟，一棹如飞泊汇泉。忆得菩陀岩下路，濛濛花雨散诸天。（辑自《季鹤遗诗》）

游明湖杂咏（十首之七）〔近现代〕崔子湘

凉飙拂拂起微波，山色迎人隔岸多。不见僧雏门自掩，汇泉寺外夕阳过。（辑自1921年9月3日《益世报（天津版）》第14版）

明湖杂咏（八首之三）：汇泉寺〔近现代〕梁文灿

湖上风凉趁夕曛，画船士女艳春云。一声清磬凄如许，搀入笙歌总不闻。（辑自《梁文灿诗词稿》引《蒙拾堂诗草录存》。趁，《蒙拾堂诗草偶存》中作“未”）

游大明湖口占四绝：汇泉寺〔现当代〕张小竞

闻说汇泉寺，疑从岛上游。青岛有汇泉。偶来清静地，尘虑撇心头。（辑自1929年7月15日《新无锡》第4版）

历下竹枝词（五首之二）〔现当代〕体察

汇泉古刹是徘徊，曾见盂兰胜会开。幽绝小轩临水曲，行云无复遏湖隈。

庙之东有阁，祀关帝。对面有戏台，额曰“云遏湖隈”，爱其运用“响遏行云”之典而无痕，且亦洽合地点。今竟为俗僧拆去，台亦无存矣。（辑自1941年第2期《大风》）

二、水月寺（水月禅寺，水月庵）

水月寺，又称水月禅寺、水月庵，旧位于北门内偏东位置，始建于晋天福年间，内祀观音。清顺治七年（1650），17 岁的王士禛曾读书水月寺中。

◇ 旧志中的相关记载

明崇祯《历城县志》清康熙增刻本卷四《建置志（下）·坛庙·寺》：
水月禅寺，北门内东。祀观音。晋天福建。

清乾隆《历城县志》卷第十八《古迹考五·寺观·五代》：
水月禅寺，北门内东。祀观音。晋天福建。（旧《志》）

民国《续修历城县志》卷二十六《古迹考六·亭馆三》：
水月禅寺，见前《志》。

同诸公访水月寺（二首）〔清〕王士禛

古刹开龙藏，浮图象雀离。西风收潦日，南渴落帆时。携伴欣青眼，谭经愧赤髭。晚凉随步屧，门外足江蓠。

青梵鱼山路，幽寻鹿苑行。慈菰依岸隐，沙濑入秋清。玉笛催凉思，箜篌响化城。浮沉忽十载，惭拜古先生。（辑自《渔洋山人集外诗》卷一）

水月寺，予少曾读书其地明湖东北。〔清〕王士禛

渔舍绕精庐，重过四纪余。青蘋纷杜渚，白鸟上阶除。南浦豆花水，西方莲叶书。半生流浪迹，又到化人居。（辑自《蚕尾续集》卷一）

历城水月寺大雪作（二首）〔清〕周斯盛

七忠祠下乱烟微，二百余年事已非。土偶空留名姓在，金川长使寸心违。雨花草满孤臣冢，鹤庆云归老佛衣。一夜华不同“袝”注边雪，似闻灵爽共歔欷。祠祀铁尚书以下七人。

黄河南畔雪深深，想见行人冷不禁。千里故园频望眼，独归老父最关心。孤舟何日乡闾好，樽酒残宵弟妹斟。听罢晚钟僧舍寂，城头寒月正萧森。（辑自《证山堂集》卷五）

水月寺〔清〕蒲松龄

禅林幽寂远尘氛，荷芰丛丛暑气熏。急雨敲残鸥鹭梦，落花浮动水波云。旗亭灯火当窗见，芦荻秋声入夜闻。老衲五更翻贝叶，昙花魔女散缤纷。（选自《蒲松龄全集》第2册《聊斋诗集》，亦见于《聊斋诗集笺注》等）

水月寺〔清〕顾我锜

天光水色两冲瀜，片月斜临古梵宫。斋罢禅房无一事，梦魂闲与白鸥通。（辑自《浣松轩诗集》卷三）

游水月寺〔清〕朱畹

寂寞人稀到，荒凉寺独存。无僧谁击磬，有客自推门。树老鸦争集，草深蛙正喧。坐观潭水静，相对欲忘言。（辑自《红蕉馆诗钞续》）

水月寺怀王阮亭〔清〕符兆纶

祇林风过晚生凉，踏破芒鞋到上方。偶尔禅心参水月，悠然诗品见渔洋。泠泠钟梵云间落，冉冉天花雨后香。曾向明湖泛烟艇，几株秋柳曳斜阳。（辑自民国《续修历城县志》卷二十一《古迹考六·寺观》引《历下咏怀古迹诗钞》）

水月庵怀王渔洋尚书〔清〕廖炳奎

曲径通幽水月庵，当年诗老驻游骖。湖东古迹留佳话，池北新编纪偶谈。荷芰霏香丁夏五，蛾眉写影恰初三。堤边秋柳依然在，一桁寒烟罩佛龛。（辑自民国《续修历城县志》卷二十一《古迹考六·寺观》引《历下咏怀古迹诗钞》）

水月禅寺怀王渔洋 〔清〕王大堉

依然水月满湖上，禅寺难寻动感衷。诗妙独赓唐古调，谈清颇有晋高风。霜钟只解催秋暮，沙鸟犹能说偈空。此老多情怀旧梦，相思五十六年中。（辑自民国《续修历城县志》卷二十一《古迹考六·寺观》引《历下咏怀古迹诗钞》）

三、北极庙（又称北庙、真武庙、玄武庙、北极阁、北极祠、北极宫，醉琴道士附）

北极庙，今称北极阁，古代时曾名真武庙、北庙、玄武庙、北极祠、北极宫，为一道教庙宇——真武是道教奉祀的代表北天之神，是北天七宿的化身，原名玄武大帝，后因避帝讳，改为真武。

该庙始建于元代至元十七年（1280），后曾重修。现位于7米高的石镶土台——北极台上，占地1078平方米。正殿在中央，坐北朝南，后有启圣殿，南面为门厅，面阔各三间，东西配庑殿，门厅左右是钟、鼓二楼。正殿佛龛内塑有真武坐像，手持宝剑。两侧侍金童玉女。神龛前下方分别站有火、水、龟、蛇四将。神龛左侧塑有青龙、赵天君、关天君、仙真、风伯、雷公，右边塑有白虎、马天君、瘟天君、仙曹、雨师、电母。殿内东西山墙上，绘有《真武大帝武当山传奇》壁画，故事曲折，引人入胜。启圣殿为明成化初年德王朱见潾建，塑有圣父母的坐像。左右两侧侍有玉女，各持石榴仙桃。墙上壁画，皆为演奏、舞蹈、献果等祝寿场面。

◇ 旧志中的相关记载

明《历乘》卷五《建置考·寺观·庙》：

北极庙，北门内迤西。台上建庙，下瞰明湖如画，此乃湖中大观。

明崇祯《历城县志》清康熙增刻本卷四《建置志（下）·坛庙·庙》：

北极庙，北城内迤西大明湖上。祀玄武，亦以名台。朔望，妇女多办香于此。

清乾隆《历城县志》卷第十八《古迹考五·寺观·明》：

北极庙，在北城内迤西大明湖上。祀玄武。亦以名台。

民国《续修历城县志》卷二十一《古迹考六·寺观》：

北极庙，见前《志》。

游大明湖，晚至北极庙登览 〔明〕王慎中

春城足遐观，携手复嘉客。欲极高深趣，停桡理轻策。林木飞鸟还，苍茫烟景夕。反照射岩丹，遥空带水碧。山色晦弥明，人声喧更寂。灯火起闾阎，渔樵散原泽。当歌浩思盈，对酒沉忧释。不知欢娱滞，天表生皓魄。（辑自《遵岩集》卷一，亦见于清乾隆《历城县志》卷第十八《古迹考五·寺观》）

大明湖北庙四首 〔明〕于慎思

湖上有瑶台，帝子临北渚。凝睇渺愁予，灵旗卷风雨。

短渚映菰蒲，湖光渺凌乱。为有卖酒家，舟行近北岸。

败荷满枯丛，蟹行何郭索。捕蟹供行厨，下酒亦不恶。

湖内有人家，疏篱间深树。隐隐棹舟来，摇摇载酒去。（辑自《庞眉生集》卷七）

济南大明湖十首（之三） 〔明〕张鹤鸣

北极仙祠白玉关，烧香女伴斗云鬟。凭高笑撚荷花蒂，指点湖东望鹊山。（辑自《芦花湄集》卷二十八，亦见于《历下十六景诗》卷六）

北极庙 〔明〕刘敕

庙貌郁崔嵬，溪云护法台。凭轩双目豁，倚槛万峰来。树影孤帆动，香烟古殿开。喜看载酒者，一棹任徘徊。（辑自《历乘》卷十七，亦见于《山左明诗钞》卷三十、《山左明诗选》卷七，亦见于明崇祯《历城县志》清康熙增刻本卷十四《艺文志三》、清乾隆《历城县志》卷第十八《古迹考五·寺观》、道光《济南府志》卷六十九《艺文五·历城诗》）

北庙　〔明〕王象春

家家朔望赛神来，士女同舟萍叶开。默祝瓣香深下拜，望山更上最高台。

齐城遗俗，遇朔望，夙戒舟楫，上北极庙行香。庙台高级，下见南山尽处。尝见名胜之地，僧游最多，女游最多。僧身闲，女心闲也，故得纵目穷览。惜其意中抱有绝妙好词，不能写出。嗤夫男子士民多为无谓之愁，穷昏极晓，老死不休，转从妇女口边问景概，羞矣！（辑自《齐音》）

北极宫临大明湖，济南城内巨观也，题之　〔清〕阎尔梅

金瓦尧尧峙碧甍，孤无凭藉北天撑。四隅松柏山当面，一望楼台水半城。钟磬寂时星剑舞，芰荷香处酒船横。登高毕览三齐秀，春鸟春泉不住声。（辑自《白耷山人诗集》卷六）

明湖四首（之二）：**北极阁**　〔清〕傅扆

嵯峨杰阁矗云根，登眺苍茫日又昏。城郭周遮湖上路，人家错落水边村。龙蛇画壁鳞鬐古，浓柏参天骨干尊。却笑我来缘底事，一天风雨助诗魂。（辑自《辕辙吟》，亦见于《话雨山房诗草》卷一，题为《明湖首览铁公祠诸胜，因题四律》）

湖上杂诗（五首之三）　〔清〕傅扆

北极阁前还北去，北楼一望鹊华山。我来只爱看千佛，花底朝朝见黛鬟。（辑自《辕辙吟》）

登北极庙，观大明湖（二首）　〔清〕王岱

山城兵后半荒岑，水涸湖流宿莽深。古庙无人朝爨冷，渔舟不系败荷侵。鸦鸣残照参差影，雁度寒冰断续音。□似西陵好风景，春初花草止堪寻。

异代升沉满目中，霜寒残叶下西风。空余画壁生新藓，剩有残山忆故宫。德王宫在望。龙虎气消云惨淡，蛟螭碑覆石朦胧。闲将望岳寻新句，历下谁追李杜公？历下亭，杜甫、李邕。（辑自《了庵诗集》卷十一）

清明出北郭，回登北极庙 〔清〕赵作舟

临湖春意柳条青，南对重山接翠屏。出郭似行船上路，分畦多叠草闲汀。立看桃色开前浦，坐有觞流隐独醒。榆火年年新此地，几回凭眺赵家亭。（辑自《文喜堂诗集》卷三《原鸰集〔下〕》）

北极祠二鬼歌 〔清〕陈祚明

大明湖北北极祠，红墙石磴高且危。松柏郁郁云雾黑，下临湖水清涟漪。祠中大帝冕旒肃，侧立二鬼何权奇。筋骨怒张毛发竖，臂如屈铁蟠蛟螭。回眸攫身腰欲转，目光烂烂岩下电。足踏怪物五指撑，力蹴昆仑百骸战。是何妙塑远擅场，吴生画手师初唐。五彩剥落金碧尽，神气飞动何洋洋。年移物改汝独在，冥漠森然护真宰。燕雀不敢污肩背，虫蚁何曾穿甲铠。鬼乎鬼乎如有灵，天阴月黑风泠泠。香烟苾茀男女拜，歌舞刑牲血肉腥。山河已易三四姓，人生那得一百龄？日出平湖杳杳白，云起岱岳濛濛青。安得无情学土木，寿命迫人如转烛。君不见济南城破白骨多，门外啾啾真鬼哭。（辑自《稽留山人集》卷二，"大明湖"原书中误作"大名湖"，"五彩"原书中误作"五采"）

戊申元旦乘舟谒北极庙 〔清〕黄垍

客居逢改岁，元日偶乘舟。雪意风前尽，春光柳外浮。乾坤初欲旦，花鸟解相求。无限潇湘意，凭栏水北流。（辑自《夕霏亭诗》）

九日登北极阁（二首） 〔清〕张笃庆

贝阙千寻古渡头，平临万象对寒洲。渔舟泛泛真如画，湖水沉沉静不流。客里重阳虚令节，人间此日正残秋。故园兄弟风尘外，莫折茱萸动远愁。

西风瑟瑟雁南翔，湖上蒹葭叶有霜。绿酒未能浮画艦，黄花无分对柴桑。芳洲秋老莲房尽，绀殿风高水气凉。此日登临倍萧屑，独怜憔悴滞他乡。（辑自《昆仑山房集》）

历下北极庙，同少宰公作（二首） 〔清〕张笃庆

湖光十里逐人来，胜地无烦赋《七哀》。紫极宫前松柏老，木兰舟畔水云回。千山远映悬螺出，万堞平临象纬开。便欲乘风招鹤去，凭栏极目思悠哉。

十载名都数往来，繁华如梦管弦哀。城边弱柳沿堤长，湖上轻舟隔港回。万顷烟波春色阔，千寻贝阙晓云开。凌空绝磴长吟处，楚客同来赋快哉。（辑自《昆仑诗集·七言近体上》）

钟圣舆招游大明湖，次文盎韵（三首之三）〔清〕沈名荪

北庙狞狰两列开，我闻唐塑叹千回。青莲学士浣花老，历下游时应见来。北极台二鬼传是唐塑，光色如古铜，精绝。（辑自《两浙輶轩录》卷六）

登北极阁〔清〕张廷玉

杰阁郁崔峨，寻幽结伴过。湖光临槛碧，山色隔城多。出树闻钟磬，登梯俯薜萝。高吟杜陵句，聊得答渔歌。（辑自《澄怀园诗选》卷八）

明湖杂诗十首（之二）〔清〕任弘远

北极楼高四望赊，重重楼阁绿杨遮。城头遥望白云里，两点青螺是鹊华。（辑自民国《续修历城县志》卷十一《山水考七·水三》引《鹊华山人诗集》）

复游北极阁，同用"北"字〔清〕金德瑛

大明湖浔城北隅，台门更峙湖之北。近掠沧波远揽山，万户鳞比烟一色。残阳将堕月将升，坐觉苍茫兴无极。上探丹碧无帝宫，明藩建立碑未泐。祀祷春初氓庶闲，门前不绝横舸杙。盘桓古柏阅多年，樛干阴森气深墨。鸦返人稀我始来，市茶炉火犹罗侧。湖南官舍郁相望，对面何殊引绳直？只因盈盈一水分，遂觉渺渺俱难即。眼界生新意亦移，物理参同忘畛域。（辑自《桧门诗存》卷三，亦见于民国《续修历城县志》卷二十一《古迹考六·寺观》）

雨后北极寺远眺〔清〕李德容

游氛净洗雨晴初，缥缈高台接太虚。锦截半弯县蝃蝀，珠抛万斛动芙蕖。绿萍开处来吟舫，从柳阴中识酒垆。更爱披蓑堤畔叟，一竿斜照钓鲈鱼。（辑自《国朝山左诗续钞》卷三十二，亦见于民国《续修历城县志》卷二十一《古迹考六·寺观》）

北极阁 〔清〕蒋士铨

城内千顷绿，城外千山色。映带城中十万户，琳宫一览居然得。眼底足前恣挹取，眺远何须更逾阈？茶烟袅袅出窗户，神灯照神神尽默。须臾寒月散松影，隔水茅茨渺难即。天教使院落湖侧，扃钥心常愁逼仄。径须买取沙棠舟，夕泳朝游水精域。试向城南望城北，山郭人家居泽国。（辑自《忠雅堂诗集》卷三，亦见于民国《续修历城县志》卷二十一《古迹考六·寺观》）

明湖曲（八首之八）〔清〕王初桐

古庙森云际，停桡试一登。回看来处绿，不辨几层层。（辑自《海右集》，亦见于民国《续修历城县志》卷十一《山水考七·水三》）

大明湖北极阁上二塑鬼 〔清〕张埙

尽日灵风玄武旗，狞狞殿脚护神龟。髑髅筋见如新沐，此技应推杨惠之。（辑自《竹叶庵文集》卷六《凤皇池上集》）

福山褚明府招饮，兼与同人泛舟大明湖，览历下亭、北极阁诸胜（四首之四）〔清〕王元文

杰阁登临亦快哉，白云何处是蓬莱？登州暂许东坡住，且欲同看海市来。（辑自《北溪诗集》卷十四《北溪旅稿·历下集》）

莲子湖舫歌一百首（之四）〔清〕沈可培

珠阁层层北极高，三休方得到云霄。城南宝石屏千叠，堂下明湖水一坳。

北极阁，在莲子湖北。宝石山，即卧狼山，在历城西南十五里。（辑自《依竹山房集·丙午》）

次唐拱辰《北极宫怀古》韵 〔清〕郝允秀

星台高接雉墙雄，桂棹遥临曲岸东。子固轩存名士散，沧溟楼在酒人空。碧湖终古流残泪，少海何年续大风？闻道骚坛重有主，愿控珠颗入蛟宫。（辑自《松露书屋诗稿》）

北极宫怀古，代友（二首）〔清〕郝允秀

纳尽荷风系桂舟，夕阳同上古台游。围墙晴洒尚书泪，湖岸深含帝子愁。千载残烽追往事，半城衰柳入新秋。振衣更有伤怀处，西望犹存白雪楼。

石垣一望一含情，舜子风光向暮清。极渚残荷连雉碧，四山倒影入湖明。无边草没秋娘墓，数里云迷鲍子城。我欲凭高拟作赋，悲秋不耐棹歌声。（辑自《松露书屋诗稿》）

北极庙〔清〕郝懿行

玄宫缥缈碧城环，一带红墙抱水弯。北拱斗牛朝紫府，南窥邹鲁引青山。棋声半落松阴里，湖色平铺柳浪间。纵使高寒输玉宇，也应挥手谢人环。（辑自《晒书堂集·诗钞》卷下）

三游明湖，叠次张蓉裳元韵（四首之四）：北斗宫〔清〕彭闾

家世湘南半亩宫，东游特看海连空。宰官身似云初出，仙枕人如酒乍中。此夕星楼澄是镜，谁家画角远吹铜？橘林枫叶秋江思，又听尊前唱恼公。（辑自《沅湘耆旧集》卷一百四十二。诗题中的“北斗宫”当指北极阁）

新正与蒋云簪同年登北极阁（二首）〔清〕王家相

杰阁三朝仕女游，縠纹吹绉会波楼。朱幡不动香烟直，人在鳌山顶上头。

凌波叶叶驾兰桡，万朵芙蓉镜里摇。顷刻大明湖水沸，夕阳红到鹊华桥。（辑自《茗香堂集》卷四）

登北极阁〔清〕郝植恭

暮雨城头过，松风飒飒闻。平湖波浴月，远岫洞归云。林外藏渔火，天边落雁群。禅堂一声磬，万绪论静纷纭。（辑自《漱六山房诗集》卷六，亦见于民国《续修历城县志》卷二十一《古迹考六·寺观》）

玄武庙晚眺，次家兄次屏韵（二首）〔清〕杜堮

秘阁丹梯挂夕晖，汇波楼外晚烟微。南丰祠宇闲花在，北海风流片石非。水槛几邀词客步，葑田多傍钓人扉。凭高无限悲秋意，吟到黄昏未忍归。赵鹿泉先

生书少陵《陪北海宴》诗刻石，置历下亭。

遨游宛洛似玄晖，暇日心情满翠微。工部诗名前辈少，渔洋柳社昔人非。闲云影里萍开径，流水声中竹掩扉。看尽斜阳城阙晚，蒲帆却载月明归。（辑自《遂初草庐诗集》卷一《西轩草》，亦见于民国《续修历城县志》卷二十一《古迹考六·寺观》）

济南杂咏八首（之三）：北极阁 〔清〕萧重

飞阁历城上，明湖涵远秋。山形揖千佛，岛势凌十洲。花港立饥鹭，稻田来小舟。振衣俯下界，拟与仙人游。（辑自《剖瓠存稿》卷一）

北极阁 〔清〕朱琦

杰阁倚湖渚，城头烟景开。凉秋谁把酒，落日此登台。渔唱远还没，苇花寒欲催。无端感漂泊，为忆洞箫才。维扬王镇题诗壁间，自号二十四桥吹箫使者。（辑自《小万卷斋诗稿》卷九）

登北极阁 〔清〕方元泰

烟水晚濛濛，西山落照红。钟声寒寺外，人影白云中。院静少僧住，天高无路通。苍茫还独立，萧瑟动秋风。（辑自《华阳山房诗钞》卷二）

新霁登北极阁，听李道士弹琴 〔清〕吴存楷

条风苏宿雨，习习异秋噫。吹云上层霄，万变作狡狯。使我心孔开，喜若囚脱械。穿林寻仄磴，远步消积惫。鹊湖老道士，见客忘雅拜。一琴尾半焦，每杂酒瓢挂。抚轸为一弹，清音绝噍杀。细雨纷麻沙，崩崖走砰湃。陡作孤鸾鸣，画断云烟界。四座绝声闻，万象收瑰怪。我虽不解此，亦颇健其快。相携坐曲槛，苦茗洽情话。照眼水生鳞，舒眉山展画。夕阳红满身，归去痴应瘥。（辑自《砚寿堂诗钞》卷四）

登济南北极阁 〔清〕张家榘

背郭临湖北斗宫，曲阑秋水澹晴空。七桥池馆荒烟里，千佛云霞落照中。羽客生涯烹白石，仙禽古树长青铜。海风吹罢成连杳，胜欲携琴叩远公。谓方外醉

琴。（辑自《蓉裳诗钞》卷一）

北极阁　〔清〕柏葰

倦厌征轩理画桡，偶临烟水思迢迢。客边风景岁将暮，鬓上光阴雪欲飘。鼓棹人来虾菜市，登楼同望鹊华桥。鹊华桥东北有白雪楼。当年圣迹栖迟久，昂首东山意也消。（辑自《薜箖吟馆钞存》卷五）

冬日登北极阁　〔清〕王德容

忍冻泛明湖，登台日未晡。烟消千树瘦，水远一船孤。微雪带城雉，片云来野凫。溪山此粉本，还欲倩倪迂。（辑自《秋桥诗续选》卷二，亦见于民国《续修历城县志》卷二十一《古迹考六·寺观》）

济南杂咏（录四之三）〔清〕沈兆沄

阁高北斗挂城边，阁外齐州九点烟。人到白云闻逸响，泠泠徽外两三弦。北极阁道士善琴。（辑自《织帘书屋诗钞》卷二，亦见于民国《续修历城县志》卷二十一《古迹考六·寺观》）

北极阁看城南诸山　〔清〕吴振棫

山如高士不入城，搔首踟蹰那能见？是谁有意善招致，到此都教现真面。锦屏高张尽百里，画笔浓皴有千变。秋风落木定纷纷，远色含烟尚葱蒨。青羊道人去已久，旧有李道士居此，工弹琴。石上经年冷琴荐。不然一弹众山响，顿令世上筝琶贱。今来延伫苦寂寥，阁外斜阳语归燕。兴阑却上汇波楼，更看泺水明如练。（辑自《花宜馆诗钞》卷五，亦见于民国《续修历城县志》卷二十一《古迹考六·寺观》）

秋末北极阁极目　〔清〕乔岳

看雨看云日不闲，霜来岩树忽斓斑。半城粉堞临秋水，一片黄芦接远山。客意渐知人事改，诗情又逐雁声还。西风到处催华发，却怪渔翁未改颜。（辑自《松石诗钞》，亦见于民国《续修历城县志》卷二十一《古迹考六·寺观》）

登北极阁（二首）〔清〕辛师云

黯淡高空秋气深，城边孤阁迥登临。荡胸风入东溟阔，放眼云连泰岱阴。游子吟怀寄秋水，道人逸趣托鸣琴。道人名醉琴，善鼓琴。山门一盏寒泉汲，消尽人间热客心。

寒山凝黛锁苍凉，眼底齐烟一抹长。绝似南中秋荻景，满湖芦荻点新霜。（辑自《思补过斋遗稿》卷三）

重九日同小余泛舟明湖，至北极阁登高〔清〕沈淮

重阳风雨竟全无，弭棹中流似画图。青拥峰峦归杰阁，碧裁芦苇界通湖。寻碑剔藓情何极，憩铁公祠，读翁覃溪学士所书碑文。著屐登山兴不孤。梅岑登千佛山。拟买浊醪拚一醉，夕阳秋色满平芜。（辑自《三千藏印斋诗抄》卷五《风雪联吟集》）

和廖豸峰以少陵“名园依绿水，野竹上青霄”句为韵作《三泛明湖诗》十首（之八）〔清〕王大堉

北极竦霞阁，石磴俨叠嶂。茶烟杨禅榻，画壁瞻仙像。鸟衔芦巧鸣，燕睇客斜掠。约采重阳菊，醉歌绝顶上。（辑自民国《续修历城县志》卷十一《山水考七·水三》引《苍茫独立轩诗集》）

北极阁闲眺〔清〕孟传铸

神宫百尺郁崔巍，倦客登临眼骤开。城面乱山作屏障，湖心平地起楼台。卖鱼翁去柴门闭，放鸭人划钓艇来。独恨同游催返棹，临阶欲下重徘徊。（辑自《秋根书室诗文集》卷二）

明湖棹歌（十二首之三）〔清〕李佐贤

此间暑气到应难，夏午登临怯袖单。北极楼头天尺五，果然高处不胜寒。（辑自《石泉书屋诗钞》卷五）

九日北极阁望千佛山，呈竹朋太守同年〔清〕鲍瑞骏

竞说登高去，南山积翠开。遥知携屐处，竹朋是日游千佛山。应举菊花杯。若使划平地，苍然泰岱来。明湖深照影，秋色更登台。（辑自《桐华舸诗钞》卷五）

夏初至济南，游北极庙　〔清〕韩凤翔

济南号名城，大明居其半。何处眼界开，北城望南岸。（辑自民国《续修历城县志》卷二十一《古迹考六·寺观》引《梦花草堂诗稿》）

北极阁　〔清〕边浴礼

高标跨危城，阁势摩北极。层波浩撞舂，叠嶂环拱揖。明霞三百丈，倒卷入栏隙。天风摇动之，潋滟不可即。化为乱云根，嵯峨似争力。振衣虚无亲，引手星斗逼。安能辨湖山，坐觉生羽翼。斜阳没西崦，暮鸟去如织。登攀兴焉穷，骋望情孔亟。会当明月宵，来观水精域。（辑自《健修堂诗集》卷十三）

北极庙　〔清〕陈锦

欲览全湖胜，凭临百尺台。人烟缘树密，山色隔城来。莲叶青无缝，轻舟荡不开。鹊华天外碧，郁郁气佳哉！（辑自《补勤诗存》卷十八《可读山房吟草〔上〕》，亦见于民国《续修历城县志》卷二十一《古迹考六·寺观》，其中“览”作“揽”）

登北极阁二首有序。　〔清〕孙国桢

丁亥春季，余由琅槐移权泾沃，灾区民瘠，讼狱颇繁，兼修堤堰，忧旱干，草草劳形，数月几无闲暇。秋杪，拟饬茭防，以郑州夺溜而止。节届重九，天高日晶，乃邀同寅毕集于北极之阁，凭高舒眺，杯酌言欢，缩大块于几筵，纳清风于怀抱，直觉羲皇以上，非伊异人。酒阑人倦，余兴犹不浅，因思鸿雪因缘，莫非前定，不有吟咏，来者何观？乃为诗以记之。与会者：朱竹君分宪，杜子亭游府，朱紫庭鹾尹，王砚田、张心铭两广文，顾莲舫少尉，与予为七人焉。

日丽层台令节新，百忙拨冗寄闲身。衣冠会集饶真率，觞豆欢娱孰主宾？溜掣鲸波关世运，迹留鸿爪亦前因。清风入抱烦襟涤，同拟羲皇以上人。

灾区惨淡忧心切，杰阁登临倦眼开。千古英流凭怅望，百端幽绪触纷来。未求谢傅在山志，遑问尧夫经世才。勉效兰亭留集叙，也应不负菊花杯。（辑自《愚轩诗钞》卷上）

北极阁 〔清〕朱庭珍

新柳媚春色，远山迥笑姿。霞飞云断处，湖涨雪销时。绿绕水边阁，红遮花里池。忘机狎鱼鸟，输与白鸥知。（辑自《穆清堂诗钞》卷上）

北极阁雨望 〔清〕何家琪

阁峭插孤台，门危拓水开。人烟千树合，山雨满城来。境绝飞仙想，秋高宕赋才。碑阴低首过，踏尽古莓苔。（辑自《天根诗钞》卷下，亦见于民国《续修历城县志》卷二十一《古迹考六·寺观》）

游大明湖毕，登北极阁 〔清〕李嘉乐

雨后大明湖，风景尤清美。公暇欲寻诗，客召予则唯。三万柄荷花，一千亩芦苇。尘襟恋波光，见湖未见水。小舟曲折行，渺不知首尾。亟登北极阁，眼界逞奇诡。倚堞山峨峨，临流花靡靡。积潦水不行，盛涨城将毁。始悟寄托高，差能溯原委。全湖面目真，饱看心无悔。（辑自《仿潜斋诗钞》卷十四《移济集》）

侨寓明湖北极阁，湖山极胜，杂诗四首 〔清〕刘曾騄

万绿抱潆洄，中有北极阁。湖山罗目前，一览无边阔。朝暾共云升，暮鸟随霞落。时有松涛声，夜静风浪作。莲花红白开，露珠滚的皪。雾重水混淆，雨多山洗濯。相对酒满尊，聊慰谪居乐。

余爱汗漫游，一掷入世网。蹉跎近十年，风尘恣扰攘。夏日巡郊原，策马数来往。赤伞不遮日，汗珠湿鞧鞅。抑岂独贤劳，王事或鞅掌。何似今日岁，湖山清供养。北窗鼓琵琶，天际真人想。

北渚有草亭，杜陵杳何许。任城问酒楼，太白忽已古。眷属时寓任城。欲去复徘徊，欲留且延伫。偷得一日闲，来作湖山主。惜无长文章，光芒万丈吐。诗已逊甫白，道况变齐鲁。三复仲宣词，信美非吾土。

巍巍梁王台，弥望隔千里。风雨有敝庐，讵夸田园美。藏书虽不多，缥缃盈万纸。对之开笑颜，刚柔判经史。名山自千秋，据席谁夺此？何为鸡鹜争，腐鼠汗颜此。谡谡清风来，湖山神莫訾。（辑自《梦园诗集》，亦见于《道咸同光四朝诗史》乙集卷五）

河渎神·北极阁　〔清〕王以慜

隔水磬声通。殿前殿后花红。夕岚生处鹤归松。鸾旗百尺雪风。

灯火万家城四畔。湖云欲散未散，芳草落花无限。怀宇宙以伤远。（辑自《檗坞词存别集》卷三《湘烟阁幻茶谱〔上〕》）

风入松·北极阁　〔清〕王以慜

水精宫殿月玲珑。一雁入高空。数家渔网疏烟外，和烟绿、春柳寒松。犬吠鸡鸣几处，风斜雨细相逢。

荷花深处小船通。落叶满疏钟。为寻名画来过寺，云半片、仿佛壶中。催启五门金锁，移床坐对千峰。（辑自《檗坞词存别集》卷三《湘烟阁幻茶谱〔上〕》）

登北极阁　〔清〕高宅旸

星临北极俯尘埃，形势嵯峨气壮哉。万树风声缘阁入，一湖山色抱城来。幽探胜境宜佳日，能赋登高便异才。却问前贤联辔后，几人屐齿印苍苔。（辑自民国《续修历城县志》卷二十一《古迹考六·寺观》引《味蓼轩诗钞》）

九日偕尹湜轩大令暨庄生登北极阁　〔清〕高宅旸

形势郁苍苍，崇阶百级长。登临宜我辈，晴好况重阳。云净青山迥，天高白雁凉。昂头一遐眄，惆怅是他乡。（辑自民国《续修历城县志》卷二十一《古迹考六·寺观》引《味蓼轩诗钞》）

和提刑许公三月三日登阁公祠后楼望湖即景（十章之六）：北极阁　〔清〕宋恕

危栏百尺悄然凭，不觉神游越两冰。五岳太卑真蚁垤，三洋差大亦鱼罾。将求云汉供浮鹢，别取恒星试放鹰。好梦未圆参噩梦，舟师忽报帅徐承。（辑自《宋恕集》卷九）

明湖竹枝词（七首之六）〔清〕黄兆枚

北极阁对南山巅，南山嶂开青郁然。飞入湖中作湖色，水影烟霏人在船。（辑自《芥沧馆诗集》卷五）

明湖杂咏（八首之四）：北极庙 〔近现代〕梁文灿

楼台高入五云遮，北斗依依檐际斜。到此不知天路远，时时翘首望京华。（辑自《梁文灿诗词稿》引《蒙拾堂诗草录存》。时时，一作“几人”）

历下中秋，陪翁子培先生泛舟湖上，玩月北极阁，三更乃归，率呈俚句四首，并柬张若燔伯龙 〔近现代〕林修竹

平分秋色入扁舟，贝阙珠宫水面浮。消得羁愁知几许，大明湖上作中秋。

铁公祠外水如天，北极阁前思渺然。却忆金陵明月里，有人挥翰似云烟。时长君与家孟兄三弟均应试金陵。

万荷叶里一溪香，城柝无声夜未央。偶语忽教增感喟，漫将时事论河防。东省策题及河徙事。

清游已负杖头钱，好夜休抛璧月圆。咫尺银河天万里，乘槎何处觅张骞？（辑自《澄怀阁诗集》卷一）

游大明湖口占四绝：北极阁 〔现当代〕张小竞

登临北斗已非遥，联步云阶上碧霄。目极齐烟青九点，满湖垂柳易魂消。（辑自 1929 年 7 月 15 日《新无锡》第 4 版）

济南大明湖杂诗（四首之二）：北极阁 〔现当代〕俞平伯

曾闻驰道出高墙，俗语云：“城头上跑马。”今见谯楼作鼓场。葱翠门阑峦翠里，依稀风景胜江乡。（辑自《俞平伯旧体诗钞》）

附：醉琴道士

同李霭溪、宋步武、王秋舫明湖泛月，访醉琴道人，即约至舟中 〔清〕王娖

片月在湖心，扁舟系柳阴。渔灯出芦小，人语隔荷深。闲话停清酌，新题斗苦吟。忽闻弹水调，仙观访孤琴。（辑自《碻磨诗钞》卷上，亦见于民国《续修历城县志》卷十一《山水考七·水三》）

湖上听醉琴道人吹笛 〔清〕王婳

何日斫湘竹？竹痕湘泪深。却于鹊湖夜，来作老龙吟。桥外几舟泊，柳边孤客心。早知感秋气，落叶为萧森。（辑自《碻𢈔诗钞》卷上，亦见于民国《续修历城县志》卷十一《山水考七·水三》）

冬夜赠醉琴道人 〔清〕鹿林松

一笠一枯藤，前身何寺僧？坐深没阶雪，吟灭隔湖灯。煨芋炉余火，烹茶水带冰。世间此孤僻，可许几人能？（辑自《国朝山左诗汇钞后集》卷十）

赠醉琴道人 〔清〕朱衍洞

一生烟水趣，十里藕花村。山色青当阁，湖光绿到门。达观无俗眼，慧业有仙根。枕石眠云处，高台大布尊。（辑自民国《续修历城县志》卷五十三《杂缀三·轶事三》引张岫《带经舫集抄》）

赠醉琴 〔清〕周乐

君本江南客，竹扉湖上开。一琴对山水，终日在楼台。醉意非关酒，狂歌放此才。倾谈如不厌，时驾小舟来。（辑自《二南吟草》，亦见于《二南诗钞》，题为《赠醉琴道士》）

寄赠醉琴道人（二首） 〔清〕郝箬

岂有琴堪醉，如何号醉琴？应从弦指外，别领水山音。卜地湖峰助，烧丹岁月侵。悠悠漫相识，谁解白云心？

一剑辞吴越，来游感物华。幻缘真悟梦，余事尚名家。紫气占应惯，黄婆配不差。驻颜知有术，何必问丹砂！（辑自《爱吾庐初集》）

历下留别八首（之八）：北极阁道士 〔清〕宋翔凤

欲问明湖柳，愁过历下亭。芙蕖香有国，烟水梦无汀。诗境入空霭，琴声际杳冥。畸人高阁里，何日更来听？（辑自《忆山堂诗录》卷八，亦见于民国《续修历城县志》卷五十三《杂缀三·轶事三》）

赠醉琴道士 〔清〕麟庆

久事元君泰岳巅，漫来此地奉金仙。曲中山水参琴趣，壶里乾坤得醉禅。十里明湖澄槛外，万峰秋色落尊前。道心寂历尘心定，话到长生一冁然。（辑自《鸿雪因缘图记》第一集，亦见于《晚晴簃诗汇》）

赠醉琴 〔清〕杨致祺

有客广陵来，翩跹曳广袂。托足最高台，遥对众山翠。身外无长物，一琴寄幽致。不欲悦俗耳，古调聊自试。节以疏愈高，音以淡弥粹。肃襟一静听，清风为我至。余非知音者，以意默与契。曲罢两忘言，怅望秋云碧。余韵尚泠然，依稀在松际。（辑自《国朝山左诗汇钞后集》卷三十）

赠醉琴道士 〔清〕李邺

广陵仙子烟霞客，遁迹荒台卧白云。一曲松风来鹤侣，数番蕉叶换鹅群。情深桃水潭千尺，梦冷扬州月二分。我亦尘埃欲休去，愿随高躅挹余芬。（辑自《柿园诗稿》卷上）

四、晏公庙（晏公祠附）

晏公庙，原在北水门内晏公台上，是为纪念“水神”晏戌子而建的，后圮毁。今晏公庙在大明湖南岸稼轩祠西面，庙内所祀之主改为春秋时期齐国著名政治家晏子。

晏子（前578—前500），名婴，字仲，谥号“平”，夷维（今山东省高密市）人。春秋时期齐国著名政治家、思想家、外交家。

齐灵公二十六年（前556），齐国上大夫晏弱病死，其子晏婴继任为上大夫。其后，他历仕齐灵公、庄公、景公三朝，辅政长达50多年，以有政治远见、外交才能和作风朴素闻名诸侯。他聪颖机智，能言善辩，廉洁奉公，忧国忧民，内辅国政，屡谏齐王；对外既富有灵活性，又坚持原则性，出使不受辱，捍卫了齐国的国格和国威。

◇ 旧志中的相关记载

明《历乘》卷五《建置考·寺观·庙》：

晏公庙，北门内。庙建台上，水田下行。今券塞，不复睹“会波晚照”矣。

明崇祯《历城县志》清康熙增刻本卷四《建置志（下）·坛庙·庙》：

晏公庙，北门内。晏公，水神。上台下券，乃“会波晚照”所繇名也。

清乾隆《历城县志》卷第十八《古迹考五·寺观·明》：

晏公庙，在北门内。晏公，水神。上台下券，乃“汇波晚照”所由名也。

民国《续修历城县志》卷二十一《古迹考六·寺观》：

晏公庙，见前《志》。

……

晏公庙，在贡院西。(以上采访。)

晏公庙 〔明〕刘敕

晏公台殿自崔嵬，满沼荷花绕鉴开。可惜沧桑今已变，斜阳不复入池来。(辑自《历乘》卷十七)

晏公庙 〔明〕王象春

棕索成身柿点眸，乘风排浪涌江流。一从误中斜封印，处处称神坐水头。

俗传江中有棕绳二，号大宗、二宗，为怪于江，然不能神，无祀也。许旌阳偶过江，食柿，弃其余柿。两宗遂借以为目，愈逼许，当舟而现。许仓卒无以御，取法印击之，中额。两宗得印，称正神，一称晏公，一称萧公，处处祀之。呜呼！滥邀名器、狂作威福者多矣，谁从而正之？(辑自《齐音》)

湖上竹枝四首(之三) 〔清〕高凤翰

罾悬狭港塞一堆，欲进不进船徘徊。游人却趁堤边路，别入晏公庙里来。(辑自《南阜山人诗集类稿·湖海集类之二》第六卷)

拜晏公祠，外舅廉访公守训所葺也 〔清〕谭光祜

阿翁手造晏公祠，故老犹能说去思。身后电光空宿草，门前湖水啮残碑。红阑乱落僧雏拾，乌帽行吟牧竖疑。社酒尚存桑梓意，我来瞻拜益凄其。(辑自《铁箫诗稿》卷二《行行草》)

第十一编

园居、寓楼

一、小淇园

小淇园，是明代曾任户部尚书的济南人赵世卿在大明湖上所建的一处私家园林，中有问水亭、冷香亭、丛桂堂等建筑。

赵世卿生平简介见前面“赵司徒湖亭”条。

◇ 旧志中的相关记载

明《历乘》卷五《建置考·宫室·园》:

小淇园，大明湖中。赵司农建。

明崇祯《历城县志》清康熙增刻本卷四《建置志（下）·宫室·园》:

小淇园，大明湖中。赵司农世卿建。

清乾隆《历城县志》卷第十六《古迹考三·亭馆二·明》:

赵世卿小淇园，在湖上，内有问水亭、冷香亭。（旧《志》）

凡宦济南者，每耽山水宴游，或至废政。小淇园、烟雨楼、水面亭、千佛山，排当殆无虚日。曾不忆《记》中云“年不顺成，大夫不食粱，士饮酒不乐”耶？饿殍满野，飞蝗蔽天，一日宴资，百人可活。若或讲求赈务，深核民隐，犹可言也。喧杂既罢，促膝围席，喁喁私语，不过较升除、计恩怨已尔。水主山灵，其或不佑。(《齐音》)

阮以鼎《小淇园》诗:【诗见后，此处略。】

民国《续修历城县志》卷十七《古迹考二·亭馆一》:

赵世卿小淇园，见前《志》。

早春黄中丞绍夫邀饮历山亭，泛舟大明湖，移酌赵司徒园中，敬和原韵（二首）〔明〕冯时可

相逢何处结词坛，历下高亭具大观。云拨山头浮积翠，风摇水面酿轻寒。中流箫鼓移青雀，隔岸旌旄映碧湍。自附丹霄生羽翼，还将玉案报琅玕。

幽径何缘得乍攀，言从御李扣松关。林中雪尽莺犹寂，沙际云寒草未斑。百顷沧波邀早月，万竿碧玉媚春山。相招自结千秋契，促席深杯未拟还。（辑自《冯元成选集》卷十）

春夜与冯元成宪长游大明湖及赵司徒园，邀邢子愿参知不至，有怀二首〔明〕黄克缵

移棹摇空碧，系舟得树根。尘心川上涤，古意曲中论。晴月明高柳，寒云滞远村。相思人不见，何处采芳荪?

霁色湖中水，清阴竹外亭。堂开卿是月，贤聚德为星。吐凤思摛藻，换鹅忆写经。谁能琴酒会，忘却河间邢?（辑自《数马集》卷十六）

小淇园〔明〕刘敕

谁家多野兴，种竹满湖干。声动清风远，光摇白日寒。新篁堪迟客，落箨可为冠。客至休相问，凭人载酒看。（辑自《历乘》卷十七）

小淇园〔明〕刘敕

谁种湖边竹万竿，一樽如向雨中看。当年六逸今何在？惟有清风阵阵寒。（辑自《历乘》卷十七）

咏园〔明〕刘敕

种竹千竿湖水间，结庐当日为投闲。满湖水浸花成坞，一洞苔生石作山。疏雨欲来香细细，清风微动响珊珊。主人高节盘空碧，独冠当朝玉笋班。（辑自《历乘》卷十七）

题水竹居〔明〕阮以鼎

华不注山插霄起，芙蓉影落芳湖里。沧溟倒泻天河水，下有泉源应星纪。

分砂漏石长映空，披莲缭荇纷摇风。远势浩渼涤日月，遥光喷薄含烟虹。汇兹万顷壮历下，何必千里夸江东！湖干窈窕结亭屋，阴森荫以万竿竹。续取渭川与筜谷，湖波竹浪影交逐。一幅潇湘展秾绿，渔船叶叶点轻凫，歌声欸乃遥相续。主人一弹水云曲，焚香手把《南华》读。方瞳绿发神翛翛，竹外松风来谡谡。独秉扶舆坚白性，此中更饱江湖兴。百折东之断不回，千寻直上存余劲。尘事纷纭宵辈横，大帑穷檐似悬磬。苦心蒿目支九陲，撑柱爬梳权利病。水竹空怜幽意便，藉公一柱长扶天。为霖作楫看今日，良弼谁居稷契先？（辑自《历乘》卷十七，亦见于明崇祯《历城县志》清康熙增刻本卷十四《艺文志三》、清乾隆《历城县志》卷十六，题作《小淇园》）

游园，和刘云五韵 〔明〕杨玉润

秋夕停车向济滨，名园幽胜月华新。生平有兴来看竹，吟笑无从问主人。林外依然濠濮胜，花前但觉酒杯亲。画船摇曳微风起，拼醉浑忘逆旅身。（辑自《历乘》卷十七。云五，疑为“五云”之误）

历下十咏（之七）：小淇园 〔明〕杨梦衮

萧森水竹居，一径通蓬岛。磐石垂钓丝，锦囊贮诗稿。林深有鸟啰，花落无人扫。何日谢红尘？菟裘吾将老。（辑自《岱宗藏稿》卷二）

历下赵司徒园亭二十首 〔明〕杨梦衮

竹色千竿翠，湖光一镜浮。笙歌何处起？人在木兰舟。

其二

水云开胜地，萝月挂疏林。不是垂纶叟，谁当识素心？

其三

扑窗来竹翠，入座递荷香。偃蹇长松下，冰壶六月凉。

其四

亭前醒酒石，湖上钓鱼矶。月白风清夜，山公醉不归。

其五

穿云寻窈窕，乘月弄潺湲。长笛一声起，渔翁意自闲。

其六

翠蛾临绿水，彩鷁摘红蕖。一种婵娟态，分明画不闲。

其七

栖阁烟深处，松萝月霁时。凭栏聊骋望，摩诘画中诗。

其八

夜月鱼龙戏，秋风鹳鹤呼。茫茫千尺浪，仿佛见天吴。

其九

薜荔青缘屋，葡萄紫满庭。坐来烟景合，花雾晚冥冥。

其十

小桥飞跨水，孤榭郁凌云。永日谁为侣，闲鸥漫一群。

十一

从篁人展簟，磐石叟围棋。寂寂花阴外，栏干日色迟。

十二

花浥金茎露，香浮玉井莲。收来成妙酿，留醉竹林贤。

十三

金鳞濠上出，玉鹭镜中来。时有羊裘客，垂竿坐钓台。

十四

湖烟斜带郭，山色正当轩。何必桃源路，方能绝世喧。

十五

苔静难容履，松闲可挂衣。只愁车马客，狼藉损芳菲。

十六

苍筠清暑气，怪石吐寒云。箕踞长松下，闲翻贝叶文。

十七

澄湖开玉镜，霁月挂金波。携手濠梁上，闲听欸乃歌。

十八

匹练千家绕，垂虹两岸分。湖光摇不定，金鲤戏波纹。

十九

席地花临砌，眠云竹满堂。湖亭人不到，风月入奚囊。

二十

云涛三万顷，风竹一千竿。坐对松间月，清光秀可餐。（辑自《岱宗藏稿》

卷九）

与孙同玄、张嵢嶙两年丈集小淇园 〔明〕王象春

我种明湖一曲田，水耕火耨未逢年。故人萍聚缘非偶，情语灯前意怆然。春色只关闲共闹，青山不厌野而颠。雄飞雌伏寻常事，无恙还吾七十泉。（辑自《问山亭诗·鹊居诗》）

张嵢嶙邀饮小淇园、赏牡丹 〔明〕王象春

惟有牡丹娇艳处，一年花事擅完名。偶来借地修觞政，又恐留题动客情。微雨便能深柳色，晚晴似为促鸠鸣。临池也自怜标格，明日还须为解醒。（辑自《问山亭诗·小草草》）

赵氏溪亭 〔明〕张弓

秋老园林感物华，败荷残柳伴枯槎。竹间有径通茅屋，记得当年卖酒家。（辑自明崇祯《历城县志》清康熙增刻本卷十四《艺文志三》、亦见于清乾隆《历城县志》卷第十六《古迹考三·亭馆二》）

饮大明湖赵氏园亭 〔清〕李复泰

买棹明湖上，闲亭致麹君。松疏月易入，竹乱影难分。潭印尚书圃，额悬柱史文。看邢子愿书匾。余曛疑恋客，水面落秋云。（辑自《匪石斋诗草》上册）

小淇园 〔清〕董芸

小淇园，赵尚书象贤世卿别墅，在湖上，今废。尚书慷慨敢言，立朝有气节。初筮仕，上书奏匡时五要，忤江陵相，落职。万历之季，矿税使四出，海内骚然。尚书力争之，不能得，又以楚宗人狱，与廷臣议不和，遂连章求去，不报。乃拜书出城，俟命月余，乘柴车竟去。王荆石与公书："读前后大疏，淋漓描写国虚民困之状，尝私为痛心陨涕。"邢子愿书："比日奏疏诸篇，一本赤衷罴罴，而彩毫挥斥，遂至细入虱心、大蹴鳌极。"其为一时名辈推重如此。

淇园学种竹千竿，谏草犹存老挂冠。忽忆柴车东去日，满天风雪出长安。（辑自《广齐音》，亦见于民国《续修历城县志》卷十七《古迹考二·亭馆一》）

小淇园〔清〕封大本

吾家鹿角关，门对百泉流。淇澳多清风，泉声乱飕飗。褰裳欲从之，道远无轻舟。竭来小淇园，万竿清且修。疏叶带积雨，高枝出松楸。飒爽沁人骨，秀色不可收。向夕整巾袜，明日许更游。此君善医俗，兼之散百忧。（辑自《续广齐音》）

小淇园吊赵尚书象贤〔清〕王偁

不合挂冠去，柴车辞帝乡。种竹修淇园，洒泪辟矿磺。松老心未死，风靡时难匡。至今烟雨地，经秋谏草长。（辑自《鹊华馆济南杂咏一百首》）

二、水云居

水云居，在北门内，为明末济南文人刘敕在大明湖上所建的一处私家园林，内有白鸥阁、墨香斋、浮网亭等。

水云居 〔明〕刘敕

幽人傍水结高楼，镇日闲情对白鸥。著罢残书无所事，独携樽酒弄扁舟。（辑自《历乘》卷十七）

三、秋柳园（秋柳山庄）

秋柳园，今位于济南市大明湖东南岸，是为纪念清代神韵派诗人王士禛于2008年重建的。秋柳园得名于“秋柳诗社”，而秋柳诗社则得名于清初诗坛盟主王士禛的《秋柳》四章：清顺治十四年（1657）秋天，王士禛邀请在济南的众多名士，集会于大明湖水面亭上。席间，他见“亭下杨柳千余株，披拂水际，叶始微黄，乍染秋色，若有摇落之态。予怅然有感，赋诗四首”(《〈菜根堂诗集〉序》)，这四首诗就是使其一举成名的《秋柳》四章。其后，《秋柳》诗传开，大江南北一时和者数十家，“闺秀亦多和作”(《渔洋诗话》)。再后来，济南当地的文人在这里成立了“秋柳诗社”，并建馆舍数间，取名“秋柳园”。

◇ 旧志中的相关记载

民国《续修历城县志》卷十九《古迹考四·亭馆三》：

秋柳园

朱照《画文简公〈秋柳诗社图〉》诗：【诗见下，此处略。】

李西堂《秋柳园旧址》诗：【诗见下，此处略。】

秋柳园　〔清〕刘惠

明湖秋柳小园西，古木残碑迹欲迷。叶落空亭人去后，寒蝉风露一枝栖。木瑟水明鸥鹭栖，芦花雁影共迷离。他年图我秋风里，老大垂杨屋角西。（辑自《秋柳园小草》）

画文简公《秋柳诗社图》〔清〕朱照

旧事回头致感伤，酒筵游戏偶逢场。数椽馆舍明湖侧，后辈人传《秋柳》

章。（辑自民国《续修历城县志》卷十九《古迹考四·亭馆三》引《锦秋老屋稿》）

秋柳园赠建中六弟（四首）〔清〕刘芳曙

名园小构水云乡，两树柔条倚画廊。何处分来香一瓣，定知烟月梦渔洋。

湖干烟淡水粼粼，种向金城定几春。一代风流千古事，霜枝雨叶总关人。

每到秋来倍有情，晓风残月可怜生。有人闲作名园主，谱出新词唱柳乡。

一带风丝锁画屏，白头相见眼犹青。此中大有诗魂在，手爇名香祀阮亭。（辑自《半山园诗草》）

秋柳园访友不遇〔清〕张善恒

曲曲湖干路，潇潇水面舟。伊人渺何处，闲煞一园秋。（辑自《历下记游诗》上卷）

秋柳园怀古〔清〕张善恒

昔贤遗迹渐消磨，极目名园古意多。四面湖光争潋滟，一行柳影弄婆娑。可怜树老犹如此，为问人生竟若何！盛会由来难再得，临风独怅旧烟波。（辑自《历下记游诗》上卷）

过秋柳园，有怀渔洋山人〔清〕张善恒

荒园景物叹飘零，谁忆当年老阮亭？绕砌苔痕铺远绿，迎门柳色带余青。笙箫已换新歌调，史册犹存旧典型。想象诗魂应不远，一湖秋水漾寒星。（辑自《历下记游诗》下卷）

秋日过王渔洋先生秋柳园〔清〕杜受廉

杨柳烟笼十里湖，名园人去久荒芜。骚坛风雅知何处？门巷凄凉卖酒垆。（辑自《武定诗续钞》卷十六）

秋柳园旧址〔清〕李西堂

七桥东去踏荒墩，肠断渔洋旧柳园。剩得几株风露里，向人犹自舞黄昏。

（辑自民国《续修历城县志》卷十九《古迹考四·亭馆三》引《晚悔堂诗集》）

历下杂吟（三首之三）〔清〕王廷赞

高咏渔洋尚有园，明湖寂对黯销魂。当年亲见风流盛，老卧秋波柳树根。（辑自《排云诗集》卷一）

明湖冶春词十二首（之八）〔清〕单朋锡

园名秋柳莫嫌秋，风味渔洋忆旧游。又是一番飞絮候，莫教飞上老人头。（辑自《季鹤遗诗》）

四、窦园（窦家园）

窦园，又称窦家园，是清嘉庆（1796—1820）、道光（1821—1849）年间济南文人乔岳（生平简介见本书后所附“诗人小传”部分）在大明湖畔所建的别业。

窦园〔清〕乔岳

非寂亦非喧，移家爱此园。鱼虾随食具，杜芷作柴燔。待友常开径，邻湖恰似村。非徒息劳役，并以裕儿孙。（辑自《松石诗钞》，亦见于民国《续修历城县志》卷十九《古迹考四·亭馆三》）

湖上小筑初成，招周二南（二首）〔清〕乔岳

幽栖何必水云隈，三径蓬蒿仲蔚开。多种桃花盛鸡犬，误他渔父问津来。

夜夜笙歌到晓闻，满船樽罍水全醺。湖山无主思诗客，特地题笺早寄君。

（辑自《松石诗钞》，亦见于民国《续修历城县志》卷十九《古迹考四·亭馆三》）

湖上小园即事〔清〕乔岳

雨歇云吞树，客来风打门。饲蜂惜情种，铲棘去愁根。身外皆尘俗，年时毕嫁婚。更思游五岳，不复恋清樽。（辑自《松石诗钞》，亦见于民国《续修历城县志》卷十九《古迹考四·亭馆三》）

湖上小园初成，示子耕吾〔清〕乔岳

黄玉炊新粟，青缃缀旧书。贫嫌留客少，家爱傍湖居。负债多因酒，题诗可换鱼。如今堪息影，不必羡容车。（辑自《松石诗钞》，亦见于民国《续修历城县志》卷十九《古迹考四·亭馆三》）

湖上草堂〔清〕乔岳

湖上草堂似钓槎，周围栽竹作篱笆。一畦野菜肥供馔，十里清流盛煮茶。不是浅材甘落拓，恰从冷地饱烟霞。宦游诸子多应倦，劝尔早来看藕花。矮屋翻嫌躯太长，时开小阁望湖塘。层波倒数峰岚影，单被浓薰荷芰香。稚子力能扛稻蟹，老妻目乍识鸳鸯。吟思勃勃聊挥纸，又听渔歌搅酒肠。书舍湫如虱处裈，全收湖影在吾门。楼台隔水开诗境，舴艋冲烟破晓痕。旨奉高堂有鱼子，喧闻别浦戏桐孙。旧交贫士如相访，珍重留题湖上村。酒船竟夜乱箫笙，吾亦陶然酌数觥。孺子能歌濯缨曲，水禽惯作画眉声。无边荻叶风中战，一派荷喧梦里清。此后无烦更著屐，荒园镇日有诗情。（辑自《松石诗钞》，亦见于民国《续修历城县志》卷十九《古迹考四·亭馆三》）

草堂自咏（二首）〔清〕乔岳

矮屋接联不用墙，风无遮碍易生凉。夜来添个知心友，卷起竹帘月上床。

油纸糊窗两面撑，秋霖滴滴到天明。寒家那有园林趣，亦听芭蕉带雨声。（辑自《松石诗钞》，亦见于民国《续修历城县志》卷十九《古迹考四·亭馆三》）

过乔松石窦家园别业〔清〕王德容

游迹秦中返，枕湖低筑墙。窗涵芦影碧，座入菜花香。地觉新居惬，歌缘逸兴长。门多车辙未，聊藉卜行藏。（辑自《秋桥诗选》卷一，亦见于《国朝山左诗汇钞后集》卷十七，亦见于民国《续修历城县志》卷十九《古迹考四·亭馆三》）

五、小小斜川

小小斜川，是清代曾客寓济南的文人牛翰鋐于咸丰七年（丁巳，1857）秋冬之际在大明湖畔所建的一处别墅。建成后，当时济南当地及寓济、过济的一些文人（包括清代著名书法家何绍基）曾多次到访，并在小小斜川举办消寒雅集之会。

牛翰鋐，字仲远，直隶大兴（今属北京市）人。曾长期在山东为官：道光十三年（1833）任聊城县令，十四年（1834）调任莘县县令，咸丰三年（1853）齐东知县，五年（1855）又调任郓城，六年（1856）迁清平县令，后升高唐州知州。

丁巳暮秋，同人泛舟大明湖，过访小小斜川。越日，牛仲远以集见示，即次韵《小小斜川八咏》〔清〕吴廷栋

赚得清闲亦觉难，慢将高卧拟袁安。一湖风月无人管，收入新诗付钓竿。

萧萧荻港恰容刀，结伴探幽兴自豪。欲采芙蓉秋思冷，到门鸥鹭影随篙。

夕阳云树拥平台，雉堞排空亦壮哉。尽展波光三万顷，鹊华山色渡湖来。

隔岸青旗认酒家，疏烟一抹柳丝斜。柴门稳闭秋风里，篱角犹开扁豆花。

渊明归去爱吾庐，寄兴羲皇乐孰如。解识桃源原栗里，问津我亦武陵渔。

荷锄老圃剧徜徉，风景江南梦未忘。九畹幽兰三径菊，一秋长为种花忙。

黄柑入市霜酣后，紫蟹登盘酒熟时。孤负重阳佳节过，竟抛游屐久无诗。

物外何知俗累缠，羡君真得静中天。水萍开瘦秋如画，摩诘端宜住辋川。

（辑自《拙修集续编》卷二）

十一日走访牛仲远新居，适主人它出。次日见示《小小斜川八咏》，次韵奉和 〔清〕何绍基

天心时事属艰难，笠屐随缘不易安。笑我行踪成汗漫，烟波无处着渔竿。

记得春风弄剪刀，老夫游兴尚能豪。霜寒收尽明湖舫，无数荒洲半段篙。

沙边隐隐露平台，俯瞰全湖亦快哉。结构是谁新粉本？趁闲随意打门来。

应门知是故人家，几曲通幽径不斜。信手推窗鸥鹭起，夕阳如雪满芦花。

沿湖绝少野人庐，比似江乡景不如。难得新居生面出，也教妇子识樵渔。

大明湖左右，绝无好屋舍，予尝以为怪。今得小小斜川，当有继起者矣。

幽琴老鹤伴相羊，抱膝真堪世味忘。却怪主人能澹泊，尚贪街上酒杯忙。

高歌痛饮共娱嬉，忆否春明跌宕时。何苦老来夸识字，满墙黏得友朋诗。

我尚风尘苦缚缠，何时归泛五湖天？几间茅屋能临水，不羡平泉及辋川。

（辑自《东洲草堂诗钞》卷十九）

李仲衡招同嵇春原、彭雪嵋、牛仲远为消寒雅集，初九日初集于仲远小小斜川。余适于初八日南行，十一日敖阳值雪，小诗奉怀 〔清〕何绍基

济南名士今不多，赖有数子穷吟哦。龙洞枫林尽凋落，明湖衰柳余婆娑。种蘅词人侨此久，治聋无术止耽酒。两耳不闻雷鼓鸣，终年寻诗街上走。无端雅兴要消寒，约客不约当道官。乐得夸张真率会，由它嘲笑腐儒餐。画诺到余无可谢，说不能诗恐遭骂。斜川昨夜正开樽，薄笨南游先命驾。今晨汶水风萧萧，马蹄蹴蹋飞琼瑶。大雪百里真汗漫，诸山一夜失岧峣。想见群公恣吟啸，念我独游成阒寥。岂知荒店景尤异，快沽村酿勤相浇。既然得雪立得酒，纵使有寒何不消？呜乎！即令得雪不得酒，纵使有寒何必消？（辑自《东洲草堂诗钞》卷十九）

七月五日，牛仲远招同朱伯韩、嵇春源、王子梅、梅卓畲夜宴小小斜川，适语舲中丞见示《湖亭观荷》诗，次韵奉柬，兼谢仲远 〔清〕何绍基

兼旬伏雨至，夜夜空阶响。水影涨亭屋，苔痕滋几杖。乳鸽饥不飞，就食上吾掌。凉风飒然起，碧宇高可仰。日气转和穆，夜色亦疏敞。草根语蛩乐，竹罅流萤朗。久抛闲醉缘，初有健步想。孟秋倏五日，晴光动书幌。街廛试行历，巾屦得轻爽。故人湖上住，相招游渺莽。澄澄莲子湖，小小斜川榜。倾为仲

远篆题“小小斜川”扁。稚蒲香出泥，纤鳞活脱网。登台亦超然，遐目纵一往。鹤群远近山，雁声来去桨。蛾月才一钩，渔火忽三两。同心有四坐，各自成孤赏。秋心耿无着，翛然寄吾党。狂谈时一惊，瘦句不可奖。道人新诗至，诗味万花养。奇情出无穷，隽理许分享。因循我尤甚，感慨君其傥。来诗有“半生坐因循”句。回思困蒸溽，境遇成惚恍。古抱愿重摅，忧端期一荡。两旬颇少谈碑之暇。酒醒秋堂明，初旭破泱漭。（辑自《东洲草堂诗钞》卷二十）

咏牛仲远小小斜川并蒂莲（四首）〔清〕何绍基

小小斜川似泊鸥，无边风露翠云流。婵娟夜月双花影，占尽明湖十里秋。

回环三面系渔艭，罨画亭台曲录窗。好是荷花真世界，飞来水鸟总成双。

滋涵烟水孕清华，瑞纪嘉莲自古夸。却笑牧庵多附会，一茄争得十三花。见《姚牧庵集》。

秋来芝草秀嵇园，并蒂红榴照雪轩。佳话一时欣忝附，惟将种德勉儿孙。同时嵇春源处产灵芝，余孙新移石榴盛开，有并蒂一枝，鲜色不改，至今春二月始落。（辑自《东洲草堂诗钞》卷二十一）

十八日当是消寒第二集，小诗寄济南（五首）〔清〕何绍基

荒园敲韵有余憨，爱近棋枰怕酒坛。料得畏寒频袖手，且将佳著让人贪。嵇春源好弈。

临池不厌墨猪肥，可惜从前笔懒挥。深夜呼儿呵冻侍，逢人却怪索书稀。彭雪嵋爱临帖。

小小斜川屋几间，如仙眷属不知寒。歌声忽自芦中出，止当渔舟泊雪滩。牛仲远善度曲。

屈指消寒二集时，明湖传遍种蘅词。坐中何必蝯公到，多少神仙会做诗。李仲蘅工填词，好扶乩。

早酒删来夜两壶，醉余同梦有鸥凫。谁将独客荒江景，写入消寒雅集图？（辑自《东洲草堂诗钞》卷十九）

牛仲远刺史湖上新居（四首）〔清〕嵇文骏

鹊华桥畔好移家，杨柳依依绕岸斜。从此吟魂寄香国，一湖秋水万荷花。

为看山色起平台，雨后登临亦快哉。红闪断霞鸦背影，尽拖岚翠入城来。

湖西小隐似渔村，曲榭疏篱半水痕。花外晚风人不见，夕阳鱼网晒当门。

买得扁舟一叶轻，飘然云水乐浮生。秋风准拟寻君去，万顷芦花钓月明。（辑自《笔花书屋诗钞》卷下）

秋初仲远刺史招同人小小斜川雅集，何子贞太史和前韵见示，予亦继作，并简崇雨舲中丞（录一）〔清〕嵇文骏

此是神仙居，合署清虚榜。短窗压豆棚，深柳垂渔网。溪云不送迎，野鹤自来往。出树矗高台，傍花具幽桨。琴尊盛一时，风月应无两。作诗告坡翁，何时契仙赏？（辑自《笔花书屋诗钞》卷下）

咏牛仲远小小斜川并蒂莲（四首）〔清〕嵇文骏

回环三面系渔艭，罨画亭台曲录窗。好是荷花真世界，飞来水鸟总成双。（选自《笔花书屋诗钞》卷下）

湖上过牛仲远故居〔清〕鲍瑞骏

半湖荷叶乍浮时，驻马柴门听子规。高阁尚思邀月处，何人重唱冷香词？仲远有《冷香集》。莺花荏苒西堂梦，仲远因悼兄致疾。丝竹荒凉北海卮。惆怅断桥斜日外，一株新柳绿差差。（辑自《桐华舸诗钞》卷二）

六、（陈门也）湖干小筑

（陈门也）湖干小筑，是与张希杰同时代（清康熙、雍正、乾隆年间）的陈门也在大明湖畔所建的一处宅院，内有园有楼。

陈门也，生平事迹待考。

题陈门也湖干小筑，步人韵 〔清〕张希杰

入门眼界一时清，触手文澜翻水成。韩昌黎云："文如翻水成，初不用意为。"绕屋湖光涵霁色，满园花气总缨情。小楼远眺山容静，密树临流鸟不惊。镇日主人何所事，读书才罢膝琴横。（辑自《练塘纪年诗·丁巳戊午诗》）

再题湖干小筑二首 〔清〕张希杰

莲子湖头玩世翁，结庐恰在鹊桥东。池塘香浸同心藕，园圃环栽赤绂葱。却忆种瓜成五色，谁知得句积三红？闲来策杖桥边望，千里湖光漾碧空。

小筑临流景最幽，门前曲绕百花洲。环山翠色供书案，十里香风扑小楼。为圃为农长乐老，一丘一壑醉乡侯。春来桃李开芳宴，好趁青莲秉烛游。（辑自《练塘纪年诗·丁巳戊午诗》）

月夜过湖干小筑，李对五留饮，即席分赋（四首） 〔清〕张希杰

碧月如钩夜气清，短檠相对坐深更。一樽聊遣山刘兴，拈韵频敲庾鲍情。肝胆向人输国士，文章得意下星精。归来醉踏桥头水，十里湖光照眼明。

太原公子喜招寻，凉月萧萧酒共斟。湖上晓烟情漠漠，桥边水气夜沉沉。残荷欲尽春塘冷，剩菊犹垂古砌阴。最是老夫偏好事，打门索鼓伯牙琴。

醉踏桥边流水声，百花洲上月华明。老成久已推元礼，旷达何妨任步兵。半世琴书还旧约，十年湖海愧时名。飘零不尽风尘态，剩有谈谐可解酲。

一望超然水面楼，烟波漠漠满湖收。风流绝代传边贡，意气何人识马周？往日水西余蔓草，近来玩月半悬疣。水西、玩月，二亭名。酒酣拟访闻韶馆，百顷残荷起暮愁。（辑自《铸雪斋诗集》）

七、（朱崇道）湖上草堂

（朱崇道）湖上草堂，是清初济南文人朱缃之次子朱崇道（字带存，号荷园）在大明湖畔所建的一处书堂。

朱崇道的生平事迹参见本书后所附“诗人小传”部分。

朱带存以“湖上”名堂，属余作书，赋赠 〔清〕张元

茅堂卜筑枕湖滨，云水苍茫迥绝尘。三径莓苔迟过客，一庭烟月称闲身。鹊华秋色原相识，李杜游踪是比邻。试卷疏帘纵遐眺，碧天无际露华新。（辑自《绿筠轩诗》卷一）

朱带存邀饯湖上草堂，留别四首 〔清〕张元

指日即成行，劳君倒屣迎。为怜筵是别，不惜酒频倾。雪落湖边树，云垂历下城。寒风搅离思，愁绝故人情。

清狂吾故态，况值竹林贤。华峤春风屐，莲湖夜月船。溪山时映带，觞咏镇流连。忆我与君共，回头已四年。

重阴结遥夜，相对一樽寒。只识离怀苦，非关行路难。宵分灯烬落，风急竹声干。愁听湖堂外，萧萧玉漏残。

不尽临歧意，低徊为更留。乾坤嗟去住，岁月叹沉浮。暂对湖边酒，行辞郭外楼。他时劳问讯，相忆在陵州。（辑自《绿筠轩集》卷一）

八、（李金楷）湖上书斋

（李金楷）湖上书斋是清道光（1821—1850）、咸丰（1851—1861）年间的济南本地文人李金楷在大明湖上所建的一处书斋。

李金楷的生平事迹参见本书后所附“诗人小传”部分。

湖上书斋　〔清〕李金楷

愿随陶令隐，为爱伯夷清。车马声应远，云山喜不平。卷帘湖水绿，支榻石苔生。无怪诸贤达，偏嫌寡世情。（辑自《棠华吟诗稿》）

题历城李荫东楷湖上书斋　〔清〕白永修

结庐澄湖上，水窗早知曙。有客中授书，爇香清百虑。钓侣过渐稀，静鸥汎不去。游船载歌声，时入花深处。高怀澹无取，吟兴豪可助。开轩夕波时，棐几羡君据。（辑自《旷庐诗集》卷五）

九、半亩园

半亩园，是清代济南文人朱畹在大明湖畔所建的一处小型私家宅园。朱畹的生平事迹参见本书后所附“诗人小传”部分。

◇ 旧志中的相关记载

民国《续修历城县志》卷十九《古迹考四·亭馆三》：
半亩园
朱畹《半亩园》诗：【诗见下，此处略。】

半亩园 〔清〕朱畹

湖上数椽在，荒园雨过时。竹穿流水细，花度夕阳迟。乘兴倚危石，披襟待晚飔。菘畦人迹少，林下坐题诗。（辑自《红蕉馆诗钞续》，亦见于民国《续修历城县志》卷十九《古迹考四·亭馆三》）

半亩园 〔清〕朱畹

半亩荒园有敝庐，青葱兰桂绕庭除。豆棚瓜架从吾好，黄卷青灯只自如。沽酒偏宜钟定后，吟诗每待月来初。尘心却尽无人访，独闭蓬门草不锄。（辑自《红蕉馆诗钞续》）

半亩园赠别友人 〔清〕朱畹

秋来天欲暮，雁影向空横。又到追欢地，偏多惜别情。无人能送酒，有客早登程。宝剑千金值，箧中休浪鸣。（辑自《红蕉馆诗钞续》）

半亩园手植柏树渐可材矣，赋此志感 〔清〕朱畹

栽时未盈尺，相伴久依依。坐处怜清影，量来长旧围。蜇龙春欲起，栖鹤晚知归。奈我行将老，鬅鬙短发稀。（辑自《红蕉馆诗钞续》）

十、（谢焜）湖上新居

（谢焜）湖上新居，是清代文人谢焜在大明湖西岸所建的一处宅第。谢焜的生平事迹参见本书后所附“诗人小传”部分。

湖上新居（二首）〔清〕谢焜

新卜湖西宅，门当曲水流。人皆恶卑湿，我独喜清幽。种树云栖枕，看山月倚楼。添多诗酒趣，此外复何求！

往事生悲切，中宵思有余。故园贫后卖，新屋赁来居。但得身心稳，难教笔砚疏。买田阳羡好，吾意竟何如！（辑自《绿云堂稿》卷一，亦见于《国朝历下诗钞》卷三）

十一、（陈嗣良）湖上新居

（陈嗣良）湖上新居，是清代文人陈嗣良在大明湖畔所建的一处居所。陈嗣良的生平事迹参见本书后所附“诗人小传”部分。

湖上新居　〔清〕陈嗣良

卜居近水傍蛙乡，鼓吹东西入耳新。垒石为山留野趣，种花饮酒即诗人。每逢知己情偏淡，惟有醉时性便真。欲买大明湖一角，偕妻学钓老余身。（辑自《学稼草堂诗草》卷三《前明湖吟》）

十二、湖西精舍

湖西精舍，位于大明湖西侧，其为何人何时所建，已无可考证。

湖西精舍怀高居东 〔清〕李文龙

十里荷香中一亭，稻畦柳陌摩天青。草元何用识奇字，养病殊宜读《内经》。门掩寂寥秋听雨，窗临阔夜看星。赠君此味无由寄，目送飞鸿入杳冥。（辑自《国朝山左诗续钞》卷四，亦见于《国朝历下诗钞》卷一、民国《续修历城县志》卷十九《古迹考四·亭馆三》）

十三、湖上寓楼（湖上寓居、湖上寓斋、湖居、湖楼）

下面各诗中所咏及的湖上寓楼、湖上寓居、湖上寓斋、湖居、湖楼并非同一楼、居、斋，其具体位置及分别是何人何时所建已不可考，仅按其题材总汇于此。

题湖寓，用壁间韵　〔清〕单务爽

清溪一曲绕朱扉，仿佛西泠是也非。泽国凉生秋月好，柳堤雨过晚烟肥。排窗山影青横榻，扑面荷风绿染衣。何事轻鸥惊客啸，呼群更向北湖飞。（辑自《浣俗斋诗草》）

怀明湖寓楼　〔清〕匡文昱

去年今夜月，人醉水边楼。禁冷露生发，宿香花绕舟。冥心空万籁，纵目豁三秋。寄问后来者，前题尚否留？（辑自《国朝山左诗续钞》卷十六，亦见于民国《续修历城县志》卷十一《山水考七·水三》）

过于大杜湖上寓居　〔清〕朱畹

绕舍芰荷风，人居香气中。孤吟有谁共？清兴与君同。藉草安棋局，移槎收钓筒。谈深久忘倦，归路月当空。（辑自《红蕉馆诗钞续》）

湖畔寺寓　〔清〕纪淦

大明湖畔小幽丛，禅榻萧然曲径通。风定岚光排闼碧，雨停日脚破窗红。闲眠乍喜闻清磬，约客初来看钓筒。散吏新除无一事，暂亲鱼鸟在莲东。（辑自《豆花斋诗集》）

仲冬四日，李秋屏表兄招鸥社友为二南、岱麓两先生祝嘏于湖西客舍，二南先生以诗见寄，因和 〔清〕马国翰

洪崖肩接浮丘袂，二老优游大雅林。候琯浃旬同岳降，焙笙围坐集朋簪。十千酒好春常驻，三百年余乐共寻。他日增修寿者传，应搜佳话到湖浔。（辑自《玉函山房诗集》卷七）

重过湖上寓斋，有感 〔清〕符兆纶

玲珑窗格上湖光，醉过词人酒百觞。旧梦分明花外影，短衣珍重柳边凉。青浮别港多秋雨，红恋闲门半夕阳。不识芙蓉为谁死，烟波无限九回肠。（辑自《卓峰草堂诗钞》卷十二，亦见于《梦梨云馆诗外编》卷二《留梦草》）

月夜书怀 〔清〕鲍瑞骏

赁庑明湖湄，水木澹容与。每到月明时，灵籁浑无数。犹忆家竺溪，古寺读书处。深秋夜气凉，荒苔泫幽露。明月潭上高，照我轩窗曙。灯暗阒无人，影动萧疏树。不知僧夜归，但闻人聚语。石濑一以喧，不绝微于缕。村鸡三两声，犬应渡旁渡。伏枕遥听之，足音恍前路。四壁蛩啾啾，空明积寒素。忽然山雨来，飒又随风住。落叶满庭阶，秋心静方悟。如此良夜何，谁与一泂溯？世无张怀民，清福天亦妒。系情三十年，依稀目犹遇。何当投朝簪，种术黄山去。（辑自《桐华舸诗钞》卷六）

湖居遣兴 〔清〕鲍瑞骏

茅覆三闲屋，斜阳湖上村。饭牛时就涧，归鸭自知门。友有寻梅约，僮还浊酒温。剪灯开小阁，烟月正黄昏。（辑自《桐华舸诗钞》卷六）

湖楼夜坐 〔清〕鲍瑞骏

入夜树声满，柴门仍绿阴。湖山无客到，风雨近秋深。篝火生窗晕，凉蛩就枕吟。旷然如有悟，天地寂寥心。（辑自《桐华舸诗钞》卷六）

湖楼晚眺，寄怀王筊甫泰安 〔清〕鲍瑞骏

小楼春渚上，晚思莽斜曛。花亸喧归鸟，窗虚入断云。故人登岱去，纵目

大江分。应见吴门练，烽清慰我闻。（辑自《桐华舸诗钞》卷七）

湖楼夜眺 〔清〕鲍瑞骏

芦荻风萧萧，荟蔚虫唧唧。凉烟十里平，秋心愈寂历。山缺一楼高，四更看月白。（辑自《桐华舸诗钞》卷八）

湖楼夜坐，悼汪兰甫四首（之三） 〔清〕鲍瑞骏

回忆明湖赋采莲，铁公祠下扣吟舷。如今芦荻鸣秋处，疑是笙歌痛饮年。旧稿飘零供白蠹，残书寥落剩青毡。欲谈近日伤心事，君在泉台可问天。（辑自《桐华舸诗钞》卷八）

题湖上楼 〔清〕陈嗣良

人情直视上一易，世事偏如超海难。几处楼台都近水，谁先得月好先看？（辑自《学稼草堂诗草》卷五《后明湖吟〔上〕》）

登明湖小楼 〔近现代〕紫荑

请缨投笔尽销除，一角荒城草色枯。兵气尚围华不注，诗情长恋大明湖。十年戈马多生别，万里风尘胜故吾。何忍登临更回首，浮云西北是燕都。（辑自1920年1月7日《多闻日报》第6版）

湖居 〔现当代〕夏继泉

十步回廊一面湖，湖东种藕西栽蒲。采莲舸了无人弄，余系弯弯柳一株。（辑自《渠园外篇十种·明湖片影》）

小筑（二首） 〔现当代〕夏继泉

小筑三弓碧水边，舍南通屐西通船。荷花绕屋香如海，杨柳当门绿到天。胜地何人歌白雪？居近白雪楼故址。闲情偶尔弄丹船。栖迟怕见高轩过，我悔名场已十年。

敛尽声华骨更坚，万端哀乐付枯禅。偶来西郭人三两，寂园、撷云均住城西。静对南山佛一千。水墨漫挥余画稿，宫商杂扣试冰弦。遗编消尽风云思，喜看湖楼晓树烟。（辑自《渠园外篇十种·明湖片影》）

十四、明湖居

明湖居，旧址位于鹊华桥西，为一茶室，约存在于清末。

济南竹枝词（二十八首之二十三）〔清〕孙兆溎

数树垂杨一水横，明湖居里好茶棚。相逢尽是江南客，乡语听来分外清。

鹊华桥西有茶室，榜曰“明湖居”，竹篱茅舍，绿水垂杨，颇有清趣，江浙人每于此品茶。（辑自《〔片玉山房〕花笺录》卷十四）

明湖居茶亭〔清〕陈嗣良

闲坐湖亭夏日长，荷香阵阵更茶香。任他世界十分热，已觉胸中一味凉。（辑自《学稼草堂诗草》卷三《前明湖吟》）

济南杂诗十首（之七）：**明湖居**〔清〕王咏霓

结寮傍湖湄，瀹茗荡微波。湖光已可怜，况闻姝子歌。（辑自《函雅堂集》卷九）

晚在明湖居小坐，戏成二律，呈明溪、笠塘诸君子〔清〕潘乃光

何地可招凉，湖堧试一望。清谈消寂寞，暮霭入青苍。荷净幽香出，芦深画舰藏。还须乘兴去，归路趁灯光。

有约应谋醉，无心亦看花。稷门古名胜，苏小那人家。柳叶分眉黛，瓠犀露齿牙。征歌容顾曲，怎不向人夸。（辑自《榕阴草堂诗草》卷十二《东游草》）

明湖居茶坊避暑〔近现代〕淡轩

月明无数好楼台，涤暑清茶快举杯。斜倚阑干听活水，莲花风渡暗香来。（辑自1917年第2期《豫言》）

十五、湖山居

湖山居，也是清末时存在于大明湖畔的一处茶室。

济湖山居品茶遇雨，同黎君俊吾作　〔清〕潘乃光

小小茅亭傍水隈，偷闲相与品茶来。船行芦苇画图出，地占湖山生面开。入座笑言分雅俗，凌波影射有楼台。何期骤雨随风飐，爽气迎人亦快哉。（辑自《榕阴草堂诗草》卷十二《东游草》）

十六、鹊华桥茶肆

鹊华桥茶肆，是清后期位于大明湖南岸鹊华桥附近的一座茶楼。

题鹊华桥茶肆壁 〔清〕周乐

百花洲畔路，相与纳凉来。山雨两三阵，湖莲一半开。鸭嬉新涨水，蝉噪夕阳槐。徙倚归何晚，闲看娃艇回。（辑自《二南诗钞》，亦见于民国《续修历城县志》卷十二《山水考八·水四》）

十七、玉华楼

玉华楼，是清后期位于大明湖南百花洲附近的一座酒楼。

济南杂诗十首（之二）：玉华楼 〔清〕王咏霓

言寻百花洲，一上酒家楼。采采隔明月，芙蓉花已秋。（辑自《函雅堂集》卷九）

十八、对华酒肆

对华酒肆，是清后期位于大明湖南岸的一座酒楼。对华，取远对华不注的意思。

对华桥东酒肆题壁 〔清〕周乐

地傍莲湖起草堂，十年前记此倘佯。树留山鸟啼空院，水带邻鱼过短墙。酒客须眉殊妩媚，闲曹意味觉清凉。劳君折柬须沉醉，倒载蹇驴亦不妨。（辑自《是真语者斋吟草》）

耿芝亭同刘浣香约饮对华酒肆 〔清〕周乐

邻树高留夕照明，叶飞尽作雨来声。认家花鸭如相语，见客溪鱼绝不惊。旅店放怀同涧壑，酒兵制胜即功名。对华桥上溶溶月，恰映归途迤逦行。（辑自《是真语者斋吟草》，亦见于《二南诗钞》卷上，题作《刘浣香（春塘）邀饮对华酒肆中即事》）

十九、湖畔酒楼

湖畔酒楼，是清后期位于大明湖南岸的一座酒楼。

题湖畔酒楼壁（二首）〔清〕赵应泰

酒楼茶罢曲栏凭，对岸人家尽上灯。我亦买舟湖里去，一船明月荡秋菱。

放棹归来向晚风，芦花摇落月明中。玉人已去兰桡歇，剩有银灯一盏红。

（辑自《梦园诗草》）

题湖畔酒楼壁（二首）〔清〕赵应泰

独上高楼日正昏，消愁且喜酒盈尊。满湖秋色无人管，昏雨晨风枉断魂。

山色湖光扑绣屏，荻花瑟瑟柳亭亭。鹊华才露玲珑月，画舫帘开尽上灯。

（辑自《梦园诗草》）

二十、明湖酒家

明湖酒家，旧时大明湖畔的一处酒家。

徐十端甫招饮明湖酒家，索赠 〔现当代〕关赓麟

漠漠晴湖过客稀，凝寒犹未试春衣。蒲根出水凫鹥老，藻带连罾蚌蛤肥。林隐酒帘窗一角，岸移画舫树重围。劝君暂释忧时意，扶得尊前浅醉归。登北极阁，君有感怀时局之语，故云。（辑自1918年第66期《铁路协会会报》）

二十一、雅园

雅园，是民国年间位于大明湖畔的一处饭店，窗明几净，环境幽雅，是当时很好的一处宴客之所。1912年5月5日，庄俞曾在此与友人品茗小憩，其《我一游记》中曾这样写到："初憩于雅园，窗明几净，杯茗清腴，山色湖光，扑吾眉宇。"1922年7月2日中午，到济南参加中华教育改进社年会的柳诒徵、竺可桢、王伯秋、白眉初和韦润珊也曾在此用餐。

辛酉二月，振卿总宪招饮于明湖雅园，为诗老傅君绍虞饯行，李君芙岑、陈君凤五同在座。既而傅君留诗索和，勉成一律，敬步原韵 〔清〕徐金铭

地有贤人聚，身如倦鸟飞。良辰捧鸠杖，旧德仰乌衣。陈、李二君皆故家令望。别绪初酣酒，谈锋未解围。载庚珠玉句，蒿艾被光辉。（辑自《六慎斋诗存》）

第十二编

风物、民俗

一、明湖荷莲

桥上莲花 〔明〕李化龙

署中湖山一览楼前板桥有孔容指，池莲穿出，着花其上，亦以奇矣。

清溪才一曲，高阁俯涟漪。倚槛花尝见，穿桥事可凝。风来云盖远，月上露华滋。奇藻吾惭尔，相看覆酒卮。（辑自《李于田诗集·东省稿》）

荷 〔明〕李化龙

新荷弱袅袅，相与送芬芳。薰风遥对酒，开轩十里香。（辑自《李于田诗集·东省稿》）

明湖莲 〔明〕王象春

五月荷花半压塘，北风直送满城香。当垆瓶酒兼虾菜，南客游来不忆乡。

北地风景似江南者，自齐城之外，并无二地。以故吴侬客此者甚多，风气自南而北，淫靡渐生，醇朴渐漓。若康节先生一到天津桥上，又不知杞忧几许。（辑自《齐音》）

明湖观荷 〔清〕林九棘

此地多佳胜，临湖玩芰荷。翠盘高浥露，粉瓣乱随波。向月清香重，凌风逸韵多。旅情堪共适，遣兴可无歌。（辑自《十咏堂稿·东游纪草》）

明湖秋词，和钟子圣舆（六首之三） 〔清〕安致远

团团荷叶青千片，白白莲根玉几条。犊鼻抛来齐上岸，日斜担过鹊华桥。（辑自《纪城诗稿·倦游草》）

泛明湖，赏莲（二首） 〔清〕孔贞瑄

新荷猎猎试歌航，玉碗调冰泌髀凉。袅袅茶烟浮短棹，盈盈花气入流觞。

红妆映日飞空艳，绀蕊摇风过水香。醉里不知花港尽，浑疑一梦到潇湘。

柳满长堤荷满塘，芙蓉面面簇新妆。靥含晓露惊心丽，蕊弄清风透体香。静欲凌波眠夜月，矫思出水斗朝阳。忽逢急雨连珠碎，云过浮阴匝地凉。（辑自《聊园诗略》卷四）

漫兴三首，简郭绎兹、卫仲怡（之一）〔清〕王戬

荷叶田田承雨露，荷花艳艳斗媌婭。何时抛取碧筒饮，一醉天心水面亭。（辑自《突星阁诗钞》卷五）

鹊山湖观荷，同吴螺隐、俞含辉、家燕客作六首〔清〕周在建

十里清香水面亭，水红花映柳条青。人家一半荷花里，闲把山光染翠屏。

兰舟郭内易招邀，明月烟波望里遥。沉醉归来须记取，元人碑在鹊华桥。

酒家帘子水中央，面面荷花花气香。只恨新诗难解唱，边关小调太凄凉。

湖光四面拥山岚，菡萏多情香兰含。几曲红阑闲徙倚，依稀风景似江南。

烟满湖中绿满空，花枝不语静临风。晚凉最爱箫声里，一派斜阳映水红。

昔日名贤几卧游，芳名独爱百花洲。七桥风景今谁识？弱柳丝丝不系愁。（辑自《近思堂诗·七言绝句》。据诗意，此诗题中所说之鹊山湖当指大明湖）

济南杂咏十首（之十）〔清〕史夔

荷叶贴波藕出泥，藕花深处酒船低。十三子弟鸦头女，尽学吴歌唱大堤。（辑自《东祀草》）

观大明湖种莲作〔清〕傅仲辰

明湖风景异当年，半学僧衣作水田。种尽碧莲花叶长，他时香满酒人船。（辑自《心孺诗选》卷十三《茌山三集》）

大明湖观荷〔清〕张希杰

未识莲花画，先披君子风。两湖堤柳界，一水木兰通。晓露擎珠出，暗香逗水中。何时挈樽酒，花畔醉仙翁。（辑自《铸雪斋诗集》卷一）

莲子湖观荷限五古十韵，得“子”字。〔清〕张希杰

湖头发清兴，翛然对君子。十顷玻璃风，三尺芙蓉水。淤泥不染衣，波静拭如纸。摇曳水云乡，婀娜菡萏里。田田绿盖张，瑟瑟珠光起。鱼戏藻带长，鸳栖香苞底。斜欹倦态垂，侧出浓妆美。不上妇人头，肯妒妃子指。藐彼草木蕃，毋友不如已。同声和者谁？濂溪先生耳。（辑自《铸雪斋诗集》）

大明湖荷花二首 〔清〕张埙

七月荷花秋水痕，花高水浅易消魂。红红白白开多少？可是从前旧藕根？

花开落子水生波，水国蒹葭最产荷。弹指卅年颜鬓改，红花已少白花多。（辑自《竹叶庵文集》卷二十《乞假集〔上〕》）

济南竹枝词（十首之七）〔清〕龙岭

莲花初放满城香，莲花才谢冷莲房。侬自殷勤郎轻薄，莲子心苦藕丝长。（辑自《石菌山斋诗稿》卷下）

分赋明湖观荷，拟《秋夜曲》〔清〕王汝璧

愔愔绿雾挐音窅，齐女歌残柳眉老。纤阿欲上素练飞，龙宫宝炬千枝晓。鲛丝万斛穿明珠，丁丁漏断白玉壶。群玉花开众仙下，中有窈窕红罗襦。月娥垂影空烟重，铢衣缟袂纷相送。鸳鸯不语戢翼眠，绝无声处花如梦。此时定有吐凤人，莲华为骨秋为神。花魂彩笔相依因，空秋绘出兰苕春。（辑自《铜梁山人诗集》卷二十二《华不注集》）

墨琴莲花幅 〔清〕刘大绅

明湖荷花种百顷，不曾开在无人境。轻桡画舫时来游，杂遝青衫翠袖影。水中泛泛孤野凫，一群家鸭欢相呼。避客惊飞尔何物，可怜翡翠毛羽殊。昔我买舟待明月，一夜霜风吹不歇。莲花落尽莲叶收，倒影清清见城阙。尔时名士如星云，高歌痛饮忘宵分。欲采莲花无处所，七桥衰柳徒纷纷。今年僦宅桥边住，门前望见系船树。蒸人暑气无从消，不曾踏着湖上路。何缘四座香风吹，幽人翦取芙蓉陂。为我中堂置屏幛，欲将好画催恶诗。湖上莲叶有时净，画中莲花日掩映。安得美人歌采莲，携手湖边照玉镜。（辑自《寄庵诗钞》卷六，亦

见于《乡园忆旧录》卷四，但缺“今年”至“恶诗”数句）

活水荷花诗并序。〔清〕王家相

山左学使署中海棠浒一泓，西自大明湖流入，东出院墙，北趋会波楼下，水势迅驶，而清莹澄澈，绿树覆之，跨以略彴，悠然有濠濮间意。惟不植荷花，《小沧浪随笔》谓活水不宜荷也。少宗伯分宁夫子视学于此，东西立竹为栅，水以少渟，遂植藕于中央，至夏而碧筒翠盖，亭亭净植，白莲作花，与金色鲤鱼相映耀，乃知曩者之说非地利不献，抑人力未尽也。门下士追随觞咏，因作《活水荷花诗》以补八景所未及。八景者，曰“四照楼”，曰“濯缨桥”，曰“玉玲珑”，曰“石芝”，曰“小石帆亭”，曰“积古斋”，曰“钟楼”，其一即“海棠浒”也。前学使真州阮公所集，俱有诗。

蓬莱宫阙神仙宅，门外烟波隔盈尺。福地平临千佛青，岑楼俯瞰重湖白。濯缨歌里话沧浪，短彴红栏接水光。此际正思莲比色，此时空想芰为裳。人言此水清而浏，只长鱼苗不栽藕。乍可纹斜君子风，不妨波拂先生柳。巨公随地见经纶，堰水移花妙入神。但使江湖皆静浪，遂教生意满通津。莲船十丈莲须短，蒲活泥融流缓缓。夏至初看翠盖擎，春余已报青钱满。绛节朱幡按部回，主人归日此花开。蝉声六月云如火，一片清香水面来。静夜星河烂高阁，倚槛沈吟动瑶爵。一天凉露下无声，树密风疏月斜落。欲携七十二鸳鸯，遍织波纹作锦塘。南浦帆樯空藻绘，西园冠盖盛文章。古来万事皆如此，不种安知地肥美？潋滟疑通太液波，清泠直接瑶池水。今年种藕藕有枝，明年种花花满池。愿吟红药翻阶句，看取金莲归院时。（辑自《茗香堂集》卷四）

新荷〔清〕朱畹

不使淤泥染，亭亭水一方。弱愁风势偃，密助雨声凉。稍觉游鱼动，难教小艇藏。欲将碧筒制，携酒向沧浪。（辑自《红蕉馆诗钞续》）

七月十八日徐柳塘太守邀同人泛湖看荷，时新修铁公祠颇为宏丽〔清〕邵葆醇

绿沼通湖十丈荷，风喧翠盖影相摩。气含宿露尘难到，香涌新秋韵自多。水榭玲珑凉入牖，石桥迤逦静无波。祠前肃肃频瞻望，异代忠魂总不磨。（辑自

民国《续修历城县志》卷十一《山水考七·水三》引《韡华吟舫诗钞》）

活水荷花诗 〔清〕黄承吉

济南学署八景，吾乡阮云台中丞视学时所榜定，中有海棠泮，受大明湖水，澄澈可爱。惟活水不宜植荷，吾师万和圃夫子于东西置栅，于是水渟而荷植。余至署之日，命酒赏酌，菡萏乍吐，清芳宜人。同年王艺斋家相、蒋云篸泰阶两孝廉与予各赋诗以呈。濯缨桥、石芝、四照楼，皆八景之一也。

官斋八景昔所闻，濯缨题自施使君。"濯缨桥"三字，三山先生行书勒石。大明湖水流入院，水光淡淹涵青云。昔贤爱此负此水，不种芙蕖旷清泚。灿烂徒夸三尺鲤，鱼戏无莲讵云美？吾师幽赏心泠然，种花使水都澄鲜。香入石芝秋郁郁，绿弥四照朝田田。桥边落日倾芳醥，一片清光满衫注。雨气遥收碧晕时，烟波忽霭红飘处。倒茄掩映眠萍藻，万柄纵横影围绕。底用呼童唱采莲，此间已是瑶华岛。位置由来要在人，逐流相赏未为真。亭亭漫诩茎独擢，不遇植根难绝纶。即今品藻应添续，故事何当囿成目。酒罢酣歌向此花，海棠逊尔消尘斛。（辑自《梦陔堂诗集》卷九）

云台师督学山左日，署临大明湖，湖多莲，有一花四面者，移归供之，同人诗焉。花萎后以锦匣贮而藏之，今数年矣，瀛舟宴集，出以相示，属赋此诗 〔清〕陈文述

吹堕仙云玉女家，风裳水佩各清华。鱼窥曲沼团团月，人绕方塘面面霞。如此同心宜百子，但看半影已双花。寻常连理应羞比，无数鸳鸯避碧沙。（辑自《颐道堂外集》卷二，亦见于《小沧浪笔谈》卷一、民国《续修历城县志》卷十九《古迹考四·亭馆三》）

署楼俯临明湖，荷花盛开，戏为长句 〔清〕吴慈鹤

纤云四卷天门开，群仙夜起朝蓬莱。琼筵未罢歌舞急，玉杯堕地何皑皑！齐女如花不敢拾，掷弃波心老蛟吸。摇香舞练一千年，复有金人捧而立。艳魂颇怕秋风热，皓露初凉洗仙骨。高楼湘竹透光时，一片明霞换黄月。君不见鉴湖荷花三万亩，憔悴而今复何有？红情绿意两凄凉，铅泪原难变春酒。此湖此花独可怜，翠旗珠佩翩神仙。我欲夜上银河船，妙香摩荡团团天。万花一笑何

其嫣，夷光捧心良不然。焉能双桨呼来语，水陌虹梁通尔汝。艳歌子夜为汝歌，鸳鸯何似江南多。（辑自《岑华居士兰鲸录》卷五）

明湖曲（四首之四）〔清〕张善恒

荷花艳艳红，荷叶田田绿。叶敝有时新，花落何时续？（辑自《历下记游诗》上卷，亦见于《国朝山左诗汇钞后集》卷三十三、民国《续修历城县志》卷十一《山水考七·水三》）

济南竹枝词（二十八首之三）〔清〕孙兆溎

一湖绿水种莲花，杨柳堤边艇子斜。四面香来看不见，好花都被荻芦遮。大明湖莲花无际，然各有主者，均以芦苇界隔，花时掩映其中，殊为恨事。（辑自《〔片玉山房〕花笺录》卷十四）

七月三日湖亭观荷，次语铃中丞韵〔清〕吴廷栋

夜雨逼残梦，蕉窗送繁响。晓起忽放晴，山光侵屦杖。新茗瀹荷露，清甘敌仙掌。良岑豁襟抱，大块入俯仰。云敛众峰出，波澄一亭敞。红衣香荏苒，翠盖荫疏朗。侍坐诵新句，欹枕结妙想。异境幻诗筒，清眠破书幌。乘暇展游眺，寻幽亲飒爽。凉风袭衣袂，宿雾开林莽。萧寺静掩关，野航争题榜。村墟酒初熟，柳桥鱼可网。论古恣冥搜，质疑剧神往。溯洄更前汀，远近凭画桨。晚梵韵悠悠，归鸦翔两两。环中悟化机，物外得真赏。泉石耽成癖，渔樵狎亦党。野鸥闲于人，旷逸不受奖。钓客船为家，烟波聊自养。早秋三日度，新凉一味享。他时就鲈莼，归耕吾抑傥。临流久延伫，乡心付惚恍。菱歌起泬寥，林钟回浩荡。湖上挂新月，烟岚接泱漭。（辑自《拙修集续编》卷二）

荷花（二首）〔清〕辛师云

分得明湖数柄荷，栽来庭院映清波。迎风不断清香细，带雨微闻翠盖摩。疏簟凉含花蝶梦，短墙声送采莲歌。开樽对此消长昼，一任炎云阵阵过。

亭亭艳影照回塘，池上春生笑靥香。出水净含君子气，隔帘娇重美人妆。翠盘稳接三霄露，雪藕芬流四照堂。吩咐童丁勤爱惜，闲来浓引碧筒凉。（辑自《思补过斋遗稿》卷三）

湖上看荷花 〔清〕符兆纶

一叶轻舟泛，烟波澹荡间。花花临水照，自惜镜中颜。来时好风迎，去时明月送。羡煞双鸳鸯，香稳花间梦。（辑自《卓峰草堂诗钞》卷十九）

月夜湖上观荷 〔清〕嵇文骏

乱鸦拖日沉远山，依依暮色生渔湾。（此处疑脱两句。）月明已挂垂杨间，载月悠然荡孤艇。柔橹不惊鸥梦醒，静看风荷漾秋影。（辑自民国《续修历城县志》卷十一《山水考七·水三》引《笔花书屋诗钞》）

明湖赏荷花 〔清〕葛忠弼

绿水涵花影，扁舟载酒徒。花香风定后，酒醒雨来初。柳岸闻吹笛，亭轩看打鱼。棹回莲叶动，弄碧上襟裾。（辑自《秋虫吟草》卷二）

夕凉，湖上荷花正盛，亭亭可爱，以诗写之 〔清〕鲍瑞骏

寂历柴扉过雨开，夕凉散发坐莓苔。空潭无月夜光迴，老树近人秋意来。知白漫同萤自照，守红安用蝶为媒？何时归作溪山长，一棹芦花垂钓回。（辑自《桐华舸诗钞》卷六）

中秋后见湖上白莲一枝 〔清〕鲍瑞骏

留得孤芳在，秋心谁与同？烟残半湖碧，月晓一枝空。坠粉到波尽，珠娘犹梦中。过时弥自洁，不羡蓼花红。（辑自《桐华舸诗钞》卷一）

荷钱 〔清〕朱丕煦

池塘买断夕阳天，渺渺烟波个个钱。为有荇丝牵欲活，纵无榴火铸能圆。江村亲贴浑鹅眼，水国权衡费鹭拳。好是一番新雨过，珠玑万斛泻桥边。（辑自《红蕉馆诗钞续二·附丕煦、丕勋二孙诗》）

明湖竹枝词（八首之五） 〔清〕王象瑜

清晓新荷次第开，芦花深处锦成堆。儿童不识莲心苦，争采花房得意回。（辑自《二琴居士小集》）

湖上观莲 〔清〕陈嗣良

舟藏莲叶底，风动莲叶翻。见舟不见人，但闻笑语喧。我亦放舟入莲塘，夕阳风送莲花香。莲花香里客饮酒，折取碧筒当酒觞。（辑自《学稼草堂诗草》卷三《前明湖吟》）

荷花生日，陆惕身孝廉尔昭、彭介石上舍克端招同人放舟大明湖观荷 〔清〕倪鸿

荷花生日年年有，选事伊谁为花寿？平陵喜得两寓公，特约看花齐载酒。明湖仿佛濠濮同，主人诗虎客酒龙。百杯滟潋催浮白，一舸逍遥乘闹红。湖光如镜花如绮，金管玉箫谁载妓？名花一朵一美人，却许刘桢尽平视。兴酣更上湖心亭，鹊华遥挹青山青。三十六陂好烟水，笛声吹起鱼龙醒。盍簪尽是同心者，忘却萍踪羁历下。图成雅集俨西园，坐列才人宛东野。云水光中好纳凉，城中偏有小江乡。若歌骤雨新荷曲，文宴何殊万柳堂。（辑自《退遂斋诗续集》卷二）

大明湖荷花限渔洋《秋柳》韵，汪学宪观风课。（四首） 〔清〕魏自励

冰作芳姿玉作魂，香风缭绕汇波门。花供千佛红垂影，叶罨七桥绿有痕。疏苇低迷湖上路，垂杨倒挂水边村。小沧浪畔凭阑立，秋水芙蓉试细论。

不共东篱菊傲霜，菱裳萝带满银塘。盘承晓露三株树，衣晒朝阳百宝箱。骨格宜称君子德，头衔合配水仙王。莲房点缀轻红粉，不羡当年碎锦坊。

清香暗袭榜人衣，雪藕调冰是也非。北渚三篙波潋滟，西湖六月景依稀。几多翡翠随桡转，无数蜻蜓贴水飞。欲采蕖花停画舫，几番怅触素心违。

六郎风韵剧堪怜，翠染齐州九点烟。秋高渐看芦毵雪，春深曾见柳飞绵。堤边白苇环今日，浦里青荷忆往年。欲折碧筒沽美酒，鹊华桥畔画楼边。（辑自《贡树生香诗稿》）

大明湖荷花，用渔洋《秋柳》韵（四首） 〔清〕张守炎

抱月飘烟欲断魂，香风直接汇波门。南丰历下新诗稿，白傅杭州旧梦痕。载酒船停杨柳岸，寻芳径入苎萝村。淡浓一样西施比，越艳吴娇且漫论。

红妒朝霞白妒霜，济南风景似钱塘。花穿画舫香沾袂，帘卷妆楼月满箱。

雅集开筵吟北海，芳姿出水赋陈王。饱尝风露酣秋味，不羡三春碎锦坊。

霞裾缟袂五铢衣，仙子凌波是也非。白雪新篇追步少，庐山旧社比踪稀。馆邻薜荔游鱼戏，亭傍沧浪浴鹭飞。最爱鹊华桥畔住，相邀净友莫相违。

娉婷倩影剧堪怜，亭号水香羃晚烟。十丈花开红似锦，千丝藕剖软如绵。头衔三品膺清秩，态度六郎忆往年。老去渔洋诗社冷，倏经秋柳画桥边。（辑自《齐燕联唱》卷十六）

大明湖荷花，用渔洋《秋柳》韵（四首）〔清〕刘羲龄

明湖有客漫销魂，莲界香开众妙门。叶写东西南北影，花含风日露烟痕。芙蓉倒印山千点，杨柳平添水一村。古历亭中闲俯仰，鸢燕鱼跃许重论。

微风生浪白如霜，又放轻航柳外塘。翠荇搴蔬联左右，红莲收稻足仓箱。垢离品讵输清圣，隰有诗曾采素王。烟雨楼台凉可纳，赏来差胜晋公坊。

清芬攒挫上罗衣，六月风光是也非。吴苑醉余娇态少，濂溪说后解人稀。波心偎艳渔家傲，镜面衔香燕子飞。即此濠梁乘乐趣，忘情物我总无违。

淤泥一出阳堪怜，过眼繁华已化烟。弹指古今花一萼，盘根华岳种连绵。清风许我联香气，白雪何人谱旧年。韵物从来宜韵语，遗山新句画桥边。（辑自《齐燕联唱》卷十六）

明湖荷笔（二首）〔清〕丁玑

忆昨同游莲子湖，水仙乱撒满湖珠。金波十里云千顷，排出兰亭笔阵图。

名士临流尽赋诗，湖南湖北雨如丝。若教点出簪花格，应是青莲入梦时。（辑自《东武诗存》卷八〔下〕）

大明湖荷花（三首）〔清〕刘英

多情何事唱侬怜，桥跨鹊华净晚烟。古镜平临波渺渺。柔丝不断绪绵绵。千花毕现空凡界，一叶如来悟昔年。法说莲公参活相，汇泉寺外水无边。

凉飔瑟瑟拂红衣，洗尽铅华景已非。客到古亭游处少，娃乘小艇采未稀。吟风不改渔家乐，掠水只余燕子飞。漫笑妆残颜色淡，盈房结子意无违。

一水盈盈欲断魂，人家三五掩柴门。平临古寺虚无际，遥对佛山淡有痕。春老已空桃叶渡，香清半绕稻花村。采莲歌罢吴宫冷，翠羽明珰不要论。（辑自

《武定诗补钞》第四册）

明湖竹枝词（十首之七）〔清〕魏乃勷

荷花界外荡舟去，荷花界中养翠鳞。颇似鲈乡风味好，隔花时见打鱼人。（辑自《延寿客斋遗稿》卷一）

忆明湖荷花〔清〕张百熙

莲叶碧田田，明湖影翠烟。相期渺秋水，相思成隔年。隔年愁不见，展转他乡县。展转奈花何，好风花正多。（辑自《退思轩诗集》卷三）

念奴娇·忆明湖荷花，用姜韵〔清〕王以慜

镜澜一角，照轻妆玉立，夜深谁侣。记得湘皋逢解佩，暗落舞衣无数。倚扇风回，隔舟霞拥，叶叶鱼吹雨。方塘坐晚，醉吟何限新句。

依旧湖柳摇烟，湖湖灯破暝，白鹭冲花去。六载浣纱人不见，寂莫秋蟾生浦。易老菱讴，相思蘋水，谁唤游骢住。冷香清梦，铁公祠畔归路。（辑自《檗坞词存》卷十二《镂冰碎语》）

明湖红白莲歌〔清〕翟化鹏

济南山水天下无，就中名胜推明湖。处处菡萏争艳发，淡妆浓抹西子图。我来时正逢炎夏，名湖莲花开无价。红红白白千万重，拟欲采莲花月夜。我去采莲花，一半雪光一半霞。疑是乔家双姊妹，凭肩并立水之涯。我去采莲叶，莲叶千重复万叠。又疑大令渡江来，桃根桃叶相迎接。放棹中流任所之，不施朱粉天然姿。双发双开复双采，铜瓶供作连理枝。采罢归来自中沚，手把莲花私自喜。笑煞春风三月时，名园开遍桃与李。（辑自《鹿樵诗存》）

历城杂咏（三首之二、三）〔清〕宋恕

荷叶飘香已悦神，不须花醉往来人。城中最好李祠路，近市乃无微市尘。十九日。

天然绝妙大荷池，柳际芦间望不疲。隔水平分花色相，李公祠对铁公祠。大明湖多观荷之区，然以湖南李公祠之觉沤亭、湖北铁公祠之小沧浪为最。同上日。（辑自《宋恕集》卷九）

升阳观观荷十五日，独行观荷，到升阳观。〔清〕宋恕

观荷更过李祠西，放鹤亭前目又迷。绝似莫愁湖一曲，胜棋楼忆旧留题。观在明湖西尽处，西北有放鹤亭、题壁堂，一览纯荷，舟不可达，风景绝似金陵莫愁湖侧之胜棋楼。（辑自《宋恕集》卷九）

二、明湖柳

桥柳　〔明〕李化龙

老树已婆娑，无复有生意。攀条折其枝，自是柴桑趣。（辑自《李于田诗集·东省稿》）

堤柳晴烟　〔明〕存乐

堤畔寒烟几缕明，霏霏长傍绿杨生。纹绡密罩天将暝，素练横拖雨欲晴。鸟过林中难见迹，莺啼枝上但闻声。游人遥指争相讶，尽道高浮紫气凝。（辑自《历下十六景诗》卷四）

问柳（二首）〔清〕袁藩

湖上春风倚画桡，凭阑东望绿迢迢。最怜堤柳垂檐外，不见当年旧板桥。

一湾流水桥边路，二月春风湖上台。怪煞东君更多事，吹将柳眼为谁开？（辑自《敦好堂诗集》卷三）

明湖柳色　〔清〕刘伍宽

鹊桥两岸近清明，点逗春光翠叶生。古寺楼台时隐见，画船箫鼓半阴晴。平铺鸭绿和烟重，淡染鹅黄著雨轻。莫向人间绾离别，一枝留取待新莺。（辑自《国朝历下诗钞》卷一，亦见于《海右堂遗诗》、清乾隆《历城县志》卷第九《山水考四·水二》、道光《济南府志》卷六十九《艺文五·历城诗》）

新柳（二首）〔清〕张希杰

堤柳舒青眼，行行翠叶生。五株陶令宅，一带亚夫营。鸭绿和烟重，鹅黄着雨轻。行人莫扳折，留取待新莺。

点逗风光好，晴云扑翠烟。王恭正春月，张绪又当年。清影三影伏，美灵九烈传。章台今在否，濯濯为谁妍？（辑自《铸雪斋诗集》）

新柳 〔清〕王尔鉴

二月看新柳，明湖弄晓晴。宫梅初破萼，金线欲笼莺。莫问章台色，空怀陶令情。历亭春正丽，次第绿阴生。（辑自《二东诗草》卷一《历下集》）

湖上秋柳 〔清〕朱崇勋

露下晚塘冷，依依千万丝。寒烟摇浦溆，清影漾涟漪。蓼岸风来处，芦桥雁过时。临流休弄笛，易动远人思。（辑自《桐阴书屋诗》卷上）

大明湖（四首之四） 〔清〕秦瀛

明湖秋柳最魂消，无复诗人系画桡。犹有残阳几株在，乱鸦闲坐说无聊。（辑自《小岘山人诗集》卷四）

明湖秋柳 〔清〕丁淳

历亭诗社日相过，披拂红桥惹恨多。记得灵和春尚浅，销魂无奈晚烟何。（辑自《东武诗存》卷八〔上〕）

明湖秋柳 〔清〕王应植

疏柳依依傍画桡，愁人怕问短长条。搔残北渚吟诗鬓，瘦尽东风折后腰。七桥风月曾游地，赖有寒蝉慰寂寥。（辑自《国朝山左诗汇钞后集》卷三十五）

明湖秋柳 〔清〕郝植恭

无限长条拂短堤，渔洋感物记留题。凉波晓月痕仍在，极浦斜阳影渐低。此日楼中伤绿鬓，旧时枝上啭黄鹂。阳和转瞬郊原绿，再拟寻春酒自携。（辑自《漱六山房诗集》卷九）

历下杂咏（十六首之十二） 〔清〕孙锡嘏

明湖秋柳亦销魂，何独伤心白下门？自有渔洋开社后，个中哀怨不堪论。（辑自《东泉诗钞》上卷）

明湖柳枝辞　〔清〕张家棨

明湖湖畔千株柳，冶叶倡条半画图。独有倚栏娇小树，风枝俏蒨总输渠。（辑自《蓉裳诗钞》卷一）

明湖秋柳（四首）〔清〕宫卜万

秋气萧萧冷满湖，西风料峭不藏乌。千丝曾蘸春波绿，一镜空描夜月孤。笛向秦淮吹拉杂，人来坂渚怨荒芜。渔洋当日吟诗径，黄叶无情一半铺。

阁老亭边露酒旗，残鸦无赖噪寒枝。华不隔郭来秋色，趵突绕廊异旧时。入笛空留吴苑曲，送人只赋灞桥诗。春前漫说伤心树，犹把黄骢系绿丝。

记得春风也可怜，沿湖如雪复如烟。萧森谁想建安日，摇落重过丁酉年。卍字雕栏回客梦，一潭皓月照渔船。攀条试上平台望，黄叶乱飞廿四泉。

紫荧红菱次第飘，从今不上百花桥。阳关旧雨停三叠，白下西风送六朝。一样关心凋客鬓，几番写怨绾征镳。翠眉已褪千条黛，再向东君讨笔抽。（辑自《酉园抱瓮集》卷二）

明湖秋柳（四首）〔清〕张岫

昨宵雁阵渡寒塘，秋老明湖柳数行。玉笛惊吹千里月，金鞭怯指五更霜。风流莫问依依绪，潇洒谁怜濯濯王？试向平台频眺望，七桥烟景总苍凉。

十里湖桥落照边，西风回首转萧然。衡诗艳说旗亭壁，怀古情深金线泉。芳草长堤曾系马，黄花曲径又停鞭。渔洋老去吟坛冷，谁续三生翰墨缘？

古历亭边记泛舟，年华转瞬又经秋。玉箫金管怀前度，白舫青樽感旧游。自昔丰标争放眼，而今憔悴半垂头。岸容欲报春消息，遮莫烟笼杜若洲。

一段秋容画不成，疏黄冷翠几枝横。三叉野渡烟犹锁，两岸人家雨乍晴。瘦草寒芦同黯澹，双柑斗酒忆清明。会当识得东风面，转眼莺花又满城。（辑自《带经舫诗钞》）

历城四忆诗（之三）：大明湖柳　〔清〕宋翔凤

新城尚书感明湖秋柳，赋诗寄兴。余见踠地万株，追怀不已。自别此湖，忽闻萧瑟，不知婆娑之态视昔如何。

渔洋《秋柳》诗，攀折起相思。羌笛风初怨，画船入系迟。客魂销此地，

景色冷年时。亦有清江上，空垂两岸丝。（辑自《忆山堂诗录》卷八，亦见于民国《续修历城县志》卷五十三《杂缀三·轶事三》）

题周素夫世锦纪游图册三十首（之十）：明湖柳色 〔清〕宋翔凤

阮亭咏柳白下门，梁陈旧曲先消魂。兴亡往事思不尽，转托明湖秋月昏。当日诗传真绝唱，至今攀折同惆怅。海右亭前一万条，几番携酒来亭舫。总是依依易撩人，那分河畔与江滨。但愁陌上西风紧，剩得天涯憔悴身。

按：阮亭《秋柳》，古今绝唱，同时和者无不逊之。其中俱咏明季南都旧事，题作大明湖，乃托以见意。蒲中屈悔翁注释四诗极为详确，吾乡归愚翁与悔翁不协，故其选阮亭诗不及《秋柳》，且讥为不切襞绩故事。以求切柳，人人所能；阮亭诗句句不切秋柳，而句句皆秋柳，寄情绵邈，托兴悲凉，谁能望其故步？悔翁之诗奇而纤，诚不足以列于风雅，然其释渔洋四诗则不易之论也。（辑自《洞箫楼诗纪》卷二十）

明湖秋柳（四首）〔清〕王延庆

秋雨秋风莫问津，一湾疏影不生尘。布帆安稳湖三面，羌笛纷纶月一身。落叶无声休絮语，断蓬何地拚花茵？千条万缕春前事，纤影曾为漾洒鳞。

便教分影下寒塘，莫向萧条说未霜。近水最难生挺特，离人多半在沧浪。板桥山径遮遥绪，南浦西风靠短墙。一曲斜阳翻不得，大堤吟叹总清商。

更无三起与三眠，解脱兜罗不是绵。客梦写成《枯树赋》，春痕记上酒人船。隔篱黄怯千枝菊，蘸水红偎几瓣莲。尚有渔烟能破暝，可怜疏处罩沦涟。

纤纤莫斗楚宫腰，流水声中拂野桥。吹得东风如小别，照来明月太无聊。一城山色须回护，九烈神君未寂寥。移向迢迢吟小杜，也应高倚玉人箫。（辑自《学半斋集》）

明湖秋柳四首用渔洋韵，代人观风作。〔清〕孔昭恢

灞桥曾送黯然魂，古历亭空昼掩门。着雨尚含金线色，临风渐减翠眉痕。蓼红苇白斜阳岸，橘红橙黄欸乃村。最是寒蝉声咽处，酸嘶况味与谁论？

何曾雨雪怨征衣，郁胡园中景渐非。张绪丰神空想像，小蛮情态胜偏移。丝长难绾杨花卷，黛蹙愁看燕子飞。一叶扁舟停泊处，晓风残月兴全违。

输他老树饱经霜，眠起何堪傍野塘！枉自新妆娇碧玉，看人染汁待青箱。乌衣才调吟推谢，鹤氅风流姓是王。莫倚灵和太矜贵，盈盈里在碧鸡坊。

历下骚坛绝可怜，阮亭吟社散如烟。五龙潭碧情呜咽，千佛峰青恨渺绵。腰怯西风鸦点点，眼穿北渚雁年年。攀条旧侣劳相忆，无限凄凉落照边。（辑自《春及园虫鸣草》卷三）

明湖秋柳（四首）〔清〕范承俊

湖光何处不情牵，衰柳萧条剧可怜。远浦月明疏映水，平芜天尽冷含烟。嵇生寥落逢今日，张绪风流付旧年。却忆春城花事好，湘帘箫管绿云边。

曾是宜春绝代姿，竭来憔悴有谁知？一篙秋水荒祠外，十里空堤暮雨时。别久暗消新翠黛，愁多渐损旧腰肢。垂垂十五当年恨，莫向樽向唱柳枝。

渡江犹自恨杨花，况值飘摇万缕斜。几处晓风空系马，半城秋色正号鸦。地当海右思名胜，人对霜辰感物华。昨夜笛哀怨甚，不知归梦落谁家。

汉苑隋宫几见经，瘦来还似旧娉婷。他生染我袍应碧，前度逢人眼独青。澹澹芰荷芳草渡，萧萧芦荻蓼花汀。西风残照销魂景，好把新词续阮亭。（辑自《武定诗续钞》卷十四）

明湖秋柳（四首）〔清〕杜受祺

一应西风白露横，湖边柳色最关情。楼衔晚照鸦千点，柳带寒烟水半城。是处送人曾系马，当时携酒惯听莺。那堪渡口聊徙倚，时送寒蝉四五声。

芰荷香冷水半湖，匝岸疏黄半有声。十里澄波才打桨，一天旅雁已衔芦。桓宣此际新愁起，片绪当年蕉梦孤。莫唱故国三叠曲，青青客舍又全殊。

情最依依态最柔，无端零乱忽逢秋。牵心别绪千条绾，回首春光片梦留。纵后长亭思赠策，更无少妇怯登楼。百花洲畔石桥外，飞絮撩人当忆不？

晚烟漠漠水迢迢，南浦东风事已遥。两岸飞花曾几日，半林落叶又今朝。只余老树斜阳绾，无复浓阴画舫招。屈指年光真迅速，客中抚景停萧条。（辑自《武定诗补钞》）

明湖秋柳（二首）〔清〕郑云龙

弱柳千株指碧塘，满湖诗思忆渔洋。从分桐叶秋将老，絮借芦花舞欲狂。

官渡西风愁暮雨，画桥流水澹斜阳。玉关羌笛多哀怨，触忤游人一断肠。

垂丝袅袅不胜秋，横笛何人夜倚楼？板渚无情伤别绪，荒园谁与寄闲愁？伊人馆外曾停骑，名士轩头尚系舟。怪得北征多感慨，年华摇落日悠悠。（辑自《国朝山左诗汇钞后集》卷二十四，亦见于民国《续修历城县志》卷五十三《杂缀三·轶事三》引《焚余诗草》，其中“垂”作“游”，“尚”作“向”）

明湖秋柳 〔清〕单映墀

湖上风光忆旧游，轻桡重泛木兰舟。万条凉露烟中浦，十里斜阳水外楼。何处数声羌笛曲，有人高凭画桥秋。萧疏满目西风急，攀折无多起暮愁。（辑自《芳坪诗草》）

济南杂诗（十六首之九） 〔清〕杨庆琛

湖边秋柳赋渔洋，海内骚人和欲狂。今日残丝卷疏雨，不堪摇落绿凫乡。渔洋老人《秋柳》诗即在大明湖水亭作，见《济南府志》。（辑自《绛雪山房诗钞》卷十五）

明湖秋柳（四首） 〔清〕李廷棨

摇落西风撼未休，垂杨又值一年秋。寒枝憔悴依渔屋，黄叶萧疏见酒楼。游子记翻金缕曲，骚人犹系木兰舟。不知隔岸谁家笛，吹作关山一例愁。

风流张绪感生平，如镜波光对影清。十里长条容系马，一年新绿记藏莺。添来酒肆寒烟色，听到篷窗落叶声。旧日眉痕犹记否？梢头新月画分明。

西来秋色遍天涯，黄到桥边第几家。犹有浓阴堪睡鸭，最怜瘦影但栖鸦。诗人老去风流在，渔艇归来夕照斜。无限水西亭畔路，伴伊萧瑟是芦花。

惆怅年华逝水过，向人此树尚婆娑。青萝馆圮疏枝冷，白雪楼荒败叶多。寒鹭一汀依岸曲，班骓千里忆关河。春风亦有销魂处，夹路青青送玉珂。（《选自《纫香草堂诗集》卷二》）

明湖春柳（二首） 〔清〕曹宗瀚

罨画春波照影纤，明湖新涨夜来添。桃花遮断千丝雨，燕子惊回一桁帘。仙袚山遥浓翠接，水香亭小曲尘黏。落花风里莺簧滑，镇日听来也不嫌。

比似江潭更系思，风流常傍杜公祠。相逢名士多青眼，一样西湖斗翠眉。

晓镜迷离诗客梦，晚钟摇漾酒家旗。最怜飞絮漫天影，系得春光几许时。（辑自《镫味宅诗存》卷三）

东湖新柳　〔清〕符兆纶

盈盈十五擅风流，嫁与东风恨未休。腰未全舒眉不展，湖波荡尽一春愁。（辑自《梦梨云馆诗外编》卷四）

明湖秋柳　〔清〕杨恩祺

湖干昨夜著微霜，杨柳萧萧绿欲黄。疏影渐难藏画舫，长条犹自映回塘。添来新雁惊秋色，剩有凉蝉咽夕阳。（辑自《天畅轩诗稿》卷二，亦见于《国朝山左诗汇钞后集》卷三十）

明湖秋柳　〔清〕李之雍

数点寒鸦栖复惊，谁家玉笛最凄清？也知眉黛不胜恨，可记眼波曾送行？六代风流归画稿，一年心事付蝉鸣。（辑自《国朝山左诗汇钞后集》卷二十二）

明湖秋柳（四首）〔清〕孟继垚

水西亭外柳条条，秋老明湖叶欲凋。眉彩已非前日黛，衫痕犹记去年腰。难将柔绿迷银浦，谁惜浓青挽画桡？无限风流无限恨，玉箫吹上百花桥。

芙蓉帘下水盈盈，眠起枝头太瘦生。无力那能沾去骑，多情空欲问啼莺。几行疏影遥通市，万树荒烟半入城。何处笛声吹折柳？望湖楼上月三更。

梦魂长到木兰舟，几缕新愁绾旧愁。深浅溪头犹放鸭，短长亭外不遮鸥。绿绦漫惹三篙水，青眼谁凭四照楼？试问南丰台近远，攀条欲较武陵游。

蹙损蛾眉几许长，古姿那复艳王郎！已输凫渚三分绿，久褪鹅绵二月黄。菡萏香销仍古渡，菰蒲风起又斜阳。何时万缕柔丝袅，名上矸头泛钓航。（辑自《静远堂诗存》）

明湖秋柳，和章师舟太守　〔清〕鲍瑞骏

袅袅长条碧渐疏，晓风残月满平芜。隋堤尽日偎官马，汴水何人唱夜乌？一曲关山枯树赋，六朝宫殿黍离图。天涯多少离亭笛，都付明湖梦有无。（辑自

《桐华舸诗钞》卷八）

明湖秋柳 〔清〕鲍瑞骏

万缕千条拂水长，当年愁绝老渔洋。衡王旧府乌啼月，工部新祠柏蚀霜。何处紫骝仍蹀躞，无端玉笛太凄凉。鹊华一角秋如许，却照湖干叶半黄。（辑自《桐华舸舸诗续钞》卷六）

明湖秋柳（二首）〔清〕薛澜

大明湖畔柳条柔，颤雨怯风又到秋。不忍见他憔悴色，蹒跚行过且低头。

长条消瘦短条黄，尽有游人说断肠。谁是至心真爱宠，替侬争护九秋霜。（辑自《崌谷山房遗集》卷一）

癸卯四月华卿司寇以《明湖秋柳》诗见示，敬步元韵（三首之一、之二）〔清〕张英麟

紫笋朱樱四月时，征夫周道正逶迟。花添颜色留香晕，柳辨腰肢学小垂。捷报正开闻喜宴，归装犹有纪程诗。故乡风景明湖忆，漫说濠梁乐不知。

好雨连番正及时，駪征每恨马行迟。欣逢远水新蒲出，喜见芳林嫩杏垂。幻梦乍醒难索解，同心相对只谈诗。劳人草草凭谁慰，说与人间总不知。（辑自《南扶山房诗钞》卷二）

石州慢·明湖春柳 〔清〕孙国桢

酥雨黏条，晴日弄丝，春色将半。阴中画鹢初停，枝上流莺乍啭。临风袅袅，浑似学折腰肢，向人亦解垂青眼。想张绪当年，貌依稀如见。

嗟叹。折枝赠别，几唱阳关，流虹桥畔。潦倒青衫，襟上酒痕都满。柔丝弱缕，未足绾我愁肠，曲衷一日千回转。为羁旅思深，翻觉湖波浅。（辑自《愚轩诗余》）

明湖柳枝词（二首）〔清〕李贻隽

杨柳千条复万条，明湖何地不魂销？阿侬未解离愁苦，不系征鞍系画桡。

万缕垂烟绿欲齐，鹊华桥北历亭西。就中老树婆娑甚，应是渔洋旧品题。

（辑自《武定诗续钞》卷二十四）

明湖柳枝词（三首）〔清〕郭恩辉

湖柳初黄未放绵，汇波门外逗春烟。年来何事增惆怅，一度经过一枉然。

画楼俯水绿丝牵，袅入东风绝可怜。一把柔条刚挽得，不堪回首五年前。

喝到杨枝亦可哀，如尘如梦费人猜。湖边几树垂垂老，曾见侬家系马来。

（辑自《退庐诗钞》）

大明湖上柳　〔近代〕曾延年

湖上春归第几桥，销金帐里尽魂销。掀帘怕见青青柳，又把华年换楚腰。

（辑自《明湖载酒二集》，又见于《南社诗选》）

济南竹枝词十六首（之三）〔现当代〕菊生

湖畔垂杨叶尽飞，柔条倒影映斜晖。渔洋诗句空前后，此日风光是也非。

（辑自1946年3月14日《民国日报》第四版）

三、明湖芦苇·芦花

苇 〔明〕李化龙

秋风欲下来，蒹葭已苍苍。望而不可见，人在水中央。（辑自《李于田诗集·东省稿》）

深秋饮于北渚席上见芦花 〔明〕叶承宗

澄湖一望冷蒹葭，蜚絮依依绕案斜。醉里浑忘秋色晚，懵腾还认作杨花。（辑自《泺函》卷三）

夜泊芦花 〔清〕潘呈雅

庙门北去柳参差，傍晚溪天一带斜。八月蓬窗听木叶，三更风雨泊芦花。箫吹半夜水边许，月上遥天得鹊华。且喜新蟾何妩媚，前湾淡罩透银纱。（辑自《秣陵诗草》）

芦花 〔清〕何邻泉

秋残湖上奈愁何，芦絮苍凉客感多。岸外影迷飞鹭去，滩头声急断鸿过。不随枫叶连斜照，肯逐杨花点素波。对此顿教怀渺渺，伊人应在水中阿。（辑自《无我相斋诗选》卷一）

四、明湖碧桃

湖上碧桃开且落矣，旁有一株含苞未放，戏题　〔清〕鲍瑞骏

竹外嫣然锦乍匀，一株开尽一株新。可怜红雨湖边路，又见香鬟井上人。自古繁华如转毂，有谁春梦便离尘？东风依旧催花信，未必渔郎重问津。（辑自《桐华舫诗钞》卷二）

五、明湖小龟

大明湖产小龟，如钱大者，潘生买两头相饷，偶为咏之 〔清〕张埙

一湖鱼鳖水连天，方寸元夫结网边。刮得毡毛能细细，戏来莲叶号钱钱。不堪名物僬侥衅，欲问穷通太卜怜。墨海研池生趣在，归看儿女诧灯前。（辑自《竹叶庵文集》卷二十《乞假集〔上〕》）

畜两龟于荷花缸中，小僮盗其一，诡言神化，搰土求之，不得其蜕，复为咏之 〔清〕张埙

江湖浅水未安居，尘土余生岂太虚。敝瓮百年如井鲋，校人一笑又池鱼。厨中失画看封识，世上寻弓可叹嘘。一事差为灵蜕累，缸花斸断好芙蕖。（辑自《竹叶庵文集》卷二十《乞假集〔上〕》）

六、明湖萤

湖上萤 〔清〕陈一贯

丁卯夏，同司理泛湖上，见萤火，感题，遂为次韵。

避暑乘舟傍晚汀，风疏入幔数流萤。渔舸荡漾浑疑火，宝剑光芒半是星。蓼叶迷烟初隐约，柳梢月坠倍晶莹。自非汉浦求珠客，若遇江皋二女灵。（据铁公祠内碑刻）

七、明湖白燕

大明湖咏白燕 〔清〕王天庆

双双桥畔拂青苔，雾縠霜绡任剪裁。湖外翻飞明似镜，枝间来往白于梅。不争尘世巢华屋，应纪瑶簪上玉台。未待秋深何处去，知君冰洁异凡材。（辑自清乾隆《历城县志》卷第九《山水考四·水二》引《晚香堂集》）

八、明湖踏藕

踏藕〔宋〕苏辙

春湖柳色黄，宿藕冻犹僵。翻沼龙蛇动，撑船牙角长。清泉浴泥滓，粲齿碎冰霜。莫使新梢尽，炎风翠盖凉。（辑自《栾城集》卷五）

九、碧筒饮

碧筒饮 〔明〕叶承宗

葭岸维舟处，相将泛碧筒。羽传香柄曲，鲸吸翠盘空。杨柳骄人醉，芙蕖妬脸红。伊谁知此乐？惟许郑公同。（辑自《泺函》卷一）

明湖棹歌六首（之五）〔清〕钟廷瑛

杨柳丝丝荷盖圆，画船箫鼓自年年。风烟煮茗碧筒酒，醉泊白鸥眠处眠。（辑自民国《续修历城县志》卷十一《山水考七·水三》引《退轩诗录》）

大明湖棹歌（四十首之十）〔清〕陈在谦

一年裙屐为花来，无限风光费剪裁。唤取苏苏上画舫，折荷教作碧筒杯。

李苏苏，济南名妓。见宋人祖无择诗。郑公饮碧筒杯处在历城北。（辑自《梦香居二集》卷二）

十、明湖船

明湖船 〔清〕王煪

底事盂兰社，明湖泛小船。招从历亭下，放到渚莲边。风定河灯稳，橹摇荻港穿。何人载丝竹，柳岸月娟娟。（辑自《春鹏集》）

明湖竹枝词（八首之六）〔清〕许瀚

蒹葭为界各成洲，洲客难教豁远眸。忽听歌声来袅袅，隔芦转出采菱舟。（辑自《攀古小庐文集》卷五）

十一、明湖漂屋

漂屋 〔清〕董芸

《齐音》:“北地妇人见舟不知名，呼为‘漂屋’。”虽出方言，颇有奇致。济南大明湖在城中，居民环列湖上，莲泾芦渚，烟波相望，人家门前树上多系小艇，以便出入，虽妇人亦有操舟之能，盖不减吴娘越女云。

湖上女儿能刺舟，湖光如镜水如油。鲤鱼风起荷花老，家在绿杨湾尽头。（辑自《广齐音》，亦见于民国《续修历城县志》卷五十三《杂缀三·轶事三》）

漂屋谣 〔清〕王偁

南方有屋屋如舟，北方有舟舟为屋。不合居者将漂名，无惑水患频荡覆。我来历下同萍漂，打桨日泛木兰桡。波镜山黛柳垂髫，渔妇操舟系小桥。芙蓉衫衬藕裙娇，闲趁明月下鱼标。嫁郎不住桃花岸，一般生涯喜弄潮。蟹舍鱼庄足逍遥，浪迹为歌漂屋谣。（辑自《鹊华馆济南杂咏一百首》）

漂屋 〔清〕封大本

旧注云：北地妇人见舟不知名，呼为漂屋。大明湖在城中，人家门外多系小艇，虽妇人亦有操舟之能，不减吴娘越女云。云漂屋之名甚奇，予故亦咏之。

湖东女儿放棹来，湖西女儿荡舟回。青蒲细柳映人面，别浦相逢不相见。共爱远山螺黛新，水翻荷叶比罗裙。白蘋风动响烟橹，转到桥南忽闻语。莲渚菱塘花落多，相对低鬟当奈何。天色渐暝月如烛，笑指蓬窗作金屋。（辑自《续广齐音》）

大明湖棹歌（四十首之六） 〔清〕陈在谦

门前垂柳傍桃花，争妒吴娘与越娃。心作蚕丝丝作笮，系郎漂屋到儿家。

王季木《齐音》自注：北地妇人不识舟，呼为漂屋。（辑自《梦香居二集》卷二）

十二、明湖渔事

荷池垂钓 〔清〕李兴祖

谁道临渊不羡鱼，一竿聊复向荷渠。饵将面糅吞偏易，钓事针敲计亦疏。自是旷怀随遇发，无非逸兴寄闲余。悠然坐到忘机处，皎月清风尽属余。（辑自《课慎堂诗集》卷十九《历亭草》）

和朱子青《湖上看捕鱼》韵（八首） 〔清〕李兴祖

春深闲步意如如，贪恋湖光野兴疏。嫩绿稀红夹两岸，同人命酌脍鲈鱼。

桃花铺锦柳抽丝，又是东皇饯别时。小艇渔歌声缭绕，循堤还折未残枝。

绕岸芦抽碧玉钗，春光无限尽安排。欲思结网成佳事，莫放杯中酒似淮。

湖光潋滟拟琉璃，爱听渔歌引步迟。极目绿丛青蔼外，波翻鱼影戏鸬鹚。

无数梨花露染腮，凭栏四望白皑皑。渔人逐浪乘舟去，逸士迎风过渡来。

何处琵琶翻绿腰，恍如身在百花桥。漫惊水底多珍味，还忆山中有药苗。

遍地和风动草衣，野塘是处锦鳞肥。沽来美酒临流酌，醉向湖心泛月归。

西山积翠落衣香，湖畔依稀渔火黄。点检诗囊上小艇，明朝有意聚南庄。

（辑自《课慎堂诗集》卷十九《历亭草》）

湖上捕鱼词（八首） 〔清〕朱缃

湖上风光写不如，白蘋香细冷烟疏。棕鞋桐帽过桥去，独上轻舟看打鱼。

莲叶初生乱荇丝，一年寒食燕来时。渔儿菱女春波上，解向东风唱竹枝。

绕堤芦叶小于钗，近水人家作画排。忽忆去年归路好，楝花开遍在秦淮。

葡萄新涨碧琉璃，茭叶萍花出水迟。分付榜人摇橹去，树阴惊起两鸬鹚。

何必江南觅四腮，银鳞网得白皑皑。疏狂笑我真成癖，拟把湖鱼换酒来。

乳莺巧舌柳纤腰，卯酒帘低覆小桥。好待明年新水绿，杏花时节买鱼苗。

小雨如尘湿地衣，榆钱零落鲤鱼肥。朝来食指无因动，薄醉骑驴缓缓归。

蒙茸芳草岸泥香，天影模糊落照黄。记取他年觅烟艇，具鱼谱蟹老湖庄。

（辑自《枫香集》，其中第二、六两首亦见于清乾隆《历城县志》卷第九《山水考四·水二》）

莲子湖垂钓 〔清〕傅仲辰

莲子湖头花乱飞，扁舟荡漾满人衣。何须鲈脍秋风忆，钓得银鳞尺半肥。（辑自《心孺诗选》卷十四《茌山四集》）

渔翁叹 〔清〕刘树

大明湖畔买轻舟，少小持竿渐白头。廿载浮沉观钓艇，千门得失看渔钩。歌堂舞阁今谁主，乱荻残荷又到秋。识破沧桑一瞬事，何妨鸥鹭日同游？（辑自《松月庐诗稿》）

渔家 〔清〕朱畹

茅舍依洲渚，蒲芦深几层。浅莎铺湿网，欹柳挂闲罾。门系采菱舫，篱明照蟹灯。桃源知不远，误入有谁能？（辑自《红蕉馆诗钞》）

垂钓 〔清〕朱畹

岂是羡鱼情，湖边足此生。携竿引童稚，垂钓代畬耕。终日临堤坐，有时穿苇行。不愁归去晚，秋月十分明。（辑自《红蕉馆诗钞续》）

钓罢 〔清〕朱畹

日落携竿去，湖边有石矶。路穿芦荻岩，香入芰荷衣。风定鱼初上，霜寒蟹正肥。不须将换酒，缓缓负罾归。（辑自《红蕉馆诗钞》）

渔家 〔清〕朱畹

四面盖芦花，数缘依柳斜。当门晒蓑笠，沿岸网鱼虾。倦后楫为枕，归来酒当茶。莫嫌饭粗粝，蘋藻味偏嘉。（辑自《红蕉馆诗续钞二》）

照鱼 〔清〕阎学海

我闻古人言，鱼目昏灯檠。以此悟捕鱼，用法殊为省。乱束蒲苇叶，深凿杞柳瘿。步屧互后先，透迤下东岭。凉月散中流，繁星动疏荇。乃知溪水上，夜夜清光永。秋风四十宵，负此无人境。藉草脱巾履，结束竞遒整。我倚岸头石，不言但引领。阿兄文轩技最长，渔具让独秉。伯衡准燃大炬，焕绝蛟宫炳。目力溥也暗，那能辨白蛃？于湘颀而长，修䄼代笭箵。其余诸少年，空手但驰骋。始犹戒缓行，如察玉在矿。陡闻拨剌声，鲜鲫翻银饼。此时同一呼，能事腾身逞。形较落篧轻，势比翻盆猛。颇类箭入鞬，难效锥脱颖。移时踏浪下，火焰远耿耿。更远语不闻，得失识概梗。独坐舒长啸，清极心如憬。云开秋更高，犬鸣村逾静。须臾结伴还，得少转足幸。此乐不易得，外事皆可屏。渔樵六七人，烟波一万顷。（辑自《国朝山左诗汇钞后集》卷十七）

雨中观钓　〔清〕王德容

雨正溟濛风正轻，一竿独立寂无声。几回欲荷蓑衣去，又见群鱼水面行。（辑自《秋桥诗续钞》卷三）

渔歌　〔清〕石在璿

披蓑戴笠荡轻舟，手把长竿钓浅流。向晚便将鱼换酒，醉眠人在百花洲。（辑自《国朝历下诗钞》卷一，亦见于《国朝山左诗续钞》卷十七）

渔歌　〔清〕李廷棨

寒塘十里水曾波，渔父浮家倚棹歌。孺子沧浪秋入听，骚人兰杜意如何？船回别津惊鸥起，音入芦花载酒过。江上晚来相和者，西风长笛倚楼多。（辑自《纫香草堂诗集》卷一》）

明湖竹枝词（八首之四）〔清〕王象瑜

钓得湖鱼换酒钱，推蓬小醉晚凉天。水心月上不归去，犹枕渔篙自在眠。（辑自《二琴居士小集》）

湖上观钓　〔清〕陈嗣良

日夕绿阴斜，波明衬晚霞。歌声清荻浦，人影杂莲花。茶社桥边市，柴门水上家。羡他湖畔侣，垂钓作生涯。（辑自《学稼草堂诗草》卷六《后明湖吟〔下〕》，

亦见于《晚晴簃诗汇》卷一五八)

观明湖渔者 〔清〕王懿荣

几番秋雨几番风，一样渔蓑钓不同。只解笑人身入画，那知我亦画图中。(辑自《王文敏公遗集》卷五)

十三、盂兰会

明清时每年四月八日佛浴日，济南僧人有作盂兰会之俗。是日，城内东岳庙及大明湖北极庙一带士女云集。而据1934年出版的《济南大观》第七编《民情》第二十三章《风尚》记载："盂兰会，孟秋月三十日，各庙邀请善男信女集资扎船，打醮诵经，燃灯梵船以度孤魂。是日大明湖中游人麇集，船只增价，为游览明湖最终之一日也。"

◇ 旧志中的相关记载

明《历乘》卷十四《风俗纪・节序・夏》：

四月八日，佛浴日，僧作盂兰会。

明崇祯《历城县志》清康熙增刻本卷七《学校志・风俗》：

孟夏月八日为佛浴日，僧作盂兰会，遍乡士女咸上东岳庙、北极庙。

清乾隆《历城县志》卷第五《地域考三・风俗》：

孟夏月八日为佛浴日，僧作盂兰会，遍乡士女咸上东岳庙、北极庙。

盂兰会　〔清〕张柏恒

顺风小挂冶游帆，放到荷塘苇港边。古寺钟铙声在水，画船灯火影浮天。采莲曲度翻新调，号佛人来认去年。不觉夜深明月上，碧波清影照双圆。（辑自《式训集》卷十三）

济南竹枝词（十五首之十三）〔清〕李培

孟兰胜会簇笙歌，红粉联肩笑语和。大妇喧言呼小妇，今年人比去年多。（辑自《睡余轩诗稿》上卷《雪堂诗钞》）

明湖竹枝词（八首之三）〔清〕王象瑜

盂兰佳会趁宵长，为了前缘学淡妆。千点红灯争渡去，衣香吹送入荷香。（辑自《二琴居士小集》）

中元泛月明湖，历古历亭、汇泉寺、北极台而返，同游者为李海屿瀛瑞、张松嵋守栋（四首之三）〔清〕王廷赞

艳说空门色界天，拈花竟觅笑因缘。谁知地藏盂兰会，不为淫魔释罪愆。（辑自《排云诗集》卷一）

十四、荷灯

历下看荷灯竹枝（四首）〔清〕魏自励

银红衫子碧罗襦，时世梳装各自殊。约就西邻诸姊妹，大家结伴夜游湖。

小车端坐蹙眉颦，淡抹浓装簇簇新。纨扇半遮娇懒面，每将青眼觑旁人。

船向西来水向东，喧阗笑语隔芦丛。分明一片繁华境，万朵莲花并蒂红。

凡荷灯大半作荷花式样，每置于水上，影照水中，如并头莲花者然。

火内生莲事已诬，游人竞说大明湖。孤檠坐对三更静，闲搦霜毫写画图。

灯。凡荷花以红笺纸作荷花式样，房瓣宛然，随船流散，每置于水上，影照水中，如并头莲花者然。（辑自《贡树生香诗稿》）

第十三编

其他

一、百花洲

百花洲，今位于大明湖南门牌坊以南、曲水亭街东面。明代嘉靖（1522—1566）年间，明代文坛“后七子”领袖、济南人李攀龙在陕西提学副使任上辞职归里后，曾于百花洲畔建白雪楼。后来，该楼旧址为明末诗人王象春购得，王象春在此筑问山亭，并写成《齐音》一书。

◇ 旧志中的相关记载

明《历乘》卷三《舆地考·水类·洲》：

百花洲，百花桥侧。

明崇祯《历城县志》清康熙增刻本卷二《封域志·山川·洲》：

百花洲，百花桥下。方广数十亩，而居民庐舍围旋，较之北湖，更饶韵致。其北即鹊华桥。

清乾隆《历城县志》卷第九《山水考四·水二》：

百花洲，在百花桥下。方广数十亩，而居民旋绕，较之北湖，更饶韵致。其北即鹊华桥。

民国《续修历城县志》卷十二《山水考八·水四》：

百花洲，见前《志》。

霁寰吴师参藩大楚八首（之三）〔明〕殷士儋

大明湖上百花洲，临水新开明月楼。曾是谈经登览处，胜游千载说风流。

（辑自《金舆山房稿》卷二）

历下杂咏二十绝（之十一）〔清〕刘岩

高楼儿女好梳头，粉黛轻筐事事幽。今夜祓除何处去，百花桥下百花洲。（辑自《大山诗集》卷七）

恭和御制《百花洲》诗，用宋曾巩韵　〔清〕钱陈群

宸游憩古亭，言寻芳洲路。兰舟初停桡，云罕一回步。垣转势更宽，汭邃景多趣。舟逐鸥鸟飞，帆随骏马骛。涟漪散圆珠，晻暧挹朝露。远水自生虚，春阴易为暮。林碧澹人烟，袂清袭花雾。风诗怀名篇，瞻眺发深顾。岂惟适方舟，亦可滋秔稌。即事念民依，旨哉有余慕。（辑自《香树斋诗集》卷十三，亦见于清乾隆《历城县志》卷第九《山水考四・水二》）

明湖竹枝词（二首之二）〔清〕方起英

千顷芙蓉带雨开，百花洲畔好徘徊。无风忽动青荷叶，知是渔人荡桨来。（辑自民国《续修历城县志》卷十一《山水考七・水三》引《狮山诗钞》）

恭和御制《百花洲诗，用曾巩韵》元韵　〔清〕梁诗正

芳洲傍明湖，横截遥堤路。长桥迤鹊华，可舟亦可步。即今花木繁，烟景足佳趣。济南纷士女，往往驰若骛。我皇驻青齐，乘春披香露。抚迹一低徊，水云幻朝暮。拈韵俯清澜，扬帆开薄雾。村庐风物美，一一收指顾。用功资水利，更念黍与稌。南丰遗单词，悠然有余慕。（辑自《矢音集》卷五）

百花洲吊李于鳞先生　〔清〕崔振宗

百花洲上百花开，白雪楼空积绿苔。已与故宫同寂寞，至今流水尚萦回。柳沟落木争风雨，柴市斜阳下草莱。频岁槛泉亭畔客，溪毛荐罢转生哀。（辑自《午树堂诗集》卷一，诗题中的“于”原误作“玉”）

百花洲　〔清〕董芸

回龙湾水北出百花桥，玉带河会芙蓉诸泉水自西南来注之，汇为百花洲。

洲广十余亩，居人于中多种白莲，傍岸栽杨柳，四面庐舍参差相望，不减画图。洲上旧有百花台，今废。按，旧《志》：玉带河“出濯缨湖分派”。今故道久淤塞，藩伯江公兰复浚之，导使西行，由茶巷口经贡院、布政司署后入湖，百花桥一支水势顿减。

百花洲上百花桥，小市青帘柳外飘。多少吟魂招不得，白蘋风起晚萧萧。（辑自《广齐音》，亦见于民国《续修历城县志》卷十二《山水考八·水四》）

柬家五兄午亭，时寓百花洲上（二首）〔清〕董芸

一杖肩头揖酒瓢，芒鞋直踏华山椒。问君何事归来早，驴背寻诗过板桥。

藕花风里碧湖湾，载酒题诗未得闲。稍喜今朝无个事，雨窗泼墨画秋山。（辑自《半隐园诗集》）

百花洲 〔清〕封大本

百花洲上云锦堆，百花洲下芙蓉开。烟浓遍湿南山翠，叶暗不见北极台。（辑自《续广齐音》）

莲子湖舫歌一百首（之二）〔清〕沈可培

百花桥下百花洲，泉泻珍珠分外幽。最是天然图画处，夕阳疏柳钓鱼舟。（辑自《依竹山房集·丙午》）

平陵竹枝词（六首之四）〔清〕郝允秀

百花洲畔月东出，王府池中水北流。月色模糊似郎意，水声呜咽似侬愁。（辑自《松露书屋诗稿》）

百花洲怀古依元韵。〔清〕季倖常

百花洲在百花无，犹有烟峦入画图。此日繁华空怅望，当年雅集已模糊。十光五色开双岸，万紫千红萃一隅。初日芙蕖童子钓，春风桃李美人沽。曾将绿水添芳苑，无奈名园久废芜。桥傍鹊华山面面，溪临杨柳树株株。尚余鸥影莲塘卧，不复琴声竹里输。数点渔船芦外渡，惟闻啼鸟唤壶卢。（辑自《嵛麓草堂吟草》）

明湖桥南是百花洲旧地，怀李沧溟　〔清〕纪淦

从树滃晴云，朝阳郁烟井。偶过明湖桥，凉波漱清影。遗躅缅前哲，古调心徒耿。燕燕语双飞，高楼委荒景。独有白藕花，秋来开数顷。（辑自《豆花斋诗集》，亦见于《国朝畿辅诗传》卷五十五）

大明湖棹歌（四十首之三）〔清〕陈在谦

芙蓉泉接百花洲，蟹舍渔庄满上头。缘底得知城市闹，凌波罗袜采菱舟。（辑自《梦香居二集》卷二）

夏日百花洲观雨　〔清〕王德容

风雨暮潇潇，临湖暑易消。山云互吞吐，荷芰自喧嚣。晚渡船归岸，新流涨没桥。相观清兴发，渔笛一声遥。（辑自《秋桥诗选》卷一，亦见于民国《续修历城县志》卷十二《山水考八·水四》）

百花洲晚步　〔清〕张善恒

曾向湖心载酒游，相邀更步百花洲。月华皎澈凉于水，人影苍茫淡似秋。几点荷留红惨惨，数层波绉碧悠悠。今宵忽觉归思切，雁语分明古渡头。（辑自《历下纪游诗》上卷）

明湖竹枝旧稿失去，补作。（十首之三）〔清〕王培荀

百花洲上百花娇，和雨和烟柳万条。玉笛一声亭畔起，菱歌不唱也魂销。（辑自《寓蜀草》卷三）

百花洲　〔清〕王偁

百花洲上百花香，秋月春风欲断肠。如此清流无济会，漂波终日为谁忙？（辑自《鹊华馆济南杂咏一百首》）

济南竹枝词（十五首之四）〔清〕李培

几家茅屋近塘陂，坐石浣纱事正宜。游兴未终人已散，百花洲上雨丝丝。（辑自《睡余轩诗稿》上卷《雪堂诗钞》）

花朝日偕周二南、王秋桥、谢问山、朱退旃、李秋屏、彭蕉山泛舟明湖即事（四首之一）〔清〕马国翰

百花洲上百花朝，相约寻春过七桥。倒影青山涵鬟髻，围堤碧草匝裙腰。同心拼醉听鹂酒，落日初停画鹢桡。此地多年成契阔，深情绾到柳条条。（辑自《玉函山房诗钞》卷五，亦见于《玉函山房诗集》卷七、民国《续修历城县志》卷十一《山水考七·水三》）

明湖渔歌八首（之四）〔清〕杨恩祺

百花洲畔小船停，红蓼白蘋满碧汀。好是雨余风力软，钓丝时立水蜻蜓。（辑自《天畅轩诗稿》卷二）

明湖四咏（之二）〔清〕杨恩祺

百花洲畔藕花香，燕语呢喃清昼长。好是浣纱人去后，溪头飞下锦鸳鸯。（辑自《天畅轩诗稿》卷一，亦见于民国《续修历城县志》卷十一《山水考七·水三》）

明湖竹枝词（十首之一）〔清〕魏乃勷

.百花洲畔问前途，十里晴漪似锦铺。抢上画船人荡桨，此身宛在大明湖。（辑自《延寿客斋遗稿》卷一）

二、百花堤

古百花堤是北宋著名文学家曾巩在宋神宗熙宁四年至熙宁六年（1071—1073）任齐州知州期间所筑，其具体位置今已不可考。今大明湖景区内的百花堤是2007—2010年大明湖扩建改造期间所建的，自大明湖南岸通向北水门，堤上有桥4座（自南向北依次为百花桥、凝雪桥、竹韵桥、南丰桥）。

◇ 旧志中的相关记载

清乾隆《历城县志》卷第十五《古迹考二·亭馆一》：

百花堤

曾巩《百花堤》诗：【诗见下，此处略。】

按：百花堤即登北渚亭之径，所谓“峣榭蹑烟雾”，疑即北渚亭也。子由《北渚亭》诗曰：“西湖已过百花汀，未厌相携上古城”，尤其明证。百花台、百花桥、百花洲之名，皆由此始。

百花堤　〔宋〕曾巩

如玉水中沙，谁为北湖路？久翳荒草根，未承青霞步。我为发其枉，修营极幽趣。发直而砥平，骅骝可驰骛。周以百花林，繁香泫清露。间以绿杨阴，芳风转朝暮。飞梁凭太虚，峣榭蹑烟雾。直通高城巅，海岱归指顾。为州乏长材，幸岁足粳稌。与众饱而嬉，陶然无外慕。（辑自《元丰类稿》卷五，亦见于清乾隆《历城县志》卷第十五《古迹考二·亭馆一》、道光《济南府志》卷六十九《艺文五·历城诗》）

曾子固令咏齐州景物，作二十一诗以献：百花堤 〔北宋〕孔平仲

花发红云合，公来醉玉颓。傍城行怯远，却泛小舟回。（辑自《清江三孔集》卷二十一）

明湖冶春词十二首（之五）〔清〕单朋锡

百花堤畔草萋萋，绿到垂杨望欲迷。楼外青山山外树，写来一片碧玻璃。（辑自《季鹤遗诗》）

三、芙蓉堤

据下面王象艮诗可知，古芙蓉堤位于大明湖南岸钟楼街一带，不知其说何据。

联李纯宇“芙蓉堤上奏琵琶”之句，济南钟楼街即是古芙蓉堤 〔明〕王象艮

大明湖里人如锦，日散荷香透绛纱。秋水潆洄重照面，芙蓉堤上奏琵琶。（辑自《迂园诗》更集）

四、钓矶

大明湖东北岸原存一石，上刻“钓矶”二字，前署“崇祯丁丑夏午月”，后系七言绝句一首（诗见下，此处略），后署“崇祯十年明湖散人题”。该石原被置于破墙下，后被嵌入白衣庵壁上。

钓矶 〔明〕明湖散人

一竿独抱水云隈，半载微官解绶来。岂是明时甘卧隐，高风不羡子陵台。（辑自《乡园忆旧录》卷四，亦见于民国《续修历城县志》卷五十一《杂缀一·轶事一》）

历下泛舟之次日，复小憩北水门，疏柳覆岸，茅屋数椽，渔罾空悬，清波见底。壁间有昔人石碑，上题“钓矶”，后附一绝句云：“一竿独抱水云隈，半载微官解绶来。岂是明时甘卧隐，高风不羡子陵台。”托兴高逸，未详谁氏。饮至乙夜始归（二首之一） 〔清〕王樛

烟雨楼空剩绿莎，钓矶无恙酒人过。全收山翠为屏障，小减溪光是芰荷。秋浦眠鸥欣雨足，晚汀浴鹭占烟多。停桡却忆玄真子，应趁斜风起棹歌。（辑自《息轩草》，亦见于《国朝山左诗钞》卷十一，其中“烟雨”作“白雪”。前面小序文字亦略有不同，作：“次日复泛湖，小憩北水门，疏柳覆岸，茅屋数楹，渔网空悬，清波见底。壁间有昔人石碑，上题‘钓矶’，后附一绝句云：‘……’托兴高逸，未详谁氏。饮至夜始归”）

春日同唐紫山过钓矶，至水月寺，由明湖泛舟归城东北隅有卧碑，刻“钓矶”二字，后有句云：“一竿独抱水云隈，半载为官解绶来。”官而隐者也。碑置人家败壁下。 〔清〕张希杰

一抹斜阳落钓矶，残碑独对草空肥。湖光潋滟人谁在，山色迷离孤鹜飞。

野寺禅关余水月，闲亭老柳拂烟霏。莫言此日无清兴，赢得东风扑面归。（辑自《练塘纪年诗·丁巳戊午诗》）

钓台有序。〔清〕朱畹

台在历城北隅水月寺南，旧址仅存断石，刻“钓矶”二字，并七言绝句一首，后署“崇祯十年明湖散人题”，盖明末退居林下所遗者。

不识何人置，残碑题钓台。高情谢簪组，旧迹没莓苔。前史谁能考？闲心我独来。苍茫凭吊意，烟色隐湖隈。（辑自《红蕉馆诗钞续》）

和二南寻钓矶遗址〔清〕朱畹

有客此高隐，湖干垂钓丝。薛苔随处遍，名姓几人知？台是前朝建，石从今日移。茫茫凭吊意，独立已多时。（辑自《红蕉馆诗钞续二》，亦见于《国朝山左诗汇钞后集》卷五）

新齐音风沦集：其七十三〔清〕范坰

明湖为主钓矶闲，宦海惊波半载还。似比严陵高一著，不留名字在人间。

明湖东北涘白衣庵壁上嵌一石，刻“钓矶”二字，前署“崇祯丁丑夏午月”，后系一诗，曰：“一竿独抱水云隈，半载为官解绶来。岂是明时甘卧隐，高风不让子陵台。明湖主人自题。”不著姓氏，故老亦无知者，弥足动人慨慕矣。（辑自《如好色斋稿》戊上，亦见于民国《续修历城县志》卷五十一《杂缀一·轶事一》）

钓矶〔清〕周乐

解绶缘何事，烟波理钓丝。纵同客星隐，并少故人知。蒴藻群鱼满，沧桑片石移。遗踪无处问，葭岸立多时。（辑自《二南诗续钞》，亦见于民国《续修历城县志》卷五十一《杂缀一·轶事一》）

寻钓矶旧迹（二首）〔清〕何邻泉

明湖东北隅有片石，题“钓矶”二字、七绝一首，后书“崇祯丁丑年明湖主人”。

风雨披蓑垂钓丝，姓名未许世人知。富春江上羊裘叟，相较应低一著棋。

蓼穗芦花伴隐身，当年自赏出风尘。若非片石留题字，谁信明湖有主人？

（辑自《无我相斋诗选》卷四，亦见于民国《续修历城县志》卷五十一《杂缀一·轶事一》）

寻钓矶旧迹 〔清〕王德容

览尽明湖胜，乃作明湖主。主人知为谁？一竿老风雨。子陵有钓台，无乃堪继武。未肯署姓名，恐人知出处。水月寺门前，苍葭澹远浦。（辑自《秋桥诗续选》卷一，亦见于民国《续修历城县志》卷五十一《杂缀一·轶事一》）

寻钓矶旧迹 〔清〕马国翰

一竿白水寄洲芦，旧址苔矶尚有无。艳说羊裘富春渚，谁知渔隐大明湖。朅来水月邻萧寺，何处烟波问钓徒？结侣欲寻濠上乐，忘机鸥鹭素心娱。（辑自《玉函山房诗钞》卷五，亦见于《玉函山房诗集》卷七，亦见于民国《续修历城县志》卷五十一《杂缀一·轶事一》）

明湖渔歌八首（之三）〔清〕杨恩祺

杨柳阴浓指钓矶，晚风吹绿上蓑衣。几回打桨中流去，拍拍霜禽带水飞。（辑自《天畅轩诗稿》卷二）

济南杂咏二十首（之九）〔现当代〕胡端

一竿烟雨卧明湖，抛却微官作钓徒。我亦荆南肥遁客，秋风每到忆莼鲈。

明湖东北涘白衣庵壁上刻“钓矶”二字，系一诗曰：“一竿独抱水云隈，半载为官解绶来。岂是明湖甘卧隐，高风不让子陵台。”署“明湖主人”，不着姓字，故老亦无知者。（辑自1941年《莨江吟社辛巳秋冬季合刊》）

五、司家码头

司家码头，旧名司家马头，其原址在大明湖南岸，是一处游船码头。

◇ 旧志中的相关记载

民国《续修历城县志》卷十二《山水考八·水四》：
司家马头，在鹊华桥东。（新增）

司家马头　〔清〕王钟霖

近水还临市，人家宛似村。伊谁湖口卜，几户马头存。杨柳青泥路，蒹葭白板门。津梁无估泊，辙迹远尘奔。社酒槽分角，征粮册注跟。儿童乡学闹，士女比邻婚。田上翁矜富，租完吏失尊。庭花供几赏，园菜足盘飧。夏沼莲多子，秋畦稻长孙。茶瓜游舫叙，蓑笠钓矶蹲。挂树晴修网，撑竿晚晒裈。鸡鸣茅舍顶，犬出竹篱根。驯鸭知声唤，鲜鱼不价论。霜霄街柝静，雪夜织灯温。北渚横苍色，南山印翠痕。歌楼闻曲罢，试院羡文抡。亲戚闲情话，壶觞忘晓昏。经年疏过骑，迓岁具蒸豚。闵子崇祠接，薛公祇祀惇。桃园差可拟，乐境小乾坤。（辑自民国《历城县志》卷十二《山水考八·水四》，据胡际元采访）

六、湖南书院

据明人陈讲所作的《湖南书院士田记》，湖南书院为山东巡抚蔡经、胡缵宗，山东巡按监察御史张鹏、李松，命济南府知府司马泰将大明湖南岸的钟楼寺改建而成的。该书院后被提学道署占用。

湖南书院留别藩臬诸公，值雨 〔明〕张成教

湖边新雨放秋涛，霭霭亭阴绿满袍。琥珀杯分珠履重，珊瑚帘卷玳筵高。传经伏氏年虽老，弹铗冯驩气颇豪。此日吹嘘诚不浅，门墙喜有狄公桃。（辑自《张洺南诗集》卷八《自云中赴济南典试稿》）

七、题图诗

大明湖作为济南胜景之一，自古以来，除了诗人题咏、文人纪游之外，自然也少不了画家的描绘，像曾任山东盐运判官（后升运同）的张承先（字奉律、号松年）有《大明湖图》，济南本地文人朱崇厚（字野君）有《明湖碧涨图》，曾任山东道监察御史、山东按察使的沈廷芳（字萩林）有《明湖秋泛图》，《济南八景图》中有一幅为《明湖泛舟》，曾客寓济南的浙江杭州人黄易（号小松，又号秋盦）的《游岱图》中有一幅为《大明湖》，胶州著名书画家、“扬州八怪”之一高凤翰（号南阜）有《明湖夜泛图》，等等。可惜的是，这些图今已不知“身”在何处，也不知还存否，但是有图就往往会有相应的题图诗，而这些题图诗却多有流传下来的，下面所汇的即是一些此类诗作。

题张松山运判《大明湖图》四首（之一、四）〔清〕陈鹏年

郭外青山郭里湖，十分烟水望模糊。谁将谢客西堂句，写入王丞北垞图？

倚席回波槛拂云，可怜玉佩当歌地。晚凉归棹趁鸥群，北海樽垂属使君。（辑自《沧洲近诗》卷十）

为奉律弟题《大明湖图》四首〔清〕张廷玉

鹊华苍秀甲寰区，奉召曾观松雪图。赵文敏《鹊华秋色图》藏内府，曾蒙赐观。又与齐州添胜迹，横绡新写大明湖。

绿杨堤绕白鸥汀，披卷神游历下亭。槛外一泓秋水碧，城头九点暮山青。

芦苇丛中系钓槎，烟收风定月初斜。欲寻莲叶东西路，万顷湖光万朵花。

往事流传济水滨，至今忠节气如新。义松贞柏无边绿，培护清阴赖后人。谓伯祖钟阳公暨伯祖母殉难事。（辑自《澄怀园诗选》卷八）

十六弟属题《大明湖图》三首 〔清〕张廷璐

载酒曾停湖上船，藕花莲叶渺无边。披图风景依然在，梦绕湖干已七年。

少陵诗思渺沧洲，北海樽罍纪胜游。今日使君觞咏处，不教千载擅风流。

湖外岚光列画屏，湖中亭榭俯烟汀。凭将一幅鹅溪绢，收尽齐州九点青。

（选自《咏花轩诗集》卷二）

题《大明湖图》，为张分司（三首）〔清〕方正瑗

旧游曾上济南船，春发初消九点烟。清梦只今湖水隔，酒痕零落已三年。

鹊华山影罨孤亭，水郭云林拥画屏。自古风流蜀名士，使君收拾入丹青。

百年遗事说屏藩，双烈孤忠聚一门。七十二泉流不断，冷烟残月易消魂。

方伯张钟阳公殉难湖中，元配方夫人为予祖姑，与侧室陈夫人俱沉湖死，有一忠二烈祠。（辑自《连理山人诗钞·京华集》卷一）

长歌行题朱野君《明湖碧涨图》，野君为其从孙感怀明湖旧居而作。〔清〕方起英

野君有诸孙，重忆明湖胜。感旧作新诗，邀我相答赠。我起为作《长歌行》，济南山水钟奇英。秦汉及宋元，纷纷多莫数。人才到有明，华泉沧溟两峥嵘。国朝高司寇与王祭酒，荔裳纶霞皆好手。冰壑接武迈前贤，索解一编应不朽。君不见明湖湖畔有朱君，词赋清新远近闻。聪俊人间稀见此，直疑天上谪仙人。明湖词客得名早，眼中之人我独老。若问湖中湛湛波，应惟湖畔青青草。园中名士轩，凝眸碧涨欲粘天。四时景色变朝暮，如此芳华忍弃捐。赖有丹青抱雎子，千顷明湖收片纸。无垠感慨人不知，借此聊为游戏耳。杨柳碧，菡萏红，开图飒飒生凉风。南宫北苑画师妙堪比，持图索句何匆匆。君为君家图旧迹，我为君家写胸臆。壮哉《明湖碧涨图》，付与孙曾挂素壁。（辑自民国《续修历城县志》卷十一《山水考七·水三》引《狮山诗钞》）

雨后忽雪，弢甫题余《明湖秋泛图》见示，次韵，自书卷尾 〔清〕沈廷芳

寂寞春寒夜，来诗纪泛舟。净荷心不染，远岭影长浮。惊起三年梦，偏怀古国秋。湖边正风雪，荞麦已无忧。久旱，方忧首种，幸得雨雪，故喜及之。（辑自《隐拙斋集》卷二十六）

感兴，题萩林《明湖秋泛图》〔清〕桑调元

一片明湖水，飘然不系舟。东西自鱼戏，上下任凫浮。迴映云容幻，清涵鬓影秋。波涛端可涉，忠信复何忧！（辑自《弢甫续集》卷十八）

题《大明湖图》，为张分司〔清〕戴瀚

山水极清美，济南天下无。名泉七十二，辐辏归明湖。我闻久神往，齐鲁频载驱。道旁失岱宗，不知海日孤。矧兹历城古，轸辔会莫纡。昨宵梦羽翼，著我蓬与壶。晨曦明禁庭，仙宫授此图。宛然发天镜，烟波澹相俱。亭榭净结构，村庄纷菰芦。藕花深没人，榜音散交衢。鹊山华不注，虎牙竖清都。点黛双窥衣，群峰若惊趋。微风孺子缨，明月神女珠。缅惟北海守，乐方恣歌呼。惊人杜陵句，修竹遗笙竽。分司曲江秀，公闲踵燕娱。宾朋盛贤豪，驺从驯鸥凫。画师妙意匠，粉墨云气濡。因斯传胜赏，坐观逮吾徒。演漾空心怀，逍遥决笼柙。信哉卧游便，毋为禽向迂。球琳耀甲帐，炉潜心移昼晡。卷舒不去手，畅意为吴歈。（辑自《雪村编年诗剩》卷六）

题《济南八景图》并序：明湖泛舟〔清〕爱新觉罗·永恩

黄雅林为余作《济南八景图》，备四时之景，秀润堪餐，深得历下之况味，景物怡然，不啻旧游时也。忆昔戊辰曾游是境，到今数年，依然目睹之前情矣，因每图为律句一首，纪之。

画舫回还绕水行，蒲芦片片向人迎。一帆稳棹高天阔，数里长湖午日晴。曲院荷风堪与共，潇湘落照几能争。淡云黄柳北城岸，烟树蘢葱镜里明。（辑自《诚正堂稿》卷四）

秋盦《游岱图》六首（之二）：大明湖〔清〕翁方纲

亭名古历下，桥接小沧浪。北渚空秋影，南村忆夜凉。劳君题薛研，绘我拜祠堂。凭几驰千里，苍烟水一方。

予于此得薛文清浣花研，因属秋盦为作《湖祠拜研图》，湖上有薛祠也。去年得高南村《明湖夜景图》卷。（辑自《复初斋诗集》卷五十一《苏斋小草七》，亦见于民国《续修历城县志》卷十一《山水考七·水三》）

题高南阜《明湖夜泛图》(二首) 〔清〕翁方纲

画我年前夜夜心，谁凭渚面荡虚襟？薛公祠外天空阔，北极台边月静深。袅窕遗山春梦影，低回杜老古亭阴。柳烟多少依依恨，澹对渔洋直到今。

尚左之流亦逸才，渺难收拾笑空来。寄言远者胜延伫，所谓伊人每溯洄。点黛双峰知客意，凭窗四照为谁开？半篙烟雨蒹葭外，认取蒙蒙翠一堆。（辑自《复初斋诗集》卷四十七《苇斋小草三》）

答张集堂明经，即书其《明湖春泛图》后 〔清〕凌廷堪

畴昔游济南，鼓棹历下亭。渺渺半城水，倒映岚光青。白鸥意澹荡，红藕花娉婷。别来三数年，时时梦烟汀。先生饫经史，书剑穷四溟。六籍任疏凿，万景供使令。曾留齐鲁间，细访金石铭。解缆鹊华桥，百顷春冥冥。笑我海上居，寂寞影答形。朐东地卑下，湿气生群腥。蠛蠓扑面飞，蛙黾不可听。手卷终日卧，闭户倾醁醽。一旦识君面，快若沉酣醒。高寒古眉宇，肃穆旧典型。读君赠我诗，齿颊生芳馨。重帷雨霏霏，短几灯荧荧。促膝竟夜谈，高屋水建瓴。如在筝笛队，咫尺闻雷霆。示我一幅图，挂之八尺屏。华山泺水上，不异身重经。把酒话旧游，共倒双玉瓶。聊借雪上爪，志此波间萍。醉后题数语，晓色窥疏棂。诗成当息壤，无俟重丁宁。（辑自《校礼堂诗集》卷七）

明湖诗思图 〔清〕李黼平

我在明湖闭关将一月，济水潘生为我写作《诗思图》。湖云山气相窈窕，西风猎猎吹黄芦。成群远雁落天际，舄华正倚斜阳孤。高城三面浸寒碧，楼台倒影涵蓬壶。近形远势递隐现，谓是对景堪追摹。潘生汝知诗思竟安在，恰在耸肩骑蹇驴。昔来穷秋九月初，始僦小屋居临湖。故人叶君历城客，旧游指点无差殊。七桥流连朝至晡，渴饮湖水如醍醐。折芰而坐餐雕苽，得句各映波光书。尔时自许杜李徒，兴极临风相叫呼。潘生恨汝所见非故吾，见今瑟缩依圆蒲。醉中逃禅一字无，照水实愧形容枯。虽然辱劝何可忽，湖山有灵邀我娱。况闻昨者北极阁，港荻已伐寒可渔。明当选胜偕汝出，赋诗大笑惊飞凫。（辑自《著花庵集》卷三）

题《垂钓图》〔清〕王德容

何须他处觅渔矶，水面亭南鸥鹭飞。我亦欲垂烟雨钓，人来曾嘱买蓑衣。（辑自《秋桥诗选》卷四）

春港垂钓图〔清〕王德容

花鸭泛西东，桃绯映柳红。杯停三径月，竿把一溪风。境与市朝异，情还庄列同。神仙鸡犬静，春暖乐融融。（辑自《秋桥诗续选》卷二）

《明湖话别图》，为陈茂甫别驾汝实题（八首）〔清〕杨庆琛

自别明湖梦见之，因君重读画中诗。鸥波十顷琉璃影，清彻灯红酒绿时。

铁公祠外柳条青，北极宫前寺佛灵。记得荷花生日近，万红香绕水心亭。

我昔骊驹载道时，祖筵也爱傍湖湄。一天雨色日光薄，千点秋声芦叶欹。

春湖毕竟胜秋湖，卜书还兼卜夜无。明月六街灯十里，醉归人影有梅扶。

图作于上元。

看山看水到榕闽，旧雨相逢话较真。问讯东湖诸钓叟，可曾重忆宰官身。

东南民力已凋疲，海国苍黎更不支。能把岱云作甘雨，为君快诵黍芃诗。

公余可爱远尘氛，幽胜闽南说与君。双塔好看乌岫月，一筇须拨鼓山云。

世味酸咸百不宜，闭门辛苦独吟时。愿将众母舆人颂，报与湖天鸥鹭知。

（辑自《绛雪山房诗钞》卷十七）

题《明湖濯足图》〔清〕谢元淮

系艇垂杨对芰荷，素心何处托微波。江流万里贪趋下，输与明湖自在多。（辑自《养默山房诗稿》卷十八《江头集》）

李节之友和，子亮子以画见赠，因忆泛舟大明湖，有“引手牵长藻，闲心逐远鸥”之句，画意适符，遂题其上〔清〕单中吕

明湖几度泛轻舟，芦叶芦花漠漠秋。槛外光阴原易尽，壁间风露未全收。误投尘世谁青眼，不为功名也白头。惟爱少文闲卧惯，无多心事付群鸥。（辑自《延绿山房吟草》）

黄寸园足民以《明湖图》属题，悬壁间匝月矣。客有晋卿欲夺海石之诮，题以解嘲 〔清〕祁寯藻

寸园公子清且介，一水不嫌十日画。酒酣示我《明湖图》，尺幅烟波浩无界。城头鹊华高于螺，湖面渔篷小类芥。临水楼阁互攒聚，因风蒲柳相摇拜。钓竿十丈何人垂，破网一堆随处晒。初观石径通盘纡，细听泉流动澎湃。济南江南两未见，读山谷诗余增喟。惟有客心似头垢，日撩千篦仍未快。扁舟何意落吾手，袖中东海收万派。归来壁上云乱生，却对床头壶正挂。晓起栉发坐移时，夜阑剪烛看忘惫。自怜爱画胜爱客，不计负诗如负债。借璧不归意豪夺，催租未到妨兴败。匆匆题句塞纸尾，赋性疏懒君休怪。（辑自《䜩䜭亭集》卷二）

明湖修禊图有序。〔清〕徐宗干

壬寅暮春，小住济南燕园，同乡汪晓堂司马以补绘昔年《湖上修禊图》索题，因集《兰亭序》，缀四十字，聊以抒今昔之感。若夫湖光山色、画意诗情，有诸贤名句在前，毋俟余赘一词也。

俯仰岁时迁，临文亦怏然。山林修褉地，风日莫春天。陈迹怀觞咏，幽怀述管弦。清流欣寄托，今昔感群贤。（辑自《斯未信斋诗录》卷十一《返鲁集》）

刘颛夫司马同年庆凯《明湖校士图》（三首）〔清〕徐宗干

选佛场开千佛山，山前湖水碧潺潺。从来访取贤豪士，多在蒹葭白露间。

论文肯与寸心违，深恐奇才识者稀。记得珠泉同洗眼，垂帘剪得侍朱衣。辛卯、甲午两科同事分校。

天光四照鉴明湖，欲问臣心冰在壶。只为当年辛苦惯，再三检点怕遗珠。（辑自《斯未信斋诗录》卷十一《返鲁集》）

题《明湖秋泛图》〔清〕张朴

大明湖为山左名区，宦游山左，每临其地，辄拟图之。庚戌夏，马雅侯兄以此幅相赠，领其趣尤胜于湖，因题以长句。

廿年前已明湖游，此日重逢明湖秋。秋景如画画中见，画中又喜秋泛舟。鹊华一色澄空布，逶迤小桥临古渡。片苇遥通湖上台，半篙斜入湖中路。四围琉璃耸孤亭，万顷中央舟乐停。棹歌声声听欸乃，芙蓉面面看珑玲。珑玲不断

稻香连，已到城隈古祠前。祠经秋老碑犹在，城至秋初水无边。水满城中遍城外，舟行瑟瑟驶松桧。万柳垂荫湖境深，千山倒影湖光大。巍巍北极列城阿，青苍一带绕清波。高接远天低匝地，湖中秋色此为多。别向秋湖索秋意，一叶迢迢任所至。西望难寻待月轩，东归恰有惠泉寺。寺边高阁凌重霄，步上一层高景饶。临风谁家弄玉笛，珠楼歌舞久沈销。歌人不见湖色减，赖有解人笔花湛。画出全湖色自新，画到深秋情尤黯。我为情深入忆湖，今从湖土揽秋图。图中多少吟秋兴，不识湖中曾有无。（辑自《信拈草》）

沛宁舟中题贾丹生《大明湖图》卷　〔清〕何绍基

我昔大明湖上住，督学署在湖滨。出门上船无十步。高楼下收云水色，小桥径接渔樵渡。春风杨柳绿如海，夏雨蒲莲密成路。雪晨月夜更奇绝，清觞短笛无朝暮。不惜狂歌坠星斗，时讶闲魂化鸥鹭。别来弹指二十年，梦似游鱼无可捕。君于此湖有同恋，画图一一幽景具。敧亭古寺长板桥，都是当时醉眠处。半生足目江湖多，诗草酒痕成册簿。算来难似明湖游，少年奇赏由天付。人与湖山共早春，那有诗篇著愁句？推移岁月人事积，感慨苍茫尘土污。却思百岁如风灯，又恐今日翻成故。联舟半月有奇缘，时共停桡看烟树。太白楼头又月明，莫放清秋等闲度。（辑自《东洲草堂诗钞》卷八）

题《明湖感旧图》〔清〕杨彝珍

词林根柢随时谢，文字江河逐势东。如此山川犹昔美，令人惆怅选楼空。（辑自《湘雅摭残》卷五）

题茅菘塍《明湖泛月图》〔清〕李佐贤

明湖一片空明镜，风露三更月千顷。桂魄团圞香气浓，莲花绰约明妆靓。拍浮疑作广寒游，兰桡荡破玻璃影。诗情浩荡酒怀宽，图画风光入孤艇。畴曩应试贤良科，扁舟载月中秋过。戊子秋试后曾泛湖作竟夜之游。青衫一领托烟波，灵药直欲乞嫦娥。明星耿耿转银河，扣压舷乘兴犹高歌。卅年旧事春梦婆，而今赢得双鬓皤。题君此画三叹息，及时不乐当如何？（辑自《石泉书屋诗钞》卷五）

题孔经之《明湖泛舟》卷子 〔清〕叶名澧

鹊华秀出如芙蓉，回光倒挂明湖中。不见齐都旧游客，梦想白鹿骖苍龙。霜气横空天在水，芦荻萧萧声不止。扁舟俊侣恣倘佯，风流不让前贤美。（辑自《敦夙好斋诗初编》卷十一《薇省集三》）

生查子 · 题牛仲远《并蒂莲图》〔清〕吴载勋

打桨弄鸳鸯，飞入荷花去。缱绻结同心，朝朝复暮暮。仲子谪仙才，好句清如露。留得并枝莲，恋此双栖处。（辑自《味陶轩词》）

菩萨蛮 · 题王侣樵《明湖消夏图》小影 〔清〕吴载勋

柳绵吹尽平芜绿，藕花香满明湖曲。独对小沧浪，相思玉露凉。

披图临北渚，谩把新词补，犹忆听泉时，松阴月上迟。（辑自《味陶轩词》）

曲游春 · 李公子《明湖秋宴图》〔清〕王闿运

十顷澄莹水，有客亭负日，看人来去。春怨难胜，不如秋好，碧云吟暮。千古销金地，尽付与、柳丝芦絮。问荷花，照过倾城，还似旧时香否。

延伫。前游三过。记玉堂墙外，眉月弯处。更有珠宫听红儿歌罢，较量词谱。只恨诗人老，况近日、黄流沙污。怕图中画里相逢，又钩离绪。（辑自《湘绮楼词》，王闿运光绪二十九年癸卯三月十八日日记中作“为李文石题《花酒图》”）

补题蔚堂《澄游图》十二绝句（之八）：明湖泛舟 〔清〕白永修

演漾菱荇牵，起坐凫鸭乱。隔岸歌管声，横风忽吹断。（辑自《旷庐诗集》卷十三）

光绪十四年六月二十九日夜，梦题李文石公子《明湖图》，得起句，足成此篇公子名葆恂，义州人。 〔清〕何家琪

十年又见济南景，展图使我魂梦惊。不知此幅是图还是梦，但见大明湖水涓涓犹似当年青。当年我卜湖上宅，湖水朝夕之所经。公子清游不见我，我能姑述往概劳群听。南坏岱麓，东勺沧溟，红云一朵，北拱皇帝京。西湖古称天

下胜，不如此湖内环城。城头矗杰阁，四山开锦屏。汇泉寺左铁公右，中央云是李杜亭。自有天地即有此湖水，何以李杜而外游客都无名？我之同游客最盛，一时文酒真纵横。老狂杯掷鸥鹭跃，少豪歌起蛟龙醒。况有画里蛾眉伴我读书者，记曾珊珊环佩来向栏杆凭。汝采菡兰，我掇浮萍，前散后仍合，菡兰朝艳暮失荣。美人名士皆何往？尚剩清风明月，遥共天涯三两星。昨我别湖水，湖水应不平。闻道鹊华山头流民满，翻疑郑监百穷形。胡不持此作图献，万里烛照原神明。年来河复大梁决，邻灾相视孰重轻？一朝功上天颜喜，赏官千级，赐禄万钟。直觉仙人可致黄金可成，河亦终古清。世事远近漫托慨，游迹今昔难忘情。更续残梦寄公子，隔帘银流秋痕生。（辑自《天根诗钞》卷上）

戴澍人太守《东游十六图》赞（之一）：大明湖　〔清〕缪荃孙

名泉七二，泺水之源。荷衣粉腻，苇带云翻。好风徐来，微波不喧。李杜已矣，古亭犹存。（辑自《艺风堂文集》卷七）

题讦卿《明湖春泛图》〔清〕朱寯瀛

风光绝胜武林秋，况有鸳鸯暖共游。遥识诗仙题句处，湖云山翠罨妆楼。（辑自《金粟山房诗钞》卷一）

题《明湖小隐图》（三首）〔清〕林纾

东风吹恨上藤花，流水柴扉遗老家。时有济南名士集，情怀总不似乾嘉。

疏苇摇凉月满汀，明湖柳色似西泠。至今历下亭如昨，身世偏非王阮亭。

吾乡十研隐闽南，亦有藤花半亩庵。竟与诗人同样本，画楼斜日柳毵毵。

（辑自《畏庐诗存》卷上）

题李文石观察葆恂《明湖秋泛图》〔清〕蒋楷

明湖天下奇，风景江南亚。纨扇圆初秋，珠帘卷残夏。百钱船与租，万叶水无罅。影认两山浮，梁看七桥驾。词宗汉邹枚，世族晋王谢。佳日盛宾朋，使星属姻娅。钮学使为观察至戚。茶宜石鼎烹，酒作银河泻。近市游人龢，当门倡女姹。锦帆红袖张，柔橹凤琶借。杨柳斗修枝，芙蓉丽裙衩。入厨尝血羹，飞盏污罗帕。浪迹逐沤凫，余香散兰麝。俄回使者车，遂返高贤驾。珥笔梁园频，峨冠渤海乍。田文狗盗雄，陈胜狐鸣诈。辇毂黑山评，津沽青鸟迓。五方神不来，六国兵难罢。妖雾迷东溟，橤舆狞西华。风云天地昏，猿鹤虫沙化。破敌咒无灵，杀人符可怕。曾为汲黯争，幸免汉王骂。戎马无时休，蹇驴出城跨。吟成拾橡诗，中避垂杨靶。献县梦犹惊，鬲津装暂卸。冶游今昔殊，时势江河下。张好偶重逢，云英或已嫁。飘零金粉乡，寂寞水云榭。来揽楚骚遗，颇多簿书暇。回思筮仕初，不少迎凉夜。宦海逾十年，府僚闲一假。天心水面亭，明月清风价。筵几红阑遮，茵冯绿苔藉。塞源遭怒诃，勘乱遇熏嚇。失马塞翁归，县鸡国门赦。本无余夫田，宁学老农稼。厄似闰黄杨，味如倒甘蔗。济时值元臣，讲武辟精舍。将略谁孙吴，军容异棘灞。严城县布登，卧石引弓射。落度数多奇，迂拘才不霸。惟公能见知，如我亦自讶。忆旧一追维，披图三叹诧。（辑自《那处诗钞》卷四，“芙蓉”原作“夫蓉”）

题李文石太守《明湖秋泛图》〔清〕黄绍箕

岱阴透迤截济渎，骨走鹊华才一束。涌泉望海无由趋，万斛珠玑落鼎腹。大明寺杳楸桐高，历下亭存荷蓼馥。我侍轺传三春风，坐卧湖湄饮山渌。晴岚摩空起南障，时棹波心拾苍玉。远怀济南名士多，于鳞贻上不可复。柳零一遂寒燕归，憔悴烟条为君绿。红螺公子昔妙年，天藻秀出乾嘉前。暂依芙蓉泛绿水，繁会竽瑟张琼筵。青帘白舫到秋晚，往往醉笔同春妍。海棠泮边旧埽石，牛铎安得黄钟联？不惜我归遽，不惜君来暮，但惜湖山明丽无处无，倏忽转蓬云何住。廿年交臂鬓头霜，同照黄河浊流处。披寻游迹堕渺茫，何况白雪夫于翳荒树！我家瓯海君辽河，风云变态朝昏多。巫闾雁荡倚天望，念此坐损朱颜酡。即看图中歌舞意，绛唇玉貌今奈何？但说净地如明镜，焉知新水非故波？波流自转心自定，人浊何由我独净！要回众生大海光，与君共适濠梁性。浩然东顾发长讴，他日临流须一证。（辑自《鲜庵遗稿》，亦见于《晚晴簃诗汇》卷一百七十二）

九日武昌昙花林北山登高，送文石、善余别，文石属题《明湖秋泛图》，因话及故人芸敏侍御及伯初家兄旧游〔清〕陈衍

少日失逢迎，相逢各老成。沧溟古诗派，北海大书名。秋色图中老，登高别后情。鹊华与乌石，旧事共峥嵘。（辑自《石遗室诗集》卷三）

题李文石《明湖秋泛图》(三首)　〔近现代〕朱祖谋

皂盖青尊未可攀，凉秋趣办一舟闲。不须长白山头去，如放绣江眉睫间。

大明湖水明于玉，尽尔搊筝载酒过。狼藉秋风秋露里，柳丝荷叶已无多。

鹊华山色吴兴似，点染鸥波画本新。两角浓青小于弁，不辞去作济南人。《鹊华秋色图》，赵文敏为弁阳老人作，董思翁尝仿之。"惟有秋山大如弁"，阮文达题董卷句也。（辑自《强村弃稿》，亦见于1925年第4期《棠社月刊》，字词略有不同："凉秋趣办"作"秋晴喜办"，"如放"作"已放"，"浓青小于弁"作"秋山大如弁"，"不辞去作"作"无如生作"）

题李文石《明湖秋泛图》四首　〔近现代〕程颂万

侧帽寻秋过历城，水光山色忆分明。荻花凄黯蘋花白，似妒歌桡有艳声。

冰魂冻损明湖月，飞上清秋太白楼。欲共骑鲸旧时客，夜凉吹笛海东头。

红裙乌榜清游剧，历历湖光照鬓丝。别有销魂忘不得，夜凉梳洗唤船时。

鹊华山色小眉颦，底事湖山为写真。后海先河数宗派，才名争让李于鳞。（辑自《石巢诗集》卷一）

辛未秋初，同体明都转暨蛰斋、进思诸子泛舟明湖　〔近现代〕董玉书

一水涟漪爽气迎，画船如在镜中行。笙歌忆醉红桥月，星火疑鏖赤壁兵。北极楼台云影乱，南皮瓜李夜谈清。柳边风露侵衣薄，只为鸥眠梦不惊。髯庸因病未与此游。（辑自《明湖秋泛图》，以下题《明湖秋泛图》各诗，以在图后的位置为序，不以作者生卒年为序）

拙修写示《明湖泛舟》长句，奉回一首　〔近现代〕冯祖培

暮霭凉漪放棹迎，繁灯星璨画中行。谁然火树骄元夜，愿挽银河洗甲兵。沸岸声嚣波影定，澄霄秋迥露华清。逍遥一曲明湖水，不涉狂涛总不惊。（辑自《明湖秋泛图》。然，原图如此，通"燃"）

同人泛舟明湖，余病未能，奉和拙修纪游之作，并呈公瀛诸老　〔近现代〕沙承蕉

湖上烟峦翠霭迎，兰桡齐趁晚凉行。卧游似为逃诗债，羸病非关避酒兵。

山色波光萦寤寐，药炉茶鼎伴凄清。觉来窗外灯如昼，数听栖禽扑瀌惊。（辑自《明湖秋泛图》）

叠前韵，呈体明都转暨同社诸公 〔近现代〕沙承蕉

不为桃根打桨迎，使君雅爱棹歌行。独怜蹇步偏移疾，堪笑于思竟曳兵。鱼戏莲西智者乐，风来柳下圣之清。扣舷狂客吟休纵，莫遣湖干鸳梦惊。（辑自《明湖秋泛图》）

泛舟明湖，和拙翁 〔近现代〕吴秉澂

堤前老柳似将迎，路转城东款款行。已悟云烟非故我，何忧草木作疑兵！花开火树灯初艳，斗指银河夜更清。最忆液池箫管盛，阳关一曲使人惊。前月返故都，夜泛北海，有度曲于水上者。（辑自《明湖秋泛图》）

拙修先生属题《明湖秋泛图》，即乞教正（五首） 〔近现代〕俞锡畴

荻芦萧瑟半湖秋，烟水空明一叶舟。隔断市声城似野，白云红树两悠悠。

访古犹存历下亭，名贤祠宇妥英灵。推篷一放看山眼，绕郭峰峦不断青。

诗人家在瘦西湖，客里风光比得无？引起乡心二分月，怀归原不为莼鲈。

到处溪山结墨缘，菱湖图咏已流传。济南也似江南好，一曲烟波惯放船。

有客偕游兴不孤，橹声摇曳出菰蒲。画中诗与诗中画，艺苑他年宝此图。

（辑自《明湖秋泛图》）

拙修先生嘱题《明湖秋泛图》，即祈吟教（五首） 〔近现代〕赵德孚

明湖久负寻幽约，今日披图亦快哉。堪羡江都垂白叟，扁舟载酒几回来？

挥毫落纸墨初酣，元气淋漓万象涵。胜地名流传韵事，主宾双美尽东南。

万顷明漪粉墨图，天心水面一亭孤。波光岚翠遥相映，城外青山城里湖。

菱湖泛月鸥夷舸，风雪寻诗都尉垣。到处忘机皆妙境，何须世外觅桃源。

昔年踏月话江城，曾寄新诗道故情。往事不堪重记省，于今作答断埙声。

去年赐和拙作，有“棣华白首俱无恙，记否江城话月时”之句，追思往事，不胜今昔之感。（辑自《明湖秋泛图》）

明月棹孤舟壬申长至前三日。〔近现代〕赵德孚

前诗意犹未尽，故填此阕，声律生疏，不值大方家一哂也。

傍岸柳阴来镜里，荡轻舟、沧波晕起。琼佩当风，金樽邀月，盘餐新荐河鲤。十里疏荷香坠水，涤尘襟、小休劳止。觞咏闲情，湖天幽赏，历下永传诗史。

乙亥九秋，拙修仁弟有道属题，即乞郢正〔近现代〕黄鼎锐

一别明湖晌卅年，追维往事等云烟。何秋辇、岂威、吴修楼、芮芍坡相继作古。披图水木仍明瑟，阅世沧桑几变迁。趵突泉声来笔底，鹊华秋色满尊前。诗书双绝香光擅，愿附微名骥尾传。（辑自《明湖秋泛图》）

红林檎近·题拙修《明湖秋泛图》〔近现代〕周树年

残暑才收雨，嫩晴犹未霜。是日放船好，碧波荡微凉。有情遥山近水，际此露白葭苍。劝客共举杯觞。清景最难忘。

染墨挥象笔，离席理缥囊。怀人吊古，名亭还忆渔洋。看风苹吹绉，烟杨渐老，画图什袭应感伤。（辑自《明湖秋泛图》）

逸沧先生属题，即次元韵，敬求教正丙子孟秋三日。〔近现代〕陈延韡

湖山开卷笑相迎，曾记儿时纵棹行。弱柳只今堪系马，废池应亦厌言兵。鹊华双髻云中落，乌榜孤篷物外情。迟我卌年君后到，恒河一照共心惊。此图貌历下景物，如在目前。回首四十五六年，真一梦耳。（辑自《明湖秋泛图》）

丙子仲冬，敬和元韵，呈逸沧仁世兄方家郢正〔近现代〕刘采年

路夹垂杨惯送迎，明湖秋漾画船行。亭临曲水开图本，筵醉游人纵酒兵。群雁横空零露冷，闲鸥逐浪晚风清。羡君雅兴征诗遍，莫为沧桑浩劫惊。（辑自《明湖秋泛图》）

逸沧老兄属题，乞正丙子小雪。〔近现代〕包安保

画里湖山爽气迎，雅游恨我未偕行。橹声似欸空中画，棋意微疑纸上兵。林尽水源忘魏晋，柳悬秋泪话明清。此情弹指成追忆，两鬓霜痕劫后惊。（辑自《明湖秋泛图》）

逸沧先生出《明湖秋泛图》并诗，属句。谨步韵，藉呈方家一粲〔近现代〕李豫曾

春去秋来柳送迎，湖山选胜泺南行。水鸥雅狎蓬瀛客，风鹤何疑草木兵。云气荡胸千佛静，霜痕改鬓一官清。大明景物成围绕，柔橹枝摇宿鸟惊。（辑自《明湖秋泛图》）

题拙修先生《明湖秋泛图》〔近现代〕姚荫达

昔我游明湖，十月初破晓。断艇泊湖嘴，废堞出木杪。见田不见水，界以茭芦绕。湖名满天下，到此忽然小。今我披此图，弥望烟波渺。洑流窍以深，涟漪曲而缭。打桨正清秋，莫愁来者少。缅想历下亭，风流似相绍。十年一弹指，境与梦俱杳。湖莲香已残，湖柳丝空袅。一城罩山色，依旧青未了。不复昔年游，但觉吟魂绕。拙修雅好事，嘤鸣如好鸟。清景摹泺南，诗心落江表。（辑自《明湖秋泛图》）

题拙修仁兄《明湖秋泛图》〔近现代〕赵葆元

宦游曾住北城边，家近明湖好放船。山色送青来郭外，波光漾绿落樽前。君方握管新诗赋，我已驱车故里旋。迟幅画图看不厌，令人神往忆当年。（辑自《明湖秋泛图》，题目为编者所拟，下同）

题拙修仁兄《明湖秋泛图》〔近现代〕陈懋森

闻说济南绝萧洒，平生恨未到明湖。羡君烟水余佳气，索我诗篇出旧图。老笔还能赋秋柳，前朝只惜剩荒芦。不知历下亭中客，更有渔洋一辈无？屡闻人言大明湖久为居民所占，遍植芦苇，唯近历下亭尚空阔耳。（辑自《明湖秋泛图》）

题拙修先生《明湖秋泛图》（四首）〔近现代〕巴泽惠

鹊华桥圉唤轻舟，历下亭间载酒游。湖水平添明若镜，佛山倒影碧天秋。

西风疏柳咏渔洋，访旧人来吊夕阳。为问烟波何处阔，渔歌响落小沧浪。

披图回忆昔停骖，买夏寻秋兴未酣。百顷荷花万杨柳，泺南真个似江南。

采采菱歌唱晚晴，诗情画意皖江城。故乡自有西湖瘦，好转归艭泛月明。

（辑自《明湖秋泛图》）

题拙修先生《明湖秋泛图》(四首)〔近现代〕卞绮昌

杜甫曾为历下吟，新亭载酒感而今。寻幽雅有骚人兴，心逐浮沤一往深。

灯上城楼月满湖，扁舟泛泛老蒲孤。中流摇荡诗心碎，进入秋光写画图。

远寺疏钟断续声，藕花香卷柳风清。此身如在濠梁上，鱼鸟相忘物我情。

记取菱湖胜迹留，又沾觞咏一泓秋。却当赤壁前游日，宾主东南合唱酬。

（辑自《明湖秋泛图》）

题拙修先生《明湖秋泛图》〔近现代〕许月菡

明湖秋色佳，山翠远环抱。荷香杨柳风，一棹烟波渺。旷览历下亭，结构傍林表。昔从北海过，工部留文藻。今兹宾主贤，胜迹复幽讨。扁舟爽气迎，吟兴发清昊。笙歌醉月游，翻忆红桥道。我诵冶春诗，风光绝倾倒。却又说邗沟，未似明湖好。渔洋《冶春》诗有“邗沟未似明湖好”之句。乃知骚客怀，乡思各萦绕。慨寄扬子津，湘舷归不早。展图意惘然，谁谓云梦小？（辑自《明湖秋泛图》）

题拙修先生《明湖秋泛图》(二首)〔近现代〕蒋贞金

一白明湖水，青天玉镜涵。秋风生历下，好景误江南。地胜诗偏瘦，泉香酒亦甘。崇祠相向峙，只惜少精蓝。

分映鹊华色，招人画里行。闲移青雀舫，来结白鸥盟。静趣偶然得，宦情如此清。渔洋高躅杳，万柳自相迎。（辑自《明湖秋泛图》）

题拙修先生《明湖秋泛图》〔近现代〕谭大经

闻道济南佳胜地，湖光仙色一城多。秋来闲放诗人棹，赤壁前游比老坡。

（辑自《明湖秋泛图》）

题董逸文《游明湖图》〔近现代〕汪二丘

济南多胜迹，明湖更擅名。泛泛无涯涘，直欲占半城。春柳绕三面，夏荷湖中盈。矧复值新秋，不波水自平。试鼓轻桡往，山色来相迎。巍巍铁公祠，峨峨历下亭。圣哲千百载，来看仍心倾。香光爱湖山，到此感气清。漫游兴未已，图画寄幽情。我未临斯地，披图逸趣生。悠然神欲往，不觉梦魂萦。（辑自《明湖秋泛图咏》册子）

附录

诗人小传

A

阿林保（？—1809），姓舒穆禄氏，字雨窗，满洲正白旗人。清乾隆三十一年（1766）考中笔帖式。四十九年（1784）被保举以知府引见，五十三年（1788）擢山东盐运使、署山东按察使，六十年（1795）授长芦盐运使。嘉庆元年（1796）赏主事，在刑部行走。四年（1799）擢江西按察使，七年（1802）升安徽布政使，次年擢安徽巡抚兼提督衔，节制通省营伍，寻调湖南。十一年（1806）擢闽浙总督，十四年（1809）调两江总督。能诗，著有《适园诗录》。

艾　容（约1595—？），字子魏，江苏上元人。为诸生，屡试不利。明崇祯四年（1631），曾客登州胡总戎幕中。雄文章，盛议论。著有《微尘阁集》十四卷。

爱新觉罗·弘历（1711—1799），即清高宗，也就是人们常说的乾隆帝，雍正帝第四子。在位期间，在文治武功方面都有建树，主持编修了《四库全书》等大量文化典籍，维修、兴建了众多皇家宫殿园林，进一步巩固并开拓了中国的疆域版图，维护并加强了多民族统一局面。撰写了大量文章，仅编成文集的就有《御制文初集》《御制文二集》《御制文三集》《御制文余集》，还有《清高宗圣训》三百卷。尤其喜爱作诗，有《御制诗集》五集（共四三十卷），此外还有《乐善堂全集》《御制诗余集》。

爱新觉罗·永恩（1727—1805），字惠周，号兰亭主人，清朝宗室大臣，和硕康亲王崇安之子。清雍正十二年（1734）四月袭封多罗贝勒。乾隆十八年（1753）五月袭封康亲王。十九年（1754）十一月总管正黄旗觉罗学事务。四十三年（1778）正月复号和硕礼亲王。性喜诗工画，用笔简洁，深得“金陵八家”之奥。著有《益斋集》《读画辑略》《漪园四种》《诚正堂稿》等。

安致远（1628—1701）字静子，一名如磐，字拙石，别号拙石老人，山东寿光人。清顺治十二年（1655）拔贡生。自顺治二年（1645）至康熙二十三年（1684）间，十五次应乡试，皆不第，偃蹇以没。著有《静子集》十三卷、诗集《纪城诗草》四卷、词集《吴江旅啸》一卷。此外，康熙三十七年（1698）还主持修纂了《寿光县志》。

B

巴泽惠 （生卒年不详），字寒瓠，江苏仪征人。扬州冶春后社成员之一。

白永修 （1840—？），字澄泉，号旷庐，晚又自号方壶子。山东平度人。清光绪十一年（1885）乙酉科拔贡。能诗，先后受知于山东学政张百熙、汪鸣銮，诗名冠莱郡，为光绪年间胶东四大诗人之一，著有《旷庐集》二十卷及《续集》二卷、《补遗》二卷。

柏 葰 （？—1859），原名松葰，字静涛，巴鲁特氏，蒙古正蓝旗人。清道光六年（1826）丙戌科进士，授庶吉士，授编修。后累官至户部尚书、协办大学士。居官持正，与亲王载垣、端华、肃顺等不协。咸丰八年（1858），拜文渊阁大学士，充顺天乡试正主考官，后因“戊午科场案”被杀。著有《薜菻吟馆诗钞》《奉使朝鲜日记》。

包安保 （生卒年不详），字柚斧（一字佑甫），号莺巢，江苏镇江人。曾任六合县县长，著有《春水榭诗文集》，并曾修有民国《南漳县志》十九卷（首一卷、末一卷）。

鲍瑞骏 （1808—1883），字桐舟，号渔梁山樵. 安徽歙县人。清道光二十三年（1843）癸卯科举人。力学能文，咸丰八年（1858）一月署任山东黄县知县，同治四年（1865）以军功官山东馆陶知县。后擢候补知府，历郑、魏、齐、楚之郊，诗篇宏富，为时所称。有《桐华舸诗钞》八卷（附《明季咏史诗钞》一卷）、《桐华舸诗续钞》八卷（附《桐华舸遗诗》一卷、《桐华舸褒忠诗》一卷）。

鲍廷华 （生卒年不详），字东武，山东诸城人。清初在世。工诗文，王赓言所纂《东武诗存》中选载其诗六十一首。从中可以得知，他与金奇玉（1646—？，字琢庵）为亲戚关系，称金奇玉为世丈。另外，与邱铁谷、王汝来（字傅野）、高璿（字齐光）、放鹤村张氏兄弟等名流相友好，交往频繁。

鲍 鈖 （1690—1748），字冠亭，一字西冈，号辛浦，自号梦崦居士，晚年又号待翁，原籍山西应州（一说奉天），入汉军正红旗旗籍。清康熙五十四年（1715），以贡生任浙江长兴县知县，三年后以病去官。雍正九年（1731），复除原缺。乾隆三年（1738）第三次任长兴知县，摄盐运嘉松分司，复往湖州勘灾。八年（1743）调任嘉兴知县，一年后再调海宁，迁杭州海防草塘通判。工诗，有《道腴堂诗编》《道腴堂诗续》《道腴堂杂著》《雪泥鸿爪录》等。

毕际廉　（生卒年不详），字孝先，山东淄博人。毕自寅（1579—1638）子。康熙年间（1662—1722）庠生。工书善诗，著有《芳园诗草》。

毕宿庚　（1719—1777），字西有，号灌园，山东文登人。毕宿焘弟。清乾隆元年（1736）丙辰恩科第四名经魁，三登明通榜，选德平县教谕，升直隶清河县知县，除弊政，清案牍，与民休息，不事烦苛。著有《揽芳堂文稿》和《蛙鸣诗集》一卷。

毕所铛　（约1756—？），字正言，号直轩，别号渠塘，山东文登人。毕宿焘子。清乾隆四十四年（1779）副贡生，授山东宁阳县学教谕，迁福建浦城县知县。清嘉庆十四年（1809）署杭州府西塘海防同知，次年升台州府知府，后迁漳州府知府。能诗，有《挹翠堂诗稿》二卷。

毕　沅　（1730—1797），字纕蘅，号秋帆，自号灵岩山人，江苏镇洋（今江苏太仓）人。清乾隆二十五年（1760）庚辰科状元，授翰林院编修。五十年（1785）累官至河南巡抚，次年擢湖广总督。嘉庆元年（1796）赏轻车都尉世袭。病逝后赠太子太保，赐祭葬。博学多才，于经史小学金石地理之学，无所不通，续司马光之书，成《续资治通鉴》，又有《传经表》《经典辨正》《灵岩山人诗文集》等，并编纂有《关中金石记》《中州金石记》《山左金石志》《三楚金石志》《两浙金石志》等。

边　贡　（1476—1532），字庭实，自号华泉子，山东历城（今济南）人。明代著名诗人、文学家。弘治九年（1496）丙辰科进士，官至太常丞。以诗著称于弘治、正德年间，与李梦阳、何景明、徐祯卿并称“弘治四杰”，为明代文学“前七子”之一。著有《华泉集》。

边浴礼　（1820—1861），字夔友，一字袖石，直隶任丘人。清道光二十四年（1844）甲辰科进士，由翰林院补授江西道监察御史，升吏科给事中、河南归德府知府、南汝光道、河南布政使。嗜诗，博闻宏览，于书无所不读，有“畿南才子”之誉。有《健修堂诗集》二十二卷、《空青馆祠稿》三卷及《袖石诗钞》《东郡趋庭集》等。

卞綍昌　（1873—1946），原名纶昌，字经甫，号薇阁，晚号狷庵，江苏仪征人。清末廪贡生，早年就读于南菁书院。捐纳同知，在广东试用，光绪二十七年（1901），随蔡钧出使日本，充日本横滨领事、长崎正领事官。三年期满，被奏保为道员，仍留原差。三十四年（1908），在农工商部商务司行走，任铁路南段总稽查。辛亥革命后归隐不出，优游林下。工书画，亦能诗，富收藏。

斌　良（1784—1847），字备卿、吉甫，号笠耕、梅舫、雪渔，晚号随莽，姓瓜尔佳氏，满洲正红旗人。初以荫生捐主事，清嘉庆十年（1805）补太仆寺主事，升员外郎，充《高宗纯皇帝实录》纂修官。二十三年（1818）升任都察院左副都御使，后调任盛京刑部。善绘画，工书法，长于诗，有《抱冲斋诗集》二十六集、七十一卷（收诗五千五百九十一首，外附《眠琴仙馆词》一卷），另外著有《乌桓纪行录》，辑有《抱冲斋帖》十二卷，书有《寿金盦石刻》四卷。

伯　为（生卒年不详），真实姓名及籍贯、生平事迹待考。清末民国间在世。

卜祚光（生卒年不详），字凝子，一字篔谷，山东日照人。清乾隆二十六年（1761）辛巳科进士，改庶吉士，授编修，出守陕西延安府，察吏恤民，积弊一清。三十八年（1773）由同州府知府升任潼商兵备道，四十二年（1777）以养亲去任归里。著有《尔雅书屋诗集》一卷。

C

蔡　叆（1496—1567），字天章，号泼滨，河北宁晋（今邢台）人。明嘉靖八年（1529）己丑科进士，累官至监察御史，巡按河南，刚直敢言。嘉靖二十年（1541），与杨爵等因事系狱，旋罢归。居家教授生徒，置膳田，兴办泼滨、正学书院，设义举，行乡约，人称泼滨先生。著有《泼滨集》十卷、《泼滨语录》二十卷。

蔡　经（1492—1555），本姓张，字廷彝，侯官（今属福建）人。明正德十二年（1517）丁丑科进士，授浙江嘉兴知县。嘉靖四年（1525）入京任吏科给事中，后升太仆寺卿、右副都御史、协办都察院事，秉性刚直，不畏权贵。十六年（1537）出任两广总督，总督两广军务。三十二年（1553）累官至南京户部尚书，后改兵部，总督浙直军务。次年十一月改右都御史兼兵部右侍郎。后为严嵩构陷，被赵文华弹劾，逮至京，坐以失律弃市。工诗，著有《半洲稿》四卷。

蔡宗尧，字中父，自号东郭子，浙江天台（一说临海）人。明嘉靖十六年（1537）丁酉科举人，二十六年（1547）任福建松溪县教谕，三十年（1551）升安徽当涂县知县。三十二年（1553）调任江西瑞金县知县，万历初调河北南宫县知县。有《龟陵集》二十一卷。

曹桂馧 （1843—？），字仲芳，山东安丘人。增生。少孤力学，蜚声黉序，曾入安徽巡抚英翰戎幕，屡膺荐剡，授亳州知州，赏戴花翎，历署安徽望江县知县、宿州知州，所至有声。后为谳局提调，执法不阿，被诬，罣吏议，罢归，杜门不出，以诗酒自娱。著有《香谷集》《望淮集》《龙津集》《呲泉集》《倚兰集》各一卷和《退思偶存》《古文存真》各二卷。

曹景瑜 （生卒年不详），山东高唐人。20世纪20年代曾就读于济南东文中学，并曾在《学生文艺丛刊》上发表多首诗歌作品。1946年曾任济南增文斋文具店经理。

曹楙坚 （1786—1853），字树蕃，号艮甫，江苏吴县人。清道光十二年（1832）壬辰科进士，改庶吉士，授刑部主事，擢监察御史。曾坚决反对南漕改折。后出为湖北盐法道，升湖北按察使。咸丰二年（1852）太平军攻破武昌，死于乱军中。豪于诗。有《昙云阁诗集》《昙云阁词钞》《音匏集》。

曹　霂 （约1660—？），字掌霖，山东安丘人。曹贞吉（1634—1698）次子。著有《枣花田舍诗》和《冰丝词》各一卷。

曹申吉 （1635—1680），字锡余，别号澹余，山东安丘人。清顺治十二年（1655）进士。康熙十年（1671），官至贵州巡抚。后参与吴三桂叛乱，不知所终。为清初诗坛名家，“诗中十子”之一，与其兄曹贞吉并称“安丘二曹”。著有《又何轩诗集》和《澹余集》六卷、《南行日记》二卷、《黔行集》一卷、《黔寄集》四卷，《贵州通志》若干卷。

曹文埴 （1735—1798），字近薇，号竹虚，安徽歙县人。清乾隆二十五年（1760）庚辰科进士，改庶吉士，授翰林院编修，直懋勤殿，四迁翰林院侍读学士，命在南书房行走，教习皇子，累迁左都御史，执掌刑部、兵部、工部、户部兼顺天府尹，为《四库全书》总裁官之一。曾典试广东，视学江西、浙江，奉命查办潍县和京城疑案。案定，升至户部尚书，加太子太保。为官持正，不附权臣和珅。工诗善书，著有《石鼓砚斋文钞》二十卷（附行状一卷）、《石鼓砚斋诗钞》三十二卷、《石鼓砚斋试帖》二卷和《直庐集》八卷。

曹熙宇 （1898—1962），字靖陶，号惆生、看云楼主人，安徽歙县人。早年肄业于暨南大学，曾任上海《时事报》编辑，后在安徽省政府、民政厅任秘书。抗战期间曾任汪伪内政部专员、伪临察院参事、文史馆编纂等职。从梁启超、袁克文、陈宝琛、樊增祥等游，与陈师曾、溥心畬、齐白石、张大千、徐悲鸿、许承尧、黄宾虹、林散之等相友善。晚年客居江苏昆山终老。善旧体诗，工书法，富收藏。著有《看云楼诗集》《红豆庐草》《中国音乐舞蹈戏曲人名辞典》。

曹　淑（生卒年不详），山东安丘人。著名词人曹贞吉（1634—1698）子。能诗，著有《虫吟草古近体诗》和《虫吟草诗余》各一卷。

曹元询（约1782—?），初名业，字灵悬，一字嘉宾，山东安丘人。清嘉庆六年（1801）辛酉科举人，道光元年（1821）举孝廉方正，廷试一等，以知县用。因母丧哀毁致疾，未仕而卒。好读书，喜金石文字，工诗，善古文辞，有《惕斋文集》《观海集》《黄叶村集》《萝月山房集》《郊禘考》《春秋贾服补遗》等。

曹贞吉（1634—1698），字升六，又字升阶、迪清，号实庵，山东安丘人。清康熙二年（1663）癸卯科乡试解元，次年甲辰科进士，后历官户部员外郎、礼部郎中等，以疾辞湖广学政。嗜书，工诗文，与嘉善诗人曹尔堪并称为“南北二曹”。词尤有名，被誉为清初词坛上“最为大雅”的词家。著有《珂雪集》及《珂雪二集》《朝天集》《鸿爪集》《黄山纪游诗》各一卷、《珂雪词》二卷。

曹宗瀚（1790—?），字岚樵，河南兰仪县人。清嘉庆十八年（1813）癸酉科举人，历刑部四川司郎中、浙江司郎中。能诗，有《镫味宅诗存》五卷。

柴　奇（1470—1542），字德美，号黼庵，江苏昆山人。明朝正德六年（1511）辛未科进士，观政吏部，授吏科给事中，后升任户科右给事中、吏科左给事中、南京光禄寺少卿、应天府府丞。嘉靖十一年（1532），升任应天府府尹。著有《黼庵遗稿》十卷。

陈宝琛（1848—1935），字伯潜，号弢庵、陶庵、沧趣老人、听水老人，福州闽县（今福州市仓山区）人。清同治七年（1868）戊辰科进士，授翰林院庶吉士，后历任编修、翰林侍讲，出任江西学政，累迁内阁学士、礼部侍郎。中法战争后，因举荐的唐炯、徐延旭办事不力，坐罪降职。回乡赋闲，发展家乡教育事业。宣统元年（1909年），调入京城，充任礼学馆总裁、内阁弼德院顾问大臣、正红旗汉军副都统，成为宣统帝溥仪的师傅，监修《德宗实录》。工书法，又擅画松。著有《沧趣楼诗集》十卷、《听水斋词》一卷、《沧趣楼文存》二卷。

陈宝四（生卒年不详），字箴史，奉天人。道光三年（1823）癸未进士、绥定府知府陈克让女，道光九年（1829）己丑科进士、宁远府知府王者政继室。约清道光（1821—1849）、咸丰（1850—1861）年间在世。能诗，有《蜀道停绣草》。

陈秉灼（1745—1804），字亮宇，号明轩，山西阳城人。一生不求闻达，清乾隆五十九年（1794）秋在济南，与桂馥等人于潭西精舍交游唱和。工诗，著有《高都陈氏家传》《山乡方言考》《游山日记》《听书楼诗集》等，与沈默合编有《潭西精舍纪年》一卷。

陈　超（生卒年不详），字元圃，山东历城（今济南市）人。清道光十二年（1832）壬辰科举人，早卒。著有《元圃诗钞》一卷和《就正编》二卷。

陈衡恪（1876—1923），字师曾，号槐堂，又号朽道人，江西义宁（今修水）人。湖南巡抚陈宝箴之孙，著名诗人陈三立之子。清光绪二十四年（1898）考取江南陆师学堂附设的矿务铁路学堂。二十八年（1902）与二弟陈寅恪同赴日本留学，先在东京弘文学院，后入高等师范学校学习博物学。清宣统元年（1909）回国，任江西教育司长。从1911年2月至1913年4月，受南通张謇之邀，至通州师范学校（今南通师范学校）任教，专授博物课程。1913年又赴长沙第一师范任课，后赴北京任北洋政府教育部编纂处编审员，曾兼任北京女子高等师范学校、北京高等师范学校、北京美术专门学校教授。工篆刻、诗文和书法，长于绘画，是一位全才的艺术家。遗著有《槐堂诗钞》《陈师曾先生遗墨》《染仓室印存》《陈师曾印存》《中国绘画史》《中国文人画之研究》及《陈师曾先生遗诗》《不朽录》等。

陈　锦（1821—1887？），字昼卿，号补勤，浙江山阴（今绍兴）人。清道光二十九年（1849）己酉科举人，历官江苏知县、山东候补道。擅治印，工诗，有《橘荫轩诗文集》三十八卷，内包括《补勤诗存》二十四卷、《补勤诗存续编》六卷、《勤余文牍》六卷（首一卷）和《勤余文牍续编》二卷。

陈景元（1696—1794），字子大（一作“子久”），号石闾，又号不其山人，汉军镶红旗人（一说正红旗人）。工诗，与戴亨、长海合称“辽东三老”，著有《石闾集》三十卷。

陈静娴（生卒年不详），20世纪30年代就读于上海大夏大学，曾参加中国民生教育学会。其他事迹不详。

陈懋森 （生卒年不详），字铭生，浙江临海人。清末秀才，初以教馆为业，后致力于修纂地方志。工诗，著有《休盦集》和《台州咸同寇难纪略》，纂有民国《临海县志稿》六十五卷和《江都县新志》十二卷（末一卷）。

陈培脉 （生卒年不详），字树滋，号兰堂，江苏长洲（今苏州）人。康熙（1662—1722）时在世，曾为太学生。著有《探骊集》及杂剧《画眉记》。

陈鹏年 （1663—1723），字北溟，别号沧州，湖南湘潭人。清康熙三十年（1691）辛未科进士，三十五年（1696）授浙江西安知县。四十年（1701），受命监督管理兖州分赈事宜，保全饥民数十万。翌年，升任江宁知府。四十七年（1708），转任苏州知府，翌年，署江宁布政使。六十年（1721），署河道总督，旋兼署漕运总督。清世宗即位，实授河道总督。为官以廉能著称，诗文也备受推崇，且著述甚丰，曾辑宋元明诗若干卷及《月令辑要》《物类辑古》《韵府拾遗》若干卷，自著《古今体诗》五十四卷、《道荣堂文集》八卷和《历仕政略》《河工条约》各一卷。

陈汝言 （约1331—1371），字惟允，号秋水，临江（今江西清江）人，随父移居吴中（今江苏苏州）。明洪武初年（1368），以荐官济南经历。工书善画，传世之作有《岱宗密雪图》《荆溪图》《百丈泉图》《山居图》《罗浮山樵图》《仙山图》等。亦工诗，著有《秋水轩诗稿》。

陈　陞 （生卒年不详），字晋卿，号抑吾，河南夏邑人。明万历二十八年（1600）庚子科举人，次年辛丑科进士，授山东临邑知县，刑清政简。调任历城县知县，出资刻印《李攀龙文集》，修葺李攀龙墓，并辑刻有《历下十六景》十六卷。后升户部主事，督饷雁门关。以母老终养归。

陈士宁 （生卒年不详），字安叔，江苏吴江人。清康熙五十九年（1720）副贡生。著有《前燕齐游草》。

陈嗣良 （1822—？），字颂萱，浙江秀水（今嘉兴市）人。监生。清咸丰十一年（1861）夏四月加入清军军营，后一直在山东居官，先后历官招远、费县、蒙阴、曹县等县知县。光绪七年（1881）补授运同衔德州知州。性傲岸不群，有豪侠气，洁己爱民，不畏强御。工诗，著有《学稼草堂诗草》，并曾主修《曹县志》十八卷（首一卷）。

陈惟清 （生卒年不详），字秉直，号少溪，山东恩县（1956年被撤销，其地划归平原、夏津和武城三县）人。清光绪二年（1876）恩贡，博极群书，尤精于理学，著作甚富，大半散佚，惟存《古愚课草》一卷。

陈文述（1771—1843），初名文杰，字谱香，又字隽甫、云伯等，后改名文述，别号元龙、退庵、颐道居士等，浙江钱塘（今杭州）人。清嘉庆三年（1798）戊午科举人，入巡抚阮元幕。自嘉庆六年（1801）入京参加会试起，居京师五年，三试春官不第。后历官全椒、繁昌、昭明、江都、崇明等地知县，多惠政。诗工西昆体，晚年归于雅正。著有《碧城仙馆诗钞》《颐道堂集》《秣陵集》《西泠怀古集》《仙咏》《闺咏》及《碧城诗髓》等。

陈祥翰（生卒年不详），字季屏，鄞县人。毕业于京师大学堂预科，1912年任宁波效实学会教育部长，兼任宁波效实中学校长。

陈小蝶（1897—1987），原名琪，字小蝶，别署蝶野、醉灵生，四十岁后改名定山，晚年署定公、定山人、永和老人等，浙江杭州人。陈蝶仙的长子，十四岁入法政大学，后入圣约翰大学，因不合兴趣退学，随其父致力于发展民族工业。1948年赴台湾，在台湾国立中兴大学、淡江文理学院等校执教，同时发表美术史论、评论、掌故及诗词、小说等。他不仅是赓续父亲未竟事业的继承人，在文学创作上也不让其父。父子二人曾合作创作了《弃儿》《二城风雨录》《嫣红劫》《柳暗花明》等共十一部长篇小说，其中的《柳暗花明》还被上海明星电影公司拍成电影。他自己独自撰写了《塔语斜阳》《香草美人》等小说，内容风格上都沿袭其父的鸳鸯蝴蝶派传统。此外，他在绘画理论研究及诗文方面也很有造诣，出版有《定山论画七种》等多种论著。

陈偕灿（1789—1861），字少香，号咄咄斋居士、鸥汀渔隐等，江西省宜黄县人。清道光元年（1821）举人。尝漫游齐、鲁、燕、赵、吴、越间。好吟咏，著有《鸥汀渔隐诗集》六卷、《鸥汀渔隐诗续集》三卷及《鸥汀渔隐诗外集》。

陈延韡（1879—1957），初字移孙，后改含光，以字行，别号淮海客，江苏仪征籍，居扬州，晚年居台湾。清光绪二十八年（1902）壬寅科拔贡，考授内阁中书，然因醉心于诗文书画而无意入仕。工书善画，自成一家，尤精篆书，与吴昌硕、黄宾虹、齐白石等均为至交。

陈　衍（1856—1937），字叔伊，号石遗老人，福建侯官（今福州市）人。清光绪八年（1882）壬午科举人。曾入台湾巡抚刘铭传幕，后应湖广总督张之洞邀往武昌，任官报局总编纂。再其后曾为学部主事、京师大学堂教习。清亡后，在南北各大学讲授，编修《福建通志》，最后寓居苏州，与章炳麟、金天翮共倡办国学会，任无锡国学专修学校教授。著有《石遗室丛书》，收书十八种、一百一十六卷，其中自著十种，包括《石遗室文集》十二卷、《石遗室诗集》六卷、《石遗室诗集补遗》一卷、《说文举列》七卷和《朱丝词》二卷等。《石遗室丛书》外，又有《石遗室诗话》三十二卷、《续编》六卷，《辽诗纪事》十二卷、《金诗纪事》十六卷、《元诗纪事》二十四卷，《石遗室论文》五卷、《史汉文学研究法》一册、《近代诗钞》二十四册，《宋诗精华录》四卷等。

陈一贯 （生卒年不详），浙江山阴（今绍兴市）人。生平事迹无考，清同治（1862—1875）间在世。

陈奕禧 （1648—1709），字六谦，又字子文，号香泉，晚号葑叟，浙江海宁人。贡生。清康熙三十九年（1700）官户部郎中，破格被召入直南书房。后出任贵州石阡府知府。四十七年（1708）擢江西南安知府，修学宫，纂府志，兴文教，卒于官。工诗，富收藏，尤以书法著名当代。晚年重著述，有《金石遗文录》《春蔼堂集》《皋兰载笔》《葑叟题跋》《小名补录》《益州于役记》《北解杂述》《北行日记》《晋阳行记》《云中纪行》《陈子日记》《奇花异木记》《含香新牍》《秋雨斋集》《虞州集》《笑门集》《绿荫亭集》等，刻有《予宁堂帖》《梦墨楼帖》。

陈应元 （生卒年不详），字思昌，号祐伯，一号幼白，福建莆田人，后入籍应天府。明万历四十一年（1613）癸丑科进士，官工部主事。四十六年（1618）充广东乡试副考官，不久提学陕西，任西安府知府。崇祯初（1628），官山东左布政使，值孔、李之变，昼夜擘画，军饷数十万，无不筹办。擅文名，齐鲁景物皆有吟咏。后任蕲州江防道，拜右副都御史，崇祯六年（1626）巡抚登莱。八年（1628）晋工部尚书，不久致仕。

陈永修 （生卒年不详），字子慎，号西楼，山东历城（今济南市）人。诸生。道光六年（1826）、九年（1829）之际曾于鲍山黄石寺受教于马国翰。性宽和，无疾言遽色。然遇事果毅，有经世才。咸丰十一年（1861），捻军犯境，协助举人堂兄陈大鹏率乡团抵御。后隐于家，以诗酒自娱，授徒自给，年七十余卒。教书原本小学，而责以实践。光绪五年（1879）曾撰写有《重修读书堂碑记》。擅古文辞，博雅工诗，著有《鲍西楼诗草》四卷、《鲍西楼文钞》二卷、《平陵齐音》二卷、《花月令诗草》一卷，对济南的山川、人物题咏甚多。

陈用光 （1768—1835），字硕士，一字实思，江西新城（今黎川县）人。

清嘉庆六年（1801）辛酉科进士。后官至礼部左侍郎，提督福建、浙江学政，以学行重一时。工古文辞，著有《太乙舟文集》八卷及《衲被录》等。

陈俞侯 （1623—1700），字飏卿，号栾公，福建晋江人。诸生，清康熙二十二年（1683）以父陈洪谧荫授山东分守济东泰武临道，督赈高唐、茌平、清平、夏津间，皆有法。后代理山东督粮道，兼主管德州豢养上驷院马。四十六年（1707）任云南布政司参议、永昌道，四十九年（1710）升四川按察副使、清川东兵备道。后以年老告休归。工诗，著有《金陵杂诗》《栾社诗草》《栾咏》《邻公诗余》《陈子新编》《滇蜀草》《东行草》《北行草》等。

陈在谦 （1781—1838），字六吉，号雪渔，广东新兴人。清嘉庆九年（1804）甲子科举人，此后六上礼部不第。道光六年（1826）大挑二等，受分巡使许乃济之请与修府志，不久任清远教谕，以古学训士。后监越华书院。好治诗文，自少往来南北，游迹所及，多见于诗、古文。工书画，晚益变化。著有《梦香居诗集》十五卷，《七十二峰堂文勺》四卷，并选有《岭南文钞》十八卷和《续钞》三卷。

陈祖范 （1676—1754），字亦韩，号见复，江苏常熟人。清雍正元年（1723）癸卯科举人，礼部会试连捷中式，因生病没能参加殿试，归里读书讲学，研究经传，先后任苏州紫阳书院、扬州安定书院山长。乾隆四年（1739）曾掌教徐州云龙书院，后又主讲安庆敬敷书院。所到之处，训课有法。十六年（1751），诏举荐经明行修之士四人，陈祖范以七十三岁高龄居首，赐国子监司业，因年老不赴。著有《经咫》一卷、《掌录》二卷、《司业诗集》四卷及《见复诗钞》等，编纂有雍正《昭文县志》，并曾参修《江南通志》。

陈作霖 （1837—1920），字雨生，号伯雨，晚号可园，人称可园先生，江苏南京人。光绪元年（1875）乙亥科举人，历任崇文经塾教习、奎光书院山长（校长）、上元和江宁两县学堂堂长等职。毕生致力于教育、文学、经学和史志学，著述宏富。其中，同治十三年（1874）陈作霖参与纂修《上江两县志》。其后，又接连编纂成《金陵通纪》、《金陵通传》、《金陵琐志》（五种：《运渎河小志》、《凤麓小志》、《东城记略》、《金陵物产风土记》和《南朝佛寺志》），另外还与甘元焕合作编著有《国朝金陵文征》《国朝金陵词抄》《江宁府志》《金陵文抄》《元宁乡土志》《金陵诗续征》等，著有《可园文存》《可园诗存》《可园词存》《可园诗话》《可园备忘录》《寿藻堂文集》《养和轩随笔》等。

陈祚明（1623—1674），字允倩，一字嗣倩，别号稽留山人，浙江钱塘（今杭州市）人。布衣。善诗及古文词。家贫，在京师卖文为生，甚为公卿所重，而终以贫死。著有《稽留山人集》（亦名《敝帚集》）二十一卷，选编有《采菽堂古诗选》（一名《采菽堂定本汉魏六朝诗钞》）。

成永健（生卒年不详），字乾人，号毅斋，江苏盐城人。清康熙三十三年（1694）进士。三十七年（1698）授直隶赞皇知县，后历任福建南安、山东观城、寿光、日照知县，胶州知州，所至皆有政绩。能诗，有《毅庵诗稿》八卷。

程可则（1624—1673），字周量，又字彦揆、湟溱，号石曜，南海（今广东番禺县）人。顺治九年（1652）会试第一，但因“悖戾经旨”而被特旨除名。顺治十七年（1660）春参加应阁试，授内阁撰文中书，累迁为兵部郎中，出知广西桂林府。“岭南七子”之一，与施润章、宋琬、王士禄等并称为“海内八大家”或“清八大诗家”。著有《海日楼诗文集》十卷、以及《遥集楼诗草》《萍花草》等，并主持纂修了《桂林府志》。

程颂万（1865—1932年），字子大，一字鹿川，号十发居士，湖南宁乡人。少有文才，善应对，喜研词章。虽勤奋好学，但屡试未第，对科举制度遂无好感，而对时局新学甚为热心，曾为张之洞、张百熙所倚重。曾充湖广抚署文案。光绪二十三年（1897），在全国率先创办私立湖北中西通艺学堂。同年创设攻木局，引进新工艺，培养漆木良工。二十五年（1899）以盐提举衔湖北补用通判加二级由湖北自强学堂（武汉大学前身）总稽察升任为学堂提调（校长），兼管湖北洋务局学堂所。此后曾任湖北高等工艺学堂监督，兼管湖北工艺局，创办广艺兴公司、造纸厂等，毕生致力于教育和实业。喜作诗词并擅长书法，著有《程典》、《十发庵丛书九种》、《十发庵集字楹帖》、《十发庵楹联集存》、《楚望阁诗集》十卷、《石巢诗集》十二卷、《十发庵类稿》、《美人长寿庵词》和《定巢词》等。

程　云（1611—1682），字天翼，号松壶，山东莱芜人。性嗜酒，旷达不羁，年少时博及群书，肆力风雅，不屑事帖括业。入清后，有劝之就试者，才勉强从之，遂于清顺治五年（1648）戊子科中举人，次年己丑科成进士，七年（1650）任湖北孝感县令，因不得志，不久即辞归故里，与好友以诗酒唱和为乐。田父野老携酒相邀，辄欣然就饮，尽欢而罢。著《松壶诗集》十六卷和《无辨集》。

崔　旭 （1767—1847），字晓林，号念堂，直隶天津府庆云县（今河北省盐山县庆云镇）人。清嘉庆五年（1800）庚申科举人，道光六年（1826）任山西省蒲县知县，后兼理大宁县事，政声卓著，深受乡民爱戴。十三年（1833）因病引退归里，潜心著述，著有《念堂诗话》四卷、《念堂诗草》一卷、《津门百咏》(即《津门竹枝词》)、《津门杂记》，选辑有《沧州诗抄》《庆云诗钞》，编纂了《庆云县志》《庆云崔氏族谱》等。

崔振宗 （1736—?），字光南，号一峰，清山东益都人。清乾隆年间岁贡。工诗，有《午树堂集》八卷。

崔子湘 （生卒年不详），籍贯及生平事迹待考。清末民初人。1920年至1921年间曾在天津《益世报》发表诗词作品数十首。

存　乐 （生卒年不详），山东历城（今济南市）人。大约明成化至正德年间（1465—1521）在世。生平事迹不详。明弘治十五年（1502）九月曾书有德藩庄王所撰的《白云亭记》碑。

D

戴恩溥 （1826—1911），字瞻原，山东平度人。清咸丰九年（1859）己未科举人，同治四年（1865）乙丑科进士。初官兵部职方司主事，升员外郎，擢陕西道监察御史，转浙江道监察御史，巡视西城，擢工科给事中，转工科掌印给事中，累官至广西右江兵备道，引疾归。工书法，能诗文，著有《见山楼诗文钞》。

戴　瀚 （1717—?），字巨川、镇东，号雪村，江苏上元（今南京市江宁区）人。清雍正元年（1723）癸卯恩科进士（榜眼），授翰林院编修，迁右庶子，在南书房行走。二年（1724）充任会试同考官。四年（1726）出任贵州乡试副考官，署日讲起居注官。七年（1729）提督福建学政的提学道。十三年（1735）升任侍讲学士，充顺天乡试副考官，因科考中弊端、可疑处比比皆是，被流放三年。后谪居吴江，以绘画遣情。善长诗词古文，著有《有探集》和《雪村诗稿》。

戴　亨 （1691—1760），字通乾，号遂堂，奉天承德（今辽宁省沈阳市）人，原籍钱塘仁和（今浙江省杭州市），生于北京。清康熙六十年（1721）辛丑科进士，授河北河间县学教授。乾隆二年（1737年）任山东齐河县知县。因秉性刚直不阿，以抗直忤上官而于次年去官。从此再未进入仕途，寄居京师，以教授生徒谋生，家境益贫，清贫晏如。为人笃於至性，不轻然诺，夙敦风义。工诗，为“辽东三老”之一。著有《庆芝堂诗集》十八卷。

淡　轩（生卒年不详），真实姓名及籍贯、生平事迹待考，清末民国间在世。1917 年至 1918 年间曾在《豫言》上发表诗词数十首。

德　保（1719—1789），姓索绰络氏，字仲容，一字润亭，号定圃，又号庞村，内务府满洲正白旗人。清乾隆二年（1737）丁巳科，后历官日讲起居注官、山西学政、山东学政、翰林院侍讲学士、内阁学士、工部侍郎兼总管内务府大臣、正黄旗汉军副都统、经筵讲官、吏部侍郎、顺天学政、吏部侍郎、镶黄旗满洲副都统、翰林院掌院学士、广东巡抚、两广总督、福建巡抚、江南河道总督、礼部尚书、吏部尚书、《日下旧闻考》总裁、上书房总师傅、兵部尚书等，并先后充顺天乡试副考官、会试同考官、山东乡试正考官、江西乡试正考官、会试正考官、顺天府乡试正考官。能诗，著有《乐贤堂诗钞》三卷，奉敕纂修《御制律吕正义后编》八卷、《钦定科场条例》五十四卷（《卷首》五卷）、《磨勘条例》四卷、《翻译科场条例》四卷、《钦定礼部则例》一百九十四卷（《目录》一卷）、《音韵述微》、《明臣奏议》等。

邓嘉缉（1845—1909），字熙之，江苏江宁（今南京市）人。同治优贡，以教职用，候选训导。性质直，与世寡合，无所嗜，独好学，文宗桐城派，诗境寒瘦，著有《扁善斋文存》三卷和《扁善斋诗存》二卷。

丁　淳（生卒年不详），字朴斋，号雪村，山东诸城人。诸生。

丁弘海（1627—？），字景吕，号循庵，江西南昌人。清顺治八年（1651）辛卯科举人，授临川县教谕。康熙七年（1668）到十六年（1677）间任抚州府学教授。十九年（1689）至二十三年（1624）间任河北获鹿县知县。能文，尤工诗，有《景吕诗集》。

丁　玑（生卒年不详），字玉衡，号兰畦，山东诸城人。能诗，有《古香斋诗集》。

丁　澎（1622—1686），字飞涛，号药园，浙江仁和（今杭州市）人。明崇祯十五年（1642）壬午科举人，清顺治十二年（1655）乙未科进士，初任刑部广东司主事，后调礼部主客司郎中。十五年（1658）充河南乡试副考官，后因科场案牵连，获罪下狱。十七年（1660）谪徙辽东靖安（今吉林洮安），十九年（1662年）始获归。康熙九年（1670）任礼部祠祭司郎中，升仪制司员外郎。暇日与宋琬、施闰章等唱酬日下，并称“燕台七子”。后归故里，以著述终身，与陆圻、柴绍炳、沈谦等人于西湖结社，人称“西泠十子”。著有《扶荔堂诗稿》、《扶荔堂文选》、《扶荔堂诗集选》十二卷，另有《药园闲话》《演骚》杂剧等，词有《扶荔词》三卷。

丁毓瑛（1869—1923），字蕴如，江苏宜兴人。丁俊卿之女，言敦源妻，左白玉之孙媳，汪雪芬之儿媳，书香传家，一家闺中三代能诗，堪称佳话。有《喁于馆诗草》一卷。

董世彦（1526—1578），字子才，河南钧州（今禹州）人。明嘉靖二十五年（1546）丙午科举人，三十二年（1533）癸丑科进士，初授浚县知县，为政和乐简易。后历任户部主事员外、郎中、山西副使、浙江参政、山西按察使，升任都察院右副都御史，巡抚陕西，曾带兵平沙麻之乱，即修筑长城千余里、敌台墩堡三百六十余座，招抚当地土著百姓，使边境平定。升任兵部右侍郎，总督三边军务。

董受祺（生卒年不详），字绶紫，江苏阳湖人。清光绪十五年（1889）己丑科举人，官山东候补知府。有《吮雪词》《铸铁词》《碧云词》。

董玉书（1869—1952），字逸沧，晚号拙修老人，江苏江都（今扬州市）人。清末拔贡，曾历任天长、霍丘县县令。曾在居庸关至张家口一带“佐军治民”近十年，晚年流寓北平。擅长书法，楷书、隶书、行书、草书等俱佳以诗名，曾参加扬州著名的诗社冶春后社。著有《寒松庵诗集》、《寄天游诗存》、《菱湖图咏》、《拙修草堂剩稿》、《芜城怀旧录》三卷（《补录》一卷）、《蒙国纪闻》一卷、《宝昌杂录》一卷。

董元度（1712—1787），字曲江，别号寄庐，山东平原人。少以《春柳》诗得名。清乾隆十二年（1747）丁卯科举人，十七年（1752）壬申恩科进士，入词馆（翰林院），改庶吉士，与其父董思凝皆因作诗而声满京国，并与纪晓岚、刘墉等交游，情至笃。不久，外任江西定远县知县。三十二年（1767），改任山东东昌府（治所在今聊城市）教授，任教十年，诗名大扬。年至七十，仍主莲池书院讲席。著有《旧雨草堂集》八卷（附《诗余》一卷），清婉中多感慨之作。

董　芸（生卒年不详），字香草，号书农，山东平原人。清嘉庆三年

（1798）举人。曾长期寓居济南，，著有《半隐园诗集》一卷、《广齐音》一百首。

杜　堮（1764—1858），号石樵，山东滨州人。清嘉庆六年（1801）辛酉科进士，选翰林院庶吉士。次年为翰林院编修，后历任武英殿纂修、实录馆纂修、文颍馆纂修、文渊阁校理、教习庶吉士、右春坊右赞善、翰林院侍讲、翰林院侍读、日讲起居注官、侍讲学士、咸安居总裁、总办起居注、侍读学士、顺天学政、内阁学士兼礼部侍郎等。道光元年（1821）任兵部右侍郎，兼任浙江学政。次年二月又改任吏部右侍郎。七年（1827）升为吏部左侍郎，次年参与修《仁宗圣训》，十五年（1835）由吏部左侍郎调为礼部左侍郎，得重宴鹿鸣，加太子太保衔。著有《时文举隅》《时文辩体》《选唐律赋》《读鉴余论》《治安术论》《武镜》等，晚年编定有《遂初草庐诗集》十卷。

杜　甫（712—770），字子美，自号少陵野老，后世称其杜拾遗、杜工部，也称他杜少陵、杜草堂，河南巩县（今河南巩义）人。唐代伟大的现实主义诗人，与李白合称“李杜”。其代表作有《登高》《春望》《北征》以及“三吏”“三别”等，在中国古典诗歌中的影响非常深远。其人被后世尊称为“诗圣”，其诗被称为“诗史”。著有《杜工部集》。

杜首昌（1632—？），字湘草，江苏淮安人，祖籍山西太原。颇豪富，以钱买官，修名园（绾秀园），种花草。入清不仕，游历他乡，不肯结交官府，家遂败落。工书，善行、草书，亦能诗，有《绾秀园诗选》和《绾秀园词选》各一卷。

杜受廉（生卒年不详），字师竹，山东滨州人。杜堮侄。清道光十七年（1837）丁酉科拔贡，二十年（1840）顺天庚子科乡试挑取誊录，议叙，候选教谕。咸丰元年（1851）辛亥举孝廉方正，应保和殿试，钦取第三名，引见，给六品顶戴，以知县用，分发四川，同治三年（1864）署岳池县知县，五年（1866）署渠县知县，七年（1868）署富顺县知县，光绪五年（1879）调任河南项城县知县。为官慈惠爱民，有政声。能诗，著有《竹石山房诗草》。

杜受祺（生卒年不详），字引之，山东滨州人。大约嘉庆（1796—1820）、道光（1821—1850）、咸丰（1851—1861）间在世。诸生。

杜受元（约1787—），字石圃，山东滨州人。清嘉庆十九年（1814）入国子监，后历任德州训导、运城教谕。工诗，擅书法家。著有《紫藤居诗草》《北游草》《东溟草》《黉山草》《明湖草》《都门草》《右圃诗钞》等。

杜 漺 （1622—1685），字子濂，号湄湖，山东滨州人。清顺治四年（1647）丁亥科进士，授直隶真定县推官。后入为礼科给事中，任浙江布政使司右参议、河南按察使司副使、河南布政使司参政兼理驿传盐法等，颇多善政。殁后，王士禛为其撰墓志。工书法，能诗，著有《湄湖吟》十一卷、《湄湖诗余草》和《听松轩遗文》各一卷。

段瑞翔 （生卒年不详），湖南湘潭人。湘南文社成员，1924年至1925年间曾在《湘南》和《海潮音》等报刊发发表诗歌作品数十首。1944年11月曾试署山东高等法院书记官。

段松苓 （1744—1800），字劲伯，号赤亭，山东益都（今青州市）人。诸生。嘉庆元年（1796），署山东按察使孙星衍欲以孝廉方正举之，力辞不就。笃好金石文字，先后助山东学政翁方纲、阮元搜访山东金石，助辑《山左金石志》。能诗，著有《穆如堂诗草》和《赤亭遗诗》一卷，《另撰有《益都金石记》六卷、《山左碑目》四卷，辑有《益郡先正诗丛钞》八卷（《补编》一卷、《附编》一卷）。

F

法若真 （1613—1691），字汉儒，号黄山、黄石，山东胶州人。清顺治三年（1646）丙戌科进士，改庶吉士，任翰林院编修。五年（1648），充任福建戊子科正考试官，回京后升任秘书院侍读，并受命编纂《太宗文皇帝实录》。事毕，被放外任浙江粮道，因父丧，未上任。守孝期满后，补任福建省布政司参政。康熙元年（1662），升任浙江按察使。后升任江南、安徽布政使。所至皆有政声。工诗文，善书画，是清代山东为数不多的诗、书、画皆有成就的文人。著有《黄山诗留》十六卷、《介卢诗》和《黄山集》等。

范秉秀 （生卒年不详），字伊璜，号苏溪，湖南桂阳（今汝城县）人。清康熙二十八年（1689）拔贡，贵州督学吴自肃奇其才，聘阅课卷，后入云贵总督范成功幕府。工诗，有《苏溪诗集》十卷。

范承俊 （—1821—），字苏山，号友泉，山东沾化人。清道光元年（1821）辛巳恩科举人，拣选知县。著有《苏山文稿》《苏山诗草》。

范 罕 （1874—1938），字彦殊，自号蜗牛，江苏南通人。清光绪二十二年（1896）毕业于南菁书院。二十六年（1900）入上海法国教会学堂读书，三十一年（1905）在山东省立师范高等学堂教授英文、历史，三十二年（1906）留学日本，学习法律。辛亥革命后，任农商部秘书。著有《蜗牛舍涛》五卷和《蜗牛舍说诗新语》一卷。

范　坰（1768—约1822），字伯野，自号品泉生，山东历城（今属济南）人。一生以游幕为生，足迹所至，包括江苏南京及山东峄县、黄县、掖县、即墨、聊城、泰安等地。工诗文，嘉庆十七年（1812）曾与何邻泉、郑云龙、李僴等人结结“鸥社”于大明湖上。道光二十一年（1841）前后，复与马国翰、周乐、何邻泉、谢焜、王德容诸名士结“鸥社”于大明湖上，诗酒唱和。著有《如好色斋稿》十卷，其中第五卷为《新齐音风沧集》。

范君僎（生卒年不详），号恕堂，直隶万全人。清乾隆三十年（1765）乙酉科拔贡，初任山东丘县知县，三十三年（1768）调任齐河县知县，四十四年（1779）又调任历城县知县，四十九年（1784）再任。

范廷谔（约1650—？），字质夫，一字讷斋，浙江鄞县（今宁波市）人。其父范光阳曾任福建延平知府，廷谔随任管理文书。清康熙五十四年（1715）以例监任泰宁县知县，称能吏。工诗，有《讷斋诗稿》八卷。

方　昂（1740—1800），字叔驹、讱庵，号坳堂，山东历城（今属济南市）人。乾隆三十六年（1771）进士，授刑部主事，后迁员外郎，后历官江西饶州知府、江苏苏松道、松太道、江宁盐巡道、贵州按察使、江宁布政使，以病归乡。工诗，著有《坳堂诗集》（包括《稠岩集》《雕虫集》《剡中集》《吴山集》和《沧浪集》五种）。

方亨咸（1620—1679），字吉偶，号邵村等，清安徽桐城人。方拱乾子。顺治四年（1647）丁亥科进士，官御史。以顺治十四年（1657）江南科场案坐流宁古塔，后释归。平生足迹几遍天下，工诗文，能书画，小楷及山水画尤善，传世作品有《深林垂纶图》、《山水花鸟》册页、《江右纪游图册》、《梅花双雀图》、《松石图》、《五苗图》等，著有《邵村诗集》《塞外乐府》《楚粤使稿》等。

方　俊（1803—1877），字伯雄，晚号善巢老人，江南上元（今属南京市）人。清道光十六年（1836）丙申科进士，改庶吉士，授编修。咸丰初转监察御史，以保城功升道员，以在史馆纂书劳叙加盐运使衔。升云南迤南道，丁母忧，服阕，称疾不出，主山西弘运书院讲席。同治三年（1684）归江宁（今南京市），应江宁总督曾文正陋，主忠义局。有《谏垣奏稿》《暖春书屋诗删》《暖春书屋杂著》等。

方履篯 （1790—1831），字彦闻，号术民，江苏阳湖人，寄籍顺天府大兴县。清嘉庆二十三年（1818）举顺天戊寅科乡试，后官福建永定、闽县知县。学问赅博，工诗词及骈体文，酷嗜金石文字。蓄积达万种。著有《万善花室文稿》七卷、《伊阙石刻录》和《富藯斋碑目》等，并参与修纂道光《河内县志》三十七卷。

方孟式 （1582—1639），字如曜，安徽桐城人。山东布政张秉文妻。明崇祯十三年（1640），张秉文守济南死于城上，方孟式投水殉节，与妹方维仪、堂妹方维被后人并称为"方氏三节"。擅长诗词、书画，尤善绘观音像，著有《纫兰阁集》十二卷。

方　平 （生卒年不详），真实姓名及生平事迹待考。

方起英 （1692—1753），字遇春，浙江义乌人，三十多岁迁居山东历城（今属济南市）。援例考授州同，以子方昂官赠通议大夫。少孤，家贫，靠砍柴樵为生。长涉经史，试不利，于是业医，医术精湛，且经常免费救治贫病无力就医买药的人。重然诺，能急人之急，即使倾囊倒箧，也毫无吝色。能诗文，著有诗词集《狮山诗钞》四卷、《东园集》、《独山前后集》、《绛雪词》、《古今诗尘》、《蜀山集》，以及《千秋铎》《诊家手镜》《一班录》《百将传》各一卷等。

方世振 （生卒年不详），字滋斋，号梦石，山东历城（今济南市）人。方昂（1740—1800）子。清乾隆（1736—1796）后期至道光（1821—1850）年间在世。诸生。有《鸡肋集》。

方树梅 （1881—1968），字臞仙，号师斋，一号雪禅，一号盘龙山人，云南晋宁人。云南著名的文献学家、方志学家和文献收藏家。嗜藏书，既藏古籍善本，又收中外近代书籍，尤留心云南地方文献，家有"学山楼"，藏书三万余卷。方树梅在搜访辑佚的同时，对云南地方文献资料也进行了系统的整理，撰写了大量的有关云南历史人物、诗文、地方志方面著作，这些著作极大地丰富了云南文献，为后人留下了一大批珍贵的地方文献资料。他曾将其生平所写文章编成《学山楼文集》10卷，共有36种，惜大部分未付印。

方　体 （1758—1837），字道坤，号茶山，安徽绩溪人。清乾隆五十五年（1790）庚戌科进士，授刑部郎中。嘉庆九年（1804）出任江西九江府知府，后调任广信知府，升饶广九南兵备道，改任江苏苏松常镇太粮道，调江宁盐巡道，升任湖北按察使、布政使。二十五年（1820）因告病还乡，捐资修扬溪源山道。晚年侨寓南京。著有《仪礼今古文考证》《仪礼古文考误》《绿雨山房诗文集》等。

方　文（1612—1669），字尔止，初名孔文，又名一耒，字明农，号嵞山，别号淮西山人、忍冬子等，南直隶桐城（今安徽桐城）人。明亡入清之后，始终未出仕，穷困一生，藉医卜而糊口，以遗民终老。与后世的方世举、方贞观并称“方氏三诗人”，著有诗集《嵞山集》十二卷和《嵞山续集》九卷。

方元泰（生卒年不详），字通甫，号雪莲，安徽绩溪人。清嘉庆二十年（1815）候补山东盐运判官，旋乞养归。工诗，著有《华阳山房诗钞》六卷。

方正瑗（1686—?），字引除，号方斋，江南桐城人。方以智（1611—1671）孙。清康熙五十九年（1720）庚子科举人。官至潼商道。著有《连理山人诗钞》《方斋小言》《关西讲堂客问》《江淮集》《京华集》《关河集》《潇洒集》《方斋补庄》等。

方中发（1639—1731），字有怀，号鹿湖，又号遁叟，安徽桐城人。邑诸生，考授州同。性至孝，嗜古，善真草书，曾经捐屋建先人理学祠，刊《两世遗书》百卷。性简淡而爱林泉，年八十三犹卷不释手。著有《白鹿山房诗集》十五卷及《栖壁堂文稿》《杜诗评注》等。

房洪恩（约1793—?），字晋三，山东临清州人。布衣。有《五经库诗草》。

封大本（1768—1802），字授曾，号山木，山东德州（今德州市德城区）人。明嘉庆六年（1801年）辛酉科举人。精诗及古文词，工书法。年二十四卒。著有《窥园诗集》《病后诗集》和《续广齐音》一卷。

封大受（生卒年不详），字仲可，号荻塘，山东德州（今德州市德城区）人。清乾隆五十五年（1790）庚戌恩科进士，候选知县。博雅工诗，著有《玉雨草堂诗草》《柳舫日钞》，纂有《德州文摭》《德州诗摭》。

冯　溥（1609—1692），字孔博，又字易斋，山东益都（今青州市）人。明崇祯十二年（1639）己卯科举人，清顺治三年（1646）丙戌科进士，后历官庶吉士、编修、宏文院侍讲学士、吏部右侍郎、刑部尚书等。康熙十年（1671）授文华殿大学士，卒后谥文毅。精于诗章，著有《佳山堂诗集》十九卷。

冯时可（1546—1619），字元成，又字元敏，号敏卿，又号文所，南直隶松江府华亭（今上海松江）人。明隆庆五年（1571）进士，授刑部主事，后改兵部主事，历员外郎、郎中。万历九年（1581）出为贵州提学副使。任满归，在家赋闲八年。万历十九年（1591），起四川提学副使，后历广西副使、湖广副使、浙江参政、处州同知、浙江按察使兼参议、广东按察司佥事、广西按察使、云南布政司右参议、湖广布政司副使、贵州布政司参议。著述宏富，有《易说》五卷、《诗臆》二卷、《左氏讨》一卷、《左氏释》二卷、《左氏论》二卷、《周礼笔记》六卷、《春秋会异》六卷、《黔中程式》一卷、《俺答志》二卷、《众仙妙方》四卷、《上池杂说》一卷、《雨航杂录》一卷、、《蓬窗续录》一卷、《黔中语录》一卷、《黔中续语录》一卷、《滇行纪略》一卷、《宝善编》甲乙集各一卷、《西征稿》二十卷、《武陵稿》二十卷、《燕喜堂稿》十五卷、《岳栖稿》十卷、《石湖稿》二卷、《金阊稿》二卷、《冯文所诗稿》三卷、《超然楼集》十二卷和《冯元成选集》八十三卷等。

冯湘舲（生卒年不详），山东历城（今济南市）人。清后期人。能诗，有《一片可语山馆小诗》十三卷。

冯　询（1792—1867），字子良。广东番禺人。清嘉庆二十五年（1820）庚辰科进士，后历任江西永丰、浮梁知县，南昌、吴城同知，九江、饶州知府，所至皆有政声。能诗，为张维屏弟子，著有《子良诗存》二十二卷及《子良文存》等。

冯　溁（生卒年不详），字宝汾，号无尘，浙江慈溪人。诸生。游幕济南，于是安家济南。清乾隆二十六年（1761），以子方鄞赠文林郎、直隶永年县知县。有《午未诗》二卷及《悔存集》《又香稿》《读李轩存草》《鄞游存稿》各一卷。

冯云鹏（1765—1839），字九扶，号晏海、红雪词人，江苏南通州（今南通市）人。增贡生。少攻举子业，十赴乡试皆不第。乾隆、嘉庆间，曾旅居南京、东阿、曲阜等地。爱昆曲，喜篆隶，尤擅金石考据。道光元年（1821）与弟鹤合纂《金石索》十二卷，另有《崇川金石志》。亦工诗词，有《扫红亭吟稿》十四卷及《红雪词》《红雪词余》等。

冯祖培（1886—1940），字蛰斋，号公灊，浙江绍兴人。清末秀才，先后在南昌、南京、福州、无锡等地任职。曾任江苏无锡县令、武备学堂总办。民国后赴闽，历任省民政厅秘书，省府秘书。工诗词，善书法，有“三绝”之誉，著有《秋影庵词草》。

符兆纶（1796—1865），字雪樵，号卓峰、雪樵居士，江西宜黄人。清道光十二年（1832）壬辰科举人，大挑，得福建屏南知县，后历知福清、建阳等县。因伉直失上官欢，罢职家居，以著述自娱。工诗，为道光、咸丰年间著名诗人，著有《卓峰草堂诗钞》二十卷、《梦梨云馆诗外编》(又名《留梦草》)四卷。

傅　桐（生卒年不详），字味琴，号梧生，安徽泗州人。道光十七年（1837）年拔贡。壮游辽东，晚居袁浦。年逾古稀，同治末年卒。工诗，有文名，著有《梧生文钞》十卷和《梧生诗钞》十卷。

傅　扆（1604—1674），字兰生，一字彤臣，号丽农，山东新城（今桓台）人。明崇祯十五年（1642）壬午科乡试副榜，清顺治十二年（1655）乙未科进士，次年授河间府推官。十五年（1658）升山西道监察御史，主管山西道事。十七年（1660），奉旨按察江西道。次年，辞官归乡。著有《伍砚堂集》六卷、《渍槻堂近诗》《燕南日征草》《落花诗》《渍槻堂集》各一卷、《读书涉笔》二卷、《砚田漫笔》四卷、《砚田续笔》二卷、《姓谱增补》十卷、《韵府补遗》六卷，以及《增补尧山堂外纪》《新城轶事》《傅氏博考》《百家唐诗评》《唐人选唐诗评》各一卷等。

傅仲辰（1674—1726），字苍野，又字心孺，号晓塘，浙江山阴人。官山东主簿。有《心孺诗选》二十四卷。

G

高凤翰（1683—1748），字西园，号南村、南阜、南阜居士、南阜山人等，山东胶州（今胶县）人。清雍正五年（1727）举孝友端方，后官安徽歙县、绩溪知县，均有政声。十一年（1733）任泰州巡盐分司，十三年（1735）遭谗罢官，流寓扬州。晚年贫病而卒。工诗文，擅书法、绘画、篆刻，为“扬州八怪”之一，其诗、书、画号称“三绝”。著有《南阜山人诗集》七卷、《南阜山人敩文存稿》十四卷、《砚史》四卷及《古印谱》等。

高　珩（1612—1697），，字葱佩，号念东，晚号紫霞道人，山东淄川人。明崇祯十六年（1643）癸未科进士，选翰林院庶吉士。清顺治二年（1645）授内翰林院检讨，后相继任国子监祭酒，秘书院侍讲学士，典试江南正主考，纂修《太宗实录》副总裁，詹事府少詹事、詹事，兼国史院学士、弘文院侍讲学士、秘书院侍读学士，后历礼部右侍郎，吏部右、左侍郎，太常寺少卿，大理寺少卿，宗人府丞，通奉大夫，都察院左副都御史，刑部右、左侍郎。康熙十九年（1680）以衰老乞休，奉旨原官致仕。知识渊博，工诗能文，著作颇丰，有《栖云阁诗文集》三十四卷，以及《救荒略》《仕监》《劝孝汇编》《窒欲编》《畏天等歌》《存心二十三则》《劝善等说》《迂儒话》《戒杀广义》《放生汇编》《醒梦戏曲》《四勉堂说略》等。

高望曾　（1829—1878），字稚颜，号茶庵，浙江仁和（今杭州市）人。诸生，少擅文誉，好交游。屡试有司，终不得一第，于是捐资为府同知官，后署将乐知县，兼管厘榷，治事不苛，娆民亲之，贾无怨言。著有《茶梦盦劫后诗稿》十二卷，《茶梦盦词稿》二卷。

高孝本　（约1648—1727后），字大立，号青华，浙江嘉兴人。清康熙三十年（1691）辛未科进士，官绩溪县知县。年四十始学为诗，罢官后放浪山水以老。著有《固哉叟诗钞》八卷，凡分十七集。

高宅旸　（生卒年不详），江苏武进人。大约清道光（1821—1850）至同治（1862—1874）年间在世，与廖炳奎等亦有交游。工诗，有《味蓼轩诗钞》，还曾和封丘何家琪一起为邹钟选刻《四大观楼诗钞》九卷。

高之騱　（1655—1719），原名高之驹，字仲治，山东淄川人。高玮第五子，因高珩只有一子之驹远宦贵州，遂过继高之騱为子。处事谦和，治家严谨。清康熙三十九年（1700），曾捐资重建淄城西门外孝妇河上的六龙桥。四十三年（1704）又捐谷救灾，平抑粮价，接济灾民。工诗，学香奁西昆之体，有《强恕堂诗集》八卷。

葛覃楚，字西林，山东蓬莱人。清乾隆五十三年（1788）戊申科举人，嘉庆二十二年（1817）任胶州学正。性至孝。有《亦农山人诗稿》一卷。

葛忠弼　（1806—？），一名金堂，字石闾，山东蓬莱人。清道光二十八年迁居邹县，有《愧漏书屋文集》一卷、《秋虫吟草》三卷和《蜀程橐记》一卷。

公　鼐　（1558—1626），字孝与，山东蒙阴人。明万历二十九年（1601）辛丑科进士，改庶吉士，授编修，后迁国子监司业，累官至左春坊左谕德，为东宫讲官，进左庶子，不久托病辞归。光宗立，召拜国子监祭酒。天启初年，官礼部右侍郎、协理詹事府、《光宗实录》副总裁等。他博学多闻，有器识，不满宦官魏忠贤专权乱政，引疾归。工诗，其赋及散文也很具特色，著有《问次斋集》一百卷。

宫卜万（1777—1847），字寿卿，山东牟平人。字寿卿，号香海，山东牟平人。著有《酉园抱瓮集》四卷、《增修登州府志补遗考证》、《志书证证录》四十卷和《修志杂记》四卷、《莱阳县志拾遗》一卷，并辑有《牟平遗香集》十六卷。

宫梦仁（1623—1713），原名宗，字宛宗，号定山，江苏泰州人。清康熙十二年（1673）癸丑科进士，授翰林院庶吉士，后历任御史、河南督粮道、湖北驿盐道、山东提学副使、通政使司右参议、右副都御史、福建巡抚等。谙熟河务，曾因淮黄泛滥上疏建议疏理海口，并绘制地图进呈。后奉旨分修高良涧、龙门坝、高家堰等工程，亲临工地，露宿河岸半年之久，清除了淮扬水患，得到清圣祖嘉奖。晚年闭门却扫，日事著述，有自订文集一百卷，并编有《文苑英华选》和《读书纪数略》五十四卷等。

龚　勉（1536—1607），字子勤，号毅所，江苏无锡人。明隆庆二年（1568）戊辰科进士，先后任浙江嘉兴、吴桥两地知县，以及南京刑部主事、嘉兴知府，后累官至浙江布政使。著有《尚友堂诗集》十三卷。

龚翔麟（1658—1733），字天石，号蘅圃，又号稼村，浙江仁和（今杭州）人。清康熙二十年（1681）辛酉科副榜贡生，补兵部主事。三十三年（1694年），考选陕西道御史，历掌浙江、山西、陕西、京畿、河南诸道，有正直声。后辞官回家。善文学，尤以词著称，与朱彝尊、李良年等合称“浙西六家”。著有《红藕庄词》三卷、《田居诗稿》十卷、《田居诗续》三卷，辑有《浙西六家词》十卷。

龚易图（1835—1894），字蔼仁，号含晶，福建闽县（今福州市区）人。清咸丰九年（1859）己未科进士，由庶吉士改任云南知县。随僧格林沁在山东抗捻有功，以知府任用。同治四年（1865）实授东昌府知府，七年（1868）调任济南府知府，皆有政绩。九年（1870）任登莱青兵备道道员兼东海关监督，在烟台设育婴堂、慈善堂，举办慈善事业。为官严守职责，内抚外防，境内安定。光绪三年（1877）五月，请假回福州，恰值大水淹没城镇，易图协助赈务，倡捐万金，建议疏浚洪塘河，以泄水患。同年底升任江苏按察使，七年（1881）

调广东按察使。十一年（1885）调任湖南布政使，被劾奏，奉旨革职。后曾在上海筹办织布局，发展民族工业。精书法，善绘画，富藏书，喜作诗，著有《乌石山房诗稿》十六卷。

顾公毅 （1882—1955），字怡生，江南通州人。通州师范学校（今南通师范学校）本科第一届学生。清光绪三十二年（1906）年留校任教。从此，毕生从事师范教育，业绩卓然。曾执教于通州师范学校，并任教育主任（后改称教导主任）之职，主持全校教务。“五四”以后，一直支持进步学生。抗日战争胜利后，苏中行署召开教育工作会议，为坚持抗战教育的知识分子颁奖，其被表彰为“八老”之一。解放后，顾怡生历任南通市各界人民代表会议代表、苏北行署各界人民代表大会代表。1953年江苏省重建后，任江苏省第一届人民代表大会代表、江苏省文史馆馆员。

顾嗣立 （1665—1722），字侠君，号闾丘，江苏长洲（今苏州）人。清康熙三十八年（1699）己卯科举人。康熙南巡，进所撰《元诗选》，为所嘉叹。圣祖复巡江南，以宋荦荐，被选至京师，分纂《宋金元明四代诗选》与《皇舆全览》等书，议叙内阁中书。五十一年（1712）壬辰科会试，特赐进士，改翰林院庶吉士，散馆改授知县，称病告归。性豪于饮，喜藏书，博学有才名，尤工诗，著有《秀野集》《闾丘集》《侍林韶濩》等，另辑有《元诗选》一百一十卷。

顾　随 （1897—1960），本名顾宝随，字羡季，笔名苦水，别号驼庵，河北清河县人。1915年考入天津北洋大学。1917年转入北京大学文科（文学院）英文门。1920年至1929年，先后在山东、河北、天津等地中学教书。1929年，到燕京大学担任讲师，不久升为教授。同时，在北京大学、中法大学等校兼课。1939年开始担任辅仁大学的课程，1942年后主要在该校任教。1953年后，到天津师范学院（后为河北大学）任教。著有《顾随文集》《顾羡季先生诗词讲记》《顾随说禅》《顾随全集》等。

顾我锜 （1688—1736），字湘南，江苏吴江人。廪生。清雍正元年（1723），鄂尔泰为江苏布政使，以古学试士，得五十三人，以顾我锜为冠。雍正年间曾参与修纂《江南通志》。乾隆元年（1736）七月，鄂尔泰荐举其应博学鸿词，而其已殁。工诗文，有《三余笔记》《浣松轩文集》等。

顾于观 （1693—？），字万峰，一字桐峰，号澥陆。少为庠生，因厌制艺，弃诸生业。康熙五十一年（1712）与郑燮、王国栋同拜在陆震门下。雍正元年

（1723），顾于观受常建极之邀入幕山东。后曾旅扬州、泰州。以布衣山人终。工书，出入魏晋。亦工诗，著有《澥陆诗钞》九卷。

顾宗泰（1749—?），字景岳，号星桥，浙江元和（今苏州）人。清乾隆四十年（1775）乙未科进士，授吏部主事，后出为广东高州知府，罢官归。家有月满楼，常与文人聚会其中。有《月满楼诗集》《月满楼文集》《南唐杂事诗》《甄藻录》《停云集》等。

关赓麟（1880—1962），字扬善，号颖人、伯辰，广东南海人。清光绪三十年（1904）甲辰科进士，东渡日本，入宏文师范速成科。不久归国，入北京大学政治科。毕业后补兵部主事，历任邮传部路政司主事、电政司郎中、承政厅佥事、铁路总局提调、铁道管理局局长、京奉路总办、京汉路会办、京汉铁路局局长代理及局长等职。1914年，担任全国铁路协会候补评议员、执行部总干事。后历任北京政府财政部秘书、交通部路政司司长、交通部参事、运输总局局长、交通部运输科科长、汉粤川铁路督办及国际联盟支那代表委员、赈捐局局长。1922年任山东铁道回收委员。后又任交通大学校长畿辅大学（后更名为“北平私立铁路学院”）董事会主席、校长，国民政府铁道部参事，陇海铁路完成委员会委员长，平汉铁路管理局局长、联运处处长，国民政府铁道部业务司司长。中华人民共和国成立后，曾担任过全国政协委员、铁道部顾问、中央文史馆馆员等职。著有《瀛谈》《梯园诗集》等。

光　庐（生卒年不详），字顾吾，山东历城（今济南市）人。明万历元年（1573）癸酉科举人，官河南太康县知县。能诗，有《东山存稿》。

桂　馥（1736—1805），字未谷，一字东卉，号雩门，别号萧然山外史，晚称老苔，一号渎井，又自刻印曰“读井复民”，山东曲阜人。清乾隆五十年（1785）补长山司训，五十五年（1790）庚戌科成进士，官云南永平县知县。擅长金石考据，篆刻书法亦雅负盛名，尤擅隶书，直接汉人，工稳淳朴，厚重古拙，整严润健，《艺舟双辑》评其为“分书佳品上”。他少承家学，博览典籍，著述颇丰，有《说文解字义证》五十卷、《缪篆分韵》五卷（补一卷）、《札朴》十卷和《晚学集》八卷等。

郭恩煌（生卒年不详），字叙堂，山东潍县（今潍坊市）人。清光绪九年（1883），与高鸿裁、王宗彝、刘嘉禾、刘嘉颖等倡立潍县《重修文昌阁记碑》。《吟香书屋遗草》一卷。

郭恩辉 （生卒年不详），山东潍县（今潍坊市）人。清光绪十四年（1888）戊子科举人，后多次参加会试不第。能诗，有《退庐诗钞》一卷。

郭沫若 （1892—1978），原名郭开贞，四川省乐山人。现当代著名诗人、剧作家、历史学家、考古学家、古文字学家、社会活动家。1919 年五四运动爆发后，他积极投身于新文化运动，写出了《凤凰涅槃》等著名的新诗诗篇。1921 年 6 月，和成仿吾、郁达夫等人组织创造社，编辑《创造季刊》，并出版了其第一部诗集《女神》，在中国文学史上开拓了新一代诗风。1926 年参加北伐，任国民革命军政治部副主任。1937 年抗日战争爆发后回国，任军事委员会政治部第三厅厅长，后改任文化工作委员会主任。1949 年后历任全国文联主席、政务院副总理兼文化教育委员会主任、中国科学院院长、全国人民代表大会常务委员会副委员长等职。其作品后被编为《郭沫若全集》三十八卷。

郭去咎 （1774—1858），字悔存，号震庵，山东潍县（今潍坊市）人。诸生。著有《太璞庐诗选》六卷、《震庵集》二卷（包括《内集》《外集》各一卷）和《松香词钞》一卷。

郭书俊 （1773—1837），字邃甫，号蓼庵，山东潍县（今潍坊市）人。清嘉庆五年（1800）庚申科举人，历官山西永济、闻喜、盂县、榆次等县知县。道光十六年（1836）擢河东盐法同知。善文翰，尤工于词。凡所经历，皆纪以诗。著有《蓼庵诗存》八卷（包《吟笺堂初草》《还云集》《出山集》《梁榆草》《乌河存草》《山都近草》《皖城草》《皖城续草》各一卷）。

郭绥之 （1836—1873），字靖侯，山东潍县（今属潍坊）人。父及诸兄长均官游于外，郭绥之自己在家维持家计。年甫弱冠，即以诗名。清咸丰三年（1853），在诸城西南山中筑畹香村别墅，游山玩水，吟咏诗歌，时来往于济南、诸城之间，与柯蘅等友人相交往。同治六年（1867），李鸿章进军山东，镇压捻军，延之襄理营务，为淮军转运粮草。捻军被平之后，以军功保用知县，卒于赴苏州任途中。工诗，著有《畹香村会稿》八卷、《餐霞集》四卷、《聊复集》三卷、《靖侯诗草》一卷、《沧江诗集》十卷、《沧江精华录》四卷和《尺牍偶存》一卷。

郭维翰 （生卒年不详），字笠夫，一字筱峰，山西霍州人。清嘉庆（1796—1820）间恩贡生。性旷达，不事家人产，嗜学，工诗善书，所著有《鸿爪集》五卷（附一卷）、《五吟园稿》和《管见录》等。

郭仪霄 （1775—1859），字鹤泯，号羽可，江西永丰人。清嘉庆（1819）己卯科举人。工诗善书画，著有《诵芬堂诗集》十二卷和《诵芬堂文抄》六卷等。

郭　寅 （生卒年不详），原名曾宏，字临川，号菱川，浙江仁和（今杭州市）人，入山东运籍。清乾隆三十四年（1769）己丑科进士，改庶吉士，授检讨、记名御史。著有《琰芋草堂续稿》《北游杂咏》。

郭正位 （生卒年不详），湖广武昌府江夏县（今湖北省武汉市江夏区）人。郭正域（1554—1612）之兄。明嘉靖七年（1528）戊子科举人，万历三十一年（1603）前后曾任国子监丞。

H

韩　崇 （1783—1860），字符芝，一字元之，一字履卿，别称南阳学子。室名宝铁斋、宝鼎山房，元和人（一作吴县）。曾官山东洛口批验所大使，因乞终养归。性嗜金石，耽吟咏，著有《宝铁斋诗录》《宝铁斋诗续录》《宝铁斋金石文字跋尾》等。

韩凤举 （1822—？），字小塘，一字轩五，号蕉园，山东安丘人。廪贡生。喜吟咏，工古文词，兼善书画，著有《迂愚子文草》和《蕉园诗集》七卷。

韩凤翔 （生卒年不详），字仪廷，号东园，山东章丘人。清道光元年（1821）辛巳科举人，三年（1823）署广东新会县知县，十六年（1836）署始兴县知县，十七年（1837）调山阳县知县，二十四年（1844）任顺德县知县，二十八年（1848）署潮阳县知县，咸丰六年（1856）至同治二年（1863）署连山军民同知。有《梦花草堂诗稿》。

韩　镛 （生卒年不详），字度公，山东阳信人。清康熙（1622—1722）间贡生，官丘县训导。

韩仲荆 （1835—？），字二州，山东安丘人。清光绪六年（1880）庚辰科进士，授山西高平县知县，以卓异加一级，升同知。曾充光绪八年（1882）壬午科、十一年（1885）乙酉科、十五年（1889）己丑科、十七年（1891）辛卯科、二十年（1894）甲午科山西乡试同考官，所得多名士。著有《经史杂记》四卷、《杂体诗文存稿》六卷、《泫署日记》三十卷，以及《铁怀诗集》《韩二州先生文钞》各一卷等。

杭　淮（1462—1538），字东卿，江苏宜兴人。明弘治十二年（1499）己未科进士，授刑部主事，历员外郎，出为浙江按察司佥事，进副使。改云南，历湖广按察使，后累官至南京总督粮储右副都御史，为官廉明平恕，以志节著。工诗，常与李梦阳、徐祯卿、王守仁、陆深诸人递相唱和。著有《双溪集》八卷。

郝昺衡（生卒年不详），籍贯待考。1926 至 1937 年间曾在《厦大周刊》《进德月刊》等报刊上发表诗文作品约 50 首 / 篇。

郝　答（1780？—？），字君实，号餐霞，山东齐河人。郝允哲（1736—1784）子，郝秋岩（1778—？）弟。能诗，有《爱吾庐初集》《续集》《余集》各一卷。

郝　经（1223—1275），字伯常，祖籍泽州陵川（今山西陵川），生于许州临颍城皋镇（今河南许昌）。元初名儒，政治家，思想家，著名学者文人。元世祖即位，以郝经为翰林侍读学士。中统元年（1260）四月，郝经奉诏以翰林侍读学士的身份，佩金虎符，充国信使，出使宋议和，被南宋当朝丞相贾似道扣留于真州（今江苏仪征）。这一扣就是十六年，郝经因此被时人称为“南国苏武”。一生著述丰富，有《陵川集》三十九卷（附一卷）、《续后汉书》九十卷及《春秋外传》《易外传》《太极演》《原古录》《通鉴书法》《玉衡贞观》等书。

郝懿行（1757—1825），字恂九，号兰皋，山东栖霞人。清乾隆五十三年（1788）戊申恩科举人，嘉庆四年（1799）进士，官户部主事。二十五年（1820）补户部江南司主事。一生治学，长于名物训诂及考据之学，于《尔雅》研究尤深，著作甚丰，有《晒书堂集》十二卷，《晒书堂笔录》六卷，《证俗文》十八卷，《蜂衙小纪》《燕子春秋》《海错》各一卷，《宋琐语》一卷，《实训》一卷，《尔雅义疏》十八卷，《春秋说略》十二卷，《山海经笺疏》十八卷，《易说》十二卷，《郑氏礼记笺》四十九卷等三十余种。

郝允秀（1741—1811），字水村，号寅亭，山东齐河人。郝允哲弟。少即以诗名，十九岁刻有诗集《拾翠囊集》。青年时期曾就学于历城学者申士秀门下，读书于龙洞、佛峪之中。晚年杜门谢客，整理旧稿，一生所作诗不下万首，著有《松露书屋诗稿》八卷、《水村诗集》二卷。

郝允哲（1736—1784），字圣陪，号镜亭，山东齐河人。清乾隆三十年（1765）拔贡，三十三年（1768）戊子科举人，四十年（1775）乙未科进士，候选知县。早岁嗜书，颖悟好学，致力于诗，以诗名齐鲁。后设义塾，亲自讲授。有《深柳堂遗诗》《延绿堂诗稿》《三十二秋诗草》《佛山同声集》等，并续修了《郝氏家谱》及《齐河县志》。

郝植恭 （1833—1885），字梦尧，顺天三河（今属河北）人。清咸丰二年（1852）举人。同治初，以大挑知县分发山东，后历知夏津、堂邑二县，升临清州知州，再擢莱州知府。同治二年（1863）、十二年（1873）和光绪元年（1875），曾三为山东乡试同考官，到济南任事。工诗文，著有《漱六山房诗集》《漱六山房文集》各十二卷。

何出光 （生卒年不详），字兆文，号中寰，河南扶沟县人。何岑次子，何出图（1539—1616）之胞弟。明万历十年（1582）壬午科举人，十一年（1583）癸未科进士。十三年（1585年）任山西沃曲知县。三年之中，政绩为全省冠。十六年（1588）晋为监察御史。十九年（1591）奉命按察山东，当年秋乡试，因揭发礼部官员泄密，惹怒礼部，被外调镇守山西太原，再贬为宁州判官、山东乐陵及河北完县县令。著有《中寰集》八卷，以及《始音钞》《寤言钞》《兰台法鉴录》《荐闻请谳录》等。

何家琪 （1843—1905），字吟秋，号天根，又号天根子，河南封丘人。清光绪元年（1875）乙亥科举人，后曾任洛阳县教谕、汝宁府教授。工诗文，又喜考据金石碑版。曾长期寓居山东济南、莱阳等地。著有《天根文钞》《天要文续钞》和《天根文法》各一卷、《天根诗钞》二卷等。

何邻泉 （1778—?），字岱麓，号平野、萍野，山东历城（今属济南）人，因居近趵突泉，故名邻泉。少能经史，小试不利，即弃去，不再参加科举考试。善书，尤工八分，居隶与杜敬齐名。肆力于诗及古文辞，道光二十一年（1841）前后，曾与马国翰、周乐、谢焜、朱诵泗、范坰、王德容等人结“鸥社”于大明湖上，游山泛湖，诗酒唱和。著有《无我相斋诗钞》四卷。

何明礼 （1714—1768），字希颜，号愚庐，别号化成山人，四川芦山人，后随父迁居崇庆（今崇州市）。清乾隆二十四年（1759）己卯科乡试解元。次年赴京参加会试，不第，遂怅然出京，漫游齐鲁，浪迹名山大川，后因病客死在山东禹城县令周士孝署内。著有《江原文献》《斯迈草》《斯迈草续集》《心谓集》《太平春新曲》《登岱草》《愚庐策论》等，纂有《浣花草堂志》八卷，并曾与胡德琳纂修《济阳县志》十四卷（首一卷）。

何　琪（生卒年不详），字东甫，号春渚，又号钱塘布衣、湘砚生、南湾渔叟、二介居士，浙江钱塘（今杭州）人。乾隆、嘉庆年间在世，终生清介自守、老于布衣。阮元在任浙江巡抚期间曾以孝廉方正征之，不就。富藏书，工诗文，精篆刻，善书法，篆、隶、行、楷皆精，造诣颇深，行书似董其昌，圆劲苍秀。著有《小山居诗集》、《小山居稿》，辑有《塘栖志略》二卷。

何绍基（1799—1873），字子贞，号东洲，别号东洲居士，晚号蝯叟，湖南道州（今道县）人。道光十六年（1836）进士，咸丰初简四川学政，曾典福建等乡试，历主山东泺源、长沙城南书院。著名诗人、画家、书法家，通经史，精小学金石碑版。书法尤著名于世。其书自秦汉篆籀至南北碑，皆心摹手追，于《张玄墓志》用功最多，遂自成一家；尤长于草书，被誉为“书联圣手”“清代第一”。著有《东洲草堂诗钞》三十卷（包括《诗余》一卷）、《东洲草堂文钞》二十卷、《东洲草堂金石跋》五卷，另有《惜道味斋诗钞》《惜道味斋经说》《史汉地理合证》《说文声订》《说文声读表》《水经注勘误》《说文段注驳正》等，并纂修《安徽通志》三百五十卷（《补遗》十卷）。

何世璂（1666—1729），字澹庵，又字坦园，号铁山，山东新城（今桓台县）人。清康熙四十八年（1709）己丑科进士，授翰林院庶吉士。五十一年（1712），散馆，授翰林院检讨，充《大清一统志》纂修官。五十九年（1720），出任山西省副主考官。六十一年（1722）十二月充《圣祖实录》纂修官。雍正元年（1723），特授山西道监察御史，典江西乡试。后视浙江学政，廉明仁厚，屏绝请托。三年（1725）冬，超擢副都御史，巡抚贵州。后被诏入京任刑部侍郎，又转吏部侍郎，兼管刑部事务。雍正六年（1728）五月，署理直隶总督事务。卒后赐祭葬，并追赠礼部尚书，入直隶、江南、浙江等省名宦祠及新城县乡贤祠。工诗文，著有《淡志堂文集》八卷、《淡志堂诗集》四卷及《燃灯记闻》《渔洋诗法》等。

何天宠（生卒年不详），字昭侯，号素园，宛平（今属北京市）人（一说浙江绍兴人）。清康熙六年（1667）丁未科进士，以母老乞归，侍十余年。母终，始授户部主事，旋改吏部，晋文选司员外。康熙二十六年（1687），典试广东。生平慷慨好义，亦好义事，著述甚富。著有《紫莱阁集》《海岸山人诗钞》。

何元锡（1766—1829），字梦华，又字敬祉，号蝶隐，浙江钱塘（今杭州市）人。清代藏书家、金石学家。监生，官至主簿。嗜古成癖，精于目录学，富收藏，家多善本，藏书八万卷，古印收藏较富，又精于簿录之学。著有《神秋阁诗钞》。

和　瑛（？—1821），额勒德特氏，原名和宁，避宣宗讳改，字太葊，蒙古镶黄旗人。清乾隆三十六年（1771）辛卯科进士，授户部主事，历员外郎，出为安徽太平知府，调颍州。五十二年（1787）擢庐凤道，后历四川按察使，安徽、四川、陕西布政使。五十八年（1793）加副都统衔，充西藏办事大臣。寻授内阁学士，仍留藏办事。嘉庆五年（1800）召为理藩院侍郎，历工部、户部，出为山东巡抚。后累官至兵部、工部尚书。二十三年（1818）授军机大臣、领侍卫内大臣，充上书房总谙达、文颖馆总裁。

洪弃生（1867—1929），原名攀桂，学名一枝，字月樵，台湾彰化人，原籍福建南安。自幼苦读经史，清光绪十七年（1891）考入县学，二十一年（1895）任抗日团体中路局筹饷委员。日本侵占台湾后，激于民族义愤，隐归故乡，闭门不出，取《汉书·终军传》“弃繻生”三字的意思，改名为繻，字弃生。1922年曾同次子洪炎秋一起返回祖国大陆，到处游览山河、凭吊古迹。著作有《寄鹤斋诗集》《寄鹤斋古文集》《寄鹤斋骈文集》《寄鹤斋诗话》《八州游记》《八州诗草》及《台湾战纪》(原名《瀛海偕亡纪》)《中东战纪》等。

洪颐煊（1765—1837），字旌贤，号筠轩，晚号倦舫老人，浙江临海人。清嘉庆七年(1802),以拔贡入京赴试，一试不中，从此即无意再试。入资为州判，曾权新兴县事。少于弟就学于杭州诂经精舍，后从孙星衍游。长于经学，贯穿子史，旁及吉金、碑版，纵横天文、地理，而于宫室、婚丧、官禄等制度无不涉猎。所著有《读书丛录》《管子义证》《平津馆读碑记》《汉志水道疏证》《台州札记》《经典集林》《诸史考异》《筠轩文钞》《筠轩诗钞》等二十余种一百六十多卷。晚年回归故里后，致力于藏书，于旧居“小停云山馆”积藏了四万余卷。

侯家埠（生卒年不详），字云岭，一字澧南，湖北公安人。监生。援例署山东范县县丞，道光十九年（1839）升山东巨野（今属菏泽）知县，判决如流。好吟咏。有《守默斋节集》十八卷（包括《寄生草》六卷、《东州草》十二卷）。

侯士瓒（生卒年不详），字厘廷，号醴亭，江苏无锡人。清同治（1862—1874）间国子生。曾游幕燕、齐间，晚年佐幕苏、常。公暇喜吟咏，著有《醉竹轩诗草》四卷。

侯　桢　（1816—1861），字子勤，号二梅，江苏无锡人。清道光二十六年（1846）丙午科举人，三赴会试皆不第。与同邑张岳骏师事梅曾亮于京师。博通经史，究心方舆、水利。为诗慷慨有奇气，亦长于刻划景物。有《古杅秋馆文集》、《古杅秋馆诗集》三卷、《古杅秋馆诗草》一卷和《古杅秋馆遗稿》三卷（文二卷，诗一卷）。

胡德琳　（约1710—？），字碧腴，一字书巢，广西临桂人。清乾隆十七年（1752）壬申科进士，后历任四川什邡和县知县、简州知州、合州知州。乾隆二十三年（1758）丁父忧归乡。二十五年（1760），守丧期满，除服，补山东济阳县知县。三十一年（1766），调任历城县知县。三十四年（1769），升济宁州知州。三十五年（1770）升东昌府知府。三十九年（1774），因故被革职。四十一年（1775），复以捐纳任青州府知州，不久转任莱州知府。四十三年（1778），复任东昌知府。后因受牵连，再次被革职。其后再次通过捐复，任泰安府知府。后来又因事第三次被革职，寓居曹州，任曹州书院山长。为官勤政爱民，先后主修了《济阳县志》《济宁直隶州志》《历城县志》《东昌府志》等，为当地的方志文化事业做出了重大的贡献。工诗，著有《碧腴斋诗存》八卷。

胡　端　（生卒年不详），字笠庵。二十世纪三四十年代曾任国立师范学院（湖南师范大学前身）国文系和国文专修科讲师。其他生平事迹待考。

胡季堂　（1729—1800），字升夫，号云坡，河南光山人。以父胡煦荫任顺天府通判，后历任刑部员外郎、甘肃庆阳知府、甘肃按察使、江苏按察使、刑部侍郎、刑部尚书、山东巡抚、兵部尚书、直隶总督等职。嘉庆五年（1800）因病乞求解职，同年病故，追赠太子太傅衔，谥号“庄敏”。工诗文，有《培荫诗集》四卷和《培荫文集》《培荫杂记》等。

胡介祉　（1659—？），字茨村，一字存仁，号循斋，直隶大兴（今属北京市）人。清康熙朝吏部尚书胡绍龙之子，由荫生仕至河南按察使。工诗善曲，勤于藏书、校书、刻书。著有《谷园诗集》《谷园曲谱》《曲录》。

胡　浚　（约1678—？），字希张，号竹岩，浙江会稽人。清康熙五十九年（1720）举人。雍正三年（1725）任洧川县，以事落职。乾隆初曾举应博学鸿词科召。知工诗古文，尤长骈体，著有《绿萝山庄诗集》三十三卷和《绿萝山房文集》二十四卷。

胡　松　（1490—1572），字茂卿，号承庵，安徽省绩溪（今属宣城市）人。

明正德九年（1514）甲戌科进士，授嘉兴推官，以平反无害、能佐御史闻名。召拜江西道监察御史，出按山东，矫持风裁，贪官污吏纷纷望风而去，后告病还乡。嘉靖六年（1527）病愈，复任浙江道监察御史。因上疏论王琼事忤旨，贬谪廉州府推官。后历任广信府同知，进福建按察司佥事、福建布政司参议、河南按察副使、云南参政、贵州按察使、广东右布政使、广东左布政使。以母忧归，服除，仍任故官。后擢都察院右副都御史，督理河道。升漕运总督兼巡抚江北。入为户部右侍郎，转任左侍郎，提督太仓。二十九年（1550）晋工部尚书，同年十一月以病乞归。著有《承庵文集》。

胡　训（生卒年不详），字近光，号西溪，山东淄川人。高珩（1612—1697）的外甥。诸生。少孤，绩学嗜古，有遗诗一卷。

胡宗简（生卒年不详），字伯常，号字枫舲，湖北钟祥人。清乾隆五十九年（1794）甲寅科举人，道光三年（1823）任江西贵溪县知县，修《贵溪县志》三十二卷、首一卷。七年（1827）调任会昌县知县。著有《胡伯常先生遗稿》。

胡宗绪（1670一1740），字袭参，号嘉遁，安徽桐城人。清康熙五十年（1711）中举人，被荐为明史馆纂修。雍正八年（1730）成进士，授翰林院编修。后迁国子监司业，立教章、严师法。其性格豪放，表里如一，诙谐幽默，谈笑风生，一时海内名流多乐与交往，与桐城派散文大家方苞、刘大櫆等为好友。为文不拘泥成法，自成一家，并潜心研究天文、历算、兵法、刑律、地理、六书、九章、音韵之学，在天文、历算等方面的成就尤为显赫。著有《洪范皇极疑义》《律衍》《昼夜仪象说》《象观》《岁差新论》《测量大意》《梅胡问答》《字典发凡》《正蒙解》《司业奏议》各一卷、《易管》《古今乐通》《数度衍参注》《大学讲义》各二卷、《方舆考》《南河论》《北河论》《胶莱河考》《台湾考》《两界辨》共六卷、《苗疆纪事》八卷、《唐诗鼓吹》十卷、《环隅集》十二卷等。

胡缵宗（1480—1560），字孝思，又字世甫，号可泉，又别号鸟鼠山人，甘肃秦安人。明正德三年（1508年）戊辰科进士，任翰林院检讨。后历官嘉定州判官，潼川州知州，南京户部湖广清吏司员外郎、郎中，调南京吏部验封清吏司郎中，安庆、苏州知府，山东布政使司左参政、山西布政使司左参政，河南左布政使，右副都御史，山东巡抚，河南巡抚，足迹遍及江南、中原，爱民礼士，政声著称于大江南北。嘉靖十八年（1539）罢官归田，开阁著书，有《鸟鼠山人小集》十六卷、《鸟鼠山人后集》二卷，并曾主修有《安庆府志》

三十卷、《巩郡志》二十卷和《秦州志》三十卷等。

华　胥　（生卒年不详），真实姓名、籍贯及生平事迹待考。

淮　海　（生卒年不详），籍贯及生平事迹待考。

怀新轩　（生卒年不详），清末民初人。生平事迹待考。

黄承吉　（1771—1842），字谦牧，号春谷，江苏江都人。清嘉庆十年（1805）乙丑科进士，历官广西兴安、岑溪等县知县。治经学宗汉儒，兼通历算，能辨中西异同。尤工诗、古文，著有《梦陔堂诗集》五十卷、《梦陔堂文集》十卷、《周官析义》二十卷，以及《文说》《读毛诗记》《经说》等。

黄鼎锐　（1865—1946），字仲英，江苏仪征人，世居扬州。曾官山东荣成县候选训导。工诗，擅书画。

黄恩彤　（1801—1883），字石琴，山东宁阳人。清道光六年（1826）进士，后历官至广东巡抚。工诗能文，著有《知止堂集》十三卷、《知止堂外集》六卷和《飞鸿集》四卷等。

黄富民　（1795—1867），字小田，自号萍叟，原籍安徽当涂，世居芜湖。黄钺第五子。少承家学，擅诗画，待人无城府，喜怒无所饰。清道光五年（1825）拔贡，官礼部十余年，以礼部仪制司郎中乞假侍养，遂不复出。喜欢阅读和评点小说，曾对《儒林外史》和《红楼梦》细加评点，在中国小说评点史上占有一席之地。著有《礼部遗集》九卷。

黄虎文　（生卒年不详），号啸岩，江苏太仓人。举人，潜心理学，曾屡充乡试同考官，所取皆知名士。清嘉庆十二年（1807）任湖北远安知县，十五年（1810）调安陆知县，十七年（1812）署随州知州，政尚清静。

黄　垍　（生卒年不详），字子厚，号澄庵，山东省即墨人。黄宗庠第四子。清康熙二年（1663）癸卯科举人。博通经史子集，恬淡不慕荣利，坐卧图史中以自娱，书法出入晋唐，诗、古文、词皆雄深雅健，为同邑诗人之冠，曾主盟墨诗坛数十年。著有《夕霏亭诗集》、《白鹤峪集》十八卷、《赠答草》一卷及《法书辨体》《书法辑略》《日用集方》等。

黄经藻　（1858—？），字定都，号芷兰，福建永定人。清光绪二十三年（1897）丁酉科拔贡生，官山东茌平、汶上、邹平等县知县。民国十一年（1922）调任山东范县知县。善诗文，工绘画。编绘有《泰山图题词》一卷。

黄景仁　（1749—1783），字汉镛，一字仲则，号鹿菲子，江苏武进（今常州）人。清乾隆四十一年（1776），至津门应乾隆帝东巡召试取二等，授武英殿书签官。次应顺天乡试，不售。后应陕西巡抚毕沅之邀，游西安，得金捐资为县丞。四十七年（1782）返京，赴吏部候铨选，在京为债家所迫。第二年欲再至西安求助，抱病而行，卒于山西运城盐运使沈业富署中。著名诗人，亦能词，工书，亦能画，治印功力尤深。著有《两当轩诗钞》十四卷、《悔存词钞》二卷和《西蠡印稿》等。

黄爵兹（1793—1873），字德成，号树斋，江西宜黄人。清道光三年（1823）癸未科进士，改庶吉士，散馆授编修。后历官陕西道监察御史、工科给事中、鸿胪寺卿、通政使，官至礼部、刑部侍郎，以事落职。与魏源、龚自珍、林则徐等倡导经世之学，主张新吏治，除贪污，整顿军备，巩固边防，以直谏负时望，又疏请严禁鸦片，加战备，组织团练，以防御英军入侵。著有《仙屏书屋诗录》十八卷、《戊申粤游草》《楚游草》《己酉北行续草》《树斋诗录》各一卷和《仙屏书屋初集·文录》十六卷等。

黄克缵（1550—1634），字绍夫，号钟梅，福建晋江人。明万历四年（1576）丙子科举人，八年（1580）丙辰科进士，初任寿州知州，后入为刑部员外郎，出知赣州府，升山东左布政使，以右副都御史巡抚山东。在山东居官十二年，兴废革弊，吏治民安。以平盗功升兵部尚书，后改刑部尚书。天启元年（1621）冬加太子太保，越年再次出任兵部尚书。四年（1624）十二月为工部尚书。著有《数马集》五十一卷及《杞忧疏稿》《理性集解》《百氏绳愆》《春秋辑要》《古今疏治黄河全书》《全唐风雅》《鉴井吟》和《独奕篇》等。

黄立世（1727—1786），字卓峰，号柱山，山东即墨人。清乾隆十八年（1753）举人，次年（1754）甲戌科明通进士，历官广东新宁、花县、保昌、饶平、潮阳知县。有《遂初文集》、《四中阁诗钞》二卷、《四中阁诗余》和《四中阁杂著》等。

黄　谦（1644—1692），字六吉，号麓碛，别号抑庵，天津人。诸生。工诗，曾与张霔、梁洪以及大悲院僧人世高结“草堂社”，被推为主盟。著有《历下吟》《太行行草》《桃源日记》等集。

黄如淦（生卒年不详），字豫溪，号凉亭，山东即墨人。岁贡生。清乾隆五十九年（1794）甲寅恩科拔贡。著有《学诗草》和《暗香馆诗草》。

黄绍箕（1854—1908），字仲弢，号鲜庵，浙江瑞安人。清光绪六年

（1880）庚辰科进士第，授翰林庶吉士，散馆列一等第一，授编修。后历任四川乡试副考官、武英殿纂修官、会典馆提调、湖北乡试正考官、侍讲、左春坊庶吉士、翰林侍讲学士、京师大学堂总办、两湖书院监督、京师编书局监督兼译学馆监督、侍读学士兼日讲官、湖北提学使等。竭力主张维新强国，积极提倡科举，举办新学。博学能文，精于金石书画之学，著有《广艺舟双楫评论》《中国教育史》《鲜庵遗集》等。

黄　坦　（1607—1689），字朗生，号省庵，自号秋水居士，山东即墨人。黄宗昌之长子。明崇祯十二年（1639）年副榜贡生。十五年（1642）、十七年（1644），清军两次进攻即墨，随父亲登城御守，同士兵同辛苦。康熙四年（1665）任浦江知县，洁己爱民。后以家事辞任，囊橐萧然，赖士民之助以归。归乡后不再出，里居淡泊，赈饥荒，葺文庙，竭力而为。能诗，有《紫雪轩诗集》两卷和《紫雪轩诗余》一卷。

黄廷栋　（生卒年不详），字子壮，山东海阳人。曾与张希杰、黄峰青、金溥、金潮等人同从赵国麟游学。清乾隆五十三年（1788）戊申科举人，经魁。

黄庭坚　（1045—1105），字鲁直，自号山谷道人，晚号涪翁，又称黄豫章，洪州分宁（今江西修水）人。宋治平四年（1067 年）进士，调河南叶县尉，后知江西太和县。元丰八年（1085）为承议郎，参加校定《资治通鉴》，主持编写《神宗实录》。元祐八年（1093），擢为秘书丞兼国史编修官。绍圣初（1094），知宣州、鄂州。同年底，被贬为涪州别驾，安置在黔州。崇宁二年（1103）十一月，被免官，羁管于宜州。为“江西诗派”的开山之祖，早年以文章诗词受知于苏轼，与张耒、晁补之、秦观并称“苏门四学士”。著有《豫章黄先生文集》《山谷琴趣外篇》(《山谷词》）等。

黄图安　（？—1659），字四维，山东堂邑（今聊城市东昌府区）人。明崇祯十年（1637）丁丑科进士，授推官，历保定府推官、庐江知县，迁吏部主事、吏部员外郎。其后，改任易州道。清军入关，率部归降，仍任原职。清顺治九年（1652）因范文程力请，以佥都御史再任宁夏巡抚。顺治十四年（1657）考满，加副都御史衔。后以举荐非人，被降五级。

黄锡彤　（1820—1878），字子受，号晓岱，湖南善化（今长沙市）人。清咸丰九年（1859）己未科进士，改庶吉士，授编修。典广西乡试，所取多知名士。后任福建道监察御史，敢言事，有直声。以母丧归。服除后，不久病卒。

善文章，工书法，究心学问，有《芝霞庄诗存》五卷。

黄元善（1864—1947），字谷生，原籍广东吴川，随父寓居浮山。以国学监生报捐六品州吏目，归河东道委用，曾充茅津官运局委员多年。抗日战争期间，艰苦自持，忠贞爱国。善诗文，著有《刁隐庵诗赋杂作》，并辑《姓氏考遗》等书。

黄　钊（1788—1853），字香铁，一字谷生，广东蕉岭县人。清嘉庆二十四年（1819）己卯科举人，授官内阁中书。在京师与广东阳春县谭敬昭、吴川县林辛山、顺德县吴秋航及黄小舟、番禺县张维屏、香山县黄香石等人并称“粤东七才子”；在嘉应州（今梅州）与宋湘、李甫平齐名，称“梅诗三家”。道光十六年（1836）选授潮阳县学教谕，十八年（1838）任韩山书院山长。晚年在潮州城筑“雁来红馆”，设馆教书为生。一生著作甚丰，有《读白华草堂诗集》十二卷、《梅水诗传》十卷、《诗纫》八卷、《赋钞》一卷、《经后》四卷，以及《石窟一征》《铁盒随笔》《落叶诗》等大量诗文著作。

黄晚芳（生卒年不详），河北安次人。1931至1941年间曾在《礼俗》《前趋》《幽燕》《文化批判（北平）》《现代青年（北平）》《新苗（北平）》《大众知识（北平）》等报刊上发表诗文作品数十首/篇。

黄孝纾（1900—1964），字公渚，号匑厂，福建闽侯（今福州）人，1912年随父黄曾源迁居青岛。曾任北平艺专校长。1934年任国立山东大学讲师。1958年国立山东大学迁校济南时留居青岛，继续从事古典文学研究，与冯沅君、陆侃如、高亨、萧涤非并称山东大学古典文学“五岳”，与孙德谦、李详、刘师培并称“骈文四大家”，与赫保真、杜宗甫并称青岛“画界三老”。著有《匑厂文稿》《劳山集》《碧虑商歌》等。曾任青岛市政协第二、三届常委。

黄兆枚（1868—1943），原字逵，号僩斋，后字功卜，号芥沧，别号南曹旧史，晚号蜕盦、蘧盦、芥沧馆主，湖南长沙人。清光绪十五年（1889）己丑科举人，二十九年（1903）癸卯科进士，授吏部主事，后以知州分发安徽。辛亥革命后任武汉大学教授，未几返里，以清朝遗老自居，靠卖文为生。著有《芥沧馆诗集》十一卷和《芥沧馆文集》四卷，以及《芥沧馆骈文》《芥沧馆散文》《芥沧馆文录》《芥沧馆书札》《芥沧馆诗》《芥沧馆词》和《芥沧馆挽词》《鸡林杂咏》《塞上闲吟》各一卷等。

黄宗庠（生卒年不详），字我周，号仪庭，自号镜岩居士，山东即墨人。

明崇祯十六年（1643）癸未科进士。明亡后未仕。有《镜岩楼诗集》一卷。

J

嵇文骏（1802—1860），字步云，号春源，江苏无锡人。清道光十二年（1832）壬辰科举人，候选教谕，议叙知县。曾主讲山东济南书院三十三年。性严正，敦孝友，重朴学，所学务求致用于当世。工诗，有《笔花书屋诗抄》二卷。

纪　淦（1777—1824），字秋水，号幼海，直隶（今河北）文安人。清嘉庆三年（1798）戊午科举人，后屡上春官，荐而不售。十三年（1808）大挑，分发山东，历任昌邑、邹平、平阴诸县知县，二十一年（1816）署滕县知县，最后任莱芜知县，创办汶源书院。有文名，尤工诗，罢官后曾与济南诗人余正酉、金洙、李肇庆、翟凝、周奕黉、周乐等结社于大明湖畔，并称“明湖七子”。著有《豆花斋诗集》。

纪迈宜（1678—?），字偲亭，自署蓬山逸叟，直隶文安（今属河北）人。清康熙五十三年（1714）甲午科举人，雍正八年（1730）授山东泰安州知州，后署赤城、高邑诸县。善诗文，有《俭重堂诗》十三卷和《俭重堂诗余》一卷。

纪煐述（1786—1861），晚年自号拙安，河北献县人。大约在清道光八年（1828）前后曾短暂南游扬州，途经济南。道光十年（1830，庚寅）春夏之交又有山西之行，此后一直在山西居官。其间，道光十五年（1835）曾转饷赴都，道光十九年（1839）充山西乡试对读，道光二十年（1840）充山西乡试监试提调。工诗，著有《三客亭诗草》四卷及《三客亭试帖诗》《三客亭律赋》《三客亭诗余》各一卷。

纪在谱（生卒年不详），字瑶编，号素园，山东胶州人。清乾隆十八年（1753）癸酉科举人，试用山西，署夏县知县，多惠政。乾隆三十九年（1774）实授山西长子知县，崇学校，重农桑，与黄立世编纂《长子县志》（二十卷，首一卷）。著有《素园未定稿》《孝弟诗解》。

季倖常（1756—1825），字禄门，山东历城（今济南市）人。季祉田之祖父。诸生，嘉庆间有声黉序。能诗，有《嵛麓草堂吟草》四卷，未梓，毁于兵燹，后人辑为一册，计古近体诗三十首。

江　湜（1818—1866），字持正，又字弢叔，别署龙湫院行者，江苏长洲

（今苏州）人，诸生。三次参加乡试皆不第，出为幕友，历山东、福建等省。在京师得亲戚资助，捐得浙江候补县丞。咸丰十年（1860）奔走避兵，同治元年（1862）官乐清长林盐大使，次年调杭州佐治海运。诗宗宋人，多危苦之言。有《伏敔堂诗录》十九卷和《伏敔堂诗续录》五卷。

江湛然 （生卒年不详），字清臣，南直隶歙县（今属安徽）人。明万历十三年（1585）乙酉科举人。明万历三十四年（1606）至四十年（1612）任山东泰安知州，四十二年（1614）迁婺州府同知，晋两浙盐运同知，升文本桂林知府，所至有政声。自四十六年（1618）起，编刻明代著名学者胡应麟著作《少室山房类稿》一百二十卷、《少室山房笔丛》三十二卷、《续集》十六卷（附一卷）、《诗薮》内编六卷、外编六卷、续编二卷、杂编六卷。另辑刊《泰山正雅》四卷、续一卷。

蒋超伯 （1821—1875），字叔起，号通斋，江苏江都（今扬州市）人。清道光二十五年（1845）乙巳科进士，授刑部主事，咸丰六年（1856）任军机章京，寻擢安徽司员外郎，转江西司郎中。十年（1860）升江西道监察御史，次年简授广西南宁知府。同治二年（1863）调补广东潮州知府，加盐运使衔。五年（1866）摄广州知府，署按察使。十年（1871），乞休归。治学承乾、嘉遗风，埋首考订，淹贯群籍，著作等身，有《丽濵荟录》《爽鸠要录》《窥豹集》《榕堂续录》《南漘楛语》《南行纪程》《通斋诗文集》《盘谷薜苏四种》等。

蒋大庆 （1756—？），字福安，号芝田，山东泰安人。清嘉庆五年（1800）庚申科举人，二十三年（1818）任滨州训导。致仕后设教梁父义学。著有《柳园吟草》二卷，参与修纂《泰安县志》十二卷（首末各一卷）。

蒋　楷 （1853—1912），字则先，湖北荆门人，以拔贡宦游山东。清光绪十六年（1890）署莒州知州，当年十月即转任东平州知州。不久，又复任莒州知州。二十五年（1899）春被降为平原知县，因平原教案而被革职。二十七年（1901）入湖广总督张之洞幕府，任湖北武备学堂稽查。在张之洞的帮助下，复以复入仕途，于四年后任濮州（今鄄城、范县一带）知州。不久，又张之洞到学部，任学部总务司机要科候补员外郎。宣统元年（1909）任青岛特别高等专门学堂总稽查。著有《那处诗抄》四卷及《经义亭疑》《河上语》《平原拳匪纪事》等，并修纂有《莒州志》《青岛全书》。

蒋　焜 （生卒年不详），字意山，奉天广宁（今辽宁北镇）人。以荫得官，曾任福建盐运同知。清康熙二十五年（1686）前后任济南知府，二十九年（1690）至三十一年（1692）主修《济南府志》五十四卷。

蒋庆第 （1823—1906），字秀莩，又字箸生，号杏坡，直隶玉田（今属河北）人。清咸丰二年（1852）壬子科进士，以知县分发山东。从咸丰四年（1854）至同治二年（1863），曾三任博平知县。同治六年（1867），改章丘知县，据城与捻军战。后告归，寓居历下三十余年。工诗文，曾被盛昱、王懿荣推为“畿辅文章之冠”。著有《友竹草堂文集》六卷、《友竹草堂诗集》和《友竹草堂随笔》各二卷、《友竹草堂楹联》和《趋庭录》各一卷，另辑有《二十一家文钞》《历代文辑览》《历代赋钞》《历代骈体文钞》《十二家诗钞》《历代诗钞》《词略》等，凡一百九十一册。

蒋　儴 （生卒年不详），字晴岚，云南建水人。清乾隆六十年（1795）乙卯科举人，历官四川通江、清溪知县，为官清廉，力除弊政，士民德之。解组归里，布衣疏食，不谈时事，日以诗画自娱。著有《晴岚诗钞》和《遂初草堂诗集》。

蒋士铨 （1725—1785），字心余，一字苕生，号清容，又号藏园，晚号定甫，别署离垢居士，江西铅山人。清乾隆十九年（1754）以举人官内阁中书，二十二年（1757）登进士第，二十七年（1762）参与纂修《续文献通考》，充顺天乡试同考官。后以病乞休。晚年曾主讲绍兴蕺山、崇文、扬州安定三书院。工诗，与袁枚、赵翼齐名，号称“江右三大家”。亦工词，擅长戏曲，著有《忠雅堂文集》十二卷、《忠雅堂诗集》二十七卷、《铜弦词》二卷，杂剧、传奇十六种，其中《一片石》《第二碑》等九种合集，称《藏园九种曲》（又名《江雪楼九种曲》）。

蒋　通 （生卒年不详），字达吾，号省庵，浙江海宁人。清道光二十九年（1849）己酉科举人。同治三年（1864），大挑一等，任山东日照知县，筹办军粮，不忍扰民。实心爱民，多惠政。后以病乞归。著《省庵吟草》《经学丛记》《河西旧闻》《课余杂志》等书，均未刊行。

蒋因培 （1768—1839，字伯生，江苏常熟人。诸生。年十七，以国子监生应顺天乡试，为法式善激赏。清嘉庆二年（1797）援例授阳谷县丞，后历知山东滕县、汶上、泰安、齐河诸县。道光元年（1821）以狂谬被劾，遣戍新疆，遇赦释还。归里后杜门不出，寄情诗酒。著有《乌目山房诗存》六卷。

蒋贞金（1881—1954），字太华，号约盦。毕业于两江师范历史科，曾任上海招商局公学校长、圣约翰大学教授、扬州国学专修学校校长。是扬州冶春后社主要成员。著有《镇言》《实用史学》《缝岩唱》等。辑有《严几道文钞》五卷（附《诗钞》一卷）。

焦式冲（1743—？），字怀谷。清乾隆三十七年（1772）壬辰科进士，五十年（1785）授江南仪征知县，服强悍，赈灾黎，卓有政声。五十一年（1786）丙午分校乡闱，取士多英隽。归里后汲引后进，多掇科第。著有《余青园诗集》四卷。

焦　循（1763—1820），字理堂（一字里堂），江苏甘泉（今属扬州）人。清乾隆六十年（1795），赴山东，入山东学政阮元幕。后又随阮元至浙江赴任。嘉庆六年（1801）辛酉科中举人，翌年应礼部试不第，即返乡奉母，不再出仕。一生著书数百卷，皆精博，有《易章句》十二卷、《易图略》八卷、《易通释》二十卷、《易广记》三卷、《易话》二卷、《论语通释》一卷、《论语补疏》二卷、《孟子长编》三十卷、《孟子正义》三十卷。经学以外，又精天算、考古，著有《天元一释》《开方通释》等，还著有《群经宫室图》《剧说》等。

金城（生卒年不详），字卫之，一字邦卫，山东历城（今济南市）人。明嘉靖十年（1531）辛卯科举人，十七年（1538）戊戌科进士，以监察御史巡按福建，提督市舶。二十三年（1544）又以监察御史巡按宣大。二十八年（1549）升苏州知府，三十一年（1552）考绩北上。

金德瑛（1701—1762），字汝白，号桧门，一号慕斋，浙江仁和（今杭州）人。清乾隆元年（1736）丙辰科状元，曾任内阁学士、礼部侍郎、都察院左都御史，江西、山东、顺天学政，充福建、江南、江西、福建乡试主考官。工书法，尤善鉴别金石摹本及古人墨迹。著有《桧门诗存》四卷和《观剧绝句》一卷。

金　兰（生卒年不详），字畹芳，江苏高邮人。清乾隆五十四年（1789）以选贡入京。翁方纲任山东学政，金兰入幕从游，校试登州。著有《湖阴草堂遗稿》四卷。

金　溥（？—1723），字与参，浙江会稽人。与历城人张希杰同年友。十三岁时随父亲金殿衡至济南，僦居湖上。好读书，清康熙五十一年（1712）从赵国麟学。次年（1713）更名绍炳，补博士弟子员。笃于孝友，不热仕进，以教书为生。早殁。

金尚宪 （1570—1652），字叔度，号清阴、石室山人等，朝鲜人。朝鲜宣祖二十三年（相当于万历十八年，即 1590 年）中进士。六年后（1596）授承文院副正字，其后历任副修撰、副校理、礼曹和吏曹佐郎、济州安抚御史、高山察访、镜城判官、开城经历、校理、应教、直提学、同副承旨等官职。后因故被罢官还乡。天启六年（1626）曾被任命为圣节兼谢恩陈奏使，前来我国朝拜。崇德五年（1640）被拘至盛京（今沈阳），直到顺治二年（1645）二月才被释回国。工书法，善诗文中，著有《朝天录》《南槎录》《清平录》《雪窖集》《南汉纪略》《野人谈录》等（合辑为《清阴集》四十卷）。

金　甡 （1702—1782），字雨叔，号海住，浙江仁和（今浙江杭州）人。清乾隆七年）(1742）壬戌科状元，后累官至礼部侍郎。曾在上书房十七年，直谅诚敬，所陈说必正义法言，诸皇子皇孙皆爱重之。乾隆三十八年（1773），陪皇帝去热河，在当直时因病晕倒。第二年病重归乡。著有《静廉斋诗集》二十四卷。

金天羽 （1874—1947），初名懋基，又名天翮，字松岑，后改今名，号鹤望，吴江（今江苏苏州）人。清光绪二十四年（1898）荐试经济特科，以祖老辞。在家乡兴办学校，讲求实学。光绪二十九年（1903），在上海与章太炎、邹容、蔡元培、吴稚晖等交甚密，参加革命团体爱国学社。民国初年，任江苏省议员。1923 年任吴江教育局长，后任江南水利局长。1932 年与章太炎、陈衍等创办国学会。抗日战争期间，任上海光华大学教授。工诗，且能为小说，著有《天放楼文言》《天放楼诗集》《红鹤词》《孤恨集》等，小说《孽海花》前十回亦为其所作。

金　洙 （1770—1837），字文波，号五泉，山东历城（今济南市）人清嘉庆十四年（1809）进士，仕历深泽、清苑县知县，易州知州，保定、广平、正定知府。道光七年（1827）春擢河间兵备道，兼署长芦盐运司。后历大顺广东兵备道、浙江督粮道。

荆　门 （生卒年不详），即王籥，与吴秋辉为文字交，相知有年。1912 年秋，曾与吴秋辉同寓济南，风雨晦明，往来无虚日。1913 年中秋，曾与吴秋辉、方平同泛明湖。

菊　生 （生卒年不详），真实姓名及生平事迹待考。

觉罗廷奭 （1844—？），字紫然，又字棠门，号紫然居士、饭石道人，满洲正红旗（一说正蓝旗）人。觉罗崇恩（1803—1878）第四子。早卒。工诗，且精绘画与书法，有《未弱冠集》八卷。

K

康有为 （1858—1927），原名祖治，字长夏，号长素，世称“南海先生”，广东南海人。我国近代著名的思想家、政治家、哲学家、教育家和文学艺术家，资产阶级改良主义的代表人物，戊戌维新变法运动的主要发起者，后为保皇派首领。清光绪二十一年（1895）乙未科中进士，发动“公车上书”，倡言变法，组建学会，创办报纸，鼓吹改良。二十四年（1898）光绪帝下诏变法，康有为主其事。戊戌变法失败后流亡日本，组织保皇会，反对民主革命。著有《新学伪经考》十四卷及《孔子改制考》《大同书》《戊戌奏议》《康南海先生诗集》等。

柯　蘅 （1821—1889），字佩章，山东胶州人。曾师事陈寿祺，专治《汉书》之学，撰《汉书七表校补》二十卷，证《汉书》之误，人称精审。亦长于诗，著有《旧雨草堂诗集》四卷、《声诗阐微》二卷。门人辑其说经、说史之说为《旧雨草堂札记》。子劭忞及女劭慧、劭惠均以诗文名。

孔传科 （生卒年不详），字振修，一字漠符，号行序，山东曲阜（一说邹县）人。孔子六十八代孙。乾隆九年（1744）甲子科举人，十八年（1753）任山东宁津知县。二十八年（1763）任扶沟知县，有《耘玕诗草》。

孔传钺 （生卒年不详），字秉虔，号节倩，山东曲阜人。清嘉庆二十二年（1817）丁丑科进士，官吏部文选司主事。有《错余诗文集》《片云词》。

孔广栻 （1755—1799），字伯诚，号一斋，山东曲阜人。清乾乾四十四年（1779）己亥科举人。刻苦治学，经传子史，无不研究，论著宏富，有《藤梧馆诗钞》八卷、《周官联事》二卷，校刻《春秋世族谱》《春秋地名人名同名录》《春秋闰例日食例》《左国蒙求》《国语解订讹》等书。

孔继瑛 （生卒年不详），字瑶圃，浙江桐乡人。善书法，亦工绘画。著有《南楼诗草》和《诗余》（一卷）及传奇《鸳鸯佩》。

孔平仲 （1044—1111），字毅甫（一作“毅父”），临江军新淦县（今江西峡江县）人。宋治平二年（1065）进士。长于史学，工文词，富于词藻，著有《孔氏杂说》四卷、《孔氏谈苑》五卷和《良史事证》《释稗》《诗戏》各一卷等，但多已散佚，南宋王蓬辑其佚文十二卷、诗九卷，刊入《清江三孔集》中。

孔尚任 （1648—1718），字聘之，一字季重，号东塘，又号岸堂主人，自称云亭山人，山东曲阜人。清康熙二十三年（1684），圣祖皇帝南巡，过曲阜，孔尚任以御前讲经符旨，被破格擢为国子博士。后历官至户部广东司员外郎。其《桃花扇》“借离合之情，写兴亡之感”，是是我国古代最著名的戏剧作品之一，与洪昇的《长生殿》齐名。此外，他还和顾彩合撰《小忽雷》传奇，诗文集则有《石门山集》一卷、《湖海集》七卷、《长留集》十二卷、《岸堂文集》六卷、《岸堂诗集》二卷、《鳣堂集》、《绰约词》等。

孔宪奎 （生卒年不详），字璧联，号梅书，又号恬斋，山东曲阜人。孔子第七十二代孙。诸生，候选县丞。有《一莲诗草》。清同治七年（1868）曾为其舅父杨岳春刊诗集《意为草》。

孔昭珩 （生卒年不详），字葱佩，号玉峰，山东德平（今临邑县）人。清道光二十三年（1843）癸卯科举人，次年甲辰科进士。无意仕途，乞假归里，屡主书院讲席。著有《杞园吟稿》十四卷（今存稿本八卷）。

孔昭恢 （1782—1830），字景度，号鸿轩，山东曲阜人。孔子第七十一代孙。清嘉庆十五年（1810）庚午科举人，候选布政使理问。才气横溢，工诗词，有《春及园虫鸣草》四卷及《春及园词稿》。

孔昭虔 （1775—1835），字元敬，号荃溪，别署镜虹吟室主人。清嘉庆六年（1801）辛酉科进士，曾任延建邵道、福建分巡台湾兵备道（加按察使衔）、江西督粮道、福建布政使、陕西按察使、贵州布政使。治学严谨，工吟咏，善隶书，著有《镜虹吟室诗集》二卷、《镜虹吟室经进稿》一卷、《绘声琴雅调》二卷、《扣舷小草词》一卷及《镜虹吟室剩稿》，还有《古韵》《词韵》等（未完稿）；亦善戏曲，有杂剧《荡妇秋思》《葬花》各一折。

孔昭薰 （生卒年不详），字惠如，号琴南，山东曲阜人。孔子第71代孙，衍圣公孔广棨（1713—1743）次子。清嘉庆十八年（1813）癸酉科举人，道光九年（1829）任临邑县训导，后署翰林院五经博士。刻苦好学，嗜古工诗，好金石学，著有《柳村诗二卷》、《贮云词》三卷、《雪门竹枝词》一卷和《北游诗词小草》若干卷，并曾与孔宪庚同编《至圣林碑目》六卷，与孔昭蒸共辑《阙里孔氏词钞》五卷。

孔贞瑄 （1634—1716），字用六，一字璧六，号历洲，晚号聊叟，山东曲阜人。清顺治十七年（1660）庚子科举人，次年会试中副榜，授泰安教谕、济南教授，升云南大姚知县。后罢官归里，潜心经史，精算法、韵学，通乐律，著有《聊园诗略》前后集共十三卷、《续集》和《补遗》各一卷，以及《大成乐律全书》《操缦新说》《泰山纪胜》《滇纪》《黔纪》《缩地歌》各一卷等。

匡文昱 （生卒年不详），字仲晦，号监斋，山东胶州人。清乾隆二十七年（1762）壬午科举人。著有《周易遵翼约编》十卷、《读易拾义便钞》一卷和《老子注》一卷等。

L

蓝启华 （生卒年不详），字子美，号季方，山东即墨人。清初诸生。工书法，善作斗大书。著有《学步吟》《余堂集》《白石居诗稿》等。

蓝启蘂 （生卒年不详），号元芳，山东即墨人。蓝漪子。诸生。著有《逸筠轩集》一卷。

蓝启肃 （1653—1700），原名启冕，字恭元，号惕庵，又号竹林逸士，山东即墨人。清康熙二十三年（1684）顺天甲子科举人，考授内阁中书舍人。善诗，工书画。以先人事为己任，刊家乘，置祭田，尤达时务，邑有大利害，长吏疑不能决，开陈详切，瞭若指掌，官与民皆便。著有《清贻居集》。

蓝启延 （生卒年不详），字益元，一字延陵，号退庵，山东即墨人。清康熙三十九年（1700）庚辰科进士，四十五年（1706）任广东乳源县知县，洁己爱民，荐循良第一。后官甘肃西和县知县，以劳卒官。著有《延陵文集》。

蓝用和 （生卒年不详），字介轩，号长村，山东即墨人。清乾隆二十一年（1756）丙子科举人，初任齐河县学训导，训士以实行。五十五年（1790）升广东龙门县知县，清廉爱民，平反冤狱。以疾告归，至无路费。有《梅园遗诗》。

蓝桢之 （1911—2004），又名蓝水，字山泉，号东厓，山东即墨人。曾任即墨县第五、六届政协委员。一生著述颇丰，计有《崂山志》《崂山古今谈》《崂山百咏》《东厓诗集》《返光集》《可止编》等。

蓝中珪 （生卒年不详），字汝封，山东即墨人。清乾隆四十五年（1780）贡生，官高宛县教谕。著有《紫云阁诗稿》等。

蓝中玮 （生卒年不详），字奎莽，号墨溪山人，山东即墨人。清乾隆二十五（1760）庚辰科岁贡生。著有《匣外草》。

劳之辨 （1639—1714）字书升，晚号介岩、介庵，浙江石门（今桐乡市）人。清康熙三年（1664）甲辰科进士，选庶吉士，授户部主事，迁礼部郎中。十五年（1676）出为山东提学道佥事。报满，迁贵州粮驿道参议。二十四年（1685），擢通政使参议，迁兵部督捕理事官。后连遭亲丧，服阕，起故官，擢左副都御史，数有建白。四十七年（1708）因请复立胤礽为皇太子而忤上意，命夺官，逮赴刑部，笞四十，逐回原籍。有《静观堂诗集》《介岩百篇稿》《春秋诗话》《读杜识余》等。

老　杜 （生卒年不详），籍贯及生平事迹待考。

乐　钧 （1766—1814），原名宫谱，字效堂，一字元淑，号莲裳，别号梦花楼主，江西临川（今属金溪县）人。清乾隆五十四年（1789）由学使翁方纲荐入国子监，被聘为怡亲王府教席。嘉庆六年（1801）辛酉科乡试中举，后屡试不第，长期游历于江淮、楚、粤之间，江南大吏争相延聘，曾主扬州梅花书院讲席。是继蒋士铨、吴嵩梁之后江西诗坛的佼佼者，其词则与蒋士铨、勒方锜、文廷式被称为“江西四大家”，骈文与张惠言、李兆洛等并称“后八家”。著有《青芝山馆诗集》二十二卷、《断水词》三卷、骈体文二卷、《耳食录初编》十二卷和《耳食录续编》八卷，另有《楠善词赋稿》。

雷　渊 （1184—1231），字希颜，应州浑源（今山西大同市浑源县人。金至宁元年（1213）考中词赋进士甲科，后曾任监察御史、翰林修撰。学问广博，能诗文，好收藏，书法也颇可观。《中州集》存其诗 30 首。

冷　烜 （生卒年不详），字芸药，大兴籍，山东胶州人。宫廷画家冷枚（约 1669—1742）的孙子。廪生。有《芸约诗草》三卷，并曾与修道光《济南府志》。

李本纬 （生卒年不详），字君章，锦衣卫籍曲沃人。明万历二十年（1592）壬辰科进士，二十二年（1594）除巩昌推官，三十八年（1610）升山东按察使。博学能诗文，有《灌蔬园诗集》七卷、《灌蔬园文集》三卷，辑有《古今诗话纂》六卷。

李秉中 （生卒年不详），字精一，号松园，山东历城（今济南市）人。诸生。

李炳南 （1889—1986），名艳，字炳南，号雪庐，山东济南人。早年曾任山东莒县监狱典狱长、衍圣公孔奉祀官府秘书长。佛学大师，亦精中医。抗日期间，随孔德成于重庆，并助太虚大师弘法。后卜居台中。除仍任职孔奉祀官府外，并兼任中国医药学院及中兴大学教授，业余则致力于佛法之弘扬。于台中讲经说法数十年，以“李老师”之名著称于台湾佛教界，先后创办台中佛教莲社、菩提树杂志社、慈光图书馆、慈光育幼院、菩提医院、菩提救济院等弘法及慈善机构。工诗擅文，著有《雪庐诗文集》《佛学问答》《阿弥陀经义蕴》《佛学常识课本》《内经选要表解》等。

李炳耀 （1873—1958），字星华，号冷禅，山东齐东（今邹平市）人。光绪三十年（1904）拔贡生，候选南府经历。次年东渡扶桑求学，就读于东京弘文学院。学成归国后从事教育五十年，与其兄伯仲二人皆为齐东教育界的著名爱国民主人士，著有《陈尘轩随笔》。抗日战争时期，侵华日军与伪政权曾以高官厚禄诱他出任政府官员，被其严拒。能诗，有《且住为佳轩诗稿》一卷。

李沧瀛 （生卒年不详），又名鄰，字杜亭，一字东溟，别号顿丘子，山东阳丘（今章丘）人。清嘉庆（1796—1820）、道光（1821—1850）年间在世。曾官蠡县知县。有《柿园诗稿》二卷和《春雨楼诗钞》《海樵诗钞》《菊岩诗钞》，汇为《饭颗房诗集》（不分卷）。

李长霞 （生卒年不详），字德霄，号绮斋，山东掖县（今莱州市）人，婚后占籍胶州。柯蘅（1821—1889）妻，近代著名历史学家柯劭忞（1848—1933）之母。清道光二十三年（1843），其父李图应邀到济南主讲泺源书院，李长霞随之寓济。工诗古文词，著有《锜斋诗集》《锜斋日记》和《校文选李注》八卷等。

李呈祥 （1617—1688），字其旋，一字吉津，号木斋，山东沾化人。明崇祯十六（1643）癸未科进士，选庶吉士。顺治初，授编修，累迁詹事府少詹事兼侍讲学士。顺治十年（1653）二月，条陈部院衙门应裁去满官，专用汉人，忤指，为副都御史宜巴汉等所劾，夺官，下刑部，流徙盛京八年才得还里。工诗，著有《东村集》。

李重华 （1682—1755），字实君，号玉洲，江苏吴江（今吴县）人。清雍正二年（1724）甲辰科进士，选翰林院庶吉士，散馆，授编修。十年（1732）充四川乡武副考官。工诗，著有《贞一斋集》十卷、《贞一斋诗说》一卷和《三经附义》六卷。

李澄中 （1629—1700），字渭清，号茵田，又号渔村、怡堂，晚号秋水老人，山东诸城人。清康熙十八年（1679）举博学鸿词，授翰林院检讨，后充《明史》纂修官、云南乡试正考官，升右春坊右中允兼翰林院编修，授承德郎，充典训纂修官，升侍讲，转侍读，告老归。工文，尤好为诗，与乐安李焕章、寿光安致远、安丘张贞合称“青州四大家”，与新城王士禛、德州田雯“鼎足而立”，称“山左三大家”。著有《卧象山房文集》三卷（附录二卷）、《白云村文集》八卷、《白云村诗集》七卷、《白云村赋集》一卷、《艮斋文集》八卷和《滇南日记》三卷。另外尚有《五岳志》及《齐鲁纪闻》等。

李稻塍 （生卒年不详），字耕麓，号蜕庵，浙江秀水（今嘉兴市）人。著有《寸碧山房集》《听鹂山馆词钞》。清乾隆三十二年（（1767）辑同里前辈诗为《梅会诗选》，凡三集三十三卷。

李德容 （生卒年不详），字敬斋，号春园，山东历城（今济南市）人。清乾隆三十年（1765）乙酉科举人，三十四年（1769）己丑科士。官直隶安肃县知县，以疾归里，教授生徒，从游者众。著有《笃敬堂诗稿》《笃敬堂文稿》和《安蔬草堂诗稿》等。

李调元 （1734—1803），字羹堂，号雨村，别署童山蠢翁，四川罗江县人。清代四川戏曲理论家、诗人，和其从弟李鼎元、李骥元号称绵州“三李”，与张问陶（张船山）、彭端淑合称“清代蜀中三才子”。乾隆二十八年（1763）癸未科进士，入翰林院为庶吉士，入庶常馆，由吏部任考功司主事兼文选司掌进迁文选司员外郎，办事刚正，人称“铁员外”。后升广东学政。四十六年擢直隶通水兵备道，因弹劾永平知府而得罪权相和珅，遭诬陷，遣戍伊犁，至五十年方得以母老赎归，居家著述终老。著有《童山诗集》40卷，并撰辑有诗话、词话、曲话、剧话、赋话著作达50余种，编辑刊印了《函海》30集，共150种书，藏书籍达十多万卷。

李发甲 （1652—1718），字瀛仙，号云溪，云南河阳（今澄江市）人。清康熙二十七年（1688）甲子科举人，榜名为施发甲，官云南大理府学教授，修复文庙，兴建学宫，广收童生，为大理士人称颂。不久任元江教谕，建树卓著。再升迁河北灵寿县知县，多有治绩，政声远播。升监察御史，刚直办事，大胆直言，针砭时务。因上《赈济齐鲁饥疏》忤逆上意，部议革职，调任口北道道台。未几又迁京东臬台，再升福建布政使。康熙五十二年（1713）调任湖南巡抚，赈灾济民，积劳成疾，病逝任内。著《世恩堂诗文集》和《李中丞遗集》

三卷。

李黼平（1771—1833），字绣子，又字贞甫，号著花居士，广东嘉应州（今梅江区）人。清嘉庆十年（1805）乙丑科中士，选翰林院庶吉士。十五年（1810）散馆，分授江苏昭文县知县，为政宽和廉洁。后以改革漕运陋规，属吏亏捐国库钱财，为奸吏诬告，遭判入狱七年。后南归，先后主讲广州粤华书院、东莞宝安书院、广州“学海堂”。治学严谨，著作甚丰。计有《易刊误》二卷、《花庵集》八卷、《毛诗紬义》二十四卷、《读杜韩笔记》二卷、《小学樗言》二卷、《说文群经古字考》二卷及《吴门集》《南归集》等。字绣子，又字贞甫，号著花居士，广东嘉应州（今梅江区）人。清嘉庆十年（1805）乙丑科中士，选翰林院庶吉士。十五年（1810）散馆，分授江苏昭文县知县，为政宽和廉洁。后为奸吏诬告，入狱七年。后南归，先后主讲广州粤华书院、东莞宝安书院、广州“学海堂”。治学严谨，著作甚丰。计有《易刊误》二卷、《花庵集》八卷、《毛诗紬义》二十四卷、《读杜韩笔记》二卷、《小学樗言》二卷、《说文群经古字考》二卷及《吴门集》《南归集》等。

李复泰（1606—？），字大来，晚号企晋老人，山东定陶人。明崇祯八年（1635）拔贡生。工书法，能诗，经常与同邑名士张龙弼、潘羽伯、马天襄相酬唱。著有《匪石斋诗草》二卷。

李化龙（1554—1612），字于田，京师大名府长垣（今河南长垣市）人。明万历二年（1574）甲戌科进士，授嵩县知县。後升为南京工部主事、右通政使。十四年（1586）调河南按察司提学佥事、河南省布政司左参议。十八年（1590）调山东按察司提学副使；二十年（1592）升河南布政司右参政、调京太仆寺少卿。二十二年（1594）巡抚辽东，击破把兔儿等人。二十三年（1595年）同意小歹青开通木市的请求，同年离任。二十七年（1599）被朝廷起用征讨播州杨应龙叛乱，历时一百十四天平乱。三十一年（1603）四月起用为工部右侍郎，总理河道，建议开通泇河二百六十里。万历三十五年（1607）夏大被起用为兵部尚书。三十九年（1611）卒于任上，谥号襄毅，赠少师，加赠太师。工诗文，著有《李于田诗集》十二卷等。

李怀民（1738—1793），名宪噩，以字行，所居有十桐，因以为号，又号石桐，山东高密人。诸生，终生未入仕。工诗，为高密诗派的创始人和核心代表人物之一。亦擅画，精山水。著有《石桐诗钞》和《十桐草堂集》，并曾与弟宪乔仿照唐人张为《诗人主客图》体例撰成《重订中晚唐诗主客图》一书，合著有《二客吟》二卷。后人辑其诗为《石桐先生诗钞》十六卷。

李　簣（生卒年不详），字以雅、鹿苹、韵草，号梅楼，山东单县人。清乾隆三十三年（1768）戊子科举人，三十六年（1771）辛卯科进士，选翰林院庶吉士，散馆授编修。生性耿直，因与当朝权奸和珅有隙，不愿与其同朝共事，闻母病，遂借故还乡事母。喜游历，曾南游江淮吴越，北行燕赵齐鲁，寻古探幽，题咏寄兴。著有《梅楼诗存》十六卷、《古诗说》三十卷，以及《史垣集》《退园集》等。

李嘉绩（1844—1908），字凝叔，号云生，别署潞江使者、潞河渔者，四川华阳（今成都市新都区）人。清光绪七年（1881）任陶瓷杯汧阳（今千阳县）知县，后历任保安（今志丹县）、盩厔（今周至县）、洋县、韩城、扶风、华州（今华县）、邠州、临潼、富平等州县事，有政声。富藏书，多善本，自编有《五万卷阁书目》。工隶书，善刊刻，长诗古文词。著有《江上草堂前稿》四卷、《代耕堂中稿》二十五卷、《代耕堂杂著》四卷、《榆塞纪行寻》四卷、《汧上录》一卷，并辑有《汧阳述古编》二卷。

李嘉乐（生卒年不详），字宪之，河南光州（今潢川县）人。清同治二年（1863）癸亥进士，改庶吉士，授编修，光绪四年（1878）任山东青州府知府，以俭御下，严而有威，豪猾敛迹。十年（1884）九月贝岗东兖沂曹济道升江苏按察使，十二年（1886）五月迁升江西布政使。能诗，有《仿潜斋诗钞》十五卷。

李金楷（生卒年不详），字荫东，号仲楧，山东历城（今济南市）人。庠生。大约清道光（1821—1850）、咸丰（1851—1861）年间在世。性孝友，好为古体诗，与弟棻尤亲爱，家庭吟咏，恒以为乐。后师事贺璞如、何天根两先生，常与东莱诸名士林砥生、白澄泉、翟月樵及荆楚熊文淦、广东廖桂龄、即墨柳子琴等结社于大明湖上，赋诗豪饮，湖山生色，兴极一时之胜。

李　锴（1686—1755），字眉山，一字铁君，号睫巢、蝶巢等，汉军正黄旗籍，辽东铁岭（今属辽宁）人，自署襄平（今辽宁沈阳）人。与辽东人戴遂堂、陈石闾齐名，并称“辽东三老”。清康熙三十九年（1700）以监生补为汉军正黄旗银库笔帖式。四十一年（1702 年），自请兴屯黑河，逾年归。再使南河，赐七品冠带。乾隆元年（1736），举孝廉方正，力辞。后荐试博学鸿词，报罢。

十五年（1750），荐举经学，以老病辞。其文章与江南陈梓齐名，有“南陈北李”之称。著有《原易》三卷、《春秋通义》十八卷、《尚史》一百〇七卷、《睫巢集》六卷、《睫巢后集》三卷、《含中集》五卷、《鹰青山人集杜》一卷和《焦明诗文删》等。

李良年（1635—1694），字武曾，号秋锦，浙江秀水人。诸生。少有隽才，与兄绳远、弟符齐名，时称“三李”；又与朱彝尊并称“朱李”。工诗词，为古文尤长于议论，著有《秋锦山房集》二十二卷。

李　鲁（生卒年不详），字得之，号石鹤，山东海丰（今无棣县）人。清乾隆元年（1736）副贡生。能诗，有《石鹤诗集》。

李　茂（1645—？），字柏如，河北枣强人。李色蔚之子。曾贡入成均，不就选，日以诗书自娱，有《梧月堂诗草》一卷。

李梅山（1846？—？），字馥岩，山东齐东（今邹平市）人。李炳炎（1868—1939）、李炳耀（1873—1958）之父。庠生。年少时多病，不趋炎附势，接人交友，不尚周旋。对烟赌之事，深恶痛绝，每以此诫人，而不惮其烦。因亲老多病，兼习针灸医药，自医医人，不以之求利。光绪末年变法后，令子侄辈入学堂，或肄业师范，或留学日本，为一乡文明先导。寿七十五而终。有《馥岩诗钞》一卷。

李　湄，字伊村，号潜庵，人称介和先生，山东胶州人。清康熙五十年（1711）辛卯科举人。工书法，善诗词，著有《碧莲堂诗存》。。

李民宬（1570—1629），字宽甫，号敬亭，朝鲜王朝诗人。明天启（1623—1624）年间曾出使中国，任朝鲜使团书状官。著有《敬亭集》等。

李念慈（1628—？），字屺瞻，号劬庵，陕西泾阳县人。清顺治十五年（1658）戊戌科进士，授直隶河间府推官，改任山东新城知县，后因为赋税拖欠问题而被罢官。在清军对吴三桂作战时，因运输军饷有功，被起用为湖北天门县知县。康熙十八年（1679）举博学鸿儒科，未被录用。喜漫游名山大川，无意于仕途竞进。工诗善画，尤其擅长山水，以写意为主，诗画同时闻名。后隐居于泾阳泾河谷口，著有《谷口山房集》十卷。

李攀龙（1514—1570），字于鳞，号沧溟，山东历城（今济南市）人。明嘉靖十九年（1540）庚子科山东乡试第二名，三年后赐同进士出身，后官至陕西按察司提学副使、浙江按察司副使、河南按察使。继“前七子”之后，与谢榛、王世贞等倡导文学复古运动，为“后七子”的领袖人物，被尊为“宗工巨匠”。主盟文坛二十余年，其影响及于清初。著有《沧溟集》三十卷。

李　培（生卒年不详），字栽之，一字雪堂，山东齐东人。清道光十七年（1837）拔贡。著有《睡余轩诗稿》一卷。

李庆翱（1811—1889），原名綎，字公度，一字小湘，山东历城（今济南市）人。清咸丰二年（1852）壬子恩科进士，选庶吉士。散馆，授编修，三年（1853），太平军进逼山东，奉旨回籍，与给事中毛鸿宾一同办团练，抵御太平军。后授山西大同知府，改知蒲州。同治七年（1868）升任河东道，九年擢山西按察使，镇压太平军和陕甘回民起义。同治七年（1868）擢河东道，光绪元年（1875）升河南巡抚。后以同官诖误，部议镌级，遂称病辞官归里。能诗，著有《来青馆诗钞》二卷。

李　渠（生卒年不详），字漪园，号南麓，山东诸城人。李宜芳子。清乾隆二十六年（1761）辛巳科进士，三十九年（1774）任广东长宁县知县，四十八年（1783）任陕西扶风县知县。著有《学吟草》六卷和《见山堂诗文集》四卷。

李绍闻（生卒年不详），字德中，山东蒙阴人。清顺治十六年（1659）己亥科进士，康熙二十三年（1684）任浙江巡盐御史，后迁广东道监察御史。著有《云间杂志》三卷。

李绳远（1633—1708），字斯年，号寻壑、樵岚山人、补黄村农，浙江秀水（今嘉兴市）人。李良年兄。诸生。入国子监，考授州同，不就。游幕四方。晚年信佛。工诗文，尤善骈文。自作《补黄村农生圹志》述其生平。有《寻壑外言》五卷。

李师中（1689—1754），字正甫，一字秦凤，号蝶园，山东高密人。清乾隆元年（1736）丙辰科进士，改庶吉士，官监察御史，有清直声，常被选陪琉球贡使。乾隆十七年（1752）春为福建壬申科乡试主考，秋为会试同考，未出闱即命督学山西。乾隆二十年（1755）调任贵州学政。诗、书、画皆工，著有《蝶园诗稿》。

李士实（1443—1519），字若虚，号白洲，江西新建县（今南昌市新建区）人。明成化二年（1466）丙戌科进士，历任刑部主事、员外郎、郎中等职。成化十七年（1481），升任浙江按察司副使，提调学校，改广东按察司按察副使，负责海防事宜。后历任广东按察使，山东布政司右布政使、左布政使，都察院右副都御史、巡抚云南。正德五年（1510），升都察院右都御史，巡抚郧阳。后又改任南京都察院右都御史、都察院右都御史，掌管都察院事务。正德八年（1513），因被弹劾而致仕。后因投奔宁王朱宸濠，策划谋反，惨死狱中。工诗，善书画，著有《白洲诗集》三卷和《世史积疑》，以及风水学理论著作《一线天》等。

李士瀛　（生卒年不详），籍贯及生平事迹待考。

李　庶　（1861—1909），谱名李贻庶，字晴可，又字勤可、頫斋，顺天宝坻人。清光绪二十三年（1897）丁酉科举人，与其兄李黯同榜，以知县居济南候补，与孙念希等诸名士称文字交，明湖载酒，题咏唱和。其精通诗词，擅长书法，惜仅享年三十八岁。

李天秀　（1695—1765），字子俊，号焦娄，陕西华阴人。清康熙五十九年（1720）庚子科解元，雍正十一年（1733）癸丑科进士，入翰林院。乾隆元年（1736）为山东历城知县，狷介廉洁，有惠于民。著有《来紫堂集》八卷，并与其次子李汝榛修成《华阴县志》二十二卷。

李廷芳　（1763—?），字勉思，号湘浦，山东历城（今济南市）人。李庆翱的父亲，李德容的侄子。清乾隆五十四年（1789）拔贡，乾隆东巡，召试二等。次年，朝考二等，选山东日照县训导。五十九年（1794）甲寅科举人，后历官江苏吴江及靖江、广东英德、澄海及南海、顺天香河知县。有《湘浦诗钞》二卷、《清爱堂赋钞》，并曾与徐珏、陈于廷纂修《重修襄垣县志》八卷。

李廷棨　（1789—1849），字戟门，号萼村，今山东章丘人。清道光九年（1829）己丑科进士，授直隶新城知县，后历任玉田、宛平知县和深州知州，升广州及雷州知府、湖北荆宜施道。二十六年（1846）移任直隶霸昌道，途中擢顺天府府尹，以道员用。次年授通永河道。为官廉洁勤勉，勇于任事。闲暇之余不辍创作，著述颇丰，有《纫香草堂文集》二卷、《纫香草堂诗集》十卷、《纫香草堂诗余》一卷等。此外，他与同窗好友吴连周编刊《绣水诗钞》八卷，与王振钟纂修《新城县志》十八卷（首一卷）。藏书甚富，马国翰《玉函山房辑佚书》书板即赖其保存而流传于世。

李　纬　（生卒年不详），字秋屏，山东历城（今济南市）人。曾官福建莆田县涵江司、河南济源县邵源镇巡检，后升莆田县丞。道光时因与知县议堵御海口意见不合，告归，与马国翰、王德容、周乐、谢焜、朱诵泗、何邻泉等结鸥社，放浪于湖山泉石之间，诗酒唱和，极一时风雅之盛。有《湖上闲吟草》及《行间记》。

李文桂（1767—1835），字镜秋，号鲁村，山东利津人。廪贡，清道光元年（1821）累官至广东德庆知州。著有《论语笔记》《乡礼正误》《古文时文笔迹》等。

李文驹（1703—1760），字符千，号龙翔，别号易安园主人，山东诸城人。清雍正二年（1724）甲辰科举人，授户部贵州司郎中。十一年（1733）迁知府，次年再迁河南道监察御史，后以母老乞养归田。乾隆间又官至户部给事中。富藏书，至十余万卷，且颇多秘籍珍本。雅好著述，深于考据之学，诗赋有格，有《自怡集》二卷、《读书随笔》八卷和《说梦》六卷等。

李文龙（生卒年不详），山东历城（今济南市）人。清乾隆四十三年（1778）戊戌科武进士，官寿乐营都司。

李文藻（1730—1778），字素伯，一字茝畹，晚号南涧，山东益都（今青州）人。清乾隆二十六年（1761）辛巳科进士，三十四年（1769）授广东恩平县知县，后又署新安县，迁潮阳县，升广西桂林府同知，未及一年而殁，年仅四十九。为官以清廉强干著称。生平富藏书，喜刻书，曾藏书数万卷，并刻有《贷园丛书》。购藏金石和著书皆富，著有《粤西铭刻记》《泰山金石考》《山东元碑录》《粤谚》《齐谚》《青社拾遗闻》《饾饤录》《金石书录》《毛诗本义》，诗文集则有《恩平》《潮阳》《桂林》诸集及《南涧文集》等。

李西堂（1824—？），字春池，号秋士，亦号晚悔道人，山东滋阳（今兖州）人。诸生。以设帐授徒为生。晚年曾寓居历下。能诗，有《晚悔堂诗集》八卷。

李宪暠（1739—1782），字叔白，号莲塘，山东高密人。诸生。早孤，工诗，与兄李宪噩、弟李宪乔并称“三李”，同为高密诗派的开创者。著有《定性斋集》一卷和《古今名物制度论解》。

李宪乔（1754—1796），字子乔、义堂，号少鹤，山东高密人。清乾隆四十一年（1776）召试举人，后曾官岑溪知县、归顺知州。著有《少鹤内集》十卷和《鹤再南飞集》《龙城集》《宾山续集》《执法谱》《通转韵考》各一卷。

李　湘（生卒年不详），字楚航，山东历城（今济南市）人。清乾隆五十五年（1790）庚戌科进士，历官安徽英山、四川大邑等县知县，有治绩。善吟咏，喜禅学。有《槐荫书屋诗钞》《李楚航诗集》。

李兴祖 （1646—？），字广宁，号慎斋，汉军正黄旗人，奉天铁岭（今辽宁省铁岭市）籍，家于安肃（今河北徐水）。清康熙十三年（1674）由廪生出任庆云知县。二十年（1681），升沂郯海赣捕盗同知。后迁河间府同知，升知府。康熙三十一至三十四年（1692—1695）任山东盐运使。三十八年（1600）任四川按察使。四十一年（1702）擢江西布政使。工诗古文词，好交游，著有《课慎堂文集》二十卷、《课慎堂诗集》十九卷、《课慎堂诗余》一卷及《畹芸集》等，并修有《庆云县志》十二卷，还与马大相一起编纂《灵岩志》六卷，辑有《南北史类钞》八卷。

李尧臣 （生卒年不详），字希梅，号约庵，山东淄川人。诸生。笃嗜诗书，号称博洽。晚弃举子业，学古文。尤好金石文字，积书数千卷，皆手勘定。清康熙二十九年（1690）曾分纂府志，恪尽厥责。所著有《百四斋文集》十卷、《百四斋诗集》一卷、《笔势》一卷和《书谱》二卷。

李　邺 （约1813—？），字杜亭，又名沧瀛，字东溟，山东章丘人。以布衣遨游幕府，与马国翰、周乐、李廷棨、袁洁等人相倡和。有《柿园诗稿》《海樵诗钞》《菊岩诗钞》《春雨楼诗稿》等。

李贻隽 （生卒年不详），字伟卿，山东利津人。李佐贤（1807—1876）次子。诸生。清同治十年（1871）初夏，曾随父亲登岱访碑。辑有《齐燕联唱》二十四卷、《武定诗补抄》。

李应聘 （生卒年不详），山东历城（今属济南市）人。明崇祯（1628—1644））年间与刘敕等人交游，曾应刘敕之请，在讲孝堂讲《孝经》。

李　邕 （678—747），字泰和，扬州江都（今属江苏）人。出身江左士族，官至汲郡、北海太守，世称李北海。工书，尤擅以行楷写碑，取法二王（王羲之、琵琶献之），自成面目。传世碑刻有《麓山寺碑》《李思训碑》等。

李　咏 （生卒年不详），字永言，号漪亭，山东莱阳人。清乾隆二十四年（1759）己卯科举人，官观城县训导。

李友骥 （生卒年不详），字余吾，惠民人。清乾隆四十二年（1777）丁酉科拔贡，五十三年（1788）任山东乐安县教谕，嘉庆三年（1798）、十七年（1812）复任。后官兖州教授，截取知县。能诗，著有《记里集》《河上集》《秋声集》《梓荫山房诗》等集。

李予望 （1681—1733），字怡堂，又字岵瞻，号怡村，又号宫岩主人，直隶蔚州（今河北蔚县）人。幼聪颖笃学，为文卓然成一家。十五岁补诸生，清康熙五十年（1711）辛卯科成举人，后十次会试不第。著有《宫岩诗集》四卷。

李豫曾 （1864—1937），字伯樵，号北桥，江苏江都（今扬州市）人。1935年曾任古物保管委员会江都支委会委员。还曾任山阳县视学员，出席江苏省第一次教育会议。著有《北桥诗钞》二卷、《清鉴易知录》和《丛菊泪》(一名《邗水春秋》)。

李元春 （1769—1850），字仲仁，又字又育，号时斋，陕西朝邑（今大荔县）人。清嘉庆三年（1798）戊午科举人。著有《时斋诗集初刻》四卷、《时斋诗集续刻》和《时斋诗集又续》各一卷、《时斋文集初刻》十卷、《时斋文集续刻》十八卷、《时斋文集初刻又续》六卷等。

李曰霖 （生卒年不详），原名李昌霖，字雨人，号莲洲，山东海阳人。清嘉庆二十四年己卯科举人，道光二十二年（1842）授曹县教谕，保举知县。

李之雍 （生卒年不详），字砚泉，号莲舟，李鸣谦（1765—1812）次子，山东胶州人。贡生。性耽著述，有《砚泉诗草》和《胶迹纪近吟》各一册、《砚泉文钞》及《隶钞》《胶谚征字》《增补胶谚征字》各一卷，道光二十六年（1846）还曾参与撰纂修《重修胶州志》。

李中简 （1721—1795），字廉衣，一字子敬，号文园，直隶任丘（今属河北省）人。清乾隆十三年（1748）进士，选庶吉士，入翰林院。未久，因父母相继去世，在家守制六年。二十年（1755）守孝期满，赴京，授职编修。继而升咸安宫学总裁，后典试山东任主考，入直上书房，擢升侍讲学士。二十四年（1759）出任云南省学政。三年任满归京，仍入直上书房。乾隆四十二年（1777）因病乞退，从此杜门著述，潜心治学。著有《嘉树山房文集》《嘉树山房诗集》《李文园先生全集》等。

李佐贤 （1807—1876），字仲敏，号竹朋，山东利津人。清道光十五年（1835）乙未科进士，选翰林院庶吉士，后授翰林院编修，历任文渊阁校理、国史馆总纂、福建汀州知府等职。咸丰二年（1852）引退故里。喜爱金石书画，尤以古钱为专好，精鉴赏，同治三年（1864）编成《古泉汇》六十四卷，影响甚远。亦工诗文，《石泉书屋诗钞》八卷、《石泉书屋类稿》六卷。

历下僧 （生卒年不详），真实姓名及生平事迹待考。

梁鼎芬 （1859—1919），字星海，一字心海，又字伯烈，号节庵，别号不回山民、孤庵、病翁、浪游词客等，广东番禺（今广州市）人。清光绪六年（1880）庚辰科进士，入翰林院，散馆授编修。中法战争时，曾因弹劾李鸿章而被连降五级。后历主丰湖、端溪书院、广雅、岳州书、钟山、两湖书院，任汉阳、武昌府知府，累迁湖北按察使，署布政使等职，任末代皇帝爱新觉罗·溥仪的老师。诗词多慷慨愤世之作，与罗惇曧等人并称“岭南近代四家”，有《节庵先生遗诗》六卷及《续编》、《节庵先生遗稿》及《剩稿》、《钦红楼词》一卷等。

梁诗正 （1697年—1763年），字养仲，号芗林，又号文濂子，浙江钱塘（今杭州市）人。清雍正八年（1730）一甲三名进士（探花），授翰林院编修，旋充《大清一统志》纂修官。十年（1732）充山东乡试主考官。十二年（1734）入值上书房。乾隆元年（1736）为南书房行走，充顺天武举乡试正考官，任内阁学士、经筵讲官。四年（1739）历任刑部、户部右侍郎。次年升为左侍郎。六年（1741）升任《皇清文颖》馆副总裁、户部侍郎。十年（1745）擢户部尚书。十二年（1747）任《续文献通考》总裁。翌年（1748）调任兵部尚书。次年为太子少师兼刑部尚书、翰林院掌院学士、协办大学士。十五年（1750）调吏部尚书、教习庶吉士。二十三年（1758）丁父忧，召署工部尚书，调署兵部尚书。二十五年（1760）任协办大学士兼翰林院掌院学士。乾隆二十八年（1763）授东阁大学士兼吏部尚书，加太子太傅，寻卒。工书法，能诗，著有有《矢音集》，主修有《钦定叶韵汇辑》十卷、《西清古鉴》四十卷（附《钱录》十六卷）、《西清续鉴》二编各二十卷、修《西湖志纂》十五卷，还曾参与编撰《石渠宝籍》、《秘殿珠林》。

梁弢光 （生卒年不详），广东中山人。1921至1948年间曾在《新民报》《南社湘集》《竹秀园月报：复兴版》报刊上发表诗文作品约20多首/篇。

梁廷栋 （1846—1916），字彤云，广西梧州市人。清同治十二（1873）癸酉科举人。翌年，与父梁嵘椿同时中甲戌科进士，入选翰林院，授工部都水司主事。在山东治理黄河有功，升任道员，获赏花翎，授中宪大夫。主张实业救国，三十一年（1905年）奏请清廷开办农林公司。次年与李衡宙等联合禀请广西巡抚林绍年，在梧州长洲创办广西蚕业学堂，在塘源创办宝丰园山庄。著有

《梧城风鹤记》等书数种。《梧城风鹤记》记述了辛亥革命时期梧州的一些政治、军事情况，有一定的史料价值。

梁文灿 （1869 — 1928），字质生，山东潍县（今潍坊市）人。清光绪二十年（1894）甲午科进士，授翰林院编修，先后任浙江道、福建道监察御史、《山东通志》分纂、京师私立山东中学校校长、江苏淮扬道尹、同里税所所长、馆陶厘金局局长，等为官清正廉明。创作有大量的诗词、骈文、随笔等文学作品，有遗稿十七册，包括《可谈集》《红豆馆旧草偶存》《獭祭随录》《红豆馆吟草》《红豆馆诗存》《红豆馆撷余》《蒙拾堂诗草偶存》《蒙拾堂诗草录存》《蒙拾堂词稿》等，今人孙福建点校整理有《梁文灿诗词稿》。

梁章钜 （1775—1849），字茝中、闳林，号茝邻，晚年自号退庵，祖籍福建长乐，清初迁居福州，自称福州人。清嘉庆七年（1802）壬戌科进士，十年（1805）任礼部主事，二十三年（1818）任军机章京。道光元年（1821）升礼部员外郎，后历官大清通礼馆、内廷方略馆编修，湖北荆州知府兼荆宜施道、淮海河务兵备道、江苏按察使、山东按察使、江苏布政使，四次代理江苏巡抚，十五年（1835）甘肃布政使。次年升广西巡抚兼署学政。二十一年（1841）调任江苏巡抚，同年八月署理两江总督兼两淮盐政。著作有《枢垣纪略》《退庵随笔》《文选旁证》《归田琐记》《浪迹丛谈》等七十余种。

廖炳奎 （生卒年不详），字豸峰，福建顺昌人，长期寓居天津。道光七年（1827）任山东昌乐知县，次年即被革职。道光十八年（1838）充天津闽粤会馆董事。居津期间，与天津当地的著名诗人梅成栋交谊甚厚。曾长期客居济南，与王大堉、冯询等人多有交游。有《豸峰山人集》。

林九棘，字伯逸，福建莆田人。清顺治间监生。著有《十咏堂稿》八卷（含《江城杂兴》《江城杂兴二集》《两湖游纪》《隋堤柳枝词》《东游纪草》《秦淮春泛》《汉宫秋咏》和《苫卢草》各一卷）。

林　纾 （1852—1924），字琴南，号畏庐、畏庐居士，福建闽县（今福州市）人。清光绪八年（1882）举人，历任神州苍霞精舍、杭州东城讲舍、京师金台书院、京师大学堂等院校讲席，北京《平报》总编。工诗及古文辞，善画山水，又长于文学翻译，以意译外国名家小说见称于时。著译甚丰，著有文集《畏庐文集》《续集》《三集》，诗集《畏庐诗存》《闽中新乐府》，小说《京华碧血录》《巾帼阳秋》《冤海灵光》《金陵秋》，笔记《畏庐漫录》《畏庐笔记》《畏庐琐记》《技击余闻》，传奇《蜀鹃啼》《合浦珠》《天妃庙》，古文研究著作《韩柳文研究法》《春觉斋论文》及《左孟庄骚精华录》《左传撷华》等，译有欧美小说一百八十余种。

麟　庆（1791—1846），字振祥，一字伯徐，号见亭，姓完颜氏，镶黄旗满洲人。清嘉庆十四年（1809）己巳科进士，授内阁中书，迁兵部主事，改中允。道光元年（1821），授翰林院编修，后任《仁宗实录》总纂修官。三年（1823），出为安徽徽州知府，后调颍州知府，擢河南开归陈许道、按察使，历贵州布政使、湖北巡抚、江南河道兼兵部侍郎、都察院右副都御史。十九年（1839），兼署两江总督管两淮盐政。二十二年（1842），因河南桃北崔镇口溃决被革职，归京，后再起用，为四品京官。生平善文，尤善诗与散文。著有《皇朝纪盛录》、《凝香室诗人偶存》、《诗苑编联》、《凝香室集》和《鸿雪因缘图记》六卷。于治河也多有建树，著有《河工器具图说》四卷和《黄运河口古今图说》一卷。

凌廷堪（1755—1809），字仲子，一字次仲，安徽歙县人。乾隆五十五年（1791）进士，选宁国府学教授。之后因其母丧到徽州，曾一度主讲敬亭、紫阳二书院，后应阮元聘请，为其子常生之师。晚年下肢瘫痪，毕力著述十余年。工诗及骈散文，兼为长短句，究心于经史，著有《校礼堂文集》三十六卷、《校礼堂文集》十四卷、《燕乐考原》六卷、《礼经释例》十三卷，以及《梅边吹笛谱》《充渠新书》和《元遗山年谱》各二卷。

凌义渠（1593—1644），字骏甫，浙江乌程（吴兴）人。明天启五年（1625）乙丑科进士，授行人司行人。崇祯三年（1630）升礼科给事中，三迁为兵科都给事中，居谏垣九年，建白甚多。后出为福建参政，寻迁按察使，转山东右布政使。十六年（1643）入为大理卿。京师陷，自杀。工诗，有《凌忠介集》六卷，并和闵元京合编有《湘烟录》十六卷。

刘采年（1853—1938），字甸侯，又号澹庵，江苏仪征人。廪贡生，候选训导，改官江西知县，曾代理上海同文馆监院。辛亥革命后返乡，淡于进取，潜修道家术。曾参加冶春后社，经常与二三老友，以品茗谈诗为乐事。1937年日寇入侵扬州，避乱西乡，后寓居上海。

刘曾騄（1845—1926），字骧臣，号新里，晚号梦园，河南祥符县（今开封市）人。少有才名，与同乡邵兰宾、沈生甫等并称“梁园六子”，又与当时名士冯伯骧、郑廷骧并称“祥符三骧”。清同治三年（1864）甲子科举人，光绪二年（1876）丙子科进士，以知县分发山东，历任山东郓城、郯城、菏泽、茌平等县知县，兴办学校，培育人才，表彰节烈，平反冤狱，修举先贤祠祀，为人称道。后应河东河道总督许振祎之请，主办瓣香、宛南两书院，后还曾任河南大学堂编书处总纂。辛亥革命后，闭门读书，潜心著述。他博览宏识，通贯经史，著述颇丰，著有《梦园诗集》《梦园文集》《梦园骈体文集》《梦园诗余》《梦园公牍文集》等数十种，共数百卷。

刘曾璇 （1770—1844），字毓源，号荫渠，直隶盐山（今河北沧州）人。清乾隆五十七年（1792）壬子科举人，此后多次参加会试不第。嘉庆十三年（1808）大挑二等，十七年（1812）出任枣强县学教谕，后历任宣化、元氏、定州学正，整饬士习，振兴文教。道光十三年（1833）升甘肃秦安县知县。后引疾归故里，以著书自娱。著有《莲窗书室诗钞》两卷、《春秋书法比义》十二卷、《易鉴补遗》二卷及《莲窗书室文集》《稽古录》《随笔录》等。

刘　敕 （1560—1639），字君授，山东历城（今济南）人。明万历七年（1579）己卯科举人，后考进士不第。四十五年（1617）任陕西富平知县。崇祯十二年（1639），清军攻陷济南，刘敕不屈被杀。其后乡人为其建坊曰“三齐文献”。工诗词，好著书，时称“真儒名世”。著书数十种，包括《孝经注解》《忠经注解》《四书朱翼》《岱史》《城书》《道经》《白鸥阁集》等。崇祯五年（1632），编纂《历乘》十六卷，于崇祯次年刊印，是为历城最早的县志刻本。刘敕从此名扬海内。

刘　淳 （1791—1849），字孝长，湖北竟陵（今天门市）人。清嘉庆二十一年（1816）丙子科举人，授湖北远安教谕，到任仅数月便弃官归，放浪于燕、赵、吴、越、两河间。后五次应会试不第，遂绝意仕进，归里著书。长于诗和古文辞，与同县的胡鼎臣、张其英号称“竟陵三诗人”。著有《云中集》六卷及《辛侬长短句》。

刘大绅 （1747—1828），字寄庵，号潭西，云南宁州（今华宁）人。清乾隆三十七年（1772）壬辰科进士，后历官山东新城、曹县、文登、福山、朝城知县，青州府、武定府同知。以母老乞归，主讲昆明五华书院。工诗及古文辞，有《寄庵诗文钞》三十三卷。

刘大同 （1865—1952），又名刘建封，字桐阶，号芝叟道人、芝里老人，有“天池钓叟”雅号之称，山东安丘（原属诸城县）人。清末贡生，奉天候补知县，1905 年加入中国同盟会，与孙中山、黄兴、宋教仁等辛亥革命先驱交往甚密。1908 年，奉时任东三省总督的徐世昌之命勘查奉吉两省边界，同时考察长白山及三江（松花江、鸭绿江、图们江）之源，撰写了《长白山江岗志略》《长白设治兼勘分奉吉界线书》《白山纪咏》等书，摄制了《长白山灵迹全影》，绘制了长白山江岗全图。1909 年，清政府在安图设治，刘建封出任首任知事，政绩卓异。1911 年武昌起义爆发后，积极响应，后被迫退避日本。

刘端揆　（生卒年不详），字汝霖，山东历城（今济南市）人，。府运学诸生。

刘　塄　（约 1733—？），字峻若，号澹园，山东诸城人。增生。工诗文，著有《挹秀山房诗集》八卷（附录一卷）、《西江集》一卷、《西江一棹集》一卷、《澹园集》、《澹园公诗稿》和《留余斋诗钞》一册等。

刘尔葵　（生卒年不详），字秋圃，号临霄，山东昌乐人。清乾隆四十六年（1781）辛丑科进士，官吏部文选司主事。有《蒿蔚斋诗集》和《惠迪编》。

刘芳名　（生卒年不详），生平事迹待考。

刘芳曙　（1752—1830），字旦初，号霁亭，山东安丘人。清嘉庆十二年（1807）岁贡。工诗，为“安丘七子”之一，著有《半山园诗草》二十卷、《后集》五卷和《滋德堂集》，另外辑有《续汇风集略》二十卷、《渠风续集》十卷、《补遗》一卷。

刘凤诰　（1761—1830），字丞牧，号金门，江西省萍乡人。清乾隆五十四年（1789）己酉科探花，授翰林院编修。后曾任湖北、山东、江南主考官和广西、山东、浙江学政，担任过吏、户、礼、兵四部的侍郎，《乾隆皇帝实录》纂修官、副总纂、副总裁。著有《存悔斋集》三十二卷、《五代史记注》七十四卷、《江西经籍志补》四卷和《杜工部诗话》等。

刘鸿逵　（生卒年不详），字健余，一字渐于，号雅亭，山东庆云人。清光绪二十二年（1896）贡生。屡荐不售，主讲叙仁义塾。精堪舆，工诗文，著有《健于诗草》《汴吟集》》《续庆云诗草》等，纂有《庆云县志》四卷。

刘　惠　（1727—？），字东里，山东益都人。与同邑李文藻、平原董元度最友善，工诗，著有《秋柳园诗》一卷和《秋柳园小草》一卷。

刘　开　（1784—1824），字明东，又字方来，号孟涂，安徽桐城人。姚鼐的弟子。早年曾游历广东、浙江、泰山、黄山等风景名胜，写下了不少诗篇。著有《刘孟涂诗文集》十四卷、《骈文》二卷、《广列女传》二十卷和《论语补注》三卷。

刘　侃（生卒年不详），字谏史，号香雪，浙江江山人。清嘉庆年间（1796—1820）廪贡生。嗜古博学，有《香雪诗存》六卷。

刘　考（生卒年不详），字文佑，山东历城（今济南）人。刘伍宽（1679—1745）之孙。诸生。有《石萝山房诗钞》。

刘克明（生卒年不详），籍贯及生平事迹待考。1943年曾在《社会日报》杂志上发表诗歌作品多首。

刘鹏年（1896—1963），字雪耘，自号鞭影楼主，湖南醴陵人。南社社员。1924年加入南社湘集，1934年任社长，先后出版《南社湘集》八期。著有《鞭影楼词》《涉江集》《泰山游记》等。

刘　迁（生卒年不详），字无始，又字出谷，自号钟阳子，山东历城（今济南市）人。明万历十年（1582）壬午科举人，二十一年（1593）前后官商水县知县，三十五年（1607）前后升河南卫辉府知府。著有历下八景诗及《乾坤微言》一卷。

刘谦吉（1623—1709），字讱庵，一字六皆，号雪作老人，江苏山阳人。清康熙三年（1664）甲辰科进士。二十七年（1688）由户部郎中升任思南知府，爱民课士，续修郡志，卓有政绩。三十二年（1693）以按察使副使任山东提学使。著有《雪作须眉诗钞》八卷。

刘　潜（生卒年不详），安徽灵璧县人。嘉靖四十一年（1522）壬戌科刘继文之子。官鸿胪寺序班。善书，有才名，未竟其用。

刘权之（1739—1819）），字德舆，号云房，湖南长沙人。清乾隆二十五年（1760）庚辰科进士，改庶吉士，授翰林院编修。后历官司经局洗马、大理寺卿、左副都御史、礼部侍郎，并曾先后督安徽、山东、江南学政。嘉庆（1796—1820）间，历升左都御史、吏部尚书、礼部尚书、兵部尚书、协办大学士，体仁阁大学士，加太子少保。曾预修《四库全书》，在事最久。工诗古文词，善书画。著有《尚友录》、《韬养斋笔记》和《长沙刘文恪公诗集》四卷（包括《进呈集》二卷、《剩存诗划》一卷和《剩存诗续草》一卷），并曾主持编修《钦定工部军器则例》。

刘善泽 （1885—1949），字腴深，晚号天隐，湖南浏阳人。十八岁补县学生员，援例入成均，授训导。1912年被选为湖南议会议员，旋闻有贿选者，乃立即退出。又先后任华洋义赈会委员、省官书局编纂，主编《湖南公报》。1921年，吴佩孚据东南五省，再三延聘他为秘书长，坚辞不就。1925年，国民政府教育总长彭允彝邀其北上任要职，亦婉拒未赴。此后历任湖南国学馆教务长、湖南省佛教君士林林长，以及湖南大学、民国大学、清华大学教授。抗日战争胜利后，仍执教湖南大学，兼任湖南省文献委员会委员，主编《湖南文物志》；与杨树达、谭戒甫、李肖聃、王啸苏等倡立“麓山诗社”，被推为社长。他精经传注疏之学，尤好为古近体诗，遗著有《三礼注汉制疏证》《论语郑注疏》《毛诗郑笺释例》《孟子正义》《沅湘耆旧集续编》《孝经讲疏》《谷梁稗抄》《清儒未刊遗著目录》《天隐庐扎记》《雨窗随忆录》《天隐庐诗集》《沅湘遗民咏》等。

刘 树 （生卒年不详），字汝兹，山东昌乐人。清乾隆十五年（1750）庚午科举人，官宣恩知县。著有《松月庐文集》和《松月庐诗稿》。

刘天民 （1486—1541），字希尹，号函山，山东历城（今济南）人。明正德九年（1514）甲戌科进士，授户部福建司主事。不久调任吏部文选司主事，后历任吏部员外郎、稽明勋司郎中、寿州知府，升河南、四川按察副使。为官清正，躬身尽职。嘉靖十四年（1535），辞官家居。性好吟咏善诗文，与边贡、李攀龙并称“历下三杰”。著有《函山集》十卷及散曲集《酸咸构肆》。

刘文瑛 （生卒年不详），籍贯待考。1931年至1935年曾在河北省省立女师学院师中部学生自治会主编的《女师院季刊》杂志上发表诗歌作品20多首。

刘伍宽 （1679—1745），字蒲若，号此亭，祖籍观城，自父辈迁居山东历城（今济南市）。少有才名，但清雍正七年（1729）始拔贡，晚年选教谕，不就。能诗，有《海右堂集》十二卷、《海右堂集钞》和《海右堂遗诗》各一卷、以及《此亭老人文稿》《扣扉集》《昔者集》等。

刘西峰 （生卒年不详），山东临沂人。民国年间在世。生平事迹待考。

刘羲龄 （生卒年不详），字邃年，一字子桢，山东利津人。廪贡，署山东长清候选训导（一说教谕）。清光绪十六年（1890）任昌邑县教谕兼理训导，二十六年（1900）任恩县训导，后升宁海州学正。

刘 岩 （1656—1716），原名枝桂，字大山，亦字日升，号无垢，江苏江浦人。清康熙三十二年（1693）更名岩，应试，举北榜第一人。四十二年

（1703）癸未科成进士，选庶吉士，散馆授翰林院编修。四十八年（1709）充己丑科会试同考官。五十年（1711）受戴名世《南山集》案牵连，被革职流放。五十二年（1713）有诏赦罪，隶汉军籍旗下。幼敏慧，以善弈名。工诗文，持论有道学气。著有《匪莪堂文集》五卷、《匪莪堂诗集》、《抽修斋诗文稿》、《石樵诗集》、《大山诗集》八卷、《大山诗余》、《大山真稿》，与徐时盛同著《燕台唱和集》。

刘　毅（1559—1618），字健甫，一字乾阳，浙江山阴人。明万历十七年（1589）己丑科进士，受刑部主事，典试广东，升山东按察使，督学山左，所拔士多策大科，调福建参议，历广东粮储副使，升广西按使副使、右布政使，所致政绩斐然。富藏书，喜古文辞，有《宝纶堂遗稿》八卷。

刘应宾（1588—1660），字元祯，别号思皇，山东沂水人。明万历四十年（1612）壬子科举人，次年癸丑科进士，初任河北赞皇县令，在任两年，抚按交章推荐，四十三年（1615）调为畿南巨邑南宫县知县。后任吏部文选司员外郎、稽勋司郎中。崇祯九年（1636）任验封司郎中，后改文选司，再转南京吏部考功司郎中。南京福王被拥立为帝后任太常寺少卿、通政使等。清顺治二年（1645）降清，擢安庐池太巡抚，参与镇压徽州金声等抗清义军。旋因故为洪承畴劾罢。侨居扬州十年，饮酒赋诗，著有《平山堂诗集》。

刘　英（生卒年不详），山东诸城人。大约清光绪（1875—1908）年间在世。

刘友田（生卒年不详），字宁止，号丹峰，德州卫诸生。宋弼（1703—1768）的岳父。能诗，有《野峰遗诗》。

刘　藻（1701—1766），初名玉麟、字麟兆，乾隆三年（1738）奉特旨改名为刘藻，字赢海，号苏村，山东巨野人。清雍正四年（1726）丙午科举人，曾任观城教谕。乾隆元年（1736），诏试博学鸿词，授翰林检讨。后历官至湖广总督，降补湖北巡抚。著有《笃庆堂文集》，纂有《曹州府志》二十二卷。

刘之鋐（生卒年不详），字心远，号约亭，又号允淑，山东诸城人。刘必显（1600—1692）之玄孙，清康熙（1662—1722）、雍正（1723—1735）时人。廪贡生。著有《四友斋诗草》。

刘仲霦（生卒年不详），字寄庵，山东诸城人。清光绪（1875—1908）间在世，曾任清光绪十八年（1892）刻本《增修诸城县续志》的采访。能诗，著有《淡虑轩诗草》。

柳亚子（1887—1958），原名柳慰高，后改名人权，再更名弃疾，字亚子，江苏省吴江县人。我国近现代著名诗人。1909年11月，和陈去病等创立革命文学团体南社，并主持社务多年。1924年10月，与邵力子、陈望道、曹聚仁等在上海发起成立新南社，并担任社长。抗日战争胜利后，任中国国民党革命委员会中央常委、中国民主同盟中央执行委员。1949年以后，历任中央人民政府委员、全国人大常委、中央文史馆副馆长等职。工旧诗，尤擅七言，一生中作有诗七千余首、词二百首，著有《柳亚子诗词选》《怀旧集》《南社纪略》等多种，辑有《南社丛刻》《苏曼殊全集》等。

龙　岭（生卒年不详），字印麓，亦字云路，号东山，山东滕县人。清乾隆四十四年（1779）己亥恩科副贡生，后曾官博平县教谕。博雅好学，熟悉掌故，经典史传外，凡有披览，皆能成诵。性温醇，诗古文出入秦汉间，远近知名士争出门下。卒年六十三。著有《石菌山斋诗稿》二卷及《峄山志》《滕薛拾遗》《桑梓考》若干卷（后两书疑为一种）。

陆瀓恩（1803—1874），字亚章，号紫峰、息庵，江苏武进（今常州市区）人。清道光十九年（1839）己亥科举人，选授知县。著有《读秋水斋文稿》六卷、《读秋水斋诗稿》十六卷，以及《陆氏嘉话》《明史兵事略》等。

陆　棻（1630—1699），原名世枋，字次友、义山，号雅坪，浙江平湖人。清康熙六年（1667）丁未科进士，管内秘书院典籍。十八年（1679）开博学鸿词科，应试中选博学鸿儒一等，授翰林院编修，充《明史》纂修官，撰《成祖本纪》《漕河水利》诸稿。不久升詹事府赞善，后历主福建乡试、顺天乡试，奉命直南书房。三十三年（1694）大考，康熙亲试，拔列为第一，超擢内阁学士，加礼部侍郎衔，总裁诸书局。次年告归故里。学识渊博，工诗文，著有《雅坪文稿》十卷、《雅坪诗稿》四十卷、《雅坪词谱》十三卷和《应试进呈诗文合刻》一卷，又编《历朝赋格》十五卷和杂著若干卷，还曾主纂《平湖县志》，任续修《唐类函》总裁和《三朝国史平定方略》《会典》《一统志》副总裁。

陆　嵩（1791—1860），字希孙，号方山，江苏吴县（今苏州市）人。清道光八年（1828）以贡生赴顺天（今北京市）乡试，不中，遂游浙、皖，幕府作客。十九年（1839）官镇江府学训导，操守廉洁，罢官后，不名一钱。著有《意苕山馆诗稿》十六卷，另有《续集》一卷和《古文》二卷等。

陆 钎 （1494—？），字举之，号少石子，浙江鄞县（今宁波）人。明正德十六年（1521）辛巳科进士（榜眼），授翰林院编修。嘉靖时出为湖广按察佥事，擢山东按察副使，提督学政，清慎公恕。锐志学问，精于史学，著述颇丰，有《少石集》十三卷，纂修有《山东通志》四十卷等。

鹿林松 （生卒年不详），字木公，号雪樵，山东福山（今属烟台）人。约清乾隆（1736—1795）、嘉庆（1796—1820）年间在世。诸生。有《雪樵诗集》和《雪樵续集》各四卷。

伦攸叙 （1849—1944），字彝轩，晚号诸北愚叟，山东莒县人。自少壮至五十多岁，大部分时间在莒东南老营山下设义馆，教授农民的孩子，寒暑不歇，诲人不倦，一生穷困潦倒，绝意仕进，也不交纨垮，不奔权门。教书之暇，攻经史，修新学，练书法、篆刻，赋诗词。抗战前夕，随子女流落青岛，年近八旬，尚在街头卖字。著有《搜剩集》《坪子咏》《桑榆集》等。

罗惇融 （1880—1924），字掞东，号瘿庵，晚年号瘿公，广东顺德人。与陈千秋、梁启超等同为康有为弟子。素有诗名，与梁鼎芬、黄节、曾习经合称“岭南近代四家”。著有《瘿瘿庵诗集》《瘿瘿庵诗外集》《中日兵事本末》等。

吕谦恒 （1653—1728），字天益，号涧樵，河南新安人。清康熙四十八年（1709）己丑科进士，授翰林编修，参与编纂《一统志》和《万姓通谱》。五十六年和五十九年，分别典试山东、湖广。雍正元年（1723），擢升为河南道御史，不久典试浙江。雍正四年（1726）初，任户部给事中，典顺天府乡试。后转任刑科掌印给事中，典试两湖，升任光禄寺卿。六年（1728），离京回乡。工诗，著有《青要山房文集》一卷和《青要山房诗集》十三卷。

M

马定国 （？—约 1165），字子卿，自号荠堂先生，山东东路博州茌平（今山东聊城市茌平区）人。阜昌初（即绍兴元年，1131）游济南，以诗感齐王刘豫，被授监察御史。后官至翰林学士。尝著《石鼓辨》万余言，将其定为五代周所造，出入传记，引据甚明，学者以比蔡珪的《燕王墓辨》。工诗，有《荠堂集》。

马国翰 （1794—1857），字词溪，号竹吾，原籍山东章丘县，曾祖父时迁居历城县（今济南）。清道光十二年（1832）壬辰恩科进士，分发陕西，先后任敷城、石泉、云阳知县，陇州知州。咸丰三年（1853）告老还乡。为清代著名学者和辑佚大家、藏书家，所辑《玉函山房辑佚书》搜罗之丰富、卷帙之浩繁，为辑佚史上的空前成就。工诗文，著有《玉函山房诗集》九卷、《玉函山房文集》五卷、《玉函山房文续集》五卷、《月令七十二候诗自注》四卷、《夏小正诗自注》十二卷、《红藕花轩泉品》八卷、《目耕帖》三十一卷、《竹如意》二卷及《海棠百咏》《百八唱和集》《买春诗话》《农谚》各一卷等。

马履泰 （1746—1829），字叔安，一字定民，号秋药、菽庵、秋药庵主等，浙江仁和（今杭州）人。清乾隆五十二年（1787）丁未科进士，后累官至太常寺卿。工书善画，为乾嘉“十六画人”之一。以文章气节重于时，著有《秋药庵诗集》八卷。乾隆六十年（1795）夏天，曾客寓济南泺源书院，与时任山东学政的阮元及当时在济的文人名士桂馥、颜崇椝、武亿、朱文藻、段松苓、何元锡、吴文徵、余鹏年、周曼亭、郭敏磐、郑光伦等多次雅集于小沧浪亭。

马汝舟 （生卒年不详），字济川，山东章丘县人。年十二入郡学，清嘉庆五年（1800）由岁贡举顺天乡试，次年辛酉恩科中进士，十五年（1810）任山西襄垣知县，严明果断，百姓畏服。十八年（1813）充山西乡试同考官。著有《贻穀堂诗文集》。

马桐芳 （生卒年不详），字子琴，号西坡、憨斋居士，山东长山（今邹平市）人。清道光（1821—1850）年间在世。有《聊以自娱集》一卷（续一卷）、《马子琴诗》一卷、《饮和堂诗存》、《憨斋诗话》四卷、《憨斋诗删》十一卷、《杜诗集评》六卷和《伤寒论直解》八卷，编有《六家诗选》。

马惟敏 （1644—1705），字超骧，号半处士，山东齐东（今邹平、博兴一带）人。诸生。性嗜酒，不喜见名利人，靠授徒为生。著有《半处士诗集》两卷。

马元本 （生卒年不详），字爱泉，山东滕县人。著有《傍山诗记》《榛苓吟思》。

满秋石 （1749—1830），字碧山，别号若谷，山东滕州人。早岁笃学嗜诗，从曲阜颜崇椝读书。清乾隆三十九年（1774）甲午科举人。嘉庆十七年（1812）任浙江武义县令，厘剔奸弊，一年里狱内仅有三人。十九年（1814）移疾归。著有《断蔗山房诗稿》《归雪楼近稿》《为可堂文集》等。

毛大瀛 （1735—1800），又名毛泛，原名思正，字又芪，又字海客，江南宝山（今属上海）人。少以能诗名，为“练川十二才子”之一。由附监生充四库馆誊录，用州同，发陕西，先后为河南巡抚毕沅、山东巡抚惠龄调用。大兵征廓尔喀，惠龄督四川，办理济咙粮务，檄大瀛赴西藏差遣。事竣，留川，借补潼川府经历，以军功擢授中江县知县。嘉庆元年（1796），复以军功擢授四川简州知州。四年，回简州任。五年（1800），在御匪时力战遇害。擅笺奏，工诗词，有《戏鸥居诗钞》八卷、《戏鸥居词话》一卷。

毛鸿宾 （1811—1867），字寅庵，又字翊云、寄云，号菊隐，山东历城（今济南市）人。清道光十八年（1838）进士，选庶吉士，散馆，授翰林院编修。后充顺天府乡试同考官、会试同考宫，任江南道监察御史，升礼部给事中，转兵科给事中。不久，丁母忧。咸丰二年（1852），服阕，补礼科给事中。次年受命回到山东历城办理团练。五年（1855）简授湖北荆宜施道，次年调襄郧荆道。十年（1860）升安徽按察使、江苏布政使。次年升湖南巡抚。同治二年（1863）夏擢两广总督。四年（1865）因过革职，回原籍。工诗能文，著有《毛尚书奏议》十六卷和《澹虑斋诗文集》二卷。

毛师柱 （1634—1711）江南太仓人，字亦史，号端峰。陆世仪弟子。为奏销案所累，弃科举，游幕四方，同时游览各地山川古迹，创作了大量的山水诗、咏古诗、唱酬诗。有《端峰诗选》。

毛永柏 （1801—?），字素存，奉天金县（一说宁海）籍，江苏吴县人。道光二十三年（1843）新城县丞，二十四年（1844）任天津知县，二十六年（1846）署大名府知府，二十九年（1849）由石景山同知兼护永定河道。咸丰六年（1856）升青州知府，七年（1857）任开州知州。著有《小红薇馆吟草》和《小红薇馆拾余诗钞》各四卷，并曾主修咸丰《大名府志》二十二卷、《青州府志》四十六卷。

冒广生 （1873—1959），字鹤亭，号疚斋，江苏如皋人。清光绪二十年（1894）甲午科举人。曾参与戊戌维新，历官刑部郎中、农工商部郎中。民国初任江浙等地海关监督。抗战时留居上海，为太炎文学院词曲教授。早岁问学于外祖周星诒，又得粤东著名文人叶衍兰垂青，后又与郑文焯、朱孝臧、吴梅等交往，词学功底深湛。著有《小三吾亭词选》一卷、《小三吾亭词话》五卷。

梅成栋 （1776—1844），字树君，号吟斋，天津人。清嘉庆五年（1800）庚申科举人，与崔旭、姚元之同出张船山（即张问陶）门下，人称“张门三才子”。道光十七年（1837）官永平府学训导。曾倡立辅仁学院，主讲席十余年。工诗，曾在天津水西庄与文人名士结成“梅花诗社”，是当时天津诗坛公认的领袖。著有《树君诗钞》二卷、《树君古文》三卷、《吟斋笔存》四卷、《欲起竹间楼诗集》十六卷、《儒释合谈》一卷、《管见篇》四卷及《四书讲义》等，辑有《津门诗抄》三十卷。

梅　钺（生卒年不详），字浚川，又字澹克，原名钿，麻城人。梅国桢（1542—1605）之孙。清乾隆二十七年（1762）钦赐举人，曾官金吾。能诗，但多散佚不传，有《桐下诗余》。

孟长峦（？—1820），字云庄，号篠林，山东临邑人。陵县。清乾隆五十七年（1792）壬子科举人（京闱亚魁），后以知县用，分发河北，嘉庆九年（1804）任河北肥乡县知县，十一年（1806）任永年县知县，十二年（1807）任广宗县知县，二十二年（1817）任武强县知县，同年调曲阳知县。前后任知县二十余年，洁己爱民，始终如一。剔奸除暴，为民除害。著有《云林馆诗文集》。

孟传璿（？—1843），字在星，山东章丘县人。诸生，官寿光训导。工诗词，有《赠云山馆遗诗》《红藕花榭诗余》。

孟传铸（1804—1874），字剑农，号柳桥，山东章丘人。工诗古文辞，综览子史百家，宏通淹贯，清道光十七年（1837）拔贡，受督学季公所赏识和器重。此后屡踬乙科，因母老需养，先后就职易州、新化、冀州州判，所至有声。道光二十八年（1848）丁艰归里。咸丰九年（1859）至同治十一年（1872）间任赵州通判，政绩亦著。所著甚多，多未付梓，刊行者仅《秋根书室诗文集》十四卷（附《西行纪程》二卷、《西征集》一卷），纂有同治《直隶赵州志》二十一卷（首一卷）。

孟广琛（1832—1890），字献廷，自号白山玉樵，山东诸城人。孟昭鸿（1883—1947）之父。清咸丰年间（1851—1861）附贡生，分部行走，主事，援例为侍郎。亲殁，不乐仕进，归隐乡里，搜罗名人刻石、墨迹甚多。善书法，工诗，著有《双松书屋诗稿》二卷。

孟继垚（1800—1862），字学山，山东诸城人。清道光二十年（1840）庚子科举人，由謄录选江苏震泽知县，兴利除弊，卓有政绩。长于文学，著有《静远堂诗文杂体》四卷和《双松书屋诗存》二卷。

孟昭鸿（1883—1947），字方陆，中年改字方儒，自署曰放庐，山东诸城人。工诗文，擅汉隶，精治印，善鉴赏，有《放庐印存》一册、《放庐诗集》二卷，并编辑出版有《汉印文字类纂》四册、《汉印分韵三集》二卷。

明湖散人（生卒年不详），真实姓名无考，明崇祯（1628—1644）年间在世。

莫叔明（1508—1583），一名更生，字公远、延年，号寒泉子，南直隶苏州府长洲人（今江苏苏州）。少有清操，工古文辞，尤长于诗。家贫穷，苦心文华，家事大细不复问。明嘉靖三十一年（1552）金城任苏州知府，辟莫叔明为博士弟子员。三十三年（1554）莫抑知长洲，聘其教子。晚年移居杭州。著有《历下集》《花县集》等。

缪荃孙（1844—1919），字炎之，又字筱珊（小山），晚号艺风，自称艺风老人，江苏江阴人。清末民初四大才子之一。清光绪二年（1876）丙子科进士，授翰林院编修。后协助张之洞撰写《书目问答》四卷，总纂《顺天府志》。光绪十四年（1888）担任南菁书院掌教，光绪十七年（1891）二月底至济南主讲泺源书院。十九年（1893）复应张之洞之招，至武汉重修《湖北通志》。次年，任南京钟山书院山长，兼掌常州龙城书院。二十七年（1891）任江楚编译局总纂。第二年出任江南高等学堂监督。后负责筹建三江师范学堂。三十三年（1907）受聘筹建江南图书馆（今南京图书馆），出任总办。宣统二年（1910）奉调至京，创办了北京京师图书馆（今中国国家图书馆），任正监督，并亲自清理秘阁藏书，纂成《善本书目》八卷、《各省志书目》四卷等。民国三年（1914）被聘为《清史》总纂，草拟全史凡例，并负责“儒林”“文苑”“循吏”“孝友”“隐逸”“土司”“明遗臣”等七传的编写。《江苏通志》重议开局后，又被请拟订碑铭大纲，编录考订《江苏通志·金石卷》。民国四年（1915）又任《江阴县续志》总纂。学识渊博，在历史、方志、目录学、金石考据、金石鉴赏、教育、图书馆等方面都取得了卓越的成就。自著书二百卷，包括《艺风堂读书记》一卷、《藏书记》八卷、《藏书续记》十二卷、《金石文字目》十八卷、《金石分地编》二十四卷、《艺风堂文集》和《续集》各八卷，以及《艺风堂诗集》若干卷，纂辑有《续国朝碑传集》一百卷、《常州词录》三十一卷，编刊有《云自在龛丛书》《对雨楼丛书》《藕香零拾》《烟画东堂小品》若干种，并辑校过明代徐勃的《红雨楼题跋》、清代钱曾的《读书敏求记》、黄丕烈的《尧圃藏书题识》

等。

牟　屺 （生卒年不详），字瞻鞠，山东栖霞人。诸生。

缪润绂 （1851—1939），原名裕绂，字东霖，号钓寒渔人，满族，汉军正白旗人，生于沈阳。清光绪十八年（1892）壬辰科进士，曾任户部主事、濮州知州及阳信、郓城、齐东、齐河知县，临清知州。清末民初曾长期寓居济南，并于南护城河畔筑潜园，对济南山水多有题咏。工诗，擅书法、篆刻，著有《舍光堂文集》《沈阳百咏》《陪京杂述》等。

罯　厂 （生卒年不详），真实姓名及籍贯待考。1939 年至 1943 年间曾在《新东亚》《雅言（北京）》等报刊上发表诗词作品 10 多首。

N

南玉香子 （生卒年不详），真实姓名及生平事迹均待考。

倪　鸿 （1830—1892），字延年，号耘劬、云癯，广西临桂（今桂林）人，曾寓居、游宦广东三十余年。曾官广东番禺县丞。工诗文，善书画，工古隶。著有《退遂斋诗钞》《诗续集》《花阴写梦词》《试律新话》《桐阴清话》等。

O

欧阳溥存 （生卒年不详），字仲涛，江西丰城人。1917 年曾任北洋政府内务部礼俗司司长，1919 年任甘肃省泾原道道尹，著有《中国文学史纲》《母道》等，并与陆费逵、冯国超等编有《中华大字典》。

P

潘呈雅 （生卒年不详），字雅三，号秣陵山人，山东济宁人。廪贡生。工诗、古文，尤精汉隶、篆刻。所与交游者如郑燮、高凤翰、傅金樵、颜清谷等，皆一时名流，书画篆刻，互有赠答。《秣陵诗草》一卷，收其于乾隆九年（1744）至二十一年（1756）间所作诗一百零九首。另有《秣陵小词》。

潘　敬 （生卒年不详），籍贯及生平事迹待考。1936 年曾在《交大平院季刊》《改进专刊》《铁路月刊：北宁线》等报刊上发表诗文作品多首（篇）。

潘矩健 （生卒年不详），字康甫，一字亢甫，别号斟秋，山东济宁人。附监生。清末民初时在世，有《前后汉拾遗》三卷和《亢父诗草》三卷。

潘乃光 （1844—1901），字晟甫，广西荔浦人。清同治四年（1865）乙丑科举人，游于幕，积功至山东候补道。著有《榕阴草堂诗草》十四卷。

潘子震 （生卒年不详），山东历城（今济南市）人。潘子雨弟。明万历（1573—1620）初贡生，官莘县训导。能诗，有《潘子震诗稿》。

潘遵鼎 （1763—？），字铁庵，山东济宁人。博学多识，乡试屡不第，肆力于古文辞。诗宗王渔洋，多清微淡远之音，遨游南北，留心经世之学，凡古今制度损益、舆地沿革，无不讲贯条晰，且精医理，著有《铁庵诗草》《梦槐轩诗草》《勿自欺斋诗钞》各一卷，以及《勿自欺斋文钞》《运气述》《伤寒温习录》《本草地理今释》等。

庞　垲 （1639—1707），字霁公，号雪崖，晚号牧翁，河北任丘人。清康熙十四年（1675）乙卯科举人，十八年（1679）召试博学鸿词科，授翰林院检讨，参加纂修《明史》。二十四年（1685）大考，降内阁中书，不久迁工部主事，又升为户部郎中，改福建建宁知府，任内颇有政绩，不久告归。著有《翰苑稿》十四卷、《舍人稿》六卷、《工部稿》十一卷、《户部稿》十卷、《建州稿》五卷、《丛碧山房文集》八卷、《杂著》三卷及《和陶稿》《归田稿》各一卷等。

彭启丰 （1701—1784），字翰文，号芝庭，又号香山老人，江南长洲（今苏州）人。清雍正五年（1727）丁未科状元，官翰林院修撰，入直南书房。乾隆年间（1736—1795）历官侍讲、左佥都御史、浙江学政、刑部侍郎、吏部侍郎、兵部尚书。为官四十年，以谨慎著称。晚年主讲于紫阳书院。工于书法，善于绘画，又能诗文，著有《芝庭文稿》八卷、《芝庭诗稿》十四卷。

彭　訚 （生卒年不详），字体谦，号药谷，湖南湘乡人。清嘉庆三年（1798）戊午举人，以知县分发山东，署肥城县事，平反以疑罪而拟处死者六人，释放无辜受累者一百多人，后调任济阳知县。能诗，有《东梦楼集》。

彭云鹤 （1739—1790），字甸与，号秋圃，其先世本为自河北枣强，后迁居山东历城（今济南市）。颖敏绝人，九岁能属文，弱冠补诸生，被桑调元、沈书升等人所推许。教授于外，四方学者翕然称之。文词敏捷，挥毫立就。清乾隆四十四年（1779）己亥恩科举人，十年后的五十四年（1790）己酉恩科成进士。同年不幸病逝。诗文稿多散失，有《箧中诗草》一卷及词集《灯前即景》。

洴澼庐主人 （生卒年不详），真实姓名及生平事迹待考。

蒲松龄 （1640—1715），字留仙，一字剑臣，号柳泉居士，世人多以“聊斋先生”称之，山东淄川人。清顺治十五年（1658），十九岁的蒲松龄应童科之试，以县、府、道三个第一的成绩补博士弟子员，并受知于当时的山东学政施闰章，“文名籍籍诸生间”，但是在此后的乡试过程中却由于种种原因而屡试不第、备尝艰辛，一直考到60多岁依然未能如愿中举，到72岁那年才援例成为“岁贡生”，得一“候选儒学训导”的虚衔。科场上的困蹇、生活上的贫寒成就了蒲松龄文学上的巨大成就，其短篇小说集《聊斋志异》在思想内容和艺术成就方面都达到了我国文言文短篇小说的最高峰，在世界文学长廊中亦占有显赫位置。

濮文暹 （1830—1910），字青士，晚号瘦梅子，江苏溧水人。清咸丰九年（1859）己未科举人，同治四年（1865）乙丑科进士，授刑部陕西司主事，后升员外郎，迁四川司郎中，居心平恕，察事精详，参与审理了很多朝廷要案，平反了不少冤狱。光绪九年（1883），简放潼关道堂官，旋补南阳知府。后三任开封知府，一任彰德知府，皆有政声，升用道员。熟谙诗、书、经、史，凡天文、算学、地理、任遁诸术无不精通，且好鼓琴，擅声曲，工诗文以及刀槊诸术，并嗜读《红楼梦》，为我国研究《红楼梦》的著名人物。著有《见在龛集》二十二卷（附《补遗》一卷）、《见在龛杂作存稿》四册和《提牢琐记》一卷等。

Q

祁承爜 （1563—1628），字尔光，号夷度，又号旷翁，晚号密园老人，浙江山阴（今绍兴）人。明万历三十二年（1604）甲辰科进士，任山东、江苏、安徽、河南等地地方官，官终江西布政使右参使。藏书富甲江左，又喜抄书，多世人未见之本。其《澹生堂藏书目》一书中著录有其所藏图书九千多种，十万多卷。著有《牧津》《澹生堂集》《澹生堂杂著》《澹生堂书目》《澹生堂藏书约》《庚申整书小记》等。

祁寯藻 （1793—1866），字叔颖，一字淳甫（后避讳改为实甫），号春圃、息翁、间叟，晚号观斋、䜣䜣亭叟，山西寿阳县人。清嘉庆十九年（1814）甲戌科进士，选翰林院庶吉士，授翰林院编修。道光元年（1821）奉旨在南书房行走，后历官至吏部右侍郎、左都御史等。道光十九年（1839年）亲赴福建筹办海防，查禁鸦片。旋升兵部尚书。二十一年（1841年）授军机大臣。太平天国兴起后，与肃顺同掌户部。后累官至体仁阁大学士。咸丰四年（1854）以老病告归。“辛酉政变”后特诏起复，入直弘德殿，负责教习同治帝读书。同治三年（1864）自请致仕。一生历嘉庆、道光、咸丰和同治四朝，居官五十余年，忠清亮直，担任过道光、咸丰、同治三位皇帝的老师，有“四朝文臣”“三代帝师”“寿阳相国”之称。平生提倡朴学，主张通训诂，明义理，倡导经世致用之学，并身体力行，为士林所推崇，被赞为“一代儒宗”，有《马首农言》《䜩歈亭集》《勤学斋笔记》《廷枢裁笔》《静默斋日记》《京口山水考》《圆明园直庐书札》《息园日记》和《观我斋日记》等。今人编有《祁寯藻集》。

钱陈群（1686—1774年），字主敬，号香树，又号集斋、柘南居士，浙江嘉兴人，祖籍浙江海盐。清康熙六十年（1721）辛丑科进士，改庶吉士，授编修。雍正七年（1729），任陕西宣谕化导使。后历任侍读学士，入值内廷，充日讲起居注官，五迁右通政，督顺天学政。乾隆元年（1736），以母丧辞官。服除，仍督顺天学政。后三迁至内阁学士，擢刑部侍郎，历充经筵讲官、会试副总裁，两典江西乡试。历事康熙、雍正、乾隆三朝，又曾任经筵讲官，特得乾隆帝尊宠，倚为元老儒臣，称为故人。乾隆南巡，钱陈群多次迎驾。

钱仪吉（1783—1850），本姓何，原名逵吉，后冒姓钱，字霭人，号新梧，又号心壶、星湖、衎石，浙江嘉兴人。清嘉庆十三年（1808）戊辰科进士，选庶吉士，散馆，以户部主事用，历河南道御史、工科掌印给事中等。道光十年（1830），以户部失察假照案罢官，遂以教授为业，先后主讲广东学海堂、开封大梁书院。学问广博，长于著述，有《衎石斋记事稿》十卷、和《衎石斋记事续稿》十卷、《衎石斋晚年诗稿》五卷、《闽游集》二卷、《北郭集》四卷、《澄观集》八卷、《定庐集》六卷《旅逸小稿》二卷和《刻楮集》四卷等。

钱　载（1708—1793），字坤一，号箨石，又号瓠尊，晚号万松居士、百幅老人，浙江秀水（今嘉兴市）人。清乾隆元年十七年（1752）壬申科进士，选庶吉士，散馆，授翰林编修。二十二年（1757）为会试同考官，后屡主诸省乡试，七迁至内阁学士，直上书房。四十一年（1776）督山东学政。四十五年（1780）奉命祭告陕西、四川岳渎及帝王陵寝。寻擢礼部左侍郎。四十七年（1782）以老告归。晚年以卖画为生，家徒壁立，十分清贫。工诗善画，著有《箨石斋诗集》《箨石斋文集》。

乔　岳（生卒年不详），字松石，山东历城（今济南市）人。清嘉庆（1796—1820）、道光（1821—1849）年间在世。诸生。天分卓绝，赋性洒落。

幼负经世之才，中年作过盐商代理。晚年由大明湖畔迁居城南黑虎泉边。通音律，善度曲，吹竹弹丝，无不精妙。工诗，诗多警句，和陶诗尤受人称道，对济南名胜风物尤多题咏，有《松石诗钞》二卷。

秦　黉（1722—1790），字序堂，号西岩，自号石研斋主，江苏江都人。清乾隆十七年（1752）壬申科进士，改庶吉士，授翰林编修。典广东试者一，山东试者二，顺天乡试同考一，会试同考二。改四川道御史，差通州坐粮厅，擢湖南岳常澧道。以母老请养归，以读书著作为乐事，著有《石研斋集》十二卷、《石研斋主年谱》、《敦仁堂遗文》、《周礼纂注》、《史鉴杂录》、《古今体诗》四卷和《诗余》一卷等。

秦　济（1652—1735），字公楫，号忍庵，人称止园先生，山东邹县人。贡生，曾任江苏靖江、陕西狄道知县。以诗文名，著有《止园集》六卷（附词一卷）。

秦松龄（1637—1714），字汉石，又字次淑，号留仙，又号村岩，晚年号苍枧山人，江苏无锡人。清顺治十二年（1655）乙未科进士，授国史馆检讨，能与编修《明史》。后以奏销案褫职，罢职归里。康熙十八年（1679）举博学鸿词科一等，复授检讨。二十年（1681）充日讲起居注官，寻典江西乡试。历任左赞善、右谕德。二十三年（1684）主持顺天乡试，又因磨勘落职入狱。经徐乾学为其力解，得释放，告归里居。里居二十余年，专治《毛诗》，著有《苍岘山人文集》六卷、《苍岘山人诗集》五卷、《微云词》一卷，以及《毛诗日笺》六卷。

秦　瀛（1743—1821），原名沛，字凌沧，一字小岘，号遂庵，江苏无锡人。清乾隆三十九年（1774）甲午科举人。四十一年（1776），乾隆南巡，召试山东行在，授内阁中书，充军机章京。五十八年（1797），出为浙江温处道，有惠政。嘉庆三年（1798），官浙江杭嘉湖道。五年（1800年），擢升浙江按察使，后以疾归。九年（1804），补广东按察使。十年（1805），迁浙江布政使，入觐，授光禄寺卿，转太常寺卿。十二年（1807），擢刑部右侍郎，左迁光禄寺卿。后历官左副都御史、仓场侍郎，迁内阁学士，晋兵部右侍郎，调刑部。十五年（1810），以病解任归里。学宗宋儒，文本六经，为桐城派的重要传人。著有《小岘山人诗集》二十八卷、《小岘山人文集》九卷、《己未词科录》十卷和《淮海公年谱》六卷等。

裘曰修 （1712—1773），字叔度，一字漫士，江西新建（今南京市新建区）人。清乾隆四年（1739）己未科进士，改庶吉士，散馆，授编修，先后在兵部、户部、吏部任职。二十一年（1756）入值军机处，奉命平定准格尔叛乱。二十五年（1760）任仓场侍郎。三十一年（1766）先后任礼部尚书、工部尚书、刑部尚书。在治水疏河方面功绩卓著，对当时的黄河、大运河、淮河等进行了治理。博学多才，多次主持乡试、会试，并曾任《清会典》总裁、《四库全书》馆总裁，奉敕撰修《西清古鉴》《钱录》《秘殿珠林》《石渠实笈》《热河志》《太学志》等，著有《奏议》十卷和《裘文达公文集》《裘文达公诗集》等。

屈　复 （1668—1745），初名北雄，字见心，号晦翁，晚号逋翁、金粟老人，世称“关西夫子”，陕西蒲城人。十九岁时应童子试，考中第一名。不久出游晋、豫、苏、浙各地，又历经闽、粤等处，并四至京师。康熙四十一年（1702）定居山东郯城。清乾隆元年（1736）刑部右侍郎杨起曾上疏荐其应博学鸿词科，借口年老多病，坚不应征。著有《弱水集》二十二卷、《楚辞新注》八卷、《杜工部诗评》十八卷、《唐诗成法》八卷及《玉溪生诗意》（又名《李义山诗笺注》）八卷。

R

任登瀛 （生卒年不详），山东历城（今济南市）人。嘉靖三十四年（1555）乙卯科举人。官河东运使。有《任登瀛诗稿》。

任弘远 （1677—？），字仔肩，号泺湄，祖籍河东（今属山西），山东历城（今济南市）人。清康熙、乾隆年间在世。性好吟咏，不求仕进，壮游四方。清代著名诗文大家王士禛“每喜颂其《春草诗》，呼其为‘春草秀才’”。著有《鹊华山人诗集》一卷、《趵突泉志》两卷及《见山亭集》。

任　坪 （1664—1738），字坦公，号莱峰，山东高密人。清康熙三十年（1691）辛未科进士，初授行人，迁刑部郎中，奉命视山东海道。后升山西道御史，性刚直，遇事敢言，人目为真御史。以建储疏忤旨，谪塞外六年。归里后足不入城市，惟以图书自如。著有《莱峰吟》。

任　塾 （生卒年不详），江南怀宁人（今安徽安庆）人。清康熙六年丁未科（1667）进士，历官河北三河知县、磁州知州、提督山东学政、布政使司参议。能诗，曾纂修《磁州志》十二卷。

阮　亨（1783—1859），字梅叔，号仲嘉，江苏仪征籍，居扬州。阮元从弟。清嘉庆二十三年（1818）副贡。咸丰元年（1851）举孝廉方正，不就。品学端方，诗文精敏。所撰骈体文、古近体诗、词录、诗话、传奇、随笔、杂记等十一种三十六卷，汇为《春草堂丛书》刊行，另有《珠湖草堂诗钞》《琴言集》《珠湖草堂笔记》等，辑校有《七经孟子考文并补遗》二百卷、《广陵名胜图》、《皋亭唱和集》一卷、《淮海英灵续集》十二卷、《广陵诗事补》等。

阮烜辉（1784—1867），字仲寅，江西安福人。清嘉庆十三年（1808）戊辰科举人，大挑，分发山东，此后四十年间先后历官济阳、恩县、禹城、临朐、黄县、平度、茌平、新城等十二州县的知县或知州，充四科同考官，治不烦苛，劝民息争。著有《安愚堂文钞》十卷、《安愚集》八卷、《吟秋百律》一卷及《朝天集》，编有《澹园倡和集》。

阮以鼎（1560—1609），字太乙，号盛唐，安徽怀宁（今安庆）人。阮大铖嗣父。明万历二十六年（1598）戊戌科进士，授户部河南司主事，升河南布政司参政兼信阳兵备佥事。

阮　元（1764—1849），字伯元，号芸台，又号雷塘庵主，晚号怡性老人，江苏仪征人。清乾隆五十四年（1789）己酉科进士，入翰林院，任庶吉士，散馆，授编修。后曾官浙江、河南、江西、湖南巡抚，湖广、两广、云贵总督。晚年升协办大学士、拜体仁阁大学士，先后加太子少保、太保、太傅衔，与鹿鸣宴。道光十八年（1838）致仕，返扬州定居。学问渊博，在经史、小学、方志、舆地、金石及诗词方面都有很高造诣，尤以音韵训诂之学为长。著书一百八十余种，有《揅经室集》五十七卷、《石渠随笔》八卷、《山左金石志》二十四卷、《两浙金石志》十八卷、《畴人传》五十九卷等，编刻有《经籍纂诂》一百一十六卷、《两浙輶轩录》四十九卷、《诂经精舍文集》十四卷、《十三经注疏校勘记》二百四十五卷、《四库未收书目提要》五卷、《皇清经解》一千四百卷，并主持修纂了《浙江通志》《广东通志》《云南通志》《扬州图经》等。

芮　麟（1909—1965），字子玉，号玉庐，江苏无锡人。现代作家、诗人、文艺理论家。1929 年自江苏省立教育学院毕业后先后任无锡县农民教育馆馆长、职业教育指导所所长、民众教育馆馆长、《无锡民众周报》编辑、总编等职。上世纪 30 年代初期加入中华图书馆协会、中国社会教育社、中华职业教育社，从事社会教育和文学创作。抗战期间，曾任山东省政府秘书、农林部秘书、科长、代司长及青岛市政府人事处长等职，先后创办山东战时出版社、乾坤出版社和《青声》杂志社，主编《大山东月刊》。其文学作品以写作文学评论、山水游记和格律诗为主，其对中国现代山水文学创作的奉献则更为重要，著有山水游记《自然的画图》《无锡导游》《山左十日记》《东南环游记》《北国纪游》《中原旅行记》《青岛游记》等，及诗集《玉庐诗稿》《心浪》《战时纪行诗草》《莽苍苍行》）等。此外，其著作还有传记体的《三十自记》以及社会教育类的《无锡民众读本》《河南民众读本》《青岛民众读本》《民众家事讲话》《暑期民众读本》《战时民众读本》《国难时期的民众教育》《民众国防教育实施法》等。

S

桑调元（1695—1771），字伊佐，号鼓甫，浙江钱塘人。清雍正四年（1726）丙午科顺天乡试举人，十一年（1733）癸丑科进士，授工部屯田司主事。后引疾归田，历主九江濂溪、嘉兴鸳湖、河南大梁、山东泺源书院。精于史学与性理之学，在教学方面卓有成就，编撰有《大梁书院学规》《道山书院学规》《江西瀛溪书院》与《泺源书院学规》等。另有《五岳集》二十卷、《弢甫文集》三十卷，《弢甫诗集》十四卷、《弢甫续集》二十卷及《论语说》《躬身实践录》《桑孝子旌门录》等。

沙承蕉（生卒年不详），字髯庸，江苏武进（今常州市）人。

沙张白（1626—1691），原名一卿，字介臣，号定峰，江苏江阴人。明崇祯（1628—1644）间诸生，清康熙十一年（1672）再试秋闱不第，遂闭门著书，直至终老。性兀傲，耻奔竞。长于史学，经史之外，医卜星相之类亦广为涉猎。其乐府诗出入汉、魏，著有《定峰乐府》十卷及《定峰文选》《读史大略》等。

单　鼎，字子固，山东高密人。清乾隆五十九年（1794）甲寅科举人，分发直隶知县。学行为世所重，工诗词。

单华炬（生卒年不详），字西仲，山东高密人。清乾隆（1736—1795）间在世。著有《清厚堂诗钞》和《睦族文》各一卷。

单可惠（？—1821？），号芥舟，别号白羊山人，山东高密人。邑诸生。屡困场屋，穷巷萧然，环堵不蔽风雨上，抑郁磊落之气遂发之于诗。学问渊博，志行淳笃，肆力于诗古文词三十余年，著有《白羊山房诗钞》六卷和《古乐府》一卷。

单可基（生卒年不详），字野甫，号小昆仑山人，山东高密人。单烺（1708—1776）次子。为人谦和，少年即负诗名。清乾隆二十七年（1762）壬午科举人，四十六年（1781）辛丑科进士，官河南商城、洛阳知县，平易近人，多惠政。五十九年（1794）调任广东揭阳知县，同年再调湖南始兴知县。著有《竹石居诗》二卷、《竹石居稿》四卷，另有笔记小说《在庵笔闻》四卷（附《砚池十二诗》一卷）。

单可墉（生卒年不详），字子庸，号恒庵，山东高密人。诸生。能诗。

单　烺（1708—1776）字嚁灵，号青偐，山东高密人。清乾隆元年（1736）丙辰科（一说四年己未科）进士，初授龙门知县，历宛平县、抚宁县，迁西路同知，升广平府知府、铜仁府知府，所至皆有政声。好学工诗，著有《大昆嵛山人稿》四卷。

单朋锡（生卒年不详），字季鹤，山东高密人。清光绪十七年（1891）辛卯科举人。能诗文，有《季鹤遗文》《季鹤遗诗》各一卷。

单仝裕（生卒年不详），字耕余，号心湖，山东高密人。能诗，有《心湖随意草》一卷。

单为鏓（1791—？），字伯平，号芙秋，山东高密人。单可玉（1746—1814）之子。清嘉庆十八年（1813）癸酉科岁贡，道光二年（1822）保举孝廉方正，除巨野县训导。道光六年（1826）七月任栖霞县学教谕，咸丰元年（1851）复任，品行端方，学问淹博，申明量学，教士有法。晚年讲学于济南长清书院、泺源书院。工诗，著有诗文集《奉萱草堂诗钞》《奉萱草堂文钞》《奉萱堂古文诗稿》及《读经札记》《春秋三传札记》《四书述义》《四书续闻》《春秋述义》等理学著作，成就一家之言。另有《中庸述义》《四书乡音辨讹》《韩文一得》《丧服古今通考》《典制考评》《单征君全集》等。

单尉然（生卒年不详），字蔚村，山东高密人。单中吕之子。能诗，有《蔚村吟草》一卷。

单务爽（约1667—？），字西山，山东高密人。清康熙二十六年（1687）丁卯科举人。能诗，有《浣俗斋诗草》一卷。

单颐寿（约1823—？），字友仕，山东高密人。廪贡生。能诗，有《友仁诗钞》一卷。

单映墀（约1783—？），字芳坪，山东高密人。有《芳坪诗草》一卷。

单　鋁（生卒年不详），字廉夫，号菱浦，山东高密人。监生。随父宦游二十余年，精禅宗、医理，工诗古文，有《藹庐古文集》《藹庐诗文遗草》《心经真诠》。

单中吕（约1788—？），字少林，山东高密人。自清嘉庆三十年始从李诒经学诗，然随作随弃。自道光十八年（1838）、十九年（1839）年始存稿为集，成《延绿山房吟草》一卷。

单宗元（生卒年不详），字绍伯，号愚溪，山东高密人。监生。因病弃举业，专意于诗，开高密诗风之先，有《西窗诗草》《愚溪集》各一卷。

邵葆醇（1766—？），字睦民，号菘畴，顺天宛平（今北京大兴）人。清乾隆五十五年（1790）庚戌科进士，曾官福建台湾府海防兼南路理番同知，福建延平府、山东登州府知府。有《韡华吟舫诗钞》。

邵葆祺（约1761—？），字寿民，号屿春，又号情禅，顺天府大兴（今属北京）人。嘉庆元年（1796）丙辰科进士，历官吏部稽勋员外郎。《桥东诗草》二十四卷、《情禅谩语》和《司勋存稿》各一卷。

邵承照（1832—？），字伯鹰，号香听，顺天大兴（今北京市）人。浙江籍举人。清同治五年（1866）官肥城知县，任满后留置肥城，光绪十六年（1890）辑纂《肥城县志》十卷（首一卷）。二十一年（1895）又与李桐纂《五峰山志》十二卷。光绪二十二年（1896）官曹州知府，二十五年（1899）回任。著有《云卧堂诗集》，另辑有《纪河间诗话》三卷。

邵亨豫（1818—1883），字汴生，江苏常熟人。清道光三十年（1850）庚戌科进士，散馆，授编修。咸丰年间任安徽学政。同治元年（1862）授国子监祭酒。后迁内阁学士、福建巡抚，任礼部右侍郎，调仓场侍郎。十年（1872）署理陕西巡抚。光绪四年（1878）调任湖北巡抚，旋调湖南巡抚。因反对开浏阳、醴陵铜矿和铅矿，被劾内用，历任礼部左侍郎，吏部右侍郎，户部、工部右侍郎，兼管钱法堂事务。著有《愿学堂诗存》二十二卷。

申涵光（1619—1677），字和孟，又字符孟、孚孟，号凫盟、聪山，直隶永年（今属河北）人。明诸生，少有文名，绝意举业。入清后，隐居乡间，常与殷岳、张盖往来唱和，并称"畿南三才子"。著有《聪山诗集》八卷、《聪山文集》三卷和《荆园小语》《荆园进语》《说杜》各一卷。

申士秀（1712—1778），字书升（一作"书生"），山东历城（今济南市）

人。清乾隆二十一年（1756）丙子科举人。二十八年（1763）癸未科三甲第七十一名进士。三十年（1765）署四川庆符县知县，三十八年（1773）调名山县知县，四十一年（1776）调任石泉县知县，四十二年（1777）署安县知县。周永年所撰墓表称其“诗、古文皆足成家，而经义之名尤著”。著有《尚志轩文集》二卷和《尚志轩诗集》一卷。

沈炳垣 （1784—1857），原名湖，字鱼门，一字紫卿，号晓沧，浙江桐乡人。清嘉庆十五年（1810）庚午科举人。道光六年（1826 年）任娄县（今上海松江）知县，后历任上海、南汇、元和（今江苏吴县）、新阳等县知县和太仓直隶州知州，每至一处，皆以廉惠著称。后历升苏州督粮同知、松江府海防同知。道光二十五年（1845）乙巳科中进士，选庶吉士，授编修，迁中允。咸丰四年（1854）督广西学政。咸丰七年（1857）春曾与太平军激战于南宁。曾主讲海门书院、敬业书院。喜读书，潜心经史，笃志藏书。编有《斫砚山房藏书目》四卷，著录图书千余种。著有《斫砚山房诗钞》八卷、《祥止室诗钞》十四卷和《读渔洋诗随笔》等，未刊者有《毛氏要义校勘记》《毛诗正字考》《诗经音韵异同汇说》等。

沈恩裕 （生卒年不详），江苏吴江（今苏州市吴江区）人。为同南社社员，1928 年曾与范烟烟、郑逸梅、顾悼秋等同结云社。

沈　虹 （生卒年不详），字卫梁，一字渭梁，号蓬庄，江苏长洲人。清雍正四年（1726）丙午科举人，官句容教谕。乾隆元年（1736），荐举博学鸿词，不遇。学问博洽，工诗，有《蓬庄诗集》十卷。

沈　淮 （1796—?），字均甫，号台簪，浙江桐乡人。拔贡。清道光九年至十二年（1829—1832）先后任山东肥城、德平县县令，学问渊懿，政有实心，宽猛相济。道光十三年（1833）调任临邑知县，十七年（1837）曾纂修《临邑县志》十六卷（首、末各一卷）。二十三年（1843）迁陵县知县，主修《陵县志》二十二卷（首一卷），并修文庙，创义学。工刻印，有《求是斋印谱》。亦工诗，有《三千藏印斋诗钞》四卷。

沈可培 （1737—1799），字养原，号向斋，浙江嘉兴人。乾隆三十七年（1772）壬辰科进士，初授江西上高县知县。后历官天津宝坻、山东黄县、河北吴桥、安肃县知县，所至皆有政声。曾先后主潞河、泺源、云门诸书院讲席，受业者常数百人，成就甚众。晚年辞官归里后，嘉兴知府伊汤安请他担任鸳湖书院山长。著有《依竹山房诗集》十二卷、《天官星度释略》六卷、《泺源问答》十二卷。

沈　琨（1745—1808），字兼山，号舫丁，浙江归安人。清乾隆三十六年（1771）辛卯科顺天举人，四十一年官内阁中书（1776），不久在军机处行走。五十一年（1786）授广东佛山同知。后迁工部主事，历员外郎、郎中，擢陕西道监察御史，掌京畿道，授泰安知府。嘉庆九年（1804）引疾归，十一年（1806）患风痹症，右手不能作书，寻卒。《嘉荫堂诗存》四卷。

沈名荪，字涧芳，一字涧房，浙江钱塘（今杭州市）人。清康熙二十九年（1690）庚午科举人，选攸县知县，未赴。勤于著述，工诗文，有《蛾术堂文集》十卷、《青灯竹屋诗》三卷、《退翁诗》一卷、《笔录》十卷、《史窝》八卷、《傔录》一卷、《冰脂集》四卷。其门人赵昱先校刻其诗八卷，总名之曰《梵夹集》。

沈起元（1685—1763），字子大，号敬亭，江苏太仓人。清康熙六十年（1721）辛丑科进士，选翰林院庶吉士。雍正四年（1726）任吏部验封司员外郎，不久兼任考功。次年以知府衔分发福建，后历官福建福州、兴化、台湾知府，江西驿盐道副使，河南、直隶布政使。乾隆九年（1744）任光禄寺卿，并稽查右翼宗学。为官奉公守法，清正廉直，赈饥救灾，政声颇著。十三年（1748）因病辞职归乡。曾主钟山、泺源、扬州、太仓诸书院。著有《周易孔义集说》二十卷和《敬亭文稿》四卷等。

沈受宏（1645—1722），字台臣，号白溇，别署馀不乡后人，江苏太仓人。岁贡生。少有才名，从吴伟业学诗法，兼长诗文。屡试不第，清康熙十八年（1679）以资补博士弟子。著有《白溇文集》十卷（后增刻为十二卷）。

沈廷芳（1692—1762），字畹叔，号椒园，浙江仁和（今杭州）人。初以国子生为《大清一统志》校录，清雍正十三（1735）十一月奉命巡漕山东。乾隆元年（1736）举博学鸿词科，被选为翰林院庶吉士，散馆，授编修。八年（1743）改巡江南道。十年（1745）出任山东道监察御史。十二年（1747）奉命再次巡视山东漕运，兼理河务，一直到十九年（1754）升河南按察使。二十三年（1758）七月改任山东按察使。能诗，尤精于古文，且善书法，富藏书。晚年曾掌教于粤秀、敬敷等书院。著有《隐拙斋诗集》三十卷、《隐拙斋文集》二十卷、《盥蒙杂著》四卷、《古文指授》四卷、《鉴古录》十六卷、《理学渊源》

十卷、《十三经注疏正字》八十卷、《读经义考》四十卷等。

沈同芳（1872—1916），原名志贤，字幼卿，号越石，一号蠡隐，江苏武进（今属常州）人。清光绪二十年（1894）甲午科进士，改庶吉士，授唐县知县，赐编修衔。袁树勋为山东巡抚、两广总督时，沈同芳曾入其幕。善诗、骈体、古文，有《万物炊累室骈文》一卷、《秘书集》、《公言集》及《公言集续编》。

沈　心（1697—1768？），初名廷机，字房仲，号松阜、孤石翁，浙江仁和（今杭州）人。雍正中诸生，性落拓，擅星遁、卜筮、脉诀、葬经，工诗文、书画，精刻印。著有《孤石山房诗集》六卷和《怪石录》一卷。

沈兆沄（1784—1877），字云巢，号拙安，天津人。清嘉庆二十二年（1817）丁丑科进士。道光二年（1822），散馆，授编修。后官至松江、苏州、江宁知府，权盐法道，授江安粮道。咸丰元年（1851）迁河南按察使，后历官河南、山西、浙江布政使。十年（1860）还京师，引疾乞归，主讲天津辅仁书院。卒后谥文和，国史馆立传，崇祀乡贤，复入祀畿辅先哲、河南名宦各祠。学本程、朱，又博通经史，能诗文，著有《织帘书屋诗钞》十二卷、《续钞》四卷，《篷窗随录》十四卷、《附录》和《续录》各二卷，以及《咏史诗钞》《戒讼说》《捕蝗备要十条》各一卷、《易义辑闻》二卷等。

盛百二（1720—1785后），字秦川，号柚堂，浙江秀水（今嘉兴）人。乾隆二十一年（1756）举人，曾官山东淄川知县。精研六经，嗜金石，善考证，庋藏称富。著有《柚堂文存》《皆山楼吟稿》《柚堂笔谈》《观录》《问水漫录》各四卷、《柚堂续笔谈》八卷、《尚书释天》六卷、《淄砚录》一卷、《增订教稼书》二卷等十三种，并与胡德琳、周永年等纂修《东昌府志》五十卷，和周永年等纂修《济宁直隶州志》三十四卷。

盛　枫（1661—1707），字黼宸，号丹山，浙江秀水（今嘉兴市）人。清康熙二十年（1681）辛酉科举人，任安吉州学正。著有《鞠业集》、《墨屑》、《安吉耳闻录》、《观澜录》及《嘉禾征献录》五十二卷、《外纪》八卷等。

施补华（1835—1890），字均甫，浙江乌程（今湖州）人。清同治九年（1870）庚午科举人。曾先后入祁寯藻、曾国藩幕府，被视为狂士。后因病就医于济南，受荐入左宗棠幕府。光绪十二年（1886）奉时任山东巡抚张曜之聘，专理黄河水患，任河工道台。工诗文，著有《雅泽堂文集》八卷、《雅泽堂诗集》六卷、《雅泽堂诗二集》十八卷和《岘庸说诗》一卷。

施闰章（1618—1683），字尚白，一字纪云，号愚山，晚号矩斋，又号蠖斋，清初宣城（今属安徽）人。清顺治六年（1649）己丑科进士，后历官刑部湖广司主事、广西司员外郎、江西参议并分守湖西道。康熙十八年（1679），试博学鸿词科，授翰林侍讲，后充任河南乡试正考官，转任翰林侍读，充《太宗圣训》纂修官。是清初诗坛的一大家，一生著述甚丰，有《学馀堂文集》二十八卷、《学馀堂诗集》五十卷，另有《外集》二卷（包括《砚林拾遗》和《试院冰渊》各一卷）、《别集》四卷（包括《蠖斋诗话》和《矩斋杂记》各二卷）、《遗集》六卷。

石丹文（生卒年不详），字子真，山东长山（今邹平市）人。清道光六年年（1826）岁贡。曾游学于刘大绅（1747—1828）门下。工诗，有《春雨园诗录》四卷。

石德芬（1852—1920），原名炳枢，字星巢，号惺庵，广东番禺人。清同治十二年（1873）癸酉科举人，授内阁中书。以纳资捐官，候补广西、四川道员。民国前后，先后在广东、北京设学馆，授徒讲学，曾主任惠州丰湖书院讲习。家以经营盐业致富，嗜藏书，收书颇富。晚年立学馆，与陈石樵、吴玉臣合作，建有陈石吴馆，从学者众多。通考据训诂之学，工于诗文，著有《绉春词》和《惺庵遗诗》八卷等。

石　颐（生卒年不详），字正也，一字养斋，号硕仙，江苏如皋人。太学生。以增贡生考授州佐。性旷达，好游历，工书画，能诗，为文自出机杼，著有《皖江吟》《武陵游草》《瓠浮轩诗集》。

石韫玉（1756—1837），字执如，号琢堂，又号花韵庵主人，亦称独学老人，江苏吴县（今苏州市）人。清乾隆五十五年（1790）庚戌科进士，授翰林院修撰。五十七年（1792）任福建乡试正考官，不久即视学湖南。后历官四川重庆府知府、山东按察使。因事被劾革职，念旧劳赏翰林院编修，乃引疾归，主讲苏州紫阳书院二十余年。著有《独学庐诗文集》《晚香楼集》《花韵庵诗余》及《花间九奏乐府》《竹堂类稿》等。嘉庆二十年（1815）十月编成《船山诗草》二十卷及《船山诗草选》，并曾修《苏州府志》。

石在璿，字玉衡，山东历城（今济南市）人。大约清乾隆（1736—1795）、嘉庆（1796—1820）年间在世。

史策先（1800—1872），字吟舟，湖北枣阳人。清道光十三年（1833）癸巳科进士，选庶吉士。散馆，教授皇子奕詝（咸丰帝）三年。后任吏部文选司主事、文选司员外郎、考功司郎中、稽勋司掌印郎中，授朝议大夫，转江南道、京畿道监察御史，授正定知府，调广平。告归，历主枣阳春陵院书、襄阳鹿门书院、宜昌墨池讲席、山长。著有《寄云馆诗钞》四卷和《兵法集鉴》《新刻射艺详说》《梦余偶钞》《思有济斋文集》等，纂有《枣阳县志》《随州志》。经嘉庆、道光、咸丰、同治四朝，授中议大夫，卒祀枣阳乡贤祠。

史　夔（1661—1713），字胄司，号耕岩，江苏溧阳人。史鹤龄之子。清康熙二十年（1681）辛酉科举人，次年壬戌科进士，选庶吉士，授编修，充二十四年（1685）乙酉科会试同考官。二十八年（1689）以编修充日讲起居注官，三十八年（1699）出任己卯科乡试浙江考官，所选拔的很多是饱学贤能之士。四十九年（1710）受命为《康熙字典》纂修官。五十年（1711）四月以詹事府少詹事充经筵讲官，除詹事府詹事。工词章，在馆阁时凡稽古礼文、编纂著作，推为巨手。兼工书法，尤长于诗，著有《扈跸集》《樟台集》《观涛集》《扶胥集》《佩壶集》《东祀集》等。

史梦兰（1813—1898），字香崖，直隶乐亭人。清道光二十年（1840）庚子科举人，选山东朝城知县，以母老不赴，筑止园别业于碣石山，奉母其中，藏书数万卷，日以经史自娱。后入直隶总督曾国藩幕府，与方宗诚、吴汝纶、游智开交游。光绪二十四年（1898）加国子监祭酒衔。性和易乐善，尤喜奖掖后进，学识与为人深受海内知名人士所推崇。一生著述甚富，有《尔尔书屋诗草》八卷、《尔尔书屋文钞》二卷、《叠雅》十三卷、《异号类编》二十卷、《古今谣谚补注》二卷、《古今风谣拾遗》四卷、《古今谚拾遗》六卷、《燕说》四卷、《双名录》一卷、《笔谈》八卷、《全史宫韵》二十卷，以及《舆地韵编》二百卷等，并曾任光绪《乐亭县志》《永平府志》总纂。

史　培（约1755—?），字兰生，号南坡，一号古籀后人，安徽桐城人。初任盐运司经历，因事免职。嘉庆十六年（1811），清仁宗西巡五台，史培画竹，并集《兰亭序》以献，嘉庆大为嘉赏，以县丞用，补兰溪。以诗、书、画擅名，著有《余事集》六卷。

史善长（1750—1804），字仲文，又字诵芬，号赤崖，江苏吴江人。诸生。曾为名公幕宾，在毕沅幕府最久。游踪及陕甘、山东、江西、两湖。曾经历湖广苗民起义。工诗，铿锵激楚，舒卷自如。又工词及骈文，善刻印及隶书。晚年贫困，佣书自给。著有《秋树读书楼遗集》《翡翠巢词》《一谦四益阁文钞》。

释元玉（1628—1695），号祖珍，晚号古翁，别号石堂老人，江南通州（今江苏南通）人。据传俗姓马，少年出家。曾往来齐鲁间十余年，托足山林，顺治年间（1644—1661）主持青州法庆禅寺，康熙年间（1662—1722）主持泰山普照寺，息影禅庐，聚经典数千卷，与当时文人名士江山民、孔贞瑄、张方平、赵临若、范靖翁及普照寺僧人象乾、岳止结社，时称“石堂八散人”。著有《石堂集》十二卷、《复堂近稿》一卷、《金台随笔》一卷、《菊圃百咏》一百零八首及《华严颂》等。

释照肩（生卒年不详），明末僧人。生平事迹不详，仅知其在明崇祯（1628—1644）年间，与历城（今济南市）文人刘敕有交游。

寿　珊（生卒年不详），籍贯待考。1934至1937年间曾在《大道（南京）》杂志上发表诗文作品数百篇。

宋　弼（1703—1768），字仲良，号蒙泉，山东德州人。清乾隆十年（1745）乙丑科进士，选庶吉士，散馆授编修。以诗事清高宗，历官右春坊右赞善、分巡巩秦阶道，擢甘肃按察使，迁提刑。后入觐途中卒于洛阳寓所。居官廉介，诗文皆有法度。著有《蒙泉学诗草》八卷、《恩永堂文稿》四卷，并补辑王士禛所著《五代诗话》，编有《山左明诗钞》三十五卷。

宋广业（生卒年不详），字性存，号澄溪，崇明籍，江南吴县人。清康熙十一年（1672）拔贡，二十一年（1682）河北临城县知县。三十三年（1694）任陕西商南县知县。康熙四十三年（1704）任济东泰武临道佥事，即山东盐运司旧址修万寿宫。卒后祀山东登州、诸城，河北丘县名宦祠。有《兰皋诗钞》《粤游纪程》，修有《罗浮山志汇编》二十二卷及《临城县志》。

宋　荦（1634—1713），字牧仲，号漫堂，又号西陂、绵津山人，晚号西陂老人等，河南商丘人。以大臣子荫入充侍卫，康熙三年（1664）授黄州通判，后历任理藩院院判、刑部郎中、山东按察使、江苏布政使、都察院右副都御史、江西巡抚、江苏巡抚、吏部尚书，诰授光禄大夫、太子少师。有政声，康熙皇帝曾称赞他“清廉为天下巡抚第一”。工诗文，与王士禛、施润章等并称“康熙十大才子”。精鉴赏，富收藏，有“江南第一收藏大家”之称。有《西陂类稿》五十卷,《绵津山人诗集》三十一卷（附《枫香词》一卷),《漫堂说诗》《漫堂墨品》《漫堂续墨品》《怪石赞》各一卷，《沧浪小志》《筠廊偶笔》《筠廊二笔》各二卷，《豫章祀纪》四卷（附《碑文》一卷）等，又编有《江左十五子诗选》十五卷和《三家文钞》三十二卷等。

宋绳先（生卒年不详），原名绳祖，字步武，号松涧，山东胶州人。清乾隆五十九年（1794）甲寅科举人，曾官嘉祥教谕。有《松涧诗稿》一卷。

宋书升（1824—1915），字晋之，又字贞阶，号旭斋，山东潍县（今潍坊市潍城区）人。自幼聪慧过人，敏而好学，嗜书如命，过目不忘。清光绪五年（1879）考中举人，八年（1882）成进士，钦点翰林院庶吉士。后至济南，主持尚志书院，任山长。又曾主讲泺源书院、济南高等学堂和济南师范学堂，声望极高，自山东巡抚至一般地方长官，无不仰其为学界泰斗，比其为东汉经学家郑玄，称其为当代“小康成”，为清末朴学流派——东甫学派的代表人物之一。他一生著作甚丰，涉及经史、宗教、哲学、天文、地志、历算、医学等，有《夏小正释义》《黄帝以来甲子纪年表》《禹贡说义》《尚书要义》《考经大旨》《礼记大旨》《论语义证》《春秋分类考》《周礼明堂考》《古韵微》《尔雅·拾雅·小尔雅广韵校》《孟氏易考》《二十四史正伪》《旭斋文钞》《周易宋氏要义》等。

宋　恕（1862—1910），原名存礼，字燕生，号谨斋；后改名恕，字平子，号六斋；后又改名衡，浙江温州市人。近代启蒙思想家，与陈黻宸、陈虬并称“浙东三杰”。清光绪十三年（1887）曾先后襄阅龙门书院、南京钟山书院课卷。十八年（1902）谒见直隶总督李鸿章，提出变法维新政治纲领，被李鸿章誉为“海内奇才”，派任水师学堂汉文教习。二十七年（1901）秋在杭州求是书院任教。二十九年（1903）东游日本。三十一年（1905）应山东巡抚杨士骧之聘，任山东学务处议员兼文案，以后曾代理山东编译局坐办，在济南首尾四年，致力于推进山东学校教育和社会教育，提出许多创议，对山东的文化教育事业做出了巨大的贡献。著有《宋恕集》。

宋　琬（1614—1674），字玉叔，号荔裳，山东莱阳人。清顺治四年（1647）丁亥科进士，授户部主事，累迁浙江按察使。顺治中、康熙初两遭诬告，被囚数年。晚年复起为四川按察使。工诗，与施闰章并称“南施北宋”，又与严沆、施闰章、丁澎等合称为“燕台七子”。著有《安雅堂集》《二乡亭词》。

宋翔凤（1779—1860），字虞廷，又字于庭，江南长洲（今江苏苏州）人。嘉庆五年（1800）举人，后历官泰州学正、旌德训导、湖南新宁、耒阳等县知县等。学者、诗人，精研经学，兼工诗词，有《四书古今训释》十九卷、《四书纂言》三十七卷、《过庭录》十六卷、《帝王世纪集校》十卷（《附录》一卷，《补遗》一卷），以及《碧云盦词》《尚书略说》《尚书谱》《周易考异》《四书释地辨证》《大学古义说》各二卷、《尚书说》《五经通义》《五经要义》《孟子刘熙注》《释服》《卦气解》《帝王世纪考异》各一卷、《论语说义》《论语郑注》各十卷、《孟子赵注补正》《小尔雅训纂》各六卷等。

宋云釪 （生卒年不详），字凝西，先世本山东章丘人，祖辈徙历城（今济南）。清康熙五十年（1711）辛卯科乡试，本已被拟取为第三人，后不知何故，被移置副榜。五十六年（1717）乡试，复拟被取为第一，而索二三场卷不得，遂再次落榜。后曾佐山东巡抚陈世倌幕。性简峻，终生无所遇。年八十二卒，门人私谥曰文节先生。能诗，著有《秋岩小咏》。

宋兆彤 （生卒年不详），字采臣，山东胶州人。诸生。清嘉庆（1796—1820）、道光（1821—1850）间在世。有《复观堂诗稿》一卷和《海上山庄随笔》，编有《胶州诗钞》。

宋　至 （1656—1725），字山言，晚号方庵，河南商丘人。宋荦次子。清康熙四十二年（1703 年）癸未科进士，入翰林院，散馆授编修。康熙五十年（1711）官至浙江提学使浙江，曾充贵州乡试正考官。工于诗词，性嗜古，继承其父遗风，有藏书数万卷，著有《纬萧草堂诗》六卷和《牂牁集》等，编有《瓯钵罗室书画过目考》《青纶馆藏宋元人集目》

宋祖昱 （生卒年不详），字斌贻，号西洲，浙江山阴（今绍兴市）人。少有文才，下笔千言立就，名动京师，所交皆当时名臣巨儒，且重于义气，时人比之以谢茂榛。诸生，清乾隆元年（1736）应博学鸿词征。曾侨寓济南。有《西洲类稿》。

苏　本 （生卒年不详）山东濮州（今河南省濮阳市范县濮城镇）人。苏祐（1493—1573）之孙，苏潢之子。官生，官前军都督府经历。

苏　潢 （生卒年不详），字叔子，山东濮州（今河南省濮阳市范县濮城镇）人。苏祐（1493—1573）第三子。性情豪侠，世人称“苏八公子”。明嘉靖十八年（1539），曾随父镇守大同。万历二十三年（1595），曾与陈养才、张季彦等人校辑《四溟山人全集》。

苏　濂 （生卒年不详），字子川，号鸿石，山东濮州（今山东鄄城县）人，尚书苏祐（1493—1573）之子。以荫授鸿胪寺丞，历南光禄署正，出为巩昌通判。工诗文，有《伯子集》十三卷）和《四书通考补遗》《石渠意见补遗》各六卷）等。

苏启鉽 （生卒年不详），字静庵，浙江仁和（今杭州市）人。清嘉庆（1796—1820）年间诸生。著有《莲辉堂诗集》。

苏　辙 （1039—1112），字子由，世称苏文定公，四川眉山人。宋仁宗嘉祐二年（1057）进士，《名臣碑传琬琰集（下）》卷十一及《宋史》卷三百三十九均有传。著名文学家，与父苏洵、兄苏轼并称“二苏”，且同居“唐宋八大家”之列。宦海几经沉浮，累官尚书右丞、门下侍郎。晚年筑室于许州（今河南许昌）颍河之滨，自号颖滨遗老。著有《栾城集》五十卷、《栾城后集》二十四卷、《栾城三集》十卷、《应诏集》十二卷，另有《诗集传》《春秋集解》《论语拾遗》《老子解》《古史》《龙川略志》等。

苏之鋆 （1885—?），字星桥，天津县人。清宣统二年（1910）庚戌科岁贡。曾创办民立保国民小学。著有《星桥诗存》。

素　声 （生卒年不详），籍贯及生平事迹待考。

宿孔暲 （生卒年不详），字艮墟，山东掖县（今莱州市）人。清顺治十四年（1657）丁酉科举人，曾任沂州学正。工书法、诗文，有《碧筠草》传世，另编有《怀古斋姓氏汇编》。

孙葆田 （1840—1911），字佩南，山东荣成人，晚年寄居潍县。清末官吏、学者、藏书家。清同治十三年（1875）进士，授刑部主事。光绪八年（1882），改任知县，铨授安徽宿松。后历主山东尚志书院、河南大梁书院，任通志局总纂。著有《孟子编略》《校经室文集》《汉儒传经考》《岁余偶录》《曾南丰年谱》《孟子编略》《两传经考》《曾南丰年谱》《毛尚书奏稿》等几十种，校刻有《孙明复小集》《春秋会义》《孟子注》等，辑有《孙氏山渊阁丛刊》。

孙光祀 （1614—1698），字溯玉，号作庭，山东平阴人，为官后迁至济南历城。清顺治十二年（1655）乙未科进士，选庶吉士，翌年授礼科给事中，后历刑、兵、吏、户、礼五科给事中，太常寺少卿，翰林院提督四译馆，通政使司右通政，通政使，兵部右侍郎，前后任职 20 多年，惩贪剔弊，侃侃敢言。工诗文，著有《詹余轩集》八卷。

孙国桢 （1839—?），字辅臣，直隶乐亭县人。清光绪九年（1883）癸未科进士，签分山东即用知县。十二年授广饶县知县，后调蒲台，二十年（1894）再调惠民，二十三年（1897）迁滋阳县知县，次年（1898）调任曲阜知县，二十六年（1900）再迁范县知县。先后在山东六任知县，所至皆有政绩官声。工诗文，有《宦学集初编》四卷（包括《愚轩文钞》和《愚轩诗钞》各二卷）、《宦学集二编》五卷（《愚轩文钞》五卷，附《憩尘吟试帖》一卷）。

孙　蕙（1632—1686），字树百，号泰岩，又号笠山，山东淄川人。清顺治十八年（1661）辛丑科进士，官给谏。康熙八年（1669），改江苏宝应县知县，到任后堵决救灾，请蠲请赈，广设粥棚，招来抚绥，革除旧弊，百姓感恩，政声上闻。十年春（1671）兼管高邮州事。十五年（1676）升户科给事中，两年后又升掌印给事中，直言敢谏，清正有守。著有《笠山诗选》《历代循良录》《安宜治略》《笠山奏议》《心谷制艺》《感应笺注》等。

孙绮芬（生卒年不详），字梅伯，浙江余姚（今属慈溪）人。曾任上海物外吟社社长兼《昧腴报》主笔。姚江同声诗社创建后，一直是诗社“师友录”成员。1911年至1936年间曾在《培善之花》《新世界》《嚶声月刊》《先施乐园日报》《盛京时报》《大世界》《社会镜》《小说日报》《木铎周刊》《湘南》《虞社》《金钢钻》等报刊上发表大量作品，著有《绮芬浪墨》《小说闲话》。

孙卿裕（1861—？），字禧林，一字敬垂，号退园居士，山东诸城人。清光绪十七年（1891）辛卯科举人，二十四年（1898）戊戌科进士，钦点内阁中书。晚年乡居，曾主修民国《诸城县志》。工诗，著有《鸿雪斋集》四卷、《退园诗集》十四卷和《退园续集》二卷。

孙　韶（1752—1811），字九成，又字莲水，江宁（今江苏南京）人。诸生，以诗见赏于袁枚。有《春雨楼诗略》七卷。清乾隆六十年（1795）正月，孙韶曾至济南，客山东学政阮元幕。

孙松龄（1880—1954），字念希、念生、锡朋，号过隙，河北蠡县人。清光绪二十八年（1902）考入山东高等学堂历史科。三十年（1904）赴日就读于日本法政大学速成科。两年后返回济南，在山东巡抚孙宝琦署中做文案。1911年，武昌起义爆发，和丁惟汾等人一起奋勇投身于山东独立运动，后曾做过一段时间《济南日报》的编辑。1912年到京就职于《亚细亚报》，并被选为直隶教育总会副会长。1916年曾任总统府秘书，1929年任北平市政府秘书长，次年3月又兼任自治委员会委员长。后曾做过一段时间的天津北洋大学国文教授。1925年8月，被推举为国宪起草委员。1927年则曾授课于天津国文观摩社，后在保定私立育德中学任国文教员、在北京师范大学任国学教授。抗战胜利后，回到济南。1952年，与楼辛木、张叔平、秦文炳、左次修、崔裕如、吴揖云、辛铸九等人组织“偕老会”。1953年被聘为山东文史馆馆员。能诗文，《花知屋诗》《花知屋词》《花知屋骈文》《花知屋诗》《花知屋说诗》《明湖客影录》各一卷，自印有《年谱》《笔谈》《家书》《文摘》，编著有《四礼本义》(附《世德录》)，辑有《经训要录》一书，修有《孙氏族谱》六卷（首一卷），出版了《实验公文教程》一书。

孙锡嘏（1776—1888），字尔常，号东泉，山东淄川人。屡应乡试不售，一直到光绪二年（1876）以八十岁高龄再次参加山东乡试，才被钦赐副贡生。曾整理《聊斋志异》手抄本，并抄录蒲松龄的文集，手定《聊斋诗集》上、下卷，存诗三百五十五首，对《聊斋志异》及蒲松龄诗文的整理流传可谓功不可没。此外，他还辑有《般阳诗钞》十一种十三卷，著有《东泉文集》六卷、《东泉诗集》四卷、《尔泉诗余》一卷、《东泉闲话》八卷、《刘逆纪略》一册。

孙翔凤（生卒年不详），字巢阿。清乾隆（1736—1796）。间曾官知县。其他生平事迹待考。

孙星衍（1753—1818），字渊如，号伯渊，别署芳茂山人、微隐，江苏阳湖（今武进）人，后迁居金陵。清乾隆五十二年（1787）丁未科进士（榜眼），授翰林院编修，后充三通馆校理，任刑部主事。六十年（1795）擢山东兖沂曹济道，次年补山东督粮道。嘉庆十二年（1807）任山东布政使，居官清廉，有政声。十六年（1811）任代山东布政使时称病请假回乡。三年后客居扬州，参与校刊《全唐文》。二十一年（1816）主持南京钟山书院，其后先后主讲泰州安定书院、绍兴书院、杭州诂经精舍等书院。性嗜聚书，勤于著述，精于金石碑版，尤精校勘，著述宏富，有《周易集解》《史记天官书考证》各十卷、《夏小正传校正》《明堂考》各三卷、《考注春秋别典》十五卷、《尔雅广雅诂训韵编》五卷、《魏三体石经残字考》一卷、《孔子集语》十七卷、《晏子春秋音义》《建立伏博士始末》各二卷、《寰宇访碑录》十二卷、《金石萃编》《续古文苑》各二十卷，《诗文集》二十五卷，还编撰有《孙氏家藏书目》七卷、《廉石居藏书记一1卷，《平津馆鉴藏书籍记》三卷(《续编》《补遗》各一卷等。

孙熊兆（1719—1778），字起渭，号沂川，别号蒙羽山人，山东兰山县人。

清乾隆十二年（1747）丁卯科举人，十六年（1751）辛未科进士，官湄潭知县。有《律吕朱陆》《殷年表》《琅邪考》《琅邪典略》《七邑沿革表》《星历甲子编》《度分考》《映雪堂诗谱》和《映雪斋诗稿》。

孙养深 （生卒年不详），山东掖县（今莱州市）人。明天启七年（1627）丁卯科举人。崇祯七年（1634）任保定府安州学正，九年（1636）升永清县知县，后升北城兵马司指挥。

孙尧城 （生卒年不详），浙江仁和（今杭州市）人。清道光十二年（1832）时曾任胶莱分司运判，二十六年（1846）任湖北均州知州。

孙义钧 （生卒年不详），字子和，一字和伯，号月底修箫馆主人，江苏吴县（今苏州市）人。诸生。入资为浙江仁和县丞，升云南宜良知县。工书法，善画，亦工诗，有《好深湛思室诗存》二十二卷，收诗迄于清咸丰五年（1855）。

孙应奎 （1504—1586），字文卿，号蒙泉，浙江余姚人。明嘉靖八年（1529）己丑科进士，历礼科给事中，华亭县丞，江阴令，右副都御史，江西左参政，山东按察使、左右布政使等职。著有《燕诒录》十三卷。

孙兆溎 （生卒年不详），字自香、子香，江苏昆山人。孙铨次子。监生。清道光元年（1821）北上应试，不第。次年随父宦游山东，入山东兖沂道幕。邓廷桢于道光四年（1824）为陕西巡抚、六年（1826）为安徽巡抚、十五年（1835）为两广总督，皆延孙兆溎为幕宾。在广东其间还曾与周腾虎同为林则徐的幕僚。工诗善画，精于词论，有《片玉山房花笺录》二十卷及《片玉山房词话》《风土杂录》各一卷，辑有《闺秀录》《艳迹编》等。

孙致弥 （1642—1709），字恺似，号松坪，江苏嘉定人。清康熙二十七年（1698）进士。官至侍读学士。未第时，因荐召对称旨，以布衣赐二品服，充朝鲜采访使。后及第为官，乃因故被连去官，几遭杀身之祸，久而得解。有书名，以跌宕流逸见长。有《杕左堂集》四卷。

T

谭大经 （1882—1954），原名经，字亦纬，又作一苇，江苏扬州人。能诗，为冶春后社成员，亦精通围棋。

谭光祜 （1772—1831），字子受，又字铁箫，号栎山江西南丰人。监生。

清嘉庆十年（1805）任四川夔州府通判，升湖北归州知州，以军功留四川，十一年升总理屯政同知，十四年（1809）署四川潼川府知府，与杨芳灿纂《四川通志》二百二十六卷。二十二年（1817）迁马边厅同知。道光五年（1825）任湖南宝庆知府。有才，工诗能文，精书法，善骑射，还作过《红楼梦曲》。著有《铁箫诗稿》二卷。

谭弘宪（生卒年不详），字慎伯，直隶顺天府文安（今属河北廊坊市）人。清顺治九年（1652）壬辰科进士，授河南新蔡知县，升刑部主事、郎中，户部郎中。康熙十八年（1769）为己未科会试同考官，二十年（1681）升湖南衡州府知府，曾任山东盐运分司同知。主修有《新蔡县志》八卷，续修了康熙《衡州府志》。

谭佩鸾（生卒年不详），广东香山人。生平事迹待考，约清末民国间在世。能诗词，1912 年、1915 年曾在《社会世界》、上海《女子世界》上发表有诗词作品数首。

汤右曾（1656—1722），字西厓，浙江仁和（今杭州）人。清康熙二十七年（1688）进士，后历官至经筵讲官、吏部右侍郎。工诗，亦工书画，著有《怀清堂集》二十卷。

唐梦赉（1627—1698），字济武，号岚亭，别号豹岩樵史，山东淄川人。顺治六年（1649）进士，授翰林院庶吉士，寻迁秘书院检讨。顺治九年，因逾职抗疏言事罢官，时年仅 28 岁。他博闻广见，治学谨严，尝与修《济南府志》《淄川县志》。其诗文成就也很高，著有《志壑堂诗集》《志壑堂文集》各十二卷、《志壑堂诗后集》五卷、《志壑堂文后集》三卷、《辛酉同游倡和诗馀后集》二卷。

唐启寿（生卒年不详），原名曾庆，字慎修，籍贯不详。清乾隆（1736—1796）间曾与张希杰、黄廷栋、黄峰青、金溥、金潮等人同从赵国麟游学。

弢　龕（生卒年不详），真实姓名、籍贯及生平事迹待考，清末民初人。1911 年至 1935 年间曾在《小说月报》《盛京时报》等报刊上发表诗词作品十多首。

体　察（生卒年不详），真实姓名及生平事迹待考。

田　霡（1653—1730），字子益，号乐园，又号香城居士，晚号菊隐老人，山东德州人。田雯之弟。清康熙二十五年（1686）拔贡生，授堂邑县（今聊城）

知县，因疾未赴任，归乡田居。能诗，有《鬲津草堂诗集》《七言绝句诗》《南游稿》等。

田同之（1677—1756），字彦威，又字西圃、砚思，号在田，又号小山薑，山东德州人。清初著名诗人田雯之孙。康熙五十九年（1720）庚子科举人，授国子监助教学正，居京师三载。后因不乐仕进而告归故乡。著有《西圃文说》和《晚香词》各三卷、《西圃诗说》（又作《声诗微旨》）和《西圃词说》各一卷，以及《西圃丛辨》《二学亭文涘》《砚思集》等。

田　雯（1635—1704），字紫纶，一字子纶，亦字纶霞，号漪亭，自号山薑子，晚号蒙斋，山东德州人。清康熙三年（1664）甲辰科进士，授秘书院中书。后累江苏巡抚、贵州巡抚、刑部左侍郎、户部左侍郎。工诗善文，自成一家，与文学大家王士禛、施闰章等人同享盛名。一生著述甚丰，有《古欢堂集》三十六卷、《长河志籍考》十卷、《黔书》二卷、《黔苗蛮记》一卷、《蒙斋年谱》四卷、《幼学编四卷及《诗传全体备义》等。

田　渥（生卒年不详），字露湛，山东历城（今济南市）人。家居明湖侧，以授徒为生。时与刘伍宽（1679—1745）等人相唱和，以诸生终。有遗稿三卷。

田　需（1640—1704），字雨来，号鹿关，山东德州人。田雯弟。清康熙五年（1666）丙午科举人，十八（1679）己未科进士，选翰林院庶吉士，散馆，御试第一，改官编修，授文林郎。二十三年（1684）典试河南。二十五年（1686）分修《幸鲁盛典》，充《大清一统志》纂修官。二十六年（1687）因病乞假归里。著有《侧垫录》《潞河集》《涉江集》《水东草堂诗》等。

田中仪（？—1758），字无咎，号白岩，山东德州人。田雯之子。岁贡生，官銮仪卫经历。好诗词，著有《红雨斋诗》及《红雨斋词》《和韵李清照〈漱玉词〉》各一卷。

童　槐（1773—1857），字晋三，一字树眉，号萼君，浙江鄞县（今宁波市）人。清嘉庆十年（1805）乙丑科进士，二十四年（1819）任山东按察使，后迁江西按察使，累官至通政司副使。工诗，擅长书法，著有《今白华堂诗录》八卷、《今白华堂诗补录》八卷、《今白华堂诗集》二卷、《今白华堂文集》三十二卷和《过庭笔记》等。

铜　士（生卒年不详），籍贯待考。1922 年至 1933 年间曾在《铁路协会会报》《铁路协会月刊》《铁路月刊：津浦线》等杂志上发表诗词作品数十首。

童颜舒（1813—1863），字霁山，号淌源，陕西洋县人。清道光十四年（1834）甲午科举人，选同官县（今陕西铜川市）训导，后升长安县（今西安市）教谕，旋丁内外艰。著有《禹贡通释》《瀇源堂诗集》《地理凿髓》《青乌辨讹》《甲壬客》等。

W

汪二丘（1891—1956），名禧，字伯钻，号二丘，以号行，江苏扬州人。博学多才，授徒四十余载，成就弟子甚众。民国三年（1913），与杜召棠、戚素秋、丁悯公创办《怡情报》，时称“甲寅四友”。精研历史，善弈，好曲艺，对评话、弦词、清曲均有独到研究。亦工诗，为冶春后社成员。著有《二丘诗钞》。著有《补郝经〈续后汉书〉年表》《三国演义考证》《四书注疏》《万古愁曲注》。

汪　棣（1720—1801）字韡怀，号对琴、碧溪，江苏仪征人。诸生。官刑部员外郎。居扬州，好文史，工诗文。有《对琴初稿》、《持雅堂集》和《春华阁词》二卷，辑有《唐宋分体诗选》。

汪　国（1737—1791），字幼真，更字器卜，号芟湖，浙江鄞县（今宁波市）人。清乾隆四十二年（1777）举人，任上虞县教谕，到官仅半月就遽卒。工诗、古文辞，著有《空石斋文集》《空石斋诗剩》等。

汪国珍（？—1860），字雨芸，浙江钱塘（今杭州市）人。候选训导，署宁波教授。博学强识，经史皆成诵。清咸丰八年（1860），杭州城陷，被杀。

汪为霖（1763—1822），字傅三，号春田，江苏如皋（今江苏如东）人。以贡生捐纳郎中，由刑部湖广司郎中，仕至山东兖州知府，护理兖沂曹济道。清中期杰出的诗人、书画家兼园林艺术家，著有《小山泉阁诗存》八卷

汪仲洋（1777—？），字少海，号海门，四川成都人。清嘉庆六年（1801）辛酉科举人，官浙江鄞县（今宁波市）知县。有《心知堂诗稿》十八卷。

王　昶（1725—1806），字德甫，号述庵，又号兰泉，江苏青浦（今上海市青浦区）人。清乾隆十九年（1754）甲戌科进士，授内阁中书，后协办待读，入军机处，擢刑部郎中、鸿胪寺卿，赏带花翎。不久，又升为大理寺卿、都察院右副都御使。是清代著名的金石学者，编有《金石萃集》一百六十卷；亦工诗善文，早年与钱大昕、赵升之等并称为“吴中七子”，著有诗文集《春融堂

集》六十卷，另外辑有《湖海诗传》四十六卷、《湖海文传》七十五卷、《明词综》十二卷、《国朝词综》四十八卷等。

王朝恩 （生卒年不详），字笙稣，号笛楼，江苏娄县人。清乾隆五十四年（1789）拔贡，授东冶县丞。五十九年（1794）绛州通判。嘉庆十五（1810）五月至十九年（1814）十月任巨野县知县，以平匪守城功擢曹州司马。二十二年（1817）署任济南府知府，不久即任登州知府。二十五年（1820）任沂州知府。著有《传砚斋诗质》四卷（附《诗余》一卷），多游览登临之作，记宦游踪迹。

王朝阳 （生卒年不详），江苏常熟人。1904年考入江苏师范学堂，后被省政府选派至日本考察学习，回国后写下了12万字的《日本师范教育考察记》，在教育界引起了热烈反响。1913年创办沈浜小学。后担任江苏省立第一师范学校校长。1913年担任《教育研究》编辑主任。其后还曾任江苏省立第二师范首席国文教员。

王　宸 （生卒年不详），字枫宸，号紫峰，山东诸城人。清乾隆五十七年（1792）壬子科举人，官内阁中书。著有《松竹轩诗草》和《稽古堂文稿》。

王宸嗣 （生卒年不详），字觐阳，号少村，一号枫崖，山东诸城人。刘统勋（1698—1773）的岳父，刘墉（1720—1805）的外祖父王宸嗣（王斗枢之孙）。清初诸生。善琴，能诗，著有《闻鸡窗诗集》。

王　偁 （1786—?），字愿持，号晓堂，别署鹊华馆主人、瓶花阁野史、嵎阳山人等，直隶大名府人。诸生，不业科举。一生靠坐馆游幕为生：嘉庆十年（1805），在山东东昌（今聊城）设馆教书；十二年（1807）、十三年（1808）两年入湖南平江县令郑朗山幕；十四年（1809），主讲河南鄢陵书院。十六年（1811），在河南做幕宾。二十四年（1819），南下广西桂林，主浔州书院讲席，倡作桐华诗社。二十五年（1820），回到北方，寄家济南，并先后至山东茌平、菏泽、城武、兖州、泰安、肥城等地，为生计而奔波，最后不得已重返历下，寓居于大明湖畔，与友人结瓶花诗社，诗酒唱酬。道光十一年（1831），入靳会昌幕，主持鹊华馆。一生著书多种，有《莲舫诗钞》三十卷、《历下偶谈》十卷、《历下偶谈续编》十卷、《匡山丛话》五卷、《名媛韵事》五卷、《花外传香》十卷、《瓣香杂记》五卷、《嵎阳诗说》八卷、《五经选注》二十卷，以及《鹊华馆济南杂咏一百首》、《明湖韵事》和《明湖花谱》各一卷等。

王初桐 （1730—1821），字于阳，一字竹所，号赓仲，一号巏嵍山人，江苏嘉定（今属上海市）人。少为诸生，但屡试不第。清乾隆四十一年（1776）廷试二等，授四库馆誊录。五十二年（1787）议叙山东齐河县丞，后历任新城、淄川、平阴、寿光知县，宁海州同知，政简刑清，有治声。平生治经史考证之学，著述甚多，有《鲁齐韩诗谱》《夏小正正讹》《开化礼正讹》《尔雅郑樵注纠谬》《五经文字考证》《九经字样考证》《资治通鉴考证》《续资治通鉴长编考证》《路史正讹》《水经注补正》《西域尔雅》及《猫乘》八卷、《演雅》四十二卷、《奁史》一晨卷（《拾遗》一卷）等。工诗词及古文，著有《罐壑山人诗集》四十三卷（《附录》二卷，计十三种，包括《白门集》二卷、《金台集》二卷、《海石集》四卷、《济南竹枝词》一卷、《百花吟》一卷、《十二河山集》二卷），《嚾壑山人词集》四卷（包括《杯湖欸乃》三卷、《杏花村琴趣》一卷）等，另《柳絮集》《选声集》及《北游日记》四卷等，并曾修纂《嘉定县志》二十四、《方泰志》三卷。

王大儒（生卒年不详），字汝为，山东历城（今济南市）人。明显末诸生。弱冠能诗，酷嗜钟谭《诗归》，为诗不类时人口吻。学未大成，赍志以殁。

王大堉（约1802—?），字秋垞，天津人，寄籍江苏长洲（今苏州）。诗人王鸿（子梅）之叔。清道光五年（1825），出浒墅关，江行，游楚。六年（1826）到济南。十五年（1835）在济南作《历下咏古诗》三十七首，几乎遍咏济南山水古迹。十七年（1837）至曲阜，时其兄王大淮在曲阜任知县。二十年（1840）于曲阜周公庙内立金人铭碑。大约道光年间在世。曾长期寓济，和廖炳奎、符兆纶、王鸿交游。工诗善画，所作，有《苍茫独立轩诗集》二卷、《苍茫独立轩诗续集》和《苍茫独立轩诗余》各一卷。

王岱（约1610—1683后），字山长，号了庵、九青等，湖南潭州（今湘潭县）人。明崇祯十二年（1639）己卯科举人，授随州学正、京卫学博。入清后屡赴公车不第，康熙十八年（1679）荐举博学鸿词科，选取安乡教谕，迁京卫教授。二十二年（1683）迁澄海知县，卒于官。工诗文，能书画，著有《了庵诗集》二十卷、《了庵文集》十五卷、《且园近诗》五卷和《且园近集》四卷等。

王德容（1781—1853），字体涵，世居山东蓬莱，后移家历城（今济南市）。清咸丰元年（1851）被保举孝廉方正。以教读为生。性耽山水，工吟咏，曾与周乐、范垌、马国翰同为道光年间人，同结鸥社于大明湖上。著有《秋桥诗选》和《秋桥诗续选》各四卷，另著有《思竹斋杂组》。

王　笃（1781—1855），字宝珊，号实夫，陕西韩城人。清道光三年（1823）癸未科进士，选庶吉士，散馆授编修。后历任国史馆协修、四川学政、河南道御史、福建知府，迁广东督粮道，代理盐运使。十九年（1839）曾奉林则徐命赴虎门监销鸦片，鸦片战争中监守广州城防。二十二年（1842）战事结束后，赴任山东按察使，因政绩显著，改任布政使，署山东巡抚。二十七年（1847），因家人和部属受贿，被以失察罪革职，遣往西安协办城工。著有《两竿竹室全集》六卷。

王夺标（生卒年不详），字赤城，自号南疑放客，山东单县人。清顺治五年（1848）戊子科举人，九年（1652）壬辰科进士，授江南镇平知县，宽仁明决，吏畏民怀。十一年（1654）充乡试同考写，分校《礼记》房。后湖北降蕲州通判，丁内艰归。著有《南疑诗集》《南疑文集》各十一卷和《染翰堂稿》。

王尔鉴（1703—1766），字熊峰，河南卢氏人。清雍正八年（1730）庚戌科进士，先后任山东邹县、益都县和滕县知县，济宁州知州，曹州府知府，四川省巴县、营山县知县，合州、达州知州，夔州知府等职。平易近人，遇事仁而有断，所至兴利革弊，各事认真。在山东曾两次主考，能以文章、经纪拔取真才，杜绝了考场舞弊行为。做官三十七年，廉洁奉公，不积家私，身后无赢余。公务之余，手不释卷，善书工诗，著有《友于堂四书文稿》二卷、《二东诗草》八卷、《巴蜀诗草》二十卷、《棣萼吟》一卷、《古文》一卷、《尺牍》若干卷，修有《黔江县志》四卷、《巴县志》十六卷。

王赓言（1762—1824），原名赓琰，字赞虞，号篑山，山东诸城人。清乾隆六十年（1795）乙卯恩科进士，授吏部考功司主事，历文选司员外郎、掌稽勋司、监督户部宝泉局、考功司郎中。在任期间，剔除积弊，吏不敢欺。嘉庆十七年（1812）授广信府知府，后迁江安督粮道、江西按察使，又调常镇通海兵备道守、江苏布政使等职，所至审慎刑狱，清厘积案，平反冤狱，惩恶安良，士民服其威，誉为“冰心铁石”；奖掖后进，修学舍，葺桥梁，兴水利，江南人士倾心仰慕。好学工诗，著有《篑山堂诗钞》二十一卷，另有《车中吟存草》二卷、《四书释文》十九卷，还辑有《东武诗存》十卷等。

王国均（1800—1867），字月坡，号侣樵，别号兰根道人，河北沧州（今属河北）人。嗜金石，精赏鉴，又工诗，善书画，任侠好义。常年肆力于学，著述颇丰，有《兰根草舍诗钞》二卷、《客旋草》一卷，编纂有《沧州金石集录》和《沧城殉难录》四卷，还与其表弟叶圭书（曾官山东按察使）编纂有《沧州明诗钞》一卷、《国朝沧州诗钞》(《正集》十二卷,《补钞》二卷)、《国朝沧州诗续钞》(《正集》四卷、《补遗》一卷)。

王　楫（生卒年不详），安徽黟县（今黄山市）人。布衣。清康熙（1662—1722）间在世。

王佳宾（生卒年不详），字岩客，号丽农，山东淄川人。诸生。清乾隆四十一年（1776），与张廷采同撰《重续淄川县志》八卷。著有《苍雪斋稿》一卷。

王家相（1762—1838），字宗思，号艺斋，江苏常熟人。清嘉庆四年（1799）进士，授编修，擢御史。屡疏陈灾赈、漕事积弊。后历官至南汝光道。著有《茗香堂诗文集》。

王　戬（1646—1717），字孟谷，湖北汉阳人。清康熙四十七年（1708）副贡生。嗜好学古，于书无所不读。与同邑李以笃、彭心锦、文师鸿、江颖并称“汉阳五家”，又与湘潭王岱合称“楚中二王”。工诗，亦长于古文辞，著有《突星阁诗集》。

王建元（生卒年不详），字凝和，号萝坪，山东单县人。清乾隆六十年（1795）乙卯科恩贡生。著有《萝坪诗集》四卷和《萝坪文集》二卷。

王景祺（生卒年不详），字伯寿，号秋畴，山东诸城人。乾隆（1736—1795）间岁贡生，有《仇池书屋诗集》《牧坡居士诗草》和《牧坡论古》。

王镜澜（1819—？），号月波。清道光二十九年（1849）己酉科拔贡，官广东河源县知县。富藏书，工楷书，能诗，著有《留余斋诗集》四卷。

王　樛（1627—1665），字子下，号息轩，山东淄川人。十四岁为博士弟子员，顺治二年（1645）以父荫初任銮仪卫指挥佥事，后改入镶蓝旗，历官太常寺少卿、兼中书舍人、秘书院侍读、通政使司右通政。能诗，有《息轩草》二卷。

王闿运（1833—1916），字壬秋，又字壬父，晚号湘绮老人，世称“湘绮先生”，湖南湘潭人。一生历道光、咸丰、同治、光绪、宣统五朝及民国初年，与我国晚清至民初历史上的各种派别的政治人物皆有交往，堪称整个中国近代史的见证人。好治经学，并以经世致用为目的，尤其擅长公羊学。晚年先后主讲成都尊经书院、长沙思贤讲舍、衡州船山书院、南昌豫章书院，弟子数千人。一生的学术著作有《周易说》《尚书笺》《诗经补笺》《周官笺》《仪礼笺》《春秋公羊传笺》《穀梁申义》《尚书大传补注》《论语训》《尔雅集解》《庄子注》和《墨子注》等三十余种。另外著有《湘绮楼诗文集》《湘绮楼词》《湘绮楼联语》《湘军志》，辑有《八代诗选》《唐七言诗选》《唐十家诗选》和《两汉文钞》等数种诗文选，主修或校定了《湘潭县志》《衡阳县志》等。

王　勖（生卒年不详），字思远，号漪亭，山东淄川人。诸生。性冷僻，寡交游，有洁癖，无妻无子，教读为生。好苦多不存。

王　琨（生卒年不详），字友玉，号十城，别号澹远居士、云芝居士，山东商河人。明万历四十四年（1616）丙辰科进士，授真定知县，清积逋，核假差，修滹沱浮桥，减河田公税，锄强扶弱，勇干有声。擢礼科给事中，值杨涟大狱，以病乞归。自天启二年（1622）至七年（1627），乡居六载。崇祯元年（1628）转河南布政司右参议兼按察司佥事，兵备汝南，整行伍，简材官，清军耗，指授战守机宜，擒其党塔四等，贼退散，又平舞阳安住儿等寇。擢湖广参政，镇守襄阳江防道，以病乞休。著有《循职言略》、《游草十刻》及《林下吟》三卷、《箧余集》一卷。

王兰昇（1829—1880），原名毓兰，字芷庭，号秋湘，山东莱阳人。清同治六年（1867）丁卯科乡试解元，挑取誊录。后山东巡抚丁宝桢合试十郡士，亦以王兰昇为第一。十三年（1874）甲戌科进士，历任翰林院庶吉士，授编修，国史馆协修，诰授奉直大夫。精诗文，工书法，享诗、文、书三绝之誉，状元吴鲁、陈冕都曾从其学书。

王兰馨（1907—1992），号景逸，广东番禺人。1934年毕业于北平师范大学国文系。自1952年起任教于云南大学中文系。主要研究方向为词学、李商隐研究、《西厢记》研究、《红楼梦》研究等。其词学研究理论与创作并重，不仅有《词学论稿》《王兰馨赏析唐宋词》等词学研究论著，还有《将离集》《晚晴集》等个人词集。

王　梁（生卒年不详），汉军镶黄人。清康熙年间（1622—1722）历官漕运总督、杭严道、贵州贵西道、云南按察使司按察使、顺天府府尹、偏沅（即后来的湖南）巡抚。康熙二十六年（1687）十月至康熙二十八年（1689）四月官山东察使司按察使，后升江西布政使司布政使。

王培荀（1783—1859），字景淑，号雪峤，山东淄川人。清道光元年（1821）辛巳恩科举人，十五年（1835）大挑第一名，以知县分发四川，先任容县知县，后历署酆都、荣昌、新津、兴文、荣县知县。著有《寓蜀草》《雪峤外集》《乡园忆旧录》《听雨楼随笔》《雪峤日记》《乡园忆旧录》等。

王　苹（1661—1720），字秋史，号蓼谷山人、二十四泉居士，自称七十二泉主人，祖籍临山卫（今浙江余姚），生于南京，后迁居山东历城（今济南市），在济南城外望水泉畔（今万竹园内）筑“今雨书屋”和“二十四泉草堂”。清康熙四十五年（1706）丙戌科进士，授知县，因母亲年老、不愿远行，遂改任成山卫（今属山东荣成）教授。著有《二十四泉草堂集》十二卷和《蓼村文集》四卷，另有《治源纪游》和《赤霞山庄笔记》四卷。

王　煿（1793—1836），字晓初，山东益都人。岁贡。能诗，有《春鹏集》五卷和《王煿诗稿》一卷。

王　樵（1521—1599），别号方麓，浙江金坛县人。明嘉靖二十六年（1547）丁未科进士，授行人。后升刑部主事，又升刑部员外郎，出为山东按察司佥事。后因病乞归。万历元年（1573），起补浙江佥事，分巡浙西。因抗倭有功，升尚宝卿。后迁任南京鸿胪寺卿。复辞官家居十余年，起为南京太仆寺卿。后累官至大理寺卿、刑部侍郎、南京都察院右都御史等职。精通经学，著述颇丰，著有《方麓居士集》十四卷、《周易私录》、《尚书日记》十六卷、《周官私录》、《春秋辑传》十五卷，编纂有《读律私笺》二十四卷，还著有《四书绍闻编》、《重修镇江府志》、《李记》一卷、《计曹判事》、《书帷别记》十卷、《评定周易参同契》、《老子解》和《西曹判事》等。

王青藜（1808—约1881），字仲向，山东新泰人。清道光十五年（1835）乙未恩科举人，历任山东邹县（今邹城）、滕县（今滕州）教谕。其间北上京师十次而不第，咸丰三年（1853）大挑二等，五年（1855）任宁海州学正。有《见山书屋诗钞》二卷。

王汝璧（1741—1806），字镇之，号铜梁山人，四川铜梁（今重庆市铜梁县）人。清乾隆二十七年（1762）壬午科乡试解元，三十一年（1766）丙戌科进士，后历官礼部郎中、吏部郎中、直隶顺德府知府、保定知府、直隶宣化府同知、正定府知府、大名道。嘉庆四年（1799）二月升山东按察使，次年调江苏布政使，六年授安徽巡抚。八年以年老力衰，被召回京，授内阁学士兼礼部侍郎衔，十二月授礼部右侍郎，不久又任安徽巡抚。次年十二月授兵部左侍郎，十年（1805）升调刑部右侍郎，同年夏奉命出使河南。喜为文，尤工诗词，著有《铜梁山人诗集》二十五卷、《脂玉词》及《莲果词》二卷《易林》，另有《注汉书考证》《夏小正传考》《星象勾股》数十卷。

王瑞永 （1588—1644），字应之，号锦亭，山东淄川人。增生。明末，弃帖括，好古文辞，专攻声韵之学，著有《北坪斋订正五音通摄》四卷、《唐诗纪事音韵注释》二十卷、《七韵四声连篇等韵》十三卷、《锦亭诗稿》、《野望园艺律》、《同合声》、《四书证讹》、《诗叶解颐》等。

王善宝 （约1742—？），字砺轩，山东福山人。王懿荣之高祖。清乾隆四十二年（1777）丁酉科举人，后十三次赴春闱不第。嘉庆十三年（1808）任莱芜县学训导。著有《煨芋岩居文集》不分卷、《煨芋岩居诗集》二十卷、《煨芋岩居诗续集》五卷、《易纂》四卷、《离骚逆志》一卷。

王慎中 （1509—1559），字道思，初号遵岩居士，后号南江，因行二，人称王仲子，泉州晋江（今属福建）人。明嘉靖五年（1526）丙戌科进士，授户部主事，寻改礼部祠祭司主事、吏部验封司郎中。十年（1531），任广东乡试主考官。十二年（1533），朝廷选各部郎官能者充任翰林，首选王慎中，然因不附权贵张璁，谪常州通判，不久改任南京礼部员外郎。十五年（1536），调任山东提学佥事，不久升江西省参议，又改河南布政使参政。后被罢职还乡。与唐顺之、李开先等号称“嘉靖八才子”，与唐顺之并称“王唐”，同为明代文坛唐宋派散文的重要代表作家，所著有《遵岩集》四十一卷、《遵岩子》二卷、《遵岩文选》十六卷及《家居集》《玩芳堂摘稿》《王参政集》《王遵岩先生集选》等。

王士禧 （1627—1697），字礼吉，山东新城（今桓台县）人。王士禄弟，王士祜、王士禛兄。亦有才名，有《抱山集选》《抱山诗余》各一卷。

王士桢 （生卒年不详），字淑子，号耐村，山东淄川人。

王士禛 （1634—1711），字子真、贻上，号阮亭，又号渔洋山人，人称王渔洋，山东新城（今桓台县）人。清顺治十五年（1658）戊戌科进士，出任扬州推官。后升礼部主事，官至刑部尚书。博学好古，康熙时继钱谦益而主盟诗坛，为一代宗匠，与朱彝尊并称“南朱北王”。其诗歌创作和诗学理论在清代达到了顶峰，影响清前期诗坛达百年之久。他还是清初诗坛上“神韵说”的倡导者，其倡导的神韵说主宰诗坛数十年。一生著述多达五百余种，作诗四千余首，主要著作有《渔洋山人精华录》《蚕尾集》《池北偶谈》《香祖笔记》《分甘余话》《居易录》《渔洋文略》《渔洋山人诗集》《带经堂集》《感旧集》和《五代诗话》等。

王式丹（1645—1718），字方若，号楼村，江苏宝应人。积学嗜古，有盛名。康熙四十二年（1703）癸未科状元，授修撰。参与编修《明史》《大清一统志》《皇舆图表》《渊鉴类函》，分校二十一史诸书。因其耳聋，不为康熙所喜。在史馆一任十年，康熙五十二年（1713）罢官归。后侨居扬州，与乡士大夫论文为乐，士多从之游。工诗，田雯、王士禛皆推许之，宋荦刻《江左十五子诗选》，以其为首。著有《楼村集》二十五卷、《四书直音》一卷及《灵豆录》。

王　睹（生卒年不详），字寅畏，一字似田（一说号似田），山东淄川人。王崇义（1509—1560）第三子。王晓弟。岁贡，初授京卫武学教授，后历汾州教授。性醇笃，寡言笑。能诗，有《畅然园稿》。

王淑龙（生卒年不详），字云川，山东费县人。清乾隆四十二年（1777）丁酉科拔贡，候选教谕。性澹雅，绝意仕进，超然尘外。读书过目成诵，精医理，工诗，著有《涑村诗稿》。

王所礼（生卒年不详），字敬斋，号虚谷，山东乐陵人。清乾隆三十九（1774）甲午科优贡，官淮安中河通判，以孙荣第赠河南布政使。著有《春晖堂诗》四卷。

王　韬（1828—1897），原名王利宾，字兰瀛，后改名王瀚，字懒今，又改名为王韬，字紫诠、兰卿，号仲弢、弢园老民、蘅华馆主等，江苏长洲（今苏州市吴中区）人。清道光二十五年（1845）考取秀才，道光二十九年（1849）到上海墨海书馆工作。同治元年（1862），逃亡香港。自同治六年（1867）冬始，先后在英法等国游历。同治九年（1870年）冬返港，出任《华字日报》主笔。光绪五年（1879）前往日本进行考察。光绪十年（1884年）春由港返沪。光绪二十年（1886）秋担任格致书院山长，改良教育方法，推行西式教学，培养新型人才。光绪十六年（1890）被聘为《万国公报》特约写稿人。曾创办了中国第一份政论报刊《循环日报》。著作有《普法战纪》二十卷、《弢园尺牍》十二卷、《瀛儒杂志》六卷、《弢园文录外编》十二卷、《蘅华馆诗录》五卷、《甕牖余谈》八卷、《遁窟谰言》十二卷、《淞隐漫录》十二卷、《火器略说》二卷、《扶桑游记》三卷、《海陬冶游录》七卷和《花国剧谈》二卷等。

王天庆（生卒年不详），字宪卿，福建晋江人。清雍正年间由廪贡捐通判，发山东试用，委修济南城。事竣，管临清关，雍正十年（1732）署沂州知府。十一年（1733）迁商河县知县。乾隆元年（1736）任束鹿县知县。十年（1745）署容城知县，十四年（1749）任庆云知县。著有《带山堂文集》八卷、《纪恩扈从诗》一卷、《登岱诗》一卷、《春江诗集》十二卷、《鸡冠花诗》一卷及《晚香堂诗集》《蝴蝶集唐百首》等。

王廷相（1474—1544），字子衡，号浚川，世称浚川先生，山西潞州（今长治市）人。明弘治八年（1495）己卯科举人，十五年（1502）壬戌科进士，授庶吉士。十七年（1504）任兵部给事中，后遭宦官刘瑾迫害，被贬为亳州判官。正德四年（1509）升高淳知县，不久巡盐山东。次年召为御史，巡按陕西。八年（1513）督学北畿。后谪赣县县丞，升宁国知县、松江府知府、四川按察司提学佥事。十六年（1521）任山东提学副使，提倡文教，转变士风。嘉靖三年（1524）升山东右布政使。后历升四川巡抚右副都御史、兵部侍郎、都察院左都御史、兵部尚书。二十年（1541）罢官归里，闭门著书。其著作被后人辑为《王氏家藏集》六十卷。

王廷赞（1847—1927），字子襄，号若谷，道号排云，山东泗水县人。清光绪二年（1876）丙子科举人，光绪十八年（1892）壬辰科进士，后历任四川平武、长宁、南部等县知县，升直隶州知州，在任候补知府。光绪三十三年（1907）辞官还乡，寓居济宁。著有《泗志钩沉》《排云诗集》等书。

王同荪（生卒年不详），字兰袭，号霁圃，山东胶州人。诸生。有《霁园诗草》。

王同祖（1497—1551），字绳武，号前锋，江苏昆山人。明正德十四年（1519）中举人，次年会试中式，值武宗南巡未能殿试。十六年（1521）四月世宗即位后，补行殿试赐进士出身，选翰林院庶吉士，授编修。绩学有年，学问宏博，六经子史外，阴阳、律历、山经、地志乃至稗官小说，无不涉猎。为文操笔立就，诗作雄丽，又善草隶书。著有《五龙山人集》十卷及《东吴水利通考》《天元六符图经》《昆山续志》《载笔录》等。

王维言（约1847—？），字海秋，山东历城（今济南）人。清光绪二十年（1894）甲午科举人。能诗，有《玉映楼缬芳集》（不分卷）。

王玮庆（1778—1842），字袭玉，号藕塘，山东诸城人。清嘉庆十五年

（1810）庚午科乡试第十八名举人，嘉庆十九年（1814）甲戌科进士，改翰林院庶吉士，后授吏部主事，升员外郎，转福建道监察御史，改署江西道，屡有疏奏，均下部议行。迁内阁侍读学士，升顺天府府丞，历迁大理寺卿、光禄寺卿、左副都御史。道光十九年（1839）擢礼部右侍郎，改署刑部，调吏部，并曾先后任武乡试、会试正副考官。一生著述丰厚，有《藕塘文集》四卷、《藕塘诗集》十五卷、《蕉叶山房馆课诗钞》二卷、《蕉叶山房馆课赋钞》二卷、《沧浪诗话补注》一卷、《藕舲诗话》四卷、《沈阳随扈纪程》一卷、《兰台奏议》二卷、《芸香馆制艺》二卷和《年谱》一卷等传世。

王文骧（1777—1824），字云子，山东诸城人。清嘉庆二十四年（1819）己卯恩科进士，改庶吉士，。道光初年，官开平知县。著有《西坪诗钞》，并主修有《开平县志》十卷。

王文治（1730—1802），字禹卿，号梦楼，江苏丹徒（今镇江市）人。清乾隆二十五年（1760）庚辰科进士，授翰林院编修，为顺天乡试同考官、会试同考官。因翰林院大考第一名，擢侍读，署日讲官。二十九年（1764）任云南临安知府，以吏议镌级，辞官返乡。与刘墉、翁方纲、梁同书并称“清四大家”。著有《梦楼诗集》和书法理论著作《快雨堂题跋》。

王先谦（1842—1917），字益吾，因宅名葵园，学人称为葵园先生，湖南长沙人。清同治四年（1865）乙丑科进士，授翰林院庶吉士。九年（1870）后，曾先后充云南乡试副考官、会试同考官、江西恩科乡试正考官、浙江乡试副考官。光绪二年（1876）底任初录馆纂修。后转补左中允，参与纂修《穆宗毅皇帝圣训》。六年（1880年），升任国子监祭酒。十一年（1885），授江苏学政。任满后请假回籍，专心讲学。先后任思贤讲舍主讲，城南书院、岳麓书院山长。戊戌变法期间，为保守派领军人物。清末新政期间，担任过湖南师范馆馆长、学务公所议长、湖南铁路局名誉总理、湖南省咨议局会办等职。辛亥革命后，对时事不满，闭门著书。一生著述宏富，在经、史、子、集各传统学术取得丰硕成果。治学重考据、校勘。著有《汉书补注》《后汉书集解》《荀子集解》《诗三家义集疏》等，诗文集有《虚受堂诗文集》，编有《皇清经解续编》《十朝东华录》《续古文辞类纂》等。

王　僴（生卒年不详），字无竞，山东胶州人。明末清初诸生。与刘翼明（1607—1689）相友善。能诗，著有《太古园诗集》。

王象春（1578—1632），初名象巽，字季木，号虞求，因曾官南京吏部考功郎，故世又称其为“王考功”，山东新城（今桓台）人，王士禛的从叔祖。明万历三十一年（1603）癸卯科以经魁中举，三十八年（1610）庚戌科成进士，除上林苑典簿。后迁南京大理评事、寺正，历工部营缮司员外郎，调兵部，历车驾、职方二司员外郎，升吏部考功司郎中。因负气嫉恶，抗论士大夫邪正、党论异同，为人指目，被夺官削职，回到故里新城。工诗，著有《问山亭诗》十八卷、《济南百咏》（又名《齐音》，不分卷）等。

王象艮（1565—1642），字伯石，又字思止，号定选，山东新城（今桓台）人。明万历年间，以明经为南京国子监点簿，历任河南颍上、洛南知县，姚安府同知。著有《迂园诗集》十二卷。

王象瑜（1818—1869后），字玉轩，号莲洲，自号二琴居士，山东潍县（今潍坊市）人。清咸丰八年（1858）戊午科举人，次年己未科进士，授刑部浙江司主事。性孝友，能诗，工书法，著有《二琴居士小集》一卷。

王小隐（1895—1947），原名迺童、字梓生，曾用笔名梦天、忆婉庐主等，山东费县人。毕业于北京大学历史系，后留学日本，回国后，任天津《东方时报》中文版总编辑、《北洋画报》记者兼特约著述、《益世报·益智粽》副刊编辑、《商报·古董摊》副刊编辑、山东《民国日报》总编辑。20世纪30年代曾任国民党兖州驻军第20师师长孙桐萱的秘书，道光十七年（1837）后在邹县亚圣府任管家。著有《圣迹导游录》一书。

王谢家（约1874—1942），字幼杭，山东济宁人。清光绪二十九年（1903）癸卯科举人，曾任礼部员外郎、典礼院科长、山东咨议局议员等职。

王心清（？—1812），字若水，号澄源，山东临淄人。清乾隆四十四年（1779）己亥科举人，嘉庆元年（1796）任齐河县教谕。丁内艰。十一年（1806）任蓬莱县训导。著有《有竹堂诗集》六卷（包括《渑水草》《雪鸿草》《海滨草》诸集）和《竹堂杂记》。

王猩酋（1876—1948），名文桂，字馨秋、行赇、腥虬，中年易字星球，晚年更用猩酋，别号净饭王、石器猿人，天津市武清县人。工书画，善考据，有着全面的文化修养。居家设塾，历四十余年，潜心教育，广育人才。亦精通医术，富收藏，精鉴赏，与同乡张轮远和南方的许问石并称“石坛三杰”，又称“南许北张天津王”。工书法，惜作品存世极少。著有《猩酋老人诗文选》。

王　垿（1857—1933），字爵生、觉生，号杏村、杏坊，晚号昌阳寄叟，山东莱阳人。清光绪十五年（1889年）己丑科进士，改庶吉士，授检讨。后历充国史馆协修、文渊阁校理。甲午大考二等。詹事府、右春坊右赞善、左春坊左赞善、右春坊中允、翰林院侍讲学士，充日讲起居注官，升国子监祭酒，任河南学政兼授翰林院学士，后历升内阁学士兼礼部侍郎、法部右侍郎兼实录馆副总裁。1912年至青岛定居。工书法，当时京城流传有"有匾皆书垿，无腔不学谭"之语，其中的"垿"当然是指王垿，"谭"指京剧大师谭鑫培。

王　煦（生卒年不详），字湝崖，直隶昌黎人。清乾隆五十九年（1794）甲寅科举人，后久困场屋近三十年，道光二年（1840）庚子科始成进士，历官河南延津、孟津知县，有政声。工诗，著有《爱日堂类稿》十六卷。

王　轩（1823—1887），字霞举，号青田，又号顾斋，山西洪洞人。清道光二十六年（1846）举人，后三试春闱不中，援例授兵部主事，在职方司、武库司行走。同治元年（1862）进士，仍在兵部任职。同治八年（1869），请假归里，应河东道杨宝臣之聘，主持运城宏运书院。光绪三年（1877）总纂《山西通志》，并主晋阳书院。光绪八年（1882），任令德堂讲席。工诗文，尤擅算学，著有《耨经庐诗集初编》八卷、《耨经庐诗集续编》十三卷、《顾斋遗集》二卷（附《顾斋简谱》）、《十八叠山房倡和草》一卷、《西山游草》一卷、《顾斋诗录》二卷、《说文句读识语》一卷、《山西疆域沿革图谱》五卷、《洪洞县志稿》十六卷、《山右金石志》十卷、《勾股备算细草》等九卷。

王延庆（1781—1852），原名冀庆，字造以，号白海，一号香海，山东福山人。清嘉庆九年（1804）甲子科举人，十年（1805）乙丑科进士，授莱州府教授。十三年（1808）擢国子监博士。晚年迁兖州府教授。博闻强识，经学渊博，与郝懿行、牟庭并称"三雅师"。精医术，善画，尤长于画竹。著有《学半斋集》十一卷及《史译马氏译史年表》《周公年表》《时文古文胎产心法》《聊斋注解》《医书》等。

王　煐（生卒年不详），原名宁煐，字大柱，山东高密人。清乾隆六十年（1795）乙卯科举人，官山东聊城县教谕。道光十六年（1836）五月署任山东福山县教谕。能诗，有《〈彀〉唐集》、《碻唐诗钞》。

王　沂（生卒年不详），字思鲁，先世云中人，徙于真定。元延祐（1314—1320）初进士，曾为临淮县尹。延祐四年（1317）佐郡伊阳，任嵩州同知。至顺三年（1332）尝为国史院编修官。元统三年（1335）曾在国子学为博士，至元六年（1340）曾为翰林待制，并尝待诏宣文阁。并曾任《宋》《辽》《金》三史总裁官中大夫礼部尚书。跻馆阁，多居文字之职，庙堂著作，多出其手。有《伊滨集》二十四卷。

王以慜（1855—1921），又名以敏，字梦湘，一字子捷，湖南武陵（今常德市）人。因祖父德宽官山东济南府同知，伯父成谦官山东道员（加布政使衔），父亲成升官山东知县，故其全家迁居济南。清同治十二年（1873）癸酉科举人，后曾佐河帅及山东抚幕。光绪十六年（1890）庚寅科进士，改庶吉士，授翰林院编修，留京任职。二十年（1894）任甲午甘肃乡试正考官。此后为御史，官京邸九年，出为江西知府，在抚州、南康、瑞州等地做了几任知府。1911年辛亥革命爆发，弃官回家。著有《檗坞诗存》正续集二十一卷，《檗坞词存》十六卷。又集唐人句为七律四千二百余首，分十集，各有标目。

王懿荣（1845—1900），字正儒，一字廉生，山东福山人。清光绪六年（1880）庚辰科进士，选翰林院庶吉士，九年（1883）授翰林院编修，二十年（1894）迁侍读并入值南书房。曾三任翰林院庶常馆教习，三为国子监祭酒。二十六年（1900）任京师团练大臣。幼承家学，泛涉书史，尤潜心于金石之学，首先发现甲骨文，并将其时代断为商代，轰动了中外学术界。嗜收藏，凡书籍、字画、金石文物、印章、钱币、残石、瓦当，且精于考订，与翁同龢、潘祖荫等藏书家以博学并称。著有《汉石存目》二卷、《南北朝存石目》八卷、《天壤阁杂记》一卷、《古泉精选》一卷，以及《求阙文斋文存》《福山金石志残稿》《攀古楼藏器释文》《翠墨园语》等书。

王应奎（生卒年不详），字春溪，山东诸城人。幼有终童之目，肆力古文诗歌。清乾隆五十二年（1787）丁未科进士，除新阳知县，调守昆山、如皋。为政以兴利为先，劝农耕，督蚕桑，尤重文教。后升常州通判。丁母忧，服阕，援例为工部屯田司主事。后迁刑部河南司员外郎。历三年，告归。著有《话雨山房稿》。

王应鹏（1745—1536），字天宇，号定斋，浙江鄞县（今宁波市）人。明正德三年（1508）戊辰科进士，授苏州府嘉定知县，一身正气，为人端正廉洁，言行审慎不苟，断事公正，人称“王青天”。十年（1515）升福建道监察御史，巡按福建，兼理鹾政。十五年（1520）秋出按山东。嘉靖元年（1522）提调北直隶学校，后任山东道监察御史。三年（1524）任河南按察司副使。六年（1527）任山东按察使，后授大理寺少卿。七年（1528）任右佥都御史，巡抚保定等府兼提督紫荆关，后改巡抚山西兼提督雁门等关。十年（1531）升右副都御史，协理都察院事。善诗文，著有《定斋诗集》二卷。

王应植 （生卒年不详），字嘉树，号宜轩，祖籍浙江秀水（今嘉兴市），自其父始迁居山东章丘。清嘉庆五年（1800）庚申科举人，官茌平训导。后主章丘绣江书院讲席。有《宜轩杂诗咏》。

王永积 （1600 1660），字稺实（一作“祟岩”），号蠡湖野叟，南直隶无锡人。明崇祯七年（1634）甲戌科进士，十一年（1638）任武定州知州，后官至兵部职方司员外郎。太监王之心欲用其弟之仁为浙江总兵官，王永积不肯从，遂获谴罢归。著有《心远堂集》二十卷（含文十四卷，诗六卷，末附诗余），另有《锡山景物略》十卷和《告天实事》一册。

王咏霓 （1839—1916），原名王仙骥，字子裳，号六潭，浙江黄岩（今台州市椒江区）人。清光绪六年（1880 年）庚辰科进士，后曾任驻法国、德国、意大利、荷兰、奥地利、比利时等国公使随员。工诗属文，善书法，兼善篆刻，著有《函雅堂全集》二十四卷和《台州大事记》等。

王元麃 （生卒年不详），字云程，号筠亭，山东诸城人。贡生。清嘉庆八年（1803），以子增杰捐职布政司经历赠儒林郎。有《丛碧园诗草》。

王元文 （1732—1788），字罣曾，号北溪，江苏吴江（今属苏州市）人。清乾隆三十六年（1771）恩贡生。曾经客山东按察使陆耀幕。后倦游归，设帐讲学，潜心著述。工诗、古文，曾与同里袁景恪等人结竹溪诗社，《北溪诗文集》二十二卷（包括《北溪诗集》二十卷、《北溪文集》二卷）。

王　钺 （1623—1703），字仲威，初号左庵，更号任庵，山东诸城人。清顺治十六（1659）己亥科进士，官广东西宁县（今郁南县南）知县。康熙十二年（1673），以吴三桂在云南起兵反清，东南各地一时陷入战乱，遂辞职告归，绝意仕途，专意著述讲学。主要有《水西纪略》《粤游日记》《星余笔记》《读书蕞残》《暑窗臆说》《朱子语类纂》，后人编为《世德堂遗书》。另有《世德堂集》四卷。

王芸封 （生卒年不详），字建斋，山东利津人。诸生。

王允榛 （生卒年不详），字麓亭，号澹村，山东新城（今桓台县）人。清嘉庆二年（1797）岁贡生。

王　恽　（1227—1304），号秋涧，卫州路汲县（今属河南省卫辉市）人。元初著名学者、诗文大家和政治家，历官元世祖忽必烈、元成宗铁木真两朝，一生五任风宪、三入翰林，直言敢谏，克尽职守，多有政绩，为一代名臣。卒后追赠翰林学士承旨资善大夫，追封其为太原郡公，谥文定。博涉经史，著有《秋涧先生大全集》一百卷、《相鉴》五十卷和《汲郡志》十五卷。

王者政　（生卒年不详），字春舫，山东文登人。清道光发年（1829）己丑科进士，曾官仪陇知县、龙安知府、宁远知府。能诗，与王培荀合刻有《蜀道联辔集》。其继室陈宝亦能诗，著有《蜀道停绣草》。

王钟霖　（1816—1878），本名惠霖，字雨生，号东云，又号渔阳山人，山东历城（今属济南）人。清道光二十四年（1844）甲辰科举人，后历官至蓟永分司运判。曾主讲陵县三泉书院。工诗能文，著有《黄雪香斋古文诗钞》，辑有《国朝历下诗钞》4卷和《蒙学丛书》等。

王钟泰，字瑞封，号古村，山东福山人。清乾隆三十三年（1768）戊子科举人，次年授内阁中书，曾任《四库全书》分校官，后官山西平阳府同知。《壶海生草》六卷和《草堂杂缀》一卷。

王著夫　（生卒年不详），籍贯及生平事迹待考。

王祖昌　（1748—?），字子文，号西溪，别号秋水，山东新城（今桓台县）人。诸生。工诗，有《秋水亭诗》四卷（补刻一卷）、《秋水亭诗续集》三卷（补刻一卷）、《秋水亭诗补遗》一卷，自撰《年谱》一卷。

韦谦恒　（1720—1796），字慎古，号约轩，安徽芜湖人。清乾隆四年（1739）拔贡。二十二年（1757）召试，赐内阁中书。二十八年（1763）进士（榜眼），授翰林院编修，充《一统志》纂修。三十三年（1768）夏廷试优等，迁左春坊左庶子，充顺天同考官。三十四年（1769）以侍读学士提督山东省学政。后历官云南按察使、贵州按察使、贵州布政使、贵州巡抚、会试同考官、云南乡试主考官、武英殿提调《四库全书》、左右春坊赞善及中允、陕西乡试主考官、国子监祭酒、鸿胪寺少卿等。工诗文，著有《传经堂文集》四十卷、《诗钞》十卷、《瓦卮山房馆课钞存》二卷和《古文辑要》八十卷。

韦绣孟　（1856—1929），字峰芝，号茹芝山人，壮族，广西中渡（今属鹿寨县）人。清光绪十二年（1886）拔贡，后以教习供职镶黄旗官学。十九年

（1893）赴山东，二十六年（1900）五月署任金乡县知县，二十八年（1902）任曲阜县知县。辛亥革命后不再出仕。今存《茹芝山房吟草》。

魏　坤（1646—1705），字禹平，号水村，浙江嘉善人。清康熙三十八年（1699）己卯科举人。少负才名，交游甚广，足迹遍及南北，曾客山东学使朱雯、山东盐运使李兴祖幕。善古文诗词，有《倚晴阁诗钞》《秦淮杂咏》《历山唱酬集》《粤游纪程诗》《水村琴趣》等。

魏乃勷（1843—1900），字吟舫，学问渊博，文章沉雄，而性格忠耿。清咸丰十一年（1861）辛酉科拔贡，朝考一等，用为内阁中书。同治元年（1862）壬戌恩科京闱举人（经魁），七年（1868）戊辰科成进士，以主事签分弄部，听断明决，力持公道，冤狱多所平反。后改礼部，补精膳司主事，迁印铸局员外郎，历仪制司、祠祭等司郎中，升司务厅掌印郎中。京察一等，记名府道，加四品衔，擢江南道御史，以直言敢谏、不畏强御闻名。光绪十二年（1886），因故罢官，处之泰然，日以诗酒自娱。后被聘为涿州鸣泽书院主讲，居涿州十年，涿州文风为之一振。光绪二十五年（1899）春抱病归里，次年卒。工诗，有《延寿客斋诗集》和《延寿客斋遗稿》。

魏允贞（1542—1606），字懋忠，号见泉，大名府南乐县（今河南南乐）人。明万历五年（1577）丁丑科进士，授职荆州推官。后历官许州判官、右通政，万历二十一年（1593），以右佥都御史巡抚山西，政声大著。后乞侍养，于万历二十九年（1601）还乡，晋兵部右侍郎。一生刚直不阿，清操绝俗，直言敢谏，守边有功。著有《开府魏见泉先生诗》。

魏自励（1835—？），字警斋，山东巨野人。少孤，事母至孝，孺慕终生。清光绪三十年（1904）岁贡生，侯选训导。能诗，着有《贡树生香诗稿》一卷，并曾参与校正《续修巨野县志》八卷。

温树珖（？—1676），字虞白，三原人。清顺治丁刻科进士，受山东堂邑知县，三月后罢归，家居事亲。宁夏巡抚黄图安欲荐之，以亲老辞。性好学，能诗，有《清湄诗稿》。

翁方纲（1733—1818），字正三，一字忠叙，号覃溪，晚号苏斋，直隶大兴（今北京）人。清乾隆十七年（1752）恩科进士，改庶吉士，散馆授编修，后累官至内阁学士兼礼部侍郎、山东学政使等。乾隆、嘉庆年间成就极为突出的学者、金石家，宏览博闻，学识兼到，精于考据、金石、书志、谱录、经史之学。

也是清代著名的诗人、文学家、书法家，与刘墉、梁同书、王文治齐名，并称“清代四大家”（亦有以其与刘墉、成亲王永瑆、铁保并称为“翁、刘、成、铁”者）。著有《复初斋诗集》六十六卷、《复初斋诗后》四卷、《复初斋集外诗》二十四卷、《石洲诗话》八卷、《复初斋文集》三十五卷和《复初斋集外文》四卷。

吴秉澂 （生卒年不详），字畸园，江苏武进（今常州市）人。吴士鉴（1868—1933）之长子。毕业于京师译学馆。

吴纯彦 （生卒年不详），字正修，山东沾化人。约清道光（1821—1850）年间在世。诸生。能诗文，著有《惓园制义》和《惓园诗草》。

吴慈鹤 （1778—1826），字韵皋，号巢松，江苏吴县（今苏州）人。吴俊之子，少随父俊宦游粤东、济南。清嘉庆十四年（1809）己巳科进士，改庶吉士，散馆授翰林院编修。后充云南乡试副考官，督学河南、山东，累官至翰林院侍读。性好游览，使车所至，山水为缘，而发之于诗。工诗，善骈体文，著有《兰鲸录》《凤巢山樵求是外编》及《岑华居士外集》等。

吴重憙 （1838—1918），字仲饴，山东海丰（今无棣县）人。吴式芬次子。清同治元年（1862）壬戌科举人，授工部郎中，擢河南陈州知府，升江南江安粮道。光绪二十六年（1900），升江宁布政使，次年迁直隶布政使。后应袁世凯之请，出任驻沪电办大臣。三十一年（1905）调任仓场侍郎，次年任江西巡抚。后回京任刑部右侍郎，次年转左侍郎。三十四年（1908）出任河南巡抚。辛亥革命发生后，解任归寓津门，闭门谢客，编纂《吴氏文存》《吴氏诗存》《吴氏世德录》《海丰吴氏藏书目》，著有《石莲闇诗集》《石莲闇文集》《石莲闇词集》《晦明轩稿》及奏议若干卷等。

吴重周 （1814—？），字长饴，号镜秋，山东无棣人。著名金石学家、考古学家和训诂学家吴式芬之长子，廪贡生，荫通判，赠中宪大夫。能诗，著有《常惺惺斋诗》二卷。

吴存楷 （1777—1822），字端父，，号缦云，浙江钱塘（今杭州市）人。清嘉庆十年（1805）乙丑科进士，初署山东招远县知县。二十年（1815）任安徽当涂知县。工诗，善隶书，《砚寿堂诗钞》八卷（附《诗余》一卷）、《砚寿堂诗续钞》二卷和《砚寿堂词》二卷。

吴衡照 （1771—？），字夏治，号子律，浙江仁和（今杭州市）人，原籍海宁。清嘉庆十六年（1811）辛未科进士，二十四年（1819）署淳安县训导，后补金华教授。精通诗词音律，著有《莲子居词话》和《辛卯生诗》各四卷，辑有《海昌诗淑》五卷、《海昌诗淑续集》二卷。

吴鸿功 （？—1606），字文勋，号凤岐，晚号净明居士，山东莱芜人。明万历十六年（1588）戊子科乡试解元，翌年己丑科进士，改翰林院庶吉士，授改吏科给事中，历陕西按察司副使、兵科右给事中、山西提学道、陕西布政司参政、备兵固原。他文治武功兼备，所到之处，皆有治绩。工诗古文辞，才思敏捷，文采飞扬，所到之处，士子争以为师。卒后入祀乡贤祠。

吴经世 （1807—？），字捧日，号秋樵，浙江钱塘（今杭州市）人。监生。初任嘉定府经历，清嘉庆十一年（1806）、嘉庆十七年（1812）两任四川德阳县知县。著有《小隐山房诗钞》，主修有嘉庆《德阳县志》五十四卷。

吴景熙 （生卒年不详），籍贯及生平事迹待考。清嘉庆（1796—1820）、道光（1821—1850）年间在世。

吴　俊 （1744—1815），字奕千，一字蠡涛，晚号昙绣居士，江苏吴县人。清乾隆三十七年（1772）壬辰科进士，授翰林院编修，历内阁中书、军机章京。嘉庆三年（1798）十月以督粮道员会广东按察使，六年（1801）四月升任山东布政使。博闻强识，通达时务，工诗古文，有《荣性堂集》十六卷和《庄子解》。

吴岷源 （生卒年不详），字笠江，山东利津人。清同治元年（1862）壬戌科恩贡，授直隶州州判。不久即去世，年五十八。工诗、古文及制艺、骈体，著有《笠江诗钞》。

吴庆焘 （1855—1927后），榜名庆恩，字宽仲，号文鹿，别号炯然，又号孤清居士，湖北省襄阳（今襄阳市）人。清德宗光绪八年（1882）壬午科举人，授内阁中书。后主讲襄阳鹿门书院、邛州鹤山书院。宣统元年（1909）任湖北咨议局议长，未一年改任江西赣南道道台。辛亥革命后，在上海卖字为生。著有《襄阳四略》二十五卷、《簳珠仙馆诗存》七卷（附《陶陶集》一卷、《词》一卷）。

吴秋辉 （1877—1927）原名吴桂华，自号侘傺生，山东临清人。清宣统二年（1910）毕业于山东省优级师范学校。初在临清办教育，1912年在济南一家报馆任主编。1917年开始研究中国古代文化。1920年到北京主持《民意报》。

1923 年离京返回济南，赁一间小楼独居，潜心钻研学问，不与世人往来。1924 年春应聘到山东国学研究社教授经学。1927 年冬，梁启超派人赴济南，特邀吴秋辉赴北京任清华大学导师兼教授，后因吴秋辉旧疾复发，未能成行。一生著述甚丰，除了已经出版的《学文溯源》以及在齐鲁大学校刊上发表的部分论文外，经专家考订尚有六十多部著作:《学文溯源续编》、《古今文字正变源流考》二卷、《古文字》、《齐鲁方言存古》二卷、《毛诗正误》四卷、《三百篇通义》三十二卷、《诗经名物拾义》五卷、《诗经解颐录》、《楚辞正误》、《楚辞正误续编》、《古史钩沉》二卷、《左传正杜》一卷、《姓氏名字号溢源流考》、《五霸考》、《秦建国考》、《货币源流考》、《商代迁都始末考》、《中国石刻考》、《杂考》、《古代考源》、《周武王考》、《说经》、《说易》、《八卦分宫正谬》一卷、《周易考略》、《论语发微》、《仪礼今古考异》、《檀纠谬》一卷、《礼记正误》、《学海绀珠》三十二卷、《渔古碎金》二卷、《侘傺集》、《寄傲轩吟稿》、《侘傺轩诗剩》、《侘傺轩诗全》、《侘傺轩词余》、《艺苑杂抄》、《东梅琐录》、《破屋宾谈》等。

吴汝桢（1622—1683），字瑶础，号左石，山东沾化人。诸生。明亡后绝意仕进，设教家塾，不取脩脯。清廉耿介，以学问淹博称于时。有《近圣居杂著》一卷。

吴绍甲（约 1628—？），字衣言，号雪心，山东海丰人。吴自肃之孙。附贡生，历官东平、单县训导。清康熙四十一年（1702）升山东泰安州学正。著有《雪心诗集》。

吴　昇（1755—1824），字瀛日，号壶山，一号秋渔，浙江钱塘（今杭州）人。清乾隆四十八（1783）癸卯科举人，四川资州直隶州候补知府。在巴蜀为官二十余年，官至夔州知府。乾隆五十七年（1792）前后曾客居济南。工诗，有《小罗浮山馆诗钞》。

吴寿彭（1906—1987），号润畲。1926 年毕业于现上海交通大学机械工程系，先后在江、浙、湘等省军政机关任职，曾任海塘紧急工程处处长，工程局副局长，又先后在北京、青岛等地任铁路、水利、航业、化工、有色金属等企业中任专业工程师。是希腊文特别是亚里斯多德著作的翻译家，学术界有人称其为亚里斯多德著作翻译第一人。主要译作有《苏联第一个五年计划》《原子弹与世变》《利玛窦传》《第三次世界大战的恶梦》《芳济培根传》《谟罕默得传》，译作主要有《形而上学》《政治学》《动物志》《动物四篇》《天象论·宇宙论》《灵魂论及其他》等。著有《大树山房诗集》。

吴树梅（1845—1912），字燮臣，号毓春子，山东历城（今济南市）人。清光绪二年（1876）丙子科进士，任翰林院编修九年。后历南书房行走、国子监司业、詹事府右春坊右中允、司经局洗马、翰林院侍讲侍读、詹事府右春坊右庶子、国子监祭酒、内阁学士、户部左侍郎等。吴树梅在南书房先后约二十年，兢兢业业，谨慎处事，颇受皇帝信赖。光绪二十四年（1898）任湖南学政。二十七年（1901）以病辞官回乡。三十三年（1907）《山东通志》设局开修后，任通志局总校，参与编纂《山东通志》。工诗善书，著有《浙使纪程诗》一卷。

吴廷栋（1793—1873），字彦甫，号竹如，晚号拙修老人，安徽霍山人。清道光五年（1825）贡入太学。次年（1826）朝考一等，为七品小京官，分刑部学习，后历任刑部主事、员外郎、郎中，直隶知府，天津河间兵备道、道员，直隶按察使，山东布政使，大理寺卿，以及刑部、户部、吏部侍郎等官。同治五年（1866），因疾辞官还乡。其文宗桐城，著有《拙修集》《拙修集续编》《拙修集补编》和《理学宗传辨正》等。

吴维岳（1514—1569），字峻伯，号霁寰，浙江孝丰（今属安吉）人。明嘉靖十六年（1537）丁酉科举人，十七年（1538）戊戌科联捷成进士，初授江阴县令，后擢刑部主事，升兵部郎中，历山东按察副使、山东学政、湖广参议、河南按察使、江西按察使，以右佥都御史巡抚贵州。为官刚直不阿，因得罪权贵，被谤免职，返归乡里，未几病逝。工诗文，与王世贞等倡诗社。与俞允文、卢柟、李先芳、欧大任并称"嘉靖广五子"。著有《大目山斋岁编》二十四卷及《海岱集》。

吴文照（1758—1827），原名煐，字香竺，号聚堂，一作褧堂，浙江石门（今桐乡）人。清乾隆五十三年（1788）戊申科举人，充教习。嘉庆十三年（1808）任新兴知县，二十三年（1818）调任香山县知县，后擢惠州同知。工诗文，善书画。室名"在山草堂"。有《在山草堂集》、《在山草堂诗稿》十七卷。

吴锡麒（1746—1818），字圣征，号穀人，浙江钱塘（今杭州）人。清乾隆四十年（1775）乙未科进士，改翰林院庶吉士，授编修。后两度充会试同考官，擢右赞善，入直上书房，转侍讲侍读，升国子监祭酒。生性耿直，不趋权贵，但名著公卿间。在上书房时，与皇曾孙相处甚洽，成为莫逆之交，凡得一帖一画，必一起题跋，深受礼遇。后以亲老乞养归里，主讲扬州安定乐仪书院安定、爰山、云间等书院。天姿超迈，吟咏至老不倦，能诗，尤工倚声，著有《有正味斋集》七十三卷（诗集十六卷、诗续集八卷、外集五卷，骈体文集二十四卷、骈体文续集八卷，词集八卷、词续集二卷、词外集二卷），另有《有正味斋文续集》《有正味斋尺牍》《有正味斋曲》《有正味斋南北曲》《有正味斋诗》《有正味斋诗集》《有正味斋赋稿》等。

吴象弼 （生卒年不详），字似之，号康臣，山东海丰（今无棣县）人。清雍正元年（1723）癸卯科举人（亚元），授修职郎，候选学政。有《杞树屋诗集》，《海丰吴氏诗存》中收其《杞树屋存稿》四卷。

吴益曾 （生卒年不详），籍贯待考。1933 至 1947 年间曾在《国学周刊》《庠声》《河南大学校刊》《进德月刊》《豫教通迅》报刊上发表诗文等作品约 20 多首 / 篇。

吴玉章 （1878—1966），原名永珊，字树人，四川省自贡人。先后在成都尊经书院、泸州川南经纬学堂和日本、法国的学校读书。他先是戊戌变法维新运动的拥护者和宣传者，后来参加孙中山领导的同盟会和辛亥革命。1925 年加入中国共产党，参加过南昌起义，被派往过苏联、法国和西欧工作，参加过共产国际第七次代表大会等。早在 20 世纪 40 年代就与董必武、林伯渠、徐特立、谢觉哉一起被誉为中国共产党著名的“延安五老”。建国后吴玉章任中国人民大学校长兼中央社会主义学院院长，担任中央人民政府委员、全国政协常委、全国人大常委、中国文字改革委员会主任、中国科学院哲学社会科学部委员、中国教育工会主席等职。编著有《中国历史教程》《论辛亥革命》《回忆辛亥革命》《历史文集》《吴玉章回忆录》等。

吴载勋 （约 1814—？），字慕渠，顺天府大兴县（今北京市），祖籍安徽歙县（今徽州区）。由监生报捐知县，自清咸丰二年（1852）起历任山东文登、武城、淄川、泰安知县。咸丰五年（1855）赏加同知衔。八年（1858）任历城知县，十年（1860）开济宁直隶州知州，十一年（1861）改署济南知府。次年（1862）七月因淄川义和团滋事，被罢职。同治五年（1866）谪黑龙江，后累功赦归，侨寓高邮。著有《味陶轩集》。

吴振棫 （1790—1870），字仲云，号毅甫，晚年自号再翁，浙江钱塘（今杭州市）人。清嘉庆十九年（1814）甲戌科进士，选庶吉士，充实录馆纂修，擢实录馆提调兼校勘，充贵州副考官。道光年间，历官云南大理知府，山东登州、沂州、济南和安徽凤阳知府，山东登莱青道，贵州粮输道，贵州按察使，山西及四川布政使等职。咸丰年间，历任云南巡抚、陕西巡抚、四川总督、云贵总督。同治元年（1862）后奉命筹办山西河防，又办理陕西军务。七年（1868）引疾还乡，在敷文书院讲学。著有《花宜馆诗钞》十六卷（附《花宜馆诗续钞》一卷）、《无腔村笛》二卷、《花宜馆文略》、《黔语》二卷、《养吉斋丛录》和《养吉斋余录》共二十六卷等，辑有《国朝杭郡诗续辑》四十六卷。

吴自冲（约1632—？），字惕斋，号云洲，山东海丰（今属无棣）人。庠生。嗜酒，性简傲，画有奇趣，工诗，有《留云阁诗集》。

吴　宗（1660—1753），字万时，号研北，江苏如皋人。清雍正七年（1729）岁贡，教书为生。工书法，擅诗文，有《研北诗存》行世。

X

袭　勖（生卒年不详），字克懋，一字懋卿，山东章丘人。少贫，牧羊山中。年三十始补诸生，潜心研读经史、诸子百家、稗官小说等各类书籍，与历城文人殷士儋、许邦才、李攀龙等等交往甚密。嘉靖间，年六十始以岁贡生任江都训导。不久，调任威县教谕，再迁开平卫教授。后辞官归里，五年后卒。著有《懋卿集》、《太极图解》一卷、《性命辩》、《训子集》、《质疑集》、《感兴百韵歌》等。

夏继泉（1883—1966），字溥斋，号渠园，中年以后专修净业，改名莲居，号了翁，山东郓城人。清末科举出身，曾任直隶知州、静海知县、河南汝阳道台、候补江苏知府、山东团练副大臣。1911年辛亥革命后被推为山东省各界联合会会长。1912年起，历任山东都督府最高顾问、秘书长、参谋长，山东岱北观察使，河南河洛道观察使、汝阳道尹，总统秘书，山东盐运使，国会议员。1925年被张宗昌以宣传赤化罪通缉被迫流亡日本。1927年归国后在天津居住养病。后皈依净宗，专力弘法。1955年曾当选为北京市西城区政协副主席。能诗善文，喜操古琴，一生著有《辛亥革命山东独立前后记》《明湖片影》《鲁东眷稿》《论砚》《秀丽词》《海外吟》以及其他诸多佛学著作，影响甚广。

夏尚朴（1466—1538），字敦夫（一作“敬夫”），号东岩，江西永丰人。明正德六年（1511）辛未科进士，授南京礼部主事，历郎中，简放惠州知府，投劾归。嘉靖初年（1522），起为山东提学副使，后又擢任南京太仆寺少卿，其间，与学者魏校、湛若水往返切磋学问，同王阳明交好，互有赠诗。著有《中庸语录》及《东岩集》《东岩诗集》各六卷。

夏绍溥（生卒年不详），字焕若，山东历城（今济南市）人。济南府运学诸生。

夏献云（1824—1888），字乔臣，号小润、芝岑，江西新建人。清道光二十九年（1849）拔贡。朝考，以七品京官入校《宣宗道光实录》。咸丰四年（1854）任军机处章京，后历任刑部湖广司主事、云南司员外郎、广东司郎中等，兼《方略馆》协修、纂修。同治九年（1870）京察一等，分发湖南，次年署湖南按察使，十一年（1872）授粮储道，晋按察使衔，在湘为官前后十四年，多有治绩。著有《清啸阁诗集》十六卷、《岳游草》和《新词题咏》各一卷，编有《定王台志》和《贾大傅文》各一卷、《贾大傅词志》四卷和《湘中校士录》六卷等。

夏镇奎（生卒年不详），字武库，云南南宁（今曲靖市）人。清嘉庆六年（1801）辛酉科副贡生，十六年（1811）任山西昔阳知县，道光二年（1822）知山东潍县（今潍坊市），四年（1824）任莒州知州。在任以兴学校、举名阿波波、恤贫民为先务。能诗，有《未了居士诗剩》和《未了居士诗剩续刊》各一卷。

萧培元（1816—1873），字钟之，号质斋，云南昆明人。清咸丰二年（1852）壬子科进士，选庶吉士，授翰林院编修。同治元年（1862）任济南府知府，捐修济南府文庙和闵子祠墓，在济南府所属十六州县捐设义学并设育婴堂，施衣给食；为坚固城防以抵御捻军，主持将省城东西南三面土圩改筑石圩，沿圩辟建海晏、永靖、永固、岱安、永绥、永镇、济安七座城门，还监筑黄河北岸大堤数百里，挑挖府境内的徒骇河等大工程。后升任济东泰武临道道员、山东按察使。能诗，著有《思过斋杂体诗存》十二卷。

萧与澄（生卒年不详），字秋查，号练江，山东德州人。清嘉庆六年（1801）拔贡，任誊录官。能文善诗，华诗力追盛唐，格调独高。尤工书法，邑中碑匾等多出其笔迹，人争宝之。著有《秋查遗诗》和《西笑集》各一卷。

萧　重（生卒年不详），字千里，号远村，自号三十六湾梅花主人，直隶静海（今天津静海区）人。少善为文，尤工诗赋，但七次参加乡试不第。清嘉庆十三年（1808）钦赐举人，十八年（1813）官兴化府莆田县凌洋司巡检，后迁金门县丞。道光九年（1829）回任凌洋司巡检。博学工诗，著有《剖瓠存稿》二十卷（附《乐府》一卷、《左传乐府》一卷、《莆阳乐府》一卷）。

谢次颜 （生卒年不详），广西邕宁县人。1042年10月任广西凤山县长，后兼修志局长，主修民国《凤山县志》。1944年5月被免职。

谢　堃 （1784—1847），初名均，字佩禾，号春草词人，江苏甘泉（今扬州）人。国子监生。一生困顿，寄食四方，客山东曲阜最久。交游甚广，自名公巨卿至山人墨客、方外名流均与结交。其他著作有《春草堂集》三十六卷、《春草堂诗话》八卷、《雨窗寄所记》四卷和《春草堂随笔》，以及《花木小志》《书画所见录》《金玉琐碎》各一卷。

谢　焜 （约1776—1846），字问山，浙江山阴人，占籍山东历城（今济南市）。诸生。家贫，广交游，工诗，与周乐、范坰、何邻泉、徐子威、李僩、王德容等同为“鸥社”成员，著有《绿云堂稿》四卷，辑有《心仪集》五卷、《停云集》二卷和《海岱英华集》二十卷。

谢乃实 （1652—1715），字华函，别号峪岇山人，山东福山人。清康熙二十七年（1688）戊辰科进士，授江南睢宁县知县。，整顿税政，革除弊规，流亡复业。三十一年（1698）改任湖南兴宁知县，出示严禁卖妻溺女。因得罪上官，遂辞官归里。著有《峪岇山人文集》《峪岇山人诗集》共十二卷。

谢　仟 （生卒年不详），字良民，号韦斋，山东历城县（今济南）人。清乾隆（1736—1795）时诸生。博通经史，不长于诗。晚年偶一涉笔辄工雅。青衿穷老，赍志以殁，门人方昂收其遗稿，质诸袁枚、翁方纲两先生，序而刻之，共诗一百五十首，名《春草轩诗稿》。

谢嵩龄 （生卒年不详），原名开鉴，字宇瞻，江南武进人（今属江苏常州市）。清康熙间，入贵州总督杨雍建幕，讨逆有功，议叙授陕西长安县知县。康熙三十八年（1699）升乾州知州，政绩卓著。后改潼关同知，不久罢归。

谢元淮 （1792—1874），字钧绪，号默卿，湖北松滋人。清嘉庆二十一年（1816），调任太湖东山巡检，协办海运，后奉派到两淮主持盐务。道光六年（1826）升任无锡知县，旋奉调海洲分公司总办盐务。十六年（1836）补任淮南监掣同知。咸丰二年（1852）因实施“票盐”制遭官吏反对而被革职。次年（1853）冬被任命为广西桂平、梧、郁盐法道。在江淮五十年，疏浚运河及吴淞口、秦淮河，赈济江都灾民，清丈江阴沙洲，鸦片战争期间奉命防守上海，口碑甚佳。工诗，有《养默山房诗稿》《养默山房散套》《养默山房诗韵》《碎金词韵》《诗韵审音》《云台新志》《钞贯说》等，并两次编纂《碎金词谱》。

谢肇淛（1567—1624），字在杭，号武林，浙江钱塘（今杭州）人。明万历二十年（1592）进士，历任湖州、东昌推官，南京刑部主事、兵部郎中、工部屯田司员外郎等。入仕后，历游川、陕、两湖、两广、江、浙各地所有名山大川，所至皆有吟咏，为当时闽派诗人的代表。著有《小草斋集》三十卷《小草斋续集》三卷、《小草斋文集》二十八卷、《五杂俎》十六卷和《太姥山志》等。

谢宗素（1773—1843），字贞谷，号履庄，江西南丰人，流寓震泽（今苏州吴江区）人。年十九弃举业，幕游于公卿大吏间。清道光三年（1823）大水淹苏州府属诸县，建言大吏参以两浙章程，檄各县以全灾实报，补入赈灾章程为定式。工诗，所作山东、淮上、扬州、西湖、虎丘、虞山、庞山湖诸竹枝词传诵一时。著有《却扫庵存稿》八卷（附《补遗》一卷）和《谢宗素集》。

辛师云（1794—1841），字京孙，号芝生，四川万载人。幼颖慧，八岁能文，十六入泮，父授以古文、诗赋、骈体诸法，出笔便成规矩。于书无所不窥，经史外，凡天文、律算、兵法、刑名家言，皆能明其大指。清道光十二年（1832）壬辰恩科进士进士，官户部贵州司主事，主本司稿，兼派山东司井田科捐纳房事，积劳致疾，去世。著有《思补过斋遗稿》六卷和《勤补拙斋集》。

邢　侗（1551—1612），字子愿，晚号来禽济源山主，世称来禽夫子，山东临邑县人。明万历二年（1574）甲戌科进士，官至陕西太仆寺少卿。善画，能诗文，工书，其书法为海内外所珍视，与董其昌、米万钟、张瑞图并称“晚明四大家”。著有《来禽馆集》二十九卷及《书札卷》，并曾主纂了《南宫县志》，纂修了《武定州志》十五卷，创修了《临邑县志》十六卷。

徐秉鉴（生卒年不详），字冰岩，汉军正白旗人。清乾隆四十四年（1779）己亥科举人，历官福建、云南盐课大使，山东昌邑县知县。性豪迈，好施予。罢官后羁留历下，日与二三知己饮酒赋诗，虽囊橐萧然，宴如也。

徐光第（1807—1876），字春衢，浙江萧山人。清道光三十年（1850）庚戌科进士，授河南永宁县知县，咸丰九年（1859）署淅川厅抚民同知。著有《含清堂诗存》十卷，纂有同治《滑县志》十二卷和咸丰《淅川厅志》四卷。

徐　浩（生卒年不详），字雪轩，松江（今属上海）人。清康熙（1662—1722）年间在世。生平好游，齐鲁燕赵，粤闽黔川，皆曾一游。工诗，有《南州草堂诗文》十卷，其中包括《粤游草》《北游》《南还草》《黔游草》《蜀游草》《渡泸草》《东还草》《山右草》《闽游草》各一卷。亦工画花卉蔬果，精刻印，有《扶青阁印谱》。

徐河清（1811—1868），原名镔，字华冶、华野，号萌泉，山东昌邑人。清咸丰三年（1853）癸丑科进士，任贵州瓮安知县，后历署镇宁州知州，补思南府知府。同治三年（1864）权贵东道兼理思南府。不久又奉命督办云贵粮饷。《齐东韵语》（包括《东道集》《玉檥馆诗集》《紫薇阁诗集》《纶音堂诗集》）和《养志堂文集》。

徐继孺（1858—1917），字又稚，号悔斋，晚年自号苏门山人，山东曹县人。清光绪十四年（1888）戊子科举人，十六年（1891）庚寅科进士，授翰林院庶吉士、翰林院编修，曾任陕西副主考、河南省学政、潞安府知府等职，居官刚直不阿，清正廉明，有循吏之称。后居新乡苏门山，潜心著述，著作宏富，主要有《曹南文献录》八十二卷（附录六卷）、《曹县艺文志》十卷、《梓里见闻录》八卷、《新学辨惑》二卷、《西学溯源》八卷、《国朝文家绪论》六卷、《师友赠言录》八卷、《悔斋鉴往录》八卷、《悔斋日记》十八卷、《悔斋文集》四卷、《续集》四卷、《悔斋文存》十二卷、《悔斋诗存》三十八卷，总计十三种一百一十四卷，约三百万言。

徐金铭（生卒年待考），字庚生，山东历城人。清光绪三十年（1904）甲辰恩科进士，后任度支部主事，但不久即辞官归家，以教授生徒为生。工诗能文，著有《六慎斋文存》四卷、《六慎斋诗存》和《补遗》各一卷，并曾编纂《济宁直隶州续志》二十六卷。

徐　谦（1776—1864），字白舫，江西广丰（今属上饶市）人。清嘉庆十六年（1811）辛未科进士，授吏部主事。著有《怡雪楼诗存》三十四卷。

徐世昌（1855—1939），字卜五，号菊人，又号弢斋、东海等，原籍直隶天津，出生于河南汲县。清光绪十二年（1886）丙戌科进士，先授翰林院庶吉士，光绪十五年（1889）授编修。光绪三十一年（1905）曾任军机大臣，颇得袁世凯的器重。民国三年（1914）3月，被袁世凯任命为国务卿。次年，帝制议起，罢去。民国五年（1916）3月，帝制被迫取消，复任国务卿。民国七年（1918）10月，被国会选为民国大总统，下令对南方停战。次年召开议和会议。民国十一年（1922）6月通电辞职，退隐天津租界，以书画自娱。其国学功底深厚，不但著书立言，而且研习书法，工山水。能诗，著有《水竹村人集》十二卷、《退耕堂集》六卷（目录一卷）、《归云楼题画诗》六卷、《拣珠录》八集七十六卷、《书髓楼藏书目》八卷（附一卷）、《东三省政略》十二卷、《弢斋述学》三卷、《颜李学》十三卷、《将吏法言》八卷及《欧战后之中国》等，另编纂有《清儒学案》一百九十四卷、《大清畿辅先哲传》四十卷（附《烈女传》六卷）、《晚晴簃诗汇》二百卷（目录三卷）、《明清八大家文选》二十卷等。

徐寿兹（1852—1917），初名谦，字受之，更名寿兹，字袖芝，晚年自号亢盦，江苏元和（今苏州）人。清光绪五年（1879）己卯科举于乡，三十三年（1907）以直隶州知州分发河南，旋署许州。著有《亢盦诗稿》一卷、《亢盦词稿》一卷。

徐书受（1751—1807），字尚之，江苏武进（今常州）人。副贡生，贡生，由四库全书馆叙议，历官河南兰阳、叶县、太康县知县。弱冠有文誉，为"毗陵七子"之一，著有《教经堂文集》十卷、《教经堂诗集》十二卷和《教经堂谈薮》六卷。

徐　嵩（1758—1802），后更名鑅庆，字丽六，号朗斋、阆斋，江南金匮（今无锡市）人，原籍昆山。清乾隆五十一年（1786）丙午科举人，历官湖北武昌通判，黄梅、崇阳知县，署蕲州知州。著有《玉山阁集》，纂有《绍兴府志》八十卷、首一卷。

徐　夜（1611—1683），字东痴，更字嵇庵，初名元善，字长公，山东新城人。明末诸生，入清后不仕，纵游山水间。清康熙十八年（1679）举博学鸿儒，力辞不就。工诗，著有《东痴诗钞》。

徐振芳（1597—1657），字太拙，山东乐安（今广饶县）人。明天启七年（1627）丁卯科乡试本已中式，却因试策有忤宦官魏忠贤语而被降为副贡。崇祯十六年（1643）李自成攻破潼关后，徐振芳前往拜见史可法，终不为用。李自成攻进北京后，徐振芳携家南去，被荐为都督府都事，监清江浦税，尽除宿弊。善古文词，尤精于诗，著有《雪鸿草》《三素草》《楚萍草》《喝月草》等（现仅存诗五百余首，被收于《徐太拙先生遗集》中）。

徐子威（约1751—1815），字云樵，号野泉，原籍江苏常州，父亲游幕山左，遂入山东历城（今济南）籍。诸生。与范坰等为鸥社诗友，有《海右集》八卷，其卒后，范坰重订其诗为《云樵诗选》。另有《兵策》一卷。

徐宗干（1796—1866），字伯桢，又字树人，江苏通州人。清嘉庆二十五年（1820）庚辰科进士，历任山东曲阜、武城、泰安知县、高唐知州、兖州府知事兼济宁知州，四川保宁知府兼署川北道，福建汀漳龙道，后累官至福建巡抚、浙闽总督。道光二十八年（1848）奉旨任按察使衔分巡台湾兵备道。卒后谥清惠，入祀福建名宦祠。雅好金石，游宦齐鲁二十余年，广交许瀚、冯云鹓等山东及寓鲁的金石学家。工诗文，著有《斯未信斋文编》二十六卷。另还重校修补、搜集整理了《泰山道里记》《金台随笔》《石堂近稿》《石堂集》等，与许瀚等人纂修了《济州金石志》八卷。

许邦才（1515—1581），字殿卿，号空石，山东历城（今济南市）人。年少读书时与李攀龙、殷士儋为友。明嘉靖二十二年（1543）举乡试第一。三十二年（1553）任赵州（今河北赵县）知州。后被贬永宁知县。三十五年（1556）迁德府右长史。四十一年（1562）转开封周定王府右长史，次年补左长史。隆庆五年（1571）辞官归里。工诗文，与边贡、殷士儋和李攀龙被并称为明代“历下四诗人”。著有《瞻泰楼集》十六卷和《梁园集》四卷等。

许　珌（1614—1672），字天玉，一字星庭，号铁堂，别号天海山人，福建侯官（今福州）人。青壮年时游历吴、越、齐、鲁、燕、赵等地，康熙四年（1665）至六年（1667）任巩昌府安定县县令，卓有政声，因为民请命、乞免岁赋而被革职，于安定、临洮等地教书卖字，后客死陇中。早负诗名，与明末清初著名诗人王士禛、汪琬、施闰章、申涵光、陈维崧、邓汉仪，著名学者、书法家、篆刻家周亮工，皖派著名篆刻家、书画家程邃交谊甚密，并有诗赋酬唱。著有《铁堂诗草》二卷及《品月堂集》等。

许　瀚（1797—1866），字印林，又字元瀚，山东日照人。清道光五年（1825），纳为国子监生员。道光八年（1828），在武英殿校录《康熙字典》。十一年（1831）底，应时任浙江学政何凌汉之邀赴浙，在杭州学署校文。十五年（1835），先后随吴文镕较考大名、广平、顺德、赵州、正定、定州、通州七棚岁试。同年顺天乡试中举。二十年（1840），应济宁知州徐宗干之邀，主讲于渔山书院，任《济宁直隶州志》总纂，同时助编《济州金石志》。二十四年（1844）秋，至沂州府任琅琊书院主讲。咸丰元年（1851）八月，选授山东滕县训导。二年（1852），校刻《说文解字义证》。同年八月，出任峄县教谕。次年，因病辞归故里。一生共校刊宋、元、明本古籍五十余种，著述仅金文题跋考释类即一百七十多篇，主要著作有《攀古小庐文》《古今字诂疏正》《经说》《经韵》《诗文集》《转注举例》《别雅订》等。

许天麒（生卒年不详），籍贯待考。1934曾在河北省省立天津中学校刊《铃铛》上发表诗歌作品20多首。

许廷鑅（约1676—？），字子逊，江南长洲（今江苏吴县）人。清康熙五十九年（1720）庚子科举人。雍正五年（1727）任武平知县，有善政。年少英敏，长于弓刀马槊，遍历四方。乾隆（1736—1795）间历主广东韩江、太仓娄东诸书院讲席。工诗，有《竹素园诗钞》八卷。

许月菡（1867—？），字蓉叔，又字静存，湖南善化人，随父寓居扬州。曾任徽州府知府。著有《碧香书居诗草》。

许宗衡（1811—1869），初名鲲，字海秋，号我园，江南上元（今南京市）人，侨寓扬州。清咸丰二年（1852）壬子科进士，改庶吉士，散馆授内阁中书，迁起居注主事。工诗文，能词。有《玉井山馆集》二十五卷（中有《文略》五卷、《文续》二卷、《诗》一卷、《诗余》一卷、《西行日记》一卷）。

薛　澜（1832—1900），字晓湘，号古狂，原籍山西河津，因避战乱徙居陕西韩城。弱冠以考古第一入庠。同治元年（1862）入西安将军多隆阿幕，以军功保奖六品蓝翎。后游幕齐鲁，授徒为生。山东巡抚阎敬铭闻其贤，招之，不就。后入丁宝桢幕，因军务、河防功，保以县丞、知县用，归四川候补，不就，继续留山东佐丁宝桢幕，当时有“不怕丁抚台，只怕薛秀才”之谣。后随丁宝桢入川，居幕两年，以疾归里。著有《岴谷山房遗集》二卷和《岴谷山房外集》一卷。

薛宁廷（？—1794），字退思，号补山，又号洛间山人，陕西洛南人。清乾隆十六年（1751）父薛馧罢官谪居山东乐陵，随之。十八年（1753）癸酉科举人，授华州学正，二十二年（1757）丁丑科进士，改翰林院庶吉士。二十五年（1760），授翰林院编修，不久即称病返归乐陵。三十一年（1766），主讲济南泺源书院一年。三十五年（1770）又应泺源书院之聘，两年后辞去。五十一年（1786）起，应聘主讲胶州胶西书院三年。能诗文，著有《洛间山人诗钞》十二卷、《文钞》二卷。

薛　瑄（1389—1464），字德温，号敬轩，世称“薛河东”，山西河津（今运城市万荣县）人。明永乐十九年（1421）辛丑科进士，官至通议大夫、礼部左侍郎兼翰林院学士。卒后赠资善大夫、礼部尚书，谥号文清，故后世又称其为“薛文清”。隆庆五年（1571）从祀孔庙。继曹端之后，在北方开创了“河东之学”，门徒遍及山西、河南、关陇一带，蔚为大宗。其学传至明中期，又形成以吕大钧兄弟为主的“关中之学”。清人视薛学为朱学传宗，称之为“明初理学之冠”“开明代道学之基”。高攀龙认为，有明一代，学脉有二：一是南方的阳明之学，一是北方的薛瑄朱学。著有《薛文清公全集》四十六卷。

Y

严　钖（生卒年不详），字迪周，号笛舟，浙江桐乡人。清咸丰十一年（1861）辛酉科拔贡，同治四年（1865）补贡，官广西候补知县署左州知州。工诗擅画，著有《香雪斋诗钞》四卷。

严遂成（1694—约1762），字崧占（一作“崧瞻”），号海珊，浙江乌程（今湖州市）人。清雍正二年（1724）甲辰科进士，官山西临县知县。乾隆元年（1736）举博学鸿词，值丁忧归。五年（1740）补直隶阜城知县。后历直隶博野县、交河、望都，河南长垣知县。十九年（1754）升云南嵩明州知府，创办巢经书院。二十三年（1758）正月署镇雄州知州，因事罢官，回籍。其在官尽职，所至有声。工诗，与厉鹗、钱载、王又曾、袁枚、吴锡麟等并称“浙西六家”。著有《海珊诗钞》十一卷、《补遗》二卷、《明史杂咏》四卷及《诗经序传辑疑》二卷，还参与编纂了《山西通志》。

严我斯（1629—1698），字就思，号存庵，浙江归安（今湖州）人。清康熙三年（1664）廷试第一，授翰林院修撰，后官至礼部左侍郎。八年（1669）曾为山东乡试主考官。二十六年（1687）告假回乡，以著述为娱，诗文名噪一时，有《尺五堂诗删初刻》六卷、《尺五堂诗删近刻》四卷、《存庵诗集》六卷和《尺五堂述祖汇略》一卷。

严锡康（1821—1880），一名鉷，字伯雅，一字伯牙，浙江桐乡人。从宦滇南，以县丞在滇试用。道光丙午（1846），永昌郡回纥肆扰，逾格以军功荐擢县令。清道光二十八年（1848）为林则徐参军，不久擢宝宁知县。咸丰七年（1857）官苏州同知。工于吟咏。著有《餐花室诗稿》十二卷、《餐花室诗余》

一卷和《餐花室尺牍》等。

严　修（1860—1929），字范孙，号梦扶，别号偍屚生，直隶天津人。早年入翰林，后历任国史馆协修、会典馆详校官、贵州学政、学部左侍郎等职。后来戊戌变法失败后，辞职返乡。后来与张伯苓一起创办了南开系列学校，1919年又创办了南开大学，被称为“南开校父”。工书，与华世奎、赵元礼、孟广慧并称近代天津四大书法家。还善诗歌，与赵幼梅、王守恂同被誉为“近代天津诗坛三杰”。著有《严修东游日记》《严范孙先生古近体诗存稿》《蟫香馆手札》等。

阎尔梅（1603—1662），字用卿，号古古，又号白耷山人、蹈东和尚，江苏沛县人。明崇祯三年（1630）庚午科举人。崇祯十七（1644）、弘光元年（1645）间为史可法画策，史可法不能用之，乃散财结客，奔走国事。清初剃发，号蹈东和尚。为复社巨子、诗文名家，诗有奇气，声调沉雄。著有《白耷山人集》十二卷（诗十卷、文二卷）。

阎湘蕙（？一1837前），字香亭，山东昌乐人。附贡生，候选训导。前后十赴乡试不售，以教授为生。著有《国朝鼎甲征信录》《云门驼劈山志》《梓里丛谈》等书，辑录有《谚语类钞》《南涧文集》三卷、《李南涧先生文集补》一卷、《南涧遗文补编》一卷、《营陵文钞》和《营陵诗钞》各若干卷。

阎学海（1773—1846），字雨帆，又字星持，山东昌乐人。三岁而孤。清嘉庆十八年（1813）曾山东文登县教谕。二十二年（1817）丁丑科成进士，授户部员外郎。后曾任《大清一统志》校对官。工诗文，深受山东学政阮元之欣赏，有《研初堂诗选》一卷。

颜崇谷（生卒年不详），字用冠，山东曲阜人。颜懋侨之侄。诸生。三十一岁即卒。能诗，有遗稿《小颜家诗》二卷。

颜崇槼（1741—1811），字运生，号心斋，山东曲阜人。清乾隆三十五年（1770）庚寅恩科举人，官任兴化知县。喜欢金石考订，痴迷古墨收藏。著有《摩墨亭诗》《种李园集》各二卷、《鲭小纪》《心斋纪异》《颜氏墨考》各一卷，编有《颜氏先友尺牍》三十四册（跋一册）、《姓氏考》二册和《诗话同席录》五十卷等。

颜建勋（生卒年不详），字尚仁，一字紫岩，福建晋江人，广东南海籍。清康熙二十九年（1681）辛酉科举人，官广东宁远县知县。著有《自怡草》。

颜懋伦 （1704—？），字乐清，号清谷，山东曲阜人。少孤苦，性孝友。清雍正七年（1729）己酉科拔贡，十一年（1733）任四氏学教授，乾隆十七年（1752）署官河南鹿邑及滑县知县。著有《癸乙编》《癸虚吟》《夷门游草》和《瓦研山房集》《颜清谷四编诗》各四卷等，修有《重订鹿邑志》，惜书未成而罢任。

颜懋企 （约1703—1752），字庶华，别字幼民，号西郭居士，山东曲阜人。颜懋侨弟。清乾隆十四年（1749），被特旨贡入国学。性嗜读书，工诗文，著有《西郭集》一卷、《颜氏史传》二卷和《诗格》三卷等，另辑有《书飞尘集》《说鬼稽神录》《东壁偶识》《葆光楼随笔》《知依堂笔记》等，凡三十余万言。

颜懋侨 （1701—1752），字幼客，山东曲阜人。以恩贡选观城县教谕。雍正年间，与孔衍钦、陶湘、颜懋龄等八人在曲阜结“湖山吟社”，刊《湖山吟集》，并称“湖山八子”。著有《蕉园集》《石镜斋集》《履月轩稿》《玉磬山房集》《蕉园集》《蕉园集拾遗》《西华行卷》《半江楼未刻诗》《十客楼稿》《雪浪山房稿》各一卷、《水明楼诗》六卷、《江干幼客诗集》五卷（《附录》一卷）、《霞城笔记》十卷及《浙中日记》。

颜嗣徽 （1836—1902），字义宣，别号望眉，贵州贵筑（今贵阳市）人。清同治九年（1870）庚午科解元（举人第一名），后会试不第，保以知县用，分发广西，历官迁江、凌云、阳朔、苍梧知县，擢归顺直隶州知州、镇安府知府。光绪八年（1882）、十五年（1889）和二十年（1894）三任广西乡试同考官，所得多名下士。善诗，能书，是晚清“黔南六家”之一，著有《望眉草堂诗集》十二卷、《望眉草堂文集》五卷笔《望眉草堂诗余》《望眉草堂联语》《乔梓联吟》《世系年谱》各一卷，并曾主修《迁江县志》和《归顺州志》等。

颜肇维 （1669—1749），字次雷，更号漫翁，又号红序老人，山东曲阜人。颜光敏之子，颜懋侨之父。附贡生，雍正六年（1728）临海县知县。长于近体诗，有《钟水堂诗》三卷和《赋莎斋稿》《漫翁编年稿》等。

晏百葂 （生卒年不详），籍贯及生平事迹待考。1915年时曾在《神州日报》上发表诗词作品数十首。

杨保彝 （1852—1910），字奭龄，号凤阿，别署瓻庵，山东聊城（今属聊城市东昌府区）人。清末藏书家杨绍和之子，海源阁第三代主人。清同治九年（1870）庚午科举人，以祖荫得知县，历官内阁中书、户部员外郎、总理衙门章京。八国联军侵入北京后，杨保彝在肥城花园（现名杨家花园）筑眉园，退隐蛰居，居于陶南山庄。后复出任山东通志局会纂，兼任山东优级师范学堂教务长。继祖、父之业，使海源阁所藏古籍、金石、书画更加宏富。晚年将其所藏禀报地方政府备案。著有《归瓻斋诗词钞》一卷，编纂有《海源阁书目》六册、《海源阁宋元秘本书目》四卷和《海源阁金石书画目录》五册。

杨承荣 （生卒年不详），真实姓名及籍贯、生平事迹待考。1926年至1927年间曾在《中大季刊》上发表诗词及评论作品数篇。

杨德昭 （生卒年不详），字用晦，山东历城（济南）人。大约清乾隆（1736—1795）年间在世。诸生。有《览胜集》及《东皋书屋遗稿》一卷。

杨 峒 （1748—1804），字书岩，山东益都人。清乾隆三十九年（1774）甲午科举人，后十应礼部试不第。曾主讲松林书院。平生淹贯经史，工古文词，尤精韵学，有《杨书岩先生古文钞》二卷、《师经堂存诗》一卷、《书严剩稿》一卷、《毛诗古音》二卷、《律服考古录》和《齐乘考》等。

杨恩祺 （生卒年不详），字子惠，山东历城（今属济南市）人。杨受廷第三子，杨致祺、杨佑祺之弟，清嘉庆（1796—1820）、道光（1821—1849）年间在世。性高洁，家虽贫，不汲汲于利，能诗，工画花卉，精金石篆刻。著有《天畅轩诗稿》《天畅轩忆得偶存诗稿》和《天畅轩印存》各四卷。

杨 基 （1326—1378），字孟载，号眉庵，祖籍嘉州（今四川乐山）人，生于吴县（今江苏苏州市）。元末为张士诚记室。明洪武元年（1368），因曾在张士诚军中谋职而被谪临濠，旋改河南。次年，被起用为荥阳知县。后以养亲得居南京，改任太常典簿，与高启唱和，情谊甚笃。四年（1371），被荐为江西行省幕官。六年（1373），奉使湖南广右，召还授兵部员外郎。七年（1374），改官山西按察副使。善于写墨竹，负诗名，同高启、张羽、徐贲合称“吴中四杰”。有《眉庵集》十二卷。

杨 揆 （1760—1804），字同叔，号荔裳，又号石圃，祖籍陕西华阴，迁江苏常州，再迁金匮。清乾隆四十五年（1780）召试一等，赐举人，授内阁中书，入四库全书馆任编校。五十五年（1790），充文渊阁检阅。后历官四川川北道、甘肃按察使、四川布政使等，卒赠大常寺卿。长于骈文，亦工诗词，著有《桐华吟馆诗稿》十二卷、《桐华吟馆词稿》二卷和《桐华吟馆稿文钞》一卷。

杨 濬 （1766—1840），字镜澜，号忆园，又号意园，山东历城（今属济南市）人。清乾隆三十年（1789）拔贡，授山东平度县学训导，再移泗水县学训导。后以诗见赏于山东学政刘凤诰，调聊城府教谕，监泺源书院。有诗千余首，大半毁于战火。其子杨棨辑其散佚之余，刊印为《却扫斋学诗草》和《却扫斋诗钞》各一卷。

杨梦符 （1750—1793），字西䗉，又字六士，号与岑，浙江山阴（今绍兴市）人。清乾隆五十二（1787）丁未科进士，，历官刑部员外郎。诗文皆有成就，著有《心止居诗集》十二卷和《三惜斋笔记》二卷。

杨梦衮 （1577—1632），字岱宗，山东青城人。明万历四十六年（1618）戊午科解元，次年己未科进士，入翰林院，授庶吉士，编修国史。万历四十八年，丁母忧。天启三年（1623），服除，起复。次年，升补兵部给事中，同杨琏、左光斗、魏大忠等为首的“东林党”反阉党，揭发魏忠贤，又参劾张凌云。后历升至太仆寺卿、工部尚书，加太子太保、柱国光禄大夫。崇祯元年（1628），被阉党诬陷，削职为民。自此屏迹邹平山林，自名“长白山樵”，著书立说，著有《岱宗藏稿》五十卷，另有《草玄亭笔记》《史隐盟》等。

杨庆琛 （1783—1867），字廷元，号雪茉，福建侯官（今福州）人。清嘉庆九年（1804）甲子科举人。二十二年（1817）大挑二等，任南平县教谕。二十五年（1820）庚辰科中进士，分发刑部见习，后历任刑部河南司主事、陕西司员外郎、山东司郎中、广东司郎中，安徽宁池太广兵备道、湖南按察使、山东布政使、山东巡抚，两科监临文闱兼署学政，光禄寺卿等。道光二十三年（1843）致仕归里。同治三年（1864）重宴鹿鸣。工诗，著有《绛雪山房诗钞》二十卷、《绛雪山房诗续钞》六卷、《试帖》三卷等。

杨　铨 （1893—1933），字杏佛，江西玉山人。中国公学毕业，1910 年加入同盟会，1911 年考入唐山路矿学堂不久，武昌起义爆发，立即南下参加保卫战。次年出任中华民国临时政府总统府秘书处收发组组长。后赴美国留学，获康乃尔大学学士后，在哈佛大学研究，获工商管理硕士学位。其间与任鸿隽等创办《科学》月刊，组织中国科学社，任编辑部长，发表文章 50 多篇。1918 年回国，历任南京高等师范学校、东南大学教授，中国科学社第一届理事会理事。广东革命政府成立后，担任孙中山先生秘书。1927 年起协助蔡元培先生，先后出任大学院副院长、清华大学董事会董事、中央研究院总干事。1932 年与宋庆龄、蔡元培、林语堂等人成立“中国民权保障同盟”，呼呼民主，营救被捕异议人士。1933 年遭暗杀。

杨绍和（1830—1875），字彦合，号勰卿，山东聊城人。清同治四年（1865）乙丑科进士，擢右赞善，转侍讲、翰林院编修。其父杨以增以藏书闻名海内，他本人也专心于图书收藏，且精于古籍鉴定，通经学、辞章，为清代著名藏书家和版本目录学家，著名藏书楼“海源阁”的第二代主人。他在北京任翰林院编修时，就专事图书收藏，仅在怡亲王载垣处就购得宋元善本百余种。除了广泛搜求历代图书秘籍之外，杨绍和还毕生致力于海源阁图书的整理编目工作，现存的五种海源阁书目，至少有三种出自杨绍和之手，它们是《楹书隅录》五卷、《楹书隅录续编》四卷、《宋存书室宋元秘本书目》四卷。

杨士凝（1691—1740），字妙合，号笠乘，一号芙航，江苏阳湖县人。清康熙五十六（1717）丁酉科举人，官山东单县知县，雍正年间迁山东范县知县。工诗文，著有《芙航诗襭》二十九卷。

杨廷耀（生卒年不详），字彤华，奉天海州人，隶正黄旗汉军。贡生。清康熙四年（1665）任广西梧州通判，九年（1670）任襄阳府同知，康熙二十二年（1683）至二十七年（1688）任郧阳知府，纂《湖广郧阳府志》四十二卷（补一卷、图一卷）；二十八年（1689）升山东按察使司按察使，三十年（1691）升山东布政使司左布政使，三十四年（1695）升任山东巡抚都御史。其间，康熙二十八年（1689）冬至二十九（1690）曾参与纂修《济南府志》五四十卷（首一卷）。

杨维询（1743—？）字笠泉，山东茌平人。诸生。著有《笠泉诗集》四卷和《稼穑维宝》。

杨衍嗣（生卒年不详），山东历城（今济南）人。大约明万历（1573—1620）、天启（1621—1627）、崇祯（1628—1644）年间在世。天启五年（1625）三月和崇祯元年（1628）三月曾与友人两次游龙洞，分别有记。

杨彝珍（1807—1898），字湘涵，一字性农，别号移芝，湖南武陵（今常德市）人。清道光三十年（1850）庚戌科进士，选翰林院庶吉士。咸丰二年（1852），散馆，改兵部主事，告假回乡，组织乡兵，抵抗太平军对抗。后即在家著书讲学，以诗文宗主湘西，著有《移芝室文集》及《紫霞山馆诗钞》。

杨玉润（生卒年不详），字德润，号二室，河南孟津人。中河南暨顺天副榜，以岁荐任通渭知县。三十年（1602）至三十三年（1605）任山东齐东知县，居官清廉简静，与民不扰，修筑城垣，补葺学宫，建察院，民皆乐从。升归州知州，离开齐东时囊空如洗，士民怜之，为立德政碑，祀名宦祠。清标雅度，博学宏才，善书法，工草、隶、篆，著有《青李园缟振藻堂帖》。

杨泽闿（生卒年不详），原名潜，字白民，号石汸，湖南宁远人。清道光十五年（1835）举人，后曾任史馆录事，湖南宁远、崇正两书院山长。能诗，有《石汸诗钞》三十卷。

杨　炤（1617—1692），字明远，江苏常熟人。少以诗受知于钱谦益，被称为高才盛年。有《怀古堂诗选》十二卷。

杨致祺（生卒年不详），字征甫，山东历城（今济南）人。杨恩祺兄。清嘉庆（1796—1820）、道光（1821—1849）年间在世。贡生，候选训导。通天文，尝创制星晷。工书，尤工写兰、竹，著有《天畅轩仅存草》和《会心新钞》二册等。

养云山馆主人（生卒年不详），真实姓名及籍贯、生平事迹待考。

姚　夔（1624—?），字胄师，号成莽，浙江山阴人。清顺治十一年（1654）甲午科举人，后历官浙江开化县教谕，湖南安化县知县，贵州思州、石阡、黎平、思南知府，山东曹州知州。著有《饮和堂集》二十四卷。

姚　鼐（1731—1815），字姬传，一字梦谷，室名惜抱轩，世称“惜抱先生”，安徽桐城人。清乾隆二十八年（1763）癸未科进士，授庶吉士。后历任兵部主事、礼部仪制司主事，山东、湖南乡试副考官，会试同考官和刑部广东司郎中等职。三十八年（1773）被破格荐召四库全书馆，充任纂修官。《四库全书》修成后，即请辞乞养。自四十二年（1777）起先后主讲扬州梅花、安庆敬敷、歙县紫阳、南京钟山等书院。嘉庆十五年（1810），重宴鹿鸣，加四品衔。是我国清代影响最大的古文流派桐城派的集大成者，一生著述甚丰，有《惜抱轩诗集》十卷、《惜抱轩文集》十六卷、《惜抱轩文后集》十二卷、《惜抱轩笔记》十卷、《惜抱轩书录》四卷、《惜抱轩尺牍》十卷，另有《九经说》《三传补注》《老子章义》《庄子章义》《法帖题跋》等共三十余卷，并辑有《古文辞类纂》《五七言今体诗钞》等。

姚鹏图（1782—1919），字柳屏，一字柳坪，号古凤，江苏镇洋（今太仓）人。清光绪十七年（1891）辛卯科举人，二十四年（1898）被分发至山东为候补知县，任缉捕委员，历官山东邹县、沾化、兰山、聊城知县，有惠政。宣统年间（1909—1911）为山东提学使罗正钧的幕客，协助筹建山东省立图书馆及金石保存所。性旷达，雅好鉴藏金石，尤喜碑刻，碑版收藏之富、考鉴之精，时称“济垣士林，无出其右”。工诗，楷书为人所重。著有《扶桑百八吟》《柳坪词》等。

姚文然 （1620—1678），字弱侯，号龙怀，江南桐城（今属安徽）人。明崇祯十六年（1643）癸未科进士，改庶吉士。清顺治三年（1646）授国史院庶吉士，后历官礼科给事中、迁兵科都给事中、户部给事中，与魏象枢皆以给事中敢言而负清望，号“姚魏”。康熙十年（1671）迁副都御史，再迁刑部侍郎。十二年（1673）调兵部督捕侍郎，迁左都御史。十五年（1676）授刑部尚书。著有《姚端恪公文集》十八卷、《姚端恪公诗集》十二卷和《姚端恪公外集》十八卷（末一卷）。

姚文田 （1758—1827），姚文田（1758年—1827年），字秋农，号梅漪，浙江归安（吴兴）人。清朝嘉庆四年（1799年）己未科进士第一名，授翰林院修撰。后历充广东、福建乡试正考官，任广东学政，充任日讲起居注官。十二年（1807），任山东乡试正考官。不久，因父丧丁忧归故里。服除，历官至户部右侍郎，升内阁学士兼任礼部侍郎，充任殿试读卷官，提督江苏学政。道光三年（1823），充经筵讲官。后历任都察院左都御史，充任顺天乡试副考官，署工部尚书，升礼部尚书。博学多识，著述甚多，有《说文声系》《古音谐》《四声易知录》《易言》《广陵事略》《邃雅堂学古录》《邃雅堂文集》及《春秋经传塑闰表》等。

姚宪之 （生卒年不详），字涤山，浙江余杭人。由监生捐官山东长清县丞，咸丰三年（1853）署宁阳知县，咸丰五年（1855）三月调任莱阳县知县。著有《叠删吟草初集》和《叠删吟草二集》及《粤匪南北滋扰纪略》。

姚荫达 （1871—1944），字雨耕，江苏江都（今扬州市）人。是扬州冶春后社的重要成员。

要　偕 （生卒年不详），生平事迹待考。

耶律铸 （1221—1285），字成仲，号双溪，义州弘政（今辽宁义县）人。契丹王族后裔，元中书令耶律楚材次子。父死，嗣领中书省事。中统二年（1261），拜中书左丞相，兼修《辽史》《金史》。至元二年（1265），行省山东。四年（1267），任平章政事。次年（1268），复拜中书左丞相。十年（1273），迁平章军国重事。十九年（1282），再次出任中书左丞相。次年，坐妄奏罢免。工诗文，有《双溪醉饮集》，但多散佚，今所传的《双溪醉饮集》六卷本是四库馆臣自《永乐大典》辑出的。

叶承宗 （1601—1648），字奕绳，济南历城人。明天启七年（1627）丁卯科举人，清顺治二年（1645）乙酉科进士，授江西临川知县。五年（1648）十月，江西赣镇金声桓反清，攻打抚州（治临川），城破，叶承宗被俘。金声桓威逼其投降，叶承宗坚决不从，自杀身亡。工诗能文，著有《泺函》十卷、《耳谭》二卷，编有《少陵诗选》六卷。此外，崇祯十三年（1640）在刘敕所纂《历乘》基础上纂成《历城县志》十六卷。

叶名澧 （1811—1859），字润臣，号翰源，湖北汉阳人。清道光十七年（1837）丁酉科举人，历任内阁中书，同文馆、玉牒馆帮办，方略馆校对，文渊阁检阅，侍读，累官至浙江候补道员。博学好古，工诗。好游山水，中年遍游江汉、吴越等地，南抵黔中，北至雁门，所至处皆有诗。藏书甚富，拥书十万卷。著有《桥西杂识》《周易艺文疏证》《战国策地名考》《孰夙好斋诗集》《笔记》《读易丛记》《四声叠韵谱》《桥西杂记》及文集等。

叶正夏 （生卒年不详），字仲夏长，一字仲一，号桐村，原籍浙江余姚，随父移家德州，随入州籍。清康熙五十六年（1717）丁酉科举人，官鱼台教谕。能诗，有《桐村诗集》《出关诗》。

伊秉绶 （1754—1815 年），字组似，号墨卿，晚号默庵，福建宁化县人。清乾隆五十四年（1789）己酉科进士，授刑部额外主事，补浙江司员外郎。处升刑部主事、刑部员外郎，充任湖南乡试副主考官。嘉庆四年（1799）升任刑部郎中。未几，出任广东惠州知府。后因与两广总督吉庆发生争执，被谪戍军台。嘉庆十年（1805），出任扬州知府。嘉庆十二年（1807），调任河库道，不久又调两淮盐运史，任职刚两个月，即回籍丁父忧三年。此后未再出仕。他为官清廉，勤政爱民，深得百姓爱戴，扬州人在当地“四贤祠”中将其与欧阳修、苏轼、王士禛并祀。喜绘画、治印，亦工诗。工书，尤精篆隶，精秀古媚。著有《南窗丛记》《赐研斋集》《留春草堂集》等。

易文浚 （生卒年不详），字问斋，江苏淮阴人。清道光十五年（1835）乙未科举人，授启部浙江司郎中。咸丰二年（1852）会同五城御史办理京城团防，不久又至天津办理海运，为郑亲王所倚重，升青州知府。后因事被劾，降补奉天新民厅同知，调署锦州府，以新民厅失过而罢官。著有《达观楼诗集》四卷。

殷士儋（1522—1581），字正甫，世称“棠川先生”、“般阁老”，山东历城（今济南市）人。明代大臣。明嘉靖二十六年（1547）丁未科进士，选庶吉士，授翰林院检讨。曾充裕王朱载垕（隆庆皇帝）的讲官。迁为右赞善，升洗马，隆庆元年（1567）升为侍读学士，掌翰林院事。后升礼部右侍郎、吏部右侍郎、礼部尚书、文渊阁大学士、武英殿大学士、太子太保。后因受权臣高拱等人的排挤、陷害，于五年（1571）年辞官返回故里，选定万竹园为栖身之处，并取名“通乐园”。在诗坛颇负盛名。明代嘉靖年间，与边贡、李攀龙、许邦才并称“历下四诗人”。著有《金舆山房稿》十四卷。

尹莘农（1894—1973），名志伊，以字行，山东日照人。早年入青岛礼贤书院，后入上海同济大学医科学习。1924年毕业，曾任宝隆医院医生。后回青岛挂牌行医。1932年任山东省立医学专科学校校长，1933年任《新医学》杂志社社长。1949年至台湾，以诗文自娱。著有《小儿科学》和《尹莘农诗稿》等。

尹廷兰（生卒年不详），字畹阶，山东历城（今济南市）人。年轻时受业于同邑周永年，精考证之学。清乾隆三十九年（1774）甲午科举人，后大挑二等，授山东即墨县学训导。五十四年（1789）升清平县学教谕。嘉庆二年（1797）署任乐安县丞，四年（1798）任嘉祥县训导，五年（1799）任高唐州学正，当时岁旱多蝗，大吏不想如实上报灾情，尹廷兰独请之曰：“此独非蝗也耶?”邑始获以灾告。大吏心里十分记恨他，尹廷兰遂称疾归里，每天与同邑翟凝、周奕黉寻林泉胜处，饮酒赋诗，称“历下三诗人”。著有《华不注山房诗集》和《华不注山房文集》各二卷和《蔚塘杂录》。

于昌遂（1829—1883），字汉卿，山东文登人。廪贡生。曾官江北大营后路粮台、江苏候补直隶州知州。后因事被革职，在扬州筑养志园奉母休养。与其兄于昌进同喜藏书，室名“青棠红豆庐”。十三岁学诗，先后有《课余偶存》《牛楼存稿》《牛楼剩稿》《废吟稿》《独知小稿》等集及《羼提精舍诗稿》十二卷。

于慎思（1531—1588），字无妄，号航隐，又号庞眉生，小字襕衫，山东东阿人。诸生。少年负志，博览群书，尤爱兵家著论，且记性极强，过诵而不忘。曾随父戍边。受大中丞张子立青睐。十九岁入乡试时因考场兵备森严，强令考生解衣光脚，视考生如犯人，因而恼怒，从此不再参加科试。万历十五年

（1597）入京师，居于慎行官邸，欲试词林，游太学，不幸卒于京师。善古歌行，尤工古赋，有《庞眉生集》十六卷及《群书题跋》等。

于学谧（约1747—1777），字小晋，又字靖之，山东莒到人。乾隆间拔贡。工诗文，兼善书法。性嗜古，富藏书，著有《玉台文》一卷、《焚余诗草》二卷。

于云升（生卒年不详），字山来，山东临淄人。清嘉庆十三年（1808）戊辰恩科举人，官山东潍县教谕。能诗词，著有《绿墅诗草》《绿墅词草》各一卷。

于允立（生卒年不详），字山如，号砚农，山东陵县（今德州市陵城区）人。廪生，知州用候选州同。生平事亲孝，课子严，风神倜傥，无世俗积习。喜临池，诗不多作，著有《守拙山房遗草》。

于振翀（生卒年不详），字扶青，号霁亭，顺天宛平人，以父官山东曹县，因入籍曹县。清康熙五十九年（1720）庚子科举人，官蔚州学正。著有《爱萱斋诗草》等。

余　丙（生卒年不详），字邻午，号朗斋，山东历城（今济南市）人。清乾隆十五（1750）庚午科举人，后历官山西凤台、赵城、湖口县知县，升云南宾川州知州，诰封奉直大夫。

余　缙（1617—1689），字仲绅，号浣公，浙江诸暨高湖人。清顺治九年（1652）壬辰进士，初授河南封丘知县，十六年（1677）为山西道御史，康熙六年（1667）调河南道御史，所至皆有政声。著有《大观堂文集》二十二卷（首一卷）、《续保越录》和《家训》各一卷等。

余　炯（生卒年不详），字容成，山东历城县（今济南市）人。余肇楷子。有《偶存草》。

余鹏年（1756—约1798），原名鹏飞，字伯扶，安徽怀宁（今属安庆）人。清乾隆五十一年（1786）丙午科举人。家贫，好酒，长期在外教书，工诗词，善书画，撰有《曹州牡丹谱》《枳六斋集》《梦笺书屋词》《饮江光阁诗钞》等。

余学夔（1372—1444），字一夔，号北轩，江西泰和人。明永乐二年（1404）甲申科进士，授庶吉士、翰林检讨，担任《永乐大典》副总裁。后又预修《五经四书性理大全》。二十二（1424）升侍讲学士，奉命纂修太祖、太宗、仁宗三朝实录。书成后，因病访休。生平所著有《北轩诗文集》五十卷。

余　章　（生卒年不详），字绵浦，山东历城（今属济南）人。工画，亦能诗。

余正酉　（1785—？），字秋门，山东历城（今济南市）人。清道光五年（1825）乙酉科举人，充镶白旗官学教习。期满，以知县用，分发山西，历任山西潞城、寿阳、广灵、河曲、大同、临晋、榆社、吉州和平陆知县，皆有政声。道光十六年（1836）曾奉命赴山西怀仁、朔州赈灾，悉心擘画，两县灾民赖以全活。工书法，擅隶法，能诗，著有《秋门诗钞》二卷，并积数十年之力，辑成《国朝山左诗汇钞后集》三十九卷。

余钟莹　（生卒年不详），字朗山，山东历城（今济南市）人。余正酉从弟。监生。耽吟咏，善音律。值家中落，遭际忧患，然胸怀浩落，不以尘冗废啸歌。

俞锡畴　（1863—？），字寿田，安徽风阳人。精于古籍版本和印谱学。

喻成龙　（1644—1714），字武功，号正庵，汉军正蓝旗人，奉天（今辽宁锦州）籍。清康熙五年（1666），由荫生官为安徽建德知县。九年（1670），迁池州通判。十三年（1674），转池州潞州同知。十七年（1678），擢任池州知府。二十三年（1684），丁母忧。服阕，补江西临江府知府。后历任山东盐运使、山东按察使、擢山东布政使。三十四年（1695）六月，迁太常寺卿，时议征噶尔丹，命协同左都御史于成龙督运中路军粮。三十八年（1699年）十一月，为刑部额外侍郎。后历任左侍郎、安徽巡抚、湖广总督。四十三年（1704），因事被革职。五十二年（1713年），命复原职。

俞平伯　（1900—1990），原名俞铭衡，字平伯，浙江德清人，出生于江苏苏州。1919年毕业于北京大学，后在燕京大学、北京大学、清华大学任教。曾参加中国革命民主同盟、新潮社、文学研究会、语丝社，与朱自清等人创办《诗》月刊。主要著述有《红楼梦辨》《冬夜》《古槐书屋问》《古槐梦遇》《读词偶得》《清词释》《西还》《忆》《雪朝》《燕知草》《杂拌儿》《杂拌儿之二》《古槐梦遇》《燕郊集》《唐宋词选释》《俞平伯全集》等。

俞　樾　（1821—1907），字荫甫，自号曲园居士，浙江德清人。清道光三十年（1850）庚戌科进士，授翰林院庶吉士。咸丰二年（1852），除编修。五年（1855），充国史馆协修。同年八月，出任河南学政。七年七月，被御史曹登庸劾奏“试题割裂经义”，因而罢官，移居苏州。后潜心学术达四十余载，治学以经学为主，旁及诸子学、史学、训诂学，乃至戏曲、诗词、小说、笔记、书法等，可谓博大精深，是清末著名学者、文学家、经学家、古文字学家、书法家。先后主讲过苏州云间书院和紫阳书院、上海求志书院、菱湖龙湖书院、长兴箬溪书院、德清清溪书院、杭州诂经精舍，海内外慕名求学者络绎不绝，号称“门秀三千”，国学大师章太炎即是他晚年的门生。海内及日本、朝鲜等国向他求学者甚众，尊之为朴学大师。所著各书总称《春在堂全书》，共二百五十卷。

虞　集（1272—1348），字伯生，号道园，世称邵庵先生、青城樵者、芝亭老人，临川崇仁（今属江西省抚州市）人。元成宗大德初年（1297），被举荐为大都路儒学教授，后历任国子助教、博士等。元仁宗时，迁集贤殿修撰，除授翰林待制兼国史编修。元文宗夺取皇位后，升授其为奎章阁侍书学士，与平章事赵世延同任《经世大典》总裁官。至顺三年（1332），升任翰林侍讲学士。卒后赠江西行中书省参知政事、护军、仁寿郡公，谥号“文靖”。素负文名，诗文俱称大家，为元代中期文坛盟主是，也是元中期最负盛名的诗人，与揭傒斯、范梈、杨载并称“元诗四大家”；引领有元一代文风，同揭傒斯、柳贯、黄溍并称“元儒四家”。著有《道园学古录》《道园遗稿》等。

愚　公（生卒年不详），真实姓名、籍贯及生平事迹待考。1911年至1935年间曾在《小说月报》《盛京时报》等报刊上发表诗词作品十多首。

毓　俊（1848—1894），字赞臣，号友松山岭，姓颜扎氏。满洲旗人。清光绪五年（1879）己卯科举人，授陕西候补道，但一直未授实缺。著有《友松吟馆诗钞》十五卷。

元好问（1190—1257），字裕之，号遗山，后世称遗山先生，忻州秀容（今山西省忻县）人。金末元初著名的史学家、文学家。金宣宗兴定五年（1221）进士及第，金哀宗正大元年（1224）中博学宏词科，授儒林郎，后为权国史院编修，留官南京（今河南开封），后历任镇平、内乡、南阳县令，后官至尚书省左司员外郎。金亡后不仕。才雄学赡，被尊为“北方文雄”“一代文宗”，在诗、词、文、曲、小说和文学批评方面均有造诣，其中以诗作成就最高，其词则为金代一朝之冠。著有《遗山集》，编有《中州集》。

袁　藩（1627—1683），字宜四，号松篱，山东淄川人。清康熙三年（1664）甲辰科举人。康熙十二年（1673）经吏部铨选，考取了候补知县，不久即放弃仕途，开始游历大江南北，写下了许多游记和诗文。喜收藏，广交游，与当地知名文人唐梦赉、王士禛、高珩、孙蕙、毕际有、张笃庆、蒲松龄都有交游。著有《敦好堂集》四卷、《诗余》一卷，并曾和唐梦赉、毕际有同纂《淄乘征》。

袁炼人（1876—？），湖南人。清优附生，毕业于日本东京铁道学校。民国二年（1912）创办私立湖南交通学校（该校后更名为湖南精炼高级电信运输职业学校）并担任校长，并创办《交通丛报》杂志社并任社长。民国十五年（1926）、十六年（1927）还曾发起北社。1913 年至 1936 年间曾在《交通丛报》《文艺杂志》《西洋镜》《粤汉要刊》《铁路协会月刊》《大公报（天津）》《时报》等报刊上发表诗词及其他作品数百篇。著有《胜游集》(一名《五游集》)。

袁茂英（1563—？），字君学，号文海，浙江慈溪（今属余姚）人。明万历十四年（1586）丙戌科进士，受行人，观政礼部。后历任仪制司员外郎、礼部郎中，典试四川，升广东等处提刑按察司提督学校副使。二十九年（1601）任广东布政司左参政、海北南守道。后官至云南按察使、右布政使，调山东按察使。

袁启旭（1648—？）字士旦，安徽宣城人。国子生。好游览，工书法、尺牍，亦工诗，诗风雄健，著有《中江纪年诗集》。

袁　树（1730—？），字豆村，号香亭，浙江钱塘（今杭州市）人，居江南江宁（今南京市）。清乾隆二十八年（1763）癸未科进士，授河南南阳阳知县。四十六年（1781）任广东肇庆知府。嘉庆四年（1799）迁广东惠州府海防同知。精鉴别，工诗，善画山水，有《红豆村人诗稿》十四卷及《墨香居画识》《墨林今话》《桐阴论画》《画传编韵》等。

远　明（生卒年不详），籍贯及生平事迹待考。

袁一骥（生卒年不详），字季友，一字德良，江苏江阴人。万历十一年（1583）癸未科进士，官礼部郎中，请复建文年号，获允。万历间曾任山东按察司佥事、副使，分巡曹濮。二十九年（1601）前后任福建右布政使，后升巡抚，裁抑横行之税监高寀之横，并疏其不法。不久乞归。

岳赓廷（1764—1842），字载臣，号石村，山东荣成人。诸生。有隽才，能诗，有《燕来堂诗稿》。

岳和声（1569—1630），字之律，号石梁，一号餐微子，浙江嘉兴人。明万历二十年（1592）壬辰科进士，授河南省汝阳县知县。后历礼部主事、员外郎，出为广西庆远知府，改赣州。四十三年（1615）调任山东东昌府知府。后擢福建按察副使、广东惠潮道参政，改补九江道。累升佥都御史，巡抚蓟辽。天启中，起补延绥巡抚。所至皆有政声。著有《餐微子集》三十卷、《大成乐舞图说》一卷、《辛亥京察始末》八卷及《续骖鸾录》、《北征稿》等。

岳梦渊（1699—？），字屿亭，号水轩，河南汤阴人。诸生。淹雅博达，综汇百家，负经济之学，时争以奇士目之，多延为上客，先后为督抚幕宾长达三十余年。著有《海桐书屋诗钞》八卷。

Z

查昌业（约1727—？），字立功，号次斋，又号松亭，海宁人，以事谴谪戍济南，遇赦，安家天津人。查克绍（1694—1726）遗腹子。有《秫萩馆集》六卷。

查冬荣（1795—？），字子珍，一字子尹，号辛香、新芗，又号兰舫，浙江海宁人。诸生。工诗善画，其妻朱淑均、弟有炳、弟媳朱淑仪，皆擅诗画。曾主持汝阳书院讲席。著有《诗禅室诗集》三十卷。

查景绥（1866—1923），字星阶，顺天宛平人。幼随其父查筠宦居山东济宁，遂侨寓于济宁。精音韵训诂之学，兼通医学，屡踬秋闱不售，纳粟为运判，分浙江屯溪。1911年辛亥革命发生后，归济宁，继办惠济粥厂，留意地方文献，富收藏，古书画尤多。著有《诗本音补正》《屈辞精义选补正》《古音集说》《古音分部考》《经史随笔》《医学指归》《怡怡园诗文存》《怡怡园笔记》等。

翟化鹏（1857—1926），字溟南，山东平阴人。弱冠入邑庠，岁科试及经、古各场试辄冠军。清光绪十年（1884）以五场第一人登拔萃科，十一年（1885）乙酉科中举人，十八年（1892）壬辰科进士，朝考二等，选翰林院庶吉士。散馆，改刑部主事，不久考取外交部章京，补外务部榷算司主事，升员外郎。辛亥革命后，辞官回家。工诗，著有《樵语》《鹿樵诗存》，编有《柳泉唱和集》等，光绪二十一年（1895）修《平阴县志》时曾任采访。

曾　巩（1019—1083），字子固，世称南丰先生，建昌军南丰（今属江西）人。北宋诗文革新运动的积极参加者，唐宋八大家之一。宋嘉祐二年（1057）登进士第，初任太平州司法参军，翌年奉召回京，编校史馆书籍，后迁馆阁校勘、集贤校理、实录院检讨官。熙宁二年（1069）后自求外任，先后通判越州，知齐、襄、洪、福、明、亳、沧等州军州事，勤于政事，兴利除害，守正不阿，亲民爱民，颇有政绩。元丰五年（1082），拜中书舍人。一生著述丰富，有《元丰类稿》五十卷、《续元丰类稿》四十卷和《元丰类稿外集》十卷等。

曾延年 （1873—1936），字孝谷，一字少谷，号存吴，四川成都人。早年毕业于浙江省两级师范学校。清光绪三十二年（1906）考取官费留日，与李叔同一起进入东京美术学校西洋画选科，共同发起成立春柳社，并参与春柳社的话剧演出。宣统三年（1911）从东京美术学校毕业，同年4月进入西洋画科研究科学习。民国元年（1912）回国，在上海加入南社，后曾担任过《太平洋报》的编辑，又参与上海新新舞台（即天蟾舞台）的演出。四年（1915）任成都高等师范学校艺术教职。是我国早期话剧的开拓者和奠基人之一，其改编的七幕话剧《黑奴吁天录》是为中国话剧创作史上第一个剧本。

张百熙 （1847—1907），字野秋，一作冶秋，号潜斋，湖南长沙人。清同治十三年（1874）甲戌科进士，授编修。光绪七年（1881）督山东学政，十四年（1888）典试四川，翌年命直南书房，二十一年（1895）迁侍读学士，二十三年（1897）督广东学政，迁内阁学士。戊戌变法失败后，因荐举康有为获罪，被革职留任。二十六年（1900）补礼部侍郎，次年升工部尚书兼左都御史，后转刑部尚书。二十八年（1902）任管学大臣，主持京师大学堂，其间，保荐吴汝纶为京师大学堂总教习，奏请设立医学、实业、译书三馆，选派学生出国留学，同时拟定《学堂章程折》，主持制订“壬寅学制”“癸卯学制”。三十一年（1905年）奏请立停科举。同年任户部尚书，次年转邮传部尚书。是我国名副其实的近代教育改革的先驱者，为近代教育的发展作出了卓越贡献。遗著有《张百熙奏议》《退思轩诗集》等。

张柏恒 （生卒年不详），字雪航，安丘人。清嘉庆十三年（1808）戊辰举人，二十五年（1820）任山东嘉祥县训导，道光二年（1822）迁金乡县训导，十七年升教谕。晚年补高唐州学正，不就。有《金乡乡贤传》、《式训集》十六卷、《书航集》和《耳梦续录》，增订有《安丘新志乘韦》二十八卷。

张成教 （生卒年不详），字驰子，河北邯郸人。明嘉靖二十二年（1543）癸卯科举人，除山东日照知县，改山西大同府学教授，晋陕西巩昌府通判。居官耿介，不事逢迎。著有《张洺南诗集》十卷、《张洺南文集》四卷，纂有万历

《南宫县志》十二卷。

张笃庆 （1642—1715），字历友，号厚斋，自号昆仑山人，山东淄川人。十八岁时与蒲松龄、李尧臣等结“郢中诗社”，诗名早著。清康熙二十五年（1686）考贡生时受知于山东学政施闰章，为济南府第一，赴都入监，参加顺天府乡试，不第，归乡后绝意科举，以著述为事。工诗，诗以盛唐为宗，歌行尤擅长，著有《昆仑山房集》十三卷，另有《八代诗选》《班范肪截》《五代史肪截》《两汉高士赞》等。

张　庚 （1685—1760），原名焘，字溥三，后改名庚，字浦山、公之干，号瓜田逸史，又号弥伽居士、白苎村桑者，浙江秀水（今嘉兴）人。清乾隆元年（1736）以布衣举博学鸿词。长古文词，精鉴别，绘事则攻学善画山水。著有《强恕斋文钞》五卷、《强恕斋诗钞》四卷、《国朝画征录》三卷、《国朝画征续录》二卷、《通鉴纲目释地纠谬》六卷、《释地纠谬补注》六卷及《瓜田词》《浦山论画》《蜀南纪行略》《五经臆》《短檠琐记》等。

张　弓 （生卒年不详），字希仲，号月梧，山东历城（今济南市）人。明嘉靖二十五年（1546）丙进科举人，官淮安通判，遭同官忌恨，罢归。优游林泉，吟诗自娱，与济南诗人殷士儋、潘子雨等人有交游。著有《月梧集》四卷、《秋山集》六卷、《唐诗详注句解》六十卷、《诗格》和《古音考》各一卷，以及《周易旁训》《四书人物备考辩解》等。

张鹤鸣 （1551—1635），字元平，号凤皋，河南颍川卫籍直隶颍州人。明万历二十年年（1592）壬辰科进士，历官历城县知县、南京兵部主事、吏部郎中、礼部郎中、山东按察司副使、陕西布政司右参政、陕西右布政使、贵州巡抚、兵部侍郎、兵部尚书、南京工部尚书，并曾总督云贵五省军务。农民起义军攻陷颍州，被杀。工诗，有《芦花湄集》二十九卷。

张　鸿 （1867—1941），初名澄，字隐南，号璚隐、蛮公，别号燕谷老人，江苏常熟人。清光绪三十年（1904）甲辰科进士。曾任内阁中书、户部主事、外务部郎中、记名御史及驻日本长崎、神户及朝鲜仁川领事。民国五年（1916），称病归乡，倡办塔前小学、孝友中学、苦儿园、刺绣女校。先后担任常熟县通俗教育馆长、县体育场场长、县图书馆馆长等职。常熟沦陷后，举家迁桂林，后经香港移居上海著有《蛮巢诗词稿》《长无相忘室词》等。

张惠贞 （1896—1976），字志安，山东济南人。1914 年入济南山东省立第一女子师范，毕业后留校任教。1919 年参加“五四”爱国运动。后考入北京女子高等师范学校。1925 年从北京女子高等师范学校毕业后，赴烟台任私立第一女中教务主任。1927 年执教杭州女中。南京国民政府建立后，任职于中央宣传部文艺科。后入金陵大学国学研究所。抗日战争爆发后，赴重庆，先后任国立编译馆编审、战时儿童保育会委员。抗战胜利后，当选行宪国民大会代表。1949 年去台湾，任教于省立台北第一女子中学。1976 年 1 月迁往美国檀香山。

张际亮 （1799—1843），字亨甫，号华胥大夫、松寥山人，福建建宁人。十六岁中秀才，作《童言》一卷，十八岁刊印诗集《蚕缫集》。清道光九年（1829）开始担任《福建通志》的分纂。十五年（1835）参加乙未科福建乡试，更名为亨辅，中举人。次年赴京都会试落第。道光二十年（1840）鸦片战争爆发后，主抵抗侵略，反对妥协。他一生未入仕，在南北漫游中创作了大量的诗歌（自言平生写诗“万余首”），是鸦片战争时期享有盛誉的爱国诗人，与魏源、龚自珍、汤鹏并称为“道光四子”。著有《张亨甫全集》《思伯子堂集》，以及《金台残泪记》《南浦秋波录》各三卷等。

张家榘 （1777—1834），字静安，一字容常，别号蓉裳，湖南湘潭人。清嘉庆六年（1801）辛酉科举人，后曾官湖南新化县教谕。著有《蓉裳诗钞》八卷。

张　謇 （1853—1926），字季直，号啬庵，江苏南通人。“江苏五才子”之一。清光绪二十年（1894）甲午科状元，授翰林院修撰。二十一年（1895）奉张之洞之命创办大生纱厂，二十八年（1902）创办了通州师范学校，三十一年（1905）创建了南通博物苑。民国元年（1912），起草清帝退位诏书，并在南京政府成立后任实业总长。同年，改任北洋政府农商总长兼全国水利总长。民国四年（1915），因袁世凯接受日本提出的“二十一条”部分要求，张謇愤然辞职。民国八年（1919），建成南通更俗剧场。一生创办了二十多家企业、三百七十多所学校，为我国近代民族工业的兴起、教育事业的发展作出了宝贵贡献。其著述被整理成《张謇全集》共八册。

张锦麟 （1749—1778），字瑞夫，一字玉洲，广东顺德人。清乾隆三十三年（1768）戊子科举人。会试后落第，兼务考据之学，诗境亦日进。著有《少游草》《玉壶山房诗话》。

张景初 （生卒年不详），字中黄，山东诸城人。张衍的孙子，与昞初（字右黄）、嘻初（字左黄）并称“普庆三黄”。清乾隆四年（1740）岁贡生，十八年（1753）官商河训导。工书画，善诗赋，有《招鹤园稿》四卷（亦名《招鹤园诗集》），并有书画传世。

张开东 （1702—1781），字宾阳，别名白莼，号青梅居士、海岳游人，湖北蒲圻（现今赤壁市）。贡生，清乾隆四十五年（1750）官蕲水训导，学博养厚，言行合礼，殁于官。工诗，有《白莼诗集》十六卷、《海岳文集》十卷等，并纂有乾隆《直隶靖州志》十四卷。

张　磊 （生卒年不详），籍贯及生平事迹待考。

张　纶 （生卒年不详），字丝园，山东历城（今济南市历城区）人。安贫乐道，不妄交人。与尹济源（1772—1838）为童年好友，尹济源归后二人时相过从。

张梅亭 （1858—1933），字雪安，又字松庵，号对溪，山东莱芜人。清光绪三十四（1908）戊申科进士，授礼部仪制司主事，兼任齐鲁学堂教习，教授史地。后挂冠归里，曾受聘于莱芜古嬴民众学校教授古文，后办设塾授徒，并与王希曾重修《莱芜县志》。另著有《万国地理学讲义》《中庸札记》《一松山房存稿》《一松山房随笔》等。

张　鹏 （1627—1689），字抟万，号南溟，江苏丹徒人。清顺治十八年（1661）辛丑年进士，历任吏部给事中、都察院左副都御史、山东巡抚（康熙二十三年九月至康熙二十五年十月任）、刑部左侍郎、吏部左侍郎等职。于国家之事，知无不言，曾建议纂《会典》、修《明史》及在河道上设水闸等，均获准施行。能诗文，有《宁远集》。

张　朴 （1797—?），字小波，直隶定州（今河北定县）人。清道光五年（1825）乙酉科拔贡生、十一年（1831）辛卯科举人。二十三年（1843）知平阴县，二十七年（1847）调任东阿县令，二十八年（1848）再调章丘县令。咸丰三年（1853），曾随山东巡抚李僡移节宿迁，防堵太平军。五年（1855），放四川顺庆府知府。所知颇多善政与劳绩。工诗文，著有《信拈草》。

张谦宜 （1650—1733），名庄，字谦宜，一字稚松、䌹斋，号山农、山民，晚年自称山南老人，以字行世，山东胶州人。清康熙四十五（1706）丙戌科进士，隐居不仕，耽心于著述，其著作涉及经、史、子、集四部，主要有《四书广注》、《尚书说略》、《张氏家训》、《䌹斋诗选》二卷、《䌹斋诗选补遗》一卷、

《覞斋诗谈》八卷、《覞斋论文》六卷等。

张　铨（生卒年不详），山东高密人。清康熙五十二年（1713）癸巳科副贡，五十九年（1720）庚子科京闱举人。

张　铨（1795—1872），字少衡，一字寅阶，号翼南，山东利津人。清道光十五年（1835）乙未科进士，始任刑部主事，后升任员外郎、刑部郎中。居京为官十余载，查清许多疑案，纠正了一些错案和冤案，颇有政声。二十六年（1846）出任江苏常州府知州，并署理苏松太仓道和常镇通海道，体恤民情，秉公办事。咸丰九年（1859）辞官还乡。为官期间嗜学吟诗不辍，归后益致力于诗，一生作诗千首，尤以竹枝词见长。晚年著有《爱山堂诗存》十二卷。

张荣培（1872—1947），字蜇公，号铁瘦，江苏长洲（今苏州市）人，晚居上海。清光绪十八年（1892）附贡生，四赴乡试不中。以坐馆授徒为业。善诗词，尤善联语，富收藏，是上海希社、苏州琴社、常熟虞社、常州苔芩社社员。著有《食破砚斋诗存》《惜余春馆读画集·词钞》。

张善恒（1783？—1883后），字圣基，号他庵，山东安丘人。诸生。年甫三十，以忧伤卒。存诗千余首，友人王毓员为定其稿，计《学吟唱和草》二卷和《历下纪游诗》各二卷、《容膝蜗居吟》和《西湖卧游集》各一卷，《鞠梦庐诗钞》四卷及《古香书屋诗集》六卷。

张实居（1634？—1713？），字宾公，别号萧亭，山东邹平人。出身于官宦世家，祖父张延登官至工部尚书、左右都御史，父张万钟曾任浙江府推官，然而张实居中年时家族遭遇重大变故，家道中落，为避祸，他隐居乡里，以布衣终身。工诗，所作古今诗千余首，其妹夫王士禛选其中三百余首，结集为《萧亭诗选》六卷。

张守炎（1842—1911），字寅生，一字星侔（一作“星谋”），山东海丰（今无棣县）人。清同治三年（1864）甲子科举人，授内阁中书。光绪十六年（1890）庚寅恩科进士，授礼部主事，观政议曹，修三会典，书成优叙，外升河南怀庆府同知，理讼积案得以平。告归。生平笃内行而重廉介，与人接温厚和平，诗笔俊逸。续纂有《无棣张氏家乘》十二卷（首二卷、文存一卷）。

张树杰（生卒年不详），字隽谷，山东海丰（今无棣县）人。清光绪十一年（1885）乙酉科拔贡，官山西知县。

张　澍（1776—1847），字百瀹，又字寿谷、时霖等，号介侯、鸠民、介白，凉州府武威县（今甘肃武威市）人。清乾隆五十九年（1794）甲寅科举人，嘉庆四年（1799）己未科进士，选翰林院庶吉士，充实录馆纂修。后任贵州玉屏县知县，署遵义县知县，升广顺州知州。十八年（1813）任四川屏山县知县，后历署兴文、大足、铜梁、南溪知县。道光五年（1825）补江西永新县知县，后署临江府通判，任泸溪县知县。长于考证舆地及姓氏谱牒，著述宏富，有《养素堂诗集》二十六卷、《养素堂文集》三十五卷、《续黔书》《蜀典》《诗小序翼》《三古人苑》《三辅故事》《五凉旧闻》《黔中纪闻》《十三州志》《秦音》等数十种。

张太复 （生卒年不详），原名景运，字静旃，号春岩，又号秋坪、浮槎散人，河北南皮人。清乾隆四十二年（1777）丁酉科拔贡，官浙江太平知县，改迁安教谕。著有《因树山房诗钞》三卷、《晋游草》一卷、《令支游览集》一卷。

张泰交 （1605—1705），字公孚，号洎谷，山西阳城人。清康熙二十一年（1682）壬戌科进士，二十八年（1689）官云南太和知县，三十九年（1700）任江南学政，四十二年（1703）升浙江巡抚，为官廉洁，所至有声。精通《春秋》，工诗文，著有《受祜堂集》十二卷。

张体乾 （1721—1777）字确斋，又字荆圃，山西浮山人。初授大理寺司务，后官至刑部陕西清吏司员外郎，诰授中宪大夫，阶授资政大夫。著有《汾泌纪游》、《东游纪略》二卷、《津门纪游》一卷、《吴雯传》(附年谱）一卷，并曾参与编纂《浮山县志》。

张廷璐 （1675—1745），字宝臣，号药斋，安徽桐城人。清康熙五十七年（1718）进士，后累官至江苏学政、礼部侍郎。著有《咏花轩制义》和《咏花轩诗集》六卷。

张廷叙 （生卒年不详），字淳夫，号讷斋，山东淄川人。张元（1672—1756）之孙，张作哲子。与齐河郝允秀（1741—1811）相交最契。工诗，有《香雪园重订诗》十一卷，包括《小怡亭集》《借松轩集》《桐云楼倡和诗》《哭花诗》《苗思集》《香雪园别存稿》《讷斋近稿》《恨余碎存》《锦湖集》《浮寄稿》《定新窝初集》《定新窝二集》《坚至轩稿》《烬余诗》《西园集》《静持新诗》《金墨集》《秋社诗》《怀友诗》《百女仙诗》《萸囊集（补编）》《泺游草》《娥江续草》《兰陵草》《鸣鹤草》各集。另有《娥江集》《枣花集》《生白轩稿》《燕石集》等。

张廷玉 （1672—1755），字衡臣，号砚斋，安徽桐城人。清康熙三十九年

（1700）庚辰科进士，康熙朝历官至刑部左侍郎。雍正朝历任礼部尚书、户部尚书、吏部尚书，拜保和殿大学士（内阁首辅）、领班军机大臣（首席军机大臣）等职，并曾先后任《亲征平定朔北方略》纂修官，《省方盛典》《清圣祖实录》副总裁官，《明史》《四朝国史》《大清会典》《世宗实录》总裁官。卒后配享太庙，是整个清朝唯一配享太庙的文臣，也是唯一配享太庙的汉臣。

张廷瑑 （1691—1774），字桓臣，号思斋，安徽桐城人。张英子。清雍正元年（1723）癸卯科进士，由编修充日讲起居注官，升工部右侍郎，仍兼起居注事。乾隆九年（1744），改补内阁学士，兼礼部侍郎。典试江西，移疾归。著有《张思斋示孙编》六卷、《张思斋示孙续编》一卷

张维新 （生卒年不详），字宪周，河南汝州人。万历五年（1577）丁丑科进士，除山东冠县知县，耀兵科给事中，历潼关道副使、天津兵备道、湖广按察副使。著有《余清楼稿》二十五卷，纂辑有《华岳全集》十三卷。

张文瑞 （1685—？），字云表，号六湖，浙江萧山人。早籍太学，有声，但屡试不举。后随例谒选，授青州府同知，修炮台，兴水利，除盗安民，治绩颇显。工诗，著有《六湖遗集》十二卷。精通水利，编有《萧山水利续刻》一卷和《萧山水利三刻》三卷。

张问陶 （1764—1814），字仲冶、乐祖，号船山、老船等。四川遂宁人，生于山东馆陶。清乾隆五十五年（1790）庚戌科进士，改翰林院庶吉士，散馆，授检讨。嘉庆十年（1805），官江南道御史，有直声。十四年（1809），充会试同考官，寻改吏部郎中。十五年（1810），出任山东莱州知府。十七年（1812），因与上官牴牾，引疾解职归，侨寓苏州虎丘。工诗古文辞，与袁枚、赵翼、蒋士铨同为“性灵”派的重要作家，极为袁枚所推重，被誉为“清代蜀中诗人之冠”。善画山水、花鸟及人物杂品，精书法，著有《船山诗草》二十卷、《船山诗草补遗》六卷。

张希杰 （1689—约 1763），字汉张，号东山，别号练塘，自号七十二泉渔人，山东历城（今济南市）人。凡十三试不举，四处奔波，以做幕僚、讲书为生。清乾隆十六年（1751），他在济南为人做幕宾时曾据济南朱氏殿春亭本抄录过一部《聊斋志异》，可以说为《聊斋志异》的流传做出了巨大贡献——该本是目前所能见到的《聊斋志异》最早的一部抄本，弥足珍贵。工诗文，著有《铸雪斋集》十四卷及《铸雪斋诗》《不其集》等七种，另有诗作附于《历下秋声》

《柳屿馆唱和诗》《千古笑谈》等。

张祥河（1785—1862），字诗舲，一字元卿，号鹤在，江苏娄县人。清嘉庆二十五年（1820）进士，授内阁中书，充军机章京。道光间历户部郎中、河南按察使、广西布政使、陕西巡抚。在豫治祥符决口能始终其事。咸丰间，官至工部尚书，加太子太保衔。为人淡泊文雅，从政谨慎清廉、多有建树，于民清静不扰，为官深得人心。工诗、能书、善画，勤于著述，著有《小重山房初稿》二十卷、《诗舲诗录》、《诗舲诗外录》、《小重山房诗续录》十二卷和《诗舲词录》二卷等，编纂有《四铜鼓斋论画集》及《会典简明录》等，辑有《秦汉玉印十方》。

张象鹏（生卒年不详），字扶九，号石箬。清乾隆五十一年（1786）丙午科举人，官长清县训导。有《石箬诗钞》。

张小竞（生卒年不详），籍贯及生平事迹待考。

张　岫（约1778—？），字云峰，自号岚居山人，山东肥城人。嘉庆初年举孝廉方正，力辞不就。嘉庆十八年（1813）捐粟赈饥，道光七年（1827）捐金助修济南贡院。生平博极群书，尤耽吟咏，著有《带经舫诗钞》和《阅史随笔》各一卷。

张　埙（1731—1789），字商言，又字商贤，号吟芗，又号瘦铜，别号石公山人、小茅山人等，江苏吴县（今苏州）人。清乾隆三十年（1765）中式乙酉科顺天乡试，三十四年（1769）考授内阁中书，入四库全书馆供职。乾隆二十七（1762）、二十八年（1762）曾游齐鲁。少与蒋士铨齐名，诗文、词曲、金石均有成就。著有《竹叶庵文集》三十三卷（附二卷）、《瘦铜诗觉》、《碧箫词存》、《林屋词》、《碧箫散套》、《张氏吉金贞石录》、《荣宝续集》、《扶风金石录》、《兴平金石志》等。

张养浩（1270—1329），字希孟，号云庄，又称齐东野人，山东济南人。元代著名政治家、文学家。十九岁时被山东按察使焦遂荐为东平学正，后累官至礼部尚书、中书省参知政事，一生历元世祖、成宗、武宗、英宗、泰定帝和文宗数朝，个人品行、政事文章皆为当代及后世称扬。至治元年（1321）至天历二年（1329）八年间，张养浩于故乡筑云庄（今济南市天桥区张公坟村），寄傲林泉，纵情诗酒，写出了不少接于目而得于心的优美动人的诗文和散曲，其间，朝廷七聘而不起。天历二年（1329），关中大旱，出任陕西行台中丞。到任四个月后，因劳累过度，卒于任上。著有《云庄闲居自适小乐府》及《归田类稿》四十卷、《为政忠告》(又名《三事忠告》)。

张　曜（1832—1891），字亮臣，号朗斋（一说字朗斋，号亮臣），祖籍浙江上虞（今绍兴市上虞区），出生于浙江钱塘（今杭州市）。早年在河南固始兴办团练，参与镇压捻军和太平天国，创建“嵩武军”，又随左宗棠赴西北镇压回民起义军，历任知县、知府、道员、布政使、提督等职。陕甘平定后，率部于哈密屯田垦荒，岁获军粮数万石，为清军收复新疆之战做准备。清光绪三年（1877），配合刘锦棠等收复新疆南路七克腾木、辟展、吐鲁番等城。十年（1884），率部入关，警备直隶北部。十一年（1885），授广西巡抚，未行，留治京师河道。十二年（1886），调山东巡抚，督办河工。十三年（1887），襄办海军。十五年（1889），加封太子少保。十七年（1891），病逝于济南，赠太子太保，谥号勤果。军政才略突出，为收复新疆、阻遏英俄侵略作出了贡献，故有“爱国将领”之称。其在山东巡抚任上也多有建树。有《河声岳色楼集》存世，《山东军兴纪略》亦由其纂订。

张奕枢（？—1757），字掖西，号今涪，一号芳庄，晚号渔村老敛，浙江平湖人。雍正（1723—1735）间诸生。三应顺天乡试不第，遂尝客游秦粤晋楚。工诗词，其词初集成于雍正十三年（1737），名《红螺词》，厉鹗为之序。今存《芳庄词》二卷。诗有《芳庄纪游》《月在轩集》等。

张荫桓（1837—1900），字樵野，广东佛山人。弱冠弃科举，清同治三年（1864）纳资为知县，先后在山东巡抚阎敬铭、丁宝桢幕中掌书记公牍，颇受器重。后由知县叠荐至道员，先后署山东登莱青道、山东盐运使、安徽芜湖关道，或安徽按察使、总理衙门大臣，补太常寺少卿，出为直隶大名道，升通政司副使、大量寺卿。都察院副都御史兼署礼部右侍郎，转户部右侍郎、左侍郎，仍兼署礼部。光绪十一年（1885）奉旨出使美国、西班牙、秘鲁三国，办理有关华工被害案件的交涉事宜。二十年（1894）以全权大臣的身份赴日谈判。二十三年（1897）再次出使英、美、法、德、俄等国。戊戌变法时，调任管理京师矿务铁路总局，倾向变法维新。戊戌政变后，受到徐桐、高燮曾等严劾，革职后充军新疆，后被杀。著有《铁画楼诗钞》五卷、《铁画楼诗续钞》二卷、《铁画楼骈文》二卷、《三洲日记》八卷。

张英麟（1837—1925），字振卿，亦作振清，号沈诏，晚号南扶老人，山东历城（今济南）人。清同治四年（1865 年）乙丑科进士，选庶吉士，授编修。同治十三年（1874 年），授弘德殿行走。光绪年间，历官至都御史。辛亥革命爆发，内阁改制，遂乞罢归。回济南后，集资重开山东通志局，聘于宗潼任主笔，自己亲任总校，对已搁置多年的《山东通志》进行校补定稿，交付山东通志刊印局铅印出版。在此同时，还与毛承霖等主持纂修了《续修历城县志》。

张映初（生卒年不详），字孖仲，昉初弟。清雍正（1723—1735）、乾隆（1736—1795）间在世。增贡生。工诗，有《东皋集》。

张　昱（1289—1371），字光弼，号一笑居士，晚号可闲老人，庐陵（今江西吉安）人。元至正（1341—1370）年间，参谋江浙行省左丞杨完者军府事，后迁左右司员外郎，行枢密院判官。杨完者死后，张昱弃官而去。张士诚占据苏州，以礼请其出山，坚辞不就。张士诚败亡后，被明太祖朱元璋召至京师，厚赐遣还。后归老于西湖山水间。著有《张光弼诗集》二卷（别本作七卷），又题为《可闲老人集》或《庐陵集》。

张　元（1672—1756），字殿传，张庆笃之侄，山东淄川人。清雍正四年（1726）丙午科举人。曾在济南朱缃家坐馆教书达三十年之久，其间曾借抄过蒲松龄的《聊斋志异》手稿前十五册。蒲松龄去世之后，张元又为其撰写了墓表。乾隆十四年（1749）应时任河北永平府知府卢见曾之请，到永平主讲敬胜书院。乾隆二十一年（1756），八十岁时任鱼台县教谕。工诗，少时与高凤翰、朱令昭等同结柳庄诗社。著有《绿筠轩诗》四卷及《书香堂制艺》《平山诗钞》等。

张云骧（1848—？），又名张毓桢，号南湖，直隶文安（今属霸州市）人。清同治十二年（1873）拔贡，至晚于光绪六年（1880）出任内阁中书一职，直至光绪在位最后一年（1908），前后达二十八年之久。善属文，十五岁即著《武陵春》传奇，后撰《芙蓉碣》传奇，另著有《冰壶词》四卷及《见山楼诗稿》《南湖诗集》《铁笛楼诗》《浩然堂文集》等。

张昭潜（1829—1907），字次陶，号小竹，山东潍县（今潍坊）人。清同治九年（1870）曾应山东巡抚丁宝桢之请，到尚志堂讲学。光绪九年（1883）被山东学政汪鸣銮奏奖为国子监学正衔。十五年（1889）应邀至泺源书院讲学，并参与编纂《山东通志》，负责编撰《山东郡县沿革表》等篇章。十八年（1892）归里，讲学于潍阳书院，为家乡培养了不少俊彦之士。三十一年

（1905），山东巡抚杨士骧重开通志局，任命孙葆田为总纂，张昭潜殚精竭虑，顺利编纂完成了《山东省郡县总沿革表》及《山东省地理沿革表》等篇章。另著有《无为斋文集》十二卷、《无为斋续集》六卷、《无为斋遗集》、《无为斋诗集》、《无为斋杂著六种》、《读诗日记》、《山东通纪》和《北海耆旧传》各二十卷、《通鉴纲目地理续考》、《潍志纤缪》、《潍县地理沿革表》等。

张之洞 （1837—1909），字孝达，号香涛，时人皆呼之为“张香帅”，祖籍直隶南皮，出生于贵州兴义府（今安龙县）。晚清名臣、清代洋务派代表人物，与曾国藩、李鸿章、左宗棠并称“晚清中兴四大名臣”。清咸丰二年（1852年）十六岁中顺天府解元，同治二年（1863年）二十七岁中进士第三名探花，授翰林院编修，历任教习、侍读、侍讲、内阁学士、山西巡抚、两广总督、湖广总督、两江总督（多次署理，从未实授）、军机大臣等职，官至体仁阁大学士。曾创办自强学堂、三江师范学堂、湖北农务学堂、湖北武昌蒙养院、湖北工艺学堂、慈恩学堂、广雅书院等，还曾创办汉阳铁厂、大冶铁矿、湖北枪炮厂等。政治上主张“中学为体，西学为用”。著有《张文襄公全集》。

张之翰 （1243—1296），字周卿，晚号西岩老人，河北邯郸人。元世祖中统初年（1260）任洺磁路知事，至元十三年（1276）除真定路知事，后以行台监察御史按临福建，迁户部郎中，以翰林侍讲学士出知松江府。工诗词，善笺启，有文名，著有《西岩集》三十卷（今传二十卷本）。

张作哲 （1694—1743），字仲明，号浚庵，山东淄川人。张元（1672—1756）之子。清雍正十三年（1735）乙卯科举人，乾隆四年（1739）任山东临朐教谕。有《听雨楼诗》《听雨楼草》各一册。

章　铨 （1742—?），字掛廷、树庭，号湖庄，浙江归安（今属湖州）人。清乾隆三十六年（1771）辛卯科进士，由翰林院庶吉士改户部主事，升郎中，出为宁夏知府，浚渠引水，灌溉农田，民立碑以颂。后历知湖北襄阳府、广东韶州府，终于广东粮储道。著有《吴兴旧闻补》《染翰堂诗集》等。

章士钊 （1881—1973），字行严，湖南长沙人，号孤桐、青桐、秋桐等。曾与黄兴等组织华兴会，1905年流亡日本，后赴英国留学。1911年后任上海《民立报》主笔兼江苏都督府顾问、肇庆军务院秘书长兼两广都督司令部秘书长、北京大学教授、广东军政府秘书长、南北议和南方代表、上海《新闻报》主笔、北洋政府司法总长、教育总长、沈阳东北大学文学院院长、北京明德大学校长、北京农业大学校长、上海法政学院院长、冀察政务委员会委员、法制委员会主席、国民政府第一、二、三、四届国民参政会参政员等；建国后曾任中央文史研究馆副馆长、第二任馆长，第二、三届全国政协常委，第三届全国人大常委。著有《长沙章氏丛稿》《中等国文典》《为政尚异论》《名家䄜古》《甲寅杂志丛稿》《逻辑指要》《柳文指要》《章孤桐先生南游吟草》等。

赵葆元（1862—1941），字心培，江苏江都（今扬州市）人。清光绪二十九年（1903）癸卯科举人，三十三年（1907）考取知县，分发到山东，历任武城、德平、高苑等县知县。民国初年（1912），升东临道尹。民国十三年（1924）三月，代理过胶澳商埠财政局长。为官清廉谨慎，为政宅心仁厚，生活自奉俭约，在位时颇有政声，辞官后一如寒士。是扬州冶春后社的重要成员之一。工书，尤善隶书与楷书。还精通岐黄之术。

赵德孚（生卒年不详），安徽凤阳人。生平事迹待考。

赵德懋（1738—1821），字建泽，别号荆园，山东兰山（今临沂）人。清乾隆五十四年（1789）拔贡，官云南路南县知县。因政绩卓著，擢升大理知府。著有《妙香斋诗集》四卷。

赵德树（生卒年不详），字子桢，山东利津人。附贡，清同治十一年（1872）任河南濮州训导。

赵国华（1838—1894），字菁衫，直隶丰润（今唐山市丰润区）人。清同治二年（1863）癸亥科进士，分发山东，历官知县、知州、知府。光绪间擢署山东候补道、署理按察使、盐运使。操守廉峻，治事慎密。曾创办丰润心香书院、主讲济南尚志书院。善诗文，有《青草堂集》五十一卷。

赵国麟（1673—1751），字仁圃，号拙庵，山东泰安人。清康熙四十八年（1709）进士。五十八年（1719），授直隶长垣知县。雍正二年（1724），擢永平知府。后三迁至福建布政使，调河南。八年（1730）升任福建巡抚。后调安徽。乾隆三年（1738），升任刑部尚书，调礼部，兼领国子监。四年（1739），授文华殿大学士，兼礼部尚书。六年（1741）请求引退，不准。不久被弹劾，降职为礼部侍郎。七年（1742），又升尚书。再次欲引退，未被允许；数月后，再次申请，乾隆帝不悦，夺其官职，改在咸安宫效力。直到乾隆八年（1743），方被准许返回故里。著有《拙庵近稿》《学庸困勉录》《云月砚古体诗稿》《调皖纪行草》《塞外吟》《近游草》《大学困知录》《文统类编》等。

赵怀玉 （1747—1823），字亿孙，又字印川，号味辛，晚号收庵，江苏武进（今常州）人。清乾隆四十五年（1780）乾隆南巡，召试，赐举人，授内阁中书，出为山东青州府海防同知，署登州、兖州知府。丁父忧归，遂不复出。李廷敬延葺《宋辽史详节》，阮元、伊秉绶复延葺《扬州图经》。后主通州石港讲席六年。性坦易，工诗古文词，诗与孙星衍、洪亮吉、黄景仁齐名。著有《亦有生斋文集》五十九卷,《续集》八卷。

赵烈文 （1832—1894），字惠甫，一作惠父，晚号能静居士，江苏阳湖（今常州市）人。曾先后三入曾国藩幕府，颇受礼敬。同治八年（1869）荐任直隶州磁州知州，后调易州，引疾归。生平好藏书，多达数万卷，辑有《天放楼书目》。又喜金石文字，所藏碑版多考订识跋。工诗文，著有《能静居士日记》《能静词草》《磁州批牍》《庚申避乱实录》等。

赵孟頫 （1254—1322），字子昂，号松雪、松雪道人、水精宫道人，世称“赵松雪”“赵承旨”“赵文敏”，吴兴（今浙江湖州）人。十四岁时以父荫补官，后参加吏部考试，授真州司户参军。至元二十三年（1286），在侍御史程钜夫的推荐之下，应召北上入朝，颇得世祖赏识至元二十九年（1292）六月至元贞元年（1295）曾官同知济南路总管府事。后累官至翰林学士承旨、荣禄大夫，官至一品，荣际五朝。他博学多才，能诗善文，懂经济，工书法，精绘艺，擅金石，通律吕，解鉴赏，特别是书法和绘画成就最高，开创元代新画风，被称为“元人冠冕”；在我国书法史上也占有重要地位，与颜真卿、柳公权、欧阳询同称为“楷书四大家”。其传世画作有《重江叠嶂图》《鹊华秋色《秋郊饮马》等，书法代表作则有《四体千字文》《洛神赋》《道德经》《仇锷墓碑铭》等。著有《尚书注》《琴原》《乐原》和《松雪斋文集》十二卷。

赵　铭 （1828—1892），字新又，一作新友，号桐孙，别号梅花洲居士，浙江秀水（今嘉兴市）人。清同治九年（1870）庚午科举人，初以诸生从戎，累擢直隶易州知州、顺德知府等，尝参李鸿章幕。喜研习经史，善词章，尤工骈体，诗亦有佳作，著有《梅花洲笔记》《琴鹤山房遗稿》《左传质疑》等。

赵朴初 （1907—2000），安徽太湖人。大学时代开始接触佛学，后遂深入探索佛教各宗哲理教义。20 世纪 30 年代初，曾任中国佛教会秘书、主任秘书。1952 年发起并筹备成立中国佛教协会，后历任该会秘书长、副会长、会长等职，并曾担任中日友好协会副会长，中国红十字会副会长、名誉会长，中国人民争取和平与裁军协会副会长，中国书法家协会副主席。为第一、二、三、四届全国人大代表；第一、二、三届全国政协委员，第四、五届全国政协常委，第六、七届全国政协副主席。著有《滴水集》《片石集》《佛教常识答问》等。

赵青藜 （1701—1775），字然乙，安徽泾县人。清乾隆元年（1736）进士，后历官山东道监察御史，奉命查赈山东。工诗善文，尤长于史学，著有《漱芳居文集》十六卷、《漱芳居诗集》三十二卷及《读左管窥》二卷等。

赵时春 （1509—1568），字景仁，号浚谷，陕西平凉府平凉县（今甘肃省平凉市）人。明嘉靖五年（1526）丙戌科进士，选庶吉士，授刑部河南司主事，迁兵部武库司主事。嘉靖九年（1530），因事被黜为民。十八年（1539），被起任为翰林院编修兼司经局校书，不久再次被黜为民。二十九年（1548），再次被起用为兵部职方主事，后历任山东按察兵备佥事、山东按察司副使。三十二年（1553），升右佥都御史，巡抚山西，同年十二月，受弹劾，罢职归乡。生著述颇丰，有《赵浚谷集》十六卷、《洗心亭诗余》一卷、《稽古绪论》上下卷和《平凉府志》十三卷等。

赵维藩 （生卒年不详），字介人，先世山阴人，居京师。清康熙（1622—1722）年间补顺天诸生，依例贡于礼部。性嗜酒，追慕陶渊明之为人，自号“东篱”。著有《槿园集》十二卷。

赵文华 （1503—1557），字元质，号梅村，浙江慈溪县（今宁波市江北区慈城镇）人。明嘉靖八年（1529）己丑科进士，授刑部主事，认严嵩为义父。三十四年（1555 年）任工部侍郎时巡视东南防倭事宜，返朝后升工部尚书，加太子太保，继以右副都御史总督江南、浙东军事。后因筑正阳门楼不力，又以骄横失宠被黜，革职后病死，追赃时查出贪污军饷十万四千石。在文学、史学上造诣精深，著有《世敬堂集》四卷、《三史文类》五卷、《祇役纪略》八卷、《防海策》、《嘉兴府图记》二十卷等。

赵香梗 （生卒年不详），与历城文人张希杰（1689—约 1763）有交游，其他生平事迹待考。

赵应泰 （约 1858—？），山东黄县人。为同盟会会员，1911 年初曾任黄县民政署秘书。能诗，著有《梦园诗草》。

赵元睿 （生卒年不详）字庐锦，号蝶庄，山东莱阳人。太学生。师事沈廷芳（1692—1762），称高第弟子。著有《蛩吟草》

赵执端（生卒年不详），字好问，号缓庵，山东博山人。王士禛的外甥，事父母至孝。附贡生，循例捐职汶上教谕，以母老不就。著有《宝菌堂遗诗》二卷。

赵执信（1662—1744），字伸符，号秋谷，晚号饴山老人，山东益都（今淄博市博山区）人。清康熙十八年（1679）己未科进士，选翰林院庶吉士，散馆授编修。二十三年（1684）充山西乡试的正考官，二十五年（1686）升右春坊右赞善兼翰林院检讨，参与编修《明史》和《大清会典》。二十八年（1689）因在“国丧”期间应洪昇之请参加酒宴并观看了《长生殿》一剧而被革职回乡。一生著作很多，主要有《饴山文集》十二卷、《饴山诗集》十九卷、《诗余》《谈龙录》和《声调谱》各一卷、《礼俗权衡》二卷及《毛诗名物疏钞》等。

赵子辕（约1768—？），字稚均，号雨帆，又号石翁。清嘉庆五年（1800）庚申科顺天举人，选嘉祥县训导。年未四十卒。工诗，有《石翁随草初集》八卷和《石翁随草二集》六卷。

赵作舟（1616—1692），字乘如，号浮山，山东大嵩卫（现海阳市）人。清康熙十八年（1679）己未科进士，改庶吉士。二十四年（1685）任户部江南司员外郎，主考贵州。三十七年（1698）任刑部广东司郎中，理案清明，昭雪冤狱，民送“龙图再世”匾额，以颂其德。三十九年（1700）升任辰沅分巡靖道、湖广按察使司佥事，听断如流，案无积文，严饬属吏，不轻用刑，拒贿惩恶。后遭谗陷，萧条归里，键户治学。一生著述甚多，有《浮山诗文集》《文喜堂诗文集》《鲁湘春秋》等。

枕　秋（生卒年不详），籍贯待考。1933年曾在《铁中季刊》杂志上发表诗词作品多首。

郑　鸿（1830—？），字伯臣，山东曲阜人，生于新城，二十岁始归曲阜。附贡。同治初（1862）游幕至豫，数入河北道武陟县幕，居武陟数十载，终河南按察使司经历。学博行修，性情恬淡。工诗，有《怀雅堂诗存》四卷、《山东外史诗稿》二卷。

郑　屿（生卒年不详），字秋浦，山东历城（今属济南）人。郑云龙（？—1838）之子。工画，画仕女与查瑛齐名。能诗，有《方洲诗草》。

知　侬（生卒年不详），真实姓名及籍贯待考。1937至1941年间曾在《民鸣月刊》《民治月刊》《新东方》等报刊上发表诗词作品20多首。

织　云（生卒年不详），真实姓名及籍贯、生平事迹待考，清末民国家在世。1918年至1922年间曾在《铁路协会会报》上发表诗词作品数十篇。

郑毓本（生卒年不详），字子初，号梅西，别号蒽僧，山东滋阳人。清道光二十六年（1846）丙午科举人，咸丰九年（1859）署任江西鄱阳县知县。同治元年（1862），先后调任万载县知、铅山县知县，保升知府，未任卒。工诗，有《醉月窗未定草》四卷。

郑云龙（？—1838），字耕南，号萍史，山东历城（今属济南）人。清道光十二年（1832）壬辰科恩科举人，十三年（1833）、十五年（1835）两次赴京参加会试，不第二。十八年（1838）再次北上，赴亦参加戊戌科会试，病逝于道。“鸥社”成员之一，多次与周乐、李僩、何邻泉、谢焜、范垌、王德容等人同游济南湖山，诗酒唱酬，极一时之乐。有《焚余诗草》一卷。

钟　谔（1619—？），字一士，山东益都（今淄博市博山区）人。明崇祯十六年（1643）进士。清顺治三年（1646）授河南新蔡县知县，招集流亡，不一年，民皆复业。充乡试同考官，取士称复人。捕盗兴教，政声清著，两台交荐，任府同知。后升户部员外郎，监两淮税务；擢大名兵备道，以忤总督意，被降职而归。工诗文，善画山水，著有《四书诗经制》《西乐山樵诗词集》等，并曾与李焕章等同纂《益都县志》。

钟廷瑛（？—1834），字南皋，又字仲玮，号退轩，又号退庵，山东历城（今济南市）人。清乾隆三十三年（1768）庚寅恩科举人，三十五年（1770）庚寅科进士，三十七年（1772）充四库全书馆誊录。书成，授安徽池州通判，后迁泾县知县，署黟县知县，以终养告归。精易理，长于诗。著有《退轩诗录》十五卷、《退轩文录》四卷、《艺苑小笺》六十卷、《韩集补注》四十卷、《韩集拾沈》六卷，辑有《全宋诗话》十三卷、《全宋词话》十三卷，并与倪企望、徐果行纂修嘉庆《长山县志》十六卷（首一卷）。

钟　辕（？—1710），字圣舆，北直隶大兴人，随父亲钟性朴迁居历城（今济南市）。清康熙二十五年（1688）丙寅科拔贡，四十七年（1708）官广西桂平县知县，次年卒于任所。工诗，与朱昆田、王士禛、蒲松龄等多有交游唱和。有《蒙木集》一卷。

仲　坚（生卒年不详），真实姓名及籍贯待考，清末民初人。1919年曾在《多闻日报》《民国日报》发表诗词等作品多篇。

周　煌（1714—1785），字景垣，号绪楚，别号海山，四川涪州（今重庆市涪陵区）人。清乾隆二年（1737）丁巳科进士，选翰林院庶吉士，散馆授编修，充任《八旗通谱》馆纂修官。六年（1741），担任山东乡试副考官。后又先后任会试同考官、顺天乡试同考官、云南乡试正考官、云南按察使司副使、右春坊右中允。二十一年（1756），任侍讲，奉诏以中王副使出使琉球。归国后历任官至工部尚书、会试副考官、《四库全书》总阅、兵部尚书、《明臣奏议》总裁、上书房总师傅、都察院左都御史等。五十年（1785），以病乞休，诏以兵部尚书加太子少傅致仕。其学博而精，工诗善书，著有《应制集》、《海东集》、《豫章草》、《琉球国志略》十六卷、《海山存稿》二十卷等。

周　济（1781—1839），字保绪，一字介存，号未斋，晚号止庵，别号介存居士，江苏荆溪（今江苏宜兴）人。清嘉庆十年（1805）乙丑科进士，授官淮安府学教授。因与知府不合，称疾归，客居宝山、京口、扬州等地，后隐居金陵春水园，潜心著述。晚年复任淮安府学教授。为常州词派理论家和代表作家，亦能诗，但成就不及词。著有《味隽斋词》一卷、《存审轩词》二卷、《止庵词》一卷、《词辨》十卷（存二卷）、《介存斋文稿》一卷、《介存斋论词杂著》一卷、《晋略》八十卷等，辑有《宋四家词选》。

周家禄（1846—1909），字彦升，一字蕙修，晚号奥簃老人，江苏海门直隶厅（今南通市海门区）人，祖籍浙江山阴（今绍兴市）。清同治九年（1870）优贡生，官江浦训导，历署丹徒、镇洋、荆溪、奉贤等县训导，后入吴长庆、张之洞幕，又历主师山书院、白华书塾、湖北武备学堂、南洋公学讲席。博通经史、精文字训诂之学，工诗文，诗以清丽见长，文有有魏晋风度，为“江苏五才子”之一。著有《寿恺堂文集》三十卷（《补编》一卷）、《朝鲜纪事诗》、《经史诗笺字义疏证》和《三国志校勘记》等，凡十三种、一百零二卷。

周　乐（1777—1853），字二南，祖籍江宁，自其祖游幕山东，遂家历城（今济南市）。为周永年的族侄。清道光元年（1821）恩贡，后屡踬场屋，以贡生终。与同里学周奕黉、翟凝、李肇庆为莫逆交。自道光十年（1830）起，应李肇庆之招，曾客关中十年。后漫游燕赵，二十年（1840）曾馆河北永年韩雪坡知县署。年近七十而归，主讲济南景贤书院，傍明湖典屋十余间，自课其子读书。好古工诗，与范坰、徐子威、谢焜、何邻泉、李僩、王德容、朱诵泗、余正酉、翟凝等诗酒唱和。著有《二南诗钞》二卷（附《咏史诗》一卷）、《二南诗续钞》五卷、《二南文集》二卷（附《救世苦心吟》一卷）、《二南文外集》二卷，另有《二南诗草》《二南制义》（附《二南试律拟》一卷）和《周氏族谱》等。

周铭旗 （1828—1913），字懋臣，祖居山东即墨，后迁至鳌山卫。清道光五年（1825）贡生，咸丰九年（1859）乙未恩科举人，同治四年（1865）进士，以知县即用，分发陕西。九年（1870）充陕西乡试同考官，此后署醴泉、补大荔知县。光绪四年（1878）升汉阴厅通判，后历任鄜州知州、陕西乡试同考官、乾州直隶州知州、汉中府知府，多有政绩。著有《出山草》《同州筹赈事略》，纂有《即墨乡土志》、《大荔县续志》十二卷（首一卷、附四卷）和《乾州志稿》十四卷（附《别录》四卷）等。

周斯盛 （1637—？），字屺公，一字铁珊，学者称证山先生，浙江鄞县人。清顺治十一年（1654）甲午科举人，十八年（1661）辛丑科进士。康熙八年（1669）任山东即墨县知县，性格清高，不善于逢迎上司，因事入狱，幸免于死。出狱后绝意仕途，漫游海内名山大川，结交文人隐士。晚年笃信佛教。擅长写诗词，诗学竟陵，词风兼有婉约派、豪放派的特点。著有《诗证》十五卷、《证山堂集》八卷和《铁珊词》。

周树年 （1867—1952），字谷人，号无悔，江苏扬州人。清光绪二十三年（1897）丁酉科拔贡，后考授内阁中书，任吏部员外郎。因感国事日非，辞官归里，任教于仪董学堂。三十一年（1905）与其弟周柏年在家创办周氏学塾，次年增设中学班，不久改名为民立中学。三十二年（1906）曾被推选为江都县首任教育会会长，次年又被推选为扬州商会第一任总理。辛亥革命后，历任江苏省典业公会会长、大源制盐公司董事长、扬运食商总事务所理事长、江都县款产处主任等职。工诗词，能文善弈，系扬州冶春后社重要诗人，著有《无悔诗词合存》。

周天齐 （生卒年不详），籍贯及生平事迹待考。

周　襄 （生卒年不详），字枢卿，山东历城（今济南市）人。清宣统元年（1909）拔贡，安徽知县。曾担任民国《续修历城县志》分纂。

周啸湖 （生卒年不详），籍贯待考。民国时曾在郑州铁路局工作，爱好集邮，1934 年曾任郑州甲戌邮票会出版部主任。

周学渊 （1877—1953），原名学植，字立之，晚年自号息翁，安徽建德

（今东至县）人。两广总督周馥第五子。由廪贡生于清光绪二十三年（1897）报捐郎中，二十七年（1901）报捐知府，双月选用并捐花翎。因随醇亲王出使德国，奏保免选本班以道员分省补用并加三品衔。二十九年（1903）应经济特科，廷试二等，次年授广东候补道。曾随醇亲王载沣出使德国，后任山东候补道，山东高等学堂、山东师范学堂监督（校长），山东调查局总办等。为人潇洒不羁，工诗能画，不以仕途为意，专好结交文人雅士。著有《晚红轩诗存》。

周仪暐 （1777—1846），字伯恬，江苏阳湖（今常州）人。清嘉庆九年（1804）甲子科举人，大挑二等，选授安徽宣城县训导，升陕西山阳县知县，调凤翔知县，多有惠政。后以年老乞休，去之日，民皆见思。能诗，著有《夫椒山馆集》。

周在建 （1654—？），字榕客，号西田（一说字西田，号学庵），河南祥符人。监生。清康熙三十六年（1697）任景县知县，五十年（1711）升广德州知州，有政声。工诗词，有《近思堂诗》《顾曲亭词》。

周至元 （1910—1962），原名周式址，自称伴鹤头陀，山东即墨人。1959年他被聘为中国科学院山东分院历史研究所兼职研究员，1960年又成为中国历史学会山东分会会员。平生爱游山水，曾游崂山数十次，足迹遍及崂山全境。勤于诗作，尤以七律见长，有《头陀吟草》《懒云诗存》等。此外还著有《崂山小乘》《游崂指南》《崂山志》《即墨黄培文字狱资料》《辛亥革命即墨光复始末》《于七抗清史略》《郑康成生平简介》等。

周宗照 （生卒年不详），号定斋，山东历城（今济南市）人。周永年（1730—1791）次孙，周震甲子。早逝。监生。世守经籍，博学工诗，有《喜闻过斋诗草》和《摹古法书》十卷。

朱长春 （1553—？），字太复，号符道人，又号海瀛、五湖道民，浙江乌程县人。明万历十一年（1583）癸未科进士，授尉城知县，改常熟，调阳信，累官至刑部主事，后罢归。著有《朱太复文集》五十二卷和《朱太复乙集》三十八卷，另著有《管子榷》《周易参同契解笺》等。

朱曾传 （生卒年不详），字式鲁，自号说饼先生，山东历城（今济南市）人。朱怀朴之孙。少时随父官楚南，览江山之胜，归里后先后师从会稽傅玉路、钱塘桑调元。清乾隆二十一年（1756）丙子科中举人，此后却屡试不第，才高而不遇，且性简伉，不可一世，终穷厄以死。他贫而嗜酒，善为诗，每当病重之时，则呼酒作诗，令儿辈录之，录完则自歌之，歌罢则焚之。有《桐孙老屋遗诗》五卷、《说饼庵诗集》四卷、《说饼庵四六文》一卷、《说饼庵文集》《说饼庵词集》《说饼庵赋集》各一卷、《腐毫集》二卷及《式鲁诗集》等。

朱曾敬 （生卒年不详），字尊一，又字慎斋，山东历城（今属济南）人。监生。曾官宛平县丞，乾隆二十三年（1758）任永定河头工通判，二十六年（1761）任永定河南岸三工涿州州判，二十八年（1763）三角淀管河通判，乾隆三十四年（1769）任石景山同知，后升柳州知府。能诗，有《桐轩学吟》《柳社集》《秦游草》。

朱崇道 （生卒年不详），字带存，号荷园，山东历城（今济南市）人。朱缃（1670—1707）次子。约清康熙后期至雍正时在世。能诗，常与兄朱崇勋聚饮于大明湖上，诗酒为乐。《湖上草堂诗》一卷。

朱崇勋 （生卒年不详），字彝存，号怡园，又号殿春亭主人，山东历城（今济南市）人。朱缃长子。由诸生例贡成均。一生家居，诗酒为乐。事母孝，因母喜奉佛，先意承志，晨起必诵《金刚经》数过。诗与淄川张元齐名。著有《桐阴书屋诗存》二卷，宋弼于乾隆二十五年（1760）为之序。

朱道衍 （1763—?），字星海，号铸亭山人，山东平阴人。有《铸亭山人诗钞》和《铸亭山人诗续钞》。

朱定元 （1686—1770），字奎山，贵州黄平县人。清康熙五十二年（1713）癸巳科举人，次年入京会试不第，于是回乡讲学。雍正五年（1727）被选送入京，署高邮通判，治理黄河。九年（1731）调任山盱通判。乾隆三年（1738）升为河南布政使，五年（1740）擢任山东巡抚，有政声。后又历光禄少卿、内阁学士兼礼部侍郎、都察院右副都御使、左副都御使等职。因足疾以原官致仕。酷爱古文，擅经济，算法，兵、农之学，尤娴水利，于河工多治绩。著有《四书文稿》《静宁堂诗文》《河工便览》《治平要略》《黄平州志》等，多散佚。

朱凤森 （1776—1831），字韫山，广西桂林人。清嘉庆六年（1801）辛酉科进士，后应刘金门之邀，到山东沂州府掌琅邪书院。十五年（1810）任河南浚县知县，因抵抗天理教农民起义，加同知衔。二十三年（1818）代理固始知县。工诗文词曲，著有《韫山诗稿》六卷、《守浚日记》一卷和《韫山六种曲》（其中传奇二种，系与其妻姚氏合作）。

朱　纲 （1674—1728），字子聪，朱弘祚之子、朱缃之弟，原籍山东高唐，自父辈迁居山东历城（今属济南市）。年十三补高唐州诸生，以资授兵部武库司主事，后转任武选司郎中，迁职方司员外郎，升刑部江西司郎中、天津道副使。因晋见皇帝时奏对称旨，康熙五十八年（1719）擢直巡道。六十年（1721）河南按察使，多所平反。雍正元年（1723）迁湖北按察使，三个月后调升湖南布政使，五年（1727）升云南巡抚，六年（1728）调任福建巡抚。卒后赠兵部尚书，谥勤恪。擅书法，长于诗，与兄缃、绛皆学诗于王士禛。有《苍雪山房稿》《济南草》各一卷和《仓差日记》；又长于法医，有《洗冤录》《检尸考要》。

朱　衡（1512—1584），字士南、惟平，号镇山，江西万安人。明嘉靖十一年（1532）壬辰科进士，授福建尤溪知县。法令明肃，听断神敏，吏民慑伏，莫敢为奸，又好古教化，讲礼兴让，修先贤祠宇，赡给生徒，士咸悦服。一年后，举能治剧，改任徽州婺源知县。才能益展，修举兴除，声名日进。内迁刑部主事，历员外郎、郎中，擢福建提学副使，迁四川参政。三十七年（1558）冬升山东按察使，次年转任山东左、右布政使。嘉靖三十九年（1560），进右副都御史、山东巡抚。后历工部右侍郎、吏部右侍郎，四十四年（1565）进南京刑部尚书。隆庆元年（1567）晋太子少保。隆庆三年（1569）以治理黄河功擢工部尚书。隆庆六年（1572）正月诏兼左副都御史，经理河道。万历二年（1574）致仕归。著有《道南源委录》。

朱怀朴（1670—1724），字素存，山东历城（今济南市）人。诸生。弱冠食饩，家素豪富，工诗善饮，而好宾客，四方知士士多与之游。有《复斋漫稿》《桐社稿》《鹅浦集》《山民集》《禹登山房诗》《种莎书屋集》《晴雪斋稿》《楚游草》《竹间草》，凡八卷。

朱　珔（1769—1850），字玉存，号兰坡，安徽泾县人。清嘉庆七年（1802）壬戌科进士，选庶吉士，授编修，擢侍读。以事降编修，复升为赞善，终侍讲。屡充会试同考官，以母病乞归。曾先后主讲钟山、正谊、紫阳书院二十五年。富藏书，撰有《培风阁藏书目录》。学有本原，教士以通经学古为先。著有《说文假借义证》二十八卷、《经文广异》十二卷、《文选集释》二十四卷、《小万卷斋文稿》二十四卷、《小万卷斋诗稿》三十二卷，辑有《国朝古文汇钞》二百七十二卷，又有《国朝诂经文钞》六十二卷。

朱寯瀛（1845—1928），字芷青，号金粟山人，顺天府大兴（今北京市）人。清同治元年（1862）壬戌科举人，宣统二年（1910）署河南淮阳县知县。

有《金粟山房诗钞》《续钞》《佛冈官辙诗》《汴游冰玉稿》《周滨集》《陈州集》《素园晚稿》《上瑞堂集》《玉屑词》《柳阴词》。

朱昆田（1652—1699），字文盎，号西畯，浙江秀水（今嘉兴）人。清初著名词人朱彝尊之子，承家学，工于诗。著有《笛渔小稿》十卷（附于朱彝尊《曝书亭集》之后），另外与沈名荪合编有《南史识小录》《北史识小录》各八卷。清康熙八年（1669）冬，朱昆田曾随父亲朱彝尊至济南，并在济南住了一年多的时间。

朱　兰（生卒年不详），字香祖，山东历城（今属济南）人。朱怀朴曾孙。清乾隆二十四年（1759）副贡生，二十八年（1763）任保定府束鹿县知县，乾隆四十一年（1776）任灵州花马营参将，后官安西直隶州州判。能诗，有《香祖诗钞》。

朱丕煦（1817—1844），字春旭，号和轩，山东历城（今属济南）人。朱畹之孙，朱廷桂长子。邑庠生，工制艺，善文词。秉性正直，与世相交，人有争端，一言而咸服其公。所著诗文，殁后散佚，无多存者。

朱丕勋（生卒年不详），字峻之，号竹桥，山东历城（今属济南）人。朱畹之孙。好诗，又善围棋，著有《棋谱释疑》。

朱是，字去非，一字硁斋，浙江仁和（今杭州市）人。民国初年，曾在山东居官。

朱士焕（1869—？），字燮辰，一字念陆，自号远明老人，人称征君，江苏上元人。清光绪二十九年（1903）荐试经济特科，后历任山东济南大学堂、师范学堂、法政学堂、女师范学堂教习及学部译官。民国以后，寄居天津。著有《远明文集》《学馀录》《小万卷斋十龄课草》《陆学斋史麈》等。

朱诵泗（约1781—1848），字退旃，山东历城（今属济南）人。朱彤孙。清道光十一年（1831）辛卯科岁贡，官昌邑训导。有《枕湖吟馆诗稿》。

朱廷相（约1790—？），字纶伯，号墨庄，别号仍可，山东历城（今济南市）人。清道光二十四年（1844）甲辰科副贡。著有《仍可轩诗钞》一卷，附刻于朱畹《红蕉馆诗钞续二》后。

朱庭珍（1841—1903），字小园，一作筱园、晓园，云南石屏县人。清光绪十四年（1888）戊子科举人，授知州衔候补知县。曾与同里陈庚明、昆明张星柳、剑川赵藩、山阴陈鹍父子等在昆明结为莲湖诗社，并任社长，主讲经正精舍，以诗文唱酬。博览群书，博洽古今，诗自弱冠即成一家，著有《筱园诗话》四卷、《穆清堂诗钞》三卷和《穆清堂诗钞续集》五卷等，并曾与周宗洛总纂《续修永北直隶厅志》十卷。

朱童蒙 （1573—1637），字求我，号五吉、独葵轩主人，山东莱芜人。明万历三十八年（1610）庚戌科进士，累任中书舍人。泰昌元年（1620），升兵科给事中，继任兵科都。天启初年（1621），奉命调查熊廷弼兵败辽沈事宜，策马进入辽阳，告捷而归。又出为苏松兵备，转任湖广布政司右参政，曾典试荆楚，以勤绩诰封中大夫。天启四年（1624），召为太仆寺少卿。天启五年（1625）六月，受命前往济南、兖州二府坐守催征天启四、五年度所欠朝廷马价银。回京后升任都察院副都御史，巡抚延绥。有功，升督察院右都御史。崇祯皇帝继位后，坐罪还乡。其文才武略兼备，一生著述甚丰，有《疏草》《去吴》《楚游录》《粤西于役志》《武闱与事》《论兵尺牍》《勘辽录》《勘辽纪事》《抚延章奏》《编年纪事》《宦游诗稿》《独葵轩文集》《独葵轩诗稿》《永思录》《梦记》《易翼》《话葩》等20多种。

朱　畹 （1767—1849），原名宁，字枚人，号虚谷山人，山东历城（今属济南）人。诸生。能诗，有《红蕉馆诗钞》《红蕉馆诗钞续》和《红蕉馆诗钞二续》各一卷。

朱文蔚 （生卒年不详），江苏山阳人。贡生。清康熙二十六年（1687）曾任山东盐司运判，捐俸代输逋课，馈遗无所受。

朱文藻 （1735—1806），字映漘，号朗斋，浙江仁和（今杭州市）人。学识渊博，既精六书，又通史学，兼工诗文。曾佐校《四库全书》，奉敕在南书房考校经籍；与孙星衍、阮元研讨金石，为阮元订成《山左金石志》；为陶元藻增补、编校《全浙诗话》；参加了阮元主持的《两浙輶轩录》、王昶纂修的《西湖志》等书的编写工作，还为王昶纂辑了《金石萃编》《大藏圣教解题》等书；参与《余杭县志》《嘉兴府志》《吴山城隍庙志》《崇福寺志》的校对、刊刻。著述宏富，有《说文系传考异》《碧溪草堂诗文集》《碧溪诗话》《碧溪丛钞》《东轩随录》《东城小志》《东皋小志》《青鸟考原》《金箔考》《苔谱》《续礼记集说》《说文系传考异》等。编有《葆醇堂藏书录》，著录藏书千余种。

朱　雯 （生卒年不详），字复思，号荷三，浙江嘉兴人。清康熙三年（1664）甲辰科进士，二十五年（1686）任松江府知府，三十年（1691）任山东提学使，后转济东道。

朱　缃（1670—1707），字子青，号橡村，原籍山东高唐，后迁居历城（今济南市）。朱宏祚长子。康熙时援例授候补主事。学识渊博，尤其致力于诗歌，曾从王士禛学诗，与朱彝尊相切磋，深得诗人田雯赏识，与蒲松龄交谊尤其深厚，并曾用十年左右的时间抄录了一部《聊斋志异》。著有《橡村集》五卷（包括《枫香集》一卷、《吴船书屋集》二卷、《云根清壑山房诗》一卷、《观稼楼诗》一卷），又与弟朱绛、朱纲合刊有《棣华书屋近刻》四卷。

朱孝纯（1735—1801），字子颍，号思堂，又号海愚，奉天汉军正红旗人。清乾隆二十七年（1762）壬午科举人，大挑为四川简县知县，擢叙州同知、重庆府知府，迁山东泰安知府、两淮盐运使，后以病解职归。善画，尤长于孤松怪石，也能画山水，曾绘《泰岱全图》。工诗，著有《海愚诗钞》十二卷及《昆弥拾悟诗草》、《泰山图志》八卷（《图》一卷）。

朱衍洞（生卒年不详），山东平阴人。清道光（1821—1850）间诸生。

朱彝尊（1629—1709），字锡鬯，号竹垞，浙江秀水（今嘉兴）人。清康熙十八年（1679）以布衣举博学鸿词科，授翰林院检讨，参与修纂《明史》。二十二年（1683）入直南书房。工古文，长于考证，诗与王士禛齐名，时称"南朱北王"，并为两大宗。尤长于词，为浙西词派的创始人和代表作家，与陈维崧并称"朱陈"，合刻有《朱陈村词》。著有《曝书亭集》八十卷、《日下旧闻》四十二卷、《竹垞文类》二十六卷，另辑有《明诗综》一百卷、《词综》三十四卷和《经义考》三百卷，还有《禾录》《五代史补注》《瀛洲道古录》等。

朱永思（生卒年不详），山东历城（今济南市）人。倪功之婿。曾为太学生。有《蓼庄遗诗》。

朱跃龙（1862—1912），字佩泉，山东定陶人。少习举子业，久不得志于时，且见世变日亟，自度终不能有合，遂弃去，在城北定陶城北辟别墅，凿池养鱼，略植花木，日集同人吟咏其中，号范湖吟社。有《清籍吟诗钞》一卷、《诗余》一卷（附《文钞》一卷）。

朱云熼（生卒年不详），号寻源，湖北江陵人。从郭士琼学画，工山水，又善画马，亦善画鱼，有《画镜》一卷和。平生好游，凡游名山，必作图。清乾隆十二年（1747）秋天，曾过青石关，至博山、利津，登泰山，游济南，作泰山全图一、分图十六，合诗文，成《岱宗大观》（又名《岱宗记》）一卷。

朱　璋　（生卒年不详），江苏人。大约清初顺治（1644—1661）、康熙（1662—1722）年间在世。生平事迹不详。

朱　照　（生卒年不详），字晓村，别号齐右乡人，山东历城（今属济南）人。朱纲孙，朱崇厚子。监生。壮随父亲任直隶最久，又遍游江浙、山西、河南，据亲见形势作河图。善诗画，工山水，名噪一时。著有《锦秋老屋诗》《锦秋老屋稿》及《水道考》《河图》。

朱肇鲁　（生卒年不详），字曾德，号纯斋，山东历城（今济南市）人。诸生。能诗，有《望云集》。

朱　倬　（约1730—？），字振亭，山东历城（今济南）人。朱令昭子，朱纬孙。早逝。能诗，有《稽愁吟》一卷和《遁斋诗稿》二卷。

朱祖谋　（1857—1931），原名朱孝臧，字藿生，一字古微，一作古薇，号沤尹，又号彊村，浙江归安（今湖州市）人。清光绪九年（1883）癸未科进士，后历任编修、国史馆协修、会典馆总纂总校、江西乡试副考官、会试同考官等职。二十七年（1901）升礼部侍郎，不久便兼任吏部侍郎。次年秋出任广东学政，因病假归作上海寓公。后任江苏法政学堂监督。辛亥革命之后，朱祖谋以遗老自居，致力于填词校刻，不问世事。工倚声，为“清末四大家”之一，著作丰富。书法合颜、柳于一炉；写人物、梅花多饶逸趣。著有著有词集《彊村语业》三卷、诗集《彊村弃稿》一卷，刻有《彊村丛书》，又辑《湖州词徵》三十卷、《国朝湖州词录》六卷等。

庄　俞　（1876—1938），名亦望，字百俞，又字我一，别号梦枚楼主，江苏武进人。早年与人创设体育会、演说会、藏书阅报社等，开展社会教育活动。24岁时受聘为武阳公学教习，不久经蒋维乔介绍入商务印书馆为编译员，先后参加编写《最新初小国文教科书》（共十册）和《高等小学国文教科书》《简明国文教科书》《共和国新教科书》等多种教科书及大量教学参考书。1912年1月任商务印书馆附设尚公小学校长，1913年后与黄炎培等提倡实用主义教育，发表《采用实用主义》等论文，在教育界引起较大反响。著有《我一游记》。

紫　萸　（生卒年不详），真实姓名及籍贯待考，清末民初人。1919年至1929年间曾在《多闻日报》《民国日报》发表诗词等文艺作品数十篇。

宗稷辰　（1792—1867），字涤甫，号迪楼，浙江会稽（今绍兴）人。清道光元年（1820）举人，授内阁中书，充军机章京，迁起居注主事，再迁户部员外郎。咸丰元年（1851）转御史，后授山东运河道，以抗捻军功加盐运使衔。同治六年（1867）引病归籍，旋病卒。潜心理学，遍览诸儒书，历主湖南群玉、濂溪、虎溪、余姚龙山、山阴蕺山等书院。擅桐城古文，兼工翰墨，著有《四书体味录》、《躬耻斋文钞》二十四卷、《躬耻斋诗钞》二十八卷等。

宗　彝（？—1920），北平人。生平事迹待考。著有《宜古堂诗集》十二卷。

纵　才（生卒年不详），籍贯及生平事迹待考。

邹炳泰（1741—1820），字仲文，号晓屏，江苏无锡人。清乾隆三十七年（1772）壬辰科进士，后累官至兵部、吏部、户部尚书，协办大学士，兼顺天府尹，因未能事先觉察林清之变而降官。嗜古书画，收藏甚富。著有《午风堂丛谈》和《午风堂诗集》等。

邹培若（生卒年不详），字顺卿，山东福山（今属烟台市）人。清道光（1821—1850）间在世。郡庠生。工诗赋，擅文章。有《复来轩诗草》二卷。

邹　山（1945—约1739），字少水，号峄傭，江西宜黄人。勤于学，工古文辞，著有《乐余园百一偶存集》三十二卷。

邹　弢（1850—1931），字翰飞，又字瘦鹤，自号酒丐，别署司香旧尉、潇湘馆侍者、玉愁生等，江苏无锡人。早年曾游幕山东、湖南，因慕蒲松龄之名，尝至其墓前凭吊。又曾馆于苏州叶氏，课余与俞达、汪中、江建霞等诗酒唱和。后寓居上海，任教于启明女校达十七年之久，编有《速成文诀》《尺牍课选》《课本菁华》等教材。一度兼任《苏报》编辑。晚年坐车致残，贫病而卒。早岁即有诗名，有“邹黄花”之称。又善长短句、骈体文、散文、小说，文名颇著。在沪时，曾与高太痴、舒问梅等人组织希社。尝写妓女苏韵兰事，为《断肠碑》(一名《海上尘天影》）六十，被公认为晚清狭邪小说代表作之一。其他著作已刊者有《三借庐集》、《浇愁集》八卷、《蘅香馆无题》一卷、《吴门百艳图》一卷、《三借庐赘谈》十二卷、《万国近政考》八卷、《申江花月史》四册；未刊者有《三借庐续赘谈》八卷、《洋务管见》八卷、散文十六卷、尺牍八卷等。

邹　钟（1833—1890），字乐生，号十方常住、四灵山人、高卧先生，江西安福（今属吉安市）人。少负志略，弱冠而孤，尚经世学，博极群书，先后游幕于楚、豫、鲁、齐，以度支术客山左三十余年：清咸丰七年（1857）在夏津幕，十年（1860）在济南。同治三年（1864）馆于兖州，九年（1890）得五品阶、候选巡检。生平著述有《志远堂文集》十卷、《四大观楼诗集》九卷、《彤史》《吉光片羽集》《中兴广记》和《稗说》各八卷、《谈天录》六卷、《人鉴》十二卷、《文章司命录》十卷、《此园诗话》《笔记》和《守待阁藏书目录》各二卷等。

祖之望（1755—1814），字舫斋，又字载璜，号子久，福建浦城人。清乾隆四十三年（1778）戊戌科进士，选庶吉士，散馆授刑部主事，洊升郎中。俸满，当截取外任，以谙悉部务留之。京察一等，以四五品京堂用。后历通政司参议、太常寺少卿，仍兼部务。五十八年（1793）出为山西按察使，六十年（1795）迁云南布政使。以亲老，调湖北，以便迎养。嘉庆四年（1799）十月为刑部右侍郎，八年（1803）担任新进士殿试读卷官，又担任朝考及拔贡朝考阅卷官。同年七月，在济宁州（今属山东）审讯案件，就授山东巡抚，不久调任陕西巡抚。八年（1803）调任广东巡抚，又改任刑部侍郎，以母老回乡奉养。在家乡总裁编纂《新修浦城县志》，监修城墙和娑婆桥，校刊祖元择《龙学文集》及杨亿等人的遗著十余种。十四年（1809）任刑部尚书。十七年（1812）入京摄工部。一生扬历中外，并有政绩。工诗文，有《皆山草堂诗钞》《皆山草堂文钞》《节制纪闻》《舫斋小言》《乳训名言录》等。

后　记

《济南明湖诗总汇》是我院在组织编纂出版《济南泉水诗全编》《济南名山诗总汇》之后，在“十四五”期间所取得的又一项史志艺文系列重要成果，也是我院为济南打造“诗城词都”文化品牌、推动文化强市建设贡献的又一份力量。

众所周知，大明湖自古就是济南三大名胜之一，历史悠久，文化底蕴极其丰厚。更为重要的是，大明湖“湖出城内，宇内所无”(明·王象春《齐音》)，而且还是国内独一无二的由众多泉水汇聚而成的名湖。自古及今，风光无限、摇曳多姿的大明湖总会带给文人墨客们太多太深的感触和眷恋，他们也从来不吝啬对大明湖的赞美之词，比如：清代诗人王文骧在其《济南竹枝词》一诗中就曾这样写到：“济南山水天下无，楼阁人家尽画图。烟雨半城秋半顷，垂杨多处是明湖。”清代另外一位诗人姚宪之在其《大明湖夏日竹枝词》(八首之一)中也曾有这样的赞美之句：“济南名胜大明湖，水色山光似画图。堤下荷花堤上柳，游船穿过碧菰蒲。”而清末诗人怀新轩在其《明湖竹枝词》(四首之一)中也曾这样赞美说：“半垂杨柳半菰蒲，山色湖光入画图。浓抹淡妆比西子，大明湖即小西湖。”这些诗句无不印证了大明湖的风光之美。济南自古以“山、泉、湖”之美而闻名于宇内，相较而言，在历代题咏描写济南名胜风光的诗词作品中，写大明湖的诗词作品数量是最多的，可读性也是最强的，相信读者在读过该书后会有同样的感受。

为了持续做好这一文化项目，我们这次仍然特邀了《济南名山诗总汇》一书的辑校者、济南文史学者刘书龙先生来具体负责书中所收诗词的辑录、整理、校对工作。刘书龙先生自 2006 年开始致力于搜寻、辑录、整理历代题咏描写济南山水名胜、古迹风物的诗文作品。近二十年来，他先后查阅了数十部济南旧方志、数千种历代诗文别集，以及《四库全书》《续修四库全书》《四库全书存目丛书》《四库未收书辑刊》《四部丛刊初编》《四部丛刊二编》《山东文献集成》《清代诗文集汇编》等大型古籍影印文献丛书，还有国家数字图书馆“中华古籍资源库”中所收录的大量的古籍电子扫描版，从中披沙沥金、大海捞针般地辑录了相关诗词数万首、数百万字，可谓工程浩大。在此基础上，刘书龙先生从去年下半年开始又用了近一年的时间，将历代题咏描写大明湖及大明湖畔名胜古迹的诗词作品逐一挑选出来，并进行了精心的编排校对。

在此书即将正式面世之际，我们衷心感谢刘书龙先生对此书编纂所做出的贡献，感谢泰山学院孙家锋教授对全书的专业审校，同时还要感谢山东大学文学院李振聚研究员、山东大学历史学院谭景玉教授、山东省图书馆徐泳和刘新勇研究馆员，在文献查阅方面所给予的大力支持和帮助。

虽然本书编纂的初衷是能收尽收，力求尽可能多和全，但受各种条件限制，最后也只能做到相对的“全”，遗珠之憾在所难免。同时，因整理辑录难度大，书中也难免会有疏漏错误之处，敬祈读者、专家谅解，并诚请批评指正。

编　者

2024 年 9 月